誹風柳多留全廿四篇全釈

初篇～〈第一巻〉～五篇

江戸川柳研究会編

浜田義一郎
鈴木倉之助
岩田秀行 著
八木敬一
佐藤要人

藝華書院

清長画「誹風柳多留　あいほれハ顔へ格子の跡がつき」　ギメ美術館所蔵

られた様に見えたが、快活に笑いとばしておられた。会主は閑古さんだったと思うが、この人が共立女子大の化学の先生である傍ら、虚子門の俳人で十九世鴫《シギ》立庵《タツアン》主、兼古川柳研究者、兼春本作家という。女子大の教授で春本作家という肩書は、今でも奇想天外だろうが、後で花咲一男さんから聞いた話だが、御嬢さんの花嫁道具の誂えの為という事だったらしく、そんな事で春本の書き手になるとは、これは根っからの江戸人だと甲を脱いだ。その他の人々の肩書きも延広真治君からの又聞きゆえ、どこ迄本当かはわからない。

それにしても、この御老人達の江戸に関する知識の深さには、何時も〳〵舌を巻かずにはおられなかった。何にせよこの方々の御若い頃までは、間違いなく江戸はそのまゝ地続きだったに違いない。鷗外ならずとも「袖ふれ合ったコンタンポラン」という所で、実際そうした実体験というか、生の知識というものの持主でなければ、古川柳という世界は、どうにも歯のたて所は無いのである。それが漸くわかりかけた頃に卒論を提出したので、結果は言わずともしれていよう。到底講壇アカデミズムでは窺い知れぬ深渕の広がりがあって、その点は今に続く古川柳研究会のメンバーそれぞれにもあてはまる。しかし次第にこの領域にも老齢化の影がさし初め、恐らくこれが最後のチャンスでもあろうとは、浅川さんの述懐にもあった。洵にそうでもあろう。

その意味でも今度の全釈は、大いに期待し、大いに御奨めしたい所である。

平成二十五年秋

中野　三敏

第一巻（初篇〜五篇）目次

扉　東橋画・川柳像　柳多留二十四篇より
箱デザイン　同

（新）凡例

一、本書は、『誹風柳多留』初篇（明和二年一七六五）から廿四篇（寛政三年一七九一）までの全釈を全四巻に分けて収める。

所収は、第一巻は初篇〜五篇、第二巻は六篇〜十篇、第三巻は十一篇〜十七篇、第四巻は十八篇〜廿四篇である。

『柳多留』は百六十七篇（天保十一年一八四〇）まで刊行されたが、岩波文庫に廿四篇までを収めるように、廿四篇までを以て一つの区切りとされる。それは、廿三篇までが初代川柳（享保三年一七一八〜寛政二年一七九〇）の在世中の刊行で、廿四篇がその追善のために編まれたものだからである。

一、十篇までは、一九八五（昭和六十）年から一九八八（同六十三）年にかけて、社会思想社の現代教養文庫版として刊行された『誹風柳多留』を、版式は改めたが、内容はそのままに収めた。五篇までは浜田義一郎監修、六篇以降は浜田義一郎・佐藤要人監修である。

各篇に同じものを収める、凡例、江戸生活の参考資料〔年号〕〔貨幣〕〔方角・時刻〕〔度量衡〕）は、新版各巻の巻頭と巻末にのみ収めた。

また各篇毎に収める初句索引と主要語句索引は、第四巻の巻末に、一まとめにして収めることにした。

著者略歴は、各巻の巻末に一まとめにして収めたが、〈現住所〉は除き、新たに（　）内に没年を記した。

一、十篇までのうち、その後の研究の進展により句意が判明した句や、別解を要すると考えられる句若干については、本文の句解の末に＊印を付し、江戸川柳研究会の三氏（橋本秀信・鴨下恭明・小栗清吾）が討議を重ねた結果を、〈補考〉として、第一巻と第二巻の巻末に付して参考に資した。但し、そこに取りあげたのは、基本的な句解に関して異議の存する句に限り、些細な見解の相異や字句の誤り、また鑑賞に属する部分までは及ばぬこととした。三篇のみは、岩田秀行氏自身による〈補考〉である。

一、十篇までの挿画は、教養文庫版の挿画を130％に拡大して収めた。幸い二篇と四篇以外は原版下が保存されていたが、複写事情の悪い当時のこととて、思わしくない状態の版下も多い。そうしたものはできるだけ原資料から撮り直したが、若干不鮮明なままで収めざるを得ない図もまじった。

一、十一篇以降は全て書下しの新稿であるが、教養文庫版の続編としての方針に従い執筆したものである。執筆八氏はいずれも古川柳研究会の会員である。

一、教養文庫版のカバーデザインには、カラーで春信や清長等の錦絵が使用されているが、これらは省略し、今回新たに、清長画「誹風柳多留」シリーズ（十七枚確認されている）から、各巻に一枚ずつをカラー口絵として収めた。

平成廿五年十月　　編集担当　浅川征一郎

「古川柳研究会」と「江戸川柳研究会」について

「古川柳研究会」は戦前から続く研究会です。また関西には「関西古川柳研究会」があります。共に句解を中心に、月一回の例会を開いて研究を続けています。

大らかな会で、別に正式な規約や役職等もありませんので、その実務を遂行し、諸活動を円滑ならしめるために、有志により組織されたのが「江戸川柳研究会」です。会の記録や資料の保全、約五十五万句に及ぶ川柳と雑俳他のデータベースの管理、また広報と対外的な研究発表の窓口として活動しています。

詳細はホームページを御覧下さいませ。

www8.plala.or.jp/yama-p/edosenryu/

凡例

一　本書は岩波文庫『誹風柳多留』㈠に依り、これに通し番号を付した。岩波文庫本各ページ上部に記載する丁附は、その変り目毎に例えば、2オ（表）、5ウ（裏）というように示す。

一　岩波文庫本の句の下の、出典の年月日や前句合印は省略するが、前句はのこした。前句は付句の発想のきっかけとなるもので、たとえば巻頭句の「にぎやかな事〳〵」の場合、上野山下《やました》の盛り場と、彼岸まいりの善男善女の群れを連想して、それらを結び付けた心理過程がうかがわれ、句の鑑賞に役立つ面があるので残すこととしたのである。しかし評釈で前句に言及することは、紙幅の点から避けて、読者の自発的な味読鑑賞にゆだねることを原則とした。

一　表記は読みやすいことを旨として、漢字を仮名に改め、漢字に振り仮名や送り仮名を施した場合もある。その際は原則として現代仮名遣いに依った。

一　片仮名は平仮名に改め、仮名には適宜濁点を施し、明らかな誤字は正した。

一　暦日についてはすべて旧暦で表示してある。

一　例句の出典は左記のように略した。

『川柳評万句合』→年号のみ　『柳多留』→柳
『柳多留拾遺』→拾　『桜の実』→桜
『川傍柳』→傍　『藐姑柳』→藐　『柳筥』→筥
『柳籠裏』→籠　『玉柳』→玉　『末摘花』→末

誹風柳多留全廿四篇全釈　第一巻〈初篇〜五篇〉

誹風　柳多留　初篇

（明和二年刊）

浜田義一郎

川柳の成立

川柳は江戸時代中期、一七世紀後半の江戸に興った文芸で、江戸時代に作られたおよそ二〇万句が現在も残っている。その大量のほとんどすべてが無名人の作であるから、量の点で世界に比類のない庶民文芸といってよいだろう。しかも明治以後も生き続けて今も新聞雑誌の川柳欄が、毎日多数の投句を集めているし、川柳同好者の刊行する雑誌も全国で三〇〇誌以上にのぼって、全句数は江戸時代をはるかに凌《しの》ぐに相違ない。このような時代を超えた生命力の強さという点でも、きわめてユニークな庶民文芸といえよう。そこで川柳の定義を『広辞苑』で見ると、

　前句付から独立した一七字の短詩。明和ごろから隆盛。発句とは違って、切れ字・季などの制約がなく、多くは口語を用い、人情・風俗、人生の弱点、世態の欠陥等をうがち、簡潔・滑稽・機知・諷刺・奇警が特色。低俗に堕した徳川末期のものは狂句と呼ばれた。現在でも多くの結社がある（傍点は著者）。

最初に書かれた「前句付《まえくづけ》」とは何か、これも『広辞苑』をひいて見よう。

　七・七の短句に五・七・五の長句をつける俳諧の一分野。例えば「切りたくもあり切りたくもなし」に「盗人を捕へて見ればわが子なり」と付ける。元禄ごろから庶民間に大流行。のちの川柳はこれを母胎とする。

まず上方で流行してから江戸に伝わり、宝暦のころに市民の間に文芸への興味が高まるとともに、それにこたえて前句付の点者が続出した。そういう点者のひとりに柄井川柳（一七一八—九〇）がいて抜群の成功をおさめたので、

取次の看板のある水茶屋
（『教訓蚊之呪』）

のちにその号が新文芸の名称となるわけだ。

柄井川柳は通称八右衛門、祖父の代から浅草新堀端《しんぼりばた》の竜宝寺（現在台東区蔵前四―三六）門前町の名主だが、その傍ら宝暦七年（一七五七）四〇歳の時に前句付点者としての活動を開始した。

その活動とは、まず盛り場の茶見世などにたのんで、「川柳万句合取次」という看板を掛けて投句を募集し、前句付の題、〆切の日、点料一句に付何文というようなことを公示する。題は例えば、

×はなれこそすれ〳〵

・むつましい事〳〵

このような形のを、五題くらい出すと、前句付ファンが応募してくる。しかし直接点者へではなく、地域別の取次へ点料を添えて出すことになっていた。たとえば浅草新堀の若松、市谷の初瀬というような組連が市中にたくさんあって、それが取次をしたのである。

〆切後に点者は各取次の投句を集めて選をし、入選句を半紙に列記し、句の上に題を示す×〇・などの合印を書き、句の下には所属の取次名を示す。それを彫り師・摺り師へ回して、摺り物が出来上ると、入選句に対する景品を添えて取次へ届ける。景品は木綿《もめん》一反《たん》、膳一枚のような家庭用品で、相応する銭でとることもできた。さっき例示した前句への付句、

×子が出来て川の字形《な》りに寝る夫婦

（宝暦八・九・二十五　はなれこそすれ〳〵）

・碁敵《ごかたき》は憎さもにくしなつかしさ

（宝暦十・十二・十五　むつましい事〳〵）

これらは、離れこそすれ、睦まじい事という題に付けた句として入選し、作者は何かの景品をもらったのである。

すなわち点者は、収入は応募句総数×点料であり、支出は紙・印刷・景品・取次や茶見世への謝礼や事務費で、その差額を利益として得る、いわば懸賞文芸業者である。

川柳の場合は宝暦七年八月の第一回は寄句《よりく》高わずかに二〇七句、その後十日おきに開いて十二月最終回は一六五三句になったが、一般点者の平均の半分くらいの貧弱さであった。しかし川柳評は好評で着々と寄句高がふえ、五年

後の宝暦十二年には一万句を越えて文字通り万句合となり、完全に同業を抜き去ったのである。

川柳評の成功にはいろいろ原因があるが、根本的には選者としての鑑賞能力が高く、時代感覚に敏感なことであろう。しぜん摺り物は読んで面白く、自分も参加しようという気を起こさせたのである。

時代感覚という点で川柳に大きく影響したのは、当時の江戸の俳諧界で人気を集めた慶紀逸撰『武玉川《むたまがわ》』である。紀逸は江戸の一流俳人で、多数の門人に俳諧連句の指導を永年するうち、佳句を書留めて置いたのを一冊にまとめて『武玉川』と題して寛延三年（一七五〇）に出版したのが好評で、宝暦七年川柳開始の年までに十一篇を重ねていた。江戸開府以来の家（幕府御用鋳物師）の出だけに、その選句も都会趣味が濃く、それゆえに好評を得たのであった。この『武玉川』の都会人的な好みを、川柳は前句付に採り入れることにつとめたのである。

紀逸は宝暦十二年五月に六八歳で歿した。その年の十、十一月に川柳評の寄句高が激増して、一万句を三回も越えたのは、紀逸の死後その門下にあそぶ人たちが傾向の似る川柳評に参加したためと思われる。翌十三年も明和元年も十、十一月は一万句をたびたび突破して、川柳評はいよいよ安定したことを示すし、俳諧をたしなむ水準の高い投句者を多数得たことは、川柳評の強みとなった。たとえば明和元年十一月十五日開キに、飯田町中坂錦の組連のつぎの句がある。

　けいさんが袋に入るとかんが出来

（前句、よいかげんなりよいかげんなり）

千葉治氏所蔵の万句合の摺り物には句の下に朱で「田安君殿」と書込みがあった。旗本の名に敬称として付ける君よりも君殿はもっと高貴の人に相違ない。この時期の田安家の殿様は名高い歌人田安宗武で、君殿と言われる人はそれ以外には考えられない。句意は、筆を硯箱へ入れ、圭算（文鎮）を袋へ入れて、書きものを終った時、タイミングよく膳が出て、晩酌の酒の燗もちょうど好かった、という五〇歳の殿様歌人にふさわしい句である。この徳川御三卿は田安門に程近い中坂の錦の匿名のメンバーだったのである。川柳は自然諷詠の俳諧とちがって、飾らない平凡な人間の意識や生活を題材とするので、時に低級視されたけれども、初期の作者の知的水準はかなり高くて、かような高級武士が少なくなかったと思われるのである。

川柳評の上昇気運に乗って、これまでの選句からさらに厳選した句集を出そうと思い立ったのが呉陵軒可有《ごりょうけんあるべし》（勘忍して下さいの意）である。川柳の近所に住む友人で、点者を始めた時にもいろいろ支援したが、今回は編集を引き受けたのである。その方針は序文によると、

一句にて句意のわかり安きを挙《あげ》て一帖になしぬ。なかんづく当世誹風の余情をむすべる秀吟等あればいもせ川柳樽と題す。

前に引いた「子が出来て川の字なり」や「碁敵は憎さも」などは前句がなくても「一句にて」句意がわかり安いから採用したが、「圭算が」はわかりにくいから入れられないのである。そして「当世誹風の余情を結べる秀吟」とは、最新流行の武玉川風の俳諧と、昔ながらの前句付との結合、いわば両者の結婚である。だから結納や婚礼の必需品の「柳樽」を題名にした、というのである。そして縁起よく「柳多留」という字を宛《あ》てたのである。

これまでの川柳評の摺り物の、宝暦七年から十三年までの中から、七五六句を選んで一冊とし、浅下（浅草下谷の間）の住人呉陵軒可有の序を付して出版したのは明和二年五月である。版元の下谷竹町二丁目花屋久治郎も、俳名を菅裏といって川柳や呉陵軒の友人である。序に、書肆何がしが来て七年間の摺り物を「このままに反古になさんも本意なし」と言って出版を奨めたのは、もちろんこの花久である。だから『柳多留』は川柳・可有・花久の三人の合作といっても差支えない。

『柳多留』出版は広告手段の乏しい頃だから、反響はすぐには表われなかったが、ようやく成功の見通しがついて翌々年の明和四年に二篇を出版した。と同時に、二年前に『誹風柳多留　全』としたのを「初篇」と変えて重版し、その後は毎年一篇ずつ出すようになった。

そして柄井川柳生存中の寛政元年（一七八九）までに二三篇を重ね、同三年に追善の二四篇が出た（岩波文庫には二

四篇まで入る)。その後は年一篇の形は崩れたけれども、天保年中まで続刊して一六七篇(『誹風柳多留全集』三省堂刊に全篇を収める)に至った。

柄井川柳はこのほかに組連の会に招かれて選をすることがあって、岩波文庫『初代川柳選句集』に六種収めてある。上野山下桜木連の『桜の実』、牛込納戸町蓬莱連の『川傍柳《かわぞいやなぎ》』、麹町梅連の『藐姑《はこ》柳《やなぎ》』、麻布流水連の『柳筥《やないばこ》』、麹町高砂連の『柳籠裏《やなぎこり》』、牛込築土連の『玉柳』がそれである。

なお、柄井川柳の死後、縁続きの者が二代・三代川柳の名跡《みようせき》をつぎ、四代は八丁堀の同心人見周助が、五代は佃島の魚問屋水谷金蔵が継いだ。四代は名称を俳風狂句と変え、五代は柳風狂句と称したので、幕末から明治にかけては、狂句という呼び名が広くおこなわれたが、明治の末ごろになってから文学史的には、「川柳」に統一された。

（1オ）序

さみたれのつれ〲に、あそこの隅こゝの棚より、ふるとしの前句附のすりものをさかし出し、机のうへに詠る折ふし、書肆何某来りて、此儘に反古になさんも本意なしといへるにまかせ、一句にて、句意のわかり（1ウ）安きを挙て一帖となしぬ、なかんつく当世誹風の余情をむすへる秀吟等あれハ、いもせ川柳樽と題す。于時明和二酉仲夏、浅下の麓呉陵軒可有述。

さみだれ降る日のつれ〲に、部屋の隅や棚の上から、数年前からの「前句附」の刷り物をさがし出して、机の上にのせてながめている所へ、書肆の某君が来て、このまま反古にするのは残念だというのに従って、前句なしの一句だけで、句意のよくわかるのを集めて一冊とした。現代の俳諧の傾向に近い秀吟もあるので、前句附と俳諧の結びつきという意味で、柳樽と題した。時に明和二年酉五月、浅草下谷の間に住む呉陵軒可有述。

1 **五番目は同じ作でも江戸産れ**　（2オ）にぎやかな事〳〵

江戸では春秋の彼岸に、六阿弥陀詣でがはやっていた。行基が刻んだ同木の六体の阿弥陀仏の内、五体は江戸の郊外にあるが、五番目だけは、上野山下の盛り場を東へ少し入った今のアメ屋横丁の辺の常楽院にあるから、さし詰め江戸産れと言おうか。現在の地名では、一番北区豊島の西福寺、二番足立区江北の恵明寺（もと延命寺）、三番北区西ヶ原の無量寺、四番北区田端の与楽寺、五番台東区上野常楽院、六番江東区亀戸の常光寺で、一巡り七里半（三〇キロ）という。老人向きの彼岸参りとしてはずいぶん強行軍で、

五あみだにしてもらひたき尻ッつき　（拾）

いらぬこと嫁田端から腰がぬけ　（柳一五）

2 **かみなりをまねて腹がけやつとさせ**　こはい事かな〳〵

裸の幼な子に腹がけをさせようとすると、手をすりぬけて逃げまわる。それで、オヤ、ゴロゴロゴロ、雷さまが鳴ってるよ、腹がけをしないとおへそを取られるよ、おお怖い怖い。それで子どもが寄って来るのをつかまえる、盛夏の家庭のほほえましい寸景である。類句に、

手へべゝをかけてかゝ様追ひまわし　（柳一九）

3 **上《あが》るたびいつかどしめて来る女房**　けつこふな事〳〵

もと奉公していたお屋敷へ、ご機嫌うかがいに行くと、結構いろんな頂戴《ちょうだい》ものをしてくる、まるで海老で鯛という感じだ。如才ない、しっかり者の女房らしい。

○いっかど＝ひとかど。かなり沢山。

4 **古郷《ふるさと》へ廻る六部は気のよわり**　（前句不明）

一念発起して霊場を巡る六十六部が、回りきらないうちにふる里さして戻ってゆくのは、信心の気力がおとろえた証拠である。＊

○六十六部＝鼠色の木綿の着物に、同色の手甲・脚《きゃ》半《はん》をつけ、鉦《かね》をたたいて家々で銭を乞い歩く、仏像を入れた厨子《ずし》を背負う者もいた。大正年中までは東京でも稀れに見られた（23頁参照）。

5 **ひよ〳〵の内はていしゆにねだりよい**　わづかなりけり〳〵

子どもが赤んぼのうちは、着物などを作るにも費用がかからないで、亭主にねだりよい。というだけの句だが、成長するにつれて七五三などはお金がかかってねだりにくいという含みがある。

子《こ》の祝ひ夫婦げんくわの一ツ也　（柳二）

6 **伴頭《ばんとう》は内の羽白《はじろ》をしめたがり**　だましこそすれ〳〵

年ごろの主人の娘さんを、番頭はなんとかものにしたいものだと思っている。いわゆる色と欲との二筋道だ。羽白は羽に白斑のある鴨の一種、しめるは鳥の縁語で、そこに鴨にしたがってるな、という諷刺の感じがある。

7 **鍋いかけすてつぺんからたばこにし**　（前句不明）

「鋳掛《いかけ》屋でござい、鍋釜いかけエ」と呼んで歩き、注文があると路傍に荷を置いて、先ずふいごで火をおこす。そして小さなるつぼで鉄を溶かすまでの準備作業が長いから、たばこを一服して待つ。職人はひと仕事してから中休みに一服というのが普通だが、いかけ屋だけは最初からでいかにも悠長に見える（23頁参照）。

8 **人をみなめくらにごぜの行水し**　ぞんざいな事〳〵

自分が見えないから、見られることに無頓着で、人目を気にせず行水している。句はそれを粗野と感じているが、中には若い女性らしい羞恥の、しおらしい句もある。

若いごぜ壁をさぐつて一ツぬぎ　（柳一一）

9 **米つきに所を聞けば汗をふき**　（前句不明）

大道搗きの米つきは、たのまれた家の前に臼を据えてつく。重労働の力仕事だから、道行く人に所を聞かれても、すぐには答えられないで、噴き出す汗をふき、呼吸をととのえてから、ようやく答えるのだ（23頁参照）。よく似た句に、

早乙女に所をとへば腰をのし　（柳七四）

10 **すつぽんに拝まれた夜のあたゝかさ**　どうよくな事〳〵（２ウ）

すっぽんは精力を増す食物で、食べた夜はあたたかく寝られる。しかし料理される時にもがいて、前足で拝むような形をしたのを思い出すと、あまり好い心もちではない。

　こしらへるを見てすつぽん思ひ切　（柳一八）

11 **斎日《さいにち》の連れは大かた湯屋で出来**　いさみこそすれ〳〵

　年に二度の藪入りの前夜、銭湯は丁稚《でっち》小僧でいっぱいだし、明日どこへ行こうかが話題の中心になっている。結局、同行するなかまが決って、翌朝はやく勇んで出かける。

　○斎日＝精進日。転じて閻魔の縁日の正月十六日と七月十六日、すなわち年季奉公人の一年に二回の休日をいう。

12 **入髪《いれがみ》でいけしやあ〳〵と中の丁《ちょう》**　心つよさよ〳〵

　吉原の遊里には、なじみ女郎があるのに他の妓楼の女郎へ通うことがわかると、客を制裁する習わしがあった。大門《おおもん》口に待ち伏せしてつかまえ、詫びとして大散財をさせるとか、片方の鬢《びん》の毛を剃るとか、もとどりを切るとかしたという。そんな目にあった客の中には、入れ髪をして平気で中の町をまかり通る心臓男もいる。

　○中の丁＝吉原遊廓の中央通り（123頁参照）。○入髪＝頭髪の足りないぶんを補うかつら。

13 **百両をほどけば人をしさらせる**　（前句不明）

　小判を百両包んだのをほどくと、居合わせた人は燦然《さんぜん》たる黄金の光に圧倒されて、無意識に身を後ろへ遠ざける。一両は今の数万円に当る。百両の威力を「人を退《しさ》らせる」という叙述がよく語っている。

14 **じれったく師走を遊ぶ針とがめ**　おしみこそすれ〳〵

　十二月は正月の春着を縫う忙しい時季だのに、ちょっと針で突いてとがめた傷のために仕事が出来ずよんどころなく遊んでいる。それをじれったがる女ごころである。

　○針とがめ＝若い女性がよく罹《かか》るひょうそうであろ

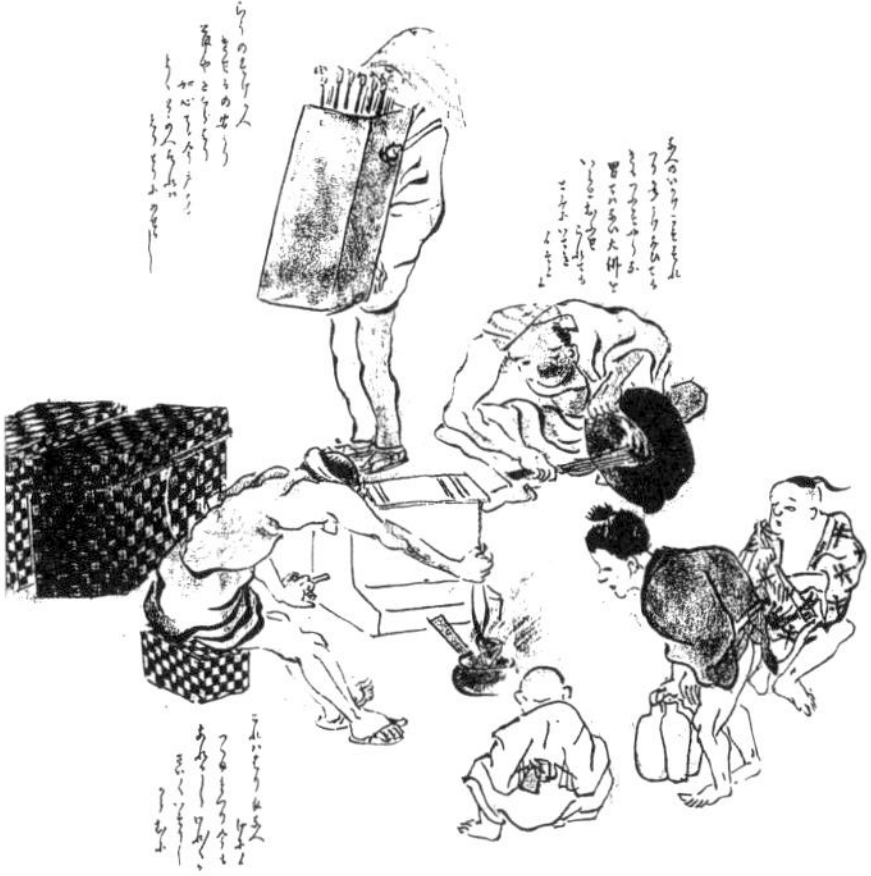

7　鋳掛師（「近世職人尽絵詞」東博蔵）

4　六十六部（『絵本御伽品鏡』）

9　つき米屋（「近世職人尽絵詞」東博蔵）

う。指先が化膿してひどく痛む。

15 **九郎介《くろすけ》へ代句だらけの絵馬《えま》を上《あげ》**　まんがちな事〳〵

吉原遊廓の東南の隅にある九郎介稲荷には遊女たちが発句《ほっく》をかいた額が奉納してある。じつはこれは宣伝のため、競《きそ》ってその道の人に代作してもらった句ばかりだ、と冷やかしたのである。このころ吉原の妓楼主や芸人の間に俳諧が流行していた影響だろう。

16 **使者はまづ馬から下りて鼻をかみ**　そろり〳〵と〳〵

主命を受けて使者となり、上下《かみしも》を着け馬に乗って先方に到着すると、口上を爽やかに述べるため、馬から下りてまず鼻をかむ。鼻をかむという行為が、厳粛なドラマの幕開きのような意味をもつのが、なにか可笑《おか》しいのである。

上下《かみしも》をきると出もせぬ鼻をかみ　（宝暦十）

17 **梅若《うめわか》の地代は宵《よい》に定《さだ》まらず**　もっともな事〳〵

梅若丸を供養する大念仏が、三月十五日に向島の梅柳山木母寺の境内の梅若塚でおこなわれるが、ふしぎに雨の日が多くて梅若の涙雨といわれる。だからそこへ出る露店の場所代は、前夜はまだ決まらず、当日朝の天気によって値がきまる。哀れな出来事を追悼する催しの裏に、たくましく勘定高い金儲け精神のあることを指摘したのである。

梅若丸は京都で人買に誘拐されて東国に下り隅田川原まで来て死んだという（謡曲、隅田川）。それを弔《とむら》う大念仏は、江戸中期から始まった。

十五日梅若のかたかきくもり　（柳二〇）

18 **なげ入《いれ》の干《ひ》からびて居る間《あい》の宿《しゅく》**　もっともな事〳〵

間《あい》の宿《しゅく》は、大きな宿駅の間の駅で、旅人が一《ひと》休みする程度の所だから、座敷には申しわけばかりの投入れの花がひからびている、というような貧しげな宿《しゅく》である。

19 **鞠場《まりば》からりつぱな形《なり》でひだるがり**　すわりこそすれ〳〵　（3オ）

蹴鞠《けまり》を終えた四人の男たちは、立派な身なりに似合わず、腹がすいた、腹ぺこだと言って騒いでいる。上品と下品の混乱・矛盾だ。

この頃の江戸では、料亭が鞠場を設けるなどして、京都のお公卿《くげ》さんのする蹴鞠が一時流行していた（33頁参照）。空地などでの大衆向きが左句である。

先づ最初井戸の蓋する下手な鞠　（柳一六三）

20
初ものが来ると持仏《じぶつ》がちんと鳴　きはめこそすれ〳〵

果物や野菜の初物などをもらうと、すぐ仏壇にそなえて鉦をチーンと鳴らして拝む。どこの家でもすることだ、との意。

○持仏＝居間に安置、または身につけて信仰する仏像。転じて仏壇をもいう。

21
こわそうに鯲《どじよう》の升《ます》を持つ女　こぼれたりけり〳〵

どじょうを買って入れて貰った桝を持つと、上を下へとあばれてこぼれ出たりする。それが指にふれたりするので気味が悪く、おっかなびっくりである。しかし一升桝《ます》の中のどじょうはやがて静かになると減ってしまい、損をしたような気分になる。

おちつくとどじやう五合《ごんごう》ほどになり　（安永三）

22
唐紙《からかみ》へ母の異見をたてつける　わがまゝな事〳〵

母のくどい意見を、しばらくは聞いていたが、すっと立って唐紙を荒々しく閉《し》めて去る。母の意見への反撥を、唐紙に代弁させる我儘《わがまま》な子、それを娘とする説と息子とする説とがある。どちらが適切だろうか。

○唐紙＝唐紙障子の略、「ふすま」の別称。

23
すてる芸はじめる芸にうらやまれ　ほしい事かな〳〵

一人はむかし芸達者と言われて鳴らしたものだが、今は仕合せな素人になっている。他の一人はこれから精いっぱい芸の修行をして世に出ようという身の上だ。すなわち、一方がすでに不要としている能力を、他方は今もっとも必要としている。運命的な人生の縮図。わたしは女性と見たが、男性とする説もある。

24 **新発意《しんぼち》は誰にも帯をして貰ひ**　むごひ事かな〳〵

出家して寺の小僧となった子が、まだ帯をしめることも出来ないで、居合わせた人にしめてもらう。幼いのに親元をはなれて、いじらしいことだ。

○新発意＝仏門に入って間もない人。

25 **内にかと言へばきのふの手を合せ**　つらひ事かな〳〵

昨日、葬式の帰りに吉原へ繰り込んだ仲間の一人が「いるかい」と訪ねて来た。不用意なおしゃべりで、妻にばれると一大事だから、目顔で知らせてそっと手を合わせる男。心の中でニヤリとする客。「きのふの手」の一語が葬式で手を合わせて拝んだあとの脱線を暗示して、可《お》笑《か》しい。

昨晩はなどと互に舌を出し　（拾）

26 **美しひ上にも欲をたしなみて**　にほひこそすれ〳〵

たださえ美しい上に、さらに美しくありたいという欲もほどほどに有って、まことに魅力的な女性である。諸説あるが、すなおに美女の心理と解しておこう。

27 **四五人の親とは見えぬ舞の袖**　はやりこそすれ〳〵

芸者があでやかに袖を翻《ひるがえ》して舞うのを見ると、美しく若々しいが、じつはもう四五人も子が出来た女だ。芸者は芸を売るのが本来だが、年に似合わぬ若づくりをして、とかく内職の売春をするのを冷やかしたのである。

28 **天人もはだかにされて地もの也**　ひくい事かな〳〵（3ウ）

謡曲「羽衣」の天人も、漁夫の伯良《はくりょう》に羽衣をとられては、地上の素人女と同じことで、どうしようもない。謡曲では舞曲とひきかえに羽衣を返すのだが、川柳はいろんな想像をしている。その中のひとつ。

羽衣をかへさぬ内は飯もたき　（拾）

○地者《じもの》＝商売女に対して、素人女をいう。

29
いつとても木遣《きや》りの声は如才《じょさい》なし　揃ひこそすれ〱

木遣りの歌は祭礼や祝儀の時に今もうたわれるが、最初、兄分《あにぶん》が「如才はござらぬか」と唱《とな》え「如才なくばはやさりょか」と言って始めるのが古来の遣り方だと、深川の鳶頭《かしら》から聞いた。如才ないとは、手ぬかりがない意。すなわち、よくそろって好ましいのである。ただし、鳶の者など気の荒い連中が多いから、如才ないどころか、とかく喧嘩をおっぱじめる。

木遣りとは皆うら腹如才あり　（宝暦九）

30
身の伊達《だて》に下女が髪迄結《ゆ》て遣《や》り　揃ひこそすれ〱

内儀が下女をつれて外出する場合は、下女の髪まで結ってやる。それは親切のようだがじつは見栄をかざるためで、見苦しいお供をつれては恰好《かっこう》が悪いからだ。なおその頃、女髪結という職業は贅沢だとして禁じられていた。

31
菅笠《すげがさ》の邪魔に成《なる》まで遊び過《すぎ》　うろたへにけり〱

旅の途中、宿場女郎相手の遊びに精を出しすぎて道は捗《はかど》らず、路銀も乏しくなって菅笠も使わないので邪魔っけになってしまった。旅に出た解放感からついうかうかと遊び過ぎて、あとの後悔さきに立たずの男である。菅笠は旅行のほか、女性の戸外作業の時にもかぶる。

すげ笠の内へ帯とくまこも苅　（柳二）

32
片袖を足《た》すふり袖は人のもの　われも〱と〱

着物は一人で縫い上げるのが普通で、二人以上で縫うのは経帷子《きょうかたびら》と同じだから不吉とされた。だから、めでたい振袖の片袖だけを他の人が縫い足すような場合は、知らない人からの頼まれ物に違いない。

33
お初《はつ》にと斗姑《ばかりしうと》メたてにとり　（以下36まで前句不明）

花嫁が挨拶まわりする時は、「お初に」と小声で言って、姑のうしろに身を隠すようにしている。「嫁の礼お袋ばかりしやべりぬき」（柳七）とあるように、もっぱら姑がしゃべるのだ。

34
銅杓子かしてのろまにして返し

銅杓子《かなじやくし》を貸した先から、磨きもしないで緑青だらけになったのを返して来た、礼儀を知らないぶしょう者め、というところだ。

○のろま＝愚鈍、ほかに緑色の意もある。左句は青とうがらしが赤くなる意。

　のろまから金時になるとうがらし　（宝暦十三）

35
七種《ななくさ》を娘は一つ打《うつ》て逃《にげ》

正月七日の朝（または六日夜）七種の若菜をまな板にのせ、「唐土の鳥が日本の土地に、渡らぬ先にはやしてホトト」などと唱えながら七種類の台所道具でたたく。娘がやらされると、すぐ笑いだして、一つ打って逃げて行く。箸がころんでもおかしい年ごろである。

36
赤とんぼ空を流るゝ竜田川

赤とんぼが縦《たて》に群をなしてとんでいる様は竜田川（大和国の紅葉の名所）が紅葉を浮かべて空を流れているかのごとくだ。赤とんぼ（アキアカネ）は高層の気流に乗って、中国大陸から二千キロを一日半くらいで飛んで来るらしいという説を秋に新聞で読んだ数日後、赤とんぼの大群が新宿や池袋の高層ビル一帯にあらわれて、赤い吹雪が舞うようだったが、一時間ほどで去ったという。江戸時代にも同じ光景が見られて、赤とんぼは北に向ってとぶと信じられた実感の句。

37
まんぢうに成るは作者も知らぬ知恵　かくしこそすれ（4オ）

大奥の江島生島《えじまいくしま》事件を諷した句。歌舞伎役者の生島新五郎が、大奥へ納める菓子屋の饅頭の蒸籠《せいろう》の中に身を潜めて、江島の部屋へ忍び入ったという俗説がある。役者はいろいろ扮するが、まんじゅうに扮するとは狂言作者も思い付かない知恵である。

○江島＝七代将軍家継の時代、大奥に仕える江島が増上寺代参の帰途、木挽町の山村座で芝居見物して俳優生島と乱行あり、事あらわれて江島は信州高遠に、生島は三宅島に遠流となった。句は大奥の事なので憚って、作者の一語で芝居の関係であることを暗示している。

38
取揚婆《とりやげば》ゝ《ば》屏風を出ると取まかれ　たづねこそすれ〳〵

産婆が、産婦をかこう屏風を出ると、家族の人たちがすぐ取巻いて、赤んぼ（産婦の横に居る）は男か女かと聞く。庶民の家庭の出産風景。

39
しかつてもあつたら禿《かぶろ》炭を喰《く》ひ　かくしこそすれ〳〵

吉原の妓楼に居る可愛らしい禿が、叱っても叱っても炭を喰いたがるのは、ほんとに惜しいことだ。いわゆる異味症で、炭や土を喰う。この少女は立派な遊女になると期待されているから「可惜《あたら》」なのである。

40
水茶屋へ来ては輪を吹《ふき》日をくらし　もしや〳〵と〳〵

水茶屋の茶汲み女を目当てに、茶をのみ煙草をふかして、日ねもすねばる輩がいる。美人の茶汲みを置く水茶屋は、浅草寺境内をはじめ市中の繁華な地に多かった。茶代は五文くらいが普通だが、サービス料を百文も払わないともてないのだ。

茶を喫し尻をつねる代百銅　（柳二五）

さはらば落ちん風情にて茶屋はやり　（柳五一）

41
ふんどしに棒つきのいる佐渡の山　もしや〳〵と〳〵

佐渡の金山では、坑外へ出る時には丸裸になって検査を受け、ふんどしをするにも棒を突いた見張りが要《い》るのだ。鉱夫の実態をよんだ珍しい句である。

42
主《しゅう》の縁一世へらして相続し　仕合なこと〳〵

番頭あるいは手代が、主人の娘の聟になると、主従三世の縁が一世へって、夫婦は二世の契りの世となり、同時に家の相続人となるわけだ。いわば数字クイズの技巧である。

仕合《しあわせ》は三世の縁を二世にする　（柳三五）

43
親ゆえにまよふては出ぬ物狂ひ　こいしかりけり〳〵

物狂いは謡曲に「隅田川」をはじめ「三井寺」「桜川」などいずれも、親が子のゆくえを求めて焦《こが》れ狂うのであるが、子が親を尋ねて狂人になったというのは、聞いたことがない。それが古来の人情なのだ。

44 **能事《よいこと》を言へば二度寄付《ふたたびよりつか》ず**　ふとい事かな〱

為《ため》になることを言ってやると、二度と寄りつかなくなる、そういう人間がいるものだ。

諺に、良薬口に苦しというとおり、甘えた精神から見ると、敬遠したくなるのだ。

45 **初会《しょかい》には道草を喰ふ上草履《うわぞうり》**　ゆるり〱と〱

初めての客は親しみがないので、客のいる部屋へ遊女がなかなか来ない。廊下履き上草履の大きな音が近づいて、やっと来るなと客が待っていると、音が消えてしまい、朋輩の部屋などで道草を食っていることが多い。吉原は江戸の男の社交場だったから、頻繁に川柳の題材になる。

○初会＝初めての客。二回目の客を裏、三会目になると馴染《なじみ》という。

46 **喰《くい》つぶすやつに限つて歯をみがき**　ねんのいれけり〱（4ウ）

のらくらと怠けて身代を喰いつぶしてる奴にかぎって、お洒落して歯を磨く。その歯で喰いつぶすわけだ。

歯をみがくのは一般人の風俗ではなくて、気どり屋の若者のすることだった。房楊子に歯磨粉をつけるのだが、それは砂に匂いをつけただけのものだった。

47 **子が出来て川の字形《な》りに寝る夫婦**　はなれこそすれ〱

子が出来ると、これまでならんで寝た夫婦の間に子をねかすので、川の字のような形になる。よく知られる句で、「川の字なり」は愛する人と結婚して家庭をもちたいという願望の象徴だったが、現代は新しい育児法やベッド流行のため、川の字とは縁遠くなったようだ。

48 **取次に出る顔の無いすゝはらひ**　めいわくな事〱

年に一度の大掃除の煤払いの日は、玄関に来客があっても、皆が煤だらけのよごれた顔をしているから、応対に出られないで困ってしまう。

昔の生活では、炊事や灯火に薪や油を使って、その煤が天井・柱・壁などに付着するから、その一年分を掃除するには、顔も手足も煤だらけになる。なお、煤払いは幕府が十二月十三日に行うのを例としたので、民間もこれに倣った。

49 **煮うり屋の柱は馬に喰《くわ》れけり**　こみ合ひにけり〳〵

芭蕉の「道のべのむくげは馬に喰はれけり」の文句取であることは一目瞭然、それを転じて、煮売屋の柱に馬がつながれた光景にしたのである。馬方は中で飲食しており、馬は退屈そうに柱を噛んだりしている、というのだ。芭蕉の句のパロディーはかなり多い。

50 **りやう治場で聞けば此頃おれに化《ばけ》**　こみ合ひにけり〳〵

療治場を従来説は、医者の診察室または外科の手術室とするが、湯治場で傷の療治をしている間に、おれのにせ物が現われたそうだ、と噂を聞いたのである。この男は「おれに化」という口ぶりから察すると堅気ではなく、親分とかやくざとかいう型の人間で、喧嘩の疵の療治に来ているのだ。

51 **足洗ふ湯も水に成る旅戻り**　こみ合ひにけり〳〵

長旅から久しぶりに家に帰って、脚半《きやはん》をとり草鞋《わらじ》や足《た》袋《び》をぬいで、家人が運んで来たたらいの湯で足を洗おうとするが、つぎつぎと近所の人が来て挨拶などするうちに、洗足の湯も水になってしまった。江戸の旅帰りの情景が目に浮かぶようだ。

52 **まゝ事の世帯《せたい》くづしがあまへて来**　めいわくな事〳〵

仲よくまま事をして遊んでいたのが、何かのはずみで喧嘩をして、母親のところへ泣き声で訴えて来た、という杉本説に従おう。同じ題材で、もっとおとなの離婚を連想させるのが次の句。

まゝ事の世帯崩しも泣き別れ　（柳二六）

○世帯くづし＝夫婦として世帯をもった後それを解消すること。

53
朝めしを母の後ろへ喰ひに出る　めいわくな事〱

朝帰りの息子が、飯をたべろと言われ、父親の視線を避けて、母親のうしろに小さくなって食べているのだ。

一つの食膳を囲む現代とちがい、一人ずつ別の膳だから、膳の位置もいろいろに変えられるのだ。父、母、息子の人間関係。

54
弁天の貝とはしやれたみやげもの　色々が有〱

貝のみやげといえば、江戸人は反射的に江の島を思い出す。気軽に行ける往復三日の行楽地、江の島の岩屋の奥には女体の弁天様が祀られている、そこのみやげ物が貝（女陰の隠語）とは、ぴたり似合ってしゃれたものだとニヤリとする句である。

江の島はゆうべ話して今日の旅　（柳四）

55
三神《さんじん》はなぶるとよみし御すがた　りつは成けり〱（5オ）

歌道の権威として尊崇される和歌三神の姿絵を見ると、真中が衣通姫《そとおりひめ》の玉津島明神、左右が住吉明神と柿本人麿だから、両方の男神が女神を挟んでいる形は嬲、すなわちなぶるという字のようなお姿である。

56
いたゞいて受けべき菓子を手妻にし　どうよくな事〱

この菓子は何か、定説がなかったが「打出しにいただく菓子と大屋いひ」（柳四一）に気が付いて、江戸城のお能拝見の句と決定した。また「手妻にし」は小手先のわざを用いる意である。

将軍家に慶事などがあると、本丸の南庭の舞台で式能を催し、第一日に江戸の名主・家主五千余人を、朝昼二回に分けて拝観させ、銭千貫文ずつ、錫徳利に入った酒、紙包の菓子などを下賜される。その時、錫徳利の争奪戦が猛烈を極める間に、そこらに置いてある持主不明の菓子包みをちょろまかすのだ。句解は、将軍から有難く頂戴するべき菓子を、いくつもちょろまかして来る要領の

19　蹴鞠（『高漫斎行脚日記』部分）

58　太神楽（「近世職人尽絵詞」東博蔵）

好いやつもいる。例句「打出しに……」の大屋はその情景を自慢半分で語りながら、店子に菓子を分配しているのだろう。

57 **緋《ひ》の衣《ころも》着れば浮世がおしくなり**　どうよくな事〳〵

世を捨てて僧になったが、しだいに出世して緋の衣を着るようになると、かえって浮世への執着が強くなる、名誉欲、物質欲その他いろいろの迷いが出て来るこの矛盾。

ひの衣きるが狸の化け納め（宝暦十二）

58 **太神楽《だいかぐら》斗《ばかり》を入れて門を〆《しめ》**　どうよくな事〳〵

太神楽の芸人たちが、獅子頭・太鼓・笛などをかついで、門構えの屋敷へ入って行くと、すぐに門を閉めてしまった。見せてくれてもいいのに、意地わるだなあ（33頁参照）。

○太神楽＝「太神楽仕舞ふと獅子を〆ころし」（柳一四）は獅子舞、「太神楽どんと打つてはひよいととり」（柳二二）は曲芸である。

59 **附木《つけぎ》突《つき》腰におどけた拍子《ひょうし》有《あり》**　おかしかりけり〳〵

火を他の物にうつすのに用いられた附木は、スギやヒノキの薄片の一端に硫黄を塗り付けたもの。この薄片を作る職人の作業を見ると、腰つきにおどけたようなリズムがある。附木突は江戸では馬喰町の横丁などに多かったという。

60 **馬方が居ぬと子供が芸をさせ**　おかしかりけり〳〵

馬方がいないで馬がつないであると、子供が集まって、「ううまや馬や、豆一升やるから腹太鼓たたけ」とはやしたという。大正の中ごろ日本橋区で幼時を過ごした友人によると、排尿後など一物をブラリとさげて揺《ゆ》らしている時にはやしたてると、その調子に合わせて揺れが大きくなったという。類句に、

べらぼうな一芸を馬生れつき（筥）

61 **水かねでむねのくもりをといで置**　どうよくな事〳〵

水銀は鏡のくもりを研《と》ぐのに用いるほかに、胸の曇り、

胸中の憂鬱を解決するのにも使うことがある。すなわち堕胎薬とされたからで、西鶴『好色一代男』の女護ヶ島へ向う船の中にも、水銀が積んである。

62
袴着《はかまぎ》にや鼻の下迄さつぱりし　たしなみにけり〳〵

いつも青はなを垂らしてるいたずら盛りの五歳の子が、今日ばかりは紋付に袴、小脇差という正装で、鼻の下もさっぱりして、氏神の社へお参りに行く。十一月十五日いわゆる七五三風景である。袴をはくにもおとなしくしていないので、

かた〳〵へ二本ふんごむ十五日　（柳一七）

63
習ふよりすてる姿に骨を折《おり》　たしなみにけり〳〵

遊里に身を売られた時、その世界に慣れるのに苦労したが、請け出されて素人になった今は、遊女の時の生活態度や習慣を抜き去るのに、いっそう骨が折れる。前の「すてる芸はじめる芸にうらやまれ」と似た人生吟。

64
無いやつのくせにそなへをでつかくし　かざりこそすれ〳〵（5ウ）

金の無いやつのくせに見栄を張って、正月の鏡餅は馬鹿でかいのを飾っている、とひやかす句。

65
国ばなしつきれば猫の蚤《のみ》をとり　より合にけり〳〵

江戸へ奉公に来ている女の所へ、同郷の友だちが訪ねて来て、国の話をしていたが、やがて話題も尽きて、猫の蚤を取っているというような情景か。遠い故郷からの便りも少なく、心細い二人である。

66
藪入《やぶいり》の綿着る時の手の多さ　より合にけり〳〵

屋敷奉公の娘が実家での楽しい休みを終えて、またお屋敷へもどる日は、家族や親類の女たちが総出で、身じたくに世話を焼く。若い娘が華やかに装おい、外出用の綿帽子をかぶって、人々に別れを告げ、また半年も家に帰られないというのが、感傷を誘うのだ。

○藪入り＝宿下《さが》り、宿おりともいう。奉公人の休日の意。男は正月と七月の十六日だが、女は春と秋の

都合のよい時に、三日間の休暇が与えられた。

半年の内に宿おりみごとなり　（柳六）

（成長期なのでめっきり女っぽく美しくなる）

67

武さし坊とかく支度に手間がとれ　かざりこそすれ〳〵

武蔵坊弁慶の絵を見ると熊手・掛矢・大鋸などの七ツ道具を背負っている。あの支度をするには、ずいぶん手間がかかることだろう。類句に、

むさし坊水車ほどしよつて出る　（柳三）

68

勘当も初手《しょて》は手代に送られる　たびたびな事〳〵

放蕩して親に勘当された息子だが、こらしめのための初めての勘当だと、知人などに預ける時も、手代に送らせたりする。それが親の情だが、度かさなると本格的な勘当になる。

〔**勘当**〕

親が子を勘当するのに三段階あって、本勘当は人別帳から削除する、第二は町役人に届けて勘当帳につける、第三は家から追い出すだけの軽い勘当で、「近辺にからまつてゐて母をはぎ」（拾）生活費や小遣をせびりに来る。「勘当の一日二日帆かけ船」（拾）は遠方の知合いに預ける場合、68の句もそれである。

69

五六寸かきたてゝ行ねずの番　ぞんざいな事〳〵

吉原の不寝番は、廊下や客室の行灯に油をさし、灯心をぐっとかきたて、にわかにパッと明るくして出て行く。五六寸は手荒くかきたてるのを、誇張した形容。

70

新田《しんでん》を手に入れて立《たつ》馬喰町《ばくろちょう》　よろこびにけり〳〵

開墾した新田の認可を得るため、馬喰町の旅籠《はたご》やに長いこと泊って役所通いをした甲斐あって、首尾よく新田を手に入れることが出来、いそいそと出発して村に帰る。

○馬喰町（現中央区）＝江戸時代は旅宿が多く、訴訟・商用・見物のための地方からの客の拠点となっ

た。当時幕府は新田開発を奨励したのである。

71 **どこぞではあぶなき娘ゆふべ遣り**　よろこびにけり〳〵

町内では、品行の点で問題があると知られている娘を、事の起こらぬうちにと、昨夜そそくさと嫁にやった。親たちは肩の荷をおろしたことだろう。

72 **仕切場へ暑い寒いの御挨拶**　たび〳〵な事〳〵

歌舞伎好きでいつも芝居を見に来る旦那は鼠木戸（入口）を入ると傍らの仕切場へ顔を見せて、寒いねとか、暑いねとか、声をかけてから桟敷へ通るのが習いになっている（41頁参照）。ひいきたる者は、そういう顔つなぎや盆暮れの心付けを怠らないからこそ、厚遇されるのである。他に、八丁堀同心の芝居見廻りの時とも考えられる。

○仕切場＝入口の横にある会計事務室。金主・帳元・奥役などがそこに詰めている。

73 **紅葉見の鬼にならねばかへられず**　重ねこそすれ〳〵（6オ）

江戸の紅葉の名所は下谷竜泉寺町の正燈寺と品川の海《かい》晏《あん》寺で、それぞれ吉原と品川の遊里に近いので、紅葉見に行ったら最期、誘惑を振り切って帰るには、心を鬼にしなくてはならない。

○鬼＝謡曲「紅葉狩」に鬼女が登場するのを利かす。

74 **お内儀《ないぎ》の手を見覚《みおぼえ》るぬいはく屋**　たび〳〵な事〳〵

金銀糸の縫取りなどをする縫箔屋は、注文したお内儀から、注文や指図の手紙を再三もらうので、お内儀の筆跡を見覚えてしまうものである。人妻の筆跡を見覚えるのは、特殊な職業なればこそである。その作業ぶりをよんだ句がある（41頁参照）。

ぬいはく屋気のむく方へ針が出る　（柳一八）

75 **泣《なき》がけも尊氏已後《いご》は最《もう》くはず**　たび〳〵な事〳〵

楠正成は足利尊氏との戦いに泣き男を使って、正成が戦死したと欺いたが、それ以後この計略に引っかかったものはいない。俗説では泣き男の名を杉本左兵衛とし、川柳にもそれが多い。「今とむらいが出るやうに左兵衛なき」（柳一五）。

○泣がけ＝先がけ、夜討朝がけ、などの軍用語に倣った新造語。

76　うんのよい事〳〵

しばらくの声なかりせば非業の死

歌舞伎では「しばらく〳〵」と声をかけて、危急の場を救う設定が多い。もしその声がなかったら、主人公は非業の死を遂げることになる。歌舞伎十八番の「暫」はその典型。

暫の声は朝日の出る心地　（柳一〇七）

77　長ひ事かな〳〵

いせ嶋《じま》の内はゑんまを尊《とう》とがり

伊勢嶋の仕着せを着る丁稚《でっち》の時分は、盆正月の藪入りには、まじめに閻魔様を拝みに行き、その日は蔵前の閻魔などが賑わったが、やがて色気が付くころになると参詣などしなくなる。

○伊勢嶋＝松阪木綿・松阪織ともいう。

78　うんのよい事〳〵

役人の子はにぎ〳〵を能覚《よくおぼえ》

役人は役得で賄賂をつかまされるので、その子もしぜんに拳《こぶし》を握ったり開いたりするにぎにぎをよく覚える。周知の痛烈な諷刺、現代にも生きている句。

袖の下たびかさなりてほころびる　（明和四）

79　長ひ事かな〳〵

女房が有るで魔をさす肥立《ひだち》ぎわ

病気の直りぎわの亭主、女房があるものだから、つい魔がさして禁を犯し、ぶり返してしまった。遠まわしの婉曲話法。つぎのも同様で、「看病がうつくしひので匕《さじ》をなげ」（拾）。

80　長ひ事かな〳〵

鑓持《やりもち》はむねのあたりをさし通し

武士のお供の鑓持ちの姿を横から見ると「胸のあたりを刺し通し」という謡曲「藤戸」の文句を思わせる形だ。かくべつ面白くないが、謡曲・歌謡などの文句をそのまま使うのを手柄《てがら》とする文句取の技法である。

81 **白魚の子にまよふ頃角《すみ》田川**　やさしかりけり〱

江戸の名産の白魚が、佃島沖の白魚漁の最盛期をすぎ隅田川を上って産卵するのは三月ごろで、ちょうど梅若丸の母が子ゆえに狂うて、ここに辿り着いた晩春の頃である。

82 **帯解《おびとき》は濃《こい》おしろひのぬりはじめ**　あんまりな事〱（6ウ）

七五三の七歳の女児は、大人のように帯をしめ、厚化粧して氏神に詣でる。それが濃いおしろいの塗りはじめで、これからの女としての出発点になる。

○帯解＝女児は十一月十五日には、付け紐のない着ものを着、はじめて帯をもちいる。別名、帯直し。

83 **灯籠《とうろう》に甚だくらひ言訳し**　こはい事かな〱

吉原のお盆の行事の灯籠の見物に行って、見物だけでなく遊んで来た男が、家に帰って言いわけするのを聞くと、明るい灯籠の催しに似合わず、うしろ暗そうである。

○灯籠＝中万字屋の遊女玉菊が享保十一年三月に二十五歳で死んだのを悼んで、七月のお盆に中の町に灯籠をともし、それを一か月続けて人寄せの行事とした。

84 **逆《さ》ヵ王を貰ひに出たる料理人**　あんまりな事〱

宴席で将棋をさすうち、一方の王将が敵陣に入ってしまった。この形勢では勝負が容易につかないので、料理人が出て来て、勝負は私に預けて下さいと言ったのである。料理が出せず、仕事が終らないからである。

料理人は屋敷などに出張して料理を担当する者で、いわゆる板前や使用人ではない。

○逆王＝王将が敵陣の三段目以内に入る事。

85 **花守の生れかはりか奥家老**　やさしかりけり〱

大名屋敷の奥の取締りをする奥家老は、色気の抜けた老人がなる役で、女ばかりに囲まれているのは、前世で花守だったからだろうか。すこし下品にいえば、

肴《さかな》屋の猫の気で居る奥家老　（拾）

（魚はたくさんあるが、手は出せない）

86 **あかつきの枕にたらぬかるた箱**　やさしかりけり〳〵

江戸市民は正月に家庭でかるたの勝負事に興じる習いがある。百人一首の歌かるたや、流行のめくりかるたで、夜明けまで遊びつかれ、ちょっと横になろうと思っても、かるたの箱は小さくて枕の役には立たないものだ。壬生忠岑の「春の夜の夢ばかりなる手枕にあかつきばかり憂きものはなし」を踏まえた句作りである。

87 **出てうしやうなんじ元来みかん籠《かご》**　あんまりな事〳〵

とっとと出て行け、お前はもともと実子でなく、蜜柑の空籠に入れて捨てられていたのを、拾ってやったのだ、その恩を忘れた奴は即刻縁を切る、というのである。「汝元来蜜柑籠」と禅宗の引導のような表現がおかしい。

88 **二ヶ国にたまつた用の渡りそめ**　めつたやたらに〳〵

武蔵と下総の境の隅田川の橋、両国橋・新大橋・永代橋などをかけ替えると、親子三代の夫婦の渡り初めを賑やかに催すが、その日は物見だかい人びともおなじように渡りぞめをする。二か国にたまった用事が、そんなにあったわけでもあるまいに。

89 **鼻紙で手をふく内義《ないぎ》酒もなり**　めつたやたらに〳〵

手が濡れると、ふところに挟《はさ》んだ鼻紙を出してふく、というような内義は水商売あがりで、酒もけっこういけるものだ。堅気の人妻なら、銭を出して買う鼻紙は使わないで、ふきんや手拭ですますだろうが。

○なり＝成り、出来る。

90 **病上《やみあが》りいたゞく事がくせになり**　あわれなりけり〳〵

昔は薬をのむ前に額《ひたい》のあたりに捧《ささ》げもつ形をするのが習いだった。だから長患いすると癖になって、お茶などをのむ時もうっかりいただく形をして、あっと気が付いたりする。まだ長患いが跡を引いているのだ。

74　縫箔屋（『无筆節用似字尽』）

72　鼠木戸　右下　仕切場　左下
（「戯場訓蒙図彙」）

94　井戸替え（『絵本世都之時』）

91 **橙《だいだい》は年神《としがみ》さまの疝気所《せんきどこ》**　目立こそすれ〳〵（7オ）

正月、歳徳神を迎える恵方《えほう》棚には、注連《しめ》縄を引き渡し、中央に橙をつるす。それはちょうど歳徳神の疝気所すなわち睾丸の位置に当っておかしいが、さらに偶然、橙は疝気の薬なのである。

○年神＝歳徳神。その像も恵方棚も筆者は見たことがない。早くに消失した習俗であろう。○疝気＝男の腰部の神経痛。

92 **合羽《かつぱ》箱どろ〳〵とかしこまり**　気味の能事《よいこと》〳〵

大名行列が大手門の前まで来ると、末尾の方に居る合羽箱の者たちは追い付いて、箱をおろしてかしこまる。その物音がざわざわとするが、規律正しく整然としている、というような光景であろう。

○合羽箱＝雨降りに備えて合羽を入れる箱。供の小者にかつがせる。

93 **定宿《じようやど》を名乗てひどい場をのがれ**　気味の能事〳〵

道中で夕方になると、旅籠《はたご》屋の留女《とめおんな》がしつこく勧誘して、旅人の持物を奪って隠してしまうこともあった。そういう時に定宿があると言って、危うくのがれることが出来たのである。売女を置かぬ宿を定宿とするのが通例で、留女も無理な勧誘はさし控えたのである。

94 **井戸かへに大屋と見へて高足駄**　いさみこそすれ〳〵

長屋の住人が共同作業で、水桶に結びつけた長い綱を引いて、井戸水を汲み出す。あたり一面が水だらけで皆はだしだが、中にひとり高足駄をはいた男が指揮官のような顔で作業を見ている。あれが大屋らしい。市井の盛夏のくらしの一断面である（41頁参照）。

○大屋＝長屋の管理人。持主ではない。

人をくみ出すと井戸がへしまい也　（柳一四）

95 **立臼《たてうす》に天狗の家をきりたをし**　気味の能事〳〵

立臼を作るため、天狗のすみかと言われた鬱蒼《うつそう》たる大木を切り倒すと、空がひろくなったようにさっぱりして、心もちがよい。
〇立臼＝地上に置いて餅などをつく臼。

96 **禅寺はひがんの銭にふりむかず**　気味の能事〱

従来説はこれを、曹洞宗の正燈寺、臨済宗の海晏《かいあん》寺（73参照）の紅葉の名所とする。「彼岸で賽銭の降る寺はいろ〱あるが、両寺はそれを羨まず超然として居る。紅葉の時に降るさと云ふらしく」（沼波説）とある。紅葉見帰りに脱線する男たちだから、賽銭を奮発するというのだろうか。疑問もあるが、適解がないので、従っておく。＊

97 **たそがれに出て行《ゆく》男尻知らず**　いさみこそすれ〱

夕方うす暗くなったころ出て行く男、魂はとうに遊里に飛んでいて、あとに戸が二三寸閉めのこされても振返る心の余裕がない。女郎買に夢中になる一時期。

98 **隣から戸をたゝかれる新世帯《あらぜたい》**　目立こそすれ〱

新世帯は、婚礼などしないで同棲した所帯で、多くは出来合の若夫婦。遊女あがりの場合などは規則的な市民生活に馴れないので、つい朝寝をして隣から戸をたたかれたりする。「新ぜたいこわめしに出来かゆに出来」（柳三五）。飯をまんぞくに炊けないのもいるはずだ。

99 **うりものと書て木馬の面《つら》へ張り**　目立こそすれ〱

木馬は武家の少年が乗馬の稽古に用いるもので、用が済むと次の世代まで不用だし、かさばるから売り払おうとする。屋敷の裏口などに無雑作に置かれた木馬の顔のところに、売物と書いた紙を張った風景。古風な武士気質を見るような感じだ。

100 **むかしから湯殿は智恵の出ぬ所**　めつそうな事〱（7ウ）

湯に入ると血行がよくなって頭脳はのんびりするが、考え事をしたり智恵を出したりするのに適当な所ではない。「湯殿で知恵の出たためしなし」（『武玉川』）という先行句があるし、反対に「能イ分別の雪隠で出る」という付句が『眉斧日録』にある。

101 **神代にもだます工面《くめん》は酒が入《いり》**　手伝にけり〳〵

神代にスサノオノミコトが八岐の大蛇《おろち》に酒をのませ、酔いつぶれたところを退治して以来、人をだまして丸めるには酒の力を借りるのが一番である。

102 **盃にほこりのたまる不得心《ふとくしん》**　こまりこそすれ〳〵

甲が何ごとかを頼んでいるが、乙は気が進まない様子で考え込んで、膳の上の盃にも手を付けず、ほこりがたまっている。男対男とも取れるが、男対女で何かを頼み込んでいると見る方が、情趣があるだろう。

103 **跡月《あとげつ》をやらねば路次もたゝかれず**　こまりこそすれ〳〵

長屋の路次口の木戸は普通は五ツ（二二時）でとざし、以後は入口に住む大屋さんを起こして開けてもらうのだが、先月の家賃をまだ払ってないので、戸を叩くわけにいかず、どうしたものかと当惑しているのである。

○跡月＝先月。「得て跡月の月を書く月はじめ」（柳六三）という面白い句がある。

104 **指の無い尼を笑へば笑ふのみ**　こまりこそすれ〳〵

尼の手の指が一本足りないのを見つけて、おや、尼さん隅におけないなと笑うと、尼は何も言わず、ただ微笑するだけだった。拈華微笑《ねんげみしょう》という仏語を思わせる句である。

当時、遊女は客への心中立てに指を切ることがあったから、この尼の前身は遊女とわかるのである。

105 **鉢巻も頭痛の時は哀なり**　こまりこそすれ〳〵

お祭りや喧嘩の時の鉢巻は、威勢のいいものだが、頭痛のための鉢巻は見るも哀れなもの、「鉢巻で女房へ願ふむかい酒」（柳三）の二日酔なども同じだ。

106 **ぼた餅の精進落《しょうじんおち》はいのこ也**　定めこそすれ〳〵

ぼた餅は春秋の彼岸につくり、また四十九日の忌明けにつくるなど、仏事に関係が深いが、十月初めの亥の日に至って、初めて仏事でないぼた餅が出来る。この日「亥の子餅」といって牡丹餅をつくる習いがあった。

107
穴ぐらで物いふやうな綿帽子　こまりこそすれ〳〵

花嫁は羞恥心から綿帽子を深くかぶるので、声は穴ぐらで物をいうように、こもって聞えるのだ。

108
急度《きつと》して出る八朔《はつさく》は寒く見え　定めこそすれ〳〵

八月朔日《ついたち》の八朔は江戸時代の祝い日で、吉原では遊女が白小袖を着て中の町に出る習いがある。残暑のころだから暑いはずだが、白い小袖をきりりと着けて出た姿は凛《りん》として、寒くさえ感じられる。一種の吉原讃歌である。

寒むさうななりで一日汗になり　（筥）

109
くわいらいし十里程来た立姿　なくさみにけり〳〵　（8オ）

傀儡師《かいらいし》は人形箱を首から掛けて、子供相手に人形を遣う古風な大道芸人。頭巾をかぶり、袖無しを着、手甲、脚半《きやはん》をつけた姿は、近くに住むとは思えない。十里くらい歩いて来たような立姿である。あまりに古くさいので天明年間ごろ消滅したらしい（49頁参照）。

110
鶏の何か言ひたい足つかひ　つくりこそすれ〳〵

鶏は片足をあげて、首をかしげたりして、次の一歩をどうしようと考えているような形をする。その静かな動きは、何か物言いたげに見える。動物の無心なうごきの中にユーモアを見付ける川柳の中で、虫にも「突きあたり何かさゝやき蟻わかれ」（柳一〇二）「かまきりはおんぶしようの手つき也」（柳一二六）などの佳作がある。

111
手拭にきんたま出来る一《ひと》さかり　つくりこそすれ〳〵

若いさかりの一時期は、湯にはいる時、手拭のはしに糠を包んで、きんたまのような形にして、顔をごしごし磨きたてる。

○一さかり＝遊びたいさかりの一時期。

112
杖つきの酔はれた所は盛《もり》直し　じだらくな事〳〵

土地測量の役人が振舞酒に酔って測量を誤った部分は、あとでだまって水盛りを直しておく。幕府の工事の建築係の役人と業者との関係を、遠回しに批判したのである。

○水盛＝水準、面が水平になるように測定すること。

113
婚礼を笑つて延ばす使者を立　自由なりけり〳〵

娘の生理による日延べの申し入れは、老巧な年寄が使者に立って、談笑のうちに伝達するのだ。なお沼波氏の解はただ一語「下町の火事」、奇抜《きばつ》である。

114
すつぽんをりやうれば母は舞をまい　きのどくな事〳〵

すっぽんを料理する時、拝むような形をするとか、布巾を噛ませて首を切るとか、残酷感が強いので、年をとった母は見るに堪えないで逃げ出したりする。それを舞に見立てた。

115
むく鳥が来ては格子をあつがらせ　きのどくな事〳〵

田舎者の一団が、吉原見物に来て、遊女屋の格子の前に立ちふさがってじろじろ熟視すると、風通しは妨げられるし、いやな感じなので、中の遊女たちを暑がらせるのである。

江戸時代は張見世で、遊女が顔をならべている。それを無遠慮にじろじろ見るのは、野暮の骨頂である（49頁参照）。

○むく鳥＝田舎者の群の蔑称。

116
振袖はいひそこなひの蓋になり　きのどくな事〳〵

若い娘が何か言いそこないをして、とっさに振袖で口にふたをする。振袖は思いがけない役に立つものだなあ。

つぎの一句も振袖讃歌。

はづかしい時には袖を餅につき（柳三）

117
せめて色なれば訴訟もしよけれど　きのどくな事〳〵

奉公人が何か失態をしたという。軽い色事でもあったら、とりなしの口をきいてもいいけれど、厄介な事件ではごめんを蒙る、と色事に寛容なところから、人生の裏おもてに通じた人物が思いうかぶ。

○訴訟＝俗語では、取りなし、詫び、などの意に使われる。

118
よし町《ちょう》へ羽織を着ては派が利《きか》ず　定めこそすれ〳〵（8ウ）

芳町（現在は中央区日本橋人形町）は蔭間茶屋の多かった所で、坊主の男色公認の場である。僧は羽織を着て医者に化けて遊里へ行くが、芳町へはそんな小細工をせず、堂々と法衣で行く方が幅が利くのだ。

よし町へ行くにはまねをせずとよし　（柳一五）

119
壁のすさむしりながらの実《じつ》ばなし　定めこそすれ〳〵

男女二人だろう、納屋か物置の裏などで、話し込んでいる。ごくまじめな話らしくて、男は壁のすさをむしったり、丸めたりしている。その無意識な動作がまじめな実質的なはなしであることを語る。人生の切実な一断面をとらえた佳句。

○すさ＝壁土にまぜて、ひびを防ぐつなぎとするもの。わら・麻また蜆《しじみ》貝なども使う。

かくれんぼ壁の蜆をほつている　（柳一一）

120
国の母生れた文《ふみ》を抱きあるき　いさみこそすれ〳〵

遠い所へ嫁《とつ》いだ娘が懐妊したと聞いて、逢えないだけに心配していたが、安産を知らせる手紙が来たので大喜び、孫を抱くような心もちで手紙をもち、方々へ吹聴してまわっている。

121
塩引の切残されて長閑《のどか》なり　目立こそすれ〳〵

正月には欠かせない塩引鮭が、台所にぶら下っている。だんだんに切られて頭の下に少し残るだけになり、いつかもう長閑《のどか》な春になっている。台所に見られる季節感。

122
江戸者でなけりやお玉がいたがらず　気味の能事〳〵

伊勢神宮の外宮と内宮の間の相《あい》の山に小屋がけをして、代々のお杉お玉が唄をうたいながら三味線や胡弓をひく

初篇８オ

のに、客が銭を投げつけると、顔を振ったり撥《ばち》で受けたりでよける見世物があった。気前がよくて負けん気の江戸っ子だけは、一度にたくさん投げるので、お玉を痛がらせることが出来る、という我田引水めいた江戸礼讃句。

123
お袋をおどす道具は遠い国　目立こそすれ〳〵

道楽息子が父親から厳しく叱られて、小遣もろくにない、あとは母親をおどす一手と、あわれな声を出して遠い国へ行きますとか、ひょっとしたら十万億土かも知れないとか、ここを先途とやって、臍くりを引出そうとする。

124
菅笠《すげがさ》で犬にも旅のいとまごい　いさみこそすれ〳〵

旅立ちの日、草鞋《わらじ》をはき、荷を肩にして家の敷居をまたぐと、そこに飼犬がいて見上げるのへ、手にもった菅笠をふって「行ってくるよ」。もちろん家族としばしの別れを惜しんだ後で、情味あふれるばかりである。

125
めし焚《たき》に婆アを置て鼻あかせ　気味の能事〳〵

いわゆる「箸まめ」で身近の女に手を出したがる亭主が、また下女のことで面倒を起こさぬよう、飯たき専門の老婆を雇い入れて、亭主をがっかりさせたのである。類句、

　やく女房千人なみの下女をおき　（拾）

126
うしろから追はれるやうな榊かき　いさみこそすれ〳〵

祭礼の先頭は御幣、大きな榊《さかき》、そのあと騎馬の神主をはじめ祭の行列が続く。大榊の台をかつぐ二十人ほどの仕丁が歩くたびに、ゆさゆさと振動し、それがまた仕丁たちを急ぎ足にさせて、まるで「うしろから追はれるやう」な感じである。山王や神田の祭りで見る榊の印象を、じつに鮮やかにとらえている（49頁参照）。

127
上下《かみしも》で帰る大工はとりまかれ　いさみこそすれ〳〵（9オ）

上下を着た大工の棟梁は、棟上げの日の主役だから、式を終えて帰る時は、木でかたどった鏑矢《かぶらや》、扇三面で丸くした三つ扇などをかつがせ、左宮その他の職方や弟子

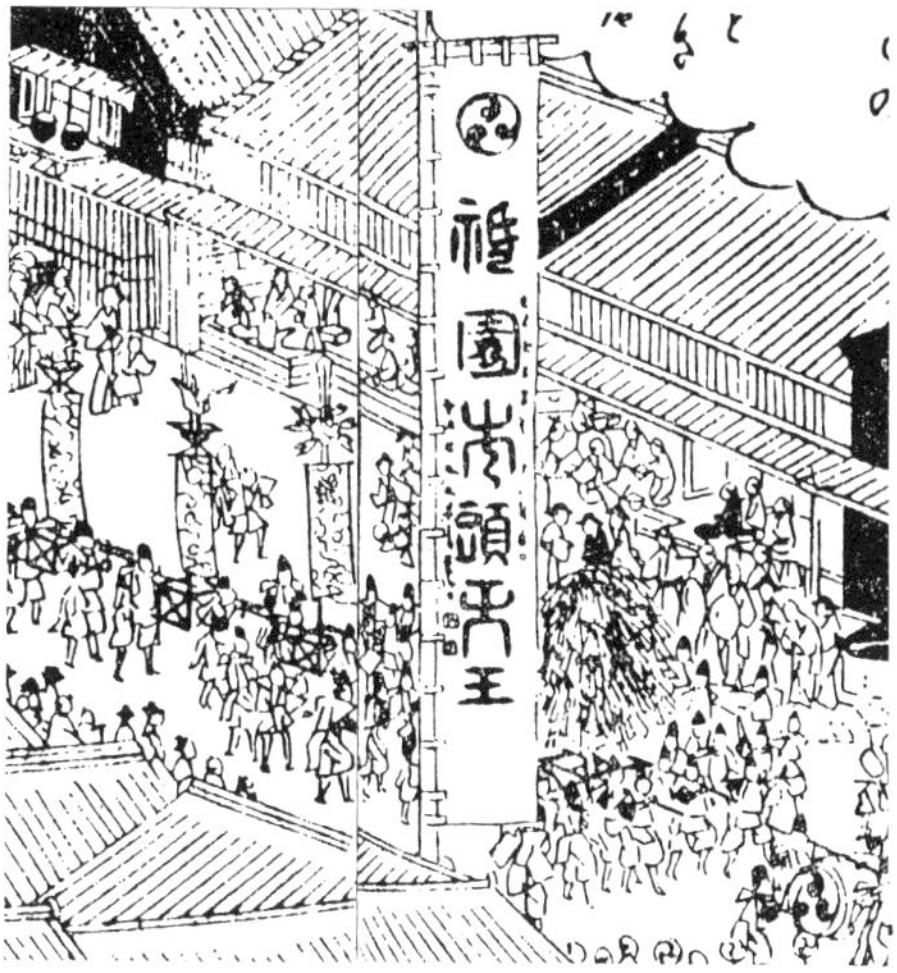

126　榊かき（『東都歳時記』部分）

109　傀儡師（『絵本御伽品鏡』部分）

131　ぬり桶（春信画「ぬり桶の暮雪」）

115　張見世（『扨化狐通人』）

たちに取巻かれて、威勢よく我家へ帰って来る。江戸人ごのみの景気のよい光景である。

128 **前だれで手をふく下女の取廻し**　気味の能事〳〵

用がある時、台所から濡れ手を前掛けでふきながら、すぐに出て来た下女の、きびきびと手ぎわの好い働きぶりは、まことに快い。

○取廻し＝物事の処理。

129 **跡乗の馬は尾斗《ばかり》ふつて居る**　ま丶ならぬ事〳〵

大名の行列の最後の押《おさ》えの武士の乗馬は、行列が停滞してとまると、動かないで待つ間、尾をさかんに振る、それを何度も繰りかえすと、馬がじれったがっているように見えるのである。

130 **疝気《せんき》をも風にして置《おく》女形《おんながた》**　ま丶ならぬ事〳〵

疝気は男だけの病気で、睾丸が腫れて痛むこともあるというだけに、平常の生活でも女性のように行動する女形の役者として、ひどく色消しなので、風をひいたと称したという。歌舞伎の女形の特殊な伝統的風俗を指摘したのである。

131 **ぬり桶はいつち化《ばけ》よい姿なり**　さま〳〵な事〳〵

ぬり桶は真綿をかぶせて引伸ばす陶製の器で、人が首に頭巾をかぶったような形、その下部に人間の口のような穴が明いているから簡単に化物の姿になれる、というのだ。当時の化け物流行を反映する句（49頁参照）。

○いっち＝一番、最も。

132 **寒念仏《かんねぶつ》みりゝ〳〵とあるくなり**　さま〳〵な事〳〵

寒念仏は寒の三十日間、夜中に高声に念仏を唱えて歩く僧も俗もする仏道修行をいう。最も寒い時季で、道に氷がはり霜柱が立つから、歩くたびにみりりみりりと音がする。この擬声音が氷雪を踏み砕く感じを出している。

133 **衣類迄まめで居《い》るかと母の文**　さま〳〵な事〳〵

娘が縁付いた先への手紙に、健康《まめ》でいるかと尋ねるほかに、衣類もまめか、質などに入らず、ちゃんとうちに有るかと、暮らし向きへの心配も入っている。

134
向ふから硯《すずり》を遣ふ懸《かか》り人《うど》　ま、ならぬ事〳〵

懸り人は寄食する人、食客とも居候ともいう。万事に遠慮がちだから、手紙ひとつ書くにも、主人が硯を使う時を見はからい、拝借しますなどと言って、反対側から筆に墨をつけるというような工合だ。

135
まよい子のおのが太鼓で尋《たず》ねられ　ま、ならぬ事〳〵

迷子をさがす時は、何人もが手分けして、太鼓をたたいて「迷子の迷子の三吉ヤーイ」などと叫びながら捜すのだが、その太鼓はその子の玩具だというところに、いっそう哀れがある。幸い見付かった時分には声もかれて、

迷ひ子の親はしやがれて礼をいひ　（柳二）

136
脈所《みやくどこ》を見せてたて板申《もうす》よふ　はつめいな事〳〵（9ウ）

腕まくりした左手を出して、脈をうつ血のめぐりのことなどを、立板に水のごとく弁じたてて人を集める大道の薬売り。このあと左手に切り傷をつけ、血どめ薬をぬればすぐ留まるなどといって、がまの油の類《たぐい》を売付ける。

137
上下《かみしも》を着て文盲《もんもう》な酒をのみ　おしみこそすれ〳〵

上下を着て、野暮でたしなみのない（文盲）酒をのむ、というこの句は諸説ある。1大工の棟上げ、2婚礼、3町入能（56参照）。どれも確定的でないが、上下姿で町人たちが江戸城中の町入能に招かれても、能などは見ないで酒を飲むのが目的では、何のための招宴かわからない、馬鹿な事だ、と解して置こう。

138
半兵衛《はんびようえ》雛《ひな》の頃から心がけ　ぞんぶんな事〳〵

近松門左衛門作の浄瑠璃『心中宵庚申』は、「四月《うづき》六日の朝露の、草には置かで、毛氈の」の文句のように、八百屋半兵衛と妻の千代が毛氈《もうせん》を敷いて情死した事件がモデルである。毛氈は雛壇に敷く物だから、半兵衛はひ

と月前の三月の節句ごろから心中を決意し、死ぬ時に使おうと心がけていただろうという穿《うが》ちである。

139 **喰つみがこしやくに出来て壱分めき**　はつめいな事〳〵

喰積《くいつみ》がばかに体裁よく出来たので、吉原の台の物みたいになってしまった。いまは遊里も喰積もないので、柳味を理解し難い句。

○喰積＝正月、三方《さんぼう》の上に松や裏白を飾り、かち栗・干柿などをのせて摘《つま》み物にする。○壱分＝一両の四分の一。吉原で酒の肴として客に出す台の物（喜の字屋）の値。

140 **捨子じやと坊主《ぼうず》禿《かむろ》をなで廻し**　おしみこそすれ〳〵

吉原の妓楼で、坊主あたまの男禿（男の子で代用することもあった）をつかまえて、頭をなで廻して、お前は捨子だったが、元気に育ったなあ、大きくなったら何になるんだ、などと客がからかうのであろうか。

141 **藪入《やぶいり》をなまものじりにしてかへし**　ぞんぶんな事〳〵

藪入で親もとに帰った娘は、華やかな年ごろだから、若者たちの関心の的となる。中の一人が娘と仲よくなったものの、またの逢瀬もないはかない縁だから、娘はほんのなま物知り程度で奉公先へ帰って行った。

142 **流星の内に座頭はめしにする**　はつめいな事〳〵

五月二十八日の川開きの日から、両国橋の辺は花火の季節となり、遊山船が川をうずめ、川沿いの料亭や屋敷は花火師を雇って、豪華な宴を張る（55頁参照）。その席に招かれて三味を弾くなど芸をする役目の座頭は、口明けの花火の流星をあげる時分に、食事をすまして置くだろう。

143 **禿《かぶろ》よくあぶない事を言はぬなり**　はつめいな事〳〵

遊女というものは色々の秘密をもつが、その身辺に在って雑用をする禿は差し障りのあることは本能的に知るとみえて、客の前では口にしない。年端もいかないのに、かしこいものである。

144 **客分といはるゝ女立《たち》のまゝ**　らくな事かな〳〵

半ば客のような形で嫁をもらい、まだ正式の婚礼もしないような場合は、嫁入道具はもとより、着替えもろくに持たないのが普通だ。「足入れ婚」もそのたぐいだろう。

○立のまま＝着のみ着のまま。

145 **正直にすりや橙《だいだい》は乳母《うば》へ行《ゆき》**　ま、ならぬ事〳〵（10オ）

正月の遊びの宝引《ほうびき》は、くじ引の紐の先に橙が付いているのが当りで、それを乳母が引いたけれど、うまくごまかして坊やに花をもたせる（55頁参照）。家庭風景。

146 **護国寺を素通《すどおり》にする風車**　心つよさよ〳〵

音羽の護国寺の西に雑司ヶ谷があって、寺を抜けると近いので、十月の鬼子母神のお会式には「一貫三百ァどうでもいい」と叫びながら、うちわ太鼓を叩き花万燈をふり立てる熱狂的な法華信者の行列が、宗旨ちがいもかまわず、えらい勢いで護国寺境内を素通りして行く。＊

○護国寺＝真言宗。徳川氏創建の寺。○風車＝鬼子母神の名物のみやげ。

147 **雪見とはあまり利口の沙汰でなし**（以下153まで前句不明）

花見や月見はいいけれど、芭蕉のまねをして、雪見にころぶ所までなどと出かけるのは、あまり利口とは言えない。風流よりは暖かい方がいいという、さめた精神から「子はこたつ親仁はころぶ所まで」（拾）という滑稽な句もある。

148 **寒念仏千住のふみをことづかる**

千住や小塚原あたりの女郎屋の前で、鉦《かね》を鳴らし念仏を唱えていると、中から女が出て来て、どこそこへ手紙を届けて下さいと頼む。この寒念仏はこの辺の寺の僧の寒行であろう。寒夜の貧僧と場末の女郎との対比は、風俗詩的な哀れがある。

149
松原の茶屋はいぶるが景になり

郊外の松原の掛茶屋に、釜の下を焚く煙が一筋立ちのぼっている。このいぶる煙があるので、絵になるのだ。

150
ぼた餅を気の毒そうに替て喰ひ

四十九日の忌明けに配るぼた餅は、哀悼の日を思い出させて、むしゃむしゃ食べるのは悪いと思いながらも、やはり他人事《ひとごと》だから、お代りまでして賞味してしまうのが人情の常だ。

151
はらませたせんぎは是《これ》で山をとめ

下女が妊娠しているとわかって、はらませたのは誰かと詮議をはじめたが、とんだ方面へ発展しそうなのでひとまず打切り（山をとめ）善後策を考えることにした。雇人だけでなく息子などの可能性もある、というようなことか。

若旦那夜はおがんで昼しかり　（明和三）

152
落《おち》て行《ゆく》二人が二人帯がなし

駈け落ち男女が、二人とも帯がない。二本つないだのを塀ぎわの松にかけて乗り越えて来たのだろう、というのだ。芝居などにはよく有るが、作意の見えすいたつまらぬ句。

153
親分と見へてへっつい惣《そう》かな具

親分といわれる人の家では、かまど、火鉢、神棚などを立派にして、へっついを惣金具にしたりする。それを子分たちがピカピカに磨くので人目につくのだ（55頁参照）。ただしはでな稼業なので「へっついのりっぱな側に日なしかし」（柳四）。資金ぐりも忙しいのである。

154
日傘《ひがらかさ》さして夫の内へ行　　実な事かな〳〵（10ウ）

乳母奉公の女が、休みをもらって夫の家へ行く時、農家などでは使わない高級品の日傘を、得意げにさしてゆく。それはお子を抱いたり背負ったりして外出する時、直射日光が子にあたらぬように、と支給されたのである。

145　宝引（『絵本若草山』部分）

142　川開き（『扨化狐通人』）

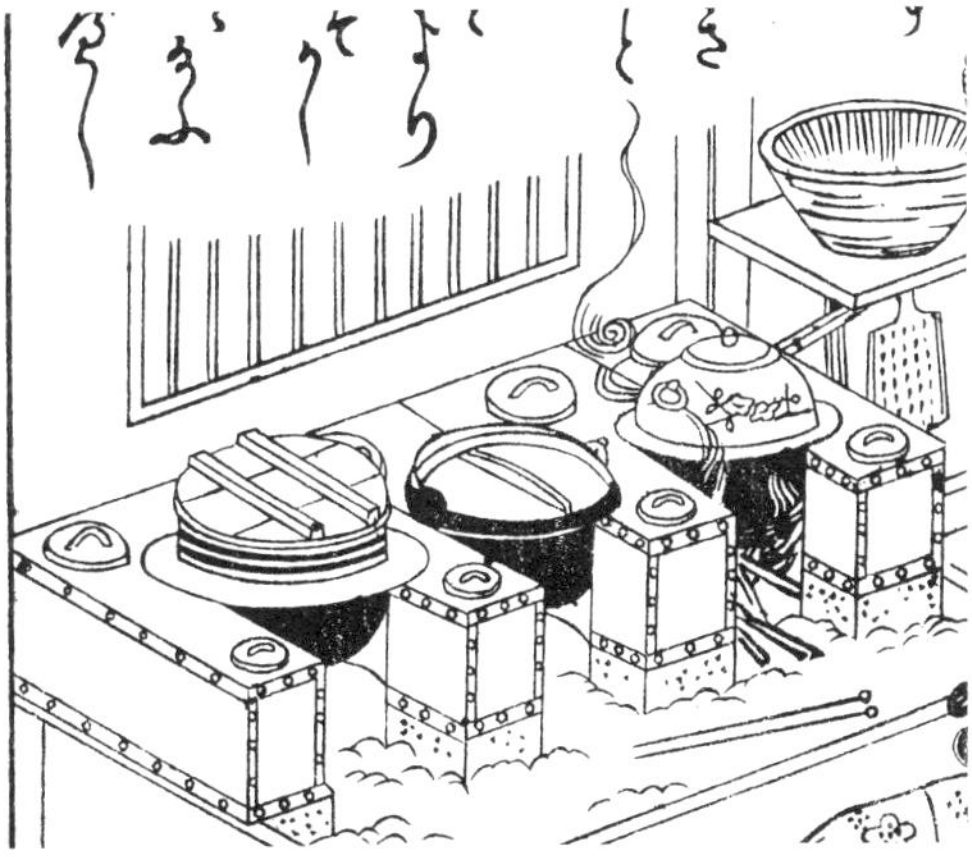

153　へっつい（『絵本江戸紫』部分）

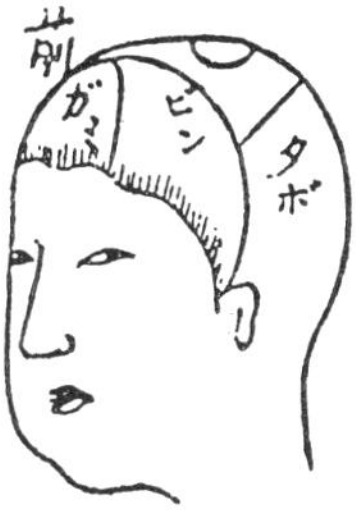

157　髱（『守貞漫稿』）

程度の高い生活環境に慣れて、おのずからそれを誇りとする感じがある。

155 **縫紋《ぬいもん》を乳をのみ〳〵むしるなり**　むまい事かな〳〵

晴れ着の若い母親が、子を抱いて乳をのませていると、たまたま子の手先が着物の縫紋にふれるので、小さく柔らかな指で縫紋の糸をむしっている。あとで母親は大損害に気が付くが、愛児の無心の仕わざでは、叱言《こごと》の言いようもない。

156 **藪入にうすく一《ひと》きれ振舞《ふるまわ》れ**　むまい事かな〳〵

藪入で帰った近所の娘とかりそめの契りを結ぶことが出来たが、間もなく主家へ戻ってゆくのだから、この恋が実るかどうかわからない。どうやらこの場合、娘の方が一枚上手《うわて》らしい。

157 **根ぞろへの横にねぢれて口をきゝ**　いそぎこそすれ〳〵

女の髪を結うには、前髪・鬢・たぼと、中心部の根を別々にそろえる、その基幹部の根ぞろえは大切《たいせつ》なので、誰かに話しかけられると、なるべく姿勢を崩さず、頭を少しねじまげて応答をするのだ（55頁参照）。

158 **庵《あん》の戸へ尋ねましたと書て置**　実な事かな〳〵

一人ぐらしの庵主は留守なので、矢立を出して庵の戸へ名を書いて置く。向島あたりには風流人の庵がかなりあったそうだ。

159 **隅ッこへ来ては禿《かぶろ》の腹を立**　のけて置きけり〳〵

叱られたり、こき使われたり、しかし訴える相手もない禿は、物かげの隅ッこで、小さい声でクソ婆アなどとつぶやいている。幸うすくして大人の色情世界に投げ込まれた禿のあわれを、川柳はよく捉えて、佳句が多い。

160 **小座頭《こざとう》の三味せんぐるみ邪魔がられ**　のけて置きけり〳〵

酒宴の座興によばれた座頭のお供の小座頭は、客の酔がまわって乱れて来ると、身の置き場がわからないで困ってしまう。体《からだ》のほかに三味線まであるから、どこにいても邪魔がられる。

○小座頭＝芸能座頭を見習い中の盲目の少年。

161
舌打で振舞水の礼はすみ　むまい事かな〳〵

道ばたに、柄杓を添えて出してある振舞水を飲んで、「あゝうまい」と舌打ちすれば、謝意はそれで充分である。清新な佳句。

162
義貞の勢《ぜい》はあさりをふみつぶし　ぞんぶんな事〳〵

新田義貞の軍勢が鎌倉の北条高時を攻めた時、稲村ヶ崎まで来て、黄金《こがね》造りの太刀を海に投げ入れて神に祈ると、たちまち干潟となり、一気に鎌倉へ乱入した。その時あさりをたくさん踏みつぶしただろう、と歴史上の出来事の意外なところに焦点をあてて、漫画化したのである。

　太刀の魚新田このかた出来る也　（柳一六）

163
関寺で勅使を見ると犬がほえ　いぢのわるさよ〳〵（11オ）

逢坂《おうさか》の関の東の関寺のほとりに、老い衰えて住む小野小町の所へ、帝が勅使をさし向けて、「雲の上はありし昔にかはらねど見し玉だれの内やゆかしき」の御製を遣わされた。小町はすぐ「雲の上はありし昔にかはらねど見し玉だれの内ぞゆかしき」と返歌した。その時、乞食のような小町と違い、立派な勅使の姿を怪しんで、犬が吠えたことだろう。謡曲の川柳化。

164
乳貰ひの袖につつぱる鰹節　あかぬ事かな〳〵

妻に死なれ、乳呑子をのこされると、牛乳などない時代では、気兼ねしいしい、よその子持ち女に乳をのませてもらうしかない。鰹節が袖につっぱらかっているのから察すると、鰹節をなめさせても泣きやまないので、乳貰いに出たとみえる。夜中など一層困るので、「南無女房乳を飲ませに化けて来い」（拾）という切実な句もある。＊

165 **是《これ》小判たつた一《ひと》晩居てくれろ**　あかぬ事かな〱

庶民のくらしでは、小判は入ったと思うと、すぐに出てゆく。どうか頼む、たったひと晩でもいいから居てくれよ、というのが大衆の偽らぬ心もちである。

166 **琴やめて薪《まき》の大くべ引給ふ**　細《こま》か成りけり〱

武士の家庭で、奥様が静かに琴を弾いている姿は、ゆかしい嗜《たしな》みで、いかにも優雅であるが、台所のかまどの下の大くべに気が付くと、つと立って行き、燃えさしの薪を何本か引いた。家計にこまかく気をつけなくてはならない旗本などの経済失調の指摘、あるいは自嘲。

○大くべ＝薪を必要以上の火力で燃やすこと。

167 **状箱が来ればよばれる太夫坊《たゆうぼう》**　あかぬ事かな〱

太夫坊覚明という人は勧学院の文章博士だが、木曽へ行って義仲の祐筆《ゆうひつ》になった。『平家物語』で見るとおりの暴れん坊の義仲のことだから、字などはろくに読めないので、手紙が来るとそのつど太夫坊を呼んで読ませただろう。知名度の低い太夫坊の名を出して、誰をよんだかを当てさせようというなぞ句であろう。詠史句としては凡作。

168 **飯焚《めしたき》に百ほどたのむとうふの湯**　いぢのわるさよ〱

豆腐の湯は廊下などを拭き込むにも、洗濯にもよいので、月に何回などと決めて、豆腐屋から湯をもらうのだが、早朝のことだし、重いしで、飯焚に頼んでもいやがる。百遍も頼んでやっと取って来てもらった、との意。

169 **めいわくな顔は祭で牛斗《ばかり》**　いそ〱とする〱

六月・八月・九月の十五日は、山王祭、深川祭、神田祭の当日で市民は熱狂するが、重い山車《だし》や屋台を朝から引かされる牛たちだけは、まったく面白くない迷惑そうな顔をしている。そして「まん月のせなかへあたるもどり牛」（柳八）、夜になって満月が中天にかかる頃、やっと解放されるのだ。

170
桶ぶせをはじいて通る日より下駄　いそ〳〵とする〳〵

吉原のごく古いころ、悪質の客を桶を伏せた中へ入れて懲らしめる、桶伏せの私刑があった。そこへ日和《ひより》下駄をはいた地廻りが通りかかり、指で弾いて通った、と写生句のようだけれど、このころ桶伏を取り入れた歌舞伎劇がはやったのが背景となっている。同時にまた廓者の人情のうすいのを諷しているのだろう。

○日和下駄＝当時は花柳界や地廻り・遊び人の好んだ履物。

171
親類が来ると赤子のふたを取《とり》　いそ〳〵とする〳〵

お産の見舞に親類の人が来ると、枕もとの屏風をあけて、産婦の隣の赤子の顔を、まるでふたでも取るようにして出して見せる。宝物でも見せるような、丁重なあつかいである。嫁の初産であろう。

172
江の島を見て来たむすめじまんをし　今がさかりぢや〳〵（11ウ）

江の島までは十三里（五二キロ）ほどで、女の足では三泊くらいかかるし、岩屋へはいる体験も珍しいので自慢をするのだ。大正初年の沼波説に、今でも東京に生まれながら、上野も浅草も知らぬ娘がいる。今でも江の島を見て来たら朋輩に自慢するだろうとある。日本娘がパリにやたらにいる昭和の今とは、まさに隔世の感である。

173
明星が茶屋を限りの柄《つか》ぶくろ　はれな事かな〳〵

伊勢の明星《みょうじょう》村に清めの茶屋があって、参拝者はここで旅装を改めて身なりを整え、道中ざしの脇差の柄袋なども取除いたのである。伊勢神宮には森厳の気があって、身も心も緊張したことをつぎの句が示している。

明星の茶屋からやめるむだつ口　（柳二）

174
御自分も拙者も逃《にげ》た人数也　そんの無い事〳〵

貴殿も拙者も逃げだした仲間でござるなど語り合っているのだが、命あっての物だねだという感じが籠っているようだ。それを戦場の昔話とする説が多いが、柳雨説の「吉良家の侍」がよいのではないか。

175
げんぞくをしても半分しゆしやう也　うかれこそすれ〳〵

坊主が医者になりすまして（118参照）遊里で遊ぶと、なにぶん平生は女人禁制のくらしだから、態度や言語がやはり何となく抹香くさくて、俗とは見えないのだ。＊

176
細見《さいけん》の鬼門へなをる遣《や》り手《て》の名　いぢのわるさよ〳〵

吉原細見を見ると、毎ページ遊女の名を列挙した下の左隅に、遣手の名がある。厄病神のように嫌われる遣手にふさわしい位置である（73頁参照）。

○吉原細見＝吉原の妓楼や女郎の案内書。遊びのガイド・ブック。

177
袖口を二つならして嫁をよび　細か成りけり〳〵

嫁の仕立てた着物を点検する姑が、その袖口をピンピンと音させて揃えてみて、よく揃わぬので（沼波説）嫁をよび、これから小言をいうところ。嫁姑の句がずいぶん多い中の一つ。今はこのような家庭での裁縫の情景はほとんど見られないだろう。

178
ゆうれいに成《なつ》てもやはり鵜《う》を遣《つか》ひ　いぢのわるさよ〳〵

謡曲「鵜飼」の老人は、死後に幽霊となってから、僧に出会い、罪障さんげのため鵜をつかって見せる。幽霊になった後に、さらに罪障を重ねないでもいいだろうに。幽霊の句で石鹼と取合わせた珍しいのを紹介する。「幽霊の足はしやぼんのはなれぎは」（柳一一五）。

179
羽織着て居るお内義にみなかたれ　うかれこそすれ〳〵

羽織は男の着る物で、女は深川の芸者など水商売の人が例外的に着るに過ぎなかった。すなわち、羽織を着た水商売あがりらしいお内義に、当時大流行のめくりカルタで皆が負かされてしまった。そのころ腕をみがいていたから、というのである。

180
けんぺいに投出して行質《ゆくしち》の足《た》し　いばりこそすれ〳〵

何がしかの金を借りるつもりで行くと、質草が足りないという。以下、山椒説を拝借すると、「男だけにぐっと癪に障って、帯に巻いた時計をくる〳〵とほどいて、ぽんと投出し、これなら文句はあるめェ」。明治風俗を思わせる。

○権柄に＝荒っぽく。高姿勢で。

181
おびんづる地蔵の短気笑つて居　もつともな事〳〵（12オ）

お賓頭盧《びんづる》は万人からそこらじゅうなで廻されるのに、「地蔵の顔も三度」の諺があって、三度までしかがまん出来ないとは、地蔵さんは短気だと、おびんづるが笑うだろう。諺利用句。

おびんづるの像をなでると、その部分の病いや痛みがなおるという俗信がある。

182
弐三歩《にさんぶ》が買《かう》とうるさい程はなし　ぐちな事かな〳〵

ちかごろ吉原行を覚えた奴が、二歩《ぶ》（四歩で一両）や三歩の中級以上の女郎を買うと、鬼の首でも取ったように、やたらと吹聴したがるものだ。それ以下には一歩（千文《もん》）、二朱（五百文）、百文などがあった。

183
お袋はぶきな姿に雁《がん》を書　ぐちな事かな〳〵

陰暦九月になってもまだ吊る蚊帳《かや》には、四隅に雁の画をつるす習わしがあった。絵心のないお袋が書いたのだから、じつに不器用な雁である。

184
あんまりな事に一人でふせて見る　ぐちな事かな〳〵

壺皿博奕《ばくち》をしていて、丁《ちょう》と張れば半、半と張れば丁と出て、すっかり負けてしまった。どうしてこうも思う目が出ないだろうと、独りで隅っこで采《さい》ころを入れて伏せる道具を独りで伏せて見る。いかにもありそうなことである。

185
御一門《ごいちもん》見ぬいたやうな銭遣《ぜにつか》ひ　今が盛りぢや〳〵

平家の一門、おごる平家は久しからず、西海の藻くずとなるのを、見ぬいたかのように、平重盛は宋の育王山《いおうさん》へ三千両の祠堂金を献納して、後生を祈った。名を出さず、五七五のヒントを与えて解かせる、謎ときの句である。

186
このしろは初午《はつうま》ぎりの台に乗《のり》　はれな事かな〳〵

このしろは骨の多い下魚で、また不吉な魚とされたから、鯛とちがって台に乗せて進物にすることなど無いが、初午の日だけは、白木の折敷《おしき》に乗せられて、稲荷大明神の前に供えられる。類句に「このしろの鏡にうつるにぎやかさ」（柳五）がある。祠《ほこら》の御神体の鏡にであろう。

187
祭前洗ひ粉持つて連れて行《ゆき》　はれな事かな〳〵

山王か神田の祭礼の前に、母親が洗粉を持って子供を銭湯へ連れて行くのは、娘が行列に出るとか、山車《だし》に乗るとかするので、みがき立てようというのだ。華やかな祭りに参加する娘が、よその娘に引けを取らないように、との親心である。

188
隣へも階子《はしご》の礼にあやめ葺《ふき》　そんの無い事〳〵

端午の節句の前日、五月四日に軒にあやめをさすのに、梯子《はしご》を隣から借り、その礼心に隣の軒にもさしてあげた。市民のくらしの一断面、そして季節を感じさせる句である。

189
天人へ舞とはかたひゆすりやう　そんの無い事〳〵

謡曲「羽衣」の天人（28既出）に伯良は「天人の舞楽ただ今ここにて奏し給はば、衣を返し申すべし」という。ずいぶん物堅いことだ。もっと色っぽい条件を出せばいいのに。

190
御后《おきさき》のわる尻をいふ陰陽師《おんようじ》　ひどひ事かな〳〵（12ウ）

鳥羽帝（近衛帝ともいう）に寵された美女玉藻の前の正体は、唐天竺から渡来した金毛九尾の狐だと、陰陽師安部泰成が看破り、御命を縮めると警告した。ために玉藻は那須野に逃れたが射殺され、殺生石と化したという伝説。謡曲「殺生石」がある。

○わる尻＝包み隠している悪行や計略。

191
歩《ふ》と香車《きょうしゃ》座頭の方は付木でし　わらひこそすれ〳〵

座頭と将棋をさすことになったが、へぼ将棋の悲しさで、歩と香車《やり》が一枚ずつ紛失しているので、付木を折って代用し、それを座頭用にした。どうせ座頭は盤面は見えず、頭《あたま》の中の記憶でさすのだから。

192
御勝手《おかつて》はみなかつ命におよんで居　わらひこそすれ〱

座敷では、いつまでも酒が切り上らないで、客も主人も面白そうに談笑しているが、家来や台所の者は飯を食うことがならず、不平たらたらだ。渇命《かつめい》に及ぶという漢語で、武家屋敷を暗示している。

193
くろもじをかぎ〱禿《かむろ》持《もつ》て来る　わたしこそすれ〱

くろもじは小楊枝の異称。楠科の木でよい匂いがするので、命じられて取りに行き、かぎながら持ってくる少女。童心、愛すべし。

194
源左衛門鎧《よろい》を着ると犬がほへ　もつともな事〱

佐野源左衛門が千切れたぼろ鎧を着た姿を初めて見た時、飼犬も怪しんで吠えたてたことだろう。

〔謡曲「鉢の木」〕

執権北条時頼は、出家して最明寺《さいみようじ》入道と言い、民情視察のため行脚僧の姿で諸国をめぐるうち、上州で大雪に会い一夜の宿を乞うた。貧しくて薪もないので、大切にする梅・桜・松の植木を焚いてもてなし、名は佐野源左衛門の尉《じよう》常世、領地を一族に横領されてこの始末だが、鎌倉に一大事ある時は鎧兜・長刀に身を固め、あの馬に乗り馳《は》せ参じる覚悟だと語る。翌朝旅僧は厚く謝して去ったが、まもなく幕府から大小名へ召集が掛かった。常世も痩馬を急がせて到着すると、諸軍勢の中から独りだけ呼び出され、本領安堵《あんど》のみならず、鉢の木の報いとして加賀の梅田、越中の桜井、上野の松井田の三箇《さんが》の庄を与えられた。これの歌舞伎化が何度も上演された影響で、句が多い。

195
仲人へ四五日のばすひくい声　もつともな事〱

婚礼を延期する。113と同想だが、具体的に日数を示す点がちがう。

196 **けいせいも淋しくなると名を替る**　ぐちな事かな〳〵

遊女がはやらなくなると名を替える、ということがあったと見える。もとあるので、役者や力士の改名を連想していると思われる。現代でも喫茶店などにありそうだ。

197 **深川の土弓《どきゆう》射習ふ草履取**　もつともな事〳〵

主人が深川の料理屋で宴会酒をのんでいる間、お供の草履取はひまつぶしに八幡宮境内の土弓場で、土弓娘《どきゆうむすめ》から射かたを習ったりするだろう。この君にしてこの臣ありだ。

○土弓＝弓矢で的を射る大衆娯楽。盛り場に葭簀囲《よしずがこ》いのがあって、いま温泉場にある射的と似た感じだ。

198 **黒木売大事に跡をふりかへり**　もつともな事〳〵

京都郊外の八瀬大原から、市中に来て黒木を売り歩く女は、頭上に重い荷があるので、跡をふりかえるのは容易でなく、静かに慎重に首をうごかす。類句に、

黒木売負けぬ頭をおもくふり　（柳二）

199 **かごちんをやつて女房はつんとする**　ぞんぶんな事〳〵（13オ）

吉原帰りの駕籠賃か、戸をあけて女房に払わせる。つんとして不快感を表明するのだが、朝がえりだと、「ぶつつけるやうに駕ちん女房出し」（柳一七）となるかもしれない。

200 **すゝ掃《はき》の下知《げち》に田中の局《つぼね》が出**　ぞんぶんな事〳〵

竹田出雲作『大内裏大友真鳥《だいだいりおおとものまとり》』は大当りの浄瑠璃で、中に田中の局という女が登場してアッパレ頼もしい働きをするが、吉原のそばの田中（台東区竜泉あたり）から通う遣手《やりて》も、煤はきの日には大勢の女郎たちを指図《さしず》（下知）してアッパレの働きをして、田中の局の再来という感じになることである（八木説）。

201 **棟上《むねあげ》を名代《なだい》の乳母の尻へ投《なげ》**　ぞんぶんな事〳〵

棟上げの時は高い足場の上から丸餅を投げ、近所の子供たちが拾う習わしがある。それを見ている乳母の、町内随一と定評のある大きな尻をめがけて、大工たちが餅を一斉に投げている。

202
柏餅妹の乳母は手つだはず　まんがちな事〱

五月節句の柏餅を作る時、男の子の乳母は手つだうが、妹の乳母は知らん顔で手伝わない。日ごろ兄ばかり大切にするのに対して反感があるからだ。「乳母同士対決になる柿一つ」（柳一四）も対抗意識のあらわれ。

203
箱王が両の袂《たもと》に蟬の声　まんがちな事〱

曽我五郎時致は箱王といった幼時、箱根権現の別当寺へ預けられたが、お経など覚えようとしないで遊びまわり、夏は両方の袂に蟬の声がさわがしかったことだろう。殺生禁断などお構いなし、左句は魚釣りである。

赤腹を釣て箱王しかられる　（柳四）

204
横丁に一つ宛《ずつ》ある芝の海　ながめこそすれ〱

本芝から芝の田町（今の港区）にかけて、東側の横丁をのぞくと、海が見える、また横丁があるとまた海が見えるので、横丁に一つ宛あるように感じられる。今は埋立てで海が遠くなったが。

205
茸狩《たけがり》は紅葉狩より世帯《せたい》じみ　はこびこそすれ〱

同じ秋の行楽でも紅葉狩は見る楽しみだけで、遊所にしけ込む恐れさえあるが、茸狩は取って帰っておかずにという所帯じみた楽しみだ。

206
蚊を焼いた跡を女房にいやがらせ　ながめこそすれ〱

夜中に蚊で目がさめ、紙燭《しそく》をともして蚊帳の中の蚊を焼いてから、女房の寝姿を眺めたりする亭主に、いやよ恥ずかしい、消して頂戴と女房がいう。夫婦の閨中の色氣。

207
長屋中《ぢゅう》手ごみにはかる田舎芋　まんがちな事〱

いつもの八百屋でなく、田舎者が芋をかついで売りに来ると、長屋の女は総出で、争って勝手に一升桝へ山盛りにはかり込んで、無理やり買ってしまう。心臓の強い女房族。

208 **岡場所はくらはせるのがいとま乞**　いやしかりけり〳〵（13ウ）

岡場所と呼ばれる非公認の遊所では、帰る時もきぬ〴〵などという優しさはなく、客の背中をポーンとどやしつけて、「またおいでよ」というようなあんばいである。

○岡場所＝公認遊里の吉原以外の遊所の総称。品川・新宿・板橋・千住などの宿場のほか、深川・上野その他に数十か所の私娼窟があった。

209 **花嫁のあました平《ひら》へ札を入《いれ》**　いやしかりけり〳〵

花嫁は婚礼の日はあまり箸をつけず、煮物を入れた平《ひら》椀《わん》ものこっている。それを早く縁付くようにあやかりたいと望む娘たちにやるため、椀の上へしるしの札を入れておく、という山椒説に従う。あやかるという俗信の有無は知らないが。

210 **太神楽《だいかぐら》ぐるりはみんな油むし**　立留りけり〳〵

太神楽を呼んで門前で演じさせると、ぞろぞろついて来た子供たちが、ぐるりを取巻いて、ただ見物をするのだ。それがうるささに「太神楽斗《ばかり》を入れて門をしめ」るのが122の句だ。

○油虫＝飲食・見物などに金を出さず、人にたかるのを嘲っていう。

211 **冠をふみちがへたるみたをし屋**　いやしかりけり〳〵

何でも安く買う見倒し屋も、冠はあまり高級で縁がないため、値をふみ違えて高く買ってしまった。頭にいただく冠を踏むとした技巧におかしみがある。

○見倒し屋＝古道具屋の異称。「見倒し屋なさけを知つて不如意也」（拾）の句がある。

212 **壱人者《ひとりもの》のまぬかはりに弐朱がつき**　はげみこそすれ〳〵

下戸の壱人者は、酒をのまない代りに、年の暮には二朱も餅を搗いて、好物の餅をたっぷり楽しむ。酒と餅が優劣をあらそう餅酒論は、古来くりかえされるテーマである。

○弐朱＝一両の1/8。一人の量としてはずいぶん多い。餅ははれの馳走だから、贅沢な食生活といえる。

213
降参が済むと一度にひだるがり　ひどひ事なり〱

戦いやぶれて降参すると、急激な空腹感に襲われる。昭和二十年八月の降伏後に、当時の国民は全部がひだるい（ひもじい）状態で、じきに米よこせ運動が起こったのを思い出す。

214
おさらばを障子の内でたんと言ひ　しわい事かな〱

深川などの岡場所であそんで帰る時、妓《おんな》は入り口の障子を明けて見送り、「おさらば」を何遍もいうけれど、送って出ないで済ましてしまう。口先だけでもたんと言うのが、せめてものサービスだ。鳥居清長の「誹風柳多留」シリーズ中の一図を見ると、土間には下働きの女が提灯をもって、客を送って出ようとしている。

215
秋がわき先《まず》七夕にかわきそめ　せつ〱な事〱

秋は情欲が増進する、それを「秋がわき」というが、七夕の牽牛織女の一年に一度の逢瀬は、さしづめ秋の「かわき初め」であろう。天象の卑俗化である。

216
中川は同じあいさつして通し　せつ〱な事〱

中川と小名木《おなぎ》川が合流する地点には船番所があって、船から「通りまあす」と叫ぶと役人が「通れ」という、こういう決り文句の挨拶で船を通すのである。中川は古利根川の下流で、春から秋までは江戸から小名木川を通って釣舟や遊山舟がたくさん来たのである。

秋はてる迄は毎日通ります　（柳一〇）

217
おどり子のかくし芸までしてかへり　こゝろよはさよ〱　(14オ)

踊子は両国橋付近の橘町や薬研堀《やげんぼり》の辺に多く、料亭や遊山船での宴席に侍し、絃歌や踊で興を添える芸者であるが、とんだ隠し芸をして風紀を乱すことが多い。それで転び芸者などといわれ「ころぶは上手〱おどるはお下手」（柳一二）とひやかされる。

218
忍びごまなんぞいゝたい姿なり　（前句不明）

仇《あだ》な若い女がただ一人、体《からだ》をくの字にして爪弾きの忍び駒。悩ましげな、人恋しそうな姿である。現代では見られない、女性の嬌態。

○忍び駒＝三味線の駒に紙などはさみ、低音にすること。

219
四日から年玉ぐるみ丸くなり　（前句不明）

僧は三ケ日は遠慮して、四日から年始まわりに出、持参する年玉は丸い曲げ物に入れた寺納豆ときまっていた。つまり、三ケ日の礼者は上下《かみしも》を着て四角な扇箱を年玉としたが、四日からは礼者の頭も年玉も丸くなるわけだ。

○年玉＝年始まわりの時の進物。

220
小ぢからがあるで若後家じやれに成　のがれこそすれ〳〵

若後家をつかまえて、良からぬ行動をしかけたのに対して、小力があって断乎はねつけたので、ほんの冗談ということで終った。

221
日本の狸《たぬき》はしんで風おこし　用に立ちけり〳〵

狸の皮はふいごに使われるから、「虎は死して皮を残す」のと同様に、日本の狸は死して風をおこすわけだ。諺のパロディー、とくに狸が化けるのを連想させる点におかしみがある。

222
芝居見の証拠は女中先に立《たち》　すすみこそすれ〳〵

男女数人が連れ立って歩く、その先頭を女性が急ぎ足であるくのは、芝居を見に行くに違いない。娯楽の乏しい女性にとって、歌舞伎は最高の魅力だったから、堺町・葺屋町・木挽町など芝居町での所見か。しかしこしらえ物という感じの句である。

223
銭なしのくせにいつでも采《ざい》をふり　すすみこそすれ〳〵

財力はごく乏しいくせに、事があるといつも采配を振って、人に指図をしたがる、出しゃばりな奴がいるものである。

224 **あら世帯《ぜたい》何をやっても嬉しがり**　用に立ちけり〳〵

あら世帯は家と家でなく、本人たちの意志の結婚（98参照）だから、最低限の家財道具しかなく、何をもらっても嬉しいのである。

七種に道具のたらぬ新世帯　（柳二八）

225 **はつ雪に雀罠《すずめわな》とははじ知らず**　いやしかりけり〳〵

初雪に風流気をおこすどころか、ざるを雪の上に立てかけて雀わなの仕掛けを作るとは、何たる恥知らずだ。

226 **雨やどり額《がく》の文字《もんじ》を能《よく》おぼへ**　ながめこそすれ〳〵（14ウ）

俄雨《にわか》を避けて寺の境内に雨やどりする。雨はなかなかやまないで、見るともなく山門の額などを見ているうちに、むずかしい文字を覚えてしまった。

雨やどりごおんとついてしかられる　（柳一二）

227 **あら打を遠くへ寄《よせ》て目出たがり**　まんがちな事〳〵

あら打は土蔵新築の時のめでたい習わしだが、素人が慣れない左官仕事で泥をはねかしたりするので、羽織袴の祝い客などは遠く離れて一団となって眺めている。

○あら打＝細い篠竹《しのたけ》を縦横《たてよこ》に組み渡した壁下地の木《こ》舞《まい》に、荒壁を最初に附けること。土蔵薪築の繁栄を祝福する意味で、親戚知友の有志がしばし勤労奉仕するのが例だった。

228 **江戸へ出る日には手作《てさく》の髱《たぼ》を出し**　ながめこそすれ〳〵

「江戸へ出る」とは、江戸の近郊あるいは場末から、日本橋・神田などの都心へ行くことをさす。そのような時は、ふだん身のまわりを構わない中年女でも、髪を結うのにたぼを大きく出し、柄にもなくお洒落をする。吉原の遺手が江戸へ出る姿をひやかした句かもしれない。

○髱＝女の結髪の、後部の張り出した部分（55頁参照）。

229 **斎日《さいにち》にあぶなくほめる海おもて**　ながめこそすれ〳〵

斎日は正月と七月の十六日、奉公人の休日である。この日は上野寛永寺・芝増上寺・高輪泉岳寺などが山門を公開したので、海の見晴らしを楽しむ事が出来たが、高処に慣れないこととて、おっかなびっくりである。

230
屋敷替《やしきがえ》白い狐の言ひおくり　改めにけり〳〵

幕臣の役目が変ると、住む屋敷を取替えることがよくある。その時、跡に住む人に「あの社のうしろの狐穴には、白い狐が居ます。穴の口へ毎日油揚二枚、朔日十五日には、其の外《ほか》に小豆飯を供へる事になってゐます」などと申し送りをするという山椒説が、その時代を思わせるので拝借した。

231
蟻《あり》ほどに千畳敷の畳さし　ぶんな物なり〳〵

江戸城の松の間は俗に千畳敷という。そこの畳がえの時は、畳職人が点々と蟻のように見える。千畳敷はお膝元意識の江戸人の自慢だったらしく、末期の『柳多留』にいくつも句がある。

232
見知りよいあたまは御所《ごしょ》の五郎丸　ぶんな物なり〳〵

曽我の敵討の芝居で、源頼朝の陣屋へ切り込んだ五郎時致を、皆がもてあましていた時、薄衣《うすぎぬ》をかぶって女のように見せ、五郎に油断させて後ろから組み留めたのが、御所の五郎丸で、芝居では大唐輪《おおからわ》という特徴のある髪形なので、見わけやすい。

　抱きついて皆来いやいと五郎丸　（柳二〇）

233
腰帯を〆《しめ》ると腰は生きて来る　ぶんな物なり〳〵

腰帯は、抱え帯あるいはしごきと言って柳雨説によると「帯をしたきりでは、何となく腰のあたりに締りが無くて妙な恰好であるが、其上にキリリと腰帯を〆めた所で、初めて女の姿が生きる」。すなわち、正装して帯をしめた後、その上にする帯である。これを幅広帯をする前に〆る細い帯と見ては、誤りである。

234
ぬか袋持つて夜伽《よとぎ》の礼に寄《より》　さつぱりとする〳〵

出産の後、二十一日たって入湯を許されたので、糠ぶくろを持って銭湯へ行く途中で、出産当時に看護して貰った礼を言いに立寄った、との意。ぬか袋で女性を示しているから、お産と見たい。相手は懇意な近所の女。
○夜伽＝夜寝ずに付添い、看護すること。

235
四辻《よつつじ》へ来ると追人《おつて》の気がふえる　めくりこそすれ〳〵（15オ）
逃げだした人を、追手《おつて》がおっかけて来て、四ツ辻へ出ると、サアどっちだろうと、気が迷ってしまう。三方のどれかに迷うのだ。

236
降参の顔をなぐさむ白拍子　（以下246まで前句不明）
源平時代の遊女白拍子が、勝利の祝宴に召されているところへ、降参人が戦い疲れた惨澹たる顔付きで引かれて来ると、はしたない白拍子どもが笑いものにする。想像歴史句。
白拍子にも降参はあなどられ　（柳七八）

237
山の芋鰻《うなぎ》に化ける法事をし
五十年・百年の法要は、めでたい法事として食膳にまぐさ物を避けないから、山の芋の料理の代りに、鰻の蒲焼が現われたりする。山の芋は年経ると鰻となり、雀海中に入って蛤となるという俗信を踏まえた句。

238
五ッ月を越すと近所へぎりをかき
三つき四月は袖でもかくす、というが、妊娠五カ月になると人目につくし、自重して外出もさし控えるので、近所へは不義理がちになる。五ツ月にはつぎのような場合もある。
まつすぐに白状をする五ツ月め　（柳九）

239
白いのに其後《そのゝち》あはぬ寒念仏
寒念仏（132参照）がある夜、白装束の丑の時参りに出会ったが、一度きりでそれ以後は出会わない。人に見られると祈りが利かないから道を変えたのだろう。
○丑《うし》の時参り＝人を呪うため丑の時（午前二時ころ）藁人形を釘で神木などに打ちつける、嫉妬深い女の仕わざ。

240
返事書く筆のじくにて王を逃《にげ》

将棋をさしている最中に、急用の手紙が来たので、返事を書きながらさすうちに気が散って形勢悪化、あわてて筆の軸で王を逃がした。へぼ将棋。

241
嬉しひ日母はたすきでかしこまり

内輪の祝いがあって嬉しい日に、母はたすきがけでまめまめしく立ち働く。そこへ人が祝いに来ると、たすきを外《はず》す間《ま》もなく、ちょっとかしこまって応対する。すぐ立って働くと、また客がくる、嬉しいてんてこ舞である。

242
袂《たもと》から口ばしを出す払《はらい》もの

ふところに忍ばせている鴨の口ばしを、袂からチラと見せるのは言わずと知れた払もの（売物）だ。鴨は禁猟で、役所の検印のない密猟の鴨は公然と売れないので、荒川・江戸川など川の多い方面のせなあ（若者）は密猟した鴨を江戸へ出て売ろうとするのだ。

せなあ小声でかますから鴨を出し　（柳二〇）

243
医者の門ほと〲打つはたゞの用

夜、医者の門口《かどぐち》を静かにたたいているのは、ただの用件であろう。急病だったらドンドンと割れるようにたたくはずだから。

244
稲妻の崩れよふにも出来不出来　（15ウ）

稲妻は稲の作柄《がら》と深い関係があると、昔から信じられていた。だから稲妻の形とか頻度とかによって、豊年になったり、凶作だったりする。農民の俗信を意外に感じて指摘した句だろうが、現代科学もそれを認めているそうだ。

245
張ものを上手にくゞる高足駄

洗張り屋は、伸子《しんし》張りの下を高足駄をはいて、右へ左へ上手にくぐって仕事している。紺屋でなく、洗張り屋

214　下働きの女が桟橋まで送る図（『美地の蠣殻』）

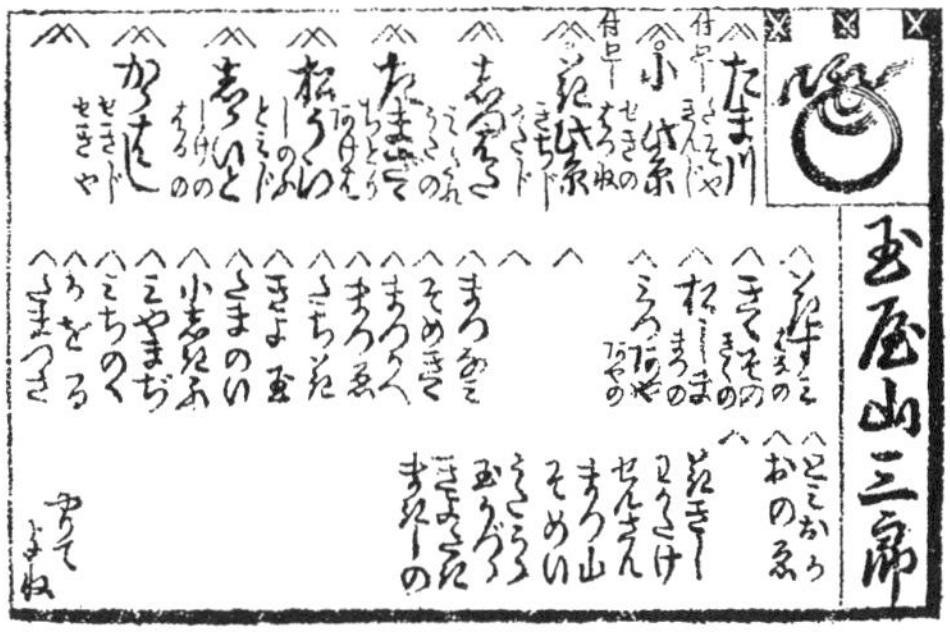

176 「吉原細見」（天明三年秋の版より、部分）

245　伸子張り（『和国百女』）

は仲子《しんし》の下に水溜りが出来るので、高足駄をはくのだそうだ（73頁参照）。

246
夜が明けて狩場〳〵へ外科を呼《よび》

曽我兄弟が富士の裾野の巻狩に忍び込んで、敵の工藤祐経を討った時、多数の死傷者が出たので、翌朝は各陣屋で外科医を呼んだだろう。外科医を呼ぶ、と現代めかしたおかしみ。

ゐのし、やむじなのわきで工藤死に　（柳一二）

247
恐悦《きようえつ》を水としきみで申上《もうしあげ》　かわり〳〵に〳〵

吉良上野介の首をとった赤穂浪士は、泉岳寺の主君浅野内匠頭《たくみのかみ》の墓に、水と樒《しきみ》をあげておまいりして、およろこびを申し上げた。固有名詞なしで推察させる謎ときの句である。

248
こそぐつてはやくうけとる遠目がね　とゞきこそすれ〳〵

遠目がねをいつまでも見て放さない相手の、脇の下の辺をこそぐって、早く受け取った。オランダ渡来の望遠鏡は、庶民には珍しく、つい長くなるのだ。

成程といつて又見る遠めがね　（柳一〇）

249
大黒の好きは大根《だいこ》のぶん廻し　だてな事かな〳〵

大黒天の祭りには、二股《ふたまた》大根を供えるが、あの形は二本足のぶん廻し（コンパス）によく似ている。二股大根は若い女の白い脚にも似ているので、「大黒の好き」に滑稽感がある。

250
江の嶋で一日雇ふ大職冠《だいしよつかん》　おごりこそすれ〳〵

藤原の大職冠が、志度の海女を竜宮へ遣って玉を取り返させたように、江の島で海女を一日雇ってあわびなどを取らせるのは、じつに楽しみなものだ。

〔**謡曲「海人《あま》」の玉取伝説**〕　唐土《もろこし》の皇帝から藤原の大臣に贈って来た面向不背玉《めんこうふはいのたま》が、志度の沖で竜宮に奪われたのを取り返そうと、淡海公は房前《ふささき》の浦の海人と契り、事情を語ると海人は海底の竜宮城に忍び込み、玉は乳の下を切って隠し、浮上して目的を達した。海人はそのため命を失ったが、その子を約束どおり藤原の世継ぎとして、房前《ふささき》と名をつけた。

251
上げ輿《ごし》の当てにして置《おく》地主の子　す、めこそすれ〳〵

今年のお祭には、輿の上に乗って大切な役目をする子供は、地主の家の坊ちゃんを予定して置こう、そうしたら寄付を奮発してくれるだろうから。いわば人情の機微である。京都の祇園祭の鉾の上で、少年が大役を果たすように、上げ輿の上に乗ると目立って恰好《かっこ》がよく、『江戸名所図会』神田明神祭礼の図其四の牛の曳く大きな台の上にも、二人の稚児が立っている。つぎの句がそれである。

上げごしの顔ばか見える御祭礼　（苔翁評）

252
よしなあのひくいは少し出来かゝり　ひくい事かな〳〵

女の袖を引いて口説きかけるのに対して、よしなあ、と拒むように言うが、声は高くない。こういうのは根気よく口説けば大いに見込みがある。その反対は、

出来ぬやつおよしなさいとかたくいひ　（柳三）

253
関とりのうしろにくらいあんまとり　たいそうな事〳〵（16オ）

小山のような角力《すもう》取りのうしろで肩をもむ按摩、小さいからだが関取の陰になって、うす暗く見える。

風上ミにすわり関取しかられる　（柳二四）

254
大門《おおもん》をそつと覗《のぞ》いてしやばを見る　たいそうな事〳〵

吉原の遊女は籠の鳥の身の上で、大門から出ることはできない。わずかに門外の娑婆の世界をのぞいて見るだけである。

○大門＝吉原の廓の唯一の門。

255
煤掃《すすはき》に装束《しょうぞく》過《すぎ》て笑《わらわ》れる　たいそうな事〳〵

十二月十三日の煤はきに、いくらよごれても好いよう

にと、苦心のいでたちをして、笑われてしまった。山椒説には「何だ其の支度は。乞食芝居の敵討ぢやあるめえし」とある。

256
両替屋のつぴきの無い音をさせ　正直な事〳〵

両替屋には必ず天秤があって、金銀の目方を測るには、天秤の針口を叩いて振動させる。その音は一厘一毛の違いも許容しない、きびしさそのものである。

天秤をたゝく手代の目がすわり　（柳三）

257
寝ごかしはどちらの恥と思《おぼ》し召《めす》　見へわかぬ事〳〵

寝ごかしは、相手の女郎の眠っているうちに、黙って帰ること。それを「寝ごかしにしてやった」などと、女郎に恥をかかせたようにいうが、もてない証拠だから、客の恥ではなかろうか。

寝ごかしといふて帰れどふられたの　（拾）

258
かまはらひひたいで鈴をふり納《おさめ》　正直な事〳〵

毎月晦日に巫女が来て、かまどを払い祈禱し、しめ縄を張ってまつる。千早という白衣を着て、手の鈴をふる巫女が、最後に鈴をひたいの所に当てて、いただくようにする。そのもったい付けた態度がおかしいのである。

釜はらひ時々きざな声を出し　（安永四）

259
馬嶋《まじま》での近づきならばうろ覚《おぼえ》　見へわかぬ事〳〵

馬嶋は古くからの眼科医の名家で、江戸でもはやった。そこでの知り合いなら、よく見えない同士だから、互いにうろ覚えだろう。

260
乳《ち》の黒み夫に見せて旅立たせ　正直な事〳〵

妊娠すると乳首が黒ずむ、それを長旅に出る夫に見せて、後に不貞を疑われることのないようにする。用意周到。

261
盗人にあへばとなりでけなるがり　きびしかりけり〳〵

盗人に入られて物をとられた家の隣人が、泥坊も貧乏人は相手にせずだ、お隣のようにねらわれる身分になりたいとうらやましがる。

○けなるい＝羨しい、けなりいも同じ。

262 **歌一首有るではなしにけつまづき**　あさましい事〳〵（16ウ）

話の途中で、こういう和歌があると言って引こうとするが、その和歌がどうしても思い出せないで、話の腰が折れてしらけてしまう。ありそうなこと。

263 **駿河丁畳の上の人通り**　たいそうな事〳〵

日本橋駿河町の越後屋（いまの三越）の繁昌をよんだ句。上がる客、帰る客、品物を運ぶ、片付ける、代金を受取るなど各担当の店員、茶を供する丁稚などで、畳の上に人通りができるほどである（79頁参照）。

264 **八まんはかんにんならぬ時の神**　たいそうな事〳〵

八幡様は武勇の神で、武士の出陣の時、弓矢八幡大菩薩と戦勝を祈願するが、喧嘩して怒りを抑えられない時にも「八幡勘忍ならぬ」などと言い、よく引合いに出される変わった神様である。

265 **岡場所は遣り手と女房どんぐるみ**　あさましい事〳〵

公許の遊里吉原とちがって、江戸市中に散在する非公認の遊所、いわゆる岡場所では、万事が貧乏くさくて、女たちを監督する遣り手の役目も女房が兼ねている。

○どんぐるみ＝いっしょくた。

266 **手拭ではたいてぜげん腰をかけ**　むさい事かな〳〵

身売りの相談に来た女衒《ぜげん》は、貧苦のあばらやの縁先をさも穢《きた》なげに手ぬぐいではたいてから、腰をかける。冷酷非情を絵にかいたような仕ぐさだ。

売喰いをぜげんの見込むむごい事　（柳二三）

267 **裏門と家中《かちゅう》の乳母は首ッ引**　うちばなりけり〳〵

大名の家中の藩士に雇われる乳母は、いつも裏門へ子を抱いて出ている。窮屈な屋敷うちよりも、門番としゃべったり、外を見たりする方がいいのだ。

268
聞いてくりや命が有るといふ斗《ばかり》　あさましい事〳〵

女郎との痴話のあれこれを思い出して、こうもてては命がもたない、などと遊び仲間に自慢する愚か者。営業用の手練手管と知らないのだ。

269
清盛の医者ははだかで脈をとり　はつめいな事〳〵

平清盛は火の病いで、「臥し給へる所四五間が内へ入る者は、熱さ堪へがたし」と『平家物語』にある。だから医者は裸になって診察したろうという想像。また、比叡山から汲んできた水をたたえた水槽に浸した時は火を水の中へ入れたように、

湯にはいる時入道はぢうといふ　（拾）

270
才蔵はのみかねまじきつらつつき　たいそうな事〳〵

三河万歳の太夫の方は人柄な感じだが、才蔵は悪ふざけをして、逃げる女子供を大口あけて追駈け廻し、一口に呑みそうな顔付きである。江戸時代には得意先が決まって居り、屋敷や町家の屋内で演じてから、酒食を給され祝儀をもらうのが習いだった。

271
金《かね》の番とろ〳〵としてうなされる　馬鹿な事かな〳〵（17オ）

金蔵の番人は、眠気に誘われてうとうとすると、何かにうなされて、ハッと気が付く。金がなければ、おびえることもないはずだのに。

272
おはぐろを俄《にわか》につけてとが丶知れ　なさけふかさよ〳〵

女の腹が大きくなって、もう隠してはおけず、夫婦になると覚悟をきめてお歯黒をつけたので、関係のあったことがばれてしまった。婚前交渉は淫らな不品行だったのである。

○お歯黒＝既婚者の証拠。

273
よみの場へ筆添て出す奉加帳　ねらいこそすれ〳〵

よみカルタの博奕を、車座でやっている最中、奉加帳に筆を添えてひと筆お頼み申しますと出す奴がいる。金がないとは言えないし禁制の博奕だし、そこをねらった

263　越後屋店先（「近世職人尽絵詞」東博蔵）

281　梓巫女（『浮世床』部分）

276　手を洗う女（春信画「手拭掛帰帆）

知能的な策戦である。

○よみ＝めくりカルタともいう。うんすんカルタの変化したもので、四十八枚のカルタ。江戸中期に大流行した。花札の原形。

274
小間物屋箱と一所に年が寄《より》　おごりこそすれ〱

小間物屋はいくつも重なった箱の風呂敷包をかついで、得意先をまわるが、女相手の商売だから若い男にふさわしい。けれども今は箱が古びたのと同様に、自身も年寄りになってしまって、うらぶれた有様である。

275
太神楽《だいかぐら》赤い姿に見つくされ　おごりこそすれ〱

柳雨説を拝借する。「太神楽の獅子頭に噛まるれば疱瘡軽しといふ迷信がある。さればこの赤い姿とあるは赤い着物を着、赤い頭巾をかぶつた子供を指せるか」。病床で退屈していた子供が、風に当らぬようにくるまれて抱かれながら、太神楽の演技を一心に見つめている。

276
鼻紙を口に預けて手を洗ひ　おごりこそすれ〱

89句に、鼻紙で手をふく水商売あがりらしい女が現われたが、これは鼻紙を口にくわえて、手水鉢の柄杓《ひしゃく》を取って手を洗っている、艶《なま》めかしい姿をとらえた。鈴木春信の浮世絵などを思わせる（79頁参照）。

277
どつち風少しはすねた道具也　ねらいこそすれ〱

おや珍しい、きついお見限りで、今日はまたどっち風が吹いて……などいうのは、茶屋の女将というような人が用いる、客扱いの話術である。げんに洒落本『駅舎三友』に、女将がツンとして見せて、「どつち風が吹きやしたか」という情景がある。

278
惣領は尺八をふく面《つら》に出来　馬鹿な事かな〱

惣領はだいじにされるため、見るからに苦労のない顔付きだ。それが首を振り振り尺八を吹いたら、よく似合うことだろう。諺にも「惣領の甚六」。

279
翌日《よくじつ》は店《たな》を追はる丶年わすれ　　馬鹿な事かな〳〵

長屋の連中が集まっての忘年会で、大騒ぎをして、迷惑や弊害をやらかし、翌日は大屋から追立てを食うようなことになった。

280
今暮《くれ》る日をけいせいにおちつかれ　　すわりこそすれ〳〵（17ウ）

日暮れが近いというのに、遊女がゆったり落ち付いているので、暮六ツの鐘が門限の田舎武士としては気がせくけれども、早くとも言えず、困るのだ。「おちつかれ」という受身形が、江戸の藩邸へ単身赴任で来ている国侍の昼あそびの、弱い立場をあらわして可笑しい。

281
あづさ弓下女の泪《なみだ》は土間へ落《おち》　　こぼれたりけり〳〵

梓巫子《あずさみこ》が梓弓を鳴らしながら、死者の霊が乗り移って、さまざまなことを口走るのを、素朴な田舎者の下女は土間の片隅で聞いて、しきりに泣いているのだ。下女には直接の関係はないもらい泣きだが（79頁参照）。

○あづさ弓＝梓巫子は梓弓の弦《つる》をひきながら神おろしをして、死霊（生霊）の口寄せをする。

282
たいこもち宗旨斗《ばかり》はまけて居《い》ず　　すわりこそすれ〳〵

たいこ持は、何でも客の旦那の言いなりになるが、宗旨の話ばかりはあとに引かない。仏教徒の中で最も熱心なのは法華宗で、堅法華《かたほっけ》という言葉があるくらいだから、それだろう。

283
若後家の剃りたいなどとむごがらせ　　うそな事かな〳〵

亭主の棺桶へ、黒髪を切って入れた若後家が、いっそのこと髪を剃って尼になりたい、などと言って人びとをむごがらせる。

若い身で安請合の後家を立て　（柳八）
里の母髪を切るなとそつといひ　（柳五）
ほれられる程はのこして後家の髪　（柳三〇）

284
能《のう》笛はわすれたやうな勤《つとめ》かた　　馬鹿な事かな〳〵

お能の笛は、しばらく中断して忘れてしまった時分に、また突然ふきはじめる。何かのんきな感じである。

285 **一門はどぶり〳〵とそうもんし**　　おごりこそすれ〳〵

驕る平家は久しからず、一門の武士たちはドブリドブリと壇の浦に飛び込んで、波の底の都におわす安徳帝にごきげん伺いをしただろう。

○そうもん＝奏聞。天子に申上げること。

286 **能《よい》小紋着て紺屋《こうや》迄引づられ**　　馬鹿な事かな〳〵

流行の小紋の、柄のよいのを着て歩いていたら、出会った友達に紺屋まで連れて行かれた。おしゃれな奴で、同じ柄に染めさせようというのである。泰平の江戸の息子かたぎ。

287 **病みぬいたやうに覚《おぼえ》る四十三**　　おごりこそすれ〳〵

男の厄年は数え四十二歳で、一年間びくびくして過ごしたので、長わずらいの後のような気がする。昔の人は男の二十五と四十二、女の十九と三十三を、非常に恐れたのである。

四十一ふせう〴〵に年をとり　（宝暦十二）

四十二で子供のやうに春を待ち　（明和四）

288 **年男うまい咄《はなし》を淋しがり**　　馬鹿な事かな〳〵

年男は元旦の若水汲み、節分の豆まきなど、重要な役目があり、精進潔斎しなければならないので、正月の華やかな色っぽい咄などを、淋しげに聞くばかりである。「年男おんなを見るとおどす也」（柳一三）と女が身辺に近づくのさえ許さない緊張ぶりである。

289 **道問へば一度にうごく田植笠**　　ていねいな事〳〵（18オ）

田んぼに沿う道ばたで、大きな声で道を尋ねると、田植え中の早乙女たちの笠が、声の方向へ一斉に動く。田園風景。田植唄の句をひとつ。

田植唄下から見てもたうえうた　（柳五二）

290 **羽子板で茶を出しながら逃支度**　　かしこかりけり〳〵

家の前で羽根つきの最中、年賀の客から茶を乞われ、羽子板に茶碗をのせて、逃げ腰でさし出す晴着の娘。客は屠蘇きげん。主婦も若返って、羽根つきに参加することがある。

はご板をなげて女房礼をうけ　（柳七）

291
さかおとしまでは判官《はうがん》ぬけ目なし　かしこかりけり〱

源九郎判官義経は、京都に上って木曽義仲を討ち、ひよ鳥越えの逆落しで平氏を攻略するまでは、万事ぬかりがなかったが、それ以後は兄頼朝と仲たがいして悲劇の生涯となった。

○逆落し＝平家の福原の陣営の背後のひよ鳥越えの急斜面を攻め下り、平家軍を海上に追い落とし、一の谷で勝利を収めた戦いをさす。

292
髪ゆひも百に三ツはほねを折　ていねいな事〱

髪結の料金にも段階があって、百文で三ツなんていうのは上等だから、念入りに結う。三個百文と南瓜のように言ったのがおかしい。百文は省百では正味九十六文だから、一ツ三十二文。ふつうは二十四文から二十六文くらいだった。

293
掛人《かかりうど》寝言にいふが本の事　ていねいな事〱

居候などと言われる食客は、万事おとなしく控え目にしているので、言いたいことの言えるのは、寝言の中だけという、哀れな卑屈な身の上なのである。

294
ひそ〱と玉藻の前をふしんがり　かしこかりけり〱

鳥羽院に寵された玉藻（190既出）は伝説の狐だから、美女に化けても、どこかおかしい所がある。それを官女たちが不審に思って、ひそひそ話をした、という想像詠史句。

天竺の唐のと玉藻なれたもの　（柳一一）

泰成は性根のしつぽ見あらわし　（柳一八）

295
母の気に入る友だちは小紋を着　ていねいな事〱

息子の友達は、軟派や硬派いろいろの中で、穏やかで趣味のいい小紋を着る友達が、母親の気に入っている。小紋はこの時分の流行で、山東京伝に『小紋新法』『小紋雅話』などデザイン入の滑稽本がある。

296 **大勢の火鉢をくゞる禿《かぶろ》の手**　かしこかりけり〳〵

大きな火鉢のまわりに女郎や新造が大勢あつまって、おしゃべりしている。その火にかざす手の中に、禿の手もちゃんと割り込んでいる。

297 **御局《おつぼね》はそつと〳〵の十三日**　うちばなりけり〳〵

十二月十三日の煤はきに、大奥では御殿女中を取締る役目の御留守居や老女を、胴上げにして笑い興じる習わしがあった。その時に老女が、お手柔らかにと、御殿女中たちに頼んでいるのだ。この胴上げの習慣は民間でもおこなわれていた。

十二日から色男ねらはれる　（柳一八）

おとといはむごくしたなと十五日　（柳五）

よく〳〵か十四日まで腹をたち　（柳七）

298 **知盛《とももり》はけんくわ過《すぎ》ての棒をふり**　ねらいこそすれ〳〵（18ウ）

源義経の主従が、摂津の大物《だいもつ》の浦から漕ぎだすと海が荒れて、平知盛《たいらのとももり》の幽霊があらわれ、大薙刀《おおなぎなた》をふりかざしてあばれたが、壇の浦で片のついた後だから、諺にいう「喧嘩すぎての棒ちぎり」と同じことだ。

ああら珍らしやはこはい土左衛門　（柳一四）

（謡曲「船弁慶」の文句取り）

299 **四郎兵衛をおそろしがるがおそろしい**　ねらいこそすれ〳〵

吉原大門に昼夜交代で詰めている番人、俗称四郎兵衛を、ひどく恐ろしがる女郎がいるが、これは脱出しようという下心があるからで、そういう女郎の方がかえって恐ろしい。官許の遊里だから脱廓は犯罪になるわけだ。

300 **ほうばいを寝しづまらせてくけて遣《や》り**　なさけふかさよ〳〵

店の者と好い仲になっている下女が、朋輩が寝しずまった夜ふけ、男の着物のほころびをくけている。純愛のひとこまである。

301
ふげんともなろふ四五日前に買　なさけふかさよ〱

謡曲「江口」の遊女は実は普賢菩薩の仮のすがたで、「これまでなりや、帰るとて、すなはち普賢菩薩」の形を現わして白象に乗り、西の空に消えて行ったとある。して見るとその前に普賢菩薩を買った客もいたわけだ、という句で、そのまた後日談と言えるのがつぎの句である。

うらに来て聞けばおととひ象にのり　（拾）

（もう一度あの遊女を買おうと来た客はおとという象に乗って行ってしまったと聞かされただろう）

302
乳母に出て少し夫をひづんで見　おごりこそすれ〱

乳母奉公に出て、主家の生活ぶりや世間の様子を見ると、あくせく働いてもうだつのあがらない亭主を、前よりも批判的に（ひづんで）見るようになった。154の日傘の乳母にも同じような感じがある。

303
ひん抜いた大根で道をおしへられ　馬鹿な事かな〱

田園風景。畑で働いている男に道を聞いたら、抜いたばかりの大根であっちだと教えられて驚いた。一茶にも「大根引大根で道を教へけり」という同じような句がある。

304
花嫁のぶすいで無いのにくらしさ　馬鹿な事かな〱

婚礼の日の花嫁が、世間摺れして野暮でないのは、いやらしいものである。初心《うぶ》で世慣れない方が、好感がもてる。

305
妙薬をあければ中は小判也　ありがたひ事〱

妙薬だよと言って、病人の枕元へ置いていった紙包を、あけて見たら中は小判だった。酸いも甘いも噛み分けた叔父さんあたりだろうか。貧乏所帯の病人には、これが第一の妙薬。

306 **留守の事唖《おし》は枕を二ツ出し**　かしこかりけり〲

亭主の留守の間の密通を告げたというのだが、くだらなく、つまらない句である。

307 **能《よ》いむすめ年貢《ねんぐ》すまして旅へ立《たち》**　色々が有〲（19オ）

親は年貢がとどこおり、水牢などの罰を受けることになりかねない。娘は美貌であるばかりに身を売って年貢をすませ、つらい勤めを覚悟で旅立って行く。昭和初期までもあった悲劇だ。

308 **薬の苦せない親仁《おやじ》は喧嘩の苦**　色々が有〲

病身の息子をもつ親は心配が絶えないが、元気が良すぎて喧嘩をする子をもつと、それなりにいろいろ苦労をさせられる。「子は三界の首かせ」というとおりだ。「せない」は「しない」。浄瑠璃などにも例のある俗語的用法。

309 **屋かたから猪牙《ちよき》へ恋路のはしけもの**　おもひこそすれ〲

花見か涼みか、隅田川行楽の屋形舟の中で急に恋風が起こり、猪牙舟を招いて乗り移り、吉原へ急がせる、遊び盛りの男（89頁参照）。

○屋形船＝屋根のある大形の遊覧船。○猪牙舟＝細長く屋根のない、先のとがった快速の小舟。吉原通いに用いられた。○はしけもの＝はしけで密かに運ぶ船荷。この場合は人。

310 **岩茸《いわたけ》はぞんざいに喰ふものでなし**　おそろしい事〲

岩茸は深山の岩壁に生じ、綱を使って命がけで採る茸《きのこ》だから、気軽に食える物ではない。

311 **紫屋是も同じくうそつき**　いそがしいこと〲

紫屋もやはり染物屋だから、「紺屋《こうや》のあさって」と同じような嘘をつく、との意だが、「是も同じく役者にて……」という声色つかいの決り文句を使ったのが趣向になっている。

312 **春迄はふみこんで置《おく》女ぶり**　いそがしい事〲

若い女房も年の暮は家事が忙しくて、化粧や身づくろいの暇がないから、新年が来るまでは折角《せっかく》の女ぶりもそっちのけ。

○ふみこむ＝身なりをかまわない。

313 **吉治《きちじ》が荷おろせば馬はかいで見る**　おもひ事かな〳〵

奥州の金売吉次が、京へ上る途中で、宿に着いて、砂金を入れた荷を馬からおろすと、重い荷から解放された馬は、その荷物に鼻づらを寄せて嗅いでいる。ばかに重いなというかのごとくに。古次は奥州の藤原秀衡の館へ牛若丸をつれて行った金持ち。

314 **万歳の口ほどつゞみはたらかず**　かたい事かな〳〵

正月に来る三河万歳は、歌う文句は多いし、べらべらしゃべって人を笑わせるが、才蔵の持つ鼓は時どきポンポンと二つ三つ、ぞんざいに打つだけだ。

315 **ごとくなる刀をぬいてせめる恋**　むりなことかな〳〵

敵役の悪侍が、抜身で女をおどして思いを遂げようとする、歌舞伎の舞台をよんだ句で、他方、「氷のごとくなる刀をぬいて……」という謡曲「藤戸」の文句取でもある。

316 **小便に起て夜なべをねめ廻し**　むりなことかな〳〵（19ウ）

気むずかしい老人が早寝で、夜ふけに起きて小便に行くころ、家の者はまだ雑談しながら夜なべしている。老人は灯油のむだ使いだと言いそうな顔で睨《ね》め廻す。「ねめ廻し」に多人数の感じがあるが、若夫婦と姑とする説もある。

317 **姑メと違ひ舅のいじりやう**　むりなことかな〳〵

姑の嫁いびりはどこにもあるが、舅も独特のいびり方《かた》をする。年はとっても男だし、嫁は若さの魅力があるから、嫁がいやがるような面が出る、というのである。

318 **あいぼれは顔へ格子の跡が付《つき》**　うつくしい事〳〵

吉原の張見世の格子をへだてて、深い仲だが金がなくて登楼できない男と女郎とが、顔を寄せ合ってひそひそと長話をしたので、離れた時には顔に格子の跡がついている（89頁参照）。

319
辻地蔵山師仲間へ抱こまれ　尋ねこそすれ〳〵

何でもない路傍の地蔵を、霊験があると称して、金儲けのタネにしようとする山師どものインチキに、地蔵様が抱き込まれてしまう。当時江戸の寺社で、地方の寺社の宝物の開帳をして賽銭を集める営利の催しが流行したのへの諷刺。

320
目合《まあい》見てそつといふ程高く請《うけ》　かたい事かな〳〵

人目をはばかって、そっと小声で気を引いて見ようとすると、大きな声でうけ答えする。それで今度はもっと小声でいうと、かえって一層大声で問いかえす。堅い一方の女性には困ったもので、取りつく島もない。借金をたのむ男と頑固老人、ともとれる。

321
供船へお玉の類はゑり出され　あまりこそすれ〳〵

遊山船に供船を従え、芸者を大勢のせての隅田川舟遊。芸者の中で伊勢相の山のお玉（122参照）の程度の、三味線は達者でも器量のわるいのは、供船の方へ回して、粒よりの綺麗どころを本船に乗せ、これから賑やかな絃歌の声を響かせつつ、両船そろって川を上下するのだろう。

322
恥しさ知つて女の苦のはじめ　ふへる事かな〳〵

童女の時を過ぎて、恥ずかしさを知るようになると、それが女の苦のはじめで、さまざまな苦労をするのである。封建時代の女性の忍従の一生を諦観する句。

323
男じやといはれた疵《きず》が雪を知り　おもひ出しけり〳〵

男ざかりの頃、思い切ったことをやって、さすがに男一疋だと人からほめられたが、その時の疵あとが冬になると、雪のふるのを予知して疚《うず》くのである。それが彼の誇りにもつながる老年の述懐。佳句。

309　上・猪牙　下・屋根船（『絵本続江戸土産』中）

329　角兵衛獅子（『守貞漫稿』）

318　相惚れ（清長画「格子の内外」）

324 **川止の間太夫も麦をつき**　かるい事かな〳〵

五月雨《さみだれ》の頃は大井川などが増水して川止めになり、両岸に多数の旅人が退屈に苦しむのである。そのような時は歌舞伎役者の一行なども、退屈のあまり農家へ麦の取入れ作業を見に行って、幹部の立女形《たておやま》までが麦をついて見るというようなこともある（山沢説）。

○太夫＝ここは、歌舞伎一座の中の筆頭の女形をいう。

325 **清水《きよみず》はついへな銭にたとへられ**　高ひ事かな〳〵（20オ）

非常な決断をすることを、清水の舞台から飛んだつもりでという。庶民のくらしではむだな失費の時などに引合いに出される。

326 **おはぐろをしやうゆのやうにあてがはれ**　高ひ事かな〳〵

吉原では花魁《おいらん》はお歯黒をつけるが、はじめて附ける時は七所《ななとこ》から貰い集めるのが習わしだから、先輩の花魁たちから、醤油のような色の鉄漿《かね》を少しずつ分けて貰うのをさすと思われる。

327 **木戸〳〵で角《つの》をもがれて行《ゆく》屋たい**　かさばりにけり〳〵

祭の屋台を牛にひかせて、町の木戸をいくつも越えて行くうちに、飾りが引懸かったり折れたりして、まるで角をもがれたような有りさまになってゆく。祭礼風景。牛の縁語で角。

328 **新造に砂のふつたる物かたり**　よはい事かな〳〵

新造は姉女郎に付く若い遊女で、老人客が多いという。宝永四年（一七〇七）の富士山噴火で江戸に砂が降った話など、古くさい話題で新造を退屈させるのだ。

329 **角兵衛獅子笛吹斗《ばかり》人らしい**　かくれこそすれ〳〵

越後から来る角兵衛獅子の少年は、鶏の羽《はね》を頭につけて、逆立ちして歩くなど、鳥か獣のようで、引率する笛吹だけが人間らしく見える。これも東京では大正末年ころに見られなくなった（89頁参照）。

330
かいぢんの日には生酔《なまえい》五百余騎　祝ひこそすれ〳〵

戦に勝って凱旋する日には、祝い酒をたらふく飲んで、よっぱらい五百余騎という大盛況になる。なお、神田祭の代表的な練り物『大江山凱陣』（画が『江戸名所図会』巻五に入る）をよんだ句とする説もあるが、採らない。

331
すり鉢をおさへるものが五六人　にぎやかな事〳〵

若い者が七八人で初鰹を割り勘で買い、味噌と辛子を買って来て擂り鉢でするのに、慣れないから五六人が擂り鉢を抑えて大騒ぎだ。高価な初鰹を食おうという弾《はず》んだふんい気がよく出ている。なお、江戸では初鰹を、辛子酢か辛子味噌をつけて食うのが通常だった。

　梅にうぐいす鰹にはからしなり　（天明元）

332
引ぱつた茶台は客にもたせけり　にげて行けり〳〵

水茶屋の若い女が茶をくんで客にすすめると、茶碗でなく茶を乗せた盆ごと引ぱって、女をそばへ引寄せようとする。ところが心得たもので手をはなしたので、要《い》りもせぬ茶台ごと客の手にのこる。あて外れの一幕。

333
吉日《きちにち》がこゝにも居るとこそぐられ　にげて行けり〳〵

姉の縁談がまとまり、吉日をえらんで結納というような日に、仲人役が妹娘に、吉日（の候補者）がここにもいるよ、と言いながら手をのばしてこそぐる。

334
寝たふりで一度は埒《らち》を明《あけ》て遣《や》り　はこびこそすれ〳〵（20ウ）

厭な客でも、遊女は職業だから、一回は眠っているふりをして望みを遂げさせてやる。「埒を明る」は物事のきまりをつける意。＊

335
借りの有る家へ挑灯《ちようちん》紋尽し　どふぞ〳〵と〳〵

大晦日の夜、掛取りの沢山の提灯がならんで、支払いを待って居り、それぞれ紋が付いているので、まるで紋尽しのようだ。「借りの有る家」とあいまいだが、旗本の大きな屋敷の門内というのを遠慮したものと思われる。

336
霊棚《たまだな》の牛ははたけの鼻まがり　はたらきにけり〳〵

お盆の精霊棚に供える茄子でつくる牛は、どうせ後で捨てるものだから、牛でいえば鼻まがりのような出来損ないの茄子ですます。

盆棚はみんな畠の月足らず　（柳二二）

337
人参に親の秤の欲がはね　どふぞ〳〵と〳〵

朝鮮人参は高価なもので、少量使うが、親がはかる場合は、早くなおしたさの一心で、標準以上に与えようとするので秤目がはねてしまう。親心の佳句。

338
喰ふほどはおしへて天狗おつぱなし　情ィを出しけり〳〵

天狗は我が子に、食っていける程度のことを教えると、すぐに一本立ちをさせる。人間世界には、親のすねをかじる専門のどら息子がたくさん居るけれど。

339
山寺は祖師に頭巾《ずきん》をぬぐ斗《ばかり》　ひまな事かな〳〵

山寺は人も訪ねて来ないから、寒さしのぎにかぶっている頭巾をぬぐのは、同じように頭巾をかぶって居られるお祖師様（日蓮像）の前ばかりだ。軽いユーモア。

○祖師＝江戸では主に日蓮をさす。

340
関とりの乳のあたりに人だかり　すさまじい事〳〵

有名な雲つくような関取を見付けて、人々が周囲に集まると、群衆の頭が関取の乳の辺にある。テレビで顔を知られる関取が多い今は、全国でこのような光景が見られるだろう。

341
前帯で来ては朝から敵になり　ひまな事かな〳〵

前帯は女の場合は遊女か老女、男は僧の風俗である。句意は、近所の寺の和尚は前帯姿で朝っぱらからやって来て、うちの隠居と一日じゅう碁を闘わしている。おあつらえのひま人コンビだ、というようなことか。

342
紙ひなはころぶ時にも夫婦連《づれ》　しんじつな事〳〵

紙雛は男がうしろで女が前、ややずらして重ねて立てかけてあるから、風でも吹くと「ころぶ時にも夫婦づれ」になる。

343
化かされたあたまで直ぐに奉加帳　さいわいな事〳〵（21オ）

髪結床で好い心持ちでやってもらっている内に、髪結の弟子のはくかるさん（作業用袴）無尽の奉加に附き合わされてしまった。何だか狐に化かされたような心持ちだ（123頁参照）。宮田説による。

○かるさん無尽＝髪結のかるさんは客の醵金《きょきん》によって新調する習わしがあった。

344
大門《おおもん》を出る病人は百一つ　いとしかりけり〳〵

吉原の遊女の病気は、楼内で治療するのが普通だが、大門からかつぎ出すのはよほど重病で、なおるのは百に一つ有るか無いかだろう。そして「生きては苦界、死しては浄閑寺」の碑のように投込寺の浄閑寺で無縁仏となる境涯を同情する句である。

345
手の甲へもちをうけ取るすゝ払　そんな事かな〳〵

十二月の煤払の休憩の時に出す恒例のあんころ餅を、手の平はよごれているので、手の甲へ受取る。この日どこでも見られた図。

346
新見世といへばわづかな欲を買《かい》　はんじやうな事〳〵

新見世が出来て、開店記念の景品をくれると聞くと、僅かばかりのことに釣られて買いに行くのが人情で、押すな〳〵の繁昌である。

347
樽買《たるかい》にむだ足させぬやうに明け　はんじやうな事〳〵

酒樽の空《あ》いたのを、日を決めて樽買が取りに来ることになっていると、むだ足をさせないようにと、ついよけい飲んでしまう。したがって格安に買ってもかえって不経済なので、

樽酒をとくと思ひしおかしさよ　（宝暦九）

たる酒をとう〳〵内儀やめさせる　（柳七）

348
銅仏《かなぶつ》は拝んだ跡でたゝかれる　そんな事かな〳〵

銅仏を拝んだあとで、カンカンとたたいて見たくなるのが人情だから、仏さまが一転して被害者になったようで、まったくお気の毒である。

349
立臼に芽の出たやうな松かざり　だてな事かな〳〵

立臼を台にして、その上に松飾りを立てると、臼から若松の芽が出たようで、一層めでたい感じがする。どこかの武家屋敷の松飾りだろう。

350
昼過の娘は琴の弟子も取《とり》　てうど能事《よい》〳〵

山椒説を拝借「もう二十一二、娘盛をとうに過ぎてまだ嫁入らない娘が、所在なさに琴の弟子を取って、慰み半分に教へてゐる」。婚期は現代とはだいぶ違ったのだ。

あの男この男とて古くなり　（柳一二）

351
髪置《かみおき》に乳母も強気《ごうぎ》な髱《たぼ》を出し　ほめられにけり〳〵

三歳の子の祝いは男女とも髪置という。氏神様へお子を連れて行くのに、乳母は無事に育て上げたのを喜んで、ここを先途とおめかしをし、髱（228参照）を思いきり大きく出している。

352
棟上《むねあげ》の餅によごれぬそだてやう　ほめられにけり〳〵（21ウ）

201で述べたように棟上の時は、高い足場の上から餅をまき、近所の子供たちが競って拾うが、仲間入りせずにながめている躾《しつけ》のよい子。

353
藪入を霞に見そめ霧に出来　てうど能事〳〵

春の藪入を霞で、秋（盆）を霧であらわした趣向で、春の藪入に帰った娘を見そめて、七月（陰暦では七月は秋）に思いを遂げたというのである。縁談成立とも、単なる情事とも解しうる。「藪入は春の残りをくどかれる」（柳一〇）などのケースもある。

354
持《もち》なさい女は後にふけるもの　てうど能事〳〵

若い女は好いけれど、自分と年が違いすぎるからと遠慮する男に、「女は早くふけるものだから、じきに丁度よくなる、嫁にもらいなさい」とすすめる仲人の言葉で仕立てた一句。

355
こぶ巻をくわせて置《おい》てでんじゅをし　はめられにけり〱

昆布巻は正月の食品で、年末忙しい中で作り、年賀の客にもすすめ、うまいと褒めると妻女が得意になって秘訣を伝授したがる。類句「こぶ巻の伝授麻上下《かみしも》でうけ」（柳六）もある。

356
米さしは舟宿《ふなやど》にでも置《おけ》ばよい　だてな事かな〱

米さしは竹の先を尖らせ、俵に突き刺して米の品質を検査する道具。隅田川の辺で、米さしを腰にさした米問屋か蔵前の手代に出逢い、ちょっと深川で遊ぼうと誘う男の言葉。永代橋あたりの舟宿に米さしを預けて、作業衣のまま遊びに行くのである。

357
かんにんのいつちしまいに肌を入　ほめられにけり〱

なだめられ、やっと喧嘩を思いとどまり、棒を捨て、鉢巻をとり、一番おわりに脱いでいた片肌を入れる。江戸の勇み肌。

358
初午は世帯《せたい》の鍵の下げはじめ　たのしみな事〱

初午に男児は太鼓を打って騒ぐが、女児たちは大仕掛《おおじかけ》なまま事をし（山椒説）、母のまねして鍵を腰に下げるのもいる（柳雨説）。それが世話女房になり初めである。

359
庖丁を淋しく遣ふ薬喰　たのしみな事〱

栄養補給のため寒中に猪・鹿などの肉を食うのを、薬喰というけれども、四足の肉はけがれがあるとして、一般に嫌ったので、庖丁を遣うにも人目を忍び、妻さえも敵にまわる。

薬喰ひ女房きせるを引たくり　（柳一三）

360
言ひなづけたがひちがいに風を引　たのしみな事〱

夫婦ならはやり風を一緒に引くところを、言い名付は夫婦ほど密接でなく、時々あう程度だから、風邪にも早い遅いがある。そこにほのかな色気がある。

361
珍らしひ神の名を売る宮すゞめ　めつたやたらに〱（22オ）
俗に宮すずめと呼ばれる伊勢参宮の案内人は、内宮・外宮にわたって聞きなれない神の名をおびただしく言いたてる、それが彼の特殊知識であり、それによって収入を得ている。

362
御てい主の留守で鰹を手負《ておい》にし　めつたやたらに〱
亭主の留守に鰹を買って、喜ばそうと思って刺身にしたが、うまくいかないで傷ものにしてしまった。亭主なら楽しみながら、上手に刺身に作るのだが。初鰹に熱狂するのは男で、女は傍観者の感じである。

363
料理人客に成《なる》日は口がすぎ　めつたやたらに〱
上層階級の屋敷に招聘されるような料理人（84参照）が客として招かれたような時には、つい言わずともいい批評をしたりするものだ。

364
請状《うけじよう》が済むと買いたいものばかり　めつたやたらに〱
奉公人請状（身元保証書）を出し、引替えに給金のうち何がしかの前借の金をもらうと、まとまった金を手にして、あれもこれもと買いたい物だらけである。乳母なども請状を差し出すが、
乳母の名は請状の時よむばかり　（柳二）

365
荒打《あらうち》に左官斗《ばかり》は本の顔　めつたやたらに〱
荒打は227参照。土蔵を作る時は親類や知人が祝福の意味で、最初の壁土を木舞《こまい》につける。やりつけないことだから泥だらけで「荒打に目の光るのが素人なり」（柳三）という有様になり、反対に本職の左官は生地のままの顔である。

366
掛けひまはいとまもくれず目もかけず　あわれなりけり〱
吉原の妓楼の「廻し方」という雇人は、揚代集金の責

任を負わされる。そして集金が一定額に達しないと、一時帰休となるのをかけひまという。解雇でなく、常勤でなく不安定なことだ。いわば吉原の雑学の句である。

367 **大屋をば尻にはさみしろんごよみ**　　めったやたらに〳〵

長屋の住人に儒者がいて、ひどく貧乏だけれども気《き》位《ぐらい》は高くて、俗物の大屋などは眼中になく、軽蔑しきっている。

368 **大名は一年置《おき》に角をもぎ**　　沢山な事〳〵

大名は参勤交代で、一年江戸屋敷に住み、一年は領地にいる。奥方は江戸を離れられないので、国には妾を置いてある。したがって大名の不在中に奥方の頭に生えていた嫉妬の角を、一年おきにもがなくてはならぬわけだ。

隔年に枕淋しき御内室　（柳四四）

369 **別当《べっとう》は馬や狐で茶をわかし**　　沢山な事〳〵

稲荷の社の別当は、馬や狐を描いた古い絵馬がたくさんあるのを、たたき割ってお茶をわかしたりする。別当は神社所属の寺の僧官の称。

370 **生り初《そ》めの柿は木に有るうち配り**　　かぞへこそすれ〳〵（22ウ）

庭の柿の木に初めて柿が生った時は、まだ熟さないで木にあるうちに、ちゃんと実を数えて、くばり先が決まってしまう。

371 **藪入の二日は顔を余所《よそ》に置《おき》**　　かぞへこそすれ〳〵

藪入の娘は三日休みがあるが、「宿下り芝居と朝寝そして灸（柳一二六）」というとおり、親たちと過ごす時間は、残念ながら短い。親は手元に置きたくても、娘にとっては解放されて友だちや知人と久しぶりに会える貴重な三日間なのである。

372 **御年貢《おねんぐ》を大部屋《おおべや》へ来てなし崩し**　　かぞへこそすれ〳〵

旗本の知行所の農民が、年貢が払えないで、江戸の屋敷内の大部屋へ来て、期限を定めて労役をし、なしくずしに償《つぐな》う。

○大部屋＝中間・小者が雑居する部屋。または建物。

373
歌かるたにも美しひ意地が有《あり》　よくばりにけり〳〵

百人一首の歌かるたは、娘たちが喜ぶ優雅な遊びだが、勝負となると女同士の意地の張り合いは、目には見えぬが凄いものがある。

ふり袖をうごかすたびに歌がへり　（柳一五）

374
匕《さじ》でもるものとは見えぬ薬種船　（前句不明）

江戸の港についた大きな薬種船に、山のように積んだ薬種、またそれを荷卸しする様子を見ると、あれが小さな匕へのせて盛分けるものとは、思われないほどだ。

375
初かつほ家内残らず見た斗《ばかり》　さいわいな事〳〵

初鰹は驚くばかり高価で、たとえば文化九年（一八一二）三月二十五日入荷の十七本の内の一本を二代目中村歌右衛門は三両で買っている。これは下級武士サンピンの一年分の給料である。それほどの贅沢品だから、主人の酒の肴に買うと、皆はそれを見て高いなあと驚嘆するだけだ。

376
弁天をのけると跡はかたわ也　沢山な事〳〵

七福神は、蛭子《えびす》・大黒・福禄寿・毘沙門・寿老人・布袋、これらは一般人とはかなり違っていて、普通の人間なみなのは弁天だけだ。

377
大は小かねると笑ふ長局《ながつぼね》　よくはりにけり〳〵

長局は幕府の大奥や大名屋敷の、長い建物の中に局部屋が続いたもの、転じて男子禁制の長局に住む奥女中。山椒は削除、柳雨は解なし。陽物の形のものを暗示している。

378
神奈川の文は鰹の片便り《かただより》　さいわいな事〳〵

神奈川の宿場女郎の客は漁師や船頭が多く、文《ふみ》をやっても返事は来ないが、予告もなく誰かに託して鰹を一本届けてくれたりする。その心意気が何とも言えず嬉しい。

379
枕絵を持つて巨燵《こたつ》を追ひ出され　おし合にけり〳〵（23オ）

巨燵に何人も入っている中の一人が、春画を開いて見はじめたので、いやらしい、不潔だと非難され、見たいなら独りで見ろと追い出されてしまった。情景ははっきりしないが、たしかに不作法かつ不謹慎である。

380
母の手をにぎつて巨燵《こたつ》しまわれる　とんだ事かな〳〵

巨燵の中でにぎった手が、目ざす娘さんの手でなくて、こともあろうに母の手だったので、女をくどこうなどという良からぬ野心を起こす原因になる巨燵を、母が片付けてしまった。以来、暖まれなくなったわけだ。

381
祐《すけ》つねは椿の花のさかりなり　あきらかな事〳〵

頼朝の覚えめでたく、富士の巻狩の総奉行を仰せ付かる日の出の勢の工藤祐経は五月二十八日夜、親の敵とつけねらう曽我兄弟のために、あっけなく討たれてしまった。それは花盛りの椿が、花全体ころりと落ちてしまうのと同じような華麗な死といえよう。

382
岡場所で禿《かぶろ》といへば逃《にげ》て行　きたなかりけり〳〵

208・264と同じ岡場所軽べつ句。吉原と同じように、禿《かぶろ》と呼んだら、逃げて行った、そんな気の利いた名は付いてないのだ。

383
雀形たゝいて雪のちうしんし　しげ〳〵な事〳〵

雀形は屏風の裏貼りの模様で、朝はやく禿がそこを叩いて、閨中に向って、雷が降ってますよと注進する。客は雪がふるなら居続け日和と度胸を決めて吉原情緒を楽しみ、色男気分になるのだ。

384
日本勢一人は伽羅《きやら》の目利《めきき》もし　てうほふな事〳〵

秀吉の朝鮮役の日本軍には、香木伽羅の鑑定のできる武将がいた。すなわち堺の薬種屋の伜小西行長である。歴史のうがちだが、伽羅の外に「人参を行長殿に見て貰ひ」（拾）というのもある。朝鮮人参である。

385 **脇差をもどせば茶屋はかのを出し**　てうほふな事〳〵

女色禁制の僧が吉原へ行くには、茶屋で法衣をぬいで羽織を着、脇差をさして医者のふりをする。帰りに茶屋へ寄って脇差をもどすと、彼《か》の品、すなわち法衣をもどす。うまく出来ているのだ。

386 **寒念仏《かんねぶつ》鬼で目をつく切り回向《えこう》**　しげ〳〵な事〳〵

寒念仏の修行の終りの日は節分で、切り回向に歩くと、豆まきで追われて逃げまどう鬼どもの角《つの》に、目を突くこともあろうという、漫画的着想である。

○切り回向＝念仏修行の最後の日。

387 **大つゞみ茶食《めし》の胴をぶつ潰《つぶ》し**　てうほふな事〳〵

奈良の薪能で大つゞみを、掛声もろとも気合い鋭く打つ音は、男性的で快いが、奈良の茶粥の腹では、すぐぺこぺこになることだろう。腹と言わず胴としたのは鼓の縁語。粥を食う倹約をひやかしたのである。

388 **町内の仏とらへて猿田彦**　てうほふな事〳〵（23ウ）

山王や神田の祭礼に、鼻高の面をかぶって鉾を杖つき、行列の先頭を行く猿田彦は、詰らぬ役で皆が厭がり、町内で仏といわれるお人善しがおっつけられる、左句のように。

役不足いふなと猿田彦にする　（傍）

389 **はねむしる鴨に手の込む長局《ながつぼね》**　てうほふな事〳〵

鴨の羽は緑に光って美しいので、奥女中たちが面白半分みなでむしって、大さわぎだ。

鴨は年末の進物によく使われたのである。

390 **つまむ程道陸神《どうろくじん》に箔《はく》を置《おき》**　てうほふな事〳〵

道陸神は道祖神と同じ、路傍に祀《まつ》って行人を守護する神、石像である。それに指先でつまんだほどの金か銀の箔が付けてあるのは、誰かがご利益《りやく》を受けたお礼心であろう。道祖神は産まれ石の民俗信仰とも関係があるから、子宝を得た礼かもしれない。

村の嫁道陸神へ願をかけ　（柳四）

（子が出来ますように。「子なきは去る」で離縁されるから）

391
おはぐろをつけ〳〵禿《かぶろ》にらみつけ　きたなかりけり〳〵

鉄漿《かね》をつけながら、いたずらしている禿を睨みつける花魁《おいらん》。つけている最中は口を利くことが出来ないから。

392
今以《もつて》根津の焼物すめかねる　きたなかりけり〳〵

場末の根津の岡場所で、先日食わされた焼ざかなと来たら、今もって得体が知れない気味の悪い代《しろ》ものだ。根津は現在は文京区内だが、よほど辺鄙で貧しい土地だったらしい。

まぐろ売根津へへな〳〵かつぎ込　（柳七）

393
四郎兵衛もひやうひやくまじりいとま乞　あきらかな事〳〵

四郎兵衛は299既出、吉原大門の門番である。女郎が請出されて、大勢に送られて大門を出ようとする時、いつもはやかましい四郎兵衛も、たんと可愛がって貰いな、などと冗談まじりで言ってやる。

394
なんの手か知れぬ夜更《よふけ》の硯《すずり》ぶた　きたなかりけり〳〵

硯ぶたは遊女屋で出す酒の肴の異称。硯蓋の食べ残しを夜更けて、何をしたか知れぬ手でつまみ喰いする女たち、錦の裏ともいうような現実ばくろの句である。

ここ四句、遊里関係が続く。遊里が男の社交場だったのを反映するとは言え、少々うるさい。

395
佐渡の山けんしの前でぶらつかせ　あきらかな事〳〵

佐渡の金山で、坑夫が作業を終えて帰る時には、検視の役人の前でふんどしをはずして全裸になる。持出し防止のためだ。

396
紙花《かみばな》もしばしの内の金まわし　てうほふな事〳〵

妓楼で客が芸人などに祝儀を与える時、小菊紙を渡して、後に帳場で一枚につき金壱歩と引換え、客は枚数に相当する金額を払う。すなわち、紙花がしばしの間の金融の役をするわけである。

紙花をちらして今はくずひろひ（拾）

397 **きのじ屋は階子《はしご》の口で人ばらひ**　おし合にけり〳〵（24オ）

喜の字屋は台の上へ料理を体裁よく載せる台の物の通称。それを二階の客の座敷へかつぎ上げる時、しばし階段の通行を止めるのだ。まるで、喜の字屋のお通りという感じである。

398 **法《のり》の声受状《うけじよう》迄に行とゞき**　うやまひにけり〳〵

奉公人が差出す請状（身元保証書）には、禁制のキリシタンでないこと、代々何宗の仏教徒であることを記載する。仏教の影響がそんなことにまで届いているとは、驚いた。

399 **黒札《くろふだ》の礼には馬鹿な顔で来る**　うやまひにけり〳〵

神田和泉町の旗本能勢家の邸内の稲荷社で、初午に参詣人に与えた能勢の黒札は狐落しの神符。その効験で狐つきが直った礼に来た顔は、まだうすぼんやりしている、という江戸風俗川柳。

400 **藪入が来て母おやは遣り手めき**　うやまひにけり〳〵

藪入で帰って来た娘のそばで、何くれと世話をやく母親は、吉原の遣手然たる様子である。

401 **家持の次に並ぶが論語よみ**　くわほう成りけり〳〵

町内の寄合《よりあい》などの時、家持（自地・自家）の旦那が上席を占め、つぎに銭はないが学はある論語よみがすわる、という貧乏儒者の在り方がおかしいのである。家持を長屋の大屋とする説は誤りで、大屋は管理人にすぎない。

402 **霜月の朔日丸《ついたちがん》は茶屋でのみ**　おし合にけり〳〵

毎月朔日《ついたち》にのめば懐妊しないという薬を、十一月は顔見世で朔日の夜明け前から見物に来ているから、この月ばかりは自宅ではなく芝居茶屋でのむ。役者狂いの多情の後家か。

403 **新造のやつかいにする鼠の子**　おし合にけり〳〵

少女気分のぬけない新造が、流行の二十日鼠を飼ったところ、鼠算でどんどん殖えるので、いまは厄介で困りきっている。

404 **桟敷から人をきたないものに見る**　おし合にけり〳〵

芝居の東西両側の高い桟敷から、下の平土間の切落しの混雑や、人びとの大衆的な風体《ふうてい》などを見ると、きたならしく感じられる。同じような優越感の句に「やかたから人と思はぬ橋の上」（柳二）がある。隅田川の屋形船での豪奢な涼みである。

405 **藪入の内母おやは盆で喰ひ**　おし合にけり〳〵

藪入で帰って来た間は、娘にお膳を使わせ、自分はお盆で間に合わせる、親の情。そして三日が過ぎて、

藪入が帰ると母は馬鹿のやう　（柳三）

406 **やく払出《はらいで》しなに壱《ひと》ツやつて見る**　手がら次第に〳〵（24ウ）

節分の夜、銭をもらって「おん厄払いましょう厄落し」以下の文句を唱える、それは年に一度のことだから念のため家を出しなに予行演習をやってみるのだ。

407 **丸薬を貰ふ座頭はちゞこまり**　うやまひにけり〳〵

座頭に丸薬を遣ろうとすると、両手を重ねて、転がり落ちるのを恐れて肩をすぼめ、全体がちぢこまったような姿になる。写生句。

丸薬のひざをころげるその早さ　（拾）

408 **くわくらんもどふか祭のばちあたり**　おし合にけり〳〵

夏祭のあとで霍乱《かくらん》になって、吐いたり発熱したりの男がいる。どうやら暴飲暴食をしたので神様のばちが当ったのだろう。

○かくらん＝日射病・食あたりなどの症状をいう。

409 **伊豆ぶしも八代《はちだい》迄はだしがきゝ**　うやまひにけり〳〵

伊豆の北条氏は、八代までは伊豆節のようにだしが利いたが、九代高時になって威令行われず、亡びてしまった。伊豆産の鰹節に伊豆の武士北条氏を掛けただけの句。

410 **半分はしきせで拝むゑんま堂**　おし合にけり〳〵

正月と七月の十六日は閻魔様の縁日だが、一般の参詣人は少なくて、半分は仕着せ姿の年のいかない奉公人である。

○仕着《しきせ》＝年季奉公人が盆暮に支給される衣類。

411 **盆山《ぼんやま》は欠落《かけおち》らしい人ばかり**　おし合にけり〳〵

相模大山の石尊大権現に、七月十四日から十七日までの間に参詣するのを盆山と言い、江戸からはるばる出かけるが、みなお盆の借金取（年二季の払いで、盆は暮とならぶ重要な清算期）を逃れて来たように見えるという皮肉。

○欠落＝失踪《しっそう》、夜逃げの意で、男女の駆落に限らない。

412 **江の島へ硫黄の匂ふはけついで**　うやまひにけり〳〵

江の島見物の人で、硫黄の匂いがするのは、箱根の湯治がえりに、はけついで（ことのついで）に江の島へまわって来たに違いない。

413 **桟敷から出ると男を先へたて**　おし合にけり〳〵

芝居の桟敷では当然のように女が前に坐って、身をのり出して見物するが、帰る時は亭主を先へたてて、神妙そうにあとからついて行く。歌舞伎は江戸の女の第一の娯楽だったのである。

414 **人の物たゞ遣るにさへ上手下手**　手から次第に〳〵

物をただで誰かに遣るのにさえも、上手な遣り方、下手な遣り方があって、微妙なものである。なお「人の物」を「他人の物」と解することも出来、これだと現代の役所や会社の管理職と部下にもあてはまるだろう。

415 **下駄さげて通る大屋の枕元**　むつまじひ事〳〵（25オ）

夜おそく長屋に帰って、大屋に木戸をあけてもらうのは気の毒なので、あらかじめ頼んで置き、大屋の家にはいって戸締りしてから下駄を下げて枕元を通り勝手口から出れば、便利至極だ。大屋は親も同然というとおり仲の好い気らくな長屋ずまいだ。

416 **その手代その下女昼は物言はず**　むつまじひ事〳〵

不義はお家の御法度《ごはっと》という時代、商家の手代と下女の恋もふしだらと見られるので、昼は何食わぬ顔をしている。人情の機微を川柳らしい鋭さでとらえる、周知の佳句。

417 **竈〆《かまじめ》の内はめし焚かしこまり**　くたびれにけり〳〵

かまじめは258かまはらひと同じ。巫女がかまどの前でお祓いをする最中、田舎者で素朴《そぼく》な飯焚き男が、神妙にかしこまって控えている。

418 **藪入の出がけにものをかくされる**　うへを下タへと〳〵

藪入の娘がいそいそと出かけようとする時、田舎への土産か何か、あるはずの物がないので、夢中になって大騒ぎしている。朋輩の悪ふざけである。

419 **死に切つて嬉しそうなる顔二ツ**　むつまじひ事〳〵

心中に成功した二人の死に顔を見ると、安らかな、嬉しそうな表情をしている。当時は情死防止の意味で、死に損なうと日本橋の橋詰に三日間さらされてから、男女別々に追放される処分を受けるが、それを免れて一緒に死ねたからである。

420 **土こねは手水《ちょうず》を遣ひ幣《へい》を立て**　くたびれにけり〳〵

土をこねる役目の者が、壁土をこね終えて、手を洗ってから土の真中に御幣を立てた、という。手を浄めて御幣を立てるのは、特別の建築の場合に相違ない。だから227と365に既出の、土蔵を作る時の荒打であろうと思われる。しかし土をこねるのは素人には無理だから、本職の土こねがやるのである。

421
三めぐりのあたりから最《もう》ぶちのめし　くたびれにけり〱

三《み》囲《めぐり》稲荷社は向島にあって、宝井其角の雨乞の句で名高い。ここから上流に向って、牛島神社、長命寺、白髭神社を経て木母寺に至り、梅若塚がある。梅若丸は京で人買にさらわれて、ここまで来て死んだのだから、三めぐり辺では衰弱してよく歩けず、人買にぶちのめされたことだろう。梅若の大念仏は17参照。

422
大いそは欠落《かけおち》するにわるい所《とこ》　くたびれにけり〱

東海道五十三次の中の大磯は、北に高麗山などの山が迫り、南は海で、その間を一本道が通じて「此所道狭し」と名所図会にあるような切通しなので、逃げて身を隠す（かけ落ち）に都合の悪い所である。昔の大磯の遊女たちも、それで困ったことだろう。芝居に出てくる曽我十郎の恋人大磯の虎御前《こぜん》がいたので、親しみ深い地名である。

423
田楽を面白く喰ふ座頭の坊　うへを下タへと〱

田楽の串を手に持った座頭が、かじる所はおよそどの辺かと、慎重に食いつくのを面白いと評したのだが、座頭ならずともこつがあって「田楽の口は遠くであいて行」（柳二）とある。

424
二かいから落《おち》たさいごのにぎやかさ　くたびれにけり〱（25ウ）

はしご段を踏みはずして、二階からガタガタドタンと落ちて、可哀そうに死んでしまったが、じつに賑やかな最期である。

425
ゆり若の弓はつぶしにふんで買《かい》　くたびれにけり〱

百合若大臣は蒙古《むくり》征伐の時に、長さ八尺五寸の鉄の弓で矢を射立てて、勝利を収めたが、大臣の死後は誰も使えないから、古道具屋が古金《ふるかね》の相場で安く買っただろう。伝説の英雄の権威もかたなしである。

426
辻切を見ておはします地蔵尊　くたびれにけり〱

石の地蔵様は町はずれの淋しい所などに立っているの

で、辻切を見てしまうようなこともある。慈悲の地蔵様もそれに対して何事も出来ないとは、皮肉な現象と言おうか。

427
初旅へ晩は是じやと二本出し　くたびれにけり〱

旅の仲間の一人が、初旅の男に「晩は是だ」と言って指を二本出したのは、二百文を散財して飯盛女郎を買おうというのである。落語「三人旅」のたぐいだ。

428
雪の夜は糊で付《つけ》たる顔二ツ　むつまじひ事〱

雪の夜は寒いから、男女が顔もからだもぴったりと、糊で付けたように接近して寝る、というだけのことだろう。

429
商売も国と江戸とは雪と炭　うへを下タへと〱

冬は信州方面から江戸へ出て来る炭売にとっては、商売の工合も国と江戸とでは、いわゆる「雪と炭」ほど違う。「雪と炭」は雪を優、炭を劣とするのが普通だけれど、この句は国は雪に埋もれ、江戸で炭を売る。逆転である。

430
地紙うり日につく迄は指をなめ　うへを下タへと〱

扇の地紙売はたくさん重ねた地紙を、指をなめては一枚一枚めくり、客の気に入るのが出て来るまで続ける。単純な写生句。

431
そろばんをひかへたやうなだんご茶屋　くたびれにけり〱

串にさした団子を、横長の火鉢にならべて焼いている形が、大きな算盤を前に置いて坐っているように見える、という見立である。

432
そこかいてとはいやらしい夫婦仲　むつまじひ事〱

そこを掻いて頂戴、と人前もはばからずに夫に甘えてたのむとは、うすぎたなく厭らしい夫婦である。江戸にもこんな若夫婦がいたとは……。

433
下戸《げこ》の礼者に消炭《けしずみ》をぶんまける　りきみこそすれ〱（26オ）

初篇25ウ

年賀の客が下戸で、酒を出すわけにいかないので、火鉢に消炭をたくさん入れて雑煮の餅を急いで焼く事にした。お客に向って消炭をぶちまけたような表現が、奇抜でおかしい。

○消炭＝薪の火を途中で消して出来る軟質の燃え付きやすい炭。

434
樽拾ひ目合《まあい》を見ては凧を上《あげ》　春めきにけり〱

酒屋の小僧のいわゆる樽拾いも人の子で、正月は遊びたい。忙しい中で隙を見つけては、凧をあげに行く。または凧あげの子の仲間に入れてもらう。

○樽拾い＝酒屋の丁稚《でっち》。

435
あの中で意地のわるいが遣手の子　りきみこそすれ〱

吉原付近で子供が大勢あそんでいる中で、意地の悪いのは、遣手の子に違いない。遣手は女郎や禿だけでなく、客からも嫌われるのである。樋口一葉作「たけくらべ」の世界である。

436
御伝馬《おてんま》で行けばやたらに腹を立《たて》　りきみこそすれ〱

御伝馬は幕府公用の逓送制度で、宿駅で常備する伝馬や人足を無償で使用するのが定めだった。だから、御伝馬で道中する者は、お上の御威光を笠に着て、やたらに腹を立てて威張りくさるものだ。

437
生酔《なまえい》の琴をけなしてとふ〱寝　とんだ事かな〱

酒の席で余興の琴がはじまると、琴は野暮くさい、色っぽくないなどと繰返しけなしていたが、いつか寝入ってしまった。

○生酔＝ひどく酔うこと。よっぱらい。

438
ぶちまけた跡は駕舁《かごかき》ゆげが立《たち》　とんだ事かな〱

大急ぎでかついで来た駕籠をとめ、客をおろした跡、駕籠かきは全身汗だらけで湯気が立ち、威勢が好い。祝儀をもらって飛ばしたのだろう。

439
中宿で先初手《まずしょて》のから封を切《きり》　とんだ事かな〱

吉原通いの足だまりの中宿に立寄ると、女郎からの文が何通も来ている。それを最初のから順に読んでにやにやしている。家へ来てはまずいので、中宿が宛て先になっている。

440
四里四方見て来たやうな新茶売　りきみこそすれ〳〵

新茶売の行商を終えて国へ戻った男が、江戸の町の四里四方の隅ずみまで見て来たように、得意になってしゃべっている。新茶売は四月ごろから江戸の家々をまわり、世間話などしながら売ったのである。

441
労咳《ろうがい》に母はおどけてしかられる　つきぬことかな〳〵

労咳は肺結核で、若い男女に多く、不治の病とされた。ふさぎ込んでいるので、気を引き立てようと母親がおどけて見せたが、何がおかしいんですと叱られた。これも母性愛。

労咳のもとは行儀をよくそだち　（柳五）

442
ちつぽけな桶で鋳《い》かけは手を洗ひ　片タ付けにけり〳〵（26ウ）

鋳かけは7既出。火を使う職業で、水は少しあれば済むので水桶は小さく、それで手を洗うと完了である。

443
ぬひものを少《すこ》しよせるも礼義なり　片タ付けにけり〳〵

縫物をしている所へ来客。取散らして居ります、さあどうぞ、と少し縫物を片寄せる、かくべつ坐る邪魔にはならないが、それが心のこもった礼儀である。佳句。

444
樽拾ひとある小かげではごをしよひ　ならびこそすれ〳〵

樽拾い（酒屋の小僧）が物かげでつかまえられ、男色の被害者となったのだ。江戸は独身男が多い。はごを背負うは身動き出来ない意。

445
そうばんのひしげた所で御十念《おじゅうねん》　はじめこそすれ〳〵

仏具の双盤《そうばん》を打ち合わせて鳴らした音がかすれると、おもむろになむあみだぶ〳〵と和尚の御十念が始まる。浄土宗の寺の実景である。

○十念＝十声《とこえ》で念仏すること。

446
草市はひだるい腹の人だかり　にぎやかな事〳〵
お盆の精霊棚に供える物を売る草市は、七月十二日・十三日の早朝から売りはじめるので、買い手は起きぬけに空腹のままで集まって来る。
　草市へ目やにだらけな顔が来る　（柳二四）

447
浅草の鏡に千のすがた有り　いやが上にも〳〵
山椒説は、「浅草の観音堂の向って左の端の処に大きな鏡がある」。その鏡に姿をうつすと一代の運勢がわかるという俗説があるので、夥しい人が前に立つとするが、なお疑問。

448
飼鶴《かいづる》は袴着て居る人へ行《ゆき》　あそびこそすれ〳〵
徳川将軍家には、寒中に鷹狩で鶴をとり、京都御所へ献上するとか、正月三ケ日に将軍に鶴の吸物をすすめるとかの行事があるので、千住・小松川などに鶴飼場がある。そこの飼育係の袴を着けた人に、鶴はよく慣れているのだ。

449
約束をちがへぬ紺屋《こうや》哀《あわれ》なり　あそびこそすれ〳〵
紺屋は約束の日限に出来ないのが通り相場で「紺屋のあさって」の諺があるのに、約束の日にきちんと出来るのは、よほど注文が少なくて不景気なのだろうと気の毒になる。変な特色の職業があったものだ。

450
和藤内一家《いっか》の義理はかきどうし　遠ひ事かな〳〵
近松の浄瑠璃「国性爺《こくせんや》合戦」の主人公和藤内は、明《みん》の遺臣鄭芝竜《ていしりゅう》と日本女性の間の子として平戸に生れ、成長して唐土へ渡って明朝再興のために尽した。それ以後は平戸に帰らなかったから、親族への義理はまったく欠いてしまったわけだ。歴史の一面。

451
日のくれに高輪《たかなわ》の戸は惜しくたて　あきらかな事〳〵（27オ）
現在の田町駅から南へ、高輪十八丁（約二キロ）は海沿いの片側町で、海の向うに安房上総の見える景勝の地だから、日の暮に雨戸をしめるのが惜しいのである。

高輪の朝はまぶしい飯を喰ひ　（宝暦十二）

452
大滝は一言《ごん》も無いところなり　次第〳〵に〳〵

相州大山石尊大権現の大滝は、罪障懺悔《さんげ》の場で、偽りをいうと神罰が下り、天狗に五体を裂かれるというので、正直に白状するほかない所だ。

さんげ〳〵借金で参りました　（柳二四）

453
そこら中蓋《じゆうふた》を明け〳〵ていしゆぶり　せわしない事〳〵

妻の留守の来客に、何か愛想に出そうとして、そこら中さがして、いろんな物の蓋をあけて見る。客を待たせて気がせくけれども、なかなか見つからないのだ。新米《しんまい》亭主の感じである。

454
行灯《あんどん》で喰ふは大工も仕舞の日　せわしない事〳〵

大工の仕事の終りの日に、意外に晩くまでかかったので、いつもは明るい内に夕飯をすますのに、行灯をつけて食うことになった。灯火は費用が掛かるから、暗くなる前に夕飯をすますのが普通だった。

455
京町へ来る鬼灯《ほうずき》はゑりのこり　次第〳〵に〳〵

吉原の大門を入ると、江戸町《えどちよう》・揚屋町《あげやまち》・角町《すみちよう》などを経て、最奥部に京町《きようまち》がある。だから鬼灯売が江戸町から順に回って遊女たちに売って、京町に来る頃は残り物ばかりである（123頁参照）。

456
張ものに嫁はむすばぬほうかぶり　せわしない事〳〵

天気のよい日に張物をする若い嫁は、手拭を吹流しにかぶって、端《はし》を軽く口にくわえて艶な姿である。姉さんかぶりでは日に焼けるし、顔が人目につくからである。

457
昼買た螢を隅《すみ》へ持《もつ》てゆき　せわしない事〳〵

昼買った蛍を、夜まで待ちきれないで、隅の暗い所へ行って光らせて見る。子供心である。つぎの句も似ている。

花火をもらひ日がくれろ日がくれろ　（柳一七）

458 **あい〱といふたび〆《しめ》るかゝへ帯**　せわしない事〱

外出の仕度をしている最中早くしろと催促する亭主に、あいあいと返事をしながら、正装の仕上げの抱え帯をしめている。抱え帯は233の腰帯の別名である。

459 **小まくらのしまりかげんに目をふさぎ**　上手なりけり〱

小枕とは、女の髪を結う時に髻《もとどり》の芯とし、元結で固くしばるための道具である。そのしまり加減を、目をふさいで確かめている。女性の結髪の実景だが、今では知るよしもない。

460 **仲人を地ものとおもやたいこ持《もち》**　上手なりけり〱（27ウ）

息子さんの嫁にちょうどよい娘さんがおります、と縁談をもち込んだ人は、あとでわかったが太鼓持だった。娘さんの実体は玄人女で、息子の仕組んだ謀略とわかったのである。

○地もの＝その土地の産物。転じて素人。

461 **半人で仕舞う大工に菰《こも》を遣り**　次第〱に〱

昼すぎに降りだしたので、半日仕事で帰ることにした大工に、雨具代りに菰をやったのである。

462 **車引《くるまひき》女を見るといきみ出し**　次第〱に〱

荷車を引く車力たちは、女が歩いているのに出会うと急に興奮して、ひやかしたり、からかったり、罵ったりする。重労働のつらさを、それで慰めようとするかのように。

463 **扇箱鳴らして見てはのしを付《つけ》**　気のはれた事〱

桐の箱に扇を入れたのを年玉とするが、中がからだといけないので、ガラガラと音をさせて確かめてから、のしを付ける。ただし竹片と紙で扇の形にした、名ばかりの扇だった。

464
いろは茶屋客をねだつて富《とみ》を附け　上手なりけり〳〵

いろは茶屋は谷中《やなか》感応寺の門前にあった岡場所である。感応寺は富突きで名高いので、いろは茶屋の女郎たちは客にねだって、壱歩《いちぶ》の富札を買ってもらうだろう。想像句。

465
藪入の供へは母がのんでさし　せわしない事〳〵

藪入の娘が、奉公先から供の男に附き添われて帰って来た。その男の労をねぎらい、主家の心遣いへの感謝の意をこめて、酒肴を調え、母親がお相手をする。主家、たぶん武家屋敷での気受けをよくしたい親心である。

○のんでさし＝酒をすすめる。相手をする。

466
手代共ねぶと盛りであんじられ　せわしない事〳〵

根太《ねぶと》は若ものの体の脂肪の多い所に出来る腫れ物。手代たちがその年ごろなので、何の間違いを仕でかすかわからず、喧嘩、放蕩、使いこみ其他、主人の取越し苦労が絶えない。

467
めし時といへばぬし屋はによつと出る　気のはれた事〳〵

塗師屋《ぬしや》は漆を塗る仕事中に、埃がついたり乾きすぎたりせぬよう、紙帳を釣った中でする。だからめし時には紙帳からにゅっと出て来る。

468
親類のもちあまされは麦を喰ひ　次第〳〵に〳〵

親類中に迷惑をかけて愛想をつかされた不良息子は、江戸には置けないので、田舎の知合いに勘当同然に預けられ、麦飯を食って野良仕事などもさせられる身の上となる。「勘当を麦で直して内へ入れ」（柳二）はその結果。

469
夜そば切ふるへた声の人だかり　かわり〳〵に〳〵（28オ）

夜、荷をかついで町を売り歩くそば屋へ、寒い夜中に灯を見付けて来る客は、皆ウウ寒い寒いとふるえ声を出している。

○そば切＝蕎麦粉をこねて平たくし、細く切ったもの。現在の蕎麦のもり・かけ、に同じ。

470
悪筆と仕廻《しまい》の方へ千話《ちわ》を書《かき》　とゞきこそすれ〳〵

女郎から文が来たが、例の通り代筆だったが、終りの所に、悪筆ですがとして、他人には頼めない、たわい無い痴話をカナクギ流の字で書いて来た。

471
飛鳥山毛虫に成て見かぎられ　ほしゐ事かな〳〵

飛鳥山は八代将軍の時に桜を植えたので、花見の名所として賑わうようになったが、葉桜になって毛虫がつく時分になると、ほかに何の魅力もないので、まったく顧みられない。

472
片棒をかつぐゆふべの鰒仲間《ふぐなかま》　かわり〳〵に

昨夜食ったふぐにあたって、急死した男を入れた棺桶をかつぐ仲間の中には、一緒にふぐを食って運よく助かった男もいる。同じ長屋のふぐ好きが、手料理でやったのである。落語「らくだ」はこの句を枕に使う。

473
初鰹薬のやうにもりさばき　とゞきこそすれ〳〵

初鰹はひどく値が高いので、家族の皆の皿にごく少しずつ、まるで薬でも盛るように細心慎重に分配する。

474
連《つれ》に礼言ひ〳〵なまな封を切《きり》　とゞきこそすれ〳〵

遊び仲間に呼び出されて外に出ると、「今朝吉原から帰りがけに、お前のなじみの女郎から託されたよ」と言って文を渡してくれた。礼を言い言い封を切ると、心なしかまだ湿りけがあるよう、それを歩きながら早速《さっそく》よまずにいられない。これで熱度が急上昇することだろう。

475
口近ひ化物で先《まず》一つ消し　かわり〳〵に

百物語といって、大きな油皿に百本の灯心をともして置き、座敷で怪談を一つしては消して行き、順にやって百本めを消すと怪異があるという。が、最初は見越入道くらいの平凡な化物で一つ消して置く。

476
線香が消てしまへば壱人《ひとり》酒　けんどんな事〳〵

芸者をあげて三味線をひかせたり酌をさせたりしてい

る最中に、線香が消えて、お時間ですと帰ったあとは、面白くもない一人酒である。線香が時計の役をする。

477 **つき合で行《ゆく》深川は箸《はし》やすめ**　うき世なりけり〳〵

深川は近いから、つき合で行くこともあるけれど、吉原を本膳とすると、つまみ物という程度だ。交通が便利で、気軽に遊べるので、この頃繁昌して、吉原に迫る勢いとなった。

478 **のびの手でつかんではなす削りかけ**　まわりこそすれ〳〵（28ウ）

木の枝を周囲から削って飾りとしたのを、正月十四日に家の中の部屋ごとに飾る。鴨居などに逆さにつけるので、無意識に両腕で伸びをして、うっかりつかんで放した、という長閑《のどか》な春の小景である（123頁参照）。取りのぞく時は、

　けづりかけ子をさし上てもぎらせる　（柳一三）

479 **入王《いりおう》と聞《きい》て火を引《ひく》りやうり人**　あきはてにけり〳〵

入王は84の逆王と同じで時間がかかるから、もう注文なしと見切りをつけて火を落とす。料理人は84既出。

480 **通りもの羽織ほうるがくせに成《なり》**　うき世なりけり〳〵

通り者は、正業に励まない遊民。が、川柳では博徒を意味することが多く、「賭場に於て金銭の抵当として、羽織などを投出すので、それが癖になるのである」という雑誌「やなぎ樽研究」誌上の秋農屋説に従う。

481 **油揚《あぶらげ》をさげた斗《ばかり》で夜をあかし**　まわりこそすれ〳〵

夕方、油揚を買って帰る途中、狐に化かされて一晩中あるき廻ってしまった。狐が好む油揚さえ持たなかったら、こんな災難はなかったのに。つぎのも化かされる句。

　馬の糞案山子《かかし》へ礼をのべて喰　（拾）

482 **ぬり桶へ書てくどけば指で消し**　けんどんな事〳〵

綿つみをしている女のそばに男が来て、内密にくどこうと思って、塗桶に指で書いて見せたが、女はそれを指

で消し、どうやら不調らしい。

483 **座頭の坊せくと浅黄《あさぎ》に目をひらき**　けんどんな事〱

座頭の坊が興奮して目を見ひらくと、白眼が浅黄色に見えて凄い顔になる。貸金の取立てか。

484 **医心の有《ある》で女房事にせず**　けんどんな事〱

医家に奉公でもして多少医心のある女房は、亭主が頭痛とか腹痛とかいっても、大したことはないと見て、稼ぎに出させる。夜ふかしや飲みすぎなどの副産物だから、自業自得と思っているのだ。

485 **桶伏せの有で家内がせんぞくし**　あきはてにけり〱

遊興代の不払そのほか悪質の客への私刑の中に桶伏せがあったことは170で述べた。桶伏せのために風呂桶を使ったので、入浴が出来ず、家内一同が足を洗うだけで済ましている。この頃はすでに行われないから、想像句である。

486 **金谷から臼ひき唄を覚《おぼえ》て来**　あきはてにけり〱

東海道の金谷は大井川の西岸の宿駅、川留めで数日滞在中に、所在なさに覚えるともなく土地の臼ひき唄を覚えてしまった。とんだ旅の土産である。

487 **夜そば切立聞《たちぎき》をして三声よび**　しげ〱な事〱（29オ）

夜ふけにまだ起きているらしい家に近寄って、軒下でしばらく立聞きして、めくりカルタか何かをしているのを知って、蕎麦アと大声で三度よんだ。博奕だと一つや二つでなく、たくさん売れるからだ。

488 **草履取名残の裏と聞かじり**　てうほうな事〱

主人が俳諧に出かける供をしなれた草履取は、いつも待ちくたびれるので、俳諧連句の最終の部分を名残の裏ということも覚えてしまった。

489 **両介《りようすけ》は第一めしがうまく喰へ**　しげ〱な事〱

那須野へ逃げた玉藻の狐を討取れと勅命を受けた三浦

介義明・上総介常胤の両名は、百日の間犬を走らせて馬上で射る練習をした。好い運動になってさぞ飯がうまく食えたろう、という歴史のうがち。

490 **仲条は手斗《ばかり》出して水を打《うち》**　きたなかりけり〱

仲条《ちゆうじよう》流は堕胎専門医で、秘密を主とする稼業だから、長いのれんをかけて中の見えないようにし、家の前に柄杓で水を打つにも、のれんから手ばかり出して打つようにする。(仲条《なかじよう》ともよむ)。

491 **壱軒の口上で済《すむ》くばり餅**　てうほふな事〱

五月の柏餅や年の暮の餅などを配る時は、先は何軒あっても、使いの口上は皆おなじでよい。親類や近所との贈答が多かったのである。

492 **景清はお尋《たずね》ものに能い男**　あきらかな事〱

豪勇の悪七兵衛景清は平家滅亡後、源頼朝の命をねらってお尋ね者になったが、顔にあざがあるので、探索方には都合がよかったろう。なお、景清のあざは歌舞伎の趣向で、実説ではない。

493 **綿つみはみかんの筋も肩へかけ**　しげ〱な事〱

綿つみは、ぬり桶(131参照)に真綿をかぶせてのばす作業で、手に真綿がねばりつくと肩にかけておいて、また取る動作が癖になる。蜜柑を食う時も袋の白い筋をとると、つい肩へつける、というのが柳雨説である。

494 **生酔《なまえい》はおどかすやうなおくびをし**　きたなかりけり〱

酔っぱらいが、ウーイと大きなおくびをするのは、人をおどかすようで気味がわるい。

495 **ゑり元《もと》のうつとしそうな田舎馬**　きたなかりけり〱

武家屋敷の乗馬を見慣れた目からは、野菜など運搬する田舎馬は、手入をしないから、首すじの辺などがうっとうしく、むさくるしく感じられる。

初篇29オ

496 **ふんどしをするが湯治《とうじ》のいとま乞**　しげ〳〵な事（29ウ）

湯治にゆくと、日に何度も入浴するので、ふんどしをしないで浴衣一枚が普通だから、湯治客のいとま乞いは、すなわち、ふんどしをしめる時である。

497 **真ツ黒な小刀遣ふ野老《ところ》うり**　きたなかりけり〳〵

野老はヤマイモに似た蔓芋で、昔は食用にした。あくが強いので、野老売の使う小刀は刃が真ッ黒になっている。写生。

498 **蠟燭を消すに男の息をかり**　てうほふな事〳〵

百匁《め》蠟燭のような大形のものは、灯を吹き消すのによほど呼吸の力が要るので、男に消してもらう。宴が果てた後の光景であろう。

499 **太鼓の直《ね》出来てから出す火打筥《ばこ》**　きたなかりけり〳〵

太鼓作りの家へ買いに行き、値が決まって取引が成立すると、はじめて客に火打石の入った箱を出して、煙草一服をすすめる。獣類の皮革を扱う自分の稼業に遠慮があるので、火をいけた煙草盆は出さなかったという。

500 **船頭の女房能い日にせんたくし**　てうほふな事〳〵

船に住む船頭の女房は、天気のよい日はのんびり洗濯をする。水は手ぢかにあるし、良くかわくし、働くのが楽しみなのだ。

501 **猿田彦坂際《さかぎわ》へ来てかぎ廻し**　きたなかりけり〳〵

猿田彦は388に述べたように、祭列の先頭で鼻高の面をかぶり、高足駄をはいて歩く役である。坂や段々の所へ来ると、足元があぶないので、下ばかり見て歩く。それを鼻でかぎ廻していると見立てたのである。

502 **追い出されましたと母へそつと言ひ**　しげ〳〵な事〳〵

嫁に行った娘が、ある日ふと実家へ帰って来て、人目のない時を見はからって母に「追い出されました」と唯ひと言小声でいった。このひと言《こと》が封建時代の庶民の嫁の弱い立場を語る。

503 **夕立の戸はいろ〱にたて丶見る**　てうほふな事〱

夕立の烈しい雨の降り込むのを防ごうと、雨戸をしめると暗くなるから、縦にしたり横にねせたり、苦心さんたん大奮闘である。

504 **金持のくせに小粒《こつぶ》にことをかき**　しげ〱な事〱

金持で小判はたくさん有るはずだのに、流通量の多い壱歩金すなわち俗にいう小粒を持たないで不自由する、なんていう事がある。出さないで済むという利点もあるのだろう。

505 **鰒《ふぐ》買て余所《よそ》のながしへ持てゆき**　たのしみな事〱（30オ）

ふぐは買ったが、潔癖で臆病な女房が流しや庖丁の使用を許さないので、飲み仲間の家へ持込んだ。素人の手料理だから危険率も高く「ふぐ売は一生後家に恨みられ」（柳六五）というようなことにもなる。

506 **女房は蚊屋を限りの殺生し**　たのしみな事〱

女は一般に命あるものを殺すのを嫌うが、蚊に眠りを妨げられては困るので、女房も蚊屋の中の蚊だけは、あえて殺生をする。

507 **針仕事手のかるく成《なる》ほと丶ぎす**　わづかなりけり〱

ほととぎす鳴くころから、縫い物は単衣《ひとえ》や浴衣《ゆかた》になるので、針持つ手も軽くなる。古くはこの説が有力だったが、夜ふけて針仕事をする時、時鳥の初音を聞いて気分一新、針もつ手も軽くなった、とする大村説に賛したい。

508 **物もふといはる丶迄に成《なり》あふせ**　てがらなりけり〱

客が来て「物申《ものもう》」と案内を乞うような、堂々たる屋敷に住むようになった、立志伝中の人物は誰か、高利の座頭金を貸して儲けて、検校にまで出世した人などをさすか。

509 **樽ひろひあやうい恋の邪魔をする**　たのしみな事〱

初篇29ウ

酒屋の小僧はどんな狭い路次でも、断りなしに入って行くから、物置や樋あわいでの男女の密会の邪魔をすることがよくある。

510
御りんきのもふ一足《ひと》で玄関迄　おしわけにけり〳〵

旗本屋敷の奥方が、主人が今宵もどこかの女の所へ出かけるのを嫉妬して、引戻そうと跡を追って、もう一足で玄関という所までいったが、家来や草履取の手前、やっと抑えて奥へもどる。「御」をつけて旗本の放埓を遠回しに諷している。

511
若後家にずいきの泪《なみだ》こぼさせる　かたい事かな〳〵

若後家に随喜の涙をこぼさせるのは、破戒の和尚であろう。

512
きめ所《どこ》をきめた弐百はしやちこばり　かたい事かな〳〵

一文《もん》の穴明き銭を百文ずつ重ね「さし」という藁縄を穴に通してつなぐが、二百文の場合は藁縄の真中に結び玉を作り、両方に百文ずつさして、その両方の端をしっかり結ぶと、二百文がしゃっきりときまる（杉本説）。

513
言ひ出して大事の娘寄つかず　かたい事かな〳〵

しとやかで気だてが好いと思っていた娘さんに、思いを寄せる青年のことを告げて仲介を切出したら、折角の娘さんがふっつり来なくなった。うぶな娘かたぎ。三味線の師匠あたりか。

514
家老とは火をする顔の美しさ　（以下522まで前句不明）（30ウ）

大名の愛妾は、寵愛を笠に着て権勢をふるうので、物堅い家老とはひどく仲が悪いが、殿様をたぶらかすだけあって、すこぶる美しい。

○火を擦る＝非常に仲の悪い形容。

515
見世さきへきつかけの有るうたが来る

遊女屋の見世さきへは、時おり心意気をうったえるような唄がやって来る。目あてが誰かは知るよしもないが、

その声を聞いて胸にしみ入る思いの女郎がいるのだろう。＊

○きっかけ＝心意気、合図などの意味がある。

516
藪入はたつた三日が口につき

藪入娘にとっては、三日の休暇はあまりに短く、芝居見物、友だち附合いなど色々あるし、親たちは家庭の団らん、墓参などを希望するしで忙しく、「たった三日」が口癖になってしまう。

517
かみさまと取揚《とりあげ》婆々が言ひはじめ

嫁入って来た当座は、若いのでおかみさんとは誰も言わなかったが、子が産まれると産婆がおかみさんと呼び、以来、誰もがそういうようになった。なお、下女がずるずると後妻に直った場合と限定する説もある。

518
奥さまの加勢立臼なべのふた

美貌のお妾に対して、奥様の味方になるのは、臼のような大きな尻や鍋ぶたのような盤台面《ばんだいづら》の女中たち。これでは男性たちの人気も集まらず、有力な味方とは言いがたい。

519
腰縄の気で母おやは苧《お》をあづけ

娘がとかく外出したがって、様子がおかしいと心配な母親は、自分が留守にする時は、苧を績《う》む仕事を与えて、囚人に腰縄をつけたような気になっている。可哀そうに。

○苧をうむ＝麻を細く裂き、長くつないでよりあわせる作業。

520
ふがいない魂二ツ番がつき

心中をしそこなった、いくじなしの男女が、日本橋の橋詰の高札《こう》場付近にさらされて、番人の監視を受けている。419とちがって生き恥をさらす。

521
月ふけて下戸の哀《あわれ》はひだるがり

中秋の月見の宴に、上戸はおそくまで酒杯を傾けて好いきげんになるが、下戸は夜が更けるにつれて、腹が減って仕様がないとこぼすのである。この歎きは今も変らないだろう。

522
笑ふにも座頭の妻は向きを見て

笑うのにも、座頭の妻は盲目の夫から誤解を受けないようにと、顔の向きにも気を使って（若い男の居る方向などを避けて）笑うのが常である。

523
のびをする手をこし元はついと逃《にげ》　うそな事かな〱（31オ）

うーんと伸びをした殿様の手が、胸元か腰のあたりに迫るのを、腰元は逸早く察して、ついと逃げる。毎度の悪ふざけである。

声をたてやすとこし元いけぬなり（柳五）

524
囲《かこわ》れの何を聞くやら陰陽師《おんようじ》　すわりこそすれ〱

囲い者の女が、占い師の所へ行って坐っている。日蔭の身だから悩みもあろうが、何を聞いているのだろうか。

525
指切るも実は苦肉のはかりごと　うそな事かな〱

遊女は客への愛情の証として指を切ることがある。実は手練手管の苦しい計略があるのだ。

526
十《じゅう》分《ぶ》一取《いちとる》におろかな舌はなし　きはめこそすれ〱

縁談をまとめて持参金の一割を貰おうとする、いわゆる仲人屋の弁舌の達者なことは、大変なものである。持参金は川柳では百両、十分の一は十両。だから亭主だけでなく「仲人の女房同じく小ざかしき」（筥）。

527
ぶらつくを棹《さお》でまねいた渡し守　すわりこそすれ〱

隅田川に沿ってぶらついていると、渡し舟の船頭の声は聞えぬが、竹棹を上下させるのが見える。舟が出るぞと知らせているのだ。三囲《みめぐり》稲荷のそばの竹屋の渡しあたりか。のどかな風景。

528
棒の中めんぼくもなく酔《えい》は醒《さめ》　すわりこそすれ〱

酔いが醒めて気が付くと、何本も棒のある辻番所の中

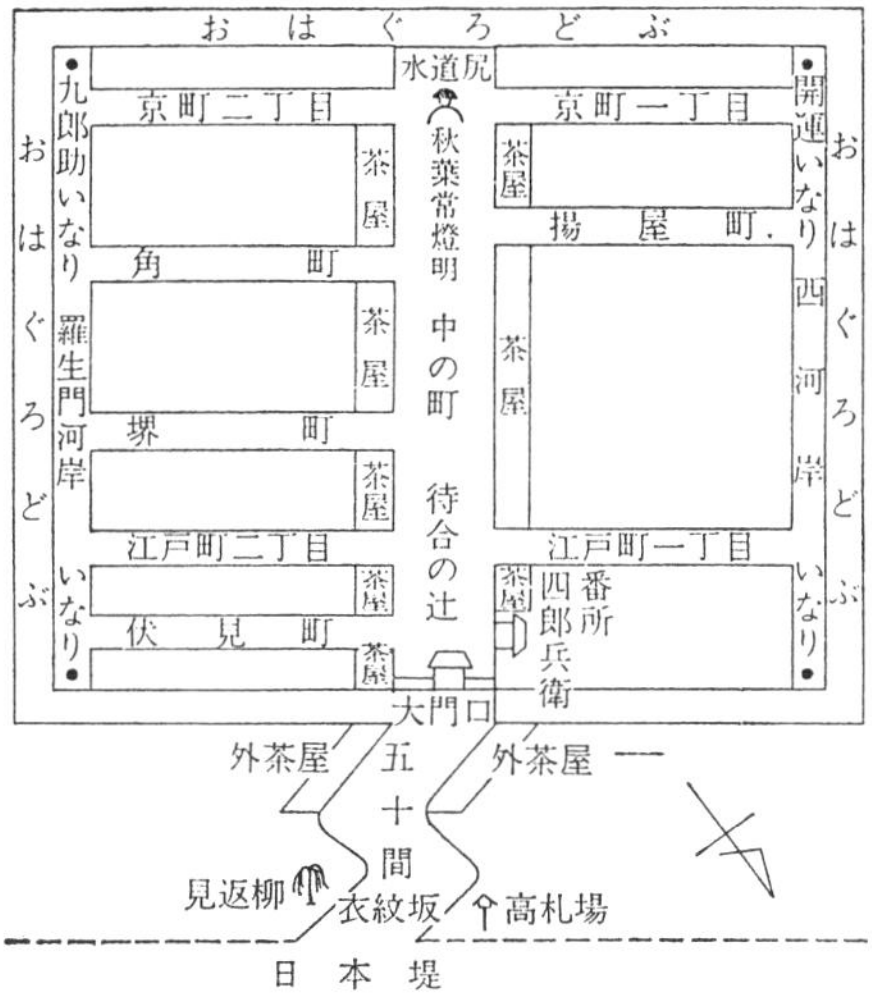

455　新吉原概略図

343　かるさん（『浮世床』部分）

535　七ツ星（『新選八卦蓬莱抄大成』部分）

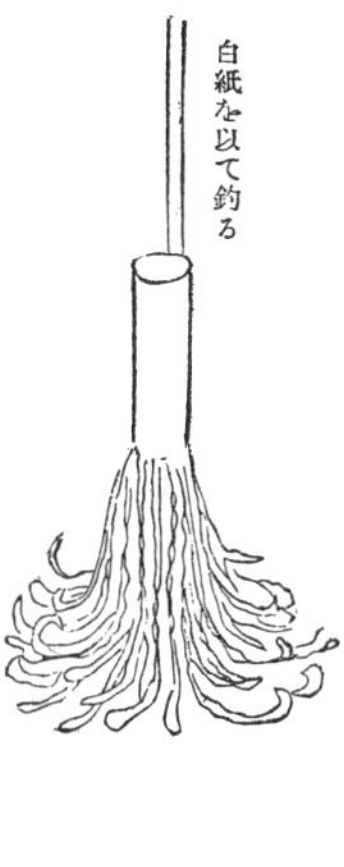

478　削りかけ（『守貞漫稿』）

で、酔中何を仕出来《しでか》したか、まるで記憶はないものの、面目ないこと夥《おびただ》しい。

529
手《て》付《つけ》にて最《もう》神木とうやまはれ　きはめこそすれ〳〵

神社の鳥居の用材として売買がきまって、手付金の支払いが済むと、木にしめ縄が張られ、神木として敬われる。山元の立ち木の場合とも、材木屋の置場でとも考えられる。

530
上下《かみしも》は我儘《わがまま》に着るものでなし　すわりこそすれ〳〵

上下というものは、祝儀・不祝儀の事ある時に着るものであって、いつでも勝手に着られるものではない。したがって糊を利かし、皺をつけてはならないから、

上下を着ると内でもかしこまり　（柳二一）

531
勘当をゆるすと菜を喰ひたがり　すわりこそすれ〳〵

勘当されて田舎の親類の厄介になっていた間、食べ物に閉口した息子が、許されて親もとに帰ると我儘が出て、刺身だの蒲焼だのと色々な菜を食いたがる。

532
奥家老顔をしかめるものをふみ　こぼれたりけり〳〵（31ウ）

奥女中たちを監督する役の、俗にいう奥家老は、時に女中たちから悪戯をされたり報復されたりする。たとえば夜の廊下を見廻って歩く最中、ぐしゃりと気味の悪いものを踏ん付けて、黙って顔をしかめながら控室へ。

533
寝て居ても団扇《うちわ》のうごく親心　すわりこそすれ〳〵

乳呑児に添寝する母親は、家事の疲れでつい眠りに落ちるが、その間も団扇は緩慢ながら動いている。次の句とならぶ親心の佳句である。

はへば立てたてばあゆめの親心　（柳四五）

534
すゝ掃の孔明は子を抱いて居《い》る　きはめこそすれ〳〵

煤掃に皆が真黒になって働く中に、子供を抱く役に回り、涼しい顔をしているのがいる。今日一番の知恵者、諸葛孔明というところだ。

○孔明＝蜀の皇帝が三顧の礼を以て迎えた軍師。

535 **松の内七ツの星を能《よく》おぼへ**　きはめこそすれ〳〵

新年に北斗七星の中の自分の本命星を供養して、その年の厄難を免れようとすることは、古くから宮中をはじめ民間でもおこなわれて、北斗さま、七星さまと信仰された。また第七の破軍星の剣先の方角は凶で、戦争や博奕にも凶とされた。江戸で正月松の内だけ黙認された素人博奕の時も、それを知る者は時刻によって変る七星の形に注意を怠らないで、凶の方角の席を避けるから、しぜん七つの星をよく覚えた。図（123頁参照）や「小便のたびに破軍を見覚えて」（宝暦十）の句がそれを証する。

536 **見附《みつけ》からわさびおろしが出て呵《しか》り**　こぼれたりけり〳〵

江戸城の見附で警護する番士は、わさびおろしと仇名《あだな》される菖蒲革《しょうぶがわ》の袴をはいて、見附を通る庶民に何かと小言をいう。虎の威を借る狐で、うるさくて仕方がない。

537 **大磯の落馬はすぐにたばこにし**　すわりこそすれ〳〵

鎌倉武士が遠乗りをして、もし大磯で落馬したら、曽我十郎の愛人虎御前のいた遊里もあることだから、落馬を口実にして一服し、しけ込む相談でもしただろう。鎌倉武士の現代人見立《みたて》。

538 **唐人を入り込《こみ》にせぬ地ごくの絵**　うそな事かな〳〵

地獄の画を見ると、罪人は日本人ばかりで、和蘭人《おらんだ》も唐人もいないのはおかしい。そんなはずはないだろう。地獄極楽を見せての説教に対する、庶民からの懐疑である。

539 **日和見《ひよりみ》のみそけで傘を下《さげ》て出る**　きはめこそすれ〳〵

天気を当てる（日和見）のを自慢の男が、降りそうもないのに、きっと降るよと傘を持って出かける。ほんとかなあ、自信過剰じゃないかな。

○みそ＝自慢。手前みその転。

540
丸山でかゝとの無いもまれに産み　こぼれたりけり〳〵

丸山は長崎の遊里、和蘭人はかかとが無いから靴の後部を高くしたという俗説があった。丸山の遊女は出島の和蘭人の相手をするから、稀にはかかとのない子を産むだろう。この後シーボルトやドゥーフも混血児を産ませている。

541
松右衛門二言《にごん》といはず酒をうけ　十ぶんな事〳〵（32オ）

松右衛門は幕府の囚獄関係の役目をする一種の物乞いで、江戸の武家や町家に吉凶の事があると、行って銭を乞う（山椒説）。その時酒を振舞うと、普通の人なら一応は辞退してから飲むが、当然のように酒を受ける。そんな特権を認められていた。

542
だいた子にたゝかせて見るほれた人　十ぶんな事〳〵

柳雨説は、「抱いた子の手を借りて、惚れた男の肩をそっと叩いてみる恋の表情」とあるが、純情娘よりも、おとなの女を感じさせる。

543
是切《これきり》の小袖《こそで》着て寝るたいこ持　いそ〳〵とする〳〵

落語に出て来る野だいこの類は、旦那次第で行方定めずお供して歩く関係上、旦那から貰った一張羅の晴着のままで、ごろ寝をすることも厭《いと》わない。

544
網の目をくゞつてあるく嫁の礼　はれ〳〵とする〳〵

嫁入りの日か数日後かに、盛装して、姑に連れられて近所廻りするのが通例で、その時は物見高い人々の視線の網の目をくぐるようにして歩くのである。

545
くじ取《とり》で遣手が灸《きゅう》をすへて遣り　能《よい》くめんなり〳〵

遣手から灸を頼まれると、失敗したら恨まれると思って皆いやがるので、くじを引いて当った者が、災難とあきらめてすえてやることになった。「遣手が」は「遣手の」。

546
剃た夜はゆふべの枕きたながり　はれ〳〵とする〳〵

隠居して初めて坊主頭になると、さっぱりして、昨夜までの枕がべとべとと汚く感じられる。『武玉川』十五編「剃た夜はきのふの枕きたなくて」の焼直しで、俳諧味が濃い。

547 **あんどんは百と百との結び玉**　能くめんなり〳〵

吉原の最低の百文の河岸見世《かしみせ》では、部屋の中を襖《ふすま》で仕切り、それぞれに夜具を敷き、別々の客が入《はい》れるように作られ、境の所に二軒に共通の行灯を置く。だからそれが百文と百文の連結点（結び玉）のような形になっている。吉原にも一部屋を二組が使う低級な見世があったのだ。

548 **いそがしく成ると鹿島は襟《えり》へさし**　能くめんなり〳〵

鹿島の事触れは、烏帽子《えぼし》狩衣《かりぎぬ》で幣帛《へいはく》を持ち、鹿島明神の神託と称して、当年中に大地震があるとか疫病があるとかおどかし、免れたいなら御札をいただけと言って、銭二三百文を取る、じつは鹿島とは縁のない物乞いである。予言が高潮すると、御幣は後ろ襟へさして、銅拍子を叩き立てる（548頁参照）。「事ぶれを夫《おっ》トの留守にもてあまし」（柳六）のような悪質なのもいたと見える。

549 **いつちよく咲た所へ幕を打《うち》**　きはめこそすれ〳〵

花見の時には一番よく咲いた所へ幕を打って、そこへ席を設ける。「定紋であたりを囲むいい花見」（柳二四）のように定紋入りの幕もあって、豪奢な花見である。

550 **病上《やみあが》り母を遣ふがくせに成**　いそ〳〵とする〳〵（32ウ）

病中に母から看護して貰った娘は、それが癖になって、癒ってからも平気で母に用を頼むようになってしまった。しかし盲目的な母性愛で、喜んで遣われているのだろう。

551 **五六町《ちよう》銭屋をたゝく戻り駕**　能くめんなり〳〵

客を送り届けて祝儀を一分もらった駕籠屋が、二人で分けるため銭屋（小規模の両替屋）を探したが、夜更けでどこも寝て居り、五六丁（六〇〇メートルくらい）むだ足してしまった。

552 **是からは行斗《ゆくばかり》じやと櫛はらひ**　いそ〳〵とする〳〵

髪を整えて、櫛を掃除して、さあ是からは出かけるだけだ。男の吉原行としては櫛の掃除が不似合なので、女の外出であろう。また「行斗じゃ」の口調は若い女でなく、中年以上。行先は芝居だともっと張りきるはずだからお花見か軽い遊山などだろう。

553 **三人で三分《さんぶ》なくなる智恵を出し**　いそ〳〵とする〳〵

三人寄れば文殊の智恵、と諺にいうが、江戸の若者が三人顔を合わせると、日暮れとともに吉原に繰り込み、揚代一分の中級女郎を買って、三人合わせて三分なくなる、とんだ智恵を出すのがお定まりである。

554 **逃《にげ》たときや男の中で夜を明し**　はれ〳〵とする〳〵

一緒になろうと思い切って家を抜け出し、親方の所へかけこんで、男ばかりごろごろしている中で、一晩まんじりともしなかった、というような一途な恋を遂げた女の回想。

555 **腰元は寝に行前に茶をはこび**　いそ〳〵とする〳〵

腰元は自分の部屋へ寝に行く前に、ご主人のところへ茶を運ぶのが、一日の最後のつとめで、気ぼねの折れる仕事から解放される。腰元の役目には按摩もある。

腰元は隠居の足を艪にかまへ　（拾）

556 **三めぐりを溜め小べんの揚場《あげば》にし**　いそ〳〵とする〳〵

向島の三囲《みめぐり》稲荷の鳥居下には、船着場があるので、こらえた小便の放出のために着ける船が多い。名所としては災難だが人助けでもある。

○揚場＝船の積荷を陸にあげる場所。

557 **猿廻し内へ戻てあごを出し**　はれ〳〵とする〳〵

一日中《じゅう》、猿を背負って町々を歩く猿廻しは家へ戻って猿を肩からおろすと、のうのうとあごを伸ばして、くつろいだ気持ちになることだろう。

558 **雪隠《せっちん》の屋根は大かた屁の字なり**　能くめんなり〳〵

便所の屋根は、たいていのが「へ」の字なりになっていて、ずばりよく似合う。昔の家の便所は汲取の関係で建物の一番はしに、庭へ向って大小で畳一帖くらい突出させるので、屋根が「へ」の字の形になる。今はまれな構造。

559 **よけの哥大家《うたおおや》の内義持歩《もちある》き**　と、のへにけり〳〵（33オ）

四月八日に甘茶で墨をすり「千早ふる卯月八日は吉日よかみさげ虫の成敗《せいばい》ぞする」という変な歌を紙に書いて、便所や流し元に逆さに貼るとうじ虫（かみさげ虫）が出ないという。長屋の住人は無筆や不精ものが多いので、大屋が書いて配る。

560 **子を抱けば男にものが言ひ安し**　と、のへにけり〳〵

内気な女で、男とはろくに口もきけないが、子を抱いていると、気安く話ができる。親類の子を抱く娘などの場合とも取れる。

561 **草津の湯めうもんらしい人はなし**　ほんの事なり〳〵

「お医者様でも草津の湯でも」の草津は療治を目的の客ばかりで、箱根あたりのような、体面や体裁を飾る湯治客のような人はいない。

○名聞らしい＝世間の評判に気をつかう。

562 **笑ひ止む迄灸てんを待て居る**　わけのよい事〳〵

若い娘が肌ぬぎになって灸をすえて貰うのだが、何かがあって笑いだすと、おさまるまでは灸点するのを待っている。娘はいやがるが、労咳予防などのため、母親がすえてやる場合か。

563 **桜花兄は莟《つぼみ》の有をとり**　おとなしい事〳〵

子供二人の、弟はいま満開の枝をとり、兄はつぼみが多く楽しみの長いのをとる。美味を先に食う子と最後に食う子。どこでも見られる児童心理だ。

564 **江の島で鎌倉武士は片はたご**　わけのよい事〳〵

鎌倉から江の島へは二里十一丁と近いから、前夜おそくに宿に泊り、当日は朝食後に出て江の島をゆっくり見物しても鎌倉に帰れる。

○片はたご＝朝食または夕食をとらずに泊る事。

565 **首取つた其日を急度《きつと》精進し**　わけのよい事〳〵

戦場で敵の首を取って手柄を立てたが、以来、その日は必ず精進して冥福を祈ることにしている。武士の情を讃える珍しい句。

566 **かまたりへ真ツ裸でのいとま乞**　わけのよい事〳〵

讃州志度の海女は（250参照）、かねて契りを結んだ藤原鎌足から頼まれて、決死の覚悟で竜宮へ玉を取り返しに行く時、海岸で真っ裸で鎌足へ暇乞をしただろう。珍しい光景である。

はらませて置いてかまたりさてと言い（安永二）

567 **若後家のふしやう〴〵に子にまよひ**　ほんの事なり〳〵

若後家が子のために再婚せずにいるのは、好んでそうしているのでなく、煩悩と戦いながらしぶしぶ貞女を立てているのだろう。若後家に対して男はとかく想像をたくましくする。

568 **羽子板を預けて帯を〆なをし**　いやらしい事〳〵（33ウ）

少女が羽根をつく内に着付が崩れ、羽子板を人に預けて帯を〆直す。正月らしい光景。

569 **おみさまの聞あきをする祭前**　はり合にけり〳〵

祭礼が近付くと準備のために、勇み肌の鳶の者などとの相談が多いので、連中があらたまった時に使う「お身様」という二人称の敬語を、飽きるほど聞かされるのである。

570 **外料《がいりよう》を祭りの形《なり》で呼びに行**　はり合にけり〳〵

祭には興奮のための喧嘩がおこりやすく、祭衣装のまま外科医を呼びに行くような騒ぎも珍しくない。「巻舌で容体を言ふ外科の前」（柳九）という句もある。巻舌は勇み肌の男の特徴。

571 **尻持に和尚を持て地紙うり**　たのもしゐ事〳〵

地紙売（430既出）は陰間あがりがよくやる稼業で、なじみ客の和尚が資金などのめんどうを見てくれたのだ。尻持は後援者の意で、また陰間の縁語である。

572 **そうどくに衣を着せる長屋中《じゆう》**　たのもしゐ事〳〵

瘡毒は梅毒、重症で人中へ出られないのを、廻国でもして仏の力で直してもらえと、長屋の連中持ち寄りで、法衣《ころも》をこしらえ路用をもたせて、送り出してやる。長屋の人情。

573 **ひま入《いり》と書て来たのは女房の手**　いやらしひ事〳〵

迎えにやった返事は、「用事があって行かれぬ」との文面で、よく見ると女房の筆跡だ。さては悪友の誘いと気がついて、あの女房が邪魔をしたな。知能犯女房。

○ひまいり＝所用がある。

574 **男ならすぐに汲《くも》ふに水かゞみ**　いやらしい事〳〵

水の溢れる吹井戸《ふきいど》で、男ならすぐ汲むだろうが、女は顔を水鏡にうつしてから汲む。女心。

575 **犬蓼《いぬたで》の心よく這ふ無常門**　たのもしゐ事〳〵

犬蓼は雑草で、茎の長さ二尺（六〇センチ）くらい、花はままごとに使う赤まんまである。無常門は葬儀の時に使う門。雑草の犬蓼が、明けられることのない無常門の前に時を得顔に生い茂って、お家の無事安泰を証している。

576 **真先《まつさき》でさればぐらいは化かされる**　ほんの事なり〳〵

真先は真崎稲荷で、橋場の北の隅田川ぞいにあって（現在白髭橋西詰付近）この頃流行していた。川を隔てて水神の森を望む風景がよかったが、吉原に近いので男たちはとかく遊意をそそられる。寄って行こうと誘われて「さればいかが致そうか」などと考えるようでは、稲荷の狐に化かされて脱線すること疑いなしだ。

577 **長噺《ながばなし》とんぼのとまる鑓《やり》の先**　くたびれにけり〳〵（34オ）

槍持を従えた武士同士が、路上で行き逢って立ばなしをしていると、供が槍を立てて待つ穂先にとんぼがとまっている。のどかな江戸の風景である。

578 **ぬかみそにもしかも瓜の百一ツ**　うへを下タへと〳〵

女房の不在中であろうか、ぬか味噌の中に、もしかしたら瓜が一ツくらいあるかと思って、かき廻したというのだが、「冬瓜の花の百一ツ」という諺を利用したのが技巧だ。

579 **舟嫌ひ壱人《ひとり》は川のへりを行**　くたびれにけり〳〵

一人は川を舟に乗ってさかのぼり、もう一人は舟嫌いなので川に沿って歩く。柳橋から浅草の観音さまへ、というような場合を思わせる。

580 **太夫《たゆう》職《しよく》百で四文もくらからず**　うへを下タへと〳〵

太夫職は最高の位の遊女で、権威があって銭金など手にもふれないが、内実は百文につき質の利息が四文ということまでもよく知っている。うわべと内情の対比。

581 **佐野の馬扨首《さて》をたれ屁をすかし**　くたびれにけり〳〵

佐野源左衛門は194に既出。謡曲「鉢の木」の本文に、松は「枝を垂れ葉をすかし」とあるのをもじって、馬の栄養不良の状態をよんだのである。だから、「鎧着て乗るとよろつく佐野の馬」（柳六四）ともある。

582 **浪一ツあだには打たぬ玉津島**　うやまひにけり〳〵

紀州和歌の浦の玉津島明神は、和歌三神の一人の衣通《そとおり》姫を祀る風光明媚な地で、打寄せる浪もむだな打ち方でなく「片男波」という特別な打ち方だという。

583 **こま犬の顔を見合ぬ十五日**　おし合にけり〳〵

赤坂日枝神社の山王祭は六月十五日、神田明神の神田祭は九月十五日、江戸を代表する二大祭礼の当日は、拝殿の前の一対のこま犬が、参詣人の混雑のため終日顔を見合うことができない。

584 **弁天の前では波も手をあはせ**　おし合にけり〱

江の島の岩屋の奥の弁天社の前では、岩をわけて浸入する数条の波が、互にぶつかり合ってしぶきをあげ、柏手を打って拝んでいるごとくである。以上三句、神社の句が続いた。

585 **御婚礼蛙の声をみやげにし**　くわほふ成りけり〱

芝居で蛙の声を出すには貝をすり合わせるが、上流の嫁入道具に欠かせない貝桶の中には、貝合せの貝が入っているから、蛙の声をみやげに持ってゆくようなものだ。

586 **けんとうし吹出しそうな勅をうけ**　うやまひにけり〱（34ウ）

遣唐使が唐の帝に拝謁した時、勅命はちんぷんかんで何もわからず、吹き出しそうになったことだろう。遣唐使の句もいろいろあって「遣唐使後は茶づけをくいたがり」（柳二二）などは、現代の観光旅行でも体験する。

587 **舟宿へ内のりちぎをぬいで行**　おし合にけり〱

舟宿は吉原・深川など遊里行の客の舟を出し、また着ける茶屋である。客はそこにしゃれた衣類を預けて置き、着がえると共に家での律義も捨てて、遊びの気分に一変する。

588 **蔵の戸が鳴と盃大きくし**　うやまひにけり〱

内蔵の戸をガラガラと鳴らして、大盃を出して来ると、めでたい酒盛りはいよいよたけなわで、順に大盃が廻される。富有な商家の祝宴であろう。

589 **家内喜多留《やなぎたる》ちいさい恋はけちらかし**　くわほふ成りけり〱

柳樽は柳の白木で作った角《つの》樽で、結納の時に贈り、目録に家内喜多留と書く。句意は結納が済むと、婚約が成立したのだから、他の小さな恋などは、一蹴してしまう。

590 **蝿打《はえうち》でかき寄せて取る関手形**　手から次第に〱

関所を通る時に関手形を出して渡すと、関守は下役がさし出したのを、横に置いてある蝿たたきで掻き寄せて見る。特に注意を要する時は「関守は手形とほくろ見くらべる」（柳六）ようなこともあるが、蝿たたきが閑で退屈な関守の役目を象徴する。

591 **やわ〳〵とおもみのかかる芥川**　くわほふ成りけり〳〵

後に二条の妃となる藤原高子を、在原業平が連れて逃げ、芥川を越えてまもなく追手に捕えられたが、芥川を渡る時には姫を背負って、やわやわとした重みを感じたことだろうという想像句。『伊勢物語』取材の句の一つ。

592 **風鈴のせわしないのを乳母と知り**　うやまひにけり〳〵

風鈴はちりんちりんと涼しく鳴るものだのに、せせこましい音をたてている。あれは乳母が幼児を抱く片手で鳴らしているのだろう。

593 **鳥さしがかつぐと七ツ過《すぎ》に成**　手から次第に〳〵

鳥さしは将軍家の鷹匠の下で、鷹の餌の雀を取る役。長い棹の先にもちを付け、小鳥笛を吹いて鳥をさすが、七ツ（午後四時）すぎる頃、棹をかついで帰る。江戸の町はずれの夕暮。

594 **あいさつを内義は櫛で二ツかき**　うやまひにけり〳〵

来客にあいさつしながらの身だしなみで、手ばやく櫛で二ツかく。いかにも世帯なれした内儀らしい。また「二ツ」という限定は川柳独特の技巧で、つぎの句を思い出させる。

わらんじをはくと二《ふた》足ふんでみる　（柳三）

595 **女房は酔はせた人をにぢに行**　（以下599まで前句不明）（35オ）

前後不覚に泥酔して帰った亭主から、翌日その相手を聞いて、文句を言いに行く恐るべき女房である。

○にぢる＝問責する、とっちめる。

596 **傘かりに沙汰のかぎりの人が来る**

不沙汰、不義理を尽くした奴が、俄《にわか》雨にあって傘を借りに来るとは、ずうずうしいにも程があるというのだ。

597
本ぶりに成て出て行雨やどり

続いて俄雨の句である。やむ見込みなしと覚悟をきめて、尻をはしょるなど身仕度をして雨の中へとび出すのだ。類句に、

思ひ切るすがたの出来る雨やどり　（柳四）

598
張《はり》ひぢをしてもやう〳〵能い女郎衆

三味線を習う武士が少なくない。仰山《ぎようさん》に張ひじをして構えたところは、さも達者そうに見えるけれど、やっと初心者向きの「岡崎女郎衆は能い女郎衆」を覚えた程度、というのが一般である。吉原遊女だという説もあるが。

○張肘＝両肘を左右に突っ張りいばる形。

599
切落し気の毒そうな乳《ち》をのませ

芝居の切落し（404既出）の大衆席では、赤ん坊が泣くと周囲の人たちの観劇の邪魔になるし、さりとて鮨づめで立つことも出来ないので、気兼ねをしつつ、乳首を含ませてだまらせる。芝居好きの若い母親の悩み。

600
地紙うり母に逢ふのも垣根ごし　くらひ事かな〳〵

地紙売は道楽が過ぎて勘当された末と見えて、我家の敷居はまたげないで、母親に小遣いをせびるにも、垣根の外から手招きしてよび出すという情けないことだ。

601
舞留《まいとめ》を常にくゆらす草履取　くらひ事かな〳〵

上等な煙草の舞留を、草履取がいつもくゆらしているのは不思議だが、主人の秘密の行動もいろいろ知っているので、主人用のを平気で吸っているのだろう。

602
品川は木綿の外《ほか》は箱へ入れ　くらひ事かな〳〵

品川の遊里は本来、宿場の飯盛女郎なので、一軒に二人まで、着衣は木綿物と定められて居るので、絹物を着た上妓は決して見世へ出さず、箱入娘のように、中に隠して置くのだ。

603 **姑《しゆうとめ》のつむじは尼に成て知れ**　　まがりこそすれ〳〵

亭主の死後、姑が尼になって、はじめてつむじの曲がっているのがわかった。なるほど嫁いびりをするわけだ。こしらえ物の句だが、ふざけたユーモアが可笑しい。

604 **欠落《かけおち》もきよふにすればおしがられ**　　まがりこそすれ〳〵（35ウ）

夜逃げや出奔も、人にあまり迷惑をかけないで、うまく要領よく退散すれば、かえって惜しがられることもある。

605 **くわい中の杓子《しやくし》を出していたゞかせ**　　是は〳〵と〳〵

杓子を懐中すると、富くじに当るとの俗説どおり、運よく大金を当てた男が、得意になって杓子を出すと、あたりの人たちが、あやかるようにと額際《ひたいぎわ》にいただきたがる。

606 **見に行てしめつぽく出る払蔵**　　くらひ事かな〳〵

蔵の売物（払蔵）を見に行ったら、暗くて湿気があるので、着物までしめっぽい感じがして、陰気な思いで出て来た。倒産の悲哀をからだで実感したのである。

607 **すゝはきの顔を洗へば知た人**　　是は〳〵と〳〵

煤はきは一年中に溜まった、炊事の薪の煤や灯油の煤を掃除するので、顔も手足も真黒になり、どれが誰だかわからない。顔を洗ったので、やっと知った人とわかった。

608 **火もらいのふき〳〵人に突当り**　　是は〳〵と〳〵

隣家で火種をもらって帰る途中、消えては大変と吹き吹き歩くと、それに気を取られて前を見ないので、人にぶつかってしまった。火を急にほしい時は、火だねを貰いに行くほかないのだ。

609 **旅戻り子をさし上げて隣まで**　　久しぶりなり〳〵

旅から戻って我家に入り、久しぶりに見る幼な児を抱き上げながら外へ出て、ついでに隣家まで行って、帰りましたと挨拶する。向う三軒両どなりをまわると、

旅がへり五軒のぞいて内へ来る　（柳四）

610 **佐野の馬かんろのやうな豆を喰ひ**　久しぶりなり〱

佐野の馬は581既出。「鉢の木」の源左衛門は面目を施し、馬も大豆にありついて、久しぶりの甘露のような美味に舌鼓を打っただろう。

611 **なぎの葉を芝居の留守に掃出され**　じだらくな事〱

芝居へ行く身仕度に大騒ぎして、鏡の裏に入れて置く梛《なぎ》の葉の落ちたのに気付かず、留守番の掃除の時に掃き出されて無くなってしまった。災難よけの、女には大切な葉だが。

612 **仕事しの飯は小言を菜にして**　じだらくな事〱

仕事師は荒っぽい仕事なので、万事に威勢がよく、鉄火肌である。食事をするにも、ぽんぽんと小言を連発しながら食べるので、小言をおかずにしているようだ。職業的特徴。

613 **さいそくも質屋のするはゆるがしい**　せかぬ事かな〱（36オ）

金貸しの取立てはきびしいのが普通だが、質屋の催促はゆるやかである。それは利息がとれるからであり、利息が三か月はいらなければ質流れとして処分できるからだ。

614 **猿田彦いつぱし神の気である き**　せかぬ事かな〱

猿田彦は祭礼の先頭に鼻高面をかぶって、高足駄をはき、鉾を杖について歩くつまらない役だが、先頭だけに神様になったような気で歩く。

猿田彦ぴかりぴかりと突いて来る　（柳七〇）

615 **御詠歌に預りもの丶娘あり**　気を付にけり〱

御詠歌をうたいながら巡拝をする女たちの一隊の中に、一人の娘がいる。皆でいたわる様子から察すると、親から頼まれて参加させたのだろう。

616 **松が岡ちつとはじくが納所分《なつしよ》**　気を付にけり〱

鎌倉松が岡の東慶寺は縁切寺で、離縁を希望する女が駈込むと、寺役人が仲介して、満二年後に離縁状を得て解放される。そうした有髪の尼が集まっている中で、算《そろ》盤《ばん》をはじける女が事務の手伝いなど、納所坊主の役をする。

617 **れんこんはこゝらを折れと生れ付**　気を付にけり〳〵

蓮根には所々に節があって、そこで折れば折りよい。ちょうどそのように出来ているのだ、と人間中心の自然観である。

618 **切見世《きりみせ》はたんこぶ迄をうたがはれ**　気を付にけり〳〵

切見世は時間を切って客を取る下等な女郎屋で、性病の危険の多いことを客が知っているので、ちょっとした瘤《こぶ》でも、梅毒ではないかと疑われる。

619 **母おやはもつたいないがだましよい**　気を付にけり〳〵

父親をごまかすのは容易ではないが、母親は根がやさしいから、申し訳ないが簡単にだますことが出来る。時には「母親は息子の嘘をたしてやり」（柳一六）のように援護射撃までしてくれる。

620 **けんぺきを打《うち》〳〵戻る蔵の鍵**　せかぬ事かな〳〵

肩癖《けんぺき》は肩の凝り。蔵の中で調べたり捜したり運んだりで長い時間かかり、ようやく了えて戻る時は、蔵の鍵で肩のこりを打ちながら、ゆっくり歩いて来る。

621 **生まものをかゝへた婆ァぶにんそう**　気を付にけり〳〵

虫がついたり腐ったりしやすい、生ま物のような女たちを、手許《てもと》に置いて監督する役目だけに、遣手婆アというのは、実に不愛想なものだ。

622 **湯屋へ来て念頃《ねんごろ》ぶりは側へぬぎ**　気を付にけり〳〵（36ウ）

湯屋と懇意な客は、来ると世間話などしながら、番台のそばで衣類をぬいで湯にはいる。盗難よけになるから。

623
餅はつく是からうそをつく斗《ばかり》　　せかぬ事かな〳〵

正月を迎えるための餅はついた、是から先は大晦日《みそか》の掛取りにうそをつくばかりだ。つくの同音を重ねて、江戸庶民の洒脱な生き方をよむ。

624
色男四角な智恵で奥へよび　　おふちやくな事〳〵

絵島事件（37参照）は役者の生島新五郎を菓子を入れる四角な蒸籠《せいろ》に忍び込ませて、江戸城の大奥へ入れた、という句で、五十年ほど前の事ながら徳川家に関することに触れるのは禁制だから、色男・四角と謎句仕立てにしてある。

625
腹立てばやぼらしくなる十三日　　たしか也けり〳〵

十二月十三日の煤はきの当日、誰かを胴上げにするのが恒例だったが、ほんの戯れだから怒るのは野暮とされた。

十三日覚えてゐなはそれつきり　（柳五）

626
押入の戸やきぬ張《ばり》で人をよび　　取りちらしけり〳〵

押入の戸・きぬ張（絹布のしわを伸ばすための張り板）を使って人を集める。すなわち戸には演題を列記した紙を貼り、張り板には○時より素人義太夫、などと書いて戸口に立てかけて看板代りにする。長屋のど自慢の会の準備ぶりをちょっとひやかした、という佐藤説に従う。

627
出女《でおんな》の鏡へうつる馬の面《つら》　　取りちらしけり〳〵

出女は宿駅の飯盛女で、宿《やど》の前で客引きをする。その準備のため見世先で化粧している鏡の中に、街道を往来する馬の面がうつる、東海道なら御油《ごゆ》・赤坂・吉田などを思わせる情景。

628
針ほどを棒とは母の二ばんばへ　　けんどんな事〳〵

子のあやまちの針ほどの事を、棒ほどにいうのは、二番目に出来た母すなわち継母である。針、棒、植物の二番生え、の三つに連想のつながりがあるのだろう。

629
あたらしくしてもやっぱり親仁《おやじ》橋　（前句不明）

日本橋の照降町から元吉原へ行く途中の橋。元吉原遊廓の創始者庄司甚右衛門がかけたので、親仁橋と呼ばれた。遊廓はその後山谷の新吉原に移ったし、橋も新しく掛け替えられたけれど、後も相変らず同じ名である。

630
戻る猪牙だるまもあればねじやか有　（前句不明）

吉原帰りの客は寒い朝は、猪牙舟の中に坐って布団を頭からかぶったり、横にねて上にかけたりする。悪所《あくしょ》帰りを達磨や寝釈迦に見立てた不調和がおかしい。

631
江戸を出て姿の出来るぬけ参《まいり》　（37オ）と、のへにけり〳〵

主人や親に無断で伊勢参宮に行くぬけ参りは、江戸の町を出て高輪・品川あたりへ来てから、菅笠・わらじ・柄杓などを買って、抜参り姿が出来る。これでいよいよ出発だ。

632
花なれば社稀人《こそまれびと》の坊主持　と、のへにけり〳〵

路上で僧とすれ違うたびに荷物持ちを交代する坊主持を、珍客にもさせるのは、楽しい無礼講のお花見だからこそである。のどかな春。

633
色事に紺屋《こうや》のむすめうそをつき　ほんの事なり〳〵

紺屋のあさって、というから、紺屋の娘の色事でも、あさってなどと嘘をつくのだろう、というつまらないとぼけた句。

634
信濃へは地ひゞきがして日が当り　うへを下タへと〳〵

天照大神が天の岩戸に籠った時、手力男命《たぢからおのみこと》が戸を開いて世の中が明るくなったが、その戸を空中高く投げて落ちた所が信濃の戸隠山だというから、信濃では地響きと同時に日が当ったわけである。

635
小腕でも長刀斗《なぎなたばかり》二本しめ　うへを下タへと〳〵

牛若丸は少年だのに、五条橋では弁慶の薙刀《なぎなた》、謡曲「熊坂」では赤坂の宿で熊坂長範の大薙刀と戦って、二人ともやっつけてしまった。「しめ」はとっちめる、制圧するの意。

636 **ぬけた歯に禿《かぶろ》のこぞる片ツすみ**　うへを下タへと〳〵

吉原の妓楼の片隅に、小さな禿が何人も集まっていて、何事かと思ったら中の一人の歯が抜けたのだった。上の歯なら縁の下へ捨て、下歯なら屋根の上へ投げるものだなど話し合っているのだろう。あわれのある句。

637 **貰ひ乳にかはるきぬたのちから過《すぎ》**　くたびれにけり〳〵

乳を飲ませて貰う間、相手に代って砧《きぬた》を打って見たが、馴れない男のこととて、力ばかり入ってうまくいかない。子持ちやもめの悲哀。

○きぬた＝布をやわらげ、または艶《つや》出しのため台または石にのせてうつこと。

638 **碁敵《ごがたき》は憎さもにくしなつかしさ**　むつましひ事〳〵

誰もが知る、解を要しない佳句である。碁の句を一つ引く、「お相手の碁は勝さうで考へる」（柳四九）は落語「将棋の殿様」のたぐいで、わざと負けるように苦心するのだ。

639 **若後家のこすいでみんな貸なくし**　くたびれにけり〳〵

若後家が一見しっかり者に見えたが、こすく立廻って遺産のお金を高利で貸したりしたので、ずるい奴にひっかかり、いつかみんな貸しなくしてしまった。「女賢《さか》しうして牛売り損う」「骨折り損のくたびれ儲け」の諺のとおりだ。

640 **黒犬を挑灯《ちょうちん》にする雪のみち**　山のごとくに〳〵（37ウ）

雪で真白な夜道を、黒犬を提灯の代りにして歩いて行く。なるほど有りそうなことである。

641 **一門のきなかと頼む能登守《のとのかみ》**　うへを下タへと〳〵

平家一門の中で、武勇の半《なか》ばを占めるとして頼りにされたのは、能登守教経であって、屋島でも壇の浦でも大いに奮戦している。

〇きなか＝半銭、半分の意。

642
迷ひ子が泣けば鉄棒《かなぼう》ふつて見せ　くたびれにけり〳〵

迷い子を町の自身番で預かって、尋ねて来る人を待つ間、子が泣くと番太郎は玩具のかわりに鉄棒をじゃらんじゃらんと鳴らして、気をまぎらそうとしている。

643
産籠《さんかご》の内でてい主をはゞに呼び　むつましひ事〳〵

産籠は坐産の分娩の時に坐る、椅子のような竹製の道具。出産が近いので横柄に（はばに）亭主を呼んで、用を言いつける。こんな時だけは亭主と女房の形勢逆転。

644
あだついた客ははしごでどうづかれ　むつましひ事〳〵

料理屋か女郎屋か、どちらでもよい。帰りぎわにしつこくべた付いた客が、階段を下りながら、女に背中をどやされている。案外それを嬉しがる客もいるのだろう。

645
さるだ彦角《つの》をはやして吸付る　くたびれにけり〳〵

祭礼の行列の先頭をあるく猿田彦は、小休止で一服という時、鼻高面を額の上に押し上げると、高い鼻が上に向いて、角が生えたように見える。

猿田彦鼻を握つて汗を拭き　（拾）

646
撥貸《ばちかし》て見に行けば咽《のど》なでて居る　うへを下タへと〳〵

撥を貸してやった後、誰が弾くのだろうと見に行くと、何のこと、撥でのどをなでていた。象牙でなでると、のどに刺さった魚の骨がとれるという俗信があった。とぼけておかしい。

647
汐くみに所望《しょもう》の浪が打て来る　山のごとくに〳〵

松風村雨の「汐汲」の所作事の舞台で、女が汐を汲もうとすると、間合いよく誂え向きの波幕が打ち寄せて来る。さすがに道具方とよく呼吸が合っている。

648
年礼にもゝ引のいる縁を組《くみ》　くたびれにけり〳〵

遠方の家と縁組したので、年礼に行くのに股引をはかなくてはならない。幕臣朱楽菅江《あけらかんこう》の句に「御不勝手郷士《おふかつて》が娘嫁して来る」（柳一五）とあるように、困窮の幕臣が近郊農村の郷士の娘を、持参金目あてで貰った場合であろう。

649
うつちやつて看板にするむらさき屋　いやが上にも〳〵（38オ）

江戸で自慢の紫染め屋では、紫草の紫を抽出したかすを、人目につくように整然と捨てるので看板のような役をする。「こわ飯のやうにあけるは紫屋」（柳八八）がその形だろう。

650
だき守りのわりなき無心鮒《ふな》一ツ　はづみこそすれ〳〵

道ばたの金魚売を子守りが子に見せると、ほしいとせがむので、中では一番やすい鮒でいいから、どうか一疋下さいと頼んでいる。

651
車座へ紺の手の出る六夜待《ろくやまち》　いやが上にも〳〵

七月二十六日の夜は、月の出に弥陀三尊の影向《ようごう》が見えるといわれ、品川・高輪・湯島・九段などで、酒宴しつつ月の出を待つ行事があった。その日はまた愛染明王の縁日で、信仰する紺屋が集まり、品川の女郎屋などで車座になって酒宴をすると、紺色の手で職業が一目瞭然である。

〇六夜待＝二十六夜待の略。

652
桜見に夫《おつと》は弐丁跡から出　あそびこそすれ〳〵

昔は夫婦が連れ立つのを厭らしい事としたので、桜を見に行くにも近所の人目をはばかって、夫は二丁ほど跡から出、先で一緒になる。

653
病み上り日本の人になぐさまれ　うるさかりけり〳〵

病後で髭ぼうぼうの男が、「長崎からいつ来ましたか」などと髭のない人にからかわれる。和蘭人《おらんだ》は必ず髭だらけと思っていたのだ。

654
十露盤《そろばん》へしたたむ小原《おはら》のせわしなさ　能《よ》ひ気色なり〳〵

小原は小形の塗盃、したむは盃に残った酒の雫《しずく》をきる事、十露盤へしたむのは、商談の最中だからだ。十月二十日のゑびす講には呉服屋などの商家は縁者や取引先を招いて酒宴をし、恵比寿神の前で千両、万両などとせり売の真似事で景気をつけた。忙しい商売繁昌の気分なのだ。

655 **灯籠の人を禿はむぐつて出**　大ぶんな事〳〵

吉原では七月一ぱい中の町の両側に灯籠を家ごとにかけ連ねる玉菊灯籠の催しがあって、夜は見物人で大賑わい。その中を禿が身軽にもぐって出て行く、可憐な情景である。

656 **子を持つてから三日《さんじつ》をやつとぬり**　うるさかりけり〳〵

嫁の時代を過ぎて子持ちになると、白粉《おしろい》をつけるのは、月に三日がやっとだ。すなわち一日・十五日・二十八日の式日だけだ。

〇三日＝幕府では大名旗本御家人の総登城の日。また職人の休日になることもある。

657 **居酒屋に馬と車の払もの**　うるさかりけり〳〵

居酒屋の前に、馬と車とが長い間そのままになっている。いつも来る馬方や車力が酒代を払うまでかたにとられたのだろう。

658 **寒念仏ころぶを見れば女也**　気の付かぬ事〳〵（38ウ）

寒念仏（132・239・388参照）は寒中の夜、念仏を唱えてあるくのだが、すべって転んだのを見て、女とわかった。女性にはきびしい修行だが、やはり居たのかという軽い驚きである。

659 **母親の或はおどし手をあはせ**　ぜひに〳〵と〳〵

年ごろの息子が放蕩を覚えると、堅い親父《おやじ》と息子の間に立って苦労するのが母親で、息子をおどして見たり、拝んで見たりしても効果がないのだ。

母おやのいけんおがむがいひおさめ　（柳四）

660 **鼻声で湯治《とうじ》の供を願出し**　ぜひに〳〵と〳〵

旦那がどこかの温泉へ湯治に行くと聞いて、是非お供をさせて下さいと願って来た男は、瘡毒が鼻へ出て、鼻くたである。出入りの職人などであろうか。

661 **出格子《でごうし》へ子をさし上て名をよばせ**　しほらしい事〳〵

子を抱いて歩くうち、知り合いの家の前に来かかり、両手で子を高くさし上げて、格子作りの出窓に向って、そこの子の名を呼ばせる。平和で平凡な庶民の生活風景。

662 **女房を雪にうづめて炭をうり**　ゆかしかりけり〳〵

一荷の籠に炭を入れ、桝ではかって売歩く男。たぶん山から江戸へ出稼ぎに来て、女房は雪の中に置いて来たのだろう（山椒説）。429と同じ場合。

663 **先生と呼んで灰ふき捨させる**　気の付かぬ事〳〵

煙草盆の中の竹筒（灰吹き）が、吸い殻で一ぱいになっている、「オイ先生、灰吹き捨てて来てくんな」。この先生、まじめだが融通の利かない、食客であろう。先生にはこんな用法もある。

664 **はやり風十七屋からひきはじめ**　気の付かぬ事〳〵

十七夜は十六夜《いざよい》の次で、立待《たちまち》月、忽ち着くの洒落で、飛脚屋の異称を十七屋という。いつも他国へ行くから、はやり風をいち早く持ち込んで来るのだ。

665 **舞鶴に水をもらせる殿つくり**　かぎり無い事〳〵

江戸城造営の時、一羽の鶴が西丸の方から本丸の方へ舞い去ったので舞鶴城と呼ばれたという。すなわち、めでたい鶴に最初の水盛り（測量）をさせたのが、わが江戸城であるという幕府礼讃句。

666 **保昌《ほうしょう》は九条あたりへ迎ひに出**　たのもしゐ事〳〵

藤原保昌は頼光の部下の「一人武者」とよばれる勇士。頼光の御前で四天王の中の渡辺綱と張り合った結果、綱は鬼神の出る羅生門へ夜中に出かけたので、万一を慮《おもんぱか》り、九条あたりまで迎えに行ったろう、という想像。

667 **髭《ひげ》ぬきの鏡に娘気をへらし**　ほんの事なり〳〵（39オ）

娘の懐中鏡を借りて、毛抜で髭を一本一本抜いているのを、もう済むか済むかと待つ娘。鏡は女の魂といわれる物を、抜いた髭でけがされるような感じで、いやでたまらないのだ。

668 **雪打《ゆきうち》をおもの師斗《ばかり》ひたいで見**　おとなしい事〳〵

雪が降って、屋敷の広庭では賑やかに雪合戦が始まり、家人はみな縁先に出て眺めている。が、お物師（屋敷に奉公する裁縫女）だけは春着を縫うに忙しく、ちらとうわ目使いで見るだけである。

669 **売上は稲こきの歯にくわへさせ**　と、のへにけり〳〵

毎年三月十九日に浅草雷門前に立つ蓑市《みのいち》。近在の農民相手の農具の市で、稲穂をこき落とす稲こきも売っていたろう。その歯に売上げの銭をしばしくわえさせる。市の繁昌のスケッチ。なお稲こきは、木の台の上に大きな鉄櫛を逆さに置いたような形、である。

670 **此石がそだかといへば最《もう》真似る**　ほんの事なり〳〵

伊勢の宮川の付近に鸚鵡石《おうむせき》というのがあって、人語や楽器音にすぐ反響する。参宮の人が珍しがって、「此石がそうか」というと、すぐそのとおり言う。伊勢名物の一つだった。

○そだか＝そうであるか。

671 **よし町《ちょう》で客札貰う後家の供**　わけのよい事〳〵

よし町（118参照）に後家の供をして来た男は、程近い芝居の切落し札を貰って、後家が陰間を揚げて遊ぶ間、芝居見物をする。

672 **子の内の支離《かたわ》に譲る水車**　ほんの事なり〳〵

親が財産を分配する際、身体障害のある子には水車を譲った。操作が簡単だし、他からの依頼の精米・製粉も

548 鹿島の事触れ（『守貞漫稿』）

691　踏込み（『神代余波』中）

678 吉原たんぼ（『金々先生栄花夢』）

比較的らくだから。

673 **丸顔をみそにして居るかるひ沢**　ほんの事なり〳〵

軽井沢は碓氷《うすい》峠の西麓の宿駅で、飯盛女郎が有名だった。土臭い田舎だけに、瓜実顔《うりざね》などは嫌われて、丸顔を自慢する土地である。

○みそ＝自慢、特色。

674 **指《ゆび》を切るからは九品《くぼん》の浄土まで**　ほんの事なり〳〵

指を切って客に心中立てをし、指が九本になるからは、極楽の九品《くぼん》の浄土まで、仕合せに添いとげねばなるまい。九本・九品の洒落。

675 **花聟の馳走にやぶる村法度《むらはっと》**　と、のへにけり〳〵

庄屋の一人娘に相応の所から聟養子を迎え、披露宴は花聟歓迎の意味で盛大にし、倹約奨励の村の禁制を平気で破った。大盤振舞は誰もが大歓迎だ。

676 **道盛は寝まきのうへ丶鎧を着**　うるさかりけり〳〵（39ウ）

平通盛は能登守教経の兄。一の谷の陣屋に船中から小宰相という愛人を呼び迎えて、睦言の最中、敵が攻めて来るぞと教経に怒鳴りつけられ、あわてて出陣したのだから、寝間着を着かえる間もなかったろう。

677 **寝て居るは第一番の薬取**　大ぶんな事〳〵

昔は流行《はやり》医者と見せるため、薬取りをわざと待たせて、「調合をしてもめつたに持て出ず」（柳八）だったから、第一番に来た薬取りが居睡りをするのは無理もない。

678 **国者《くにもの》に屋根をおしへる中たんぼ**　能《よ》ひ気色なり〳〵

田舎から出て来た男に、中田甫《なかたんぼ》の所で、天水桶がのせてある屋根の方を指さして、あれが名高い吉原だよ（147頁参照）。

○中田甫＝吉原たんぼ、現在台東区入谷・千束辺。

679 **玄関番くさ〳〵とする下駄の音**　うるさかりけり〳〵

武家屋敷の玄関番は、下駄の音を聞くと、また高利貸座頭が来やがったかと気がくさくさする。返済を迫りに来て、玄関から動かないし、こじれると大勢で来て、大声で騒いだりするからだ。

680 **岡場所は湯の花くさい禿が出** うるさかりけり〳〵

岡場所の禿は、しつなどの皮膚病の子が多く、いつも硫黄剤などを塗っているせいか、湯の花くさくて、ひどく貧相だ。

681 **粉のふいた子を抱いて出る夕涼《ゆうすずみ》** 能ひ気色なり〳〵

行水をさせたあと、白い天花粉をつけて、粉がふいたようになった子を抱いて、夕涼みに出る。現代にも通じる夏の夕方の風物である。

682 **しんぼちの寄ると輪袈裟《わげさ》で首ツ引** うるさかりけり〳〵

いたずら盛りの寺小僧たちが集まると、輪袈裟で首ツ引などして大騒ぎだ。輪袈裟もとんだ使われ方をしたものだ。

683 **辻番へもりが差図のかしわもち** 大ぶんな事〳〵

辻番は武家地にある番小屋で、番人は年寄りが多く、子守や乳母が暇つぶしに寄る場所になっていた。五月節句には、平素世話になるからという、子守娘の進言によって、近所の辻番へも柏餅をくばる。人情味の句。

684 **祝ひ日に疵《きず》のついたるねはん像** 気を付にけり〳〵

ねはん像は釈迦の死んだ姿をうつした縁起の悪いものだが、二月十五日には寺で飾って供養する。その十五日は一日・二十八日とならぶ式日だが、二月だけはそれで疵がついてしまった。

685 **持参金疱瘡《ほうそう》よけの守りにし** と丶のへにけり〳〵（40オ）

痘痕《あばた》たくさんの花嫁は、持参金を文句を言わせぬお守りにする。せめてもの親の愛情である。あばた持参金の句が多い中の一つに、

百両は消へやすいがあばたは消えず（柳二二）

686 坪皿へ紙とはよほど学がたけ　と、のへにけり〳〵

正月の素人博奕に、本式の坪皿でない椀などを使うと、音がして人聞きが悪いからと紙を貼る。これは禁制の博奕をよほど勉強した証拠だ。

687 根津の客家のひづみに口が過《すぎ》　と、のへにけり〳〵

根津権現の門前の岡場所は、大工など職人の客が多かった。昔から火事の少ない土地で、建物が古くてひずみが出ていたから、商売がら、つい言わでもの悪口を言いたくなってしまう。前出の「料理人客に成日は口がすぎ」と似た着想。

688 見のがしにすれば遣り手も損はなし　わけのよい事〳〵

遣手は意地の悪いものと相場がきまっているが、女郎が間夫《まぶ》を引張りこむなど、さしたる害のない秘事を見のがしてやれば、訳知りの遣手と言われて、祝儀なども入る事になる。

689 狩人の子はそれ〳〵に雀罠《すずめわな》　おとなしい事〳〵

親が狩人だと、子は見よう見まねで、雀わなを掛けて遊んだりする。蛙の子は蛙というとおり、争えないものである。

690 山門を下から拝む気の古さ　おとなしい事〳〵

斎日《さいにち》や彼岸《ひがん》には、寛永寺・増上寺などは山門に上るのを許し、参詣人は眺望を楽しむが、楼上は敬遠して、下から拝んですますとは、ひどく穏やかで老人くさい人だ。

691 初がつほふん込みの衆天窓《あたま》わり　わけのよい事〳〵

踏《ふん》込みは宝暦前後の三十年ほど、江戸の旗本などに流行した袴で（随筆「反古染」）、野袴として用いた（147頁参照）。遠乗りか武芸稽古の帰りか、踏込《ふん》み姿で連れだつ若い武士たちが路上で初鰹売りを呼び留めて、皆が持ち合わせを出し合って買っている。歴々の彼らも江戸市民だから、

初篇40オ

話の種に高価な初鰹を肴にして酒を酌もうと相談一決したと見える。

692 **引越の跡から娘猫を抱き**　おとなしい事〳〵

引越の車が、家財道具を積んで何台も行くあとから、娘が大事な猫を抱いて歩いて行く。猫は人に付かず家につくので、引越の時などは行方不明になり勝ちだという（大村説）。

693 **らうそくの灯ですい付《つけ》て足袋《たび》をぬぎ**　わけのよい事〳〵

夜間帰宅した人が、まず提灯の蠟燭の火で煙草を吸付け、泥でよごれた足袋をぬいでから、家にあがる。江戸では路上の喫煙を防火のため禁じたので、帰ればまず一服のうまいこと。

694 **ちつとづつ能《よい》手へ渡る御菜《ごさい》が子**　かぎり無い事〳〵（40ウ）

御菜（御宰）は大奥の御殿女中に雇われて、買物など城外の雑用をする小者。子が居るなら見せてと頼まれて連れて行くと、珍しいので可愛がられ、だんだん格の高い奥女中の手に渡ってゆく。御殿女中の母性本能。

695 **新そばに小判を崩す一さかり**　はり合にけり〳〵

遊び盛りの息子が、仲間を引連れて新そばを振舞い、一両小判で払うなどは、江戸の若者の誇らしげな姿である。もり蕎麦は二十文くらい、その他で一人百文としても、一両は約四十人ぶんである。

696 **はごの子の命をすくふ左利キ**　はり合にけり〳〵

羽根つきは互いに返しやすいように突くが、手もと狂って地面に落ちそうになった羽根を、とっさに羽子板を左に持ちかえて突き続けることが出来たのは、左利きの徳である。左利きは好ましくないとされ、とくに娘は筆や箸を右手でもつように仕込まれたのである。

羽子の子で嫁左利き見付られ　（柳二九）

697 **女房と相談をして義理をかき**　いやらしひ事〳〵

何かの見舞とか祝いとかで、失費を要する場合、女房に相談したりすると、得てして義理を欠くことになるから、要注意だ。なお、ふところ状態も関係があって、

ただも行かれぬがぶさたのなりはじめ　（柳七）

698
だんぎ僧すはると顔を十しかめ　たのもしゐ事〳〵

仏教の談義説法を面白おかしくやるのがこの頃の流行で、僧は高座に上るとまず聴衆を見廻しながら十回念仏を唱える。声はあまり聞こえないから、顔をしかめるのが見えるだけだ。

699
けいせいはとつぱずしても恩にかけ　いやらしひ事〳〵

遊女は礼儀など訓練されていても、客の前でつい放屁することがある。そんな時、心おきなく、親しく思えばこそなどと恩着せがましいことをいう。職業的な技巧である。

○とっぱずし＝つい誤って出してしまう。より性的な説もある。

700
ふし見世は昼食の時尻をむけ　いやらしひ事〳〵

お歯黒に使うふしの粉（五倍子）や楊枝を売る床店《とこみせ》（売場だけで居住部分のない奥行の浅い店）が浅草寺境内にあったが、店番の女が坐る所も狭く、昼食の時は内側へ向きを変えて坐るから、表に尻を向けることになる。

701
居酒屋で念頃《ねんごろ》ぶりは立《たつ》てのみ　たのもしゐ事〳〵

居酒屋と懇意な常連は、離れた席があいていても、そこへ坐らないで、おやじのそばで立って飲む、これと似たのが、「煮売やのねんごろぶりはつまみぐい」（柳三）。庶民的風景だ。

702
薬箱初《はつ》にもたせてふりかへり　いやらしひ事〳〵

医者が往診に、初めて供をつれて薬箱を持たせた時は、我ながらあっぱれな姿だなあと得意になって、ふり返って見て実感を確かめる。武士が一人前になった時だと、

槍持をはじめてつれてふりかへり　（柳三）

703 **はたけからせんそく程の日をあまし**　せわしない事〳〵（41オ）

畠仕事を日一杯して、家へ帰って洗足をすますと、ちょうど日が暮れる、というのが農家の生活である、と同情の感じられる句。「農民の手に豆が出来米が出来」（柳四八）というのもある。

704 **りちぎものまじり〳〵と子が出来る**　上手なりけり〳〵

律義なまじめ人間は、女遊びなどは無縁だが、黙々として子を何人も作っている。諺の「りちぎ者の子沢山」に実感を与えた感じだ。

○まじり〳〵＝事に動じないで、ひるまないで。

705 **しかられた禿たんすへ寄かゝり**　せわしない事〳〵

叱られた禿が、たんすに寄りかかって、すねている。幼い少女の孤独のさびしさが、その姿に凝縮されているのだろう。636の「抜けた歯」などと同じく、禿の生態をよく捉えた句。

706 **針明《しんみょう》のすわつた形《なり》に灯がとぼり**　せわしない事〳〵

裁縫専門で雇われる針妙は、一旦すわると容易に立たないで、日がくれかけて、下女などが行灯《あんどん》に火をとぼして持って来ると、そのまま仕事を続ける。女技術者という感じである。

707 **百性《(ママ)》は金でせかせるものでなし**　次第〳〵に〳〵

職人などは金を多く払って急がせることが出来るが、百姓は自然を相手の仕事だから、金の力でも如何ともできない。

708 **色男はしたに斗産《ばかりさん》をさせ**　引く手あまたに〳〵

色男はあちらこちらで、半端なお産ばかりさせる、というのは、月満ちてでない流産や堕胎をさせるのである。流産する薬もあるし、490の仲条流もある。

709 **神楽《かぐら》堂逃《にげ》た翌《あした》は母が出る**　とんだ事かな〳〵

神楽堂で美しい神子《みこ》を舞わせ、参詣人を多く集めようとするのが当時の流行だから、男に誘惑されての欠落ちなどもある。その翌日母親が代役で舞うことになるとまったく興ざめである。

710 **ごぜ斗《ばかり》一《い》ッ艘《そう》につむ渡し舟**　とんだ事かな〳〵

三味線をひき歌をうたって銭をもらう、盲目の女の一団が諸国をめぐることは、柳田民俗学も書いている。地方の小形の渡し舟などは、ごぜだけで一杯になることもあるのだ。

711 **藪入の何《なん》にすねたか六《ろく》あみだ**　とんだ事かな〳〵

藪入の娘がどういうわけか、六阿弥陀詣でをしている。若い娘にふさわしい楽しみもあるだろうに、年寄の仲間入りをしているのは何かにすねたのだろうか。

○藪入＝女の場合は気候の好い三月が多かった。

712 **関守の声を越《こえ》るとまねて行《ゆき》**　りきみこそすれ〳〵（41ウ）

箱根の関所あたりであろうか、関を越えてしばらく歩いて緊張もとけると、関所役人のことさら威厳を作った声を思い出して「通れえ」などと大声で真似しながら行く。

713 **墓桶を下げて見とれるかくし町《まち》**　とんだ事かな〳〵

谷中・山下そのほか寺の門前町には私娼窟（隠し町）が多いので、墓参りの手桶を下げたまま、化粧する姿に見とれるなどの事がある。煩悩と菩提の対照。

714 **腰帯は見越しの松に逃のこり**　とんだ事かな〳〵

腰帯はしごき、抱え帯ともいう、それを松の枝に掛けて塀を越え、男女が姿をくらましたあと、腰帯だけが残っている。芝居の舞台で見るような情景。

715 **病い犬ちつと追ッてはたんと逃《にげ》**　おくりこそすれ〳〵

病い犬はやっかいなもので、ちょっと人間を追って吠えては、シッと追われてたんと逃げる。それを何度もやるので、うるさくてしようがない。＊

716
事納《ことおさめ》気をつけらるゝあら世帯《ぜたい》　とんだ事かな〳〵

十二月八日の事納の日は、棒の先へざるを結びつけて軒先高く立てる習いがある。重要な行事でないから、若い新世帯などは気が付かないで近所から注意されるのは、無理もない。

717
祭から戻ると連れた子をくばり　おくりこそすれ〳〵

祭礼の時に、子供みこしをかつぐとか、子供の行列に加わるとか、近所の子供たちの附添いを引受けた人が、済んでからそれぞれの親のところへ渡して廻る。隣組的風景である。

718
まおとこを見出して恥を大きくし　りきみこそすれ〳〵

妻の不貞の現場を見付けて、隠密に解決すればよいものを、騒ぎ立てたため寝取られ亭主の恥をさらしてしまった。「わつ〳〵とどなつてゝい主はぢをかき」（柳一三）ともある。

719
うちわではにくらしい程たゝかれず　りきみこそすれ〳〵

夕涼みの縁台などで、男が若い娘に何かからかったのに対して、まあ憎らしいとうちわでたたいても、ちっとも痛くはない。若々しい色気のあふれるような佳句だ。

720
髪結が替《かわつ》てかわるあたま形《なり》　りきみこそすれ〳〵

髪結の職人が変ると、髪の結い方も変化があるので、頭の全体も変った感じになる。やはり、何となく新鮮な感じがあるのだろう。

721
大磯にきうせん筋の地蔵あり　（前句不明）（42オ）

弓箭筋《きゆうせんすじ》は剣難の手相の筋。大磯の切通《きりとおし》の所に立つ化地蔵には刀疵がある。合掌しているから手相は見えないけれど、弓箭筋があるに相違ない。岡田甫『川柳東海道』によると、今は身代り地蔵というよし。

722
ひな棚の樋合《ひあわい》ふさぐ楊枝さし　とゞきこそすれ〳〵

ひあわいとは、近接する家と家との間の狭い空間、楊枝さしは妻楊枝を何本か入れて懐中する体裁のよい袋物である。雛人形を飾る棚に出来た隙き間をふさぐには、楊枝さしが大きさの点でも体裁の点でも最適である。

723
寒念仏ざらの手からも心ざし　ほしゐ事かな〳〵

寒念仏は寒中の、しかも夜の仏道修行だから、その姿を見ると特に信心深いわけではない一般人も同感して、報謝をする心を起こすものである。

○ざら＝ありふれた。

724
居酒屋を止《や》めた子細は革羽織　かわり〳〵に〳〵

革羽織は鳶の者、あるいはやくざなどが着るもので、ここは後者が無銭飲食したり、ねだり事をしたりするので経営が立ち行かず、廃業に追い込まれた。よくある事なのだろう。

725
検校《けんぎょう》の供は旦那が片荷づり　（前句不明）

検校は最高位の盲人だが、お供に手を引かれる時は、供の方がしゃんとして歩き、旦那の方が身を斜めにしてすがるような形になって、矛盾した感じである。

○片荷づり＝一荷の荷の片方が重いためずれること。

726
嫁の部屋這入ると漆《うるし》くさい也　（前句不明）

嫁入道具は鏡台・針箱・衣桁《いこう》そのほか、漆ぬりの物が多いので、嫁の部屋へ這入ると漆くさい、したがって「うるしくさく無い道具は二度め也」（柳九）、再婚とわかってしまうのだ。

727
丸山へはまつて髭で蝿を追ひ　馬鹿な事かな〳〵

丸山は長崎の遊里、髭は653既出の和蘭《おらんだ》人の特徴、「あごで蝿を追う」という精力消耗の意味の成語を応用したもので、句意は、長崎出島の和蘭人は丸山の遊女に夢中になって性力消耗したら、髭だらけのあごで蝿を追うだろう。

728
二三間飛げたの有るかざり柿　よい思案なり〳〵

正月の鏡餅や神棚の飾りにする串柿（かざり柿）は、一列にびっしりならぶのでなく、所々にあきがある、という写生句。戦前ころまで行われたらしい習俗。

729
折ふしは小粒もあたる遣手の歯　いやらしひ事〳〵

吉原の遊里では、三会目の客は馴染《なじみ》と言って、遣手などにも金壱歩《ぶ》（俗称小粒）の祝儀をやる。遣手は貰うと噛んで真贋をためすやつがいるから、その歯には飴でない小粒が当るわけだ。

730
方丈の手から壱歩《いちぶ》がはがして出　と、のへにけり〳〵（42ウ）

和尚さんが気まえ好くくれた壱歩の心付けは、紙からはがした跡が歴然として、さてはお布施《ふせ》と気が付き、変な心もちである。しかし「御住持《ごぢゅうじ》のにこり〳〵と引《ひっ》ぺがし」（宝暦十三）、という句の感じではチップの功徳で結構もてそうである。

731
小謡《こうたい》で来る浪人は元手なし　うやまひにけり〳〵

謡曲の名文句の箇所をうたって、金銭を乞うてあるく浪人は、よくよく元手がないからだろう。寺子屋の師匠や古道具屋などをするにも、少しは資金が要るのだ。

732
一《ひと》網に打たれた禿《かぶろ》蚊にくわれ　おし合にけり〳〵

朝寝の禿どもが、はずされた蚊帳にくるまっているところが、まるで投網にかかった魚のよう。その蚊帳ごしに蚊がさしているのだ。

733
若殿がめせばりゝしい紺の足袋　遠ひ事かな〳〵

足袋は白足袋が正式で、紺足袋は野外用、または労働用だけれど、若殿様が遠乗りなどの時に召すと、勇気凛々という感じがあって、なかなか好いものだ。

734
神《じん》馬《め》牽《ひき》市をつつつきつんまわし　にぎやかな事〳〵

浅草寺では、神馬を引く役の男が、日に三度観音堂のまわりを神馬を引いて廻る。十二月十七・十八日の年の市は人出が多いので、大混乱が起こるがお構いなしにひいて歩く。その浮世ばなれした男の鈍感さがおかしいのである。

735
外科殿のぶたは死に身で飼はれて居　　次第〳〵に〳〵

外科は内科よりも和蘭《おらんだ》医学の影響を多く受けていたので、豚を実験のために飼っていた。豚としては、「かねて無き身と思ってる外科の豚」（柳九四）である。

736
吉原の鰐《わに》が見入れて紙が散り　　次第〳〵に〳〵

昔、渡海の時鰐ざめにつけられて船が動かなくなった場合、乗客に持物の手拭・鼻紙などを海中に投げ込ませ、流れないですぐ海中に巻き込まれた品の持主を、鰐に見入られた人として海に投じて犠牲にしたという俗伝と同じように、吉原の遊里で見入られるとのぼせて紙花（396参照）をまきちらし、遂には身を亡ぼすようになる。

737
前髪へ白髪の交るうたい講　　手がら次第〳〵

師匠について謡曲を習う謡の会には、前髪姿の少年もいれば、白髪の老人で習っている人もいて、それが謡講（同門の人々が日を決めて集まり謡曲をうたい合う会）の特徴である。

738
血の道もてんねき見える長局《ながつぼね》　　うるさかりけり〳〵

長局に住む御殿女中は、男子とは一切交渉がないはずだが、たまには婦人病をわずらう者もいる。けったいなことだ。女だけの世界は男の好奇心の対象で「長局むまいさかりをむだ仕事」（柳一〇）は禁欲を惜しがっている。

〇てんねき＝まれに、たまに。

739
一さかり身になる顔へ遠ざかり　　けんどんな事〳〵（43オ）

若い遊びたい盛りの一時期には、自分にとって有益でためになる人のところへは、敬遠して近づかないものだ。

ひと盛り帳そろばんを見るもいや（明和六）

740
五分〳〵にして店《たな》だてが二人《ふたり》出来　　あきはてにけり〳〵

同じ大屋から家を借りている同士が、喧嘩をして決着がつかないで大屋に相談すると、互いに言いぶんありとして、両成敗で二人とも立退け（店だて）という裁定になった。

741 **留守たのむ人へ枕と太平記**　ぜひに〱と〱

留守番を人にたのんで、昼寝のための枕と、退屈しのぎのための太平記を用意したのである。南北朝の争乱を語る太平記は、「太平記」読みという芸能があって語って聞かせたから、大衆にも親しまれ、読まれもしたのだろう。

742 **若とうに役者の墓をさがさせる**　ぜひに〱と〱

御用で外出した奥女中が、廻り道をしてひいきの役者の墓のある寺へ行き、お供の若党に墓をさがさせる。かなり年輩の熱心な芝居好きであろう。

743 **綿ぼうし風をおさへて長はなし**　ゆかしかりけり〱

中年以上の女がよく外出時にかぶる綿帽子を、風が吹き上げるのを抑えながら、吹きさらしの路上でいつまでも親しげに長ばなしをする女たち。

744 **身揚《みあがり》が来て墨壺をこぐらかし**　ぜひに〱と〱

身あがりは、遊女が揚代を自分で払って休業すること、親の命日、休養など動機はいろいろだ。折から仕事に来ている大工の所で墨壺を珍しがっていじって、墨糸をこんぐらかしてしまった。童心に還った哀れがある。

○こぐらかす＝乱れからまる意の「こぐらかる」の他動詞化。

745 **座頭の坊おかしな金のかくし所《どこ》**　気の付かぬ事〱

座頭は勾当《こうとう》・検校などの位をお金で買えるし、いわゆる座頭金を高利で貸すこともできるので、蓄財にはげむのだが、常人には思いもつかない隠し場にしまって置くものである。

746 **入れ智恵でていしゆはやぼなはらを立《たて》**　気の付かぬ事〱

よけいな入れ智恵をされて、少しお人よしの亭主が、女房と男の中を疑って腹を立て、すったもんだの騒ぎになった（柳雨説）。

747 **鏡とぎぬすんだ女郎見出して来**　気の付かぬ事〳〵

男としめし合わせて逃げた女郎の居どころを、その女郎屋に出入りの鏡とぎが見付けて、知らせて来た。いつも女に接する職業だから、そういう役割を果すこともある。

748 **歌かるた手ひどく乳母はいじめられ**　ぜひに〳〵と〳〵（43ウ）

乳母は百人一首などろくに知らないのに、かるたの仲間に入れられて、まるで取れないで、さんざんな目に会った。

749 **船の子へ蟹なげて遣る蜆《しじみ》とり**　しほらしゐ事〳〵

蜆とりの男が小舟に子供をのせて、浅瀬で蜆を取るうち、蟹を見つけて取って、舟の子に投げてやる。業平蜆が名物の大横川や隅田川での所見だろう。

750 **袂《たもと》からけふは是じやと珠数（ママ）を出し**　しほらしゐ事〳〵

葬式帰りに吉原へ行き（浅草今戸方面に寺が多い）なじみの茶屋か妓楼へ入って、「今日は是じゃ」と言いながら袂から数珠を出して、ニヤニヤしているのであろう。これは江戸の遊び好きのお定まりなので、

葬礼の戻りにふらち至極なり　（拾）

751 **しやうじんのうそを禿が引て来る**　ぜひに〳〵と〳〵

おいらんの馴染客が、他の女郎屋の見世先でひやかしているのを、禿が見つけて一生懸命ひっぱって来る。今日は親の精進日だからひやかしだけで、登楼しないというが、嘘にきまっているというのだ。

752 **寝た形《なり》で居るはきれいなりん気也**　ゆかしかりけり〳〵

夜おそく帰った亭主を出迎えず、ねたままでいるのは、同じ悋気でも綺麗な悋気といえる。

753
姑《しゆうとめ》の屁をひつたので気がほどけ　しほらしゐ事〳〵

姑と嫁は同じ家に住んで、年中顔をつき合せて、とかく気まずい険悪な空気になるが、姑が年寄のこととてうっかり一発やって、きまりが悪く、それで互いの緊張感がゆるむようなこともある。

754
生《き》娘《むすめ》と見へて薬師を朝にする　しほらしゐ事〳〵

「朝大師夕薬師」といって、薬師は夕方お参りするものとされるが、夕やみには痴漢などが居るかも知れぬと、生娘だけに慎重で、朝お参りしている。清純娘である。

755
勘当の訴訟のたしに髭がなり　ぜひに〳〵と〳〵

勘当された息子が、前にはおしゃれをしたがったのに、今はろくに髭も剃らずに辛抱しているのですからと、母親が父親に嘆願する。髭ぼうぼうがお詫びのたしになったわけだ。

756
壱人《ひとり》者内へ帰るとうなり出し　ゆかしかりけり〳〵

ひとり者は家へ帰ると、相手のいない所在なさに、唄のひとふしをうなったり、獣のようにウーウなどとうなったり、どうにも間《ま》がもてないのである。

あとがき

まずこれまでの『柳多留』初篇の評釈書についてかえりみておきたい。

1『柳樽評釈』沼波瓊音《ぬなみけいおん》著。大正六年十月、南人社刊。最初の業績として評価できるが、全句ではない。

2『誹風柳樽通釈　初篇』武笠山椒《むかささんしょ》著。大正十三年六月、有朋堂書店刊。全句の通釈。続いて二篇・三篇も通釈した江戸川柳の最初の本格的研究書である。したがって本書の中でも「山椒説」をたびたび紹介している。

3『誹風柳多留講義　初篇』西原柳雨著。昭和五年六月、岩波書店刊。著者は二十四篇までの全釈を予定したが、初篇だけに終った。

4『柳多留輪講　初篇』大村沙華編。昭和四十七年十月、至文堂刊。大村の礎稿を郵送により富士野鞍馬・山路閑古・比企蟬人・浜田桐舎・杉本柳汀・山沢英雄・田中蘭子の年齢順に回覧・記入して、雑誌「川柳しなの」に連載したのを一本とした。先学の業績とちがうこの輪講の特色は、『柳多留』の原典である「川柳評万句合」の孔版翻刻（古川柳研究会編）が実現したことによって前句題を知ることが出来て、鑑賞に役立てたことである。ただし輪講という形態や雑誌連載という特殊の条件のため、各人各説の議論は活潑だったがそのためにかえって簡潔明快な句解を見いだし難いうらみがあった。

5『誹風柳多留』宮田正信校注。昭和五十九年二月、新潮日本古典集成。雑俳研究の権威者の円熟・充実した労作だけに新見に富み教えられるところが極めて多いけれども、注の字数の余りに少ないのがまことに残念である。

ほかに岩波日本古典文学大系『川柳狂歌集』（昭和三十三年十二月刊）の川柳担当杉本長重（柳汀）は、初篇の全釈ではないけれども四割強の三一六句に頭注を施し、また輪講の一員として参加した。

輪講はそののち山路閑古・杉本長重両氏が逝去して鈴木

倉之助氏が参加し、長年月にわたって二篇・三篇の輪講をも了えた後、礎講の大村氏が単行本とするよう奔走したが、実現を見ないうちに故人となった。それでこの度は一般読者にも理解しやすい簡明な句解を方針として三篇までを、さらに幸いに佐藤要人氏を中心とする四篇・五篇の輪講も完結したので、『柳多留』の精粋ともいうべき初篇から五篇までを、誰もが手軽く鑑賞できるようにしようと心ざしたのである。

その結果、社会思想社が好評の『江戸の戯作絵本』シリーズと平行して、柳多留シリーズを教養文庫に加えてくれることになったのは、この江戸庶民の文芸としては最適の舞台を得たというべきで、まことに喜びに堪えない。

なお、私事にわたって恐縮だが、戦雲すでに濃い昭和十八年、古川柳研究会の中心の山沢英雄・田崎治雄両君と中学同窓の杉本君から誘われて、はじめて研究会に参加し、翌月からは同期の吉田精一君も出席するようになった。爾来、戦中戦後の中断や、個人的な中だるみはあったけれども、今も山沢君と共に毎月出席し、OBとして傍聴させてもらっている。この四十余年にわたり研究を共にした多くの人々との友誼は、わたしにとって貴重な宝であり、この機会にたくさんの故人をも含めて会員の諸家に心から感謝を申し上げたい。

昭和五十九年十二月十五日

浜田　義一郎

誹風

柳多留

二篇

（明和四年刊）

鈴木倉之助

1

雪打の加勢に乳母の片手わざ　気さんじな事〳〵（1ウ）

雪打は雪合戦。一方が負けそうなので、見かねてその加勢に、乳母は片手業《わざ》で雪をまるめて投げる。坊っちゃまを抱いているからとうがった句。

乳母も半人《はんにん》雪打の片手業　（柳一一二）

（半人は一人前の半分）

2

きよぶきに里《さと》の女は直《ね》をはなし　たしか也けり〳〵

婚礼の披露宴も目出度く済み、手伝いの女たちが台所で膳椀の清拭《きよぶ》きをして居る。すると花嫁に付いて来た里の下女が「これはいくらいくらしました」と、自慢そうに値段をしゃべったりする。「下種《げす》の口に戸は立てられぬ」とはよくいったものだ。

○清拭《きよぶ》き＝濡れた布で拭《ぬぐ》った上を、さらに乾いた布でふくこと。からぶき。

3

もし伊世《いせ》と思ふが親のちから草　見たい事かな〳〵

伊世は伊勢の当字。大事な息子が急に居なくなった。親は心配で、もしやお伊勢様へでも抜参《ぬけまい》りにでもと思ってちから草にしている。抜参りは酒屋の小僧（御用）などが、主家へだまって伊勢参りに出かけること。

○ちから草＝力と頼むもの。たよりにするもの。

御用の書置《かきおき》いろはでお伊勢さま　（柳一九）

4

つく田《だ》へも二人りぐらいはやく払《はらい》　気さんじな事〳〵

つく田は佃島《つくだじま》（中央区佃一丁目）で、今は石川島と月島とに陸続きとなった。元は島で漁師町であった。江戸時代には毎年十一月から三月まで白魚《しらうお》を漁して将軍家へ献上した。そんな所へも節分《せつぶん》（立春の前日で、年内又は正月になることもある）には、二人ぐらいは厄払《やくはら》いが稼ぎに渡って来る（169頁参照）。

○厄払い＝節分の夜、「おん厄払いましょう」と呼びながら目出度い文句を並べて銭をもらう者。

5

あんまとりいびきをきくと手ぬきをし　さわりこそすれ〳〵

按摩取《あんまとり》は揉《も》み療治を業とする盲人。夜になると、杖をつき笛を吹いて流して歩いた。句は客がいい気持になっていびきをかき始めると、いい加減に揉んで横着をする。

ぐう〳〵が出るとあんまは片手わざ　（安永五）

6
若殿の痔《じ》ははへぬきのやまいなり　じやまな事かな〳〵

お小姓《こしよう》などならば原因は男色《だんしよく》とされるが、若殿の痔は生まれつきの病だとの意。「はへぬき」はその土地に生まれ、その土地で成長する意で、「はえぬきの江戸っ子」などという。

若殿の横根《よこね》なんともげせぬ也　（拾三）

7
通りもの将棊《しようぎ》をさすもあはれ也　もの好きな事〳〵

通り者には、通人《つうじん》とか粋人の意味もあるが、別に遊び人、博奕打《ばくちう》ちの意味があり、ここは後者。博奕に負けて一文無しになり、しょうことなしに縁台将棋をさす姿を見て気の毒に思う。

通りものまさかの為にぶつかさね　（柳一二）
（負けた時には質入れして金にする）

8
供部屋《ともべや》へ禿が本をかしなくし　じやまな事かな〳〵

供部屋はお供の詰めている部屋の義だが、ここは吉原の大見世の供部屋。主人のお供をして来た草履取りが、退屈しのぎに禿《かぶろ》から絵双紙本《えぞうしぼん》を借りたところ「俺にも見せろ」とばかり人手から人手に渡っている中に、とうとう貸し無くしてしまった。

○禿＝かぶろ・かむろ両訓有り。おいらん付きの少女で、使い走りなどする。

供部屋の音を禿はふしぎがり　（柳一二）
（博奕《ばくち》の坪《つぼ》を伏せる音）

9
狐火の折〳〵野路《のじ》をほころばし　にくひ事かな〳〵（2オ）

狐火が真っ暗な野路にちらちら見えるのを、芝居の黒幕のほころびの間から、舞台のあかりがちらちら見えるのにたとえた趣向句。

○狐火＝暗夜に狐が口から吐くという怪火。鬼火。

10
うつゝにも団扇《うちわ》のうごく蝿ぎらひ　にくひ事かな〳〵

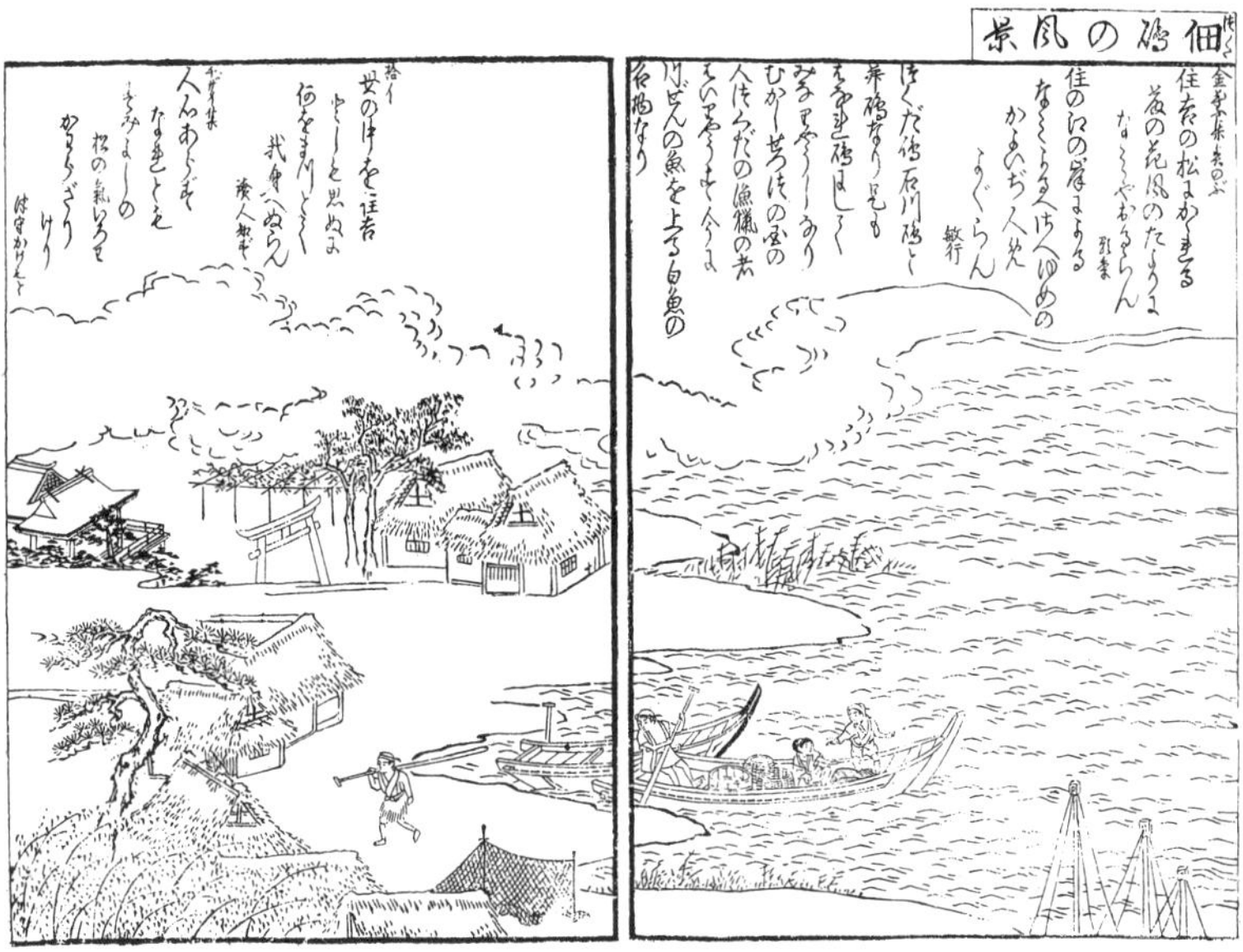

4　佃島の風景（『絵本続江戸土産』上）

13　姥が池（『江戸名所百人一首』）

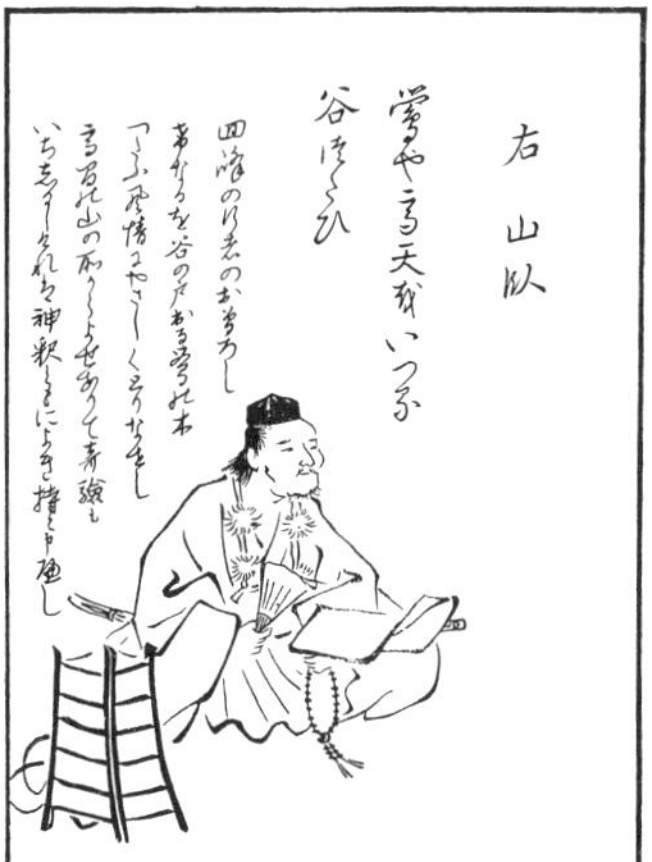

11　山伏（『職人発句合』）

昼寝をしてうとうとしていても、団扇だけは動かしている蝿ぎらいの人物。先行句に「寝て居ても団扇のうごく親心」（柳初533）があり、この方が佳句で有名。

　蝿はにげたのにしづかに手をひらき　（柳一六）

11 **山伏の内のちまきはすごく見へ**　にくひ事かな〳〵

　山伏は修験者《しゆげんじや》の別称で、加持祈禱《かじきとう》を職とし、失せ物探しや、時には人を祈り殺す呪詛《じゆそ》まで引き受けたから人々から畏怖《いふ》の念を抱かれた。たとえば人を調伏《ちようぶく》（人をのろい殺す）する時には、茅萱《ちがや》で人形をこさえ、それに釘を打って祈った。「粽《ちまき》」は端午《たんご》の節供にどこの家でも食べる餅で、笹や茅萱で巻いてあるので、つい人形を連想し、山伏の家のは物凄く見えるとうがった句（169頁参照）。

12 **木薬屋《きぐすりや》でつちぐらいは内《うち》でもり**　よいかげんなり〳〵

　木薬屋は漢方薬を売る店で、今の薬局。丁稚《でっち》は見習いの小僧で、その軽い病気ぐらいは、主人が自分で調合してやる。

　木薬屋作病《さくびよう》ぐらい直す也　（柳一八）

13 **はな紙へ蛙《かわず》だきつくうばが池**　おとしこそすれ〳〵

　姥《うば》が池は、浅草一つ家石枕の伝説で知られる浅草寺子院明王院《みようおういん》の庭にあった小池。岡田甫《はじめ》説は『江戸名所百人一首』の図（169頁参照）から、男が鼻紙を池に投じながら「うばに紙くりよ」と詞書があり、紙を投げて伝説の姥に祈ると流行病《はやりやまい》の難が免れると信じられたと述べている。句はこの伝説をふまえた写生句。

○一つ家の伝説＝昔、観音が美しい児《ちご》と現《げん》じて悪婆《あくば》が住む野中の一つ家に宿った。姥《うば》の娘は児の美しさにその夜寄り添って寝た。姥はかくとも知らずに例のごとく石を落として、娘の頭をくだいて殺してしまった。そして悲しみの余り、この池に身を投げて死んだ。ところがその死霊が祟《たた》りをなすので、人々が祭ると流行病が治ると信じられた。

　観音の地で殺生《せつしよう》をばゝあする　（柳一六）

14
母の名は親仁《おやじ》のうでにしなびて居　命なりけり〳〵

親仁の二の腕に彫られたしなびた母の名を見て「こわい顔をした親父《おやじ》と、くどくどいう母親にも、この過去（熱烈な恋）があったかという息子の感懐」（大村説）とある。

15
此部屋に壱人《ひとり》寝ますと気をもませ　にくひ事かな〳〵

山椒説に「満更《まんざら》でない仲の女が、男に対する思はせぶり」とあり、男の気を引くところが前句の「にくひ事かな」である。

16
見付番《みつけばん》蝿をうつしてかはり合《あい》　なぶりこそすれ〳〵

江戸城には俗に三十六見付《みつけ》という枡形《ますがた》の城門が有り、番士《ばんし》が居た。これが見付番で、交替の時間になると、蝿までが先番《さきばん》から後番《あとばん》に飛びうつるというユーモラスな句。

見付番御めしと聞いて立くらみ　（明和三）

（長時間坐っているから）

17
追いはぎにあふたもしるす旅日記　それ〳〵な事（2ウ）〳〵

追いはぎは通行人をおどして衣類や金銭などを奪う奴で、この他に「ごまのはい」とか道中には悪い奴がうようよ居た。旅日記にはそんなことまで細々《こまごま》と記してある筆まめな旅人。

柳ごり鮒くふ内にしてやられ　（柳八）

（琵琶湖の源五郎鮒）

18
三味せん屋ぢゝの代《よ》には外記《げき》でくい　それ〳〵な事〳〵

外記は外記節《げきぶし》の略で、古い頃流行した江戸浄瑠璃の一派。その元祖薩摩外記藤原直政《なおまさ》は二代目薩摩浄雲《じょううん》の弟子で、京都から江戸に下り一流を語り出し、外記節として世上に流行したが、宝暦年代には衰微した。句はこれを詠んだもので、祖父《ぢゝい》の代には外記節で飯を食った（生活した）とのうがち。

其むかし馬士《まご》外記ぶしを聞覚《ききおぼえ》　（柳一〇七）

（元吉原時代の馬士）

19
仲条《ちゅうじょう》へめづらしもの丶ごぜがとれ　なぶりこそすれ〳〵

仲条は中条帯刀《たてわき》を始祖とする産婦人科の一派。川柳では堕胎専門の女医者の通称となった。その仲条へ珍し物の瞽女《ごぜ》が獲れたとからかった。盲女のごぜに形の醜い海魚のおこぜをかけたのである。

〇瞽女《ごぜ》＝琴三味線などの遊芸で生計を立てる盲女。

20
障子さへはれば女房をよぶものか　なぶりこそすれ〱

久し振りに破れ障子を張り替えていると、友達がやって来て「珍しいこともあるもんだ。女房でも呼ぶのか」と冷やかされて「何をいいやがる。障子さえはれば……」と鸚鵡返《おうむがえ》しにやり返した。おもしろい句。

〇呼ぶ＝妻として呼び迎える。めとる。

21
吉原へてんねき配《くば》る十七屋《じゅうしちや》　それ〲な事〱

十七屋は飛脚屋《ひきゃくや》の異称で私設郵便配達。十七夜の月を立待月《たちまちづき》というので、忽《たちま》ち着くの洒落という。吉原の女郎たちの手紙は文使《ふみづか》いに頼んだから十七屋には用がない。これは廓内住人宛のものをたまに配るというのであろう。

〇てんねき＝稀に、たまにという江戸語。

十七屋日本の内はあいといふ　（柳八）

22
薬取《くすりとり》やっぴし犬に手をもらひ　なぶりこそすれ〱

薬取は今でも待たされる。退屈のあまり、玄関先で犬を相手に「お手お手」などとからかっているさま。

〇やっぴし＝「やっぺし」とも。やたらに。

もの音がするとあつまる薬取り　（明和元）

23
あやめ苅《がり》どじやう汁とは出来ごゝろ　それ〲な事〱

菖蒲《しょうぶ》売りが端午《たんご》の節供用にあやめ（ショウブの別称）を刈りに沼へ下りたら泥鰌《どじょう》がいたので、ついでにすくって来た。それが晩飯のどじょう汁になったとは、全くの出来心である。

〇出来ごゝろ＝ふと起こった考え。気まぐれ。

どろ足の干《ひ》る頃あやめ売しまひ　（柳一九）

24
薬とり出来て一ぷくふみつぶし　つれ立ちにけり〱

薬取がやっと薬が出来たので、吸いつけ煙草をぽんとはたいて、踏みつぶしてやれやれと立ち上った。江戸市中はくわえぎせる禁止であったから。

　薬り取かへると飯《めし》にかぢり付き　（明和二）

25
長局《ながつぼね》なんたる願《が》んで納太刀《おさめだち》　こしらへにけり〳〵（3オ）

　納太刀は相州大山石尊大権現《せきそんだいごんげん》（現在の阿夫利《あふり》神社）に参詣者が奉納した大小の木刀《ぼくとう》で「大願成就《たいがんじょうじゅ》」と墨書してあり、これを神前に納め、他人の納太刀と取り替えてお守りとした。当時大山信仰は江戸の庶民（特に職人とか勇み肌の連中）の間に盛んであったが、大奥の御殿女中にまでは及んでいなかった。それだけに、納太刀を人手に頼んで納めるとは、いかなる祈願であろうと怪しんだ。

　○長局＝江戸城の大奥に勤める御殿女中の部屋。転じて御殿女中。また大名の奥女中にもいう。

26
はしごうりぬき身と聞いて屋《や》ねへ逃《にげ》　うろたへにけり〳〵

　梯子《はしご》売りが路上で喧嘩に出会い、ぶっそうな抜身《ぬきみ》を振り回していると聞いて、とっさに商売物の梯子を利用して屋根へ逃げたという気転《きてん》の句。

27
御《ご》りんじう二月に虫の声を聞《きき》　そろひこそすれ〳〵

　二月十五日は釈迦入滅《しゃかにゅうめつ》の日に当り、各寺院では涅槃像を掲げて法要（涅槃会《ねはんえ》）を営んだ。その像には、お弟子はもとより、有りとあらゆる虫けらまでが、釈尊の枕辺を囲んで泣き悲しんでいるので、季節はずれの虫の声も聞かれたであろうとうがった句。

　御入滅《ごにゅうめつ》時候にもれた虫の声　（柳三六）

28
川越しも日なたで石を手だまにし　そろひこそすれ〳〵

　大井川あたりの川越し人足《にんそく》が、冬は旅人が少ないので、河原で日向ぼっこをしながら、石を手玉にして暇をつぶしている景。

　あくびの中の川はゞが壱里なり　（柳二四）

　（大井川の川留め）

29
男坂えこじに道はつけぬなり　われも〳〵と〳〵

男坂は急坂で、緩やかな坂を女坂という。東京では芝愛宕《あたご》山の愛宕神社の男坂が八十六段で有名。句は男坂はまっ直ぐで、女坂のように曲《ま》がりくねったりはしない（179頁参照）。男性礼讃の句とも取れる。

○えこじに＝意地を張って。曲がりくねって。

男坂おりかけて見てよしにする　（傍三）

30
正月はもみ手《で》で路次《ろじ》のかぎをかり　おふちやくな事〳〵

長屋の路地口《ろじぐち》の木戸は夜は四つ（午後十時）に締めて鍵をかけた。正月遊び過ごして帰って来た住人が困って、木戸際の大家《おおや》の戸をたたいて「大家さん、すいませんが」ともみ手で鍵を借りるところ。

〆《しめ》ますとあんまの女房路次をふれ　（明和四）

（女房がかぎを預かる）

31
たがかけに四五間先きで犬がじやれ　取りちらしけり〳〵

たがかけは別にたが屋、桶屋《おけや》ともいい、桶樽などの木製品に竹のたが（輪）をかける職人。真竹《まだけ》をたてに細長く割《さ》いて、手で巧みに編んでたがを作る（179頁参照）。その時に四五間先きの竹の先端が波を打つので、小犬が面白がってじゃれている光景。183参照。

たがかけはから身で裏《うら》へふれて来る　（明和元）

32
わがものでたばこは人にしいられる　たしか也けり〳〵

主人側から「サアどうぞ一服《いっぷく》なさって下さい」と勧められるが、考えてみると、自分の煙草を自分が吸うのだからおかしな話だとうがった句。

33
ぬりもの師表《おもて》だゝずにひるねをし　取りちらしけり〳〵（3ウ）

塗物師は漆器《しっき》を作った職人で、ぬし屋ともいい、閑古《かんこ》説に「蒔絵《まきえ》の工程で、金粉金箔を風に飛ばさないように紙帳《しちょう》（紙製の蚊帳《かや》）を釣って防ぐのであろう」とあり、紙帳の中で仕事をしたから、「表だゝずに」昼寝も出来るとうがった句。例句は百人一首の文句取り。

声あつて人こそ見へねぬり物師　（柳四一）

34
おらくじやといへばあたまをなで廻し　似合《にあい》こそすれ〳〵

髪を剃ったばかりのご隠居に「お楽なご身分で」というと「いやあ」と照れくさそうに答えて、頭を撫で回した。『千代尼句集《ちよにくしゅう》』に

尼になりし時
髪を結う手の隙明《ひまあ》きて炬燵《こたつ》哉

と同じ着想句。

35
きりもみはおさへた人がふいて遣《や》り　たしか也けり〳〵

錐揉《きりも》みは錐《きり》を両掌《りょうて》でもみながら、板などに穴をあける作業。もみ屑がたまるので、押《おさ》えた人が息《いき》で吹きとばしてやる。細かい観察句。

錐もみの手つきで大工拝んでる　（柳一二八）

36
かまはらひわれは乙女《おとめ》の気であるき　似合《にあい》こそすれ〳〵

昔は荒神様《こうじんさま》（頭に宝冠《ほうかん》をいただき三面六臂《さんめんろっぴ》、怒りの相を示す）をかまどの神としてどこの家でも台所の棚に祭り、毎月晦日《みそか》に祭事をした。その祈禱師の巫女《みこ》を「釜払い」「釜じめ」といった。その巫女が澄まして乙女気取りで歩いているが、陰では売笑婦に等しい行為をやっているくせにと皮肉った。509参照。

37
掛人《かかりうど》ちいさな声で子をしかり　取りちらしけり〳〵

掛人は他人に寄食して生活する人。後の居候。前句からして、その家の子供が部屋中を散らかしたのであろう。しかし家人へ気兼ねして「ちいさな声で子を叱る」という食客《しょっかく》の身のかなしさ。

懸人《かかりうど》隣へはらを立てに行　（拾九）

38
ぜひなくも下女は其手で米をとぎ　おふちやくな事〳〵

本句はいろいろの論があるが、「其手で」は、やはり情事のあとの汚《けが》れた手のままで、やむなく「米をとぎ」であろう。

好きな下女家内《かない》のこらず相手なり　（明和六）

39
いたゞいてしきせのふそく舌を出し　おふちやくな事〳〵

仕着せ《しき》は主人から奉公人に、季節に応じて与える着物。四季施《しきせ》。いただく時は有難く頂戴しながら、後で不足らしく舌を出す。奉公人のげす根性をうがった句。

40 **髪を切る所《とこ》をびくには髪をたて**　おふちやくな事〳〵

比丘尼《びくに》は尼僧姿の私娼。吉原ならば色男への心中立《だ》てに女郎が髪を切るところを、比丘尼は反対に髪をのばすといった理屈の句。黒い頭巾をかぶったので、

ごく暑にも頭巾《ずきん》をとらず客を取り　（明和六）

41 **こたつにて毛雪踏《けせった》をはく面白さ**　おふちやくな事〳〵（4オ）

毛雪踏とは、防寒用に毛皮を表面に貼《は》った草履。ここは炬燵《こたつ》の中で男が足を伸ばして女に悪戯《いたずら》することに譬えた。

乳母ここはなんだと足で毛をなでる　（末一）

42 **お局《つぼね》は日の暮れそふなうしろおび**　似合《にあい》こそすれ〳〵

お局は正式には御年寄《おとしより》、俗に老女といい、御殿女中の取締り役。若い御殿女中の派手なつくりに対して、お局は地味な色の（又は模様の）日の暮れそうな後帯である。

○後帯＝うしろで結んだ帯。遊女は前帯で、堅気の女や娘の風俗。

御つぼねは白ちりめんの化粧皃《がお》　（拾九）

（皺だらけの）

43 **御神馬《ごじんめ》にちよびく〳〵じきをさせて置《おき》**　おふちやくな事〳〵

御神馬は神社に奉納した馬。たとえば浅草寺の神馬について「神馬《じんめ》は白馬で、堂に向って左の角に厩《うまや》があった。氏子の者は何か願事《ねがいごと》があると、信者はその神馬を曳き出し、境内の諸堂をお詣りさせ、豆を御馳走し、お初穂《はつほ》を上げてお祓《はら》いをしたもの」（高村光雲著『木彫七十年』）とあり、「食《じき》」は食べ物。句は信者のある度に少しずつ（ちょびく〳〵）豆をやらせて、神馬の飼料は成るべく信者任せにしようとするやり方を「おふちやくな事」と難じた。

いかめしく御弊《ごへい》をかつぐ神馬引　（明和四）

44
方丈《ほうじょう》は雑蔵《ぞうぐら》へ来ていちやつかれ　似合こそすれ〳〵

方丈は寺の住職。たまたま用事で訪れた後家を口説いて、人目に付かぬ雑蔵《ぞうぐら》の中で戯れられた。僧侶は禁欲を強いられただけに女犯の句が多い。

○雑蔵＝敷地内に建てた雑物を入れておく蔵。

美しい後家方丈の室《しつ》に入　（柳一一）

45
片足は四十弐町の浪にぬれ　近か付きにけり〳〵

江の島詣《もう》でのついでに鎌倉見物をする。途中の海岸が七里ヶ浜で、もちろん七里などあるはずがない。これは中国式に六町一里と数えたからで、「片足は浪にぬれ」で、磯伝いに歩く楽しげな旅の気分が巧みに描写されている。

唐《から》の道かいがら拾い〳〵行き　（寛政元）

46
四天王金剛杖《してんのうこんごうづえ》でいがをむき　近か付きにけり〳〵

頼光《らいこう》の四天王。渡辺綱《わたなべのつな》・坂田金時《さかたのきんとき》・碓井貞光《うすいさだみつ》・卜部季《うらべすえ》武《たけ》の四人の家来。頼光のお供をして山伏姿（笈《おい》を背負い、兜巾《ときん》・鈴懸《すずかけ》・法螺《ほら》の貝・金剛杖《こんごうづえ》をつく）に身をやつし、丹波《たんば》の国大江山《おおえやま》へ酒呑童子《しゅてんどうじ》を退治に行く。途中山路あたりに丹波名産の栗が落ちているので、金剛杖で毬《いが》をむいて食べたであろうとうがった句。

○酒呑童子＝鬼の姿をして都に出ては財宝を掠《かす》め、婦女子をさらった盗賊の首領。

四天王首実検に角《つの》をもち　（拾五）

47
大丸にむかしの残るへんじ有　なびきこそすれ〳〵

大丸は今日の大丸デパートの祖。京都が本店で、江戸に進出したのは本句（宝暦十三）から二十年前の寛保三年（一七四三）で、場所は通称大伝馬町《おおでんまちょう》三丁目、元吉原大門通《おおもんどお》りに面する一角。大丸では丁稚《でっち》を子供と呼び、手代が「子供ヨー」と呼ぶと「ア、イー」と返事をした。これが元吉原時代に、おいらんから呼ばれた時の禿《かぶろ》の返事に似ているので「むかしの残るへんじ有」といったのである。

奥行きの無いごふく屋はあいといふ　（柳一三）

48 **お手がなりやたがいにひざをつゝき合い**　おくびやうな事〳〵

夜分、殿様から呼ばれて（お手がなりや）腰元《こしもと》たちが何をされるか分らないので、互いに膝をつつき合って「あなたからどうぞ」と女の本能的警戒心を詠んだ句。

腰元は度《ど》〳〵御らう下《か》を一ついき　（柳六）

（逃げて来た）

49 **角力場《すもうば》に気のない男ほうづへし**　おくびやうな事〳〵（4ウ）

気のない男とは、角力に全く興味が無い男。いやいや付き合いで来たから、外の連中が手に汗握って見物しているのに、頬杖《ほおづえ》してつまらなそうだ（179頁参照）。

○気のない＝気のりがせぬ。

大きなはだか女には見せぬなり　（安永八）

（勧進《かんじん》相撲は女は入場禁止）

50 **猿廻しえたいの知れぬ三味をひき**　近か付きにけり〳〵

当時の猿廻しは、猿の芸に合わせて安物の三味線をひっかき鳴らすだけだから、何調子だかさっぱり分からない（183頁参照）。

三味線を引かきむしる猿廻し　（柳三五）

51 **無理な首尾《しゅび》とはかんざしの弓で知れ**　おくびやうな事〳〵

娘が必死に抵抗してみたが、男の力には勝てず体を許してしまった。いくらかくしても、かんざしが弓形《ゆみなり》に曲《ま》がっているので分かる。

生娘《きむすめ》は片袖すてゝにげて行　（柳六）

52 **そり橋へ来ると禿《かぶろ》は対《つい》に成《なり》**　近か付きにけり〳〵

そり橋といえば亀戸天満宮の太鼓橋が有名で、広重も「名所江戸百景」の中に藤棚を近景に描いている。句は滑ると危いから禿が手を取り合って二人並んで渡るのを「対《つい》に成《なり》」といい、おいらん道中の左右に一人ずつ付き添った二人《ふたり》禿《かぶろ》をかけたのである。

そり橋を先へ渡つて口をきゝ　（柳九）

53 **じゆずを持つ遣《や》り手《て》は内が不首尾《ふしゅび》也**　おくびやうな事〳〵

29　芝愛宕山（『絵本江戸土産』）

31　たがかけ（『咥多雁取帳』）

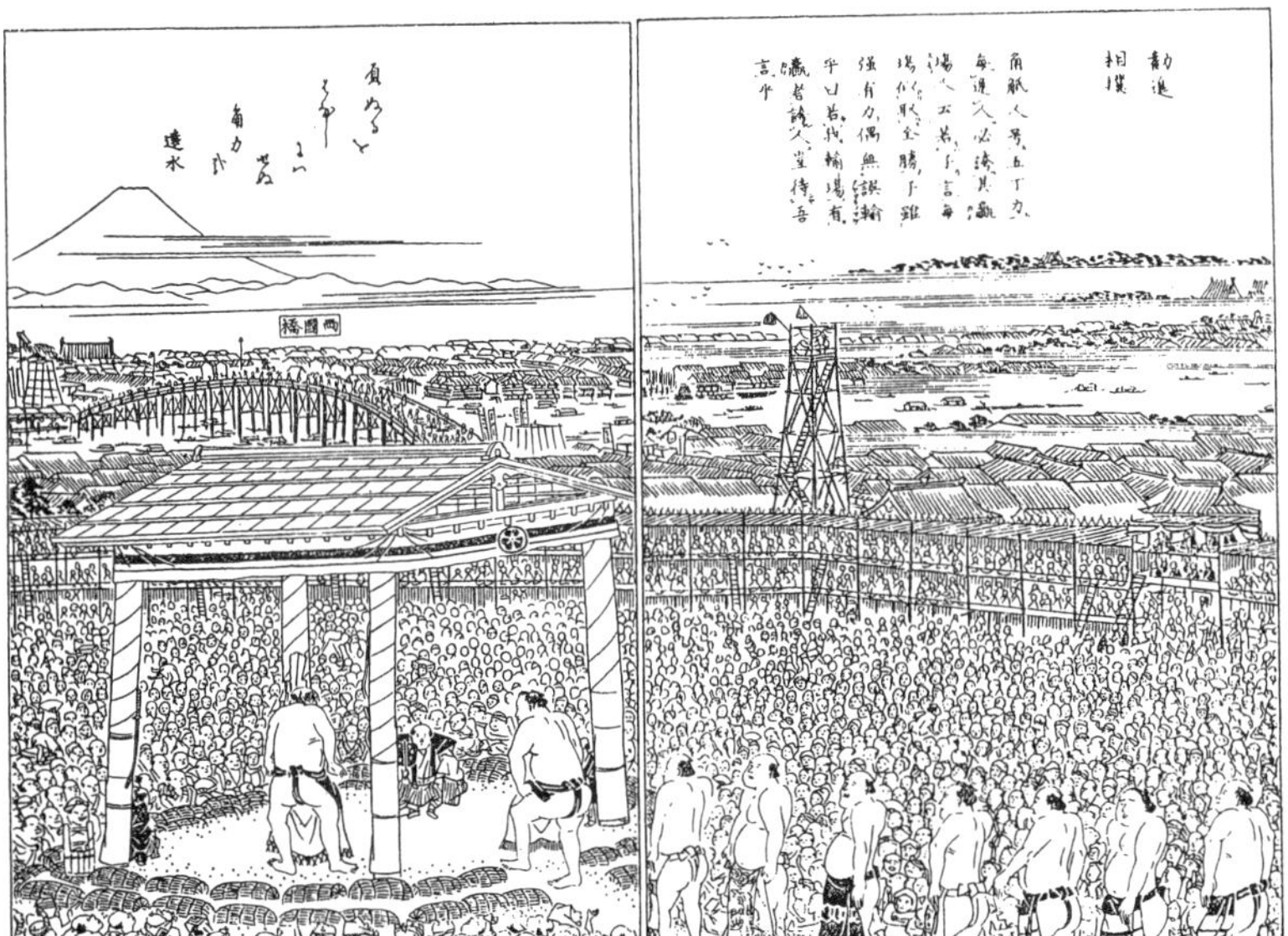

49　角力場（『東都歳時記』）

遊女屋の遣り手は、女郎を取り締まる憎まれ役だから、仏心を出していちいち女郎に慈悲や情《なさ》けをかけていたら勤まらず、楼主の手前もしくじるといった句。

にくまれば、あ一軒に一人づゝ　（柳一八）

54 **しこなして門《かど》どめにあふ地紙売《じがみうり》**　なびきこそすれ〳〵

地紙売とは夏、扇子《せんす》の地紙を売った行商人で、陰間上《かげまあが》りや勘当《かんどう》息子などにやけた優男《やさおとこ》が多かった。その地紙売が堅いお屋敷に出入りして、余りお嬢様や女中たちに馴《な》れ馴《な》れしく振舞うので、風紀上宜しからずと以後出入りを差し止められた。

○しこなす＝馴れ馴れしくしすぎる。

手拭のすみをくわへる地紙うり　（柳七）

55 **疵《きず》の無い人は通らぬふしみ町《ちよう》**　おくびやうな事〳〵

伏見町は吉原大門口《おおもんぐち》を入って直ぐ左の路地で、通り抜けると羅《ら》生門《しようもん》河岸《がし》に出る。本句は柳雨説に「義理の悪い人ばかり通る」とあり。吉原では、商売柄義理付き合いがやかましく、例えば馴染み女郎にかくれて他の女郎を買ったことが知れると、髪切りなどのひどいリンチにあった。そこで臑《すね》に疵の無い人は伏見町などの抜け道は通らぬ。堂々と仲の町通りを行くとうがった句。

○疵の無い人＝心にやましい事のない人。反対が臑に疵持つ人。

伏見町肩のせまいが通るとこ　（露丸評明和三）

56 **御所下《ごしよさが》り此頃ものも買ならひ**　おくびやうな事〳〵

御所下りとは、京都御所《ごしよ》（皇居）に勤めて居てお暇《ひま》を取った女官。その御所下りの女が世帯を持って、此頃やっと一人で買物が出来るようになった。

おほそよと呼んで長屋でにくまれる　（柳一五）

（「おほそ」は鰯の女房詞）

57 **髪を結ふ時に女は目がすわり**　近か付きにけり〳〵（5オ）

髪の根をきゅっと結わえた時の女の表情。じっと一点を見つめて目玉を動かさない。この頃はまだ女髪結がなかったから自分で結うか、仲間同士で結い合った。

髪を結う下女ひらいたりつぼんだり　（柳二一）

58 **土手《どて》のかご宿《やど》へうわ着をほうり込《こみ》**　近か付きにけり〳〵

吉原行の客を乗せて日本堤《にほんづつみ》を走って行く四手駕《よつでかご》。途中で我が家の前を通った時に、じゃまな上着をほうり込んで来た（183頁参照）。

○土手＝日本堤《にほんづつみ》のこと。荒川の水除け堤として築かれたので、俗に土手八丁という。

おくれ先きだつも酒手次第《さかてしだい》也　（安永六）

59 **つねていのうそでは行《ゆか》ぬ大三十日《おおみそか》**　近か付きにけり〳〵

大三十日は一年中の総勘定日。わんさと掛《か》け取《と》りが押しかけて来る。ありきたりの嘘ではとても撃退できぬ。当時は晦日払《みそかばら》いとか、盆暮れの節季《せっき》払いが多かった。

大三十日肝《きも》にこたへる頼みましよ　（柳五511）

（掛け取りの声）

60 **蔵宿《くらやど》へ来て長髪《ちょうはつ》のわりくどき**　近か付きにけり〳〵

蔵宿は浅草御蔵前《おくらまえ》（台東区蔵前一・二丁目）にあった札《ふだ》差《さし》の別称。すなわち蔵米取りの旗本御家人《ごけにん》に代って、禄《ろく》米《まい》を受け取って売り払い、別にその禄米を担保に高利で金を貸したりした。つまり米屋兼金融業者である。句はわざと月代《さかやき》も剃らず、髪ぼうぼうたる御家人の悪《わる》が、番頭を相手にこまごまと理由を述べて（わりくどき）ぜひ頼むと前借を申し込む場である。380参照。

蔵宿は立たぬ〳〵は屁ともせず　（拾九）

（武士が立たぬ）

61 **久しぶりたいこも一つどうづかれ**　なびきこそすれ〳〵

太鼓持《たいこもち》を連れて久し振りの登楼。客はさんざんおいらんから恨《うら》み言《ごと》をいわれ、太鼓までが新造《しんぞう》（妹女郎）などから「なぜ主《ぬし》をお連れ申してくんなせん」とばかり一つこずかれた。お安くない情景。例句の土俵入りは床入《とこい》りの意。97・229参照。

土俵入り迄はたいこをた丶いてる　（安永九）

62
草津の湯とかく女房がふのみこみ　おくびやうな事〳〵

上州草津温泉は昔から瘡毒《そうどく》（かさ。梅毒《ばいどく》）に特効ありといわれた。亭主が安遊びして、とんだ病気をしょって来て今さら草津とは、女房は承知できない。

隣でも草津へ立つはしらぬなり　（武玉川一〇）

63
あいさつに女はむだな笑ひあり　近か付きにけり〳〵

女の愛想笑いをうがった句。例句の「女中きゃく」は一般の女客のこと。

帰る迄笑ひつゞける女中《じょちゅう》きやく　（柳五572）

64
髪ゆひの四五あしならす下駄の音　近か付きにけり〳〵

得意先きを回って歩く髪結が、頼まれた家の前まで来るとカタカタと下駄の音を立てて知らせる。職業により履物まできまっていた（183頁参照）。

駒下駄《こまげた》がなるから見れはつき屋なり　（安永九）

（つき屋は米搗き）

65
辻番にへそから下の屏風あり　近か付きにけり〳〵（5ウ）

辻番は江戸市中の武家屋敷の辻々に、大名や旗本が自警のために設けた番所で、現在の派出所。大名の場合はその足軽同心が勤めたが、旗本の場合は組合辻番と称し薄給で雇われた老ぼれ番人で、物の用に立つべくもなかった。句はその番所には風防ぎの低い二枚折り屏風が立て回してあるというわびしい光景（183頁参照）。

辻番は屏風のかげでうみをおし　（明和四）

（瘡毒患者）

66
ふし見世は手がつめたいと箱へ入《いれ》　近か付きにけり〳〵

ふし見世は浅草寺本堂の周辺と奥山《おくやま》にあった楊子《ようじ》店で、房楊枝《ふさようじ》（歯ブラシ）と五倍子《ふしこ》の粉（女が歯を染めるに用いた粉）などを売った。店に手あぶり用の箱火鉢があり、売り子の女が冷たいと暖《だん》をとった。細かい風俗句。

ふしみせのしまいおがんで帰る也　（柳一一）

67
お妾《めかけ》をよく見て帰るひらぎさし　近か付きにけり〳〵

58　四手駕（『無駄砂子』）

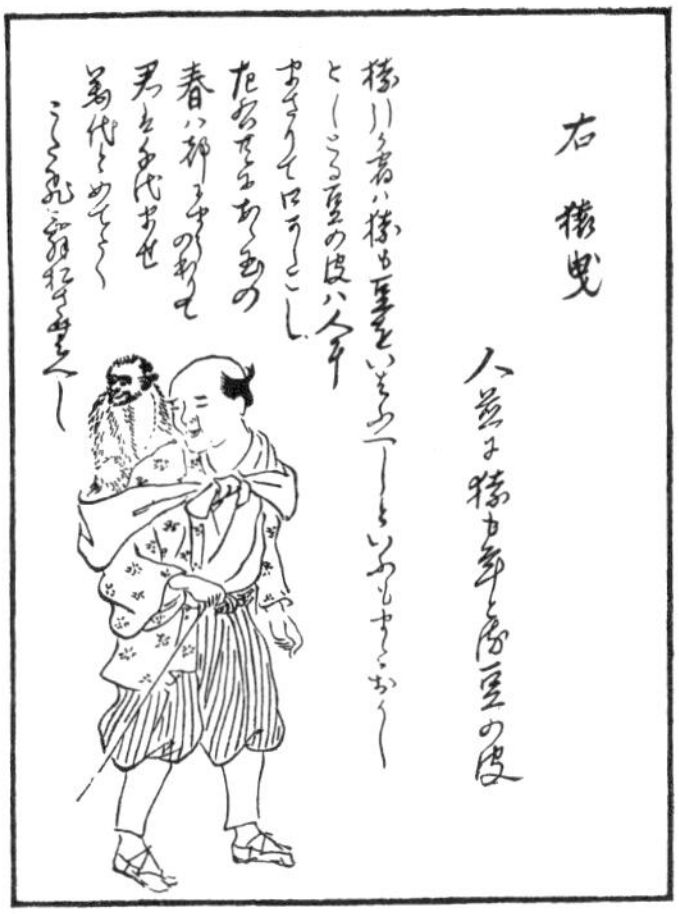

50　猿廻し（『職人尽発句合』）

65　辻番（石井良助編『江戸町方の制度』）

64　髪結（『錦之裏』）

節分《せつぶん》（平年は十二月中旬以後年内）には、どこの家でも柊《ひいらぎ》の葉つきの小枝と、豆の枯茎へ塩鰯をさしたのを、門やその他の出入口、窓などにさした（今は豆撒《ま》きだけ）。「ひらぎさし」はこの柊を売り歩く行商で、呼ばれたお屋敷の邸内深く入って、どこにさすかお妾に聞いたのであろう。美しいお妾の顔を拝んで来たというのである。正月は七草粥《ななくさがゆ》に入れるなずな売りになったことは例句の通り。

柊うりなづなの時は髪をゆひ　（明和元）

（正月だから）

68
楊弓場《ようきゆうば》つれをまつ間のやりばなし　近か付きにけり〳〵

楊弓場は土弓《どきゆうば》場、矢場《やば》ともいい、寺社の境内や盛り場などにあり、八寸の弓と九寸の矢で的《まと》を射る遊戯。的に命中するとカチリといい、女が「アターリ」と叫び、外《はず》れると太鼓をドンと打つ。句は浅草寺境内の楊弓場あたりで、吉原行きの奴が連れを待つ間の暇つぶしに、好い加減に射ているところ。

土弓場も美しひのを的《まと》に置《おき》　（柳二一）

69
かこわれは隣で死ぬとこしたがり　おくびやうな事〳〵

かこわれは囲《かこ》われ者の略。川柳では僧侶の外妾《がいしよう》をいう。市中でも人目に付かぬ路地などに囲って置くので、隣家に死人が出ると、夜は心細く気味が悪くて引っ越したくなる。

囲《かこわ》れの障子に丸いかげがさし　（桜）

70
大こくは五十にたらぬ餅を喰ひ　なびきこそすれ〳〵

大黒《だいこく》は僧侶の隠し妻の俗称で、和尚と寺に同居する。梵妻《ぼんさい》ともいう。実際には正妻であるが、当時は門徒《もんと》（浄土真宗）以外は妻帯が許されなかったからである。「五十にたらぬ餅」とは、死者の四十九日忌に配る四十九のぼた餅のしゃれで、檀家から配られると和尚と共に食べるとの意。328参照。

かならず庫裏《くり》へ出やるなと和尚いゝ　（柳一七）

（くりは台所）

71
こしみの丶うへからつめる中納言　近か付きにけり〱
中納言は在原行平《ありはらゆきひら》。行平が須磨《すま》の浦に流されて三年居るうちに、汐汲《しおくみ》女の松風村雨《まつかぜむらさめ》という姉妹と契ったという説話による。さぞ女の腰蓑《こしみの》の上から尻をつねって（つめる）戯れたこともあろうとちゃかした句。

行さんよ平《ひら》さんよふと弐人り泣　（傍一）
（別れの時）

72
米つきはとりをかゝへて休んで居　おくびやうな事〱
この米つきは大道搗《だいどうづき》という方で、往来を杵をかつぎ、臼をころがして歩き、呼ばれると軒下とか空地などで玄米を搗いて精白《せいはく》した。句は鶏《とり》に米をつつかれぬよう用心して、脇に抱えて一服《いっぷく》する景。米つきには食事を出した。

しいられもせぬに米つき五はい喰《くい》　（明和五）

73
だいた子にたゝかせて見るほれた人　近か付きにけり〱（6オ）
本句は初篇・32丁・542と全く同じで、そのままの句。

74
一旦那《いちだんな》死んでよし町《ちょう》迄も知れ　なびきこそすれ〱
一旦那は寺に最も多く財物を喜捨する檀《だん》家《か》総代。よし町は今では日本橋人形町《にんぎょうちょう》一・三丁目となり、男色《だんしょく》を売る陰間《かげま》茶屋のあった所で、客は主として僧侶が多い。句は一旦那が死んだため忽ち和尚の懐にまで影響が及んで、めっきり足が遠ざかった。茶屋が探ってみるとなる程と分かったという因果関係。

75
おごつたを徳《とく》にして居るまけ軍《いく》さ　気さんじな事〱
「驕《おご》る平家は久しからず」で、二十余年の栄華の果てに壇《だん》の浦合戦に敗れてあえなく滅亡。驕っただけが得《とく》をしたとうがった句。

くやしいといふ面《つら》で這《は》う平家がに　（柳七六）
（平家の怨霊が平家がにになる）

76
囲《かこ》われは鼠とらずを供につれ　気さんじな事〱
囲れは69参照。僧侶の外妾で、毎日「鼠とらず」のように役にも立たぬ供を連れて、昨日は大丸、今日は観音さまとほっつきまわって暮らしている。気楽なことだ。

○鼠とらず＝常に美食に飽きて鼠を捕らぬ猫をいい、役に立たず、能無《のうな》しのたとえ。

77 **ひあふぎであたまをはれば笏《しやく》で請《うけ》**　　さわりこそすれ〱

大宮人の痴話《ちわ》喧嘩。檜扇《ひおうぎ》と笏《しやく》で官女と公卿を表現した。

檜扇で前をおさへる雲のちわ　（柳九八）

（殿上人の痴話げんか）

78 **喰《く》いつみにめでたく地口《じぐち》言ひはじめ**　　気さんじな事〱

喰積《くいつみ》は正月の蓬萊《ほうらい》かざり（今日の重箱に詰めた正月料理）。新年の祝いに三方《さんぼう》の上に米を盛り、その上にかち栗《ぐり》（勝つ）・昆布《こんぶ》（よろこぶ）・橙《だいだい》ゆずり葉（身上《しんしょう》を代代《だいだい》ゆずる）・数《かず》の子（子孫繁昌の意）などを飾ったもの（199頁参照）。これらの縁起のいい掛け詞《ことば》を一年の地口《じぐち》はじめといったもの。

○地口＝語呂合《ごろあわ》せともいい、同音異義のしゃれのこと。

くいつみのいわれを聞けは欲《よく》どしさ　（安永四）

（欲ばりである）

79 **新造《しんぞう》は茶わんでのんでついと逃《にげ》**　　気さんじな事〱

新造はおいらん付きの妹女郎。おいらんの留守に、客がからかい半分にすすめた酒を、根《ね》が好きなものだから茶碗で飲んで、おいらんに叱られたらと気付いて「ついと逃《にげ》」たのであろう。

新造は飲むと力がつよくなり　（柳三101）

80 **禿《かぶろ》から目にもろ〱のつみを見て**　　気さんじな事〱

「目にもろ〱の……」は、俗にいう三社託宣《さんしゃたくせん》の文句取りで「目にもろ〱の罪を見て、心にもろ〱の不《ふ》浄《じょう》を思わず」による。禿が一人前の遊女になるまでには、禿の頃から姉女郎のいろいろな手練手管《てれんてくだ》（客をだましたり、あやつるテクニック）を見習って来るとの意。

○三社託宣＝天照大神《あまてらすおおみかみ》・八幡大菩薩《はちまんだいぼさつ》・春日大明《かすがだいみょう》神《じん》の託宣（神のお告《つ》げ）と称する文（原漢文）を一幅に書いた掛物。

かふろさへ桃色ほどはうそをつき　（拾七）

81
名代《みようだい》のすまぬらうかに人だかり　さわりこそすれ〳〵（6ウ）

名代とは、馴染《なじ》み客がかち合った時に、代理として出す妹分の新造のことで、客は名代には手を出すべからずという掟《おきて》があった。したがって名代を取った者はおもしろくなく、とかくいざこざが起こった。句は客が若い者を呼び付けて「何でも女郎を出せ」とどなるものだから、廊下に大勢人だかりがする光景。

新造とかうたいをしてさせるなり　（天明七）

82
病人は夜伽《よとぎ》の穴《あな》を見つけ出し　あつぱれな事〳〵

夜伽は産婦とか病人などの枕辺に寝ないで付き添う人。病人は寝てばかり居るから退屈なもので、いつしか夜伽の穴を見付け出したとうがった句。360参照。

○穴＝人の過失・欠点・癖・内情、世間の裏面などをいう当時の流行語。

居ないにはましだと夜伽またがれる　（安永九）

（寝込んでしまう）

83
手壱本《ていつぽん》なくしてかゝるぬいはく屋　見たい事かな〳〵

縫箔屋《ぬいはくや》は、金糸銀糸その他の色糸で絹布に縫い取りをする商売人。この仕事は台付きの枠《わく》に絹布を張り、上から針を通し下手《したて》で取って上へ通すから、片手は常に枠の下になり見えない。これを「手壱本なくして……」とおもしろく表現した句（199頁参照）。

ぬひはくや頭うち合《あ》いそがしさ　（安永四）

（向いあって仕事する）

84
お内義《ないぎ》はみこしと聞いて引《ひつ》こまれ　気さんじな事〳〵

お内義は町人の主婦の敬称。祭りの御輿《みこし》は、若い衆が時には店先に突っ込んだりして乱暴することがあるので、みこしが来たと聞いて、恐がって家の中に引っ込まれた。女の心理をうがった句。

祭の子わらつて通る内《うち》のまへ　（柳一七）

二篇6オ

85 **改元《かいげん》の日は片言《かたこ》とを店《たな》へふれ**　　気さんじな事〳〵

改元とは年号を改めること。本句の時の年号は宝暦《ほうれき》（漢音）で、また「ホウリヤク」（呉音《ごおん》）とも訓んだから、中には法楽《ほうらく》（聞くも法楽見るも法楽などいう）と心得て、そんな片言《かたこと》を大家《おおや》が店子《たなこ》に触れて回る。いい気なものだ。

○片言＝訛って正しくない言葉。

改元を始て知つた赦免状《しゃめんじょう》　（柳一〇〇）

（島の流人が）

86 **兄はわけ知らずに祝ふあづき飯《めし》**　　さわりこそすれ〳〵

妹の初潮。昔は初花《はつはな》が咲いたといって、小豆飯《あづきめし》（お赤《せき》飯《はん》）をたいて祝った。女子の成人式である。男の子にはその訳を聞かせる事でもないから、兄は知らずに食べている。

はじめてのお客娘はまご〳〵し　（柳七三）

（お客はメンスの隠語）

87 **きのじ屋にとりめの禿《かぶろ》邪魔がられ**　　さわりこそすれ〳〵

吉原句で、喜《き》の字屋《じゃ》は廓内の仕出屋の通称。台の上に立派な松の飾り物があり、その根もとに料理が並べてあった。句はその喜の字屋の若い者が、大きな台の物を肩にかついで廊下を通ると、前方から鳥目《とりめ》の禿が来て、つき当りそうで邪魔がられるとの意。

○鳥目＝ビタミンAの欠乏による夜盲症《やもうしょう》の俗称。粗食から来ている。

きのじ屋の枯野に禿寄りたがり　（柳五615）

（枯野は食べよごしのたとえ）

88 **五右衛門《ごえもん》はなまにへの時一首よみ**　　あつぱれな事〳〵

太閤《たいこう》秀吉の時代の大盗、石川五右衛門は捕えられて、三条河原で釜《かま》ゆでの刑に処《しょ》せられた。その時に「石川や浜の真砂《まさご》は尽《つ》くるとも、世に盗人《ぬすびと》の種《たね》は尽《つ》きまじ」と辞世の歌を詠んだという。「なまにへの時」が川柳的表現。

口書《くちが》きになんにもいわず一首よみ　（明和六）

（口書きは供述書）

89
口上《こうじょう》を下女は尻からゆすり出し　さわりこそすれ〳〵（7オ）

誰しも使者に立てば緊張するもので、まして下女は改まった言葉に慣れぬからなおさらで、手をついて尻を帆《ほっ》立《た》てながら一生懸命に口上を述べているさま。「尻からゆすり出し」がこっけい。

口上にすわ〳〵動く下女が尻　（柳五三）
（すわ〳〵動くは謡曲「道成寺」の文句取り）

90
見せさきへ出てはていしゆをにくがらせ　あつぱれな事〳〵

商家の美しい嫁がチラチラ店先へ出て手伝いをする。他人が見て「畜生《ちくしょう》、うまくやってやがら」などとご亭主を憎がらせる。他人の岡焼根性《おかやきこんじょう》をうがった句。

いい物を持つて畜生呼ばりされ　（安永六）

91
ぼん過《すぎ》は袖をぬひこむ地《じ》がみうり　気さんじな事〳〵

地紙売は54参照。商売は夏がシーズンだから、盆《ぼん》を過ぎると秋風が立ってもう商《あきな》いが利《き》かない。そこで留袖《とめそで》から筒袖《つつそで》（袂《たもと》がなくて筒形に仕立てた袖。俗に筒《つつ》っぽ）の労働着に改めて、転業するといった句。

地紙うりがまんが過ぎて風を引き　（柳二三）
（伊達《だて》の薄着《うすぎ》）

92
べに筆《ふで》をかして逃たるけづりかけ　見たい事かな〳〵

削《けづ》りかけは正月十四日に、軒端門口などへつるした邪気払いの棒で、柳の枝の先端を房状に削り、棒の心《しん》の先《さき》を赤く塗ったもの。紅筆を貸した娘が、その形が男の何やらによく似ているので、恥ずかしがって逃げ去るとの意。

正月ももふ半分にけづりかけ　（拾初）
（二十日前に取り去る）

93
ひま入と書いた返事は女房の手　さわりこそすれ〳〵

本句は初篇573に「ひま入と書て来たのは女房の手」とあり、句解は初篇参照。

94
元日に御用《ごよう》はだるくかしこまり　気さんじな事〳〵

御用は酒屋の御用聞き、小僧のこと。大三十日《おおみそか》から元日の明け方まで、勘定取りやら雑用にこき使われてくたくたになり、雑煮《ぞうに》の膳にかったるく正座している。

元日の御用いいなとほめられる　（柳八）

（新しいお仕着《しき》せを着て）

95 **いろは茶屋大《だい》こくの湯がやくわんで来《き》**　あつぱれな事〱

正月三日には上野寛永寺の支院の護国院《ごこくいん》（大黒天を祭る）では、供物《くもつ》の餅を湯に浸《ひた》した大黒の湯と称するおも湯を参詣人に接待した。これを飲めば一年中の邪気を払い、福徳を授かるというので賑わった。寛永寺の坊さんは、いろは茶屋の女たちと日頃から馴染《なじ》みなので、わざわざ大黒の湯を薬鑵《やかん》に入れて運んで来てくれる。何とまあご親切なことだ。

○いろは茶屋＝谷中感応寺《やなかかんおうじ》（現在の台東区谷中七丁目の天王寺《てんのうじ》の前名）門前の茶屋町に在った私娼街。客は主として上野寛永寺三十六坊の坊さんであった。

大黒の湯を弁天へさげて行《ゆき》　（柳一五五）

（弁天はいろは茶屋の女郎）

96 **惣仕廻《そうじまい》いしゆがへしにはきれい也**　あつぱれな事〱

惣仕廻とは、一人で妓楼全部の遊女を買い切る大尽遊び。女郎と何かいざこざがあって、その意趣返《いしゆがえ》しに相方《あいかた》を含めて惣仕廻を付けたのである。

傾城《けいせい》にうめられて居る惣仕舞《そうじまい》　（柳一一）

97 **たいことは是《これ》口をよくたゝくの義**　気さんじな事〱（7ウ）

太鼓持《たいこもち》の定義。遊客のきげんをとり、酒興を助ける男。幇間《ほうかん》、男芸者ともいう。太鼓だからたたくといい、商売柄よくおしゃべりをする義にかけた。「たいこ持ちは、利口《りこう》でできるか馬鹿でできるかってことになりますと、利口ばかりじゃできるものではございません。馬鹿にならなくちゃできないことの方が多いのじゃございませんか」（桜川忠七著『たいこもち』）とある。

たたきくたびれて太鼓は大いびき　（安永七）

98
こたつでは箱が這入《はい》るとさむく成《なり》　　気さんじな事〳〵

箱は箱入《はこいり》娘の略で、お嬢さま育ちの娘。今まで炬燵《こたつ》で盛んにしゃべくっていた息子たちの間に、箱入娘が入り込んでくると、急に堅くなってゾクゾクしてくるといった句。

箱入《はこいり》をくどきはじめは亥《い》の日なり　（柳三一）

（十月上旬の亥の日が炬燵《こたつ》びらき）

99
ほうばいがいしやの娘で事《こと》にせず　　あつぱれな事〳〵

御殿奉公のお女中がいたずら事をして妊娠した。しかし朋輩《ほうばい》に医者の娘がいるので一向あわてない。多分おろし薬の相談でもしたのだろう。

医心《いごころ》の有るで女房事《こと》にせず　（柳初484）

100
懸《かか》り人《うど》勝てば内義《ないぎ》にかりられる　　さわりこそすれ〳〵

懸り人（掛人）は37参照。正月の素人博奕《しろうとばくち》で、内義の方は負けてばかり居るので、相手の弱みに付け込んで、強引《ごういん》に元手《もとで》を借り上げてしまう。

松の内女だてらな夜をふかし　（明和二）

101
梶原《かじはら》が塀にはどくを書ちらし　　気さんじな事〳〵

梶原景時は義経を頼朝にざん言して滅亡させた張本人で、「げじげじ」と仇名されるほどの憎まれ者であった。したがってその屋敷の塀には、さぞ悪口が書き散らしてあったろう。

梶原は耳を出しなの元祖也　（拾五）

（告げ口をする）

102
山伏は片寄せてふく火吹竹《ひふきだけ》　　気さんじな事〳〵

山伏は法螺貝《ほらがい》を吹き歩くのが特徴である。その山伏が火をおこす時、日頃の癖が出て、火吹竹を口に片寄せて吹くとうがった句。

○火吹竹＝火をおこす時に使う節《ふし》を抜いた竹筒。

103
けんぎやうの内義《ないぎ》はだめな美しさ　　見たい事かな〳〵

検校《けんぎょう》は盲人の最高位で、撞木杖《しゅもくづえ》を突き紫衣《しい》を許された。

しかし盲人の亭主が美人の内義を持って居ても、無駄な美しさだとうがった。

○駄目《だめ》＝囲碁用語で、双方の境にあってどちらの地にもならぬ所。転じて無益、むだの意。

104 **茶屋女《ちややおんな》さしみ作るも申《もうし》たて**　あっぱれな事〳〵

茶屋女は水茶屋の給仕女で、その目見得《めみえ》に「刺身ぐらいは作れます」と申し立てた。当時はお屋敷奉公でも、手跡、和歌、音曲などの能力をテストされた。

○目見得＝雇われようとする者が初めて主人に面接すること。

茶屋女ほまち仕事に膾もすへ　（柳一六〇）

（こづかい銭かせぎの売春）

105 **むこのくせ妹が先きへ見つけ出し**　じやまな事かな〳〵（8オ）

花嫁の方は、まだ新婚気分で夢中だから、そんな余裕はないが、妹は第三者だけに冷静だからいち早く聟さんの癖を見付け出す。

106 **灸すへた子を明《あ》け番《ばん》のひざへのせ**　こゝろよい事〳〵

明け番とは、お城勤めの武士が一日勤務した翌日の休日で、つまり非番《ひばん》のこと。帰宅すると、我が子が悪戯《いたずら》をしたと見え、お灸をすえられてベソをかいている。かわいそうにとばかり膝に抱き上げて、機嫌をとろうとする父性愛の句。

107 **乳母が手へわたると羽子も二つ三つ**　じやまな事かな〳〵

娘たちの羽根突きを見ていた乳母が、どれわたしにもと突いてみたが二つ三つでだめ。乳母は子を抱いているから、片手わざでは思うように突けない。前句が利《き》いている。

108 **金持を鶯といふ音羽町《おとわまち》**　こゝろよい事〳〵

音羽町の遊所では金持客を鶯と呼んでいるが、そのわけは護国寺《ごこくじ》には五代将軍綱吉の生母桂昌院《けいしょういん》の遺品の中に、黄金の鶯があったからだとうがった句。

○音羽町＝護国寺門前三カ町《ちょう》の一つで（文京区音羽一・

二丁目)、町名の由来は桂昌院に仕えた御女中音羽が拝領した地による。ここにも遊女屋が出来て一時繁昌した。

護国寺に住む鶯の羽子《はね》のつや　(宝暦九)

(鶯を黄鳥《こうちょう》という——ここは黄金の鶯の意)

鶯をつぶしのやうに拝見し　(拾八)

(鋳潰したら小判でいくらだろう)

109
虫干《むしぼし》をついに他人の手にかけず　こゝろよい事〳〵

甲冑《かっちゅう》の虫干で、これを納めた具足櫃《ぐそくびつ》の中には春画を必ず入れて置く風習があり、一説に火災除《よ》けのまじないといわれた(『南畝莠言』上)。故に「他人の手にかけず」で、自分独りでやるわけ。

暑気見まひ枕絵などゝ見ぬふりし　(明和四)

110
傘《からかさ》をしづくで帰すりちぎもの　こゝろよい事〳〵

俄雨《にわかあめ》の借り傘はとかく忘れて返さないから、貸す方もろくな傘を貸さない。本句は特例で、「しづくで帰す」が律義者たるところ。

ひろげるとひつくりかへる傘をかし　(柳一七)

111
御かへりに雪おろしほど長局《ながつぼね》　引く手あまたに〳〵

長局は25参照。殿様の御帰りとあって、お出迎えの奥女中たちが、玄関めざして我勝ちに廊下を走る音を、芝居のお囃子《はやし》の雪おろしの音に擬した趣向句。

○雪おろし＝芝居のお囃子の一つ。大太鼓を連打して雪降り、なだれの擬音を出す。

112
欠落《かけおち》と見えて能《よ》い皃《かお》たゞ一人　もの好きな事〳〵

欠落は他郷へ逃亡《とうぼう》すること。出奔《しゅっぽん》。必ずしも男女二人とは限らない。また「能い皃」は125句からして美人のようだ。美人がたゞ一人で供も連れずに歩いているので、さては出奔でもしたのであろうと第三者の勘《かん》ぐり。125参照。

113
花咲けば諏訪《すわ》の親類遠くなり　引く手あまたに〳〵(8ウ)

冬は諏訪《すわ》湖が結氷して、湖上を真っ直ぐに渡れるが、春は氷が解けて湖畔をまわり道せねばならないから。「花咲けば」は謡曲「鞍馬天狗《くらまてんぐ》」の「花咲かば告げんといひし山里の……」によるか。

諏訪の湖《うみ》冬は鏡の上を行き　（柳一四五）

114 **壱人りもの行つていやれと連れへかぎ**　こころよい事〳〵

「おれは途中で買い物して行くから、先へ行って待って居てくれ」と、連れへわが家の鍵を渡す。壱人者の気さくな性格。

壱人ものぴんといはせて旅へ立ち　（柳六）

115 **さるぐつわ和尚をはじめたてまつり**　じやまな事かな〳〵

猿轡《さるぐつわ》は、声を立てさせぬため手拭などを口にかませて、後頭部でくくりつける具で、強盗などの手合いが用いた。様子がおかしいので入って見ると、和尚をはじめ納所《なっしょ》、小僧にいたるまで柱にくくりつけられ、さるぐつわをかまされていた。「はじめ奉り」と敬称を使ったのが滑稽で、謡曲「船弁慶《ふなべんけい》」に「主上を始め奉り」とある。193参照。

○納所《なっしょ》＝納所坊主の略。寺の会計・庶務を扱う僧。

はやがねに和尚を見ればさるぐつわ　（柳三537）

116 **かんきんの間うれしい皃《かお》弐つ**　こゝろよい事〳〵

看経《かんきん》は仏前で経を読み上げること。読経《どきよう》。姑が仏間で朝のお勤め（看経）をしている。その間は若夫婦が姑の監視の目から逃れられて、嬉しい一時《ひととき》だとの意。今は姑が嫁に気をつかう世になった。

かんきんがすむと居ずまへ嫁直し　（柳一五）

117 **三つまたは素人《しろうと》の死ぬ所《と》こでなし**　もの好きな事〳〵

三つまた（三派・三俣とも書く）は新大橋の下流、中洲《なかす》と永久島（箱崎《はこざき》）の間の隅田川の流れが三つに分れる所で、現在の中央区日本橋中洲《なかす》の地。俗説によれば、この地は仙台侯伊達綱宗《つなむね》が、吉原三浦屋の高尾《たかお》太夫を船中から吊し斬《つるぎ》りにした所で、また本句より四カ月前、宝暦十三年六月十五日に名女形《めいおやま》荻野八重桐《おぎのやえぎり》が涼船から下りて、ここで蜆《しじみ》を取ろうとして溺死した事件があった。そこで「三つまた」は、太夫といい、女形といい「素人の死ぬ所こでなし」とうがった句。

三つ股《また》は高尾已来のどんぶりこ　（拾九）

118
宿下《やどさが》りとなりの内義ちよつとひき　こゝろよい事〳〵

御屋敷奉公の娘が、めっきり美しくなって宿下《やどさが》りで帰って来たので、隣の内義までがはしゃいだ気分になり、自宅に招いて三味線の地《じ》（舞踊に合わせてうたう唄）をちょっと弾いて踊らせるところ。

○宿下り＝奉公人が主家から休暇をもらって親元に帰ることで、お屋敷奉公は年に一回で三日間ぐらい。

宿下《やどお》りは三日夜《よる》ひるぺつちやくちや　（安永二）

119
口上《こうじょう》のたびに手拭肩をかへ　じやまな事かな〳〵

勇み肌の頭《かしら》などが改まった口上を述べる時の癖を巧みにとらえた句。

120
在郷《ざいご》うばなげきの中へかしこまり　引く手あまたに〳〵

在郷うばは江戸近在の乳母で、葛西《かさい》出身が多い。母親が乳呑児《ちのみご》を残して死んだので、困ってさっそく乳母を雇った。その乳母が葬式の座敷の隅にきちんと坐っている情景。

乳母が荷のすだれを這入る気の毒さ　（柳五355）

（不幸の際は門口に、忌中と書いた半紙を張ったすだれを下げた）

121
すげ笠の内へ帯とくまこも苅《がり》　こゝろ〳〵に〳〵（9オ）

真菰《まこも》はイネ科の多年草で、沼地に群落をなして自生する。刈り手《かて》は泥深い水中に入らねばならない。そこで笠をぬいで、その中に解いた帯や着物を置いて身支度をする。

まこもがり足を上手に引つこぬき　（明和六）

122
生酔《なまえい》に安い分別《ふんべつ》かしてやり　じやまな事かな〳〵

生酔《なまえい》は泥酔した人。よく人にからんだりして困らせるので、そんな時には逆らわないで「そうだ〳〵お前のいう通りだ」などと、いい加減にあしらってやるがよい。
○安い分別＝愚《ぐ》にも付かぬ考えのこと。

なま酔に一理窟《ひとりくつ》いふあほう者　（拾七）

123 **せきばらいごぜも少《しよう》〳〵にが笑ひ**　こゝろよい事〳〵

瞽女《ごぜ》は盲目の悲しさ、手引《てび》き（ごぜを呼んだ家への案内者）の方を向いて用をたしているので、気の毒さに咳払いすると、悟《さと》ったらしく少しにが笑いして、きまり悪《わる》さをまぎらした。

さあこゝでたれさつしやいとごぜの供　（安永五）

124 **おはぐろにじろりと禿《かぶろ》にらめられ**　じやまな事かな〳〵

本句は初篇391の「おはぐろをつけ〳〵禿にらみつけ」と全く同想。おいらんがお歯黒《はぐろ》を付けている側で禿がふざけて居る。叱るにも口がきけずにらみ付けた。349参照。
○お歯黒＝女子が歯を黒く染めること。結婚した女はすべて行なった。

ついたかと歯ぎしりをして見てもらい　（柳七）

125 **うしろから能《よ》い㒵《かお》の出るかゞみとぎ**　こゝろよい事〳〵

鏡磨《かがみと》ぎは青銅製の鏡を磨ぐ職人。寒中加賀から江戸に出稼ぎの老人が多かった。板の間とか土間が仕事場で、山椒説に「もう研《と》げたのと、老爺《おやじ》の肩ごしに覗き込む美しい顔」とある。老人だから嘲弄した句が多い。

女のたましい馬鹿げた男とぎ　（拾二）

126 **かわやからごうこの僧の笑つて出**　こゝろよい事〳〵

ごうこは江湖会《ごうこえ》の略。禅宗、特に曹洞宗で夏季一定期間僧侶を集めて、参禅修行すること。その僧の一人が、厠《かわや》から笑って出て来たとは、今まで解けなくて苦しんでいた公案《こうあん》（問題）の答案が、うまく頭に浮んだからである。

能《よ》い分別の雪隠《せっちん》で出る　（眉斧《びふ》日録《にちろく》初）

127 **夏大工はだかでたびをはいて居る**　もの好きな事〳〵

夏大工の風俗句。夏でも足袋をはくのは仕事場で釘などを踏み抜かぬ用心で、他人が見ると物好きに見えたのであろう。例句は「ごみ」をはたく。

手拭ではたいて大工めしに来る　（明和三）

128
ころび合《あい》まじり〳〵と御用が見　　じやまな事かな〳〵

ころび合は野合《やごう》の現場。酒屋の御用聞きは明樽を集めたり、御用聞きに歩き回るから、とんだラブシーンを覗《のぞ》き見《み》することがある。

徳利《とつくり》を下げてして居《いる》ところ明け　（天明五）

129
草《くさ》の庵《あん》はいとりもちにきり〳〵す　　こゝろ〳〵に〳〵　（9ウ）

草の庵は、風流人とか世捨人などの住家だけに、昼間もひっそりして居て、蝿捕り黐《もち》にきり〳〵すがかかって居る閑寂な光景。

来る人を虫かしらせる草の庵　（柳七三）

130
俗《ぞく》の目《め》を四角にふせぐうまい物　　さたの無いこと〳〵

肉食妻帯を禁じられていた一般の僧侶が、四角な重箱にこっそり魚肉を入れて取り寄せる方法を案出した。何事も「窮《きゆう》すれば通《つう》ず」である。

重箱に入れて寺内へしのぶうり　（宝暦十二）
（シダの忍《しのぶ》に、こっそりしのぶの両義）

131
何かしら笑つて帰るあら世帯《ぜたい》　　ぎようさんなこと〳〵

まだ世帯慣《せたいな》れしないので、すり鉢へお茶殻《がら》をぶちあけるとか、いろいろ非常識なことが目に付くので、来客が笑って帰るとうがった句。

あら世帯舅《しゆうと》が来ては棚をつり　（拾九）

132
後添《のちぞい》は鼠が出てもびつくりし　　ぎやうさんなこと〳〵

後添は後妻のこと。常に先妻の思いが残って居はしないかと気にしているので、夜、ガタリなどと鼠が出てもびっくりする。

くらやみのゆかた後妻《こうさい》ぞつとする　（柳一五）

133
のみ逃《にげ》を木《き》くすり屋へも言ひ聞《きか》せ　さたの無いこと〳〵

のみ逃は医者に薬代《やくだい》を払わぬこと。当時は後払《あとばら》い制であった。医者が「近頃は薬代を払わぬ患者が多くて迷惑している」などと木薬屋にこぼして、薬種代金の延期を申し入れるところ。

薬礼の催促前を度《ど》ゞ《ど》通り　（別篇・中）

134
去《さ》つたあす物をさがすにかゝつて居《い》　さたの無いこと〳〵

女房を離縁した翌日の亭主の困惑《こんわく》ぶり。何がどこに在るのやら、さっぱり分からない。

かかあはな去つたはやいといじらしさ　（柳一四）

135
御物見《おものみ》にあまつた首を塀《へい》へ出し　ぎやうさんなこと〳〵

御物見は、外を見るために大名の藩邸に設けた物見窓。外を賑やかな祭りの行列が通るので家中の者一同御物見にかけ上って見物する。余った連中は仕方なく塀越しに首を出して覗く光景。

御物見は皆とつときの顔斗《ばかり》　（柳三〇）

（美しいお女中）

136
せいもんの度《た》びに水打つ初かつほ　ぎやうさんなこと〳〵

誓文《せいもん》は神仏にかけて誓うことば。初かつほは小判でなければ買えぬ魚だから鮮度が命。柳汀説に「今河岸《かし》へ上つたばかりと、その新鮮さを誓うたびに魚へ水を打つて濡れ色を示すさま」とある（199頁参照）。

なんぼじやときけば鰹の直《ね》は出来ず　（柳一一）

137
とつさまと寝る髪置《かみおき》はやせつぽち　さたの無いこと〳〵（10オ）

髪置は七五三の祝い（十一月十五日）の一つで、男女共三歳になると、初めて短くしていた頭髪をのばす儀式。その子が「やせっぽち」という訳は、もうそのあとが生まれて、母親の乳を吸って居るからだとうがった句。

髪置は白髪《しらが》のたねをまきはしめ　（柳一〇）

138
店《たな》ちんの早く済《すむ》のがかこいもの　ぎやうさんなこと〳〵

囲《かこ》い者は僧侶の妾。旦那から仕送りが来るから、三十《みそ》

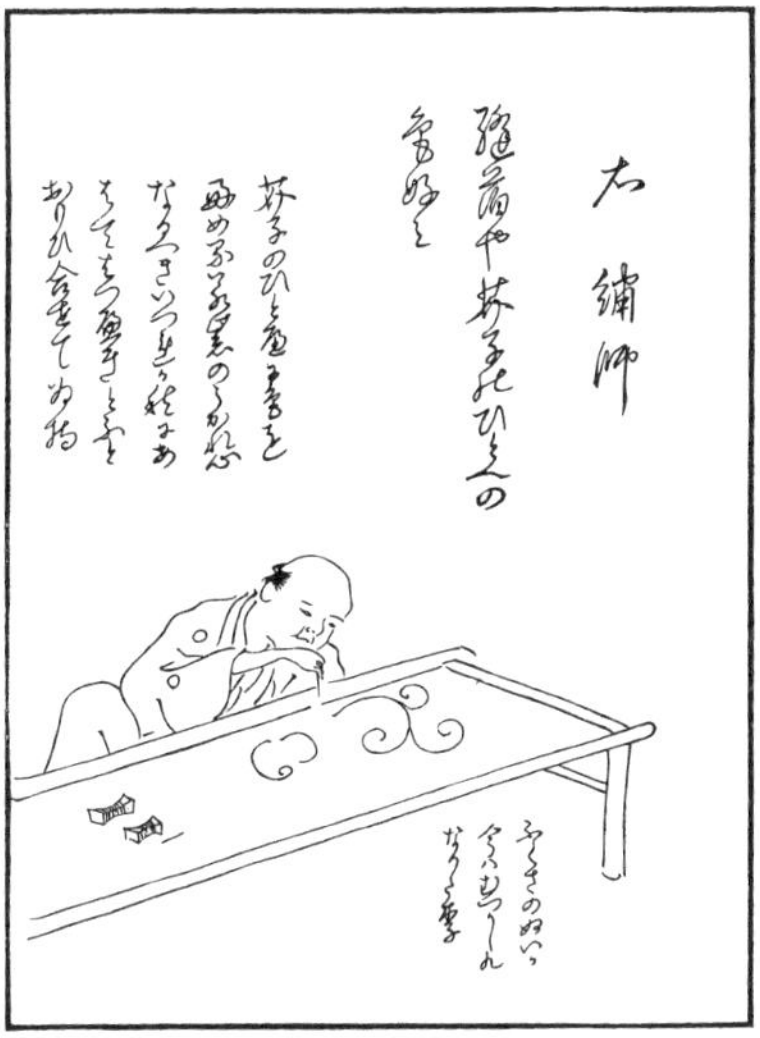

83　縫箔屋（『職人尽発句合』）

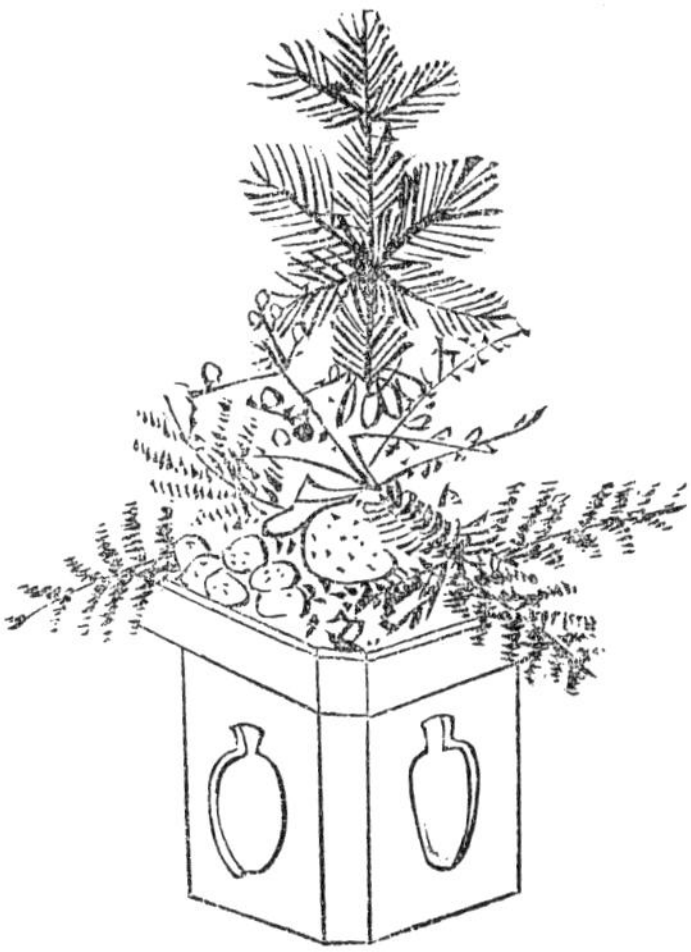

78　喰つみ（『守貞漫稿』）

136　鰹売り（『東都歳時記』）

日《か》前にきちん〳〵と家賃《やちん》を納める。大屋のうけもよろしい。

かこい者あたりとなりへ煮ると遣《や》り　（柳一〇）

139 **気のよわい下女はつまらぬ子をもふけ**　さたの無いこと〳〵

誰のいうことも聞くので、父なし子を産む。

気のよわい下女あれにさせこれにさせ　（末二）

140 **三河記《みかわき》をやわ〳〵ととくだんぎ僧**　こゝろ〳〵に〳〵

談義僧《だんぎそう》は説教ばかりでなく、軍談なども語った僧のことで、『三河記』を聴衆に分かりやすく説いて聞かせるといった句。269参照。

○三河記＝『三河後風土記《みかわごふどき》』の略。四十五巻物で、家康とその家臣団の創業時代の事蹟を通俗的に記述したもの。

談義僧のり地《じ》の時に目をふさぎ　（拾三）

（調子にのってしゃべる時）

141 **火ばしにてやぼめ〳〵と書いて見せ**　さたの無いこと〳〵

恋の句。男が生娘を口説いても応じなかったので、火箸で灰に「やぼめ〳〵」と書いてなじる情景。

とんだいゝ間《ま》だのに娘うゝぢうぢ　（柳一四）

（ためらうさま）

142 **隅田《すだ》の景《けい》でんがく串《ぐし》であいさつし**　のどか成りけり〳〵

隅田の景とは、橋場《はしば》（台東区橋場一・二丁目）の真先《まつさき》稲荷あたりの風景を指したもので「この社前は、名にしおふ隅田川の流れ溶々《ようよう》として……食店酒肆《りようりやさかや》の軒端は河面に臨んで、四時の風光を貯《たくは》ふ」（『図会』）とあり。ことに稲荷の境内の田楽《でんがく》豆腐は名物で遊客たちがその串で対岸を指《さ》し、あれが木母寺《もくぼじ》でこちらは白髭《しらひげ》だなどと挨拶を交わしている。

でんがくでしやれる向ふはかあんかん　（柳九）

（木母寺《もくぼじ》の常念仏《じようねんぶつ》）

143 **寒念仏《かんねぶつ》夫婦の中をさむがらせ**　ぎやうさんなこと〳〵

夫婦がせっかく床に入って暖まったのに、門口に寒念仏が来たらしく鉦《かね》をたたいている。仕方なく女房が起き出して、戸を開けて一文やる。「夫婦の中をさむがらせ」がうまい表現。

○寒念仏＝（かんねんぶつともいう）寒の三十日間、夜中鉦をたたいて念仏を唱えながら家々に報謝《ほうしゃ》を乞い歩く行事。

下女が足あたたまる頃寒念仏　（明和元）

144 **鳥の毛を捨るに風を見すまして**　ぎやうさんなこと〳〵

自分の方へ散乱せぬように、風向《かざむ》きをよく見定めて捨てる。鳥は鶏《にわとり》。

風《かざ》上《か》みへ廻つてすてる鳥のはね　（柳二二）

145 **つくばつた噺《はなし》は土《つち》へ何か書《かき》**　こゝろ〳〵に〳〵　（10ウ）

地べたにつくばって何か話し込んで居るうちに、つい長話になる。所在無《しょざいな》さに石ころか棒切れを拾って、いたずら書きしながら続ける。

つくばつて咄して行くは姉女郎　（拾八）

146 **木戸番《きどばん》はあたじけないと首を振り**　こゝろ〳〵に〳〵

木戸番は芝居の木戸番で、木戸口の番や客の呼び込みをする（205頁参照）。江戸見物に来た田舎者の中には、札《ふだ》銭《せん》（入場料）を値切る者もいたらしく「あたじけない」と首を振って拒絶した。

○あたじけない＝欲深い。けちだ。

木戸番もそんなじやないとかぶり振り　（宝暦九）

147 **虫うりのむごつたらしいらうずが出**　こゝろ〳〵に〳〵

らうずは損じて売り物にならなくなった商品。ろうず物。足が一本とれていたり生き物だけに「むごったらしい」と評した。

虫うりはおしを一つ疋《ぴき》まけて遣り　（明和二）

148 **乳母のやく朝めし前に一《ひ》と廻《めぐ》り**　ぎやうさんなこと〳〵

朝早くから目覚めた子供を抱いて、近所を「一と廻り」

して来る。これも乳母の役の一つと軽妙な句。

乳母は喰ひかけてあ丶〳〵大水だ　（傍一）

149
座頭《ざとう》の坊しごく大事《だいじ》に芋をくい　ぎやうさんなこと〳〵

里芋の煮ころばしは、箸ではさもうとしてもつるつる滑る。それを座頭の坊がやっとつかまえて、大事そうに食べるさま。細かい観察句。

○座頭の坊＝剃髪《ていはつ》した盲人。芸事や按摩《あんま》・鍼治《はり》などで生活した。

座頭の坊またのありたけまたぐ也　（柳一二）

（ぬかるみを注意されて）

150
地ごくでも目あかしをする首二つ　ぎやうさんなこと〳〵

地獄の裁判官閻魔《えんま》大王の左右の台上には男女二つの首が載《の》って居て、女は嗅《か》ぎ、男は視《み》る役をするので「見る目かぐ鼻」といった。この首は地獄に来る亡者《もうじゃ》の生前の善悪一切を見分けて、大王に告げるので「目あかしをする」と譬えた（205頁参照）。

○目明《めあかし》＝罪人を捕えるため、同心《どうしん》の配下で働いたもの。岡《おか》っ引《び》き。

かぐ鼻と見る目時〳〵口論し　（明和六）

151
懸《かか》り人《うど》むかしをいふとはりこまれ　こ丶ろ〳〵に〳〵

懸り人は100参照。今は居候の分際《ぶんざい》で、昔の生活を自慢したのでやりこめられた。

か丶り人《うど》つと丶笑ひしかられる　（拾一〇）

152
のらへ出た留守に一人で産んで置《おき》　さたの無いこと〳〵

一家が野良《のら》仕事に出た留守に、誰の世話にもならず、田舎嫁の軽いお産。

先づちよつと産《う》んでこべいと田を上《あが》り　（柳一八）

153
四斗樽へじゆずの切れたを溜て見せ　ぎやうさんなこと〳〵　（11オ）

上野の両大師《りょうだいし》は、毎月晦日《みそか》ごとに三十六坊を順々に遷《せん》座《ざ》せられ、一坊一カ月ずつ鎮座された。ただし十月だけは御本坊に御遷座に成り、当日は練供養《ねりくよう》が行なわれる。

その時には善男善女《ぜんなんぜんにょ》で全山が埋めつくされる程で、山椒説に「賽銭《さいせん》うけに四斗樽を担《かつ》いで歩く者が行列の中にあった。その四斗樽の中には、数珠《じゅず》をすり切って投げ込む者もあって、それが溜るのである」という。

○両大師＝輪王寺宮《りんのうじのみや》様の御座所である御本坊（上野公園内、国立博物館の所）の隣りに在り。寛永寺開山の天海《てんかい》僧正（慈眼大師《じげんだいし》）と天台座主《てんだいざす》の良源《りょうげん》大僧正（慈恵大師《じえだいし》）のお二人を合祀した両大師堂。

明樽をかたげて廻る両大師　（柳一一九）

（担いでまわる）

154
里帰《さとがえり》玄関に杖とはなねじり　祝ひこそすれ〳〵

杖は地位のきわめて低い袖乞《そでごい》座頭で、「はなねじり」は非人頭《ひにんがしら》松右衛門配下の者をいう。彼らは武家町家の別なく、吉凶のある家を訪れて金銭をねだった。里帰は祝儀の例。

○はなねじり＝長さ一尺五、六寸の棒で暴れ馬を制するため、その鼻をねじる具で、常にこれを所持した非人のこと。

配当《はいとう》のかち〳〵ならす鬼すだれ　（明和四）

（配当は袖乞座頭のこと。不幸の例）

155
子を持つた大工一と足おそく来る　はじめこそすれ〳〵

家を出る時、子をあやしたりするので仲間より一足遅く仕事場に来る。子の愛にひかされる親心。

子を持た大家しめしが利《きい》て来る　（柳九三）

（店子《たなこ》に対して訓戒《しめし》が利く）

156
着かざつて乳母ははだかを追廻《おいまわ》し　祝ひこそすれ〳〵

本句は前句からして単なる外出ではない。七五三の髪《かみ》置《おき》（137参照）の祝いあたりか。着飾った乳母が、坊っちゃんを晴着に着替えさせるために裸にした。ところが男の子なものだから、はしゃいで逃げ回る情景。

十五日いたづらな子はせつながり　（安永元）

（晴着姿がきゅうくつ）

157
親類を見知ると嫁はもめんもの　はづかしひ事〳〵

嫁が晴着姿で親戚《しんせき》回りをすませると、これから一家の主婦として働くことになるから、普段着の木綿物に着替えるという句。

逃げ込んで嫁の着替えるいそがしさ　（柳五484）
（晴着に）

158
一《ひ》と村《むら》をすいにして立つ旅芝居　にぎやかな事〳〵

旅芝居の一行が去ったあと「心中ものや恋愛ものなどで、村の人たちがすっかり粋《すい》にさせられる」（『川柳絵本柳樽』）とあり、中には役者に惚れて駆け落ちする者さえあった。

○粋＝諸事によく気のつくこと。ここは色恋《いろこい》に目覚めるぐらいの意。

村ぶげん娘が逃て芝居じやみ　（柳二五）
（庄屋の娘が役者と逃げておじゃんになる）

159
太神楽《だいかぐら》見せる髪にはやいとばし　はじめこそすれ〳〵

子供を抱いて太神楽を見せる母親の髪に「やいとばし」が刺さって居た。子供に灸を据えていたのである。灸箸《やいとばし》は灸をすえる時に艾《もぐさ》をはさむ箸で、二日灸《ふつかぎゅう》といって二月二日の灸は効験ありと信じられた。

○太神楽＝獅子舞・皿回し・品玉《しなだま》などを演ずる大道芸人。

二日には母も子のため鬼になり　（柳七一）

160
金堀《かねほり》と井戸ほりの気は十文字　にぎやかな事〳〵

金掘はヨコに、井戸ほりはタテに掘るから十文字になるという駄洒落。当時は金掘といえば佐渡の金山が有名。

161
まよい子の親はしやがれて礼を言ひ　祝いこそすれ〳〵（11ウ）

子供が迷子《まいご》になったので、夜の町を「迷子の迷子の三太郎やあい」などと探し歩いた末やっと見付けて、一緒に探しに出てくれた隣近所の人たちに親が礼をいうところ。

迷ひ子に鉦《かね》のくだける頃にあい　（柳二三）

181　景時の定紋
「並び矢羽」

146　鼠木戸（『戯場訓蒙図彙』）

171　大原女（『職人尽発句合』）

150　見る目かぐ鼻
（『往生要集』）

（鉦や太鼓をたたいて探し歩く）

162
産《う》んだ乳《ち》のあてくらをする長局《ながつぼね》　はづかしひ事〳〵

長局は男子禁制の女ばかりの世界だから口がうるさく、暇にあかして誰さんは産んだことのあるお乳だ、いやまだ産まないお乳だと当てくらをしている。中には経産婦も居たのであろう。

163
出ぎらいといふ振袖はどた〳〵し　はづかしひ事〳〵

あの振袖娘の出ぎらい（外出嫌い）とは口実《こうじつ》で、実はどた〳〵した体《からだ》が恥ずかしいからだとうがった句。

○どた〳〵し＝肥満している。

出ぎらいの娘しつかり持て来る　（安永五）
（嫁入り道具又は持参金を）

164
さいりやうの付いた車は廻りかね　にぎやかな事〳〵

一般の車引きの場合は、車力《しゃりき》が掛け声をかけたり、女をからかったりしたが、宰領《さいりょう》（荷物の運送に同行して、指揮・監督する人）の付いた両替屋の重い銭車は「口が、廻りかね」で、無駄口をたたかない。

○銭車＝カマスに入れた銭を運搬する両替屋の車のこと。

銭車へびののたくるやうに引き　（明和八）

165
ほうばいがていしゆ見るとて寄たがり　はづかしひ事〳〵

お屋敷奉公から下って結婚したら、その元の朋輩《ほうばい》が亭主を見たがって寄りたがると、女性心理をうがった句。

旦那をば出しなとしやれる女客　（柳八）

166
三《さ》みせん屋うしろぐらくも灸をすへ　はづかしひ事〳〵

三味線の胴は両面を猫の皮で張るが、八《や》つ乳《じ》の猫（乳房の八つある猫）の皮が高級品とされた。この三味線屋は悪徳業者で灸をすえて八つ乳に見せかけたのである。

犬に灸すへると猫にばける也　（柳一九）
（犬皮を猫の皮にごまかす）

167
百旦那《ひやくだんな》もろこしをむくごとく也　はづかしひ事〳〵

百旦那とは、お寺の布施《ふせ》を百文しか包まない安檀家。したがって和尚から粗略に扱われた。岡田説に「百旦那の御布施は、百文の銭を細長く紙に包んである。その外紙を、寺の納所《なつしょ》坊主か小僧がはがす手付きは、まるで唐《とう》もろこしの皮をむくように見える」と述べた。例句はお布施を一回ぬく。

百だんな正月くると盆に来ず　（柳六）

168
念仏講《ねぶつこう》すでにとらんとつかまつり　祝ひこそすれ〳〵

念仏講とは、浄土宗の信徒が定期に集まり念仏を唱和する講中であったが、後には毎月掛金を積み立てて講員に死者が出ると葬式費用に当てるようになった。句はすんでにあの世へ行くところをみ仏のおかげで助かって、やれ有難やというところ。

死にそうも無いで念仏講を退《の》き　（柳二四）

169
うばどのをかしなといへばあかんべい　にくひ事かな〳〵（12オ）

乳母に気のある男が、抱かれた子供に「いい子だから、おじちゃんに一寸《ちょっと》乳母どのを貸しな」というと、乳母をとられると思って、あかんべい（拒否反応を表わすしぐさ）をした。

くどかれた乳母うな〳〵をしなとい丶　（末四）
（憎いおじちゃんだからぶっておやり）

170
長局ばいやつて見るびんかゞみ　にくひ事かな〳〵

びんかゞみ（鬢鏡）はびんを見るに用いる小さな懐中鏡。御殿《ごてん》のお女中達が観劇の幕間《まくあい》、互いに前日結った髪のほつれを直すために奪《うば》い合って（ばいやって）見るところ。

桟敷《さじき》のはどれも十月ゆふた髪　（安永元）
（十一月一日の顔見世狂言初日。前日結った髪）

171
黒木うりまけぬあたまをおもくふり　おとしこそすれ〳〵

黒木うりは、洛北の八瀬《やせ》大原《おはら》在から市中に黒木（蒸し焼きにした薪）を売り歩く大原女《おはらめ》の称。頭上に重い荷を載せているから、頭を振るにも「おもくふり」とうがった句（205頁参照）。

　黒木売呼《よぶ》とやんわりふり返り　（柳二六）

172 **本《ほん》ぶくの元《も》とのごとくにしわくなり**　にくひ事かな〱

　本復《ほんぶく》は病気全快のこと。病中はあれほど薬餌《やくじ》に金を惜しまなかった吝嗇家《りんしょくか》が全快したとたんに、また元のしわん坊に立ちもどったと皮肉った句。

　しわいやつ一家《いっけ》が寄って医者にかけ　（柳一九）

173 **本ぶくのびくには結《ゆ》つて見たく成《なり》**　よいかげんなり〱

　比丘尼《びくに》は尼《あま》さん。長《なが》の病気が全快したら髪が延びてしまった。いっそこのまま結ってみたく成ったとは女の情《じょう》。

174 **料理人一つ出しては覗いて見**　よいかげんなり〱

　料理人が、次に出す料理の品の都合があるので、座敷の様子を覗いて見るさま。

　盃がどこらへ来たと料理人　（柳八）

175 **草市《くさいち》にはり合いのない月行事《つきぎょうじ》**　命なりけり〱

　月行事は町役人の一つで、町内の五人組から毎月交替で一人ずつ出て、名主《なぬし》を助けて町内の事務を執る役。草市には別に世話をやく仕事がないから、張り合いがないといったまでの句。

○草市＝旧暦七月十二・三日の両日、盂蘭盆《うらぼん》に入用な草花その他の品々を売る市で、盆市ともいう。

　草市へ目やにだらけな顔で来る　（柳二四）

　（起き抜けの顔）

176 **大江山《おおえやま》くらいものからつけこまれ**　おとしこそすれ〱

　大江山は46参照。くらいものは食《く》らい物で、酒にもいう。句は大江山の鬼退治で、頼光《らいこう》持参の不思議な酒で酔いつぶされた鬼共は「さながら死人の如くなり」（お伽草子『酒顛童子《しゅてんどうじ》』）とあって、遂に童子をはじめ手下共まで悉《ことごと》く退治されてしまう。

　頼光も鬼が下戸《げこ》ならどうだろう　（柳三六）

177 **四五度《た》びめ師匠はばちでどうを打《うち》**　よいかげんなり〳〵（12ウ）

三味線のお稽古。弟子が何べんも間違えるので、師匠がじれて、自分の三味線の胴を撥で打って注意を与える。

三味線のけいこかへりは口でひき　（柳一八）

178 **けいせいのくつ〳〵笑ふはした銭《ぜに》**　おとしこそすれ〳〵

おいらんが客の落としたはした銭（小銭《こぜに》）を見て、くつ〳〵笑った。はした銭など金と思わぬ傾城《けいせい》の気位の高さをうがった句。

そこへ置きなんせはにくいもらいやう　（柳一二）

179 **つり台の中へはな紙ほうり込《こみ》**　よいかげんなり〳〵

釣り台は主として花嫁の荷物をかつぐ台で、宰領《さいりょう》が付き、前後二人の人足が担《かつ》いだ。句は婚礼に関する習俗句で、嫌《いや》がらせに振られた男が鼻紙を放り込んだのである。＊

釣台へがうはらそうにほうり込　（寛政元）
（くやしがって、いま〳〵しげに）

180 **米つきは一ときねに首二つふり**　おとしこそすれ〳〵

米つきは72参照。山椒説に「手杵《てきね》を振り上げた時に一つ、臼の中へうち下した時に一つ」とあり、細かい観察句。

雨上り舂屋《つきや》引つぱりだこにされ　（明和四）

181 **げぢ〳〵は弐疋ならんだやうな紋**　にくひ事かな〳〵

げぢ〳〵は101参照。梶原景時の紋は並び矢筈《やはず》（矢羽《やば》）といって、げじげじが二匹並んだようだとの比喩。紋までげじげじに見立てられた（205頁参照）。

矢はずにうつるげじ〳〵のかげぼうし　（柳一一三）

182 **綿ぼうしだけは仏師《ぶつし》も心得て**　おとしこそすれ〳〵

仏師は仏像を彫る職人。鞍馬説に「お祖師様《そしさま》（日蓮上人）の像には綿を冠せてある。それを云ったもので……」と述べられた。すなわち「仏師も心得て」お祖師様を彫る時には、かぶり物（綿帽子）は彫らないとの意（219頁参照）。

山寺は祖師に頭巾をぬぐ斗《ばかり》　（柳初339）

（誰も来ぬから）

183 **泣出すとうばはたが屋とろつぱんし**　にくひ事かな〳〵

たが屋はたがかけ（31頁参照）に同じ。たが屋が桶のたがを締める時に木槌でたたくので、その音にせっかく寝かしつけた子が目を覚まして泣き出してしまった。乳母が怒って談じ込んだところ。

○ろっぱんし＝論判のなまりで、談判する。

たがかけもちつとかそつとかんな屑　（柳六）

（すこしぐらい）

184 **ぞうさくの内隠居所をくすぼらせ**　よいかげんなり〳〵

造作《ぞうさく》は建築すること。母屋《おもや》の改築中は仕方がないので、家族が隠居所に引き移った。おかげで炊事場の煙りの煤で隠居所をすっかり汚してしまった。

185 **江戸町《えどちょう》へ戻れば初手の皃《かお》はなし**　口おしひこと〳〵（13オ）

江戸町は吉原五丁町《ごちょうまち》の一つで、大門を入った右側が一丁目、左側が二丁目で大見世が多い。句は江戸町でいったんあの女と見立てて置いて、ほり出しをする気で廓《くるわ》内を一回りして来ると、初手の女はすでに他人に揚げられ居なかった。前句が利いている。

たばこ盆さげては入《い》るはきまつたの　（明和五）

（張見世の女郎は煙草盆を前に置く。客が決まると妓夫《ぎゆう》がそれを下げて行く）

186 **腰越《こしご》えでもの喰ふものは馬斗《ばかり》**　口おしひこと〳〵

義経の一行が平宗盛《むねもり》父子を俘虜《ふりょ》にして腰越の駅まで護送して来た時、頼朝の怒りにふれて鎌倉に入ることが出来ず、大江広元《ひろもと》に宛てて無実の罪を訴えた有名な腰越《こしごえ》状《じょう》を書いた。しかし、それも空しく一行は再び京都に引き返す。その時は主従ともに愁《うれ》いに沈み食事も咽を通らず。「もの喰ふものは馬斗」と心情をうがった句。

大あたまふつて腰越かぎりなり　（天明七）

（俗説に頼朝は大あたま）

187 **お座《ざ》切《ぎり》といふのが嫁のくせに成《なり》**　つもりこそすれ〳〵

お座切はその場かぎり。今回だけ。例のごとく嫁は客から琴を一曲所望されると、「お座切りですよ」といって弾くのが癖になった。

六七人にのぞまれて嫁はじめ　（柳二三）

（六七人は十三弦の暗示）

188 **おどり子が来るとそばから碁を仕廻《しまい》**　口おしひこと〳〵

句は踊子が来たので、さっそく碁盤を片付けて賑やかな酒宴にうつるとの意であるが、これは諸藩の留守居《るすい》役の寄り合いであろう。彼らは江戸の藩邸に在勤し、幕府や他藩との種々の交渉にあたる役で、常に一流料亭（留守居茶屋という）に会合しては踊子を呼んで盛大に遊興した。

相談に三味線の入る御留守居衆《しゅ》　（安永四）

189 **能《よ》いむすめ母もほれての数《かず》に入《いり》**　つもりこそすれ〳〵

器量自慢の娘だけに「母も」と含みを持たせたのがうまい表現で、外に惚れ手《て》がわんさと居るとの意。

美しさおやはとんびにたとへられ　（柳三五）

（とんびが鷹を生む）

190 **草もちの使はすぐにいとまごひ**　つもりこそすれ〳〵

草餅は三月三日（雛祭）、奉公人の出替《でがわり》は三月五日が定《き》まりだから、草餅を配ると一日置いて主家に暇乞《いとまご》いをする。

雛と下女一日ちがいおさらばへ　（明和三）

（雛は四日にしまう）

191 **二つほど引いてめし喰ふはたけ番**　まねきこそすれ〳〵

畑番が二つほど鳴子《なるこ》を引いて、鳥を追い払ったところで飯にする。軽いスケッチ句。

鳴子引よく〳〵みれば目くら也　（柳七）

192 **居つゞけへなまにんじやくな母の文**　やわらかな事〳〵

吉原句。居続《いつづ》けは妓楼に一泊した翌日も帰らず、そのまま遊んで居ること。そこへ母親から手紙が届いた。読んでみると、くどくどと帰宅を哀願するかの如き煮え切らぬ文面で、これでは到底どら息子帰りっこない。

○なまにんじゃく＝なまはんか。煮え切らない。

居つゞけのひん揉《も》んで置く母の文　（柳七）

193 **草の庵《あん》朝寝おこせばさるぐつわ**　口おしひこと〳〵（13ウ）

草の庵は129、さるぐつわは115参照。近所の者があまりいつまでも起きないので入って見ると、庵主は柱に縛りつけられて猿ぐつわをかまされて口もきけない。

194 **くらがへは遣《や》り手《て》をねめてずつと出る**　口おしひこと〳〵

遣り手は53参照。鞍替《くらがえ》の女郎が、日頃から自分に何かとつらく当たる遣り手をにらみつけて、「もうお前さんの世話になんかなるものか」とばかりさっさと出て行く。

○鞍替《くらがえ》＝芸娼妓が他の芸者屋・女郎屋に住み替えること。

くら替に出る気遣手をたておろし　（柳三七）

（たておろしはみそくそに言う）

195 **鐘《かね》の施主《せしゅ》四五町先《ちょうさき》で音《ね》をためし**　やわらかな事〳〵

鐘の施主とは、寺へ梵鐘《ぼんしょう》を寄進した人。あまり近くからではがんがん響くだけだから、四、五町はなれて音色《ねいろ》を試《ため》すところ。余音嫋々《よいんじょうじょう》。

鐘供養施主は捨《すて》がねばかりつき　（柳一二五）

（本番と間違えられるから。時の鐘を撞く前には捨鐘を三つ鳴らす）

196 **とこ見せの将棊《しょうぎ》は一人腰をかけ**　まねきこそすれ〳〵

床見世《とこみせ》は人家の軒下、橋詰、空地等に出す小さい店の称。柳原土手《どて》（内《うち》神田川沿いの堤）の床見世が有名。間口《まぐち》九尺、奥行三尺ぐらいの狭い店で、古着屋、古道具屋が多かった。狭いから将棋を指すにも一人しか腰掛けられない。

隣から一番来いと柳原　（拾九）

197
とうろうりやんま追ひ〱かへるなり　つもりこそすれ〱

子供の灯籠売りが、品物を売りつくして、トンボを追いながら家路につく光景。

○灯籠売り＝六月末から七月朔日まで盆灯籠や提灯《ちょうちん》を売り歩いた行商。お盆にはどこの家でも火を点《とも》してご先祖の供養をした。

新盆《にいぼん》はあばらのやうな灯がとぼり　（明和元）

（粗末な盆提灯）

198
通《とお》り者口から出して銭《ぜに》を買《かい》　まねきこそすれ〱

通り者は7参照。これも遊び人、博奕打《ばくちうち》で、口にふくんだ小粒銀《こつぶぎん》（豆銀ともいう）をはき出して、両替屋で銭と両替してもらう。

通り者ひるはまなこに血をそゝぎ　（柳二一）

（博奕に熱中する）

199
角力好《すもうず》き女房に羽織ことわられ　口おしひこと〱

ひいきの角力が勝つと、花（祝儀）の代わりにすぐ羽織を放り投げる癖のある亭主。あとで現金と引き替えた。

例句の山吹は小判。

散る花の山吹になる勝角力　（柳四八）

200
役人のほねつぽいのは猪牙《ちょき》に乗せ　やわらかな事〱

袖の下は取らない硬骨《こうこつ》な役人には、猪牙で吉原に連れ出して、女を抱かせようとする御用商人の狡猾《こうかつ》な手段。有名な句。

○猪牙＝猪牙舟の略。細長く舟足の早い川舟で、吉原通いに利用された。柳橋《やなぎばし》に船宿があった。

ほうばると何もいはれぬのは小判　（柳二一）

201
大工わろ左官《さかん》に帯を締《しめ》て遣《や》り　よいかげんなり〱（14オ）

左官が仕事中に帯が解けたが、手が泥だらけだから自分では締められない。そこで大工和郎《わろ》（大工の小僧）に頼んで締めてもらう。

釘ぬきで犬の髭《ひげ》抜く大工わろ　（柳八七）

202
お物師《ものし》のふきがら一つ気が違ひ　おとしこそすれ〳〵

お物師は裁縫専門の女奉公人。古くは公家武家の傭《やと》い人のみを称した。疲れたので一服《いっぷく》やり、吹殻《ふきがら》をはたいたはずみにどこかへ飛ばしてしまった。さあ大変、奥様のお召物に焼《や》け焦《こ》げでも作ったらと気も狂わんばかり。例句は道具を大切にするから。

御ものしはかすまいといふ雪の寸《すん》　（明和四）

203
ごぜの尻たゝけば無理な目を開《ひら》き　命なりけり〳〵

ごぜは123参照。からかい半分に尻をたたいたら、見えもしない白い目を開いて、「誰《だれ》だ誰だ」とさがすところ。

つめられたごぜ惚れぬしをかんがへる　（末三）

204
井戸ばたで我《わが》おさらばを揃へて居　にくひ事かな〳〵

女房が夫婦喧嘩のあげく井戸端へ駆《か》け出して行き、履物を揃えて投身自殺の狂言を演出する。

井戸ばたへかけ出し亭主おどされる　（天明五）

205
約束の戸は二つとはたゝかれず　よいかげんなり〳〵

「今晩行ったら合図に戸を一つたたくよ」と約束した男が、一つたたいても中から返事がない。さりとて二つはたたかれず「困ったなあ」というところ。

約束を下女はとつくりねてしまひ　（拾二）

（とっくりはぐっすり）

206
そろばんを二度手に取ると直《ね》が出来る　よいかげんなり〳〵

初めは「これでは」と買い手にそろばんで値を示すと、「いや、もっと負けないか」といわれて、「困りましたなあ」とばかり思案して、再び算盤《そろばん》をはじいて「よござんす。これがいっぱいのところです」と負ける。商人の駈《か》け引きをうがった句。

そろばんをわきへはさんで隙な事　（柳一〇）

207
女中《じょちゅう》から夜の明けかゝる花の朝　にくひ事かな〳〵

お花見の朝の景。女は化粧やら髪やら身仕度《みじたく》などに時間がかかるから、まだ暗いうちから起き出して騒々《そうぞう》しい。

女中はここはお屋敷の御殿女中。

白壁を両の手でぬる花の朝　（玉）

（白壁は厚化粧）

208
口笛は何の気も無い道具也　こころよい事〳〵

口笛は咳払《せきばら》い、目くばせなどと違い、愉快な時などに思わず吹いてみたくなる。特別な意味はない。

口笛で土蔵の内を見てあるき　（拾九）

（柳多留一一篇に「鼻うたで」と類句が有り）

209
奥家老《おくがろう》らせつしたのを鼻に懸《か》け　もの好きな事〳〵（14ウ）

奥家老は大名の御殿女中の風紀を取締る役で、老人が多い。自分では羅切《らせつ》までして主君に忠誠心を示すつもりだろうが、何も自慢するほどの事でもあるまいと皮肉った。

○羅切《らせつ》＝欲情を断《た》つためにペニスを切り取ること。
中国の宦官《かんがん》がやった。

210
雪なればよしとずつぷり引《ひっ》かぶり　のこりこそすれ〳〵

吉原句。「雪なればよし」と覚悟を決めて、また布団を頭から引っかぶって寝込む雪の居続け。192参照。

ちら〳〵としいすと禿《かぶろ》注進し　（明和二）

211
四つの時至《いた》つてもまだ見せに居る　むごひ事かな〳〵

吉原句で、世間では四つ時《どき》といえば午後十時だが、吉原では二時間の延長が黙認されて九つ（午後十二時）まで店を開いた。句はその閉店時間まで張見世《はりみせ》に居るのは売れ残りの女郎だとのうがち。「四つの時至っても」は謡曲「高砂」の文句取り。

九つの鐘をあいづに売れ残り　（柳二三）

（九つの時の鐘は正則の十二時）

〔**吉原時間**〕夜見世は暮六つ（午後六時）から四つ時（午後十時）までが法定であるが、実際にはこの時に大門をとざし潜り戸から出入りさせ、九つ時（午後十二時）に廓内を四つ時の拍子木を打って回り、その帰りに直ぐ九つ時の拍子木を打つという便法を案出した。これを俗に「引け四つ」と称して夜見世を引いた。よって正則の四つ時を「鐘四つ」と呼んで区別したのである。

212 **又一度手紙をひらく枕あて** のこりこそすれ〱

枕当《まくらあて》は枕が髪油で汚れないように枕に当てる紙で枕紙ともいう。句は古い手紙を代用したので、眠れぬままに、また手紙を開いてその時の追憶にふけるさま。

213 **ちりめんは遣《や》り手《て》の遣《つか》ふさるぐつわ** むごひ事かな〱

遣り手婆が女郎をせっかんする時、声を立てさせぬために縮緬《ちりめん》のしごき帯をさるぐつわに用いるという廓《くるわ》らしい艶なる句。

○しごき帯＝女の腰帯の一。一幅《ひとはば》の布帛《ぬのきぬ》をしごいて帯にしたのでいう。

ちりめんをとり縄にするやりてばゝ　（柳一三）

214 **なく時の櫛は巨燵《こたつ》を越して落《おち》** むごひ事かな〱

情人から別れ話などを持ちかけられて泣く女か。春水《しゅんすい》の人情本『梅暦《うめごよみ》』に出て来そうな一齣《ひとこま》。

叱られて娘は櫛の歯をかぞへ　（拾二）

215 **明星《みょうじょう》の茶屋からやめるむだつ口《くち》** ちかよりにけり〱

明星の茶屋は伊勢の明星村に在った茶屋で、一に新茶屋ともいった。ここまで来ると大神宮も近いから、皆旅装を改めて神妙な気分になり、無駄口をたたかなくなる。

明星へ宵から御師《おし》の迎ひ駕　（柳一一六）

（講宿の御師がここまで駕をつらねて太々講《だいだいこう》の一行を出迎えた）

216 **恋むこの下着《したぎ》はみんな直《なお》しもの** むごひ事かな〱

下着は肌にじかにつける衣服。好きな男には、女は自分の着物の仕立て直しを肌身《はだみ》に着せたがる心情。

217 **さる廻し子はやつかんで跡《あと》を追ひ** じやまな事かな〱（15オ）

さる廻しは50参照。猿を背負《しょ》って家を出ようとすると、わが子がやっかんで（うらやんで）「父《ちゃん》、あたいもおんぶ」と追いかけて来る。

雨の日は我が子をおぶう猿廻し　（柳一四五）

218
乳母《うば》の名は請状《うけじょう》の時よむばかり　こゝろよい事〱

請状は奉公人の身元《みもと》保証書で採用の時に雇用側が念のため読み上げる。その文面に「一《ひとつ》、この何と申す女、一年に給金何程の約束にて……乳母奉公に進《しん》じ申し候云々」（石井良助著『続江戸時代漫筆』「奉公人のこと」）とある。乳母の名はその時に読むばかりで、あとは「ばあや」「おんばどん」などと呼ぶばかりである。例句は乳母上りの姑女。

うけ状を嫁に見られてはづかしさ　（明和元）

219
壱升の酒で御用を供につれ　こゝろよい事〱

御用は酒屋の小僧。祝儀のある家へ酒を一升贈るのに、御用に持たせてお供に連れて行くとは仰山《ぎょうさん》なことだといった句。

樽ひろい目出度い家へ供をする　（安永四）

220
旅役者落馬でしよさの所《とこ》をぬき　じやまな事かな〱

旅役者は158参照。一座が旅先の興行地に乗り込み（入り込むこと）に馬で来たところが、振り落とされて腰を痛めた。そのため舞台には出演したものの所作事《しょさごと》の踊りははぶいて見物の目をごまかしてしまう。

○所作＝所作事のこと。一般に歌舞伎の舞踊のこと。

大根が馬で乗りこみのむら芝居　（柳一〇七）

（大根役者）

221
けんぎやうのなりたちをいふ三味線屋　引く手あまたに〱

検校は103参照。盲人の最高の官位で、ここまで成り上がるには、あくどい高利貸などもして金を貯め、京都の久我家に官金千両を納めて辞令を貰うのである。盲人は琴、三味線、按摩《あんま》、鍼術《しんじゅつ》などを渡世にしたから、三味線屋とは座頭の頃からの長い付き合いで、その成り立ちをよく知って居り、馴染み客に語って聞かせるとの句。

検校に成る前所《しょ》〳〵でにくがられ　（柳二〇）

（高利貸をする）

222 **切見世《きりみせ》はうたを通してひよつくり出**　こゝろよい事〳〵

切見世は一切《ひとき》り（チョンの間《ま》）百文の長屋作りの下等な女郎屋。局見世《つぼねみせ》、鉄砲見世《てっぽうみせ》ともいう。吉原では東西両河岸にあった。鼻唄をうたって通る地廻《じまわ》りをやり過《す》ごして、女郎が路地で放尿する切見世らしい光景。

ちかい内来なといい〳〵小便し　（拾八）

223 **やかたから人と思はぬ橋の上**　にくひ事かな〳〵

屋形《やかた》は屋形船の略。屋根のある大型の遊山船で、隅田川の納涼、遊山などに利用され、吉野丸、川一丸《かわいち》などが有名。その船中から両国橋を見上げると、右往左往する人間が小さく見えるので、虫けら同然に思うと優越感をうがった句（219頁参照）。

吉野丸御玄関の無いばかりなり　（明和八）

（まるで御殿のよう）

224 **けいせいは遣《や》りぢからなき貰《もら》ひやう**　にくひ事かな〳〵

客が三会目の祝儀（これを床花《とこばな》という）に何両かの小判をやっても、ちらっと見ただけで手にも触れず、内心は嬉しいくせに平然たる態度をして居るので、遣《や》っただけの甲斐《かい》が無い「貰ひやう」である。

盃と小判けつしていたゞかず　（柳七）

225 **まんざらな腰を禿はおしならひ**　にくひ事かな〳〵（15ウ）

一通り酒宴が果《は》てていざ床入《とこい》りともなれば、客たるもの「まんざら悪くない気分」であろうが、そこが見栄《みえ》を張るところで、禿はチャンと心得て客の腰を「おしならひ」（押すのに慣《な》れる）といったのである。「まんざらな腰」が例の川柳の省略法。

あつちらへお出なんしとおして行き　（筥二）

226 **よし盛《もり》は世帯《せたい》くづしを申《もう》うけ**　よいかげんなり〳〵

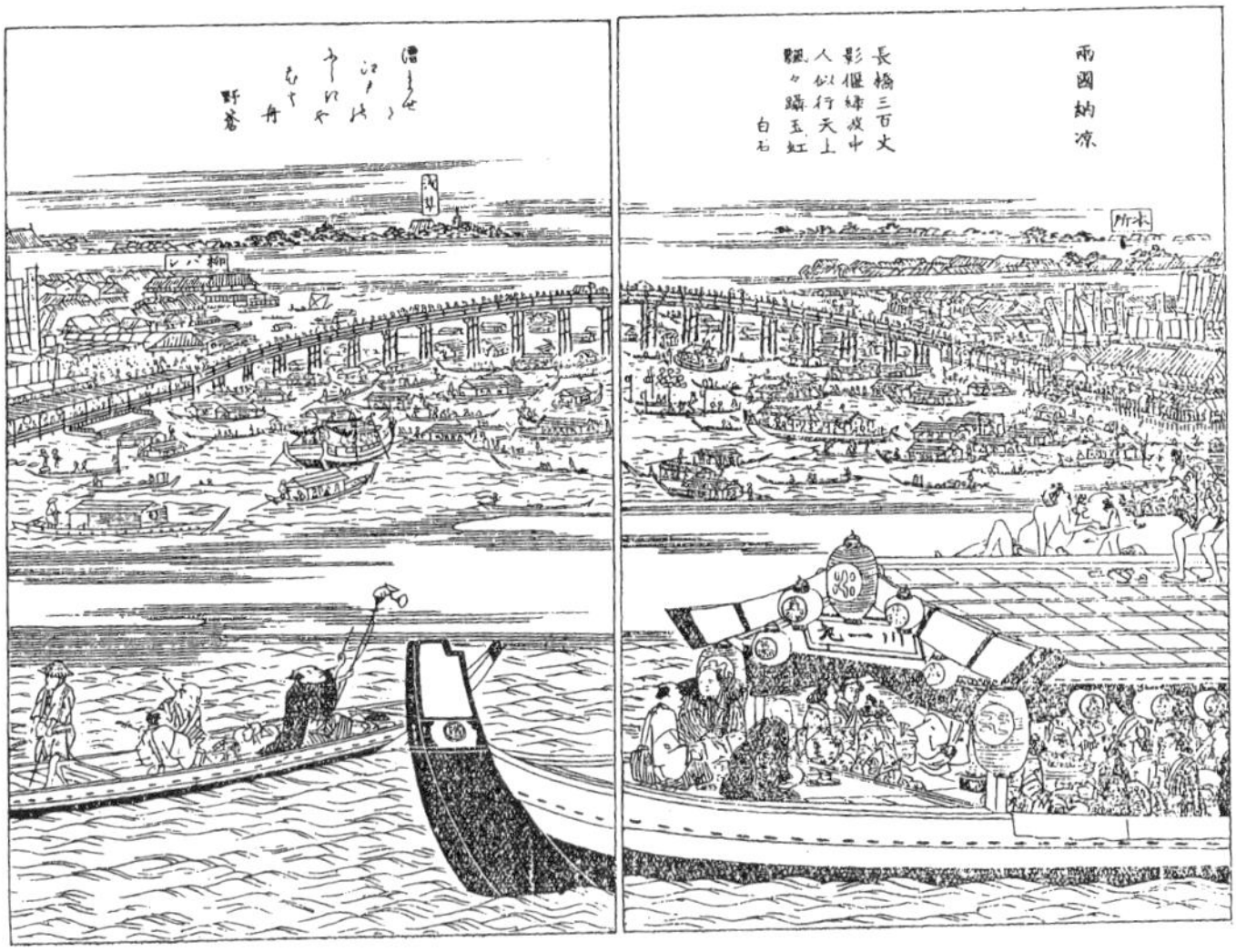

223 屋形船（『東都歳時記』）

182 日蓮宗の僧の帽子（『江戸職人哥合』下）

251 渡辺綱の定紋

256 「象のおもさをはかりしる事」の図（『新編塵劫記』）

よし盛は頼朝の臣、和田義盛。義仲が粟津《あわづ》の松原で討死した後、その愛妾巴《ともえ》御前《ごぜん》は鎌倉に召されて斬られる所を、義盛が頼朝に申しうけて妻とした。これを下世話《げせわ》に「世帯くづし」といったもの。
○世帯くづし＝所帯《しょたい》くずしともいう。一度家庭を持ち現在は別れた女。

木曽殿のたゝいた跡を和田たゝき　（柳三五）

（巴紋の太鼓の洒落）

227
ふみ使《づかい》引《ひ》つさく迄を見てかへり　にくひ事かな〱

ふみ使は遊里に出入して、遊女の手紙を届ける業者。読み終ったらその手紙は他見をはばかるので、引っ裂いて捨てるようにと頼まれて、相手が引っ裂く迄を見届けて報告する。＊

引きさいてかんで捨てたと文づかひ　（天明五）

228
医者衆《いしゃしゅう》はじせいをほめて立たれたり　命なりけり〱

医者衆の「衆」は軽い敬語で、医者殿はぐらいの意。治療に手を尽したが、その甲斐《かい》もなく病人は亡くなられた。所在無《しょざい》さに辞世の句を誉めて、それをしおに「立たれたり」と俳諧口調《くちょう》にしたところが利いている。

いしや殿は女房が立つといけんいひ　（柳九）

（あの方は慎《つつし》まれたがよい）

229
たいこもち一《ひ》とはねはねてかへりけり　よいかげんなり〱

太鼓持《たいこもち》は97参照。さいごはおはこの珍芸を披露して、拍手喝采のところでお座敷を引きあげる。

死ぬ程につとめてたいこ一分《いちぶ》取り　（明和三）

230
判とりは売上《うりあ》げを切る時におよび　よいかげんなり〱

当時の大呉服店（越後屋・大丸など）では、売場の手代《てだい》が客から代金の支払いを受けると、半切紙《はんきりがみ》（杉原紙《すぎはらがみ》を横に半切にしたもので、手紙を書くに用いる）に売上げ高を記し、小刀でそれを切り、「半取《はんと》りー」と丁稚《でっち》を呼ぶ。すると丁稚は「ア、イー」と長い返事をして代金と売上伝票を帳場へ運び、番頭から判をもらってくる。これを判取りといった。大呉服店の事務処理の整然たるさまを詠んだ句。

判取りは様《さま》の字を書きながらよび　（明和元）

（客の氏名の下に）

231
すいたのが来《く》りや抱いた子とほうづりし　命なりけり〳〵

乳母に子供は付きもので、情人が来たので「おおかわいい坊やだこと」とばかり、情人のつもりで頬ずりする。乳母でなく娘とする説もある。

232
あなぐらへ気づよい嫁は一人《ひとり》おり　にくひ事かな〳〵

穴蔵は商家などでみそや漬け物を囲って置く地下室。暗いから気味が悪い。そこへ一人で下りて行く嫁は、よほど度胸のある嫁さんだ。前句の「にくひ」、は、戦記物などに見える「あっぱれだ」「たいした度胸だ」の意。

穴蔵のはしごを引いてあやまらせ　（柳一四）

233
色事《いろごと》にはねのはへたる清水寺《せいすいじ》　おとしこそすれ〳〵　（16オ）

清水《きよみず》の舞台で有名な京都の音羽山清水寺《おとわやませいすいじ》。この舞台から傘を開いて飛び降りると（はねのはへたると形容）思う恋がかなえられるという迷信があり、色事は男女間の恋愛だから、本句はこの迷信を詠んだもの。

清水は女に羽子《はね》のはへる所　（柳七〇）

234
やくはらい御菜《ごさい》の内で手間《てま》がとれ　まねきこそすれ〳〵

厄払《やくはら》いは4参照。御菜《ごさい》は御殿女中に使われる男の使用人。鞍馬説に「御菜が殿女《でんじょ》（御殿女中の略）の厄払い（年齢数の豆と銭とを紙に包んだもの）をたのまれて、自家の表へ来た厄払いに払わせたので、幾人分にもなるから、手間がとれである」と述べる。一人一人厄を払ったのである。

いちどきに下されませと厄はらひ　（傍五）

（一人一文）

235
関守《せきもり》もとぎれた所《とこ》ですねを出し　やわらかな事〳〵

関守は関所を守る役人。関所の番人。「入り鉄砲《でっぽう》に出《で》女《おんな》」（江戸への鉄砲の移入と、諸侯の家族婦女の脱出）とを厳重に取り締った。人見女《ひとみおんな》（役人の家族が勤めた）が居て、黒子《ほくろ》一つでも女手形と見くらべて検べた。句はその関守も通行人がとぎれた時には、厳然とかまえていた膝をくずして、脛《すね》を出してくつろぐとのうがち。

関守は手形《てがた》とほくろ見くらべる　（柳六）

236
ぎり〳〵の所《とこ》で常盤《ときわ》は色をかへ　　口おしひこと〳〵

常盤は源義朝《よしとも》の愛妾、常盤御前。句意は『義経記《ぎけいき》』にも「清盛つねは常盤がもとへ文を遣《つか》はされけれども、取りてだにみず。され共子ども《ども》（今若《いまわか》・乙若《おとわか》・牛若の三人）を助けんがために終《つい》には従ひ給ひけり」とある。すなわち、我が子を助けんがために「ぎり〳〵の所《とこ》で」清盛の意に従ったことを、常盤の松の「色をかへ」で、節操を変えたことに掛けた趣向句《しゅこうく》。

みどり子の為に常盤はいろをかへ　（柳一五〇）

237
神楽堂《かぐらどう》一人はさびぬものをさし　　つもりこそすれ〳〵

神楽堂は、神社の境内にある神子《みこ》が神楽を奏する堂。句は参詣人が百文のおひねりを出すと、真剣《しんけん》（さびぬもの）を抜き放って、剣《つるぎ》の舞を見せてくれた。当時はどこの神社の開帳でも美人の神子を雇い、賽銭かせぎに余念《よねん》がなかった。

百やるとひとつの利剣《りけん》ぬきもつて　（柳一五）
（「ひとつの利剣……」は謡曲「海士《あま》」の文句取り）

238
恋《こい》やみへ母の細工《さいく》は猫じやらし　　やわらかな事〳〵

恋病《こいやみ》は労咳《ろうがい》（肺結核の漢方名）のこと。また、「猫じゃらし」はイネ科の一年生雑草で、各地の路傍に見られ「えのころぐさ」ともいい、子猫がよくじゃれる。句は娘が毎日くよくよしてばかりいるので、母は心配で、気晴らしに猫じゃらし草を抜いて来て、飼猫をじゃらして慰めようと考えた。当時、黒猫を飼うと労咳が直るという迷信があった。

ようだい書に猫などをじやらし候　（拾一〇）

（病人の容体書）

239 **なぐさみに女房のいけん聞いて居る**　やわらかな事〳〵

縁側で足の爪《つめ》を切りながら「ウンウン」と相槌《あいづち》を打っていると「お前さん、本気で聞いているの」と、また女房がどなる。夕べ遊んで来たのが悪いのだから、なるべく逆らわない。慰みに聞いて居るだけ。

女房の異見《いけん》聞く日はねぶつたい　（明和二）

（夕べの女郎買のたたり）

240 **姑《しゅうとめ》の嫁には氷孫にとけ**　やわらかな事〳〵

姑なる者は嫁には氷のごとくつめたく、孫に向うとその氷がたちまち解けるとうがった狂句調。

孫をあやし〳〵嫁をにらめつけ　（安永五）

241 **鳴《な》り止《や》んで折目《おりめ》をたゝむふもんぼん**　うき〳〵とする〳〵　（16ウ）

普門品《ふもんぼん》は観音経の別称。句は謡曲「雷電《らいでん》」に「扨《さて》も僧正は紫宸殿《ししんでん》に坐し、数珠《じゅず》さら〳〵と押《お》しもんで、普門品を唱《とな》へければ……」とあり、菅公《かんこう》（菅原道真《みちざね》の敬称）の霊が雷となって内裏《だいり》をさわがすのを、その師の法性坊《ほっしょうぼう》が普門品を唱《とな》えてとり鎮《しず》め、お経の折目をたたむ場面。

そのころは法性坊と書てはり　（拾五）

（雷除けに）

242 **地女《じおんな》に毛むし二つで化けられず**　ふうのよいこと〳〵

地女とは商売女に対して素人女。地者《じもの》とも。地女は結婚、または相当な年になれば眉毛を剃り落とした。ところが女郎は、いつまでも眉毛（毛むし二つ）を付けて居たから、外出時に地女に化けられないとうがった句。

目のうへをぞり〳〵〳〵とおしい事　（柳一五）

（素人女）

243 **出格子《でごうし》で鰹買《かう》日《ひ》は旦那が来《き》**　やくそくをする〳〵

出格子は格子作りの出窓《でまど》で、妾宅、芸者、唄の師匠などの粋筋《いきすじ》の住まいを現わす。句は妾宅で、鰹の刺身を作って旦那の入来《じゅらい》を待つ妾。

出格子で往来《ゆきき》を留る声のよさ　(傍二)

(唄の師匠、芸者など)

244 **石尊《せきそん》で見れば山号甲《さんごうこう》を干《ほし》**　うき〳〵とする〳〵

石尊は25参照。山号は江の島弁財天の総別当岩本院の山号金亀山《きんきざん》(当山を金亀山与願寺《よがんじ》と号す)。句は大山《おおやま》の山頂(海抜一、二五二メートル)から江の島を見おろすと、山号の亀が甲《こうら》を干しているようだ。

石尊でかめのこ程にみへるなり　(柳一九)

245 **ねぎつても人ぎゝのよい石灯籠《いしどうろ》**　やくそくをする〳〵

一般に品物を値切るなどは人聞きのいいものではない。しかし、石灯籠となると高価なものだから、負けろといっても一向《いっこう》恥ずかしくない。570参照。

石どうろ買人《かいて》があればうる気なり　(柳二二)

246 **紫を見ては京でもあきれべい**　うき〳〵とする〳〵

染物は何んといっても紅は京紅《きょうべに》、紫は江戸紫で、殊に歌舞伎の助六《すけろく》の「江戸紫の鉢巻」は江戸っ子のご自慢ものだから、「京でもあきれべい」と関東のべいべい詞で礼讃した句。

加茂川の水でもいかぬ色があり　(柳一四)

247 **しやう香《こう》を先《さき》へしたので後家と知れ**　ふうのよいこと〳〵

葬式には焼香《しょうこう》の順序が定まっている。施主《せしゅ》の中に美しい女が居る。どういう縁者かと未知の会葬者が注目していると、第一番に焼香したので、今日の仏の後家と分かったという句。

弐丁ほどつゞいたが後家じまん也　(柳六)

248 **山入《やまいり》の笈《おい》に尊《とうと》きものはなし**　こしらへにけり〳〵

山入とは山伏の大峰入《おおみねい》りのこと。すなわち奈良県吉野郡十津川の東の山脈で、昔は金峰山《きんぶせん》の頂上と考えられた。ここは修験者の根本霊場で、役《えん》の行者《ぎょうじゃ》(奈良時代の修験道の祖)の跡を慕うということで、熊野から入り吉野に出る春のコースを順《じゅん》の峰入り、秋には反対に吉野から入り熊野に抜ける、これを逆の峰入りと称した。句は山伏が笈を背負って山入りする姿を、俗人から見て、何んと尊いことよと礼讃したもの。＊

順の峯入り知る人は花ばかり　（柳二六）

249
はやり目の一側《ひとかわ》ならぶごふく店《みせ》　こしらへにけり〳〵（17オ）

はやり目は流行性結膜炎。直ぐに移るから、一側並ぶ手代《てだい》・丁稚《でっち》がみんな病んでいるとうがった句。

ごふく見世《みせ》げつそりとするはやり風　（柳七）
（お店の人数が急に減少する）

250
そば切《きり》のあかりをかする夜はまぐり　よいかげんなり〳〵

そば切は夜鷹《よたか》蕎麦。夜更《よふ》けまで屋台をかついで街頭を売り歩くそば屋。道端に屋台を下《おろ》して商売をしていると、その側で夜はまぐりが、そば屋の掛行燈《かけあんどん》の明《あ》かりを掠《かす》って商《あきな》いをしている。

○夜蛤《よはまぐり》＝昼間とれた蛤を日暮れから売りに出る行商人。

ころんだとおもへばはかる夜はまぐり　（安永六）
（しゃがみこんで計る）

251
四天王渡辺斗《ばかり》紋が知れ　つれ立ちにけり〳〵

四天王は46参照。四天王の一人渡辺綱の紋は「三つ星に一文字」で、あとの三人の紋は誰もしらない（219頁参照）。

生国《しょうこく》たしか成るものは綱ばかり　（安永七）
（伝説に江戸三田《みた》生れという）

252
切見世《きりみせ》へ這入《はい》らぬものは施主斗《せしゅばかり》　それ〳〵な事〳〵

切見世は222参照。ここは吉原の切見世。山谷《さんや》の葬式帰りの連中。まさか施主は寄るわけにはいかない。

大一座《おおいちざ》女郎はかっち〳〵うけ　（柳一六）
（大一座は団体客。かっち〳〵は浄《きよ》めの切り火を打つ音）

253
油《あぶら》むし折〳〵湯屋の桶をつみ　それ〳〵な事〳〵

油むしとは料金を払わぬ客。ただ客。日頃は顔馴染みで裏口からただで入浴する油むしが、湯屋の休日には外に桶を積んで干す手伝いをする。

台所《だいどこ》へぬぐのは湯屋とこんい也　（柳二三）

254
峯の寺小僧があればこそ笑ひ　つれ立ちにけり〳〵

山頂にある寺だから来訪者も少ない。しかし、いたずら小僧がいるので時折り笑い声がする。

峯の寺墨絵のやうにかへる僧　（柳一一五）

255
中宿《なかやど》で衣《ころも》をかへしあとふれば　つれ立ちにけり〳〵

中宿は遊里通いをする客の中次宿《なかつぎやど》で、茶屋・船宿などが利用された。句は僧侶がここで脇差しを一本さし、羽織を着て医者に化けて遊んで来たのが、再び衣に着替えるところで、謡曲「羽衣《はごろも》」の「あら恥かしやさらばとて、羽衣をかへしあたふれば」の文句取り。

中宿の子は化るのをじろ〳〵見　（拾六）

256
どんじりに乗る唐人《とうじん》は算《さん》がたけ　それ〳〵な事〳〵

唐人とは中国人の意で、「算がたけ」は算術が上手。さて本句は難句の一つで未だに定説がない。さいごに舟に乗る唐人は算術が上手であるとは誰か。

『蒙求《もうぎゅう》』の「倉舒称ㇾ象《そうじょぞうをはかる》」や『塵劫記《じんこうき》』の「象のおもさをはかりしる事」の故事ではあるまいか。今、寛政二年版の後者より引用する。「大唐《だいとう》武帝の御子蒼舒《そうじょ》のいわく、象をふねにのせて水あとつかん所をしるし置《おく》。さて象をおろし、又物をつみてそれをはからば、ぞうのおもさをしるべしと也。気《き》でん（気転）のさんかん（算勘は計算のこと）也」とあり。日本では一般に司馬温公《しばおんこう》の故事とされているが、『蒙求』には「倉舒五、六歳にして成人の若《ごと》き智有り」とあるから、倉舒の子供の時の話である。「どんじり」に象の尻を掛けたらしい（219頁参照）。＊

遣手《やりて》のおもさ船にのせて知るべし　（傍二）

（遣手は肥満タイプ）

257
角兵衛獅子《かくべじし》ぜんたい無理な毛をはやし　のび〳〵とする〳〵　（17ウ）

角兵衛獅子は越後獅子《えちごじし》ともいい、越後蒲原郡《かんばらぐん》から出、子供が獅子頭《がしら》をかぶり、笛や太鼓に合わせて躍《おど》りまわり、逆立ちなどを演ずる旅芸人。句は獅子頭に鶏の尾羽を付けたさまを「ぜんたい無理な……」とうがったもの。

尻の毛があたまへ生《は》へる角兵へ獅子　（柳二八）

258
だきついてあす気のすまぬ人たがい　なぶりこそすれ〱

よく後《うし》ろ姿が似ているので、背後から抱き付いたら人《ひと》違《ちが》いで、翌日になっても気になってさっぱりしない。まったくばつの悪いものだ。

抱き付くに傾城《けいせい》身うごかしもせず　（柳一九）

259
紙雛《かみびな》に角力《すもう》とらせる男の子　それ〱な事〱

紙雛は千代紙《ちよがみ》を折りたたんで作った一対《いっつい》の内裏雛《だいりびな》で三月節供に飾った。手足のない立雛《たちびな》だから、両者を向い合わせて取り組ませ畳をたたいて勝負をさせる。男の子のやりそうな悪戯《いたずら》。

紙雛の首ぬきやすと姉のこへ　（柳三四）

260
じゅずを切る時は姑がつけじへし　それ〱な事〱

数珠《じゅず》を切るとは、後家が貞操を破る、つまり再婚すること。未亡人となった嫁に、いつまでも家に居られてはかなわぬと、姑が入れ知恵して早く出そうとする。

姑のゆいごん去つてしまへなり　（拾初）

261
屋《や》かたにも捨《すて》がなのつくりやうり舟　つれ立ちにけり〱

屋かたは屋形船の略で223参照。捨がなは漢文を訓読する時に、漢字の右傍などに小さな字で付ける送り仮名。大きな屋形船が小さな料理舟を引き連れたさまを「捨がな」に見立てた句。改作句に、

捨仮名のやうに屋形の料理船　（柳八四）

262
紋所《もんどこ》にわたくしの有る長局《ながつぼね》　それ〱な事〱

当時は遊女や役者などは、定紋《じょうもん》の外に替紋《かえもん》を用いたりした。たとえば市川団十郎の定紋は三桝《みます》であるが、替紋は鯉・杏葉《ぎょよう》牡丹《ぼたん》（二代目から）・こうもり（七代目から）などである（233頁参照）。長局のお女中連もわが家の定紋は

そっちのけにして、ひいき役者の紋を替紋にし、役者に血道をあげる女性心理をうがった句。

○わたくしの有る＝自分勝手にする。

長局我が定紋はたなへ上げ　（明和五）

つれ立ちにけり〳〵

263 **小判にてのめば居酒《いざけ》も物すごし**

赤穂義士の句か。元禄十五年十二月二日、大石は同志一同を深川八幡神社前の酒店に集めた。その触込《ふれこ》みは頼《たの》母子講《もしこう》の取立《とりたて》のためと称した。ここで同志の者は討入りに付いての諸般《しょはん》の事を談合し、起請文《きしょうもん》を取り極《き》めた。次に「人々心得の覚書」として当日（十四日）集まる場所、討入りの時刻などを詳細に指示したとある（小山松吉著『名判官物語』）。居酒は居酒屋で飲む酒であり、同志一同の集合といい、「小判にてのめば」「物すごし」の語にも当てはまると思う。なお義士に関する句は293・448の外に、景物歌仙《けいぶつかせん》23にも出てくる。＊

五十膳ほど、昼来て金ををき　（拾六）

（当日そば屋に集合）

つれ立ちにけり〳〵

264 **きも入《いり》も端女《はした》ぐらいは外《そと》に置《おき》**

肝入《きもいり》は奉公人の口入《くちい》れ屋。端女は召使の女。下女。句は口入れ屋が端女を連れて奉公先へ行き、本人を外に待たせて置いて、雇用条件を掛け合うところで、本人を軽視しているのである。

内《うち》井戸の有るを肝入《きもい》り恩にして　（宝暦十）

（給金は安いが辛抱しなさいよ）

265 **にわ鳥は何さ〳〵でもらわれる**

むごひ事かな〳〵（18オ）

鶏《にわとり》は抱くとおとなしくじっとしている。そこでもらう方も心得たもので、「何さ、入れ物なんか要《い》らないよ。何さ、こうやって抱えて行くよ」と、もらわれて行く。

両方へかいこんで来る納《おさ》めどり　（明和三）

（神社などに奉納する鶏《とり》）

266 **遠乗《とおのり》にそろばんのいる事も有《あり》**

ならべこそすれ〳〵

遠乗は武士が馬術稽古などのため馬で遠方まで行くことで、川柳では鎌倉で中食をして帰るコースが多い。本句もその際、勘定を頭割《あたまわ》りにしたので、算盤《そろばん》がいることになった。

いさましさ十三里余をかけつくら　（天明五）

（鎌倉までの里程）

267
ぼんござへ須田高橋《すだたかはし》はぶつかへり　むごひ事かな〳〵

詠史句をふまえた句作。元弘《げんこう》二年五月　楠正成《くすのきまさしげ》は住《すみ》吉《よし》・天王寺《てんのうじ》に打って出て渡辺の橋の南に布陣《ふじん》する。両六《りょうろく》波羅《はら》では隅田《すだ》・高橋を軍奉行《いくさぶぎょう》として五千余騎をさし向ける。楠勢は二千余騎を三手《みて》に分け、川を渡って来た六波羅勢に三方から反撃したので、人馬《じんば》共に水に溺《おぼ》るる者数《かず》を知らず、全軍敗走した（『太平記』巻六）。句はこれを博《ばく》奕《ち》場に転じ、すっかり取られた奴が、やけっぱちになって、盆茣蓙《ぼんござ》の上に引っくり返って、どうにでもしろという様を敗軍の将隅田・高橋に見立てたのであろう。

にげのびて隅田高橋はたてくだし　（明和三）

（川の水をたらふく飲んで下痢した）

268
土けむり中にまじ〳〵座頭の坊　むごひ事かな〳〵

往来の彼方《かなた》からもうもうと土煙が上がって近付いて来る。「放《はな》れ馬ダァ」という声。そんな最中、座頭の坊だけは盲人の悲しさ、どっちへ逃げてよいやらまごまごして居る。気の毒でもあり、滑稽でもある。

放れ馬どぶから座頭上げてやり　（天明五）

269
すつと出て後《うし》ろを見せるだんぎ僧　ならべこそすれ〳〵

談義《だんぎ》僧は140参照。高座にすっと出て上がったかと思うと、すぐ聴衆に背中を見せる談義僧は、仏壇のご本尊に礼拝するのである。作者はよく観察している。

だんぎ僧一口《ひとくち》のんでふたをする　（柳八）

（お茶を）

270
二三ばいのむといばらき頭痛がし　むごひ事かな〳〵

大江山の句で46・176参照。いばらきは酒呑童子《しゅてんどうじ》の配下の茨木童子《いばらきどうじ》。渡辺綱のため片腕を切られた羅生門《らしょうもん》の鬼。句は頼光《らいこう》ら一行が大江山へ行く途中で、三人の翁《おきな》（実は住吉《すみよし》、八幡《やはた》、熊野《くまの》の三社の神の化身《けしん》）から神便鬼毒酒《じんべんきどくしゅ》（鬼が飲めば飛行自在の力が失《う》せ、頼光たちが飲めば、かえって薬となる）を授かり、この酒を飲ませて鬼共を退治する。二三ばい飲むと茨木童子が忽ち頭痛がして来て、鬼毒酒の利き目《きめ》が現われたところ。

いばらきも見たやうだとは思へども　（拾五）
（綱を）

271 **いしやへみやくはしたに見せるりびやう病《やみ》**　ちかよりにけり〳〵

痢病《りびょう》やみは下痢患者。たった今、便所に行って来たばかりなのに、診察中に又行きたくなり、診察が中断されることを「はしたに見せる」（中途半端《ちゅうとはんぱ》に見せる）とうがった句。

272 **人代《にんだい》は是も同じく役者にて**　ならべこそすれ〳〵

奉公人に何か事故があって口入れ屋から代人《だいにん》（代わりの人。人代《にんだい》とも）を寄越したが、声色《こわいろ》づかいの文句の通り「これも同じく役者にて」、前任者と似たりよったりのすれっからしであったとの意。

○「これも同じく……」＝声色づかいの前文句「受《うけ》取《と》ったりやその次は、これも同じく役者にて」による。役者は俳優の外に、やりくちのうまい者。要領のいい者の意をかけた。

273 **神楽堂蠅を追ふのがいとまごひ**　ならべこそすれ〳〵（18ウ）

神楽堂は237参照。いよいよ神子《みこ》の舞が終わりになって、御幣《ごへい》で蝿を追うように左右に祓《はら》うと、見物もバラバラ散って行く（233頁参照）。

かぐら堂一《ひ》とかたまりに惚れて居る　（柳三四）
（美しい神子に）

274 **とつさまはぺん〳〵〳〵とならして見**　ならべこそすれ〳〵

父親が娘に購《あがな》った稽古三味線が出来てきたので、「ドレ」と手に取って音色を試すところ。

手習を帰ると文字《もじ》へ又通ひ　（柳一四八）
（文字は常磐津文字太夫の略）

275 **あきらめて気づよい女房ごくりのみ**　むごひ事かな〳〵

「月水早流し《げっすいはやなが》」（月水《メンス》の滞るのを流す意）という薬。女房が何か事情があって、あきらめて堕胎薬を飲んだところ。一般に堕胎専門の女医者が取り次いだ。今日では厚生省が人工流産剤を認可する時代となった。

小便をしながらおろす思案《しあん》が出　（明和五）

（長屋の共同便所などに広告を張る）

276 **茶屋女日和足駄《ひよりあしだ》でとちぐるひ**　ならべこそすれ〳〵

茶屋女は水茶屋の茶汲女で、ちょっと立ち寄って休憩する客に茶のサービスをする。日和足駄は歯の低い日和下駄のことで、当時は通人・遊び人あるいは水商売の女が履いた。句は茶屋女がその日和足駄を履いて、店先で客とふざけあっている。

茶屋女四五寸出してとちぐるひ　（安永八）

（白いふくら脛《はぎ》を）

277 **女湯を覗きがてらに小便し**　ちかよりにけり〳〵

当時の銭湯の表窓はみな障子で、その女湯の方の障子には誰が明けたともなく穴があいていたから、入浴に来た男共が覗きがてらに溝に小便をしている。

今日《こんにち》休み小便をしてかへり　（柳四九）

（湯屋の掛《か》け札は表は「明日休」うらは「今日休」とあった）

278 **三《さ》みせん屋かたり出すかと思われる**　のこりこそすれ〳〵

三味線屋は商売がら仕上った三味線の音色をテストするさまが、何か義太夫でも一段語り出す姿勢に見える。

未明からトテン〳〵と三味線屋　（柳四六）

279 **ほうづきは禿《かぶろ》へはさむ水ざかな**　それ〴〵な事〳〵

水肴は、あとから出す吸物。これは食べられる金柑《きんかん》のほうずきで、客が水肴の中から、禿へほうずき用にと金柑を箸で挟《はさ》んでやる。＊

禿の無心《むしん》金柑をくんなんし　（柳六七）

（禿はほうずきを愛玩した）

280
江の嶋の又《また》は六十一日め　やくそくをする〳〵

江の島弁財天の縁日は隔月己巳《つちのとみ》の日であるから、次の参詣は六十一日目と約束する。川柳では盲人の江の島参りの句が多い。

検校《けんぎょう》は一月《ひとつき》置きに旅へたち　（明和六）

紫になると間もなく五日留主　（柳二三）

（往復五日）

281
深川のふみには二文添てやり　やくそくをする〳〵（19オ）

深川のふみとは、遊客から深川遊里（俗に仲町を中心とする深川七場所）の馴染み女郎へやる約束の文のこと。当時の橋銭と渡し賃は武士を除き二文であったから、文使いに料金の外に、別に橋銭（永代橋を渡る）二文添えてやったとの意（233頁参照）。

橋でも舟でもより取り二文なり　（天明元）

282
小便所談義で母へそうだんし　ふうのよいこと〳〵

談義は140参照。良家《りょうけ》の娘（前句）がお談義の途中で手《ちょう》水《ず》に行きたくなり、一人で行くのが恥ずかしいか、気味が悪いかして、母親に相談して同行してもらう。

283
石山につくねんとしたうつくしさ　こしらへにけり〳〵

石山は近江の琵琶湖畔にある石山寺で、特にその秋月は近江八景の一つ。また紫式部がこの寺に籠《こも》って『源氏物語』を書いたと伝えられる。句は湖水に映る明月を眺めながら、一人つくねんとして小説の構想にふける式部の美しい姿。今でも「源氏の間」だの、その時の筆硯《ひっけん》だのというものが残っている。

○つくねんとした＝何事もせずにぼんやりしているさま。

順礼が来ると式部は筆を置《おき》　（柳六）

（石山寺は西国三十三所の第十三番の札所）

284
ひいて見て又首ひねる三味線屋　こしらへにけり〳〵

本句は278句と同想句で、音色を調べてまだ納得が行かず、ハテどこが悪いのかなと首をひねるところ。

262　市川団十郎定紋・替紋

273　巫女（『職人尽発句合』）

286　中条の看板（『名物鹿子』）

281　永代橋（『絵本続江戸土産』）

三味せん屋置手《おきて》ぬぐいでひいて居る　（柳一二）
（置手ぬぐいは手拭をたたんで頭にのせること）

285
女房になぶられて出る地《じ》がみ売《うり》　こしらへにけり〳〵
地紙売は女性相手の商売柄、身形《みなり》も派手にこしらえて家を出るので、女房が「お前さん情人《いいひと》にでも会いにお出かえ」などとなぶられる。
女のくさつたやうなが地紙うり　（天明七）
（めめしい男）

286
おんびんな薬礼《やくれい》もする長つぼね　こしらへにけり〳〵
奥女中の妊娠中絶で、女医者への内密（おんびんな）の薬礼（薬代）をする（233頁参照）。
中条《ちゅうじょう》の少しこなたで駕籠《かご》を出る　（玉）

287
ぞうりとり禿《かぶろ》へさして汗をふき　うき〳〵とする〳〵
供部屋（8参照）で待つ草履取《ぞうりと》りのところへ、主人の敵娼付《あいかたづき》の禿がおさがりの銚子を運んできた。草履取りは恐縮して禿へも一献返盃《いっこんへんぱい》して汗をふく。よほど実直な男と見える。
ぞうりとり実《じつ》はさよふとぶちまける　（柳一七）
（ご新造に旦那の行った先を）

288
ふせ勢《ぜい》にえり残《のこ》されし笑ひ好《ずき》　うき〳〵とする〳〵
伏勢《ふせぜい》とは伏兵《ふくへい》の義であるが、ここは吉原大門口の待伏《まちぶせ》に転用した。おいらんの馴染客が、こっそり他の妓楼の女郎を買うと捕えられて、髪を切ったりしてリンチを加えた。待伏は新造《しんぞう》と禿《かぶろ》の役。その同勢に笑い好きの新造は向かないから、選《え》り残された。
大門でむすこ捕つたと五六人　（玉）

289
にうり屋へなんだ〳〵と聞て寄り　よごれこそすれ〳〵（19ウ）
煮売屋《にうりや》は魚や野菜などを煮込んで売る店で酒も出した。屋台《やたい》店も有って、常連《じょうれん》の客が「オイ今日の肴は何んだ〳〵」と亭主に聞いて「葱鮪《ねぎま》です」といわれて「そいつあ素敵《すてき》だ」と立ち寄るところ（239頁参照）。

あげ物屋是は何だにききあきる　（柳八〇）

（あげ物屋は天ぷら屋）

290
ぬいはく屋のびをしてから飯を喰ひ　わがま、なこと〳〵

縫箔屋《ぬいはくや》は83参照。座職《ざしょく》だから一日中坐り込んで、前こごみになって仕事をしている。「御飯《ごはん》ですよ」と呼ばれると立ち上がって、思わず背伸びして腰を二つ三つ叩いてから膳に向う。細かい観察句。

ぬいはく屋いそがしい程しづかなり　（安永四）

291
三《み》めぐりの雨は小町を十四引《ひき》　のこりこそすれ〳〵

三めぐりは三囲《みめぐり》稲荷（墨田区向島二丁目の三囲神社、七福神めぐりの一つ）で其角《きかく》の雨乞《あまご》いの句で有名。句は『五元《ごげん》集《しゅう》・元』に「牛島三遶《うしじまみめぐり》の神前にて、雨乞するものにかはりて」と前書して、

夕立や田を見めぐりの神ならは

「翌日雨ふる」とあり。小野小町《おののこまち》も神泉苑《しんせんえん》の雨乞いの時に、

ことわりや日のもとならば照《て》りもせめ、さりとてはまたあめが下とは

と詠むと、たちまち大雨が降ったと伝えられる。そこで三十一から十七引くと、十四残るとたわいのない算術。

雨乞も女はたんと口をきゝ　（柳六）

292
小便で盗人《ぬすびと》をえる西瓜舟《すいかぶね》　はづかしひ事〳〵

選《え》るはえらぶこと。西瓜舟で商品の西瓜が盗まれたが犯人がわからない。今に見ろ、小便をしたらそいつが犯人だから、とっちめてやろうと見張っている。西瓜を食べると尿意が頻繁になるので、こんな句も作られた。

西瓜舟ぬす人ともにころげ落ち　（明和五）

（川の中に）

293
長生きをする足軽《あしがる》は馬に乗《のり》　かく別なこと〳〵

赤穂義士の一人、寺坂吉右衛門《てらさかきちえもん》を詠める句。寺坂は吉田忠左衛門組下の足軽で、討入り当夜は大石の内意をうけて、長矩《ながのり》の未亡人瑤泉院《ようせんいん》や弟の浅野大学への報告を携

えて国元へ旅立った（一説に討入り当夜、吉良邸門前から逃亡したという）。義士切腹後、江戸に立ち戻り幕府に自首したが「もはや一件落着したれば」とあって罪を問われなかった。そして「或侯家《こうけ》へ呼出され、士分に成りて折々泉岳寺へも参詣すと云々」（『翁草』巻七）とあり、八十三歳で没したという。士分で馬に乗れるのは旗本以上である。

御本家へかゝえて足をおもくする　（柳四九）

（芸州広島浅野本家へ）

294
百番の外《そと》は風呂屋に縁がなし　かく別なこと〳〵

謡曲は内《うち》百番と外《そと》百番に分け、一般に謡われるものを内とし、その他のものを外と呼んだ。したがって湯屋で謡《うた》われるようなものは内百番ばかりだから、外百番は縁がない。

おやたちを内百番でだます也　（柳二二）

（謡講から吉原へずらかる息子）

295
月の座へまねけば月を振廻《ふるまわ》れ　かく別なこと〳〵

月の座は俳諧用語で、月を詠み込むべきところをいい、月の定座《じょうざ》ともいう。ここは吉原の紋日《もんび》（祝日）のしゃれ。客がおいらんから八月十五夜の紋日に招かれて行くと、月見の費用を振舞《ふるま》われて（しょわされて）とんだ大散財をする。

○紋日＝物日《ものび》ともいい、遊里で特別に祝う日。十五夜、十三夜は共に大紋日で、客は盛大に遊ばなければならない。

十五両十三両と二度のどら　（安永四）

（十五夜と十三夜）

296
やげん堀どぶ板迄が一度なり　はやひ事かな〳〵

薬研堀《やげんぼり》は西両国米沢町《よねざわちょう》に在った不動堂で、「やげん堀の堀止《ほりど》まりにあり。庵主明王院。霊験ありとて近年ことに群集す」（『江戸砂子』）とあり。お百度《ひゃくど》（457参照）を踏む者が、本堂と境内の入口のどぶ板までを一度分に数えるという句。埋立地を町屋《まちや》にしたので境内が狭かった。

こ、迄堀だつけと不動へ参り　（天明五）

297 **つみ髪の前やくらしい美しさ**　はやひ事かな〳〵（20オ）

つみ髪は後家の結う髪で、また後家の称。女の厄《やく》は十九と三十三であるが、ここは前句から十九で、その前厄は十八歳のまだ美しい若後家である。

○摘髪《つみがみ》＝髪を短く摘み、紐で後ろに結び、切下《きりさ》げ髪にする。茶筅髪《ちゃせんがみ》ともいい、未亡人が結う。

298 **ぎり仁義《じんぎ》知つた男は七兵衛《しちびょうえ》**　かく別なこと〳〵

義理《ぎり》仁義《じんぎ》とは義理の強調語。平家の侍、悪七兵衛《あくしちびょうえ》景《かげ》清《きよ》は頼朝を主家の敵と付け狙ったが、捕えられて頼朝に臣事《しんじ》せよと勧められる。しかし二君に仕えるを潔《いさぎよ》しとせず、自ら両眼をえぐり盲人となる。頼朝その志に感じて勾当《こうとう》（盲人の官名で検校《けんぎょう》の下位）の官を与えて釈放する（『壇浦兜軍記《だんのうらかぶとぐんき》』）。句は景清のとった行為を「義理仁義を知った男」と称讃したもので、「景清」は市川家のお家芸となり、歌舞伎十八番の一つとなった。

くりぬく迄は頼朝を眼の敵　（夏柳）

299 **すい付けてけむをいたゞくのがけ道**　かく別なこと〳〵

野がけは今のピクニック。のがけ道で農民から「すいませんが煙草の火をちょっと」と吸い付けさせてもらい、礼をいってまた歩き出す。当時は火種に苦労した。

野がけ道家をさがして火をかりる　（籠三）

300 **蚊の中に坊主《ぼうず》禿《かぶろ》のあはれなり**　かく別なこと〳〵

坊主禿は前髪と両びんに少しばかり毛を残し、あとは丸坊主に剃った幼い禿。蚊の餌食《えじき》になりやすい（239頁参照）。

よばつても来ぬはず禿蚊のえじき　（柳一八）

301 **ぬい紋をさぐらせて見るごぜの母**　はやひ事かな〳〵

縫紋《ぬいもん》は外出用晴着に刺繍《ししゅう》した紋。誂《あつら》えた縫紋が出来上ってきたので、瞽女《ごぜ》の母が「おまえ、こんなによく出来てきたよ。触《さわ》ってごらん」と娘の手を取って探《さぐ》らせるいじらしい光景。

縫紋を乳をのみ〳〵むしるなり　（柳初155）

302
こし帯を解き〳〵ぬるひ茶を貰ひ　はやひ事かな〳〵

腰帯は本帯《ほんおび》を締めてから後に、帯の下から着物にからげて締めつける幅のせまい紐。清長や春信の美人画に見られる。外出から帰って先ず腰帯を解きながら、ぬるい茶で喉をうるおすところで、一幅の風俗画。

腰帯を〆《しめ》ると腰は生きて来る　（柳初233）

303
角田《すみだ》川所《ところ》の人はかもめ也　かく別なこと〳〵

角田川は隅田川の慣用語。業平朝臣《なりひらあそん》は京からはるばる角田川のほとりまで来て「名にしおはゞいざことゝはん都鳥《みやこどり》わがおもふ人はありやなしやと」（『伊勢物語』）などと詠んだが、土地の人にはただの鷗で、珍しくもなんでもない。とかく風流ぶった大宮人《おおみやびと》に一矢《いっし》をむくいたのである。実は「ゆりかもめ」だという。

水鳥に二つ名のあるすみだ川　（安永五）

304
あふた日を覚《おぼえ》て居るが女の気　かく別なこと〳〵

女は初めて男と会った日とか、結婚式の日などはよく記憶している。女心をうがった句。

下女くぜつそれ覚えてか物置《ものおき》で　（末二）
（「それ覚えてか」は近松の「冥途《めいど》の飛脚《ひきゃく》」の道行《みちゆき》の文句取り）

305
茶屋の嫁もゝ色程はのみならひ　かく別なこと〳〵（20ウ）

この茶屋は料理茶屋とか遊里の引手《ひきて》茶屋あたりで、客扱いが家業だから、毎日嫁が客のお相手をしている中に顔が桃色（うすあかい色）になる位《ぐらい》飲めるようになった。桜色ともいう。

引手茶屋女房はむだな笑いあり　（柳九三）
（愛想《あいそ》笑い）

306
突出《つきだ》しは七十五日客が来る　かく別なこと〳〵

突出しは初見世の女郎のこと。初めて女郎として、見世に突出されるのでこの称がある。諺に「初物《はつもの》七十五日」

300　坊主禿（『狂言好野暮大名』）

289　煮売屋（『絵本御伽品鏡』）

312　盆踊り（『東都歳時記』）

308　伊勢参り（『英筆百画』）

（初物を食べると、七十五日寿命が延びるという俗信）とやらで、珍しいうちは客が来るとうがった句。320参照。

つき出しをおじやうさまだと誰かいゝ　（柳一三）

307 **下女の髪二三度立てやつと結《ゆ》ひ**　ほそひ事かな〳〵

下女は雑用で多忙であった。ゆっくり髪を結う間もない。「二三度立て」は、所用で二三度呼ばれて立ち上がっての省略形。494参照。

下女が髪ひるまになるとぶちかえり　（柳三636）
（髷《まげ》が引っくり返ってしまう）

308 **すげ笠を元直《もとね》に売て書《かい》て遣《や》り**　かく別なこと〳〵

抜《ぬ》け参《まい》りの句。3参照。奉公人などが主人に無断で家を抜け、お伊勢参りに行くこと。抜け参りの小僧と知ると、店の者が菅笠を元直（原価《げんか》）に売って、住所氏名まで書いてサービスしてやる（239頁参照）。

抜参り笠をばかぶるものにせず　（柳三294）
（施行の米などを受ける）

309 **おさらばを宵《よい》にして置宿下《おくやどさが》り**　はやひ事かな〳〵

宿下りは118参照。本句は御屋敷奉公のお女中などの宿下りで、翌朝早く立つので、宵のうちに朋輩に別れの挨拶をしておく。

宿下り母はみじかく思つてる　（柳七六）
（一般に三日間）

310 **ふられてはつれにもものをいはぬ也**　ほそひ事かな〳〵

遊里で振られた方はむしゃくしゃしているから、連れから「夕《ゆう》べはどうだった」と話しかけられても、一言も返事をしない。野暮《やぼ》な奴だ。

やぼな奴ふられた事をひしかくし　（柳六）

311 **見つかつて馬盗人《うまぬすびと》は乗て逃《にげ》**　はやい事かな〳〵

馬盗人が見つかって、さっそく盗んだ馬に乗って逃げるとは、運のいい泥棒だ。川柳では「上州《じょうしゅう》の馬盗人」を詠んだ句が多く、諺《ことわざ》にもなっていた。

上州はいなゝく声で尻がわれ　（宝暦十三）

（悪事が発覚する）

312
ぼんおどり最《も》うちつとのがおんど取《とり》　はなやかな事〳〵

江戸の盆踊りは、三馬の『浮世風呂《うきよぶろ》』四編に詳しいが、十歳以下の子供を先頭に十七、八歳までの娘たちが三、四列に横隊《おうたい》を組み、盆提灯を手に唄を歌いながら、通りを行進する。その唄は「盆《ぼん》ぼんぼんは今日明日《あす》ばかり、あしたは嫁のしおれ草〳〵」という（239頁参照）。句の「最うちっとの」とは、もう少しで女になる、十三、四歳の小娘。例句は子守り。

盆おどり首二つのがおんどとり　（明和元）

313
居《い》なりかとひなの使にきかれけり　なぶりこそすれ〳〵（21オ）

居成《いなり》は奉公人が年季が明けても続けて奉公すること。重年《ちょうねん》ともいう。当時は三月五日が奉公人の出替《でがわ》りの日。句は初節供のお祝いに雛人形を届けに来た下女（ひなの使）に、お内儀が今年は居成をするのか、それとも嫁入り口でも決まって暇を取るのかと、冗談をたたいたとの意。

居なりかとせなかをたゝく雛の客　（柳三四）

314
無いもせぬ目をむき出してはたる也　つれ立ちにけり〳〵

無いもせぬ目とは、有りもせぬ目と同義で、盲人、すなわち金貸し座頭《ざとう》のこと。座頭が仲間連れで来て、有りもせぬ目をむき出してきびしく貸金の催促をするところ。今日のサラ金業者と全く同じ。

手と足を玄関にのばしはたるなり　（天明元）

315
車留《くるまどめ》きびしいすじを二つ引《ひき》　なぶりこそすれ〳〵

車留とは、道普請の時に車馬の通行を禁止する立札《たてふだ》をいう。本句の場合は、将軍が上野御霊屋《おたまや》へ参詣の時、通行道の両側に太い綱を張って車馬はもとよりいっさいの通行を禁じたことで、これを「きびしいすじを二つ引」と表現したのであろう（篠田鉱造『幕末百話』六）。

二筋の道もきびしき車留　（柳一〇四）

316 **廿五と四十二で込《こむ》わたし舟**　つれ立ちにけり〱

いずれも男の厄年《やくどし》で、厄除《やくよ》けの川崎大師に参詣する人々で六郷《ろくごう》の渡しは混雑する。縁日は二十一日である。船賃は武家の外は十文。

四十二は大師様ぎりにて帰り　（筥一）

（二十五は品川の女郎屋に寄り道する）

317 **桶《おけ》ぶせは元手《もとで》のいつた恥をかき**　つれ立ちにけり〱

桶伏《おけぶせ》は吉原で巨額な遊興費をふみ倒した客に行う私刑《リンチ》。四角な小窓を明けた大桶を伏せてその中に本人を入れ、上に重石《おもし》を置いた。実際にはもう此の頃には無かったから「桶ぶせもなき今の吉原」（『眉斧日録《びふにちろく》』初・宝暦二）とある。散々遊興したあげくの果ての恥さらしだから「元手のいった恥」とうがった句。

桶伏せの顔へ四角な日があたり　（宝暦十一）

318 **壱人づゝ遣《や》り手《て》は嫁へ引合《ひきあわせ》**　のびのびとする〱

女郎屋の嫁は、いずれ内証《ないしょう》（主人の居間兼帳場）を預かる身分だから、女郎の名前を一応覚えてもらわねばならない。そこで遣《や》り手《て》が一人ずつ紹介する。この世界は、かみさんも嫁も女郎上《あ》がりが多かった。

319 **通《とお》り丁《ちょう》うろたへて来た蟬の声**　ほしひことかな〱

通り丁は俗には日本橋通り「町幅十間余あり」（『図会』）とある目抜き通りの総称。江戸で最も繁華な街で、そんな所へどこからか蟬が一匹迷い込んで来た。よっぽどうろたえた蟬なのであろう。

通り丁壱丁行《ゆけ》ばかごいかご　（柳一一）

（かご屋に不自由しない）

320 **突出《つきだ》しのひつじほど喰ふ恥かしさ**　よごれこそすれ〱

突出しは初見世の女郎。羊は好んで紙を食うというが、突出しもまだ閨中のテクニックに未熟なため、みす紙をたくさん使うことを「羊ほど喰う恥かしさ」とたとえた。

顔上げていなと突出ししかられる　（柳一一）

321
牛かたのあきらめて行にわか雨　よごれこそすれ〱（21ウ）

牛方《うしかた》が途中で俄雨《にわかあめ》にあい、雨具が無いので駆け出そうにも、のろまな牛を引いているのであきらめて濡れて行くという皮肉な句。当時、高輪牛町《たかなわうしまち》（港区高輪二丁目）に牛小屋があり、牛の数千疋《びき》といわれた。経営者は仙波《せんば》太郎兵衛という資産家。

高輪の夕立ち牛の背をわける（安永六）

（「夕立は馬の背を分ける」という）

322
町内でみんなきぶくの有る娘　よごれこそすれ〱

ある娘が死んだら、町内の若者がみんな忌服《きぶく》せねばならぬとは、とんだ親類付《づ》き合いの多い娘だ。浮気《うわき》娘を皮肉った。

○忌服＝近親が死んだ時、一定の期間喪《も》に服すること。

323
料理人帰ると女房嫁を聞き　はなやかな事〱

婚礼に雇われた料理人が帰って来ると、女房がさっそく「立派な御婚礼だってね。お嫁さんはどんな人」と聞きただす女の好奇心。

ほうてうで嫁を見に出るりやうり人（明和八）

324
やわ〱と引《ひ》つ立てきくぶどうの直《ね》　ほしひことかな〱

「やわ〱」に重量感が有って、葡萄の房の形態をうまく表現している。佳句。

ぶどう棚なつたと旦那大さわぎ（柳六）

325
兄弟の夜うちは紙帳《しちょう》目にかけず　はなやかな事〱

曽我兄弟の夜討は建久四年五月二十八日で、もう夏だから蚊帳を吊る季節。そこで二人は祐経《すけつね》の館《やかた》に侵入すると、紙帳《しちょう》などには目もくれず、敵《かたき》、祐経の華やかな蚊帳を捜し求めた。紙帳を出したのが川柳的。

○紙帳＝紙製の安い蚊帳で、川柳では下女が専用した。

郭公聞《ほととぎすきき》〱二人討ちに行（柳二六）

326
寄合《よりあい》をつけてふられたうらに行　よごれこそすれ〱
寄合は集会に同じ。初会《しょかい》に振られた奴が口惜《くや》しくて、寄合にかこつけて今度こそはと裏《うら》（二会目）に行った。初会からもてることはまず無い。三会目で馴染《なじ》みとなり、女郎もやっと打ち解ける。

二会目は惚れそふにしてよしにする　（籠三）

327
しうとめのひなたぼつこは内を向き　わがまゝなこと〱
日向《ひなた》ぼっことえいば縁側などで外を向いてするものなのに、姑《しゅうとめ》の場合は内《うち》を向いてするとは、寸時も嫁から監視の目を離さない姑根性。川柳では姑の嫁いびりの句ばかり。

しうとばゝいびりすごして孫をしよい　（明和六）

328
ぼたもちをいさぎよく喰ふ嫁の里《さと》　わがまゝなこと〱
姑が死んでその忌明《きあ》けに、牡丹餅が嫁の里へも配られた。さんざ嫁いびりをした姑だから誰も同情の念《ねん》はなく、いさぎよくこれを平《たい》らげる。
○忌明け＝人が死んで喪《も》に服する期間が終わること。ここは四十九日の忌明けで、親類へ牡丹餅を配った。

ぼた餅を笑て喰てしかられる　（明和七）

329
女房が死ぬと夫《おっと》はふみを遣《や》り　うつしこそすれ〱（22オ）
女房が死んだとたんに、その夫が馴染み女郎へその死を知らす手紙を出したとは、身請《みうけ》して後添《のちぞ》いに直《なお》すのであろう。薄情な奴。

今のかゝさんは吉原からといゝ　（柳一九）

330
地紙《じがみ》うりくされな文《ふみ》もことづかり　こらへたりけり〱
地紙売は商売がら、お出入り先の女性から、恋文なども言付《ことづ》かることがあって、気が腐る時もある。54・91参照。
○腐《くさ》れな＝気がくさる。うんざりする。

地紙見るふりで袂へそつと入れ　（明和五）
（これは付け文）

331
里《さと》のない女房は井戸でこわがらせ　つらひ事かな〳〵

夫婦喧嘩の末、帰るべき実家のない女房にとって、最後の手段は「井戸に飛び込んで死んでしまう」と亭主をおどかすこと。204参照。

井戸がわへ嫁つかまつておどすなり　（安永六）

332
光秀《みつひで》は扇子の形《なり》に箔《はく》を付《つけ》　こらへたりけり〳〵

明智《あけち》光秀が家康の接待役を勤めて信長の不興をこうむり「諸士列席の中にて、森蘭丸《もりらんまる》に仰せられ光秀が頭を蘭丸が持たる鉄扇《てつせん》を以て叩き、頭より血流れたる事も有し云々」（『翁草』巻三十四・明智光秀逆心を起せし始の事）とあり、この事件が光秀謀反《むほん》の直接の原因だという俗説。金箔《きんぱく》は打疵の妙薬とあり、血が流れたので、打たれた扇子の形《なり》に金箔を貼り付けたろうとのうがち。

ぶたれちやあきかぬと寄せる本能寺《ほんのうじ》　（柳一五）

333
蟻一つ娘ざかりをはだかにし　つらひ事かな〳〵

娘ざかりは恥《は》ずかしい盛りであるのに、こればかりは恥《はじ》も外聞《がいぶん》もなく裸になる。

蟻一つ貞女下帯《したおび》までほどき　（柳三三）

334
気違《きちが》ひに成つたで嫁の利《り》が聞《きこ》え　つらひ事かな〳〵

嫁姑の不和についてどちらが悪いのか世評はまちまちであったが、その嫁が気違いになったので、はじめて嫁の道理が聞こえて世間の同情が集まった。

だけれども辛抱《しんぼう》しやと里の母　（柳五八）

335
花むこはよほどの頭痛おして起《おき》　にほひこそすれ〳〵

婚礼の翌朝、周囲からひやかされるのを苦にして「よほどの頭痛」を我慢して起きる花聟殿のつらさ。

（昨夜の首尾は）
花むこはどふだ〳〵とたゝかれる　（明和二）

336
ふきがらを禿《かぶろ》を呼んでたづねさせ　こらへたりけり〳〵

客の粗相《そそう》で煙草の吹殻《ふきがら》をどこかへ飛ばしてしまった。

畳に焼けこげをつくったら大変だからキョロキョロ探すところを、おいらんはおうようなもの、禿を呼んでたずねさせる。202参照。おいらんは唐紙張りかえ、畳がえすべて自己負担である。

337 **降るならば一日むだにしよふぞへ**　うき〳〵とする〳〵（22ウ）

花見の前日の相談。もし明日降るならば、今さら仕事でもあるまいから、「一日無駄にしようぞえ」と決める。お天気まかせ。

　花の宵ふればい丶なは芝居好き　（安永六）

338 **添乳《そえぢ》して何かていしゆにかぶり振《ふり》**　うき〳〵とする〳〵

坊やがまだ寝ないから今は駄目よと、亭主にかぶりを振る女房。前句は女房の気持が。

　なき出され夫婦角力《ずもう》がわれに成り　（末三）

（割れは引分け）

339 **渡り初《ぞ》めおつかなそうにふみよごし**　うき〳〵とする〳〵

渡り初めは、橋の開通式に初めてその橋を渡ることで、多くは高齢の夫婦者、または三代夫婦揃った一家を選ぶ。句は第一番に渡る老夫婦のよぼよぼした足取りを「おっかなそうに」と表現したもの。

　渡りぞめ段々若くふみよごし　（明和二）

340 **御《ご》さいの子もへぎの紐《ひも》であやを取《とり》**　うき〳〵とする〳〵

御菜《ごさい》は234参照。萌黄《もえぎ》は黄みどり色。御菜はその萌黄の太い紐で、文箱《ふばこ》や御菜籠《ごさいかご》（御殿女中のいろいろの買物を入れる天秤棒《てんびん》でかついだ籠）などを結《ゆ》わえたから、用がなければ家に置いてある。そこで子供がその紐で綾取《あやと》り遊びをしている。子供はなんでも遊びの道具に利用した。

　御菜《ごさい》の子萌黄の紐でしばられる　（柳三五）

（いたずらをして）

341 **てんば乳母切金入《きりがねいり》のお子を抱《だき》**　ふうのよいこと〳〵

切金入は、絵画や蒔絵《まきえ》の中に細かく切った金銀の箔《はく》を張ったもの。てんば乳母が男とどち狂って、抱いていたお子を落として怪我をさせたらしく、切金入のお子を抱いているといったこっけいな句。金箔が疵の妙薬であることは332参照。

○てんば乳母＝色好みの乳母。

　髪ゆひは乳母とくるつて砥《と》を割られ　（明和二）

（女性が砥石《といし》をまたぐと割れるという）

342 **証文を淋しくたゝむ座頭の坊**　やくそくをする〳〵

　句は金貸し座頭で、証文は金銭の借用証文。座頭金は高利で五両一分（五両につき月に一分の利息で年六割）であった。その証文を借《か》り主《ぬし》から受け取った座頭が、いかにも淋しげにたたむところで、そのうらには催促の時には大声でどなり散らしたからである。

　かす時はしごくしづかな座頭の坊　（柳一八）

343 **門松にすがる礼者《れいしや》はきげん過《すぎ》**　うき〳〵とする〳〵

　酔いどれ礼者。あちこちで飲まされて千鳥足になり、門松にとりすがる正月風景。

　呑む礼者朝の勘定《かんじよう》大ちがい　（柳六）

（今日は何軒回ると家を出たが）

344 **女房は先《まず》荷がつくと明《あ》けたがり**　うき〳〵とする〳〵

　嫁入り荷物が着くと、さっそく開けて見たがる女の好奇心。荷物は宰領《さいりよう》（164参照）が付き添って、人足二人が釣台をかついで運んだ。例句は祝い酒を飲んで。＊

　釣台の生酔対《つい》によろけ出し　（柳九）

345 **切張《きりばり》もはかまでするはきつとげび**　こしらへにけり〳〵（23オ）

　袴の人物は貧乏旗本の用人であろう。お家のためを思って諸事節約とはいえ、障子の切張とはいかにもげびたことだと評した。

○切張＝障子の破れた一間《ひとま》だけを切り取って張り替えること。北条時頼の母、松下禅尼《ぜんに》の話が有名（『徒然草《つれづれぐさ》』百八十四段）。

　きつとした異見は障子の切張り　（柳三一）

（倹約の手本を示した）

346
けちな盆《ぼん》片荷へ入れるつくねいも　こしらへにけり〳〵

江戸近在に住む農民が、娘の奉公先へ盆礼《ぼんれい》に行くのに、天秤棒《てんびんぼう》の片荷に何本かつくね芋（トロロ芋に同じ）を入れて来たとは、けちな礼物だという句。

○盆礼＝盆の十四・五日頃に行なう贈答で、そうめんとか、小麦粉・米などを持参する。

347
やうじ差持《さし》つたでつちを問《と》いおとし　こしらへにけり〳〵

楊枝差《ようじさし》は小楊枝を入れる小さい袋物《ふくろもの》。丁稚《でっち》が不相応な物を持っているのでお内儀が不審に思い、どこで誰に貰ったのかと問い詰めた結果、亭主の行った先（妾宅など）がバレて、後は夫婦喧嘩の一幕となる。

○楊枝＝楊《やなぎ》の枝や竹などの先を細かにくだいて房状にした物で、歯ブラシである。

348
年明《ねんあ》けはだし殻《がら》を喰ふきみが有《あり》　やくそくをする〳〵

年明けとは普通女郎が年季十年を勤め上げて、二十七で自由の身になることをいう。そこで年明けを女房に持つのは、鰹節のだし殻を食う気味があるとうがった句。

○だし殻＝だし汁を取ったあとの糟《かす》。

何文の足袋やら二十七の暮　（柳七八）

（女郎は足袋をはかず）

349
初《はつ》かねはお茶とう程に並べたて　うき〳〵とする〳〵

初鉄漿《はつかね》は女子がはじめて歯を黒く染めること。普通は婚期に及んで染める。これを半元服《はんげんぷく》という。その時には七所《ななとこ》鉄漿《がね》といって、隣近所の七軒から鉄漿を貰う風習があった。その鉄漿の入った茶碗を並べたありさまは、仏前に上げるお茶湯《ちゃとう》のようだと見立てた句。124参照。

○お茶湯＝禅家では仏前に供える茶と湯。一般には、仏前に供える煎茶のこと。

どこのかみさんだとなぶるかねの礼　（柳一一）

（もらった七軒を礼参りする）

350
もろ白髪《しらが》迄はあぶなき女房也　うき〳〵とする〳〵

もろ白髪は、夫婦ともに白髪になるまで添い遂げること。友白髪。句の方はあの女房ときたら浮気者だから、もろ白髪まではあぶないものだと人の噂。

もろ白髪迄はうさんなていしゆ也　（柳三590）

（うさんなは疑わしい）

351
白拍子《しらびょうし》くぜつの跡《あと》でわぼくをし　こしらへにけり〳〵

白拍子は本来、鳥羽院《とばいん》の頃、水干《すいかん》・立烏帽子《たてえぼし》をいただき、白鞘《しらさや》の太刀《たち》を佩《は》いて舞ったのであるが、後には遊女ともなり陣中の兵士を慰めたりした。句は陣中だけにくぜつの跡で仲直りすることを「和睦《わぼく》をし」と軍用語を使った洒落。

○口説《くぜつ》＝愛しあう男女が焼餅をやいて言い争うこと。痴話《ちわ》げんか。

白拍子軍のたびに客がきれ　（柳九三）

352
やせぎすはうばがじまんのていしゆ也　ふうのよいこと〳〵

乳母は肥満タイプ。ところがその亭主は痩《やせ》ぎすときて、乳母が自慢の種であると。

○痩ぎす＝身体がやせて細身のタイプ。

353
たばねのし釣鐘堂《つりがねどう》にのたを打《うち》　うき〳〵とする〳〵（23ウ）

束《たば》ね熨斗《のし》は名女形《めいおやま》の瀬川菊之丞《せがわきくのじょう》の紋所（正しくは丸に結《ゆい》綿《わた》。255頁参照）。この頃は二代目の王子路考《おうじろこう》で、当り芸は「道成寺《どうじょうじ》」「石橋《しゃっきょう》」「無間《むげん》の鐘《かね》」の外、八百屋お七、揚巻《あげまき》、お染《そめ》、お軽《かる》など。句は道成寺の清姫に扮して、蛇体と成って釣鐘をまくところで、所作事《しょさごと》のクライマックスの場面。589参照。

いつそもう路考が出るといつそもう　（拾九）

（女性ファンの心理）

354
うなされて夜着《よぎ》の上からでつちられ　こしらへにけり〳〵

夜着は綿を入れた掛け布団。うなされて苦しんでいるので、側で寝ている者が気味悪がってこづいて起こすところ。

○でっちる＝粉などをこねる。こづきまわす。

うなされて丁稚《でっち》三つ四つけとばされ　（柳七）

355 **ぶんさんの礼にあるくは色男**　ふうのよいこと〳〵

分散《ぶんさん》は今日でいう破産《はさん》。債務《さいむ》者が支払いができなくなった時、いっさいの財産をさし出して公平に債権《さいけん》者に返す。句は多くの債権者に迷惑をかけたので、その礼廻りに歩くのは、身代をつぶしたご当人の色男であった。

分散のまづ金高《かねだか》は女房なり　（拾八）

（値段の高いものは女郎上りの女房だった）

356 **生きもの丶やうにとらへるところてん**　やわらかな事〳〵

手をつっ込むと、水中をふわふわ遊泳するのをだますようにして捕える。「生き物のやうに」がうまい表現。

心天《ところてん》ひよろ〳〵〳〵とかしこまり　（柳五六）

（針金の網の目を突き出されたさま）

357 **母親の勘定高《かんじようだか》いさかおくび**　つもりこそすれ〳〵

逆衽《さかおくび》は和裁の裁《た》ち方の一つで、おくみ（着物の前の左右にあって、上は襟《えり》から下は褄《つま》にいたる半幅の布）の布を逆さにして倹約すること。この母親は「勘定高い」というのだから、買う時に布を節約したのであろう。

○勘定高い＝金銭の勘定が細かく、けちなこと。

358 **ちらし書《がき》田舎へ行とくもがおり**　口おしひこと〳〵

散らし書とは色紙《しきし》・短冊《たんざく》などに字をとびとびに散らして書くこと。その散らし書を田舎では、蜘蛛の力を借りなくては誰にも読めないというので、吉備真備《きびのまきび》の野馬台《やばだい》の詩の故事をかけたのである。

○野馬台《やばだい》の詩＝真備《まきび》が遣唐《けんとう》留学生の時、謎のような百二十字から成る野馬台の詩を読まされた。心に長《は》谷《せ》の観音を念ずると一匹の蜘蛛が現われて、その歩く順をたどってすらすらと解読できたという。

いそがしく百二十字へ巣をかける　（安永五）

359 **くり婆《ばば》あ娘は二俵ふまへて居《い》**　つもりこそすれ〳〵

庫裡婆《くりばば》あは寺の台所で働く婆。その娘は大黒天のように米俵を二俵踏みつけて居る。つまり年給二俵の大黒（坊さんの妻）であるとの洒落。本句は大黒舞《だいこくまい》の歌「一に俵

をふまえて、二ににっこりと笑って、三に酒をつくって
……」の文句取り。

御寺のは大根や神酒《みき》ですまぬ也　（柳一三）

（大黒天には二股《ふたまた》大根や神酒《みき》を供えるが、お寺
の生きた大黒は……）

360 **めしびつをかわる夜伽《よとぎ》へ引渡し**　まねきこそすれ〱

夜伽は82参照。夜寝ずに病人に付き添う人。腹がへる
から交替時に、次の者に飯櫃《めしびつ》を引き渡す。

酢《す》はここにあるよと夜伽かわり合《あい》　（柳二八）

（出産の時に産婦が失神する場合には、焼石に
酢を浸してかがせる）

361 **旅立は弐度めのさらば笠でする**　うき〱とする〱　（24オ）

振り返ると見送りの人たちがまだ立ち去らないので、
笠を上げてさらば〱。

菅笠で、犬にも旅のいとまごひ　（拾二）

362 **小ざむらい質屋を出ると新《しん》むげん**　うき〱とする〱

小侍は下級旗本の少年の使用人。句にも「十有一二歳
の侍をつれ」（筥二）とある。お家は火の車で質屋通いと
いうのに、のん気《き》なもので、この頃流行《はや》りの新無間《しんむげん》など
を唄って帰る。

○新無間＝めりやすの一つ。めりやすは長唄の一種
で、しんみりとした情緒に富み、当時大いに流行し
た。

小侍しちをあたまへのせて行き　（明和三）

（質草を）

363 **ごぜのかね口おしそふに見て貰ひ**　こしらへにけり〱

瞽女《ごぜ》は盲人だけに鉄漿《かね》をつけ終わっても、よく付いた
か付かぬか見ることが出来ない。そこで歯をむき出して
他人に見てもらう。その表情が側《はた》から見ると口惜《くや》しいと
いう表情に似ている。

おはぐろは喰付くやうにかゞみを見　（明和元）

（目明き女の場合）

364 **かきたてた跡をづぶ〱つき通し**　ふうのよいこと〱

行灯《あんどん》の側で夜なべに針仕事をしていると、急に灯心《とうしん》が暗くなった。急いで縫い針で灯心をかき立てて明るくし、油の付いた針を行灯《あんどん》の紙面にづぶづぶ突きさして、油を拭《ふ》きとるという細かい描写。

行燈へじれつたい穴二つ三つ　（柳三五）

365 **風の神せなかをながすすがた也**　こしらへにけり〱

風の神は裸形《らぎょう》で風袋をかつぎ天空を駆《か》ける姿をしている。そのかっこうが湯屋で自分で背中を洗う形に似ていると見立てた句。江戸人には浅草の風雷神《ふうらいじん》門（俗に雷門）でお馴染み。

風の神背中を洗ふ御すがた　（柳一一六）

366 **はげあたま能《よ》い分別《ふんべつ》をさすり出し**　こしらへにけり〱

相談事を持ちかけられたご隠居が「さて」といって、はげ頭をつるり〱とさすって居るうちに「こうなされたらどうじゃ」と切り出した。さすがは年の功。初代川柳調のこっけいな句。

367 **でんがくの口は遠ふくであいて行《ゆき》**　こしらへにけり〱

田楽《でんがく》は142参照。豆腐を串にさして焼いた味噌田楽。味噌の垂れるのを用心しながら、遠くから口をあんぐり。

田楽の二タ口めにはこきあげる　（明和元）

（食べいいように）

368 **みす紙《がみ》を寝なんしたかと下に置《おき》**　うき〱とする〱

吉原句。みす紙は懐紙《ふところがみ》の一種で透き通った鼻紙。女郎が閨房用に用いた。句は待ちわびた枕元に女菩薩《にょぼさつ》の御《ご》来迎《らいこう》。客たる者「うきうき」せずにはおられまい。320参照。

みす紙を一二ばんぶり持て来る　（末二）

369 **むごらしくもゝ立《だち》をとる赤がいる**　こしらへにけり〱　（24ウ）

赤蛙は小児の疳《かん》の薬（慢性消化器障害。やせて腹ばかりふくれる病気や、ひきつけなど）に利《き》くといわれ、皮と腸《はらわた》を去りあぶって食べさせた。皮を剝《は》ぐには、足の方からくるりとむくと赤裸になる。それを「むごらしく股立をとる」と形容した句。

◯も、立をとる＝袴の左右の裾をつまみ上げて股立（袴の両側の上部の縫い止めた所）へはさむこと。

田舎乳母むくじつて遣《や》る赤がいる　（明和二）
（むくじるは皮を剝く）

370 **女房は広袖《ひろそで》を着てうけに行《ゆき》**　うき〳〵とする〳〵

広袖は袖口の下方を縫い合わさないで、袖丈《そでたけ》一ぱいにあけた男の着物。どてらの類。ここは亭主の広袖。バクチに負けた亭主が、女房の衣類全部を質入れして、やがて受け出す段になったが着て行く着物がない。やむなく亭主のどてらを着て出かける。

嬉しそうに抱へて女房質屋出る　（柳二四）

371 **車引《くるまひき》かぢがはねるとぶらさがり**　うき〳〵とする〳〵

荷車の重心が後方にかかると、車の梶棒《かじぼう》がはね上がる。同時に梶棒を握る車引きも空中にぶら下がって、両足をバタバタさせて地上に下《お》りようとする。大正時代までよく見かけた街頭風景。

車引き半てんかぶる強い暑気　（柳一一）
（頭から）

372 **おはぐろを貰ひに行てわたを入《いれ》**　こしらへにけり〳〵

おはぐろは349参照。初鉄漿《はつかね》は七所《ななとこ》からもらう習俗。娘が近所に貰いに行ったところ、たまたま細君《さいくん》が蒲団《ふとん》の綿入れをしていたので、お礼をかねて手伝ってあげた。

おくろものつん出し夜着《よぎ》の綿を入　（傍五）
（お黒物は陰部）

373 **ふところでふんどし〆《しめ》る雨やどり**　こしらへにけり〳〵

軒下でいつまで待っても雨は止みそうもない。ままよと決心して、懐《ふところ》から手を入れてふんどしを締め直し、雨中突破行の身仕度。

夕立にあつてふんどし好きに成《なり》　（柳九）

374 **古着《ふるぎ》買《かい》米あげざるとしめしかご**　こしらへにけり〳〵

古着買は着古《きふる》した衣類を買う行商人で、米あげ笊《ざる》としめし籠を持っている。前者は磨《と》いだ米を揚げて水をきる笊で、目方を計るため、後者は赤ん坊のおしめを入れる籠で、買った衣類を入れて背にしょった。例句によると寺町などがよい稼《かせ》ぎ場だった。

寺町を朝茶《あさちゃ》であるく古着買　（明和元）

（茶腹《ちゃばら》も一時《いっとき》で腹のたしになる）

375 **ぬき櫛《ぐし》に引《ひ》つ立られる病《や》み上《あが》り**　うき〳〵とする〳〵

ぬき櫛は梳櫛《すきぐし》で髪を梳《す》くこと。句は大村説の「病後の女が力もなく、また長わずらいで髪の手入れも及ばず、そのためぬき櫛の時、髪がもつれて引っ立てられる状になることを詠んだもの」に尽きる。佳句。

ぬきぐしを取る時二つ手をふるい　（明和五）

（抜けた髪の毛などを振い落とす所作）

376 **下女の文《ふみ》ぼん字をひねるやうに書《かき》**　こしらへにけり〳〵

梵字《ぼんじ》は梵語、すなわち古代インドの文語である、サンスクリットを記載するに用いる文字。「燕《つばくろ》はぼん字のやうにとんで行」（柳六）とある通り、とにかく読めない。句は下女の手紙の悪筆振りのたとえ。

かな釘《くぎ》とめ、ずと下女はとりかわし　（柳一〇）

（下手な筆跡を「金釘《かなくぎ》流」、め、ず―みみずののたくったようと形容する）

377 **料理人堀《ほり》に居る内ならして見《み》**　つらひ事かな〳〵　(25オ)

堀は山谷堀《さんやぼり》の略（現在は台東区の吉野橋と今戸橋《いまどばし》の間にわずかに残る）。当時は船宿が多く、船で吉原へ来る客はここから上って、日本堤を歩いて吉原に繰《く》り込んだ。句は屋形船とか屋根船で留守をあずかる料理人が、退屈しのぎに船内で三味線を鳴らしてみるところ。261参照。

吉野丸どたり〳〵と堀へつき　（柳二四）

378 **嫁のつまえんやらやつと五寸明き**　にほひこそすれ〳〵

褄《つま》は着物の端《つま》の意で、すなわち着物の衽《おくみ》の襟先から下

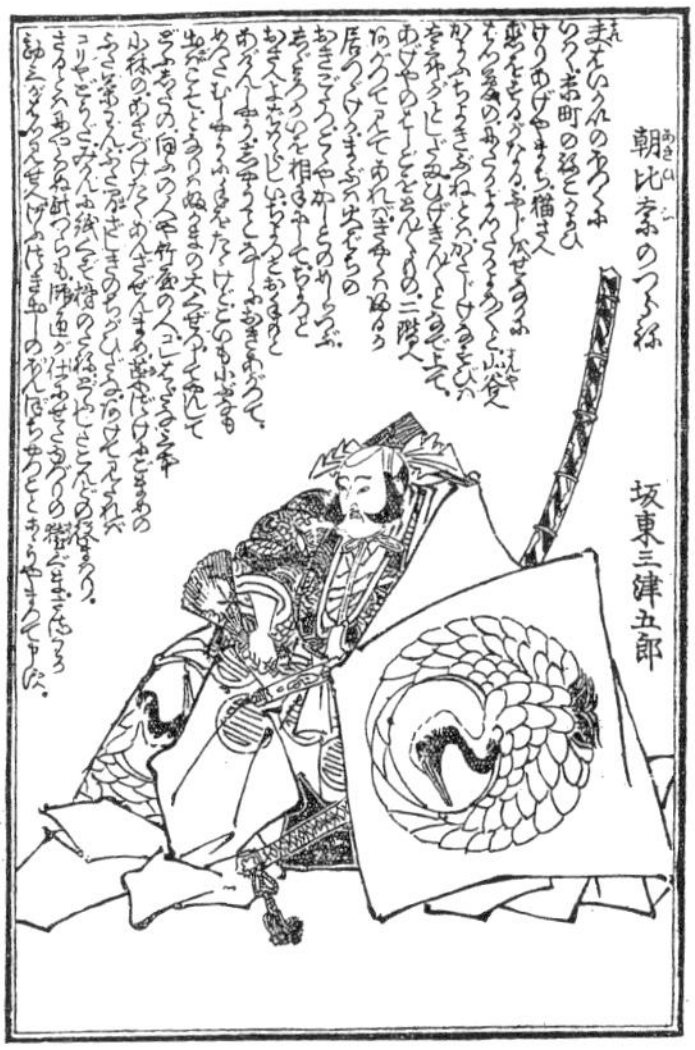

417　朝比奈の紋（『歌舞伎年代記』）

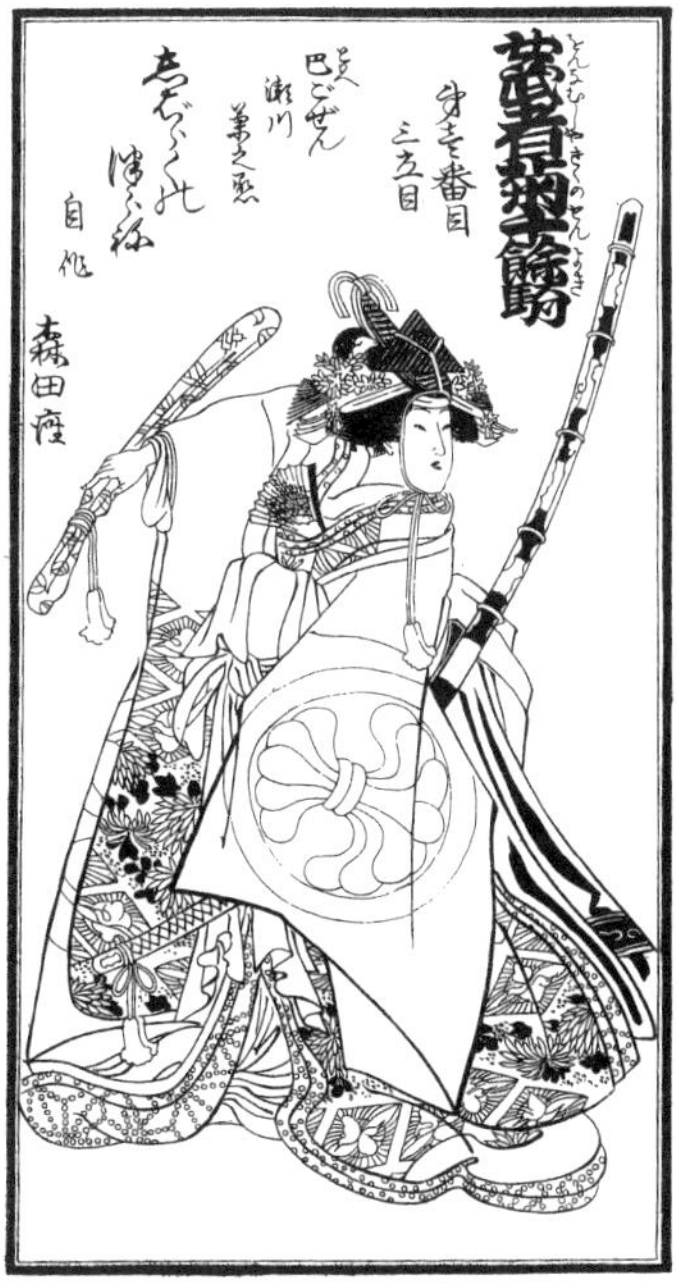

353　路考の紋（『歌舞伎年代記』）

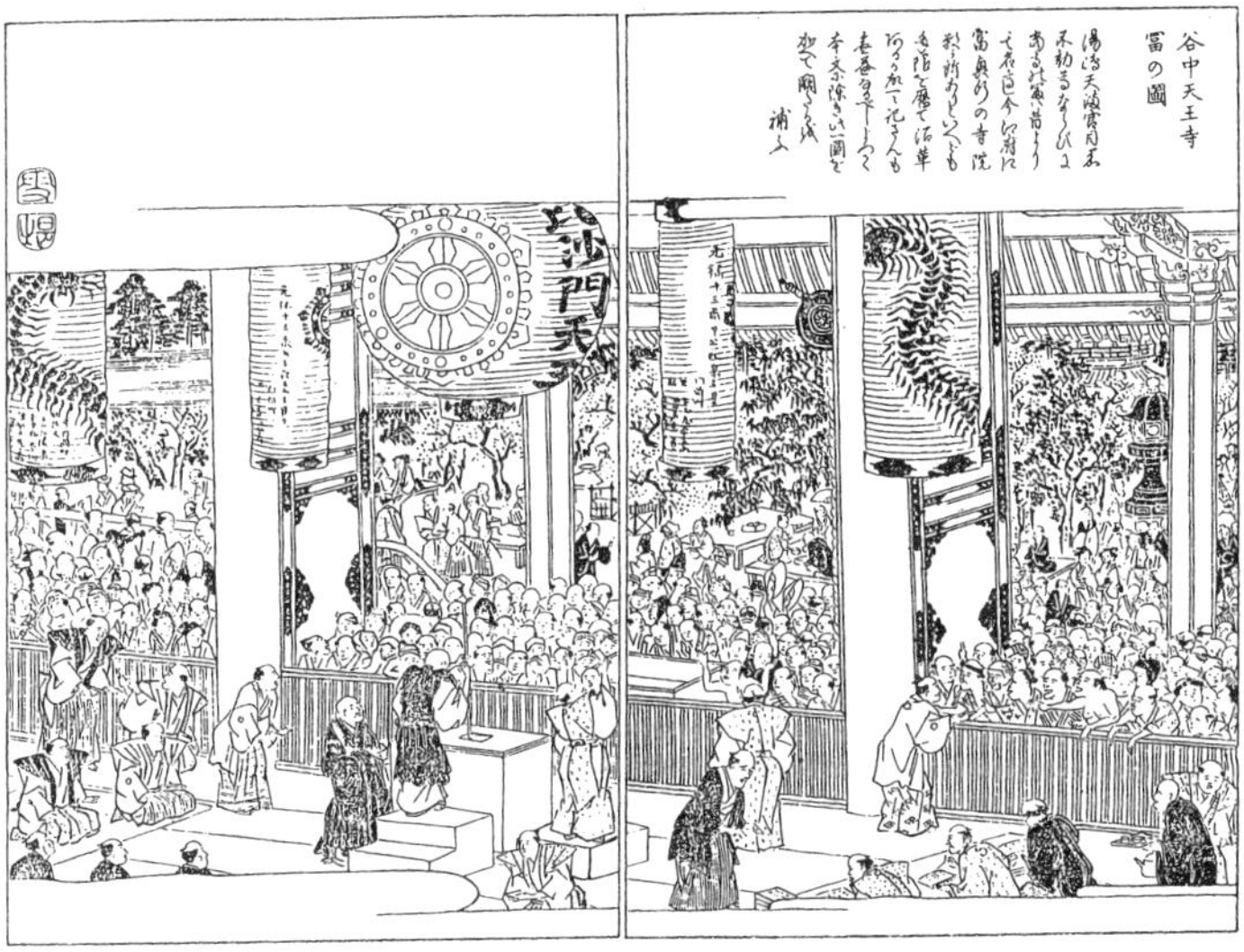

381　感応寺（天王寺）の富（『東都歳時記』）

のへり、またその裾先《すそさき》のこと。歩く度にやっと「五寸明き」で、花嫁の恥じらいと慎《つつし》み深さを表現した。佳句。

前でよくなで、うしろへ嫁廻し　（柳一三）

（帯を）

379 **気ちがいのひざをそばからかけて遣《や》り**　こらへたりけり〳〵

膝の上まで露出した狂女を傍《はた》の人が見かねて、着物の前を合わせてやる路上の景。

うつくしい程きちがいのあわれ成り　（宝暦九）

380 **くら宿《やど》に壱人《ひとり》か二人《ふたり》うぢ〳〵し**　つらひ事かな〳〵

蔵宿《くらやど》は60参照。うじうじは、ためらうさま。蔵宿では前借を申し込む貧乏旗本や御家人《ごけにん》などが一人か二人は店にぐずぐずして居る。

泣きつ面《つら》するが蔵宿相手なり　（安永七）

381 **町内でごんめうに知るかんおうじ**　つらひ事かな〳〵

感応寺《かんおうじ》は95参照。谷中の感応寺は当時、目黒不動・湯島天神と共に江戸三富《さんとみ》の一つで（富は富籤《とみくじ》で今の宝くじの元祖）札一枚一分《いちぶ》、一の富は百両、後には千両にもなった（255頁参照）。句はその富に当った奴が、ひた隠しにかくして居たのに、不思議にも町内中の評判になって、今では誰知らぬ者もない。「隠す事は現《あらわ》る」とは、よくいったものだ。

○権妙《ごんみよう》＝不思議に。奇妙に。

感応寺といへばおらが近所にの　（柳一一）

382 **去り状の跡へ紺屋《こうや》が出《で》かして来**　つらひ事かな〳〵

去り状は俗に三行半《みくだりはん》ともいい、離縁状のこと。女房を去らせた後へ、紺屋が女物の染物を届けに来た。みんな女房の物で、染め代をしょい込んだ亭主のいまいましさ。

○紺屋＝染物屋で、訓《よ》みは、こうや、こんやの二通りあり。

こんやから持て来たのは忘れたの　（明和六）

（頼んだ方が忘れてしまったので）

383
片足を仕廻《しま》つて居酒のんで居る　にほひこそすれ〳〵

居酒屋風景。明樽に腰かけて片足だけをあぐらにしている形（片あぐら）を「片足を仕廻って」と形容した。これを矢大臣《やだいじん》という（神社の随身《ずいしん》門の中に安置してあるやなぐいを背負い、弓を持つ木像で、片あぐらの洒落）。

居酒屋の見世に呑でる矢大臣　（柳六四）

384
のまぬ客一寸《ちよっ》〳〵と酌《しやく》に時を聞《きき》　こらへたりけり〳〵

のまぬ客とは飲めぬ客（下戸）のことで、帰りを気にして、今何時《なんどき》だとお酌に時間ばかり聞く。前句によく付く。

のむやつらとは下戸のいふ言葉也　（傍二）

385
玄関《げんかん》番《ばん》さながらじゆずもくりがたし　こしらへにけり〳〵　（25ウ）

玄関番（げんかんばんとも）は武家屋敷の玄関に居て来客の取り次ぎをする番人。客がなければ用はなく退屈きわまる役目で、さりとて信心から玄関先で数珠《じゆず》をつまぐるわけにもいかない。

玄関番遠《とお》ぼえ程にあくびをし　（明和三）
（犬の遠吠ほどに）

386
すゝはきに一人《ひとり》か二人《ふたり》ばかな形《なり》　こしらへにけり〳〵

煤掃《すきはき》は十二月十三日の大掃除。中には煤で汚れるから異様な出立《いでたち》をした者もあって、これを、「ばかな形り」と評した。

十三日しやうぞく過《すぎ》て叱られる　（柳一〇）

387
山寺は生酔《なまえい》のいふ諷《うたい》なり　うき〳〵とする〳〵

生酔は泥酔《でいすい》者。山寺は謡曲「三井寺《みいでら》」に「山寺の春の夕暮来て見れば、入相《いりあい》の鐘に花ぞ散りける」をさす。この歌詞は能因《のういん》法師の歌で（「新古今和歌集」春歌下）「山里の……」を「山寺」に改作したもの。よく人の謡うところで、生酔も口にしたのである。

なま酔のまねはさいしよが諷なり　（明和元）

388
門違《かどちが》ひから幾春《いくはる》の御万歳《ごまんざい》　のどかなりけり〳〵

江戸に来る万歳は三河万歳が有名で、お得意《とくい》が定まっていた。それが門違いからうっかり隣屋敷に入ったのが縁となり、お出入りを許されて毎年来るようになった。鞍馬説に「それを幾春のと万歳の文句で洒落た作」とある。539参照。

江戸中を笑せに来る三河者　（柳三七）

389
どっちらの袋かしれぬ三町目　さたの無いこと〳〵

三丁目は本町《ほんちょう》三丁目で、本町は一丁目から四丁目まであり、江戸屈指の目抜き通りで、三丁目はすべて薬種問屋が軒を並べていた（中央区日本橋本町二・三丁目）。句は両隣の境に庇《ひさし》から高さ四尺ほどの張子《はりこ》の大袋（薬種と大書した看板）が吊るしてあり、どちらの店の袋か分かりにくいとの意。

壱町を薬ぶくろでおつぷさぎ　（柳八）

390
えり人《びと》で鰹をりやうる長局《ながつぼね》　ぎやうさんなこと〳〵

えり人は多人数の中から選《え》りぬいた人。選ばれた人。女ばかりの長局のことだから、初鰹を料理できる人選が難しいといったまでの句。

初鰹切るに検使《けんし》が五六人　（柳六三）

（見物人の見立て）

391
色娘男の顔へなんをつけ　うき〳〵とする〳〵

色娘とは色っぽいおきゃん娘。どの男を見ても、何んのかのと批判してけちを付ける。

かんしやくのやうな目をする色娘　（明和四）

（おこった時の目付き）

392
花見から昼めしに来る下谷筋《したやすじ》　こしらへにけり〳〵

山椒説に「此の頃の花見といえば飛鳥山《あすかやま》、御殿山《ごてんやま》、いづれも郊外で一日がゝりである。ただ上野だけが市中に近く、従って花見から一寸《ちょっと》昼飯に帰るなどの芸の出来るのは、此処《ここ》ばかりで珍しかったのであろう」とあり、下谷筋の住人の花見。

〇下谷筋＝今の根岸・下谷・入谷・北上野・東上野・

上野あたりの上野公園東南方一帯の地。
まつ黒にさくらの口を締める也　（柳二〇）
（暮六ツを限りに表惣門の黒門《くろもん》を締める）

393 **しきみうり壱本出してふりを付《つけ》**　はなやかな事〳〵　（26オ）

樒《しきみ》売《う》りは仏前に供える樒《しきみ》（モクレン科の常緑の小枝で、仏前草とも三文花《さんもんばな》ともいう）を売り歩く行商。句はその樒売りが呼び止められて荷をおろし、中から一本選び出して枝ぶりを直すお愛想《あいそう》ぶり。550参照。

寺の門番役徳《やくとく》にしきみ売り　（柳二四）

394 **我作《わがさく》の立聞《たちぎき》をする門《もん》ざへもん**　はなやかな事〳〵

門左衛門《もんざえもん》は浄瑠璃・歌舞伎脚本作者の近松門左衛門で、自作の浄瑠璃の上演に出来栄えいかにと立ち聞きをするところ。

我うそでかんるいながす門左ヱ門　（拾九）

395 **髪《かみ》さげの有るは巴《ともえ》が具足《ぐそく》なり**　よごれこそすれ〳〵

具足は甲冑《かっちゅう》のこと。巴は巴御前で226参照。その黒髪の見事さは「長《たけ》に余る黒髪を後へさと打越《うちこし》て……眉目《みめ》も形も優なりけり。歳は二十八とかや」（『源平盛衰記』）と描かれているほどで、巴の具足には、実際には無いのであるが、髪のさばきを付ける「髪下《かみさ》げ」という工作がしてあったろうと想像した句。

髪かけに巴は古い陣ばおり　（柳一一八）

396 **ほころびの内こたつから首が生《は》へ**　ほしひことかな〳〵

ほころびを縫ってもらっている間は寒いから、肌着一枚で炬燵《こたつ》にもぐり込んで、首だけ亀の子のように出しているさまを「首が生へ」と形容した句。

ほころびを縫う内たいこ土俵入り　（柳一一）
（太鼓持が土俵入りのまね）

397 **ならふならせめて文珠《もんじゅ》のむふんべつ**　ほしひことかな〳〵

文珠は文殊菩薩の略。普賢《ふげん》菩薩と共に釈尊《しゃくそん》の左に侍《じ》して智慧《ちえ》をつかさどる菩薩で獅子に乗る（普賢は右に侍して白象に乗る）。諺にも「三人寄れば文殊の智恵」という。おいらはとても文殊の智恵には及ばぬから、せめて持ちたや無分別、といった理屈の句。

　身の内の文殊を鼻にぶらつかせ　（拾三）

398
瓜喰ふた所《とこ》にわすれる柄袋《つかぶくろ》　よごれこそすれ〱

旅をする時には町人も脇差《わきざし》を一本腰にすることを許されていた。掛茶屋《かけぢやや》で一休みして瓜を食べた。その時に柄《つか》袋《ぶくろ》を払い、脇に置いて、小柄《こづか》（刀の鯉口《こいぐち》に差してある小刀）で皮をむいたが、そのまま出立《しゆつたつ》して途中で柄袋を忘れたことに気付いた。普段持ちつけぬものは仕方のないものだ。

○柄袋＝道中で雨に濡れないように、刀の柄にかける革製の袋。

399
水引《みずひき》で蛤を釣るひな祭　はなやかな事〱

三月節供の雛祭には生きた蛤を供え、祝い膳にも蛤の吸物を出した。子供たちが祝い品の水引を利用して、蛤が口を開くと水引を突っ込んで、閉じたところを釣り上げて遊ぶ。

○水引＝細いこよりを糊水をつけて干し固めたもの。

　桃林《とうりん》で蛤のなくのどやかさ　（柳二六）

　（チュッ〱と水を飛ばす）

400
つよい癪《しやく》いけどるやうに人をつみ　わがまゝなこと〱

癪は種々の病気によって起こる胸部・腹部の激痛で、俗にさしこみといい婦人に多い。その時には患部を強い力で圧《お》してやるとよい。ところが強い癪だから、一人や二人の力では効果なく、捕り方が犯人を生捕るように、大勢で折り重なると滑稽な表現。405参照。

　むまい事娘のしやくの相手也　（柳一三）

401
おやぶんはのんし〱で割《わり》を言ひ　つもりこそすれ〱（26ウ）

親分《おやぶん》は遊び人、博徒の頭分《かしらぶん》。親分がことばの間に口癖で「のんし〱」と合の手を入れながら、相手を説得しようと何か理屈をこねているさま。

○割を言ひ＝道理をいう。理屈をこねる。

親分のりづめよしかをぬけにいひ　（柳一〇）

（「ぬけに」はやたらに）

402 **切れぶみにせめて使のむなづくし**　口おしひこと〳〵

切れ文は客から遊女に出す縁切りの手紙。切れ文を受け取った女郎が、口惜《くや》しまぎれに使いの者の胸《むな》ぐらをつかんで、こづきまわす情景。使いこそとんだ災難。

文つかひけんもほろゝの目に出あひ　（拾七）

403 **御出入《おんでいり》三人扶持《ぶち》で泣寝入《なきねいり》**　つもりこそすれ〳〵

御出入は大名屋敷への出入商人。御用達《ごようたし》。本句に付いては浜田説に「大名の財政窮乏をよんだ句。貸金を返さず、その代り三人扶持《ぶち》の士分に取立るというのを、やむを得ず承諾する」と明解がある。ついでに扶持米《ふちまい》は男一日五合、女一日四合、毎月支給された。男の場合、三人扶持は四斗俵にすると年に十三俵半になる。

御用達ふしやう〳〵に扶持を取り　（明和五）

404 **時分触戻《じぶんぶれ》りに辛味《からみ》さげて来る**　まねきこそすれ〳〵

時分触は集会などの時、御客が揃ったからお出で下さいという来客案内。時分案内ともいう。その使いが帰りに辛味の材料を買って来た。辛味は料理する直前に出さぬと味がぬけるからで、細かい観察句。

大根とねぎを引つ下げて時分ぶれ　（天明六）

405 **平家方皆舟《ふな》ばりでしやくをおし**　口おしひこと〳〵

平家一門は一の谷の合戦に敗れて、通盛《みちもり》以下、十人の主だった武将を討たれ舟で海上へ逃がれた。句は敗軍の心痛から官女や女房たちが癪《しやく》を起こし、互いに舷側《ふなばり》に寄り合って癪を圧《お》すより外にせんすべがなかった。400参照。

平家がた小便もせず舟にのり　（拾五）

（あわてふためくさま）

406 **忠《ただ》のりはかつてをわるく取て投げ**　口おしひこと〳〵

忠度は薩摩守《さつまのかみ》平忠度。一の谷の合戦に敵の岡部六弥太《おかべのろくやた》と戦い、その家来に右の腕を斬り落とされる。今はこれまでと左手で六弥太を取って投げたが、ついに六弥太に頸を斬られた。人は通常右手を振うものだが、右腕は斬られて無いので勝手《かって》をわるく左手で投げたとうがった句。

してやつた気で忠度はしてやられ　（明和元）

407
日《にち》りんに迄つゝかゝる無法《むほう》もの　まねきこそすれ〳〵

三句続けて詠史句。無法者とは平清盛のことで、清盛が兵庫福原に経《きょう》が島《しま》を築いた時、この工事を進捗《しんちょく》させるために、扇を開いて沈む夕陽《ゆうひ》を招き返したという俗説による。

日を招き諸国の時計皆くるい　（柳七八）

408
よし町《ちょう》でとしまの分《ぶん》は弐役《ふたやく》し　やわらかな事〳〵

芳町《よしちょう》は74参照。陰間《かげま》茶屋で有名。陰間も二十を越した年増《としま》になると、僧侶の相手もするが、女客も取るようになる。「いまだ舞台に出ぬをかげまという」（『三養雑記《さんようざつき》』）とあるように、この中からいくらも女形《おやま》に成ったので、「弐役し」と歌舞伎用語を使った。

よし町で女の客はかへりうち　（拾八）

409
辻番へあくる日へどの礼に行　口おしひこと〳〵（27オ）

辻番は65参照。酔っぱらって反吐《へど》をはき散々辻番の世話になった奴が、翌日お礼に出頭するところ。

辻番は弐百がわらにうづめられ　（柳一〇）
（二百文のわらは内職の草鞋《わらじ》作りの材料）

410
念仏のころがる内義《ないぎ》やとわれる　まねきこそすれ〳〵

念仏は念仏講、168参照。「ころがる」は美音で節まわしがうまい。そういう内儀は音頭取りに引く手あまたである。

念仏をひよつと娘がおかしがり　（柳一〇）
（箸の転んだもおかしがる年頃）

411
さいそくも質屋はゆるり〳〵とし　つもりこそすれ〳〵

質屋の定書の第一条に「質物は八ケ月限流申候」とあり、八カ月が期限。質物が流れても別に損をする訳でないから、「催促もゆるり〱」とする。質屋は庶民の金融機関として大切な存在であった。

八月目に流れて女房くやむ也　（柳三六）

（流産にかける）

412 **おやぶんをたづねに這入《はい》る夜《よ》講尺《こうしやく》**　まねきこそすれ〱

講尺は講釈とも書き、呉越軍談《ごえつぐんだん》・三国志《さんごくし》・水滸伝《すいこでん》などは人気があった。親分に急用が出来て、子分がまた講釈場だろうと見当をつけて探しに入る。

手ならひの師匠夜《よな》〱三国志　（天明二）

（夜は講釈師）

413 **ひまで居るやかたにろくな事はなし**　まねきこそすれ〱

屋形は屋形船の略。本来は川涼みの遊山船《ゆさんぶね》であるが、その季節を過ぎると、川施餓鬼《せがき》（七月）やら練馬大根の輸送（冬）やら、博奕《ばくち》場などに利用される。全く「ろくな事はなし」とみさげた。

三味線とねんぶつ次ぎは大根なり　（安永七）

414 **見ぬ顔をすれどちよつちよと針が止む**　つもりこそすれ〱

裁縫をしながら、すこし離れたところに居る好きな男の方を、時々上目使《うわめ》いに針の手を休めて見る娘の所作。前句は思いが「つもりこそすれ〱」。

縫ひながら額で見たる言名付《いいなづけ》　（宝暦十一）

415 **朝帰りもてたやつから噺出《はなしだ》し**　まねきこそすれ〱

朝帰りは遊里に一泊して翌朝帰ること。もてた奴から口火《くちび》を切るのが人情で「夕べはおれの敵娼《やつ》がな……」と、連《つ》れにのろけ話を始める。

聞てくりや夕べの首尾《しゆび》は先斯《まずこ》うよ　（柳五八）

416 **つれて来てくれなと一つどうづかれ**　まねきこそすれ〱

本句も朝帰りの情景。女郎が朋輩女郎の客に向って「今度来る時は、わたしの誰《たれ》さんもきっと連れて来てくれな」と、岡焼き半分で一つこづく場面。

言伝《ことづて》を戻る背中へたゝき込　（武玉川五）

（「此頃はどうしなんしたと里好さんへさうい

つておくんなんし」（『吉原志』頭注）

417 **虎坊《とらぼう》としこなして呼ぶ鶴の丸**　まねきこそすれ〳〵（27ウ）

虎坊とは、曽我十郎の相方《あいかた》で情婦の虎御前《とらごぜん》（大磯の遊女）の愛称。鶴の丸は朝比奈《あさひな》三郎義秀の紋所（255頁参照）。句は大磯の廓《くるわ》で、朝比奈が虎御前を虎坊などといかにも親しげに呼んで、通振《つうぶ》りを発揮するさま。

○しこなす＝馴れ馴れしく相手を扱う。

ごふせいなたいこ持《もち》なり鶴の丸　（明和元）

（曽我対面の場で祐経《すけつね》と曽我兄弟の間を取り持つ）

418 **おどりこをくよ〳〵と見る橋の上**　つもりこそすれ〳〵

本句は223「やかたから人と思はぬ橋の上」の反対で、橋の上から屋形船の踊子の騒ぎをくよくよと見下ろす庶民のため息。

駒下駄《こまげた》を川へ落してはやされる　（傍一）

（踊子の履物）

419 **御《ご》ていしゆが留守《るす》でかぼちやの直《ね》が出来る**　まねきこそすれ〳〵

南瓜《かぼちゃ》とかお薩《さつ》は女性の好物で、亭主の留守に女房が南瓜を買ったというまでの句。

初かぼちや女房千両でも買う気　（夏柳）

420 **てつくわうちそのくせ妻は恋女房**　やわらかな事〳〵

鉄火打《てつかうち》は博奕打《ばくち》。荒っぽい家業に似ず、その女房は女郎上りの恋女房とは意外だという句。

おやぶんは美しひのをあまよばり　（柳四345）

421 **御《ご》いんきよをあま口《くち》に見てめしにつき**　まねきこそすれ〳〵

あま口は俗に相手をなめてかかること。目見《めみ》え奉公のしたたかな召使い女が、その家《や》の御隠居を甘く見て奉公することに決心する。

○飯《めし》に付《つ》き＝目見え奉公すること。食事《めし》を出されて食べれば奉公する意志表示で、食べなければ拒否表示。

目見へ下女しあんしい〳〵飯を喰い　（安永二）

422
こわ色はむほん勝負の花見をし　　口おしひこと〳〵

声色《こわいろ》は役者のせりふをまねる者。声色づかい。句はその声色づかいが、花見客目当てに一《いち》か八《ばち》か稼ごうと出掛けたところ、すっかり当が外れて「口惜《くちお》しひこと〳〵」。

○むほん勝負＝成否の見通しもなく勝負をすること。

声色の扇はゆびをはねて持　（安永六）

423
神馬《じんめ》ひき武士のめしをも喰た㒵《かお》　　口おしひこと〳〵

神馬は43参照。今でこそ神馬引きなどに成り下がっているが、これでも昔はれっきとした御屋敷に奉公した身だという、そんな尊大ぶった態度をしている。

折ふしは神馬もかぐら太鼓うち　（柳七四）

（発情すると）

424
はごの子《こ》の干物《ひもの》を拾ふあやめふき　　まねきこそすれ〳〵

羽子《はご》の子《こ》は正月の羽根《はね》突《つ》き遊びの羽根のこと。句は菖《あや》蒲《め》ふきが軒端に梯子《はしご》をかけて上ると、去年の正月屋根に突き上げた「羽根の子の干物」を拾った。乾《ひ》からびた羽根を「干物」とはおもしろい形容。

○菖蒲ふき＝五月五日の端午《たんご》の節供にそなえて、四日の夕方菖蒲を軒にさすこと。

羽子の子を樋《とい》からほうるあやめふき　（柳四四）

425
懸《かか》り人《うど》寝《ね》言《ごと》にいふが本《ほん》の事　　口おしひこと〳〵　（28オ）

懸り人（掛人《かかりうど》）は毎日が気兼《きが》ね生活の連続で、いいたい事もいえないだけに寝言にいうのが本心だとうがった句。

かゝり人《うど》いも虫ほどの腹を立て　（拾一〇）

426
女房のすねたは足を縄《なわ》にない　　やわらかな事〳〵

山椒本（大正十四年発行）は本句を削除。『末摘花《すえつむはな》』は発売禁止の時代だった。「足を縄にない」（縄による）が拒絶反応を示してうまい表現。

またぐらをひっぱたげるが亭主負け　（末初）

427
しちりんへどつさりすはる病《や》み上《あが》り　　口おしひこと〳〵

七輪《しちりん》は台所道具の一つ。喰物を煮炊するコンロのような物。句は「粥《かゆ》を煮る」と「薬を煎《せん》じる」の二説あったが、何れにせよ、病後（病み上り）で体力が無く、だるくて七輪の前にどっかり坐り込んでする態度。

台所へ追手のかゝる病み上り　（拾九）

（食欲旺盛）

428
じゅずぶくろ嫁のけいはくはじめ也　やわらかな事〳〵

数珠袋《じゅずぶくろ》は数珠を入れる袋。嫁が姑の寺参りに持参する数珠袋を縫って進《しん》ぜたのは、姑のご機嫌取《きげんと》りのはじめだとうがった句。

○軽薄《けいはく》＝追従《ついしょう》。へつらうこと。

てきぱきと嫁はそばから杖を出し　（拾二）

（姑の寺参り）

429
手《て》習子《ならいこ》かへると鍋をのぞいて見《み》　まねきこそすれ〳〵

寺子屋は八《や》つ（午後二時）が放課。それから帰って来ると腹ぺこだから（昼食は弁当持参組と自宅に食べに帰る者とあった）さっそく台所に来て鍋のぞきをする。今も変わらぬ子供の心理。

昼飯を外からどなる手習い子　（柳四213）

430
福山《ふくやま》はちとあやふやな傘もかし　つもりこそすれ〳〵

福山は芝居町《まち》の葺屋《ふきや》町《ちょう》市村座の東隣りにあった福山蕎麦のこと。蕎麦屋で食事をするぐらいだから安い見物で、返すかどうかも分からないから、俄雨に傘とは名ばかりの物を貸してやる。

福山はみんなもまれた客ばかり　（宝暦十一）

（追い込み席の客）

431
風呂敷《ふろしき》は双六《すごろく》うりのほうかむり　まねきこそすれ〳〵

双六売りは元日から松の内の間に、道中双六などを売り歩いた者。その双六売りが寒さ除けに風呂敷で頬かぶりしているという風俗句。

双六うりはふるしきをかぶつてる　（天明五）

432
料理人うす刄《ば》へのせてつまゝせる　にほひこそすれ〳〵

うす刄は薄刄庖丁。俗に菜切《なき》り庖丁のこと。料理人が台所を覗きに来た家人に、薄刄にのせて一切れつまませるという料理人の態度をうがった句。

料理人小ゆび程たこ切てくれ　（柳六）

433
巻《まき》ずるめたけたむすめへちよいとなげ　つらひ事かな〳〵（28ウ）

巻ずるめは婚礼の酒の肴で、鯣《するめ》を巻いて輪切りにし三《さん》宝《ぼう》に載せて出した。句はその巻ずるめを持ち帰った父親が、婚期の過ぎた娘に、からかい半分にちょいと投げて「お前も早くこれにあやかりな」という光景。

夜遊びの薬につける巻鯣《まきずるめ》　（柳七七）
（息子の夜遊び）

434
お妾をねめ〳〵こぼすせんじがら　つらひ事かな〳〵

煎《せん》じ殻《がら》は漢方の内服薬《ないふくやく》を煎じ出したあとの殻《から》。「殿様《とのさま》のご病気も元はといえば……」と、奥様がじろりとお妾をにらみながら煎じ殻を捨てるところ。

お妾はくつついて居て看病し　（明和二）

435
狐つき鼠と迄はのぞみかね　こらへたりけり〳〵

狐憑《きつねつき》は狐がとりついたという迷信の病い。また、狐は特に鼠の油揚げを好むという俗信があった。そこでいくら狐つきでも鼠の油揚げとまでは「のぞみかね」ているだろうとひやかした。

狐つき大屋《おおや》しかつて耻《はじ》をかき　（柳一〇）
（狐がついているから口は達者）

436
落《お》武《ち》者《むしや》は榎《えのき》をうへぬ道をにげ　つらひ事かな〳〵

落武者は戦に負けて逃げ落ちる武者《むしや》。当時は本街道（東海道・中山道《なかせんどう》などの五街道）の一里塚には榎を植えて目印《めじるし》とした。そこで落武者は人通りの少ない榎を植えぬ間道《かんどう》づたいに逃げのびるとうがった句。

落武者の一《ひと》つぶえりは七騎落《しちきおち》　（柳一二）
（石橋山《いしばしやま》の合戦に敗れた頼朝主従の七人）

437 **ぐち噺《ばなし》おくつて出ても小半時《こはんどき》**　こらへたりけり〳〵

ぐち噺は不平がましい事をくどくどこぼすこと。お内儀がさんざんぐち噺を聞かされて、やっと女客が腰を上げたので、ほっとして門口まで送って出たら、またもや小半時（小一時間）でうんざり。

立そふにして又咄す女客　（柳二九）

438 **立《たて》ひざで文を書くのもすがた也**　にほひこそすれ〳〵

吉原句。張見世《はりみせ》の女郎が片膝を立てて文を書いているのも、一つの艶なる姿である。

つれ〴〵なる儘に昼みせ文をかき　（柳六〇）

439 **笑ふにも座頭の母は遠慮《えんりよ》がち**　こらへたりけり〳〵

自分が笑われているかと思いがちな盲人の猜疑心《さいぎしん》をうがった句。本句は初篇522の「笑ふにも座頭の妻は向きを見て」の焼き直しであった。

人の目をかりて座頭はおかしがり　（宝暦十三）

440 **中《なか》の町《ちよう》はかま着たのはいたく見へ**　つらひ事かな〳〵

中の町（仲の町とも書く）は吉原の大門口《おおもんぐち》から廓内を真直ぐに貫く大通りで、その両側には引手茶屋《ひきてぢやや》がずらりと並んでいた。袴着《はかまき》た人物とは、役人などを接待する御用《ごよう》達《たし》を考えてみたが、推量にすぎない。

○御用達＝大名屋敷へ品物を納入する御用商人。

大一座はかまが付てやすくする　（柳一四）

わが金で太鼓持する御用達　（天明五）

441 **孝行に持つ女房は年がたけ**　こらへたりけり〳〵（29オ）

母親が老いて家事が面倒になったので、息子がすぐに役立つ年上女房をもらった。これも親に孝行のためである。

母の目で持た女房はしわんぼう　（明和元）

442 **小《こ》じうとめ母が帰るとそばへ寄《より》**　うつしこそすれ〳〵

小姑《こじゆうとめ》は夫の姉妹。俗に「小姑は鬼千匹」というぐらいで、留守中の嫁の言行をいちいち報告する。

いぶすより焚《た》き付けるのがにくいなり　（柳一三）
（いぶすは姑、焚き付けるは小姑）

443
橋の番たしかになげた水の音　つらひ事かな〳〵

橋の番人が夜更けにドブンという水音を聞いて、確かに今のは身投げだとさとり、闇をすかして水面をのぞく悲惨な光景。

○橋の番＝通行人から橋銭を取ったり、橋の管理にあたった。番小屋は橋の袂《たもと》にあり隅田川の橋（両国橋を除く）にあった。

444
京《きよう》だんとどさあで九年いじり合《あい》　こらへたりけり〳〵

京談は京言葉で源氏、どさあは奥州弁で安倍氏を表わす。すなわち前九年《ぜんくねん》の役《えき》（源頼義《みなもとよりよし》が陸奥《むつ》の豪族安倍《あべ》氏の叛乱を鎮定した戦）を両方言で表現した句。

○いじり合＝いじめる。ここは戦い合う。

九年目によほどどさあにならせられ　（明和元）

445
若い乳母くづして出たとうそらしい　にほひこそすれ〳〵

崩《くず》すは世帯《しよたい》くずし。一度世帯を持って、現在はわかれわかれになった男女。句は若い乳母が奉公に出た理由を説明して「世帯を持ち崩して奉公に出ました」と語るが、どうやら外に事情が有るらしい様子。

あま寺の場を江戸へ出る田舎乳母　（安永六）

446
ほころびをのぞいてあるく花の山　にほひこそすれ〳〵

幔幕《まんまく》を張りめぐらした立派な花見。ひやかしの花見連中が、どんなお姫様かと綻《ほころ》びの間から覗いて歩く。

何やつとまくの穴から奥家老《おくがろう》　（明和六）

447
中宿《なかやど》はぞうりにすみを付て遣《や》り　うつしこそすれ〳〵

中宿は255参照。中宿はここから、草履《ぞうり》にはき替えて行く遊客に「お間違いになりませんように」といって、鼻緒に目印の墨を付けてやる。

中宿でそこの有るのとはき替る　（柳一七）

448 **山川《やまかわ》につまづくやつがさいご也**　つらひ事かな〳〵

山川は義士《ぎし》討入りの合言葉《あいことば》。味方同志が「山」といえば「川」と答えて味方であることを告げる。即座に答えられぬ奴は敵だから、はかない最期。

こすいやつ山よ川よと呼んでにげ　（安永元）

449 **おもしろい事を女はもちころし**　こらへたりけり〳〵（29ウ）

持《も》ち殺《ころ》しは持っていても利用せぬこと。「宝の持腐《もちぐさ》れ」という。女は情事には受身で、男から手を出さぬ限り発散しない。女の性《さが》をうがった句。

しごく承知でも女はじぎをする　（末初）
（辞宜《じぎ》は拒否する。男をじらす）

450 **本《ほん》くじを取る山伏のすばらしさ**　うつしこそすれ〳〵

山伏が頼母子講《たのもしこう》で本籤《ほんくじ》を取ったので、さすが加持祈禱《かじきとう》を業とするだけあって、くじ運も強くすばらしいことだと評判。

○頼母子講＝無尽《むじん》ともいう。金銭の融通を目的とする講で、講中が一定額の掛金をして、抽選または入札《にゅうさつ》によって、当った者に所定の金額を渡し、全員に渡し終わったところで解散する。本くじはその第一番の当りくじの事。

本くじは誰が取つたなと坪を伏せ　（柳七）
（博奕場《ばくち》での噂《うわさ》）

451 **木曽どのは客をじやらして飯を喰ひ**　こらへたりけり〳〵

詠史句。『平家物語』巻八（猫間《ねこま》）による。木曽義仲が京の守護職《しゅごしょく》をしていた時、猫間中納言光高《ねこまちゅうなごんみつたか》が用事で尋ねて来た。義仲は珍しい姓なのでわざと「猫は人に見参《げんざん》するか」とからかい、無理に食事を給《きゅう》して「猫殿は小食《しょうじき》におはしけるや。かい給へ（おかわりなさい）」と責《せ》めたので、相談どころかほうほうの体《てい》で帰られてしまった。「猫間」というから「じゃらして」と縁語仕立の句作。

なぶられた斗《ばか》りでねこま名が高し　（安永九）

452 **くらやみで龍王湯《りゅうおうとう》をがぶりのみ**　つらひ事かな〳〵

竜王湯は効能書によると「産前産後血の道一切によし。さゆに塩少し入」とあり、婦人の血の道の薬で、産後の肥立ちの悪い産婦が、病床のくらやみでがぶりと飲むところで、前句によく付く。

呑ましやれと産婦やわ〳〵ゆすぶられ　（明和三）

453 **勾当《こうとう》はまだ気のすまぬ杖をつき**　こらへたりけり〳〵

座頭《ざとう》が金を溜めてやっと勾当の官位にまでなった。しかしその上にはまだ検校（撞木《しゅもく》杖を突く）がある。そこまで行かねばまだ気がすまない。勾当は片撞木《かたしゅもく》（曲尺《さしがね》形）の杖だからだ。

針と按摩《あんま》でやふ〳〵と片撞木　（柳四三）

454 **上《じょう》るりのてんねきまじる元結《もとい》こき**　うつしこそすれ〳〵

元結こきは、紙捻《こより》を元結にしごく単純作業をする職人（281頁参照）。作業場を元結をしごきながら往復する仕事だから、時折り浄瑠璃の文句をうなりながらやっている。

○てんねき＝たまに。時おり。

半日はうしろへ歩く元結こき　（柳一一二）

455 **言ひふせる気でらうそくのしんを切《きり》**　にほひこそすれ〳〵

山椒説に「むづかしい掛合事《かけあいごと》……一方がとう〳〵と畳《たた》みかけて論じるのを、一方は一言も交《まじ》へず、じつと今まで聞いて居たが、それ切《ぎ》りかと言はぬばかり、じろりと相手の顔を見て、静かにらうそくの芯《しん》を切り、エヘンと一つ咳払い。」とある。他に適解がないので、山椒説に従っておく。

456 **あねむすめしめしを当《あて》てさづけられ**　つらひ事かな〳〵

しめしは赤ん坊のおしめ。姉娘がおしめを当てて弟の子守りをさせられる。前句「つらひことかな〳〵」である。

それいわぬ事か抱てゝだあらだら　（柳二四）

457 **母親は百度《ひゃくど》参《まい》りの立ち番し**　つらひ事かな〳〵　（30オ）

百度参りは、寺社の境内で一定距離を百回往復して祈願をこめること。数取《かずと》りにわらしべなど持って一回ごとに投げ捨てる。296参照。句は娘がお百度を踏んでいる側で、母親が立ち番をしている光景。百度参りは早朝が多く、深川不動でよく見かけたもの。

とけた帯百あるく内はさむなり　（安永元）

（薩摩屋敷の仲間《ちゅうげん》の内職）

458
風呂敷《ふろしき》で引つ越すうばはたちのまゝ　つらひ事かな〳〵

たちのまゝは身《み》一つで。着《き》のみ着のままでの意。「引越して行くでなく来ると考えれば簡単である。子の母親の病気などのため急拠《きゅうきょ》迎えられた乳母は、取るものも取りあえず風呂敷包一つでやってくる。行李《こうり》などはあとから届く」（浜田説）。120句の関連句のようだ。

459
あら切《ぎり》は一夜《ひとよ》さ切《ぎり》のはれに買《かい》　にほひこそすれ〳〵

あら切は薩摩産の上等の国分《こくぶ》煙草を荒く刻んだもの。吉原へ行くとなれば、煙草までもあら切を一夜限りの見栄《え》に買うとうがった句。

あら切りは元《もと》御屋敷で切りはじめ　（明和六）

460
しばられたやうに髪結《かみゆい》ひまで居る　つらひ事かな〳〵

ひまといっても、いつ客が来るか分からぬから、たすき掛けで待機して居る。それを「縛られたやうに」と形容した。

へんな日にばかり髪結休むなり　（柳六）

461
夜たかそば心せわしく斗《ばかり》喰ひ　にほひこそすれ〳〵

夜たかそばは250参照。通りすがりに一時《いっとき》の腹のたしに立食いをするから。

あね様《さん》やたんとあがれと夜そばいひ　（柳一二）

（枕代二十四文の街娼夜鷹《よたか》）

462
雷《かみなり》もすゞめがなけばしまいなり　こらへたりけり〳〵

前句から雨宿りの句であろう。日常生活の経験を詠める佳句。

せみがなき出すとお世話に成《な》りました　（柳一五）

463
夜講釈《よこうしやく》杖で来るのはけだいなし　うつしこそすれ〳〵

夜講釈は412参照。講釈場に毎晩杖で来るのは、用のないご隠居ぐらいである。

○懈怠《けだい》なし＝なまけない。おこたらない。

夜講釈張飛《ちようひ》びいきは頬《ほう》かぶり　（拾六）

（張飛は『三国志』の英雄。頬かぶりは勇み肌）

464
船中《せんちゆう》の小便こうしや二人たち　こらへたりけり〳〵

巧者《こうしや》は上手な人。船はぐらぐら揺れるから立小便は難しいのに、これは二人同時に両舷《りようげん》に立ってするのだから巧者である。

帯を取らえる猪牙《ちよき》の小便　（眉斧日録《びふにちろく》二）

465
いかだのりばか〳〵しくも野を戻《もど》り　つらひ事かな〳〵（30ウ）

行きは筏《いかだ》で川を下るから楽だが、帰りは野路《のみち》をてくてく歩いて戻るからばかばかしい。

筏のりかへりは鍋を下げて行き　（天明五）

（筏の上の蒲鉾《かまぼこ》小屋で煮炊した）

466
柱にも少し葉の有る旅芝居　こらへたりけり〳〵

旅芝居は158・220参照。そこらの立木を伐《き》って、小屋組みした俄《にわか》舞台だから「柱にも少し葉の有る」とうがったので、旅芝居らしい光景。

旅芝居あらしが吹いてそれつ切り　（明和四）

467
いたゞいてのむもくやしき山帰来《さんきらい》　つらひ事かな〳〵

山帰来はユリ科の多年生蔓性灌木で、その根を土茯《どぶく》苓《りよう》といい、梅毒の煎《せん》じ薬として用いた。亭主からとんだ病気を移された女房が、頂いて飲むのであるが、思えば口惜しいことだとの意。薬を飲む前にちょっと頂くのは当時の風習である。

山帰来女房ぶつてうづらでのみ　（明和六）

468
石屋にも一つか二つ絵《え》の具皿《ぐざら》　うつしこそすれ〳〵

夫婦並んだ墓碑名には死者は黒、存命者には朱を入れる。そこで石屋にも一つか二つ絵の具皿が用意してある。

仕合《しあわせ》は嫁だと石屋朱をつぶす　（柳八）

（姑の死）

469 **おかざりをとなりへぬけるなづな売《うり》**　にほひこそすれ〳〵

なづな売りは正月七日の七種粥《ななくさがゆ》に入れるなづなを売る行商で、農家の子供や老人の小遣銭《こづかいせん》かせぎであった。そのなづな売りが、注連飾《しめかざ》りの並ぶ軒下伝いに近道して、戸別《こべつ》に売り歩く正月風景。

なづな売り元《も》とはただだとねぎられる　（明和四）

（代は一束一文）

470 **是《これ》むす子一《い》つぷん捨る気は無いか**　つらひ事かな〳〵

一っぷんは金一分《いちぶ》の通言。中クラスの一分女郎の揚代である。どらの師匠が息子を吉原へ誘い出すところで全句が会話仕立。

壱《い》つぷんといふ金は皆むだづかひ　（明和三）

471 **嫁の顔目がねの外でじろりと見《み》**　こらへたりけり〳〵

針仕事をしながらも眼鏡越しに嫁の顔をじろりと見る姑。寸時も監視を怠らず。327参照。

目がねから大きく見《み》へる嫁のあら　（柳二四）

472 **禅宗は座ぜんが済《すむ》とのみを取《とり》**　こらへたりけり〳〵

禅僧は世間から道心堅固なものと見做《みな》されていた。それだけに川柳では戯画化されたのである。禅宗の始祖、達磨大師《だるまたいし》すら「人の見ぬ間にはだるまも蝿を追ひ」（宝暦十三）と、手にした払子《ほっす》でうるさい蝿を追い払っている。

473 **うち出しの頃あわ雪はくずをねり**　うつしこそすれ〳〵（31オ）

打出《うちだ》しは、芝居のはね太鼓（相撲にもいう）。その打出しの太鼓の音が聞こえて来たので、淡雪料理の壺屋《つぼや》では餡《あん》かけ豆腐の葛《くず》を練って支度にかかる。

○淡雪《あわゆき》＝葺屋町《ふきやちょう》市村座側にあった餡《あん》かけ豆腐料理で有名な壺屋《つぼや》。一人前百文。

あわ雪がじやまと弁当うりがいい　（安永九）

（安い席の連中が幕間に食いに出る）

474
うらの夜は四五寸近く来てすはり　にほひこそすれ〳〵

裏《うら》は326参照。二会目の登楼《とうろう》で、女郎がややうち解けることを距離で表現した句。

びわ壱《ひと》つ喰たがうらのしるし也　（柳一〇）
（初会の客の前では女郎は飲食をしない）

475
帆《ほ》ばしらの立つたをねかす舟《ふな》びくに　うつしこそすれ〳〵

舟比丘尼《ふなびくに》は船中で売春する比丘尼姿の娼婦。「新大橋袂《たもと》。此浄土の風俗。頭に黒き頭巾《ずきん》をいただき。衣裳《いしょう》は常のごとく。其かたち仏躰《ぶったい》（比丘尼姿）也。モウシモウシとよぶことしきり也」（『婦美車《ふみぐるま》　紫鹿子《むらさきがのこ》』安永三）とあり、その親方をお領《りょう》と呼ぶ。句は舟の縁語で、勃起せるペニスを帆柱の立ったといい、そうした状態の船頭と寝るのが彼女たちの勤めであると。

壱ばんが壱升につく舟びくに　（安永七）
（枕代は米一升）

476
伊世《いせ》よりも三河は皃《かお》がのどかなり　うつしこそすれ〳〵

伊世は伊勢の大神宮の御師《おし》（下級の神職）。年末江戸に下って檀家《だんか》を回って、来年の伊勢暦や大麻《たいま》（天照皇大神宮と書いたお札）を配り、お初穂を集めて帰った。三河は三河万歳（388参照）。句は年末から正月にかけて、御師と三河万歳とが入れ代ってやって来るが、前者はもったい振《ぶ》った顔、後者は笑いを振りまく愛嬌者であると。

大紋《だいもん》は笑顔上下泣《えがおかみしもなき》つつら　（柳一七）
（上下は御師）

477
火の見番人のひろふを見た斗《ばかり》　つらひ事かな〳〵

火の見番は火の見櫓（今なら消防署の望楼）の番人。火事を見張る外に用がないので、ふと見下すと、往来で財布か何かを拾う人を見付けたが、指をくわえて見るばかりだとユーモラスな句。

478
嫁のものかりて談義《だんぎ》でなぶられる　にほひこそすれ〳〵

談義は浄土宗で信者に説き聞かせる法談。お説教。その談義場で姑が嫁のはでな物（たとえば羽織とか）を借り着《ぎ》して来たので、ひやかされたとの句。

鬼どもをあつめて和尚だんぎなり　（天明五）

（鬼どもは姑婆々）

479
小侍蜘《くも》と下水《げすい》で日をくらし　つらひ事かな〳〵

小侍は362参照。蜘はうぐいすの餌、下水のボーフラとみみずは金魚の餌になる。小侍らしいアルバイト（八木説）。

鶯のくそで小ざむは銭もふけ　（傍二）

（糠袋に入れて顔をみがけば美しくなる）

480
月なみをのみ〳〵下女はぞんざへる　こらへたりけり〳〵

月並《つきなみ》は毎月の義で、ここは毎月朔日《ついたち》に服用する避妊薬の朔日丸《ついたちがん》のこと。毎月朔日丸を飲みながら下女は好きな男とふざけ散らしている。

○ぞんざへる＝ふざける。ここは情交する意。

481
梶原《かじはら》と火鉢の灰へ書て見せ　うらみこそすれ〳〵　（31ウ）

梶原は義経を讒言《ざんげん》した憎まれ者の景時《かげとき》。101・181参照。火鉢をかこんで某の噂話をしている。ところへひょっこり本人が現れたので、火箸をとり灰の中へ「梶原々々」と書いて見せた。あいつはおしゃべりだから、うっかりした事はしゃべるなとの意味。

482
よし盛《もり》へ鰹がとれておしよせる　まめな事かな〳〵

よし盛は和田義盛。三浦氏の一族で、謡曲「和田酒《わださか》盛《もり》」に「三浦の一門九十三騎」とある。鎌倉の海で初鰹がとれたと聞いて、和田一門九十三騎の面々《めんめん》が酒盛を開くべくおし寄せるとの句。

皆左り備《ぞな》えに九十三騎より　（柳九二）

（左り備えは本隊の左にそなえている軍隊に左《ひだり》利《き》き―酒飲みの意をかけた）

483
時《とき》がりにちよつと五両は大き過《すぎ》　ひくひ事かな〳〵

時借《ときがり》は当座の借金。五両は「間《ま》男《おとこ》五両」で間男の詫《わ》び料。間男代である。「ちょっと五両拝借したいので」と頭を下げられて、時借にしては大き過ぎるので、さては間男代かと気が付いた。

間男のからだ壱尺が壱両　（柳一七）

（五尺で五両）

484
年玉の茶わんをむいてごゝく院　はやりこそすれ〳〵

護国院《ごこく》は95参照。正月三日に参詣人に飲ませる大黒の湯の句。たまたまお年玉にもらった茶碗を持参した参詣人が、その上包《うわづつ》みをむいて有難く大黒の湯を頂く。

初春の山へおねばをのみに行き　（安永九）

（おねばは大黒の湯のこと）

485
藪入《やぶいり》に母はおめしの水を引《ひき》　まめな事かな〳〵

藪入は奉公人が、盆と正月の十六日にお暇《ひま》を頂いて一日親許《おやもと》に帰ること。太祇《たいぎ》の句に「やぶ入の寝るやひとりの親の側《そば》」とある。さて「水を引」とは、水加減を少なめにして強《こわ》く焚く意で、やわらかな御飯はおいしくない。母親の心遣いを詠める句。

藪入りの内は御《お》めしをこわくたき　（宝暦十三）

486
足の毛を引《ひく》が女房の中直《なかなお》り　うらみこそすれ〳〵

夫婦喧嘩の末、やっと女房が仲直りして、足の指で亭主の足の毛を引いて「お前さん」と誘うところ。

あつためてくれなと足をぶつからみ　（末初）

487
ふくろ持《もち》一生ひまがあかずに居　はやりこそすれ〳〵

袋持《ふくろもち》は老年まで疱瘡《ほうそう》（天然痘《てんねんとう》）にかからぬ者。その人に股をくぐらせてもらうと、疱瘡が軽くてすむという迷信があった。鞍馬《くらま》説に「始終《しじゆう》股をくぐらせてくれとたのまれて一生ひまがあかずであろう」とある。

またぐらの御無心《ごむしん》にあふふくろ持　（柳三492）

488
いくよ餅しなのゝ臼でつきたがり　はやりこそすれ〳〵

幾世餅《いくよ》は西両国広小路の盛り場の一部、吉川町《よしかわちょう》にあった小松屋から売り出した餅で、吉原の女郎上りの女房幾《いく》世《よ》が、みずから焼いて売ったところ大繁昌した。餅は一つ五文でざっと焼いて餡をまぶしたもの。また「しなのゝ臼」とは、善光寺のご本尊を一時安置した臼で、すなわち回向院《えこういん》の出開帳を暗示したもので、本句（明和元年）前では二十四年前の元文五年である。出開帳ともなれば、おびただしい参詣人で諸商人は大繁昌する。それを餅屋だから「臼でつきたがり」といったまでで、餅・臼・つくは縁語である（281頁参照）。

両国で信濃の臼をよびたがり　（宝暦九）

489 **そこ意地《いじ》のわるいも見へる六歌仙《ろっかせん》**　うらみこそすれ〳〵（32オ）

本句でいう六歌仙とはその一人大伴黒主《おおとものくろぬし》をいう。すなわち謡曲「草子《そうし》洗小町《あらいこまち》」によると、宮中で御歌合せに差し出す小町の歌を立ち聞きした黒主が、その歌を『万葉集』に書き入れして置き、当日それは古歌なりと難じて小町を陥《おとしい》れようとした。小町は持参した草紙を洗い、黒主の野心をくじくという筋。黒主が奸策《かんさく》をめぐらして小町を陥れようとしたから、底意地《そこいじ》の悪い人間と難じたもの。芝居でも悪役である。

○六歌仙＝僧正遍昭《そうじょうへんじょう》・在原業平《ありはらなりひら》・文屋康秀《ふんやのやすひで》・喜撰《きせん》法師《ほうし》・小野小町《おののこまち》・大伴黒主の六人の歌人。

洗濯でさつぱりとした和歌の論　（柳六〇）

490 **うたゝ寝の枕四五冊引ぬかれ**　ひくひ事かな〳〵

何冊かの本を枕にうたゝ寝をしていると、子供がやって来て、いきなり四五冊引っこ抜いて持って行く昼寝風景。

うたゝ寝の書物は風がくつて居る　（柳六）

491 **むしつたをけんしの笑ふ小柴垣《こしばがき》**　ひくひ事かな〳〵

検視《けんし》とは現場検証の役人。句は『曽我物語』巻十九（十番ぎりの事）による。兄弟は敵《かたき》工藤祐経《くどうすけつね》を討って、なおも立ち向う敵を切り伏せて奮戦する所に、武蔵国の住人新開荒四郎《しんかいのあらしろう》と名乗って十郎に向ったが、たちまち斬り立てられて「あまりに逃げ所なくして、小柴垣をやぶりて高這《たかば》ひにして逃げにける」とあり、検視役人もその現《げん》場《ば》を視て、荒四郎の卑怯未練な振舞《ふるまい》をさぞあざ笑ったであろうと。

うしろきずうけしんくわいの荒四郎　（安永四）

（新開に心外〈残念〉をかける）

492 **うちわうり少しあふいで出して見せ**　はやりこそすれ〳〵

うちわ売りが、客に愛想を振りまく所作《しょさ》。それからいろいろ団扇《うちわ》を並べて見せる。

あいそうにお乳母をあおぐうちわ売　（明和元）

493 **門松を取ると出て見る玄関番《げんかんばん》**　まめな事かな〳〵

玄関番は385参照。門松は七日の朝取り払われる。門松を取ったからといって、別に変わりは無いのだが、わざわざ外に出て玄関の様子を眺めて見るところに、退屈きわまる玄関番が描かれている。

玄関番ひたものあごをさすつて見　（明和三）

（ひたすら）

494 **下女が髪さし上て出てものを買《かい》**　まめな事かな〳〵

下女は多忙で、髪を結《ゆ》っているところへ物売りが来たので、結いかけた髪を高くさし上げたまま応対に出る。307参照。

乗せていて下女は二《ふた》声へんじする　（末初）

495 **恋むごが来てうす紙を引《ひっ》ぺがし**　まめな事かな〳〵

恋むこは216参照。恋煩いの娘が思いがかなって、病気が「うす紙を引ぺがす」ように快方に向ったとの意。「うす紙……」は病人が少しずつ快方に向う形容。

やせこけたものを恋むこ抱いてねる　（安永元）

496 **料理人うなづきながら市《いち》へ立《たち》**　まめな事かな〳〵

料理人が宴会の人数から、材料の仕入《しい》れを目算《もくさん》して、うなづきながら市場へ買い出しに行く。

料理人すとん〳〵と惜しげなし　（柳七）

497 **客と行桟敷《ゆくさじき》は遣《や》り手《て》まく工面《くめん》**　うらみこそすれ〳〵（32ウ）

桟敷は芝居の桟敷席で、東西と正面の三方にあった一、二等席。句は遊女が馴染客にねだって芝居見物に外出する。その時は監視役として遣り手が同行したが、たまには、うるさい遣り手をまいて二人だけでゆっくり見物したいというのであろう。

場ふさげなものは桟敷の遣り手也　（安永三）

（大きなお尻が邪魔）

498 **くわいらいし番町《ばんちょう》辺《へん》にからんで居**　はやりこそすれ〳〵

傀儡師《かいらいし》は子供相手の大道芸人。首に人形箱を吊し、その箱の上で人形を使って銭をもらった。終わりに山猫といって、鼬《いたち》のようなものを出しチ、クワイ〳〵とわめき子供をおどかしたので一名山猫回しともいう。番町（現千代田区）は一番町から六番町まで有り、旗本の居住地。お屋敷町だからよい稼ぎ場で、一日中番町辺にからんで稼ぎ回っている。

笑はせも泣かせもせないくわいらい師　（柳九）

499 **かたびらはかたみの中でうすい縁**　うらみこそすれ〳〵

帷子《かたびら》は絹や麻布で仕立てた夏の薄い単物《ひとえもの》。死者の形見《かたみ》分《わけ》に薄い単物をもらうとは、縁者の中でも「うすい縁」で遠縁《とおえん》に当る者とのうがち。

夜ぎふとん形見にもらふあついえん　（天明五）

500 **たいこ持宗旨《しゅうし》ばかりはまけて居ず**　はやりこそすれ〳〵

本句は初篇282句と全く同じ重出句。句解は初篇参照。

501 **母親は居つゞけ迄もかさとかけ**　はやりこそすれ〳〵

居続けは192・210参照。「かさとかけ」は瘡《かさ》の願掛《がんか》けすること。母親が息子の居続けを心配の余り、どうか瘡《かさ》（性病の梅毒《ばいどく》）ばかりには罹《かか》りませんようにと、当時流行の谷中《やなか》の笠森《かさもり》稲荷に願掛《がんか》けする。母親の取《と》り越《こ》し苦労。

○笠森稲荷＝谷中天王寺《てんのうじ》（もと感応寺《かんおうじ》）門前に在った瘡に霊験ありとて流行した稲荷。祈願者はまず土の団子を供え、平癒《へいゆ》すれば米の団子を供えた。鍵屋《かぎや》という水茶屋の娘にお仙（笠森お仙）という美人がいて春信が描いている。

かさならばかさとい丶やと母はいい　（安永四）

488　幾世餅（『江戸職人哥合』）

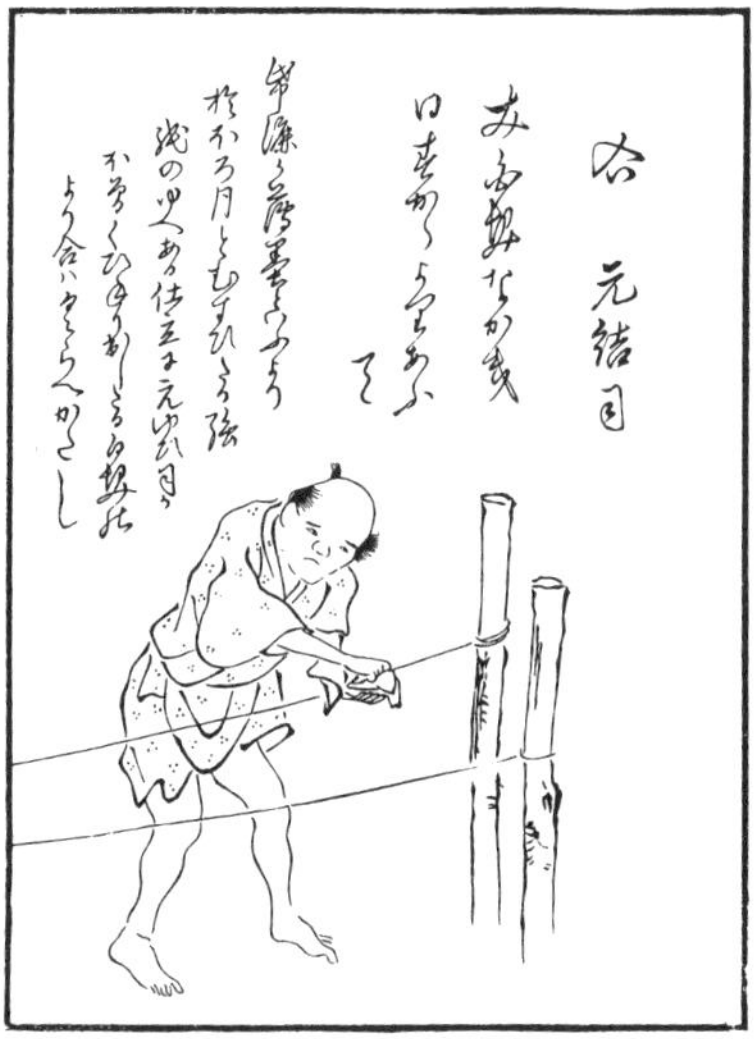

454　元結こき（『職人尽発句合』）

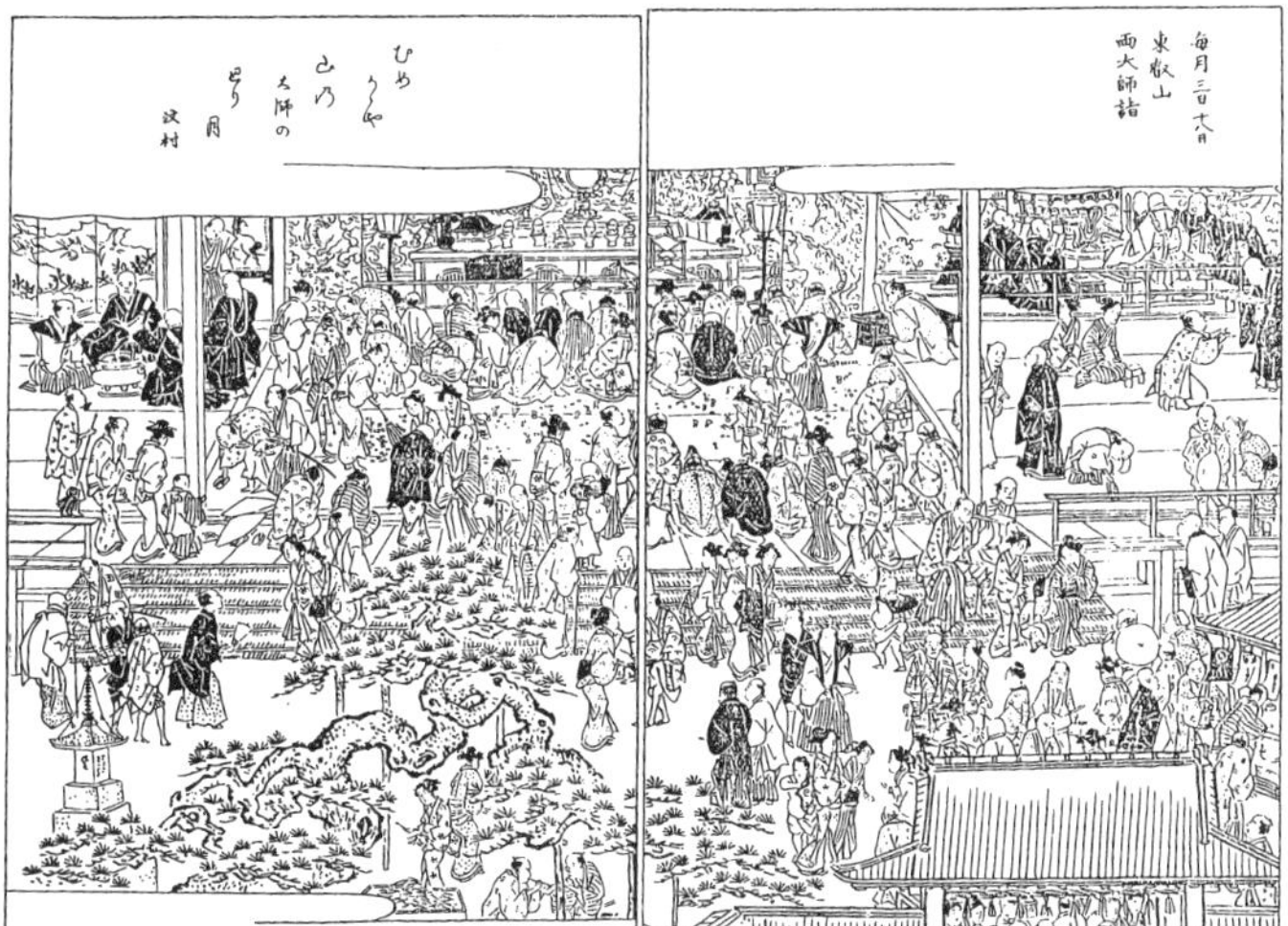

502　両大師詣（『東都歳時記』）

502
百本の御《ご》てんへひゞく御縁日　はやりこそすれ〳〵

本句は153の上野両大師参照。その御縁日は毎月三日と十八日で参詣人で賑わった（281頁参照）。さて百本とは百本の御籤《みくじ》竹のことで、御みくじを引く者が百本入った筒を振る時、その音がお隣りの御殿までひびいて来るとの意。

○御殿＝寛永寺の門主《もんしゅ》には代々法親王《ほうしんのう》が成られた。すなわち輪王寺宮《りんのうじのみや》様の御座所で、ここが寛永寺の御本坊で、現在の国立博物館の所。

503
熊谷《くまがい》はまだ実《み》の入らぬ首をとり　うらみこそすれ〳〵

熊谷は源氏の武者、熊谷次郎直実《なおざね》。一の谷の合戦で平経盛《つねもり》の子敦盛《あつもり》（生年十六）を心ならずも討った。十六歳の若武者だから「まだ実の入らぬ」と譬えたまでの句。『平家物語』巻第九（敦盛最期）による。

二八と聞いてあつ盛を打かねる　（柳五七）
（そばの十六文のもりにかける）

504
おはぐろに禿《かぶろ》はらうかねつて来る　ひくひ事かな〳〵

禿がおいらんの鉄漿《かね》の入った器《うつわ》を、こぼさぬように両手に捧げて、廊下をそろそろ歩くさまを、おいらん道中の八文字で仲の町を練り歩くさまに見立てた句。

一文の鉄漿すり足で禿来る　（柳九三）

505
ひぜん迄二人禿《かぶろ》は対《つい》にかき　うつしこそすれ〳〵（33オ）

皮癬《ひぜん》は伝染性皮膚病でひどくかゆい。二人禿は、おいらん道中の時おいらんの左右に一人ずつ付く禿。句はその二人禿が皮癬まで仲よく対《つい》にかくとうがったもの。

はやり目の禿は壱人ぼっちで居　（明和三）
（他にうつさぬように隔離した）

506
よしともはぬき身をさげてうち死し　つらひ事かな〳〵

よしともは源義朝。平治の乱に敗れて主従八騎となり、尾張国野間《のま》の内海《うつみ》に至り、長田庄司《おさだのしょうじ》忠致《ただむね》の家に泊った。忠致は義朝の傅子《めのとご》（乳母の子）鎌田兵衛政家《かまたひょうえまさいえ》の舅に当る。ところが明くる正月三日、心変りした長田のため湯殿で刺し殺された。首をとって平家の見参《げんざん》に入れ、恩賞に預からんとしたのである（『平治物語』下）。句はその時、義朝は裸であったから「抜き身」（俗に振《ふ》りという）を下げて討死したとの洒落。

きんたまをつかめ〱と長田下知《げち》　（柳三566）

507 **かんざしをはかりにかけるしぎと成《なり》**　つらひ事かな〱

山椒説は「質に入れるのか売り飛ばすのか、とにかく余程手詰《てづ》まったものと見える。おいらんのやりくり」とあり。

太夫職《たゆうしよく》百で四文もくらからず　（拾六）

（最高位のおいらんでも百文につき一ヵ月四文という質屋の利息は知っている）

508 **折《おり》〱は口書《くちがき》に乗る奈良の鹿**　つらひ事かな〱

口書は奉行所のお白洲《しらす》で取られる供述書。その口書に折々奈良の鹿が記載されるとは、鹿は春日神社の使《つか》わしめと称《とな》えて、害を加えた者は処刑されたからである。「奈良の早起き」ということわざがあって、自家の軒先に鹿が死んでいると、下手人の疑いを受けるので、鹿の死体があれば取りかたずけるため、早く起きるといわれた。

奈良の里鹿《しか》とも見へぬ七つ起　（柳一六一）

（まだうす暗い午前四時）

509 **神子《みこ》の穴ぶんまけて行かま払《はらい》**　つらひ事かな〱

神子は237、かま払は36参照。かま払の中には神子あがりも有って、競争意識から神子の穴（内幕《うちまく》、かげで売色をしているなど）をすっぱ抜いて行く奴もある。

かまはらひ少斗《すこしばか》りは扇《おうぎ》の手　（宝暦十二）

（神子あがり）

510 **色男ちとそろばんはにちう也**　つらひ事かな〱

にちう（二一中）は未熟の意。「色男金と力は無かりけり」は有名であるが、その他に算盤《そろばん》（経済観念）も不得手《ふえて》であると。

金は無いはづひんなりとした男　（柳一七）

二篇33オ

（やさ男）

511 **三歩《さんぶ》だけ事げんじうに売れ残り**　つらひ事かな〱

三歩は当時最高位の昼三《ちゆうさん》と称する三分女郎で、昼夜通しで三分、片仕舞《かたじまい》（女郎を昼・夜のいずれか一方だけ買うこと）はできない。したがって昼だけ揚げても一日分の三分取られる。このクラスの女郎は張見世はせず二階の自分の部屋に居た。本句は「売れ残り」とあるから張見世をしたわけで、これは「平昼三《ひらちゆうさん》」（張見世をした三分女郎）の場合である。

あんどんに取りそへ三分売れのこり　（柳二三）

（張見世の中央、行灯の側の座）

512 **べつ甲屋《こうや》くるつた所を継《つ》いで遣《や》り**　うつしこそすれ〱

べっ甲屋は、べっ甲製の櫛・笄《こうがい》などを作ったり、売ったりする商人。女郎が色男と痴話《ちわ》げんかをして、こわれたべっ甲の櫛か笄を継いでもらったのであろう。

小利口《こりこう》にふぬけを遣《つか》ふべつ甲屋　（柳一二三）

（ふぬけはまぬけ。そのくせ損はしない、商売上手）

513 **茶ぶるまいみな一人《ひと》りづゝだいて来る**　つらひ事かな〱（33ウ）

茶振舞《ちやぶるまい》は仏の命日などに茶ですませる簡単なもてなし。また茶事《ちやごと》ともいう。女同士ばかりを集める時は多くこの茶振舞であった。句は集まって来る女客は、みな子持の女ばかり。

514 **心ではあいつをなあと見たばかり**　こらへたりけり〱

張見世《はりみせ》をただ見て歩くだけの素見物《すけんぶつ》の心情。買うとしたら「あいつをなあ」と見たばかり。

すけんが七分買うやつが三分なり　（天明二）

515 **此頃《このごろ》はとほうもないとたゝく尻**　つらひ事かな〱

「とほうもない」は図抜《ずぬ》けている。比《ひ》すべきものもない程大きい。成熟した娘の尻をからかい半分たたく図。

雑俳集『千代見草《ちよみぐさ》』（元禄五年刊か）に「娘子《むすめご》と西瓜の尻

はたたいて見」とある。

516 **赤がしら青びやうたんを抱あるき**　つらひ事かな〳〵

赤頭《あかがしら》は油をつけない赤毛の頭髪。青瓢箪《びょうたん》は顔色の青い病弱児のたとえ。句は赤頭の子守が、青瓢箪の赤子を抱き歩くという田舎らしい光景。

いおつりが来たぜ〳〵と赤がしら　（柳一九）
（田舎の子供。釣り場を教えて銭をねだる）

517 **かぐ鼻はまゆをひそめて言上《ごんじょう》し**　にほひこそすれ〳〵

かぐ鼻は150参照。地獄の「見る目嗅ぐ鼻」の女の方。「まゆをひそめて」とあるから、この亡者《もうじゃ》は余程胡散《うさん》臭い奴ですと閻魔《えんま》大王に申し上げる。

首のいうなりに閻魔はさばく也　（拾三）

518 **あぶれたは遣《や》り手《て》のかたをもんで遣《や》り**　つらひ事かな〳〵

売れ残りの女郎が、日頃は辛く当たる遣り手の肩を揉んでお追従をするところ。

あいさうをやり手へいう夜みじめ也　（拾六）

519 **ぬいはくや五色《ごしき》に壁へ吹《ふき》つける**　うつしこそすれ〳〵

縫箔屋《ぬいはくや》は83・290参照。色とりどりの糸屑《いとくず》を口に含むが、それがたまると壁へ吹つける。それを「五色に」と虹を吹くように形容した句。

縫箔屋廻《まわ》しへ人が寄りたがり　（柳二七）
（廻しは力士の化粧《けしょう》まわし）

520 **神酒《みき》どくりきやたつの上でふつて見る**　うつしこそすれ〳〵

神酒どくりは、神棚にお供えする酒を入れる徳利《とくり》。神棚の掃除をするため脚立《きゃたつ》に乗ったら、目の前に神酒《みき》どくりがある。「しめしめ、まだお神酒があるかな」と振ってみる上戸。

大あくび棚の御神酒を見付出し　（柳一〇）

521 **つき米屋女を見るとつよくふみ**　うつしこそすれ〳〵（34オ）

搗米屋《つきごめや》は、店を構えて、足踏みの米搗き仕掛けで玄米《げんまい》を精白する米屋。仕事中の男共が、往来を通る若い女を見ると、急にハッスルして強く踏むとうがった句。

車引《くるまひき》女を見るといきみ出し　（柳初462）

（荷車を引く車力《しゃりき》）

522 **寝せ付けてていしゆとかわる松の内**　こらへたりけり〳〵

博奕《ばくち》はきびしい御法度《ごはっと》とされたが、正月松の内だけは取締りも寛大で、どこでも夜更けまでやったらしい。亭主が負けてばかり居るので、添乳している女房は気が気でない。やっと子供を寝せつけて交替すべく罷《まか》り出た。592参照。

坊《ぼう》がおやわんで伏せてる松の内　（柳一五）

（親椀は大形の飯椀）

523 **あたりからやかましくいふ年に成《なり》**　こらへたりけり〳〵

年頃を過ぎた娘で、ぐず〳〵していると婚期を過ぎる。近所からも騒ぎ立てるというのである。

あの男この男とて古くなり　（柳一二）

524 **はかまかと隣のていしゆ聞《きき》に来る**　うつしこそすれ〳〵

山椒説に「会葬の支度」とあり。町人が裃袴《かみしもばかま》をつけるのは婚礼か葬式ぐらい。

こちとらが上下《かみしも》着るは吉か凶か　（宝暦八）

525 **とそ袋嘉例《かれい》のやうに八《や》つを聞《きき》**　うつしこそすれ〳〵

嘉例はめでたい例。正月を迎える大晦日《おおみそか》の主婦のさいごの仕事は屠蘇袋《とそぶくろ》を縫うことで、その時分はまるで嘉例のように八《や》つの鐘（夜中の午前二時）を聞く頃になる。

〇とそ袋＝屠蘇を入れる紅絹《もみ》の三角形の袋。屠蘇はみりんに浸して年始に飲む薬酒で、一年の邪気を払い、齢《よわい》を延ばすといわれた。

乳へ子をぶら下げて縫ふとそぶくろ　（柳八）

526 **すり子木《こぎ》の鏡へうつる新世帯《あらぜたい》**　つらひ事かな〳〵

新世帯は131参照。新婚家庭ではあるが、親が許さぬので式を挙げずに二人で小さな借家に同棲したケースをいう。山椒説に「まだ一向《いっこう》物が調《ととの》はないがらんとした新世帯。こっちの（座敷の）隅に置いてある鏡立《かがみたて》の鏡の面《おもて》に、台所の柱にかかっている摺子木《すりこぎ》がありありと映っている」とある。

新世帯たたみの上でみそを摺り　（柳二二）

527
玄関番《げんかばん》びんぼうゆすりして咄《はな》し　こらへたりけり〳〵

玄関番は訪問客が無ければ退屈なので、話し相手があると貧乏ゆすりしながら、いつまでも長話をしている。

玄関番どつし〳〵と三つおり　（柳三494）

（段々を踏んで板敷《いたじき》の式台へ下りる）

528
そうもんも船へするのはぐわんぜなし　うらみこそすれ〳〵

壇浦《だんのうら》合戦時の安徳帝《あんとくてい》を詠める句。奏聞《そうもん》は天皇に申し上げること。臣下の者が味方の苦戦をいちいち御座船《ござぶね》の天皇にご報告するが、その帝《みかど》はまだ八歳のがんぜなきお方であって、いかんともしがたい。

○頑是無《がんぜな》し＝幼くてききわけがない。

一門はどぶり〳〵とそうもんし　（柳初285）

（帝につづいて入水した）

529
たち入つた咄の多い御《お》くら前《まえ》　ひくひ事かな〳〵（34ウ）

御蔵前《おくらまえ》に在った蔵宿《くらやど》の句。380参照。蔵米取りの武士が、やれ家に病人が出たの、不幸があったのと立ち入った話を訴えて、前借を申し込むが、毎度のことだから蔵宿では応じない。

たび〳〵の不幸蔵宿笑ってる　（柳四四）

530
麦めしの馳走は和尚水かげん　まめな事かな〳〵

貧乏寺で人手がなく、和尚自ら麦飯の水加減をして客を接待する。寺に限らず田舎はどこでも麦飯であった。

麦飯の後あやまつて改《あ》らたまり　（柳一九）

（どら息子を田舎にやって心をきたえ直す）

531
見せずともよいに太刀売《たちうり》ひらりぬき　まめな事かな〳〵

太刀売は五月五日の端午《たんご》の節供《せっく》に飾る菖蒲太刀《だち》売り。子供の購買心をそそるために、此の通りとひらり抜いて見せる。「菖蒲刀。端午の飾刀にて親族出生の男子等に送レ之。木刀也。金銀紙等にて飾レ之」（『守貞漫稿』）。

太刀をぐわらりとなげ捨てかしわ餅　（柳一三）

（かしわ餅くんな）

532
渡し守手を遊ばせる人がのり　まめな事かな〳〵

山椒説に「どれ、おれが一つ漕いでやろうと、酔狂《すいきょう》な奴が自慢たら〳〵」とある。他人に自分の腕前を見せたいのである。

わたし守毎日ひとつ所《とこ》をこぎ　（柳一八）

533
長つぼね壱人《ひとり》か二人高まくら　まめな事かな〳〵

高枕《たかまくら》は産婦が出産後に、血が頭にのぼって逆上するのを防ぐためにする高い枕。長局の奥女中の中には、宿下りの折りに男に接して出産をする場合があったらしく、一人か二人高枕をしているとうがった句。

何やつのしわざか後家を高枕　（末四）

534
座頭の坊みそ役人を言ひまかし　うらみこそすれ〳〵

金貸し座頭が、借金取りに旗本屋敷を訪れたところで、味噌《みそ》役人の下手な言い訳ぐらいではとても相手にならない。

○味噌役人＝旗本屋敷に雇われて家事万端をする家来の蔑称。味噌すりまでする意で味噌用人ともいう。

座頭の坊殿《との》に逢《あお》ふと大きく出　（拾九）

535
けいあんは文字《もじ》が方《ほう》かと聞て行《ゆき》　はやりこそすれ〳〵

桂庵《けいあん》は奉公人の口入屋《くちいれや》。文字は常磐津《ときわづ》節の祖、常磐津文字太夫の略。句は娘の奉公口を斡旋するのに、芸事は「文字が方か」と聞いて連れて行くのであろう。104参照。

御妾は元《もと》をわすれず文字を引き　（明和二）

536
とび石にすると和尚の夢に見へ　うらみこそすれ〳〵

飛石《とびいし》は庭園の通路に飛び飛びに敷き並べた石。無縁仏の石塔の一部を庭の飛石に並べたら、その夜仏の霊が恨んで、和尚の夢枕に立った。ありそうな話。

飛石に年号もある寺の庭　（柳一二九）

（同前の句）

537
用のないわに口《ぐち》たゝく護府《ごふ》とり　はやりこそすれ〳〵　（35オ）

護府とり（一般に護符と書く）は、神仏のお守札を頂きに行く使いの者。その使いがお札を頂けば用がないのだが、せっかく来たのだからと、神前の鰐口《わにぐち》をたたいて音色を試してみる。

○鰐口《わにぐち》＝社前・仏堂前の軒下につるす金属製の具。参詣者は布の綱を振り動かして打ち鳴らす。

朝かほを一廻りみる御符とり　（拾三）

538
尼に成る場を気でくつて嫁に成《なり》　うらみこそすれ〳〵

気でくうとは、じっと我慢をすること。句意は大村説に「前句からこれは死別れの寡婦《かふ》ではなく、男に裏切られ、一度は絶望して近代ならば修道院にでも入りたくなった女」とある。人生の一断面をとらえた句。

539
才蔵《さいぞう》は村でもちつと口をきゝ　まめな事かな〳〵

才蔵は388参照。万歳の太夫はシテ役、才蔵はワキ役であるが、実際は滑稽な文句やしぐさで笑わせるのは才蔵の方で、国では村の口利きの部に入る。

○口をきゝ＝争いごとの仲裁をする。

シテよりもワキがじやらけて笑はせる　（安永七）

540
壱人者小腹がたつとくわずに居　うらみこそすれ〳〵

今日の医学では、腹を立てると消化液が出なくなり、食欲が減退するというが、一人者だけに、そのうっぷんの持って行き所が無く「くわずに居る」とは哀れである。

壱人者食つてしまつて苦労がり　（柳四659）

（他にすることがない）

541
よみ売《うり》は箸一ぜんをわけて持《もち》　はやりこそすれ〳〵

読売《よみうり》は市井間《しせいかん》に起こった珍しい事件などを瓦版に摺《す》って、美声を張りあげ節をつけて唄《うた》いながら売り歩く者。その風俗は深編笠、二人連れ、左手に細い棒を持ち、下駄ばきといった出で立ち。「箸一ぜん」とは、竹箸のような細い棒を二人が一本ずつ持ち、瓦版をポンと打って声を張り上げて語り出す。この箸は瓦版の文字を読む時の字突《じつき》に用いた。

一ぜんの箸で読売二人食ひ　（柳三八）

542
ごまめうり猫に一疋《いっぴき》けいはくし　はやりこそすれ〳〵

ごまめ売りは、カタクチイワシの乾製品で田作《たづくり》ともいい、正月用の料理に出されたごまめを売る行商人。買ってもらおうとして猫に一疋やって細君におせじをいう。

○軽薄《けいはく》＝おべっか。おせじをいう。

543
二代目は金《かね》だまの飛ぶ面白さ　はやりこそすれ〳〵

金《かね》だまは金の魂。初代が汗水流して溜めた金を、苦労知らずの二代目が金魂が飛ぶほど派手に使って、三代目で身代を潰してしまう。

二代目はあしぶみもせぬふくの神　（柳二二）

544
おちゃっぴい節句《せっく》の礼に二三度来《き》　まめな事かな〳〵

おちゃっぴいは年の割におませの小娘。節句は三月三日の雛祭り。東魚説に「近所の親類などから白酒や雛菓子などを貰った場合に、家人がその礼に行かぬ中に、御当人のおちゃっぴい嬢が、二度も三度もお礼を云いに来ると云う女の子のませたがる性癖をうがった句と思う」とある。

人間で言はば雲雀はおちやぴい　（柳九〇）

545
壱文の事でふりむく黒木うり　まめな事かな〳〵（35ウ）

黒木うりは171参照。うしろから呼ばれたので、たとえ一文商いでも重い頭をふり向ける。

黒木売大事に跡を振りかへり　（武玉川八）

546
土民《どみん》とは公家悪《くげあく》のいふ言葉也　うらみこそすれ〳〵

土民はその土地の民。土着《どちゃく》の民の義。公家悪は歌舞伎用語の敵役で、悪人の公家に扮する役者。平将門《たいらのまさかど》・藤原時平《ときひら》などの役はその例である。句は土民などと高圧的に罵《ののし》るのは、公家悪のいう言葉であると。

公家悪は衣冠《いくわん》た、しくげびを言い　（宝暦十三）

（げびたこと）

547

藤柄《ふじづか》をかいこんで出る大庄屋《おおしょうや》　はやりこそすれ〳〵

大庄屋は数カ村から数十カ村を支配する村の要職で、その大庄屋が藤柄の一刀を小脇にかいこんで家を出て行くとは、何かただならぬ事件が支配地内に起こったのであろう。暗に百姓一揆などを指しているようだ。なお、庄屋は関西での名称で、関東では名主《なぬし》という。

○藤柄＝藤蔓の繊維で作った紐を巻いた質素な刀の柄《つか》。

548

俗納所《ぞくなっしょ》よく〳〵聞《きけ》ばしうとなり　まめな事かな〳〵

俗納所とは、納所坊主ではなく俗人の納所で、寺の経理・庶務などを勤める人。意外に思ってよく〳〵聞いてみると、大黒（僧侶の妻の俗称）の父親で、和尚の舅と分かった。

549

我寺に成ると遊行《ゆぎょう》は追出され　うらみこそすれ〳〵

遊行は遊行上人《ゆぎょうしょうにん》。時宗《じしゅう》の総本山、藤沢の遊行寺は、宗祖一遍《いっぺん》上人が教化のため諸国を巡回したので遊行上人と呼ばれたことから歴代の住職も皆、遊行上人と称された。句はこの遊行派は住職になると寺に留まることが出来ぬ慣例となり、諸国巡回に出ることを「追出され」と皮肉った。

衆生済度《しゅじょうさいど》にくに〳〵を遊行する　（柳一〇六）

（仏が衆生を救うこと）

550

しきみうりきつい船間《ふなま》を言ひ習ひ　はやりこそすれ〳〵

樒売《しきみう》りは393参照。仏前に供える樒を売り歩く行商。客から「ばかに高いではないか」といわれると「この所きつい船間なもんですから」というのが決まり文句。

○船間＝回船《かいせん》がとぎれて荷が問屋に入らぬこと。

いたましい売子をしきみ問屋もち　（柳一五）

（老人が多い）

551 **佐殿《すけどの》もいたしかゆしのふくみ状《じょう》**　うらみこそすれ〳〵

佐殿は源頼朝。早くから右兵衛佐《うひょうえのすけ》に任じられたから「佐殿」と呼ばれた（佐《すけ》は兵衛府《ひょうえふ》の次官）。義経含状《ふくみじょう》の一節に「仰《あお》ぎ願わくは、梶原父子の頭《こうべ》を切りて、義経に手向《たむ》けられなば、今生《こんじょう》後世《ごせ》の恨み有るべからず」（原漢文）とある。寵臣梶原親子の頭を切って手向けてくれとあっては、さすがに佐殿も痛しかゆしというところであろう。

○ふくみ状＝思いのたけを認《したた》めて口に含《ふく》んで自害した書状。

心有人《ある》はあわれをふくみ状　（柳八六）

552 **おふくろはたゞこつくりを願つて居**　まめな事かな〳〵

こっくりは「こっくり往生《おうじょう》」で、居眠りして頭を垂《た》れるように突然倒れ伏して死ぬこと。頓死の状態。「どうか死ぬ時は、こっくり往生できますように」と神仏に祈っている。長煩いして憎い嫁の世話になりたくない。

こつくりを願いまするとと姑《しゅうと》いい　（筥二）

553 **よし原は大坂ばかり他人にし**　はやりこそすれ〳〵（36オ）

吉原は俗に五丁町《ごちょうまち》といい、江戸町《えどちょう》・京町《きょうまち》・伏見町《ふしみちょう》などはあるが、大坂町《まち》がない。これを他人扱い（仲間はずれ）にしたとのうがち。

大坂からは女郎屋こして来ず　（柳二一）

554 **かんざしもさか手《て》に持てばおそろしい**　うらみこそすれ〳〵

逆手《さかて》は短刀などを逆《ぎゃく》に持つこと。かんざしも逆手に持って必死に抵抗した場合には、恐るべき女の武器になる。

かんざしでしたとははでなつき目也　（柳一三）

555 **丸合羽《まるがっぱ》むねのあたりでふし拝み**　ひくひ事かな〳〵

丸合羽は袖なしの坊主合羽で、手を出すところが無いので、こはぜを内側にかけるように作ってある。山椒説に「内からこはぜをかける時の手付が、拝んでいる様に見える」とある。

丸合羽おらんだの名はフルトキル　（拾一〇）

556 **女房はなんぞの時を待つて居る**　うらみこそすれ〳〵

いつか機会があったら、日頃の不満をいっぺんにぶちまけようと、その時を待って居る。

理に勝つて女房あへなくくらわされ　（柳一四）

557 **母親の訴訟《そしょう》で鼠尾をもらい**　まめな事かな〳〵

鼠捕りにかかった鼠を信心深い母親が嘆願して助けてやった。これを「訴訟」と大げさにいったのであろう。

しばられたので干《ほ》しころす鼠の子　（安永四）

（吉原では新造がマスコットに二十日鼠を飼ったが、本人が落度があって縛られたので、食べ物のやり手が居ない）

558 **かるたの絵我敷島《わがしきしま》の道ならで**　まめな事かな〳〵

当時、貧しい公卿《くげ》たちは手内職《てないしょく》に百人一首のかるたの絵を描いて家計の足《た》しとした。句は本来ならば歌道（我敷島の道）にこそ専念すべきお公卿さんが、アルバイトにかるたの絵を描いてござるとは何事ですぞと嘲った。「我敷島の……」は『太平記』巻二の藤原為明《ためあきら》の「思ひきや我敷島の道ならで浮世の事を問《とわ》るべしとは」の文句取り。

烏帽子《えぼし》狩衣《かりぎぬ》ぬぎすてゝかるたの絵　（筥一）

559 **こんみりとするは地《じ》ものゝ有《あり》がたさ**　はやりこそすれ〳〵

こんみりは濃厚なさま。とろりとして味の深いさまにいう。すなわち、ドライな商売女に比べると、地女の方がこんみりとして情が深いと地女讃美句。地女は242参照。

560 **能《よく》かける所《とこ》で矢立《やたて》は水をさし**　はやりこそすれ〳〵

矢立は墨壺《すみつぼ》に筆を入れる筒《つつ》の付いた携帯用の筆記用具で、商人は必ず携帯した。ところがその墨壺が乾くと墨が筆につかなくなるので、よく書けるうちに水を差して湿《しめ》らして置く。日常生活から出た細かい観察句。

561 **うどんふみ本なわといふ立姿《たちすがた》**　はやりこそすれ〳〵（36ウ）

うどん踏みは、うどん粉に水を加えて大きな器の中で足で踏んでこねる作業。両手を尻に組んでやるので、まるで罪人が本縄《ほんなわ》に縛られた立姿だという見立《みたて》。

○本縄＝罪人を縛る本式のしばり方。

おのが手の置所《おきど》にこまるうどん踏　（柳一一八）

562
玄関番《げんかばん》のむ内《うち》御用待つて居る　まめな事かな〳〵

玄関番が、退屈しのぎに控えの間で酒を飲む内、御用が玄関で徳利の明くのを待って居る。

安げんくわ御用干物《ひもの》を買つて来る　（柳七）

（酒の肴）

563
ねこのめし入れ添て遣《や》る花ざかり　まめな事かな〳〵

一家揃ってお花見に出かけるので、留守を守る猫の飯を追加してやる細かい心づかい。

花の日は猫も家内《かない》の数に入り　（柳一五七）

564
屁のろんになくのもさすが女也　ひくひ事かな〳〵

若い女は、今のは誰《だれ》だ彼《か》だとせんさくされて疑いをかけられると泣き出してしまう。これが年を取ると、厚かましくなって「アラ失礼」の一言。

嫁の屁はかかとの上でのたれ死《じ》に　（柳一六一）

565
太平記《たいへいき》元《もと》とが女の口ひとつ　うろたへにけり〳〵

本句は『太平記』巻一（頼員回忠事《よりかずかへりちゅうの》）による。すなわち北条氏討滅の陰謀がもれたのは、一味に加わった土岐《とき》頼員《よりかず》が寝物語りにその妻に打ち明けたことに始まる。妻の父は六波羅《ろくはら》奉行斎藤利行《としゆき》で、妻は夫を助けんとする女心からこれを父に訴えた。奉行の利行は大いに驚き軍勢を催して一味の討伐にかかる。頼員は衆寡敵せず、腹十文字にかき切って自害する。かくて『太平記』数十年の戦乱の幕が切って落とされる。元はといえば、「女の口ひとつ」からだとうがった句。

御しやべりとしらず頼員《よりかず》はなす也　（天明三）

566
草市《くさいち》にうろたへてなくきりぐ〵す　もとめこそすれ〳〵

草市は175参照。盆の草市の草物の中にまぎれ込んで鳴くきりぎりすは、よほどのうろたえものだとの意。

草市の跡をかたわのばつたとび　（柳三二）

567 **茶屋斗《ばかり》深みへ行を知つて居る**　すゝめこそすれ〳〵

茶屋は吉原仲《なか》の町《ちょう》の両側にあった引手茶屋《ひきてちゃや》。茶屋から登楼した客は、遊興費一切を茶屋に支払う。それだけに客の懐《ふところ》ぐあいをよく承知で、あの客も深みへはまって、もう長い事はないと警戒する。

仲の町客あしらいも口車《くちぐるま》　（柳一一五）

（茶屋のおかみが客を口車に乗せる）

568 **鰹うり名でよばれるはあたらしい**　もとめこそすれ〳〵

鰹うりが客から名前を呼ばれるのは、顔名染みだからで、荷台の魚も新鮮であろう。136参照。

はつかつほ女房の声で呼びたらず　（柳二二）

569 **ふきげんな客舟宿《ふなやど》の戸をたゝき**　うろたへにけり〳〵（37オ）

山谷堀《さんやぼり》の舟宿。女郎に振られて夜遅く舟宿の戸をたたき起こす野暮客《やぼきやく》。

もてぬやつ舟宿へ来てわりをいふ　（拾八）

（「わりをいふ」は理屈をこねる）

570 **女房にせがまれて売る石灯籠《いしどうろ》**　すゝめこそすれ〳〵

石灯籠は高価なものだから、なかなか買い手が付かない。しびれを切らした女房が「いい加減なところで売ってしまいよ」と亭主にせがむ。買い手があったが、値段のことで折り合いがつかなかったのであろう。245参照。

石どうろう生酔《なまえ》い手付《てつけ》そんにする　（柳四〇）

（手付金まで置いたが酔がさめれば買う気などない）

571 **居《い》つゞけは弐寸切られるかくご也**　すゝめこそすれ〳〵

諺に「一寸切られるも二寸切られるも痛さは同じ」（一寸でも二寸でも傷《きず》の痛さは同じだ）とある。居続け客がこの諺にかけて、一日遊んだのだから二日遊んでも同じことだと、覚悟を決めて居続けする。192・210参照。

二篇36ウ

降るはなあ居なよと首へしがみつき　（安永四）

（雪の居続け）

572
掃く先きをやう〳〵とたつ物思ひ　うろたへにけり〳〵

恋煩いの娘であろう。「物思ひ」は一つの題材で「物思ひあげくのはては死ぬくめん」（柳五385）「物思ひ下女雑巾《ぞうきん》も手につかず」（柳三七）など、たいてい女のようである。

573
むほんとはたいそうらしい壱分《いちぶ》なり　す、めこそすれ〳〵

壱分は一両の四分の一。中クラスの一分女郎の揚代である。たった一分の女郎買いに行くのに「謀叛《むほん》」を起こしてとは、ごたいそうな事だと皮肉った。この種の客は素一分《すいちぶ》といってさげすまれた。

すけんの中を素一分の気の高さ　（柳二一）

（すけんはただ見るばかりの素《す》見物）

574
じゅず屋ではこしらへ上《あげ》て一《ひ》と拝み　そろひこそすれ〳〵

数珠屋《じゅずや》は数珠を製造して店で売る商売。出来あがると手に掛けて、拝みでもするようにさらさらと揉《も》んで、出来具合を試してみる。

売度《うるたび》に数珠屋改宗して拝み　（柳七一）

（日蓮宗は七字のお題目《だいもく》、真宗《しんしゅう》は六字のお念仏など）

575
奉加帳《ほうがちょう》御菜《ごさい》の内へおつつける　す、めこそすれ〳〵

大奥の御殿女中に奉加帳を回して寄付金を募集することになった。ところが誰も世話人になり手《て》が無い。結局お女中たちに顔が利く御菜の内《うち》へ押し付けてしまった。御菜は234・340参照。

○奉加帳＝神仏への寄進、後には一般の寄付金・氏名を列記する帳面をいう。

奉加帳初手五六両はなつぱり　（柳八九）

（大口を引き受けた最初の記帳者）

576
子の祝ひ夫婦げんくわの一つ也　そろひこそすれ〳〵

子の祝いは七五三の祝い。母親はわが子のためならどんな出費も惜しまない。そこで出し惜しみの亭主と一喧《ひとげん》嘩《か》の種となる。

いたい事帯と袴で十二両　（柳二五）

（五つと七つを合せた数字）

577
仲條《ちゆうじよう》を御菜《ごさい》は母でひき合《あわせ》　もとめこそすれ〳〵（37ウ）

御殿女中が宿下《やどさが》りなどの折に不義《ふぎ》をして妊娠した。困って御菜に相談すると、二、三日後に仲条宅へ連れて行って、女医者の仲条を「この者は私の母でございます」と紹介した。御菜の心配《こころくば》りをうかがった句。

仲条と折り〳〵御菜みつだんし　（明和三）

578
宮芝居《みやしばい》百石ほどの工藤《くどう》が出　そろひこそすれ〳〵

宮芝居は寺社奉行の許可を得て、寺社の境内に小屋掛けして百日以内の興行が認められた小芝居。江戸では芝神明、湯島天神などが有名。句はその宮芝居の出し物が曽我狂言で、工藤祐経《すけつね》は大名クラスの頼朝の臣であるのに、百石取りの貧乏旗本にしか見えないと皮肉った。

○百石ほどの＝知行《ちぎよう》取《と》りの旗本はすべて禄高《ろくだか》を石で表わす。その際、一俵を石高《こくだか》一石に換算したから、これは年百俵の下級旗本である。

宮芝居いかにも曽我が貧《ひん》に見え　（拾九）

（曽我の貧乏は有名）

579
めしがわり真木《まき》をむしつてさあといふ　すゝめこそすれ〳〵

飯代《めしがわ》りは交代で食事をすること。浜田説は「下男同士の飯がわりであろう」とする。すなわち、炊事係の下男が薪《まき》をむしって鍋の下にくべ「さあ熱いうちに汁椀を早く出せ」とすすめる場合であろう。当時の大呉服店などは炊事係も男がやった。

下女は又出てつきやどんさめるわな　（柳九）

（米搗きにおつけが）

580
座頭の坊手綱《たづな》を持てにぢて居る　うろたへにけり〳〵

金貸し座頭が、今出かける所だからといっても聞かず、主人の馬の手綱をおさえて「今日は是非《ぜひ》半分でも頂戴して帰らんければ、帰られません」と、きびしく催促して居る。

○にぢる＝責め立てる。食ってかかる。

御玄関を追へば御かごにつくといふ　（明和四）

581 **小間《こま》ものと地紙《じがみ》みそごい咄《はなし》をし**　す、めこそすれ〱

小間ものは小間物屋、地紙は地紙売りの略。54・91・330参照。どちらも女性相手の商売柄《がら》だけに、相手に取り入る時には男女の秘話《ひわ》などを話して御機嫌をとる。

○みそごい＝俗にしつこい、濃厚なの意。

むねくそのわるいはなしを地紙する　（柳二〇）

（不愉快な、気持の悪い）

582 **玄宗《げんそう》はなき〱耳のあかをほり**　もとめこそすれ〱

謡曲「楊貴妃《ようきひ》」による（出典は白楽天《はくらくてん》の「長恨歌《ちょうごんか》」）。唐の玄宗皇帝は、寵姫《ちょうき》楊貴妃を安史《あんし》の乱で失い、悲嘆のあまり方士《ほうし》（神仙術を行う道士《どうし》）に命じて貴妃の魂魄《たましい》をあまねく尋ねさせる。方士は遂に蓬萊宮《ほうらいぐう》にいたり、貴妃にめぐり会い、別れに臨み金の釵《かんざし》を二つに裂き、片方を皇帝にと托《たく》される。そして帰って復命すると共に、その証《あか》しに釵を渡した。句は玄宗が楊貴妃を恋しく思い出して、泣き泣きその釵で耳の垢をほるところで、釵は日常耳かきによく利用されたから、一転して情話が俗界に立ち返った。

勅答にあたまのかざり壱本へり　（柳一二）

583 **うぶぞりにたすきはづして膳に付《つき》**　す、めこそすれ〱

産剃《うぶぞり》は赤ん坊が生まれて七日目に初めて産毛《うぶげ》を剃ることで、これは産婆の役であった。産婆が剃り終わると、たすきをはずして赤飯の祝い膳に付くところ。

うぶずりをすると赤子の憎らしさ　（筥二）

（やや大人びてくるので）

584 **ぬえ切《ぎ》りでおけばよいのに哀也《あわれ》**　す、めこそすれ〱

源三位《げんざんみ》頼政《よりまさ》の句。頼政は鵼《ぬえ》退治だけでおけばよかったのに、高倉宮《たかくらのみや》にお勧めして平家追討の謀叛《むほん》を起こし、宇治平等院《びょうどういん》の戦に敗れて自害した。享年七十七。「よしなき謀叛起して、宮をも失《うし》なひまいらせ、我身もほろびぬるこそうたてけれ」（『平家物語』巻四）とある。

むだ骨折つて扇の芝となり　（柳三五）

（頼政の自害したところ）

585 **新酒屋《しんざかや》さしで二階をおつぷさぎ**　すゝめこそすれ〳〵（38オ）

さしは銭緡《ぜにさし》の略。孔《あな》あき銭をさし通すに用いる細いわら縄。このさしはガエンといって、火消屋敷の人足が、小遣銭かせぎに商家に押売りに来たので「折々ガエンどもが、下町（神田辺）の商家に銭の緡《さし》を売りに来ました。平素《ふだん》此のガエンに憎まれていると、火事などの時、とんだ目にあいますから、皆高く此の緡《さし》を買ってやったものです」（『千代田区史』同方会報告）。とりわけ新店が狙われたから、二階がさしでの山のようだと大げさにいった。

いらぬさし買つて酒屋はしづか也　（柳六）

586 **来るとまづ異見《いけん》ごうしやは蔵《くら》へ呼び**　すゝめこそすれ〳〵

異見は意見に同じ。本人を人目につかぬ土蔵《どぞう》へ呼び込んで、こんこんと諭《さと》して聞かせる。川柳では息子の場合は伯父、娘は伯母が多い。

伯父が来てとかく他人の飯といふ　（柳六）

587 **盃をさせば三みせん杖につき**　すゝめこそすれ〳〵

芸者（踊り子）の所作《しょさ》。客が盃を勧めると、三味線を杖に突いて盃を受けるポーズをとる。

盃を三味線ひつたくつてさし　（柳一四）

588 **あら世帯《ぜたい》鉄《か》なけのでんじゅ聞あきる**　すゝめこそすれ〳〵

鉄気《かなけ》とは、新しい鍋・釜・鉄瓶《てつびん》などを火にかけた時に、しみ出る赤黒い液。新世帯はその鉄《かな》け抜きの伝授を隣近所から飽きるほど聞かされる。「鍋釜のさびをぬくには梅の実を五つ六つ入れて、水で二三日煮るとよく抜ける」（『譚海《たんかい》』十三）とある。

あら世帯鉄気が出るにこまつてる　（傍四）

589
あんちんは手前《てまえ》でいのる気がつかず　うろたへにけり〱

安珍《あんちん》は道成寺《どうじょうじ》伝説の若い山伏。その安珍は山伏のくせに、蛇体と化した清姫《きよひめ》の悪霊《あくりょう》を、自身で祈ってなぜ退散させることに気が付かなかったのかと、きめ付けた句。

安珍は死ぬまでとんとかくれた気　（拾四）

（とんとは、まったく。すっかり）

590
右〱と麦から顔を出していひ　うろたへにけり〱

分かれ道で迷っていると、麦畑から百姓がひょっこり顔を出して「右〱」と教えてくれた。軽妙な句。

どつからかしかりての出る田舎道　（柳七）

591
米つきのなんにすねたか二はいくい　す、めこそすれ〱

米搗《こめつ》きには信濃者が多く、大食漢と相場がきまっているのに、たった二杯とは何にすねたのか不思議なことがあるものだ。

げつぷうをしてからつきや二はいくい　（柳六）

592
松の内ちよつと来やれと母の声　うろたへにけり〱

松の内の博奕《ばくち》仲間に娘が入《はい》って、夜更かしをしているので、母親から「ちょっと来やれ」と呼び付けられてギョッとして「うろたへにけり」という情景。

あんどんで娘をおくる松の内　（宝暦十二）

593
気ちがいは絵に書く時は笹を持　うろたへにけり〱　（38ウ）

能の狂女物（「隅田川」の梅若の母など）に出演する狂女は必ず笹を持って、担《かつ》いだり手に下げたりして舞台に出て来る。これはきまりであったから、狂人を絵に書く時にも「笹を持ち」とうがった。

渡し守り目があぶないと笹をよけ　（明和三）

（隅田川の渡し守り）

594
ゆびの出る足袋《たび》が小寄《およ》りの講《こう》がしら　す、めこそすれ〱

小寄《およ》りは御寄講《およりこう》。真宗の信徒が集まって在家《ざいけ》で行なうかんたんな法事。その御寄講の中に、講頭だけが破れた足袋を履いているが、物にかまわぬつましい人らしい。

小寄講にて見合《みあ》うのは二度め也　（柳一七）

（第一回は親鸞上人の忌日に行う十一月の報恩《ほうおん》講《こう》で）

595 **能〆《よくしめ》て寝やと女房へつとめて出**　す、めこそすれ〳〵

勤《つと》めるは、ここは亭主としての務めを果たす。町内の付き合いを口実に吉原行きの亭主。「戸締りをちゃんとして寝な」と女房につとめて出るのも、つまりは我が身に引け目があるからだ。

つき合ひも久しひものと女房云ひ　（拾七）

（きまり文句である）

596 **市過《いちすぎ》は銭の入る事とろつぴやう**　もとめこそすれ〳〵

市は年《とし》の市《いち》（浅草は十二月十七、八日）。年の市を過ぎると、どこの家庭でも商人への払《はら》いやら、正月の買物やらでむやみやたらに銭が出てゆく。

○とろっぴょう＝とろっ拍子にという。たてつづけに。やたらに。

とつさんはもう十寝るが苦労なり　（柳三三）

（子供は早く来い来いお正月）

597 **手の筋《すじ》を見ると一と筋けちをつけ**　す、めこそすれ〳〵

手相見《てそうみ》という、手相などからその人の運勢、吉凶などを判断する業者。たとえば人差指と中指との間の弓箭筋《きゅうせんすじ》は剣難《けんなん》の相ありといわれる。句はその手相見が「あなたにとって、この一筋がよくない筋だから、もっとよく観《み》て進《しん》ぜる」などとけちを付けて金をとる。

手の筋を格子《こうし》の外へ出して見せ　（柳一〇）

（張見世の女郎）

598 **乞食能《こじきのう》弐三町づゝかして行《ゆき》**　す、めこそすれ〳〵

乞食能は大道乞食芸人が演ずる能。本句は「辻に立ってお能の真似《まね》をする。其付近の子供やお乳母などが立って見る。一曲を終わると戸毎に銭を貰って歩く。又四五丁も離れた所で始める」（『謡曲と川柳』）とある。二三町後《あと》から銭をもらう役の者が来るのを、「貸して行き」と表現したもの。

599 **女いしやわたりがついてやめに成《なり》**　うろたへにけり〳〵

女医者は中条流堕胎専門の女医。女が妊娠したので困って、女医者に頼んで堕胎《おろ》すことにしたところ、相手側と話がついて目出度く産めることになった。

○わたりがつく＝話し合いがつくこと。

女医者なぜだか急にことわられ　（『画本柳樽』二篇）

600 **座頭の坊何を聞いたかにこ〳〵し**　うろたへにけり〳〵

山椒説に「目が見えぬ代りに耳が早い。何か、よもや聞えまいと思って咄して居た面白い内証話《ないしょばなし》でも聞いたのであろう」とある。座頭句には細かい所作《しょさ》を詠んだ句が多い。

たばこ盆首をつゝこむ座頭の坊　（天明五）

601 **薬箱むこふのさなだ取てやり**　そろひこそすれ〳〵（39オ）

真田《さなだ》は真田紐の略。ひらたく組んだ木綿紐。医者が往診して薬の調合を終わったので、薬箱を元のように積み重ねて結わえようとしたが、向う側の真田紐に手が届かない。家人が見兼ねて取ってやる。細かい描写。

薬箱宿へかへして碁の助言　（明和三）

602 **いそぐのは渡しの銭をにぎりつめ**　うろたへにけり〳〵

舟が対岸に着いたらかけ出す準備。今ならタクシーの中。

わが内が見へて銭つくかごの中　（明和二）

（銭を手早くかぞえて出す）

603 **弐三人見物のあるごぜの灸**　すゝめこそすれ〳〵

目の見えないのを幸いに、いい見世物にされるごぜは災難。

じやうだんをしい〳〵すへるごぜの灸　（明和三）

604 **かし本屋おとし咄をして戻り**　もとめこそすれ〳〵

貸本屋は貸本を包んだ大風呂敷を背負い、得意先を回って見料をとる商売。退屈しているご隠居や後家さんなどは上得意で、本から仕入れた落し咄で笑わせて帰る貸本屋らしいサービス振り。

好きな乳母本屋をしかり〳〵見る　（柳九）

（好色本）

605 **殿様にだかせて置いておかしがり**　おし付けにけり〳〵

若殿を産んで、お部屋様《へやさま》（貴人のめかけ。側室《そくしつ》）にお取り立てになったお妾であろう。殿様は抱き慣れぬから危なっかしい。

若との丶ぬけがら奥ではゞをする　（拾二）

（お妾が大奥で威勢を振う）

606 **嫁の琴ちかしい客へ馳走《ちそう》にし**　われも〳〵と〳〵

嫁は琴の達人。親しいお客に馳走（歓待の意）に弾《ひ》いてみせる。

のぞまれて嫁壱本はめ弐本はめ　（柳一四）

607 **勘当《かんどう》を麦で直《なお》して内へ入れ**　すて丶置けり〳〵

どら息子がこらしめのために勘当されて、暫く乳母の田舎で麦飯を食わされて（苦労させられて）改心《かいしん》したと見え、帰参《きさん》が許されたとの意。

○勘当＝親子の縁を切って家から追い出すこと。川柳では行先は千葉県銚子が多い。

母への返事麦めしで封じてる　（傍四）

608 **松の内麻上下《あさがみしも》の袖だ丶み**　すて丶置けり〳〵

麻上下（麻裃）は麻布《あさぬの》で作った裃《かみしも》。近世武士や町人の通常礼服で、正月松の内は毎日年賀に出歩くので、麻裃も着物の袖畳み式にかんたんに畳んで置く。

○袖だ丶み＝衣服の両袖を揃えて、二つ折りにかんたんに畳むこと。

袖畳抱つくやうに手をいれる　（柳八四）

609 **親の日にあたつた下女は二《ふ》たつかみ**　おし付けにけり〳〵（39ウ）

親の日は親の命日。門口に托鉢《たくはつ》の坊さんが来た。下女はいつもは一つかみの白米なのだが、今日は特別二つかみ施す。親の日は大切にされたのである。

精進日《しょうじんび》女郎簞笥へ手を合せ　（柳二九）

（精進日は父母の忌日。たんすの上に位牌をかざり祭った）

610 **五月女《さおとめ》をすゝいでは出すかるい沢**　おし付けにけり〳〵

軽井沢は当時中山道《なかせんどう》の宿場《しゅくば》で、宿場女郎（一名飯盛《めしもり》という）で有名。その女郎たるや、昼間は泥だらけになって田植仕事をしているが、夜は泥足を洗い落として客席にはべらせるとうがった句。

かるい沢膳のなかばへすゝめに来　（拾二）

611 **銭買《ぜにかう》と禿《かぶろ》はかりをなしに行**　おし付けにけり〳〵

女郎が禿に金を渡して、銭屋《ぜにや》（金銀を銭に両替する店）で銭に両替してもらうと、またあちこちの小さな借金を済《な》しに行かせる。禿はよく使い走りに利用された。

中指へ金をしばつて禿かけ　（柳一五）

612 **きしばかりこがせたがるも女の気**　われも〳〵と〳〵

泳げないから川の真中を行くのが恐い女の気持。船遊びであろう。

あぶなくも無いに船頭抱きたがり　（柳四九）

（あゆみ板を渡る踊子《おどりこ》）

613 **日待《ひまち》の夜紙を敷いたは嫁のぜに**　われも〳〵と〳〵

日待は前夜から潔斎《けっさい》して寝ずに日の出を待つ行事。後には大勢集まって夜明けまで遊興する会合となった。句はカルタの賭《かけ》勝負に加わった嫁が、さすがに銭をじかに畳に置かず、紙を敷いてその上に載せて置くというたしなみ。

日待の夜思ひ〳〵に首をふり　（宝暦九）

（義太夫でもうなるか）

614 **大ぶくをのむ友達に留守をさせ**　われも〳〵と〳〵

大服《おおぶく》は瘡毒《そうどく》薬の山帰来《さんきらい》の異称。467参照。句は瘡毒患者の友達に留守をさせて、他の連中はわれも〳〵と女郎買いに出かける。

大ぶくをのめとかさもり夢想《むそう》なり　（拾四）

（笠森稲荷の夢のお告げ）

615 **てうちんをけせといひ〳〵飛車《ひしや》をなり**　すて、置けり〳〵

形勢が有利に転じたところへ迎えの小僧が来たので、「提灯を消してちょっと待ってろ」と命じて、勢いよく飛車を敵陣に成りこますところ。

あしたでも剃てくれろと飛車が成り　（柳五641）

（床屋の将棋）

616 **お局《つぼね》もむかし御家《おいえ》へ土佐《とさ》ですみ**　すて、置けり〳〵

土佐は江戸浄瑠璃の一派の土佐節。この頃は既に流行遅れであった。山椒説に「今では立派なお局様も……はじめて此の御殿へ御奉公へ上った時分の事を洗えば、矢《や》張《ぱり》その昔はやった土佐節の浄瑠璃が上手というのが言立《いいたて》であったとの事」とある。「すみ」は住み込みの略。仕官の意。

○お局＝専用の部屋を有する上級の奥女中のこと。

土佐ぶしはあの世へ近かひ耳ばかり　（宝暦十）

617 **手《て》間《ま》取《ど》つた髪を姑めじろ〳〵見**　すて、置けり〳〵（40オ）

やっと結い上った嫁の髪を、誉めもしないでじろじろ見る姑。嫁の髪は時間がかかった。

嫁の髪けふの内には出来る也　（傍一）

618 **しわいやつあわれな酒に斗酔《ばかりえ》ひ**　すて、置けり〳〵

身銭《みぜに》を切って飲んだ例《ためし》がなく、いつも他人のお通夜とか、葬式の振舞酒ばかり。

けちな奴土瓶《どびん》の酒で腰がぬけ　（柳一五二）

（葬式場の振舞酒）

619 **合羽屋《かつぱや》と紺屋《こんや》と寄つて境《さかい》ろん**　すて、置けり〳〵

どちらも広い干場《ほしば》が必要な商売だから、いざとなると境界線のことで論争が起こる。

620 **むりいとまりきんだ男荷をかつぎ**　すて丶置けり〳〵

田舎から出て来た下女の許婚《いいなずけ》者が、主家から無理やり暇《いとま》をとって下女を連れ去るところで、まだ談判の興奮からさめきらず、力《りき》んだ顔をして荷をかついで行く。同様の句に、

せなあ来て半いさかひで引こませ　（傍四）

（せなあは兄。転じて愛人をもいう）

621 **ほと丶ぎす聞かぬといへば恥のやう**　われも〳〵と〳〵

当時はほととぎすの初音《はつね》は珍重されたからである。

聞いたかと問へば食つたかとこたへる　（柳一二二）

（初鰹を）

622 **尺八《しやくはち》にむねのおどろくあら世帯《ぜたい》**　見へつかくれつ〳〵

尺八は虚無僧《こむそう》がこれを吹きながら托鉢《たくはつ》修行して回った。山椒説は「だしぬけに門口で尺八の音がし出したので、もし今のを見られやしなかったかしらと、胸がどき〳〵」とした。＊

当分は昼もたんすのくわんが鳴り　（柳七）

623 **供部屋は五町《ごちょう》の酒のうわさをし**　われも〳〵と〳〵

供部屋は8参照。供部屋に集まった草履取りなどが、知ったか振りをして吉原（五丁町）の酒の善《よ》し悪《あ》しの批評をしている。

草《ぞう》り取女郎咄《ばな》しに口が過ぎ　（宝暦十）

（出すぎている）

624 **扇子《おうぎ》うりまけて戻つて戸をた丶き**　おし付けにけり〳〵

扇子売りは年始に配る粗末な扇を、元日の夜明けとともに売り歩いた商人。句は値が出来ずにいったん立ち去ったものの、売れ残ってしまったので、負けるつもりでまた戻って来て戸をたたいて起こすところ。元日は前夜の夜明かしで、まだどこでも戸を閉めている。

あふぎ売り御まけ申すと戸をた丶き　（天明元）

（40ウ）当世の前句は誹諧の足代《あししろ》ともならんや。よつて六々《ろくろく》の吟《ぎん》に川叟《せんそう》数としこのめる景物《けいぶつ》を掻集《かきあつめ》結ぶといへども、同様の景物多きゆへ、輪廻《りんね》遁《のが》れざる所は見ゆるしあれかし。此道執心《しゅうしん》のかたへ景物を顕《あらわ》し知らすのみ。

呉陵軒可有《ごりょうけんあるべし》

いま流行の前句付は、俳諧連句への入門の足がかりとして有効である。その見本の意味で三十六句の俳諧の形をとって、中に川柳翁が好んで入選させる題材を詠み込んでみた。すなわち投句者はそれらを題材とすると、入選率が高くなるはずである。

ただし似たような題材が多いから、着想が同じようで面白くないという批判があるかも知れないが、目的は投句者に有利な題材を知らせることにあるのだから、大目に見てほしい。

（岩波文庫『柳多留』で詞の右肩に符号が付けてあるのが景物、すなわち題材で、本書では傍線を引いた。）

番船《ばんぶね》は風の手柄《てがら》ぞ猿田彦《さるだひこ》　（41オ）
　三寸《みき》も目出たく見せ先の月
紫のねぢり服紗《ふくさ》に露結《ゆ》ひて
　矢立《やたて》の筆のどれも短し
昼の蚊に玄関《げんくわ》の角みを追払《おいはらい》
　気もかろげなる料理人也
初に逢ふ妾《めかけ》の癖を能《よ》く見つけ
　隣に持て遠き仲條《なかじょう》
関象戯《せきしょうぎ》ぐれんかへして歩《ふ》を尋《たずね》
　髪そよ〱と凄い山伏　（41ウ）
旅芝居俄渡《にわかわた》しの込合て
　骨牌《かるた》冥利《みょうり》に尽た世語《よがたり》
囲《かこわ》れの姑の無いがとり得《え》なり
　根津《ねず》もいろはも樹《きぎ》〱の下陰《したかげ》
手にあたるものを道具に順《じゅん》の舞《まい》
　間《ま》がな透《すき》がな検校《けんぎょう》を召《めす》
最明寺《さいみょうじ》殿の留守にも月や華《はな》
　山葵《わさび》の辛味《からみ》御《おん》の字《じ》ぞかし

藪入《やぶいり》の迎ひの傘の一《ひ》とからげ
通りへ撥《ばち》の落るよし町《ちよう》　（42オ）
そして又身をも崩さず掛り人《かかりうど》
我好く菓子を天満る神《あまみつかみ》
赤穂記《あこうき》も最《もう》四五枚に写倦《うつしうみ》
年迄あてる座頭《ざとう》おそろし
十三日明《あけ》かゝる夜の煤曇《すすぐもり》
看病されるやうな居続《いつづけ》
美しいのは追出して無礼講《ぶれいこう》
食《しよ》く弁慶《べんけい》の尻のおもたさ　（42ウ）
衝立《ついたて》の月のこなたに薬取《くすりとり》
片唾《かたづ》を呑んで菊の源平《げんぺい》
山門《さんもん》に高雄《たかお》の秋を配《くば》らせて
乳母も遣り手《やて》も駕《かご》に嫌《きら》はれ
御菜《ごさい》とはいつか近しき色男
鶴《つる》の一と声座敷牢《ざしきろうや》止む
花催《はなもよ》ひおの〳〵酒の四天王
凧《たこ》にはたらく小侍かな

おことわり

景物歌仙は明和四年（一七六七）現在の投句家のために便宜的に作られたもので、文学的価値は全くありません。もちろん現代の読者には何の意味もないので、初代川柳の選句に多い題材について、以下例句を引用しつつ解説したいと思います。

○番船《ばんぶね》

江戸の酒の一部は上方（池田・伊丹《いたみ》）から番船で送られて来た。番船とは目的地到着の一番、二番を争う意味で、酒を輸送する酒番船は、西の宮（兵庫県）を出て品川沖に入り、江戸の樽廻船問屋に送り切手を差し出す順番で一番二番をきめた。この酒を地酒《じざけ》に対して下り酒《くだざけ》と呼ぶ。例えば「酒は剣菱《けんびし》七つ梅」と謳《うた》われた銘酒の剣菱は伊丹の坂上《さかがみ》、七つ梅は同じく木綿屋《もめんや》が醸造元。

帯解《おびとき》の祝儀の酒も七ツ梅　（柳六一）
（女子七つの祝い）
武家に剣菱寺院には満願寺《まんがんじ》　（別上一〇）

（満願寺は池田の満願寺屋の銘酒）

○猿田彦《さるだひこ》

猿田彦は本来天孫降臨の道案内をされた国《くに》つ神だが、江戸ッ子には隔年行なわれる山王（六月十五日）、神田祭（九月十五日）の神輿《みこし》の渡御《とぎょ》の時に先導する役として親しまれた。天狗の面をかぶり、矛《ほこ》を持って高足駄《たかあしだ》を履く。川柳では「町内の仏とらへて猿田彦」（初388）とあるようにお人好しの人物が猿田彦にされた。

役不足いうなと猿田彦にする　（傍三）

猿田彦ぴかり〳〵と突いて来る　（桜一六）

さるだ彦仕舞《しま》うとみんなはぎとられ　（明和四）

（みんな借り物）

一分《いちぶ》でももふ〳〵いやとさるだ彦　（安永三）

（日当が一分）

○検校《けんぎょう》

検校は盲人の最高の官名で、その下に勾当《こうとう》・座頭・紫《し》分《ぶん》・市名《いちな》・都《はん》の五つあり。検校になると紫衣《しえ》を着て撞木《しゅもく》杖を突き、手引きのお供を連れて歩けた。そしてこれらに成るには、京都の公卿、久我大納言に一定の宮金を納めれば辞令を貰えた。川柳では金貸座頭がよく出て来るが、彼らにしてみれば一日も早く検校に昇進したいという切なる願望があったからで、それには俗に千両という大金を久我家に納めねばなれなかったという。

紫になれと育てるいぢらしさ　（明和六）

紫は千両までの染手《そめて》あり　（明和四）

（紫衣）

○習字《しゅうじ》（寺子屋）

寺子屋は「読み・書き・算盤《そろばん》」を主として教えた。生徒は六、七歳になると両親に伴われて、二月初午の日に入門した。そして寺入り（入学）には自分用の机・筆硯・双紙などは持参した。学習は師匠が「いろは」から個人指導した。

京迄は手を引いて行く手習子　（柳六四）

（いろは手本のさいごの字は京の字）

師匠さま一日釘を直してる　（柳五三）

（金釘流の下手な字）

引ケ八ツにどつと立つのは手習子　（明和二）

（午後二時が放課で、吉原語の「引け四つ」をかけた）

手習はみみず八つから土ほじり　（柳八九）

（下手な字を「みみずのぬたくったよう」と形容する）

○玄関番《げんかばん》（げんかんばんトモ）

玄関のあるのは旗本クラス以上の武家屋敷。そこには玄関番が居て、主人の送迎の外に「頼もう」という声がすると「どうれ」と答えて取り次ぎに出て行く。給料は安いのに袴をはいて見苦しくない服装をせねばならぬ。相手があれば碁将棋で時間をつぶす。金貸座頭が来るとその応対が大へんだ。

物もうにどうれ〳〵と二目《にもく》打ち　（柳六）

抜きあきて毛ぬきを廻す玄関番　（柳二二）

にくい奴ばらだと玄関番はいひ　（柳一三）

○料理人《りようりにん》

古川柳に出てくる料理人は、後世の料亭の板前《いたまえ》ではなく、個人の邸宅などの宴会に頼まれて出張する職業料理人で、雇われ調理士の義。

料理人千人前もあるといい　（柳八）

料理人狆《ちん》を座敷へおいかへし　（明和二）

料理人うん気《き》も少しかんがへる　（柳六）

（天気具合によっては客の集まりがちがう）

○妾《めかけ》

妾は二号さん。僧侶の場合は特に「囲《かこ》い」「囲《かこ》い者」という。「囲《かこ》われの母ねんごろに回向され」（柳二四）、「囲い者どかぐいしたりかつへたり」（柳一四）と、あの方は旦那次第。妾は毎月の生活費を支給されるが、いつお仏い箱になるやも知れず、本妻が死んで後添《のちぞ》いに直《なお》るのは運のいい方だ。大名や旗本の場合は御妾（または妾）と敬称をつけて呼ぶ。

鼻息を考へ妾ねだるなり　（柳二七）

中十日《なかとおか》妾うごくと日が暮れる　（天明三）

（十月中旬を中十日といい、一年中の最短日。化粧でもすませば夕暮）

お妾はもと民間《みんかん》に人となり　（柳九）

お妾の威勢は股で風を切り　（柳二六）

（一般には「肩で風を切る」という）

妹ゆへ生れもつかぬ二本ざし　（柳七四）

（兄は武士にお取り立てになる）

○仲條《ちゅうじょう》（なかじょうトモ）

仲条は堕胎専門の女医者。市中に散在したらしいが踊り子（芸者）の住んだ日本橋 橘町《たちばなちょう》の裏、薬研堀《やげんぼり》に在ったのが有名で、間口に「仲條流婦人療治」という大看板を出した。

間口《まぐち》中看板を出す女医者　（天明六）

孕《はら》んでも困らぬ所に芸子居る　（天明元）

血の道の薬ぐるみに一分なり　（明和六）

（療治代は金一分）

町内のうちで踊り子おろすなり　（柳一五）

本句の雨譚《うたん》註に「橘町吉田正琳《しょうりん》」とあり、これは正《まさ》しく男医者である。客種は御殿女中・踊り子・後家・下女などさまざま。

○碁将棋《ごしょうぎ》

両者とも最も普遍的な勝負事で、俗に「碁に凝ると親の死に目にあえない」といわれるほど夢中になる。

碁会所で見てばかり居るつよいやつ　（柳七）

石は生きたが死に目にはあわぬなり　（柳二三）

将棋の方は大衆的であるだけに下手将棋の句が多い。

下手《へた》将棋袖を引かれてねめまわし　（柳六）

詰《つ》んでるに肺肝《はいかん》くだく下手将棋　（柳四一）

かけ将棋座頭一角《いっかく》しょこなめる　（明和五）

（賭将棋は博奕《ばくち》。「一角」は金一分。「しょこなめる」は、こっそり我が物にする。）

○**山伏**《やまぶし》

修験道の山伏（法印《ほういん》ともいう）は世間からは異常能力の所有者として畏怖《いふ》の念を持って見られ、何か事があると（失せ物、狐つきなど）呼ばれて祈禱した。

法印も狸付きはこまるなり　（柳九六）

法印は釜を払つて飯を食い　（柳一五二）

（年老いては釜払い）

山伏の羽織着て出る隙《ひま》な事　（傍五）

○**旅**《たび》

昔の旅は今と違って不自由で、第一乗り物といえば道中駕籠《かご》と馬ぐらいで歩くより外はなかった。京見物だの、お伊勢参りは別として、江の島は江戸から十三里余（往復三日の旅程）、江戸人にとって絶好の行楽地であった。また杉山検校以来、盲人の信仰が厚かった。

座頭さん又嶋かへとわたしもり　（柳一二）

江の島はなごりを惜しむ旅でなし　（柳九）

踊り子で江の嶋うごきわたる也　（柳六）

（お開帳で講中の団体旅行）

○**かるた**

正月遊びに今日も盛んに行われるのは歌かるた（百人一首）で、川柳にもたくさん詠まれて、嫁は名人、乳母や下女は下手ときまっていた。

歌がるた大先生と嫁をほめ　（拾二）

花嫁の手際《てぎわ》秋の田苅る如し　（柳二八）

きり〳〵す鳴くよりはやく嫁は取り　（柳四三）

そこだよといわれて下女も一首取り　（柳二八）

歌がるた乳母は握つてた丶きつけ　（柳九）

（札をまちがえる）

○**姑**《しゅうと》（しゅうとめトモ）

現代のお姑さんは卑屈なほど嫁に気を遣って居るようだが、川柳では徹底的な嫁いびりであった。これは嫁は姑に仕えるものという封建時代だったからであろう。

末ながくいびる盃姑さし　（拾一）

（親子の盃）

姑《しゆうとめ》は嫁の時分の意趣がへし　（拾一〇）

楽しみは嫁をいびると寺参り　（柳一七）

順をよく死ぬのを姑くやしがり　（柳八）

い、姑外で孫《まご》々暮してる　（柳七五）

（孫を相手に）

○根津《ねづ》いろは

根津は根津権現《ごんげん》（文京区根津一丁目根津神社）の門前にあった遊里で客は大工などの職人が多かった。「いろは」はいろは茶屋の略で、谷中感応寺《かんおうじ》（台東区谷中七丁目天王寺）の茶屋町にあった遊里で、客は上野寛永寺並びに三十六坊の坊さん。

根津の客雨の降る日は群れて来る　（宝暦十三）

権現へ参るに妓夫《ぎゆう》はもつしもし　（安永二）

根津のきやく遣《つか》ふも三日壱歩也　（柳九）

（大工の手間賃。一日三百三十何文）

武士はいや町人すかぬいろは茶屋　（柳一三）

すだれから衣の裾をつかまへる　（安永元）

○順《じゆん》の舞《まい》

順の舞とは宴会や集会で順番に芸をすること。日待《ひまち》（正・五・九月の吉日に前夜から寝ずに日の出を待つ行事）には大勢の男女が集まって、順の舞を披露したらしい。

順の舞となりへ来ると嫁は逃げ　（明和八）

三味線を箱へ仕舞《しま》つて順の舞　（明和五）

順の舞下女を夜鷹《よたか》にこしらへる　（明和四）

日待の夜ばかとつぼとが残るなり　（安永五）

（博奕《ばくち》句。ばかは銭をさす串。つぼは賽を伏せるツボ皿）

○最明寺《さいみようじ》

北条時頼の入道名。民情視察のため、行脚僧姿で諸国をめぐり、上野国《こうずけ》（群馬県。上州）佐野で大雪に遭い、今は落《おち》ぶれた佐野源左衛門常世《つねよ》の家で一夜を語り明かしたことが謡曲「鉢の木」に作られて有名。

最明寺まだあるのかとかへて喰ひ　（拾五）

（粟飯を）

佐野の馬戸塚の坂で二度ころび　（同）

かの馬に乗って来たかと最明寺　（同）

（「痩せたりともあの馬に乗り一番に馳せ参じ」と誓ったので）

それでこそ武士だ〳〵と最明寺　（拾六）

常世があの時、梅桜松の鉢の木を焚いてもてなした返礼に、加賀に梅田、越中に桜井、上野に松井田の三箇《さんか》の庄を賜わり、面目を施して「帰るぞうれしかりける〳〵」。

○美味《びみ》

「美味《うま》いもの」といっても人それぞれに違うが、当時の江戸ッ子にとって、初鰹ほど賞味されたものはなかった。素堂《そどう》の句にも「目には青葉山時鳥初鰹」と詠まれ、初夏の景物の一つ。

耳と口どつちがはやひ四月也　（籠三）

時鳥やう〳〵川岸《かし》に二三本　（傍二）

（日本橋の魚河岸。一本三両ぐらい）

そこが江戸小判を辛子《からし》みそで食い　（柳一二七）

金持と見くびつて行く初鰹　（拾一）

（金持はけちんぼう）

初鰹直《ね》を聞いて買う物でなし　（柳二五）

○薮入《やぶいり》

年季奉公の丁稚小僧などが、正月と盆の十六日に一日休暇をいただいて親許《おやもと》に帰ること。この日はまた、斎日《さいにち》といって閻魔《えんま》さまにお詣《まい》りした（屋敷奉公の女子は年に一回三日間ぐらい、これを宿下《やどお》り、宿さがりという）。

斎日に御用きん〳〵もので出る　（柳一二）

（「きん〳〵もの」は髪や身なりを当世仕立てにする。すなわち新しいお仕着《しきせ》と小遣銭二百文いただく）

こわひ顔一年に二度御用見る　（傍三）

（閻魔詣り）

国の友達に行きあう閻魔堂　（安永四）

娘より母が楽しむ宿下り　（柳一四五）

宿《やど》下《お》りのみやげ身ぶりて申上ヶ　（明和七）

宿下《やどさが》り仕舞《しまい》の指が寺参り　（柳九六）

○芳町《よしちょう》

日本橋芳町は、芝居町葺《ふき》屋町《やちょう》・堺町《さかいちょう》の裏通りの俗称で、葭町とも書き本名は堀江六軒町という（中央区日本橋人形町一・三丁目）。陰間《かげま》茶屋が多く、好色後家や奥女中などの女客もとったが僧侶が多かった。十三、四歳から十七、八歳ぐらいの美少年に、薄化粧をさせ、振袖前髪姿の女装をさせて客に接した。

よし町は和尚をおぶい後家をだき　（安永六）

よし町へつん〲としてまがる也　（柳一七）

（御殿者）

御殿者来てくだんせを忘れかね　（柳一一）

（「近い中に来てくだんせ」と京談《きょうだん》をつかう）

振り袖を着《ちゃく》して後家のあいて也　（拾八）

よし町へ行には和尚たちのまゝ　（柳一八）

（医者に化けずと法衣を着たまま）

芳町で和尚線香手向《たむ》けられ　（柳六二）

（線香一本分の時間で金一分《いちぶ》）

○掛《かか》り人《うど》

掛り人とは、他人に頼って生活する人。寄食者。後には居《い》候《そうろう》と同義に使われた。「居候置いてもあわず居てあわず」（柳一六六）はよく知られた句で、のべつ妻君にこき使われ、いいたいこともいえず、小さくなって生活して居る哀れな存在。

三ばい目《め》こわそうに出す掛り人　（明和四）

（「居候三ばい目にはそつと出し」の原形）

かかり人芋虫ほどの腹を立て　（同）

かかり人あのね〲をうるさがり　（拾九）

（のべつ用事をいい付けられる）

○天満宮《てんまんぐう》

学問書道の神として菅原道真《すがわらのみちざね》を祭った神社の宮号。一般には天神さま。寺子屋では毎月二十五日の縁日を休日とし、師匠が生徒を連れて近くの天神様にお参りした。江戸では湯島、麹町の平川、亀戸天満宮などが有名。

　拝むにも廿五日は欲がなし　（明和三）

　天神へ素顔で参る手習子《てならいこ》　（柳七）

　（墨だらけの顔でなく）

　おそわつた通りにおがむ手習子　（柳二三）

　両方で二十五日は朝寝なり　（天明四）

　（師匠も寺子《てらこ》も）

○赤穂義士《あこうぎし》

元禄十五年（一七〇二）十二月十五日払暁、本所松阪町の吉良義央《よしなか》邸に討入って、主君浅野長矩《ながのり》の仇を報いた四十七人の義士。何れも翌年二月四日幕命により切腹。その遺骸は高輪泉岳寺に埋葬され、今日に至るも墓前に香花《こうげ》が絶えない。

　それまでは只《ただ》の寺なり泉岳寺　（柳九五）

　（上五「去年迄」とある「武玉川」十一篇の改作句）

　まわり〳〵の小仏《こぼとけ》は四十七　（柳一七）

　（遊戯歌「まわり〳〵の小仏はなぜ背が低い……」の文句取り）

　石塔も無腰では居ぬ四十七　（柳五七）

　（戒名に「刄〇〇劔信士」とあり）

　石塔の外はお家のくいつぶし　（柳六）

　今時は無いと出て来る泉岳寺　（柳四407）

○座頭《ざとう》

盲人の官位の一つで、上から検校・勾当《こうとう》・座頭とある三番目。川柳では①盲人らしい細かい動作の観察句と②金貸し座頭を揶揄した句に大別される。

①　たばこ盆首をつゝこむ座頭の坊　（天明五）

　座頭の小便そられるだけはそり　（柳一五）

　行きどまり座頭の杖のいそがしさ　（明和元）

② 座頭のを借りて座頭の鳴《な》りを止《と》め（柳七）
（どなるのを止める。サラ金によく使われる手）
どろ〱と座頭あがると根太《ねだ》が落ち（安永五）
（貧乏旗本の玄関）

○煤掃《すすはき》

煤払いともいい、年に一度の大掃除。当時は十二月十三日と定まっていた。終わると御祝儀として主人などを胴上げした。その時は「目出度《めでた》〱の若松様《わかまつさま》よ、枝も栄えて葉も繁《しげ》る」と唄った。

両隣へ届け畳をむち打ち（筥二）
どうれいと黒ン坊の出る十三日（柳一三）
天井へ下女のくつつく十三日（安永四）
胴上げに坊主にされる奥家老（柳七五）
（髪が薄いので付けビン）

○居続《いつづけ》

居続とは、遊里で一夜明かして朝になっても帰らず、そのまま居ること。流連《りゅうれん》。ぶん流すともいう。雪の日の居続が多い。

居つゞけに用いてよしがちいら〱（柳二一）
居続の床へ禿《かぶろ》が雪の寸《すん》（柳六四）
命の洗濯ぶん流せ〱（柳一二一）
居続は女護の島の風呂に入り（拾八）
居つゞけの留主で両親大くぜつ（明和七）
（お前が悴《せがれ》に甘いからだと）

○宴会《えんかい》

辞書には、酒食を設けて歌舞をして楽しむ集まり。酒盛とある。場所は妓楼、料亭、屋形船、日待、お花見などいろいろあるが、留守居《るすい》連中の宴会を詠んだ句が多い。この時には踊子（芸者）を呼んで遊興した。

相談に三味線の入る御留主居衆《おるすいしゅ》（安永四）
酒池肉林へ三味線が二三挺《ちょう》（柳五八）
踊子におどれと留守居無理《むり》をいゝ（柳一七）
（転ぶが上手）

二分出すとねん〳〵ころり〳〵なり　（安永七）
（三味線が一分、枕代一分）

転ぶ子を母は杖とも柱とも　（柳六一）
（踊子は常に母を供に連れた。箱屋の役目）

○弁慶《べんけい》

武蔵坊と号して比叡山西塔《さいとう》の僧であったが、武芸を好み、千人の太刀を奪わんと毎夜五条の橋に出て人を斬り、さいごに牛若丸に打ち負かされて家来となる。義経に従って名をなし、義経と共に奥州に落ち、衣川の戦に討死し立往生《たちおうじょう》を遂げたという。

五条橋毎夜〳〵とうつたへる　（柳一三四）

千人め七つ道具をらりにされ　（柳三二）
（鎌《かま》・鋸《のこ》・斧《おの》・熊手などの弁慶の七つ道具をメチャ〳〵にされる）

衣川さすが坊主の死にどころ　（柳三146）

つよひ事かゝしのやうに往生し　（明和三）
（「鎧《よろい》に矢の立つ事数を知らず……簑《みの》を逆さまに著たる様」とある）

遠くからツ、突いて見る衣川　（拾三）

○薬取《くすりとり》

医者の玄関には薬を取りに来た者が大勢待っていた。当時の医者は漢方医で、薬も漢方薬であったから、診察して病名を判断してから、薬を調合するのに時間がかかった。しかし中には、わざと直ぐには渡さず、もったい振った医者も居たらしく薬取こそいい迷惑。

大勢にひだるがらせて調合し　（拾一〇）

調合がさつそく出来た夢を見る　（柳三〇）

薬取そりやとゆすぶり起すなり　（明和三）

薬取り巧者《こうしゃ》に成つて置いて行き　（安永元）

○源平合戦《げんぺいかっせん》

源三位頼政《よりまさ》が平家を討つべく高倉宮《たかくらみや》に謀反をすすめたが敗れて自刃する。やがて頼朝の挙兵となり、僅か六年後の寿永《じゅえい》四年には平家一門は西海《さいかい》に滅亡。この間の合戦が源平合戦。

富士川で三味線を折る白拍子　（拾六）

（水鳥の羽音に驚き平家の軍勢潰走）

ちかづきに成つて熊谷《くまがい》首を取り　（柳一一）

（一の谷の合戦に熊谷次郎直実《なおざね》は平家の公達《きんだち》、十六歳の敦盛《あつもり》の首を討つ）

美しい虫船《ふな》ばりへ出て招き　（柳一七）

（屋島の合戦の扇の的《まと》。玉虫という宮女）

平家方末期《まつご》の水の塩からさ　（柳二九）

哀れさはべろん〳〵と物語り　（柳四二）

（平家琵琶）

○**紅葉見《もみじみ》**

紅葉狩ともいい紅葉見物のこと。川柳では、北は下谷正燈寺《しょうとうじ》、南は品川海晏寺《かいあんじ》の紅葉見が多く詠まれ、何れも吉原、品川遊里に近く、紅葉見と称して遊興する者が多かった。その他真間《まま》の弘法寺《ぐほうじ》（市川）が有名。

紅葉狩どつちへ出ても魔所《ましょ》ばかり　（拾初）

紅葉より飯《めし》にしようと海晏寺　（柳二〇）

（品川の飯盛《めしもり》女郎をかける）

吉原はもみぢふみわけ行く所　（柳七）

（百人一首の「奥山に紅葉踏み分け……」の文句取り）

きのふは真間へ行つてのとびつこ来る　（柳一五）

（江戸より往復六里余り）

そりや笠をぬいだりけちな紅葉狩　（柳二〇）

（中川口に舟改めの番所があり、かぶり物をぬぐ）

○**寺参《てらまい》り**

春秋二季のお彼岸とか、親の命日などに寺に行って墓参りしたり、説教を聞いたりすること。さまざまな人間像を川柳は写している。

若党に役者の墓をさがさせる　（柳初742）

（奥女中のヒイキ役者の墓参り）

寺参り嬉しなみだを嫁こぼし　（柳六七）

（姑の留守に命の洗濯）
寺参り道を忘れて後家迷ひ　（柳七七）
両袖をさがして後家は数珠を出し　（拾三）
（世間体をつくろうだけの寺参り）
寺参りされてはあわぬ百旦那《ひゃくだんな》　（柳三五）
げつぷうで門を出るのは百旦那　（柳九）
（お布施が百文の安い檀家。それでも客殿へ通して膳を出して接待する）

○**乳母《うば》・遣手《やりて》**
乳母は江戸近在の百姓出身で、中流以上の家庭に雇われ、幼児に乳を飲ませて養育する女。遣手は女郎屋に雇われて、遊女の取締りをする年増女。欲張りで乳母と同じく肥満タイプ。
目見《めみ》えにも乳母はしたたか食つて見せ　（明和元）
（目見え奉公の時）
時計とはぜんたいあわぬ乳母が腹　（拾一〇）
遣り手ば丶おんなじやうにつまを取　（柳七）

（おいらんと同じように）
おめへがた欲を知りなと遣り手いひ　（柳一四）
小山のごとくゆるぎ出て壱分取　（柳二一）
（吉原では三会目の遣り手への祝儀は金一分がきまり）

○**色男《いろおとこ》**
色男には①色事に浮身《うきみ》をやつす男。色事師《いろごとし》。女たらし。②うつくしい男。美男《びなん》。③情夫。俗に恋人《いろ》などの意が有り、ケースバイケースで解する外はない。
色男してくれろには困るなり　（傍一）
色男おれを見たかと供にき丶　（柳一七）
（今すれちがった女が）
色男はだかに成るとあざだらけ　（宝暦十三）
（女につねられて）
色男どこでしよつたかとびじらみ　（末初）
（性毛にたかる毛虱）
商売のさまたげをする色男　（天明五）

傾城《けいせい》の尾羽打ち枯らすいゝ男　（柳三〇）

（情夫《いろ》に金をつぎ込んだ果ては鞍替《くらが》えなどをする）

○**座敷牢**《ざしきろう》

どら息子などを閉じ込めて置く所。座敷に格子をはめて、牢屋のように造作して入れて置いた。

座敷牢母二三日留守といひ　（柳一五）

（友達に、これも同じ穴の狢《むじな》）

座敷牢文《ふみ》をとゞけて母不首尾　（柳二一）

（女郎からの手紙）

座敷牢母も手錠《てじょう》がものはあり　（柳一二）

（女親は息子に甘い。手錠をはめて自宅謹慎の刑）

座敷牢あゝ月われをほろぼせり　（柳一八）

座敷牢千々《ちぢ》に物こそ悲しけり　（柳三五）

（「月見ればちゞに物こそ悲しけり……」（古今集）の文句取り。月見は吉原の大紋日《おおもんび》で、大散財《だいさん》の挙句に座敷牢入りしたから）

○**四天王**《してんのう》

川柳では頼光《らいこう》の四天王をいう。46・176・251参照。渡辺綱・坂田金時・碓井貞光《うすいのさだみつ》・卜部季武《うらべのすえたけ》の四人。大江山の鬼退治に活躍する。

大江山さゞいのやうな顎《あご》ばかり　（宝暦十三）

（ギザギザした鬼の顎の形容）

大江山美しいのをくいのこし　（拾五）

洗濯へ鬼は留主かと四天王　（柳九一）

（途中洗濯女に尋ねた）

手や足でしいられたのは四天王　（柳二五）

（酒の肴に人間の手足を出された）

酒くさい首を都へみやげにし　（宝暦十三）

（酒呑《しゅてん》童子の首）

○**花見**《はなみ》

当時の花見は上野・飛鳥山《あすかやま》・品川御殿山《ごてんやま》・向島の隅田《すだ》

堤《づつみ》などが有名。この中、上野は寛永寺の山内《さんない》だから山同心《やまどうしん》という見廻り役人が居て、鳴物停止《なりものていし》、暮六つ（午後六時）の鐘を合図に花見客を追い出して、すべての山門を閉ざした。例句は上野。

定紋であたりをかこう能《よ》い花見　（柳二四）

（定紋を染めた幕はお上品な花見）

花の山幕のふくれるたびに散り　（柳七）

奥家老日も夕陽《せきよう》と申上げ　（明和六）

千金の時分追い出す花の山　（安永三）

（「春宵一刻直《あたい》千金」という）

花の山手毎に折つてしばられる　（柳四四）

これに比べて中にはけしからぬ句もある。

御殿山三味のとなりは伏せる音　（柳七）

おつ伏せる坪《つぼ》へしづ心なく散り　（柳一九）

（丁半博奕《ばくち》。「しづこころなく花の散るらむ」（『古今集』）による）

○小侍《こざむらい》

小侍は下級旗本などの屋敷に雇われて、使い走りをする少年。まだ悪戯盛《いたずらざか》りの年頃である。

小侍扉《とびら》の乳にぶらさがり　（拾一〇）

（門扉に打った金具）

小侍つい口上《こうじょう》を忘却《ぼうきゃく》し　（柳一〇〇）

小侍並んでたれて叱られる　（柳一二）

（主人と連れ小便）

小侍馬に乗つたがおりられず　（明和元）

小侍玄関の杖でまねてみる　（明和四）

（金貸座頭のまね）

参考書抄

一　武笠山椒著『誹風柳樽二篇通釈』（大正十四年・有朋堂書店刊）

二　杉本長重校注『川柳狂歌集』（昭和三十三年・岩波「日本古典文学大系」）

三　「柳多留二篇輪講」（『川柳しなの』昭和四十六年一月―五十一年四月。礎稿大村沙華・共述者富士野鞍馬・比企蟬人・浜田桐舎・杉本柳汀・山沢英雄・田中蘭子等の諸先生及び鈴木）

四　岡田甫《はじめ》著『川柳末摘花詳釈』上下・拾遺篇三冊（有光書房）

五　山路閑古著『古川柳』（昭和四十年・岩波新書）

六　浜田義一郎編『江戸川柳辞典』（昭和四十三年・東京堂出版）

誹風　柳多留　三篇

（明和五年刊）

岩田　秀行

（1オ）
川叟《せんそう》評《ひよう》 明和元申年《さるどし》の頃秀逸の中より、誹《はい》かいにひとしき句躰を書抜《かきぬき》、初篇に述べしごとく、題を略して誹風《はいふう》屋那支《やなぎ》多留《だる》三篇とはなりぬ。

明和五の孟秋《もうしゆう》 吉辰《きつしん》

柄井川柳先生の選んだ、明和元年申年《さるどし》（一七六四年）の頃の秀作の中から、江戸座俳諧と同じような風体の句を抜粋し、初篇の序文に述べたように、前句の題を略して『誹風屋那支多留《やなぎだる》』の三篇が出来上がった。

明和五年（一七六八年）の初秋（七月）吉日

1 **だんの浦能州《のうしゅう》出《で》やと笏《しゃく》でつき**　やりばなしなり〱（1ウ）

さしもの奢りを極めた平家も、都を落ちて西海の波に漂い、ついに壇の浦に亡んだ。軟弱な公家侍の多い中で、頼みの綱は、勇将能登守教経《のとのかみのりつね》である。無能の総大将平《たいらの》宗盛《むねもり》は、戦局困難になると、教経を呼び出して戦を命ずる。壇の浦でも、「能州出や」などと笏で突っついたことであろうとの句。

○だんの浦＝当時、長門《ながと》の壇の浦と屋島の壇の浦とが混同され、平家は屋島に亡んだと思われたりしていた。ここも、屋島の壇の浦を念頭においての句であろう。651参照。○能州＝能登守平教経。「〜州」は、出身地をもって親愛的に相手を呼ぶ江戸時代の言葉。○出や＝「〜や」は、目下に対する江戸時代の親愛的な命令表現。○笏＝宮中で礼装の時に持つ板片。川柳では、多く公家の表現に用いる。651参照。

2 **内義《ないぎ》へははしよらずに出るぞうり取《とり》**　やりばなしなり〱

旦那に対しては、キリリと尻端折《はしょ》りで、すぐお供できる態勢をとってまかり出るが、内儀の前へ出る時は、裾を下ろしたままである。女性はゆっくりしているから、いざとなってからで間に合うと、手抜きの草履《ぞうり》取《と》り。

○内義＝町家の主婦をいう。

3 **馬道具屋《ばどうぐや》ていしゆと見へてかわに座《ざ》し**　やりばなしなり〱

乗馬用の諸道具を商う店。商売関係の敷皮《しきかわ》に堂々と座して、店の者を指図しているのは、武将ならぬ、この店の主人であろう。武家相手の商売で、自然と影響を受けているらしいところが滑稽（339頁参照）。

○かわ＝敷皮。戦陣で身分のある武将が用いる。

4 **書かぬ嫁一《いっ》ぺん通りせつながり**　やりばなしなり〱

手習いも充分せず、無筆なまま嫁入ってしまった。無筆が、婚家の近隣知己に知れわたるまでは、各人に一通りつらい思いで対さねばならない。ことに女性は無筆が多かったから（686参照）、新しい嫁は期待され、手紙を書いてほしいとか、読んでほしいとか言われたりもしよう。

5 **仲条はむごつたらしい蔵をたて**　いたづらな事〱

仲条は、堕胎専門の産婦人科医。立派な蔵が建っているが、あれは、闇から闇へと子供をおろした、その残忍な手術の儲けが、たまりたまって建ったものである。

いつどふ来るか仲条は蔵を建て　（筥一）

6 **物さしで雪をつつつく日記づけ**　さがしこそすれ〱

日記をつけるような人は几帳面である。雪の降った時などは、あわてて物さしを捜して雪の寸をはかる。

○日記づけ＝日記をつけること。大和《やまと》郡《こおり》山《やま》藩主柳沢信鴻《のぶとき》の安永二年十二月の日記には、「十一日……夕がたより雪、高五六寸」「十二日……雪森漫、深処七八寸、浅処二寸計《ばかり》、八過止《やつすぎやむ》」などとある。

7 **橋のこもでつちに見せてあれだぞよ**　いたづらな事〱

橋のたもとで薦《こも》をかぶり、物乞いをする乞食。「おまえも、奉公に身を入れてないと、今にああなってしまうんだぞ」と、供の丁稚《でっち》へ教訓。

人といふものはとこもへゆびをさし　（安永四）

○こも＝稲藁《いなわら》をあらく編んだもの。包装に用いたのでどこにもあり、乞食も防寒等に利用した。

8 **鉄棒《かなぼう》で捨子のろんにきずを付け**　さがしこそすれ〱

町の辻境に捨子があった。どちらの町の掛りになるかのもめごとに、鉄棒を持った町抱《ちょうがか》えの鳶の者は喧嘩腰となり、とても話し合いなどしていられない空気にしてしまった。

当時、捨子があった場合は、その管轄の町内で養育費を負担せねばならなかったため、捨子を迷惑がったのである。277参照。

○鉄棒＝自身番（町の警備用詰所）などに備えてある鉄の棒。町抱えの鳶の者などが触れの伝達や警備などにこれを引いて町内を廻った。

9 **若餅《わかもち》へ一臼《ひとうす》すける礼の供**　やりばなしなり〱

若餅は、正月三箇日の間に搗《つ》く餅。年始客の供が、主人を待つ間、御祝儀に一臼手伝って搗き、また次へ廻って行った。

○礼の供＝年始の廻礼に年玉の品を持ってついて歩く供の者。○すける＝助ける。

10 **鰹《かつお》うりつるべを落し逃《にげ》て行《ゆき》**　やりばなしなり〳〵（2オ）

冷たい水をかけて鰹の鮮度を保とうと、井戸水を汲みにかかったが、うっかり釣瓶《つるべ》を井戸へ落としてしまった。しかし、拾い上げるのに時間をとられては、それこそ鰹の鮮度が落ちて、元も子もないと、鰹売りは後始末もせずにスタコラ。鰹はことに傷みやすいので、鮮度の落ちるのを嫌うのである。

11 **料理人ひよいとほうつてかみ合《あわ》せ**　やりばなしなり〳〵

宴会用の魚を料理していると、匂いを嗅ぎつけて近所の犬が二、三匹。家庭の調理なら、あわてて追い払うところだが、料理人は、まだ身の残っているようなアラをひょいと放ってやり、平然として犬どもが争奪あらそいをするにまかせている。

りやうり人すとん〳〵とおしげなし　（柳七）

○料理人＝宴会などの料理のため、邸宅に出張して調理をする専門の料理方。

12 **相馬《そうま》公家《くげ》おつこちそうな雲の上**　やりばなしなり〳〵

平将門《まさかど》は、東国に兵を興し、下総《しもうさ》相馬郡猿島《さるしま》の地に内裏《だい》《り》を造営、自ら平親王《へいしんのう》と僭称して、文武百官を置いた。しかし、道にはずれた成り上りの、この「雲の上（宮中）」は、まことにあぶなっかしい限りで、果たして翌年、将門は秀郷《ひでさと》らに誅《ちゅう》せられてしまった。

やみくものうへは相馬の内裏也《だいりなり》　（拾五）

13 **まな板をたばこの時にけづらせる**　やりばなしなり〳〵

まな板は、だんだん中央がくぼんでくる。大工《だいく》が出入りしている間に、ちょっと削ってもらいたいのだが、仕事中にそんな余計なことを頼むのは禁物。煙草《たばこ》を一服休憩の折、世間話のついでにでも頼みこめば、O・Kである。

すい付けた大工まな板さづけられ　（明和三）

14
大《おお》くぜつ高《たか》がばい女《た》と言ひつのり　やりばなしなり〳〵

遊女との痴話喧嘩も、軽いものならかえって味な世界である。しかし、つい興奮のあまり、「えらそうなことを言っても、たかが金で身体《からだ》を売る女じゃないか」と、言ってはならない言葉を口に出してしまっては、もう取り返しがつかない。

○口舌《くぜつ》＝男女間の、特に、遊女と客との痴話喧嘩。

○売女《ばいた》＝ばいじょとも。罵言として「ばいた」。

15
次の間へつくろつて出す硯《すずり》ぶた　やりばなしなり〳〵

座敷の饗応の膳は、フルコースで出るので、硯蓋《ぶた》の組み肴《ざかな》あたりは、あまり手がつかずに下《さ》がって来る。せっかくのお下がり、これをちょっと盛り直せば、次の間の供の者へは、特別料理である。

○次の間＝本間《ほんま》（座敷）に対する付属的な間《ま》。ここは、供の者など正式の客以外の者が、御相伴にあずかっている部屋。○硯ぶた＝漆塗りの広蓋《ひろぶた》（硯蓋）に、取り肴などを盛り合わせたもの。オードブル的性格のつまみ料理。

16
お内義《ないぎ》の手をおんのけるいわし売《うり》　さがしこそすれ〳〵

お内儀は、少しでも大きなもの、鮮度のよいものをと、あれこれ物色して魚をいじりまわす。特に鰯《いわし》は鮮度が落ちやすいので、売る方は、そんなに触《さわ》られたのではかなわない。つい手を払いのけることにもなろう。

気のまよいさと取《とり》かへるいわし売　（柳六）

17
ふきがらをじうといわせるちんこ切《きり》　やりばなしなり〳〵

賃粉《ちんこ》切りは、葉煙草《たばこ》を刻む賃職人。坐り仕事の習いから、休憩もその場に坐ったままで一服。つい、手近にある砥石《といし》の入った水桶を灰吹き代りにポンとやる。吹殻《ふきがら》は水に入って、ジューッ（339頁参照）。

18 **悪方《あくがた》は油見世《あぶらみせ》など思ひきり**　いたづらな事〳〵

歌舞伎役者は副業に商売店を出したりした。しかし、化粧品の店を出すのは、立役《たちやく》（主演級の男役俳優）か女形《おんながた》で、それでこそ、ファンの女性がワンサとつめかけるのであるが、敵役《かたきやく》などが出したのでは、さっぱり売れそうもない。

○油見世＝髪結用の油を中心に婦人用化粧品を売る店。

19 **たいこ持《もち》がつかりとして嫁に逢ひ**　あくな事かな〳〵（2ウ）

旦那からしばらくお声が掛からぬので、御機嫌伺いがてらと、はるばる訪ね参上したところ、知らぬ間に貰っていた嫁が取次に出た。これではもう遊びのほうはダメだと、期待がくじかれ、急に疲労感も襲って、ガッカリと気落ちの太鼓持《たいこもち》。

20 **あいそうにごぜはあやして泣出され**　かくしこそすれ〳〵

瞽女《ごぜ》は、盲目の女芸人。呼ばれた先で、愛想よくしようと幼児をあやしたところ、かえって泣出されてしまった。せっかくの愛想が愛想にならないのである。

乳母《うば》が貌《かお》あやしてごぜは笑《わらわ》れる　（柳五5）

21 **にへきらぬ娘を伯母《おば》へとまりがけ**　かくしこそすれ〳〵

なかなかいい縁談なのに、肝心の娘の態度がはっきりしない。誰か好きな相手でもいるのかと親は気をもみ、伯母にそのあたりを聞きただしてもらおうと、あらかじめ打ち合わせて置いて、娘を泊りがけで遊びにやる。親には言いにくいことも、伯母だと打ちあけやすいということはよくある。

伯母が来て娘のなぞをやつととき　（拾二）

22 **青二《あおに》から出るは正月ぎりのよみ**　よいかげんなり〳〵

松の内は賭博も大目に見られたので、ふだんカルタ遊びをしない人も、ちょっと手慰み。初めから青二の重要札を出してしまったりするのも、正月遊びに限った御愛敬である。

この句の時代、賭博系のカルタは、南蛮渡来のカルタの図柄が次第に簡略化されたもの（天正カルタ）が流布し、技法は「よみ（ガルタ）」の最盛期であった。○青二＝天正カルタ札、四種類（棍棒《ハウ》・剣《イス》・酒杯《コップ》・金貨《オウル》）各十二枚、計四十八枚のうち、ハウ（青札）の二の札。役にかかわる重要札。○よみ＝読みガルタ。四十八枚の札のうち、イス（赤札）十二枚をのぞいた残り三十六枚を基本として、四人で行なうカルタ技法。各自九枚持ちの手札を、親から、一、二、三と数順に打ち出してゆく。

23
火吹竹《ひふきだけ》持つてまき屋をしつ呵《しか》り　あくな事かな〳〵

火吹竹で一苦労している所へ来あわせた薪《まき》屋。ちょうどよい所へとばかり、「こんな燃えつきの悪い薪を持ってくるなんて」と、さんざんに叱り散らす。

○しつ呵る＝引《ひ》っ呵るの転。発音は「しっちかる」。叱り散らす。

24
岡場所のありんすなどはづおふへい　まぎれこそすれ〳〵

岡場所で「ありんす」などと吉原詞《ことば》を使う遊女がいたりするのは、まことに嫌みな鼻に付く態度である。吉原から流れて来た遊女であろうが、岡場所では岡場所らしくするのがよいということがわからないのだ。

ありんすといつて岡場所はりこまれ　（安永六）

（はりこまれは、やりこめられる）

○岡場所＝公認の遊廓吉原に対して、それ以外の遊所。吉原は格式があるのに対し、格が落ちる。○図《づ》横柄《おふへい》＝横柄きわまること。

25
鯵《あじ》の声日もしやうじんも落《おち》る頃　よいかげんなり〳〵

夕鯵を売る声は、ちょうど暑い夏の日が西へ落ちる頃であり、それはまた、ちょうど魚類を食べて精進を落ちる時刻でもある。暑さもホッと一息の夏の夕べ、忌み明けに生きのいい鯵で一杯かたむけるのにうってつけの鯵売りの声というわけである。

○鯵＝「夕鯵《ゆうあじ》」と称して、夕河岸にあがった鯵を、すぐに売り歩いた。333参照。○しやうじんを落る＝魚類を食して、精進を終える区切りとする。精進落ちは、暮六つ（午後六時頃）からの習わしであった。

26
駕《かご》ぶとんかゝへて這《は》入《い》る玄《げん》関《か》番《ばん》　仕合《しあわせ》な事〳〵

役職付きの主人が帰宅し、駕籠を下りたあと、主人専用の駕籠蒲団を大事に抱え持って内へ入る、裕福な武家の玄関番。

当時、旗本・御家人あたりは、非役で生活に苦しむものが多く、役職に就き、駕籠御免となって出勤できる者は限りがあった。

○玄関番＝武家の来客取り次ぎ役。川柳では多く、主家の困窮から、座頭《ざとう》の借金取り立てに悩まされたりする（459頁参照）。28参照。

27
のびの手で髱《たぼ》へさわつてかいで見る　もしや〳〵と〳〵

退屈男の大あくび。思いっ切り伸ばした両手をおろす時、なんとなく後頭部に手が行くものである。髪の油が手についてしまったのではないかと、その手をちょっと嗅《か》いでみる。

○髱＝上方では「つと」。側後方に張り出した襟足《えりあし》上部の髪。男女ともに言う。

28
げいの無い座頭《ざとう》は玄関《げんか》から上《あが》り　くりかへしけり〳〵（3オ）

琵琶・琴・三味線等の芸で身を立てている座頭は、武家のお屋敷に呼ばれたりしても、勝手口あたりから上るのが常である。ところが、芸のない高利の金貸し座頭は、なんと堂々と玄関から訪れて借金の強催《こわ》促をする。しかし、これはあべこべというものであろう。

当時、旗本等の武家も、生活困窮から座頭の金を借りるものが多く、返却が遅れると、幕府の保護をよいことに、座頭が集団で玄関に押しかけ、強引な取り立てをした。

29
嫁の貌《かお》見い〳〵まきを一《いっ》本《ぽ》引《ひき》　あくな事かな〳〵

嫁の顔を横目で見ながら、「こんなにムダに燃しつけて」と言わんばかりに、薪《まき》を一本、焚き口から無言で引き除ける姑。嫁のすることが万事につけ気にいらない。

30
中《なか》の能《よ》い嫁はお経をよみならい　おし付けにけり〳〵

姑と仲好く、うまくゆくような嫁は、姑に従ってお経を読み習ったりもする。姑にさからわず、その好みに合わせるタイプだからこそ、うまくゆくのだ。

31
小豆《あずき》がゆ家のけむりの立てはじめ　われも〳〵と〳〵

新宅に移った祝いに、小豆粥《がゆ》を炊《た》く風習があった。新しい生活の第一歩は、文字通り、この小豆粥を炊く煙を立てるところから始まるというわけである。

小豆がゆ木《こ》つぱをひろい焚付《たきつけ》る　（柳三八）
（新宅建築の木くずを拾って）

○けむりを立てる＝炊事の煙を立てる。転じて、生計を立てる。

32
木綿《もめん》うり乳母《うば》が見る内だいて居る　おし付けにけり〳〵

木綿売りは、反物を高く積み上げたりして行商に来た。ちょっと見てみたいが、子供を抱いたままでは充分に品定めができない乳母は、自分の好みの生地《きじ》を見つくろう間だけ、木綿売りに子供を抱っこしてもらう。

33
ひる見世《みせ》はよく笑ふ子をかりにやり　われも〳〵と〳〵

吉原も昼見世は客が少なく、遊女たちも退屈である。客がつくまでの間、禿《かむろ》などに命じて、廓内の商家などから、乳呑み児を借りて来させ、皆であやしたりして退屈をまぎらす。当然、人見知りせず、よく笑う子に人気が集まるわけである。

○ひる見世＝昼過ぎから夕刻まで、遊女が見世に出て客の見立てを待つこと。

34
盃の時に何《なん》にもおつしやんな　おし付けにけり〳〵

初めて登楼した客は、遊女と引き付けの座敷（客を最初に遊女と引き合わせる部屋）で、初会の盃を交わす。その時に、半可通な客に限って、口数多く、下手な洒落を言ったりしたがるものだが、そういう手合は、えてして遊女に振られたりするものである。最初の盃の時には黙っているのが無難と、初会客に注意する茶屋の男の言葉であろう。

35
けいせいは一《ひと》はぢかくとはやり出し　われも〳〵と〳〵

遊女のよがり声は、いわゆるポーズであって、本気で絶頂に達したりしていては身が持たない。しかし、勤め始めの頃は、感覚の発達や相手の好もしさなどによって、つい恥ずかしく取り乱してしまったりすることがある。それが客の評判ともなり、またそうした頃から遊女としての魅力も出てくるわけだ。

36
またの灸《きゆう》あつくないのは哀也《あわれなり》　すて、置きけり〳〵

胯《また》の真中、前陰と後陰との中間にある会陰《えいん》の灸穴は気絶の気付けに妙効がある。ここにいくら灸をすえても意識が回復せず、熱《あつ》がらないのは、可哀《かわい》そうに既に事切れてしまった死者である。

『鍼灸重宝記』に、「頓死《とんし》……会陰に針すべし」、また『諸疾宜禁集』に、「会陰《エイン》……癩癇ノ妙灸也。五十荘灸ス」とある。

37
針明《しんみよう》の折《おり》〳〵《おり》くらいすそ廻《まわ》し　見へつかくれつ〳〵（3ウ）

針明は、良家に抱えられている裁縫女。着物の裾廻しをつけて、もう着物も仕立上ろうという時分、縫上りの具合はどうだろうかと、待ちかねた女主人か娘あたりが、時々様子を見にやって来て、明り先に立つので、度々手暗がりになってしまう。＊

○すそ廻し＝着物の裏地に、上部と下部とが異なる生地を用いた場合の、下半部分。

38
たしなめば惣身《そうみ》のかゆい狐釣り　見へつかくれつ〳〵

罠《わな》に近づいた狐に、「さてこそ獲物ござんなれ」と、狐釣りは物陰でじっと息をひそめる。しかし、こんなときに限って全身があちこちとむずがゆくなり、じっとしていられなくなってくるのは皮肉なことである。

○たしなむ＝（失態に至らぬよう）慎む。行ないをひかえる。○狐釣り＝罠をしかけて狐を捕える人。

39 **毛ぬきうり我《わが》のを壱本《いつぽ》ぬいて見せ**　おし付けにけり〳〵

「この通りよく抜けます」というように、買い手を前に、自分の髭《ひげ》を一本ぬいてみせる毛抜き売り。論より証拠の売りこみである。

うちわうり少しあふいで出して見せ　（柳二492）

40 **最《もう》嫁は弐《に》把《わ》で五文を買《かい》ならい**　すて丶置きけり〳〵

野菜が、一把なら三文だが、二把まとめて買うと五文になるという、そういう経済的な買い方を、いつの間にか、はや嫁もできるようになった。初めは何だか頼りないように思えても、人間心配は無用なのである。

41 **三みせんをかりればげい者なまへんじ**　われも〳〵と〳〵

酒宴の席。興が乗ってくると、素人も三味線にさわりたくなってくる。何の気なく、「ちょっと拝借」と言ったりするが、芸人のほうは自分の大切な商売道具ゆえ、酔客に貸すのは気が進まない。他事に気を取られているふりをしたりして、あいまいな返事をしておく。

○げい者＝音曲・舞踊等で酒宴に興を添える芸人。この時代は必ずしも女性とは限らない。

42 **そゝりうたとかくに跡《あと》へとさをつけ**　われも〳〵と〳〵

遊里をひやかして歩く素見客は、はやり唄などを口ずさんで浮かれ騒いだりするが、えてして唄のあとに「とさ」とつけるのは、よく考えると何となくおかしいものである。一節唄ったあとに、「……と来らあ」とか、「……か」などという類の習癖。

○そゝりうた＝遊廓を浮かれ騒ぎながらひやかす（そそる）客が口ずさんだりする唄。特定の唄というわけではない。

43 **うらかべはとなりでかへす江戸の町**　おし付けにけり〳〵

家を建てるにも、裏壁は隣地に立って塗り返さねばならないほど、江戸は敷地いっぱいに続々と家が建ち並ぶ繁華な街並である。

江戸は既に人口百万をこえる大都市となっていたが、中でも神田・日本橋・京橋辺の商業地が江戸の中心街であった。ここでいう「江戸の町」も、その中心街をさす。

○うらかべをかへす＝木舞《こまい》に塗りつけた壁土がはげ落ちないように、その裏面から同じ壁土を塗り返す。壁は、家の内側から塗り始めるので、裏壁は家の外側で返すことになる。

44 **ぼんおどり子をしよつたのが頭分《かしらぶん》**　われも〳〵と〳〵

この時代、江戸の盆踊りは、女児や幼い男児が手をつなぎ、二、三列の横隊になって、盆唄を唄いながら往来をねり歩くものであった。前の列は幼児、後の列に年かさの女児が並び、最後に乳母などが監視役としてつき従う。女児たちの集団であるから、全体を指図する親分役は、中でも年かさの子守り娘あたりなのである。

ぼんおどり最《もう》ちつとのがおんど取《とり》　（柳二312）

（今少しで女に成熟という娘）

45 **新酒《しんしゅ》をば御用《ごよう》が出るとふつて見る**　すてゝ置きけり〳〵

旧暦の八月末から九月頃、その年の米で醸《かも》した新しい酒が江戸に着く。所々の酒屋は、早速に御得意様へ二、三合ずつ、これを配った。酒屋の御用聞きが新酒を置いて帰ったあと、さて今年の酒はいかがかなと楽しみにして、徳利をちょっとふってみる。

46 **料理人まわらぬ舌でほめらるゝ**　われも〳〵と〳〵（4オ）

婚礼などの宴席。この日の料理をつとめた料理人（11参照）が挨拶にまかり出ると、すかさず上機嫌の酔客につかまって盃などを頂戴し、あやしいロレツで料理をほめられるのは、有難いような迷惑なような複雑な気持ちである。

あいさつに出てりやうり人とつかまり　（明和八）

47 **拍子木で捨子のまたをあけて見る**　われも〳〵と〳〵

17　煙草屋（『絵本雪月花』*）

3　馬道具屋（『用文筆道往来』）

63　神楽堂（「逸題絵本」）

47　捨子（「逸題絵本」）

夜廻りの最中、捨子（8参照）を見つけた。さても迷惑な、困ったことだと思いながら、手に持った拍子木で、男か女かと、ちょっと股を開けてみる（339頁参照）。
当時、夜廻りは、町々に設けた木戸の番人に雇われていた、通称「番太郎」と呼ばれる男の役目であった。捨子は自身番（8参照）の町役人に報告しなければならないが、町役人も迷惑がったので、発見者の番太郎も敬遠気味なのである。371参照。

48
入聟《いりむこ》が抱《だこ》ふといふとべそをかき　すて、置きけり〳〵

子供のある後家と結婚して婿に入った。まずは子供と仲好しにと、子供を抱っこしようとしたが、まだ馴染みがないのでベソをかかれてしまった。入婿の気苦労の始まりというところである。

49
薬とりきのふ余つた噺《はなし》をし　われも〳〵と〳〵

このところ毎日のように顔を合わせる薬取り同士が、薬が出来るまでの退屈しのぎに、昨日の話の続きを始めたりする。薬の調合を悠長にして、常に待合の人が居る状態を保つのは、流行医らしく見せる医者の営業手段でもある。

○薬取り＝患者の家から医者のところへ薬を取りに行く使いの者。待たされること夥《おびただ》しく、半日がかりの仕事であった。

50
無尽茶屋一本《いっぽ》か弐本《にほん》杖も見へ　われも〳〵と〳〵

無尽講も大きなものになると茶屋の貸席（無尽茶屋）を借りて行なったりした。集会に集まる連中の中に、杖をついた盲人（金貸し座頭）も一人二人見えるのは、大金が落ちるのを目当てにしているのであろう。

○無尽＝一定額の掛金を持ちよって、定期的に集会を催し、抽籤《せん》などで順番に、毎回の掛金総額分の融資を受けられる庶民金融の組織。大きなものは、百両や千両に及ぶ融資が受けられた。

本くじは又《また》けんぎやうにしよしめられ　（柳四597）
（本くじは、無尽などの当りくじ）

51
あらを煮て杓子《しやくし》果報《がほう》にしろと出し　われも〳〵

大世帯の台所風景。魚のあらを煮汁に仕立てた大鍋が出た。骨ばかりのところもあれば、だいぶ身がついている部分もある。その当りはずれは各自銘々がよそった杓子の運まかせ（杓子果報）というわけである。しかし、奉公人たちにとっては、うれしい特別料理となったことであろう。

52
すぼまつて馬からおりる宿下《やどさが》り　われも〳〵

屋敷奉公に、江戸に上っていた娘が、皆の出迎えの中で田舎の生家に帰省した。家を出る時は、馬の乗り下りも平気な田舎娘だったのに、暫く江戸の水に親しむ間に、すっかり色気づき、馬を下りる際も、裾がはだけるのを気づかって、身を縮めるようにしてシナを作る年頃の娘に変ってしまった。

○宿下り＝武家屋敷などに奉公する女性が休暇をもらって親許に帰ること。

53
今暮れる日にけいせいはかゝわらず　すて、置きけり〳〵

吉原の昼遊びであろう。勤番侍は、暮六つ（日没時）が門限なのであるが、日が西へ傾きかけても傾城《けいせい》は悠揚迫らず、ゆったりと構えて平然としている。侍客の方は、まだ相手にしてくれないので気が気ではないといったところ。

今暮れる日をけいせいにおちつかれ　（柳初280）

○傾城＝吉原の上妓。傾城は鷹揚であどけないのがよしとされた。

54
ある時はころぶ程着る通りもの　われも〳〵

川柳に出てくる「通り者」は、博奕打《ばくちうち》のこと。すってんてんになる時もあれば、大勝ちをする時もある。勝っている時は、他人の着物まで皆まきあげて、歩けないほど何枚も重ね着をしている。この着物がまた、まさかの時の資金代りにもなるわけである。

通りものまさかの為にぶつかさね　（柳一二）

55 **年わすれ麻上下《あさがみしも》で礼を言ひ**　われも〳〵と（4ウ）

裃《かみしも》で礼装をした新年の挨拶。かしこまって旧年（といっても、ほんの数日前のことなのであるが……）、年忘れに招いてくれたことの礼を述べる。年忘れは、今日《こんにち》の忘年会である。

○麻上下＝麻で作った裃。礼服用。

56 **屋根ふきは四五寸先きも一つうち**　われも〳〵と

屋根葺《ふ》きは、四五寸位の短冊型の屋根板を、重ねながら釘で次々に打ちつけて板屋根を葺き上げてゆく。口に含んだ釘を出し出し打ちつける際に、屋根板の先の方が浮き加減になったりするので、それを時々叩いて落ちつかせる。細かい動作をうまく穿《うが》った句である。

57 **すゝはきに玄関《げんかん》で肴直《さかなね》が出来る**　われも〳〵と

暮の大掃除で家中取り散らかし、勝手元へも入れない。やむなく、玄関先きで魚を買うという仕儀に相成ってしまった。＊

○煤掃《すゝはき》＝十二月十三日に行なわれた大掃除。

58 **蔵宿《くらやど》の嫁は心で笑止《しょうし》がり**　われも〳〵と

蔵宿のまだ初心《うぶ》な嫁は、武家が縷々《るる》と窮状を述べたて、金を貸してほしいと訴えているのを傍で聞いていて、つい相手の泣き落としを真《ま》に受け、同情の気持ちを起こしてしまう。

生活不如意な旗本・御家人あたりは、将来の扶持米までをも担保に蔵宿から融資を受けたりしたので、自然と超過貸付けとなり、蔵宿側もそれ以上の貸付けをしぶるのである。

○蔵宿＝旗本・御家人の扶持米の代理換金を業とする浅草御蔵前の札差《ふださし》宿。○笑止がる＝気の毒がる。

59 **ひっかいてとめがす売《うり》はまけて行《ゆき》**　おし付けにけり〳〵

留粕《とめがす》を買ったら、粕を少しひっかいておまけしてくれた。気は心というものである。

○とめがす＝板状の酒粕。

60 **よし原へしきみの元手《もとで》かりに来る**　すて、置きけり〳〵

寺の門前などで細々と暮している樒《しきみ》売りが、そのかすかな元手にも事欠いたらしく、遊女になっている吉原の娘の許《もと》へやって来た。華やかな花街にまぎれこんだ、不釣合な貧しい老人の哀れさ。

きたないばあさんおいらんに逢《あお》ふとさ　（傍二）

○樒《しきみ》＝枝を仏前に供える香木。

61 **生酔《なまえい》を少しあて身で引《ひい》て行《ゆき》**　おし付けにけり〳〵

酔っぱらいの当人はへべれけになっていい気なものだが、それを連れて帰るほうは、たまったものではない。「まったくいい気なものだ、この馬鹿野郎めが」と、しょうことなしに、少し当て身をかました上で引きずって行く。○生酔＝泥酔者。○あて身＝相手の急所を突いて気絶させる柔術のわざ。

62 **惣仕廻《そうじまい》煩《わずら》ふ禿《かむろ》またがれる**　すて、置きけり〳〵

惣仕廻は、一軒の妓楼の遊女を全部買い切ること。楼中全員浮かれ立って、我先きにと、お大尽の座敷へ顔を出す。病気で寝ている禿などは、皆に跨《また》ぎ越されて、あわれ誰も振り返ってくれるものがない。

灰ふきのけこぼしてある惣仕舞　（明和元）

○禿＝上級の遊女に仕えて身の廻りの雑用をする少女。

63 **神楽堂《かぐらどう》ゑぼしを着たが聟《むこ》と見へ**　われも〳〵と〳〵

神楽堂で神楽を舞う美形の神子《みこ》。しかし、どうも神前の乙女にはあらずして、後で烏帽子《えぼし》をかぶって楽《がく》を奏している伶人《れいじん》が、その亭主であるらしい（339頁参照）。

女房にまひをまわせて笛をふき　（明和七）

64 **大三十日《おおみそか》首でも取つて来る気也《なり》**　われも〳〵と〳〵（5オ）

大晦日は一年の総決算日であった。どの商家も掛け売り代金の回収にかけずり廻る。払う方も大変だが、また集める方もどんなことをしてでも受け取らねば、こちらの首が廻らなくなる。払えないなどと言おうものなら、首でも取って来ようという意気込みである。
やくそくの首とりに行《ゆく》大三十日　（柳一三）

65
国者《くにもの》に聞けば四五人居士《こじ》に成《なり》　見へつかくれつ〳〵
国もとから出府した勤番の士に、故郷のことを色々と聞いてみると、昔知っていた、あの者もこの者も、すでに今はもう亡いという。思えば江戸藩邸の暮しも随分長いこととなる。
○居士＝男子の戒名の下につける称号。信士よりも位が高い。

66
沖の船どうにつかれる心もち　見へつかくれつ〳〵
沖あいを航行する船が、高波のために上がったり下がったりする。乗っている者は、まるで胴上げをされているような心持ちであろう。
○胴《どう》に突《つ》く＝胴上げをする。江戸時代は、節分や煤《すす》払《はら》いの後、御祝儀に胴上げをする風習があった（431参照）。

67
麦ばたけざわ〳〵と二人逃《ふたりにげ》　見へつかくれつ〳〵
田舎の男女の密会。せっかくの麦畑での逢瀬《おうせ》を人に見つけられ、あわててザワザワと麦が二筋浪打って、逃げ出して行った。
野外の逢瀬は、別に麦畑と限ったわけではないのであるが、川柳はそれを「麦畑」にパターン化して、おもしろおかしく表現してある。
山犬に麦の中から二人にげ　（明和四）
馬子うたに二人ひれふす麦の中　（柳九）
是《これ》からはどこですべいと麦をかり　（明和七）
麦のかげなど ゝ いろりへ書《かい》て見せ　（柳七四）

68
すり鉢に舞《まい》をまわせるいくぢなし　おし付けにけり〳〵
「君子は庖厨《ほうちゅう》を遠ざく」というが、この亭主、女房に命じられて擂鉢を擂るという不甲斐なさ。濡れ雑巾を敷くということを知らばこそ、擂り始めた途端、擂鉢も一緒にグルグル廻ってしまい、何の役にも立たない。
いくぢなさ二人でめしやかゆを焚《た》き　（柳二三）

69
小侍《こざむらい》きやんなはしたにかぶせられ　おし付けにけり〳〵

小侍は、旗本などで召し使った元服前の少年。もう少しで思春期というまだ初心《うぶ》な年頃である。それをいいことに、同じ屋敷に奉公する男勝りの端女《はしため》から、積極的に迫られ、とうとう誘惑されてしまった。

○きやん＝女性の勝ち気で積極的なさま。○はした＝奥向きで召使う女性奉公人。○かぶせる＝（年上の）女性が積極的に（年少の）男性に迫って女上位で情交する。

70
今見ろよとは重盛《しげもり》が言ひはじめ　われも〳〵と〳〵

清盛の長男平重盛は、父の悪逆非道を諌《いさ》めるも容れられず、早く一門の滅亡を予測し、中国の育王山《いおうざん》に金を送って後世を願ったり、自らの命とひきかえに来世の菩提を熊野に祈ったり、種々の善根を施して病没した。

「今見ろよ（調子に乗っていると大変なことになるゾ）」という言葉は、栄華の盛りに未来を予見した、この平重盛が言い始めた言葉であろうとの頓智語源解釈。

小松殿草葉のかげでソリヤ見たか　（柳七七）

（小松殿は平重盛）

71
生垣《いけがき》のそばにすゝ竹小半年　すてゝ置きけり〳〵

煤《すす》掃《は》き（57参照）に使った煤竹が、生垣の根《ね》元《もと》に、半年ほども置かれたままになっている。また何かに使う折もあろうかと、ちょっとねかせておいたのでもあろう。日常生活の細かい穿《うが》ち。

江戸では、煤竹は暮れに煤竹売りが売りに来た。

72
借金をいさぎよくする祭まへ　われも〳〵と〳〵

六月の山王祭と九月の神田祭とが、江戸の天下祭りとして隔年交替に行なわれ、江戸人の熱狂をさそった。庶民連中も、やれ祭提灯の、衣裳代のと、祭の入用は結構かさむ。この際、思い切って借金をし、趣向をこらして祭りを思う存分楽しもうという手合いである。

祭礼が済むとつまらぬかりが出来　（明和五）

73 **下《さが》る乳《う》母《ば》てい主《しゅ》にこ〳〵櫃《ひつ》をしよい**　見へつかくれつ〳〵（5ウ）

乳母奉公の契約期間が終って、田舎へ帰る乳母。迎えにやって来た亭主が、うれしそうに櫃を背負い、連れ立って暇を乞う。櫃の中には、おさがりなどの衣類もいっぱいだし、給金も入り、また夫婦一緒に暮らすことができる。亭主の顔も思わずほころびようというものだ。

下る乳母昼寝の顔へいとまごい　（柳七七）

74 **若いものあたまかき〳〵かしこまり**　おし付けにけり〳〵

遊里では、せっかく遊女を揚げても、外の客から指名があった場合、遊女がそちらへ貰《もら》われて行くことがある。もちろん、遊女は客の了解をとるのであるが、その貰いがかかったことを遊女に知らせに来るのは、若い者（妓楼で雑事を処理する男衆）などの役目である。その分、揚げ代が安くなるわけでもないから、貰いに来る方も、話がこじれると難儀である。頭をかきかき、何とか話を通そうとする。

まかりならないになん義《ぎ》な若い者　（柳一六）

（野暮な武家客の貰い拒絶）

75 **あいそうをよくふられたはぜひがなし**　見へつかくれつ〳〵

つっけんどんに振りつけられたのでは腹も立つが、随分と愛想よく人を喜ばせておいて振られたのでは、仕方ないとあきらめることになる。これも遊女の手管であろう。

76 **女房を呵《しか》る時にはさらへおけ**　おし付けにけり〳〵

一緒に暮していると、どうも女房の悪いくせなどが目につき、「何度言ったらわかるんだ。よく覚えとけ」と叱りつけたりする。

○さらふ＝キチンとできるように復習する。

77 **ぬき足でめしびつを出す夜手習**　われも〳〵と〳〵

年期奉公の丁稚《でっち》あたりであろう。昼は店の仕事があるので、夜手習いをするのだが、育ち盛りゆえ、夜更かしをすると腹が減ってくる。示しあわせて、そっと飯櫃《めしびつ》の残り御飯をねらおうというわけだ。

78
神奈川の客は大方風《おおかた》できれ　われも〳〵と〳〵

東海道神奈川の宿は、港をひかえ、宿場女郎の得意客には、船頭・漁師などが多かった。時化《しけ》になったりすると、出船できない船頭・漁師などが暫く馴染客となったりするが、風向きが好転したり、凪《なぎ》になったりすると、さっそく碇《いかり》を上げて出船と相成り、女との縁も、それまでとなる。「金《かね》」で切れるというのが普通だが、神奈川は「風《かぜ》」で切れるというおかしみ。

79
小道具屋《こどうぐや》わすれたやうにまけて来る　すて、置きけり〳〵

小道具屋は、武具関係の付属品等を商う商売人。この場合は、武家などに出向いての商売であろう。「これ以上値引きは出来ません」などというと、「しからば、やめておこう」と突き放される。仕方ないので暫くしてまた参上し、忘れていたのを思い出したかのような調子で話を切り出し、結局は言い値通りに値引く仕儀となる。

横柄《おうへい》な武家を相手の商売は、なかなか苦労である。

おふへいで直《ね》が出来ますと小道具屋　（柳九）

80
是《これ》はさと仏のめしの中《ちゅう》がへり　おし付けにけり〳〵

仏様に供える御飯は、器に盛りつけて、それを、くるッと宙返りさせると、こんもりとキレイな形になる。そのひっくり返す時の拍子をつける動作を「これはサ」という掛け声で表現したおかしみ。

○是はさ＝拍子をつけて動作を行なう時の掛け声。

こりゃさ。どっこいしょ。

81
知れぬ字を砥《と》へ書て聞《かい》くちんこ切《きり》　おし付けにけり〳〵

賃粉《ちんこ》切《き》り（17参照）は、一日中坐って仕事をしている。客の名や所書き、また煙草《たばこ》の銘や産地など、商売上でわからない字があったりすると、庖丁の研ぎ水と砥石が手近にあるのを幸い、水で砥石に字を書いて尋ねる。

82
仲人も夜ふけて呼べば虫をやみ　すて、置きけり〳〵（6オ）

どうにも夫婦喧嘩のおさまりがつかぬので、この上は仲人に入ってもらってというわけであるが、いくら仲人だって夜更けに起こされたのではかなわない。「あいにくの腹痛で」と、仮病を使って体《てい》よく断わる。どうせ一夜明ければおさまると見越しての事である。

○虫をやむ＝腹痛がする。

83 **笛うりは通り神楽《かぐら》をちつと吹《ふき》**　すてゝ置きけり〳〵

笛売りは、客をひきつけるため、人々に馴染みのある「通り神楽」の一節を、ちょっと吹いてみたりする。

○通り神楽＝太神楽《だいかぐら》（正月に江戸の町を流してくる大道芸）が演ずる神楽のお囃子《はやし》。

84 **うりたてに喰込《くいこ》みのたつゆでん栗《ぐり》**　すてゝ置きけり〳〵

売りさばき（うりたて）に、赤字（喰込み）が出たりしては、商売にならないわけであるが、茹《ゆ》で栗（ゆでん栗）売りの場合は、「うまいのなんの、嘘だと思うなら食べてごろうじろ」等と、試食を勧めたりするので、その試食に群がる人を、これは本当の喰込みが出ると洒落た。

85 **小便でつくだの藤を見てかへり**　われも〳〵と〳〵

春うららかな船遊び。船中には小便所がないので、佃《つくだ》島へ船を着けた。そのお蔭で、名高い藤の花を見物して帰ることができたのは、思わぬ拾い物ながらもまた、おかしいことであった。

○つくだの藤＝佃島（中央区佃島）住吉神社社頭にあった名木の藤。

86 **信濃をばお寺のやうに直《ね》をきわめ**　われも〳〵と〳〵

信濃者の冬奉公の給金の決め方が、百日間で幾らというのは、まるでお寺へ葬式をたのむのに、百箇日まで仕切って幾らとお布施の高を取りきめるようである。信濃者の給金をお布施に結びつけたおかし味。

当時、信濃者が江戸へ冬季の出稼ぎに出るのは、十一月頃から二月頃の百日間で、その給金は一分というのが相場であった。また、お布施も、葬式から百箇日の法要までで幾らと取りきめる習慣であった。落語の「黄金餅」にその場面がある。

○直をきわめる＝値段を取り決める。

87 **新納所《しんなつしよ》先《まず》霊膳《れいぜん》へせこを入《い》れ**　おし付けにけり〳〵

納所は、寺の会計や雑務を担当する下級の僧。新たに、この係になった坊主が、職務精励と張り切って、まず、仏に供える膳（霊膳）の供米《くまい》の量を減らすことから倹約を始めたというのである。まことに抜け目なく、細かに気を配ったことではある。

○せこを入れる＝すみずみまで気を配る。細かく倹約に励む（穎原退蔵『江戸時代語の研究』）。

88 **あをむいて見ては米つきひだるがり**　われも〳〵と〳〵

米舂《つ》きは、早朝から力仕事に励むので腹が減る。「お昼はまだかな」と、しばしば仰向いて太陽を見るが、なかなか陽は南中しない。仰向くたびに、「アアまだか」と、ガッカリし、空腹も一層増してくる。

○米つき＝大道を臼をころがして運び、求めに応じて、その場で賃舂きをした。昼食は頼み主の方で接待してくれるのである。○ひだるがる＝しきりに空腹である様子をする。空腹を訴える。

89 **根津《ねづ》の客髪結床《かみいどこ》からずつと行《ゆき》**　われも〳〵と〳〵

根津の遊客は、大工《だいく》等の職人が多かった。ザックバランな連中だから、髪結床で頭を結ってもらうと、その場からすぐに（ずつと）遊びに繰り込んだりする。

髪は、結い立てでなく、二日めの髪が粋とされた。しかし、別に粋を気取るような連中でもなく、また気取っても仕方ないような遊所なのである。571参照。

○根津＝根津門前町の岡場所。揚代金が昼六百文、夜四百文の四六見世《しろくみせ》が主であった。また、根津に大工客が多かったのは、湯島に棟梁屋敷、下谷に大工屋敷、神田に竪大工町・横大工町があるという周囲の地理的状況によるもの（花咲一男『雑俳川柳岡場所図会』）

である。

90 **野雪隠《のぜっちん》地蔵しばらく刀番《かたなばん》**　おし付けにけり〱

旅中便意を催したので、人の往来もない場所を見はからい、草むらで用を足そうというのであるが、道中差しが邪魔になる。幸い、目についた地蔵尊に刀をもたせかけておいて用便に及ぶ。お地蔵様は、しばらく刀番である。

江戸時代、庶民でも旅中は脇差し（道中差し）を差すことができた。

91 **仲直り疵《きず》の有るのがのんでさし**　おし付けにけり〱（6ウ）

喧嘩の仲直りにと、一杯酌み交す折に、身に疵を受けた、喧嘩に負けた方の男が、まず下手《したて》に出て、「今度の事は、たしかに俺も悪いんだ。まァさらりと水に流して仲良く行こうじゃないか」などと、相手の機嫌をうかがいながら、盃をさす。＊

92 **おちゃっぴい湯番のおやぢ言ひまかし**　われも〱と〱

おちゃっぴいは、年に似ずおませで多弁な少女。風呂に入りに来たのを、ちょっと下《しも》がかった言葉でからかったりすると、逆に番台のおやじの方が、コテンパンにやりこめられたりする。

○湯番＝番台にすわっている湯屋の番頭。

93 **鳥《とり》の町《まち》不首尾《ぶしゅび》なやつは屁《へ》もひらず**　われも〱と〱

鳥の市の大道博奕《だいどうばくち》で、負けがこんだ手合いは、大儲けをのがしたばかりか、名物の唐《とう》の芋《いも》を買う銭も残らず、「沈香《じんこ》も焚《た》かず屁もひらず」（何の働きもしないが、害にもならない）という諺ではないが、まさに文字通り、屁をひることもできなくなってしまった（357頁参照）。

○鳥の町＝葛西花又村《かさいはなまた》（足立区花畑町）鷲《わし》大明神の祭礼。十一月の酉の日に市が立った。熊手・唐の芋（サトイモの一種）などを売る店が並び、参詣の船中、また大道で賭場が開帳された。吉原裏手の鷲明神が流行するのは、もう少しあとである。鳥の市。

94
懸人《かかりうど》りつぱに出来る畳だこ　おし付けにけり〳〵

居候は、何かと気を使い、かしこまることが多いから、見事なすわりだこができるであろう。

○懸人＝食客。居候。古くは懸人。

95
屁をひつておかしくも無い一人者　すて、置きけり〳〵

妻があり、家族もあれば、屁も笑いの種になるが、一人暮しでは、屁をしても、ただ臭いばかりでおもしろくもなんともない。味気ない独身生活である。

96
道中で霜よけらしい駕《かご》に乗《のり》　おし付けにけり〳〵

江戸市中の四つ手駕籠と違って、道中の駕籠は、四囲に垂れもなく、ただ屋根があるだけの明けっ放しである。これでは、まるで菊の霜除《よ》けのようだ。

道中の駕籠としては、「山《やま》駕籠」「宿《しゅく》駕籠」「問屋《といや》駕籠」などの種類があった。

97
物申《ものもう》にまどから顔が二つ三つ　見事なりけり〳〵

武家の玄関先。「物申！」と案内を乞う男性の声に、物見高い女中衆が、横手の窓から顔をのぞかせる。

○物申＝他家を訪ねて案内を乞う言葉。主に、武士などが用いる。

98
口先きで日和《ひより》をくづす美しさ　見事なりけり〳〵

ちょっと歌を詠むだけで、晴天をくずし、雨を降り出させたのは、天下の美女とうたわれた小野小町である。

俗説に、小野小町が京神泉苑で雨乞いをし、「ことわりや日《ひ》のもとならば照りもせめさりとては又《また》あめが下《した》とは」と詠むと、三日三晩大雨が降り続いたという。「雨《あま》乞小町《ごいこまち》」の俗説として広く流布していた。

99
紅葉狩《もみじが》りどつちへ出ても魔所計《ばかり》　見事なりけり〳〵

江戸の紅葉の名所は、北は下谷《したや》の正燈寺《しょうとうじ》、南は品川の海晏寺《かいあんじ》であった。正燈寺へ行けば吉原が近く、海晏寺へ行けば品川の遊所が近い。謡曲「紅葉狩」の平維茂《これもち》ではないが、どちらへ出掛けても、美女にたぶらかされて命をとられそうな、恐ろしい場所がひかえているというのである。401参照。

100 **よふかしな娘の所《とこ》は袖ばかり**　いたづらな事〳〵（7オ）

「まさかどうしてどうしてまァ（生《き》娘などということはありえないことだ）。生娘といえる部分は着ている振り袖の袖のところだけだろうよ。」

当時流行の踊子は、振り袖姿（生娘の身なり）で宴席に侍したが、実際はかなりの年配で、簡単にころぶ（淫をひさぐ）ものが多かったので、それを諷した句。

○よふかしな＝ようかしな。「よく」＋「かし」＋「な」の転。まさかどうして（そんなことはありえない）。

101 **新ぞうはのむと力がつよくなり**　やりばなしなり〳〵

新造《ぞう》は、まだ部屋持にならぬ年若い遊女。十三、四歳あたりから新造に出るので、まだ少女っぽいところが残っている。酒を飲んでも、媚態嫋々《びたいじようじよう》とはゆかず、お茶目さが先行し、あり余るエネルギーを発散に及んだりするのである。

102 **うしろゆびさゝれた女郎天上《てんじよう》し**　見事なりけり〳〵

悪いことをして陰でそしられるような者は、天上界へ上ることなど覚つかないはずだが、美しく並んで張見世《はりみせ》をしている女郎は、文字通り「後指をさされた」者が天上するとは、おもしろいことである。つまり、指名を受けて、女郎が客の相手のために二階へ上って行くことを、かく洒落たのである。

茶屋を通さず直接に登楼する客の場合で、入口から入って籬《まがき》の奥、また二階への上り口あたりで指名をすると、ちょうど籬側に並んだ女郎の後から指をさす位置となる。客は二階で遊ぶようになっていた。

先《まず》最初たばこぼんから天上し　（柳四一）

（遊女は、煙草《たばこ》盆を自分の前へ置いて張見世をした。見立てられると、煙草盆がまず二階へ運ばれる）

103 **御内義《おないぎ》にとはれてつきや三つぶ喰《くい》**　さがしこそすれ〱

米舂《つ》き（88参照）が、御内儀に、「もう舂けたかえ」と尋ねられ、精白度を確かめるために、三粒ほどかんでみる。

104 **ふきげんを人に知られる鳴子引《なるこひき》**　やりばなしなり〱

不機嫌な時は、鳴子を引く手につい力が入って鳴り方が荒々しくなってしまう。

〇鳴子引＝鳴子（田畑を荒らす鳥獣をおどすしかけ）を引く人。俳諧では秋の季語。

105 **盃の二つ来て居る座頭《ざとう》の坊《ぼう》**　さがしこそすれ〱

宴席の芸に呼ばれた座頭の坊（座頭に同じ。28参照）。三味線などを弾いていているうちに、つい返盃を怠ったらしい。盲目なので、それに気づかぬままである。408参照。

106 **次信《つぎのぶ》をそんにして置《おく》勝いくさ**　見事なりけり〱

源平の戦いにおいて、源氏方は、佐藤継信を屋島に失ったことは残念ではあったが、最終的には勝利を得たので、それは損としてあきらめておこうというわけである。「おごったをとくにして居るまけ軍（平家方は、驕《おご》った分だけ得としておく）」（宝暦十三）という句を、ひねったもの。

〇次信＝佐藤三郎兵衛継信《つぎのぶ》。弟の四郎兵衛忠信《ただのぶ》とともに義経股肱の勇士。屋島の戦いに、義経の矢面に立ち、能登守教経（1参照）の矢を受けて戦死した。

107 **うたゝ寝も上ひんなのは本を持ち**　見事なりけり〱

転寝《うたたね》は、たいがいだらしなく股をひろげて鼻ぢょうちんなどを出しているものだが、本を持ちながら、ついウトウトとしているような転寝は上品に見える。

うたゝねの貌《かお》へ壱冊《いっさつ》やねにふき（柳五176）

うたゝ寝の書物は風がくつて居る（柳六）

108 **ねついごぜ内ぶところにばちぶくろ**　さがしこそすれ〱

三味線を弾くために、撥袋《ばちぶくろ》から撥を取り出した瞽女《ごぜ》（20参照）。あとで捜すことになっては大変と、撥袋を大切に内懐《うちぶところ》へしまいこむ。盲目であるから、用心深く、まことに念入りで丁寧なのである。

ばちぶくろかくされてごぜ手をあわせ　（柳九）

○ねつい＝過度に念入りで丁寧に物事を行なう。

109
木綿店《もめんだな》戸をたてゝから隣也《なり》　やりばなしなり〳〵（7ウ）

江戸時代、大伝馬町一丁目は、両側とも木綿問屋が店を並べていたので、俗に「木綿店」と称した。一町通して長屋造りとなっていたため、同じ軒先に同じような店がズラリと暖簾《のれん》を並べ、どこまでが一軒の店か、わかりにくかった。それで、暖簾をおろして戸を閉めると、屋根の仕切りによってはじめて、隣と隣の区別がつくというわけである。

110
かさもりのだんごは七日《なぬか》母がうり　見事なりけり〳〵

瘡守稲荷《かさもりいなり》（谷中感応寺門前にあった）社前の水茶屋で、美しい評判娘が団子を売っているが、神前に供えるものとて、月経中の七日間は、穢れを忌み、母が交替して売るのでガッカリである。

○かさもり＝瘡守稲荷。瘡毒に効験ありとて、願かけには土の団子、願ほどきには米の団子を献じた。社前の水茶屋では茶汲女がこの団子を売ったが、この句に詠まれた娘が、有名な鍵屋《かぎや》お仙《せん》だとすると、当時十四歳、お仙の初出文献となる。

111
飛鳥山《あすかやま》浅黄の頭巾《ずきん》安いしやれ　見事なりけり〳〵

飛鳥山の花見に、浅黄色の頭巾をかぶり、芝居のやつしのなりで、見すぼらしい風を装い、洒落たつもりでいるのは、郊外の鄙びた飛鳥山だけに、かえってその場にピッタリで、いただけない趣向である。

○浅黄の頭巾＝薄水色の頭巾で、乞丐《こつがい》（乞食）の僧などがかぶるが、芝居では、「浅黄頭巾のやつし姿は、市川の流《ながれ》絶せぬ芝居の風流」（『古朽木』）などの例でわかるように、「やつし」（然るべき身分の者が故あっておちぶれた身なりをすること）の扮装として定着していた。○安い洒落《しゃれ》＝野暮ったくいただけない趣向の遊興。

112
三度迄《まで》産婦へ聞いてじれさせる　さがしこそすれ〳〵

産褥《さんじょく》に就いている女房に、物の置き所を聞いて捜すが、どうにも見つからない。つい同じことを三度まで尋ねるはめになり、勝手のわかっている女房は動けぬだけにいらいらしてくる。

113
かし本屋何を見せたかどうづかれ　いたづらな事〳〵

当時の貸し本屋は、本を大風呂敷に包み、自分の頭よりも高くなるのを背負って、得意先を廻って歩いた。客に何を見せたのか、「まァいやらしい！」などと、ドンと突かれる。女性客にふざけて艶本あたりを見せたのである。

○どうづく＝どづく。身体を強く突く。

114
すつぽんの首を関守《せきもり》見て通し　いたづらな事〳〵

伊勢神宮への抜け参り（294参照）の少年の「すっぽんの首」（おチンチン）を、関所の役人が、真面目《まじめ》くさって検分し、通行を許可しているのは、考えただけでも滑稽である。

当時、「入鉄砲に出女」などと、関所は検分が厳しく、手形がないと通行ができなかったが、抜け参りの少年の場合は、陰部を見せて、女性でないことがわかると、手形がなくても通行できたもののようである。

むくれ過ぎたので手形になりかねる　（安永六）

（露頭したのは成人とみなされる）

115
囲《かこ》れのきうじはしごを太義《たいぎ》がり　やりばなしなり〳〵

囲われは、別宅に囲われた妾《めかけ》のこと。川柳では特に僧侶の妾をいう。僧侶ゆえ、ことさら人目を憚《はばか》り、二階に囲っておいたりするわけであるが、妾につける女中あたりは大概年寄りなので、給仕のために二階へのハシゴを上り下りするのを大儀がるというのである。

116
すゝ払《はらい》けふのかたびらむね合《あわ》ず　やりばなしなり〳〵

年末の煤払《すすはら》い。塵除けのため、帷子《かたびら》（夏の単《ひとえ》物）をはおったが、冬物の上に着るので、胸がはだけてしまう。

○けふのかたびらむね合ず＝「錦木は立てながらこそ朽ちにけれ狭布の細布胸合はじとや」（謡曲「錦木《にしきぎ》」）という歌をふまえた。

117 **町人はぼう〳〵として年《とし》を取《とり》**　やりばなしなり〳〵

暮は、町人にとって総決算のあわただしい日々である。身仕舞いをサッパリとして新年を迎える（年を取る）のが一般だが、町人だけは、とうとう大晦日まで頭を結う暇も取れず、髪ボウボウのままで新年を迎える。

町人のきたなくあるく大三十日《おおみそか》（宝暦十）

118 **張物《はりもの》をいけどりにするにわか雨**　やりばなしなり〳〵（8オ）

にわかに降り出した夕立ちに、あわてて張物の端と端とを二人で持ち、伸子《しんし》をつけた恰好のまま、家の中に取りこむ様子は、まるで大蛇などを生捕りにするようである。

○張物＝洗い張りの布。着物をほどいて洗ったものに糊をつけ、伸子（353参照）などでピンと張り伸ばして乾かす。

119 **ふり袖を出してきしやごをあてがわせ**　見事なりけり〳〵

これからキシャゴはじきをして遊ぼうという娘たち。美しい振り袖の袂を出して、その上へ、各自、おはじきを分配してもらった。まだあどけなさを残した娘たちの可憐なしぐさ。

ふり袖を舟にして行《ゆく》かちきさご（宝暦九）

（勝ち取ったキシャゴはじきを振り袖の上に乗せる様子）

○きしやご＝きさごはじき。細螺《きさご》の貝がらで遊ぶおはじき。

120 **子おろしもてんねきいしやと出合ふ也《なり》**　さがしこそすれ〳〵

子堕《おろ》しも、いつもうまくゆくとは限らず、たまには堕胎の処置がどうにも手に負えなくなってしまい、致し方

122　樋竹売（『今様職人尽歌合』*）

93　鳥の町の大道博奕（『絵本吾妻遊』*）

141　獅子の衿（『教訓迷子札』）

128　弓箭筋（『篆字節用千金宝』）

なく、外科医などに応援を頼むというようなこともある、というのであろう。

〇てんねき＝たまに。時折。

121 **けいせいのこたつは住所定らず**　やりばなしなり〳〵

傾城《けいせい》の部屋は、手狭でまた二階にあったため、置き炬《ご》燵《たつ》が利用された。置き炬燵は、客や朋輩、また自分の都合で、あちこちと移動させるので、まさに住所不定である。

置きごたつ雪のけしきに引きづられ　（明和三）

122 **とい竹はまけて来る時肩を替《かえ》**　さがしこそすれ〳〵

樋《とい》にする長い竹を肩にかついで売りに来る樋竹《といだけ》売り。値引きのために引き返す時に、竹ごと廻れ右するのではなく、竹はそのままで、人間だけが廻れ右をして引き返すというのである。細《こま》かいところをうまくとらえた。「裏店《うらだな》（裏長屋）を樋竹売《うり》の跡《あと》じさり」（ケイ二六）という句もあるが、これはちと知恵がたりない（357頁参照）。

123 **なり下《さが》りこし高杯《など》へしやうゆのみ**　さがしこそすれ〳〵

おちぶれても昔のいい生活がなかなか忘れられず、立派な漆塗りの腰高《こしだか》椀に、粗末な醤油《しょうゆ》の実《み》を盛り、酒の肴《さかな》などにしているのは、あわれにもまた滑稽である。＊

〇なり下り＝富貴の身分から卑賤に身を落とした者。〇腰高＝糸底の部分が高く作ってある塗り椀。〇醤油《しょうゆ》の実《み》＝塩水に大豆・大麦（また小麦）の糀《こうじ》を仕込んで作る嘗《な》め物の一種。

124 **供廻《ともまわ》りかねつき堂を追い出され**　いたづらな事〳〵

お駕籠につき従う供の者たちが、主人を待つ間の退屈しのぎに、鐘撞《かねつ》き堂へ上って、ゴーンと鐘を撞いてみたりしたので、寺の者に叱られて、鐘撞き堂を追い出されてしまった。

あるいは、これは上野の鐘撞き堂の句であるかもしれない。上野には、時の鐘の側に下馬《げば》札があったので、諸大名・諸旗本の上野御霊屋《おたまや》参詣の日などは、臨時雇いの供廻りの者たち（462参照）が、鐘撞き堂近辺にたむろすることになる。

125 **夜《よ》だんぎを半座《はんざ》で母はつれてにげ**　やりばなしなり〳〵

せっかく楽しみに御参りに来た夜談義《だんぎ》であったが、母親は、談義半ばで、あわてて娘を連れて逃げ帰ってしまった。満座の聴衆の中で、暗がりをいいことに、娘に触ってくる不心得者がいたのである。

○談義《だんぎ》＝浄土宗で行なう説教。この時代は、軍談や役者の声色などを盛りこんで、娯楽的色彩を強めたものとなっていた。なお、談義は、一座、二座と数える。

126 **身揚《みあが》りのこたつへやり手のめり込《こみ》**　さがしこそすれ〳〵

遊女を監督する立場にある遣《や》り手は、身揚りをした遊女の様子をちょっと偵察と、世間話を種に、暫く炬燵《こたつ》で話しこんでゆく。

身揚りは、病気その他で遊女が揚げ代を自弁して休業すること。遊女は、その分が借金となり、また妓楼も収入が減るので、どちらにとっても喜ばしいことではないわけである。

127 **きせるにて寄せる屏風《びょうぶ》のもどかしさ**　やりばなしなり〳〵（8ウ）

思わぬはずみで、ついハッスルして始めてしまったものの、このままでは人が来ると恥ずかしい。抱きあったまま枕元のキセルをとり、屏風を引き寄せて隠そうとするのだが、キセルがすべってなかなか思うように行かず、じれったいことである。

　物さしで寄せる枕はもどかしひ　（宝暦十三）

128 **こもぞうの親はきうせん筋と見へ**　さがしこそすれ〳〵

虚無僧《こもぞう》は、親の敵をつけねらうものが多いそうだが、それではきっと、虚無僧の親は、手相が弓箭筋《きゅうせんすじ》で剣難の相を示していたに違いない。

○こもぞう＝虚無僧。普化《ふけ》宗（禅宗の一派）の僧で、敵討ちや諸国修行の武士が身をやつすことが多かった。○弓箭筋《きうせん》＝人差指と中指との間に筋が入った手相。剣難の相という（357頁参照）。

129 **首ぐるみ打まぜにするきよくだいこ**　やりばなしなり〳〵

太神楽（83参照）の曲打ち太鼓は、撥《ばち》を手玉に取りながら、おもしろおかしく太鼓を打ってみせるが、その途中で自分の首もちょっと打っておどけてみせる。

　太神楽どんとうつてはひよいとなげ　（天明四）

130 **ひやめしを見い〳〵内義《ないぎ》米を出し**　さがしこそすれ〳〵

残った冷や飯の量を横目でにらみつつ、新しくとぐ米はこれくらいでいいかなと勘案する内儀。多く炊きすぎて、冷や飯がさらに明日に廻るのを避けようというわけである。

　ひやめしのぎんみがすんで米を出し　（柳一四）

131 **ねんねこの腰は左右へ少しふり**　見事なりけり〳〵

幼児を背負って、「ねんねこせ、ねんねこせ」と、寝かしつける時の腰は、左右へ少しずつ、リズムをとってゆっくりと振っているものである。日常生活の一コマをうまく捉えた。

132 **銭《ぜに》ついて残り壱文《いちもん》碁の手つき**　いたづらな事〳〵

片手に握った銭を、一文、二文と数えながら突き出し（銭をつく）て、最後の一文を、人差指と中指の間にはさんで碁石を打つような恰好で、ピシャリと置く。少し崩れた手合いの気取った銭の支払い方である。

133 **永《なが》い日も二つは出来ぬ嫁のかみ**　やりばなしなり〳〵

嫁は、まだ若いので身なりを気にして、髪結・化粧などに時間がかかる。あの調子では、昼の長い春の一日でさえも、二回髪を結う時間はとれないであろうと、大げさにからかった表現。

　嫁の髪けふの内には出来る也《なり》　（傍一）

134 **三声めのたのみましよふはぞうり取《とり》**　やりばなしなり〳〵

「物申う！……」「物申う！……」と、二度主人が声をかけてみたが、誰も取り次ぎに出てこない。そこで、お供の草履《ぞうり》取《と》りが側から、「頼みましょう！……」と、更に大きな声で案内を乞う。

○たのみましよふ＝他家を訪問した時に案内を乞う言葉。「物申う」（97参照）より、丁寧な感じ。

135 **樽ひろい紋の付いたは新下《しんくだ》り**　さがしこそすれ〱

主人の供をするのに、紋の付いた木綿物を着て歩いている酒屋の小僧がいる。江戸では見馴れないあの服装は、上方からやって来た新下りの丁稚《でっち》に違いない。

定紋の付いた木綿物は、江戸では用いなかったが、上方では平服に、また丁稚の正式の服装に用いる風習であった（『守貞謾稿』巻之十三）。江戸人から見ると幾分野暮な感じに見えたのであろう。

○樽ひろい＝酒屋の小僧。得意先を廻って空き樽を回収したりするところからの名称。○新下り＝上方の本店から新しく江戸の出店へ下《くだ》って来た奉公人。

136 **鰹の直居風呂《ねすえふろ》でする面白《おもしろ》さ**　見事なりけり〱（９オ）

風呂に入っていると勝手口を鰹売りが通る。湯上りに刺身で一杯はこたえられない。さっそく呼び入れて、風呂に入ったまま値段の交渉をする（直をする）おもしろさは、また格別である。

○居風呂＝（蒸し風呂などに対して）風呂桶で水を直接湧かすようにした風呂。水風呂《すいふろ》。

137 **ていしゆからものを言ひ出す朝がへり**　さがしこそすれ〱

遊里からの朝帰り。女房は、つんとふくれて一言も口をきかない。「なんだその面は」と、怒りたいところだが、昨夜の弱味から、そうもいかない。ご機嫌を取り結ぶに如くはなしと、亭主のほうから下手《したて》に出て話しかける。

138 **めしたきのうやまつて聞くかま払《ばらい》**　やりばなしなり〱

竈祓《かまばら》いの、雑でもったいぶったお祓いは、思わず吹き出したくなるが、さすが、自分の仕事に関わることとて、田舎出の素朴な飯炊き男は、神妙にかしこまり、うやうやしく拝聴している。

窯〆《かまじめ》の内はめし焚《たき》かしこまり　（柳初417）

○かま払＝竈祓い。毎月晦日、出入りの家を廻って荒神を拝し、竈の前でお祓いをした巫女《みこ》。

139 **はづかしい時には袖をもちにつき**　見事なりけり〳〵

振り袖姿の年頃の娘は、まことにあでやかで美しいものである。その美しさを演出する袖を、恥ずかしい時には、畳んだり開いたり、はては縄になったりと、まるで持てあました（もちにつく）かのような仕草をする。娘の動作をうまく穿《うが》った句。

140 **女房を持《もつ》て朝寝にきづがつき**　やりばなしなり〳〵

独身のうちは、朝寝をしても、変に勘ぐられるということもなかったが、女房を貰うと、そうはいかない。からかい半分に、あれこれと取り沙汰されるはめとなってしまう。

141 **かぐらじゝもぐさのやうな衿《えり》つつき**　見事なりけり〳〵

太神楽（83参照）の獅子の衿のあたりについている紙四手《しで》は、まるで切り艾《もぐさ》を開いた時のような形であるという、おもしろい見立て（357頁参照）。

切り艾ほぐした殻《から》も獅子の襟《えり》　（柳一一九）

○もぐさ＝切り艾。艾を紙で巻きこんで、段々に重ね、細かく切り目を入れたもの。これをほぐすと粒状に艾が取れる。

142 **しうとばゝどうじくねても年《とし》が無し**　やりばなしなり〳〵

姑は、嫁とそりのあわぬものと相場がきまっている。しかし、考えてみれば、どう意地悪くひねくれてみたところで、老い先そう長くはない老婆のこと、そのうちあの世行きとなって、あとは嫁の天下である。

順をよく死ぬのを姑《しゅうと》くやしがり　（柳八）

○じくねる＝意地悪く我を張る。妙にひねくれる（潁原退蔵『川柳雑俳用語考』）。

143
物さしでひるねの蝿《はい》を追つてやり　　やりばなしなり〳〵

スヤ〳〵と昼寝をする我が子に、うるさく蝿が飛んでくる。手に持った物差しで、その蝿を追ってやる母親。「物さし」で、昼寝の我が子と、その傍に縫物をする母親をうまく描いた。

物さしで昼寝の顔の蝿を追い　（柳一五六）

144
四百《しひやく》づゝ折〳〵《おりおり》母はたばかられ　　さがしこそすれ〳〵

いつの時代も、息子には甘口の母親である。さすがに息子も、嘘八百とはゆかず、その半分の四百ずつの嘘に、折々母親は、あざむかれ（たばかられ）てしまう。

なお、この句は、後の『柳多留拾遺』では、「鄙《ひな》ぶり（地方の遊里や下等な岡場所の句を集めた部立て）」に分類されている。その解釈に従えば、「安女郎を買う銭とも知らず、折々母親は、四百文ずつ、だまされてしまう」という意となる。四百文は、四六見世《しろくみせ》（揚代金が、昼六百文、夜四百文の安見世）の揚代金である。

145
江戸の伯母《おば》あてにはだなへ乗《のつ》て来る　　さがしこそすれ〳〵（9ウ）

江戸の伯母を頼りに、奉公口を捜そうと、江戸へ出荷する秦野《はだな》大根を積んだ馬に乗って来る相摸（神奈川県）の田舎娘。

奉公人の出代り（交代時期）は、三月五日で、秦野大根は正月に江戸に出荷される。伯母の世話になって、出代りまでに奉公口を捜そうというわけである。当時、下女の出身地は、相摸・安房などの江戸近郊が多かった。

○はだな＝秦野大根。相摸秦野産。細根で正月頃出廻る。

146
衣川《ころもがわ》さすが坊主の死にどころ　　見事なりけり〳〵

奥州平泉へ落ちた義経も、ついに衣川に自尽、その折、弁慶は敵の矢を全身に受けたまま、立往生をしたという。衣川というだけあって、さすが坊主の弁慶にとっては、ちょうどよい死所であると、「衣」と「坊主」の縁語で仕立てた句。

147
桶《おけ》とはな提《さ》げて定紋見てあるき　さがしこそすれ〳〵

手桶の水と、花を提げて、墓地をあちこちと、定紋を目当てに、かつてのひいき役者の墓を捜して歩く女性。こうした熱烈なファンは、まず奥女中あたりであろう。

この句の出来た、明和元年（一七六四）は、六月が二代目荻野八重桐、七月が初代中村助五郎のそれぞれ一周忌、九月が二代目市川海老蔵（二代目団十郎）の七回忌にあたる年であった。

若とうに役者の墓をさがさせる　（柳初742）

148
御蔵前《おくらまえ》かぞへて居てもかさぬ所《とこ》　やりばなしなり〳〵

御蔵前は、浅草御蔵前の札差宿（58参照）のこと。禄米を担保に貸し付けを受ける武家は、たいがい、オーバーローンとなってしまっている。帳場の内では、あり余るほどの金を数えているのだが、少しの金も決して貸してくれはしない。さすがの武家も、非情な経済論理の前には、お手上げである。

149
いの早太《はやた》歯をむき出しておどされる　やりばなしなり〳〵

源頼政は、近衛の院を夜な夜な悩ませた怪獣鵺《ぬえ》を、一矢のもとに射落としたという。その折、とどめをさしたのが家来の猪の早太である。鵺は、「頭《かしら》は猿、尾は蛇《くちなわ》、足手は虎のごとくにて」（謡曲「鵺」）という変化《へんげ》のもので、そのとどめをさす折、猿に似た頭の部分に、歯をむき出しておどされただろうという想像句。711参照。

150
舟宿《ふなやど》で化けやれと師ののたまわく　いたづらな事〳〵

まだ遊びには初心《うぶ》な坊主に、遊びのほうの先輩僧侶が、師僧よろしく、「なに、舟宿で医者に変装して行けば、何でもないのサ」と悪知恵を伝授する。当時、医者は多く、頭を丸めていたのである。714参照。

吉原へ通う連中は、柳橋また山谷堀などの舟宿を利用して、往き返りをするが、またこの舟宿は、遊女屋への手引きをもし、ここで服装を整えたり、ちょっと一杯の下ごしらえをしたりして、遊所へくりこむ。

○舟宿＝遊楽用の屋根船、また遊里通いの猪牙船《ちょきぶね》等を仕立てて客の送迎をする稼業。○師ののたまわく＝『論語』の、「子《し》の曰《のたまわ》く……」を援用。

151
棟上《むねあげ》を手渡しにする病じやな子　やりばなしなり〳〵

棟上げの式には、餅を投げて祝った。大勢が集まって奪い合いとなるので、病弱な子供は、とても拾えない。可愛そうにというので、家の者が手渡しをしてやる。
○病じや＝病者。病気で弱々しい者。

152
根津《ねづ》のぎうさく料など〻しやれて言《いい》　いたづらな事〳〵

根津の岡場所（89参照）は、大工《だいく》等の職人客が多かったので、客引きの若い衆も、相手にあわせて、揚代金を、「作料（職人の手間賃）」などと、洒落てみたりする。
○ぎう＝妓夫。牛。遊女屋の若い者。主に、客引きの若い者を指すが、客の応対から妓楼の雑用をする若い者一般を指す場合もある。

153
しやば已来是《いらいこれ》は〳〵とそりかへり　さがしこそすれ〳〵

遊里などで、知人に会った場合の挨拶。「いや、まことに珍しい、こういうところで会おうとは、なかなかお盛んなことで……」というようなニュアンスで、お互いに、幾分通を気取って、後へそり返り気味に挨拶をするわけである。
○しやば已来＝沙婆以来。「久しぶり」とか「珍しい」という意の通言。遊びの世界で主に使われるのは、俗世間に対する極楽の別世界という感じがうまく表われるからである。384参照。

154
起請《きしよう》とははだかにしよふといふ事か　いたづらな事〳〵（10オ）

遊女から起請《きしよう》を貰《もら》って、悦に入るのは、人情とはいうものの、その実は、音は「着せよう《きしょう》」だが、家屋敷まですっかり傾けさせ、「裸にしよう」ということであろう。
○起請＝遊女と客が、お互いの愛情に偽りのないことを誓う文書。烏と宝珠をデザインした熊野の牛王《ごおう》を料紙とした。

155
小間物《こまもの》やりくつのよいは二人で来《き》　見事なりけり〱

小間物屋は、たいてい一人で、箱を幾段にも重ねた高荷を背負って、得意先を廻るが、中には、使用人を雇って二人連れで来、品数を揃えて手広く商いをするような、金廻りのよい小間物屋もある。

○小間物屋＝女性を相手に、笄《こうがい》・簪《かんざし》・櫛《くし》・元結《もっとい》・丈長《たけなが》・紅《べに》・白粉《おしろい》・紙入《かみいれ》・煙草入《たばこいれ》等のこまごまとした化粧品やアクセサリーを行商して歩く（373頁参照）。○利屈《りくつ》がよい＝ふところ具合がよい。

156
水売《みずうり》の一つか二つすゞ茶わん　見事なりけり〱

夏になると、水売りが日陰に荷をおろし、「冷やっこい〱」と、一杯四文で、砂糖水に糒《ほしいい》・葛《くず》・白玉《しらたま》などを入れて売った。冷味を出すため真鍮《しんちゅう》の茶碗を用いたが、中に、一つか二つ錫《すず》茶碗も用意してある。おそらく、真鍮製の茶碗は四文の場合で、錫茶碗は、八文、十二文などの特別注文で砂糖・白玉などがたくさん入る場合の容器であろう。

157
世のよくのしきみをだにもゑりかへし　まぎれこそすれ〱

墓前に樒《しきみ》（60参照）を手向け、仏道無心の世界に参与しようという折にさえも、金を払って買うとなると、少しでも枝ぶりのよいものをと、あれこれと選び返すとは、まことに万事欲の世の中であることよ。411参照。

158
高枕《たかまくら》母もむかしの覚《おぼえ》あり　よいかげんなり〱

初潮以降、思春期にかけては、月経時に、生理痛などで悩むものである。真青になって高枕で臥す娘に、母親は、自らの思春期を思い起こし、感慨を覚える。

○高枕＝婦人が血の道などで頭部を高くして臥すこと。

159
二三日留袖《とめそで》に成《な》るとまり客　まぎれこそすれ〱

伯母の家あたりへ泊った娘であろう。振り袖姿の娘が、滞在の二、三日間は、伯母の普段着を借りて、留袖の一見年増風の姿となるというわけである。

○留袖＝結婚をした女性が着る、振りのない脇ふさぎの着物。

160 **両袖をさがして後家はじゆずを出《だし》**　まぎれこそすれ〳〵

亡き亭主の後世を弔うとは表面だけのこと、心はすでにうわついて、ここにあらず、数珠なども袂に隠してめかしこんで出歩く。知った人などに逢うと、あわてて墓参を装って数珠を捜すが、はて右の袂だったか、左の袂だったか。

161 **生《なま》いわし見切《みきり》に売《うつ》て水をまき**　よいかげんなり〳〵

鰯《いわし》は足が早いので、いつまでも売歩いてはいられない。「ええ、仕舞いものだ」とばかり、残りの鰯を捨て値で売り切ってしまい（見切に売って）、不要になった半切《はんぎり》桶の水を、ザァーッとあけて、商売仕舞いとする。

○生いわし＝鰯売りは、「生いわし〳〵」と売って歩いた。

162 **ことづかる文《ふみ》でほうなどなで丶見る**　かくしこそすれ〳〵

馴染み女郎のもとに行くと、「朋輩《ほうばい》から預かったんだけど、お前さんの友だちに渡しとくれ」と手紙をことずかった。「フーン、そうかい。うまくやってやがる」などと、言いながら、あれこれの四方山《よもやま》話のうち、半分無意識に手紙の先で自分の頬を撫でる。しゃくだと思う気持が、無意識に手紙を軽く扱う態度となるのであろう。

163 **弐三町《にさんちょう》女のはだし評がつき**　あくな事かな〳〵（10ウ）

女性が二、三丁はだしで走り通った。何か、よっぽど大変なことがあって、興奮状態になったのだろう。噂は、すぐにパッと拡がり、あることないこと取りまぜて、とんでもない評判がたってしまった。

「女のはだし貌《かお》を見らる丶」（武玉川五）という句もある。

164 **綿《わた》の弟子帰ると母につま丶れる**　まぎれこそすれ〳〵

綿摘《わたつ》みの弟子は、塗桶を使って真綿を伸ばす作業を習得に通う女性であるが、裏では男の誘いに応ずる者が多かった（471参照）。綿の師匠の家では、男につままれて、

家へ帰ると今度は何も知らぬ母親に着物についた綿くずをつままれる。＊

わたの師へ母どなり込むむづかしさ　（柳一三）

165 **守《まも》りをばゆこうへ懸《かけ》るにさい客**　よいかげんなり〳〵

まだ小僧っ子が、いっぱしの大人を気取って女郎買いに来たのはいいが、いざ床入りで着物をぬぐ時に、長い紐をつけて首にかけていた守り袋を一緒に衣桁《ゆこう》へかけているのは、何とも不粋な話である。

女郎買いに行くのに、守り袋を掛けて行くあたりが、まだ子供なのである。＊

○にさい＝まだ大人になりきっていない青少年。青二才の「二才」。

166 **けいせいの枕一つははぢの内**　まぎれこそすれ〳〵

「貞女二夫《じふ》に見《まみ》えず」などというが、遊女の場合は、たくさんの男性と枕を交してこそ、すぐれた遊女といえる。一晩に一人しか客がとれぬのは、むしろ恥ずべきことであろう。＊

167 **つれの名をふられたやつは生《しょう》で言ひ**　かくしこそすれ〳〵

一緒に女郎買いに行きながら、連れはもてて自分が振られたでは、腹の虫がおさまらない。腹立ちまぎれに、連れの相方の遊女がいる前で、わざと本名で相手を呼んだりする。

遊里に通う連中は、俳名などの雅号（表徳《ひょうとく》）を付けて呼びあうのを、粋としていた。

○生＝仮でない真実のもの。

168 **若てい主《しゅ》出よふとすればさづけられ**　まぎれこそすれ〳〵

まだ若夫婦。亭主がちょっと遊びにでも出かけようとするのを、目ざとく見つけた女房が、「あなた、ホラ、坊やがこんなに笑って……、さァお父さんに抱っこしてもらいましょうネ」などと、乳呑子を押しつけられ、とうとう外出は中止になってしまった。

169
気をつけてざるを出させる新世帯《あらぜたい》　まぎれこそすれ〱

新世帯は、恋愛の末の出来合夫婦で、世俗の風習行事などには不慣れである。二月八日・十二月八日（事始《こと》め・事納めの日）には、竿《さお》の先に笊《ざる》をつけて屋根より高く立てるのだが、新世帯の若夫婦は、そのことを知らないらしく、笊が出ていない。そこで、近所の者が注意をして笊を出させる（373頁参照）。

事納《ことおさめ》気をつけられるあら世帯　（柳初716）

170
名を聞いて角〱《すみずみ》へ書く地がみ売《うり》　まぎれこそすれ〱

地紙売りは、お屋敷の女性、また吉原の遊女などがお得意様である。好みの地紙に、ひいき役者の紋所を入れてくれとの注文を受け、まぎれぬように、地紙の裏の隅っこに紋所の名を書きつけておく。

○地がみ売＝扇に張るための扇形に切った用紙（地紙）を売り歩く者。即席に扇に折り立てたり、また注文に応じて後で届けたりした。

171
かゞみとぎ今年もきつい御成人《ごせいじん》　まぎれこそすれ〱

川柳の句によると、鏡磨ぎはどうもツンツルテンの着物を着ていたらしい（仕事の邪魔にならぬようにであろう）。その様を、成長期の子供が昨年の着物のあわなくなった様に見立て、「今年も大変な御成長で……」と、おもしろく表現した。

「きつい御成人（大変な御成長）」というのは、おそらく当時、子供の成長を誉めるのに用いた言葉なのであろう。

かゞみとぎそのくせ足の長いやつ　（明和三）
壱反《いったん》をふたありで着るかゞみとぎ　（天明七）
手と足のよつ程《ほど》長い鏡とぎ　（柳一一）

○鏡磨ぎ＝鏡の曇りを磨ぐ職人。冬場の農閑期を利用して、加賀の国から江戸へやって来た出稼業者がその中心で、愚直な感じの老人が多かった（373頁参照）。

172
若いごぜ壁をさぐつて一つぬぎ　かくしこそすれ〱（11オ）

身だしなみを整えるのに、壁に向かって人目を避けるのは、女性の心得であるが、瞽女《ごぜ》（20・108参照）の場合は、壁面がすぐにわからないので、「壁をさぐって」ということになる。

173 **たぬき汁化かされたのが一《いち》の客**　あくな事かな〳〵

いたずら狸を退治して、その狸汁の振舞いに、化かされた男が正客《しょうきゃく》（一の客）として呼ばれたという、滑稽さ。

○たぬき汁＝皮をはいで味噌汁で仕立てる。

174 **御親父《ごしんぷ》へ其《その》めりやすがきかせたい**　かくしこそすれ〳〵

放蕩息子が親に内緒で遊芸の腕を上げ、「めりやす」などは、ちょっとしたものである。太鼓持《たいこもち》が、「イヨ名調子！　まことに、御父上にも、このメリヤスをお聞かせしたい」などと、ひやかし半分に誉める。実際に聞かせたら勘当ものである。「オイオイ冗談じゃない」などと言いながらも、息子もまんざらではない。ハイテクニックのお追従《ついしょう》である。

○めりやす＝当時流行のしんみりした情緒的曲調の江戸唄。黄表紙『江戸《えど》生《うまれ》艶気樺焼《うわきのかばやき》』にも遊蕩の第一歩として、たくさんの曲名があげてある。

175 **もてぬやつ舟宿《ふなやど》へ来てわりを言ひ**　かくしこそすれ〳〵

遊女にもてなかった腹いせに、翌朝舟宿（150参照）まで帰って来てから、あれこれと理屈をこねまわして、文句をいう野暮な客。

○わりを言ふ＝（自分に都合のよいように）理屈をこねる。事情を訴える（潁原退蔵『川柳雑俳用語考』）。

176 **五百両いじかりまたにあるかせる**　まぎれこそすれ〳〵

五百両を風呂敷に背負って歩くとなると、金の重さと、大金を運ぶ緊張から、いじかり股になって、悪い病気で股に腫れ物でも出来たのかと間違えられそうなことである。

当時通用していた元文小判五百枚の重さは、約六・五キログラム強である。

○いじかりまた＝両股を広げ、ひざを曲げて歩く様。

177 **湯がへりを見すまして居る一《ひと》さかり**　あくな事かな〳〵

髪結床あたりにたむろして、町内の娘が銭湯から帰ってくるのを待ちうけ、その色っぽい姿を堪能しようという、若い遊び盛りの一時期。

○一さかり＝一盛り。年頃の遊蕩したい一時期。

178 **桟敷番《さじきばん》赤くないのは店《たな》を追ひ**　まぎれこそすれ〳〵

芝居の桟敷席は、客が入ると毛氈《もうせん》が前面の手すりに掛けられて赤くなる。赤くないのは、あいている桟敷に入りこんで見物している客なので、芝居茶屋を通した正規の客が入ると、桟敷番に追い出されるわけである。

こうした客は、「油虫」（タダ見の客）か、あるいは「百桟敷」（低級桟敷の代金百文を払って、追い立てを前提に一般桟敷で見る客）かである。

毛せんでさじきを払ふ油むし　（柳一一）

もふせんでおつぱらはれる百さじき　（柳一六）

○桟敷番＝桟敷席に関する一切の雑用をする役。当時、中村座に二十五名、市村座に二十六名、森田座に十七名の人数がいた（『明和伎鑑』）。○店を追ひ＝家主が、貸家から店賃の支払いが滞った者などを追い払う。

179 **礼もせぬくせに藪医《やぶい》のなんのかの**　あくな事かな〳〵

診察をしてもらっておきながら、薬礼もせず、しかも藪医だとか何とかかんとか悪口をいう、けしからぬ手合が世にはいるものだ。

当時、盆暮の二回に「薬礼」として、患者がそれぞれの分に応じた支払いをする風習であった。その心次第をいいことに、こうした図々しい者も出てくるのである。

180 **鳴《なる》子《こ》引《ひき》子の愛想に一つひき**　よいかげんなり〳〵

ガラガラと音をたてると子供が喜ぶので、愛想に一つ鳴子をひいてやる。鳴子引は、104参照。

181 **炭はねて引《ひ》け四《よ》つ程にどつと立《たち》**　まぎれこそすれ〳〵（11ウ）

正月のカルタ会の折などでもあろう。振り袖姿の娘たちが火鉢を囲んでいると、炭が、パチパチッとはじけたので、一同驚いてドッと立ち上がったその様子を、引け四つの拍子木を合図に張見世《はりみせ》で売れ残っている遊女が一斉にドッと立ち上がる様に見立てた。

○引け四つ＝吉原の営業終了の時刻。営業は四つ（午後一〇時頃）までという定めであるが、実際は一時《いっとき》（約二時間）の延長が黙認され、九つ（午前零時頃）を営業終了の時刻としていた。この延長の便法として、実際の四つ（鐘四つ）の時には、廓内では時刻を知らせる拍子木を打たず、九つになってから、四つの拍子木を打って、またすぐに九つの拍子木を打った。この九つを、鐘四つに対して、「引け四つ」と称した。

182
いやがつて月に一筋《ひとすじ》づゝがのみ　かくしこそすれ〳〵

妊娠を嫌がって、毎月百文分《ぶん》ずつ、薬をこっそりと呑む女性。当時の避妊薬「朔日丸《ついたちがん》」は、一月《ひとつき》分の代金が、百文であった。

○一筋＝銭緡《ぜにさし》一本の銭。百文の女性言葉。○〜が＝〜の価に相当するだけの分量。〜分《ぶん》。

183
壱人《ひとり》客《きやく》給仕とはなし〳〵喰《く》ひ　まぎれこそすれ〳〵

数人の客であれば、お互いに打ちとけた雰囲気で膳に付くことができようが、たった一人の場合は、いささか手持ちぶさたである。黙々と食事をするのも気づまりなので、給仕の者を相手に時折、当たりさわりのない話を交す。

184
内《うち》のものよろしくなどゝ作《さく》を入れ　よいかげんなり〳〵

他家を訪問の折、「家の者もよろしく申しております」などと、巧みな言葉をちょっと付け加えるのも、愛想である。

○作を入れる＝巧みな趣向や言葉を加える。

185
乗り懸けに壱分《いちぶ》そこらの床《とこ》も見へ　よいかげんなり〳〵

道中の乗り懸け馬は、両側につづら二個を渡し、その

171　鏡磨ぎ（『千世の友づる』稀書複製会）

155　小間物屋（『絵本筆津花』*）

185　乗り懸け（『北斎漫画』 十一*）

169　事納め（『温古年中行事』*）

上に蒲団を敷いて、客を乗せたのであるが、中には相当美しい、まるで一分女郎の寝床ほどの蒲団を敷いた馬もある。

○乗り懸け＝駄馬一頭に、客一人および二十貫目の荷物をつけたもの（373頁参照）。○床＝寝床。

186
朝路《あさじ》から戻り大根《だいこ》のこもを取り　よいかげんなり〳〵

朝路（朝事参り）は、浄土真宗で、信者が早朝から寺で行なわれる勤行《ごんぎょう》にお参りすること。冬の早朝のこの朝事参りから帰ると、折よく朝日もさし登るころで、霜にやられぬように干大根にかけてあった菰《こも》を手早く取り除いて、日に当ててやる。朝飯前の軽い一働きである。

187
五人張《ごにんばり》相手の出来ぬ見たをし屋　まぎれこそすれ〳〵

五人張りの強弓などは、日頃安物しかあつかったことのない古道具買いには、とてもあつかえる代物ではない。「五人張」の縁で、「相手の出来ぬ」と戦場仕立てにしたのであろう。

○五人張＝五人がかりで張る強弓。○見たをし屋＝見倒し屋。安く買い叩くところから古道具買いのこと。

188
淀《よど》の舟車《くるま》近くでゆりおこし　よいかげんなり〳〵

大坂八軒屋から京伏見へ向かう淀の川船の客。夜船でねむっていたのが次第に京に近づき、夜も白みかかった頃、ちょうど名高い淀の水車あたりで、もうすぐ着船とゆり起こされる。

189
げくわの供《とも》とかくいさいを聞《きき》たがり　かくしこそすれ〳〵

外科医の往診。供の男は、右往左往する家中の人々に、怪我人の様子、その原因など、事件の委細を野次馬心理で聞きたがる。

190
傘《からかさ》で出る藪入《やぶいり》はなぐさまれ　あくな事かな〳〵（12オ）

あいにくの雨で、傘をさして親許へ帰ろうとすると、朋輩《ほうばい》連中が、「天も日頃の行ないを知ろしめしてか、この雨だ」とか何とか、憎まれ口をきく。
「藪入の出がけにものをかくされる」（柳初418）という句もある。
○藪入＝奉公人が休暇を貰《もら》って実家へ帰ること。○なぐさむ＝からかう。

191
角大師《つのだいし》寝させて大工《だいく》水をもり　よいかげんなり〳〵

大工が、角大師を貼った古い柱をねかせて、その上に準《みずばかり》を置き、土台の水平をはかっているのは、なかなかうまく考えたものである。
角大師の御札は、家の門口の柱などに貼ってあった。ここは、その古柱などを大工が水盛《みずもり》をするのに用いたというのであろう。
○角大師＝上野開山堂（両大師。464参照）で出した魔除けの御札。慈恵《じえ》大師変化の相をかたどったものという（393頁参照）。○水をもる＝家を建てる土台の水平をはかる。角材の一つの面に浅い溝をほった水盛台を用いるのが正式のようであるが、ここは準を用いた測量であろう。

192
車引《くるまひき》橋ですいきやう者を待ち　よいかげんなり〳〵

江戸の橋は、湾曲が強かったので荷をたくさんつんだ車は、とても渡り切れない。誰か後押しを手伝ってくれる酔狂な御仁《ごじん》はいないかと橋のたもとで待ち受ける車引き。

193
いく世もちどく〳〵にして汲んで出し　よいかげんなり〳〵

両国橋西詰の名物、幾世餅の店は、火にあぶって餡《あん》をつけた餅を売り、なかなか繁盛をしたが、出してくれるお茶のほうは適当で、煮出して色だけが濃い、まずいものであった。

からかねをせんじては出すいく世餅　（柳八）
（銅を煎じたような色のお茶）

○どく〳〵にする＝お茶を濃く煮出す。

194
けだもの屋藪《やぶ》いしや程は口をきゝ　あくな事かな〳〵

獣《けだもの》屋は、麹町平河町にあった獣肉屋。当時、獣肉は、「薬喰い（病人などの滋養摂取）」として食べられていたので、獣屋も獣肉の薬効については自然と詳しくなり、病状を話す買手に、あれこれと、藪医者程度にいっぱしの物言いをする（口をきく）。

195 **あいにくといひ〳〵飯をかりに来る**　かくしこそすれ〳〵

急の来客などで、いつもの御飯の量では間に合わなくなってしまい、「実は、あいにく……」などと理由をこまごまと述べて、隣家へ御飯を借りに来る。419参照。

いくたてをいひ〳〵めしをかりてくる　（柳一三）

（いくたては、いきさつ）

196 **女房をこわがるやつは金が出来**　かくしこそすれ〳〵

遊びに誘われても、女房のことを思うと断わってひき返すような恐妻家は、自然と金も使わず商売にせい出すことになるので、金がたまってくるわけである。しかし、こういう手合いは、「江戸もの、生れぞこない金をため」（柳一一）などと、ののしられる口である。

197 **用心に置《おこ》ふと和尚《おしよう》けちな鑓《やり》**　よいかげんなり〳〵

寺院はただ広く不用心なので、強盗の難に遭っては大変と、用心のために鑓を備えたのはよいが、威嚇のためだけだからと、ちゃちな安物にしてしまったので、これでは威嚇にも用心にもならず、何のために備えたのかわからない。

198 **長い目でごらふじませと嫁はいひ**　あくな事かな〳〵

意地悪な姑を持った嫁に、同情の言葉をかけたところ、「まァそういうこともございますが、長い目で御覧じませ、そのうち御気に召してくださるようになりましょう……」などと、うまい返事が返ってきた。本当に長い目で見ているうちに、姑はあの世行きである。

199 **女房はそれ見なさいとげくわを呼び**　かくしこそすれ〳〵（12ウ）

女郎買いに行って悪い病気を貰《もら》い、股に腫れ物の出来てしまった亭主。他人には隠せても、女房には隠しおおせない。「ほら御覧なさい。言わないことじゃない。私というものがありながら……」などと、亭主を叱りつけ、外科医を呼ぶ女房。

200 **そばの客将棊《しょうぎ》の駒で数をとり**　よいかげんなり〱

赤穂浪士四十七人は、討入の当夜、蕎麦《そば》屋に勢揃いしたという（735参照）。何人まで集まったかを勘定するのに、ちょうど数の具合がよい小将棋の駒でも使っただろうとの句。

古式の「小将棋」は、駒数四十六枚（『大将棋絹飾』）で、数えている一人を加えて、ちょうど四十七人を数えられることになる。この句の時代は、現代と同じ駒数四十枚の将棋が行なわれていたが、本の知識などにより、討入りは古い元禄時代だからと、古式の小将棋の駒を用いる設定としたものであろう。

　かねて夜討と定《さだめ》たる蕎麦の客　（柳二九）

（「かねて夜討と定たる」は、『仮名手本忠臣蔵』九段目の文句取り）

○数をとる＝あらかじめ、定まった数のもの（数取り。わらしべ・碁石などがよく使われる）を用意しておき、それに引き当てながら、数を数える。

201 **どうこ庵《あん》人がらの能《よ》い買ぐらい**　よいかげんなり〱

道光《どうこ》庵は、浅草寺の西にあった一心山称往院の子院で、好事の者の所望に応じて蕎麦《そば》を供した。道光庵へ、ちょっと蕎麦でも食べに行こうかなどという人は、子供や召使いなどの買い食いと違って、場所が寺ゆえ、まあ、品のよい買い食いといったところである。

202 **念《ね》仏講《ぶつこう》死なねば根からそんのやう**　あくな事かな〱

念仏講は、講中が定期的に掛金をし、死者が出た場合、まとまった金を弔慰料として取れる一種の頼母子講（今日の互助会的組織）であったため、死なないと、いつまでも金をかけるばかりで、まるっきりの損をしているようである、という滑稽さ。

取るもうしとらねばそんな念仏こう　（明和二）
（『太平記』に見える、「取《とれ》ばうし取《とら》ねば人の数ならず捨《すつ》べき物は弓矢也《なり》けり」という歌の文句取り）

203
裏茶屋はかの人計《ばかり》来るところ　かくしこそすれ〳〵

吉原および芝居町の裏通りにある裏茶屋は、芸娼妓や役者などが密会に利用した。それで、裏茶屋は、「かの人（意中の人をはっきり言わずに表現する言葉）」ばかりがやってくるというわけである。＊

204
むさし坊水車《みずぐるま》程しよつて出る　よいかげんなり〳〵

武蔵坊弁慶が七つ道具を丸く開いて背中に背負った様子は、まるで水車を背負ったほどの大仰《おおぎょう》なありさまである。

武さし坊とかく支度に手間がとれ　（柳初67）

205
壱歩《いちぶ》だけ遣《や》り手《て》は尻をどたつかせ　あくな事かな〳〵

吉原では三会目（597参照）に、遣り手（126参照）に一分のチップをはずむ仕来りとなっている。客には手痛い出費だが、遣り手にとってはいつもの事、太った身体で大きな尻を振って、一分の金に見合うだけの、ぞんざいなおじぎをちょっとして引きさがる。

おかしくはなけれど壱分だけわらひ　（拾七）

206
女房《にょうぼ》持《もち》山を見い〳〵鹿を追ひ　よいかげんなり〳〵

諺に、「鹿を追ふ猟師は山を見ず」というが、女房を持つ身となると、独身時代のような無鉄砲はできず、女房の顔色を伺い伺いしながらの悪所通いとならざるを得ず、言うなれば、「山を見い見い鹿を追う猟師」といったところである。

207
此《この》村になんと酒屋はござらぬか　よいかげんなり〳〵

江戸郊外に野がけ（ピクニック）に出かけた連中。うららかな陽気に、携帯の酒もすっかり飲みつくし、もっと酒はないかとばかり、出会った土地の者に、酒屋の有無をたずねる。

手をわけて酒や尋る野がけ道　（柳五335）

208
てんびんをたゝく手代の目がすわり　よいかげんなり〳〵（13オ）

貨幣の真贋《しんがん》をはかる両替屋の手代であろう。天秤《てんびん》（真中に支点があり、左右に皿をつるした秤《はかり》）の片方に貨幣、片方に分銅をのせて、両者の平衡により貨幣の量目をはかるのであるが、支点部分に摩擦があると真の平衡を示さぬため、木槌で支点部分を叩いて動きをスムーズにさせ、針が平衡を示すかどうかをじっと見つめるのである（393頁参照）。488参照。

○手代＝丁稚《でっち》から約十年程でなる一人前の奉公人。ある部署をまかされる。

209
せいろうの礼は片肌ぬいで来る　かくしこそすれ〳〵

暮の餅搗きに蒸籠《せいろう》を借りて、それを返しに来た姿を見ると、片肌ぬいで今まで餅搗きをしていたままのなりであるが、これでは喧嘩をしにきたようである。260参照。

210
大釜へ半分はいるなべいかけ　よいかげんなり〳〵

鍋釜の穴を修復する鍋鋳掛《なべいかけ》も、大釜の修復には、首を中へ突っこみ、身体を半分中へ入れたような姿で作業をする。

211
囲《かこ》われも二三人程琴の弟子　よいかげんなり〳〵

妾《めかけ》は、生活には不自由せず、しかも昼間は何もすることがなく無聊《ぶりょう》な生活である。そこで、退屈しのぎに琴指南をして、ほんの少しの弟子を取る。

囲われは、川柳では坊主の外妾をいうことが多い（115参照）から、三味線ではなく、琴というところに、坊主の妾らしさをきかしてあるのであろう。

212
新ぞうも見よふ見まねにまげに遣《や》り　かくしこそすれ〳〵

遊女は表向きは何一つ不自由がないように見えるが、部屋持ちになると、衣類調度、身の廻りの品から始まって、畳がえから妹女郎や禿《かむろ》の世話、はては遣り手・お針・若い者への心付けと、一家をかまえた世帯持ちと変るところはない。生活が華美なだけに、内証はかえって苦しく、常に質屋の世話にならざるを得ない（362参照）。まだ一人前にならぬ新造《しんぞう》（101参照）も、姉女郎のやりくりを自然と見習って、質屋通いをするようになる。

〇まげに遣る＝物を質に入れる。

213 **夜《よる》夜《よ》なか孫をなかせてしかられる**　　かくしこそすれ〳〵

子供が夜中に疳《かん》の虫でも起こしたか、夜泣きを始めた。年寄りの耳に届かぬようにと、あわててあやしてみるが、泣き声はつのるばかり、とうとう姑が起き出して、育て方が悪い等となじられる。幼児を持つ嫁の苦労。

214 **さりながらぶつにはましとあまい母**　　かくしこそすれ〳〵

遊里の酒色の味を覚え、すっかりはまりこんでしまった道楽息子であるが、母親は甘いもので、「道楽とはいうものの、博奕《ばくち》を打って、お上の御法度《はっと》にそむくよりは、まだましでございます」などと、あくまで息子の肩を持つのである。

〇ぶつ＝打つの転。博奕を打つ。

215 **坪皿《つぼざら》の明《あ》くを見て行《ゆく》しち使《づかい》**　　かくしこそすれ〳〵

賭場で負けがこんでしまい、ついに着物まで質に入れざるを得なくなってしまった。質屋への使いを頼まれた者も、つい身びいきとなり、あるいは次の勝負で勝つこともあるかと、賽《さい》をふせた坪皿が明くのを待ったが、やはり期待はずれで、やむなく予定通り質屋へ出かける。

216 **かわたびをさかい〳〵で売《うり》つける**　　よいかげんなり〳〵

革足袋《かわたび》売りは、荷担ぎを従えて、九月末から二月中ごろまで行商に来たが、おもに大坂下りの品であったので、本句の「さかい〳〵」というのも、大坂弁で売りつけるというのである。革足袋は粋な感じではないが、丈夫で長持ち、倹約にはぴったりで、いかにも大坂的な品である。

217 **田舎《いなか》うばかごで二三度へどをつき**　　かくしこそすれ〳〵（13ウ）

江戸へ奉公に出て、坊ちゃんのお供で乗った駕籠に、恥ずかしくも酔ってしまった田舎出の乳母。現代の車と同様で、乗りつけぬ者は、駕籠に酔ってしまうようである。

　四つ手から出ると三つ四つよふろよろ　（柳一三）

（四つ手駕籠は、江戸の辻駕籠。スピードを出して駆けた）

218
豆いりをくい〳〵跡《あと》の数をきゝ　かくしこそすれ〳〵

灸治の折、灸饗《やいとぎょう》と称して、豆煎りを食べて熱さをまぎらしたりした。子供にとっては、お灸を据えた御褒美になる。句意は、豆煎りを食べながら、あと幾つ据えればお灸は終りかと尋ねる様。早く終ってほしいという気持ちである。二月二日に健康のためお灸を据えた、「二日《ふつか》灸《やいと》」あたりの様子であろう。

○豆いり＝豆を、米・あられなどと煎って砂糖をまぶしたもの。

219
出入《でいり》からしくじれがしのぞく納所《なつしょ》　あくな事かな〳〵

寺の会計・雑務を担当する納所（87参照）役に、僧侶ではなく俗人が就いた場合を、「俗《ぞく》納所」という。僧侶と違って、世故《せこ》にたけているので役のきりもりもうまいが、悪くすると、役目に乗じた不正を行なったりもする。周囲から、何か事件でも起こして失敗するとよいのに、などと噂されるようでは、相当あくどいこともしているのであろう。

○出入＝訴訟事。もめ事。○がし＝「かし」の濁音化したもの。願望を表わす。

220
かねやすは噺《はなし》を書いてかべゝ張り　まぎれこそすれ〳〵

兼康《かねやす》氏は、古くから歯科医として令名があったが、江戸では、芝および本郷に、口中医師をかねて、歯磨・歯痛薬などを売る兼康の店があった。特に本郷の店では、薬の効能にまつわる由来話が壁にはってあり、その前に坐って大声で口上を述べたてていた。

　どうわすれするとかねやすふりかへり　（明和三）

○嘶＝荒唐無稽な由来話。洒落本『起原情語』に、「なんこは、天竺にて釈尊《しやくそん》大破《だいば》と法聞《ほうもん》の時、大破手に小とりをにぎり、此小鳥死《し》たるか生《いき》たるかと云しを見て、羅漢達《らかんたち》工夫《くふう》して初《はじめ》けり。是兼康《かねやす》が壁《かべ》にれい〳〵たり」とある（花咲一男『川柳江戸名物』）。

221 **両替屋りつぱになわを引《ひつ》くわへ**　くりかへしけり〳〵

同じ荷造りといっても、両替屋の荷造りは、中が貨幣であるだけに、縄を口にくわえて荷造りをする様子が何となく立派に見えるというのであろう。

222 **うなづいた計《ばかり》は心もとながり**　くりかへしけり〳〵

女郎から客へのねだりごとであろう。紋日《もんび》の約束をすると高い揚げ代を払わねばならず、また三蒲団《みつぶとん》（三枚敷の夜具）などをねだられると、それこそ大変であるから、その場しのぎにうなずいてみるものの、女郎のほうはそれだけでは心もとない。何とか本当の約束を取りつけようと、やっきである。

うなづいたつ切《きり》で出来ぬ三つぶとん　（柳一三）

223 **乳母《うば》が宿《やど》一針《ひとはり》ぬきのそばぶくろ**　もしや〳〵と〳〵

乳母が宿は、身元引受人となって乳母を斡旋する業者（請宿）。近在から乳母を集めたりするので、在所との関わりから蕎麦《そば》粉を取りついだりもするのであろう。ただしその袋は、針目の不揃いな、いかにも一針ずつ縫ったことが明らかな素朴な蕎麦袋である。＊

うばがやどへちまの水の御用聞　（拾九）

（奉公先の女性と在所を取りもってのアルバイトであろう）

224 **誹名《はいみよう》の無いのを遣《や》り手《て》うれしがり**　仕合《しあわせ》な事〳〵

互いに俳名で呼びあって、いっぱし通ぶっているような連中は、遊び摺れして、鼻持ちならぬ上に、金遣いは悪いものである。むしろ、俳名もなく、万事おっとりとした客のほうが、思いがけぬチップをはずんでくれたりして、遣り手には評判がよいというわけだ。

225 **すけつねは二度めの疵《きず》が深手也《なり》**　ひゞきこそすれ〳〵

曽我兄弟の敵討。工藤祐経の寝所へ忍び入り、まず十郎が一太刀あびせ、続いて五郎が切りつけたと『曽我物話』巻九に出ている。歌舞伎の曽我狂言では、兄の十郎が柔弱な優形《やさ》、弟の五郎が剛勇無双ということになっているので、さぞかし五郎の切りつけた二度目の疵は、深手であったろうとの穿《うが》ち。

226 **里帰り夫《おっと》びいきに最《も》はなし**　くりかへしけり〳〵（14オ）

結婚して三日目に実家に帰ることを、里帰りという。まだ三日しかたたないのに、もう夫のノロケ話が出たりする。うれしい蜜月である。

227 **のり物へきつい山師《やまし》とゆびをさし**　仕合《しあわせ》な事〳〵

乗物は引戸のついた上等な駕籠。ここは、御免駕籠《ごめんかご》（町奉行から特別に許可された自家用の駕籠）あたりを乗りまわすまでに成り上がった者に対して、あいつはひどい山師だなどと陰口をたたく。

この時代は、諸国銅山の調査、また鉱山採掘奨励などが行なわれ、やがて田沼時代の高度成長へと移る時期で、本来の山師の活躍した時代でもあった。

228 **高山《たかやま》ではぢはかけども能《よ》い男**　もしや〳〵と〳〵

飛騨の高山に入るには、吊り橋や籠渡《かごわた》しなどで谷を越え、また険阻《けんそ》な山道を越えて行くので、廻国巡礼中に、おそれをなして恥をかくような男もいるが、そういうやさ男は、男振りだけはよいもので、どうせ間男の罪ほろぼしに廻国をしているのであろう、といったような句か。

229 **兄弟はさがみ女にくらい込《こみ》**　くりかえしけり〳〵

曽我兄弟の、兄十郎は大磯の虎御前に馴染み、弟五郎は化粧坂《けわいざか》の少将に親しんだ。虎御前、化粧坂の少将などというと立派な遊君ぶりだが、大磯も化粧坂も相摸の国内。何のことはない、曽我兄弟は「相摸女」に熱中したにすぎないと、虎・少将を相摸女に結びつけたところがおかしい。

当時、「相撲女に播磨鍋（尻が早いことの喩）」という諺があり、相撲女は好色とされていたのである。
○くらいこむ＝はまりこむ。溺れる。

230 **しやうじん日肴《さかな》が来ると時《とき》を聞《きき》**　くりかへしけり〱

精進日は、暮れ六つ以降に、精進落ちをする（25参照）ので、魚屋が通るたびに、家族の者に「もう何時《なんどき》だ」と、くり返し時刻を尋ねる。

夏季だと、暮れ六つは、夜の七時半頃になるため、精進落ちの時刻になるのが一層待ち遠しく感じられるわけである。

精進日鰹《かつお》をもらひ日の永《なが》さ　（傍五）

231 **狐つり衣を一つもふけたり**　仕合《しあわせ》な事〱

狂言「釣狐《つりぎつね》」の句。狐釣りの男のもとへ、伯父伯蔵主《はくぞうす》が意見にやって来るが、実は古狐が化けて来たのである。狐は帰り道、罠《わな》の若鼠の油揚を発見し、我慢できずに食いつく。その時、衣を着ていては罠にかかると、衣を脱いでおいたので、うまく罠をはずして逃げてしまう。狐釣りは古狐をのがしてしまったが、狐の脱いだ衣を一枚儲《もう》けたことになる、と細かいところへ目をつけた趣向。

232 **そん金の世間へ知れるせと物屋**　ひゞきこそすれ〱

商売で損をしたかどうかということは、傍目《はた》からはわかりにくいものであるが、瀬戸物屋だけは、商売物をこわすと派手な音をたてるので、世間へ損がわかってしまう。

瀬戸物屋あたり近所へそんが知れ　（柳五103）

233 **藪入《やぶいり》に旅立ほどのいとま乞**　仕合《しあわせ》な事〱

親許へ帰る藪入りの日。主人に、そして朋輩《ほうばい》に暇乞いの挨拶をするが、喜びにいささか興奮気味で、挨拶も自然と大仰《おおぎょう》になり、まるで旅にでも出かけるようである。御殿女中あたりの藪入りであろう。

234 **談合《だんこう》は取付《とりつ》き安い顔へいひ**　もしや〱と〱

何か問題事がおこったりして相談をする場合には、キチンとした然るべき人にというよりは、まず話しやすい人に、事を打ちあけるのが人情というものである。『武玉川』初篇の、「取付安い顔へ相談」の句を、五七五に仕立て直したものである。

235
舟宿の訴訟《そしよう》で禿《かむろ》蔵を出る くりかへしけりくく（14ウ）

いたずらが過ぎたか、遣り手から御仕置を受け、蔵へ入れられてしまった禿（62参照）。何もそこまでしなくてもと、日頃妓楼に出入りの舟宿（150参照）の主人がとりなしてくれて、やっと蔵から出ることができた。

○訴訟＝とりなし。嘆願。

236
十八の暮に大事の客が切れ もしやくとく

新年を前に、遊女にとって年末は何かと物入りである。そうした折りも折り、大切な上客に逃げられてしまい、新春の支度もおぼつかなくなってしまった。思えば、来年の春からは十九の厄年に入るわけで、まさしく災難の始まりという感じである。

237
やうじ見世《みせ》ごへいでなぶる神馬引《じんめひき》 くりかへしけりくく

浅草寺の神馬引き。日に三度、観音堂のまわりを神馬を引いてまわった。観音堂の周囲には楊枝店が立ち並び、売り子の看板娘たちがいたので、真面目《まじめ》くさった神馬引きも、時には肩にかついだ御幣でお祓いの真似などして、楊枝屋の娘をからかうようなことがあったろうとの句。

○やうじ見世＝歯みがき用の房楊枝や、お歯黒の下地に用いる五倍子《ふし》などを売った店。柳屋お藤をはじめとして、若い看板娘を出して客を引いた。柳沢信《のぶ》鴻《とき》も『宴遊日記』に、お藤の店で楊枝を買ったことを記している。

238
大三十日《おおみそか》爰《ここ》を仕切つてこうせめて くりかへしけりくく

一年の総勘定日の大晦日は、借金の言いのがれに、また貸金の取り立てに、双方やっきとなって戦陣もどきの秘策を尽くすところである。

「爰を仕切ってこうせめて」は、『仮名手本忠臣蔵』九段目、「兼て夜討と定めたれば、継梯子《つぎばしご》にて塀《へい》を越シ忍び入には椽側《ゑんがは》の、雨戸はづせば直グに居間、爰をしきって、かう責《せめ》て」の文句取り。

239 **やき物と小僧を一人《ひとり》ことづかり**　もしや〱と〱

婚礼などの宴席から、遊里へでもしけこもうという相談がまとまった。今日はまっすぐ帰宅するという仲間の者は災難で、土産の鯛の焼物と、さらに供の小僧までを託される始末である。小僧を焼物と同列に並べたところが、おかしい。

やきものをとゞけた人をといつめる　（柳四469）

240 **茅場《かやば》町《ちょう》手本よみ〱舟に乗り**　くりかへしけり〱

茅場町と小網町との間の鎧《よろい》の渡し（中央区、現在茅場橋が架かる）。近くに、雷師匠と仇名された有名な手習いの師匠があった。そこへ通う手習子が、熱心に手本を読みながら舟に乗っている景。

かやば町壱番舟《いちばんぶね》は手ならひ子　（柳一五）

241 **菊水《きくすい》も能《よく》〱《よく》見れば手前染《てまえぞめ》**　くりかへしけり〱

由井正雪は、楠氏の紋所を染めた菊水の旗と、楠氏の系図を偽造して、自らを楠正成の子孫と言いふらしたというが、よく見ると、菊水の旗などは自分で染めてこしらえたものに違いない。だって、由井正雪は、駿河国の紺屋の息子なのだから。

242 **供部屋で何か遣《や》り手《て》はといおとし**　もしや〱と〱

供を連れて登楼する客のために、高級な妓楼では供部屋が設けてあった。久しぶりにやって来た客なので、もしや他の見世《みせ》の遊女に通っているようなことがありはしないかと、遣り手が供部屋をのぞき、世間話にかこつけて、それとなくかまをかけ、とうとう主人の行状を白状させてしまった。

○問《と》い落《おと》す＝巧妙に問いかけて事実を白状させる。

243 **ゑり人《びと》でかん病に出る狐つき**　もしや〱と〱

狐がついて奇妙な行状をする病人には、気味悪がって進んで看病しようという者もいない。ああでもない、こうでもないとの問答のあげく、やっと一人が選ばれて看病に出ることとなった。

244 **茶屋女まんまと布子《ぬのこ》仕立《したて》たり**　もしや〱と〱（15オ）

客を相手に忙しく立ち働く合間合間をぬって、いつの間にやら、見事に綿入れの木綿布子を仕立てあげた水茶屋の女。なかなかの働きものである。355参照。

せんどのをまだ縫つて居る茶屋女　（柳八430）

○まんまと＝ものの見事に、首尾よく。

245 **はなしやれと四五冊かくすかし本屋**　くりかへしけり〱

貸本の荷の中から、目ざとく艶本などを見つけて、「オッこれは」などと男連中が目をかがやかせているのを、サッと取りあげ、「こんなものを見てないで、話でもなさい」と荷の下のほうに隠してしまう貸本屋（113参照）。只《ただ》見されては、かなわないというわけであろう。＊

かし本屋是《これ》はおよしと下へ入れ　（柳五656）

246 **とぶやうな舟であらふと問いおとし**　もしや〱と〱

「旦那様は、ちょっと他用で本日は遅くなるそうでございます」と、先に帰って報告に及ぶ草履取《ぞうりと》りを、御新《ごしん》造《ぞ》は、だまされぬぞとばかりにさんざん問いつめ、とうとう「飛ぶように早い舟に乗ったのであろう」と、うまいかまをかけて、行先が吉原であることを自然と白状させてしまった。

○とぶやうな舟＝吉原通いの猪牙舟《ちょきぶね》は、舟足の早い小舟であった。306参照。

247 **ひしこの直《ね》つるさつてする縄すだれ**　もしや〱と〱

鯷鰯《ひしこいわし》は、安価な小型の鰯。ひしこ売りを呼びとめて、縄すだれをつかみ、まるでぶらさがるような恰好で、値段の交渉をしているのは、安価な魚にふさわしい煮売屋のおやじである。

縄すだれをつかんで顔を出した様子を、「つるさる（ぶらさがる）」といったところがおもしろい。

248 **鋲打《びょううち》にのればつつぱるたてゐぼし**　もしや〳〵と〳〵

鋲打は、金具の鋲を打った漆塗りの女性用乗物。平安朝の色好みの男が、女車（女房用の牛車）に同乗するなどという話があるが、もし江戸の当代ならば、鋲打の女乗物に乗ることとなり、これでは立烏帽子が邪魔でつっかえてしまうであろう。

249 **祐天《ゆうてん》のにせなど貰《もら》ふ新世帯《あらぜたい》**　仕合《しあわせ》な事〳〵

祐天上人は、累《かさね》の怨霊を解脱《げだつ》したというので有名であるが、上人書写の六字の名号は、剣難除け（上人が不動の剣を呑むと夢見、吐血蘇生してより名僧となりし伝説に因むものであろう）などに御利益ありと大いにもてはやされた。出来合の新世帯は、遊女上りや、他人の女房と駆け落ちなどの道ならぬ恋のなれの果てが多い（169参照）ので、どうせ本物ではないだろうが、剣難除けという名号をくれるのは有難いことである。

尺八にむねのおどろくあら世帯　（柳二622）
（もしや女敵《めがたき》討ちの虚無僧ではと）

250 **藪入《やぶいり》へ毎ばんそばのせしゆが付き**　もしや〳〵と〳〵

久しぶりで美しく成長して生家へもどって来た娘に、隣近所の若者がつめかけて、毎晩交替で蕎麦《そば》をおごってくれる。あわよくばという魂胆である。

藪入にむす子芝居の見にげされ　（柳八）

○施主《せしゅ》＝元来は寺や僧に物品を施す人。転じて金を出す人。

251 **しんぞうの袖も思へばこわいもの**　もしや〳〵と〳〵

まだどこかにあどけなさを残した新造《しんぞう》の、ヒラヒラと美しい振り袖であるが、あの袖を留める費用のことを考えると、まことに恐ろしいものである。

新造の振り袖を留めて、一人前の部屋持ちにさせることを袖留めというが、部屋の調度・諸道具一式から、茶屋・船宿への祝儀、また楼内の蕎麦《そば》振舞、総花等に至るまで、すべて客の負担となるため、その費用は大変なものである。

252 **おやぶんにおふさ〳〵で引《ひき》ずられ**　くりかへしけり〳〵

子分の喧嘩に割って入った親分。「このまま引きさがっちゃあ男がすたる。放してくだせえ」などと、一層あばれ廻る子分に、「おおさ〳〵手前《てめえ》の言う通りだ」と、なだめすかして、子分を引きずって行く。

おやぶんにせくな〳〵と引きづられ　（明和二）

253 **丸綿をかぶせながらもいひふくめ**　くりかへしけり〳〵（15ウ）

嫁ぐ娘に、母親の心配はきりがない。今までに充分心得を言い聞かせたはずなのだが、まだ何か言い足りないような気がして、綿帽子をかぶせる段になっても、繰り返し同じ注意を言い含める。

ばゞさまの気に入りやれよと綿をきせ　（明和八）

254 **かんざしでつつ突き廻《まわ》す三世相《さんぜそう》**　くりかへしけり〳〵

三世相は、生まれの干支などにより、その人の過去・未来また現世の吉凶を記した俗書。「大雑書」などと合流し、広く一般に流布した。句は、遊女などが、身の行く末を案じ、三世相の自分の部分を何度も何度もかんざしでたどり読みして一喜一憂をするというのである。

三世相下女ははなはだらくるいし　（拾三）

255 **草市ではかなきものをね切《ぎり》つめ**　くりかへしけり〳〵

お盆の十三日の早朝（吉原では十二日）、盆の行事に用いる真菰《まこも》・杉葉・ほおずき・藁《わら》細工などを売る、草市が立った。いずれもすぐにしおれてしまうような、ごく安い品であるが、金を出して買うとなると、お盆のこうした安価な品までも値ぎりつめる買手の欲深い心理。

草市はみなまぼろしの物ばかり　（柳一〇）

256 **すい付けてあつたら内義《ないぎ》ふいて出し**　ひゞきこそすれ〳〵

美しい内義が煙草《たばこ》を吸い付けてくれたのはよいが、誠に残念なことに、その吸い口を襦袢《じゆばん》の袖でぬぐって渡してくれた。拭いて渡すのがエチケットであるが、男性心理からすれば、美しい女性の吸い付け煙草を、そのまま吸ってみたいというものである。

○あつたら＝残念なことにまあ。

257 **盃を肩から渡すあんま取《とり》**　ひゞきこそすれ〳〵

一杯やりながら、いい機嫌で肩を揉んでもらっている。「どうだい按摩《あんま》さんも一つ」と、肩ごしに指してくれた盃を、ぐっとほして「どうも有難うございます」と、肩の後から盃を渡す。

○あんま取り＝揉み療治を業とする人。按摩。

258 **湯上《ゆじよう》るり着物を着るとけちな声**　ひゞきこそすれ〳〵

湯ぶねにつかってうなる浄瑠璃は湯殿にひびいて、なかなか美声に聞こえるもので、うなる本人も上機嫌であるが、さて湯から上って着物を着て語る声は、とても聞けたものではない。

○湯上るり＝湯浄瑠璃。

259 **百姓の茶屋に成《な》る日はふりたがり**　もしや〳〵と〳〵

向島《むこうじま》近在の百姓たちが、参詣の人出をあてこんで俄《にわか》仕立の茶店を出す、三月十五日の木母寺《もくぼじ》の梅若忌《うめわかき》の日は、「梅若の涙雨」と称して、雨の降りやすい日である。

梅若へまあ傘《からかさ》を連《つれ》て行け（宝暦八）

260 **どつしりと置《おい》てからいふ臼《うす》の礼**　ひゞきこそすれ〳〵

餅搗き用の臼を返しに来た。普通は御礼の挨拶をしてから物を返すものだが、この場合は、担いでいる臼が重くて口をきくどころではない。挨拶よりも前に、まずドッシリと臼をおろして一息つき、それから御礼の挨拶にかかる。209参照。＊

261 **通りものよみをうつのは病上り**　仕合《しあわせ》な事〳〵

丁半賭博を身上とする通りもの（54参照）が、読みガルタ（22参照）などという、手ぬるい手なぐさみをしているのは、かわいそうに病み上りで、気も弱くなっているのである。

通りもの将棊《しようぎ》をさすもあはれ也《なり》　（柳二7）

262
師匠様親類書《しんるいがき》の伯父《おじ》に成《なり》　仕合《しあわせ》な事〱（16オ）

結婚話が持ち上がって、親類書きが必要となったが、どうも先方にくらべて、当方は親類が少ない。そこで、子供の頃からお世話になった手習の師匠様にお願いして、臨時の伯父になってもらう。

○親類書＝婚姻などの際に取り交す、家族・親類構成を記した書付け。

263
れい〱と追人《おつて》の中にむこの貌《かお》　もしや〱と〱

婚礼の当日、花嫁が行方不明となった。このままでは式が滅茶苦茶となるから、上を下への大騒動。四方八方へ散った捜索の手の中に、一人目立っているのは、なんと式服のまま駆け出した婿殿である。あわてて追手に駆け出すような間抜けだから、大事の時に嫁にも逃げられるわけである。『武玉川』十篇の「追人の中に聟《むこ》に成《な》る人」を、五七五に仕立て直した句。

追て行《ゆく》中に壱人《ひとり》はむこが有り　（宝暦十）

○れい〱＝際立って目に立つ様。

264
かんなくづかみ〱大工《だいく》といで居る　ひゞきこそすれ〱

切れ味の鈍ったかんなの刃をはずし、砥石《といし》に向かって入念に研ぎ上げる大工。あたりに散らばっている、木の香の高いかんな屑を、無意識に口にくわえる細かい仕草に目を付けた。

265
寝せつける嫁はこたつへこしを懸け　もしや〱と〱

子供を抱いて、背中を軽くたたきながら、寝かしつけようとするが、なかなか寝つかないので抱き重りがしてくる。不作法ながら、ちょっと炬燵《こたつ》のはしに腰をおろして、かたづけ仕事を気にしながらあやしつづける嫁。

266
いけ垣のうらの相手は旦那也《なり》　くりかへしけり〳〵

生け垣の植えこみを添え竹で結わえている下僕に、裏側の足場の悪いところから、口うるさくあれこれ指図をしつつ、縄を通す相手をしているのは、この家の当主である。

主人ともなると自分の家の細かいところにまで色々と気付き、熱心に率先して働くものである。274参照。

267
石灯籠《いしどうろ》ある夜うれたる夢を見る　もしや〳〵と〳〵

石灯籠は高価なので、道具屋の店においても、なかなか買手がつかない。売れたらいいのにという願望のあまり、ある夜めでたく買手がついた夢を見てしまった。

先祖代〳〵《だいだい》うれ残る石どうろ　（柳二〇）

268
大一座《おおいちざ》鳴《な》りのしづまる急用事　もしや〳〵と〳〵

多人数で連れ立って女郎屋へあがり、飲めや歌えの大さわぎ。その先頭に立ってはしゃいでいた一人に、家から急の使いが来た。真青になって帰り仕度をする様子を見て、今までのどんちゃん騒ぎも一転して静まりかえる。

269
所化《しょけ》のどらこんみりとした事もせず　ひゞきこそすれ〳〵

所化は、まだ修行中の学問僧であるから、一寺の住職のように自由になる金も持たず、遊ぶといってもほんのまねごとで、濃厚な色事とまではゆかない。

○どら＝放蕩。○こんみり＝濃厚なさま。

270
手をあぶりながらほたけの礼を言《いい》　ひゞきこそすれ〳〵

火焼《ほたけ》は、十一月八日の鞴祭《ふいごまつり》。京伏見稲荷のお火焼の日に、稲荷信仰をする鍛冶屋が火を祭る行事で、当日は蜜《み》柑《かん》を投げて子供たちに拾わせた（393頁参照）。句は、寒い霜月の一日、おそらく近所の者であろう、鍛冶屋へやってきて、カンカンと熾《おこ》った火に手をあぶりながら、ほたけ祭にもらった蜜柑の礼を述べているというのである。

271
土砂《どしゃ》の入《い》る往生をする衣川《ころもがわ》　ひゞきこそすれ〳〵　（16ウ）

真言秘法の土砂加持《かじ》を行なった砂は、光明真言の功力《くりき》

208　天秤（『逢見茶嫁入小袖』前編
跡見女子大蔵）

191　柱の角大師（『古今青楼 噺之画有多』*）

270　鞴祭（『大和耕作絵抄』日本風俗図絵）

によって、病者の病を癒《いや》し、死者の罪障を滅するというところから、俗には、死者にふりかけると死体の硬直を柔らげるといわれていた。弁慶は、衣川で立往生をしたという（146参照）から、その硬直を解くためには、さぞかし真言加持の土砂が必要だったろうとの穿《うが》ち。

○入る＝要る。

272 **ならへ行人《ゆく》にくれ〴〵石の事**　もしや〳〵と〳〵

奈良へ旅立つ人に、「春日神社の鹿を殺した者は厳罰に処せられるから、江戸で犬をあつかうように思って石を投げたりすると大変なことになるよ。くれぐれも石だけは投げぬように」と注意する。＊

273 **地がみ売《うり》よし町已後《いご》はなどゝいひ**　くりかへしけり〳〵

地紙売り（170参照）は、陰間上がりなどのやさ男タイプの者が多かった。お得意様には、女性客が多いから、御殿女中あたりを相手に商売の折、ばったり芳町で自分を買ってくれた相手にめぐりあい、思わず「芳町《よしちょう》以後はとんだ御無沙汰で……」などと変な挨拶をしてしまった。相手もさぞかし困ったことであろう。

○よし町＝日本橋の芝居町、堺町・葺屋町の側にあった堀江六軒町の新道の俗称。芝居の関係から男が色をひさぐ陰間茶屋が多かった。

274 **ふんごんですゝを取るのが旦那也《なり》**　ひゞきこそすれ〳〵

十二月の煤掃《すすは》きに、使用人はつい無責任となり、隅っこや足場の悪いところなどは手抜きをしてしまうものだが、主人はさすが違ったもので、そういうところまで一歩踏みこんで熱心に煤払いをする。266参照。

275 **おふくろが切つて廻《まわ》すでのびるげな**　仕合《しあわせ》な事〳〵

父親の死後、若いぐうたらな当主となってはたして商売のほうはうまくゆくかどうかと危ぶまれていたが、しっかり者の母親がすっかり切りもりをしているようで、身代はさらに延びる一方である。

276
犬を追ふ棒はなげるが仕廻也《しまいなり》　ひゞきこそすれ〳〵

「この泥棒犬め」と、棒を持って追っかけたが、犬の足のほうが早い。このまま逃がすのもシャクと、最後の一策に棒を投げつける。

277
自身番捨子が泣《ない》て世帯めき　ひゞきこそすれ〳〵

ふだんは男ばかりの町用・公用の事務処理所である自身番だが、捨子があったと見えてオギャア〳〵と泣き声が聞こえる様子は、まるで家族が生活している場のような感じである。

自身番は町内の警備用詰所で、また町同心が、捕えた犯罪人を繋留して罪状を問うなどの公用に供する場所でもあった。町内の家主が交替で詰め、書役を一人置いた。町内の事件は、まず自身番で処理するため、捨子も一時ここに引き取ったのである（401頁参照）。8・47・281参照。

278
まゆ毛へも女六部《おんなろくぶ》は手を入れず　もしや〳〵と〳〵

大人の女性は普通、眉を剃《そ》っているものだが、諸国を行脚《あんぎゃ》する六部の女性は、危険から身を守るためもあってであろう、化粧はもとより、眉毛も生えたままで手入れなどはしない。

裏に、遊女は陰毛と眉毛の手入れ、普通の女性は眉毛だけの手入れ、女六部は陰毛も眉毛も手入れをしないというきかせがあろう。

○六部＝六十六部の略。日本六十六箇国の霊場に法華経を一部ずつ納めて廻る者。後には、単に廻国修行者をいう。

279
よしの山《やま》人のよくいふ地口也《じぐちなり》　くりかへしけり〳〵

「オッとよしよし」などというところを、「オッとよしの山」などというのは誰もが使う地口である。

○地口＝同音または類同によって他の言葉に言いかけたり、言いかえたりする洒落。

280
八文《はちもん》が呑内《のむうち》馬はたれて居る　ひゞきこそすれ〳〵（17オ）

馬子が酒屋の店頭で一杯八文の安酒を立ち呑みしてい

る間に、表につながれた馬のほうは、ジャーッと大きな音をたてて放尿している。一方は呑み、一方は出すというところがおかしい。

としまやで又《また》八文が布子《ぬのこ》を着　（拾一）

（豊島屋《としまや》は、神田鎌倉河岸の酒屋。八文で暖まることを、八文分《ぶん》の綿入布子を着こむと表現した）

○～が＝182参照。

281 **新大屋《しんおおや》後生大事に縄を持ち**　もしや〳〵と〳〵

町内に犯罪がおこり、犯人がつかまって、取り敢えず自身番での取調べとなった。自身番に詰めている町役人のうち、大屋（713参照）になりたてのものが、初めての経験に興奮気味で、逃げられては大変とばかり、同心の取調べの間も緊張して、後生大事に捕縛の縄を握りしめている。277参照。

282 **みの市に出て里扶持《さとぶち》を取《とつ》て行《ゆき》**　仕合《しあわせ》な事〳〵

蓑市《みのいち》は、浅草三社祭の翌日、三月十九日（三社祭のない年は十八日）、雷門前に、近在の農民が蓑を売りに出た市。句は、里子を預かっている百姓が、この蓑市に箕を売りに出たついでに、江戸の親許に立ち寄って、里子の養育費を貰《もら》って帰るというのである。

283 **はりもの丶杭《くい》を舂屋《つきや》が打《うつ》て遣《や》り**　ひゞきこそすれ〳〵

裏の空地あたりで精米中の舂米屋（88・103参照）であろう。洗い張りの女性たちが、伸子《しんし》張り（118参照）の布を干すのに使う杭をうまく立てられず大騒ぎしているのを見て、まさに日頃の杵柄《きねづか》で、「ちょっとかしてみな」とばかり、槌《つち》を取って、しっかりと杭を打ちこんでやった。

284 **朝湯には一人か二人通りもの**　仕合《しあわせ》な事〳〵

朝湯には、一人か二人勇み肌の通りもの（54・261参照）が入っているものだが、あれは徹夜で博奕をしたあと、そのまま風呂屋へやって来たのである。一般人とのサイクルの違いが、おもしろい。現代なら、徹マンのあと、出勤の人々とすれ違いながら、サウナへ入るといったところ。

285 **鳥追ひは笠を一寸〳〵《ちよっちょ》とばちで上げ**　もしや〳〵と〳〵

鳥追いは、正月に、新しい木綿物を着、編笠を目深にかぶって、手甲《てっこう》に日和《ひより》下駄といういでたちで、三味線を弾き、家々の門付けをする女芸人。心中未遂などで非人に落ちた粋な女が多く、物を見るために、ちょっちょっと笠を持ち上げるのにも、手を添えるのではなく、撥《ばち》を使うあたりに、玄人っぽい身ごなしが感じられる。

286 **わんとはし持つて来やれと壁をぶち**　ひゞきこそすれ〳〵

今日は鍋物でちょっと珍しいから、皆でつつこうと、隣の一人者にも、ドンドンと壁を叩いて案内に及ぶ。しかし、長屋住いのこととて余分の椀《わん》や箸《はし》などは無いので、椀と箸は持参してもらう。壁一重隔てて隣の気楽な長屋住いである。

壱人者《ひとりもの》椀をたゝいてとなりへ来　（明和二）

287 **玉のこし大きな殿のかつぎもの**　げびた事かな〳〵

氏《うじ》もない下賤の身から、玉の輿《こし》に乗ったお妾《めかけ》。殿は、その美貌に魅かれたわけだが、それはほんの表向きで、すぐに育ちがあらわれて、美貌を武器に好き勝手、殿も大変な厄介物をしょいこんだものである。

○かつぎもの＝厄介もの。「輿」の縁で用いた。

288 **緋《ひ》のはかま足のあまりもしづかなり**　たづねこそすれ〳〵

男の長袴は、活発に引きずって歩くが、官女は動作もしとやかゆえ、その緋の袴も、物静かにひきずって歩く。袴の裾を、「足のあまり」と表現した。

289 **相傘《あいがさ》を淋《さび》しく通す京の町**　まことなりけり〳〵（17ウ）

江戸の市中は、男女が相合傘で通ろうものなら、さんざんに毒舌が飛び交って大変な騒ぎである。しかし、人情の柔和な京の町では、そんな毒舌の降ることもないであろうが、それでは何となく物足りない感じがする。

川柳によくある京と江戸の比較。『武玉川』三篇には、

「気違を淋しく通す京の町」の句がある。

相傘はだまつて通すものでなし　（柳二〇）

290
間夫《まおとこ》のはだしはきつい不首尾也《ぶしゆびなり》　たづねこそすれ〳〵

密通の現場に、亭主が帰って来て、履物をはく暇もなく、あわてて裸足《はだし》で逃げだす間男。大変な失敗である。

間男の不首尾はこぼし〳〵にげ　（末一）
（あわてて途中で抜去）

291
薬迄《まで》春は目出《めで》たくのんでさし　まことなりけり〳〵

薬を飲むなどということは、あまりめでたがらぬものであるが、新春の屠蘇散（元旦に、酒に浸して飲む薬。一年の邪気を払い、寿命を延ばすという）だけは、薬なのに、めでたく新年を祝って飲み、また人にも指す。

元日に目出度遣《めでたくつか》ふさじかげん　（安永六）

○春＝新年をいう。

292
ぶちまけて二足《ふたあし》にげる炭俵　げびた事かな〳〵

かついで来た炭俵を、炭箱の中にぶちまけると、炭の粉が散ってモウモウと黒煙。「オッとドッコイ」と、あわてて二足さがる。こんなに炭の粉が落ちるようでは、この炭、どうやら安炭のようである。

293
のろうやつどこぞかつらに申《もう》ぶん　ふとゐ事かな〳〵

執念深く怨みを抱いて、人を呪い殺そうなどという奴は、たいてい、その面《つら》にどこぞかしら難点があるような人物が多いものである。劣等感が内にこもるので、陰鬱な精神状態に陥りやすいというところであろう。

○申ぶん＝難点。文句を言いたい点。

294
ぬけ参り笠をばかぶるものにせず　げびた事かな〳〵

抜け参りは、少年等が、親や主人の許しを得ずに家を抜け出し、伊勢参宮をすること。柄杓《ひしやく》と菅笠を持ち、金銭・食糧の施しを受けながら道中する。したがって、菅笠は普通頭にかぶって旅をするものであるが、抜け参りは、施行《せぎよう》を受けるためのものとして笠を使うというわけである。

ぬけ参りまつさかさまに笠を持《もち》（宝暦十三）

（笠を裏返して上向けにし、物を貰《もら》う）

295 **名《みよう》代《だい》はなだめつくして呼びに行《ゆき》**　たづねこそすれ〳〵

吉原では、一人の遊女に客が重なった場合、相手の出来ない客に対しては妹女郎を「名代」として出した。しかし、名代に手を出すことは禁物とされていたので、揚代はとられるわ、お目当てとはいちゃつけないわで、客としては大変な不満である。「おれはもう帰る」と、いきり立つのを、名代は、あれこれと手を尽してなだめておき、あわてておいらんを呼びに行く。

名代をもふかへらうの番につけ（傍一）

296 **品川でなげ入《いれ》にする目黒花**　まことなりけり〳〵

目黒不動尊の祭礼（正・五・九月の二十八日）には、参詣のついでにちょっと足をのばして、品川の飯盛女郎を買って帰ろうなどという手合いが多い。しかし、店にあがるには、土産に買って来た目黒名物の餅花（柳の枝に赤・白・黄の餅を花のようにつけた縁起もの）が邪魔になるので、そこらの花瓶に投げ入れのように挿しておいてもらうことであろう。

○なげ入＝花留を用いずに無技巧風に花を挿す活け方。○目黒花＝目黒の餅花を「投げ入れ」の縁で、花に見立てた表現。

297 **いものかわでもむこふかとじやまに成《なり》**　たづねこそすれ〳〵

八月十五夜は、芋名月ともいい、里芋の子を供えて、これを食した（『本朝食鑑』）。この月見の宴の下ごしらえに忙しい台所へ、亭主がやって来て、「芋の皮でもむこうか」などと、雨の降るようなことを言うのは、さしづめ今晩吉原へ出かけようという後めたい魂胆から、女房の機嫌取りをしておくのに違いない。

十五夜は、吉原も紋日（特別の行事日）で、馴染《なじ》みの遊女に登楼をねだられたりすると、男たるものなかなか断わりきれないのである。

298
切先《きっさ》きで麦わら笠の直《ね》を付《つけ》る　たづねこそすれ〳〵（18オ）

東海道大森の宿の名物、麦藁《むぎわら》細工の笠を、木刀の切先きで指し、「これはいくらだ」などと値段をたずねているのは、大山参りからの帰路の者とわかる（401頁参照）。

相摸大山へ参詣祈願の者は、木刀の納太刀《おさめだち》を奉納し、帰りには他人が納めてある太刀を持ち帰って守護とした。

　切先きで鑓《やり》の直《ね》をする山がへり　（柳四八）

（鑓も、大森で売られた玩具。竹に麦藁細工をしたもの）

299
文枕《ふみまくら》たわけな夢を見るつもり　まことなりけり〳〵

思い交わした遊女の文を枕にあててねむるとは、さぞかし、その遊女と情痴の限りを尽している夢でも見るつもりであろう。

文枕の句は、川柳評よりも、むしろ他評の雑俳や江戸座に多い。

　斯《こう》寝たら嬉しからふと文まくら　（菊丈評　明和二）

300
うしろ疵《きず》うけたで弟子は皆はなれ　ふとゐ事かな〳〵

剣術の師匠。日頃えらそうにしていても、後疵を受けてしまっては、論より証拠で信用まるつぶれ、弟子たちは皆来なくなってしまった。

○うしろ疵＝（逃げたために）後から切りつけられた疵。

301
お妾《めかけ》の剃《そっ》てはじめるむごらしさ　まことなりけり〳〵

殿の死後、家中の同情は奥方に集まり、妾などは、どうせ玉の輿が目当てと、軽く思われていたのが、殿の供養に身をささげんと剃髪をしてお経を誦み始めたりしたので、若い身空で痛ましいことだという同情が湧き起こった。

　若後家の剃《そり》たいなど丶むごがらせ　（柳初283）

○むごらしさ＝痛ましさに不憫《ふびん》の情を禁じ得ない状態。

302
升《ます》わなをいひ付けて出る狐釣り　ふとゐ事かな〳〵

狐釣り（38・231参照）は、家の者に、「鼠罠《わな》をしっかり

277　自身番（『大仏餅東総仏名所』）

298　大森麦藁細工（『江戸名所図会』*）

しかけて置けよ」と、注意してから、狐罠の獲物をたしかめに出掛けることであろう。

鼠の油揚を狐の罠に仕掛けるので、狐を捕えるには、まず鼠を捕える必要があると、人の気の付かぬ所に目を付けた句。しかし、外でも罠、うちでも罠とは、商売とは言え、重なる殺生である。

○升わな＝升を棒で支え、中に餌を置いて鼠をおびきよせ、棒に触れると升が落ちて鼠を捕えるようにした仕掛け。升落とし。

303
来た月を入れてはつ〳〵ぐらい也《なり》　　たづねこそすれ〳〵

花嫁の懐妊。随分早いと、指折り数えてみると、嫁に来た月を入れて、ようやく勘定が合おうという次第。あやうく、とんだ疑いがかかるところであった。

○はつ〳〵＝かろうじて間に合う様。やっと。

304
女房のいけん壱歩《いちぶ》がまきをつみ　　まことなりけり〳〵

遊女遊びの亭主に、「あなたは平気で一分を使いますが、薪《まき》を買えばこんなにたくさんありますよ」と、一分の薪を積み上げての理詰めの意見。亭主としては、二の句のつげぬ所であるが、心のうちでは、「なに槙《まき》が抱《だい》て寝られるものか」（小咄『近目貫』）といったところであろう。『武玉川』十篇に、「壱分《いちぶ》が薪を積《つん》で諫言《かんげん》」の先行句がある。

305
夜夜中《よるよなか》二三度くるふあら世帯《ぜたい》　　ふとゐ事かな〳〵

二人だけでくっつき合った出来合い夫婦の新世帯（169・249参照）であるから、家人の目を気にするなどということは毛頭なく、夜夜中でもお構いなしに、二、三度狂い合う。

306
帰るちよき赤とんぼうと行違ひ　　たづねこそすれ〳〵

秋の隅田川夕景。吉原への客を送り届け、夕陽を浴びながら、隅田川を川下へ漕ぎもどる猪牙舟《ちょきぶね》。その上を、ちょうど行き違うように北向きに、川上へ向かって赤蜻《とん》蛉《ぼ》の群が飛んで行く。

○ちよき＝吉原通いの（舟足の早い）小舟。柳橋の舟宿から隅田川を遡り、山谷堀まで客を送迎した。

307
つぶしたですまして常の飯を喰《く》ひ　たづねこそすれ〱（18ウ）

すまし汁というのは、ちゃんとした料理を食べる時のものだが、身代をつぶした者は、何も入っていない、まさに「すまし汁」で、日常の飯を食べている。

「女郎買の糠味噌汁（遊女に金を使って、我が家では糠味噌をといた汁をする）」というが、これは糠味噌も入っていない汁で、それを「すまし」と洒落たのであろう。

308
あつけない壱分《いちぶ》が蛍飛びしまひ　まことなりけり〱

吉原で、一分という高い金を払って買った蛍も、籠から放すと、ほんのしばらく目を楽しませてくれるだけで、あっけなく飛び去ってしまう。遊女や禿《かむろ》にせがまれての散財。

吉原では、角町《すみちょう》の角の通称肴《さかな》市場で蛍を売った（『古今吉原大全』）。

よし原は何でも壱分する所　（傍四）

309
夕顔は大工《だいく》のたてぬ家に咲《さき》　げびた事かな〱

『源氏物語』の昔から、夕顔は、あやしの小家に咲くものと相場が決まっている。軒の傾いたような粗末な藁《わら》葺《ぶき》屋根の夕顔棚の景。

近世期では、「たのしみは夕がほ棚の下すゞみ男はてゝら（腰までしかない着物）女《め》はふたの（腰巻き）して」の歌が著名で、これにもとづく画題も成立していた。

310
ほれ帳を九十九夜《くじゆうくや》めにけして置《おき》　ふとゐ事かな〱

深草の少将は、百夜通ったら意に従おうという小野小町の言葉を信じ、雨の日も風の日も毎夜小町の許に通うが、九十九夜目に凍え死んでしまったという。それを聞いた小町は、遊女の客帳ならぬ、多くの惚れ手の名前を書いた惚れ帳でも取り出し、少将の名前を消しておいたことだろうとの句。

咄本『軽口耳過宝』所収の「手帳小町」という小咄が

同想の先行作。

311 **女房へ乳《ちち》だ〳〵と追《お》つつける**　たづねこそすれ〳〵

子供がおとなしくしている間は、亭主も機嫌よくあやしているが、いったん泣き始めると、どうにも手に負えない。処置に窮して、「乳だ乳だ」と女房へ押しつげる。

女湯へおきた〳〵とだいて来る（柳四131）

○追つつける＝押っつける。

312 **はり物をはづすにごまのはねる音**　たづねこそすれ〳〵

乾し上って、ピンと糊の利いた洗い張りの布から、伸《しん》子《し》（353参照）をはずす音は、胡麻を煎る時、胡麻がパチパチとはねる音にそっくりである。意外なものの類似性を指摘したおもしろさ。

313 **田楽の二筋《ふたすじ》めにはこきあげる**　げびた事かな〳〵

田楽も一筋めは、そのまま口へ入れたが、串の先のほうがちょっと触って邪魔である。それで二筋めからは、口で串の先の方へ豆腐をこきあげておいて、パクリとやる。

当時、田楽は隅田川の真崎稲荷の境内にあった甲子《きのえね》屋の豆腐田楽が有名であった。

314 **野ばかまでこじりはねたが御用達《ごようたし》**　まことなりけり〳〵

武家用の野袴をはきながらも、さした刀の鐺《こじり》が上向きになるまでに腰を低くしているのが、御用達商人である。

御用達は、幕府や諸藩お抱えの出入り商人で、俸禄を給され、苗字帯刀を許された者もおり、また金銭の調達にも関わるなど、町方身分の中では特権的存在であったが、あくまで出入り先に取り入ることは忘れない商売人である。397参照。

○野ばかま＝裾を黒ビロードなどで縁取った袴。作事方（建築方）の役人や、また武家が旅行・火事装束などに着用した。○こじり＝刀の鞘《さや》の先端部分。426参照。

315
天神に廿《にじゅう》五《ご》匁《もんめ》おもしろし　まことなりけり〳〵

上方の天神という階級の遊女は、揚げ代が銀二十五匁であったので、天神様の縁日、二十五日にちなんで、「天神」と呼ぶようになったというが、まことにおもしろい洒落である。

上方の遊女の位は、太夫（松の位）・天神（梅の位）・鹿恋《かこい》（鹿の位）という順になっていた。

316
張物に娘はにくい腰をいれ　ふとゐ事かな〳〵（19オ）

洗い張りの布に、伸子《しんし》を留めてゆく際、布の下へ下半身を入れるようにして仕事をする。ちょうど年頃の娘が、腰をわってその作業をしている様に、ついあらぬ事を想像してしまったのである。まだ処女であるだけに、一層エロティシズムを感じるというところであろう。洗い張りは、118・283・312参照。

317
せきぞろにわかれて乳母《うば》は泣出され　たづねこそすれ〳〵

歳末の門付け芸人の節季候《せきぞろ》は、おかしな風体《ふうてい》をして、はやしたてるので幼児などはことに興味を示す。そこで乳母は、抱っこをして家々を巡り歩く節季候のあとをついて行ったが、やがて隣り町へかかるので、もうこの辺でと、引き返すと、子供はまだ見足りないと見えて、泣出してしまった。

○せきぞろ＝歳末に、羊歯《しだ》の葉を挿した笠を被り、二、三人連れでささらを摺るなどして、米銭を乞うた門付け芸人（417頁参照）。

318
ふんどんをはり合もなく嫁は取り　まことなりけり〳〵

正月遊びの宝引《ほうびき》。何本もの縄のうち、橙《だいだい》のついている縄を引くと当りである。この当り縄の先についている橙などを「分銅《ふんどん》」と言った。子供などは、宝引を大喜びするが、つつしみ深い嫁は、当り縄を引き当てても、別にはしゃぐでもなく、何とも張り合いのない次第である。

ふんどんがのろ〳〵と来るよめのなわ　（安永四）

319
物思ひ藪入《やぶい》り已後《いご》の事と見へ　たづねこそすれ〳〵

三篇18ウ

どうもこの頃、物思いにばかり沈んでいるが、思えば藪入りに生家へ帰って以後のことである。さては里帰りの折に、好きな人でも出来たものに違いない。腰元奉公などの女性であろう。

320
村で聞きや大僧正も血の余《あま》り　たづねこそすれ〱

今は生き仏のようにあがめられている大僧正であるが、生まれ在所の村で昔のことを聞いてみると、子だくさんな貧農の末っ子に生まれて、寺へ上げられたということであった。まことに禍福はあざなえる縄の如きである。

○血の余り＝末っ子をいう。

321
料理人いつそ池だとつまだてる　たづねこそすれ〱

邸宅の宴会に出張の料理人（11・46参照）。多人数の料理となるので、魚をおろす量も多く、よごれを流す水も大変な量である。終る頃には、流れ切らない水があたりにたまり水びたしの有様。料理人も思わず、「イヤ、これはまるで池のようだ」と爪先立って、あとかたづけである。

○いつそ＝全く。本当にまあ。

322
来年の樽に手のつく年わすれ　たづねこそすれ〱

忘年会の調子がはずみ過ぎ、用意した酒では、足りなくなって、えいままよとばかり、正月用の酒にまで手がついてしまった。年忘れは、55参照。

323
こま犬にかぶせて拝む三度笠　まことなりけり〱

道中、神社の前を通りかかったが、中まで入って参拝する余裕もなし、ちょっとここで失礼と、鳥居の外の狛《こま》犬の前で笠を脱ぎ、手に持ったままでは拝めないので、狛犬にかぶせて、パンパンと柏手を打つ。＊

○三度笠＝飛脚・旅商人などが被った深い編笠。

324
小間物や少しよけいにかぎをさげ　たづねこそすれ〱

小間物屋（155参照）は、平たい重ね箱や、引出しが幾重にもついた箱を高く重ねて商いに来るが、中には高価な品もあるので、鍵がかかるようになる引き出しもあったと見える。どうも、使わない余計な鍵まで持っているようだが、あるいはあれは、張形《はりかた》の秘具を収めた小箱の鍵でもあろうか。

小間物屋は、男根の形に作った淫具の張形も密かに商った（662参照）ので、川柳には多く、それが詠まれている。

325 **樽代《たるだい》がすむと無用の札を張《はり》**　げびた事かな〳〵（19ウ）

樽代は、家を借りる際、家主に支払う礼金のこと。この樽代がすむと、さっそく大家は、貸家がふさがったという意味で、貸家札の上から「無用」という札を張りつける。

326 **なまぬるい鉢巻をする銭車《ぜにぐるま》**　まことなりけり〳〵

銭車は、上方出身者の多い両替屋の店員が銭を運搬するために引く車であるから、一般の車引き（415参照）のように、威勢よく、大はりきりで、女性を見ると下卑た毒舌を降らすなどということもなく、誠におとなしいものである。それを、「なまぬるい鉢巻」と表現した。694参照。

京だんでなまぬるく引《ひく》銭車　（宝暦十二）
（京言葉で……）

327 **金《かね》ふきはふりに成《な》るのがしまひ也《なり》**　まことなりけり〳〵

金貨の鋳造職人は、金《きん》の持ち出しがないように身体検査を受けるので、褌《ふんどし》まではずして陰部を露出するのが一日の仕事の終りということになる。いかにも川柳らしい目のつけどころである。

○ふり＝褌などをせず陰部を露出した状態。

328 **夜《よ》講釈《ごうしやく》張飛《ちょうひ》びいきはほうかぶり**　げびた事かな〳〵

張飛は、「三国志」中の人物。勢い奔馬の如く、声《こえ》雷に似るという。血気の勇者で、敵の大軍を一人で退けたりする、酒好きの直情径行型の侠者である。講釈で語られる「三国志」中の、この人物を大のひいきにしているのは、自らもそうした向う見ずタイプである、頰かむり

三篇19オ

をした勇み肌の兄イというわけだ（417頁参照）。

329
穴市《あないち》の助言《じよごん》しに行《ゆく》いしやの供　たづねこそすれ〳〵

医者の往診に従って来た供が、往来で穴一の遊びに興ずる子供を見掛け、診察が済むまでの暇つぶしに、昔とった杵柄《きねづか》とばかり、助言に出かける。

あないちに野郎の交るみともなさ（傍一）

○穴市＝離れた所から、ムクロジの実などを穴へ投げ入れたり、ぶっつけたりして勝負を争う遊び。穴一。○助言＝勝負ごとに傍から口出しすること。穴一の助言というところがおかしい。

330
一寝《ひとね》入《いり》ねせて夕べのいけんをし　たづねこそすれ〳〵

明け方になって、酒の匂いをプンプンさせて寝床にもぐりこんだ朝帰りの亭主を、とにかくそのまま一寝入りねかせて、眼がさめたところで、「夕べは一体どこでどういうことをしておいでだエ」と、みっちりととっちめる女房。帰宅後すぐにとっちめるのは逆効果というわけである。＊

331
母おやもともにやつれる物思ひ　まことなりけり〳〵

年頃の娘が、鬱々と物思いに沈んで、物も言わず、食事もろくに進まない。次第にやつれてゆくそんな娘の姿を見ていると、母親も心配で心配で、我が身も共にやつれんばかりである。

332
有《あ》るときは白く寝て居る通り者　げびた事かな〳〵

博奕《ばくち》で徹夜をするのが、通り者の常である（284参照）が、たまには、素人風に、普通の時間に寝ているような事もあるというのであろう。54参照。

○有るとき＝或る時。○白い＝素人風だ。

333
夕あぢは丸でうちんでゐつて取《とり》　たづねこそすれ〳〵

夏の夕べ、夕鰺《ゆうあじ》と称して、夕河岸にあがった鰺をその足で売り歩いた。次第に濃くなる夕闇の中で、なるべく生きのいいものをと、丸提灯を提げて、魚を撰り取る。

25参照。

334 **三味せん屋高利の方はつき合《あわ》ず**　せわな事かな〱（20オ）

三味線屋は、商売柄、遊芸で身をたてている座頭とは、つきあいがあるが、同じ盲人でも高利貸専門の座頭とは、つきあいがない。28参照。

335 **産《さん》あげく夫遣《おつとつか》ふがくせに成《なり》**　まことなりけり〱

産褥《さんじょく》の間、大切な出産に備えて、一家は産婦中心に回転する。ふだんは威張っている亭主も、この時ばかりは、女房の言うことを唯々諾々と聞いてくれる。産後しばらくも、この習慣がぬけず、つい夫をこき使ったりする。

産籠《さんかご》の内でてい主《しゅ》をはゞに呼び　（柳初643）

○あげく＝物事が終了した結果。

336 **座《ざ》頭《と》の坊《ぼう》久しぶりじやと丸められ**　たづねこそすれ〱

借金の取り立てにお屋敷におもむいた座頭。催促を言いださないうちに、「久しぶりじゃ、まあ一杯……」などと、先手をうたれてうまく丸めこまれ、催促はついお流れになってしまった。これは、借り手の方が一枚上手である。時代は下るが、円朝『真景累ケ淵』の「宗悦殺し」に、ちょっと似た場面がある。

○丸める＝巧みにいいくるめる。「座頭」の縁語で用いた。

337 **ばんあたりちつと来給へどれも下手《へた》**　ふとゐ事かな〱

「晩あたりに、ちっと来給え」などと、いっぱし強そうなことを言って、相手を誘っているような連中は、勝負事好きとはいえ、いずれヘボの部類である。

338 **傘《からかさ》は八日の手つけ十二日**　まことなりけり〱

八日と十二日は、薬師の縁日。江戸では、茅場町山王《さんのう》御旅所《おたびしょ》内の薬師堂が有名であった。この薬師堂前には、傘屋が多かったので、八日の縁日に参詣の折、手付け金を置いて傘を注文し、十二日の縁日に出来上りをもらって行くだろうとの句。

339
いふ所《とこ》でいふはと宿《やど》は下女をねめ　たづねこそすれ〳〵

男女関係のとがで、暇《いとま》の出た下女を、このまま泣き寝入りはさせじと、身元引受人になっている請宿《うけやど》（宿。奉公人斡旋業者。223参照）が、奉公先に連れて来ての直《じか》談判。しかし、主人側はぬらりくらりと逃げ腰なので、こうなったら最後の手段と、「これではどうも、埒《らち》があかぬ。いうべき所へ訴え出ようわい」と、下女をにらみつけて、奉公先へ凄味の演技である。

出た下女を又《また》つれて来るむつかしさ　（安永五）

○ねめる＝にらみつける。

340
市過《いちすぎ》の嫁喰《くい》つみで引き合《あわ》せ　ひろげこそすれ〳〵

十二月十七、十八日の浅草の年の市を過ぎて貰《もら》った持参金つきの嫁。どうせ金繰りに困っての即席成婚ゆえ、どこの商家も目の廻るように忙しいこの年末に広く親戚縁者を招いての婚礼などとてもしている余裕はない。やっと新年を迎えて、ホッと一息ついてから、年礼に訪れる客に、年賀旁々《かたがた》の御披露目の挨拶となった。

○喰積《つみ》＝年賀客に出す取り肴《ざかな》。

341
羽二重《はぶたえ》はよわいつよいの沙汰《さた》でなし　すいな事かな〳〵

羽二重は手ざわりや着映えのよさこそが命なのであり、その生地の強弱は問題外というわけである。

素磨に、「羽二重や花ならさくら絹の王」（『誹諧世吉の物競』）という発句もある。なお、当時の吉原遊びは、黒羽二重が粋とされていた。

342
水を汲む音のきこえるわかれ酒　すいな事かな〳〵

わかれ酒は、遊女との後朝《きぬぎぬ》に取り交す酒。早朝のこととて、あたりはまだ静まり返っている中で、朝餉の仕度のために井戸から水を汲む音だけが聞こえてくる。味な世界である。

鼻紙で起す火鉢の別れ酒　（柳九一）

343
張物の大蛇に見へるつむじ風　持ち上《あげ》にけり〳〵（20ウ）

つむじ風が、伸子《しんし》張りの布を襲い、空中高く巻き上げた。細長い布に伸子の並んでいる様は、まるで大蛇の腹のようである。張物は、118・283・312・316参照。

張物がへんぽんとして嫁さはぎ（柳三五）

344 **軍学も紙帳《しちよう》でするはすばらしい**　ひろげこそすれ〳〵

紙帳は、紙で作った蚊帳で、主に下女などが用いた。句意は、はっきりしないが、その下女の紙帳に対して、どのように攻めればよいか等と、夜討ちの秘策をあれこれと練っているのは、まったくあきれ果てた軍学である、というのであろうか。

○すばらしい＝驚いた。あきれた。ひどい。当時は、望ましくない有様をいう。

345 **ぶら下げて首尾よく仕廻《しま》ふ年男**　せわな事かな〳〵

年男は、豆撒きから神棚の飾りつけ、また若水汲みと、新年の諸儀式を行なう役目の者。恵方棚に注連縄《しめ》を引き渡し、中央に橙《だいだい》をぶら下げて、取り敢えず正月を迎える準備をめでたくすませたというのであろう。

346 **さる廻《まわ》しつかんで出ると肩を出し**　ひろげこそすれ〳〵

芸を終った猿が、もらった御祝儀の銭をつかんで出てくると、猿廻しは、自分の肩を出して、ヒョイととまらせる。なかなかうまく仕こんであるものだ。

さる廻しもらふと後《うしろ》見せて行き（柳二三）

347 **弐三歩《にさんぶ》がすゞめを納所買《なつしよかい》に出る**　せわな事かな〳〵

寺の雑務を預かる納所（87・219参照）は、放生会《ほうじようえ》（生物を池川山林に放って供養する法会）が近づくと、放ち雀が必要となるので、その仕度にと、二、三分ほどの雀を買いに出かける。おごそかな宗教行事の背後に在る現実を穿《うが》った。

348 **女房のかたうでになる茶をほうじ**　せわな事かな〳〵

茶店を営む女房の傍らで、手伝いに茶を焙《ほう》じている亭主。通常の夫婦とは逆で、女房が主役、亭主はその片腕となっての働き、まことにあっぱれ世話亭主ぶりである。632も類似。

349 **よくどしい所《ところ》で〆《しめ》る小間物や**　ひろげこそすれ〱

鼈甲《べっこう》や象牙などの高級品をとにかく手に入れたいという女性客の物欲をうまく利用して、「本来ならばこれこれの値段のところを、お得意様ゆえ特別に値引いて……」などと、うまいことを言い、それほど安くもない品を、何だか得をしたような錯覚を与え、ちゃっかりと利益をあげるのが、小間物屋の商法である。

うれしがる・顔へ付け込むこまものや　（宝暦八）

○よくどしい＝欲が深い。○〆る＝利益を得る。

350 **乳母《うば》が灸《きゆう》そばに泣き人《て》がついて居る**　せわな事かな〱

養生のために灸を据えている乳母の傍で、「乳母にお灸を据えちゃあ駄目だ」と、自分のことのように、坊ちゃんがワンワン泣きわめいている。いつも、「おいたをするとお灸を据えますよ」などとおどされているものだから、愛する乳母が大変な拷問を受けているように思うのである。

351 **寒《かん》念《ね》仏《ぶつ》首じつけんの時もあり**　すいな事かな〱

寒念仏は、寒の夜中三十日間、念仏を唱えながら、仏寺に詣でたり、家々の門に立って報謝を乞うた仏道修行をいう。十二月十四日、赤穂義士の討入りの日も、折からの行中に行きあわせ、吉良上野介の首を目のあたりにしたというようなこともあったに違いない。＊

○首実検《じっけん》＝討ち取った首を本人であるかどうか確かめること。

352 **桶《おけ》ぶせに成《なる》ほど今はさがらせず**　すいな事かな〱　（21オ）

昔は、吉原で揚代金の支払いが出来ないものに対し、桶を逆にして、その中へ閉じこめる「桶伏せ」という私刑があったが、今は、桶伏せになるほど未払いのまま遊興させたりはしない、世知辛い御時世となった。

この桶伏せの風習は、早く廃《すた》れたとされており、『眉斧日録』に、「桶ぶせもなき今のよし原」という句もあるほどである。

○さがる＝勘定が未払いとなる。借りになる。

353
しんしうり御堅勝《ごけんしょう》かとこしをかけ　ひろげこそすれ〳〵

張り物に使う伸子《しんし》を売る伸子売りは、江戸近郊から出向いてくる細民の業で、年中売りに来るものではなく、洗い張りをする夏季の前に、得意先を廻ってやって来たもののようである。年に一度程度しか会わないので「お元気でいらっしゃいますか」との挨拶をするわけである。

扨《さて》つゞきますするとは入《い》るしんしうり　（明和四）

（「雨が続きます」と挨拶。夏前の梅雨時季に売りに来たのであろう）

○伸子《しんし》＝洗い張りの時、布の両端に刺し留めて、布地を張り伸ばす竹ひご。118・283・312・316参照。

354
髪置《かみおき》は乳母《うば》もとつちりものに成《なり》　せわな事かな〳〵

三歳の髪置きの祝いに、今日まで無事育てあげた乳母は、大の功労者。めでたい、めでたいの献盃が重なり、つい乳母も喜びが手伝って盃を過ごし、酔っぱらい（とっちりもの）になってしまった。

髪置に乳母も強気《ごうぎ》な髱《たぼ》を出し　（柳初351）

○髪置＝幼児が三歳に至って髪をのばし始める儀式。十一月十五日、また十一月中の吉日に行なう。

355
こしかけて仕立物《したてもの》する茶やのかゝ　持ち上《あげ》にけり〳〵

縫物はたいてい、坐ってするものであるが、茶屋のおかみの縫物は、客の途切れた合間に、ちょっと上り端に腰をかけての、あわただしい仕立物である。244参照。

せんどのをまだ縫って居る茶屋女　（柳八430）

○かゝ＝女房。おかみ。

356
乳母《うば》が宿《やど》歯をむき出して壱分《いちぶ》取り　せわな事かな〳〵

主人などが、無理矢理乳母に手を出したのであろう。乳母の通報に、身元保証人の請宿（223・339参照）があらわれ、さんざん不行跡を罵《ののし》って、一分の慰謝料を巻き上げた。

たて板に水を流して一分とり　（安永四）

○歯をむき出す＝怒り罵る様。

357
宿下《やどさが》り供の呑内《のむ》ふみを書き　せわな事かな〳〵

御屋敷奉公から、実家へ宿下りで帰って来た娘。平素何かと世話になり、また今日は我が家まで付き添ってくれた供の者に、酒肴を供して一休みしてもらっている間、手早く、お仕えしている主人宛、無事生家へ帰着の一報を認める。折り返し御屋敷へ戻る供の者に、託すのである。

藪入《やぶいり》の供へは母がのんでさし　（柳初465）

358
諷《うた》講《いこう》仕廻《しま》いに文字《もじ》をのぞまれる　すいな事かな〳〵

諷講は、同好の士が寄り集まって謡を習う会。真面目《まじめ》に謡をやったあとの息抜きにと、日頃豊後節にも凝っている男がやり玉にあげられて、今流行の文字太夫の曲節を所望された。

○文字＝常磐津文字太夫の節。文字太夫は常磐津の祖で、富本とともに、豊後節の一派。当世風の江戸浄瑠璃として大いに流行した。

359
木戸番は二重廻《ふたえまわ》りのほうかむり　持ち上《あげ》にけり〳〵

芝居小屋の木戸口で、狂言名題と役人替名を読みあげ、また声色《こわいろ》を使ったりして人寄せをする木戸番は、十一月の顔見世興行の折には、立女形から給される綿入羽織に頬被りの手拭、そして扇を持って読み立てをするが、その頬被りは、六、七尺の長さで、二重に廻して頭の上で結ぶという代物であった。

木戸番のあたまでむすぶほうかぶり　（柳五349）

360
草市につるべた銭はとらぬ也《なり》　せわな事かな〳〵

お盆に用いる品を売る草市（255参照）は、ごく安いものばかりであるから、銭緡《ぜにさし》（635参照）につないだままの支払いなどは、一つもないというのである。

草市はたいがい百であるつもり　（柳四195）

○つるべる＝（銭を）緡に通す。緡は、百文緡が基本であった。

361
よし町は化けそうなのを後家へ出し　すいな事かな〳〵（21ウ）

男色をひさぐ芳町（273参照）の陰間茶屋には、主に僧侶の客が多かったが、男性に飢えた後家や御殿女中も上客であった。そういう女性客には、若衆としては、もうトウが立って、一人前の男になってしまっているようなのを、お相手として出す。

○化けそうだ＝（変化《へんげ》の能力を持ちそうなほどに）年老いたり古びたりしている。

362 **わが身迄《まで》もちあつかうに禿《かむろ》まで**　せわな事かな〳〵

華やかな遊女も、食物と灯火に銭がかからぬだけで、あとは総て自前とあって、内証は火の車、我が身一つさえ持てあつかう有様である（212参照）。その上に、新造《しんぞう》（101参照）の世話があり、さらに禿（62参照）の面倒が加わって、まことに苦労の種の尽きる時もない。

363 **宿引《やどひき》はあたま数程下げて来る**　せわな事かな〳〵

宿屋の客引は、夕刻街路に出、旅人を我が宿に泊めようと、うるさいまでにつきまとう。見事宿を勧めこむと、さっそく、それぞれの菅笠や荷物を受け取って、自分の宿へ案内するので、その下げて来た荷物の数によって、客の頭数もわかろうというものである。

364 **文覚《もんがく》は一生人の尻をもち**　せわな事かな〳〵

遠藤武者盛遠は、源 渡《みなもとのわたる》の妻袈裟《けさ》御前を誤って殺し、出家して文覚と名乗った。それ以降、隠岐《おき》へ流されて八十歳で死ぬまでの間、あれこれ、人の後押しばかりしていた感じである。まず、高雄神護寺の荒廃を悲しみ、修造の大願を発して勧進に歩いたこと。頼朝に、その父義朝の髑髏《どくろ》を示し、さらには平家追討の院宣まで乞い請けて、挙兵を勧めたこと。平維盛《これもり》の子、六代御前の命乞いをしたこと。また、後鳥羽帝の政道を愁え、その兄、守貞親王を皇位につけようとしたことなど、まことに、世話な事かな〳〵。

○尻をもつ＝後援する。後押しをする。

365 **いしや殿が見切るとくつわがらつかせ**　すいな事かな〳〵

危篤の病人を、医者が見放すと、主人の急変を感じたのであろうか、馬小屋の馬が、轡《くつわ》をがらつかせて、不安そうに騒いでいる。

日頃、可愛がっている動物は、主人の死を感じるという。

366
女房の留守も中〳〵《なかなか》おつなもの　すいな事かな〳〵

たまに、女房が親戚などに泊りこみで出掛けた時などは、多少不自由な面もあるが、それにも増して解放感が大きく、何だか一人者に返ったような気分で、なかなかオツなものである。しかし、このオツな味も、あまり長くは続かないものだ。

一日は女房の留守もおもしろい　（明和三）

367
尺八で五つたゝいておつぱなし　せわな事かな〳〵

男作《おとこだて》の、雁金《かりがね》五人男（雁金の文七・雷《かみなり》の正九郎・案《あん》の平兵衛・極印《こくい》千右衛門・布袋《ほて》の市右衛門）は、揃って腰に尺八をさし、人の喧嘩を買って歩いた。相手を取り巻き、その尺八で叩きのめして放り出したことであろう、というわけであるが、「五つ」で五人男を暗示した手法。

壱《ひと》つづゝぶつても五つくらはせる　（安永六）

368
料理人とぐ内鯉《こい》をおよがせる　持ち上《あげ》にけり〳〵

料理人（11・46・321参照）が、先程届いた鯉を、盥《たらい》に放ち、その鯉を料る庖丁をゴシゴシと研いでいる。やっと水を得た鯉も、あわれ、庖丁を研ぐ間だけの命である。

369
馬喰丁《ばくろちょう》ぱきり〳〵と手をたゝき　せわな事かな〳〵

馬喰丁（中央区日本橋の町名）には、地方から江戸へ訴訟のために出て来る者が利用する公事宿《くじやど》が集まっていた。したがって、そこに宿泊している客は、田地の訴訟などでやって来た百姓が多く、労働で手の平も堅くなっているから、女中を呼ぶのにも、ポンポンとは鳴らず、パキリパキリと手を叩くことであろう。

新田を手に入れて立《たつ》馬喰丁　（柳初70）

328　頬被り姿の勇み
(『夫従以来記』稀書複製会)

317　節季候と幼児(「逸題絵本」)

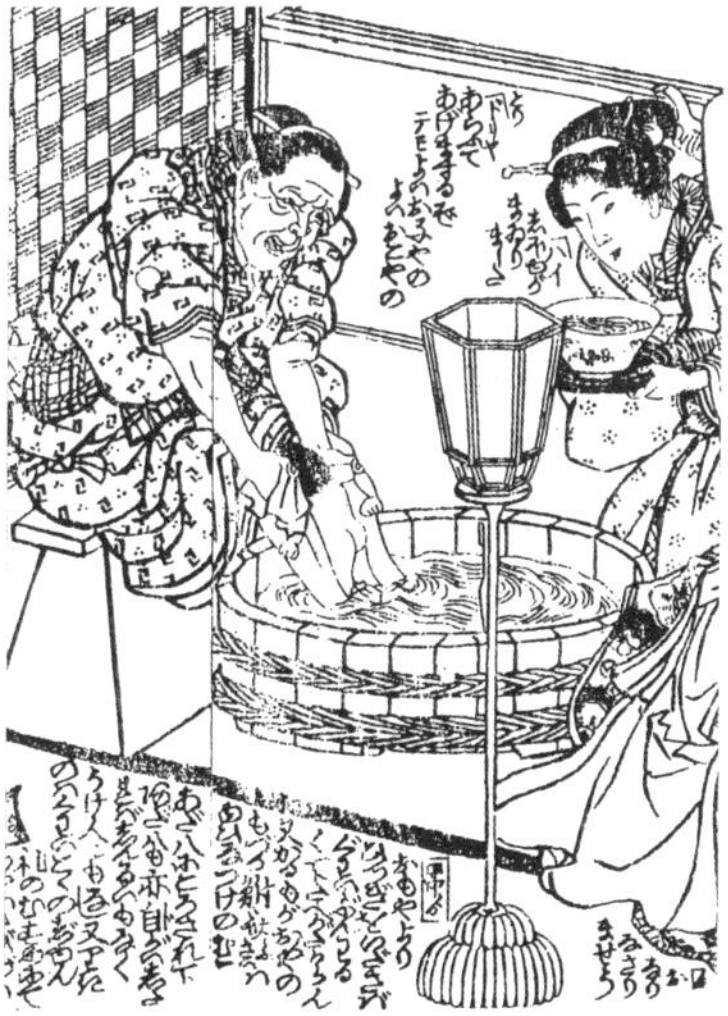

375　取り揚げ婆(『新編金瓶梅』五集上)

374　鳥甲の伶人(「逸題絵本」)

370 **角田川《すみだがわ》あゆめ〳〵と酔だおれ**　せわな事かな〳〵（22オ）

隅田川河畔の向島《むこうじま》また橋場近辺は、当時、行楽の客で賑わった。ここからは吉原も近い。この隅田川で、いい気持ちに酔っぱらい、病気の梅若丸を無理矢理ひったてた人買いの信夫《しのぶ》の惣太《そうだ》よろしく、「さあ歩め歩め」などと、自分の足どりも覚つかないくせに、吉原に繰りこむつもりでわめいている泥酔の者もいる。まことに世話のやけることである。

すみだ川今もあゆめといふところ　（拾四）

○あゆむ＝足をはこぶ。特に江戸語としては、遊里などへ一緒に出かけようと誘う時の語。

371 **拍子木でつつついて見る酔だおれ**　せわな事かな〳〵

夜廻りの最中、往来に引っくり返っている酔払いを見つけた番太郎。万一、行倒れになっていては、あとの始末がまた大変である。ちょっと拍子木で突っついてみて、様子をうかがう。捨子の場合と同じである。47参照。

372 **寝ごい下女車がゝりを夢のやう**　ひろげこそすれ〳〵

川柳の下女は大体、野卑《やひ》で好色と相場が決まっている。だらしなく前を拡げて寝ているのを見かけて、好機到来とばかり、次から次へと新手の軍勢を出して攻め寄せる家中の面々。しかし、当の下女は、昼のつかれで目も醒まさず、夢見心地に何となく人の気配を覚えるのみである。

目がさめてまたぐらをふくねごい下女　（安永五）

○寝ごい＝寝坊な。○車がかり＝一番手、二番手、三番手と次々に軍勢を繰り出して、敵に休みを与えないで攻撃する戦法。

373 **かきつばたぬすめば昼も蚊に喰《くわ》れ**　にぎやかな事〳〵

美しく咲いた杜若《かきつばた》は、とかく花盗人の好餌となったようである。そっと池に入ると、葉陰にひそんでいた蚊が、たかって来る。パチンと音をたてて叩くこともならず、美しい花を得るために大分手足をさされてしまった。

泥坊《どろぼう》に来よふとほめるかきつばた　（玉）

374 **ゑをひろふやうに居眠る鳥甲《とりかぶと》**　はづかしひこと〱

鳥甲は、雅楽の楽人の冠り物。あまり忙しくもない楽人が、それを冠ったまま、コックリコックリ居眠りをしている様は、まるで、鳥が餌《え》をついばんでいるように見える（417頁参照）。

鳥甲の句は、江戸座や雑俳に多い。

375 **取揚《とりやげ》ば丶みそづけ抔《など》で一つのみ**　いわゐこそすれ〱

出産も無事終って、大役を済ませた取揚婆々（産婆）はホッと一息。取り敢えず出産の祝いにと、酒が供される。あわただしい最中で、何の用意もなく、有りあわせの産婦用の食べ物である味噌漬けを肴に、祝杯と相成った（417頁参照）。

○みそづけ＝粥・湯漬け・味噌漬けなどが産婦の適食とされていた。「味噌漬のなくなる比《ころ》は宮参り」（柳八六）という句もある。

376 **草《ぞう》履《り》取《とり》汐干の供が名残《なご》り也《なり》**　にぎやかな事〱

汐干狩は、三月三日の行事であった。そして、翌々日の三月五日は、奉公人の出替りの日となる（439・491参照）ので、渡り奉公の草履取り（2・134参照）にとっては、この汐干狩が当家の奉公納めというところである。

春のこの頃は、貝類の実も肥え、また一年中で一番、潮の干満の差が大きくなる時で、汐干狩にはピッタリの季節なのである。

377 **年わすれよろけて杭《くい》の穴へ落ち**　にぎやかな事〱

年忘れ（55・322参照）に、よほど飲み過ごしたと見えて、正月の門松の用意のため掘ってあった穴へ、ころがりこんでしまった。

けがをしてひつそりとする年忘れ　（明和二）

○杭の穴＝門松はだいぶ大きな穴を掘り、そこに松を立てて、杭で固定する。

378 **本店《ほんだな》の孫とたてつく隠居の子**　はじめこそすれ〱

息子に家督を譲って隠居したあとも、なかなかお盛んで、女にだけは手が早く、老いて生ませた子供は、本店の孫と似たような年頃である。たまにその子を連れて本店に遊びに行くと、年の近い二人はすぐに一緒に遊び始めるが、恐いもの知らずの本店の孫に対しても、隠居の子は遠慮せずに、すぐに喧嘩になったりする。

自分の親である隠居に対しては、本店でも一目置いていることを、隠居の子は子供心に感じているのである。複雑な関係に、うまく目をつけた句。

379

かみゆひのだ口《ぐち》はほうきしよつて逃《にげ》　はづかしひこと〳〵（22ウ）

各戸を廻って髪を結う廻り髪結。店の表を掃いていた下女などを、ちょっとからかって無駄口をたたいたのであろう、「まァいけすかないヨ」などと、箒《ほうき》でぶたれそうになって、あわてて逃げる。

ふし見せのだ口鉄槌《てつつい》しよつてにげ　（明和四）

（ふし見せは、楊枝見世《みせ》のこと。237参照。楊枝をたたく鉄槌でぶたれそうになる）

○だ口＝無駄口。

380

虫干にくすんで見える男もの　はじめこそすれ〳〵

夏の土用に、衣類・調度などを取り出して風を入れ、虫害を防いだ。色とりどりに華やかに干されている女物の着物に混って、男物はくすんで一向にはえない。

381

能《よ》い年をしてとは事の不首尾《ぶしゆび》也《なり》　はづかしひこと〳〵

「まァいい年をして何事ですか」と、女房から、さんざん油をしぼられるのは、女に手を出したが、事露見に及び、一件すべてオジャンと相成った時である。

382

踊子は一《ひと》ばちぬいて蚊《か》をはらい　にぎやかな事〳〵

踊子は、女性の町芸者。三味線をひいている時に、蚊がうるさくまといつくので、口では唄い続けながら、三味線を弾く手を一手とばして、撥《ばち》で蚊を追いはらい、また次の譜からもとの通りに弾き続ける。馴れた撥さばきである。

蚊つくひを詞《ことば》の時に撥でかき　（拾八）

（蚊っ喰《く》いは、蚊に喰われた跡）

383 **す見物其《その》くせ念にねんをいれ**　にぎやかな事〳〵

遊里をひやかして歩く素見物《すけんぶつ》の客は、どうせ遊女を揚げたりしないくせに、熱心に一軒一軒の見世《みせ》を見て廻り、あの遊女はこう、この遊女はああと、なかなかにうるさいことである。653参照。

384 **灯籠《とうろう》にしやばの女のかげはなし**　にぎやかな事〳〵

六月晦日の夜から三十日間、吉原では、玉菊灯籠と称する盆灯籠の行事があった。この行事見物には、亭主に連れられた女房たちもぞろぞろと廓内に入ってくるが、遊女の美しさの前では、素人女はまったく見るかげもない。「灯籠」「かげ」と、縁語仕立てにした。

○しやば＝吉原を極楽に擬し、廓外のあくせくした一般社会をいう。153参照。

385 **ほうばつて置いて禿《かむろ》は下《さが》りんす**　はづかしひこと〳〵

客の飲食した台の物などの膳部を部屋から下げる時、禿（62参照）が階下の若い者に、「下りんす」と声をかけて合図をするのであるが、まだ残っているおいしそうなものを廊下などで、ちょっとつまみ喰いして、口に頬ばったまま声をかけた。これではせっかくのつまみ喰いもばれてしまおうというものである。

386 **供部《ともべ》やを手桶《ておけ》でふさぐ市の客**　にぎやかな事〳〵

浅草年の市（650参照）へ出かけた帰りに、吉原へ繰りこんだ連中。供などは連れていないが、その代り、年の市で買った正月用の手桶が邪魔になるので、それを空いている供部屋（242参照）へ放りこんで、供部屋を一杯にしてしまった。

○手桶＝年の市では正月用の、手桶・すり小木などの台所用品も売った。

387 **喰《くい》かけて下女はへんじをして貰《もら》い**　いわゐこそすれ〳〵

前句からすれば、何か祝い事のある日であろう。それでなくても忙しい下女は、てんやわんやで、自分の食事をしている余裕もない。ちょっと暇を見つけて、食事を頬ばった途端に、また声がかかった。あわてて、側にいる朋輩《ほうばい》に代りに返事をして貰うという滑稽な場面。

388 **出女《でおんな》のかいこんで行《ゆく》やなぎごり**　にぎやかな事〳〵（23オ）

宿屋の客引きをする出女は、旅人をつかまえるとなかなか放さない。なおも抵抗する客には、肩にかけた荷物をさっさと抱え取ってしまい、強引に自分の宿に泊らせてしまう。

○柳行李《やなぎごり》＝旅行の携帯品を入れた行李。

389 **こうの物となりへ漬《つけ》る一人もの**　はづかしひこと〳〵

一人暮らしだと糠味噌桶なども持っていない。そこで、気安くしている隣家の糠味噌の片隅に、自分用の漬物をちょっと漬けさせてもらう。隣の家も我が家のような、気楽な一人者である。95参照。

壱人《ひとり》ものとなりの内《うち》でへんじをし　（明和三）

香のものまな板で喰《くう》壱人もの　（明和三）

香のものさいかくに出る壱人者　（柳八）

390 **銭の無い非番はまどへ顔を出し**　にぎやかな事〳〵

勤番に当っていない、せっかくの非番の日なのに、銭もなく遊びにも行かれない。仕方ないので表に面した武家長屋の窓から、いい女でも通らないかぐらいのことで、ぼんやり外を眺めている下級侍。

銭の無い奴《やつ》は窓から首を出し　（柳五27）

391 **肴《さかな》うり念頃《ねんごろ》ぶりはわたをぬき**　いわゐこそすれ〳〵

何か祝い事であろう、魚をまとめて買ってくれた。魚売りも、ごく懇意な常連のお得意様なので、ちょっと手間をかけて、はらわたをぬき、サービスにつとめておく。現在と違い、通常、魚の腸《わた》ぐらいは主婦が抜いていたのである。

○念頃ぶり＝いかにも懇意らしい親しさを示す。

504・742参照。

392 **けんくわして根こぎにされる切落《きりおとし》**　にぎやかな事〳〵

切落しは、芝居の舞台のすぐ前にある追いこみの大衆席。大当りになると立錐の余地もないほどの大混雑となり、ちょっとした事で喧嘩が持ち上がったりする。それを、留場《とめば》（場内整理係）の若い衆が止めに入り、否応もなく、両者をつまみ出してしまう。

切落し理屈も無理も根こぎ也《なり》　（柳四六）

393
ふり袖に似た山の有るかるい沢　はづかしひこと〱

信州軽井沢の宿場女郎の着る振り袖は、田舎のことゆえ、どうせ上等の絹ではなく、それこそ軽井沢近くの「似た山」絹（まがいもの）といったところであろう。

現代の軽弁沢は高級な避暑地であるが、江戸の当時は、鄙《ひな》びた宿場町で、川柳も、その田舎ぶりをおもしろおかしく詠んでいる。

○似た山＝上州仁田山《にた》（群馬県桐生市）産の絹布は、上等の絹に似ているが品質が劣るところから、まがいものを意味する。

394
おやかたの系図を聞けば樽ひろひ　はづかしひこと〱

今でこそ酒屋の親方として押しも押されぬ商売をしているが、そのルーツをたどってみると、初代は樽拾い（135参照）から身を起こして、今の身代を築き上げたということだ。

酒屋の親方に「系図」などと大仰《おおぎょう》な表現をしたところが滑稽。

さる人の景図《けいず》をきけばざうり取　（柳三八）

395
辻番はへそをかき〱湯屋へ来る　はづかしひこと〱

辻番の親父は、不潔な身なりで、虱《しらみ》をかきかき湯屋へやって来るが、これでは一緒に入るものがたまらない。

辻番は、武家地の警備用番所。その運営には、当初武家が当たったが、後、町方が請負うようになり、運営費軽減のため、老弱者や半病者が多く雇われることとなった。川柳では、瘡毒患者や不潔で虱のたかっている者などが多く詠まれている。

辻番は入れぬが能《よい》と湯入りいふ　（明和四）
（湯に入っている客が……）

三篇23オ

396
がら〱と先《まず》二三ばい品定め　はじめこそすれ〱

品川の飯盛女郎の張見世《はりみせ》。後ろの杉戸をガラガラと開けて、見世番と称する飯盛が、二、三人見世を張る光景。「二三ばい」は、飯盛の縁語。また「品定め」で品川を暗示した句立てである。

飯盛女は、本来一軒二名と定められていたので、増員が認められてからも、各戸二、三名の張見世の風習が残った。

　杉戸へは二品三品出して置《おき》（柳一九）

397
屋かた船袴《はかま》着《き》たのは京言葉　せまひ事かな〱（23ウ）

屋形船（屋根のある大形の遊山船）で出入り先の御役人を接待し、袴を着けて御取持ちにこれ勤めるのは、上方に本店のある、御用達《ごようたし》（314参照）の番頭あたりであろう。

　きやうげんを見ずにはかまではむく也《なり》（柳一二）

　（はむくは、御機嫌を取る）

398
三みせんをかりる使《つかい》をといつめる　はなしこそすれ〱

ふだん、三味線とはあまり縁のない家なのに、三味線を借りに来るとは、どうしたのだろうと、使いの者に「誰が弾くんだい」「誰かお客があるのかい」などと、興味津々で尋ねる。

399
青物の礼に廻《まわ》るはにわか後家　はなしこそすれ〱

夫が亡くなって、四十九日の忌日中に、親戚近隣などから贈られた青物の礼を、忌明けに述べて廻る後家。

当時、忌中・回忌等の法要には、青物（野菜物）を贈る風習であった（花咲一男『米翁日記ノート』⑦）。なお本句は、『武玉川』初篇の、「後家しほ〱と青物の礼」を改作したものである。

400
おしい事八十七の能書《のうじょ》なり　はなしこそすれ〱

あと一年長生きをして、八十八の賀の祝いを迎えていれば、能筆だけに、配り物もさぞ立派でめでたいことであったのに、誠に惜しいことをしたものである。

八十八の米寿の祝いには、その人の手で「米」「寿」

などの字を書いた餅を配った。

来年を苦にする無筆八十七　（柳四二）

401
女には今でもまよふ紅葉《もみじ》がり　はなしこそすれ〱

謡曲「紅葉狩」の平維茂《これもち》は、美女に化けた鬼神に、あやうく命をとられそうになったが、今でも江戸の紅葉狩は、北へ行けば正燈寺《しょうとうじ》、南へ行けば海晏寺《かいあんじ》で、ともに吉原と品川に近く、やはり維茂のように女に迷って、うつつをぬかす危険があろうというものである。99参照。

402
配当《はいとう》に隣おしえる気の毒さ　せまひ事かな〱

配当座頭が吉凶を聞きこんでやって来たが、隣の家がそうだと教えるのは、誠に心苦しい次第である。

○配当＝婚礼・葬儀等の慶弔ある家を訪れて、施金を要求する配頭座頭のこと。元来、この施金は集金の上、盲人社会全体へ配当されるものであったが、次第に過分の金銀を強要する悪弊を生んだ。○気の毒＝（自分が）困惑を感じる。心苦しい。

403
此《この》お子はなどゝ遣《や》り手《て》の丁度《ちょうど》請け　はなしこそすれ〱

「このお子はお酒はダメですから、代りに私がいただきましょう」などと、遊女に代って、盃になみなみと酒をついでもらう遣り手（126参照）。「丁度請け」というところに、欲ばりな遣り手らしさを表現した。座敷にちょっと挨拶に出た折などであろう。

○丁度＝盃になみなみと酒が注がれた様。

404
さるぐつわまじり〱とぬすまれる　すて、置きけり〱

押し込みに入られて、猿轡《さるぐつわ》をかけられ、後手に柱にしばりつけられては、動くことも出来ず声を出すこともならない。泥棒のなすままを、まるで平然と落ちついているかのように、身動きもせずただ見つめているばかりである。「まじり〱と」「ぬすまれる」というアンバランスがおかしい。

○まじり〱＝平然としている様。

405
不二祭《ふじまつり》犬坊丸《いぬぼうまる》は忌中也《なり》　せまひ事かな〱

犬坊丸の父工藤祐経が曽我兄弟に討たれたのは、五月二十八日のことだから、六月一日の富士祭りは、ちょうど忌中で、犬坊丸はさみしく家で喪に服していたことであろう。

江戸では、六月一日に富士浅間社《せんげんしや》の祭礼が行なわれ、駒込および浅草の富士は、参詣の人で賑わった。仇討と富士の関わりから、富士祭りを鎌倉時代に持ちこんだおかし味。

406
小姓《こしよう》よくしんまくをするけさ衣　きれゐ也《なり》けり〳〵（24オ）

寺小姓は、和尚に付きそってこまごまと身の廻りの世話をし、和尚の脱いだ法衣なども、感心に、丁寧にたたんで後始末をする。

○しんまく＝きちんとした後始末。

407
麦めしできたへ直して嫁を取《とり》　はなしこそすれ〳〵

放蕩のドラ息子を、しばらく田舎の知り合いに預け、麦飯などの質朴な生活を味わわせ、浮《うわ》ついた心をすっかり改めさせてから、江戸へ呼び返し、しかるべき所から嫁を貰《もら》って身をかためさせる。これで何とか身代も安泰である。

勘当を麦で直して内《うち》へ入れ　（柳二607）

408
一通《ひととお》り座頭に噺《はな》すすゞりぶた　きれゐ也《なり》けり〳〵

宴席に呼ばれた、目の不自由な座頭に、美しく盛りあわされた硯蓋《すずりぶた》（15参照）の内容を一通り説明して、さて「どれをお取りしましょうか」と尋ねる。105参照。

409
ひるめしを乳母《うば》は張場《はりば》へことづかり　はなしこそすれ〳〵

少し早目の昼飯をすませて、近所にある紺屋の張り場へ子供を遊ばせに行く乳母は、そこの紺屋のかみさんに、「すみませんが、昼飯の仕度ができたので、ちょっとうちの職人にそう言って下さい」などと、伝言を頼まれることもある。

紺屋の布を干す張り場は、かなり広い面積が必要なので、紺屋の店と離れているのであろう。

410
井戸がへに出るかんざしは銀ながし　すて、置きけり〳〵

井戸替えの際に、井戸の底から出て来た簪《かんざし》を見ると銀流しの安物である。これは、水汲みの折にでも下女が落としたものに違いない。

おちにけり・井戸替迄《まで》は待《まち》なさい　（宝暦七）

○銀ながし＝水銀に砥粉《とのこ》をまぜ、銅・真鍮などにすりつけて銀色にしたもの。銀メッキよりも下等。

411
ねぎらずに遣《や》ればいたゞくしきみ売《うり》　きれゐ也《なり》けり〳〵

ほんの安い樒《しきみ》、しかも仏様に供えるものなのに、それでも値切る者が多いと見えて、値切らずに代金を払うと、樒売りの老人は有りがたそうに、それを押しいただく。

60・157参照（435頁参照）。

買ふ時は樒にさへもよくが出来　（宝暦十）

412
いんぎんに呵《しか》る女房は根からはへ　きれゐ也《なり》けり〳〵

女房を叱《しか》るには、たいてい横柄《おうへい》にどなりちらすものだが、ばかにていねいな叱り方をしているのでどうしたのだろうと思ったら、その女房は嫁に来た女房ではなく、もともとその家に生まれて婿を取った女房なのであった。

413
ゆもどりに赤木《あかぎ》作りを百でぬき　すて、置きけり〳〵

箱根で湯治をした戻りに箱根権現へ参拝し、宝物の赤木作りの短刀を、百文の拝観料を払って拝見した。

兄弟の太刀ははこねで銭に成り　（明和七）

○赤木作り＝工藤祐経《すけつね》が、箱根権現で箱王丸（五郎時致の幼名）に与えた短刀。祐経を討った時は、これで止めを刺したという。

414
日蓮《にちれん》はかきとぶどうにあき給ひ　すて、置きけり〳〵

日蓮は、晩年甲州身延山《みのぶさん》に移り、布教につとめた。その頃は、さぞかし、甲州名産の柿と葡萄をあきるほど召し上ったことであろうとの穿《うが》ち。

『和漢三才図会』には、岩崎の葡萄および大和柿が甲《か》斐《い》の名産としてあがっている。

415 **車引つるべで呑んでしかられる**　はなしこそすれ〳〵（24ウ）

重労働でのどがカラカラになった車引き。たまりかねて、水を無心に立寄ったが、井戸から汲みあげるとそのまま釣瓶《つるべ》に口をあててゴクンゴクンとやる無作法さである。

江戸の車引きは、ふんどし一つの身なりで働き、女性と見ると毒舌を降らせる粗野な連中が多かった。326・433参照。

四人《よったり》で一《ひと》つるべのむ車引　（柳六）

416 **気ばらしに廿四文《にじゆうしもん》は大きすぎ**　はなしこそすれ〳〵

ちょっと気晴らしに夜鷹《よたか》（728参照）でも買いたいが、しがない折助《おりすけ》（武家に仕える中間・小者の通称）の身にとっては、二十四文の夜鷹代は、大枚である。

夜鷹の客には、折助が多かった。

よし田町皆ぞう兵《ひょう》の手にかゝり　（末一）

（吉田町は、夜鷹の本拠地）

417 **にうめんに声がわりするよそば売《うり》**　きれゐ也《なり》けり〳〵

夜、街頭を荷を担いで売り歩く夜蕎麦《よそば》売り（夜鷹蕎麦）の中には、入麺《にゆうめん》をも兼ねて売るものもあった。その二つを売る呼び声が、高低まるで違って聞こえるのをおもしろく感じたのである。蕎麦の時は高く、入麺の時は、声変わりとあるから低く呼ぶのであろう。

にうめんは外《ほか》の売人《うりて》がよぶよふさ　（柳四599）

○にうめん＝そうめんを味噌味《あじ》や醤油味《あじ》のだし汁に煮込んだもの。

418 **頭取《とうどり》の門《かど》で御詠歌《ごえいか》三度あげ**　はなしこそすれ〳〵

普通の家では、御詠歌を一度ずつしかあげない巡礼が、頭取の家では、御詠歌を三度あげている。さぞかし、御報謝が多かったのであろう。

○頭取＝鳶また仕事師の長。

419 **山の神かい込《こん》で出るよしの鉢**　きれゐ也《なり》けり〳〵

急の来客か何かで御飯が足りなくなったと見えて、カミさんが吉野鉢を抱えこんで、近所へ飯を借りに行く。
195参照。

○吉野鉢＝吉野塗の鉢。『和漢三才図会』に、吉野の「塗挽鉢《ヌリヒキバチ》」は、「食次《めしつぎ》（飯櫃）」用とあるように、来客の折などに使う高級な飯櫃である。「吉野鉢」の縁で、「山の神」と表現したのであろう。

420 **乳母《うば》がおや熊手《くまで》のやうな手であやし**　はなしこそすれ〱

乳母の親が、奉公先へ挨拶にでも来た折であろう。自分の娘である乳母がお守《も》りをしている子供をちょっと抱きとって、熊手のようないかつい手であやす。

乳母や下女などは、江戸近在の農家のものが多かったのである。

421 **じやまに成《な》る柱の多い夜講釈《よごうしやく》**　せまひ事かな〱

夜講釈（328参照）は、当時、夜だけ寺子屋などを借りて行なったものが多かったようである。口演用には出来ていないので、おのずから、邪魔になる柱も多いわけである。

422 **通りものてうちんの火で床《とこ》をとり**　きれゐ也《なり》けり〱

博奕《ばくち》で夜ふかしをし、遅く自分の家に帰って来た通り者（54・261・284・332参照）。どうせ、寝るだけだから、行燈《あんどん》をつけるのも面倒と、夜道をてらして来た提灯を、ちょっとそこへ置いて、そのあかりで床を取る。

423 **なげ込んでくんなと頼む下女が文《ふみ》**　はなしこそすれ〱

大山参りに行く連中の一人に、「途中、私の在所があるから、ちょっとこの手紙を投げこんでおいてくれな」と、親里への手紙を託す。当時、下女は江戸近在の者が多く、特に川柳では、相撲女は好色（229参照）との俚諺にもとづいて、「相撲下女」などと表現したりした。

ぼん山に一筆《ひとふで》たのむてんば下女　（柳九）

424 **玄関番《げんかばん》座頭に下駄をかりてはき**　すて、置きけり〱（25オ）

武家の玄関番（26参照）。ちょっと外に出たいが、わざわざ勝手口まで廻るのも面倒と、折から借金の居催促に来ている座頭の下駄を拝借。28参照。

玄関番座頭をのけて使者を上げ　（柳四505）

425 **本のふ寺はしの歩《ふ》をつくひまはなし**　どこもかしこも〳〵

明智光秀の本能寺《ほんのうじ》急襲。不意を討たれた信長は、将棋で、「手のない時は端《はし》の歩を突け」というが、その端の歩をついて相手の出方を待つような余裕もなにもあらばこそ、あまりの急に何のなすすべもなく、あえなく自尽して果てた。

駒組をせぬに王手は本能寺　（柳三九）

本能寺すでつぺんから王手と来　（鱗舎評　明和七）

426 **御《お》かご脇《わき》こじりをはねて何かいひ**　いんぎんなこと〳〵

殿の御駕籠脇に付添う徒《かち》の侍が、休憩で止まっている御駕籠の傍に腰をかがめ、刀の鐺《こじり》が上向きになる（314参照）までに、うやうやしく礼をして、中の殿様に何事かを言上する。

殿何か仰せ駕籠脇ちゞこまり　（柳一四四）

427 **その下女の昼は木ではなおつこくり**　りつぱ也《なり》けり〳〵

夜は密かにその男と関係を持っているくせに、それをさとられまいと、昼間、人前ではまるで不愛想にふるまう下女。

「木で鼻をこくる」とは、冷淡なさまをいう。

その手代その下女昼は物言はず　（柳初416）

下女下男上手に中《なか》をわるく見せ　（天明三）

428 **出て居るとめつたに人がけつまづき**　広い事かな〳〵

美しい娘が門涼みなどに出ていると、それに気を取られて、足もとがおろそかになり、思わずつんのめりそうになる人がずいぶんいる。

○めつたに＝むやみやたらに。

429 **小《こ》千石《せんごく》程にがく屋のまどをあけ**　広い事かな〳〵

芝居の楽屋は、縦格子の窓がズーッと並び、また囃子《はやし》方の楽屋は、武家屋敷の曰《いわ》く窓（曰くという字のような形の窓）のような造りであったようだ。したがって、その様子は、ちょっとした千石取りの旗本屋敷の窓のようである、というのであろう（435頁参照）。
なお、当時の楽屋は、二階下、中二階、三階という造りになっていた。

430
ふじみやげしたつたらずのきり〴〵す　りっぱ也《なり》けり〴〵

六月一日の富士祭り（405参照）の土産に買って来たキリギリス。まだ秋にはちょっと季節が早く、充分に成長していないので、鳴き方も舌ったらずである。718参照。

きり〴〵す富士でかふのは月たらず　（柳三五）

431
お内義《ないぎ》はおんまくじつて蔵へにげ　りっぱ也《なり》けり〴〵

十二月十三日の煤払《すすはら》いのあとには、祝儀として胴上げを行なった。お内儀は、胴上げとみるや、サッと裾をたくしあげて、急いで蔵の中へ逃げこんでしまった。

下女を突くのを土蔵から嫁のぞき　（安永元）

○おんまくじる＝「捲《ま》くる」の強調語。裾をたくしあげる。

432
まんぢうは女のちゑに大きすぎ　りっぱ也《なり》けり〴〵

絵島生島《えじまいくしま》事件。大奥大年寄の絵島は、ひいきの役者生島新五郎と密会するため、新五郎を饅頭《まんじゅう》の蒸籠《せいろう》へしのばせて大奥に連れこんだという。この計略は、女性の智恵にしては、何とも大胆千万なことである。
この事件で、絵島は信州高遠、生島は八丈島に流され、新五郎が出演していた山村座は取りこわしとなった。

まんぢうに成《な》るは作者も知らぬ智恵　（柳初37）

433
おやかたにはかまを着せる車引　いんぎんなこと〴〵（25ウ）

乱暴な車引きは、女性と見るや力み出して、相手かまわず卑猥《ひわい》な事を言ってからかう。どうもそれが、高貴なお方であったらしく、奉行所から呼び出しがかかり、車引きの親方はあわてて袴を着けて出頭する。415参照。

434
むづかしく床《とこ》をとらせるかたき持《もち》　どこもかしこも〳〵
敵につけねらわれている身は、いつなんどき襲われるかも知れないので、宿に泊っても、床を取る位置にうるさく注文をつける。
こし元《もと》はかたきもち程床をかへ　（明和三）
（殿の夜這いなどにそなえて……）

435
とうめうを嫁は二人でけしに行《ゆき》　広い事かな〳〵
夜、明りのない部屋をぬけて、仏間の燈明《とうみよう》を消しに行くのは薄気味が悪いので、こわがりの嫁は、下女などに同行を頼む。相当に広い家なのである。
とうめうをけしてかへりにだきつかれ　（明和三）

436
年礼は二足跡《ふたあしあと》で礼をいひ　どこもかしこも〳〵
正月の年始の礼は、ふだん他家を訪れる時よりも、二足ほども後ろの方で挨拶をし、あわただしくまた次の家へ廻って行く。
首計《ばか》りくゞりへ入れて申入《もうし》れ　（安永六）
（申入れるは、新年の祝詞を述べる）

437
はたし状泣く〳〵と墨をすり　りっぱ也《なり》けり〳〵
「捨て置いては、武士の面目相立たぬ。何を泣くことがあるか」と、傍で涙を流す妻を叱りつけ、悠々と果し状の墨をする侍。

438
お内義《ないぎ》は戸を横にして一《ひと》はしり　どこもかしこも〳〵
よい天気なので、ちょっと簡単に戸板を使っての洗い張りを始めたが、途中で糊でもなくなって、買いに出かけるというのであろう。絹物などの上等なものは伸子張りにしたが、木綿物などは、戸張り（戸板を張り板代りにすること）ですませた。
能日和《よいひより》内義戸板をばたつかせ　（柳九）

439
かみさまは草の餅迄《まで》やき通し　広い事かな〳〵
どうも主人と下女との間があやしいとにらんだ細君は、草餅を作る三月三日の節句まで、何かにつけて焼餅ばかり焼きつづけて来た。明後日は三月五日で奉公人の出替り（376・491参照）であるから、やっと下女を追い出せるという寸法である。「餅」「焼く」と縁語仕立てにした。

そちは二世《にせ》あれは三月四日迄　（末四）

（夫婦は二世、下女は三月四日まで）

440 **女房にひげをぬき〳〵しかられる**　りっぱ也《なり》けり〳〵

亭主の遊びに対する意見ででもあろう。くどくどと細かく文句をいう女房に、亭主のほうは情況不利と見たか、反論もせず、髭《ひげ》を抜き抜き生返事で適当にあしらう。

なぐさみに女房のいけん聞いて居る　（柳二239）

441 **あら打《うち》に目の光るのが素人《しろと》也《なり》**　どこもかしこも〳〵

土蔵新築の折、木舞《こまい》に最初に壁土を打ちつけて壁下地とする「荒打《あらうち》」には、祝儀として親戚近隣が寄り集まって手伝う風習があった。顔中を泥だらけにして、目ばかりギョロギョロと光らせているのが、左官仕事になれない手伝いの衆だとすぐにわかる。

荒打に左官計《ばかり》は本《ほん》の貌《かお》　（柳初365）

442 **妹のおかげで馬におぶつさり**　りっぱ也《なり》けり〳〵（26オ）

殿の愛妾に召出された妹のお陰で、士分取り立てとなったのはいいが、元来馬などには乗ったこともない下賤の身、馬に負ぶさるようなみっともない恰好の乗馬姿である。落語「妾馬《めかうま》」の世界。

氏《うじ》なくて兄はこわ〳〵馬にのり　（傍三）

〇おぶつさる＝背中に負われる。発音は、「おぶっつぁる」。

443 **ぬす人にほら貝をふく在郷寺《ざいごでら》**　どこもかしこも〳〵

江戸では、もう実用にはならない法螺《ほら》貝を、田舎の寺では盗人の入った合図に吹き鳴らしている。江戸とは異なった田舎の風習。

444 **ちかづきをかんがへて居る雨やどり**　広い事かな〳〵

俄雨《にわかあめ》に降られて雨宿り。なかなか止みそうにもないし、家まではだいぶある。「ハテ、この辺りに誰か知った人はいなかったかな。傘を借りに行くんだが……」。

　傘かりに沙汰《さた》のかぎりの人が来る　（柳初596）

○ちかづき＝知己。知人。

445
梅干とふすまが寄《よつ》て銭をなげ　どこもかしこも〳〵

談義（125参照）には、梅干のようにシワがよったり、フスマのような斑点の出来た年寄連中が集まって来て、有難さに涙を流し、我も我もと賽銭を投げることである。

　談義僧後家に巾着《きんちゃく》ひろげさせ　（柳一〇六）

○ふすま＝小麦の皮カス。老人の膚《はだ》に出来るシミをたとえて言った。

446
汗とりであたまをつゝむやかたもの　どこもかしこも〳〵

江戸勤番の侍衆（やかたもの）は、暑気を避けるのに、汗取りの白い麻手拭をかぶって歩いたりしている。キチンとはしているものの幾分の野暮ったさを感じるというのであろうか。

汗とりは、麻の晒布《さらし》で作った染のない汗手拭で、夏月、礼装の折などに持つものである。

447
此《この》しゆくの太夫おしゑるあんま取《とり》　どこもかしこも〳〵

道中の宿駅で、按摩取り（257参照）を呼んで、療治しながらあれこれの世間話。話は、お定まりの女色に及び、消息通の按摩は、この宿一番の太夫格の飯盛女郎を教えてくれた。田舎の宿場女郎にも、それなりの優劣があるものなのである。

○太夫＝遊女の最高階級。江戸吉原では、この時代、太夫は無くなっていたが、最高級の遊女の通称として残っていた。315参照。

448
藪入《やぶいり》のちうしんに来る樽ひろい　りっぱ也《なり》けり〳〵

屋敷奉公にあがっている娘が、めっきり美しくなって藪入りに帰って来た。もうそこまでやって来たのを、いつも出入りの酒屋の樽拾い（135参照）が、目ざとく見つけて御注進に及ぶ。

451　医者の供（『当世爰かしこ』*）

429　楽屋の窓（『役者夏の富士』日本風俗図絵）

484　樊噲の門破り（『絵本漢楚軍談』二篇下）

411　樒売り（『四時交加』日本風俗図絵）

449
ふけいきといひ〳〵げいしや宿《やど》の月　どこもかしこも〳〵

隈なく照りわたる今日の名月に、お座敷もかからず、一人淋しく我が家（宿）で月を眺めるとは、芸を売り物の身にとっては、まことに不景気なはなしである。

この時代の「芸者」は、男芸者が一般的である。41参照。

450
そのくせにろくなものをばつれてこず　どこもかしこも〳〵

いつも景気のいいことばかり言って、どこの芸人と知り合いだとか、だれそれとは今まで一緒に飲んでいたとか、調子のいいことばかり言っているが、そのくせ、次に遊びに来る時には、ろくな者をつれて来ない半可通の客あたりであろう。

つれて来てくれなと一つどうづかれ　（柳二416）

451
薬箱いかして持つはわたり者　りっぱ也《なり》けり〳〵（26ウ）

薬箱を、いかにも形よく（いかして）持って従って行く医者の供（435頁参照）は、あちこちの医者を渡り歩いて奉公をし、すっかり慣れ切って、要領がよくなっているようなやつである。

452
鳥のほねたゝいた礼に首をやり　どこもかしこも〳〵

歳末には、正月用の鴨《かも》料理の仕度をする。その時に、鴨の骨も叩きにするのであるが、よく叩かなくてはいけないので、身軽な者にアルバイトを頼んだりする。その礼に鴨の首をやったというのである。首の部分にも多少肉がついているわけだ。

鳥のほねあるきを呼んでたゝかせる　（柳一五）

（あるきは、名主・庄屋・町役人などの下で雑用の使い走りをする者）

453
すりこ木であひるを仕廻《しま》ふ鳥《とり》や見世《みせ》　どこもかしこも〳〵

鳥屋店の夕景。たくさんいる小鳥の餌をすったその摺《すり》子木《こぎ》で、店先に放し飼いになっている家鴨《あひる》を囲いの中へ追いこみ、戸締りの用意を始める。

454
かんざしでかき〳〵嫁はしちをかし　いんぎんなこと〳〵

ちょっと金が足りなくなったので何とかならないだろうかという姑の言葉に、嫁も仕方なく簞笥《たんす》をあけたが、さてどの着物にしようかと、簪《かんざし》で頭を掻き掻き思案のあげく、不承不承質草を貸す。＊

455
常念仏《じようねぶつ》さもいやそうな後生也《ごしようなり》　どこもかしこも〳〵

鉦《かね》を叩きながら終日念仏を唱える常念仏は、後世安楽を願うものなのに、その唱え方が自然と惰性的になり、さもいやそうに念仏をしている感じである。

うつゝにもしゆもくのうごく常念仏　（明和二）
ねころんで打つかもしれぬ常念仏　（明和五）
常念仏折ふしたんが引《ひつ》かゝり　（柳四4）

456
此《この》鈴でお出来と乳母《うば》は引《ひい》て見せ　おとづれにけり〳〵

氏神様の申し子であろう。お守《も》りかたがた神社にお参りをして、「お坊ちゃんは、この鈴を鳴らし、神様にお願いしてお出来になったのですよ」と、乳母が神前の鈴を引いて鳴らしながら、子供に話しかける。

457
引《ひき》おいの手代りつぱな男なり　ふといことかな〳〵

使いこみするような手代（208参照）は、なかなか押し出しのよい男で、こういう男が、平然と主人の金を流用して、私に取引きなどをし、結局主人に損をかけるのである。

引おいの手代御殿《ごてん》でひいき也《なり》　（柳四139）
（万事に抜け目がない……）

○引おい＝奉公人が金を使いこむこと。

458
若いものふるは〳〵と雨戸くる　おとづれにけり〳〵

吉原の雪の朝。若い者（74参照）が、昨夜から一転しての雪景色に、「降るわ降るわ」と言いながら、寒そうに雨戸を開けてゆく。

辺鄙《へんび》な吉原の地では、大雪だと、なかなか帰宅が面倒。客としてはつい帰りそびれて居続け（465参照）となってしまう。526参照。

居なんしの味方に雪は降出《ふりいだ》し　（柳四二）

（「帰らずと居なんし」という遊女の味方をするように……）

雪なればよしとずつぷり引《ひき》かぶり　（柳二210）

459 **男湯を女ののぞくきうな用**　ふといことかな〳〵

女湯を男ののぞくのは、塩谷判官高貞《えんやはんがんたかさだ》の妻の湯上りをのぞき見したという高師直《こうのもろのお》を始めとして、世に出歯亀の種はつきまじであるが、女が男湯をのぞくなどというのは、主人に急用が出来て、万やむを得ず呼び出しにかかる時ぐらいなものである。＊

男ゆへ行く内《うち》女用だゝず　（安永八）

（男湯へ呼びに行っている間、ただウロウロ）

460 **仲条へ五月《いつつき》置いて同じ顔**　ふといことかな〳〵（27オ）

堕胎専門の仲条（5参照）で、五箇月前に中絶をしたところなのに、その直後にまた孕《はら》んだと見えて、はや五つ月の隠しきれぬお腹で、同じ女性がやって来た。まことに、シャアシャアとしたものである。

仲条へ又《また》来やしたはしやれたもの　（柳四570）

461 **一《いち》弐《に》もく湯治がえりはつよく成《なり》**　ふといことかな〳〵

湯治場の退屈しのぎに、囲碁などはピッタリである。帰って来る頃には、一、二目《もく》腕もあがろうというものだ。

湯治から少しはよみもつよくなり　（柳四661）

（よみガルタ。22参照）

462 **ばかされたやうに日用《ひよう》は弐本《にほん》さし**　あぶなかりけり〳〵

武家方でも、行列のお供の者などは、日用（日雇《やと》い）のアルバイトを使ったりした。常日頃、刀を差しつけないので、二本差した恰好がまことに不自然、まるで狐に化かされたような妙ちくりんな感じである。

特に、正月三箇日は、御礼登城・御謡始などの行事があり、武家方日雇の需要が多かった。

武士のまねしてい丶銭を三日とり　（安永六）

463
はたし状廻状《かいじょう》で出す春の雨　あぶなかりけり〳〵

春雨のしとしとと降る徒然《つれづれ》の日、読みガルタで決闘をしようと、いつもの連中に廻状を出す。

廻状は、宛名を連名にして順次に廻す通知状のことであるから、これは複数の相手であり、四人でする読みガルタ（22参照）あたりが適切であろう。＊

○春の雨＝『三冊子』に、正月・二月始めを「春の雨」、二月末より「春雨」と区別している。雑俳では、正月のカルタと結んで詠まれている句が多いようである。

464
初夢を大師のつれにはんじさせ　おとづれにけり〳〵

上野両大師（寛永寺開山慈眼《じげん》大師の影堂に、比叡山中興の祖慈恵《じえ》大師の尊像を合祀したことによる称）は、毎月三日と十八日が縁日であったが、特に、正・五・九月が参詣の人で賑わった。その正月三日の初大師に参詣中、昨夜見た初夢を連れの者に話して、吉凶を判断させるという句。

465
居つゞけにはじめて見出す白あばた　恋しかりけり〳〵

今までは夜ばかりでわからなかったが、馴染みを重ねるうち、つい居続けとなって、昼間、化粧を落とした顔を見ると、白あばた（疱瘡《ほうそう》の跡の白く残ったもの）があるのに、はじめて気づいた。むしろ、親しみやすいチャーミングさを見出したというところであろう。

うすいもはかわいらしいの内へ入れ　（柳五190）

（うすいもは、軽い疱瘡跡）

○居つゞけ＝遊里に泊って、その朝も帰らず居続けること。

466
あまだれを手へ受《うけ》させて泣《なき》やませ　あぶなかりけり〳〵

うっとうしい雨の日、赤ん坊もむずかってなかなか泣きやまない。そこで、軒先へ抱いて行って、表を見せながらポツンポツンと落ちる雨だれを手に受けさせてやると、物珍しさに、いつか涙もおさまった。

467
おはぐろはしく〳〵かぶる内につけ　おとづれにけり〳〵

いよいよお産となると、もうお歯黒もつけられないので、しくしくと鈍くお腹が痛む程度の時に、お歯黒をつけ直して見苦しくないようにしておく。

おはぐろを付《つけ》て仕廻《しまう》とばゝあ来る　（柳一五）

（取りあげ婆々）

○かぶる＝腹が痛む。陣痛を覚える。

468 **下女の文《ふみ》二三度立つて書《かき》しまい**　恋しかりけり〳〵

あっちが終ったかと思うとまたこっちと、ひっきりなしに呼び立てられて、なかなかまとまった時間のとれない下女。恋しい人へのラブ・レターも、二、三度中断して、やっとのことで書きあげるという次第である。

下女の髪二三度立てやつと結《ゆ》ひ　（柳二307）

469 **名代《みょうだい》をこわ高にした恥しさ**　ふといことかな〳〵（27ウ）

せっかく遊びに来たのに、おいらんは外の客と一緒で、こちらは名代（295参照）がお相手。しかも、名代に手が出せないとあっては、なおさらイライラがつのる。「おいらんに内緒でちょっとだけいいだろう」などと、無理矢理、名代に手をつけようとして大声を出され、下卑たところを見せてしまった。

470 **品川で見事な貝はみなにされ**　おとづれにけり〳〵

江の島帰りに品川で遊興。江の島土産の貝を女郎に見せたところ、すっかりお気に入りで、美しい貝は、みな取りあげられてしまった。

従来、解が定まらなかったが、右の浜田桐舎氏新説（『川柳しなの』三篇輪講）が正解であろう。

○みなにする＝全部なくする。

471 **わるい沙汰《さた》聞いてぬり桶《おけ》下げに行《ゆき》**　あぶなかりけり〳〵

塗桶《ぬりおけ》は、綿摘みに使う道具。娘を通わせている綿摘みの師匠のところに、とかくよくない噂があるので、母親は心配になり、弟子入りを取り下げに行く。164参照。

472 **取次《とりつぎ》の出る内ひだのしわをのし**　おとづれにけり〳〵

他家への使者。玄関を上った間《ま》で控え、取次が出て来るまでの間、袴のひだを直して身だしなみを整える。緊張の時間。

使者はまづ馬からおりて鼻をかみ　（柳初16）

473
こうまんな貌《かお》で来るのが妾《しょう》の親　おとづれにけり〳〵

お世継でも出産したのであろう、お妾の勢いは大変なもの。その親もおこぼれに預り、高慢な顔付きでお屋敷へやって来る。しかし、家中の面々からは不人気で、「妾の母能御座《よく》つたとい丶人《て》なし」（明和四）といったところである。

474
針うりに左の袖を内義《ないぎ》見せ　おとづれにけり〳〵

針売りから針を買うのに、通り工合はどうかと、自分の左袖を出して縫ってみる。それを、「左の袖を見せ」と表現したおもしろさ。

針売りに左の袖を見せて立ち　（柳三二）
（本句の改作句であろう）

475
あくる年《とし》雨具の届くすみだ川　おとづれにけり〳〵

梅若丸は、人買いにかどわかされて奥州に下る途中、病《やまい》にかかり、隅田川のほとりで息を引きとる。その我子梅若丸を尋ねて母親が隅田川にたどりついたのは、ちょうど翌年の祥月命日の日であった。これでは遅きに失し、愛児を救いようもない。まるで、現在雨に濡れて困っているのに、翌年になって雨具の届いたようなものである。

梅若の命日にはよく雨が降る（259参照）ので、雨の縁で、「六日の菖蒲」ならぬ「翌年の雨具」と表現したものであろう。

476
文使《ふみづかい》よつ程すいな気ではなし　おとづれにけり〳〵

文使いは、吉原の遊女の手紙を届ける役目の男。その届け先で、遊びの諸事はすべてのみこみ、届け先の客の事情などについてもすっかりわかっているような、いっぱしの粋人気どりで話をする。

文使あるいはいさめまたしやくり　（柳五427）

（意見したり煽動したり）

477 **関寺《せきでら》であふても口はたつしや也《なり》**　おとづれにけり〳〵

近江国関寺で老いさらばえている小野小町を訪ねた勅使が、「雲の上は有りし昔にかはらねど見し玉だれの内やゆかしき」という帝の歌を伝えると、小町は即座に、その歌の一字を変え、「……内ぞゆかしき」と鸚鵡《おうむ》返しの返歌をした（謡曲「鸚鵡小町」）。年は取っても才気煥発、口だけは昔に劣らず達者なことである。

ありし昔にかわらぬは口計《ばかり》　（筥四）

478 **小児いしや口をすつぱくみやくを取《とり》**　あぶなかりけり〳〵（28オ）

小児科の先生は診察を始めるまでが大変である。口がすっぱくなるほど、あれこれとなだめすかして、やっとのことで脈を取る。

小児いしやうばの脈から取て見せ　（宝暦十三）

479 **十計《とおばかり》あかるみへ出す夜《よ》蛤《はまぐり》**　おとづれにけり〳〵

「この通り、大粒でさァ」と、少し明かりのもれてくるあたりへ、両手で蛤をつかみ出して、買手に見せる蛤売り。

当日掘ったものを、その日に売り歩くため、夕鰺《ゆうあじ》（333参照）と同じく、その行商は夕方から夜にかかるのである。

そば切のあかりをかする夜はまぐり　（柳二250）

480 **やく年《どし》の座頭はたるに過言《かごん》せず**　あぶなかりけり〳〵

金貸し座頭の借金催促は、そうとうに強引であった（28参照）が、そうした座頭も、厄年には身に災がふりかからないようにと、いつもの悪口雑言をつつしむことであろう。非情な座頭も、やはり人の子である。

○はたる＝催促する。取り立てる。

481 **参詣のたびにあこやとどちぐるひ**　恋しかりけり〳〵

頼朝をつけねらう平家の侍悪七兵衛景清は、清水観音の信者であり、その参詣の道すがら、清水坂の遊女阿古《あこ》屋《や》に馴れ親しんだ。その馴れ染めの頃は、おもしろくて、観音参詣の下向《げこう》の度に、阿古屋といちゃつきあったことであろう。

○どちぐるふ＝ふざけあう。

482

むかい湯に来たりや寄りなとかるい沢　恋しかりけり〳〵

吉原の後朝《きぬぎぬ》だと、「今度はいつ来なんす」などと、またすぐ来たくなるようなうまいせりふで送り出されるが、軽井沢（393参照）の飯盛女郎の後朝は、道中の客人が相手なので、「また来年、湯治の迎い湯に来た時に、寄ってくんさろ」などと、気の長いはなしである。

軽井沢へは上州草津温泉の湯治ついでなどに、足をのばすことが多かったようである。

○むかい湯＝湯治に行った同じ温泉に翌年再び行くこと。

483

仕送りは不風雅《ぶふうが》計《ばかり》あんじ出し　ふといことかな〳〵

「仕送り」は、大名・旗本など武家の財政再建担当者で、今日の管財人的役割の者である。今までの放漫な財政を何とか切り詰めるため、経済性を第一に重んじるので、万事不風雅なことばかり案じ出す。

仕送りに医者も及ばぬみやくを見せ（拾一〇）

仕送りが付くと御妾《おめかけ》おんだされ（柳三〇）

仕送りができて座頭に目鼻でき（柳三八）

（貸した金を返してもらえる当てが……）

484

はんくわいもたのみましよふと初手《しよて》は言《いい》　おとづれにけり〳〵

漢の沛公《はいこう》（劉邦《りゆうほう》。高祖）と楚の項羽《こうう》とが鴻門《こうもん》に会した折、項羽は沛公を殺さんと謀り、従弟項荘《こうそう》に剣舞を舞わせる。門外に在りし沛公の臣樊噲《はんかい》は、主君の危機を知り、陣門を推し破って参上し、沛公を守る。漢楚軍談中、有名な鴻門の会の場面である（435頁参照）。

この時、陣門のところで、樊噲も最初（初手）はおとなしく、「頼みましょう」（134参照）などと案内を乞うたことであろうとの句。中国の勇士に江戸時代の言葉をつかわせたおかし味。

はんくわいも初手はほと〳〵たゝいて見（宝暦十三）

（ほと〳〵は、門を訪れる音）

485
牛かたは三足《みあし》戻つてくらわせる　おとづれにけり〳〵

のんびりした牛を急がせるのに、牛方《うしかた》は尻へ廻ってひっぱたく。三足は、牛の進行をも考慮に入れて、ちょうど尻に廻れる歩数というわけである。

江戸では、高輪牛町《たかなわうしまち》に牛小屋があり、一千頭に余る牛を使って荷物の運搬を行なっていた。

牛かたはしりへ廻《まわ》つてしかるなり　（柳一一）

486
閉口《へいこう》といひ〳〵しやべるたいこ持　ふとひことかな〳〵

旦那に何か言われて、「イヤこれは閉口」などと言いながら、むしろベラベラとしゃべる太鼓持《たいこもち》。「閉口（これは参った）」の原義は、口を閉ざすことなのに、そういいながら饒舌にしゃべるおかし味である。

487
兄弟の仕廻《しまい》しごとに大あたま　ふとひことかな〳〵（28ウ）

曽我兄弟は敵《かたき》工藤祐経を討ち、本懐を達した後、逃げ隠れするよりは命の限り戦わんとて、十番斬りを行ない、さらには将軍の源頼朝までを討とうとした。敵討ちは終わっているのだから、頼朝を討つのは、職人の仕舞仕事（仕事が終わった後、片付けついでにする仕事）のようなものであるが、それにしてはちょっと仕事が大きすぎたようである。

頼朝をはけ次手《ついで》には大き過《すぎ》　（柳四612）

（ことのついでには……）

○大あたま＝頼朝は大あたまであるとの俗説があった。「頼朝の兜《かぶと》拝領してこまり」（柳三三）という句もある。ここは、大将の意に大あたまを掛けたものであろう。

488
両替や四粒ならべてくらわせる　あぶなかりけり〳〵

一分金四つを、両替屋で一両小判と取り替えるのであろう。両替屋は、その一分金の真贋《しんがん》を確かめるために、天秤《てんびん》にのせて、針小口を叩き、量目をはかってみる。普通、天秤で量るのは、銀の場合であるが、金の真贋を識別する場合にも用いたようである。208参照。

両替屋一歩《いちぶ》だめしに目が居《すわ》り　（柳三二）

○くらわせる＝叩く。ここは天秤の針小口を叩く。

489 **添《そい》とげてのぞけばこわい清水寺《せいすいじ》**　あぶなかりけり〱

恋の思いに恐いも何もうち忘れ、夢中で清水の舞台から飛びおり、その念願が見事叶って思う人と添いとげられた。さてその後、舞台から下をのぞいてみると、よくこの高さを飛び下りたものだと、我ながらゾッとするというのである。

清水の舞台から傘をさして飛びおりると、恋の願いが叶うという俗信があった。

色事にはねのはへたる清水寺　（柳二233）

490 **油揚《あぶらげ》の使《つかい》は泣《なく》を見てかへり**　おとづれにけり〱

葬式の時、会葬者に精進料理を出すが、それに用いる油揚を届けた豆腐屋の使いは、その家の者が悲しんで泣きくずれているのを、傍目《はため》からチラリと見て、帰ってくる。＊

491 **ひなの椀《わん》下女のしかられ納《おさ》め也《なり》**　あぶなかりけり〱

三月三日の雛祭りに使ったお雛様の小さな椀を片付けていて、大まかな下女は、ついうっかり踏みつぶしそうになったりして、叱られてしまった。五日には、奉公人の出替りとなるから、これが叱られ納めというところである。376・439参照。

昔はお雛様には蛤《はまぐり》の殻《から》でお供えをしていたのが、この句の時代ごろから美しい雛の椀が用いられるようになった。娘はとても大切にしているのであろう。

492 **またぐらの御無心にあふふくろ持《もち》**　おとづれにけり〱

まだ疱瘡《ほうそう》にかかっていない人の股をくぐると、疱瘡よけになるという俗信があった。それで、「御無心ながら股倉を拝借」という次第になるわけだ。

○ふくろ持＝成人してもまだ疱瘡に罹《かか》っていない人（頴原退蔵『川柳雑俳用語考』）。

493
わが内《うち》が見へて銭つく駕《かご》の内　おとづれにけり〳〵

駕籠に乗って、自分の家が見えるくらいになると、財布の口をあけ、銭を一枚一枚数えて、駕籠の内で支払いの支度をしておく。

現在も、タクシーの中でよくこんなことをする。銭つくは、132参照。

494
玄関番《げんかばん》どつし〳〵と三つおり　おとづれにけり〳〵

来客の訪れに、玄関先の部屋から姿を現わし、段箱をどっしどっしと踏みならし、式台に下りた玄関番。玄関番は用心を兼ねて屈強な男を雇っておいたものなのであろうか（459頁参照）。

玄関番とをぼへ程なあくびをし　（拾一）

495
囲《かこわ》れは文《ふみ》の文句に米をいれ　恋しかりけり〳〵

囲われは、僧侶の外妾（115・211参照）。「お越しを待ち参らせ候《そろ》」との手紙の文句の末に、「なおなお、お米も残り少なくなり参らせ候間《あいだ》、その折に呉々もよろしく頼み参らせ候」との、実用的な一条を付け加えておく。

お寺には、米の寄進等があるので、妾《めかけ》の食費は現物支給というところを穿《うが》ったのであろう。

496
近道を四五町送る草《くさ》のあん　あぶなかりけり〳〵　（29オ）

草庵の友を訪ねての帰路。近道があるからと、所の人しか知らないような道を、四、五丁ほど送ってくれた。漢詩に、「尋《たずヌ》二隠者《ヲ》一」などとある、その帰りの趣である。

庵の戸へ尋ねましたと書《かい》て置《おき》　（柳初158）

（「尋《ネテ》二隠者《ヲ》一不レ遇《ハ》」）

497
さかなうりうつちやるゑらを見せあるき　おとづれにけり〳〵

新鮮さはこの通りと、真っ赤な鰓《えら》を見せて売り歩く魚売り。どうせ、そのエラは取って捨ててしまうのだけれども……。

魚の鮮度はエラでわかるのである。

肴《さかな》うり四つ過迄《すぎまで》はゑらを見せ　（柳八）

（午前十時頃までは……）

498 **傘《からかさ》を半分かして廻《まわ》りみち**　ふとひことかな〳〵

あいにくの俄雨《にわかあめ》に難儀の女性を見掛け、廻り道をいとわず、相合傘で送り届ける。本当は女性と並んで歩くほうに目的があったのであろう。

男とをんな半分《はんぶ》づゝぬれて行《ゆき》　（傍五）

499 **にうり屋でのませてかえす文使《ふみづかい》**　あぶなかりけり〳〵

遊女からの手紙を届けに来た文使い（476参照）に、家人の目を避けてそっと抜け出したものの、まさか立話しもならず、近くの煮売屋へちょっと入って、おいらんの事などを聞きながら軽く一杯飲ませ、労をねぎらって返す。

○にうり屋＝惣菜物をつまみながら、酒の飲める下級飲食店。

500 **留女《とめおんな》片袖もつてわびて居る**　おとづれにけり〳〵

宿引き（363参照）の留女が、片袖を持って謝っているのは、あまりしつこく旅人を引っぱって、とうとうその袖を引きちぎってしまったと見える。

東海道の御油《ごゆ》・赤坂の留女はしつこく客を引くので有名であった。

501 **そうもして見ろと男の名を付《つけ》る**　恋しかりけり〳〵

「女の子に男の名前を付けると丈夫に育つといいますから、そうしてみましょうよ」という女房に、今まで生まれた子をすべてなくしてあきらめ気味の亭主は、「まァお前がそう言うのなら、そうもしてみろ」ということで、今度生まれた女の子には男の名前をつけることになった。

502 **いしやの供小壱尺《こいつしやく》ほどうそをさし**　あぶなかりけり〳〵

武家の中間《ちゆうげん》・小者《こもの》とか、医者の供とかが差している脇差は、どうせ形だけのものだから、竹光あたりが多いのである。

ふんどしへ脇差をさす医者の供　（傍四）

○小壱尺＝一尺たらずの。脇差の長さを表現した。

503 **門番はいやみを言つてまけさせる**　ふとひことかな〳〵

武家屋敷の門番。出入りの行商人に、「少しサービスをしておかぬと、身のためにならぬぞ」などと、嫌みの一つも言って、自分のほしいものを安く手に入れる。

504 **水くみの念頃《ねんごろ》ぶりは茶をしかけ**　おとづれにけり〳〵

ごく懇意な水汲みは、水を勝手元の水瓶に一杯にした上、さらにサービスで、茶釜にも水をさして、湧かせばよいまでにしておいてくれる。553参照。

江戸は水事情が悪かったので、汲み水を売る、「水汲み」という商売があった。念頃ぶりは391・742参照。

505 **とむらいの供ははか所《しょ》でせみを取《とり》**　あぶなかりけり〳〵（29ウ）

葬式のお供を仰せつかった丁稚《でっち》あたりであろう。まだ子供なので、長い御経の間、退屈を持てあまし、寺と地続きの墓所の方へ廻って、蟬を追っかけ廻している。

506 **あんちんははした銭《ぜに》などおつことし**　あぶなかりけり〳〵

熊野詣《もう》での山伏安珍《あんちん》に思いをかけた清姫《きよひめ》は、逃げる安珍を追って日高川までやって来、水嵩《かさ》の増した川を毒蛇に変じて泳ぎ渡り、道成寺の鐘の中に隠れた安珍を焼き殺したという。句は、日高川まで逃げて来た安珍が、渡し賃を財布から出す時、あまりにあわてて、はした銭などを落っことしただろうとの想像（459頁参照）。

507 **その気味といふが師匠のにげ所**　ふとひことかな〳〵

弟子に質問をされた師匠が、はっきり答えられないので、「まァそうした感じですナ」などと、曖昧に答えて、質問をうまくかわす。

508 **桶《おけ》ぶせを出ると遣《や》り手《て》をたておろし**　ふとひことかな〳〵

遊興費が払えなくて桶伏せ（352参照）にされた客。やっとのことで支払いの目処が立ち、桶伏せから出られたが、おさまらないのは腹の虫である。「あの遣り手ババァめ。何も桶伏せにまでしなくてもいいじゃァないか」などと、自分のことは棚にあげて、さんざんに遣り手の悪口である。

○たておろす＝悪く言う。けなす。

509
地女《じおんな》のやうだと姉にいぢめられ　おとづれにけり〱

姑が嫁をいじめたりするのには、「商売女のようだ」などと嫌味を言ったりするところであるが、遊女の世界では逆に、「地女（素人女）のようだ」と言って、姉女郎からいじめられることであろう。

手練手管で客をうまく扱うのが商売なのに、最初の頃は真面目《まじめ》に客に接したりする（35参照）、その態度を姉女郎から、嫌味半分に注意されるというわけであろう。

510
番附《ばんづ》けの代《だい》門番にちよつとかり　あぶなかりけり〱

番付け売りは、新しい芝居の番付けを、駆けて売り歩いた。たまたま屋敷の門近くにいた、下女か乳母あたりであろう、銭の持合せがないので、日頃顔馴染《かおなじ》みの門番に、ちょっと代金を借りて、あわてて番付売りを呼び止める。代金は、『続飛鳥川』に六文とある。

ばん付けの銭を御門で下女かりる　（天明元）

511
寝所《ねどころ》をへし折《おつ》て置く一人者　おとづれにけり〱

また夜が来れば寝るのであるから、いちいち床《とこ》を上げるのも面倒と、そのまま二つに折り畳んでおく。独身者の無精なところは、江戸時代も現代も変らぬと見える。

香の物へし折つてくふ壱人《ひとり》もの　（柳四147）

512
ころび合《あい》おふくろさまのやうに見へ　あぶなかりけり〱

ころび合は、私通のこと。男の相手は年かさで、まるでお袋様のようだというのである。あるいは、それもそのはず本当にお袋様で、婿とその義母（嫁の母）あたりの密通といったところでもあろうか。川柳では、婿と義母の密通は、「芋田楽」として、よく出てくる。

513
さいづちで湯屋の男はうけこたへ　おとづれにけり〱

客は、湯が熱いと羽目板をトントンと叩《たた》いて合図する。それを聞いて湯屋の男は、水をうめるのであるが、わかったという合図に、手近にある才槌《さいづち》で、トンと応答しておく。
この才槌は、風呂の湯の抜き口の栓を差す時に用いるものなのであろう。

応〳〵《おうおう》といへど扣《たた》くやぬる湯好き（柳のいとぐち上）

（去来の「応々といへどたゝくや雪の門」のパロディ）

○さいづち＝木製の小さな槌。

514
まゝへ行《ゆく》人は女にびれつかず　さそひこそすれ〳〵（30オ）

市川真間《いちかわまま》（千葉県市川市真間町）の真間山弘法寺《ままさんぐほうじ》には、吉宗が感嘆したという有名な楓の大樹があった。正燈寺《しょうとうじ》や海晏寺《かいあん》の紅葉見物は、どうせ吉原か品川に繰りこもうという浮気心を伴ってのことだが（99・401参照）、この真間の周囲には遊ぶ所は何もなく、ここへ行く人は、純粋に紅葉を愛《め》でる風雅の士で、女性に執着するタイプではない。

地へあしのつく人計《ばかり》真間へ行《ゆき》（柳一五）

○びれつく＝執着して物欲しそうな態度をする。

515
さま〴〵に扇を遣《つか》ふ奉行職　ねんの入れけり〳〵

扇は普通、あおぐために用いるものだが、奉行職の場合は、膝に立てて威厳を示したり、物をさしたり、畳をたたいて決めつけたりと、あおぐ以外に様々の使い方をする。まさに生きた小道具といったところだ。

516
らうがいは大ふり袖の病ひ也《なり》　さそひこそすれ〳〵

労咳《ろうがい》は、今日の結核のような病気。こうした病気にかかるのは、丈の長い美しい振り袖を着て、深窓にかしづかれるような箱入娘ばかりである。

らうがいの元《もと》は行義《ぎょうぎ》をよくそだち（柳五735）

517
御はらいへふたをするのは他人也《なり》　ねんの入れけり〳〵

家に死者が出た時、伊勢神宮の御祓《はらい》箱を祀《まつ》った神棚へ半紙を張り付け不浄を避けるが、身内の者はすべてけがれを受けているので、この役は講中の誰か他人が行なうのである。
○御はらい＝毎年伊勢神宮から出す、一万度のお祓いをした大麻の御札。一万度と記した箱に収め、伊勢の御師《おし》が配る。730参照。

518
生酔《なまえい》は御慶《ぎよけい》にふしを付けていひ　ねんの入れけり〈

酒を過ごしたか、へべれけの礼者が新年の挨拶にやって来たが、まことに上機嫌で、「御慶申し入れます」という挨拶の言葉にまで節をつけてやっつけてしまったのは、まことに恐れ入った次第である。生酔は、61参照。

519
すけつねは三国一の死にどころ　ねんの入れけり〈

富士の裾野の巻狩りで、曽我兄弟に討たれた工藤祐経。三国一とうたわれた富士の裾野は、死に場所としては、まさにこの上もない晴れの場所である。

520
紙二帖寝まきのつまへ持添《もちそえ》て　さそひこそすれ〈

寝間着の褄《つま》を取った、その手に御簾《みす》紙（吉野産の上等の薄い閨房用鼻紙）を二帖ほど持ち添えて、パタリパタリと廊下を歩み、客の待つ寝所へ現れた遊女。遊客としては、心躍る一瞬である。

みす紙を一二ばんぶり持て来る　（末二）
（行為一、二番相当のみす紙……）

521
かん当をゆるして口が二つふえ　かためこそすれ〈

道楽息子を勘当したのはよいが、せっかくの身代、先行きが心配である。結局、人の取りなしもあり、商売に身を入れるという条件で、勘当を許し、惚れた女とも一緒にさせることになった。それで、二人分食料の消費がふえたというわけである。

522
朝がへりすわると膳をつきつける　さそひこそすれ〈

朝帰りの亭主が朝食の席に坐ると、心中はなはだ穏やかならざる女房は、口もきかず、つっけんどんに、膳をつきつけ、どうぞ御勝手にという態度である。

523 **若いもの少しさつてついでのみ**　ねんの入れけり〳〵（30ウ）

妓楼の若い者（74参照）も、二会目の客からは祝儀が貰《もら》えるので、座敷へまかり出で、酒の相手をつとめたりして機嫌を取る。客の前へ出て盃をいただき、少し後へさがってから、酒をついでもらって飲む。客の気をそこなわぬようにとの、うやうやしい態度である。

524 **餅花を二十九日の昼くばり**　さそひこそすれ〳〵

目黒不動の縁日は二十八日なのに、その不動の名物餅花（296参照）を、翌二十九日の昼頃、悪友に誘われて、土産に配るとは、品川の飯盛女郎を買ったのに違いない。

　もち花をふくれた顔へぶつつける　（明和七）

525 **よし町のふらち御殿《ごてん》へぱつと知れ**　かためこそすれ〳〵

大名の奥向きの奉公は女性ばかりの社会であるから、ちょっとしたことでも、すぐ噂の種となる。特に、芳町（273参照）で陰間を買ったなどという大胆な色沙汰は、興味津々で、お互に口止めをしながら、たちまち奥中へパッと広がってしまう。

526 **手へうけて見て居つゞけの胴をすへ**　かためこそすれ〳〵

吉原の雪の朝。目を覚ますと昨日とは一変した雪景色で、これは困ったと思いながら、窓から手を出し、降る雪を受けてみる。「エイ、こうなったらままよ」とばかり、度胸を据えて、居続け（465参照）と覚悟を決めた。458参照。

　雪なればよしとずつぷり引かぶり　（柳二210）

○胴をすへる＝度胸を定める。

527 **早乙女《さおとめ》は他領の方へ草をなげ**　つんで置きけり〳〵

田植えの時は、水田に苗を適当な間隔に投げこんでおき、それを拾いながら田を植えて行く。自分の植えて行くコースに、時折苗がかたまったりしていると、それを他人のコースへ投げて苗の均衡を保っておくわけである。それを大げさに「他領」といったところがおかしい。

○早乙女＝田植えをする女。○草＝苗草。

528
気のもめる日は朝めしのまんま也《なり》　さそひこそすれ〳〵

冠婚葬祭など、大勢の人が家へ出入りして、心あわただしく応対しなければならないような日は、気がついてみると、朝飯を食べただけで、あとは何にも口へ入れないままに一日が終っていたりする。

529
紅葉見《もみじみ》に母は去年の異見《いけん》をし　ねんの入れけり〳〵

「ちょっと友人と紅葉見に」という息子に、「去年もそんなことを言って出掛けたまま、朝まで帰って来なかったが、今年は大丈夫なんだろうネ。友達に誘われても断わって帰って来るんだヨ」と、母は口をすっぱくして注意をしておく。紅葉見から遊廓へというお定まりのコースを母も見抜いているのである。99・401参照。

けふこそは本《ほん》の紅葉と母へいひ　（柳一二）
（本のは、本当の）

○異見＝意見。

530
宿下《やどお》りに母はどつとゝたき付ける　ねんの入れけり〳〵

久しぶりに奉公先から宿下りで帰って来る娘に、母親はいろいろな料理をタップリ食べさせようと、いつもは倹約にしている薪を、今日ばかりは惜しげもなく盛大に焚きつけて食事の用意である。

531
はやり風三井《みつい》が見世《みせ》に小半年　かためこそすれ〳〵

越後屋呉服店では、いったん風邪が流行ると、あれだけたくさんの店員がいるのだから、次から次へと風邪がうつって、半年ほどは、誰かがゴホンゴホンとやっているに違いない。

「三井が見世」は、越後屋のことで、現金切り売りの新商法で大当りを取った江戸第一の呉服店。寛政ごろには、約八百人の店員がいた。今日の三越の前身である。

532
びやう打《うち》の先へしたゝかかしましい　さそひこそすれ〳〵（31オ）

花見とか神社参詣とかの折ででもあろう。大名の奥方か何かの鋲打《びょううち》乗物の駕籠先につき従う、大勢の御殿女中。そのおしゃべりのペチャクチャとうるさいことといったらない。
どうも女性集団のおしゃべりは、江戸の昔も変わらなかったと見える。

533 **光秀《みつひで》はあつかいぎりで絵がくさり**　かためこそすれ〳〵

明智光秀は、本能寺に信長を襲い、天下を奪ったものの、その好条件を生かしきれず、世にいう三日天下に終ってしまった。これを読みガルタ（22参照）にたとえれば、いい手の内で上がったものの、「あつかい」どまりとなり、一つ一つ点数を勘定すれば、もっと高得点になるところを、せっかくの札が生かし切れなかったようなものである。

○あつかい＝役や点数をいちいち勘定しない一定の高得点。マージャンの満貫のようなもの。したがって、「あつかいぎり」とは、満貫どまり的なものをいうのであろう。○絵がくさる＝絵札などの高点札を生かし切れないこと。

534 **ほれて居るやつは一生しまかされ**　かためこそすれ〳〵

惚れた弱みという言葉があるが、ここはまさしくそれで、女房に惚れた亭主は、結局、強いことも言えず、唯々諾々と女房の言いなりになって一生を送るわけである。本人は、それで満足とはいえ、傍目《はため》には不甲斐《ふがい》なくうつることもまた確かである。

ほれたやつ見ぐるしい程つかわれる　（柳六）

○しまかす＝相手を思い通りにする。

535 **よし町のいしゆで本寺《ほんじ》にいじめられ**　ねんの入れけり〳〵

吉原で、一人の遊女を争い、負けたほうがその事を恨みに思うなどというのは、よくある筋書きだが、芳町（273参照）の場合は、陰間だから、争うほうも僧侶同士で、末寺《まつじ》の和尚が勝を制し、後日それを恨みに思った本山の住職が意地悪をするなどということもありそうである。

○いしゆ＝意趣。遺恨。

536 **ごふく屋はたよりすくない下駄をはき**　さそひこそすれ〳〵

越後屋（531参照）では、広大な売場に多くの客がやってくるため、履物の紛失がよくあったようで、「はき物御用心」の札が置かれ、店員用として、緒の部分がない、ただ親指の股にひっかけるだけの大下駄を置いてあったようだ。これも、盗難を避ける工夫であろう。

ごふく店《だな》はなをの切れた下駄をはき　（柳二〇）

○たよりすくない＝たよりない。

537
はやがねに和尚《おしよう》を見ればさるぐつわ　かためこそすれ〳〵

急を知らせる寺の早鐘に、何事かと人々が駆けつけてみると、押込み強盗に入られたと見え、もったいなや和尚様は猿轡《さるぐつわ》をはめられ、後手に柱にしばられているではないか。

さるぐつわ和尚をはじめたてまつり　（柳二115）

（「……をはじめたてまつり」は、謡曲「船弁慶」の文句取り）

538
かみさまは有るか〳〵と小間ものや　かためこそすれ〳〵

小間物屋は、女性客相手の商売であるが、少しでも販路を拡げようと、「かみ様はあるか」などと聞いて、女房持ちの男性にも売りこみをはかる。＊

小間物屋男に櫛《くし》をうりたがり　（柳七）

539
かわきりが済むと上《じよう》るり本《ぼん》を出し　つんで置きけり〳〵

お灸は、かわきり（一番最初に据える一荘）が殊に熱いので、歯をくいしばったり顔をゆがめたりで、専心堪えることに集中する（736参照）が、それが済むと、あとはそれほど熱いものではなく、ただ据えてもらうだけで、いささか手持ち無沙汰になる。それで、傍にある浄瑠璃《じようるり》本を出して拾い読みをしたりするというわけである。

540
くじどりで芝居の供のろんがやみ　かためこそすれ〳〵

奥方の芝居見物。奥女中のうち、誰が御供をするかで大もめとなったが、公平を期してくじ引きということになり、一件落着と相成った。

貌見《かおみ》せのお供はどれもくじつよし　（柳四49）

○くじどり＝くじびき。

541 **十四日時分にぎばはさじをすて**　ねんの入れけり〳〵（31ウ）

さすがの天竺《てんじく》の名医耆婆《ぎば》も、釈迦入滅の前日に当たる、二月十四日頃には、もうこれは治らないと、匙《さじ》を投げたことであろう。

二月十五日に、釈迦の涅槃会《ねはんえ》の法会が行なわれていたところからの発想。

○ぎば＝中国の扁鵲《へんじゃく》と並び称される天竺の名医。

542 **糸売《いとうり》ははかりのさやを相手どり**　ねんの入れけり〳〵

糸は桛《かせ》単位の計り売りである。目方の軽いものなので、念を入れて微妙なところまで計りわけるというような句意と思われるが、「はかりのさやを相手どる」というのが、どういうことを指しているのか、よくわからない。解釈の定まらない難句である。なお、「はかりのさや」は、平たい瓢簞《ひょうたん》形のもの（459頁参照）。

543 **御さい迄《まで》とふ〳〵房《ふさ》を長くさせ**　かためこそすれ〳〵

大奥や諸大名の奥女中たちには、日蓮宗の信者が多かったので、奥女中の雑用係である御宰《ごさい》まで、とうとう数珠の房が長い、日蓮宗に改宗させてしまった。

日蓮宗の長い数珠、またその積極的布教の特色をうまくとらえた。

544 **姉の産是《これ》も弐三歩《にさんぶ》いる出入《でいり》**　ねんの入れけり〳〵

姉を嫁《かたづ》けて、さて今度は妹の仕度にと、あれこれ物入りの最中、姉が出産ということになった。この祝いにも二、三分（四分＝一両）の出費は覚悟しなければならない。これはまた、ちょっとしたもめごとになろう。

○出入＝もめごと。

545 **堀江町《ほりえちょう》凪しづまってさつまいも**　つんで置きけり〳〵

堀江町（中央区日本橋小舟町辺）の問屋街は、夏場の団扇《うちわ》取引きが終ると、冬場は一転して薩摩芋の問屋に早変りである。これこそ、謡曲「舟弁慶」ではないが、「凪しづまつてさつまいも」と言ったところである。

堀《ほり》ゐ《い》丁《ちょう》うちわとみせてさつまいも　（柳一七）

○堀江町＝訛って、「ほりいちょう」とも。『江戸惣鹿子名所大全』に、「壱丁目、団《うちわ》問屋、栗・蜜柑の問屋あり」とあり、冬場は、薩摩芋・栗・蜜柑などの季節の物を扱ったようである。○凪しづまつて＝『和漢朗詠集』行旅、小野篁の詩、「渡口ノ郵船風ハ定《しづまつテ》出《いデ》……」を引いた、謡曲「舟弁慶」の詞章。

546
物もふに手間をとらせる真つぱだか　ねんの入れけり〳〵

夏の暑気見舞。「物申う」と声をかけると、返事はあったものの、何かゴタゴタと手間取って、なかなか現われない。それもそのはず、褌《ふんどし》一つの真っ裸でいたので、あわてて着物をひっかけているのである。

ひつかけてあいさつに出る暑気見まひ　（明和元）

547
居つゞけのばか〳〵しくも能《よ》い天気　つんで置きけり〳〵

夜分から降り始めた雪に、どうせ積るに違いないと見越して、居続けをきめこみ、シッポリと楽しんで朝寝をしたまではよいが、さて起きてみると、すでに陽は高く登って、昨夜とは一転しての快晴である。遊び気分はどこへやら、さりとていまさら帰ろうにも帰れず、誠にサマにならぬ居続けとなってしまった。458・526と対照的なケースである。

「雪の明日《あした》は孫子《まごこ》の洗濯」と言って、天気がよいものとされている。

548
忠度《ただのり》はいつぱし〆《しめ》た気でおさへ　かためこそすれ〳〵

平家の侍、薩摩守平忠度は、一の谷の軍に、源氏方の岡部六弥太《おかべのろくやた》と組み討ちとなり、六弥太を取っておさえて、すでに首をかかんとするところを、六弥太の郎党《ろうとう》に後から右腕を切り落とされ、逆に討たれてしまった。六弥太を組みおさえた時には、もうこれで討ち取ったも同然と思ったことであろうとの句。

してやつた気で忠度はしてやられ　（明和元）

○〆る＝物にする。

549 **かみゆひのぞうりはく日に手間を入れ**　さそひこそすれ〳〵

廻り髪結は、下駄を履いて得意先を廻り、髪を結って歩くが、草履を履いて行楽に出かける折などは、お客様を放っておくわけにもゆかず、臨時雇いをたのんで代理をしてもらう。

廻り髪結が平素下駄を履いている所へ目をつけた句立てである。

髪ゆひの四五あしならす下駄の音　（柳二64）

○手間を入れる＝臨時雇いを頼む。

550 **つぎぎせるくわえてあるく村の嫁**　さそひこそすれ〳〵（32オ）

継煙管《つぎぎせる》は、ラウ（竹管）の真中を二つに取りはずし出来るように金具で継いだ女性用煙管。おそらく、江戸では当時、すでに流行遅れであったのだろう。しかし、田舎ではその継煙管も珍しく、嫁は得意そうに、くわえて歩いているとの句。

つぎらうでのんでるのがそと村見合ひ　（筥二）

（継《つぎ》ラウ＝継煙管）

551 **白びやうし手がらをしなと着せて遣《や》り**　ねんの入れけり〳〵

源平時代の遊《あそ》び女《め》白拍子は、戦陣につき従って伽《とぎ》もするであろうから、出陣の朝は、一夜をともにした侍に、「手柄をしなよ」などと言いながら、鎧《よろい》を着せかけてやったことであろう。ちょうど吉原の遊女が後朝《きぬぎぬ》に、客に羽織を着せかけるように……。

白ひやうし出しなに重くだきつかれ　（明和三）

（鎧を着た姿で抱擁）

552 **どふしよふの相談を聞く矢大臣**　かためこそすれ〳〵

浅草寺の本堂から右手へ曲がり、随身門《ずいじんもん》を抜けると、馬道から日本堤、そして吉原へと道が続いている。この随身門のところまでやって来て、「これから吉原へ行こうか、どうしようか」などと相談をしている遊び好きもいる。随身門にまつられている矢大臣は、そんな話を、よく耳にされることであろう。

○矢大臣＝随身門に祀られた守護神。随身の服装をし、弓矢を持っている。矢大神。

506　日高川の安珍清姫
（『浄土和讃図会』）

494　玄関番（『傾城三国志』
二巻四　跡見女子大蔵）

553　竈と水瓶（『絵本江戸紫』日本風俗図絵）

542　はかりのさや（『絵本目さまし草』）

553 **水くみの銭へつついの角《かど》におき**　ねんの入れけり〳〵

水汲み（504参照）に、台所の水瓶へ水を汲みこんでもらう。その銭を、水瓶に近い竈《へっつい》の隅っこへ置いて、「おあしはここへ置きますから、よろしく……」。

水瓶と竈は、たいがい並んでいるのである。細かい目のつけどころ（459頁参照）。

554 **こし元《もと》は隠居に廿五《にじゅうご》もくおき**　ねんの入れけり〳〵

上流商家の隠居であろう。つれづれに、腰元をつかまえて、碁の御相手をさせる。置き碁のハンディも、普通は、井目《せいもく》（九もく）か風鈴《ふうりん》（十三もく）どまりであるが、石の取り方もよくわからないような初心者なので、二十五目ぐらい置かないと、どうにもならないのである。

555 **後《のち》のむこむじんのからもたんだへる**　ねんの入れけり〳〵

先《せん》の婿の道楽に懲《こ》りて、今度は倹約で手堅い婿をもらったところ、さっそくに帳面をすべて点検し直し、掛金だけが残っている無尽についても、当初からずっと調べて、掛金の支払い状況までもチェックする入念さである。○むじんのから＝空無尽《からむじん》。無尽講（50参照）で、籤《くじ》に当たって支払いを受け、あとは掛金の支払いだけが残っているもの。○たんだへる＝筋を追って詮索する。

556 **米つきを落城すると呼びに遣《や》り**　つんで置きけり〳〵

米櫃の米も残り少なくなって来たので、「兵糧が尽きて落城しそうだ」などと冗談を言って、米つきを呼びにやり、玄米の精白を頼む。

557 **にげしなに覚《おぼえ》て居ろはまけたやつ**　さそひこそすれ〳〵

喧嘩に負けたやつに限って、「覚えていろ！」などという捨てゼリフを吐いて逃げてゆく。まさしく、犬の「逃げ吠《ぼ》え」といったところである。

558 **下女壱人《ひとり》あたりさわりで蔵へねせ**　ねんの入れけり〳〵

主人と関係の出来そうになった下女であろう。それが原因で夫婦の間は穏やかならず、摩擦を少しでもさけるために、しばらくは蔵へ下女を一人で寝かす（ねせる）ことと相成った。

○あたりさわり＝周囲に摩擦を引きおこすようなこと。さしさわり。

559
湯のいしゆを水でかへすは源九郎《げんくろう》　ねんの入れけり〳〵（32ウ）

源九郎義経の父、源義朝は入浴中に謀殺されてしまった（566参照）。後年、成長した義経が、平家一門を壇の浦に滅ぼしたが、それは、この湯殿のうらみを、西海の水ではらしたといったところであろう。湯と水とをうまく対照させた句。

よしつねも母をされたで娘をし　（末一）

（母常盤御前が清盛に奪われたので、今度は清盛の娘建礼門院を奪った。605参照）

560
夜《よ》そば切《きり》ちよくで手水《ちょうず》をかけて遣《や》り　ねんの入れけり〳〵

だいたい、手水は柄杓《ひしゃく》でかけるものだが、夜蕎麦《そば》切り（夜蕎麦売り）の場合は、ちょっとその辺で立小便をして屋台に現われた客に、蕎麦猪口《ちょこ》で手水をかけてやったりする。

おそらく、博奕《ばくち》を打っていた者が、たまった小便を放出して、蕎麦を食うというあたりであろうか。夜蕎麦売りと博奕場の句は多い。

○ちよく＝猪口。

561
瓜《うり》ばたけ出てからはなをすげてはき　ねんの入れけり〳〵

瓜畑で草履の鼻緒が切れても、その場ですげ直さず、瓜畑を出てからすげ直すとは、まことに念の入ったことで、まさに、「瓜田ニ不レ納《い》レ履《くつ》ヲ（あらぬ嫌疑を受けぬよう、瓜畑で履が脱げても拾わない）」の日本版といったところである。

瓜ばたけわるいはなをの切れ所　（柳一七）

○はなを＝鼻緒。

562
やらかしてくれろとはいる髪結所《かみいどこ》　ねんの入れけり〳〵

頭の恰好を気遣う遊び盛り。「一つやらかしてくれろ」などといって、髪結所へやってくる。当時の髪結所は、一種の社交場でもあり、そうした庶民の雰囲気がうまく出ている。

○やらかす＝「する」の卑語。

563 **柳原《やなぎわら》まくがおそいと石をなげ**　かためこそすれ〳〵

芝居の切落としでは、幕間《まくあい》が長く次の幕がなかなか始まらないと、退屈のあまり蜜柑の皮の投げっこが始まるが、柳原土手（浅草橋から筋違橋までの神田川南岸の土手）の夜鷹（416参照）小屋の客は、前の客の一儀が長く、なかなか自分の番が廻って来ないと、手近の小石を拾って小屋に投げこんだりする。

564 **樽ひろひさしもの乳母《うば》をいひまかし**　かためこそすれ〳〵

口のへらない、悪戯《いたずら》盛りの樽ひろい（135参照）。乳母と言い合いになり、形勢不利と見るや、横丁まで隈なく廻る情報通の強みを生かして、乳母の秘密をすっかりあばいたりする。そんなことをされては、身に覚えのある乳母は閉口というところだ。

樽ひろひあやうい恋の邪魔をする　（柳初509）

565 **わんぼうはやると物見の松でいひ**　つんで置きけり〳〵

普通の追いはぎは、身ぐるみすっかりはいでしまうところだが、物見の松に登って旅人を狙ったという熊坂《くまさか》長範《ちょうはん》は、大盗賊だけあって、「衣類はくれてやるから、有り金残らず置いてゆけ」と、金目のものだけを狙ったことであろう。

○わんぼう＝他人の衣類を罵《ののし》っていう語。

566 **きんだまをつかめ〳〵と長田《おさだ》下知《げじ》**　ねんの入れけり〳〵

平治の乱に敗れた源義朝《よしもと》は、知多半島の内海《うつみ》に逃れたが、入浴中を、平家の恩賞にあずかろうと寝返った長田《おさだの》庄司《しょうじ》忠致《ただむね》に謀殺されてしまった。その湯殿で、義朝に組み伏せられた家来に、「何をしておる！　ソレ、急所の金玉をつかめ！」などと、長田があわてて指図したことであろうとの句。まさか、そんな指図はしまいが、湯殿で裸というところから、金玉を出したところが川柳である。

よしともはぬき身をさげてうち死し　（柳二506）

567
跡《あと》をおすていしゆやごしのしまい也《なり》　つんで置きけり〱

家に残って荷物をつぎつぎと積みこんでいた亭主が、今度の荷車の後押しをして行く。さてはあの車が引越の最後の荷物のようである。

○やごし＝家越し。引越し。

568
へぼ瓜《うり》のやうにからげる一人《ひとり》ぶち　つんで置きけり〱（33オ）

「一人扶持」は、最下級武家の扶持高。一日玄米五合で毎月支給となるから、月高一斗五升である。これを俵に入れてくると、三分の一強しか入らないので、片方だけがふくれた、ちょうど出来そこないのへボ瓜のような俵が出来るわけである。これが二人扶持だと、「二人扶持ひやうたん形《なり》の俵也《なり》」（柳三八）ということになる。

569
かゞみとぎ少し出したで顔がふえ　さそひこそすれ〱

ツンツルテンの着物を着た、愚直な鏡磨ぎの老人（171参照）。仕事に熱中のあまり、自分の前がはだけるのもうちわすれ、ゆるフンの間からチラリとキンをのぞかせている。おもしろがって興味津々の女性たちの見物がふえたが、御当人は一向にそれに気付いていない。

570
女中供ならんで行《ゆく》はなめたやつ　さそひこそすれ〱

いかに御婦人とはいえ、その御供は少し後からつき従うのが礼儀であるが、この女性の供の男は、一緒に並んで歩いてゆくとは、よほど主人を侮った態度である。

○女中＝女性を敬っていう語。

571
中宿《なかやど》で根津《ねづ》へ行くのはがきかず　さそひこそすれ〱

中宿で身仕度を整え、これから吉原へ繰りこもうなどというのは、なかなか羽振りもいいが、これから根津へ行こうなどという客は、格も一段と落ちて、まったく羽振りも何もきいたものではない。

根津は、大工等の職人客の多い、下級の岡場所であった（89参照）。

〇中宿＝遊客が、着換えや変装などに利用する中継ぎの家。〇はがきく＝羽振りがよい。

572 **置きつけぬやつが羽折《はおり》にひぼを付け**　つんで置きけり〳〵

質を置くのに、羽織に紐をつけても、別にそれだけ高く貸してくれるわけではない。馴れたやつはそのあたりをよく心得て紐をはずしてくるが、紐をつけたまま質に持ってくるのは、あまり質を置いたことのない奴である。

573 **たのもしの尻へ出るのが嫁の里**　かためこそすれ〳〵

まとまった金が必要となり、親類・知人等を動員し、ようやく頼母子講（無尽講。50参照）の成立にこぎつけた講親。その第一回の集まりに、挨拶する講親の後に出て一緒にかしこまっているのが、講親の嫁の里である。

無尽講は、親（発起人）が第一回の掛金を取ることが出来た。嫁の里は、嫁入先の諸事に関し一緒になって何かと手助けをするものである。

574 **おどり子の袖を手伝ふかごの者**　ねんの入れけり〳〵

料理茶屋の宴席あたりから声がかかって、その迎いの駕籠に乗る踊子（100・382参照）であろう。駕籠からはみ出す大振り袖を中へしまうのを、駕籠の者も一緒に手伝う。

575 **田舎《いなか》乳母《うば》口黒《くちぐろ》らしい乳を出し**　ねんの入れけり〳〵

田舎乳母が御目見得の時に、乳を出して見せた。容姿のほうはさっぱりであるが、乳のほうは、乳首のあたりが黒ずみ、乳の出もなかなかよさそうで、上上吉の「口黒」といったところである（471頁参照）。

〇口黒＝役者評判記の位づけに、「上上吉」と記されたもののうち、「上上」および「吉」の字の「口」の部分が黒く書かれたもの。評判役者の部類に入る位である。

576 **女湯の方へはらせる血のくすり**　さそひこそすれ〳〵

銭湯の広告。歯みがき・膏薬・講釈・浄瑠璃など、様々のビラが貼られているが、血の道の薬の広告だけは、女湯のほうに貼らないと意味がない。

○血のくすり＝婦人病の薬。

577 **こい取《とり》に一《ひと》しやくたのむ花ばたけ**　つんで置きけり〳〵（33ウ）

美しい花を咲かせている花壇。そこの堆肥《たいひ》へ、汲取りのついでにちょっと一柄杓《ひしやく》入れておいてもらう。

「花畠《ばたけ》」は、俳諧では秋の季語である。その美的情趣を、肥取《こえと》りに結びつけたところが川柳の目のつけどころといえよう。

578 **めづらしい内《うち》はよこねも出して見せ**　ねんの入れけり〳〵

「オイオイとうとう横根が出来たゾ」と、初期のうちは物珍しさも手伝って、遊び仲間に、わざわざ股を出して見せたりする遊び盛りの無分別。

○横根＝性病感染により股のつけ根にできる腫物。

579 **居風呂《すえふろ》のわきにしやがんで水を呼び**　ねんの入れけり〳〵

風呂を湧かしすぎて、手も入れられない位である。すでに着物を脱いでしまって井戸端まで水を汲みにも行けず、寒くて縮こまりながら、大声で「オーイ、うめてくれ」と水を呼ぶ。

現在なら蛇口をひねればすぐに水が出るところであるが、昔は井戸から水を汲んでいたので、こうしたことも起こる。

580 **やみ上り女房《にようぼ》はまたをひつかゝれ**　かためこそすれ〳〵

病後の恢復期は、次第に気力・体力も増進し、性欲のほうも盛んになってくる。我慢しきれずにいどみかかったのを、女房は、「毒だからおよし」と防備が堅い。そこを無理矢理に攻めこんでの攻防戦。病み上りで爪も伸びたままゆえ、とうとう女房は股を引っかかれてしまうさわぎである。

581 **前だれで手をふきながら四百《しひやく》とり**　つんで置きけり〳〵

上野山下（現在の国鉄上野駅から京成上野駅辺りまで）には、ケコロバシと呼ばれる私娼がいた。前垂れ姿で揚代は一切り二百文。ここで四百文払ったとは、一切りであきたらず、直し（遊び時間の延長）にしたと見える。

御てうしがかわりやしたとだりとられ　（安永四）
（だりは、四の符牒で、ここは四百文。直すとさらに新しい酒の銚子が出た）

582 **ワキ僧はたばこぼんでもほしく見へ**　ゆるり〳〵と

能のワキ僧は、冒頭に登場し、シテと問答したあとは、脇座にじっと坐ったままであるが、あれは見ていてどうも退屈そうで煙草盆《たばこぼん》でも持っていってやりたくなる。

〇ワキ僧＝能のシテ（主役）に対する相手役のワキは、諸国一見の僧侶という場合が多い。

583 **かたみわけはじめて嫁のよくが知れ**　そのはづのこと〳〵

今までは、姑の手前もあり、控え目でおとなしくしていた嫁も、姑が死ぬと、その抑圧がとれ、少しでもよいものを形見にもらおうと、つい本音の欲がそのまま出てしまった。

かたみわけ嫁人がらを仕廻《しま》ふ也《なり》　（柳一〇）

584 **じやうさまをおい込んでたつ玄関番《げんかばん》**　ゆるり〳〵と

退屈のあまり、主家のお嬢様のお相手をしていた玄関番。訪問客の声に、お嬢様を居間のほうへ追いこんで、玄関へ出て行く。

585 **尺八はいしやうの能《よ》いがいっち下手《へた》**　そのはづのこと〳〵

虚無僧《こもぞう》（128参照）になり立てで、まだ衣裳の美しい者は、年期が入っていないので尺八も一番（いっち）下手である。＊

586 **はち巻で女房《にょうぼ》へ願ふむかい酒**　そのはづのこと〳〵（34オ）

どうも昨夜は、少し飲みすぎたらしい。二日酔で頭がガンガン痛むのを鉢巻でおさえて、「これは、迎え酒でもやらないとどうにも我慢ならない」と、女房に一本頼みこむ亭主。

587 **うら口へ嫁の願ひは鬼すだれ**　そのはづのこと〱

夏は、座敷を開け放して簾を吊るが、勝手元で立ち働く嫁としては、裏口のほうへも、せめて鬼簾なりとも吊って、目隠しにしてほしいとの願いである。

○鬼すだれ＝篠竹などを丸のまま使って編んだ簾をいうようである。

588 **禿《かむろ》来て鼻からけむを出せといふ**　とまりこそすれ〱

暇を持てあましている居続け客でもあろうか。退屈のあまり、煙草《たばこ》を色々に吸ってみたりしているところへ、それを見つけた禿（62参照）がやって来て、「鼻から煙を出してみなんし」などと、せがむ。ちょっとしたことにも好奇心を示す年頃なのである。

ねだられて禿にやりし烟《けむり》の輪　（拾八）

589 **あいそうに釣竿《つりざお》を出す浜屋敷**　とまりこそすれ〱

浜屋敷は、海辺に面して建てられている大名衆の下屋敷。手持ち無沙汰な泊り客に、「お慰みにいかがでございますか」と、釣竿を出す。

590 **もろ白髪迄《しらがまで》はうさんなていしゆ也《なり》**　残念な事〱

夫婦揃って諸《もろ》白髪の年寄りになる頃には、そんなこともなくなるであろうが、それまでは、こと色事に関しては、目の離せない、まったく危ない亭主である。

「もろ白髪迄はあぶなき女房《にようぼ》也」（柳二350）という先行句がある。

591 **われ角力《ずもう》羽織のひぼをむすばせる**　残念な事〱

いよいよ、ひいきの角力取りが出る取り組みになった。勝ったらすぐに羽織を投げてやろうと、紐をほどいて待ちかまえていたが、残念なことに勝負がつかず、引き分けとなってしまった。ガッカリとして、羽織の紐を結び直す角力好き。

三篇34オ

592 **ぜんぴやうは後家の目《ま》ぶちのほくろ也《なり》**　残念な事〱

亭主を失い、とうとう後家になってしまった女性。今にして思えば、やはり、あの目の縁のホクロが、こうした不幸の前兆を示していたのだ。

男女宮《だんじょきゅう》（鼻の両脇目頭の下の部分）にホクロがあると、老いて苦労が多いという。また、特に女性の場合、左の目頭の下のホクロを凶とした本もある。

○ぜんぴやう＝前表。事の起こる前ぶれ。

593 **すゞめ形《がた》うぶ着の礼に一つ折《おり》**　そのはづのこと〱

産見舞に産着を頂戴した。その御礼にと、産褥《さんじょく》を囲った、雀形の屏風の端を折り開けて、産児の顔を見てもらう。

うぶぎだひすゞめを二枚ほどたゝみ　（柳二五）

（産着代がわりに……）

○すゞめ形＝屏風の裏面の、雀が翼を広げた形を図案化した模様。

594 **はらのたつすそへかけるも女房《にょうぼ》也《なり》**　とまりこそすれ〱

夕べの疲れか、うたたねを始めた亭主。「まったく人の苦労も知らないで遊んでばかりで、家へ帰るとこの有様……」と、ムシャクシャして仕方ないが、それでもひょっとして風邪でも引いてはと心配して、腹立ちながらも裾のほうへ、ちょっと掻巻《かいまき》などをかけてやる女房の心遣い。

595 **一ぺんはすげなく通るふみ使《づかい》**　そのはづのこと〱（34ウ）

遊女からの手紙を届ける文使い（476参照）は、家人に気付かれては大変だから、まずは様子を偵察と、一度は知らん顔で店先を通りすぎてみる。

596 **雨蛙《あまがえる》すぐに其角《きかく》がわきをつけ**　そのはづのこと〱

元禄の俳人、宝井其角が、三囲《みめぐり》神社（墨田区向島にある）で、「夕立や田を見めぐりの神ならば」という雨乞の句を詠むと、たちまちにして雨が降り始めたという。したがって、その時は雨蛙がいっせいに鳴き出し、その様はまるで、其角の発句に対して、間髪を入れず脇を付けたような按配であったに違いないとの句。俳人其角の縁で、「脇をつける」という俳諧用語を用いた。

○が＝の。○わき＝脇句。五七五の発句に対して付ける七七の句。発句の挨拶に答え、また発句に言い残した心を受ける。

597
三会目あたりなますへ箸《はし》を付け　ゆるり〳〵と〳〵

初会・裏・三会目と、同じ遊女に三度通って、やっと馴染《なじ》みとなる。それまでは、客の前で物を食べるなどということはしなかったのが、鱠《なます》などに箸をつけて、馴染みとなった親しさを示してくれるのである。

けいせいに箸をとらせてうれしがり　（明和元）

598
預《あず》け引《びき》たぎつた男二人《ふたり》来る　そのはづのこと〳〵

喧嘩のいっさいを仲裁人にまかせた二人。仲直りのために料理屋などで一杯という次第であるが、それでもまだ腹わたが煮えくり返り、喧嘩の興奮さめやらぬ体である。

○預け引＝処理のいっさいを仲裁人にまかせて喧嘩をやめること。

599
ゑい山はしやかで夜が明けみだで明け　そのはづのこと〳〵

世間では、法華宗と浄土宗は犬猿の仲であるが、天台宗では、「朝題目に夕念仏」といって、朝は釈迦の説いた法華経を読誦《どくじゅ》する「法華懺法《ほっけせんぼう》」を行ない、夕方は阿弥陀経を誦して念仏を唱える「弥陀念仏《みだねんぶつ》」を行なうので、天台宗の総本山である比叡山延暦寺では、まさしく、釈迦と弥陀が共存して、釈迦で夜が明け、弥陀で日が暮れるという具合になるであろう。

原典の川柳評万句合の刷物では、「弥陀で暮」となっている。本篇の「みだで明け」は、上の「夜が明け」にひかれた、誤りと考えておくこととする。

弥陀しやかの違い不縁の元《もと》となり　（柳四64）

（法華宗と浄土宗）

600
足留《あしどめ》に盃計《ばかり》出しておき　ゆるり〳〵と〳〵

急の来客に、酒も肴《さかな》も調《ととの》わない。取りあえず盃だけを出して、「まァごゆっくりして行って下さい」と、足留めをしておいて、あわてて酒屋へ使いを出し、また、肴の用意を始める。

601
ちつとした事さと禿《かむろ》かけて行《ゆき》　とまりこそすれ〳〵

「そんなに急いでどこへ行く」と聞かれ、「ちっとした事さ」などと、いっぱしの返事をして駆けてゆく禿（62参照）。

年端《としは》のゆかない子供は、つい本当の事を言ってしまうものだが、禿などは差し障りのあることは口にしてはいけないということがわかるのである。おそらく、おいらんの用事で質屋へ物を置きに行ったりする場合でもあろう。

禿よくあぶない事を言はぬなり　（柳初143）

602
中宿《なかやど》は行燈《あんどん》はるとほぐにされ　そのはづのこと〳〵

遊客が着替えや変装等に利用する中宿（571参照）の行燈は、時間潰しの客が、退屈しのぎに落書きなどをするので、新しく張りかえても、すぐに反故《ほぐ》のようになってしまう。

603
灸《きゅう》をむになされますかとゑりを折《おり》　そのはずのこと〳〵

つき合いで夕方から外出する亭主。「まァせっかくのお灸が無《む》になってしまいますヨ」と、後から羽織を着せかけて襟を直しながら、女房が、やんわりと注意する。

これから夜にかけては、風寒・酒、はては房事などと、どれをとっても灸の後にはよくないことばかりが控えているわけである。

604
宵立《よいだち》の客は何やらきゝかぢり　とまりこそすれ〳〵（35オ）

宵のうちに帰って行く遊客は、普通の客がちょうど床入りをしようという頃だから、閨中の睦言などが、耳に入ったりすることもあろうというものである。

○宵立＝宵のうちに出立すること。特に、遊里で泊

575　乳母の目見得（『敵討真女鑑』中巻　跡見女子大蔵）

611　善の綱（『滑稽繕の綱』上）

る予定の客が宵のうちに帰ること。

605 **判官《ほうがん》も沙汰《さた》は無い事気味が有《あり》**　　そのはずのこと〳〵

九郎判官義経は、壇の浦の戦で、建礼門院（清盛の二女徳子。高倉帝の后。安徳帝の母）を生捕り、船中にて密かに情を交したという。その時、武将たちの間では、「あの判官殿も、内緒の話だが、建礼門院とは、ちょっとあやしい感じだぞ」というような、噂が立ったことであろう。

よしつねは舟の内にてびろ〳〵し（明和三）

○沙汰は無い事＝内緒の事だが……。他へは言ってくれるな。○気味＝（特に異性間の）そのような趣き。

606 **ほうそうのいつちおもいにむこをとり**　　そのはづのこと〳〵

女の子ばかりの家で、結局婿を取って跡をついだのは、疱瘡が一番重かった娘である。痕が残って醜くなり、とても嫁に出せないのでは、仕方のないことである。

607 **鑓持《やりもち》をはじめてつれてふりかへり**　　ゆるり〳〵と〳〵

武士も、百石取りクラス（旗本では、百俵十人扶持の小十人組がこれに当る）になると、鑓持ちを一人抱えられる、鑓一筋の身分となる。はじめての出世に心うれしく、後に従って来る鑓持ちを振り返ってみる気分は、また格別のものであろう。

「初《はつ》に持《もた》せる鎗《やり》をふり向《むく》」（童の的二）という先行句がある。

608 **御さいかご何が出よふも知れぬ也《なり》**　　そのはずのこと〳〵

奥女中たちの買物を入れる御宰籠（御宰は、543参照）の中には、日用の雑多の品にまじって、おそらく欲求不満の奥女中たちがほしがる秘具の張形あたりが入っているに違いない。

蓋明《ふたあけ》てあいその尽《つき》る御菜籠《ごさいかご》（武玉川一）

（「御菜」とも書いた）

609 **若いもの羽折《はおり》ひつかけ江戸へ出る**　　ゆるり〳〵と〳〵

妓楼の雑用をする若い者（74参照）が、使いのため、浅草のはての吉原から、江戸の町（43参照）へ出かける時には、いつもとは違って、羽織をひっかけ、ちょっと改まった小ざっぱりした身なりをして行く。

現在の、東京都の郊外から都心の銀座のあたりへ出かけて行く感覚と同じである。

610 **わづらいの内は女房《にようぼ》の膳でくい**　ゆるり〳〵と

病中、寝床の上で食べるには、足の高い女性用の膳が食べやすいので、特別に女房の膳を借りて食事をするというわけだ（『川柳しなの』三篇輪講、浜田桐舎新説）。

女性用の膳のほうが、男性用より足が高いのである（『守貞謾稿』後集巻之二）。これが判らなかったので従来の説は、今一つピンとこなかった。

611 **とび付いて娘へわたすぜんのつな**　ゆるり〳〵と

開帳参詣の人がいっぱいで、善の綱に手が届きかねている娘へ、母は人を押しわけて飛びつき、握りやすくしてやる（471頁参照）。

開帳の折などには、仏を安置した網戸張《とばり》から、向拝《こうはい》下の大塔婆にかけて、長く善の綱が張り渡してある。これを握りしめると、仏の導きを得られ、御利益にあづかることができるといわれた。

善の綱とび付く程で丁《ちょう》どよし（宝暦十三）

612 **気にいらぬしまとは乳母《うば》のほたへ過《すぎ》**　そのはずのこと〳〵

いくら、和子《わこ》様のお守りをしているからと言って、お仕着せにいただいた着物の縞柄《しまがら》が気にいらぬなどというのは、ちょっとつけ上りすぎているというものである。
○縞《しま》＝着物の織縞。○ほたへる＝つけ上る。図にのる。

613 **百姓はねこだのうへで死にたがり**　そのはずのこと〳〵（35ウ）

不慮の事故などに遭わず、畳の上で死にたいというのが一般の人の願いであるが、百姓の場合は、畳などを敷いていないから、「ねこだ」の上で死にたいと願うことであろう。

○ねこだ＝藁などで編んだ大形のむしろ。

614 **初がつほこれも左のみゝで聞《きき》**　　そのはずのこと〱

初鰹で一杯やるのを、こたえられないと考えている酒呑みは、左利きなどと言われるから、きっと初鰹の売り声も、左の耳で聞きつけるに違いない。

615 **さいみやうじ何《なん》のかのとてにじり込《こみ》**　　とまりこそすれ〱

最明寺入道時頼は、民情視察のため、僧形で諸国を巡り、上野《こうずけ》国佐野（群馬県高崎市）の辺へ来た時、大雪にあってしまい、折から見かけた佐野源左衛門の家に一夜の宿を乞う。女房が、主人は留守だからと断わると、「さらばおん帰りまでこれに待ち申さうずるにて候」と言い、さらに源左衛門が帰宅して、あまりに見苦しい家だからとまた断わると、「あら曲《きよく》もなや、由《よし》なき人を待ち申して候」などと言って立ち去る。源左衛門夫婦は、結局これをまた呼び返して宿を貸すこととなった（謡曲「鉢木」）。まったく、あれこれと図々しいことを言って、無理矢理泊りこんでしまったようなものである。

最明寺よびかへさずと又《また》来る気（明和三）

616 **こん屋の子どれもてつこにおへぬ也《なり》**　　そのはづのこと〱

幕府を覆滅せんと慶安事件をもくろんだ由井《ゆい》正雪《しょうせつ》（241参照）、また浪花の男作《おとこだて》で、最後は獄門にかけられた雁金五人男（367参照）の首領雁金文七《かりがねぶんしち》、いずれも紺屋の息子であった。いやはや紺屋の子は、手におえないというわけである。＊

紺屋の子というおもしろい共通点を見つけ出した。

617 **大一座《おおいちざ》何《なん》ぞかしらのくづれなり**　　とまりこそすれ〱

大勢で遊女屋へ繰りこんだ大一座の集団。吉原だと、山谷の葬式帰り、花見や紅葉狩りからの寄り道など場合はいろいろであるが、いずれ何かの集まりから流れて来た人々である。

618 **めんどうを見てくだされと嫁へさし**　そのはづのこと〳〵

三々九度の後、親子盃に移り、姑が嫁へ盃をさして、「どうか末永く面倒を見て下され」などと挨拶をする。この言葉通りの殊勝さが続けば、世の姑と嫁の仲は、すべてうまく行くはずなのだが……。

実態は、「末ながくいびる盃姑《しゅうと》さし」（拾初）というあたりであろう。

619 **男の子はだかにするととかまらず**　そのはづのこと〳〵

着替えなどのために子供を裸にすると、うれしがって走り廻り、元気な男の子などはなかなかつかまらない。

着かざつて乳母《うば》ははだかを追廻《まわ》し　（柳二156）

○とかまる＝つかまる。

620 **山伏をたのんで馬鹿にして貰《もら》ひ**　残念な事〳〵

加持祈禱の山伏にお祈りを頼んで狐憑きをおとして貰った。しかし思えば、せっかく能弁になって皆の知らないことまでしゃべったりしていたのを、また元の馬鹿にもどしてもらったようなものである。

きつねつきおちると元《もと》の無筆也《なり》　（柳一二）

621 **見るも有り見ないのも有《ある》綿の弟子**　ゆるり〳〵と〳〵

綿摘みの弟子（164参照）の中には、すでに月のものを見た一人前の女性もいるし、まだ月のものを見ない小娘もいて、幼長いりまじっての作業である。このうちの、すでに「見た」口のなかに、男の誘いに応じたりする者がいたわけである。471参照。

綿つみはかわらけ町《まち》の子供が来《き》　（宝暦十三）

（まだ発毛していない少女を「かわらけ」という。麻布の「土器町《かわらけまち》」にかけた）

622 **遣《や》り手迄《てまで》わらいの行《ゆか》ぬうらの客**　そのはづのこと〳〵（36オ）

同じ遊女を再度揚げた裏の客は、妓楼の若い者（74参照）に祝儀を与える慣例になっているが、遣り手への祝儀は三会目なので（205参照）、まだこの裏の段階では、遣り手の愛想笑いには御目にかかれぬわけである。

623
あべ川で馬はきなこをあびて行《ゆき》　ゆるり〳〵と〳〵

駿河国（静岡県）安倍川で、馬上の客も名物安倍川餅（餅に砂糖入り黄粉《きなこ》をまぶしたもの）を一口と、馬にゆられながらパクつき始めたので、餅にまぶした黄粉がハラハラと落ちる。馬はそれを浴びながらの、のんびりとした道中である。

624
嶋田《しまだ》にも金谷《かなや》にも武者五六千　残念な事〳〵

大井川が川止めになって、大井川をはさんだ島田の宿《しゆく》と金谷の宿には、参勤交代で江戸へ向う大名行列と、帰藩する大名行列が滞留を余儀無くされ、戦国の世ならば、川を隔てて五、六千の武者が対峙したというような有様である。

参勤交代の時期が、ちょうど雨季と重なるわけである。

大名をおつつくねとく川づかへ　（柳一九）

（おつつくねるは、一まとまりに押しこむ）

625
銭車跡《あと》をおすのが首へかけ　ゆるり〳〵と〳〵

両替屋の銭車（326参照）の後押しを手伝っている手代か何か。この大量な重い銭は、両替の上、小判や銀となって、その首へかかっている財布の中へ、すっかり入ってしまうのである。

銭車は、寺社から賽銭の銭を買入れたり、また商家へ釣銭用の銭を売ったりする時に、銭を運搬するわけである。

626
木《き》薬《ぐすり》屋かけて来たのはむみやうゑん　そのはづのこと〳〵

生薬《きぐすり》屋へあわてて駆けこんで来たのは、怪我の手当てのために、無名円《むみようえん》を買いに来たのに違いない。

ひつたくるやうに買て来《く》むめうゑん　（明和七）

○木薬屋＝生薬（調剤していない材料のままの薬）を売る店。薬種屋。○むみやうゑん＝外傷・打身の薬。

627
こくげんを八《や》つとふれ出す師の無尽《むじん》　そのはづのこと〳〵

寺子屋の師匠様の所で行なう無尽講（50参照）は、集会の定刻が、八つ（午後二時頃）という報せである。それもそのはず、ちょうど寺子たちが、八つで授業を終えて帰るので、その後で集まろうというわけだ。

628 **暮がたに弐人《ふたり》で通る地がみ売《うり》**　ゆるり〳〵と

暮方に、商売を終えて、やさ男タイプの地紙売り（170・273参照）が二人連れ立って帰って行く。男色ゆえに身をもちくずした二人であろうか、何か秘密のありそうな二人の関係である。

629 **袖口にあて、直《ね》をする小《こ》でうちん**　とまりこそすれ〳〵

小提灯を買う時に、右手に持って左の袖口でちょっと囲うような、実際に提げる時の恰好をし、持った時のうつり具合を見ながら、値段の交渉をする。「直をする」は、136参照。

630 **旅芝居けんくわをのらへ追出《おいいだ》し**　ゆるり〳〵と

江戸の芝居小屋では、切落としで喧嘩があると、すぐに留め場の若い衆が来て外へつまみ出されてしまう（392参照）が、旅芝居では、小屋が田圃《たんぼ》の中などに作られているだろうから、つまみ出される場所も往来ではなく、田圃の真中であろうというおかし味。

旅芝居あばたで埋む草の中　（武玉川一一）

631 **さしをなげあくびしい〳〵寝まんしやう**　（36ウ）残念な事〳〵

夜なべ仕事で裁縫をしている女たちであろう。自分の手許にある物差しを、畳をすべらせて相手に投げ渡しながら、大きなあくびをして、「もう遅いから寝ましょう……」。

物差しは直接相手に渡すものではないという。「物さしを嫁へなげるはうつくしひ」（柳一四）という句がある。＊

○さし＝物差し。○〜まんしやう＝〜ましょう。

632 **ふしみせのていしゆはさいを聞《きき》に来る**　残念な事〳〵

お歯黒の下地に用いる五倍《ふ》子《し》などを売った浅草寺境内の「五倍《ふ》子《し》見世《みせ》」。楊枝なども売ったので楊枝店（237参照）

ともいう。女房が店で働いているので、勝手元はどうしても亭主が助けることにもなろう。今日のおかずは何にすればよいかと店にいる女房に聞きに来る。348の水茶屋の句も夫婦逆転であった。

○さい＝菜。おかず。

633 **馬かたのぶつ内垣をみなくらひ**　ゆるり〳〵と〳〵

馬方が、立木などにちょっと馬を繋いで博奕《ばくち》に熱中している間に、馬は口が届くまま、傍の生け垣の葉っぱを皆食べつくしてしまった。ぶつ、214参照。

芭蕉の、「道のべの木槿《むくげ》は馬にくはれけり」という句も思いあわされる。

634 **巾着《きんちゃく》をメ〳〵《しめしめ》おりるやり手ばゝ**　そのはづのこと〳〵

客からいただいた三会目の祝儀一分を、さっそく巾着の中へおさめ、しっかり紐を締めながら二階から降りてくる遣り手婆。さぞ満足な事であろう。205・622参照。

吉原では、二階で遊ぶようになっていた。

635 **しち屋から来る内さしで歯をみがき**　そのはづのこと〳〵

博奕《ばくち》でいい目が出ず、大枚の金はもとより銭まですっかりはたいてしまい、残っているものは銭をさしてあった緡《さし》だけである。この上はと、着物を脱いで質屋へ持って行かせ、その軍資金が来る間、楊枝代りに緡で歯をつつきながら、なすすべもなく他人の勝負を眺めている。

○さし＝穴あき銭を刺し通しておく、藁《わら》の芯《しん》で綯《な》った細い縄。

636 **下女が髪ひるまに成《な》るとぶちかえり**　そのはづのこと〳〵

朝あわてて、あまり油もつけずに自分で結った髪。しかも、雑巾《ぞうきん》がけなどで立ち働くため、昼間にはもうすっかり髪が崩れてしまっている下女である。

元来あまり身だしなみに気を使うタイプでもないということもあるが、仕事からしてもそうなるのは仕方のないところである。

637 **ゑり巻をしごきに貰《もら》ふいろは茶や**　そのはづのこと〳〵

谷中感応寺（台東区谷中の天王寺）門前には、いろは茶屋と呼ばれる岡場所があった。場所がら僧侶客が多いので、いろは茶屋の女は、僧侶のする襟巻を寝間着のしごきにちょうどよいと、ねだって貰うようなこともあるであろう。

○しごき＝一幅の布をそのまましごいて帯にするもの。

638
品川でよねまんぢうをすへらかし　とまりこそすれ〳〵

江の島（470参照）か大山（298参照）などの帰途であろう。鶴見名物の米饅頭《よねまんじゅう》を土産に買ったまではよかったが、さらに飯盛女郎まで買って品川に泊りこんだので、せっかくの米饅頭を腐らしてしまった。

貝づくしよねまんぢうを添《そえ》て遣《や》り（明和七）

（江の島土産の貝に鶴見の米饅頭）

○すへらかす＝「饐《す》える」＋「かす」。腐って酸っぱくさせてしまう。

639
こりたやら今度の下女に沙汰《さた》がなし　そのはづのこと〳〵

あの女好きが、今度置いた下女との間に何の噂も立てないでいるのは、先に置いた下女にちょっかいを出して、ごたごたをおこしたのが、よっぽどこたえたのであろう。

○沙汰＝評判。うわさ。

640
すげ笠に有る名でとん死呼《よび》かへし　とまりこそすれ〳〵（37オ）

道端に倒れている道中の人を見付け、あわてて抱きおこしたが、はてどこの誰とも判らない。とっさの機転で、菅笠に記してあるその人の名前を大声で呼んだところ、かすかに反応があって蘇生させることが出来た。

雑俳などに蘇生の句は多い。当時よくあったことのようである。

641
此家《この》できりやうばなしは法度也《はっとなり》　そのはづのこと〳〵

その家に不器量な女性が居るのであろう。美人の話をしても、お多福の話をしても、どうもさしさわりがある。容貌に関することは、一切話題にしないのが賢明というわけだ。

○法度＝禁令。厳禁。

642 **じやまをする子には赤絵を遣《や》つて置《おき》**　とまりこそすれ〱

読みガルタをしているところへ子供がやって来て札をいじったりして邪魔をするので、闘技には使わない赤絵の札をやって、それで遊ばせておく。

わるい持遊び赤絵を子に預け（傍一）

（持遊びは、オモチャ）

○赤絵＝四十八枚のうち、イス（赤札）十二枚の札。読みガルタはこの赤札を除いてプレイする。22参照。

643 **下女が灸《きゆう》ゆでそら豆を弐合《にごう》かい**　そのはづのこと〱

三月五日の出代り期に、請宿（339参照）などで灸治をするのであろう。灸饗《やいときよう》（218参照）にと、ちょうど出まわりはじめた空豆のゆでたやつを、二合ほど買いこんだ下女。奉公も一段落してホッと一息、空豆をゆっくりと楽しみながらの骨休めである。

644 **さり状をそれと突出すまきざつぱ**　そのはづのこと〱

夫婦喧嘩のあげく、「手前《てめえ》なぞ、トットと出てうせろ！」「アア出て行ってやるとも」と、売り言葉に買い言葉で、とうとう離縁沙汰にまで事が及び、亭主は喧嘩の時に手にしていた薪で、荒荒しく離縁状を女房のほうに押しやる。

○まきざつぱ＝薪の卑俗語。

645 **へつついの角《かど》へこい取《とり》火を貰《もら》ひ**　そのはづのこと〱

汲取りが終って、勝手口あたりでちょっと一服の肥取《こえとり》。下女などに頼んで、焚き口の中の火を、竈《へつつい》のすみっこへ挟み出してもらい、煙草《たばこ》の火種とする。「へっついの角」は、553参照。

646 **おしそうにものをくれるが妾也《めかけなり》**　ふしぎ也《なり》けり〱

妾は、いろいろと物をねだったりするのが上手で、暮らしに何不自由なく、物もたまる一方である。しかし、ちょっとした物でも、他人にやる時は、いかにも惜しそうな感じなのは、やはり育ちというものなのであろう。

647 **男ではくるしく遣《つか》ふみゝだらい**　こみ合《あい》にけり〳〵

女性がうがい手水《ちょうず》などに使う耳盥《みみだらい》を、男性が使うのは、反吐《へど》をはく時ぐらいだから、まことに男の場合は「苦しい」使い方に違いない。

大一坐《おおいちざ》そりやとなげ出す耳だらひ　（拾六）

○みゝだらい＝左右に耳のような柄のついた漆塗りの女性用器財。

648 **けんぎやうはつかむ所をみせてつき**　首尾の能《よい》こと〳〵

盲人の最高位に登った検校《けんぎょう》が、取手のところを握らずに、わざと見せて杖を突いているのは、きっと勾当《こうとう》の片《かた》撞木《しゅもく》の杖ではないのだぞというところを見てもらいたいのであろう。人間の見栄の心理をうまく穿《うが》った。

盲人の位は、座頭・勾当・検校と登って行くが、勾当は片撞木の杖なのに対し、検校はT字形の撞木杖を許される（493頁参照）。

こう当の不足はたつた壱弐寸《いちにすん》　（柳五234）

649 **品川へ来てなが〳〵の口なをし**　こみ合《あい》にけり〳〵　（37ウ）

道中では、泥臭い飯盛女郎ばかり買って来たが、今ようやく品川へ帰りついて、同じ飯盛女郎でも、さすが江戸前に洗練された品川の女郎にありつくことができた。まずいものを食ったあとの口直しといったところである。

650 **女房へ恩は其日《そのひ》の市もどり**　首尾の能《よい》こと〳〵

十二月十七、十八日に浅草の年の市が立った。そこから吉原へ廻って、泊りこんだりする連中が多い（386参照）なかで、当日どういう風のふき廻しか、真直ぐに帰宅した亭主は、その事をさんざ女房に恩を着せる。それが当り前なのに、まったく男というものは仕方のないものである。

651 **判官《ほうがん》はどれだと笏《しゃく》で陸《くが》へさし**　こみ合《あい》にけり〳〵

九郎判官義経に屋島の内裏《だいり》を急襲された平家方は、敵を大軍と見誤り、あわてて海上の船に乗り移ったため、内裏を焼き払われてしまった。平家の大将平宗盛は、さぞ口惜しがって船上から陸を眺め、側近たちに、「判官は、あいつらのうちのどれだ」などと、笏で源氏方を指したことであろうとの句。この後、能登守教経（1参照）を呼び出して、戦を命じることとなる。

652
馬の尻たのんで嫁は通りぬけ　こみ合《あい》にけり〳〵

馬の後を通るのに、蹴飛ばされないように、馬子によく頼んで馬を押えてもらい、やっとのことで、こわごわ通り抜けた嫁。

653
す見物買《か》はばあいつとゆびをさし　こみ合《あい》にけり〳〵

遊里をひやかして歩く素見物の客。「もし俺が買うのなら絶対あいつだナ」などと、どうせ買う金は持っていないくせに、なかなかにうるさいことを言って、一人ぎめをしている。まことに幸せなことだ。383参照。

654
よろこんでくりやれとみそへ一つさし　首尾の能《よい》こと〳〵

無役の貧乏旗本に、やっと役がついたという場合であろう。「其方も喜んでくりゃれ」などと、貧窮の中を切盛りして来た用人へも、めでたく祝いの盃をさす。

○みそ＝味噌用人。旗本屋敷などの用人をあざけっていう語。

655
旅の留守ある夜内義《ないぎ》のいだけ高　つゝみこそすれ〳〵

主人が旅に出て留守中のある夜、内儀が怒りを含んでいきり立っているその相手は、きっと亭主の留守をいいことに、内儀をものにしようなどという不埒《ふらち》な考えを起こした奴に違いない。

○ある夜＝謡曲「三輪」の、「されどもこの人、夜は来れども昼見えず、ある夜の睦言に…」をかすめたか。

656
かさなつて居るでけんしのにが笑ひ　こみ合《あい》にけり〳〵

変死などを見届ける検死の役人も、男女がはばかる風もなく、重なり合って心中しているのでは、ついにが笑いもらそうというものである。

657 **入《い》りもせぬ物の直《ね》をきく雨やどり**　こみ合《あい》にけり〳〵

俄雨《にわかあめ》にあわてて、近くの店の軒先に駆けこんだのはよいが、雨はなかなか止みそうにもない。このまま突っ立っているのも気兼ねで、必要でもない店先の品物の値段をきいたりして、バツの悪さをごまかそうとする。入る、271参照。

658 **樽ひろいくすねはじめは土へうめ**　首尾の能《よい》こと〳〵（38オ）

店の金を、くすねることを覚えた樽拾い（135参照）。しかし、初めのうちは、その銭を身につけていると、くすねたのがバレやしないかと不安で、土中へうめて目印をつけたりしておく。

659 **てつきうでかゝれば桶《おけ》でうけ**　こみ合《あい》にけり〳〵

いきり立った女房が鉄橋《てつきゆう》で打ってかかると、亭主は桶で受け取める。一騎討ちさながらの夫婦喧嘩であるが、その手にしているものからすると、定めし年の市から吉原へ廻っての朝帰りと見える。浅草年の市では、新春用の台所用品を売った（650参照）。

原典の川柳評万句合の刷物では、「てつきうでうつてかゝれば桶でうけ」となっている。本句は、「うつて」が脱けたものと判断しておく。

○てつきう＝魚などを焼くのに火にかけわたす足のついた鉄の台。

660 **ゆび弐本《にほん》ひたいへ当てて下女はにげ**　つゝみこそすれ〳〵

亭主にくどかれた下女は、「そんなことをすると、おかみさんがこれを生やしますヨ」と、額へ指を二本あてて、悋気《りんき》の角が生える様をして、逃げてしまった。

661 **そろ〳〵と行きなとちりを入れて遣《や》り**　首尾の能《よい》こと〳〵

お歯黒の句であろう。初めてお歯黒をつける時は、七箇所から染料の鉄漿《かね》を分けて貰う風習があった。鉄漿の液の中へ、お歯黒の出をよくするように、鉄片の屑を入れてやって、「こぼさないようにそろそろと行きな」と、細かい注意を与えてやる。

ちりを入れやれとてい主《しゅ》がさいはじけ　（柳一二）

（鉄漿を貰いに来た娘に、亭主が横からおせっかい）

○塵《ちり》＝ここは鉄屑などをいうのであろう。

662 **にんげんのたけり迄《まで》ある小間物や**　つゝみこそすれ〳〵

「たけり」とは、鯨やオットセイの陰茎を乾燥させた強壮剤であるが、なんと小間物屋（155参照）は、人間の「たけり」まで商っているとは、恐れ入った次第である。

小間物屋が密かに商っている張形《はりかた》（324参照）を、「人間のたけり」と表現した。

663 **おくさまは二《に》の段《だん》で割る御一生**　めいわくなこと〳〵

大名の奥様は、殿が参勤交代で一年ごとに江戸表と国許を往復するため、殿が居る生活か居ない生活かのどちらかで、言ってみれば、算盤《そろばん》の二の段の割り算のようなものである。

算盤の二の段の割り算は、二つしかなく、「二一天作《にいちてんさくの》五《ご》」か「二沈一進《につちんがいっしん》」かのどちらかである。

二の段でぜんたい九郎わる気なり　（明和五）

（だいたいが、義経の軍は一か八《ばち》かのやり方である）

○おくさま＝大名・旗本などの妻の敬称。

664 **どの湯へも一廻《ひとまわ》り入《い》るかたきうち**　はなれこそすれ〳〵

敵《かたき》も手疵《てきず》を負うたゆえ、さぞかしいずれかの温泉場で湯治をしていることもあるだろうと、湯治客を装い、諸国の温泉を最低単位の一廻りずつ入って、敵の消息を伺う。

○一廻り＝入湯・服薬などの単位。七日間を一廻りとする。

665 **もふうらはやうじを遣《つか》ひ〳〵来る**　中《なか》のよひ事〳〵

遊女は馴染《なじ》みになるまで客の前で飲食をしなかった(597参照)が、しかし裏(622参照)あたりになると、どこかで飲食をして来たらしい様子で、爪楊子などを使いながら、少し打ち解けたところを見せて、寝所へやって来る。

もう裏は西瓜《すいか》くらいをちつと喰《く》ひ　(明和三)

666 **富士川で三みせんを折る白びやうし**　　めいわくなこと〱

富士川の合戦で、平家方は水鳥の飛び立つ音を、源氏方の夜襲と間違え、あわてふためいて逃走してしまった。この混乱で、陣中に呼ばれていた白拍子(551参照)たちは、商売道具の三味線などを踏み折られてしまったことであろうとの句。

源平時代に三味線があるわけはないが、当代の踊子(382参照)風俗を源平時代の白拍子に重ねあわせたおかしみ。

667 **かんざしはうけ取る時も髪を出し**　　中《なか》のよひ事〱(38ウ)

ものを受け取るのは手で貰《もら》うのが普通だが、頭に挿している簪《かんざし》を親しい男性に貸す時は、頭から直接取らせ、そして受け取る時もまた髪を出して、そこへ挿してもらう。まことに仲のよいことである。

ちょっと頭を掻くのに借りたりするのが、恋の小道具となったようである。

668 **ほとぼりがさめぬで市の足を留《とめ》**　　めいわくなこと〱

正燈寺《しょうとうじ》の紅葉見物から吉原へ廻って朝帰りとなり、親父と一もんちゃくのあった道楽息子であろう。そのほとぼりがまださめきらぬので、年の市(650参照)へも出してもらえず、やむなく家に留まらざるを得ないとは、まさに身から出たサビといったところである。

669 **五月女《さおとめ》のあをむいて見る大一座《おおいちざ》**　　いろ〱がある〱

吉原へ繰りこんだ大一座のグループ。人数が多いだけに気勢もあがる(268参照)。折から田植えの候とて、廓外の中田圃《なかたんぼ》(710参照)で苗を植えていた早乙女も飲めや歌えの大騒ぎに、しばし仕事の手を休め、二階座敷を仰ぎ見て、あきれ顔である。

670 **長屋中けんしが済むと井戸をかへ**　めいわくなこと〳〵

昔は井戸へ飛びこんで自殺をするということがよくあった。検使の役人の臨検がすむと、長屋の衆が総出で臨時の井戸替えである。死ぬ場所を選んでくれればよいのに、まことに迷惑な話である。

671 **かとく公事《くじ》相手といふはくえる貌《かお》**　はなれこそすれ〳〵

家督《かとく》公事は、遺産相続問題の訴訟事。そのもめ事の相手になっているのは、ちょっと食指のうごく（くえる）ようないい女である。さだめし、美貌を武器に故人に取り入ったお妾といったところであろう。

家とく公事じんきよさせたが相手也《なり》（柳五666）

（腎虚は、房事過度による衰弱症）

672 **お羽織をなど丶たいこはねつをふき**　めいわくなこと〳〵

ちょっと芸が受けたりした時などに、すかさず、「エー、お羽織をひとつ（頂戴したいもので）……」などと、好き勝手な言い方をして、本音《ほんね》を冗談めかしたうまいねだりごとをする太鼓持《たいこもち》である。

○ねつをふく＝好き勝手なことをいう。

673 **七くさを寝所《ねどこ》で笑ふにくらしさ**　中《なか》のよひ事〳〵

正月六日の夜と七日の暁に、薺《なずな》をまな板の上にのせ、「唐土の鳥が日本の土地へ渡らぬさきに七種《ななくさ》なずな」などとはやして、七種類の台所道具でたたく。新世帯《あらぜたい》の夫婦などが、七日の朝はまだ寝床の中にいて、隣家ではやしているその七種行事を聞きながら、はやし言葉のおもしろい感じに、クスクスと笑いをもらすのも憎らしいことである。

674 **いつかどのどら口《くちぐち》〳〵へ人を出し**　めいわくなこと〳〵

飲む・打つ・買うの三拍子揃った放蕩息子ともなると、親父の急病ということになっても、どこにいるのやらさっぱり判らない。仕方なく人々を頼んで、品川・新宿・

板橋・千住といった各街道の江戸口まで探索の手をのばす、というような意であろうか。

○いつかど＝一廉《ひとかど》の。相当の。○どら＝放蕩者。

675 **つけ紐《ひも》でぼたもちくばるいぢらしさ**　はなれこそすれ〳〵

まだ付け紐姿のあどけない小児が、親の四十九日の忌日とて、世話になった近隣縁故の家々に牡丹餅を配って歩く姿は、まことにいじらしく、憐憫の情を禁じえない。

牡丹餅のうつりに泪《なみだ》包み込み　（柳六九）

（うつりは、お返し）

○つけ紐＝幼児用の着物につけてある紐。帯の代りにこれで結ぶ。○ぼたもち＝江戸では、四十九日の法事に牡丹餅を配った。

676 **気はありやなしやとすびく角田川《すみだがわ》**　つゝみこそすれ〳〵（39オ）

隅田川河畔の行楽から、吉原へ繰りこもうという相談（370参照）。所もちょうど隅田川とて、その昔、在原業平が隅田川まで来て詠んだという「名にしおはばいざこと問はむみやこどりわが思ふ人はありやなしやと」という歌ではないが、「吉原へ行く気は、ありやなしや」などと洒落て相手を誘ったりするのもまた一興といったところ。

○すびく＝誘う。相手の心を打診する。

677 **大一座《おおいちざ》多芸なやつは油むし**　こみ合《あい》にけり〳〵

多人数の大一座の中で、太鼓持《たいこもち》よろしく様々な芸を披露して、大受けに受けたりしているのは銭はなけれど芸はあるというところで、いつも誰かに取り入って只《ただ》遊びを続けて来たような男である。まことに芸は身を助けるとはよく言ったものだ。

大一座人のふんどし弐三人《にさんにん》　（柳一五）

（自分で金を出さず、人の褌《ふんどし》で相撲）

○油むし＝（要領よく立ち廻って）金を払わないですませる者。

678 **座敷牢女房の方は手がら也《なり》**　つゝみこそすれ〳〵

原典の川柳評万句合の刷物には、「女房」が「女郎」となっている。本句は誤刻と判断して解釈しておく。
座敷牢に閉じこめられた放蕩息子のほうは、金は使うわ信用は無くすわで大失敗であるが、相手の女郎のほうは、男を迷わせ大金を使わせたのだから、これは御手柄ということになる。

679 **仲条は綿の師匠へ五枚なげ**　つゝみこそすれ〳〵

堕胎専門の仲条（5参照）が、引札（743参照）を配るのに、普通は一枚ずつ配るところを、綿摘み（164・471・621参照）の師匠のところへは、五枚一ぺんに投げこんで行った。弟子たちの中に男の誘いに応じたりしているものが多いので、引札配りも、これはお得意様と判断したという穿《うが》ちである。

仲条の引札おろし直段《ねだん》也《なり》　（柳四五）

680 **仕立屋《したてや》へわけ有つて来る女もの**　つゝみこそすれ〳〵

着物の仕立などは、余程でない限り、自分の家でするものなのに、女物を仕立屋へ出すとは、定めし内々でどこかの女に貢ぐ代物であろう。
○わけが有る＝特に、男女に情交関係がある。

681 **なんにせい帯をばしなと長局《ながつぼね》**　つゝみこそすれ〳〵

宿下りの折などに、初体験をした御殿女中であろう。どうも体調が変だと思っていたら、同じ部屋の朋輩《ほうばい》が妊娠に気づき、「ともかく、五月《いつつき》も近いようだから岩田帯をしたほうがいい。お腹も隠せるし」と、あれこれ方策を講じる。
○帯をする＝妊娠五箇月目に岩田帯をする。○長局＝長局（長い一棟をいくつにも区切った住居）に住む奥女中。

682 **お内義《ないぎ》に灸《きゆう》をたのめば笑つて居《い》**　つゝみこそすれ〳〵

いつも世話になっている心安だてに、一人者あたりが、隣家のお内儀に灸点を頼んだのであろう。「癇病のようなので一ついい点を頼みます」などとやられると、お内

儀のほうも困ってしまい、笑っている以外に手はないといったところか……。＊

683 **山伏に度〱《たびたび》化ける源氏がた**　首尾の能《よい》こと〱

大江山の酒顚童子《しゆてんどうじ》を退治した源頼光と四天王、そして奥州へ落ち行く源義経一行と、なるほど言われてみると、源氏方は度々山伏に身をやつしているわけである。

684 **寝てとけば帯程長いものはなし**　首尾の能《よい》こと〱

抱き合ったまま横になった二人。ムードも盛り上がって帯を解きはじめたが、気がはやるばかりで帯のほうは一向に解けない。何でもない帯がこんなに長く感じられるとは、何とじれったいことであろう。

685 **御《おん》出《で》入《いり》頼んで唐《から》のきうじに出**　こみ合《あい》にけり〱（39ウ）

外国から江戸へやって来た使節は、本石町三丁目（中央区日本橋室町）の長崎屋を定宿とした。これらの使節との交流は、厳しく規制されていたので、その接待役を勤めるのにも、武家方への御出入を願った上でのことというわけである。

○唐＝中国。また朝鮮、諸外国を含める場合もある。

○きうじ＝給仕。飲食等、身のまわりの世話をする役。

686 **あらわれたわけは娘が無筆《むひつ》なり**　ふしぎ也《なり》けり〱

どうして恋文を付けたことが露見してしまったのだろうと思ったら、原因は、その娘が字が読めないので、他人に恋文を読んでもらったためであった。これでは、百年の恋もさめようというものだ。

当時、女性はことに無筆が多かった。4参照。

687 **藪入《やぶいり》が帰ると母は馬鹿のやう**　首尾の能《よい》こと〱

530の句のように、娘が藪入りに来るまでは、あれも食べさせこれも見せなどと、心の中は楽しみでいっぱいであったが、その藪入りも、あっという間に終り、娘が奉公先に帰ってしまうと、母親は急に張合いがなくなって、しばらくは馬鹿のようにボーッとしている。
現代では孫たちに、たまにしか会えないお祖母《ばあ》ちゃんが、この心境であろう。

688
会津屋《あいづや》のおこされるのはおかわ也《なり》　ふしぎ也《なり》けり〳〵

会津屋は、塗物屋の屋号。夜中に、戸をたたいて買って行く漆器は、不時の出産か急病人などで、急に必要となった御厠《おかわ》あたりに違いない。

○会津屋＝『江戸買物独案内』には、会津屋徳兵衛・会津屋惣右衛門という二軒の塗物問屋が見える。○おかわ＝病人などが用いる便器。黒漆塗りであった。

689
枕めし嫁がしやくしの取《とり》はじめ　つゝみこそすれ〳〵

姑が死んで、その枕頭に供える枕飯を盛りつけたのが、新しく家計の実権を握ることになった嫁の、文字通りの杓子の取りはじめといったところである。

○しゃくしを取る＝（家族に御飯の盛りつけをするところから）家計の実権を握る。

690
ぬり桶《おけ》のわきへていしゆはくんで出し　首尾の能《よい》こと〳〵

綿摘みに使う塗り桶の側へ、亭主がお茶を汲んで出してくれたとは、さては、客との世間話にかこつけながら、作業中の綿の弟子を物色させようという魂胆であろう。

綿摘みのいかがわしい風習については、164・471・621・679参照。

691
まな板の上へつがせる料理人　こみ合《あい》にけり〳〵

宴席などへ出張の料理人（11参照）。家の者などが、「めでたい日ですから、まァちょっと一杯……」というのを、包丁さばきの最中なので、まな板のすみのほうへ盃を置かせ、それに酒をついでおいてもらう。

692
やかた船山のはい出《ず》るごとく也《なり》　つゝみこそすれ〳〵

隅田川に浮かんでいる川涼みのやかた船（397参照）は、謡曲「竹生島」の、「日月《じつげつ》光り輝きて、山の端いづるごとくにて、現はれ給ふぞ忝《かたじけ》なき」という文句ではないが、まさしく、山のはいずるごとく（山がはいずって歩いているように)、ゆっくりと進んで行く。「山の端出づる」を、「山の這ひづる」に変えたおもしろ味であろう。

693 **糸の来る内手のひらをばちで打《うち》**　　首尾の能《よい》こと〳〵

三味線の三の糸（一番細い糸）が切れてしまったので、新しい糸が来るまで、撥《ばち》で手のひらを打って、三味線の代りにする。

694 **銭車女を見てもしづかなり**　　いろ〳〵がある〳〵（40オ）

普通の車引きは、女と見ると卑猥《ひわい》な言葉を浴びせかけてからかったりするが、銭車だけは、両替屋の奉公人が引いているので、そんなはしたないことはしない。

銭車、326参照。車引き、433参照。

車引女を見るといきみ出し（柳初462）

めつそうにおすまいぞやと銭車（柳六）

695 **人べらしよらずさわらぬりんき也《なり》**　　はなれこそすれ〳〵

どうもあの腰元は主人と怪しいなとにらんだものの、事を荒だてては却って当家の恥、機会を待って人減らしにかこつけ、その腰元にも暇を取らせるとは、まことに当たり障りのない焼餅のやき方である。

人減らしというのは、富裕な商家、また旗本あたりの感じであろう。

○よらずさわらず＝当たらずさわらず。

696 **鳥さしの追ひ込んで行《ゆく》犬くゞり**　　めいわくなこと〳〵

鳥さしは、将軍家の御鷹の餌にする雀を捕える者。小鳥笛を吹いて雀を呼び寄せ、頃合を見て黐竿《もちざお》で捕えるのであるが、その小鳥笛に犬がうるさく吠えついて来て、雀を捕えるどころではなくなってしまった。腹立ちまぎれに、「こんちくしょう!」と、犬を塀の中に追いこんで、また別の場所を捜しに行く。

○犬くゞり＝垣根や塀の犬の出入りする穴。

697 **小ぞうめを仕事にしやとわらじはく**　　中《なか》のよひ事〳〵

三篇39ウ

「旅の留守中は寂しいだろうが、小僧めの面倒を見ることを仕事にすれば、まァ気もまぎれるというものだ」などと、子供を抱いて見送る女房に、なぐさめを言いながら、草鞋《わらじ》の紐を結んで旅立ちの仕度をする亭主。

○小ぞう＝子供を乱暴に言う語。

698
はたらいて見んと座頭は罷《まかり》立ち　めいわくなこと〳〵

勝手元不如意の旗本あたりでもあろうか、座頭を呼んで金策の相談を持ちかけたところ、手許に金を持ちながら、「さあそれだけの額になりますと、すぐに御用立てはむつかしゅうございますが、仲間の者にも申し、八方手を尽して奔走してみましょう」などともったいをつけて後日を約す。少しでも有利な取引きをしようとの魂胆である。

○はたらく＝尽力する。骨を折る。○罷立つ＝貴人のもとから退出する。

699
餅花が四つ手の中へ二つ三つ　はなれこそすれ〳〵

客が、四つ手駕籠（217参照）を降りたあと、中に目黒名物の餅花（296参照）の粒が二つ三つ落ちていたとは、この客、目黒不動から品川へ四つ手を急がせた客だったと見える。

もち花とかきが四つ手に生《な》つたよう　（柳一二）

（目黒の九月の縁日は、柿のシーズン）

700
盃をひよいとほうればわたしかへ　いろ〳〵がある〳〵

酒宴の席で、踊子に盃をひょいと投げ渡すと、「私にさしてくれるのかえ」と、うれしそうな嬌声をあげる。宴まさにたけなわといったところである。

701
さそふやつ内義《ないぎ》が立つとそばへ寄り　中《なか》のよひ事〳〵

亭主を遊びに誘い出しに来た男。内儀のいるうちは、当たり障りのない世間話でごまかしておいて、さて内儀が奥へ立って行くや、亭主の傍ににじり寄って、「実はこれから出かけようというんだが……」と、話を切り出す。

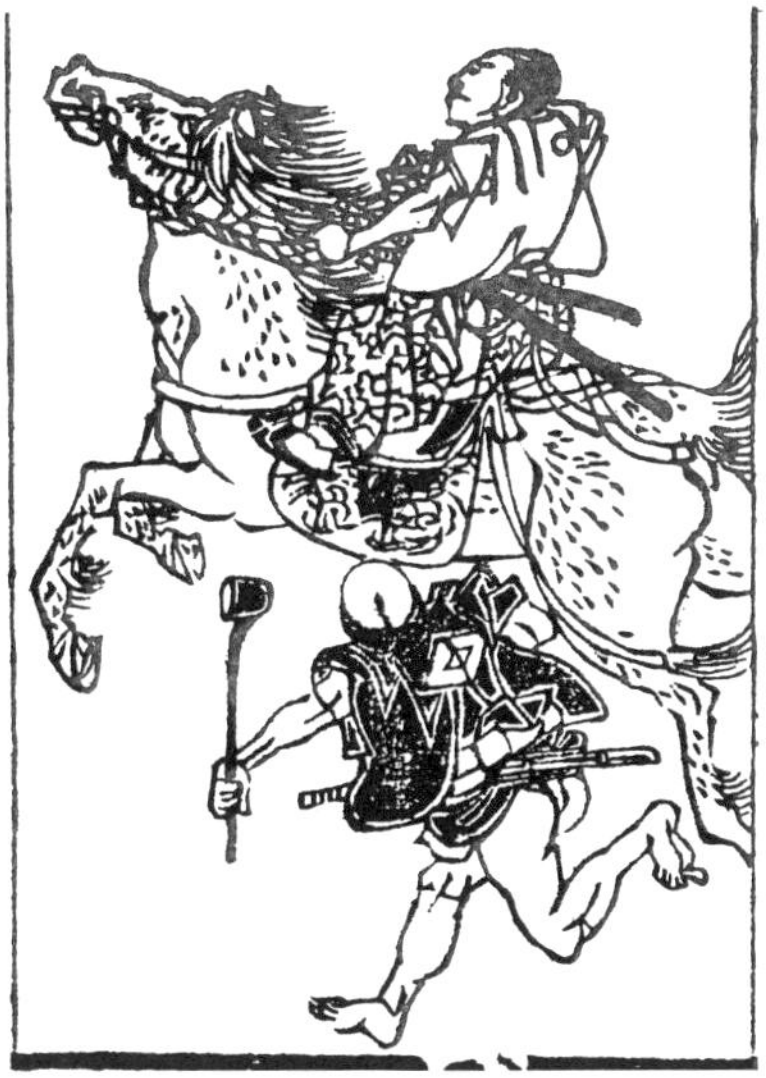

648　検校の撞木杖
（『四時交加』日本風俗図絵）

704　遠乗の供（『絵本目さまし草』）

739　和中散（『江戸名所図会』*）

女房のそうを見い〱さそふなり　（柳二〇）

702
お内義《ないぎ》をとなりへ遣《や》つて筆をもぎ　めいわくなこと〱

夫婦喧嘩の仲裁に入った仲人あたりであろう。泣きわめいている御内儀をひとまず隣の家へ預け、さてその上で、いきり立って離縁状を書きかけた亭主の手から筆をもいで、「まあまあ何もそんなに短気なことをしなくても……」と説得にかかる。

703
おばすてをしなのに聞けばいもで居る　めいわくなこと〱（40ウ）

信濃の国更科の姨捨《おばすて》の話を、自分の国のことだから知っているだろうと、冬奉公に来た信濃者（86参照）に尋ねたところ、一向に不案内で、何のことか全然判らない様子である。

○おばすて＝照る月に、山中に捨てた伯母を思って心が慰められず、また迎えに行くという説話。『古今集』・『大和物語』・謡曲「姨捨」などで有名。○いも＝無知を罵《ののし》っていう語。

704
馬に水のませる家来たつしや者　いろ〱がある〱

主人の遠乗りの馬のあとを後れないで駆けて行き、しかも到着先で休む間もなく馬に水を飲ませて世話をする家来。まことに、足の達者なものでなければつとまらない役である（493頁参照）。

○たつしや者＝頑健な者。特に、足の達者なものをいう。

705
こん礼のあしたむすこは見世《みせ》でてれ　いろ〱がある〱

昨日婚礼をあげた商家の息子。翌朝店へ出ても、いつもとは違い、きまりが悪くて照れきっている。

706
ごふく見世《みせ》見たてるやうにして上《あが》り　いろ〱がある〱

越後屋（531参照）の呉服店では、手代（208参照）がそれぞれ自分の名前の張り出してある紙の下に座って、客に応対した。客は、どの手代のところで買おうかと、まるで遊女屋で遊女を見立てるようにして、手代を見立てて店へ上がる。

ごふくやの手代も客の見立もの　（拾一〇）

707 **御好みの内三みせんはむだをひき**　はなれこそすれ〳〵

宴席で、客が望みの曲を考えている間、しばらく三味線の無駄弾きをしている芸者。

○御好み＝望みのものを選ぶこと。御所望。

708 **初雪のたつた弐尺《にしやく》は越後なり**　めいわくなこと〳〵

江戸では、初雪が二寸も積もったりすると珍しがられるが、軒まで雪に埋もれる越後では、初雪は、たった二寸ならぬ、たった二尺といったところであろう。

709 **妹はおまへの番となぐさまれ**　めいわくなこと〳〵

姉の婚儀が整い、結納も無事済んだというような折であろう。「さあ今度は、お前の番だよ」と、妹がつかまって、からかわれる（なぐさむ。190参照）。

吉日《きちにち》がこゝにも居るとこそぐられ　（柳初333）

710 **中《なか》ぬきのふんごんで有る中《なか》たんぼ**　はなれこそすれ〳〵

吉原中田圃《なかたんぼ》のあぜ道のぬかるみに、中抜き草履《ぞうり》が踏みこんだまま捨ててある。あるいは、お忍びで田圃の近道を行ったお侍あたりが、足を踏み誤ったものでもあろうか。

○中ぬき＝中抜き草履。武家や裕福な町人などが履く、藁《わら》しべで編んだ表をつけた上品な草履。草履取りは、これを携えた。「中ぬきは人がらのいゝやぼがはき」（天明五）の句もある。○中たんぼ＝浅草寺裏手から吉原にかけて続いていた田圃。

711 **やうくわいの中でもぬゑは細工過《さいくすぎ》**　いろ〳〵がある〳〵

色々といる妖怪の中でも、頼政の射落とした鵺《ぬえ》は、「頭《かしら》は猿、尾は蛇《くちなわ》、足手は虎のごとくにて」（謡曲「鵺」）という具合で、いくら何でも、少し細工が過ぎるようだ。149参照。

712 **そばがきをねこまの供にやたらしい**　めいわくな事〳〵（41オ）

平家を都落ちさせて京に入った木曽義仲の許へ、法皇の使いとして猫間中納言が訪ねて来た。ちょうど御飯時とて、義仲は、大きな田舎椀に飯を高盛りにし、三種のおかずと平茸の汁を出して無理強いしたので、猫間中納言もこれには閉口し、早々に退散したという（『平家物語』巻八）。主人へこの有様であるから、猫間中納言の供の者へも、御飯とまではゆかずとも、義仲の生国、信州名物の蕎麦《そば》掻《が》きをやたらに勧めたことであろうとの句。

木曽どのは客をじやらして飯を喰《く》ひ　（柳二451）

713
その跡《あと》を大屋のむす子くらいこみ　めいわくな事〳〵

長屋中でも評判の女で、ついこの間も、いいようにもて遊ばれた男がいたのに、そのすぐあとで今度は大屋の息子が夢中になって溺れこんでしまった。やはり大屋の息子だけあってちょっと甘ちゃんのところがあるのであろう。くらいこむ、229参照。

○大屋＝家主《いえぬし》。地主《じぬし》の代理として、貸家およびその店子を差配し、公用・町用を勤める町役人。

714
けさころも遠《とお》ふく寝《ぬ》る夜の面白《おもしろ》さ　はなれこそすれ〳〵

舟宿あたりで法衣を脱ぎ捨て、医者に化けて、遊里に繰り込み（150参照）、法衣とは遠く離れた状態で寝る夜は、僧侶にとってことにおもしろい夜であろう。

「遠く寝る夜の」は、謡曲「高砂」の、「この浦船に帆を上げて、月もろともに出で潮の、……遠く鳴尾の沖過ぎて……」を、かすめた表現であろう。

715
みくじ本人参《ぼんにんじん》きざむそばでよみ　いろ〳〵がある〳〵

重病人に何とかよくなってもらいたい家内の者は、高価な朝鮮人参を取り寄せてきざんだり、またその傍では、神社で御みくじを引いて来て、その吉凶や如何と、みくじ本と首っぴきになっているものもいるという具合で、それぞれに手を尽しての心配である。

○みくじ本＝一番から百番までの御鬮《みくじ》の判断を解説した本。

716
ひや麦でする受状《うけじょう》は二度め也《なり》　めいわくな事〳〵

請け宿（223参照）が保証人となって、奉公人の身許を保証する受状（請状）を入れる折には、縁起を祝って蕎麦《そば》を食べたようである。それが、蕎麦ならぬひや麦を食べて請状を入れるとは、三月の出替り（439参照）時に奉公に入った者に支障が生じ、夏頃になって、代わりの者が奉公に入る際の、二度目の請状の折だというわけである。

717
だますなと張場《はりば》迄《まで》来てきめて行《ゆき》　めいわくな事〳〵

「紺屋の明後日《あさって》」といって、紺屋は仕上りの期日が、とかく延び延びになる。「明後日には出来ますなどといって、本当に大丈夫だろうな。だますと承知しないぞ」と、わざわざ染物を干す張場（409参照）まで来て、厳重に言いわたしておく。

〇きめる＝厳しく念を押す。

718
真桑瓜《まくわうり》ふじで売るのは月たらず　いろ〳〵がある〳〵

六月一日の富士祭り（405参照）の土産に売っている真桑瓜は、出盛りにはまだちょっと早く、熟していない。いってみれば、月足らずの未熟児のようなものである。430参照。

719
井戸ばたでおつけをたてる家根普請《やねぶしん》　めいわくな事〳〵

屋根の葺き替えで家中はほこりだらけ。食事の仕度もままならず、ほこりを避けて、井戸端でおみおつけをわかす有様である。

720
出来ぬやつおよしなさいとかたくいひ　めいわくな事〳〵

女性の拒否の言葉も、低く甘ったれたように言うのは、大いに脈があるのであるが、断固とした調子で、「およしなさい！」などというのは、全く駄目な口である。

よしなあのひくいは少し出来かゝり（柳初252）

721
藪入《やぶいり》のみやげによしごそへて出し　いろ〳〵がある〳〵（41ウ）

藪入りに田舎の生家へ帰った奉公人が、主人に田舎からの土産を差し出したが、その折ちょっと坊ちゃんのおもちゃにでもと、江戸の町では珍しい葦子《よしご》を添えて出した。

○よしご＝葦の若芽。葦子笛になる。

722 **ひとり者ほころび壱《ひと》つ手を合《あわ》せ**　めいわくな事〳〵

ちょっとした綻《ほころ》びでも自分で繕《つくろ》うなどという器用なまねはとても出来ぬ不精な独身者。仕方なく、隣のおかみさんなどに、「この通り」と手を合わせて繕いを頼む仕義と相なる。

ほころびと子をとりかへる壱人《ひとり》もの　（柳一五）

723 **草履《ぞうり》とり茶やのむすことかしへ行《ゆき》**　中《なか》のよひ事〳〵

主人のお供で吉原へ来た草履取りであるが、主人が遊女とよろしくやっているのに、供部屋（242参照）で一人くすぶっているのも馬鹿な話と、顔馴染《なじ》みの茶屋の息子と、河岸見世《かしみせ》へ遊びにくりこむ。

おり〳〵は河岸へながるゝ草履とり　（拾六）

○茶や＝客を遊女屋へ案内するのを業とした茶屋。

○かし＝吉原東西の溝《どぶ》に面した場所。比較的下級の店が多かった。

724 **ねがわくは嫁の死に水取る気也《なり》**　めいわくな事〳〵

西行は、「願はくは花のしたにて春死なむそのきさらぎの望月《もちづき》のころ」と詠じて、その通り釈迦入滅の二月十五日に亡くなったというが、この世に執着の強い姑は、自分の死を願うなどとんでもないこと、嫁より長く生きて、嫁の死に水も自分が取ってやる気である。

725 **みゝのわきかき〳〵お七そばへ寄《より》**　中《なか》のよひ事〳〵

大火で家を焼かれた八百屋久兵衛一家は、檀那寺の吉祥寺に仮寓するが、そのうち娘のお七は、同寺の小姓吉三郎と人目を忍ぶ仲となる。その出会いの最初の時に、お七は、芝居で女形がするように、恥ずかしそうに耳のわきを掻きながら、吉三郎の傍へより、自分のほうからモーションをかけたことであろうとの句。

耳の脇かくは芝居の女形　（柳一四五）

726 **ごぜの灸跡《きゆうあと》で一だんのぞむぞへ**　めいわくな事〳〵
瞽女《ごぜ》（20参照）にお灸を頼まれた内儀あたりであろうか。「その代り、あとで浄瑠璃を一段たのみますよ」と交換条件である。

727 **夜《よ》そば切《きり》かけおち者に二つうり**　はなれこそすれ〳〵
夜蕎麦《そば》切り（夜蕎麦売り）が、出奔した者に、蕎麦を二つ売ったとは、この出奔者、男女二人で手に手を取り合っての道行とみえる。

　夜そばどんふたありづれはみなんだか　（柳一六）

○かけおち者＝失踪者。出奔者。男女二人の失踪に限定されるのはもう少し時代が下がる。

728 **ざいもく屋さわぐとぎうを呼び付《つけ》る**　めいわくな事〳〵
夜鷹（最下等の街娼）は、柳原土手（563参照）から、その北側の佐久間町河岸のあたりに出没し、河岸の材木置場や木挽小屋などに入りこんで客を取ったりした。客同士の喧嘩騒ぎはよく起こったようで、あまりうるさいと持ち主の材木屋もたまりかねて、夜鷹の妓夫《ぎゆう》（客引きの男。152参照）を呼びつけ、苦情をいうことであろう。

729 **あれこれが知つたに母は気もつかず**　中《なか》のよひ事〳〵
娘にいい男がいるということは、色々な他人が先刻御承知のことなのに、肝心の母親は、うちの娘に限ってという先入観から、全く気もつかないでいる。燈台下暗しとは、よく言ったものだ。

　かゝさまがしかると娘初《しよ》てはいひ　（柳四394）

730 **御師《おし》の供へし折るやうにふたを明《あけ》**　首尾の能《よい》こと〳〵（42オ）
伊勢の御師（伊勢神宮の下級神職）は、年末に得意先を廻り、御祓《おはらい》札（517参照）に、伊勢暦・青海苔《のり》などを添えて、配って歩いた。その供の者が、荷から配り物を取り出すのに、ちょうど物をへし折るように、蓋を九十度横に回転させて開けるというのであろう。へし折るは、731参照。

　御師のとも岩戸をひらくはさみ箱　（柳一三）

731
おつぺしよるやうに馬上の礼をのべ　こみ合《あい》にけり〳〵

挨拶をされて、馬上で礼を述べ返すのに、ちょうど物をへし折るように、上半身だけを九十度横へねじまげるというのであろう。

おつぺしょるやうに罾《よつで》は横に切れ　（柳別下）

（浅草寺の雷門を入り、本堂前から九十度右へ曲って随身《ずいじん》門を出、吉原へ行く四つ手駕籠。552参照）

○おつぺしよる＝「へし折る」を強めた言い方。

732
ふんどしはどうだと禿《かむろ》まくられる　つ、みこそすれ〳〵

客が禿（62参照）をつかまえて、「腰巻はちゃんとしているか、どうだ」などと、着物の裾をまくって、からかう。

○ふんどし＝江戸時代は男女ともにいう。八歳になった時にしはじめる（『和漢三才図会』巻二十八）。

733
里がたでおしがるしうとしやりに成《なり》　ふしぎ也《なり》けり〳〵

姑《しゅうと》が死ぬと、普通は、「これで嫁をいびる者がいなくなった」と、嫁の里方では安堵するものだが、それを、「本当に仏様のような人だったのに……」と惜しまれる姑は、その骨も仏様の遺骨にも等しい尊い舎利《しゃり》になったに違いない。

○しゃり＝火葬の際、骨が砕けずに残っているもの。元来は仏陀の遺骨をいう。

734
二親《ふたおや》の人と思はぬたいこもち　ふしぎ也《なり》けり〳〵

自分のかわいい息子を遊蕩に誘いこまれた親たちは、悪所にひたりきって一般社会の価値観ではまるで割り切れぬような生活や行動をしている太鼓持《たいこもち》のことを、てんから人間あつかいにしていない。

735
五十ぜん程《ほど》と昼来て金をおき　首尾の能《よい》こと〳〵

赤穂浪士四十七人は、討入りの当夜、蕎麦《そば》屋に勢揃いしたという（200参照）。大勢のことなので、前もって注文をしておき、前金を置いていったことであろうとの句。

何ごとでこふ御そろいとそばやいふ　（安永元）

736
かわきりは女に見せる顔でなし　つゝみこそすれ〳〵

お灸は、かわきり（539参照）が殊に熱く、歯をくいしばったり、顔をゆがめたり、大騒動のその顔は、せっかくの色男も台なしで、ましてや、女に見せられたものではない。

737
けんやくで一つまなこの下女を置《おき》　こみ合《あい》にけり〳〵

幕府の宣伝する倹約に従おうと、下女も倹約をして、片眼のものを置いたというのである。下女の倹約というところがおかしい。

けんやくを武芸のやうにいゝ立《たて》る　（柳七）

738
げびた姓灯《しようひ》をけさないとねつかれず　ふしぎ也《なり》けり〳〵

一晩中ともしておく有明行燈《ありあけあんどん》などというものもあるが、燈をともしたままでは油代がかかると思うと、とても寝つけないとは、まことに貧乏性である。

「姓」は、「性」の音通による当て字。

739
わき目からしつきやくまけの和中散《わちゆうさん》　ふしぎ也《なり》けり〳〵（42ウ）

大森の和中散の店（大田区、京浜急行梅屋敷駅辺）は、三軒並んでおり、しかも家作は大変立派で築山《つきやま》・泉水の結構を尽し、真中の家には将軍の御成御門《おなりごもん》があった。それで傍目《はため》から見ると、費用倒れになって、利益もあがるまいと心配になってしまうというのである（493頁参照）。

和中散目うつりがして買《かい》にくひ　（明和二）

○失脚負け《しつきやくま》＝費用倒れ。○和中散＝霍乱《かくらん》（日射病）や風邪などに利くとされた薬。

740
女客ていしゆは見世《みせ》へおひ出され　こみ合《あい》にけり〳〵

女房を訪ねてやって来た女性のお客。亭主が一緒にいたのでは、客も気兼ねで、つもる話も充分に出来ない。「あなたはあっちへ行ってて下さいな」と、店のほうへ追い出される。

女きやくてい主《しゆ》出ばつて呵《しか》れる　（柳八）

741
わらんじをはくと二足《ふたあし》ふんでみる　こみ合《あい》にけり〳〵

草鞋《わらじ》の紐を結んで旅立ちの身仕度もととのった。さて、はき具合はいかがと、その場で二足、三足踏んでみる。誰もがする動作をうまく表現した。

重箱をむすんで一つさげて見る　（柳五255）

742
にうり屋の念頃《ねんごろ》ぶりはつまみぐい　こみ合《あい》にけり〳〵

煮売屋（499参照）の常連客は、心安だてに手近の惣菜物などをちょっとつまみ食いしてみたりする。庶民的風景。念頃ぶりは、391・504参照。

居酒屋で念頃ぶりは立《たつ》てのみ　（柳初701）

743
引札《ひきふだ》はゆびをなめ〳〵はすに来る　こみ合《あい》にけり〳〵

引札（開店広告や商品宣伝などのチラシ）配りの男は、指に唾《つば》をつけて引札を一枚ずつ取り、身を斜めにしたまま、一軒へ投げこんではまた次の家へ行く。679参照。「はすに来る」は、並んでいる家に次々に放りこむため、一々正面に向かわないで身体を斜めにしたまま放りこんで行くことをいうのであろう。

引札はゆびをなめ〳〵ほふりこみ　（柳三四）

744
また一度十七八ではいならい　首尾の能《よい》こと〳〵

十七、八になると、幼児の頃にしたようなハイハイをもう一度習い覚えるとは、ちょっとおかしいことである。二度めのは、女の許へ夜中にこっそりとする夜這いのハイハイというわけだ。

又《また》一度十六七で人見知《ひとみしり》　（武玉川二）

745
師匠さま来ると湯番はそれ見たか　こみ合《あい》にけり〳〵

銭湯で調子に乗って悪ふざけしている子供たち。いくら叱っても平気の平左で、困りきった湯番（92参照）が、「お師匠様に見つかったら大変だぞ」などと、おどしつけている所へ、果たして師匠様がやって来て子供たちは厳しく叱りつけられてしまった。湯番にとっては「それ見たか」というわけだ。

師匠様はなかなか威厳があったのである。

746
むづかしくめしつぶひろふ中風《ちゆうぶ》やみ　　つゝみこそすれ〳〵

中風病《や》みは、手がふるえるので、こぼした飯粒を拾うような簡単なことも、なかなか意のままにならない。昔は、こぼした飯粒は拾って食べるのが普通だった。

○中風やみ＝脳卒中のため運動神経が麻痺している者。

747
たいこ持《もち》遣《や》り手《て》をまねてぶつさらい　　中《なか》のよひ事〳〵

太鼓持《たいこもち》が酒の余興にと、遣り手の形態模写をやらかしたところ、これが遣り手の特徴をうまくとらえていて、一同やんやの喝采、大受けに受けてしまった。

たゝかれるたいこきんちやく〆《しめ》るまね　（柳一二）

（634参照）

○ぶつさらう＝人気を一人じめにする。

能登守教経の登場から始まった本篇も、太鼓持への拍手喝采というところで、めでたく幕となる。

後記

本書を草するにあたって、その句解および語釈は、一々注記をほどこさなかったが、多くの先学の研究成果に拠らせていただいた。なかでも次の諸書からは多大の学恩をこうむった。

1 武笠山椒著『誹風柳樽通釈』第三篇（昭和2、有朋堂書店）

2 岡田甫著『川柳末摘花詳釈』上・下・拾遺（昭和30〜31、有光書房）

3 杉本長重校注、日本古典文学大系57『川柳集』（昭和33、岩波書店）

4 山路閑古著、筑摩叢書102『古川柳名句選』（昭和43、筑摩書房）

5 浜田義一郎編『江戸川柳辞典』（昭和43、東京堂出版）

6 岡田甫著『川柳絵本柳樽』（昭和44、芳賀書店）

7 佐藤要人・鈴木倉之助・石川一郎・多田光・住吉久美・大坂芳一・粕谷宏紀・室山三柳・杉浦佐一郎・清博美各礎稿ならびに共述『川柳評明二万句合輪講（一）〜（四）』（昭和47〜48、私家版）

8 大村沙華礎稿、冨士野鞍馬・浜田桐舎・山沢英雄・鈴木倉之助共述「柳多留三篇輪講」（『川柳しなの』昭和51・5〜56・10）

9 三省堂編集所編、センチュリーミニシリーズ『江戸古川柳小辞典』（昭和54、三省堂）

また古川柳研究会には昭和四十三年十二月より参加させていただいたが、席上行なわれた『誹風柳多留拾遺』輪読（昭和43・12〜55・2）および『川柳評万句合明和元年』輪読（昭和55・3〜現在）は、本篇と重複する句が多く、研究会諸氏のご発言からは、多くのことを学ばせていただいた。

なお本篇の出典に関しては、山沢英雄氏校訂、岩波文庫『誹風柳多留（一）』出版の時点（昭和25）で約四割の句が万句合未発見のため出典不明であった。しかしその後、浜田義一郎氏発見の明和二年（合印　天・満・宮）が紹介され（昭和45、佐藤要人氏『川柳評万句合明和二年』また鈴木勝忠氏『未刊雑俳資料』四十八期11、ともに私家版）、ついで岡田甫氏発見の明和元年（合印 智・信・叶）も、『季刊古川柳』5号～20号（昭和50～53）に発表されて、岡田甫氏校訂『誹風柳多留全集一』（昭和51）では、二句を除いてその出典が記入されるに至った。そのうち一句は、『季刊古川柳』18号（昭和53）において明らかになったが、なお一句のみが不明のまま残っていた。本書もやむなく出典不明のまま稿を終えたが、校正の時点に至って山沢英雄氏校訂の新版『誹風柳多留（一）』が発刊され、最後まで不明であった一句も、ついに出典が判明した。これにより三篇は全ての前句が明らかになり、本書執筆には大変幸運な巡り合わせとなった。

最後に本書執筆の機会をお与え下さった浜田義一郎先生、原稿の段階で終始ご教示をいただいた佐藤要人・八木敬一の両先生に厚く御礼申しあげる次第である。なお挿絵の書名に＊印を付したものは、八木敬一先生よりご提供をいただいたものである。併せて深謝申しあげたい。

昭和六十年十月吉日

岩田　秀行

誹風　柳多留　四篇

（明和六年刊）

八木　敬一

（1オ）むかし〳〵の前句冠附は蝶〻子苔翁万句合に名をならし享保の頃収月出て世話事に句意のおかしみを専らと撰しより江府在〳〵の組〳〵迄これを好み年毎に壱万の句員を集め今にその余風残りぬ爰に宝暦のはしめ浅草新堀端の考士川叟万句合発しめつらかなる言葉に当世のはいかいとひとしき句姿を新斧せしに或ハ壱万或ハ（1ウ）弐万の句あつまる事此考士の妙とや言ハん徳とやいハんよつて書肆星運堂のぬし誹風柳樽の小冊を扁集し二扁三扁となりことし四扁をあめる事を乞ふにまかせ近来の勝板行を拾ひ集二二の扁とはなしぬ于時明和六丑の孟秋吉辰浅下境呉陵軒述

ずっと以前の「前句付」「冠付」については、蝶々子・苔翁が「万句合」に評判をとっていたが、享保のころ収月が出て、日常的な題材について句意のおもしろさを主眼として選句を行ったので、江戸およびいろいろな地方の組連までがこれを好み、毎年一万の句を集め、現在にまでそのなごりが残っている。さて、宝暦のはじめ浅草新堀端の風流人、川柳翁が「万句合」を始め、目新しい言葉を使用して当世風の江戸座俳諧と同じような形態の句を新たに選び出したところ、あるいは一万あるいは二万の句が集まったが、このことはこの風流人の非常に優れたことだというべきか、またはこの人の徳だというべきであろう。そこで、書店星運堂の主人が『誹風柳多留』の小冊子を編集して、二編・三編となり、今年は四編を編集することを願い求めるので、近ごろの入選句を拾い集めて『四編』とした。時に明和六年丑の七月吉日、浅草下谷の境目辺に住む呉陵軒が述べる。

1 **鳥追ひを扇子の先《さき》でよけて出る**　　ならひこそすれ〳〵（2オ）

正月、年始の句、ということで、巻頭にすえられている。年始客が訪問先から出て来ると、ちょうど鳥追いが門口にいたので、扇子でその女をどけて外へでる。

鳥おいをよこにひかせて申いれ　（柳一三）

○鳥追い＝女性の門付け街芸人の一種で、正月向きの歌をうたって銭を乞い歩いた（513頁参照）。○扇子＝おうぎ、ここは、礼装に付属するもので、暑いから持っているのではない。○よける＝当時、「避ける」よりは「除ける」の意に使われた。

2 **奥のちん木綿ものさへ見るとほへ**　　ならひこそすれ〳〵

大名屋敷などの女ばかりの奥の間で飼っている狆《ちん》は、いつも高級な絹織物を着た人ばかり見慣れているので、たまに安い木綿の着物を着た人を見ると、うさん臭いやつだとばかり、吠える。まさか、犬が人間の着物を見分けるわけではないであろうが。

かこわれのちんやろうをばほへる也　（柳一七）

○狆＝ペット用の小形犬の一種。江戸時代、盛んに飼われた。

3 **草市にきゝやうの切れる中の町**　　おしひことかな〳〵

吉原の草市では、きれいで女性好みのききょうの花が早く売り切れてしまうという句のようである。「子に持《もた》せても桔梗《ききょう》淋しき（武玉川一）」という句もあり、ききょうはお盆の飾り花用にも向いているので早く売れるのであろうか。

○草市＝七月十二・十三日に開かれ、お盆の飾り物用品を主とし、野菜・草花なども売られた。盆市ともいう（513頁参照）。○中の町＝江戸吉原のメイン・ストリート。

4 **常《じょう》念《ね》仏《ぶつ》折ふしたんが引かゝり**　　めいわくなこと〳〵

絶え間なく念仏を唱えている人が時々たんがひっかかるということで、そういう人たちにはせきやたんの多い、老人が多いことを暗示している。

常念仏さもいやそうな後生也　（柳三455）

5 **女湯へおきた〱とだいて来る**　めいわくなこと〱

女房が銭湯へ行っている間に、寝ていた子が目を覚まして泣き出したので、父親が困り果てて、子を抱いて、女湯の女房のところへ来る。

目のさめた子を女湯へことづける　（柳七）

○女湯＝銭湯で女の入る湯。「女湯は歯磨き店の講尺絵（表裏若葉　享保十七）」という句があり、享保期（一七三二）からすでに女湯があったことがわかる。

6 **もつと寝てござれに嫁は消へたがり**　めいわくなこと〱

新婚間もない嫁が朝寝をしてしまったところ、姑から、もっと寝ていなさい、と皮肉を言われ、消えてなくなりたいような気持ちになっている。

居眠りを嫁はおつかな〱し　（明和四）

7 **材木屋さわぐとぎうをよび付る**　めいわくなこと〱

三篇　41丁ウ　728重出

8 **ごぜの灸跡で一だんのぞむぞへ**　めいわくなこと〱

三篇　41丁ウ　726重出

9 **平産の折も折とて飯がきれ**　めいわくなこと〱

お産が順調に軽くすんで、産婦に食事をさせようとしたところ、間が悪くご飯がなかった。あまり急に短時間にすんでしまったので、飯の用意まで間に合わなかったというのであろう。

みそづけでおやす湯づけを食べている　（柳一八）

（おやすは安産の擬人名）

○平産＝お産が軽いこと。安産。「平産　ヘイサン又安産ト云ウ」（『書言字考』五）

10 **丸の内井戸へおろしてしよい直し**　いろいろがある〱（2ウ）

丸の内には武家屋敷が多く、通行人がちょっと休むような適当な場所がない。そこで、荷物をしょっている商

四篇２オ

人などが井戸へ立ち寄り、荷物を下ろして一休みし、水を飲んだりして行く。

○井戸＝『江戸砂子』巻一丸ノ内に、姫が井（桜が井）・封の井・柳の井、があり、『江戸名所図会』に柳の井の絵がある。丸の内に大きな井戸があったことが確認できる。

11 **しうとめの屁《へ》を笑ふのも安大事《やすだいじ》**　めいわくなこと〳〵

嫁が姑のへを笑うというような細かなことも、両者の間がうまく行っているときは、かえって親しさを増してよいのであるが、うっかりすると、姑のご機嫌を損じて大変なことになりかねない。当時、嫁と姑の関係は現在よりずっと難しかった。

あんまりないびり姑め屁をかづけ　（筥二）

（かづけは転嫁すること）

なんじらは何を笑ふとゐんきよのへ　（柳六）

○安大事＝容易なようにみえて、実は容易ならないことをいう。

12 **出来ぬやつおよしなさいとかたくいひ**　めいわくなこと〳〵

三篇　41丁オ　720重出

13 **そばがきをねこまの供へやたらしい**　めいわくなこと〳〵

三篇　41丁オ　712重出

14 **蔵宿でよんどころなくそりを打**　めいわくなこと〳〵

蔵前の蔵宿のところへ金を借りに行った旗本あたりが、貸してもらえないので、やむを得ず、刀を抜く身構えをしておどす。米をかたにした借金がたまってしまっているので、なかなか貸してもらえないのである。

○蔵宿＝旗本・御家人に代わって、その給与たる蔵米を受け取って、換金の業務を行い、また蔵米を担保に金貸しをも行った業者。○そりを打つ＝刀をすぐ抜けるように身構えること。

15 **藪入のみやげによしごそへて出し**　いろいろがある〳〵

三篇　41丁ウ　721重出

1　鳥追い（『江戸大節用』）

3　草市（『狂歌吉原形四季細見』）

19　火の見櫓（『混雑倭草画』下）

19　しゃか十
（『雨中徒然草』）

16
壱人《ひとり》者ほころび壱つ手を合　　めいわくなこと〳〵
三篇　41丁ウ　722重出

17
み丶のわきかき〳〵お七そばへ寄り　　中のよひ事〳〵
三篇　41丁ウ　725重出

18
かわたびや四五けん先《さき》をふところ手　　はなれこそすれ〳〵
　革足袋《かわたび》屋の行商は二人連れで歩き、荷かつぎに荷物をかつがせ、自分は何も持たないで、先に立って呼び歩いた。何も持っていないから、ふところへ手を入れている。
　　革足袋屋かつぎにわきを語らせる　（桜）
（売り声を呼ばせる。謡曲のシテ・ワキの関係にとりなした句作）
○革足袋屋＝革足袋はシカまたはヤギのなめし革で作り、丈夫で暖かいものであったが、江戸中期以後はだんだん木綿や絹に替わった。値段は『我衣』に享保ごろ銀十匁（約一万円）とある。

19
しやか十のやうに火の見の顔を出し　　はなれこそすれ〳〵（3オ）
　火の見やぐらから火の見番が顔を出したところは、博打用のめくりカルタの「釈迦十」の札の絵に似ている（513頁参照）。
○しゃか十＝めくりカルタの青（ハウ）の十の札の異称。本来はトランプのジャックにあたる札であるが、我が国に渡来してから絵が変化し、女性の姿に変わってソータと呼ばれ、のち僧形《そうぎょう》に変化して「釈迦」と呼ばれるようになった。競技の上で強力、かつ重要な札である。「立つて居て・首ひねらる丶しやかの十（うき世笠　元禄十六）」という句も図柄の見立てである。

20
草り取茶屋のむす子とかしへ行　　中のよひ事〳〵
三篇　41丁ウ　723重出

21
ねがわくは嫁の死水とる気也　　めいわくなこと〳〵
三篇　41丁ウ　724重出

27　釜払い（『四時交加』）

22　樽拾い（『清水の池』）

32　舟饅頭（『盲文画話』）

22 へどをつくせなかを御用たゝく也　　めいわくなこと〳〵

お得意様が酔って吐いているのを、酒屋の小僧が背中をたたいて介抱している。自分のところで売った酒が原因で酔っぱらった客の、介抱をしているのがおかしい。

○御用＝酒屋の小僧、樽拾いと同義に用いられることが多い（515頁参照）。

23 女房をたのしんで来るすけん物《ぶつ》　　中のよひ事〳〵

せっかく吉原へ行きながら、ただ見るだけで登楼せず、家へ帰ってからの女房とのセックスを楽しみにして帰るやつがいる。女房孝行ともいわれるが、実は金がないのかも知れない。従来、以上のように解されている。

別に、自分の女房が女郎になっているのを、顔だけ見て楽しんで来る、とも解せよう。黄表紙『米饅頭始』『廓中丁子』などにそういうプロットがみられる。

おかしさはすけんの女房りん気なり　（柳一四）

○素見物＝女郎屋をひやかして回るだけで、登楼しない人。

24 おやたちは井戸と首とでむこを取　　いろいろがある〳〵

井戸は井戸へ身投げ、首は首つり、各々自殺を暗示している。一緒にしてくれなければ死んでしまう、とおどされて、反対していた親たちもついにその結婚を承知する。あるいは実際に、自殺未遂があったとみてもよい。

井戸ばたでけんし五月《つき》程といふ　（明和四）
（妊娠五か月の女が井戸へ飛び込み自殺）

25 夜そばうり欠落《かけおち》ものに二つうり　　はなれこそすれ〳〵

三篇　41丁ウ　727重出

26 麦ばたけ小一畳ほどおつたをし　　めいわくなこと〳〵

麦畑でのあいびき。

もがくなよ麦がいごくとしれるわな　（安永四）

27 かま払《ばらい》しもげたおやぢ箱をもち　　はなれこそすれ〳〵

月末に回って来る「かま払い」には、うらぶれたじいさんが、道具の入った箱を背負って供について来る（515

頁参照）。

談義場はしもげた男世話をやき　（拾三）

○かま払い＝月末に巫子《みこ》・山伏らが民家を回って、かまどのお祓いをした。その人をかま払い、またはかまじめという。○しもげた＝野菜が霜に凍ってしおれることから転じて、みすぼらしいさまにいう。

28 **てんば下女寝所へ薪《まき》を壱本《いつぽ》もち**　めいわくなこと〳〵　（3ウ）

荒っぽいおてんばな下女が、夜中に忍び込んで来るやつがいたら、ひっぱたいてやろうと、寝床にまきを一本用意している。

○てんば＝おてんば。「転婆　テンバ　女児ニ言ウ所」（『書言字考』）。

29 **大磯へ馬士《まご》はせい〳〵追て来る**　めいわくなこと〳〵

曽我五郎がちょっと寝ていると、大磯にいる兄、十郎のまぼろしが現われて危難を告げる。ちょうど大根を積んだ馬が通りかかったので、五郎は強引にその馬を借りて大磯へ乗って行く。馬士が怒って後ろから、馬を返せとせいせい言いながら追い掛けて来る。歌舞伎「矢の根」（享保十四（一七二九）初演）による句である。「矢の根」は土佐浄瑠璃「風流和田酒盛」あたりが原拠かと考えられている。

おおいそでやう〳〵馬を取りかへし　（柳二三）

30 **朝がへり首尾のよいのもへんなもの**　いろいろがある〳〵

朝帰りはおやじや女房からひどく怒られるのが普通であるが、いつもと違い怒られもせずに放置されたのは、首尾がよかったともいえようが、何となく不気味で変なものである。

朝がえり行時程のちゑは出ず　（柳六）

31 **病み上り喰はせずにおくやうにいひ**　めいわくなこと〳〵

病気の治り際に食欲が変に強いことがある。一度に食べ過ぎてもよくないので、はたのものが制限すると、何も食わせない、と文句をいう。

やみ上がり女房はまたをひつか丶れ　（柳三580）

32　**八文の事で火鉢で顔を見せ**　いろいろがある〳〵

江戸の下級街娼、夜鷹は二十四文、舟饅頭《ふなまんじゅう》は三十二文であった。その差は八文である。舟饅頭は舟に乗っていて、お見立ての時前に置いた火鉢に物をくべて、その明かりで客に顔を見せる。夜鷹にはそういうサービスはない。八文高いだけのことはあって、舟饅頭は顔を見せてくれる、という句のようである。「舟まんじゅう。見立てるには、婦の前の火鉢にかんな屑ようの物を入れ置き、それにちよつと火を移せば、ぱつと燃ゆる火影に、婦の顔見ゆる。」（『盲文書話』515頁参照）。

また火してねる程おちよ買こなし　（末一）

（お千代は有名な舟饅頭の名から転じて、舟饅頭のこと。火鉢で股火をする）

33　**あぶれ駕《かご》かね四つ迄は見世をはり**　めいわくなこと〳〵

吉原行きの四つ手駕籠《かご》が、かね四つ（午後十時ごろ）までは諦《あきら》めないで客を待っている。「見世を張る」は遊里用語を転用したもので、遊里行きが暗示されているとみるべきであろう。

引けまへにやつつけますと四つ手いひ　（柳七）

○かね四つ＝吉原の閉店時刻は一応四つと決められていたが、それでは早過ぎて実情にそぐわないので、実際は二時間延長して、九つ（午後十二時ごろ）まで黙認されていた。本当の四つの鐘が鳴った時には拍子木を打たず、九つの鐘を合図に、四つの拍子木を打ち、引き続いて九つの拍子木を打った。本当の四つを「鐘四つ」といい、九つを「引け四つ」といって区別した。だから鐘四つに客を拾えば、実際の閉店時刻の引け四つまでに間に合うわけである。

34　**海あん寺真赤なうそのつき所**　めいわくなこと〳〵

品川の遊所近くの海晏寺《かいあんじ》は、紅葉を見に行くといって、実は品川の女郎を買いに行くという、真っ赤なうそをつく場所である。真っ赤は紅葉と縁語になっている。

もみぢ乱れて品川へ流るめり　（柳二九）

○海晏寺＝品川区南品川五―一六にあり、紅葉の名所の寺。

35 **下女がはれなんぞといふと黄八丈**　めいわくなこと〳〵

下女の晴れ着はなにかというと、いつでも黄八丈である。一張羅《いっちょうら》なのだ。

たんものをおくま一色けちをつけ　（柳一三）

○黄八丈＝八丈島産の絹織物で、江戸中期婦女子に愛好されたが、後期には町家の婦女の着るものもまれで、御殿女中の上級の者の普段着、下級の者の晴れ着に用いられたという。享保十二年（一七二七）白子屋お熊という美女が処刑された事件があり、このお熊が黄八丈を着ていたところから、一時きらわれたようである。

36 **印籠《いんろう》をくれなと尻でゆりおこし**　めいわくなこと〳〵

夜、急に腹痛などを起こし、横に寝ている人を起こして印籠の薬をねだる。病人はどうも遊女らしく思われる。一説に、尻は陰間を暗示し、欲しがる物は印籠その物とする。いずれにせよ、印籠ということで、主人公は武士であることをにおわせている。浅黄（田舎侍）か。

うしろかられいのつかへをもんでやり　（拾七）

37 **小侍《こざむらい》女郎の中でべそをかき**　めいわくなこと〳〵（4オ）

吉原などへ（主人のお供をして）連れて行かれた年少の小侍が、女郎にからかわれて、慣れていないので泣きべそをかいている。

小侍はまりはじめはうばが池　（柳三八）

（乳母にやられる、と実在する「うばが池」とを掛ける）

○小侍＝武家に奉公している元服前の少年。

38 **みつものを下女は直斗《ねばかり》聞て見る**　めいわくなこと〳〵

下女は銭がないから、古着の行商に欲しい物の値段ばかり聞いている。

つみ作りだと下女の見るみつものや　（明和八）

○みつもの＝古着、綿入れの着物を表・裏・綿の三つに分解して売ったからとも、身頃・袖・えりおくみ、に分解したからともいわれる。

39 **あまだるい声で殿さまおつかける**　わかれこそすれ〳〵

殿様が腰元などをあまったるい声を出しながら追い掛ける、女性は逃げる。殿の戯れである。

にげのびた腰元前をよく合　（柳七）

40 **紫震殿よく化もの丶出るところ**　おしひことかな〳〵

紫宸殿《ししんでん》は昔からよく化け物が出る所である。例えば、頼政のヌエ退治・菅公の雷・鳥羽院の玉藻の前（キツネの化けた女）・有広の怪鳥（『太平記』十二）などがある。

出家侍かみなりと鵺《ぬえ》に召し　（柳三三）

（出家は菅公の師、法性坊。侍は頼政）

○紫震殿＝紫宸殿と通常は書く。内裏の正殿であり、公式の儀式が行われた建物である。

41 **とうしゆこう見切って銭をつなぐ也**　ふくれこそすれ〳〵

中国の春秋時代、越《えつ》の勾践《こうせん》に仕えた范蠡《はんれい》は、晩年陶《とう》に住んでから陶朱公《とうしゅこう》と称し、世情をよく見極めて巨万の富を築いたという。『太平記』四、謡曲「舟弁慶」に出る。

足元のあかるいうちに陶朱公　（柳三九）

○見切る＝状態をよく見極める。○銭をつなぐ＝銭を緡《さし》に通す意から蓄財に励む。

42 **やうきひのうたい宵から二度通り**　ならひこそすれ〳〵

夕方から「楊貴妃」の謡をうたいながら歩いている人が、二度通った、という句であるが、誰かに、当事者間だけに分かる秘密のサインを送っているようである。息子の謡仲間が遊興のさそいに来るような場合かもしれない。

にげたばん宵に長うた二度通り　（柳九）

（遊女が逃げた晩であろう。そうすると、主題句も遊里句かも知れない）

○楊貴妃＝謡曲の曲名、白楽天の「長恨歌《ちょうごんか》」による。

43 **座敷らう手代も一人宿預け**　わかれこそすれ〳〵

道楽息子の遊びがひど過ぎるので、座敷牢に入れられたが、巻き添えを食って、手代も一人、身元引き受け人に預けられることになってしまった。手代は遊びのお相手役であったのであろうが、いずれ、悪いのは息子の方に決まっている。

　座敷らう母も手じやうがものは有　（柳一二）

○手代＝商家で丁稚《でっち》の元服した者。その長を番頭という。○宿預け＝主家の金を使い込んだ奉公人などを親元や身元引き受け人たる宿元に預けること。

44 **掛とりの手をひいて行にわか後家**　わかれこそすれ〳〵

突然夫に死なれた未亡人が、夫の残した売掛金の集金に、盲人のプロの取り立て人を雇っている句とされている。「手を引く」は盲人の手を引く。当時盲人の取り立ては厳しいことで定評があった。「うろ〳〵と・掛け乞いに出るにわか後家（馬だらい　元禄十三）」という古句は一人で出掛ける場合である。別に、亭主が急病で死んでしまったので、さすがの掛け取りもしようがないと、手を引いて引き下がって行く、という解がある。

45 **中直り鏡を見るは女なり**　ならひこそすれ〳〵

夫婦げんかの後の仲直りに、まず鏡を見るのは女である。中は仲と同じ意味に使われている。

　中なおりすると女のこへになり　（柳一九）

46 **すり子木でなぶつて通るやうじ見せ**　ふくれこそすれ〳〵（4ウ）

浅草寺の年の市ですりこ木を買った男性客が、それを男根に見立てて、近くの楊枝見世《ようじみせ》のきれいな売り子をからかって通る。十二月十七、十八日、浅草寺で年の市が開かれ、非常ににぎわった。

　木の尺八をさして来る市がへり　（天明五）

○楊枝見世＝浅草寺の境内には楊枝を売る見世があり、そこには美しい女の売り子がいた。例えば、主題句の成立よりは数年後れるようだが、明和六年ごろの柳屋のお藤は有名であり、春信にも描かれている。

47 **はつ鰹《がつお》旦那ははねがもげてから**　おしひことかな〳〵

初がつおは非常に高価なものであった。この句の旦那は、それが安くなってから食べるという、けちな方である。

○羽がもげる＝羽が生える、に値段が高くなるの意味があるから、羽がもげる、は反対に安くなるの意であろう。造語かと思うが、表現に面白さをねらっているとみるべきである。

48 **つばなうりよく〳〵見れば女の子**　おしひことかな〳〵

野掛《のがけ》（今日いうピクニック）の途中で、つばな売りの子供に会った。まっ黒な顔をしていて、男か女か分からなかったが、よく見たら、やっぱり女の子だった。

○つばな＝ちがやの花であり、食べられる。春、女の子などがそれを売り歩くのを、つばな売りといった。

49 **顔見せのお供はどれもくじつよし**　ならひこそすれ〳〵

顔見世狂言の見物は希望者が多いので、お供に当たった人は皆くじ運の強い人たちである。

くじどりで芝居の供のろんがやみ　（柳三540）

○顔見世＝歌舞伎用語、顔見世狂言の略。毎年十月、各劇場で俳優を入れ替え、翌年度興行すべき顔ぶれをきめ、その一座で十一月初めて興行する狂言。

50 **和尚さまひざへ来る子にじゆずを出し**　ならひこそすれ〳〵

和尚さまのひざへ来た子供に、和尚さまが数珠《じゅず》であやしてやっている。

小児いしやさじをとられて手をかさね　（柳一二）

51 **奥がたへゆひ言はなしみなと川**　わかれこそすれ〳〵

楠正成は桜井の駅（西国街道、現大阪府三島郡島本町）で子の正行《まさつら》に別れ、湊川で一族とともに死ぬ。この桜井の駅で正行を諭したことが子への遺言にもなっているわけであるが、正成は武士らしく、自分の妻へは一言の遺言も残さなかった。『太平記』十六に、桜井の駅の場面がある。

52 **あいそうも男へすれば疵《きず》になり**　おしひことかな〳〵

愛想のよいのは女性の美徳の一つであるが、それも相手と場合によるわけで、男性にあまり愛想がよいと、時には誤解を生むことにもなる。

あいそうのよいをほれられたと思ひ　（柳八）

53 **たいこもちしやれて内義にしめられる**　わかれこそすれ〳〵

太鼓持《たいこもち》が客のお供をして客の家へ上がり、そこで調子に乗ってしゃれが過ぎ、お内儀にとっちめられた。お内儀にしてみれば、日ごろの不満もたまっていたであろう。

口が過ぎ禿《かむろ》にみめずばれにされ　（安永七）
（みめず、はみみず）

○太鼓持＝遊客の機嫌を取り、遊びを面白くすることを職業とする者。○しゃれる＝語呂合わせなどの冗談を言う、なまいきなまねをする。○しめられる＝責められ叱られる。

54 **銀ぎせるあつたら事に手ではたき**　おしひことかな〳〵

せっかく銀ぎせるを持っていながら、傷のつくのを恐れておそるおそる手で叩くのは、しみったれた振る舞いであり惜しいことだ、という句のようである。銀ぎせるは非常に高価だった。

銀ぎせるおとした噺《はなし》三度きゝ　（柳八）

○あったら事＝惜しい事、残念な事。

55 **やみ〳〵と座頭へ渡る町やしき**　おしひことかな〳〵（5オ）

座頭から高利の金を借りたが返せず、むざむざと抵当の家屋敷を取られてしまった。悔《くや》しいことだ。

すま左内どのに逢ふと座頭来る　（柳一二）
（そのままではスマサナイのしゃれ）

○やみやみと＝むざむざと、ここでは、座頭の盲目なことに掛けている。○座頭＝盲人で、三味線などの芸をし、太鼓持《たいこもち》に類する者が多かったが、一方鍼《はり》などにより生活することも一般的であった。彼らがより上位の位階へ出世するためには、官金として、多額の金が必要であり、そのため高利貸しをする者が多かった。幕府は座頭金の取り立てに先取権を認めていたので、座頭はかなりひどい取り立てを行ったようである。44参照。○町屋敷＝武家地・寺社地に対する町人の居住地で、借金の抵当（家質）とすることが出来た。

56
米つきのなげ込んでやるそれた鞠《まり》　ならひこそすれ〳〵

米つきが米を精白しているところへ、蹴鞠《けまり》のそれたまりが飛んで来たので、拾って垣を越して、鞠場へ投げ込んでやる。鞠場の周囲は鞠垣と称する竹垣でおりのように囲ってあった。

下手のまりはやくよこせとせがまれる　（柳一五）

しうきくを見い〳〵蔵宿をくどき　（明和七）

という句から、蔵宿でも蹴鞠をしていたことがわかる。主題句もそういう場合かも知れない。

○米つき＝玄米を精白することを職業とする人。江戸では臼を転がしてお得意先へ行き、きねでついた。

57
見せもせず無筆は文《ふみ》をもてあまし　おしひことかな〳〵

恋文をもらったが字を読めないので、人に読んでもらう訳にも行かず、といって早く内容は知りたいし、どうしたらよいか持て余している。

○無筆＝もとは字を書けない人の意であるが、字を読めない人の意にも多く使われる。○文＝ふみ、と読む場合、ほとんど女から男へである。

58
角田川しやばいらいだをいふところ　わかれこそすれ〳〵

隅田川（角田川）の付近は吉原通いの通人同士が「裟婆以来」などとあいさつをする所である。

しやば已来是は〳〵とそりかへり　（柳三153）

○裟婆《しゃば》以来＝諺「裟婆で見た弥次郎」（知人を知らぬふりをすること）の転じたことばか。ここは、しばらく、ぐらいの意であろう。

59
御家老の知行百首の内に入　わかれこそすれ〳〵

蜂須賀氏の宿将、稲田九郎兵衛は淡路、洲本の城主となったが、この淡路島は百人一首の中に入っている。それを謎めかしていった句である。歌は「あはぢ島かよふ千鳥の鳴くこゑにいく夜ねざめぬすまの関もり」である。

残念さ稲田島とはいはぬ也　（筥一）

○家老＝武家の家臣のうちの最重職、ここは稲田九郎兵衛を指す。○知行《ちぎよう》＝江戸時代、幕府、藩が俸禄として家臣に支給した土地。

60
大一座となり座敷はさし向ひ　ふくれこそすれ〳〵

吉原へ団体で上がった客が大騒ぎしている、その隣座敷では、なじみの客が、二人きりのさし向かいでしんねりと遊んでいる。コントラストの妙を詠んだ句であろう。

大一座おすな〳〵とのぼるなり　（柳一五）

○大一座＝多人数が一団となって登楼すること。葬式帰りの客などが多かったようである。

61
青首で猫などおどすりやうり人　ふくれこそすれ〳〵

青首の鴨《かも》の首は少々不気味である。料理人がそれで猫をおどしている。猫が料理の材料をねらうのか、あるいは料理人のちょっとしたいたずらであろう。「料理人鴨をなで〳〵談合し（露丸評　明和二）」という句もある。鴨は御馳走であった。366・396参照。

○青首＝真鴨の雄で美味である。○料《りよう》理《り》人《にん》＝料理をすることを業とする人。初篇84参照。

62
おくり人《て》はならちやぐらいに目は懸《かけ》ず　わかれこそすれ〳〵

旅立つ人を送って川崎まで行った人が、万年屋の奈良茶飯などは目当てにしていない、本当のお目当ては、品川に寄って飯盛り女郎を買いたいのである。

なら茶喰〳〵品川をむすこきめ　（柳二三）

○奈良茶＝奈良茶飯。茶飯に大豆・クリ・クワイなどを入れたもの。川崎の万年屋が有名であった。

63
武士《もののふ》のけんくわに後家が二人《ふたり》出来　わかれこそすれ〳〵

武士同士の果たし合のけんかの結果、相討ちで両方死んでしまった。未亡人が二人出来たわけである。本人同士は大まじめで、しかもぞっとするような、現代の目からはブラックユーモアとでもいうより仕方ない。

64
弥陀しやかの違ひ不縁の元となり　わかれこそすれ〳〵（5ウ）

当時は現代よりも生活に仏教が密着していて、影響が大きかった。宗派によっては排他的であり、宗旨違いは縁談の妨げや離婚の原因になることもあった。阿弥陀仏を本尊とする真宗（門徒宗、一向宗）や、その他の宗派では日蓮宗、などに特にそういう傾向が強かったようである。「宗旨違ひも不縁なりけり（金砂子・上　宝暦五）」もそういう句である。

ゑい山はしやかで夜が明けみだで明け　（柳三599）

65
白状をむすめはうばにしてもらい　ならひこそすれ〳〵

娘自身では親に告白しにくいことを、乳母を通じて言ってもらう。乳母には小さい時から世話になっているので、一番話がし易いのである。話の内容は、恋愛とか、あるいは、妊娠のような問題であろうか。702参照。

66
一弐番《いちにばん》産婦もよみを打て見る　ならひこそすれ〳〵

出産後間もなく、まだあまり動けない産婦が、ちょっと気分転換によみガルタをやってみる。一、二番は、まだあまり長くは出来ない状態を表わしている。

○よみ＝よみガルタ。主に博打用に使われた。同じカルタで、めくり、という遊び方もあり、めくりカルタともいわれる。句の当時は「よみ」の方がはやっていたようであるが、詳しいことはよく分かっていない。19・302・317・661参照。

通りものよみをうつのは病上り　（柳三261）

67
おはぐろの尻へだかつてだゞをいふ　ふくれこそすれ〳〵

おはぐろを付けている母親のおしりに子が抱きついて、だだをこねている。子供は相手をしてくれないのでつまらないのである。

○おはぐろ＝鉄漿とも書く。結婚した、または成人した女性が歯を黒く染めること。○だかって＝抱かれてではなく、抱き付いて、の意で、自動詞の用法である。「青梅に抱かつて落ちる雨蛙（木の葉がき明和四）」も同様な用法である。

68
釣台で高尾へおくるしのぶずり　　おしひことかな〳〵

最高の遊女「高尾」にほれた仙台の殿様伊達綱宗は、高尾の歓心を買うべく、奥州特産の「信夫摺《しのぶずり》」を釣り台に載せて高尾に送ったであろう、という句。この仙台公と高尾の話は俗説ではあるが、広く江戸庶民に知られていた。この恋は結局成功しなかったが。208・259・657参照。

しのぶずり召し傾城にみだれそめ　（柳二六）

○釣り台＝多く嫁入り道具などを運んだ運搬用具（597頁参照）。367参照。○信夫摺《しのぶずり》＝陸奥国、信夫郡特産の染め物。ここは奥州、綱宗公を暗示している。

69
三郎は毛虫を筆ではらひのけ　　おしひことかな〳〵

忠臣、児島高徳は院の庄（岡山県津山市）で、後醍醐天皇の仮御所の庭に忍び入り、桜の木を削って十字の詩を書いたという。その時、彼は桜の幹にいた毛虫を筆で払いのけたであろうという、想像句。『太平記』巻四によれば、元弘二年（一三三二）三月のことであったという。その時の「天勾践《こうせん》ヲ空《むな》シュウスル莫《な》カレ　時ニ范蠡《はんれい》無キニシモ非ラズ」の詩が知られている。

高のりは書そこのふと又けづり　（明和三）

○三郎＝児島高徳のこと。備後三郎と号したことによる。

70
産の伽口《とぎ》がうごくで持たもの　　おしひことかな〳〵

病人の看病は退屈なものだが、産婦の場合は話が出来るし、ものも食べられるから、まだ間が持てて楽である。

すつぱぬきみんな逃たで持つたもの　（柳五257）

（刀を抜いたやつがいたが、皆す早く逃げたので幸いだった）

○産の伽＝産婦の看病人。○持ったもの＝助かる、幸い。

71 **美しひ流人《るにん》大めしくいに成り**　おしひことかな〳〵

役者、生島新五郎と違法な遊びをした、高級奥女中「江島」は、そのことが発覚し、信州（長野県）高遠藩にお預け（永遠流《ながおんる》）となった。信州人は大食、という俗説があるので、「大めしくいになり」といったものである。正徳四年（一七一四）江島は増上寺への御代参のあと、無断で芝居小屋山村座で遊興し、その他にも生島を大奥へ忍び込ませたという巷説もある。

○流人＝流罪に処せられた人。

72 **舟宿にあるのが本《ほん》のからごろも**　わかれこそすれ〳〵

『伊勢物語』などの古典に「からごろも」などと出てくるが、舟宿に脱いで置いてある衣は、本当の「空衣《からごろも》」である。当時、僧の女郎買いは禁じられていたので、僧は舟宿などで医者に変装した。医者の多くは頭を剃《そ》っていたから、僧は医者に変装し易かったのである。

　中宿へ出家入るといしやが出る　（柳一九）

○舟宿＝船で吉原へ通う客の送迎をする家で、客は着替えをしたり、飲食をしたりすることもあった。

○からごろも＝唐衣の意で、中国風の衣服、転じて、めずらしい美しい衣服、さらに転じて、ここは僧衣の意であろう。

73 **切れぶみは一ぱいのんでかきかゝり**　おしひことかな〳〵（6オ）

縁切り状を酒を一杯飲んでから書き始める。酒の勢いで思い切って書くのである。

　切れ文の中へのこを書てやり　（末一）

○切れ文＝男女間の縁切り状、古川柳では通常男から女へ、ことに遊女へのものが多い。

74 **じつとしていなと四五枚口でとり**　ならひこそすれ〳〵

遊女が、ちょっと動かないでいて下さいね、と言いながら、口で紙を四五枚取る。女が事後の始末をしてくれるのであるが、熟練の技であり濃艶な句である。「いつまでもそうして居なと隠居もて（末四）」の句もそうであるが、「……していな」という言い方、女のことばである。

ため息一つ口びるで紙をとり　（末四）

75
おどり子はつめるぐらいはゐせ笑ひ　ならひこそすれ〳〵

女性のお尻をつねる（つめる）ということは、当時求愛行為であったが、それも相手によりけりで、相手がプロの芸者では、鼻の先のせせら笑い（ゐせ笑ひ）であしらわれてしまう。田舎侍あたりのやりそうないたずらである。

つめられたごぜ惚れぬしをかんがへる　（末三）

○おどり子＝女芸者で、売春が多かった。諸藩の留守居役の外交的宴会などには欠かせなかったようである。

76
せんがく寺旦那を壱人《ひとり》おんなくし　おしひことかな〳〵

赤穂の浅野家が断絶になったので、泉岳寺では有力な檀家（旦那）を一軒なくしてしまったという句のようである。『江戸砂子』五に泉岳寺は浅野家の菩提所《ぼだいしょ》とある。

77
柄杓《ひしゃく》うりなんにもないを汲んでみせ　ならひこそすれ〳〵

ひしゃくを売るとき、何か汲むような格好をして、そらで汲み心地を試して見せる。

はしごうりまけるとやねへかけてみせ　（柳一八）

78
三人で下女はあかるく蔵を出る　おしひことかな〳〵

蔵は周囲と隔絶されているから、下女などは男性と二人きりだと、中でいたずらされ易い。しかし三人の場合はまず安全なので、下女も明るい表情で蔵を出て来る。当時下女などの身分は低く、いたずらされても、ほとんどされ損であったことを理解しておくべきであろう。

あの人と蔵へはいやと下女はいひ　（柳六）

79 **お月見をていしゆに十五丸めさせ**　ならひこそすれ〳〵

女房が生理中などで身が穢れているため、亭主に団子を丸めさせている。「十五」は十五夜を暗示する。「お月見」はここでは月経をも暗示している。

ゑんこうで月の団子へ手を出さず　（柳九四）

（「猿猴が月を取る」の故事をふまえるが、ここは猿猴は月経の異称）

80 **師匠さま一《ひと》うねづゝにねめ廻し**　ならひこそすれ〳〵

寺子屋の師匠が寺子を一列ずつ、にらみ回し（ねめ廻し）ている。いたずら盛りの子供が揃っているから、師匠も大変である。

師匠さまこわがるやつは手が上り　（柳三七）

○師匠様＝手習い師匠、寺子屋の先生にいうことが多い。○うね＝畑の列状に盛り上げたものに言うことばであるが、ここは一列ぐらいの意。

81 **囲《かこわ》れはいひわけ程の見世を出し**　ならひこそすれ〳〵

僧が外に囲ってある妾《めかけ》は、何もしないとかえって世間から怪しまれるので、言い訳ほどの、どうでもいいような店を出し、それで生活をしているように装っている。当時僧は真宗（門徒宗、一向宗）を除き、妻帯することが出来ず、妾を持つことも非合法であった。

かこわれは店ちんでもの店をはり　（柳一三）

○囲われ＝外妾をいうが、古川柳では僧の妾をいうことが多い。

82 **ふり袖でぶたれる御用気さく者**　ならひこそすれ〳〵（6ウ）

冗談を言って娘さんの振り袖でたたかれるような小僧さんは気さくな性質である。

ふり袖を引しやなぐつて一つぶち　（柳六）

83 **中直り初而《しよて》に笑ふは恥のやう**　ふくれこそすれ〳〵

けんかのあと、仲直りはしたものの、まだ完全に気持ちがふっ切れていない。最初に（初而に）笑うのは恥のように思われる。夫婦げんかの場合のようだ。

84
十二月人をしかるに日をかぞへ　ふくれこそすれ〳〵

忙しい暮れのこと、人を叱る場合も「あと幾日しかないんだぞ」などと言って叱る。年の暮れになって日数が残り少なくなることを「数え日」という。

かぞへ日に成つてとそねむ年わすれ　（柳六）

85
光秀は不断うぬ見ろ〳〵よ　ふくれこそすれ〳〵

明智光秀は、信長からしばしばひどい仕打ちを受けて、それを恨みに思っていたので、今に見ていろと不断思っていた。それは例えば、天正十年（一五八二）安土において鉄扇で頭に傷を受けたり、丹波の波多野兄弟を信長が殺したとき、波多野方に人質になっていた光秀の母親が殺されたりした事件などである。そうして遂に、光秀は本能寺に信長を急襲し、信長は死ぬ。

ぶたれちやあきかぬと寄せる本能寺　（柳一五）
（鉄扇で）

86
一葉《ひとは》づゝきしをはなれる柳ばし　ならひこそすれ〳〵

吉原などへ通う猪牙舟《ちょきぶね》が頻繁に柳橋の舟宿から出て行くが、それはちょうど、柳の葉が一枚ずつ岸を離れるようである。柳と一葉とが縁話になっている。『類船集』に「一葉《ヒトハ》　舟」という付合がある。

柳ばしおちばをきしにつないどく　（天明五）

87
ごぜの供何をはなすかにこつかせ　ならひこそすれ〳〵

盲女の供が何か話をして盲女をにこにこさせている（にこつかせ）。何を話しているのであろう。
○瞽女《ごぜ》＝盲目の女。三味線を弾き、唄をうたって銭を乞う盲女をいう場合が多い。

88
見もふしたやうだと遣《や》り手呑《てのん》でさし　ならひこそすれ〳〵

確か前にもお目に掛かっておりますね（見もふした）、などと言いながら、遣り手が返杯をする。本当は始めての客であると承知をしながら、嬉しがらせのお世辞を言っている。そんなことを言いながら、客の懐具合や素性を探ったりしているようでもあるし、本心は早くチップが欲しいのかも知れない。

ちとおあひでもと婆々あのうんざりさ　（筥一）

○遣り手＝吉原などで、経営者に代わり、遊女の監督から客の世話など一切を取り仕切った女。

89 **七つ迄そだてさしやうとわりをいひ**　わかれこそすれ〳〵

離縁に際し、男の子を手放したがらない母親（妻）に父親（亭主）が「そんなら七歳までは育てさせる。それ以後は必ずこちらへ返しなさい」と道理を説いている（わりをいひ）。当時離縁に際しては、男の子は父方に、女の子は母方につくのが通常であったようである。

後添のつれて来るのは女の子　（柳一七）

よく〳〵秘蔵女の子置て去り　（傍五）

（父親が女の子を溺愛して、女の子を手元に残し、女房だけ追い出す。去るは離縁する）

90 **義《よし》さだの勢は念仏ふみよごし**　おしひことかな〳〵

よくわからない句である。『日本史伝川柳狂句』十五に「念仏を書いて沈めた石」と注があるが、この説の典拠は不明である。＊

義貞の勢はあさりをふみつぶし　（柳初162）

91 **手を帯へはさんではなす乳母が宿**　わかれこそすれ〳〵（7オ）

乳母の請宿《うけやど》の主人の粗野なポーズである。何かトラブルが起きたのかも知れない。

玄関番両手を帯へはさんで居　（明和三）

○宿＝雇人口入れ業、請宿のこと。

92 **遣ひたてましたと下女へいとまごい**　わかれこそすれ〳〵

嫁入りする主家の娘が下女に言っていることばであろう。長い間お前を使い立てましたが、いやな顔もせず、よくやってくれました、有難うよ、と下女へお別れをしている。

わたぼうし着ながらつかひたてました　（明和四）

（綿帽子、ここは婚礼の支度）

93
わたし直《ね》でけん見の供は弐反買　わかれこそすれ〱

検見の供の役人が一種の役得で、織物を二反おろし値（わたし直）で買った。一応金を払っているようだから、収賄とまでは行かないのであろう。

○検見＝年貢の高を決めるため作柄を調べる役人。

○二反＝土地の面積にもいうが、ここは織物であろう。

94
花嫁に時〱化るひのへ午　わかれこそすれ〱

ひのえうまに生まれた女は夫を食い殺すというような迷信があり、現在もこの年にはお産が少ない傾向がある。花嫁が早く死ぬので何回も再婚するという句であろう。花嫁に化けるなどと化け物あつかいしているところも辛辣である。

弐三人けころして来た女房なり　（柳二〇）

95
根津の客ゆしまの芝居ねだられる　わかれこそすれ〱

根津の女が客に湯島の宮芝居に連れて行ってくれとねだるという句であるが、根津の女や客と宮芝居とは、ちょうど相応な取り合わせであろう。

○根津＝岡場所があった。岡場所とは吉原のように官許ではない、私娼のいた特定の場所である。根津には職人などの客が多く、安直な所であった。○宮芝居＝神社祭礼の時など、その境内に小屋掛けして興行する小規模の芝居。二篇578参照。

96
秋葉だけ湯屋は四五日先へたち　わかれこそすれ〱

伊勢参りなどで東海道を西へ行くような場合、銭湯の経営者は、火を使う商売であるから、防火の神様の秋葉神社にお参りするために、その遠回りする分だけ、他の人よりも四五日先に出発する、という句のようである。『東海道名所図会』四に「掛川より秋葉山まで九里半なり」とある。

97
晴天に仕合《しあわせ》わるく馬士《まご》の簑《みの》　わかれこそすれ〱

馬士が勝負運悪く、博打にすっかり負けて、着ている物まで全部取られてしまい、よいお天気だというのに、はだかの上に雨天用のみのを着て歩いている。『類船集』の付合に「裸《ハダカ》……負《マケ》ばくち」がある。

　まけたやつ馬のをはいでこしを巻き　（明和二）

98 **たかのぎう箱てうちんをさげて居る**　ならひこそすれ〳〵

　客の中間《ちゅうげん》（下僕）が遊んでいる間、夜鷹《よたか》の妓夫《ぎゅう》はその客の持ち物たる箱提燈《ぢょうちん》を預かって持っている。妓夫と箱提燈との取り合わせがおかしい。たか、32参照。

　つゝしんで小屋わきに居る鷹のぎう　（明和四）

○ぎう＝ぎゅう、妓夫・牛などとも書く。娼婦の客引き、用心棒などをする男。○箱提燈＝大きな円筒形の提燈で、中間などが持つ。

99 **蔵前のゑんまにちるを帳《ちょう》に付《つけ》**　ふくれこそすれ〳〵

　浅草蔵前近く、長延寺の閻魔《えんま》堂の閻魔様は、御家人などが蔵宿で強引に借金を頼む態度が余りひどい場合には閻魔帳に付けている。

　御蔵前閻魔の側で地蔵顔　（柳三三）

　（金を借りられた）

○蔵前＝幕府の御米蔵があり、蔵宿があった。14参照。○にちる＝食って掛かる。

100 **伏勢《ふせぜい》のあぶれはのろり〳〵来る**　ふくれこそすれ〳〵（7ウ）

　吉原の大門口《おおもんぐち》で、不義理な客を待ち伏せしていた新造や禿《かむろ》が、客にまかれてしまって、のそのそと帰って来る。

　伏勢の大将軍はやりてなり　（拾四）

○伏勢＝もと戦場用語であるが、ここは遊里語として使用している。大門口に禿（114参照）や新造（若い遊女）が待ち伏せして、不義理をした客をつかまえる。つかまった客は私刑《リンチ》を受けることもあった。152・314参照。

101 **はつ鰹《がつお》一口のめと下女へさし**　おしひことかな〳〵

　高価な初がつおで一杯やっている御主人が上機嫌で、そばにいる下女にも一口呑めと酒を勧めている。47参照。

初がつほ女房あたまもくふ気也　（柳一七）

102 **豆いりをかみ〳〵しなのいとま乞**　わかれこそすれ〳〵

冬の間信州から出稼ぎに来ていた人（しなの）が、春の農繁期を前に帰国する。ちょうどそれは、二月二日のいわゆる「二日灸《やいと》」（この日に灸をすえると一年中健康に暮らせるといわれた）のころであり、「灸饗《やいとぎょう》」の豆をもらって出発間際までかみながら、お別れのあいさつをしている。喰いしん坊を詠んだ句であろう。

しやうばんにしなのもさんりすへて立　（柳一四）

（さんりは三里。ひざの下の灸穴で、足を丈夫にするといわれる）

○豆いり＝ここは「灸饗」といい、灸をすえる子供などにほうびに与える菓子の類。「豆いりをくい〳〵跡の数をきゝ（柳三218）」もそういう句である。数は灸の数。

103 **つけのぼせ母はにくさとなつかしさ**　ふくれこそすれ〳〵

母親は子がまじめに働いているとばかり思っていたのに、急に帰されて来たので、裏切られてにくらしいやら、久しぶりに会えて懐かしいやら、複雑な気持ちである。「つけのぼせ御油《ごゆ》のあたりでさいほつし（幸々評　明和八）」の御油は女郎の多い宿場である。さいほつは再発。

○つけのぼせ＝江戸の出店で雇人が不始末をしたとき、解雇して上方へ帰すこと。

104 **四五年もお講に目立つ縁遠さ**　（以下140句まで前句不明）

真宗（門徒宗、一向宗）の報恩講はよく見合いに利用されたが、そこに同じ娘さんが四、五年も見えるのが目立つようではよほど縁遠いわけで、気の毒なことだ。

東西の寺であばたをゑり残し　（傍三）

○お講＝真宗の信者が報恩のために東西本願寺で十一月下旬に行う法事。よく見合いに利用されたが、これは、真宗の人は他宗の人との結婚を嫌ったからであるともいわれる。64参照。

105 **中納言わかれの時はたちのまゝ**

中納言、在原行平は流されていた須磨から帰る時、彼が愛した松風・村雨という二人の女性に形見として正装の衣類などを与えてしまったので、別れの時は普段着だったろうという想像句。謡曲「松風」に「此の程の形見とて、御立烏帽子《たてえぼし》狩衣《かりぎぬ》を残し置き給へども……」とある。

行平はうわつ張り迄引はがれ　（明和三）

○たちのまま＝普段着のまま。

106 **悪源太八丁上ではらをたち**

源義平は戦さに負けて六波羅で斬られたが、死後雷となって、雲の上八丁の所で腹を立てて暴れ回った。

悪源太ゆうれいなどは手ぬるがり　（拾五）

○悪源太＝源義平、平治の乱に重盛をなやましたが、六波羅で斬られた。『平治物語』下（金刀比羅宮本）に「雷となりて、汝をばけころさむ」とある。○八丁上＝雷は雲の上八丁のところで鳴るという俗説による。

107 **聞わけもなく又来ては蚊をいれる**

子供がおもしろがって、叱ってもまた来ては蚊帳《かや》を出入りして、蚊帳の中へ蚊を入れてしまう。ことにそのシーズン初めて蚊帳を釣った夜などそういうことが起こり易い。

蚊や釣つた夜はめづらしく子があそび　（柳一四）

108 **品川は鳥よりつらい馬の声**

後朝《きぬぎぬ》の別れに鳥の声はそれなりに情緒もあるが、品川の遊里は宿場だから、女郎と寝ていても、早朝から馬のいななき声が聞こえて来て、ゆっくりした気分に浸っていられない。鳥は通常鶏であるが、洒落本『繁々千話』の吉原の後朝の場合には、カラスが登場する。

もふ馬が通るそうなときやくはいゝ　（安永八）

109 **駕《かご》ちんをかぢかんだ手へ壱歩《いちぶ》とり**　（8オ）

普通は吉原までの駕籠《かご》賃は二朱（一分の半分）ぐらいであったが、雪の日などは倍の一分（一万五千円ぐらい）掛かったといわれる。「かぢかんだ手」で雪の降った日を暗示している。雪の吉原は情緒に富み、遊び好きの江戸の男たちは余分な金を払っても、遊びに行ったのである。

かご代を弐朱づゝわける雪あかり　（明和六）

110
口程の事は渡辺して来たり

源頼光は大江山の鬼を退治したあと、四天王や平井保昌と酒盛りをしながら何かおもしろい事はないかと聞く。保昌が羅生門に鬼が住んでいるという。渡辺綱は、そんなことがあるはずがないと否定。口論の末、綱は検分に出掛ける。そこで実際彼は鬼神に会い、その片腕を切りとったのである。なるほど、綱は大言を吐いて出掛けたが、それだけのことはやって来たという句。この説話は謡曲「羅生門」によるが、謡曲は『平家物語』剣の巻を出典とするといわれる。

羅生門綱おれが行べいといひ　（柳一二）

（関東のベイベイ言葉。綱は三田の生まれといわれる）

111
あのにさい女にきつくすれたもの

あの若ぞうは若いくせにひどく（きつく）女に悪ずれしたやつだ。

○にさい＝青二才。年の若い男をいやしめて呼ぶことば。

112
大一座後生大事に名をおぼへ

大勢で吉原へ行った連中が、人数が多いので、自分の相手の女郎が誰だかわからなくなると大変だから、一生懸命女郎の名前を覚えている。60参照。

もし床がちがいやしたと追い出され　（柳七）

113
桶ぶせと入かへにする座敷らう

吉原で金が払えないので、桶伏せにされてしまった。やっと家から金を持って来て助け出してもらったが、今度は家に帰って、代わりに座敷牢へ入れられてしまった。

座敷牢初《しょ》ては遊里にとらわれる　（柳九）

○桶伏せ＝初期の吉原における私刑《リンチ》の一つである。

金の払えない者を窓の明いた風呂桶のようなものをかぶせ、支払いがすむまで道端にすえておいた（541頁参照）。主題句の当時はすでに、実際には行われなくなっていたようであるが、おそらく人々は舞台などで見て知っていたものと思われる。趣向の句であろう。

114
物思ふそばに禿《かむろ》の春をまち

遊女が金のやり繰りなどで物思いにふけっているそばで、子供である禿は無邪気に正月が来るのを楽しみに待っている。暮れの遊女は、年末の支払いとか、正月の晴れ着（跡着《あとぎ》）の費用とか、何かと金がいるのである。

〇禿＝かむろ、または、かぶろ。吉原などで上位の遊女の小間使いをした童女。152・258参照。〇春＝ここは、正月。

115
月代《さかやき》を剃《そる》とりきんで耳をふき

男子が頭のさかやきを剃ると、ちょっと力んで耳のへんを拭いてみる、という写生句のようである。耳から鬢《びん》のあたりの濡れたのや、かゆいのを拭き取って、さっぱりするのであろう。一説に子供の頭を剃ったあとの姿態の句とする。「乳房すふ中にさかやき剃てとる（よざくら宝永三）」という古句は子供の句である。

〇月代＝男子の頭髪のひたい際から頭頂部にかけての部分。

116
おそなへの次手《ついで》に頼む三の糸

配り餅としてお供え餅を届けに行く人に、三味線の三の糸をついでに買って来てくださいと頼む。忘年会や正月用に買って置くのであろう。暮れに配り餅と称し、隣近所へ餅をお裾分けする風習があった。「おそなへのとつかへこするいそがしさ（柳一五）」もそういう句である。367参照。

〇三の糸＝三味線の一番細い糸で、高音部を受け持つ。演奏に際しては最もよく使われ、切れ易い。451・143参照。

117
たべんせんなどゝしんぞうよふかしな

若い新造女郎が、私はお酒は頂けません、などと殊勝なことを言っているが、どうしてどうしてとんでもない、気が向けばいくらでも飲むのである。

○たべんせん＝たべません、の吉原語だが、酒を飲まないの意。○新造＝通常若い女郎で、自分の部屋を持たず、姉女郎に付属している妹女郎。○ようかしな＝ほとんどありえないことにいう。「よく言うよ」ぐらい。

よふかしな娘の所は袖ばかり　（柳三100）

（踊り子〔芸者〕の句。三十過ぎの振り袖姿）

118
水茶屋の仕事はきついさびれ也　（8ウ）

水茶屋の女が針仕事をしているのは、よほどひどい不景気である。

あらひ髪ゐんがわへ出て仕事をし　（明和元）

（髪が乾かないので縁側で針仕事をする）

○水茶屋＝社寺の境内や道端で湯茶を飲ませ休憩させた所。○仕事＝針仕事を指す。○さびれ＝荒れはてること。荒廃すること。

119
ふところ手見附《みつけ》へ来るとわけが知れ

ふところ手をしている男が、なぜふところ手をしているのか、理由が分からなかったが、見付へ来て、そこの番士に手錠を改められているのを見て、その訳が分かった。

うでの無い男の通るときわばし　（柳一三）

（常盤橋には奉行所があった。そこへ手錠の封印改めのために行く。『き、のまに〳〵』）

○ふところ手＝この場合手錠をかけられた人。○見付＝監視所であり、城の外門で番士が見張る所である。一般に江戸城三十六見付といわれ、四谷見付・赤坂見付などがあった。

120
まどへ手を出してつばなの銭を取

窓は武家長屋などの窓であろう。別に野遊びの場合など、身分ある婦人の乗っているかごの窓へ手を出して、つばな（48参照）の銭をもらう、とする解もある。

奥様の御かごへつばなつきつける　（明和四）

121
もちつとの事で鮎迄みなごろし

慶安事件の首謀者として知られる、由井正雪は、江戸の玉川上水に毒を流して江戸を混乱させようと計画したが、失敗に終わったという。もし毒を入れられていたら、もう少しの所で、玉川名物の鮎まで全滅するところであった。441・454参照。

すでの事鮎が一年きれるとこ　（安永九）

122
月《げ》っぱくに寄て一夜《ひとよ》さのみあかし

十二月の終わりに寄り集まって一晩飲み明かす、忘年会であろう。

○月迫＝げっぱく、月末、ことに十二月の月末。「月迫　臘月也」（『節用集大全』延宝八〔一六八〇〕）臘月は十二月のこと。

123
嫁の留守しなびた乳を先づ預け

嫁が留守の間に孫が泣き出すと、おばあちゃんはまず自分のしなびたおっぱいを、赤ん坊にくわえさせる。嫁はにくくても、孫は可愛いのである。

よめの留守孫も見方におびきこみ　（柳六）

124
弁当が出来てたんすをまぜかへし

お花見の朝など、弁当が出来るとたんすを交ぜ返して着物を選ぶ。

ふだん着をほうりちらかす花の朝　（安永六）

125
次の間はしつぱりとする料理人

次の間の客は主客ではなく、家来がいるから、料理人は主客の場合よりも、味付けを塩からくする。料理の味付けは薄いほうが上品とされ、筋肉労働者などは塩からいのを好む傾向がある。

次の間はすに切こむ料理人　（柳一〇）

○しっぱり＝ここは、味付けの塩からいこと。

129　櫛巻（『当世かもし雛形』）

113　桶伏せ（『今様吉原たん歌』上）

181　切見世（『今様吉原たん歌』上）

134　門徒
（『江戸名所図会』十六）

126
泊り客近所では最《もう》なんのかの

あの家へ泊まり客が来てからしばらくになる、きっとお嫁さんになる人よ、などと近所ではもううるさい事である。この句「泊客最う隣から人の口（武玉川二）」が先行する。

客ぶんをやめねばならぬはらに成（柳一五）
（客分は内祝言だけして表向きは客としておく嫁。そのうちに妊娠）

127
ゑぼし親勘当の時すくふやく（9オ）

男子元服のときの後見役（ゑぼし親）は、勘当されるようなときに救う役だ、という句であるが、この場合、曽我兄弟の故事を踏まえている。謡曲「元服曽我」において、兄十郎は自分の手で弟箱王（五郎）を元服させる。この部分は、『吾妻鏡』・流布本『曽我物語』が、北条時政を烏帽子親とするのとは食い違っている。次に、謡曲「小袖曽我」において、母が五郎の勘当を許さないのを十郎が頼んで許してもらう。したがって、主題句は謡曲が背景になっているといえよう。

ゑぼし親祖父のかたきもうてといふ（柳五645）

128
きげんよく十八日は陣をひき

『平家物語』十一によると、元暦二年（一一八五）二月十八日、源平両軍の屋島の合戦があり、源氏の佐藤三郎嗣信が射たれたり、平家の景清が三穂屋十郎のかぶとのしころを引きちぎったり、源氏の那須与一が扇の的を射たり、その他義経の弓流しの事件、などなどがあった。この日は平家にとっても、まあまあの結果であり、一応機嫌よく陣を引いたのである。しかしながら、次の十九日からは源氏が優勢となり、三月二十四日、平家は壇ノ浦で滅びることとなってしまった。なお、謡曲「八島」は、合戦を元暦元年三月十八日とし、三保谷四郎とする。歌舞伎は謡曲に依っているようである。

三保谷がはたひたきりで陣を引（拾五）

129
くし巻にするのが嫁のくづし初《ぞ》め

櫛巻《くしまき》のような簡便な髪形にするのは、嫁も新婚時代を過ぎて、砕け始めて来たわけである。
○櫛巻＝元結を用いず、くしを上向きにして、髪をこれに巻き付けて結った髪形（541頁参照）。略装であるが、江戸では宝暦ごろから流行したといわれるから、句の当時はやっていたものと思われる。

130
川どめに碁ばんの外はつぼをかり

大井川などの増水のための川どめの際、退屈しのぎに、碁が好きな人は碁盤を借り、碁盤を借りない人は、博打用のつぼを借りる。

さいはしよじしたと島田でおつぱじめ（柳一八）

131
土弓《どきゆう》むす左りでゐるがきついみそ

土弓場の娘は、客へのサービスとして、向かい合ったまま的を射てみせたりしたので、その時は左で射ることになる。そういう芸当が出来ることが非常に自慢（きついみそ）なのである。

土弓場に目立《めだつ》娘の左り利き（柳一三四）
○土弓むす＝この場合の土弓は楊弓の意であろうが、当時土弓ということばは楊弓と混同して使用されていた。坐って弓で的を射る遊戯である。むすは娘。現代の射的場の娘のようなもの。美人が多く、ひそかに売春する者もあった。

132
あの女房すんでにおれがもつところ

よそでよい女房ぶりになっている女を、もう少しでおれの女房になるところだったのだなどと、負け惜しみをいっている。別に、あの悪妻、おれがもう少しで女房にするところだったのだ、とほっとしている、とする解がある。

133
いろは茶やせんばをしてもはねる所《とこ》

いろは茶屋へ来る僧侶の客は、不断精進料理であり、魚などは食べていなかったから、粗末なせんば煮でも、魚が入っていさえすれば喜ばれた。

いろは茶屋たこがとれねばしけの内　（末一）
（たこは坊主客）
○いろは茶や＝江戸谷中、感応寺門前の岡場所。客は僧が多かった。岡場所は95参照。○せんば＝せんば煮、また、せんば煎《いり》、塩魚を汁に煮たもの。「煎《せん》葉《ば》熬《いり》」（『早引大節用集』明和八年）○はねる＝うける、歓迎される。

134
宗旨ろん耳と首とにじゆずをかけ

真言宗の数珠《じゅず》は短く、日蓮宗の数珠は長い。だから例えば、真言宗と日蓮宗とが宗教上の言い争い（宗旨ろん）をするような時は、真言宗の人は数珠を耳に掛け（541頁参照）、日蓮宗の人は数珠が長いから首へ掛けている。「宗旨論どちが負ても釈迦の恥（しげり柳）」という句もある。

六字では耳七字では首へかけ　（柳六二）

135
めしたきが死《しん》で手りやう治やめに成

めしたきの病気に素人療法（手療治《てりようじ》）を行っていたところが、病気が悪くなり死んでしまった。それ以来素人療法はやめにした。落語「たいこ腹」を思い起こさせる。当時医者にかかることは面倒でもあり、また費用も掛かったことと、使用人の人権は現代ほど認められていなかったことを理解する必要がある。

木薬屋でつちぐらいはうちでもり　（柳二12）

136
とうふの湯御用に内義手をあわせ　（9ウ）

豆腐屋へ行って豆腐の湯をもらって来て下さいな、と奥さんが酒屋の小僧さんに手を合わせて頼んでいる。洗濯や廊下を拭くのに使うのであろう。商売の違う小僧に頼むから、手を合わせるのである。
ゐゝ子だと御用八百やへ頼れる　（柳六）
飯炊に百ほどたのむとうふの湯　（柳初168）
○豆腐の湯＝豆乳にニガリを加えて豆腐をとったあとの湯で、洗濯に使うと汚れが落ちるといわれた。
○御用＝22参照。酒屋の小僧、雑用を頼み易かったようである。

137 **十三と十六たゞの年でなし**

「十三ぱっかり毛十六」という俗諺もあり、十三歳で初潮が来、十六歳で陰毛が生える、とされた。それで、女の子にとって、十三と十六はただの年ではないということ。

じこうたがへず十六の春ははへ（末二）

138 **きぬ賣にゆるしをくれるやわら取**

絹売りの行商は、強盗にねらわれ易く、時には殺されることもあったようである。それで、防衛のため、柔道を習い免許（許し）を得たという句。

○きぬ売り＝上州（群馬県）からの行商が多く、絹は高価だから大金を持って歩いた。528参照。○やわら取り＝柔道家。

139 **引おいの手代御殿でひいき也**

商売上の使い込みをするような手代は、お得意先の御殿で婦人客からひいきにされていた男である。このような男は小才が利いて、愛敬がよいからである。「以後は嗜め引負ひは消す（和国丸　享保十）」は、今回だけは許された場合である。

○引おい＝引負、自分の責任において行動した結果主人に対して負債を生じること。

140 **女房はねつからぞくな事をいひ**

遊女などに比べたら、女房は粋なことなど何もわからず、現実的なことしか言わない。当たり前なことながら、江戸の通人の嘆きであろう。

女房のりくつ吉原みぢんなり（柳一二）

141 **米つきのあかるみへ出る一つかみ**　いそかしい事〳〵

米つき（56参照）が、米がつき上がったかどうかを、一つかみほど明るい所へ持って出て調べる。

気みじかなつきや一寸〳〵とつかんで見（明和元）

142
封じ紙もらいに来たに間《あい》をさせ　　いそかしい事〱

吉原の新造などが封筒をもらいに来たのに、一杯飲んで行きなさいと、杯を受けさせる。

○封じ紙＝現在の封筒に相当する物。○間《あい》＝難語であるが、二人で飲み合っているところへ、第三者が加わって杯を受けること。276・313・370参照。

143
年わすれかわれぬ時分一がきれ　　（前句不明）

三味線の一の糸はめったに切れるものではないが、忘年会のばか騒ぎで切れてしまった。年末夜遅く、買おうにも買われず困ったことだ。三の糸なら買い置きもあったろうに。116参照。

とん〱三みせんのいとがありやすか　（柳一七）
（店を閉めたので戸をたたく）

○一＝三味線の一番太い糸、低音を受け持つ。169参照。

144
小紋がたごぜは多ぶんのほうへきめ　　（前句不明）

小紋染めの模様を選ぶのに、瞽女《ごぜ》（87参照）は目が見えないから、みんなの賛成の多いほうに決める。

○小紋がた＝小紋の模様の雛型。

145
つき袖で御用一面持て来る　　（前句不明）（10オ）

小僧が袖の中に手を突っ込んでやって来る。手にはカルタを一面握っているようだ。

○つき袖＝突き袖、袖の中に手を隠し入れたまま、袖の先を前に突き出すこと。○一面＝琵琶・硯・琴・鏡また碁・将棋の盤や駒一組などを数えることばであり、従来この句は将棋説が行われて来たが、袖の中に入ることからもカルタであろう。もっとも、めくりカルタと呼ばれる、博打用のものと思われる。「ふれをうながして一めん買にやり（幸々評　安永元）」の場合もめくりカルタであろう。

146
大木に成ってもどこか柳なり　　登りこそすれ〱

柳は大木になってもどこか柔らかさがある、という句のようであるが、女性の腰回りが太くなってもどこか柳腰のころの色気を残している、という句とも解せる。

婿ゑらみする内柳臼になり　（拾二）

147 **香の物へし折ってくふ壱人《ひとり》もの**　（前句不明）

香の物（たくあん）を切るのが面倒くさいというのである。

屁をひつておかしくも無い一人者　（柳三95）

148 **へつついのりつぱな側に日なしかし**　おそろしい事〳〵

親分の家のりっぱなかまど（へっつい）のそばに、皮肉なことに、日なしの集金人が待っている。見栄っぱりで、内情は火の車の家計なのであろう。

つがもなひどうこ高利を出して買　（拾一〇）

（つがもない、は途方もない。どうこ、は銅壷、銅製の湯わかし用具）

○日なし貸し＝貸した金の元利を日割りで毎日取り立てる人。

149 **月夜だと五郎中〳〵とかまらず**　（前句不明）

建久四年（一一九三）五月二十八日夜、曽我兄弟は父の敵を討つため夜討ちを行った。敵の工藤祐経を討ったあと、五郎は女装した御所の五郎丸に捕えられる。この夜は雨の闇夜だったといわれ、もし月夜だったら、五郎も女装を見破って、つかまることもなかったであろうに。陰暦五月はいわゆる梅雨期にあたること、二十八日はほとんど月明かりはないこと、に注意したい。

ろく〳〵に見ぬのが五郎おちどなり　（明和六）

○とかまらず＝つかまらず。

150 **大三十日世間へ義理で碁を休み**　いそかしい事〳〵

とても碁の好きな人だが、大三十日《おおみそか》だけは、多忙な人々の多い世間への気兼ねからか、一日碁を自粛する。楽隠居などであろう。

151 **両の手を出して大屋へ礼に来る**　ねかひかのふた〳〵

手錠が許されたので、晴れて両方の手を出して、世話になった大屋さんへお礼に来る。119参照。

手っ首をなで〳〵礼に大屋へ来　（明和三）

152 **ちよろつこいやうでももげぬ禿《かむろ》の手**　にぎやかな事〳〵

吉原の待ち伏せ（100・314参照）の句であろう。大門《おおもん》の辺で不実の客を待ち伏せしている禿が、必死に客に取り付くと、取るに足らぬ（ちょろっこい）ように見えて、なかなか手をふりほどけない。

しねばつてはなしはせぬと禿いひ　（柳八）

153 **いせ講へ其後《そののち》こりておやぢが出**　にぎやかな事〳〵

どら息子が、親父の代わりに出席した伊勢《いせ》講の無尽で、当たった金を持って吉原あたりへ遊びに行ってしまったので、それから後は、親父がこりて自分で出席する。＊

○伊勢講＝伊勢参宮をするための講（組合）で、無尽や飲食をもした。

154 **おとなしく寝やとみそ漬一つやり**　にぎやかな事〳〵（10ウ）

産婦が上の子に早く寝なさいと、お菓子代わりにみそ漬けを与える。産婦にみそ漬けは適当なものと考えられたようであり、次の句がある。

取揚《とりやげ》ばゝみそづけ抔《など》で一つのみ　（柳三375）

（取揚ばばは産婆）

155 **こし元は雨戸くるたびおどかされ**　はづかしゐこと〳〵

若い腰元が雨戸を閉めていると、お化けが出るぞ、とか、幽霊がでるぞ、とか言ってからかい半分におどかされる。当時の夜は大変暗かった。また、若い女性はそんなことでこわがるのである。

156 **かへる母むこへ一口りんきする**　いわゐこそすれ〳〵

娘の嫁ぎ先へ来ていた里の母が、帰りしなに、おむこさんにちょっとやいているようなことばを掛ける。若夫婦の仲がよいのが嬉しいのであり、本当に嫉妬しているわけではもちろんない。

見世迄も顔出して行里の母　（柳五357）

157
のむ所《とこ》があると燈籠《とうろ》に見へをいひ　　にぎやかな事〱

吉原の年中行事の一つたる「燈籠」は大変な人出であったが、そんな中で、おれは顔の利く茶屋（のちの引手茶屋）があるから、そこへ行って飲むことが出来る、などと大きな見栄を言う。

　　とうろうも茶屋へ行のはのしを付　（拾六）

○燈籠＝玉菊という遊女の追善のため、享保期（一七三二）ごろから始まった行事。茶屋に燈籠をつるし、にぎわった。七月中行われた。

158
此家で生れた内義まけて居ず　　はづかしゐこと〱

家付きの妻は強い。いわば入り婿の悲哀の句である。

　　入むこはきかずにぬいてしかられる　（末一）

159
ごぜの金御局《おつぼね》そつとかりはじめ　　はづかしゐこと〱

御局も実情はお金に困ることもあり、そんな時は瞽女《ごぜ》からそっと金を借りることになる。瞽女は大奥に出入りして琴・三味線の遊芸を行うこともあった。例句はそういう場合の想像句。

　　とめられたごぜはりかたのおしやうばん　（末四）

○瞽女＝盲女、金貸しもした。87・144参照。○御局＝大奥の女中たちを監督・指導する老女。

160
中宿はにらまれて居る蔵をたて　　はづかしゐこと〱

遊客の利用する中宿は遊びの手助けをする所だから、客の親族やあるいはその筋からもにらまれているわけである。そういう商売によってもうけて、蔵を建てている。

　　仲条はむごつたらしい蔵をたて　（柳三5）

（仲条は堕胎医）

○中宿＝遊里に通う者が着替え・変装、遊女との連絡などに利用した休み場所。

161
びり出入大やもちつとなまぐさし　　はづかしゐこと〱

男女間のトラブルの調停に入った肝心の大屋が、実はちょっとその女と怪しい。

　　大長屋年中たへぬびり出入　（明和三）

○びり出入り＝セックスに関係したもめごと。○大屋＝地主や貸家の持ち主に依託されて、職分として貸家などの管理に当たる者で、借家人間の調停から、一身一家上のことに立ち入って、世話・監督をした。

162 **けいせいを乳母が子にする口車**　美しひ事〳〵

姫路の大名榊原政岑公が吉原三浦屋の太夫「高尾」を身請けしたのは寛保元年（一七四一）のことという（『高尾年代記』）。この年の細見『鶯の思羽』に「高尾　かいてわかは」（楓、若葉は禿《かむろ》の名、272参照）が確認できる。これが幕府に聞こえ、その弁明の際、高尾は殿様と乳兄弟（乳母の子）であったと申し開きをして、御家の断絶を免れたという（『過眼録』続燕石十種）。万治（一六六〇ごろ）の仙台高尾がフィクションであったのに対し、寛保の榊原高尾は実説である。榊原高尾は時代が接近していたこともあり、あからさまに川柳などの材料とすることは、差し障りがあったのではなかろうか。そのような事情もあって、世界を替えた、仙台高尾の句のブームが起こることになった、と考えることもできよう。68・208・657・259参照。

乳母の子にして尾を出さぬきつい事　（柳一二）

○傾城《けいせい》＝比較的高級な遊女にいう。○口車＝榊原家の家紋「源氏車」を暗示する。

163 **かりもの丶部へははいれど手がら也**　本望な事〳〵

「腹ハカリモノ」（『諺苑』）という諺もあり、当時子の身分は父親のいかんによる、という父系を中心とした考え方であった。句はお妾《めかけ》が男子を生んだ場合であり、それなりにお手柄である、という句。「腹はかり物子は国柱（替狂言　元禄十五）」もそういう句である。

164 **ふり袖で度〳〵上《かみ》の句をくずし**　本望な事〳〵

娘や若い嫁は歌カルタ（百人一首）の名手なので、上の句を全部読み切らないうちにカルタを取ってしまう。それを上の句をくずすと表現した。

ふり袖をうごかすたびに歌がへり　（柳一五）

○振り袖＝ここは娘や若い嫁を指す。古川柳では彼女らはカルタの名手である。

165
かこつけで出るよし原のあつけなさ　本望な事〳〵

何かもっともらしい理由があり、それにかこつけて出て、吉原へ遊びに行ってしまうような時はあまり苦労もしないですむが、また時間に余裕がないのでちょっと物足りない。「色に出る・夜は昼間から趣向をし（苔翁評　宝暦十三）」は出掛けるのに苦労する句である。

166
こも僧のかい〳〵敷《しい》は麦もとり　あつまりにけり〳〵

虚無僧《こもそう》の中には道楽でする者もあり、そういう人は米とか現金とかしか受け取らないが、まじめな敵討ちを目的とする、かいがいしい人たちは、麦でも何でも頂く。別に、小金の一月寺などでは修行の一部として、麦などの収穫もする、という解もある。

挽割《ひきわり》を貰ふ虚無僧わらぢ也　（柳二七）

○虚無僧＝禅宗の一派普化宗の僧で有髪が多い。下総（千葉県）小金の一月寺などがその統制に当たった。敵討ちを目的とする者などが多かったが、他に素人の息子などに道楽でする者もいた。472参照。

167
て丶親がひろへば文《ふみ》もしづか也　かたひことかな〳〵

娘などが落としたラブレターも、父親（てて親）が拾えば、落ち着いて穏やかに処理する。母親が拾った場合はそうは行かない、大騒ぎになりそうである。「拾い人《て》がよくてうき名もふうじぶみ（桃人評　宝暦十一）」も同じような句である。主題句の場合、男性からの恋文か。

168
あるかへとうそり〳〵と両がへ屋　あつまりにけり〳〵

緡《さし》売りが銭緡《ぜにさし》はまだあるかい、とうさん臭そうに（うそり〳〵と）、両替屋へ入って来る、という句のようである。緡は銭の穴に通してしばるわらなどのひも。一説に両替屋の店員が秤で金・銀を計っているところを、番頭か主人が、目方はちゃんとあるかいと聞く、という句とする。

両がへ屋次へ見せるはむづかしい　（柳五481）

169 **一の糸新ぞう呼んで喰い切らせ**　あつまりにけり〳〵

三味線の一の糸（143参照）は太くて強いので、なかなか歯ではかみ切れない。新造を呼んで、若い丈夫な歯で切ってもらう。切る理由は、糸を替えた時長過ぎるので適当な長さに切るのか、または二本分が一本になっているのを切るのであろう。

一の糸新造よんでくひきれず　（拾六）

170 **よく〳〵の事か宿下りしかられる**　美しひ事〳〵

宿おりで久し振りに帰って来た娘が叱られるとは、よっぽどまずい事があったのであろう。大いに歓待されるのが普通である。

○宿下り＝やどおり、やどさがりともいう。奉公人が休暇をもらって親元へ帰ること。おもに御殿、武家屋敷に奉公するものについていうことばだが、藪入りと混同しても使用された。186参照（藪入りは546・666参照）。

171 **御妾《めかけ》は四条あたりのてんばもの**　美しひ事〳〵

後鳥羽院のお気に入りの女性、亀菊はもと京都の白拍子（遊女のような者）であったという。それを「四条あたりのてんばもの」と言ったものである。古川柳で「御」の字の付く場合、身分の高い人を指す。

御妾はもと民間に人となり　（拾四）

（民間にひととなりは、浄瑠璃「本朝二十四孝」四の「我民間に育ち」あたりを引くか）

○四条＝京都の四条、現在も河原町四条など繁華街である。

172 **なけなしの銭でたいまつ二本買**　本望な事〳〵（11ウ）

曽我兄弟は非常に貧乏していたので、夜討ちのとき、ありったけの銭をはたいて松明《たいまつ》を二本買ったことであろう。「曽我の貧」ということばもある。二本は兄弟二人をも暗示している。曽我夜討は149参照。

本望は松明で見る寝がほ也　（拾五）

173
鼻の下長く女房の御帳《おちょう》つき　　あつまりにけり〳〵

姦通事件などで、その筋の御帳に付けられている女を、なおまだ女房として一緒に暮らしている、だらしのない亭主である。

一生のかきん女房を帳につき　（柳九）
（瑕瑾《かきん》はきず、不名誉）

○鼻の下長く＝女に甘く好色である、現在も言う。
○御帳に付《つ》く＝悪事を働いたりして、公の帳簿に名前を書かれること。古川柳では、姦通、博打などが多い。

174
掛人《かかりうど》むすこにけんをしなんする　　かたひことかな〳〵

道楽者の居そうろうが退屈なものだから、若い息子に拳《けん》のやり方を教えている、困ったものだ。

居候拳をおしへてしかられる　（柳五二）

○掛人＝居候《いそうろう》。掛人が早く、居候が古川柳に出現するのは安永期からである。かかりゅうどとも発音される。○拳＝中国伝来の室内遊戯の名。拳には種々あるが、酒席などで行われ遊里でも流行した。

175
御袋のやうだとかげでけちをつけ　　あつまりにけり〳〵

年上の女房のことであろう。あれではまるで母親のようだ、などと陰で悪口を言う。一説に後家へ入り浸っている男に対する陰口とする。

176
後家の供くりでゆすって酒をのみ　　本望な事〳〵

亡夫の回向《えこう》などといってお寺へ行った後家が、坊主と情事を楽しんでいる間、お供はくりでゆすりめいた事を言って、酒を御馳走になっている。僧の女犯は重罪であったので、寺側は弱い。

出合茶屋下に岩内《いわない》のんで居る　（末二）
（岩内はしゃべらないのしゃれ）

○庫裏《くり》＝寺で住職や家族などの住む所。僧房、厨房の総称。

177 **中の町すへたのもしくないところ**　あつまりにけり〱

吉原の中の町の茶屋などになじみになるようでは、いずれ破産とか身の破滅を招くことになりかねない。茶屋などは客の金がなくなると、力になってくれず、ちっとも末頼もしくない。

すへ頼母敷《たのもしく》ない所《とこ》へ桜植へ　（柳二六）

178 **きねへ茶を置て米つきあせをふき**　かたひことかな〱

米つきが休憩をするとき、出された茶をすぐ飲まず、それをきねの上へ置いて、ゆっくり汗を拭いてから飲む。重労働だから汗も多い。

みな汗に出ますとつきやのんで居る　（柳一一）

179 **さい箸で是かへといふ唐ぐわし屋**　美しひ事〱

唐菓子を売る店では箸でつまんで、これかい、と聞く。油で揚げてあるので箸でつまんだものか。

○さい箸＝おかずをはさんで盛り分けるはし。○唐菓子＝中国から伝わった穀粉菓子で、油で揚げてある。当時珍重されたようである。

180 **番太郎しかも男とへらず口**　あつまりにけり〱

番太郎が捨て子を処理しながら、面倒な、それに女ならまだしも男だよとぼやく。女の捨て子は売って金になるから、きらわれなかった。一説に、番太郎は老人が多く、また古川柳では越前（福井県）出身者が多く、包茎の異名としての越前と結び付けられたから、あの番太郎はよぼよぼのじいさん、しかも包茎、それでもまあとにかく男の内さ、とむだ口をたたく、とする解がある。

番太郎むくれたやつはかたは者　（柳三八）

○番太郎＝木戸番のこと。町内警備のため、町境に設けられた木戸の番人。経費の都合もあり、老人が多かった。給金が少ないため、副業として駄菓子などを売ったりして収入を上げた。

181 **切見世のたま〱目だつひぢりめん**　本望なこと〱　（12オ）

切見世（181頁参照）では、高価な緋縮緬《ひぢりめん》の湯巻（腰巻）

などは珍しいから、たまにそういう物をしている者がいると目立つ。

五十ぞう能目《よいめ》が出たかひぢりめん　（明和四）

（五十ぞうは五十文の切見世）

○切見世＝最下級の女郎屋。一切り百文（千五百円ぐらい）または五十文ぐらいであった。○緋縮緬＝赤い絹織物、高価である。

182
なりひらのかさをかゝぬもふしぎ也　本望なこと〳〵

あんなに遊びまくった業平が梅毒にかからなかったのは不思議だ、という句。実は梅毒はもっとずっと後の室町時代になってから入っているが、江戸時代的視点から表現したものである。

○なりひら＝在原業平、平安時代の最高のプレイボーイとされている。○かさ＝梅毒、江戸時代には梅毒は多かった。

183
跡くさらかしとは下々《げげ》の言葉也　おもひことかな〳〵

跡くさらかし、とはあとに災いを残すことであり、男女関係や結婚などについて言う事が多いようである。こういう言葉はしもじもの社会用語として生きているのだ、という句。

跡くさらかしはしんるい中をよせ　（安永二）

184
置《おき》ごたつ噺《はなし》を奥へつれて行　あまりこそすれ〳〵

主人が置きごたつを持って話し相手を奥座敷の方へ連れて行く。親しい友人か、または込み入った内緒話の場合などであろうか。「ちっとづゝ・千話《ちわ》があるかす置火《こ》燵《たつ》（辻談義　元禄十六）」という古句も似た意味の句である。別に、話が長くなりそうなので、置きごたつのある奥の部屋へ相手を連れて行く、とも解せよう（倒置の技巧）。

185
三みせん屋大ぜい立つとおつしまい　やつしこそすれ〳〵

三味線屋が商品の三味線を調整して試し弾きをしている。それを聞きに立ち止まる人が大勢になると、弾くことをやめてしまう。商売柄けっこう弾けたようである。

ひいて見て又首ひねる三味線屋　（柳二284）

〇三味線屋＝三味線の製造・販売・修理などをする業種。382参照。〇おっしまい＝おっちまい、と読むのであろう。

186 **宿下《やどさが》り今度も灸《きゅう》をすへはぐり**　あまりこそすれ〳〵

宿下り（170参照）で久し振りで実家に帰った娘に、親は保健のためお灸をしたがるが、娘の方はあついからいやがり、またとうとうすえないでしまった。『柳多留拾遺』秋の部にはいっているから、七月の宿下りかと思う。

春すへやしやうと藪入したを出し　（柳一〇）

187 **湯帰りを見たであばたのろんがやみ**　たづねこそすれ〳〵

問題の女性が、普段はうまく化粧していてわからないが、銭湯帰りの素顔を見る事が出来たので、あばたがあるかないかの論争に、結論が出た。あったかなかったかまではわからない。

188 **母おやのいけんおがむがいひおさめ**　あまりこそすれ〳〵

頼むから、こうして拝むから、もう悪い遊びはやめておくれ、と母の意見。最後はそういうせりふになる。

母親の或はおどし手をあはせ　（柳初659）

189 **くつわ虫寝しなに一つゆすぶられ**　あまりこそすれ〳〵

くつわ虫の鳴き声は騒がしいので、寝るときに籠を一ゆすりして、鳴きやませてから寝る。

くつわ虫かり出して寝る草の庵　（明和一）

190 **入相《いりあい》をぼん〳〵つくに嫁の礼**　たづねこそすれ〳〵（12ウ）

日没を知らせる鐘の音が聞こえるのに、まだ嫁があいさつ回りをしている。式が終わってから近所回りすると、日没ごろになるのであろう。

嫁の礼だいぶけつしるなどといひ　（拾二）
（けっしるは結する。便秘する。ここは、滞るの意）

〇入相＝晩鐘、いりあいの鐘。日没を知らせる鐘。

191
囲《かこわ》れは長屋のものをくぼく見る　あまりこそすれ〳〵

僧の妾《めかけ》は庶民よりも上の階級になったような気分がして、また金回りもよくなるので、長屋の他の人々を小馬鹿にしている。囲れ、81参照。

けいせいをくぼく見て居るそん料や　（柳二二）

○くぼく見る＝見くだす。

192
手のこんだ化もの丶出るし丶ん殿　おもひことかな〳〵

紫宸殿（40参照）で源頼政が退治した「ぬえ」という化物は、頭は猿、尾は蛇、手足は虎のようで、鳴く声は鵺《ぬえ》のようであったという。この怪物を「手のこんだ化もの」と言ったもの。この他にも紫宸殿には、義家・隠岐次郎広有・藤原貞信公などの化物退治の故事がある。

とりまぜた化けもの丶出るし丶ん殿　（柳一五）

193
ほれたとは女のやぶれかぶれなり　あまりこそすれ〳〵

女の方から惚れています、などというのは、言いにくいことばであり、よくよくのことである。当時はこういうことが現代よりも言いにくい社会風俗であったことを考えたい。

194
入道の相談相手二男なり　たづねこそすれ〳〵

入道清盛の長男重盛は、清盛の意に合わず、しばしば父をいさめていたので、清盛にとっては、煙ったい存在であった。次男宗盛の方が心易く相談出来たであろう。

195
草市はたいがい百であるつもり　あまりこそすれ〳〵

草市（3参照）にはいずれも高価なものはなく、百文もあれば足りるはずだ。

草市ではかなきものをね切つめ　（柳三255）

196
若旦那つまらぬものをしよいこまれ　あまりこそすれ〳〵

若旦那は古川柳では、商家などの割りと裕福な家の息子で、お人よしでだまされ易く、遊び好きといった人間像が普通である。吉原へ行って、月見の約束を背負い込むとか、居候などを連れて帰るとか、などであろう。

197 **源左ヱ門馬ぬす人をくろうがり**　たづねこそすれ〳〵

佐野源左衛門常世は大変貧乏していたが、「いざ鎌倉」という時の用意に、大切なたった一頭の馬を盗まれないようにひどく気にしていた。「上州の馬盗人」という諺もあり、馬泥棒が多かったという俗説の影響があろう。

○源左ヱ門＝謡曲「鉢木」に登場する。彼は事があれば、この馬に乗って鎌倉へ駆け付ける覚悟でいた。そうして、その心掛けは見事に報いられ、鎌倉へ駆け付けた彼は、ほうびとして三箇の庄を賜わったのである。

198 **尺八も男もよいがきたない手**　やつしこそすれ〳〵

侠客雁金文七は尺八もうまいし、男振りもよい男だが、紺屋が家業であったので、手が染料で汚れていたであろうという句。

○尺八＝ここは元禄ごろの大坂の無頼漢、雁金文七を暗示する。彼は尺八を背にしていた。「男作五雁《おとこだていつつかり》金《がね》」（竹田出雲、寛保二（一七四二）初演）などの演劇によって知られていた。419参照。

199 **思ひ切るすがたの出来る雨やどり**　やつしこそすれ〳〵（13オ）

雨宿りしていたがいつまでも上がりそうもないので、雨の中へ飛び出して行く。それぞれ一大決心をしたような身支度をしている。「夕立に思ひ切たる舟のうち（武玉川二）」もそういう句である。593参照。

200 **まだよかとくろうに思ふ里の母**　やつしこそすれ〳〵

実家の母が、まだ妊娠しないのかい、と聞いては苦労に思う。「七去《しちきょ》」（昔、中国で妻を離婚するための七つの条件）の内に「子なきは去る」があり、子供が生まれない場合、女性は離婚されてもやむを得ない、という考え方があったのである。「まだよか」は『万句合』に「まだかよ」とある。

まだかのといひ〳〵あがる里の母　（明和三）

201 **くわいらいし箱をたゝくがのり地也**　やつしこそすれ〳〵

傀儡師《かいらいし》は調子よく聞かせ所になると、箱のわきをたたいて、聞いている子供たちを夢中にさせる。

　くわいらいし子供の外はにがわらい　（柳一一）

○傀儡師《かいらいし》＝もと西宮から出たといわれ、首から釣った箱を舞台にして人形を使う大道芸人。○乗り地《のじ》＝調子よく語ること。

202
姉むことよもやは母の手ぬけ也　あまりこそすれ〳〵

姉のむこと妹娘とが通じるなど、まさかそんなことはあるまいと思っていたのが、母の手抜かりであった。それが出来てしまったのである。

　姉からといつてるうちに妹逃　（柳三四）

○手ぬけ＝手抜かり、手落ち。

203
子ぼんのふ小判もたせてこまる也　おもひことかな〳〵

子供を非常にかわいがる人が、子供に小判を持たせて遊ばせていたところ、その小判を離さなくなってしまい、困っている。

　わるい持遊び赤絵を子に預け　（傍一）

　（赤絵は博打用のめくりカルタの札）

204
今頃は灰になつたと灯籠《とうろ》を見　たづねこそすれ〳〵

葬式帰りの連中が、今ごろは仏様も焼けて灰になった頃だろう、などと言いながら、吉原で、「灯籠」見物としゃれている。いわゆる大一座の客であろう。

　せう香のじゅんにと笑ふ大一座　（拾七）

○灯籠＝吉原秋の年中行事。157参照。

205
けんぺいをいふのがうばはくせに成　あまりこそすれ〳〵

乳母は主家の跡取りのお世話役なので、横柄にものを言うのがくせになって来る。

　乳母に出て少し夫をひづんで見　（柳初302）

○けんぺいをいう＝権柄を言う、権勢をもって人を圧すること。

206
大部やの持仏《じぶつ》は〆《しめ》て拾貫目　やつしこそすれ〳〵

従来明解のない難句である。大部屋の連中の持仏は、みんな合わせても十貫目いくらというような安物ばかりだ、という句かと思われる。「〆て拾貫目」は古鉄買《ふるがねかい》（屑屋）あたりの常套的なことばか。
○大部屋＝多くの人の雑居する部屋。大名屋敷の仲《ちゅう》間《げん》、長局のはした女、劇場の下端役者などの居所。
○持仏＝守り本尊として常に自分のそばに置いて信仰する仏像。

207
去り状をかく内しちを受に遣り　あまりこそすれ〳〵
離縁状（去り状）は夫が書き、妻に渡すのであるが、結婚の際妻が持参した物は返さねばならない。それで、離縁状を夫が書く間に、妻に質を請け出しにやる。
　ていしゆの着物着て質をうけに来る　（柳一八）

208
下駄を見にいらぬとうふを買に行き　おもひことかな〳〵（13ウ）
吉原の太夫「高尾」は仙台綱宗公をきらい、その情夫島田重三郎は、殺し屋浮世渡平に仙台公を襲わせる。仙台公は近くの豆腐屋へ逃れて助かり、そのお礼として香木、伽羅《きゃら》の下駄を豆腐屋に与えたという。句は、この下駄を見ようと、不要な豆腐を買いにお客が来る、というのである。伽羅は非常に高価なものである。68・657参照。この仙台高尾は俗説であり、実在しない。162・259参照。
　うき世をのがれとうふやのせわに成　（柳一五）

209
一《ひと》げんくわして女房はしちを出し　たづねこそすれ〳〵
質草を貸せと亭主から強いられたが、どうせすぐに吉原か博打かに使ってしまうので、女房は断わる。そこで一げんかの後、結局は女房が折れて質草を出す。それが夫婦の仲というものだ。
　ながれるを女房死ぬ程くやしがり　（明和四）

210
先づ盤の足をねぢ込下手将棋　おもひことかな〳〵
安物の使い古しの将棋盤で、足もすり減ってぐらぐらしているから、すぐ抜けてしまう。まずその足をねじ込む、というところがいかにもへぼ将棋らしい。しかしそれなりに、いかにも嬉しそうである。

詰んでるに肺肝《はいかん》くだく下手将棋　（柳四一）

211 **あかはらを釣て箱王しかられる**　たづねこそすれ〳〵

箱根山の東福寺に預けられていた曽我五郎（幼名箱王）は、やんちゃだったので、目を盗んで魚釣りなどをしては叱られた。僧の見習いだから、殺生は禁じられていたわけである。

箱王はしぶ〳〵きやうをよみならひ　（天明二）

○あかはら＝魚の名、ウグイのこと。箱根でとれた。

212 **桝《しょう》花《か》女《じょ》の出る土弓場《どきゅうば》は入《いり》があり**　たづねこそすれ〳〵

中国の桝花女のような、弓の名手でしかも美人な女が見世に出る土弓場（131参照）は、よくはやる。

土弓場も美しひのをまとに置　（柳二一）

○桝花女＝楚の国の弓の名人、養由《ようゆう》の娘で、彼女も弓が上手であったという。

213 **昼めしを外《そと》からどなる手習い子**　たづねこそすれ〳〵

寺子屋へ手習いに通う子供が、おなかがすいた、と外からどなりながら家へ駆け込んで来る。

手習い子かへると鍋をのぞいて見　（柳二429）

214 **こそ〳〵とはなせば妾《めかけ》気にかける**　たづねこそすれ〳〵

妾は後ろ暗い面があるので、回りの人がこそこそと話合うと、自分の悪口やうわさ話をしているに違いないと、勘ぐって気にする。

口へゆびさしてめかけのうわさ也　（柳一二）

215 **御めかけの母は大きな願《がん》をかけ**　手を出しにけり〳〵

大名などのお妾《めかけ》の母は、娘が男の子を生んで、あわよくばその子がお家の跡とりになって欲しいと、大きな願を掛ける。古川柳で、御の字がつく場合、身分のある人に関することを示す。このような社会で世継ぎの男子出生は貴重であり、その母親一族は権勢を得ることとなる。

はらをつき出して妾のずおふへい　（安永四）

216 **女房の諷《うたい》よつ程ひどくよい**　盛り也けり〳〵

女房が聞き覚えの謡（諷）をうたい出したが、これはよっぽどひどく酔っている証拠だ。当時、謡は男性のものであった。

よつ程な機げん女房の謡なり　（柳三九）

217 **百九軒ながらが留守といふところ**　だんだんがある〳〵（14オ）

貧乏旗本などが前借りに行っても、百九軒の蔵宿全部が居留守を使って、金を貸さない。

ひねくると小便にたつ御くらまへ　（拾九）

○百九軒＝蔵宿の軒数。蔵宿は14・99・678参照。

218 **御代参ついでにほつきあるく也**　だんだんがある〳〵

将軍の御台所（妻）の御代参は、上位の御殿女中によって行われたが、一面において、彼女らのめったにない自由行動のチャンスとなる。うろつき歩いて、中には役者買いなどする者もいた。江島・生島事件（71参照）などはその代表的な例である。

片道はしやう〳〵で行御代参　（柳九）

（しゃうじゃうは清浄。往き道はきれいな体で）

○代参＝代理で社寺に参拝すること。

219 **入むこの仕合《しあわせ》は先づ床《とこ》がいも**　盛り也けり〳〵

嫁のセックスが未熟なことが、入りむこにとっては、まだせめてもの救いである。精力的に攻めたてられては、断わるわけに行かずたまらない。

○床＝男女の共寝であるが、ここはセックスのテクニックぐらいの意。○いも＝いもすけ、下手なこと。「芋助（イモスケ）凡技芸事業ニ於テ其一事ニ甚不案内ナルヲ云」（『諺苑』）。

220 **角田川つれがわるいとかどわかし**　盛り也けり〳〵

隅田川の行楽のあとは、悪い連れがいると、うぶな若旦那や入り婿などを、近くの吉原へさらって行ってしまう。謡曲「隅田川」の梅若丸が人買いに誘拐された故事に引っ掛けて「かどわかし」という表現をつかったもの。

帰りには人買に成る角田川　（柳五546）

（女郎買いを人買いとしゃれた。謡曲の人買いに掛ける）

221
引《ひけ》四つをはしごで聞くはめつけもの　だんだんがある〳〵

吉原の閉店間際に急いで駆け付けて、妓楼のはしご（二階へ上がる階段）の途中で引け四つの拍子木を聞くとは、間一髪、間に合ってよかった、めっけものだという句。また、あぶれていた女郎に閉店間際客がついた場合、とも考えられる。

てうちんであがるはしごは気がちがひ　（拾六）

○引け四つ＝吉原の実際の閉店時刻、午後十二時ごろ。33参照。○めっけもの＝見付けもの、拾い物。

222
けいせいは人をたのんで一つぶち　手を出しにけり〳〵

吉原の高級な遊女はすべて優雅に格式高く振る舞い、ちょっと冗談に人を打つようなときにも、自分では打たず、妹女郎や禿《かむろ》などに代わって打たせる。

けいせいは傘をさす手はもたぬ也　（柳一九）

223
かみゆはぬ内はきうじをせつながり　盛り也けり〳〵

きちんと髪を結い身づくろいが整ってしまわないうちは、給仕に出るのをいやがる。若い女性の場合か。

○せつながる＝苦しがる。つらく思う気持ちを態度に表す。

224
とぼ口へ見物のある旅がえり　盛り也けり〳〵

久し振りで旅から主人が帰って来たので、近所の人たちが家の戸口へ集まって来た。旅の話も聞きたいし、物見高いのである。

我内へ先こしかける旅がへり　（柳一一）

○とぼ口＝とば口。家の出入口。

225
花の山ぬいた〳〵があらし也　盛り也けり〳〵

花見の山で武士が酔って刀を抜いたので、大騒ぎとなる。「花にあらし（風）」ということばがあり、とかく物事にはじゃまが入り易いことの例えである。句はこの例えを引いている。

てんがいや花に嵐をといて居る　（柳二三）

（てんがいやは天蓋屋。早死にした娘の着物を葬儀屋が解いて仏具にする）

226
朝参り主馬と七兵衛もくれいし　盛り也けり〳〵（14ウ）

主馬判官盛久《しゅめのほうがんもりひさ》と悪七兵衛景清《あくしちびょうえかげきよ》とはともに平家の家臣であった。二人とも観音を信仰していたから、京都の清水観音の朝参りのときなどには、出会って黙礼したこともあったであろう、という想像句。「朝観音、夕薬師」といい、観音参りは早朝行われた。

あらつぽいやうで七兵衛信者なり　（明和四）

227
蚊ややめてわづかな手間のそのらくさ　だんだんがある〳〵

蚊帳《かや》を釣る手間などは大したことでないのだが、釣ることをやめてみると、随分楽になったような気がする。

ひとりもの蚊屋を丸めて仕廻《しまう》也　（傍五）

228
頼政のむほん茶の木をらりにされ　むりな事かな〳〵

源三位頼政は高倉宮に謀反をすすめ、平家を討とうとしたが失敗し、宇治の平等院で自殺する。この宇治の合戦で、宇治名産の茶の木は踏みにじられ、だめになってしまった、という句。治承四年（一一八〇）五月、新茶のころだったという（『源平盛衰記』十三・十五）。

より政が死んだよく年茶の高さ　（安永元）

○らり＝らりこっぱい。めちゃくちゃ、さんざんの意。

229
うそをやと仕直す帯でたゝかれる　盛り也けり〳〵

「うそおっしゃい」と、結び直す帯でたたかれる。たたくのは娘か。例えば、帯がほどけかかっているよ、などと言われたような場合か。一種の媚態のようでもある。

うそをやと下女あまだるい目付をし　（末四）

230
神楽堂《かぐらどう》しまひにきざな目をふさぎ　盛り也けり〳〵

神楽を奏する美しい神子《みこ》が、終わりに客の方に向かって、気取ったような感じに目をつぶってみせる。神楽神《かぐらみ》子《こ》は客寄せのため美人を選び、かげで売春めいたこともしたといわれる。

美しひ神子はやたらに目をふさぎ　（宝暦十二）

○神楽堂＝神社の境内にあって、里神楽を演ずる建物。そこで神楽を奏する女性を神楽神子といった。
○きざ＝気にさわるいやみな感じであるさま。好かない。

231
湯殿山《ゆどのさん》くつわ虫ほど音をさせ　手を出しにけり〳〵

湯殿山は修験者《しゅげんじゃ》の道場であった。この山で参詣者は所持する金銭をすべて奉納する習わしがあった。賽銭がいっぱい散らばっている参道を杖をついて歩くので、その音がくつわ虫の鳴き声のようににぎやかであるという句。「湯殿山銭ふむ音の泪《なみだ》かな〔曽良〕（おくのほそ道）」という句もこの「銭」を詠んでいる。

湯殿山鉄棒《かなぼう》ほどの音をさせ　（明和元）

○湯殿山＝山形県にあり、月山・羽黒山とともに出羽三山の一つである。

232
産所《さんじょ》から壱文《いちもん》やれと見世へいひ　手を出しにけり〳〵

産後の主婦が産室から、表に乞食が来ているようだから一文やりなさいと、店の者へ指示している。産婦は乞食を大事にしたような節がある。

初かねに乞食のくれた名をかへる　（拾二）

（乞食に名前を付けてもらう習慣があった。その子が無事成年した）

233
乳母同士たいけつになる柿一つ　盛り也けり〳〵

一つしかない柿を幼い子たちが取り合いになり、それに乳母どもがまき込まれたという解と、坊っちゃんの下痢の原因が柿だというので、誰が食べさせたかもめているという解と、両解がある。男の子の乳母と女の子の乳母と、とかく対立するのか。「対決」はもと裁判用語であろう。

生《な》り初《そ》めの柿は木に有るうち配り　（柳初370）

234
入相《いりあい》は一つついては庭をはき　盛り也けり〳〵

山寺の坊さんが日没を知らせる鐘を、一つついては庭を掃き、一つついては庭を掃きしている。「山寺の春の夕暮れ来て見れば入相の鐘に花ぞ散りける（謡曲『道成寺』『三井寺』）」を思い起こさせる（この歌『新古今』では「山里の」となっている）。「入相は花より先に人がちり（鱗舎評　明和七）」も春の入相の句である。

○入相＝晩鐘、190参照。

235
しんぞうの鼠をたいこつんにがし　手を出しにけり〳〵（15オ）

吉原の若い遊女、新造（117・169参照）がペットにしている鼠（おそらくはハツカネズミ）を太鼓持《たいこもち》（53参照）がいたずらをして、逃がしてしまった。新造にひどく怒れることであろうし、弁償ものである。

しんぞうのうきがともには鼠也　（柳七）

236
田舎乳母ぜんたい無理な髱《たぼ》を出し　盛り也けり〳〵

田舎から出て来た乳母が、たぼを張りだした髪形をしているが、始めから無理なようで、さまにならない。乳母は乳を飲ませるのであるから、割りと年齢は若いのであり、それなりにまだ色気もあるわけで、おしゃれもしてみたい。

いろばゞあころがきなりの髱を出し　（拾二）

○髱＝たぼ、または、つと。結髪の際、後方へ張り出す部分。当時「かもめづと」などの髪形があった。「夕陽にかもめたれたる乳母がつと（長ふくべ　享保十六）」はかもめづとの句。

237
火縄《ひなわ》うりなんのかのとてにぢり込　むりな事かな〳〵

芝居小屋の火縄売りは、なんのかんの言いながら、混んだ所へ無理に客を割り込ませる。

火なわうり人をつっぺしこんで行き　（明和五）

○火縄うり＝芝居小屋などで、見物人のタバコ用に火縄を売り歩いた者で、混んだときには客の整理などもした（569頁参照）。○にぢり込む＝無理にはいりこむ。ここは、無理に客をつっ込む。

238 **御茶とうはしたかとていしゆ聞いておき**　だんだんがある〱

仏様にお茶を上げたか、と女房に聞きながら亭主が起きて来る。当時仏事は生活に浸透していて、お茶を飲むにも、まず仏様に上げてから飲んだのである。

○御茶湯《おちゃとう》する＝茶、湯を仏前に供えること。

239 **大部屋の客は酒やへつれて行**　だんだんがある〱

客が来ても雑居部屋（大部屋206参照）では話もゆっくり出来ないので、酒屋へ連れて行って一杯やりながら、話をする。酒屋は酒を売るほか、そこで酒を飲ませた。

御年貢を大部屋へ来てなし崩し　（柳初372）

240 **大くぜつみすく〱雪に帰る也**　まよひこそすれ〱

吉原の雪の日は絶好の居続け（遊里で次の日もそのまま居残ること）のチャンスであった。それなのに、遊女と大げんかになりみすみす家に帰る。雪の朝帰るのは道路も悪く、大変である。

大くぜつ高がばい女と言ひつのり　（柳三14）

○くぜつ＝口舌、男女間の言い争い、痴話げんか。

241 **心中《しんじゅう》はほめてやるのが手向《たむけ》なり**　まよひこそすれ〱

生前は不義者とかいたずら者とか言ったが、死んでしまっては、よく立派に死に切ったとほめてやり、せめてあの世での幸せを祈って上げよう。

死に切つて嬉しそうなる顔二つ　（柳初419）

○心中＝相愛の男女が合意の上で一緒に死ぬこと。

○手向け＝死者の冥福《めいふく》を祈ること。

242 **琴の師は三みせん乞食めくといひ**　ふへる事かな〱

琴の師匠は、三味線は乞食みたいだという。別に、三味線を弾く人は「三味線乞食（三味線を弾いて歩く乞食）」みたいだ、というようにも読める。いずれにせよ、三味線にくらべ、琴の方が上品であると考えられていた。三味線の弟子が増えるので琴の師匠が悪口を言うのか。

三味せんは乞食のひざへ作り付け　（宝暦十三）

九尺店琴をならわせそねまれる　（柳一〇）

243
お袋が死んだがさいごにぎやかさ　かるひことかな〳〵

口やかましい母親が死んだので、後に残った者は大っぴらに遊んでいる。残った人は、若夫婦とも、どら息子とも取れる。

仕合は嫁だと石屋朱をつぶす　（柳八）

（姑が死んで幸せなのは嫁だと言いながら、生前姑の墓に入れてあった朱を取り除く）

244
猪牙舟《ちよきぶね》も小馬鹿にならぬ荷をこなし　かるひことかな〳〵（15ウ）

猪牙舟も、寒い時候のシーズンオフには、大根などの荷物を運ぶことがあったものか。「おどり子と大根とかわるさむひ事（天明）」は川一丸などの豪華船の句であるが、小さい舟もアルバイトをしたのではないかと思う。猪牙は速いし、小舟も案外荷が積めるものである（569頁参照）。

○猪牙舟＝おもに隅田川で吉原・深川通いに使用された速い小舟。625・652参照。

245
うつり気な事と針明《しんみよう》壱人《ひとり》ごと　まよひこそすれ〳〵

「この間まではあんな柄だったのに、いくらもたたないのに今度はこんな柄、本当によくお変わりになること」と、裁縫女が女主人について独りごとを言っている。

○針明＝針妙とも書き、一般家庭の裁縫女。通常遊里ではお針といい、区別される。

246
ねぢ首のじつけん台をころげ落　まよひこそすれ〳〵

ねじ首とは、手でねじ切って殺した首。切り口が不整であるから座りが悪く、ころげ易いのであろう。実検《じつけん》はその首が本物かどうか、調べ確かめることであるが、難しい仕事であったという。また貴人の首実検には相応の作法があった。ねじ首の例としては、巴御前が御田八郎師重の首をねじ切った話がある（『平家物語』九）。

すい瓜《か》ぬす人ねぢ首にして逃げる　（柳二二）

247
さつぱりと書いてくれなと見くびられ　まよひこそすれ〳〵

怒った女房が「さあ書くならさっさと書いておくれ」

244　大根船（『通の寄合』）

237　火縄売（『古今役者物語』）

254　清水寺の舞台（『絵本小倉錦』）

といっている。書く物は離縁状であろう。夫としては見くびられたものである。

去り状は言葉たゝかい事おわり　（柳六）

（言葉たゝかいことおわりは謡曲「八島」の文句取り）

248 **にくそうにうせるはといふすけん物《ぶつ》**　思ひ出けり〱

ひやかしの男が目を付けていた女郎に、客が付いて立って行くのを見て、にくらしそうに消えて行きやがる、とぼやく。

○うせる＝ここは、去る、行くをきたなくいうことば。○すけん物＝素見物、23・390・438参照。

249 **町へ行たいとやり手に実をいひ**　まよひこそすれ〱

吉原の女郎が遣り手（88参照）に言ったことばであり、早く吉原を出たい、と本音を言った。町《まち》は郭《くるわ》に対して一般社会のこと。

町風かなどと御針に見てもらい　（柳五139）

250 **太夫から二かと虎屋はつめて居る**　ふへる事かな〱

立女形《たておやま》からの注文だと、虎屋で饅頭を詰めている。二《に》荷《か》は蒸籠《せいろう》四はいであろう。この蒸籠を芝居小屋の前に積んだことは『劇場訓蒙図彙』に見られる。

五丁へは竹や二丁は虎をつみ　（柳九六）

（五丁は吉原五丁町。竹やは竹村伊勢の蒸籠。二丁は芝居町。虎は虎屋の蒸籠）

○太夫＝歌舞伎では立女形および興行主をいう。○虎屋＝江戸日本橋和泉町にあった有名な菓子屋。

251 **きぬ〲を神田の大屋明けてやり**　まよひこそすれ〱

難句であるが、神田の売春婦「比丘尼《びくに》」の客が早朝帰るので、木戸口近くに住む大屋が木戸を開けてやる、と一応解されている。比丘尼の詳細は分かっていないが、神田多町に居り、尼に似た姿をしていた。『華里通商考』（延享五〔一七四八〕）に「比丘尼《びくに》国、昼有って夜無し」とあり、古くは昼だけの商売で、出張形式であったようだが、のち業態にも変化があったのであろう。

びくのおるろじはどれじやと浅黄裏　（安永八）

○後朝《きぬぎぬ》＝男女が共寝して過ごした翌朝の別れ。108参照。

252 **ほうづへでかえしもふしやはけちな客**　かるひことかな〳〵

吉原のふられ客の句。頬杖をつきながら傾城《けいせい》（女郎）が禿《かむろ》や新造に、そのお客さまはお帰し申し上げなさい、と言う。そんな客はまさにけちな客である。

居るもごうはら帰ればねからのそん　（柳一六）

253 **そばかすが有るで三評通りかね**　まよひこそすれ〳〵（16オ）

あの女性は一応美人なのだが、そばかすが目立つので、衆目一致しての美人というわけには行かない。

十五評通たよふな嫁をとり　（宝暦十）

○三評通る＝俳諧・雑俳などで、三人の選者が揃って高点をつけること。ここは転じて、衆人の批評をしゃれて言っている。

254 **傘《からかさ》で花見の中へどさら落ち**　かるひことかな〳〵

京都清水寺の舞台から傘を開いて飛び下りると、恋がかなえられるという俗信があった。下でお花見をしているところへ、そういう人がどさっと落ちて来たという句。『絵本小倉錦』（政信画）にそんな絵がある（569頁参照）。「傘さして死んだ命に人だかり（近道　宝暦九）」は墜落死の場合。

清水は女に羽子《はね》のはへる所　（桜）

255 **茶の会にかげのうすいがてい主也**　思ひ出けり〳〵

茶会において、亭主役の人はすべてに出過ぎないように、控え目にしている、というのが一般的な解釈のようであるが、この句は、赤穂義士事件における吉良上野介義央を指しているように思う。元禄十五年（一七〇二）十二月十四日、吉良邸では年忘れの茶会が開かれ、そのあと吉良は討たれている。それで、茶会の際、亭主役の吉良は「かげがうすかった」ろうというのである。

酔を塩茶でさましたは十四日　（柳二五）

○かげのうすい＝死神にとりつかれたように見える（『日本国語大辞典』）。

256

いつ見てもずんどおごらぬ角兵衛じゝ　かるひことかな〳〵

越後から出て来る角兵衛獅子は、厳しい親方のしつけを受けて、いつも質素にしている。

　おごりがましき事の無い角兵衛じゝ　（柳一五）

○ずんど＝少しも。○角兵衛獅子＝獅子頭をかぶった子供が二〜三人踊り回り、逆立ちなどの技を見せるもので、正月などに多かった。新潟県蒲原地方に起こるといわれる。

257

八瀬小原きれいに牛をしかる所　まよひこそすれ〳〵

八瀬・大原は京都の北の地名。大原は「オハラ」と発音し、小原と書くことも多い。八瀬地方の村民は禁裏の駕籠丁を勤めたといわれている。大原女は黒木を牛・馬に積んで売り歩いたりするが、京都なまりでもあるので、牛を追うのにも荒っぽいことばは使わない。「牛迄を京の女はよくだまし（童の的六　安永四）」もそういう句である。

258

性わると禿《かむろ》そばからさいはぢけ　思ひ出けり〳〵

なじみ客にちょっとまずい事があったようなとき、禿（114参照）が、おいらんのそばから「浮気者の悪い人」などとこましゃくれた事を言う。本気で客を責めているわけでもなく、むしろ一種のお世辞にもなっているのである。そんなふうにして、だんだん遊里の生活を体で覚えて行く。

　○性わる＝浮気者。○さいはじけ＝小ざかしく振る舞う。

259

すきんせん事とちぎりにぶらさがり　まよひこそすれ〳〵

仙台、綱宗公は嫌がる遊女「高尾」（68・208・657参照）を無理に身受けしようと、高尾の体重と同じ重さの小判を抱え主の三浦屋へ支払ったという。その際高尾は、いやだわ、などと言いながらはかりにぶら下がったであろうという句。仙台高尾の句は多いが、俗説であり、史実ではない。主題句の典拠もはっきりしないが、実録体小説や演劇などの影響が考えられる（「実録と演劇」『中村幸彦著述集』十）。主題句よりも十五年早く「貫目よりをもたい金で請出され（雲鼓評　宝暦元）」という句がある。162参照。

　なみだぬぐいさあはかりにかけなんし（柳一五）

○すきんせん＝好きでない、の吉原語。○ちぎり＝大形のさお秤。

260 **さんや堀舟で子の泣十三日**　思ひ出けり〳〵

山谷堀は隅田川から吉原への入口の堀で、猪牙舟《ちょきぶね》が発着し、舟宿が多くあった。十二月十三日の大掃除の日に、子供を寝かせて舟に乗せておいたところ、目を覚まして泣いているが、大人は忙しいので誰も構ってくれない。

　三やぼり持仏をのせる十三日（安永八）

261 **はたし状きざな事には墨が折れ**　まよひこそすれ〳〵

決闘を申し入れる「果たし状」を書いていると、気ざわりな事には、突然墨が折れてしまった。幸先わるし、いやな気分だ。

　はたし状泣く〳〵と墨をすり（柳三437）

○きざ＝気障りの略、気になること。230参照。

262 **乗りかけへむこの田地を見せて行**　思ひ出けり〳〵（16ウ）

乗りかけで、荷物といっしょに馬に乗って来る田舎のお嫁さんに、婿さんの所有する田地を見せて説明しながら行く。この婿さんはかなり広い田地を持っているのであろう。

　のりかけでよぶをむす子はいやといふ（柳五454）

○乗りかけ＝宿駅の荷馬に荷物を二十貫め載せ、さらに人が一人乗ること。

263 **師匠さまかしくと以上別に置**　ふへる事かな〳〵

手紙の最後に女子は「かしく」男子は「以上」と書いた。寺子屋の師匠が、男女の席を別にする、というのであり「男女七歳にして席を同じゅうせず（『礼記』）」の教えを実行しているわけである。

　師匠さまかしくの方は世話がなし　（桜）

264 **寝入らずに居なと硯《すずり》を持って行**　思ひ出けり〳〵

　ちょっと手紙を書いて来るから寝ないでいてね、と遊女は硯を持ってどこかへ行ってしまった。吉原の遊女は客がいるのに、平気で長い手紙を書いて客をじらすようなことがあった。彼女らなりの、一種の客扱いのテクニックだったのかも知れない。待たされる客は腹が立つのを押さえて、狸寝入りなどすることとなる。

　めいわくさ余所からも来て書いて居る　（籠三）

265 **へびぜめをあぐらで噺《はな》すかゞみとぎ**　思ひ出けり〳〵

　鏡とぎがあぐらをかいて仕事をしながら、故郷の加賀で起きた加賀騒動の際の、蛇責めの拷問の話をする。鏡とぎは冬季加賀から出稼ぎに来る人が多かった。

　夫《それ》からねへびがなもしと鏡磨《かがみとぎ》　（柳三九）

○へびぜめ＝罪人に多くのへびをまつわらせて責める拷問の一種。延享ごろ加賀藩（金沢）で起きたお家騒動で、中老浅尾がこの拷問を受けたという俗説がある（『北雪美談金沢実記』）（別にお貞の方が受けたとする説もある）。○あぐら＝鏡とぎは、あぐらで仕事をする。

266 **小間物やおめかと帳につけて置**　かるひことかな〳〵

　小間物屋が名前を書かないで、これはお妾《めかけ》さんの分、と帳づけをして置く。お客さまだから、当人に会えば頭を下げるが、内心ではばかにしているのである。

○小間物屋＝婦人の化粧品などの行商をした人。張り形などの淫具をも扱ったという。○おめか＝妾のこと。

267 **下女が兄ほしか弐俵のどらをうち**　かるひことかな〳〵

　下女の実家の兄が、干鰯《ほしか》二俵に相当する金額で一遊びしたという句であるが、これは大した金額とも思われず、田舎を蔑視しているのであろう。干鰯は房総か相模の海岸あたりをにおわせているようだ。

かるい沢絹三疋のどらをうち　（柳二五）

○干鰯＝油を絞ったあとのイワシやニシンを干して作った肥料。○どらをうつ＝放蕩する、遊ぶ。368・577・622参照。

268
金時が行きそうな所《とこ》らしやう門　思ひ出けり〱

渡辺綱が羅生門に鬼退治に行く事件があったが（110参照）、むしろ鬼退治には金時の方がふさわしい。金時は足柄山の山姥《やまんば》の子といわれ、山育ちである。天延四年（九七六）源頼光の家来となり、四天王の一人となった。

金太郎わるくそだつと鬼になり　（柳一六）

269
ぞうりとりいらざるけんの習ひ事　まよひこそすれ〱

御主人のまねをして、草履取り風情が拳《けん》などを習うのは分不相応であり、やめた方がよい。

僧正もいぜんはけんの上手也　（柳五318）

270
頼政が死ぬとかり橋願ふ也　思ひ出けり〱

源頼政は宇治の合戦のとき、平家を迎え討つべく、宇治橋を三間引き外して置いた。結局頼政は敗れ自殺するが、その後橋がないと不便なので、地元から仮橋を掛けたいと願い出があっただろうという句。228参照。

頼政のいざこざ済んで橋ぶしん　（宝暦十一）

271
吉祥寺雛にもふせんかりられる　ふへる事かな〱（17オ）

八百屋お七の句。お七については俗説が多いのであるが、お七一家は火事で焼け出され、駒込、吉祥寺に仮住まいをしたという。そこで、三月の雛祭りには焼け出されの身なので、お寺から赤いもうせんを借りたであろうという句。お七は放火の罪で、天和三年（一六八三）火刑に処されている（『武江年表』）。

272
にげた跡禿《かむろ》は対《つい》にしばられる　まよひこそすれ〱

遊女が脱郭したので、彼女についていた禿（114・152参照）も連帯責任を問われ、何か知っているなら白状しろと、二人一緒に縛られて折檻《せっかん》されている。遊女の脱郭は抱え主にとっては大損害なので、厳しく追及したのである。高級遊女に禿が二人つく場合「対かぶろ」「ふたりかぶろ」などといい、名前も対になるように付けられたりした。例えば、『初紅葉』（明和四年細見）の松葉屋、松しま、に禿「右京」「左京」がついている。

　にげた跡禿は酔てたわいなし　（柳一四）

273 **両為《りょうだめ》と母はむすめのひざへより**　まよひこそすれ〳〵

お前のためにも家のためにも、両方の利益になることだ（両為）から、なんとかこの縁談を承知しなさいと、母が娘を説得する。話が難航しているのは、娘に好きな人がいるからかも知れない。

　こゝをよふきゝやとむすめをやりたがり　（柳一九）

274 **おやたちのゆるしで来るとみそを上**　まよひこそすれ〳〵

両親の許可を得て女郎買いに来ているんだ、と自慢している（みそをあげ）。

275 **雛店《ひなだな》で花見に行ぬはづにする**　ふへる事かな〳〵

「そんならこのお人形を買ってあげるけど、そのかわり、今年はお花見には行かない約束にしましょう」と母親が女の子に言い聞かせている。

　両方をねだつてむすめしかられる　（柳一五）

276 **気をつけやなど丶お針に間《あい》をさせ**　思ひ出けり〳〵

女郎が客からねだった着物や夜着などをお針が縫い上げて、客席へ持って来たような場合か。「ご苦労さん、元気づけに一杯やんなさい」とお針に酒を勧めている。

　上がきをたのみに来たにあいをさせ　（拾八）

○気をつける＝酒を飲んで元気をつける。○お針＝遊里の裁縫女、一般家庭の場合針明《しんみょう》というのと区別されていた。245・298参照。○間をする＝二人で飲み合っている席へ第三者が加わること。142・313・370参照。

277 **めし粒のやうに油を髱《たぼ》へつけ**　かるひことかな〳〵

頭髪のたぼの部分に、めし粒をつまむようにして固《かた》油《あぶら》をぬりつける。

水油丸めるやうにしてつける　（明和四）

278
御立腹など丶女房をきよくるなり　かるひことかな〳〵

吉原で遊んで朝帰りの場合など、大変お腹立ち申し訳ない、などと女房をからかって（きょくる）ごまかそうとする。この亭主、まだ夕べの酔いが残っているようでもある。

朝がへり女房がいふと御もつとも　（柳五466）

279
さございへ下女がお立と呼びに行　まよひこそすれ〳〵

年礼の供の少年が旦那のお年賀のあいさつ中、路上の宝引《ほうびき》に興じているのを、訪問先の女中さんが、旦那さんがお帰りですよ、と呼びに来る。正月のあいさつ回りを年礼といい、その供には臨時の少年を雇うことが多かった。

さございのいかさま御用見付け出し　（明和四）

○さござい＝街頭の宝引。宝引とは、一種のくじで、数本のひものうち一本にダイダイが結び付けてあり、それを引いた者は菓子などをもらえた。おもに正月の遊びである。

280
いんぐわ立てしい〳〵内義はらむ也　ふへる事かな〳〵（17ウ）

また妊娠とはなんと因果なことよ、といいながら、またまた妊娠する。あるいは庚申だから、誰だれの命日だからセックスは避けたいなどと、いろいろ言いながら、よく妊娠するものだ、というふうにも解せる。

いさかいをしい〳〵腹を大きくし　（拾三）

○いんぐわ立て＝因果な身の上であると愚痴を並べること。

281
夜そばうりいつの間にやら子をでかし　ふへる事かな〳〵

夜そば売りは夜の行商だから、夜は家にいない。それなのに子供が出来るのは、一体いつ作るのだろう。

夜たかそば宵にすましてあるくなり　（明和四）

282
しうとばゞおらがうつそり殿といふ　まよひこそすれ〳〵

自分の息子が女房にべたべたして、主導権を握られっぱなしなので、本当にうちの息子は間抜け者だよ、と姑が憤慨している。実は嫁がにくいのでもある。

まきこまれきつたと噺《はな》す姑ばゞ　（柳八）

○うっそり＝ぼんやり者、うかつ者。

283
なめかたをしてはるやつは出もの也　まよひこそすれ〳〵

丁半博打において、どっちへ張ろうかを、銭を投げて「なめかた」をしてみて決めるような人は博打うち仲間でない、不慣れな素人だ、というようなことか。はっきりしない句である。

なめかたをして見てあざをすてる也　（安永八）

（あざ、はめくりカルタの最有力札。この句も下手な素人か）

○なめかた＝銭を投げて、その裏表によってことの成否をうらなうこと。○出もの＝難語で辞書にも諸義ある。のけ者・奉公先を追出された者・出獄者・出しゃばり、など。

284
三かんを玉ものまへはすぐ通り　まよひこそすれ〳〵

三国伝来のキツネの化身といわれる玉藻前《たまものまえ》は、中国・インドから日本へ渡ったといわれるが、朝鮮は素通りして来ている。

三国を廻しに取た畜生め　（柳三八）

○三かん＝三韓、古代朝鮮の三つの国、ここは、朝鮮の意。○玉藻前＝伝説の美女で、鳥羽天皇を悩ませたという。中国で「妲己《だつき》」と現じ、天竺（インド）で「華陽夫人《かようぶにん》」と現じ、また中国で「褒似《ほうじ》」に化身し、日本へ来て「玉藻前」となったといわれる。

285
村の嫁道陸神《どうろくじん》へ願をかけ　まよひこそすれ〳〵

田舎の嫁が子が出来ないので、道陸神に祈願をする。いかにも田舎の嫁らしい。

○道陸神＝道祖神、塞《さえ》の神ともいい、村の境にあり村を守る神であるが、また生殖の神ともされた。猿田彦に付会《ふかい》されることがある。

286 **こまいかき根津のいりわけ聞て居る**　思ひ出けり〳〵

木舞《こまい》かきの職人が大工あたりに、根津の岡場所（95・685参照）の実情を細かい点まで聞いている。木舞かきなどはそんなに遊びには行けなかったのであろう。職人の中では大工が位がよかったのである。

根津の客家のひづみに口が過　（柳初687）

（根津は大工などの職人の客が多かった）

○木舞かき＝壁の下地にする竹や木をなわでからんで組む職人。○いりわけ＝こみ入った事情。

287 **まきざつぱ持て米つきさゆをのみ**　思ひ出けり〳〵

米つきが片手にまきを持って湯を飲んでいる。臼の米をねらって来る鶏を追い払うために、まきを持っているのである。米つきは汗をかくからのどが乾くが、茶でなく湯を飲むところが、当時の労働者らしい。「まきざっぱ」は「まき」に同じ。米つき、56・141・178参照。

米つきはとりをかゝへて休んで居　（柳二72）

288 **古近江《こおうみ》がほしいと妾《めかけ》ねつをふき**　かさなりにけり〳〵

自分の身分や腕前も考えないで、高価な三味線の名器、古近江が欲しいなどと、妾が勝手なことを言う。何でも金の掛かった高い物を欲しがる、そこが妾らしい。

古近江を寝物語にめかけする　（藐）

○古近江＝二代目石村近江善兵衛の作った三味線で、最高の名器とされる。○熱を吹く＝気炎を上げる、広言を吐く。

289 **御留守居は船の出る迄五両かし**　かさなりにけり〳〵（18オ）

隅田川では五月末から船遊びが始まり、芸者がその船に乗り込むので、芸者の稼ぎ時となる。それまでは芸者の収入が少ないので、御留守居役がつなぎ資金として、五両貸してやった。

御留守居を拾両あまり引きたをし　（安永四）

○御留守居＝大名が江戸に置いた職名の一つで、幕府や他藩との連絡などに当たった。外交的な会合の機会が多く、芸者などとの付き合いも多かった。○船＝隅田川の船遊山《ふなゆさん》のこと。

290 **中直り元の酒屋へ立かえり**　おもしろい事〳〵

酒屋で飲んでいた客同士がけんかして外へ出て行ったが、うまく仲直りができ、また元の酒屋へ帰って、今度は仲直りの杯を交わす。中直りは45・83参照。

又一度酒屋のおぢる中なをり　（柳五474）

291 **土手で逢ひどこへ〳〵と手をひろげ**　おもしろい事〳〵

吉原への道の日本堤で知人に会い、どこへどこへ、と言って大手をひろげた。歌舞伎の振りなどをまねて、おどけているようでもある。

やぼな事どこへ御出と土手でいひ　（柳一四）

○土手＝日本堤。604参照。○どこへ〳〵＝何処へ行きますか、の原義は薄くなり、行動をさえぎるような意味の掛け声になって来ている。

292 **ゑい山へ行きつ戻りつ沓《くつ》の音**　かさなりにけり〳〵

菅原道真の霊が雷となって暴れたとき、比叡山の法性坊は勅使の迎えが三度におよんだので、ついに山を下りた。句は、この勅使の沓の音が、三度も叡山へ行ったり来たりしたというのである（『前前太平記』二十一・『太平記』十二・謡曲「雷電」など）。

又来たとゑい山のしよけうるさがり　（安永六）

293 **す壱歩《いちぶ》はげしなりませであんどする**　よわひことかな〳〵

一分ぽっきりしか持っていない客が、おやすみになって下さい、と言われてほっとしている。台の物と称する、一分もする高い料理が出て来ては、たまらないわけである。

台のものとなりへ出たであんどする　（柳五145）

○素一分＝吉原などで、たった一分しか持っていない客。○げしなる＝御寝なる、寝なさる。

294 **不心中五十三次ぱつとしれ**　よわひことかな〳〵

心中《しんじゅう》（241参照）事件を起こして、死に切れず、両方助かってしまった場合、日本橋に三日さらされた上、乞食に落とされたりした。そんなことがあると、日本橋は東海道の起点であるから、街道の宿駅全部にぱっと知れ渡ってしまうという句。620参照。

日本ばししなぬをおしくいふところ　（明和四）

○不心中＝男女間の間で信義や愛情を守り通さないこと。不心中に直接心中未遂の意味はなさそうであるが、この場合死に切れなかったことは、愛情・誠意が足りなかった、というのであろう。○五十三次＝東海道五十三次。

295

女の詩歌よりどふかにくらしい　おもしろい事〳〵

女性が漢詩を作ったり、うたったりするのは、和歌に比べて、取り合わせが女らしくなく、どうもにくらしく見える。漢字は真名ともいい男性用のもの、仮名は女性用のもの、という伝統的な考え方があった。

296

花婿は口がいやさにねぎもくい　よわひことかな〳〵

婿さんは陰口をされるのがいやで、食べたくないネギも食べる、という句である。ネギなどは口ににおいが残るから、新婚間もない婿さんは本当は食べたくないが、食べないと、お嫁さんに嫌われるから食べないのだなど、と、陰口を言われるのがつらいから食べる。

花むこはよほどの頭痛おして起　（柳二335）

○口がいや＝陰口がいや。

297

湯げのたつ形《な》りでかゞみのふたを取　かさなりにけり〳〵

湯上がりの女性が、上半身肌脱ぎの湯気の立つ状態で、鏡のふたを取り、お化粧を始める。当時の鏡は金属製であり、ふたがあったのである。

298

しんめうは返じの時についとこき　かさなりにけり〳〵（18ウ）

仕事中の裁縫女が呼ばれると、返事をしながら、縫い掛けていたところをついとしごいて立つ。そんな動作が彼女の習慣になっているのであろう。「針明《しんみょう》は少ししさつてすいつける（露丸評　明和三）」の句にも、針明の仕事中の衣類に傷をつけまいとする習性が現われている。245参照。

○こく＝針で縫って、たまってしわになっているところをしごいて平坦にする。

299
下馬先《げばさき》でばたら〳〵と笠をなげ　かさなりにけり〳〵

馬から下りる下馬先で、供の者が笠をほうり投げるというのであろうが、細かい事情がよくわからない句である。大手門前で笠を脱ぎ、道端の草むらに投げてゆっくり一休みするのか。

かわらけのよふに下馬先笠をなげ（柳四六）

○下馬先＝社寺の門前や城門などの前で、馬から下りなければならない所。多く奴たちのいる供待ち部屋があった。

300
上下《かみしも》をつまんですわる暑気見舞　かさなりにけり〳〵

式服の上下を着て、暑中見舞に来た人が、汗でべたつくので、上下をつまんで坐る。

暑気見舞背中をつまみあふがれる（柳一一）

○上下＝江戸時代おもに武家で用いられた礼装。肩《かた》衣《ぎぬ》と袴《はかま》とからなり、麻を正式とする。庶民の場合は上・下同色のものは着られない。311・580・693参照。

301
おらがやつなんといつたとつれに聞き　おもしろい事〳〵

遊里句で、さっきおれの相方《あいかた》（相手をしていた女）と何か話をしていたが、あいつお前に何と言った、と連れに聞く。＊

302
壱匁《いちもんめ》まけるとよみもけがの内　かさなりにけり〳〵

一匁は銀とすると、約千円ぐらい。千円ぐらい負けると、よみガルタも負けたうちに入るという句。金額が大したことがないので、正月の素人博打であろう。

百まけてこゝにあわれを下女とゞめ（柳一五）

○よみ＝よみガルタ。19・66・317・661参照。

303 **侍のさゝぬ所が命なり**　おもしろい事〳〵

武士が刀を差さないで遊ぶ、その辺が吉原の遊びの真髄である。吉原では茶屋または妓楼の一階で刀を預けた。

さむらいのあそび大小なげ出《いだ》し　（柳一四）

304 **源氏方ふじ川已後《いご》はかまがきれ**　かさなりにけり〳〵

富士川の合戦で源氏が勝ってからは、源氏がたにとって、すべてきぱきとことが片付いて行った。かま（鎌）は鎌倉殿を暗示しているようでもある。

はらをかゝへて富士川を源氏越し　（柳四一）

○富士川＝治承四年（一一八〇）十月、富士川の役。この戦いにおいて、夜中に水鳥が一度に飛び立ったのを、敵軍が攻めて来たものと勘違いして平家が逃走したという（『平家物語』五）。○かまがきれる＝実績が上がる。

305 **わがすかぬ男のふみは母に見せ**　かさなりにけり〳〵

好きでない男からのラブレターは母に見せる。好きな男からのは、もちろん誰にも見せない。

うす〳〵は姉もしつたる手風なり　（拾二）

306 **二つ三つならして座頭どぶをこし**　おもしろい事〳〵

座頭がどぶを越すとき、杖で二・三回たたいて、どぶの幅や橋の状態などを確かめてみてから越す。

座頭の坊またのありたけまたぐ也　（柳一二）

307 **葉せうがをちぎつてはねたどろをふき**　かさなりにけり〳〵　（19オ）

芝の飯倉神明宮では、九月十一日から二十一日までの間、生姜《しょうが》市《いち》というお祭りがあった。この時期は秋雨の季節で雨が多く、ぬかるみになり易い。おまいりに来た人の着物に泥がはねたのを、お土産に買ったしょうがの葉でふき取る。695参照。

どろでこしらへた人間生姜下げ　（柳一四）

308 **昼見世へ遣り手の孫をおつぱなし**　おもしろい事〳〵

吉原の昼見世は夜よりひまであったので、遣り手の孫を見世で遊ばせるようなこともあった。

遣り手の子あの女郎衆がなど、泣　（柳五20）

○昼見世＝吉原で、女郎が九つ（正午）から七つ（午後四時）ごろまで張見世をすること（『古今吉原大全』三）。○おっぱなす＝放す、の強調語。

309
笑ひ止む迄は高座であせをふき　おもしろい事〳〵

説教や談義の間に、聴衆が飽きないように、時におかしいことを言うと、聞き手が笑う。笑い止むまでの間、高座で演者の僧などが汗を拭いて間をとる。

高座では落し咄《はなし》もありがたし　（柳二三）

○高座＝説教や談義のために設けられた、一段高い席。

310
せめ合に成ると石田はみなかけ目　よわひことかな〳〵

関が原の合戦で、石田三成がのろしを上げて合戦を仕掛けたところ、味方の軍が動かず、あるいは裏切ったりして、大敗してしまった。句は、それを碁の用語でまとめてある。将棋用語ではあるが「石田組」という定跡があり、それにも掛けているようである。「石田詰尻から金吾中納言（柳五三）」はその例句である。557参照。

死石が出来たで関が崩れたり　（柳五三）

○攻《せ》め合＝囲碁で、単独では生きていない石同士が死活をかけて戦うこと。○石田＝人名であるが、囲碁の石にも掛けている。○かけ目＝囲碁で、目になっているようで、手がつまると実際は目にならぬ形のもの。句の場合は、小早川秀秋・毛利・吉川が動かず、それのみか、秀秋が裏切ったことなどを指す。

311
舟宿で上下《かみしも》ぬぐが他人なり　おもしろい事〳〵

葬式のあと、舟宿で一服し、そこで上下を脱いで吉原へ行く人たちは、死んだ人の親戚ではない。

舟宿へ上下をつむ大一座　（柳一四）

○上下＝300・580・693参照。この場合は葬式のために着ている。

312
御妾《めかけ》は石の流れる川にこり　よわひことかな〳〵

はっきりわからない句である。「石の流れる川」は大井川かといわれる。大井川には男根の形をした石が流れてくるという。「大井川へのこがごうろごろなかれ（安永八）」はそういう句である。大井川の急流を渡るのにこわい思いをした、ということか。別に「衆口《しゆうこう》の毀誉《きよ》、石を浮かべ、木を沈ましむ（『新語』弁惑）」を踏まえる説、「流れに枕し、石に口漱《すす》ぐ」（『世説新語』排調）を踏まえる説、箱根の「さいの河原」から箱根の関所説、などの諸説がある。

313
ほうづきを口から出して間《あい》をする　おもしろい事〳〵

一杯お酒を頂きなさい、とおいらんから言われた新造（若い遊女、117参照）、禿《かむろ》（114参照）あたりが、口からしゃぶっていたほうづきを出して、杯を受ける。間をするは142・276・37参照。

ほふづきを出して禿はあいゝ也　（筥一）

（この「あいい」は返事）

314
駒下駄をはき〳〵ぬしをつかまへや　ためて置きけり〳〵

不義理をした客（主《ぬし》）をつかまえるため、急いで駒下駄をはいて追い掛ける。伏せ勢などという（100・152参照）。女郎が禿《かむろ》・新造などに言っていることばであろう。

駒下駄をはやめ伏兵おどり出し　（柳六五）

（伏兵などの軍用語と駒とが縁語にもなっているようである）

○駒下駄＝台、歯ともに一つの木材からくって作った下駄。吉原の遊女・禿などが使用した。

315
仲人の夫婦わらいが上手なり　おもしろい事〳〵

仲人はおめでたいことであるから、いつも笑顔を絶やさない。それに、うまくまとまれば持参金（敷金）の一割ほどのお礼も入る、ますます笑いが止まらない。『日本永代蔵』一・五に「今時の仲人頼もしづくにはあらず、其敷銀に応じて、たとへば、五十貫目つけば五貫目取事といへり」とある。

四百づゝ両方へうる仲人口　（拾初）

（うそ八百を）

316 **年わすれとう〳〵壱人《ひとり》水をあび**　おもしろい事〳〵（19ウ）

忘年会で騒ぎ過ぎて、あんどんの油などをこぼしてしまい、水をかけられたという句。十二月に油をこぼすと、火にたたられるといって、水を浴びせる俗信があった（『諺苑』寛政九序）。「怪我《けが》なれど師走油じゃ浴さしやれ（収月評　寛延二）」もそういう句である。

317 **よみの跡ゑてはこたつでてからかし**　おもしろい事〳〵

よみガルタ（66・302参照）のあとは、えてしてこたつでうまくやってしまうものだ。何をうまくやる、といえば、やはり男女関係のことであろう。正月、素人博打で、酒の入っている深夜などか。「せい付る・と丶がよみうちやか丶が酒（軽口頓作　宝永六）」も正月の句であろう。

歌かるたなどにことよせなめたがり　（末一）

○えては＝とかくまあ、えてして。○でからかす＝うまくやる。

318 **新宅の爰《ここ》も明くかとおして見る**　かさなりにけり〳〵

新しい家に来て、もの珍しいので、いろいろな戸や壁などを、明くのかと押してみる。

堂の施主二三度窓の明けたてし　（明和元）

○新宅＝新しく建てた家。

319 **しわん坊つれのもち花ことづかり**　ためて置きけり〳〵

目黒不動参りのあと、遊び好きな連中は品川の女郎買いに回り、けちん坊（しわん坊）で遊び代を惜しみ、真っすぐ帰る人が、連れの餅花をことづかって持って帰る。古川柳では目黒不動のあと、品川へ遊びに行く句が多い。

餅花を下戸取りあつめ持て来る　（傍一）

○餅花＝色の付いた餅を花のように木の枝に付けて飾ったもの。目黒不動などで売った縁起物（587頁参照）。

320 **玉子賣酔ったと見へてさしをいひ**　おもしろい事〳〵

卵売りが酔っぱらったのか、人前で言ってはまずいことを口に出してしまった。

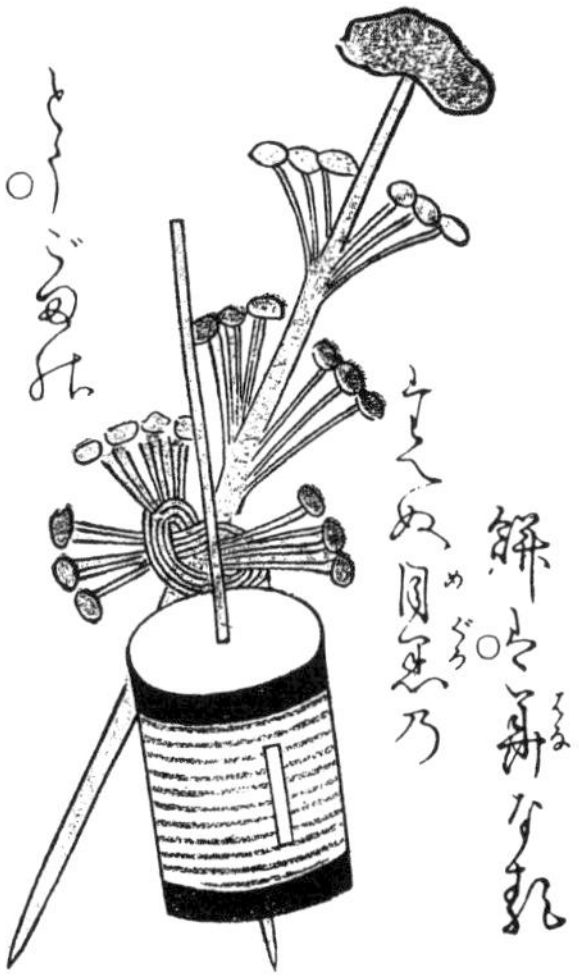

319 餅花（『江都二色』）

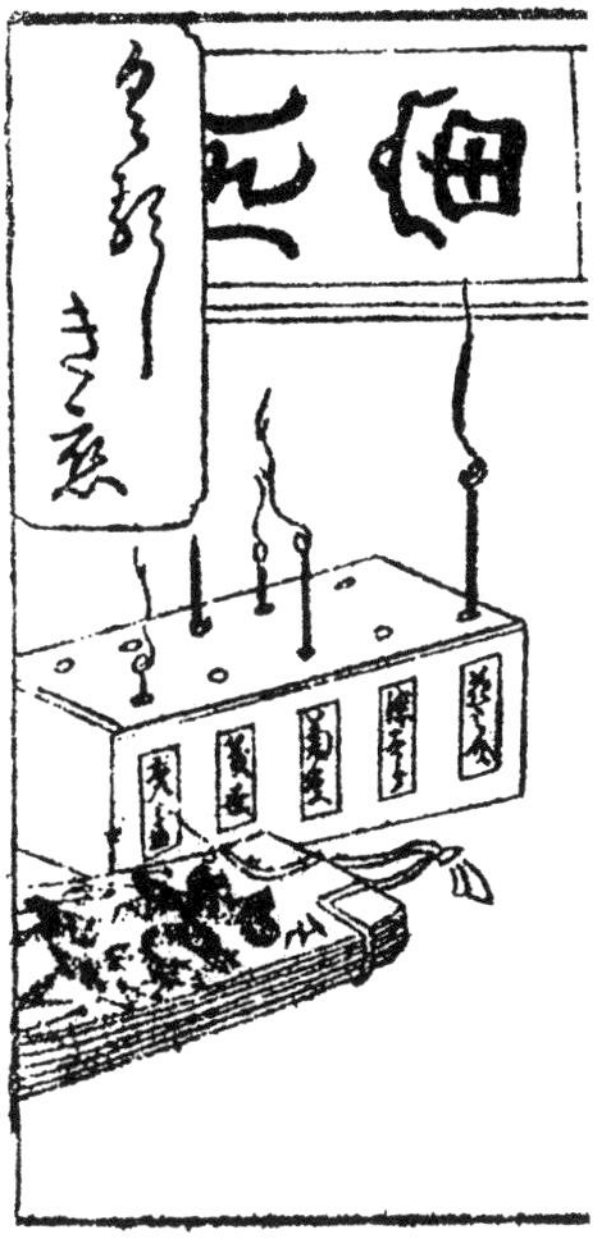

322 線香（『男色山路露』）

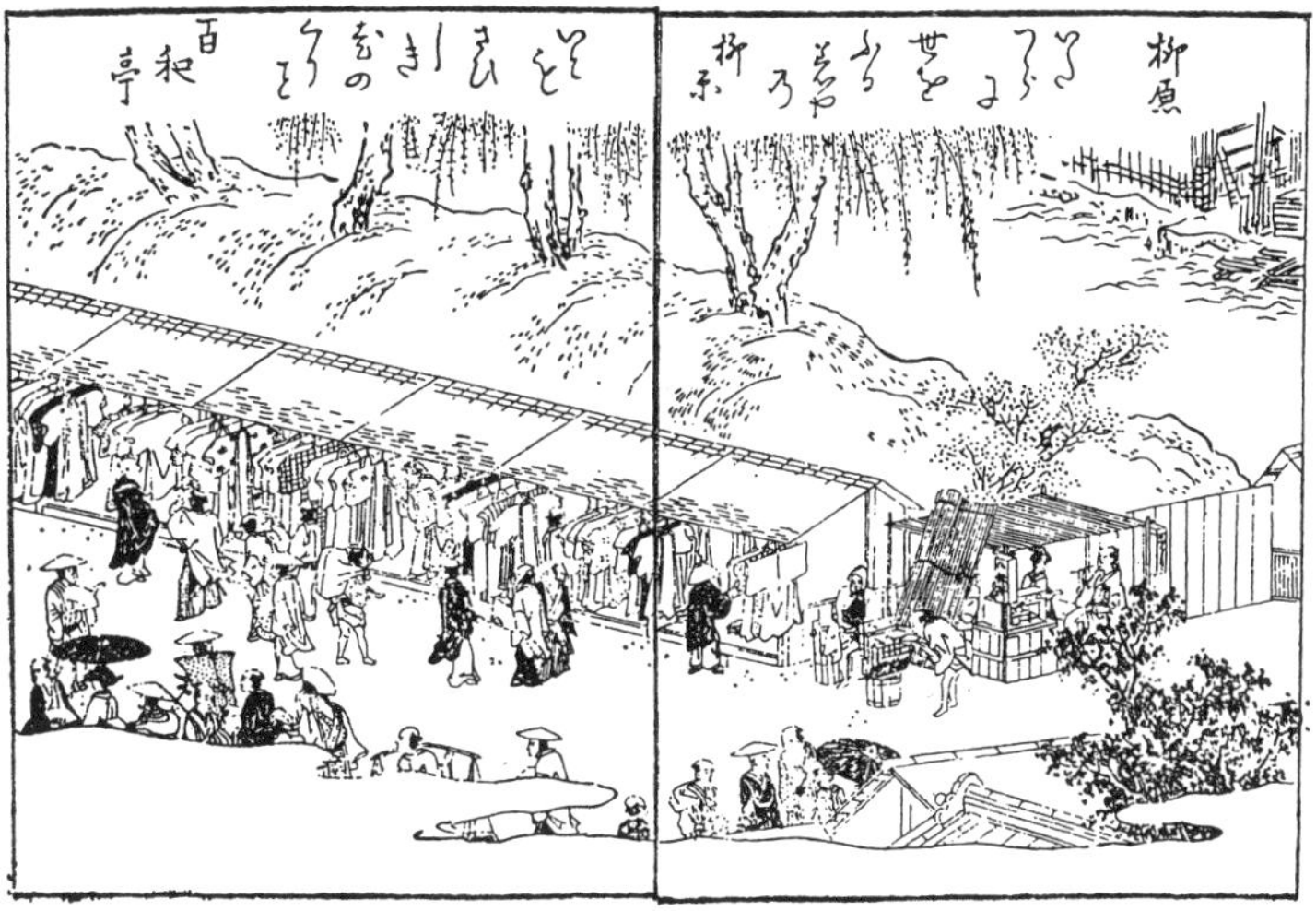

352 柳原（『絵本吾妻遊』）

れこさにはよふきゝますと玉子うり　（安永二）
（れこさには、はあれには）
○玉子＝当時は精力を付けるために使われた。○さし＝さしつかえ。ここは、性的なことなど、露骨に言うことをはばかるようなこと。

321
蔵へするきうじおやぢはしらぬぶん　ためて置きけり〳〵
遊び過ぎて蔵に監禁されている息子のところへ、母親が食事を運んでいるが、父親は見て見ぬふりをしている。
いわぬ事かと三度づゝ母はこび　（安永九）

322
よし町で御菜《ごさい》せん香折れといふ　かさなりにけり〳〵
御殿女中のお供をして、よし町の陰間茶屋で女中の遊びが終わるのを待っている御菜が、あまり時間が掛かるので、時間を計る線香を折ってしまえ、といっている。
三まく程見て来て御菜まあだかの　（安永三）
○よし町＝俚俗名で、本名日本橋、堀江六軒町。陰間茶屋が多くあった。陰間は、僧などの男性を客とする一方、御殿女中や後家などの女性をも客とした。○御菜＝奥女中の供や買い物をする下男。○線香＝遊里で線香一本ともる間を単位として揚げ代を計算したもの（587頁参照）。

323
ふられたを舟宿なだめ〳〵来る　ためて置きけり〳〵
朝、舟宿の男が迎えに行ったところ、客は女郎にふられて、ぶりぶり怒っているので、まあ又よいこともありますから、と慰めながら帰って来る。吉原では客はもてるとは限らない。
もてぬやつ舟宿へ来てわりを言ひ　（柳三125）

324
片ゆきに成るを手引はうるさがり　かさなりにけり〳〵
盲人の手引きは片方の手で盲人の手を引くので、着物の袖がかたより、煩わしい。
○片裄《ゆき》＝着物の着様が崩れて袖がかたよること。○手引き＝盲人の手を引いて導く人。543参照。

325 **四火《しか》をすへ一火《ひとひ》〳〵にあついかや**　よわひことかな〳〵（20オ）

娘が結核のため、四火の灸《きゅう》をすえてやる母親が、お灸一つすえるごとに、あついかい、といたわっている。当時結核が多く、治りにくかった。

○四火＝四火患門の灸、腰に近い背中にすえる灸で結核などに効くといわれた。

326 **恋むこの先《まず》おつとつて三味がよし**　おもしろい事〳〵

娘がほれて迎えた婿はまずざっといって（おつとつて）、三味線が上手な、そんな男である。

327 **町内で舌を出し〳〵嫁の供**　おもしろい事〳〵

嫁が近所のあいさつに回るのに、お供をしている下男・下女などが、照れくさいのか舌を出したりしてついて行く。

こんどからもふ御免だと嫁の供　（柳八）

328 **ぬけ参り鑓《やり》さすまたの中で出し**　おもしろい事〳〵

抜け参りに出掛けた若い小僧などが、関所で陰茎を出して女でないことを確認してもらっている。当時江戸から出る女性については、監視が特に厳しかった。抜け参りの者は通常手形を持っていないから、念のため調べられたのである。485・515参照。

ちんぼうを鑓さすまたの中で出し　（柳一一）

○ぬけ参り＝親や主人の許可を得ないで家を抜け出し、手形なしで伊勢神宮に参拝すること。○鑓・さすまた＝ここは関所を示している。さすまたは犯人などを捕える武器。

329 **袖の梅のんで上着のまゝで寝る**　よわひことかな〳〵

酒に酔ってしまったので、吉原名物の酔い覚ましのくすり袖の梅を飲んで、着物を着替えないでそのまま寝る。寝る人は遊女か客か、両説がある。いずれ、青楼の句ではあろう。

袖の梅おもき枕をあげてのみ　（柳一一）

330 **白茄子《しろなすび》草市已後《いご》はついに見ず**　おもしろい事〳〵

白なすが草市（3・195参照）に出ていたが、それ以後はさっぱり見ない。白なすは仏様のお供えにはよいのであろう。『本朝食鑑』に、白くて銀のようなのは味がよくない、とある。『五月雨草紙』（新燕石十種）に、白なすは七月生霊祭にのみ用いて、人が食べないのに目を付けた平賀源内が漬け物にして大もうけをした話がのっている。

白茄子《しろなす》を禿《かむろ》にふいな直賣《ねうり》をし　（明和四）

（高く売ったか）

○白茄子＝皮が白いなす。

331 **傘《からかさ》をさした御用はよのつかい**　おもしろい事〳〵

傘をさしている御用（22参照）は本来の仕事上の使いではない（余《よ》のつかい）。仕事の時は荷物も多く、傘をさすと手がふさがるので、のんびり傘などをさしてはいられない。「百性の奢《おご》りはじめは傘《かさ》さして（童の的五　明和五）」という句もあり、傘をさすこと自体がぜいたく視されたようでもある（農民は通常雨に蓑を着た）。

332 **ぱっとした内義のてい主りちぎもの**　ためて置きけり〳〵

派手な（ぱっとした）妻のご主人は実直な人（りちぎもの）であり、おのずからなる取り合わせの妙である。

333 **乗合《のりあい》は思はぬ人を待て居る**　ためて置きけり〳〵

乗り合舟が出発を待つうち、あとから思いがけない人が来て、これはこれは、ということになる。

やゝしばし乗合馬の骨をまち　（籠三）

（馬の骨、はどこの誰だかわからぬやつ）

334 **嫁の下女少し内ばにしかられる**　おもしろい事〳〵（20ウ）

嫁の実家から付いて来た下女は半分お客扱いを受け、失敗があっても、あまりひどくは叱られない。内ば、は控えめ。

連れて来た下女斗《ばかり》嫁しかる也　（柳一〇）

335 **かゝさまの無い後下女にはだかられ**　よわひことかな〳〵

母親の死んだ後、下女に大きな態度をされる。この下女は主人となんらかの関係を生じているのであろう。「あんまりじゃ・娘のやうな茶のみ伽《とぎ》（西国船　元禄十五）」もそんな句であるが、茶のみ伽は老後の後妻または妾《めかけ》をいう。

○はだかる＝幅をきかす。

336 **こし元のけしやうにきびに手間が取れ**　ためて置きけり〳〵

若い腰元（155参照）はにきびがあり、化粧のときその処置に時間が掛かる。にきびは古い言葉である。

奥家老まだぬり出来ぬかとせつき　（柳一五）

337 **馬かたの表でどなる組屋しき**　ためて置きけり〳〵

組屋敷は同じような家が並び、また表札もなかったらしいので、表から大声で荷物を届けに来た家の名を怒鳴る。馬方が何しに来たか、はっきりとはわからないが、蔵宿（14参照）から扶持米を運んで来た、とする説がある。

○組屋敷＝御家人・与力・同心などの組に与えられていた屋敷地で、同一職種、同一所属の者を一所に集めていた。回りを杉の生け垣で囲うのが通例であった。今の社宅のようなもの。

338 **犬がほへますと産婦におこされる**　ためて置きけり〳〵

産婦は神経がたかぶっているので、犬が吠《ほ》えているのが気になり、何かあったのではないかと、家人を起こす。

さん所から今のばつたりはなんだの　（柳二一）

339 **けんとくが苗字《みようじ》へあたる新五郎**　かさなりにけり〳〵

江島・生島事件の生島新五郎（71参照）は三宅島へ流されたが、彼の名字「生島《いくしま》」は行島《いくしま》にも通じるわけで、いわば、名字の前兆通り、島流しになったともいえよう。

○見徳《けんとく》＝何事かの前兆、縁起。

340 **大こくにやいやだ〳〵とさくら姫**　よわひことかな〳〵

坊さんの隠し妻（大黒）などになるのはいやだいやだ、と桜姫が言った。京都清水寺の若僧清玄が美女桜姫に恋いこがれたという説話は寛文年間（一七六三）の『一心二かびゃく道』という古浄瑠璃から見られ、文化二年（一八〇五）山東京伝作の『桜姫全伝曙《あけぼの》草紙』が有名であるが、主題句よりは後れる。

341 **禿《かむろ》さんなどゝ御ぞうは火を貰ひ**　よわひことかな〳〵

ご主人のお供で吉原へ行った草履取り（御ぞう、269・523参照）が、供部屋などで、タバコをのみたいので禿に頼んで火種をもらう。その時、禿さんなどと、さん付けに呼ぶところが、草履取りらしくておかしい。

342 **かの後家が来たとがくやの窓でいふ**　おもしろい事〳〵

またあの後家が来ている、と役者どもが楽屋の窓から指さして、仲間に言っている。歌舞伎の若い役者は劇場近くのよし町（322参照）の茶屋などで、陰間のサービスをする者もあった。句の場合、札付きの役者狂いの後家であろう。

その形《な》りで後家のさじきへ顔を出し　（柳九）

343 **むさし坊やつと御めかを引はなし**　ためて置きけり〳〵（21オ）

大物《だいもつ》の浦《うら》から船出をするとき、義経と別れたがらない静御前を、武蔵坊弁慶はやっと引き放し、静を船から下ろさせた。謡曲「船弁慶」の摂州大物の浦の場面である。

弁慶が居ぬとしづかをのせる所　（柳八）

344 **そりや〳〵と座頭にへどをまたがせる**　おもしろい事〳〵

そらそら、そこに吐いた物があるよ、と座頭にまたぐように教えてやる。

そりや〳〵とごぜに滑石またがせる　（拾八）
（油のこぼれた所に滑石の粉をまいてある）

345 **おやぶんは美しひのをあまよばり**　よわひことかな〳〵

俠客などの親分は、美しいおかみさんなどをそばに置きながら「このあま」などと、わざと荒っぽいことを言う。てれて、空威張りしているところがおかしい。

水〳〵としたのをばゞあよばり也　（明和七）

〇おやぶん＝職人などのかしらをもいうが、博徒・

侠客などのかしらにいうことが多い。○あま＝女性をいやしめていうことば。

346
もしちよつと来なは初会《しょかい》のけいど也　おもしろい事〳〵

初めての客の女郎に、ほかの女郎や若い者などが、ちよっと来て下さい、などと言って来るのは、まず邪魔が入ったのである。他のなじみ客とかち合ったような場合（もらい引き）であろう。このあとこの客には、名代《みょうだい》と称する若い新造女郎（117参照）が、代わりに付くことになる。

「サア〳〵とんだ邪魔《けいど》を入れたまア緩《ゆっく》りとお楽《たの》しみ」（『春情花朧夜』三・十四回）

○初会＝吉原などで、客が初めてである女郎を買うこと。初篇45参照。○けいど＝けいどうともいい、私娼街の手入れをいうが、転じて支障・邪魔の意にも使う。463参照。

347
くらつたりなときのじ屋は下げて行　ためて置きけり〳〵

よくもきれいに食ったものだなあと、喜《き》の字《じ》屋が空《から》の台を下げて行く。お客の食べ残しを若い新造（117参照）や禿《かむろ》（114参照）がおなかをすかせて、みんな食べてしまうのである。

　きのじ屋の枯野に禿寄たかり　（柳五615）

○きのじ屋＝吉原で「台の物」という飾り立てた料理の仕出しをする職業の人。

348
ぶんごぶし一流乞食かたり出し　おもしろい事〳〵

なかなかうまい豊後《ぶんご》節を意外にも乞食が語り出した。今は落ちぶれているが、昔、かなり遊んだ人なのであろう。「豊後米八斗二升法度にせうと触れられて菰《こも》をかぶるか京乞食めら」という落首があったそうであり（『三味線草』昭和十一年八月）それに関連した句か。

　野がけ道親父のぶんご初にきゝ　（柳四〇）

○豊後節＝浄瑠璃の一つで、その内容は濃艶であり、風俗を乱すというので当局から圧迫を受けたりした。

349 **した平目御乳母はふて丶くわぬ也**　かさなりにけり〱

乳母は職業上うまいものを食べて、お乳をたくさん出さねばならないので、美食に慣れており、舌平目《したびらめ》のようなまずいものを出されても、ふてくされて食べない。

へんてつも無いと御うばは鱚《きす》を喰い　（柳六）

○舌平目＝現在フランス料理などに使用されるが、当時は喜ばれなかった。「ざいご下女てうし平目のあぢがする（末二）」という句もある。

350 **大和茶をおやじ四五日してしまい**　よわひことかな〱

大和茶《やまとちゃ》は大和茶屋の略。浅草などにあった水茶屋。美女を置いた店が多く、色気のあるサービスもしたようである。看板娘が何かの都合でいなくなって、親父が店番をしたが、ぱったり客足が遠のいたので、四、五日で閉店したという句。「大和茶のうちにも汲める女有り（露丸評　宝暦十三）」の汲める女、は顔の奇麗な女の意であろう。

351 **生《なま》つばきはき〱巴切て出る**　ためて置きけり〱

木曽義仲の愛妾、巴御前は、義仲が戦いに敗れ勢田から粟津へ行くとき、おなかの中に朝比奈三郎義秀がいてつわりであったため、生つばを吐きながら戦ったであろう、という想像句。義秀の父親については、木曽義仲と、和田義盛と両説がある。

なま唾をはき〱巴生け捕れ　（柳一六六）

○生つばきはき〱＝妊娠のつわりのため、吐き気があることを示している。

352 **柳原塀へ懸けものかけて置**　かさなりにけり〱（21ウ）

柳原は神田川南岸、万世橋から浅草橋までの土手をいう。ここには古着屋や古道具屋が集まっていた。割りと安物が多かったので、掛け軸などは板塀などに掛けて売っている（587頁参照）。

万陀羅を柳の朽た所へかけ　（傍三）

（万陀羅は曼陀羅。一種の仏画で、仏菩薩を一定の枠の中に配置して図示したもの）

353 **火廻しに禿《かむろ》引け四つたんといひ**　よわひことかな〳〵

火廻しの遊びに、禿（114参照）は他のことばが浮かばないのか「引け四つ」ばかり、度々いう。禿はねむいから「引け四つ」になるのが嬉しく、いつも頭の中に「引け四つ」があるのだ。

火まはしにおめかけ日なしかしと云ひ　（拾二）

○火廻し＝線香などに火をつけ、頭に「ヒ」のつく単語を言っては次へ渡し、言い詰まって火の消えた者を負けとする遊戯。○引け四つ＝吉原の閉店時刻、夜十二時。33参照。

354 **後家の義理いゝへ〳〵で小半年**　ためて置きけり〳〵

未亡人は亡夫や世間への義理から、再婚話など勧められても、いいえいいえと断わり続ける。しかしそれも半年足らずぐらいまでのことであって、それから後のことはまた別の話である。

後家あまりきれいな口をきゝ過し　（柳一〇）

355 **船頭のたれるのは手に入ったもの**　ためて置きけり〳〵

舟の上で立小便をする（たれる）のは難しいものであるが、さすがに船頭はなれていて、うまいものだ。

ちよきで小便千両も捨たやつ　（柳一三）

○手に入ったもの＝熟練したもの。

356 **辻番ではなを賣るのが頭《かしら》ぶん**　かさなりにけり〳〵

辻番でこんな内職が出来るのは、親分格の人である、という句であるが「はなを売る」が二通りに解せる。「花を売る」か「（下駄や草履の）鼻緒《はなお》を売る」かであろう。さらに「花」の場合には「樒《しきみ》」かと思う。樒は墓に供えられたが、いずれも安いものであった。「我が逆朱《ぎゃくしゅ》に我が立る樒《はな》（橘中仙二　明和二）」の句は樒に「はな」とルビがある。「逆朱」は生前に作った墓をさす。また辻番では内職にわらじを作ったから鼻緒も売ったかと思う。

○辻番＝武家屋敷の辻に作られた、街上警備のための番所。経費を安く上げるため、老人を使ったりした。

357 **そつ中風扨《さて》にぎやかなまつご也**　かさなりにけり〳〵

脳卒中《のうそっちゅう》は発病も症状も急であり、あれよあれよという間に死んでしまうこともある。病気自体も周囲もまことににぎやかな死に方だ。「はやうち肩の賑に死（眉斧日録四　宝暦三）」の「早打ち肩」は何に相当するかはっきりとはわからないが、狭心症のような病気らしい。

358 **はやくよと斗《ばかり》は紺屋屁《へ》ともせず**　ためて置きけり〳〵

「紺屋《こんや》のあさって」（『毛吹草』）という諺が古くからあり、染め物屋は天候に左右されるので、約束の期限を延ばすことが多かった。ただ、早くして下さい、などと頼んだぐらいでは、ちっとも効き目がない。

　あさつて迄にそまらぬと番所だぞ　（柳二〇）

359 **岡釣りは竿をふまへて摺火《すりび》うち**　おもしろい事〳〵

岡釣りでタバコを一服するとき、火打ち石を打つには両手が必要なので、その間足でさおを押さえている。

○岡釣り＝川岸などで魚を釣ること。○摺火打つ＝火打ち石と火打ち金とを打ち合わせて火を起こすこと。

360 **御花見の済む内空へ手を当る**　よこに成りけり〳〵

桜の花の咲くころは雨が降り易い。花見がすむまでは降らなければよいがと、危ない空模様に手のひらを空へ上向けて雨を気遣う。

361 **旅がへり五けんのぞいて内へ来る**　よこに成りけり〳〵（22オ）

旅行から帰った人が「向こう三軒両隣」へとりあえず帰宅のあいさつをしてから、家へ来る。現代とはちょっと感覚が違うが、当時はより近所付き合いを大事に考えたし、また旅行の日数も長く、近所の世話になることも多かったのである。

　旅戻り子をさし上げて隣まで　（柳初609）

○五軒＝ここは両隣と、向かい三軒の意。

362 **長く居たほうび旦那で綿を着せ**　高ひことかな〳〵

367　釣り台（『大和耕作絵抄』）

447　茶びん（『絵本江戸土産』下）

432　息杖（『絵本江戸土産』中）

お手伝いさんが長く勤務してくれたので、そのごほうびの意味で、費用を全部主家で持ってやって婚礼をさせる。

○旦那で＝主家ですっかり世話をして、費用も持っての意。○綿を着せ＝婚礼の丸綿、綿帽子をかぶらせる、つまり婚礼をさせる。580参照。

363
文使《ふみづかい》むす子をはすにまねき出し　かくれこそすれ〳〵

文使いは吉原語で、女郎の手紙を客に届ける人。文使いは正面から訪れるわけには行かないので、軒のすみの方から、家の者に知られないように息子を手で招き出す。

文使い御用に一寸《ちょっ》とよび出させ　（柳九）

364
命日にひそうの柿をとりはじめ　高ひことかな〳〵

故人が生前大切にしていた柿の木に実がなったが、とらずにおいて、その人の命日に初めて取って、仏前に供える。

○秘蔵《ひそう》＝当時濁らないのが普通。

365
年こしに十二の禿《かむろ》なぶられる　かくれこそすれ〳〵

当時、十三で初潮を迎えるとされた。大みそかに、お前も来年はあれが始まって一人前になるぞ、とからかわれる（なぶられる）。当時年齢の数えかたは今と違い「数え」であったから、元日に一つ年を取るのである。137参照。

366
かもにせり出せば御しまいよかったの　ところどころに〳〵

大みそかの夜、鴨《かも》と芹《せり》の夜食を出すと、今年も決算がうまくいって借金もなく年を越せます、よかったね、と言われた。

芹のうへ鴨昼寝してうなされる　（柳九九）

○かも＝鴨は冬うまく、寒《かん》見舞いと称して年末の贈答に使われた。また料理の上で、鴨と芹はよく合うようである。61参照。○御しまい＝商家などで、その年の収支決算をすませて、正月の支度をすること。

367
つり台へむしろを敷《しく》といそがしい　高ひことかな〳〵

釣り台（68参照）は物をのせてかつぐ台で、板を台とし、両端をつり上げて二人でかつぐ（597頁参照）。嫁入り道具や病人などを運ぶのに使用する。ここは、暮れの配り餅であろう（116参照）。「むしろ」は「餅筵《もちむしろ》」といい、ついた餅を並べておくためのむしろである。配り餅のころは、年末なのでいそがしくなる、という句であろう。ほかに、嫁入り説、急病人説もある。病人説のときは「敷け」と読むのであろう。

大判を壱分に崩す餅むしろ　（柳三〇）

（大きなのし餅を小さく分ける）

368
日がくれてかへろとどらが願也　かくれこそすれ〳〵

遊里で遊びほうけているところへ家からのお迎え、明るいうちは格好が悪いから、せめて日が暮れるまで待ってくれと頼んでいる。「日がたけて戻れば内は地獄也（武玉川七　宝暦四）」という句もあり、遊びはおもしろくても、後はつらいものである。

○どら＝どら息子、放蕩《ほうとう》息子。267・577・622参照。

369
座きやうだといつても娘泣やまず　高ひことかな〳〵

初心《うぶ》な娘に手を出したところ、突然泣き出されてしまった。「今のは冗談だよ」となだめても泣きやまないので、男は困っている。

370
もてぬ夜は本を見い〳〵お間《あい》かへ　ところどころに〳〵（22ウ）

もてぬ客の相かたの女郎が本ばかり見ていて相手をしてくれない。客は新造（若い遊女、117参照）あたりに酒の相手をさせる。新造が「おいらん（客の相かたの女郎）頂きます」と言うと、おいらんはあい変わらず本を見ながら「あい、おあいかえ」と一こと言ったばかり。一説に本を見る人は客とする。お間《あい》は酒席で二人の間に第三者が入って、酒の相手をし興をそえること。142・276・313参照。

もてぬ夜はなをうらめしき朝ぼらけ　（柳三一）

371
よし原はこうかへ行にてれる所　かくれこそすれ〳〵

吉原は便所（後架《こうか》）へ行くとき、てれくさい所である、という句。吉原では現在のホテルなどと違い、各部屋には便所がなく、共同の便所であった。そこで、便所では客同士が顔を合わせることになるので、てれくさい思いをすることになる。吉原では家により、二階に便所があり、このことは当時珍しかった。

372
本ものに成ったと雨戸二枚あけ　よこに成りけり〳〵

朝になって、雪が本降りになりましたと、雨戸を二枚明けたという句。吉原において、雪は居続け（388・474参照）のよい口実であった。ちらちらしていた雪が本物になったから、客は居続けということに決定。240参照。一説にひどい降りの夕立ちが上がった後の句とする。

若いものふるは〳〵と雨戸くる　（柳三458）

373
とつぷりと暮てと婿の方でいひ　高ひことかな〳〵

明るいうちは人に見られて恥ずかしいから、すっかり日が暮れてからにしようと、婿の方から言う。ケースとしては、婿入り、または古川柳の約束から、醜婦のいわゆる持参金付きの嫁入りが考えられる。婿入りとは、結婚後始めて夫が妻と共に妻の実家を訪れることで、里帰りともいう。当時夫婦でも、男女一緒に外出することは恥ずかしいこととされていたことを理解すべきである。一説に、家付き嫁が床急ぎをするので、婿の方が辟易《へきえき》している句とする。

弐三町出てから夫婦つれになり　（柳一二）

374
秋葉から川へ三みせん取にやり　よこに成りけり〳〵

隅田川の舟遊びのついでに秋葉社へお参りし、その付近でまた一騒ぎしようということになり、舟に置いてきた三味線をとりにやる。

船頭へのめと秋葉へ上りしな　（柳八）

○秋葉＝向島の秋葉大権現社。隅田川の堤からこの神社までの道を秋葉道といい、沿道には料理屋も多く、市民の散策の地であった。○川＝隅田川を指す。

375
新尼《にいあま》の我《われ》をいやがるかげぼうし　よこに成りけり〳〵

なりたての尼さんが自分の影法師を見て、なれない頭に、自分で自分の姿を恥ずかしがり、いやがっている。

まだたぼのある気でさぐるにわかあま　（天明二）

376
御無用といふて尺八にぎらせる　よこに成りけり〳〵

虚無僧《こもそう》（166・472参照）が門口で尺八を吹き出したが、家の者が「御無用」と言ったので、虚無僧は吹くことをやめ、尺八を握って去って行った、というのが従来の解であるが『仮名手本忠臣蔵』九段目における加古川本蔵の虚無僧の句かと思われる。「南無阿弥陀仏と。唱る中より御無用と。声かけられて思はずも。たるみし拳尺八も。倶にひっそと静まりしが」（九段目）

○御無用＝虚無僧を辞謝する詞（『俚言集覧』）。699参照。

377
ひきならいきのふ合せたてうし也　高ひことかな〳〵

三味線の習い始めには、自分で調子を合わせることが出来ないので、昨日合わせてもらったままの調子で練習している。前句からみると、調子がうわずっているようである。

岡ざきをひくはきのふの調子也　（柳三八）

（岡崎は三味線の習い始めの曲名）

378
とばせたといひ〳〵茶やを先へたて　高ひことかな〳〵

酒代をはずんで四つ手駕籠《かご》を飛ばせて来た、と言いながら、茶屋の者を先へ立てて、遊女のところへ急いで来る。景気のよい客か、あるいは何かもめ事の出来たような場合か。

急用事茶やの内儀は四まひあて　（明三）

379
ついそこに有っても妾人《めかけ》をよび　よこに成りけり〳〵（23オ）

妾は主人に寵愛されると段々横着になり、すぐそこにある物でも、自分で始末せず、人を呼んでやらせる。育ちがよくない者程そういう傾向がある。

きせるにて届かぬと妾人《しょう》をよび　（柳一一）

380
ひぢりめん是《これ》も異見《いけん》の数に入　かくれこそすれ〳〵

親父の説教の中に「大体その赤いじゅばんは何だ」というようなことも入ることになる。緋縮緬《ひぢりめん》は通常女性用であるが、ここはいわゆるどら息子（368参照）が、じゅばんやふんどしにしている（404・633参照）。

ひぢりめんいけんついでにとめられる　（柳八）

○異見＝意見に同じ。○緋縮緬＝緋色（赤）のちりめん。ちりめんは絹織物の一種。

381 **かげぼしの一つかくれるひざまくら**　よこに成りけり〳〵

さし向かいの影法師が障子に写っていたのが、一人ふっと消えた。ははあ、ひざ枕か、お安くない。

382 **三味せん屋座で出てくれの聞あきし**　高ひことかな〳〵

三味線屋（185参照）へ来る人が「どうも劇場で出てくれといわれて困る」などと見栄を言うのを三味線屋が聞きあきる。

「助六」の河東節などは富裕階級の旦那衆によりその伝統が守られていた。劇場側も彼らを厚く待遇している（戸板康二著『歌舞伎十八番』助六の音楽）。

○座＝劇場の意。

383 **品川の客の国府《こくぶ》が本《ほん》の事**　高ひことかな〳〵

品川で、芝の薩摩屋敷の客の吸っているタバコが本物の国府である。それは国府の産地が薩摩だから。品川の遊所では、薩摩屋敷の武士と、増上寺の僧とが多かった。

品川の小じよく国府で呑ならひ　（柳一〇五）

（小じょくは禿《かむろ》に類する少女）

○国府《こくぶ》＝薩摩（鹿児島県）産の高級タバコ。

384 **寒念仏《かんねぶつ》知った女で他言せず**　かくれこそすれ〳〵

夜中に寒念仏で歩いていて、女に出会ったが、知っている人だったので、ひとに言わないでおく。この夜中の女は「丑《うし》の刻詣《ときまい》り」の途中なのであろう。丑の刻詣りとは嫉妬深い女が、恨む相手を呪《のろ》い殺すために、丑の刻（午前二時ごろ）に神社で人形《ひとがた》を釘で杉の木に打って祈ることで、このとき女は白衣を着ていた。すごみのある光景である。

白いのに其後あはぬ寒念仏　（柳初239）

（白いのは白衣を着た丑の刻詣り）

○寒念仏＝寒中《かんちゅう》三十日間夜中に念仏を唱えて歩く行《ぎょう》で、仏教の行事である。

385
拝殿をかい込んで出るあきの守　よこに成りけり〳〵

安芸《あき》の守、平清盛は厳島《いつくしま》神社の大修理をしたのち、拝殿で夢のお告げにより銀の蛭《ひる》巻きをした小長刀《なぎなた》を賜わった。その小長刀をかい込んで拝殿を出たという句。この故事は『平家物語』三、大塔建立、にある。

あきの守時分は至極しんじやなり　（柳五129）

386
朝がへり母ははだしで二三間　かくれこそすれ〳〵

どら息子（368参照）の朝帰りの気配に、母ははだしで二三間飛び出して行く。何とか、かんかんに怒っている親父からかばってやりたい、母の盲目的な愛である。

朝帰り裏へ廻れと母小声　（柳四一）

387
美しひ顔でやうきひぶたをくい　高ひことかな〳〵

楊貴妃はあんな美人でいながら、唐の人だから豚を食べていたに違いない（気味の悪いことだ）。

○ぶた＝当時日本では通常牛や豚などは食べなかった。中国人は食べたので、奇異に見られていた。

388
居つゞけのむかいきついは女房也　高ひことかな〳〵（23ウ）

居続けは、遊里で一夜明かして、朝になっても帰らずそのまま居ること（372・474参照）。そんなとき、家から女房が迎えに来るとは一番厳しいことだ。

居つゞけのむかひおつこちそうな腹　（柳七）

（迎えの女房はお産が近い）

389
疱瘡《ほうそ》する禿《かむろ》やり手を寄せ付ず　かくれこそすれ〳〵

他の病気とちがい、疱瘡のときは禿も大っぴらに寝ていて、平素から嫌っている遣り手などはそばへ寄せない。禿114参照。遣り手88参照。

はやり目の禿は一人ぼつちで居　（明和三）

○疱瘡＝天然痘。近年絶滅したが、当時はこわい伝染病であった。

390
すけん物見て居る顔をあげられる　ところどころに〳〵

金がなくて、ただ見ている素見物（23・248参照）が目をつけていた女郎に、早速客が付いて、見世からいなくなってしまった。残念。

心ではあいつをなあと見たばかり　（柳二514）

391
江戸中を数とりになくほとゝぎす　ところどころに〳〵

ホトトギスがしきりに鳴くときの声を八千八声という。一方、江戸は八百八町という。正確ではないが、一町に十声ぐらいの割合なので、町数を数取りにして鳴く、というのである。

時鳥ゆだんをするとなきたらず　（柳一七）

○数とり＝多くの数を数えるとき、数え違えたりしないように、確認しながら数えること。

392
葉桜へさそふはつねの人でなし　かくれこそすれ〳〵

普通花見といえば桜の花が咲いているときである。花が散り若葉の出始めた葉桜も、それはそれでよいものであろうが、そういうときに誘う人は、やはり一風変わった人である。一説に、吉原へ誘う悪友とする。

葉ざくらへびやう打の来るおとなしさ　（柳一七）
（びょう打は鋲打乗物、高級な女性用のかご）

393
うわばみの大がいをいふせうゆ樽　よこに成りけり〳〵

その時の大蛇の胴の太さといったら、まず、しょうゆ樽ぐらいはあったな、などと比較の基準にする。

せうゆ樽ものゝふとさにたとへられ　（宝暦十三）

○うわばみ＝大きなヘビ。「蟒　ウハバミ　大蛇也」（『書言字考』五　享保二）。

394
かゝさまがしかると娘初《しょ》てはいひ　かくれこそすれ〳〵

母に叱られます、と最初の内（初て）は言う。初心《うぶ》な娘なのであろう。あとは口説く方の腕次第ということか。

一度経験してしまうと、今度は娘が積極的になるのかも知れない。

にぎられた片手畳をむしつてる　（柳一四）

395 **三みせんの糸の切れたが能いしまい**　よこに成りけり〳〵

三味線の糸が切れてしまったので、それをきっかけに宴をしまう、という句のようである。一説に、にぎやかに忘年会をして、三味線の糸が切れてしまったが、そういう景気のよい会が出来るのは、年末の決算の結果がよかった証拠である、とする。143参照。

○しまい＝366参照。年末の決算をすませて正月の支度をすること、にもいう。

396 **一《ひと》さすりさすつて鳥の直《ね》を付る**　高ひことかな〳〵

鶏や、鴨《かも》などの鳥を買うとき、ちょっと羽なみをなでてみて、値段（直）の交渉に入る。鴨は高価だがうまい鳥であった。366参照。

かもなどがつゞくものかと又百匁　（拾初）

（鴨より山鯨〈猪などの獣肉〉の方が安くてうまいと言って追加）

397 **とび色はしよ品を作るもめんもの**　ところどころに〳〵（24オ）

とび色（茶褐色）は一種の基準的色調であり、着物のほか小物など用途が広い、という句のようである。

鳶《とび》色の果《はて》をからすに染直し　（柳一〇二）

（最後は黒に染め直す。トビとカラスの縁語による）

398 **御勅使を天神さまと馬士《まご》はいひ**　高ひことかな〳〵

衣冠束帯をつけた勅使（天皇のお使い）を見た馬子がびっくりして、天神様のようだと言った。馬子は何かの絵で、衣冠束帯の天神様を見ていたのであろう。この勅使は例年三月上旬、京都から江戸へ下る一行と思われる。690参照。

雛《ひな》の客生《しょう》のをきのふ見たといふ　（明和四）

（生の、は生きている）

399
年始ではないがと見舞ふ立《たち》のまゝ　よこに成りけり〳〵

当時の大みそかは、家によっては正月になるというのに、なかなか片付かなかった。そこへご隠居さんあたりが普段着のまま（立のまま）「まだ年始に来たわけではないよ。暮れの仕舞（決算の景気）はどうだったね」と気にかけて、見回り立ち寄った。366参照。

400
とうがらしからいといふにそれ見たか　よこに成りけり〳〵

子供などに、そのとうがらしは辛いからよしなさい、と言っているのに、好奇心から口へ入れて、大騒ぎをする。それ見なさい、というところ。

べろ〳〵をしてとうがらしこりはてる　（柳二〇）

401
角田川とかくにおやのまよふ所　かくれこそすれ〳〵

謡曲「隅田川」の曲中、誘拐された梅若丸を母が京都からたずねて隅田川に着くと、梅若はすでに死んでおり、一周忌の供養をしているところであった。この謡曲は『伊勢物語』九段に想を得たものといわれている。一方、句の当時、隅田川の川岸の遊楽から吉原へ遊びに行くどら息子のために、親は途方に暮れることになる。隅田川では、昔も今も親が困惑するという句である。58・220・675参照。

角田川我思ふ子は向ふ也　（柳七）

402
宿《やど》が来てにちるを女房それ見たか　かくれこそすれ〳〵

主人が下女に手を出したのであろう、下女の身元引き受け人が来て談じ込んでいる。それを見て女房が、それ見なさい、と言ったという句。

ずばらんで居ますとにちる下女が宿　（末一）

○宿＝請宿《うけやど》、身元引き受け人を業とする人。○にちる＝言いがかりをつけて、なじる。99参照。

403
米のめし迄くわせたと泣て居る　かくれこそすれ〳〵

当時の貧農はアワ・ヒエなどが主食で、米はめったに食べられなかった。貴重な米まで食わせて療養したが、病人が死んでしまったと泣いている。「米のめしまで食わせた」が哀れであり、現在の食生活からはちょっと想像しがたい。死にかかった人に米の音を聞かせて蘇生させようとするのを「振り米」ということがある。

404 **六尺に切れば気のあるひぢりめん**　高ひことかな〳〵

緋縮緬《ひぢりめん》は普通女性用のものであるが、男性用のふんどしの長さの六尺に切ると、一種の趣を生じて来る。男の締める緋縮緬のふんどしは伊達《だて》風俗の一つであった。380・633参照。

405 **百足山《むかでやま》迄はその日に死きらず**　よこに成りけり〳〵

俵藤太が勢田の橋で大ムカデを退治したが、そのムカデは長さが三上山を七巻き半する程あったというから、半身以下の部分はその日のうちに死に切らなかったであろう。『前太平記』六・謡曲「鐘引」・御伽草子『俵藤太絵巻』・黒本『七人平親王』参照。

○百足山＝近江国（滋賀県）三上山、俵藤太のムカデ退治で名高い。

406 **取るものをとるとたいこはしづか也**　かくれこそすれ〳〵（24ウ）

太鼓持《たいこもち》は祝儀をもらうまでは、盛んにおもしろいことをしゃべりまくるが、もらってしまうと、急に静かになる。あるいは、思ったより金額が少なかったのかも知れない。

407 **今時は無いと出て来るせんがく寺**　高ひことかな〳〵

泉岳寺の赤穂義士の墓にお参りした人が、今の世の中にはこんな忠義な武士はいないな、と言いながら寺の門を出て来る。

見物にむだ口の無いせんがく寺　（柳九）

408 **合点《がてん》せにや切刃《きつぱ》を廻す御部《おへ》や住《ずみ》**　かくれこそすれ〳〵

腰元を口説いても承知をしないと、御部屋住はすぐ刀のつかに手を掛けて抜きそうにする（切刃を廻す）。わがままなのか、日ごろの欲求不満がたまっているせいであろうか。

理不尽な事で補ふ御部屋ずみ　（拾二）

○御部《おへ》や住《ずみ》＝家督を相続する前の若殿様、または次男以下の家督相続できない者をいう。ここは後者か。

409
大病にぜげんの見へる気のどくさ　よこに成りけり〱

重く長い病気で寝ていて金がなくなり、娘を売らねばならない。その仲介に女衒《ぜげん》が来た。つらいことである。この金で、人参《にんじん》という高貴薬を買って飲ませるのだ。

木薬屋ぜげんのそばで五両取り　（柳五328）

（木薬屋は生薬屋、薬屋のこと）

○女衒＝女子を女郎屋などに売ることを職業とした人。○気のどく＝当時、つらい、困る、の意に使われることが多い。

410
旦那寺《だんなでら》くわせて置て扨《さて》といふ　かくれこそすれ〱

坊さんがまず檀家の人に何か食べ物を出しておいて、その後で、実は、などと寺への寄付をお願いしたりする。「新そばをくわせる住寺ものしなり（幸々評　安永元）」はそばを出したあと、寄付を頼むのである。「ものし」は、ものなれた人。

○旦那寺＝その家が檀家になっている寺。

411
大ざつま色身《いろみ》でいけるふしでなし　高ひことかな〱

348の豊後《ぶんご》節が濃艶であったのに対し、大薩摩は浄瑠璃の中でも勇壮な曲節を特色とした。色気たっぷりでうたえるようなものではない。

大ざつまけんくわにふしを付けたやう　（明和三）

412
狩人《かりゆうど》はきつね釣りをばまだるがり　かくれこそすれ〱

キツネ釣りはわななどを仕掛けて、あとはのんびり待っているように見えるので、鉄砲などで一発で仕止めてしまう猟師の目からはまだるこく見える。「よもすがら・つられてかへるきつねつり（住吉おどり　元禄九）」は逆にキツネに化かされて、獲物なしに帰る句である。

413
女神だけどふでも赤い方をひき　ところどころに〱

厳島《いつくしま》大明神は女神だけあって、赤い色がお好きで、平家の方をひいきにされた。385参照。

清盛に弁財天はあきれて居　（宝暦七）

○女神＝広島県（安芸）の厳島大明神の女神、弁財天ともいわれている。○赤い方＝源氏の白旗に対して平家の赤旗。○ひく＝ひいきにする。

414 **子共やあなどゝらうかを呼あるき**　よこに成りけり〳〵

吉原の妓楼などで、遣り手（88参照）などが「子供やあ」などと禿《かむろ》（114参照）を呼びながら、廊下を歩いて行く。

よばつても来ぬはづ禿蚊のゑじき　（柳一八）

○子共＝子供、ここは禿をさす。

415 **ぶきな客地口にしてもさしをいひ**　ところどころに〳〵（25オ）

やぼな客はしゃれを言ったつもりでも、さしつかえのある、言っては具合の悪いことを言ってしまう。

○ぶき＝不器用、または不意気、の略で〝やぼ〟ぐらいの意。○地口《じぐち》＝ふつう世間に行われている成語に語呂を合わせたことばのしゃれ。○さし＝さしつかえ、さしさわり。

416 **わび事もお寺のするはひどいとが**　かくれこそすれ〳〵

どら息子の詫《わび》に旦那寺の和尚さんが出て来るというのであって、さすが頑固な親父も勘弁してくれるのであろうが、それだけに、相当の不始末をやらかしたのだ。

わびごとに衣の見へるむづかしさ　（柳二四）

○とが＝とがめられるようなこと、あやまち。

417 **高名《こうみよう》をしてにくまれる五郎丸**　かくれこそすれ〳〵

五郎丸は、曽我の夜討ちの際、曽我五郎時致《ときむね》を捕えるという大手柄を立てながら、世間の人々から憎まれている。曽我兄弟は人気があったからである。赤穂義士事件の梶川与惣兵衛も五郎丸のような例である。

○高名＝手柄を立てて名を上げる。○五郎丸＝女装して油断させ、曽我五郎を捕えた。149参照。

418 **順《じゆん》の舞《まい》下女あか切れの申わけ**　かくれこそすれ〳〵

順番の隠し芸で、下女の番になったところ、あかぎれがひどいので出来ません、といいわけをしている。あかぎれをいいわけにするところが下女らしい。当時、暖房のようなものはあまりなく、冬はあかぎれが多かったのである。「じゅんのまい下女をよたかにこしらへる（幸々評　安永元）」は下女が夜鷹のまねをする句。

○順の舞＝宴会などで、順々に芸をすること。

419 **文七は男もよいがうそをつき**　かくれこそすれ〳〵

元禄ごろの侠客、雁金文七（198参照）は紺屋の息子だったといわれる。「紺屋のあさって」という諺があり、約束の期日のあてにならぬことをいう。文七は男っぷりもよいが、紺屋の息子だけあって、いうことがあてにならない、という句。

あさつてうせおろうと文七はいゝ　（安永五）

420 **けどられた下女はいやみを聞あきる**　かくれこそすれ〳〵

ご主人との仲を奥さんに気づかれてしまった（けどられた）下女は、さんざんにいやみを言われることになる。

けどる事女房は神《しん》のごとく也　（柳一三）

421 **あくた川本《ほん》のあはゝの三太郎**　かくれこそすれ〳〵

在原業平は二条の后を連れ出して、芥川《あくたがわ》方面に逃げたが、追手に取り返されてしまった（『伊勢物語』六）。これでは元のもくあみ、馬鹿の標本だ、というのである。業平は阿保《あほ》親王の五男だから、と解する説もある。

ふきげんさやりてあはゝの三太郎　（柳二一）

○あはゝの三太郎＝馬鹿もの。あわわのさんたろう、と読む。

422 **田舎もの何をやつてもつとにする**　ところどころに〳〵

田舎の人には都会生活は全て珍しい。何か出してもそこで食べないで、家へ土産に持って帰る。純朴であり、物を大切にすることが習いとなっている。句は素朴な行動に対する好感を表現しているようである。

○つと＝藁苞《わらづと》が原義。みやげ。「家土産　イエット」

（『書言字考』七）。

423 **うるしかき座頭に尻をつつかれ**　ところどころに〳〵

店先で道路を背にして仕事をしていたうるしかきが、座頭（55参照）の杖で尻をつっ突かれた。座頭は杖で前方を探りながら歩くから、道端のうるしかきをつつくこともあったであろう。黄表紙『金々先生造化夢』上（寛政六）に類似の場面が描かれている。

うるしかき車にしりをことわられ　（安永五）

○うるしかき＝ウルシの樹液を採る人をもうるしかきというが、ここは、ウルシを桶に入れてかきまわし、粘度を増すことを業とする人。

424 **なま出来な所《とこ》へ棚ぎやうもふしかけ**　ところどころに〳〵（25ウ）

精霊棚《しょうりょうだな》の準備がまだ出来上がらないうちに、もう坊さんが棚経を始める。精霊棚は先祖の位牌《いはい》の前に供え物をした棚。お盆には、僧は短時日に多くの檀家を回るため、忙しいのである。当時、仏教の行事は現在よりも重要視されたことを知っておきたい。

○なま出来＝十分に出来上がらない。○棚経＝盂蘭《うら》盆会《ぼんえ》に精霊棚の前で旦那寺の僧がお経を上げること。

425 **寝ごいやつ呼びかへさるゝごとく也**　高ひことかな〳〵

ひどく寝坊な人は、死んだようによく寝てしまうので、途中で起こされたりすると、失神していた人が正気づいたときのように、しばらくは意識がはっきりしない状態でいる。「蟬の音に呼帰さるゝ眩暈《たちくらみ》（へらず口　元禄七）」という古句がある。

○寝濃《ねご》い＝いったん眠ったらなかなか目を覚まさず、いぎたなく寝坊であること。○呼びかえす＝大声で名前を呼んだりゆすったりして、失神している人に意識をとり戻させる。

426 **大いそへどろぼ〳〵と馬士《まご》は来る**　高ひことかな〳〵

曽我五郎が大磯へ急ぐため、馬に乗って行ってしまったので、その馬の馬子《まご》が「どろぼうどろぼう」と言って追い掛けて来る。29と同想の句。

427 **せつちんで手綱《たづな》さばきをする女**　かくれこそすれ〳〵

女性が便所（雪隠《せっちん》）で生理の手当てをするという句である。生理の際、ふんどしのようなもので処置した。生理を一名馬といったが、そのふんどしようの物を馬の腹当てになぞらえ、馬に乗るなどともいった。句は、縁語で馬の手綱さばきとしゃれたもの。

雪隠へ馬で欠《か》け出す急な事　（柳八七）

428 **こし屋へはそう礼なれた人を遣《や》り**　高ひことかな〳〵

葬儀屋（輿屋《こしや》）へは葬式などになれた人を交渉にやる。急なことが多いし、いろいろな仕来たりがあって、面倒なものである。

429 **さいめうじ壱人《ひとり》あるきもした男**　高ひことかな〳〵

謡曲「鉢木」で知られている、最明寺《さいみょうじ》入道時頼の句。彼は身分の高い人であったが、あまり供を連れずに一人で（『謡曲畫誌』には二階堂信濃守を供として歩いたとある）、諸国を回って民情を視察して歩いたりしたという伝説による句。「一人歩き」は子供・老人などにいうことが多いがそういういい方を使って句をおもしろくしている。

430 **油うりまけに大戸を下げて行**　高ひことかな〳〵

油売りが油を売って帰るとき、サービスとして表の大戸を下げるのを手伝って行く。垂直に上から下ろす戸があった。

油やはしの字にまけをたらすなり　（柳三三）

431 **むめうゑん付ける夜ばいは不首尾也**　ところどころに〳〵

夜這いのあと、無名円《むみょうえん》を付けているようなのは、不成功（不首尾）だったのだ。ひっかかれたか、なぐられたか、けがをして、手当てをしているのである。

木薬屋かけて来たのはむみやうゑん　（柳三626）

○無名円＝打ち身、切り傷の薬。

432
杖のたび追っついて下女ゆすり上　ところどころに〳〵

ご主人の駕籠《かご》の供をして歩いている下女の句。駕籠が速いので、供の下女はおくれ勝ちである。駕籠かきが時々息杖《いきづえ》をついて休むとき、下女は小走りに追い付いて、乱れた着物をゆすり上げて直す。

いきづえのたんびにせゝるかゝへ帯　（明和元）

○杖＝駕籠屋の息杖、駕籠かきが休むとき、これをつっかい棒にして駕籠を支えて休む（597頁参照）。

433
草市に禿《かむろ》買たいものばかり　ところどころに〳〵（26オ）

吉原の草市（3・195・330参照）には、例えばほうづきなど、安くて子供の買えるようなものが多かったので、禿（114・152・258参照）などが見ると欲しくなりそうなものばかりである。しかし実際買っても役に立ちそうもないものが多そうである。

434
せき将棋先へくらつてしまいおれ　高ひことかな〳〵

「せき将棋」は難語であり、解にはまだ定説がない。一応「急《せ》き将棋」を当て、熱中興奮状態の将棋ぐらいに解しておく。女房に食事ですよといわれても、先に食ってしまえといって、かっかっとして将棋に熱中している。513参照。

せきしやうぎ手を切つたりとげびる也　（柳一八）

悶象戯ぐれんかへして歩を尋　（柳二633）

435
八文はみそを片手へうけてのみ　ところどころに〳〵

八文の安酒は、酒の肴としてみそを片手にのせ、なめながら飲む。

八文が呑内馬はたれて居る　（柳三280）

○八文＝一合八文の安酒。

436
かみゆひのねぢつてつけるぼんのくぼ　ところどころに〳〵

髪結いが髪を結うとき、びんつけ、という固い油をねじ切るようにして、ぼんのくぼの所に付けておき、段々それを握った毛の束にのばして付けて行く。

髪結床柱をむしり〳〵つけ　（明和五）

○ぼんのくぼ＝首の後ろの部分の中央のへこんだところ。

437
若君に成ったを和尚買ふ気也　高ひことかな〳〵

芝居で若君になった役者を、和尚が男色の相手として買いたがる。年も若く美少年なのであろう。

438
引けまへに素見《すけん》と茶ひきいじり合　高ひことかな〳〵

吉原の閉店間近、金のないひやかし客（素見）と、客のつかないあぶれ女郎（茶ひき）とが、悪口を言い合っている。ちょうどよい取り合わせだ。

○引け＝吉原の閉店時刻、33・221・353参照。○いじり合う＝互いに言いあらそう。いじめ合う。

439
若殿の美男おさへの声がかれ　にわか也けり〳〵

美男子の若殿様の行列で、押さえは得意だから大声を出して殿様の名前を言って歩くので、声がかれてしまう。

殿の名を謡のやふに押さへ言い　（柳三五）

○押さえ＝後押《あとおさ》えともいい、大名行列の最後部を警備する供まわり。

440
束帯で見るがまことのみやこ鳥　たまたまなこと〳〵

束帯姿の公家、在原業平が隅田川で見たのが、それこそ本当の都鳥である。束帯—業平—都鳥、の連想がある。一般の凡下が見る場合にはカモメという。401参照。

○束帯＝平安以降の朝服（朝廷に出仕する際の正服）、ここは、業平を指す。○みやこ鳥＝ユリカモメのことであるが、『伊勢物語』九に、隅田川で渡し守に鳥の名を聞くと、都鳥だと答えた、とある。

441
玉川にも一つ疵《きず》をつけるとこ　にわか也けり〳〵

慶安事件（一六五一年、454参照）において、由井正雪は江戸の玉川上水に毒を流す計画をたてたが失敗した。もう少しで江戸の玉川にもきずをつけるところであった。ここでもう一つは、高野山の「高野の玉川」のことで、この流れの水は毒水だという伝説があった。それは、弘法大師の歌に「忘れても汲みやしつらむ旅人の高野のおくの玉川のみづ」（『風雅和歌集』十六）とあるのによる。日本には玉川が六つあり「六玉川」と呼ばれた。121参照。

442　**他人にはひゞかぬちゝのはづかしさ**　たまたまなこと〳〵（26ウ）

我が子に対しては乳が張りよく出るが、他人の子には出ない、例えば貰い乳に来た人に対して、勝手なようで恥ずかしい。一説に、初めての妊娠などで、自分には乳が張るような、普通でない感覚が感じられるのであるが、そういう感覚は他人にはわからない。それが恥ずかしい、とする。

443　**まて〳〵と水引をとく年男**　すきなことかな〳〵

年男についてはよくわからない部分が多い。節分の豆まきの他、新年の行事一切に係わり、神棚の飾りつけなども行ったようである。句は、節分の豆を升に入れて神棚に供えて置き、これを下げて撒くのであるが、升へ紙を覆い、水引きを掛けてあったものかと思う。あるいは、何か贈り物が届いたのを、年男が水引きを解いて開けているのか。

444　**綿つみは見世へむすめの子をかざり**　すきなことかな〳〵

綿摘《つ》みの見世先には若いきれいな娘を飾り、そこで作業をさせて男をさそう。

何くわぬ顔で娘は綿をつみ（宝暦九）

○綿摘み＝塗桶という道具を使って綿をのばす女。実はひそかに売春する者もあった。

445　**去り状を取る内年が三つふけ**　もらひこそすれ〳〵

去り状は離縁状であるが、当時は一方的に夫が妻に渡すものであり、妻から夫に出すことは出来なかった。どうしても妻の方から離婚したいときは、鎌倉松が岡東慶寺へ駆け込み、そこで三年（満では一年または二年）過ごすと離婚することが出来た。ただ、その間に三つ年を取ってしまうというわけである。

446
御首尾《しゆび》よい内とは下地《したじ》有る事の　　にわか也けり〳〵

御首尾よい内、はよい状態にあるうちの意。例えばお妾《めかけ》などに、殿様のお覚《おぼ》えのよいうちに、早くおたねを頂戴して、妊娠しなさいと、母親あたりが言う。実は男子出生により権力を得たいというのが本心なのだ。163参照。一説に、そういうときは、すでに悪い兆候が出ているのだ、の意とする。下地ある、は下心がある、あるいは、その兆候がある。

　お首尾よひ内にと言うは内で無し　（明和元）

447
御茶びんがほしいとげびる飛鳥山《あすかやま》　　すきなことかな〳〵

飛鳥山の花見で、お茶びんを使用して飲食を楽しんでいる上級の花見客を見て、おれもあんなのがほしいな、と下品なことをいう、しもじもの庶民のことば。「花のちるたびに茶びんの火がおこり（幸々評　安永元）」も花見の茶びんを詠んでいる。

○御茶びん＝貴人などが外出するとき茶道具などを入れて持ち運んだ道具（597頁参照）。○げびる＝とくに飲食についての下品な言動にいうことが多い。

448
わが内にこしかけて居るあつい事　　すきなことかな〳〵

非常に暑い日なので、夜遅くなっても家の縁に腰掛けている。季語にいう「端居《はしい》」を川柳的に表現した句といえよう。当時の家には、いすなどはなく、家の中で腰掛けるという習慣はなかったことに留意したい。

449
しいられてあたるこたつはかしこまり　　もらひこそすれ〳〵

客などが無理強いに勧められてこたつにあたっても、かしこまってひざを崩さずにいると、かえって窮屈である。

450
針箱を片手でさがすかぶりもの　　たまたまなこと〳〵

女性の外出の支度の際、帽子を片手で押さえて、片手で針箱の中の帽子針を探す。帽子は外出用である。

　ぼうし針おつたて尻でさして居る　（柳一八）

451
三の糸ふつつり切れる声のよさ　すきなことかな〳〵（27オ）

歌い手の美声が最高潮に達すると、三味線の音もそれにつれて高くなり、三の糸がプツンと切れてしまった。何とすばらしい美声であることよ。

　ほめられる所で切れる三の糸　（柳一二）

○三の糸＝116参照。一番細い糸で高音部を受け持つから、高い声の場合強く張り切れ易い。

452
子の数をさきへあんじる三世相《さんぜそう》　すきなことかな〳〵

『三世相』の本は、男女相性の善し悪しなどがわかっておもしろいが、子が何人出来るなど書いてあるのは、手回しが良すぎておかしい。「大吉のふうふまづしき三世相（雪の笠　享保八）」という古句があるが『三世相』で良縁だと判断して結婚した夫婦が現実には貧乏しているというのだ。

○『三世相』＝人の生年月日から過去・現在・未来の因果・吉凶などを判断する俗書。

453
水なんを先づけのがしたいわう山　すきなことかな〳〵

中国の育王山《いおうざん》へ三千両の祠堂金を寄進した平重盛は、お蔭で壇ノ浦で一門と水死しないで、もっと前に安らかに死ぬことが出来た（『平家物語』三、金渡など）。

　平家をば三千両で明けわたし　（拾五）

○けのがした＝追いやる、まぬがれる。

454
鑓《やり》ならばうぬら〳〵としばられる　にわかなりけり〳〵

この句は異説もあるが一応、慶安事件（一六五一年）における丸橋忠弥の句とされている。忠弥は家を急襲されて槍を取る間もなかったので、槍さえあればお前らに縛《しば》られるはずはないのにとくやしがった。慶安事件とは、由井正雪が忠弥らと謀り、幕府を覆そうとした事件で、結局は失敗に終わった。121・441参照。

455
壱人《ひとり》いる内義鼠《ねずみ》の引くのなり　たまたまなこと〳〵

主人が留守でお内儀がひとりぼっちでいるような時は、あわよくば引いて行こうとねらう悪いネズミのようなやつがいるものだ。

456 **はした出て手あきの衆はございかふ**　にわかなりけり〳〵

「ございかふ」は『万句合』には「ございよふ」とあるので誤刻と解しておく。「はした」ははした女《め》の略で召使の女の意。何か重い物を動かすような場合などであろう。手あきの人は出て来てくださいよう、と加勢を頼んでいる。

457 **つき出しは心がしれてあげにとい**　たまたまなこと〳〵

「あげにとい」は『万句合』に「あげにくい」とあり、主題句が誤刻であろう。初見世の遊女を買うのは、いかにも新し物好きのようで気がさす、と従来解されている。まだすれていない遊女が、男に体を許すのがいやだろうと、女の心情を思いやる、とする解もある。

○突《つ》き出《だ》し＝見世へ初めて出たばかりの遊女、主に成人してから売られたものにいう。

458 **子をあやす内は本気のやうでなし**　すきなことかな〳〵

子供をあやしている親の顔はよそ目にはよほど馬鹿げて見える、という子煩悩の句。一説に、子供をあやすような振りをしながら、守りをしている女性をねらっている男の句とする。

きいてばかなもの赤子へものをいひ　（柳二〇）

459 **年始帳留守を遣ふのはじめ也**　すきなことかな〳〵

新年に玄関口に年始帳を出しておき、署名だけさせるのは居留守の使い始めのようだ。出て答礼すべきだのに（619頁参照）。

あがるなといわぬばかりの年始帳　（柳五386）

460 **おのしもといふがいけんのなぐれ也**　たまたまなこと〳〵（27ウ）

道楽息子への意見がそれて母親への小言になる。「お前もお前だ」などととばっちり（なぐれ）を食っている。「おのし」は「おぬし」の訛形。

朝帰りだんだん母へ火がまわり　（柳二四）

459　年始帳（『絵本磯馴松』上）

500　供船（『絵本雪月花』中）

461
ゆかたではいやだと娘ふると出ず　たまたまなこと〱

雨降りに女性は浴衣をカッパ代わりにした。それを娘は格好が悪いといって嫌がり、雨が降ると外出しない。『一話一言』十七に「女の雨合羽なし。大きなる紋染めたる木綿の浴衣なり（紋は肩と膝にありて素襖の紋の如し多くは蔦の紋なり）」とある。

462
おふくろのるすで持仏の小淋しさ　にわかなりけり〱

母親が留守になったら、お経を上げる人もなく、お供え物もなく、仏壇もさびしそうに感じられる。

　御持仏にこがらしのするひとりもの　（柳五433）

○持仏＝自分の守り本尊として身近において信仰する仏像、転じて仏壇をいう。

463
かくし町何《なん》のけもない時もあり　にわかなりけり〱

隠し町は官許でない、いわゆる私娼窟、多くは寺社の門前にある岡場所である。こんな町にも時にはひっそりとする時がある、という句である。こういう町には「けいどう」という手入れが時々あり、その情報が入るとひっそりとして色町らしくなくなるということであろう。

346参照。

464
もてぬやつまだ薬でも遣《や》る気也　すきなことかな〱

遊女が客を振るときは、よく仮病を使った。客が振られているのに気づかないで、遊女が急病だと思い薬をやろうかと言っている。仮病にはよく癪《しゃく》という病気を使った。

　しやくにはしごくみよう薬とべらぼうめ　（安永九）

465
切れ小判たいこのちへで遣ひすて　すきなことかな〱

切れ小判は、きずのある小判でまともには通用しない。それを太《たい》鼓《こ》持《もち》の入れ知恵でくだらぬことに使ってしまった。たいこは幾らかの骨折りちんをもらうのであろう。

　切れ小ばん花にやつたでとくなよふ　（天明八）

466
女房はとちうであつてさへぬもの　にわかなりけり〱

自分の女房に町中《なか》で逢っても、てれくさくぱっとせず、張り合いがないものである。686参照。

467 **願《がん》かけに来たとすだれの外《そと》でいひ**　すきなことかな〳〵

この句の「すだれ」は谷中、感応寺（のち天王寺）門前の岡場所「いろは茶屋」を指しているのであろう。ここの特徴は店頭にヨシズのすだれを掛けてあったこと。店先で客が、今日は願かけに来たんだけど、などとヨシズの外から女と話している。信心ごとが目的だから見世に寄ろうか迷っているのであろう。例句は僧侶客の句である。近所の寛永寺などの僧の客が多かった。

すだれから衣のすそをつかまえる　（安永元）

○願かけ＝神仏に願い事をすること。

468 **和国《わこく》とは虎とあらそふ家名也**　すきなことかな〳〵

和国餅という餅屋と虎屋という店が日本橋近辺にあるが、競争相手らしい家名だ。「国性爺《こくせんや》合戦」の和藤内（母が和国の和の字を用ひ（国性爺合戦・二二）が虎退治をしたことが背景。250参照。

469 **やきものをとゞけた人をといつめる**　すきなことかな〳〵（28オ）

焼き物は焼き魚のこと。宴会のあと、鯛の塩焼きなどを入れた折をみやげに持たせるのが習いだった。主人公が宴会のあと、吉原かどこかへ行ってしまって、知人が折詰めの焼き物を家に届けて来た。女房はその人をつかまえて、主人がどこへ二次会に行ったのか、しつこく問い詰めている。

やき物と小僧を一人ことづかり　（柳三239）

470 **朝がへり高なわからは出家なり**　すきなことかな〳〵

品川の遊所には増上寺の僧の客が多かったとされている。僧は大っぴらには遊べないので脇差しをさし、羽織りを着て医者に変装して通った。帰りには高輪の辺から元の僧の姿に戻るのである。609・610参照。

高なわ迄は釈尊の御弟子なり　（柳二四）

471 **細見はよつぽど先《さき》へ遣《や》ってかい**　すきなことかな〳〵
細見は吉原の案内書、毎年正月などに売り出された。こういう物を家の近所で買うのは格好が悪いから、だいぶ先へ行き過ごさせてから追い掛けて行って買う。細見売りという、一種の行商人がいた。「改ります細見の名も春に（五万才五　享和二）」は正月の細見売りの句である。

472 **居る所《とこ》を見たのが竹のふき納《おさめ》**　もらひこそすれ〳〵
敵討ちに出た虚無僧《こもそう》の句。尺八を吹きながら敵を探していたが、目指す敵を見付けたのでもう尺八を吹かなくてよい。敵を討つだけだ。竹は尺八のこと。虚無僧、166参照。

　けんじゆつの間《あいだ》に竹のけいこなり　（柳三二）

473 **うす本へとつさまの手でかなを付け**　すきなことかな〳〵
薄本は常磐津などの稽古本。読みにくい字体なので、小娘の稽古本に父親が仮名を振ってやる。ちょっとした愛情。とつさまは「トッツァマ」と発音したようである。

474 **居つゞけに高をくゝるは実子なり**　たまたまなこと〳〵
吉原などでたまに居続け（388参照）をしても余りびくびくしないのは実子の息子である。それに対し、落ち着かないのは入り婿・養子などである。

475 **切見世へおうせいうりは引っ込まれ**　たまたまなこと〳〵
黄精《おうせい》売りが黄精を売ろうと切見世の辺を歩いていたら、逆に遊んで行けと引っ張り込まれてしまった。黄精は強精用の漢方薬の一種、黄精売りは多く奥州南部から十月ごろ江戸に来た。切見世は最下等の娼家、181参照。

　売りだめがなくば黄せいでも置きな　（柳一〇）

476 **下女が色ゆやへも四五度つれて行**　すきなことかな〳〵
下女の恋人が一緒に銭湯へ行くという、それだけの句のようであるが、あるいは混浴だったのかも知れぬ。帰りにはちょっとしたデートの楽しみが有るのかも知れない。

477
切見せはへそ迄出してかみをゆひ　にわかなりけり〳〵

下級な切見世では、女が髪を結うのにも思い切り肌脱ぎしてへそまで出している、というのであり、そうした女の粗野な風俗を表現している。

切見世はぱくぱくぱくと一ぷくし　（拾八）

478
ふけい気なお子だと乳母は木戸を出る　すきなことかな〳〵（28ウ）

芝居見物中に子供に泣き出された乳母である。「いまいましいお子だ」とぐちを言いながら、他の観客の邪魔になるので外へ出る。

子が泣て隣さじきのぶ人相　（拾九）

○ふけいき＝おもしろくない、いやらしい。

479
ぐちな事いふなと夜着《よぎ》をかつぎ出し　すきなことかな〳〵

夜着まで担ぎ出して質屋へ持って行く亭主。女房がそばでブツブツ愚痴をこぼしている。博打に負けたのか。

勝つた日はいけんいはぬが女なり　（柳七）

○夜着＝夜寝るときに掛ける、大形の着物のようなもので、厚く綿をいれたもの。

480
もふ壱歩《いちぶ》くんなと女房舌を出し　たまたまなこと〳〵

亭主が珍しく博打に勝って御機嫌でいる。女房に小遣いだと一分《いちぶ》よこした。女房チャンスを逃さず「もう一分」。そして横を向いて舌をぺろり。そんな句ではないかと思われる。

481
嫁を見にどつぴと路次へかけて出る　にわかなりけり〳〵

近所の人が花嫁を見にどっと駆け出して行く。「Doppito 大騒ぎするさま（『日葡辞書』）」。嫁の回礼の句かと思われる。

嫁の礼町内中へ首が出る　（柳九）

482
台所の敷居へつき屋こしをかけ　にわかなりけり〳〵

つき屋は米を搗くことを職業としている人である。土間などでつくので台所の出入口の敷居にちょっと腰を掛けて一服している。

483 **若いもの片手にぎつてのんで居る**　たまたまなこと〳〵

若い者は吉原で雑用をした男性従業員。ただし、年齢にはかかわらない。客からもらった心付けを片手に握って、客から頂いた杯を干している。心付けは一分が多かった。

若いもの壱分《いちぶ》のなりにかしこまり　（明和七）

484 **元結紙《もといがみ》目をむき出して下女は〆《しめ》**　にわかなりけり〳〵

もといがみ、もっといがみが普通。頭髪を束ねて根のところで結ぶ白い紙である。無様《ぶざま》な下女を描写している句だが、元結は強く締めるものなので、目をむき出して、となる。

元結紙首をふるのでしまる也　（柳五269）

485 **くらわれぬでつち奉加に土場《どば》へ来る**　もらひこそすれ〳〵

抜け目ない（くらわれぬ）小僧（でつち）が博打場（土場）へ寄付を頼みに（奉加）来るというのであって、伊勢への抜け参りの資金調達のためであろう。

よみの場へ筆添て出す奉加帳　（柳初273）

486 **屋ね舟で座頭あたまをことわられ**　にわかなりけり〳〵

屋形舟と違い屋根舟は天井が低いので頭をぶつけ易い。座頭は盲人であるから危ないので、予め気を付けなさいと念を押される。船遊山の場合で、座頭は三味線を弾くのであろう。

やねぶからはけさきいじり〳〵出る　（柳一四）
（うっかりすると髷が触れて形が乱れる）

487 **間男に一言《ごん》も無いせわになり**　もらひこそすれ〳〵（29オ）

長い旅の留守などに女房がある男に大変世話になった。例えばお金のことなど。実はその男は間男だったのであるが、それが分かっても亭主は文句の言いようもない。

間男にいいこめられるわけがあり　（柳一六）

488 **質手代四つ手のそばへ呼出され**　にわかなりけり〳〵

吉原へ遊びに行こうとするが金がないので、なじみの質屋の近くまで行き、駕籠《かご》かきに、質屋の手代を自分の乗っている四つ手駕籠のそばへ呼んでもらって、交渉をする。四つ手駕籠は簡単な駕籠であり、吉原通いなどに利用された。手代は丁稚《でっち》の元服したもので、その長が番頭である。

しち屋から出ると駕《かご》かき見ちがへる　（柳五160）

489
あくる晩女房を叱《しか》る旅づかれ　すきなことかな〱

旅から帰った亭主がその翌晩女房を叱っている。二晩も続けて出来るものかと。女房にしてみれば長い間の空閨であったから無理もない。

490
しめたあす舌ったるいが下女の疵《きず》　すきなことかな〱

好色な下女をものにしたのはいいが、その次の日から必要以上にべたべたして来るのには参ってしまう。

○しめた＝女を物にした。○舌ったるい＝舌たるい、愛情の表現や甘え方が度を過ぎていること。

491
三両で常《じょう》ぎらで居る其ひどさ　にわかなりけり〱

三両は玄関番あたりの年俸。常綺羅《ぎら》はいつでも美服を着ていること。いつも人前に出られる形をしていなければならない、薄給のつらさを詠んでいる。安永二年の『うつわの水』に「三両で常ぎらで居る其寒さ」というよく似た句がある。例句は武士の両刀。

三両で重たい物をやっと差し　（安永七）

（三両一人扶持、三ピンともいう）

492
合羽やへ馬かたが来りやさむく成　もらひこそすれ〱

いつも裸に近いような格好でいる馬方が合羽《かっぱ》屋へ合羽を買いに来るようになると、時候ももう冬の気配である。

493
雨乞も袖乞もして名を残し　ぜひも無事〱

小野小町の句。雨乞いは神泉苑《しんぜんえん》で雨乞いをした故事による。このとき「ことわりや日の本ならば照りもせめさりとてはまた天が下とは」という歌を詠んだという俗説がある（『百人一首一夕話』二）。袖乞いはものもらいのことで、小町が晩年落ちぶれたという伝説による（『十訓抄』など）。小町はそういう波乱に富んだ人生を送りながら後世に名を残している。

　さりとては又といふ時かきくもり　（拾二）

494 **口なしの下に和尚のうづめがね**　どうよくなこと〳〵

くちなしは熟しても実が口を開かないという。和尚が貯め込んだ金をくちなしの木の下に埋めた。誰にもいわれず知られずに置きたいというのである。512参照。

　樽ひろいくすねはじめは土へうめ　（柳三658）

495 **女房はそばからいしやへいつつける**　しんじつな事〳〵

病中の亭主が不節制をしたがって、いくら言ってもきかない……。亭主が医者に診てもらっているそばで、女房がそのことを医者に言い付ける。その内容は例えば酒であったり、セックスであったりであろう。女房は医者にきつく止めてもらいたいのである。

496 **紫屋京のとぼしい金をとり**　どうよくなこと〳〵（29ウ）

「江戸紫」ということばがあり、紫の染め物は江戸が優れていた。江戸賛美の句であり、京都のけちをけなしてもいる。『論語』に「紫の朱を奪う」があり、これを背景としている。

　紫を見ては京でもあきれべい　（柳二246）

497 **土用干せつつく内が娘なり**　ぜひも無事〳〵

土用干は夏の暑い盛りの虫干。せっつくは催促する。ひな人形も土用干をさせたのである。本当はおひなさまが見たいらしく、その辺がまだ年若い娘だ、というのであろう。519参照。

　六月はその日帰りの内裏びな　（拾初）
　又あすも出すわとだます土用干　（柳八）

498 **二十日過文でおつかけおん廻し**　ひまなことかな〳〵

十二月二十日過ぎともなると、吉原の遊女たちは暮れの支払いや正月の準備のためお金がとくに必要である。

そこでなじみの客にかたっぱしから手紙を書いて、無心やらお誘いやらすることとなる。

二十日過ものぐるはしく文を書　（筥一）

（『徒然草』序段を踏まえているか）

499 **本くじは又けんぎやうにしよしめられ**　ぜひも無事〱

盲人は勘がよいので当たりくじをいつも取ってしまう。盲人には金貸しが多くしたがって金持ちが多かった。本当に金の欲しい人たちには当たらないので、悔《くや》しいのである。

本くじを取る山伏のすばらしさ　（柳二450）

○本くじ＝頼母子講《たのもしこう》（無尽）の一番の当りくじ。○検校《けんぎょう》＝高位の盲人。○しょしめる＝せしめる、かすめとる。

500 **供舟《ともぶね》へ妾《めかけ》の用のその多さ**　ぜひも無事〱

供舟は本舟につきしたがい本舟の雑用をしたりする舟（619頁参照）。舟遊山の句である。成り上がりの妾が供舟へやたらと声を掛けたり用事をいいつけたりする。

供ぶねで余りさわいでしかられる　（明和八）

501 **あの乳母が書《かく》でおかしいことが有**　しんじつな事〱

あの乳母は字が書けるので、柄にもなく自分で筋書を書いて恋文の代筆をした。そのため思いがけない成り行きになってしまった。たとえば、主家のお嬢さんの代筆をして、とんちんかんなことを書いた、というようなことか。

502 **舟べりでしらみをつぶすうらゝかさ**　ひまなことかな〱

春の渡し舟のうららかな光景。客がふところ手で取ったシラミを舟ばたでつぶしている。「しらみをひねる」は世俗を離れて悠々自適する様にもいうことばである。

若草を白魚の喰ううららかさ　（柳二六）

（白魚のような指で摘み草をする）

503 **時宗《ときむね》が二度目の太刀《たち》は届きかね**　どうよくなこと〱

建久四年五月二十八日、富士の裾野で曽我兄弟は親の敵祐経を討つことに成功したが、五郎時致《ときむね》は続いて頼朝《よりとも》を討とうとして失敗し、女装した五郎丸に捕えられる。句の二度目の太刀とはこの頼朝をねらったことをさす。149・417参照。

○時宗＝曽我五郎は時致とすべきであろうが、古川柳ではしばしばこの字が使われる。

504
それ〴〵でやせた遣り手も疵《きず》のやう　ぜひも無事〱

遣り手ばあさん（88参照）は大体太って見苦しいのが相場になっている。たまに痩せた遣り手がいると、その痩せていることがやはり欠点のように見える。

みつしみしくると禿はかしこまり　（拾七）

505
玄《げん》関《か》番《ばん》座頭をのけて使者を上げ　ぜひも無事〱（30オ）

何か祝い事のある家の玄関口に配当座頭が来ている。それを玄関番が押しのけてお祝いの使者を招き入れる。玄関番は普通ゲンカンバンであるが、ゲンカバンと読む場合もある。516参照。

○座頭＝55参照、ここでは配当座頭の意で、吉凶ともに事ある家を訪れて銭をねだった。「もり砂へ疵をつけたは座頭なり（幸々評　安永元）」という句も配当座頭であろう（635頁参照）。

506
はたご屋で世《よ》なみを聞くが子持也　しんじつな事〱

旅館に泊った客が疱瘡《ほうそう》などの伝染病の流行状態を聞いている。見れば子持ち客であり、子供に病気をうつすのがこわいのである。

○世なみ＝ここは（流行病などの）流行。

507
御妾《めかけ》が何をつげたかしくじらせ　どうよくなこと〱

お妾が自分の気に入らないご家来衆の告げ口をして、そのためにその家来が暇を取らざるを得ないことになってしまった。

浪人をこしらへるのが妾《めか》上手　（柳二一）

508
我ほうをなで〳〵はけをかりて行　ひまなことかな〳〵

我ほうはわが頬。例えばのり刷毛《ばけ》などを借りて、自分の頬をなでてみながら帰って行く。

509
ごみ〳〵の中の白かべしち屋なり　どうよくなこと〳〵

ごみごみした家並の中に白壁が目立っているのが質屋である。質屋は質草を預かるので火災対策の上からも白壁の土蔵を持っている家が多かった。しかしながら、実は質屋はそのごみごみした家並に住む貧しい人たちのお陰で、商売が成り立っているのである。

○白壁＝白いしっくいで上塗りした壁。

510
間もないに里子をかへす恥かしさ　ぜひも無事〳〵

自分の子が死んでしまったが乳が出るから里子を預かっていた。ところが間もなくまた妊娠したので乳が止まってしまい、里子を返さねばならなくなってしまった。格好の悪いことである。当時人工栄養は難しかったのである。

○里子＝他人に預けて養育してもらう子。

511
気をかへて見たが内義の越度《おちど》也　ぜひも無事〳〵

倦怠期の女房。ちょっと気分を変えてみようと、軽い浮気などしてみたが、それが女房の失敗で、離婚騒ぎにまでなってしまった。

○越度《おちど》＝落ち度に同じ。

512
からたちを植て和尚は気がやすみ　ひまなことかな〳〵

金持ちの和尚が泥棒よけにからたちの生垣を植えて一安心している。494参照。

○からたち＝棘《とげ》があり、生垣などにする。

513
憎正の気にいるおやぢせき碁なり　ひまなことかな〳〵

住職のお気に入りのおやじはせき碁である、というのであるが、「せき碁」がはっきり分からないことばである。「せき」は「急き」らしく、熱中する、一種の囲碁気ちがいのことのようである。434参照。

僧正の一つのつみはせき碁なり（筥四）

514 **しうとめのみゝにあたりし玉のこし**　ぜひも無事〳〵（30ウ）

玉の輿《こし》のような縁談もあったが、釣り合わないからと辞退した、などと嫁の親または嫁自身がいったのを姑が聞いてカチンと来ている。

サア事だ嫁しやう塚をつい聞かれ（柳一〇三）

（しょう塚は地獄の三途河の岸にいるという鬼ばばあ。姑をしょう塚といったのを聞かれた）

○みみにあたる＝耳に障る、聞いて不愉快に思う。

515 **関守の目きゝのとをりめかけ也**　ひまなことかな〳〵

帰国する大名行列の一行の中に、駕籠《かご》に乗った美しい女がいる。関所の役人の鑑定の通りその女はお妾《めかけ》であった、というのである。当時「入り鉄砲に出女」といい、江戸から出る女には特に関所の検査が厳重であった。関所で女性を改める女役人を「人見女《ひとみ》」と称し、関所の役人の妻たちがこれに当たった。328参照。

御妾は箱根でさぐるはなしをし（明和五）

516 **御玄関《おげんか》を淋しく出るが町医也**　ぜひも無事〳〵

武家の玄関を見送りもなくさびしげに出て来るのは町医者である、というのである。その所属する機関によって医師の軽重が格付けられ、とくに官医が尊ばれた。

法げんのじひはのれんをくゞるなり（柳二三）

（法眼は幕府の高級医。じひは慈悲。商人を診察してやる）

○御玄関＝患家の格式を示している。旗本以上であろう。

517 **灸すへる禿《かむろ》の顔を見にたかり**　ひまなことかな〳〵

禿（114参照）はまだ子供であるから、灸をいやがり、泣き顔になる。それを面白がって見に寄って来る。当時子供の保健のために灸をすえたのである（102参照）。

518 **かんのよいごぜろくな事しでかさず**　どうよくなこと〳〵

勘の良い瞽女《ごぜ》は自信過剰で色々なことをしようと試みる。しかし、結果はろくなことにならないことが多い。

かんのよいごぜ間男を持つている　（末二）

519 **うるさくてどふもならぬと雛を出し**　しんじつな事〳〵

子供がねだって仕様がないので、少し時期が早いが雛人形を蔵の中から取り出す。497参照。

かけこんで雛をせつつく八つ下り　（柳七）

〈八つ下りは寺子屋の放課後。八つ〈午後三時ごろ〉時分に食べる間食を、お八つという〉

520 **里がへりとなりへ寄るが思ひ也**　しんじつな事〳〵

里帰りで実家へ帰る新婦は、隣の家へ挨拶に寄るのが気苦労（思ひ）である。恥ずかしいのであろう。あるいは、隣家の息子と以前わけありだったのかも。

○里帰り＝結婚した新婦がはじめて実家に帰ること。ふつう、婚礼の三日または五日後に行われる。

521 **ばかめらと雪見の跡にのんで居る**　ひまなことかな〳〵

この寒いのに雪見などに出掛けるなんて馬鹿なことだと、こたつあたりで酒を飲んでいる。雪見も風流な遊びであるが、ことに雪国の人々にはばかばかしく見えたであろう。

雪見とはあまり利口め沙汰でなし　（柳初147）

522 **御しなんをうけましたらとめしに付**　しんじつな事〳〵

就職しようとする人が、ご指導を受けまして宜しくお願いしたいと思います、と言って食事を頂き始めた。その家に就職する決心をしたのである。

目見へ下女しあんしい〳〵めしを喰い　（安永二）

○飯に付く＝目見え奉公人の仕事ぶりを主人が見て、やがて食事を出す。食べれば奉公せねばならない。いやならば食べないで帰った。

523 **ふきがらをふんでおぞうは御出だぞ**　ぜひも無事〳〵（31オ）

供待部屋の句であろう。タバコのすいがら（ふきがら）

を土間に落として足で踏み消しながら、さあ御主人がおいでだぞと用意をする。

○おぞう＝草履取り。341参照。

524 **しかられた娘その夜は番がつき**　しんじつな事〱

娘のためを思って叱ったものの、変なことを仕出かされてはと心配になり、一晩、番を付けることになる。思い詰めて家出や自殺でもされては困るわけである。叱られた内容は男女の問題のようなことらしい。

しかられて娘はくしのはをかぞへ　（拾二）

525 **我持た財布の紐で〆られる**　ぜひも無事〱

追はぎなどに襲われた場合であろう。袋状の財布に丈夫な紐が付いていた。自分の持ち物で首を締められるとは哀れなことである。歌舞伎にそんな場面がある。

526 **見かじつた女房むつくにいけぬ也**　ぜひも無事〱

亭主の浮気をちらっと見てしまった女房への対応に亭主は困り切っている。

文をとゞけたをちらりと見かじられ　（筥一）

○見かじる＝聞きかじるなどと同じく、ちらっと見ること。○むっくに＝まったく。○いけぬ＝だめ。

527 **なべぶたへ一切《ひときれ》のせるせわしなさ**　ぜひも無事〱

例えば大晦日のこぶ巻製造中のような場合か。正月を迎える必要品である。子にせがまれて、とする解もある。

528 **きぬうりの墓を地蔵のわきへ立て**　しんじつな事〱

絹売り（138参照）は大金を持って歩くので強盗にねらわれることも多かった。絹売り商人が殺されたので、その墓を道端の地蔵さまのそばへ建ててやったというのである。

絹賣へ前後から出てまてといふ　（傍五）

529 **いもうりといってしんぞうどくづかれ**　ぜひも無事〱

新造女郎（117参照）が禿《かむろ》（114参照）を「オヤ芋売りさん」

などといったところ、いたずら盛りの禿から反対にひどい悪口を浴びてしまった。吉原では忙しい時など、近所の三輪《みのわ》辺りから農民の子供などを一時的に禿に雇うことがあり「雇い禿」と呼ばれた。

芋が子はやといかむろに出にけり　（柳二三）

芋うりのがきさと遣りて手にあまし　（柳一〇）

530
にくいほどていしゆの義理をいひ過る　しんじつな事〳〵

女房が会話のなかでしきりと「うちの主人が……」というようなことを言い過ぎるので、聞いていてうんざりして来るというのであろう。他に後家の句という説もある。

531
物買に二三度わせた嫁のおや　しんじつな事〳〵

買い物に来たような格好で嫁の親が二三回家の様子を見に来られたことがある、という句で、親心を詠んだ句のようである。そのあと縁談に応じるかどうか決めるのであろう。

娘見に来たとも見へず雨やどり　（明和六）

○わせた＝来られた。

532
入王《いりおう》を子にくづさせて夜食喰ふ　ぜひも無事〳〵（31ウ）

入り王になった将棋はなかなか勝負が付かないので、女房が夜食を作ってもいつまでも食べられない。そこで亭主は将棋を子供に崩させて、客と共に夜食の膳に向かうという情景。

入り王をおっかたづけてぜんを出し　（柳三一）

○入り王＝将棋で、一方の王将が敵の陣地へ入って行くこと。こうなると勝負が付きにくくなる。

533
いしやむかい少しこゞんで先へたち　ぜひも無事〳〵

往診を頼んだ医師を案内して行く人が少し前かがみになって先を行く。幾分かの尊敬の気持ちと心せく気持ちとが表わされているようである。薬箱が重いからとも考えられる。

薬箱素人の持つはきうう病気　（柳一二）

四篇31オ

534 **へぎいもにのりでは実《じつ》がのめぬ也**　ぜひも無事〳〵

薄く切った芋と海苔では実際のところ酒も飲めたものではないという句で、お寺の安い精進料理などが当てはまるのであろう。

○へぎいも＝折芋、切りそいだ芋。

535 **やかたから何もかゝらぬ釣りをたれ**　ひまなことかな〳〵

芸者などを乗せた豪華な屋形舟の遊びで、釣りは本来の目的ではないようである。ほんの余興にやっているので何も掛からなくていい訳である。

沙魚《はぜ》一つ楼船《やかた》の釣りに鬼の首　（柳一六七）

536 **朝がへり命に別義無いばかり**　どうよくなこと〳〵

吉原などでもて過ぎてふらふらになって帰って来たという解と、帰ってから女房か親父にとっちめられて、半殺しの目にあったという解とがある。

朝がへり命にさわる事はなし　（安永九）

537 **国の状おこしのやうにわけてやり**　しんじつな事〳〵

故郷から来た手紙を、たくさんの束の中から、お菓子の「おこし」をはがすようにして分けて配る。飛脚便の句か。状をたくさん持っているのをおこしに見立てている。

十七やおこしのやうにへいて出し　（天明五）

（十七屋は飛脚屋。十七夜の月を立待月《たちまちづき》というので「たちまち着き」にかけた）

○おこし＝おこしごめ、もち米をいったものに砂糖・飴などを加えて固めた菓子。

538 **へつらわぬ人うわばいを取てやり**　しんじつな事〳〵

目上の人にへつらおうなどという気のない人は、シラミなども平気で取って上げる。なかなかこういう事はためらわれるものである。『醒睡笑』一に、シラミがいるといったところ、綿くずだったという笑話があり「虱《しらみ》ほど世にへつらはぬものはなし貧なる者になほも近づく」という狂歌がある。この歌は『古今夷曲集』九にもあり、

505　座頭（『千世の友づる』）

555　さい博打（『どうけ百人一首』）

546　藪入り（『年玉日待噺』）

これを背景にした句と思われる。
○へつらう＝気にいられようとして相手の機嫌をとる。○うわばい＝シラミ。「上わばへをしち屋平気で取ってすて（幸々評　安永元）」は昔話「シラミの質入」の影響があろう。

539
目をふさぐ手を遠くから持て来る　ひまなことかな〳〵
親しい者同士のちょっとしたいたずら。艶句のにおいもするが、相手を子供としてもよいであろう。

540
土場太夫得てあつけないむこに成　どうよくなこと〳〵
大道芸人は職業柄、いろいろと色事なども多いようであるが、案に相違して、得てしてあっけない平凡な婿になってしまうものである。例えば小金を持っている後家などにほれられたような場合などであろうか。
○土場太夫《どばだゆう》＝土場浄瑠璃の太夫。大道芸人の太夫。

541
料理人気のへる程にくづを出し　ぜひも無事〳〵（32オ）
格式のある料理人（61参照）は、はたで見ていて、はらはらするぐらい惜しげもなく屑を出して、どんどん捨ててしまう。ことに日本料理はそういうもののようである。
りやうり人すとん〳〵とおしげなし　（柳七）
○気の減る＝気疲れがする。

542
しんぞうのおやぢは村の呑だおれ　ぜひも無事〳〵
吉原のある新造女郎（117参照）の父親は村で評判の大酒のみである、という句で、酒代のために遊女に売られて来たような事情も思われて、気の毒である。
能いむすめ年貢すまして旅へ立　（柳初307）

543
御太義と手引の肩をつまみ上　しんじつな事〳〵
細かい状況がはっきりしない句であるが、御苦労様（御太義）と言って、検校《けんぎょう》などの高位の盲人が、供の手引き（324参照）の肩をちょっともむようにつまみ上げてやったという句か。

544 **新関《しんぜき》は目口かわきな人斗《ばかり》**　どうよくなこと〳〵

元来関所は厳しい詮索をするところではあるが、新しくできた関所では、張り切り過ぎてあらさがししたがる人ばかりが揃っている。それが職務に忠実なことにもなっている。

○目口かわき＝抜け目のない、活気のある利口な人などのこと（『邦訳日葡辞書』）。

545 **十二月そう笑っては済ぬ也**　ぜひも無事〳〵

十二月に、そう笑ってばかりいたのでは暮れの勘定を済ませることが出来ない。当時、お盆（七月）と暮れ（十二月）に借金の返済をするような習慣があった。

十二月人をしかるに日をかぞへ　（柳四84）

546 **藪入はくされをぬいて願ふ也**　ひまなことかな〳〵

せっかくの藪入りも生理中では楽しくないので、その期間を避けて休暇をねがう。

仲人はくざれをぬひて日をきわめ　（安永五）

○藪入り＝奉公人が主人から暇をもらって実家に帰ることで、正月と七月の十六日前後が普通であるが、それ以外の日の場合もあったようである（635頁参照）。

○くされ＝ここは女性の生理のこと。

547 **用心にひるねして居る土用干**　ひまなことかな〳〵

土用干（497参照）で、干している物の用心のために見張っている人が、いつの間にか昼寝をしてしまっている、といった滑稽さを詠んでいる。

548 **ぼたもちを飛脚へ出して物語**　ぜひも無事〳〵

四十九日の法事をしているところへ旅にいる者からよこした飛脚が着いたので、その飛脚に御供養の牡丹餅を出して御馳走しながら、色々と故人の話などをしている。

嫁さへ〳〵とぼたもちを七つくい　（柳二二）

（七つは七七忌、四十九日を暗示している）

○牡丹餅《ぼたもち》＝もち米とうるち米をまぜてたき、軽くついたものを、ちぎって丸め、あんや、きな粉をまぶしたもの。おはぎ。ここでは、死後四十九日の法事に使用したもの。

549 **おやぶんの女房かみたち供につれ**　ぜひも無事〳〵

親分の女房は、さすが親分の女房だけあって、女だてらに取り巻きをお供に引き連れて歩いている。

二三人むすこに神がのりうつり　（拾七）

○かみたち＝神達、神の複数。神、は他の者のおごりで遊興・飲食するとりまき。

550 **釜ばらい下女は笑ふにくらへ逃**　ひまなことかな〳〵（32ウ）

釜払い（27参照）のもっともらしいしぐさがおかしいので、下女は笑いをこらえ切れず、蔵の中へ逃げ込んでそこで笑う。

はじまると嫁のにげ込む釜ばらい　（明和三）

551 **りやうり茶屋おしづかにへと三把上**　ぜひも無事〳〵

雑司谷鬼子母神でお百度参りをするお客さんに、お気をつけて下さいと言って、百度参りの数取り用の「さし」を三束、料理茶屋の人が渡す、と従来解されている。一方、次の例句もあり、三把はお土産として「さし」をくれたものかとも思われる。ここは麦藁《むぎわら》細工が盛んであった。

ぞうしがや御菜《ごさい》も壱把さづけられ　（柳一五）

○料理茶屋＝ここは、江戸、雑司谷の鬼子母神にあった茗荷屋などの店をさす。鬼子母神は安産や育児の女神として信仰された。○三把＝さし三束。さし、は百度参りの数取りや銭ざしなどに用いる、わらの紐。

552 **産所からおまへの跡でたべやしよふ**　しんじつな事〳〵

出産後産室で寝ている女房に、食事だよ、と亭主が声を掛けたところ、私はあなたのあとから食べますという。ほほえましい情景である。亭主が食事の支度をするので気兼ねしているのか。

553 **手のひらへけんくわをのせる切おとし**　ぜひも無事〱

混雑している芝居の大衆席でけんかが起きた。回りの人々は迷惑なので、皆の手で、次から次へと送り出してしまう。

大あたりけんくわいくつかつまみ出し　（柳一三）

○切落し＝劇場内の、追い込みの最下級席。

554 **気ちがいの膳は遠ふくへすへて見る**　しんじつな事〱

狂人にどんな判断力があるのか試してみようと、少し遠くの方へ膳を置いて、様子をみる。

555 **へんな目が出るといひ〱帯をとき**　ぜひも無事〱

博打場で負けの込んだ人が、今日は変なさいころの目ばかり出る、と言いながら、もう金がないので着ている着物で支払うべく、帯を解いている（635頁参照）。

きつい目が出たと口から一分出し　（柳五26）

556 **月夜だに質屋あるいて行けといふ**　ぜひも無事〱

月見の晩、駕籠《かご》に乗って急いで吉原へ行きたいが、駕籠代が足りない。質屋へ行って頼んだがなかなか貸さないで、こんないい月夜なのだから駕籠になんか乗らないで歩いて行け、という。いい質草がないのであろう。月見は、紋日といい吉原で特別な行事があった日の一である。79・562参照。

557 **関が原すてつぺんからおし碁也**　かさねこそすれ〱

天下分け目の合戦といわれた関が原の合戦は、最初から（すてつぺんから）家康の東軍が優勢であった、という句。史実に拘わらず、当時は徳川家礼賛の句が作られた。310参照。

かたまつた石をくだいて御かいぢん　（安永六）

（石は西軍の石田三成を指している。主題句の碁も石田三成の利かせがあろう）

○押し碁＝相手より形勢が優位な碁。

558 **武者ひとりしかられて居る土用干**　ぞんざいな事〱

土用干には鎧《よろい》や兜《かぶと》も干した。少年がいたずらをして、それを着てみたので叱られている。

かつちうをたいした所へ暑気見廻　（柳八）

559 **女房は客へ添乳《そえぢ》のもふしわけ**　ぞんざいな事〳〵（33オ）

来客に対し、女房は横になって子に乳を飲ませながら、もうすぐ寝付きますから失礼します、と申し訳をしている。それであいさつになっているのである。

そへ乳してたなにいわしが御座りやす　（柳一四）

560 **あのむかい手をにぎつたとごぜはいひ**　たびたびな事〳〵

盲女を迎えに来た人が、しらばっくれて手を握ったと、盲女が訴えている。背景は少々複雑である。迎えのいたずらとも、盲女の思い違いとも、色々に解せよう。576参照。

○瞽女《ごぜ》＝87参照、盲女。この場合三味線などを頼まれたのであろう。

561 **つくやつをつかぬです丶がはかどらず**　たびたびな事〳〵

暮れの煤掃きの日に、胴上げをしようとねらっていた人がつかまらなくて士気が上がらず、その後の仕事が進まない、という句。

十三日見つこなしよと下女つかれ　（安永四）

○すす＝煤掃き、煤払い、十二月十三日ごろに年中行事の一つとして大掃除を行った。その際胴上げをする習慣があり、女性などは逃げ回った。○つく＝ここは、胴上げをする。

562 **月見過嫁のだんごうきうになり**　かさねこそすれ〳〵

吉原の「月見」の紋日が過ぎてから、急に息子の嫁取りの話が緊迫して来た。余り息子の金使いが荒いから、早く嫁をあてがってしまおうというのである。「持参をば望まぬ事と月見過（幸々評　安永元）」。

○月見＝吉原の主要な紋日で八月十五夜と九月十三夜のこと。紋日とは特別な行事などのある特定の日で、遊女は多くの客を呼ぼうと苦労するが、客の方は普段の何倍もの費用がかかったのである。79・556参照。○談合《だんごう》＝相談。

563 **江の島はゆふべはなしてけふの旅**　たびたびな事〳〵

江ノ島は当時でも三日ぐらいで往復できる距離で、手軽な旅であった。昨夜話をし始めて今日は出発というような旅である。

江の島はなごりをおしむ旅でなし　（柳九）

564 **となりからひつさげて来る猿廻し**　ぞんざいな事〳〵

猿回しが移動する場合は肩に背負って歩いたようであるが、隣から隣へと家ごとに行く場合には、なわを持って猿を歩かせる。それを、猿をひっさげて来る、と表現したものであろう。681参照。

○猿回し＝猿に芸をさせて金をもらう人。正月に回るものが多かったが「さる引の猿と世を経る秋の月（猿蓑五）」の句もあり、ふだんも来た。

565 **女房の留守押入れへおつつくね**　ぞんざいな事〳〵

女房の留守中は面倒だから、着るものとか、洗濯物とかは、脱いだまま押し入れの中へつっ込んで置く。

女房が留守でながしにわんだらけ　（柳一三）

○おっつくねる＝おしつくねる、つくねるの強調語、ひっくるめて一かたまりにする。

566 **ワキの僧引っこみぎわのてれたもの**　かさねこそすれ〳〵

能楽の「ワキの僧」は所作もあまりなく、ひまそうに見える。演技が終わって、シテが引っ込んでしまったあと、一呼吸あって立ち上がり静かに歩みさるので、何かてれくさそうな感じに見える。

ワキ僧はたばこぼんでもほしく見へ　（柳三582）

○ワキの僧＝脇僧。能楽で主役（シテ）の相手を演ずる役の僧。

567 **いのしゝにくさめをさせる糸すゝき**　たびたびな事〳〵

すすきの葉がいのししの鼻に触って、いのししがくしゃみをする、という句であるが、この句は「伏す猪」「伏す猪の床」ということばを踏まえている。「おそろしき猪のしゝも、ふす猪の床といへばやさしくなりぬ（『徒然草』十四段）」。歌語でもある。

御威光は伏猪の床に高枕　（柳三八）

（太平の御代を謳歌した句）

568 **桃の花下女がむかひの馬につけ**　ぞんざいな事〳〵（33ウ）

下女出替わりの句。三月四日が下女などの契約更新の時期であり、これを「出替わり」といった。田舎から契約の切れた下女を迎えに兄などが馬でやって来る。その馬に桃の花がつけてあった、というきれいな句である。三月三日は桃の節供であるから、桃はそれにも関連させているわけである。

薪《たきぎ》ほど乳母がみやげに桃の花　（柳七一）

569 **能《よく》聞けば女難《じょなん》で納所《なっしょ》身をひかれ**　たびたびな事〳〵

お寺にいつもいる納所坊主がいないので、聞いてみたら、女性問題が原因で辞めたということであった。「傘投出して所化の誓言（童の的六）」は傘一本与えられて寺を追い出されようとしている僧の句である。所化は修業中の僧。

○女難＝男が女に好かれることによって受ける災い。

○納所＝納所坊主、寺務出納係りの僧から転じて、下級の僧の意にもいう。寺務を扱うので俗界との接触が多く、おのずと主題句のようなことも起き易かったであろう。

570 **仲条へ又来やしたはしやれたもの**　たびたびな事〳〵

仲条流の医者へまた来ました、などと入って行くのは、まことにしゃあしゃあとしていて、恐れ入ったものである。

仲条へ五つ月置いて同じ顔　（柳三460）

○仲条＝仲条流の医者、産婦人科であるが、主として妊娠中絶を行った。

571
おや椀ではかつてはとぐ一人者　ぞんざいな事〳〵

一人者の生活はお米を計る升などないので、飯のお椀で米を計ってとぐ。

物思ひ下女おやわんへ汁をもり　（末一）

○親椀＝大形の飯椀。当時はいまと違いほとんど木製であった。それで木偏である。

572
としわすれぎりでたいこはひまに成　たびたびな事〳〵

忘年会シーズンに大忙しだった太鼓持《たいこもち》も、その後はしばらく暇になる。年忘れぎり、は年忘れ限り、の意。大晦日、元日は吉原も休みである。

573
中宿へまじめな顔でもふし入れ　かさねこそすれ〳〵

正月、いつも利用している中宿へ寄って「御慶《ぎょけい》申し入れます」などと、まじめな顔であいさつを言うと、かえっておかしいものである。

○中宿＝吉原などへ通う者が途中休み場所とした、茶屋など。

574
餅の間に合まするど紙帳ごし　ぞんざいな事〳〵

「合まする」は出典たる『万句合』に「合せまする」とあるので、そう読んで置く。注文の漆塗りの重箱がなかなか出来ないので、催促に来た人に対し、塗師屋《ぬしや》が暮れの配り餅（116・367参照）までにはきっと間に合わせますから、と紙帳の中から言っている。

紙帳うりぬしやにうるがしまひなり　（明和二）

○紙帳＝紙を張り合わせて作った蚊帳。塗師屋は極端にほこりを嫌うので、紙帳の中で仕事をした。

575
嫁のうけ姑のとん死一つしれ　よろこびにけり〳〵

嫁の年回りが有卦《うけ》に入ったという。なる程、姑が突然死んでしまったが、あれはその幸せの一つだったのだ。当時、嫁と姑の仲は非常に悪かった。

あつらへたやうに姑頓死する　（拾三）

○うけ＝陰陽道のことば、有卦に入った場合、七年間吉事が多いといわれ、反対の場合を無卦に入るという。

576
おれもよい男とごぜをくどく也　たびたびな事〳〵

盲女の目が見えないのをいいことにして、おれはとてもハンサムなんだぞ、などと盲女を口説く。その実、この男の顔は〝並〟ぐらいであろう。瞽女《ごぜ》、87参照。

577
ぶつに買《かう》あいそうこそうつきたどら　たびたびな事〳〵（34オ）

博打は打つ、女は買う、愛想も何も尽きた、あきれ果てた極道息子である。「ぶつ」は打つ。「こそう」は口調をよくするために添えたもの。

さりながらぶつにはましとあまい母　（柳三214）

578
さつきうな下女前だれをむねへ上げ　ぞんざいなこと〳〵

下女は忙しく働き回らねばならず、ゆっくり情事など楽しんでいられない。さっと前垂れを胸までまくると、そのまま一義に及ぶ。さっきう、は早急。

前だれを上へはねるはきうなこと　（明和四）

579
樽ひろいにわとりしめたそにんをし　たびたびな事〳〵

誰かが他人の鶏を締め殺して食べてしまうところを、樽拾い（22・82参照）が見付けたので、それを告げ口している。樽拾いは路地を歩き回るので、こうしたところを見る機会も多い訳である。

柏めん鳥の訴人を御用する　（傍二）

580
上下《かみしも》の音斗《ばかり》きくわたぼうし　たしなみにけり〳〵

婚礼の句。当時、婚礼には、新婦は綿帽子をかぶり、新郎は上下を着た。当時の絵で見ると、綿帽子はかなり深いので、これをかぶると周囲がよく見えなかったようである。それで、新郎の上下の音だけが聞こえて、顔などははっきり見られなかった、というのである。もちろん、恥ずかしいからでもある。

顔の無いやつが盃のみはじめ　（安永七）
（顔の無いやつ、は綿帽子をかぶった新婦）

581
鯉迄もむらさきに成る江戸の水　より合にけり〳〵

『続江戸砂子』一（享保二十〔一七三五〕）に、浅草川（隅

田川の一部）の紫鯉は色が金紫色で、すぐれている、とある。また、江戸川の隆慶橋辺から中の橋辺の間を「御留川」といい、禁漁区になっていたが、ここでとれる鯉も紫鯉といわれ、珍重されたという。一方、京紅に対し、江戸紫は江戸の人々の誇りであったので、その賛美句になっている訳である。「鯉にさへ紫の名の宮戸川（ケイ二九　文政十）」の宮戸川も隅田川の一部である。496参照。

　紫を人の奪はぬ御留川　（柳六〇）

582
あれをまあ嫁で候《そろ》とてわしはいや　より合にけり〳〵

水商売上がりの女などで、堅気の家には向かない女の場合、姑に当たる人やおばあさんなどが、あんな娘をうちの嫁ですと言われたって、私には納得出来ません、と言っている。

　あれ斗《ばかり》おんなかと母ちや〳〵を付《つけ》　（柳一一）

583
目をぬすみおつたと座頭里へやり　わけて置きけり〳〵

盲人たる座頭（55参照）の目を盗んで女房が浮気をしたのがばれてしまったので、座頭が怒って女房を実家へ帰してしまった。目の見えない座頭の目を盗んだ、というところが句のおかしさである。

　女にはいつそ目のある座頭の坊　（柳六）

584
こぶだしでなど丶夕べをもふわすれ　かざりこそすれ〳〵

昨夜の飲み過ぎの悪酔いをもうすっかり忘れてしまって、さて今夜は昆布のだしで、鍋もので一杯、などといっている。

585
おもしろく傘をとられるつむじ風　より合にけり〳〵

つむじ風に傘を取られる様は、確かにはたから見ればおもしろいには違いなかろう。

　せいがんに構へてはいる路次の傘　（柳五八）

586
ふけわたるらうかを遣り手のつさ〳〵　より合にけり〳〵　（34ウ）

吉原で夜更けの廊下を太った遣り手（88・504参照）がのっしのしと、見回りに歩いている。のっさのさ、で太ったさまを表している。遣り手はでぶというような約束が古川柳にはある。

587 **琴箱の行き所《どこ》を見りや質屋也**　たしなみにけり〱

大きな琴箱をかついで行くのでどこへ行くのかと思ったら質屋であった。琴箱はずいぶん目立ったものと思われる。琴は女性のたしなみとして重要なものであり、この句の場合もかなりの階級の家が没落したような事情、具体的には、武家の貧乏などが考えられる。

588 **女房を大切にする見ぐるしさ**　かざりこそすれ〱

当時の人々の風習として人の前では自分の妻や家族をけなすような傾向が強かった。たまに人前でも女房を大切にする人がいると、ひどく見苦しく見えたわけである。

　女房にこび付て居るみぐるしさ　（柳三〇）

589 **店下《たなした》をあるけばむだな声を聞き**　かざりこそすれ〱

越後屋などの呉服屋の店さきを通ると「ようようよう」（『江戸職人づくし』）とか「なでなで」（柳九）とか、うるさく声を掛けられたもののようである。『旧聞日本橋』に大丸の店頭の描写がある。

　うろつけばなで〱といふごふく店　（柳九）

　あいそう過ぎて一町のやかましさ　（柳一七）

○店下＝商家の軒下、店さき。

590 **法花経へ鮎の子をひるいさわ川**　より合にけり〱

甲州いさわ川で密漁をした漁夫が罧《ふしづけ》（水死の刑）に処せられたが、日蓮上人の供養を受ける。日蓮は石に法華経の文字を一字ずつ書いて川に沈めた。そこへ鮎が来て卵を放《ひ》りつけたであろうという句。謡曲「鵜飼」による。

　罪は消へ文字《もんじ》はきへぬ鵜飼石　（柳九六）

○法花経＝法華経に同じ。重要な経典の一つである。

591 **狩人のむこをゑらむもめつけもの**　より合にけり〱

狩人は鳥獣の殺生を職業とするので人に嫌われ、普通は結婚話も難しいのであるが、この場合は、むこ選びを

するという。まことに幸せなことであるが、それという
のも、娘が美人だからであろう。

うなぎ屋を止《やめ》た咄のおそろしさ　（柳二五）

（殺生のたたりで）

592 **大門《おおもん》をうちわと虫が入かわり**　わけて置きけり〳〵

吉原も夏が去り、秋が来て、うちわ売りと虫売りとが交代して大門を出入りする。

593 **あきらめて上下《うえした》に着る雨舎《あまやどり》**　たしなみにけり〳〵

雨宿りをしていたが雨がやみそうもないので、しかたなしに、大事な着物は下に着て、下着をレインコート代わりに上へ着て、雨の中へ出て行く。199参照。

594 **くさつたら寄るなと呵《しか》る年男**　かざりこそすれ〳〵

生理中の女性は不浄だからそばへ寄るな、と年男（443参照）が言っている。節分の豆まきや、新年の飾り物などの準備をするから、縁起を担ぐのである。当時、月経は不浄とされた。

年男おんなをみるとおどす也　（柳一三）

○くさる＝月経になる。546参照。

595 **初がつほ内義こわ〴〵百に付け**　たしなみにけり〳〵（35オ）

初がつおは非常に高価なもので、時には両（五万円ぐらい）単位で取り引きされた。気の小さいおかみさんが、おそるおそる百文（千円ぐらい）の値を付けたという句。初がつおは亭主の酒のさかなであり、女には用がなかったのであろう。

初かつほあつかましくも百につけ　（柳五36）

596 **惣花《そうばな》にめづらしい顔二ツ三ツ**　より合にけり〳〵

吉原で妓楼全員に祝儀を出したので、普段は顔を見せない珍しい人も二、三人あいさつに来る。

惣花に生きとしいける物が出る　（傍一）

（『古今和歌集』仮名序を引く）

○惣花＝遊里で客が妓楼の使用人など全員に祝儀を

出すこと（653頁参照）。

597 **そうばんの鳴りやむ頃に珠数をすり**　より合にけり〳〵

お寺の法要などで、双盤《そうばん》が鳴りやむころに、お参りしている者が数珠《じゅず》をするという句。そこで一区切りになるということであろう。

　そうばんのひしげた所で御十念　（柳初445）

○そうばん＝寺院で用いる鉦《かね》の一種で、金属製の盤。

598 **引ずりのくせに早いは尻ばかり**　たしなみにけり〳〵

何をやらせてもぐずな女のくせに、色事にかけてだけは手が早い。

　引づりの曲《くせ》に弟見《おとみ》が早いなり　（玉）

　（弟見が早い、は乳児がまだ乳離れしないうちにもう妊娠すること）

○引きずり＝長い着物の裾を引きずる意から、怠惰、だらしない女をいう。○尻が早い＝淫奔な女にいう。

599 **にうめんは外《ほか》の賣人《うりて》がよぶよふさ**　わけて置きけり〳〵

夜蕎麦売りが、にゅうめんを売るときの売り声は、蕎麦を売る時の声とは別人のようだ、という句である。呼び声を使い分けていたのであろう。

　にうめんに声がわりするよそば賣　（柳三417）

○にゅうめん＝そうめんをみそやしょうゆで煮たもの。

600 **こうさげてゆけとおしへるくわし袋**　かざりこそすれ〳〵

子供のお使いに、袋のここを持ってこう下げて行きなさい、落とすんじゃないよ、とお菓子屋が教えている。

601 **仲人の口ぶりはまあどつとせず**　より合にけり〳〵

仲人は大体誇大に言うものだが、今日のあの口振りではどうもぱっとしない（どっとせず）、と後で親族らが批評している。

　蔵もとなりのだと仲人しめられる　（柳一六）

602 **物まへの客あやうきに寄りつかず**　はづかしゐこと〈

吉原などの遊里では紋日《もんび》には金がかかるので、その近くになると、遊女につかまると危ないから郭へ近寄らない。「君子は危うきに近寄らず」というではないか。「節《も》句《の》前は仁義《じんぎ》借金《しゃっきん》乞無心（さすの神子　正徳二）」というおもしろい古句がある。

○物前＝遊里の紋日の前。紋日、562参照。

603 **千ごりにぬき手を切るは他人也**　にぎやかな事〈

病気の平癒祈願などで川で千垢離《せんごり》を取っているとき、抜き手を切って泳ぐような不謹慎なことをするやつは、病人の身内の者ではなく、他人である。

　せんごりのおよぐと岡でかんをする（柳五715）

○千垢離＝祈願などの目的で川水に浸り、身を清めること。隅田川で大山《おおやま》石尊不動明王への祈りを千回となえたりした。

604 **気のかたのむす子は土手でいやといふ**　にぎやかな事〈（35ウ）

神経症の息子を吉原へ連れて行って一遊びさせ、気分を変えて病気をよくしてやろうとしたところ、日本堤の土手で、どうしてもいやだと、だだをこね出した。もったいない話だ。

　口をすくして気のかたを連れて出る（柳五706）

○気のかた＝ぶらぶら病い、これが高じると結核になると信じられた。

605 **馬士《まご》の名を呼ぶのは通し馬と知れ**　にぎやかな事〈

途中で乗り継がないで、目的地まで通しで雇った馬は、客も馬子の名前を覚えてしまう。それで、傍から見ても、馬子の名を呼ぶ客は通し馬の客だなと分かる。通し馬は上等の客であろう。「京都迄金を敷ねの通し駕籠（讖草正徳四）」は通し駕籠の費用が掛かることをいっている。

606 **ふんどしの浅黄はむすめひきやう也**　はづかしゐこと〈

「ひきょう」が難語であるが、娘の腰巻がうすあお色（浅黄）なのは、色気がなくて興ざめである、という句のようである。『邦訳日葡辞書』に「Fiqeona　ヒケウナ　野卑で、することに品位と礼節の欠けた」とある。「あさましや・浪人しての気の比興《ひけう》（西国船　元禄十五）」の比興は、いやしいことと『日本国語大辞典』にある。
○ふんどし＝ここは女性の腰巻。緋色などがよしとされた。

607
こわそうにひざへ手を置せいごひら　はづかしゐこと〳〵

高級な精好平《せいごひら》の袴をはくと、大切に扱わねばならないので、膝へ手を置くのにもこわそうに置いてかしこまっている。

番手桶精好平へ詫《わび》をする　（傍一）
（番手桶は打ち水用の手桶。高級な袴へ水を掛けてしまった）
○精好平＝絹織りの高級な夏袴。

608
紋付けをていしゆがとつてしづか也　はづかしゐこと〳〵

紋付け博打で、当たりくじを亭主が取ったので、至って静かである。取ったのが女なら、きゃあきゃあと大騒ぎになるだろう、というのである。

もんづけで下女御不如意にまかり成り　（玉）
○紋付け＝博打の一種。多く単純な博打で、役者の紋を印刷した紙に銭を張り、当たった者が賞品または賞金を取る。

609
和尚さまぞうり取にもお手がつき　にぎやかな事〳〵

和尚さまが、とうとう草履取りまで男色の相手にしてしまった。当時原則として僧が女性と交わることは禁止されていたので、男色が多かったようでもある。470参照。

610
四日目は乞食で通る日本ばし　はづかしゐこと〳〵

609句で触れたように、僧が女犯の罪を犯した場合や、心中事件の未遂のような場合など、三日間日本橋にさらされた。その上で、乞食に落とされたりする処分を受けた。三日間、日本橋でさらし者になり、四日目にはその日本橋の上を乞食の姿で通る、という句。294参照。

死すべきとき死なざれば日本ばし　（柳一一）

611 **山出しは笑ってやるがしなんなり**　はづかしゐこと〱

田舎から出て来た人は、人に笑われる度にその田舎くさい言動が改まる。だから、笑うことがすなわち、教えることになる。少々理屈くさい句。

612 **頼朝をはけ次手《ついで》には大き過**　にぎやかな事〱

曽我兄弟の句である。五郎時致《ときむね》は親の敵、祐経を討ったあと、続いてついでに頼朝を討とうとして失敗し、捕えられた。ついでにというには、頼朝はちょっと話が大き過ぎた。503参照。

○はけついで＝事のついで。

613 **つかに手をかけてとむらい追て行**　（36オ）はづかしゐこと〱

葬式に間に合わなかった男が、葬列に加わろうと跡を追う。刀の柄に手を掛けるのは、走るとき、刀身がひとりでに鞘から抜け出ないように（鞘走らないように）押さえるのであろう。

鍔元を握り葬礼追かける　（桜狩　寛保三）

柄に手をかけて葬礼追かける　（草にしき下　延享四）

614 **一家中手本の外はほぐに成**　（前句不明）

赤穂義士の句。「仮名手本忠臣蔵」の浄瑠璃があるように、一家の手本たる四十七人の義士はすばらしい働きをしたが、それ以外の者は皆離散してだめになってしまった。

末世まで反古にはならぬ仮名手本　（柳一二六）

○手本＝浄瑠璃の題名を掛ける。○ほぐ＝反古《ほご》、むだ。

615 **おふくびで見るのが馬の女房也**　（前句不明）

芝居の大首《おおくび》の見物席で見ているのが馬の脚役の役者の女房だ。馬の脚の女房と安い大首席とが似つかわしいというのであろうが、他の人は余り見ようとしない亭主を、女房だけに、安くて近い席で見るのである。馬と大首とが縁語になっているようだ。

おふくびは見頃がよいと袖を引き　（柳五七）

○大首＝劇場用語。花道の脇にある土間の細長い三角形の席で、その形が着物の衽《おくみ》（おおくび）に似ているのでそう呼ばれる（653頁参照）。

616
へし込んでくりやうと禿《かむろ》追ひ廻し　にぎやかな事〳〵

酔った客あたりが、年の市土産の金精様《こんせいさま》を持って吉原へ行き、お前のあそこへこれを押し込んで（へし込んで）やるぞ、と禿（114参照）を追い掛ける。もちろん悪ふざけである。年の市とは、年末に新年の用品を売る市で、十二月十七・十八日、浅草寺のものが有名。木や紙で作った大きな陽物（金精様）も売った。

禿めら是でわるぞと市のきやく　（安永五）

（わるは処女を破る）

617
紫は石のうへにも居た女　手がら也けり〳〵

紫式部は源氏物語を大津郊外の石山寺で書いたという説がある。句の〝石〟は石山寺を暗示するとともに、「石の上にも三年」の諺を援用している。また、堅い名の寺で柔らかい文学を書いたという対比もあろう。

三年も居る気で式部書きかかり　（天明六）

618
あわもりで酒もりをする御殿山　ほころびにけり〳〵

薩摩屋敷の武士が近くの御殿山で、泡盛りを飲みながら花見をしている。このあと、品川の遊所へ繰り込もうというのかも知れない。泡盛りは沖縄特産の酒であるが、沖縄を領有していたところから、薩摩藩を暗示している。

619
是からは身がふりよいとにくい後家　いつかいつかと〳〵

亭主が死んだあと、後家が、これからはかえって身軽です、などと言っている。普通ならば、しばらくは身を慎むのが当然なのに、にくらしい後家である。

死なぬ内から女房は人のもの　（末四）

○身がふりよい＝身の振り方が自由になる。

596　惣花（『青楼年中行事』）

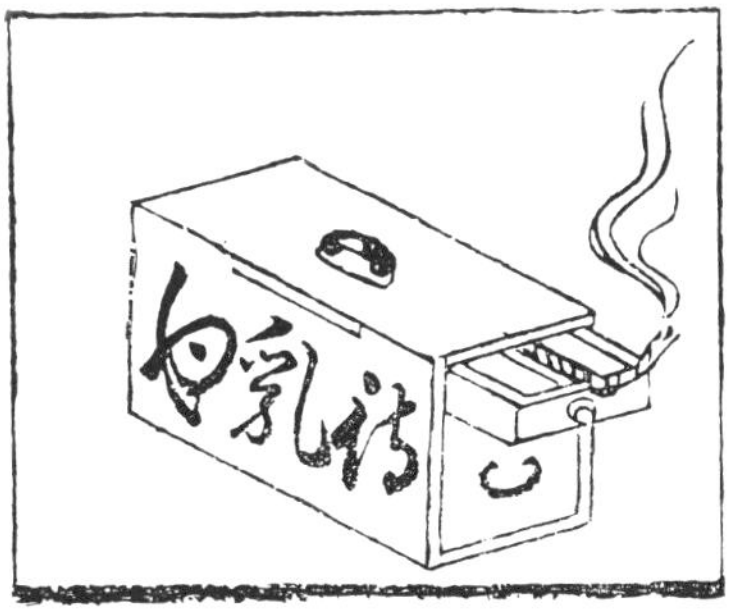

625　火縄箱（『新造図彙』）

615　大首（『絵本三家栄種』）

620
御酒《みき》どくり持つた大屋に人だかり　手がら也けり〳〵

御能拝見に行った大家が錫の徳利を頂いて来たので、それを見せてもらおうと、人だかりがしている。幕府に、将軍宣下、官位昇進、婚礼、誕生などの大礼があったときに催される式能を大礼能、町入り能と称し、町人の側からは、御能拝見といった。その第一日に江戸の名主・家主を五千人召して陪観させた。彼らの中には、帰りに錫の徳利を手に入れる者もあった。

上下《かみしも》で大屋とつくりさげて来る　（柳一三）

○御酒どくり＝神前に供える酒を入れる徳利。

621
一羽づゝなでゝ使は台へつみ　はたらきにけり〳〵

鴨《かも》などの鳥を歳暮などに届けた使いの者が、一羽ずつなでて毛並みを整え、台の上に積んで差し出す。鳥を進物として台に積むには方式があり、「万積物法式之図」などと『節用集』の付録などに記載されている。

寒見舞鴨は先から先へ飛び　（柳一二四）
（たらい回し）

622
どらに成るはじめは女房あばた也　ほころびにけり〳〵（36ウ）

あの男が道楽者（どら、267参照）になったそもそもの原因は、女房があばた面だったからである。男は誰でも美しい女にあこがれるものである。この女房はことによると、持参金付きの嫁だったか。

男の顔をかねではるあばた来る　（柳一八）
（持参金付き嫁）

623
近《きん》ぺんにからまつて居て母をはぎ　いつかいつかと〳〵

勘当されたどら息子が近所にいて、時々母親のところへお金をむしり取りに来る。母親はいつも子に甘いのである。

近所には居るなと母は二両かし　（柳五101）

○からまる＝そこから離れようとしないでぐずぐずしている。

624
新酒屋りやうじな事はいわぬなり　はたらきにけり〳〵

新しく開店した酒屋には、臥煙《がえん》などがいやがらせに銭《ぜに》緡《さし》の押し売りなどにやってくるが、商売の邪魔になっては困るので、そこつなことは言わず、黙って買ってお引き取り願う。

新酒屋さしで二階をおつぷさぎ　（柳二585）

○りょうじ＝聊爾、失礼なこと、そそうなこと。

625 **二つ三つふつて火なわを猪牙《ちょき》へ入れ**　はたらきにけり〱

舟宿のおかみさんが、タバコのための火縄を二三回振って、火のついていることを確かめてから、火縄箱へ入れて猪牙に積む。

ふとんかい込んでゆんでに火なわ箱　（柳一三）

○火縄＝木綿糸などを縄になって、硝石をしみ込ませたもの。火持ちがよいので、タバコに火をつけるためなどに用いた（653頁参照）。

626 **やぼむすめ兄の友達壱人《ひとり》切れ**　いつかいつかと〱

兄の友達が気易さから、妹をちょっと口説いたところ、その妹が全くの堅ぶつで、大騒ぎをしたため、友達はいやけがさしてしまい、結局兄は友達を一人失うことになってしまった。

やぼらしい大きな声はせぬものさ　（末一）

627 **麦めしと書いてゑの木へ立てかける**　はたらきにけり〱

江戸時代、本街道筋には「一里塚」といって、一里ごとに土を高く盛り、そこにエノキを植えた。そこで休む旅人が多かったので茶見世がある。これもそういう句で、麦飯の看板がエノキに立てかけてある状景。エノキの一里塚の創設は諸説あるが、慶長九年説が通っている。

くたびれたやつが見付ける一里塚　（柳八）

628 **御宿《おやど》から文《ふみ》と船宿にがわらひ**　ほころびにけり〱

居続けの客が船宿まで来ると、船宿が、お宅（御宿）から手紙が届いていますよ、と苦笑している。客の自宅では主人が出掛けたきり帰って来ないし、遊びに行った先がよく分からないので、船宿に手紙を預けたものであろう。

○御宿＝あなたのお家、お宅。

629
しうとめの気に入る嫁は世が早し　はたらきにけり〳〵

姑と嫁とは仲が悪いことになっている。それなのに、姑に気に入られるような嫁はよく気を使い働くせいか、早死にしてしまう。

先《せん》の嫁いびり殺して置てほめ　（筥一）

630
ふり袖のもげそうな場へ母の声　ほころびにけり〳〵

逃げようとする娘が袖を押さえられ、強引に口説かれている。あわや振袖がちぎれそうな危ないところへ都合よく母の声、男もやっと手を放す、ああよかった。82参照。

631
おやぶんは水浅黄《みずあさぎ》迄着た男　はたらきにけり〳〵（37オ）

親分の過去を洗ってみれば、かつてうすあお色の囚人服を着たこと、つまりくさい飯を食ったことまである、常人とは違った経歴を持っている男だ、という句。

○親分＝博徒・侠客などのかしら。○水浅黄＝薄い浅黄色、薄いあお色。江戸時代の囚人服がこの色であったところから、囚人服をいう。

632
鰹うりとなりへ片身聞に行　はたらきにけり〳〵

初鰹は非常に高価なものであったから、一軒で一尾買い切れない場合もある。そんなときは、隣で半分買ってくれないか、交渉に行く。

初かつほ片身となりへなすり付　（柳一〇）

633
つけ登せまだふんどしはひぢりめん　ほころびにけり〳〵

不始末をして、故郷へ帰される奉公人が、まだ性根が直っていないのか、緋縮緬《ひぢりめん》（380参照）のふんどしをしている。まだ反省が足りない。男の緋縮緬のふんどしは粋なものとされた。

○つけ登せ＝103参照。

634
ぶちまけるやうに千鳥はおりる也　ほころびにけり〳〵

千鳥は群れをなして移動する習性がある。それらが一せいに下りるときは、何かをぶちまけるようだ。

何事ぞおこつたやうにちどり立つ　（柳五58）

635 **おさまらぬものだと見世で嫁の事**　ほころびにけり〳〵

嫁と姑の仲はうまく治まらないものだな、とその家の店先で話をしている。この句は『柳多留拾遺』初の離別に入っているから、離婚話がかなり決定的に進行しているものと考えたい。

636 **もがつたと下女またぐらへさらい込**　いつかいつかと〳〵

「もがる」が難語で、辞書の解説ではこの句の意味はよく分からない。私説として、カルタの句と思う。強引にカルタを取る、というような意らしい。下女が懸命になって、札をうまく取れたので、興奮のあまり、取った札を股ぐらへさらえ込む。「もがつたで下女あんどんをぶちかへし（幸々評　安永元）」という類句がある。一説に「もがる」は儲《もう》かるのなまった語とする。

歌がるた下女またぐらへ取りためる　（柳二三）

637 **座《ざ》頭《と》の坊やつぱりぬいた方《ほう》へにげ**　ほころびにけり〳〵

人込みのなかで、酔っ払った武士などが刀を抜いたので皆が逃げている。盲人の座頭（55参照）が抜いた方へ逃げるのではないかと心配していると、やっぱりそっちの方へ行ってしまった。

638 **八《や》から鉦《がね》たゞ見て通るものでなし**　はたらきにけり〳〵

大道芸の八《や》柄鉦《からがね》は鐘を八つ腰に付けて一心に叩くのでただ見て通るわけにはいかない。いくばくかのお金を置いて行くことになる（667頁参照）。

残つた六文をやから鉦に遣り　（傍二）
（大井川の渡しの料金の残り）

○八柄鉦＝叩き鉦八個を帯につるし、両手に撞木《しゅもく》を持って打ち鳴らしながら踊るもの。もと、歌念仏に始まり、のち大道芸となった。小夜の中山（東海道）の名物。

639 **素人に成ったがさいごそのしわさ**　はたらきにけり〳〵

遊女であったころは、金を使わせることばかり考えていたようなものであるが、身受けされたりして、素人になってからは、うって変わって、けちになるものであることよ。人間の環境に対応する能力には恐れいる。

○しわい＝吝い、けちなこと。

640 **くどくやつあたり見い〳〵そばへ寄り**　いつかいつかと〳〵（37ウ）

女を口説く男の素振りを詠んだ句。

641 **か丶りける所《とこ》へていしゆも戻ったり**　いつかいつかと〳〵

「かかりける所」は謡曲、浄瑠璃などにみられる（謡曲「敦盛」など）。また「かかる」は取りかかる、の意がある。美人局《つつもたせ》の句であろう。女房にある男がまさに取りかかったところへ、亭主が帰って来て、その男から金をゆする、という寸法である。

642 **囲《かこわ》れのなりこんで来るいろは茶屋**　ほころびにけり〳〵

江戸谷中感応寺門前の岡場所、いろは茶屋（133参照）は僧の客が多かった。そこへ僧の妾《めかけ》が怒鳴り込んで（なりこんで）来たというのであり、最近足の遠のいた僧と妾との痴話げんかのようである。囲れ、81参照。

643 **始皇から見れば清盛小僧なり**　程程がある〳〵

中国の始皇帝と日本の平清盛との驕《おご》りぶりを比較した句であるが、さすがは中国の方がスケールが大きい。始皇帝に比べれば、清盛もまだ小僧みたいだ。万里の長城を築いたり、女性問題にしても、咸陽宮のきさき三千人からみれば、清盛の方は、仏・祇王・祇女・常盤、とならべてもとてもかなうものではない。

○始皇＝中国、秦の皇帝、在位ＢＣ247～210。

644 **根こぎとはつたないぬすみかきつばた**　引上げにけり〳〵

かきつばたを少々盗むぐらいは「花盗人」などともいわれ、風流なこととして許される慣習があった。しかし、根こそぎ抜いて行くような行為は、風雅の範囲を越えており、思慮に欠けることだ。かきつばたは普通の家では栽培出来ないので、盗まれるようである。
○根こぎ＝木や草を根ごと引き抜くこと。○つたない＝思慮分別に欠けるさま。

645 **まん中のあふぎ座頭のわすれたの**　おかしかりけり〳〵
座敷の真ん中に扇の忘れ物があるが、それは座頭（55参照）のだ。普通なら座敷の真ん中にあるものを忘れるはずがないのに。

646 **二つ三つ打ってつゞみを弐朱ひきやれ**　どうぞどうぞと〳〵
鼓を買おうとしている人が、二つ三つ試し打ちをして、二朱ぐらい負けてくれ、と値段の交渉をしている。二朱は一両の八分の一で、約七千円ぐらい。かなり高価なものである。

647 **よつぽどの間かとひる寝は目をこすり**　おかしかりけり〳〵
昼寝でぐっすり寝てしまったので、目が覚めた瞬間、よく分からなくなり、よっぽど長く寝たのかなと、目をこすっている。夏の生活の寸景。

648 **神楽堂目にかゝる迄おして出る**　どうぞどうぞと〳〵
神楽堂で神楽を舞う美しい神子《みこ》が妊娠したが、おなかが人目に付くまでは、無理して舞っている。神子は本来清純な処女であるべきではないかと思うが、結婚し、妊娠している者もいたわけである。

神楽堂帰るを見れば夫婦也（柳五595）
○神楽堂＝神社の境内にあり、里神楽を演ずる所。ここで演ずる神楽は客寄せのため、かなり好色的であった。230参照。○目にかかる＝目にとまる。

649 **里がへり何やら母はきゝのこし**　どうぞどうぞと〳〵（38オ）
里帰り（520参照）で実家へ来た娘がまた婚家に帰ったあと、母は何か大切な事を聞き残したように思われてならない。すべてを聞いていても、何か聞き残したと思うのが情けであろう。

650
舟遊山《ふなゆさん》大隠《おお》居からおさへられ　どうぞどうぞと〳〵

隅田川あたりで、ぱあっと舟遊びをやろうと計画したところ、当主のおじいさん、つまり大隠居さんから、待ったが掛かってしまった。おそらく、この大隠居が苦労してこの家を興したのであり、若い者の無駄遣いにはうるさいのであろう。

○舟遊山＝船に乗って遊興すること。○大隠居＝隠居した者の親。○おさえる＝他の意見などを途中でさえぎりとめる。

651
初の雛ていしゆもつきについている　どうぞどうぞと〳〵

女の子の初めての雛祭りには、亭主も男ではあるが嬉しくてたまらず、お雛さまのそばに付きっきりに付いている。

女房に付きについてるたわけもの　（柳一八）

○つきにつく＝付きっきりにつく。付きまとう。

652
諷講《うたいこう》不参《ふさん》の分は猪牙《ちょき》に乗　どうぞどうぞと〳〵

謡の会に出席するといって家を出ながら、それに出席しない連中は猪牙舟《ちょきぶね》（244参照）に乗る。さっさと吉原へ行ってしまうのである。

諷講ちよきにのるのは下《しも》がゝり　（柳七）

（下がかりは能の用語、金春・金剛・喜多三流。それに、わいせつなことの意を掛ける）

○うたい講＝同好の人々が集まって謡曲をうたい合う会。

653
くどかれて娘は猫にものをいひ　どうぞどうぞと〳〵

若い娘のはじらいの姿態である。

くどかれて乳母だいた子に聞合《ききあわせ》　（柳六）

654
能《よく》むごくしたと追ひ付くゑもん坂　どうぞどうぞと〳〵

連れをまいて吉原へ行こうとしたところ、よくもつれない扱いをしてくれたな、とその連れが追い掛けて来て、衣紋坂《えもんざか》のところで追い付いてしまった。

きついやつゑもん坂からはづす也　（柳一四）

○むごい＝薄情である。○衣紋坂＝吉原入口の地名。日本堤から吉原へ下りる坂。ここで衣紋を整えたところからいう。

655
のりもの丶内でうるさくつまみ上　引上げにけり〳〵

乗り物はかなり高級な駕籠《かご》で、医師や上級の婦人などが乗る。ところで、この句、何をつまみ上げるのか、はっきりしない。乗り物に乗って花見に行く絵が『絵本江戸土産』中（宝暦三）などに描かれているから、このつまみ上げる物は、毛虫の類か。あるいは例句からはペットのチンとも思われる。一説に乱れた着物をつまみ上げるとする。

花の朝ちんもつれてと御意なされ　（拾二）

御かごからわんといわれるつばなうり　（柳二四）

656
順の舞諷《うたい》はいつちはたきなり　程程がある〳〵

順の舞（418参照）の場で、皆が順々に芸をやるとき、謡は一番（いっち）不評である。内容が堅苦しいので、座がしらけてしまう。

じゅんの舞たいこおもつたよりはたき　（明和四）

○はたき＝興行師用語で、不入り、不評。

657
ぜんたいが高尾米屋へ行く気なし　どうぞどうぞと〳〵

吉原の名妓高尾（68・208・259参照）は、米の産地仙台の綱宗公に口説かれたが、島田重三郎という情夫もあり、もともと（ぜんたい）そちらへ身受けされようという考えはなかった。仙台は大藩であるが、江戸人の目からは、田舎っぺという見方があり、高尾のこのような気っぷは大いに庶民に受けたのであろう。

金箔の付た浅黄を高尾ふり　（柳五〇）

（金箔の付いた浅黄、は超特級の田舎侍。みちのくの黄金の花咲く、の意を表す）

○米屋＝伊達家の領地は米の産地で、その禄高は六十二万石余りといわれた。ここは、米屋で伊達綱宗を暗示している。

658
わたし守朝めし前に五はいあげ　引上げにけり〳〵（38ウ）

渡船場の船頭が朝食前に渡し舟を五回往復させた、という句であるが、ここは茅場《かやば》町の鎧《よろい》の渡しであろう。雷師匠と呼ばれた寺子屋があり（『わすれのこり』下）、寺子が多かった。

かやば町壱番舟は手ならひ子　（柳一五）

659
壱人《ひとり》もの喰ってしまつてくろうがり　おかしかりけり〳〵

一人者は腹が減っていれば、食いたい一心で、食事の用意も何とか自分でするが、さて、食ってしまうと、後片付けがまことに面倒で、苦労である。

一人ものこめんどうなと二升たき　（柳九）

660
名月に御用ほつ句をしたといふ　おかしかりけり〳〵

月見の晩に、酒屋の小僧までが発句を作ったという。当時の俳諧趣味の流行振りを反映している。前句にもよく付いている。御用、22・82参照、酒屋の樽拾いをいうことが多い。

十五夜の花立て御用取に来る　（柳二九）
（空き樽を花立てに流用）

661
湯治から少しはよみもつよくなり　程程がある〳〵

湯治場は暇が多いので、湯治に行ってからよみガルタ（66参照）も少しは強くなった。

662
四つ手駕《かご》乗る気なやつはそつと呼び　どうぞどうぞと〳〵

初めから吉原へ急ぎ、駕籠に乗るつもりで、金も持っている客は、四つ手駕籠（488参照）を呼ぶのにも、小さな声でそっと呼ぶ。大きな声で呼んで置いて、そのくせ値切ったりするのはひやかしで、乗らないやつが多い。遊客の心理をついている。

乗りそうなやつへは四つ手小声なり　（柳一一）

663
そら寝入あまりいびきがりちぎ過　おかしかりけり〳〵

寝た振りをしているのだが、演技が下手で、あまりにもいびきが馬鹿正直過ぎる。家庭の親と子、夫と妻、などであろうか。遊女を待つ客の狸寝入り、もあろう。

そら寝入のつぴきならぬ蚊に喰れ　（傍五）

664 **ゐこうゐん斗《ばかり》ねはんに猫が見へ**　程程がある〳〵

通常、釈迦の臨終を描いた涅槃《ねはん》図に猫はいないが（京都東福寺の兆殿司が描いた涅槃図には猫がいる）、回向院だけは近所の岡場所に金猫・銀猫という娼妓がいるので、二月十五日の涅槃会に〝猫〟の姿が見られることもある。

へんなとこねじやかの近所ねこが居る　（天明四）

（寝釈迦は涅槃図のこと）

○回向院＝向両国にある寺で、明暦の大火の焼死者を供養するために建てられた。○涅槃＝仏、とくに釈迦の死をいう。陰暦二月十五日に釈迦の追悼のために行う法会を涅槃会という。○猫＝回向院の近くの「土手側」と呼ばれた私娼窟に金猫・銀猫と呼ばれる女がいたのを指す。

665 **麦めしのあぢもわすれた長い公事**　どうぞどうぞと〳〵

田舎から出てきて長い訴訟（公事《くじ》）をしているうちに、江戸の公事宿《くじやど》（訴訟当事者が泊まる宿、馬喰町辺にあった）で出される米の飯になれてしまい、田舎の麦飯の味も忘れてしまった。当時、ことに田舎では、米の飯は贅沢であった。

諸国からふくれたかほは馬喰町　（拾二）

666 **藪入によくにた男口をとり**　程程がある〳〵

藪入（546参照）で実家に帰る下女などを、その兄が馬を引いて迎えに来る。兄弟だから当然顔が似ている。

藪入のどれへもわらふ馬の上　（宝暦十一）

○口を取る＝馬の「さしなわ」を引いて歩くこと。

667 **追ひはぎも成りたけ人はころさぬ気**　どうぞどうぞと〳〵　（39オ）

追いはぎも金品を取るのが目的であり、殺人が目的ではないから、無用の殺人はしたくないはずである。悪党にも、あわれみの心はあるのかもしれない。

有がたさ人をころすところされる　（柳二一）

○追いはぎ＝往来の人をとらえ、衣類や金銭をはぎ取る者。獄門という極刑に処された。

668 **尺八でつつぱつて見る町はづれ**　引上げにけり〳〵

町はずれに来た虚無僧《こもそう》（166参照）が、人通りがないので、今までま深にかぶっていた深網笠を尺八でぐいと持ち上げて、ホッと一息入れる。町中では深網笠を取れなかった。

669 **ごふく店《だな》一人《ひとり》か二人ねむたがり**　程程がある〳〵

この眠い男は昨夜抜け出して夜遊びをして来たのであろう。

五六人夕べをねむるごふく店　（柳七）

ものさしで夕べけをつくごふく店　（拾七）

（夕べけ、は昨夜酒色にふけった疲れのまだ残っていること）

670 **里がえり人にあはぬが不首尾なり**　おかしかりけり〳〵

里帰り（520・649参照）をして実家へ来た新婦が、人目を避けて人に会わないのは、結婚がうまく行っていないのである。破局に結びつくのかも知れない。

里がへりひつそりとした気のどくさ　（明和六）

○不首尾＝なりゆきが思わしくないこと、不成功。

671 **間男がだくとなきやむ気のどくさ**　どうぞどうぞと〳〵

むずかって泣く子を父親があやしても泣きやまない。そこへたまたまやって来た友人、実は間男が代わって抱くと、ぴたり泣きやんだ。なんと困ったことよ。亭主の留守にしょっちゅう遊びに来ていて、なついているのであろう。間男、487参照。

間男の子としらず伊勢松と付　（末四）

（伊勢参りの留守中の間男による妊娠）

○気の毒さ＝つらいこと、困ったこと。409参照。

672 **むさし坊あつたら事に上言葉《かみことば》**　程程がある〳〵

弁慶は武蔵坊と称していたし、東国出身のようにみえるが、書写山や比叡山で修行し、関西出である。彼が関東の猛者《もさ》ことばであったら、もっとずっとふさわしいのに、惜しいこと（あつたらこと）である。

◯上言葉＝上方言葉。

673 **白びやうしとは間《ま》びやうしの能《よい》女**　程程がある〱

白拍子とは昔の遊女であるが、祇王・祇女にしろ、静にしろ、清盛や義経の寵愛をうけたように、まことに時の運がよい、幸せな女たちである。句は、白拍子、間拍子の語呂遊びがあろう。

◯白拍子＝平安末期から鎌倉時代にかけて流行した歌舞の名であり、ここではそれを歌い舞う遊女。◯間拍子＝時の拍子、運。

674 **仲人は小じうと一人ころす也**　どうぞどうぞと〱

小じゅうと（夫の姉妹）は嫁にとって、はなはだうるさい存在であるから、縁談の妨げとなる。そこで仲人口で一人ぐらいは少なく言うのを、〝殺す〟と誇張して表現した。「小姑は鬼千疋」という諺もある。

仲人は鬼を千疋ころすなり　（柳三八）

675 **角田川きせるをはたきさあどうだ**　どうぞどうぞと〱

向島あたりからの帰り、隅田川の川岸で、きせるをはたきながら、さあ川を越して吉原へ繰りこむか、どうする、と友達を誘っている。

なんにせい向ふへ越せと角田川　（柳五321）

676 **代みやくはやんまを追った小僧也**　おかしかりけり〱（39ウ）

あの医者の代診はもと、やんま（トンボ）を追い掛けていた小僧っこだ。

代脈は若とうで来た男なり　（柳八）

（若党は年若い従者）

◯代脈＝代診、主たる医師に代わって診療する者。

677 **巻ぞへにあつて女房も山帰来《さんきらい》**　どうぞどうぞと〱

亭主がどこかから梅毒をもらって来たが、その巻き添えにあって、女房もうつされてしまい、ともども治療薬の山帰来を飲んでいる。

山帰来女房ぶつてうづらでのみ　（明和六）

○山帰来＝土茯苓《どぶくりよう》の別名、梅毒の薬に使用した。サルトリイバラを山帰来ということがあるが、別のものである。「さるとりいばら……世俗あやまりてこれを山帰来とす。山帰来は土茯苓なり。別物也」（『大和本草』八）。

678
御直段《ねだん》がよいと蔵宿かぶりふり　引上げにけり〳〵

蔵米取りの旗本が米を金に換算して受け取る際、その換算率を蔵宿と交渉する。旗本の希望レートが高過ぎるので、それではお値段がよ過ぎますと蔵宿（14・99・217参照）が断わっている。直段は値段に同じ。

679
わが里へかへる御乳母はまんがまれ　どうぞどうぞと〳〵

江戸などの都会生活になれてしまった乳母は、故郷の田舎へ帰るより、江戸に定住したくなってしまう。だから、主家の子供が大きくなって乳母の仕事が終わっても、自分の故郷へ帰る乳母は極めてまれである。御乳母は、おんば、おんばどん、などとも呼ばれた。65も一生奉公の場合である。

田舎乳母いつか御寺が江戸で出来　（明和二）

○まんがまれ＝万に一つもまれ。極めてまれ。「万《マン》希《カマレ》」（『運歩色葉集』）。

680
袷《あわせ》着てところてんうりなぶる也　おかしかりけり〳〵

秋口に袷を着た客が、こんなに涼しくなったのにまだところてんなんか売っているのか、などといやみを言って、ところてん売りをからかっている。「心太《ところてん》人の暑《あつさ》を当《あて》にして（近道　宝暦九）」という句もあり、ところてんは暑い時のものである（667頁参照）。

681
猿廻しつかんで出ると杖を出し　程程がある〳〵

猿廻し（564参照）の芸がすんで、猿が客から頂いた銭をつかんで、家から出て来ると、猿廻しが杖を出して、

680　ところ天売（『新文字ゑつくし』）

638　八柄鉦（『人倫訓蒙図彙』）

718　真崎の田楽（『絵本世都濃登起』）

その先にとまらせる。

さる廻しつかんで出ると肩を出し　（柳三346）

682 **女いしやとんだ所でさじかげん**　程程がある〳〵

仲条流の妊娠中絶専門医は、人体のとんだ所へ処置をするものだ。

かんばんに殺そふと書女いしや　（宝暦十二）

○女医者＝仲条流産科の女医をいうようであり、古川柳では中絶専門医の意味に使用される。現在言う「女医」とは意味が異なる。

683 **口びるがはれたと袖を取て見せ**　おかしかりけり〳〵

初鉄漿《はつかね》を付けた女性が、初めてのせいか、かぶれて唇が腫れてしまいましたと、口元を隠していた袖を取って、見せている。初鉄漿は恥ずかしいものであったようである。鉄漿《かね》はお歯黒ともいい、結婚した、または成人した女性が歯を黒く染めること。一説にこの句はけんかでなぐられたような場合とする。

口《くち》の袖むすめ取かね礼に来る　（玉）

（初鉄漿は七軒の家からもらい集めて鉄漿をつけた。あとで、そこへ礼に行く）

684 **首くゝりつら当てにとはたわけ者**　程程がある〳〵

あてこすりに首つりをして、死んでしまうとは、どう考えても馬鹿者である。

つら当に女房三歩のひなをかい　（柳三九）

（亭主が三分の女郎を買ったので）

685 **白鳥がないてさびれる根津の里**　程程がある〳〵（40オ）

寒くなって、上野不忍池《しのばずのいけ》に白鳥が渡って来るころになると、根津の岡場所（95・286参照）は客が減ってさびれる。根津は職人の客が多かったので、冬枯れで仕事が減り、景気が悪くなるのであろう。

白鳥をかんこ鳥だと根津で言い　（桜）

686 **女房にとちうであつて先《まず》しかり**　おかしかりけり〳〵

女房に町中で会うのはてれくさいものである。そこで、てれかくしに、まず叱る。「どこへ行っていたのだ」などと。466参照。

687 **借《しやく》馬《ば》引《ひき》も丶迄出して乗て来る**　引上げにけり〳〵

借馬屋（料金を取って馬を貸す商売）の借馬引（馬を引く人）が、裾を股までまくって、その馬に乗って来る。商売柄、急いだもののようである。

現金にかけを追せる借馬引　（柳七一）

（現金に、は打算的に。駆けを追う、は馬に乗って駆け足で走らせる）

688 **斎日《さいにち》に帆を見たやろうらなされる**　おかしかりけり〳〵

藪入に増上寺の山門などの高い所へ上がって、舟の帆が見える海を見て来た若い者が、あまり経験のない高所に上がったため、あとでうなされている。増上寺や上野寛永寺などは、斎日には普段公開しない山門や文殊楼などに上がることを許した。

山門へ登った汗を帆で拭ひ　（柳二七）

○斎日＝一月と七月の十六日をいう。閻魔参り。藪入と同義にも使われる。

689 **囲《かこ》れに地ごくは無いと実《じつ》をいひ**　おかしかりけり〳〵

坊主が妾《めかけ》（囲れ、81参照）に、説法の時などはもっともらしく、地獄の話などをするが、あれは実はうそさ、地獄なんてものはありはしないよ、と本当の打ち明け話をしている。

囲れてともに地こくへ落るなり　（明和七）

（末はこんなことにならなければいいが）

690 **草餅の使公家衆にとめられる**　おちつきにけり〳〵

雛祭り用に作った草餅を配るためのお使いが、京都からの勅使の行列に会ってしばらく足止めをされた。あるいはこの〝公家衆〟は雛祭りの子供たちの見立てかとも思う。なかなか帰さない。

○公家衆＝三月上旬、年中行事として、勅使の公家衆が年頭のお礼に江戸へ差し下された（398参照）。

691 **生酔《なまえい》は七書にもれたはかりごと**　かくしこそすれ〳〵

「忠臣蔵」七段目における、大星由良之助は敵の目をあざむくため、一力茶屋で泥酔していたが、これは七兵書にもない策略であった。「七書」は「七段目」を暗示するか。

ずぶ六と見せて心はゑひもせず　（柳五〇）

（ゑひもせず、は四十七士にかける）

〇生酔＝大酔、泥酔すること。〇七書＝中国の『孫子』『呉子』など七部の兵書。

692 **すれ〳〵なものは花見の幕どなり**　ちらりちらりと〳〵

花見の幕はお互いに隣が気になり、仲の悪いものである。

〇すれすれ＝摩擦の多いさま、互いにいがみあい仲の悪いさま。「すれ〳〵な隣と知らず南瓜這ふ（若の浦　文化二）」という句がある。

693 **どいつだと麻上下《あさがみしも》でおつて出る**　かくしこそすれ〳〵

婚礼の夜の「石打」の句。まだ宴半ばだというのに、石を打ち込まれて、誰がやつたのだ、と上下を着たままの姿で叱りに出る。「石打」は婚礼のあった家へ小石を打ち、水をかけること。一種の祝いの習慣であったが、のち程度がはなはだしくなり、禁止された。

謡最中へばら〳〵石をうち　（藐）

〇麻上下＝麻で作った裃《かみしも》で、礼服。

694 **地白《じしろ》からそろ〳〵嫁をはぎはじめ**　かくしこそすれ〳〵（40ウ）

結婚から日がたって来ると、亭主も遊び出し、必然的に資金が足りなくなって来る。まず嫁入りの時の白無垢あたりからねらわれて、質屋へ持って行かれてしまう。白無垢などは普段使わないからねらわれ易いのかも知れない。

〇地白＝婚礼の白無垢《しろむく》。

695 **たいこあん気のどくがつて水を遣り**　おちつきにけり〳〵

芝の飯倉神明宮の祭礼は九月であるが、雨の多い時期であり、道が泥んこになる。その門前の太好庵《たいこあん》が気の毒がって、転んで汚れたような人に水を使わせてあげる。307参照。

太好庵笑わぬものと見世へいひ　（桜）

（汚れた人を見ても笑うな）

○太好庵＝神明宮の門前にあり、化粧油、売薬などを売った有名な店。

696
御来迎《ごらいごう》すんですぐさま床《とこ》へ入　おちつきにけり〳〵

とくに七月二十六日の夜、品川の遊所では、二十六夜待といって、月の出を拝む風習が盛んであった。月の出は深夜（午前二時過ぎ）になるので、そのあとは飲んでなんかいないで、すぐさまお床入りとなる。

品川の二十六夜はなまぐさい　（宝暦九）

○御来迎＝二十六夜待の月の出の称。阿弥陀三尊が後光を輝かせながら出現するのを迎えるとの意でいう。

697
せんがく寺客を墓所《はかしょ》へつれて行　いつ見てもよし〳〵

高輪の泉岳寺へ参詣する人は、赤穂義士の墓へお参りするのが目的だから、お寺でも客をまずお墓へ案内する。

石塔を客へ振廻ふせんがく寺　（柳七）

698
大一座先陳《せんじん》すでに堀へつき　おちつきにけり〳〵

団体で吉原へ繰り込もうという人たちの、先頭がすでに元気よく舟で山谷堀に着いた。それを戦場句仕立ての趣向でまとめた句。先陳、「陳」は陣の本字。

大一坐後陳はいまだ秋葉に居　（拾四）

（秋葉は向島の秋葉神社、そこから吉原行き）

○大一座＝60・112・712参照。○堀＝山谷堀。吉原へ行く舟の着く所。

699
御無用ときみわるくいふ敵もち　かくしこそすれ〳〵

敵討ちをしようとする人は虚無僧《こもそう》（166・472参照）に身をやつしていることが多かった。だから、敵を持っている人は虚無僧が来ると、「御無用」と不安な気持ちで断りを言って、通ってもらう。376参照。

御無用の声がかたきにそのまんま　（柳六）

700
病人も顔を出させる惣仕舞《そうじまい》　かくしこそすれ〳〵

女郎全員を総上げにするというので、病気で寝ている者までが顔を出しに来る。顔を出せば御祝儀をもらえるのであろう。類似のことばに「惣花（596参照）」がある。

惣仕廻土の牢からふたり出し　（傍五）
（お仕置中の女郎）

○惣仕舞＝妓楼の女郎全員を上げて遊ぶこと。

701
かけて来た禿《かむろ》しばらく耳に口　かくしこそすれ〳〵

走って来た禿（114参照）が、おいらん（姉女郎）の耳に口を当てて、小声で御注進に及んでいる。こましゃくれた、またあどけなさもみられる姿である。

雀形たゝいて雪のちうしんし　（柳初383）

702
根《ね》をおして聞けば娘は泣斗《なくばかり》　かくしこそすれ〳〵

念を入れて（根をおして）聞くと、娘はただ泣くばかりで何も答えない。男性に関する事件でもあったのであろう。65参照。

703
くゞり出る座頭すだれにつき当り　かくしこそすれ〳〵　（41オ）

死者のある家には簾《すだれ》を下げた。大戸を閉めてあるので、くぐりから出た座頭（盲人）が、うっかりして、その簾に突き当たってしまった。

配当に隣おしえる気の毒さ　（柳三402）

○座頭＝ここは、式事のある家を訪れて銭をねだった、配当座頭の類であろう。505参照。

704
おふちやくと日頃を呵《しか》る花の朝　ちらりちらりと〳〵

花見と芝居見物は当時の女性にとって最大の楽しみであった。花見の朝は未明から起きて、化粧や着付けに精を出している。それを見て主人が、お前たちやれば出来るのに、いつもは横着をしているのだな、勝手なやつだ、と叱る。

705
友達は将棋のことで二日来ず　かくしこそすれ〱

将棋友達が、勝負上のつまらない事でけんかをしてしまい、毎日のように来ていたのが、もう二日も来ない。強がりをいってはいるが、実はさびしいのであり、明日あたりはまた来るかと、ひそかに期待しているようである。

碁敵は憎さもにくしなつかしさ　（柳初638）

706
赤がいるごぜはかすかにあぢを知り　おちつきにけり〱

赤蛙は疳の虫などに薬効があると信じられた。瞽女《ごぜ》（盲女、87参照）は子供のころ、それを食べたことがあり、かすかにその味を覚えている。『小児直訣』三に「凡そ小児の疳、内に在れば、目腫れ腹脹り、青白を瀉痢し……」とあり、目の病に赤蛙を使うこともあったのであろう。

ひやふたんを抱き赤がいる買て居る　（柳二八）

（ひょうたんは青びょうたん、顔色の青い子）

707
先殿《せんとの》の代はぺんともならされず　かくしこそすれ〱

先代の殿様のときには、家風も厳しく、お屋敷で三味線の音などは、ぺんともしなかった。当代はそうでもないらしい。琴は上品、三味線は下品という考え方があり、三味線は妾《めかけ》などの遊芸として扱われた。

708
けいこ所も出してやろうと後家の文《ふみ》　かくしこそすれ〱

後家から芳町あたりの陰間へ、音曲の教授所も出してやるから、男妾にならぬかと、手紙が来た。スポンサーになろうという訳である。

○稽古所＝音曲、遊芸などを教える家。

709
黒い毛をぬいたが嫁の越度《おちど》なり　かくしこそすれ〱

姑の頭に白髪が目立つので、嫁がそれを抜いて上げているうちに、間違って黒い毛を抜いてしまい、姑を怒らせてしまった。それは何といっても嫁の過失である。

710
口へ手をあてるがくどきじまい也　かくしこそすれ〱

いつまでもらちが明かず、さらに大きな声も出しそうなので、相手の口へ手を当てて、有無をいわさず、強引に従わせてしまう。いうならば、それが口説きの最後の手だ。

あれ〱がたち消へのする出来たやつ　（末三）

711 **紫もごぜにきせると只《ただ》の色**　ちらりちらりと〱

同じ盲人でも、男の場合紫衣を着るのは検校《けんぎょう》という最高の位である。女の瞽女《ごぜ》の場合は、紫の着物を着ても、ただ色が紫であるというだけで、特段の意味は持たない。

712 **大一座かさばつかりと遣り手いひ**　おちつきにけり〱（41ウ）

大勢の集団登楼の客は、頭数が多く、かさ張るばかりで、ちっともうけにならない、と遣り手が言う。大一座、60・698参照。

713 **玄関であくびをさせる匕《さじ》かげん**　おちつきにけり〱

町医の玄関には、薬取りが長時間待たされてあくびをしている。すぐに薬を出して待合室が空になると、はやらないように見えて格好が悪いから、医師が時間を調整しているのである。

調合は出来てもうかと渡さない　（筥一）

○さじ加減＝薬をさじで調合するときの加減、転じて、手加減をすること。

714 **羽衣をてん〱舞でとりかへし**　おちつきにけり〱

謡曲「羽衣」による句。三保の松原に天女が下りて、羽衣を松の木に掛けておいたのを、漁夫に拾われ、天に帰れなくなるが、舞を舞って衣を返してもらい、天に帰る。

羽衣をかへしてしまやおさらばへ　（拾四）

○てんてん舞＝てんてこ舞、太鼓の音に合わせて舞うことからあわてふためくことにいう。

715 **黒木うりまけると跡へ櫛をさし**　おちつきにけり〱

京都大原の黒木売りは頭の上に黒木をのせて売り歩く。最後の一朶《だ》ですからと、値段を負けて黒木を売ってしまうと、そのあとの空になった頭に櫛をさす。

黒木賣呼とやんわりふり返り　（柳二六）

○黒木売り＝もと、生木をかまどで蒸し焼きにして、黒くしたものを売ったが、のち単なる粗朶《そだ》を売ったようである。

716
あらい髪にぎつてたもと見て貰ひ　ちらりちらりと〳〵

洗ったあとの髪を握ったまま、手がふさがっているから、袂《たもと》に何か必要な物が入っているので、それを見てもらう。例えば髪を拭く手ぬぐいとか。

○洗い髪＝女性が髪を洗い、乾くまで束ねずに下げておくこと。

717
遣り手の子駕《かご》にも出たり出ないだり　ちらりちらりと〳〵

吉原の客が帰るときは、大門《おおもん》の外から駕籠《かご》に乗る。四つ手駕籠が客待ちしているかどうかを大門外まで見にやったり、あるいは、客を駕籠まで送ったりの用事を、遣り手の子に言い付けても、指示通り出ることもあれば、出ないこともある、という句かと思う。女郎たちは大門の外へやたらに出られないが、遣り手の子にはそういう制限はなかったであろうから、使いようによっては、便利だったと思うが、余りいうことをきかないようだ。

あの中で意地のわるいが遣り手の子　（柳初435）

718
田楽《でんがく》で帰るが本《ほん》の信者なり　おちつきにけり〳〵

隅田川のほとりに真崎稲荷《まつさきいなり》があり、その境内の田楽は有名であった。そこで田楽だけを食べて帰る人は本当の信者である。本当の信者でない人は、もちろん、近くの吉原へ行く（667頁参照）。

今度こそ田楽切りといゝあわせ　（安永二）

○田楽＝田楽豆腐の略。豆腐を長方形に切って味噌を付けて焼いたもの。

719
おごつたと楊枝《ようじ》を遣ひ〳〵来る　かくしこそすれ〳〵

ああ、贅沢をしてうまいものを喰った、と言って、つまようじを遣いながらやって来る。

おごつたを徳にして居るまけ軍《いくさ》　（柳二75）

（平家の敗戦）

○おごる＝ぜいたくをする。豪遊する。

720 当分はならんで喰ふの恥かしさ

おちつきにけり〱

新婚のうち当分の間は、夫婦並んで食事するのが恥ずかしい。

花嫁はめしをかぞへるやうに喰い　（柳九）

（42オ）それ柳子の旨とするハ所謂句言虚にして句意誠情に叶ふ古語叓ともに専姿情也是当時まへ句の吐風ならん歟其外六義にもるゝことなくきよらに輪してやなき樽と号吟中の花なるハ聟嫁の祝名にしてたへすさくら木に実をむすふなかたちハ呉陵軒のあるしの樽毎に（42ウ）清筆して校合既にとゝのひぬ発趣は篇〱の序にくわしけれは爰にもらして其仕あけに跋する者東府西舎居李雪斎机鳥愚手をにしりて呑口の封印する事爾也

そもそも柄井川柳氏が重んじることといえば、いわゆる、句のことばは虚構であっても、句の意味は実《まこと》に叶っているということである。古語や古事の句も、ともに俳論にいう「姿情」（俳諧用語）にかなうものである。これが、現代の前句付の作り方なのであろう。さらにまた、六種の詩体にはずれることもなく、清らに美しい詠み方を守っているのは、ちょうど人倫の道にはずれず、清く美しくたがをかけてめでたく婚儀を祝う結納にもふさわしいというような気持ちで、この句集を「やなぎ樽」とよぶのである。詠句中に美しく目をひくのは、花聟・花嫁のおめでたい無数の吟詠で、その美しい花をいつも桜の木の版木にのせてめでたく実を結ばせるよう、出版する仲人役は、呉陵軒の主人であり「やなぎ樽」の樽ごとに清書し、校正もすでに終わった。そもそもの趣旨は各編の序に詳しく書いてあるので、ここでは省略し、その仕上げに跋文を書いている者、江戸の西の方の家に住む私、李雪斎机鳥が愚かな手をねじって「やなぎ樽」の呑み口の封印をするものである。

あとがき

昭和四十年代に開かれた勉強会の席上、故岡田甫氏は参会者に「柳多留」の各編をそれぞれ一人に一編ずつ割り当てて、研究するように指示された。その時筆者に当たったのが『柳多留四編』であり、これが筆者の『柳多留四編』との付き合いの始まりであった。その後、暇をみては参考書から『四編』に関する句を抜いてメモをしていた。

今回、本書の成るに当たり、多くの方々の業績を参考にさせて頂いた。筆者が見ることを得た範囲では『四編』の全句の〝通釈〟は今までなかったようである。おもな資料を次に挙げる。

一　『あさ黄』（川柳浅黄社）昭和五・六年。句番一〜二四〇（全句）、以下不明。同人、水木直箭・中山愷男・荻田穣の三氏。山沢英雄氏より恩借。

二　雑誌『三味線草』のち『川柳春秋』・『関西川柳学会報』と改題。昭和九年〜十八年。句番一〜五七九（全句）、以下不明。同人ははっきりとわからないが、吉沢義則・平林治徳・市川寛・宮川和一郎・糸岡正一・北岡鶴太郎・花岡百樹・森東魚の各氏の名前がみえる。山沢英雄氏、他から恩借。

三　『川柳狂歌集』（岩波、日本古典文学大系、杉本長重・浜田義一郎）句番、抜粋。

四　『柳多留四編輪講』（東京都港区医師会古川柳研究会）昭和五十五年〜五十七年。句番、全句。雑誌『医家芸術』に連載中。同人、鈴木黄・逢坂知之・百渓三郎・小林義徳・広田英雄・神崎勲・橋本矢一・大山隆司・田島広助・山口富成・牛尾博昭・松岡正樹・木村守・篠塚清志・作道皓・岡君雄・後藤勇・坪田修三の各氏とコーチ佐藤要人氏、それにまとめが筆者である。

五　雑誌「解釈と鑑賞」川柳特集各号。

今更申し上げるまでもなく、古川柳の解釈は難しいものであり、先人の業績を参照しながらも、なお適解を得られない句もあった。また、筆者独自の判断により、新解釈を下した句もあるがその中には、かえって誤った方角へ向いてしまったものもあるかも知れない。そういうことがあれば、それは筆者の責任である。

原稿の手入れの段階において、次の方々からは、始終ご教示を賜わった。

岩田秀行・佐藤要人・鈴木倉之助・延広真治・浜田義一郎の各氏（アイウエオ順）。

以上お名前を挙げさせて頂いた各位に深く感謝の意を表します。

終わりに「教養文庫」に「柳多留シリーズ」を加えて下さった社会思想社、および面倒な組版・校正を終始真剣に実施して下さった編集者に感謝致します。

昭和六十年九月十五日

八木　敬一

誹風 柳多留 五篇

（明和七年刊）

佐藤 要人

（1オ）**誹風柳多留五篇序**

弓は袋に治り湯店の看板の矢は軒に跡なし。今翫《もてあそ》ぶ前句は、題にくつたくせず、一句の珍作を専らと評するも判者の発明なるべし。此集去《さる》丑とし四篇迄出板するに、書肆判するにひまなし。よつてことし五篇をあめる事を望にまかせ、亥年秋より子《ね》どし末秋迄の勝句を拾ふ中にも、市谷はつ瀬、芝近江、山下さくら木は、年々会毎に千余の片書怠る事なく、定連の好士の秀吟多し。予愚案ながら、華吟のもとに心の駒を繋《つなぎ》て、

（1ウ）　**あぶみへもつもれ初瀬の山桜**

呉陵軒可有

弓は袋に治まり、湯屋の看板だった矢筈《やはず》も今は全く見かけなくなった。かかる太平の世に、今翫《もてあそ》ばれている前《まえ》句付《くづけ》は、前句題にとらわれず、一句の奇抜さを専らとして評価するというのも判者の見識であろう。この集、去る明和六丑年に四篇まで出版したが、書肆自らの選句の余裕がない。そこで、今年五篇を編纂してほしいという希望によって、明和四亥年秋から明和五子年晩秋までの万句合《まんくあわせ》の勝句から秀抜な作品を拾っているうちに、市谷初瀬・芝近江・山下桜木などの組連は、毎年の会ごとに千余の投句を休みなくつづけ、これら定連練達の士の秀吟が多いことに思い至った。そこで、馬を桜に繋ぐように、これら佳吟の下に心を寄せ、祝福の愚案の一句を示すこととした。

　あぶみへもつもれ初瀬の山桜

(鐙《あぶみ》は近江《あふみ》の洒落、「咲いた桜になぜ馬繋ぐ、馬が勇めば花が散る」の俗謡により、花が鐙にも降りつもれというのであり、近江・初瀬・桜木の三大組連を詠みこんである。ちなみに、大和国初瀬は桜の名所でもあった)

1 **つゝがなく茶わんを戻す太神楽《だいかぐら》**　おちつきにけり〳〵（2オ）

太神楽が、その家の茶碗を借り、わざと落としそうにしたりして見物人をはらはらさせ、最後は無事貸主《かしぬし》に戻す。これも演出の一つなのである。

○太神楽＝正月に町々を廻る大道芸の一つ、籠《かご》抜けや茶碗返しや水芸などを演じて銭を乞うのである。

2 **座頭《ざと》の坊木馬に乗せてみんな逃《にげ》**　ちらりちらりと〳〵

旗本屋敷などには乗馬稽古用の木馬が置かれている。いやがる座頭を大勢で、この木馬に無理矢理乗せて逃げてしまう。目の見えぬ男がどう対処するかを、物陰から見て面白がっているのだ。ちょっと非情ないたずらではある。

3 **いたづらなお手だとげい子わるびれず**　おどけこそすれ〳〵

宴席での酔客が、無作法にも女芸者のお尻に触ったり、股倉へ手を差しこんだりするのを普通の娘なら大声あげて逃げ出すところを、「まあいたずらなお手ですこと」などと、軽くあしらっているところ。職業柄馴れっこであるから、平然としているのである。

4 **つれ合いの日さと遣《や》り手《て》はなしを喰い**　たくさんなこと〳〵

「今日は連合いの命日だから精進するのさ」といって、遣り手が梨《なし》をかじっているというのである。無情酷薄とされる遣り手にも、亭主の命日に精進する人並みの心が残っているのが案外なのだ。

○遣り手＝吉原遊廓に於いて、遊女の監督にあたる中年過ぎの女、各妓楼に一人ずついた。○梨＝普段はお歯黒が落ちるとして梨は食べない。精進日にはお歯黒をつけないのが当時の習俗、だから精進日には梨を食べられるわけだ。

5 **乳母が顔あやしてごぜは笑れる**　かぞへこそすれ〳〵

瞽女《ごぜ》は目の不自由な女芸人。この瞽女が愛想に赤ちゃんをあやしている。その好意は結構なのだが、実は赤ちゃんを抱いている乳母の顔に向ってあやしているのだ。

その見当はずれが、おかしくもあり、哀れでもある。

6 **せがき船松を置く場へめしを置**　かぞへこそすれ〱

船遊山《ふなゆさん》の屋形舟は二十人以上も収容できる大きな涼み舟で、座敷の床の間にあたる舳《へさき》のところに、松の植木鉢などを飾りとして置く（687頁参照）。この屋形舟を借り切って、七月中の仏事として川施餓鬼《せがき》を執行する習俗があった。水死人を弔《とむら》う法事の一つで、町内の人々が乗りこみ、遊山半分の気分であったらしい。それで精進料理などを持ち込み、飯櫃《めしびつ》は松の植木鉢の位置に置かれるのである。

7 **藪入の妹はつきについて居る**　かぞへこそすれ〱

御屋敷に奉公していた姉が、藪入りで久しぶりに帰ってきた。すっかり垢抜けして上品になった姉、それは妹のあこがれでもあったろう。誰にも取られまいとするように、どこへ行くにも姉の傍を離れようとしない。わずか二、三日の姉の休暇が怨《うら》めしいくらいなのだ。

8 **将棋ばんさし上げていて是《これ》乳母よ**　さいわゐな事〱

この家の主人が客と将棋を差している。そこへ奥から這《は》ってきた幼児、あわや盤上の駒をいじくり廻そうとする気配に、「これ乳母よ。何をしている、早く連れて行きなさい」と、将棋盤を差上げて、乳母の来るのを待っている情景。

9 **毒だてに鼻の先きのはいひにくし**　かぞへこそすれ〱

病床に臥《ふ》しているのはこの家の主人、枕頭にあって看病しているのは別嬪《べつぴん》の女房、来診の医師は腎虚《じんきよ》と見立て、その原因が女房にあることは分っていても、「少し慎しまないと命取りになりますよ」とは、さすがにいいにくいというのである。なお腎虚とは、房事過度による精力消耗から起こる病気とされる。

○毒断《だ》て＝身体に有害なものを食べぬこと。ここでは房事を指す。

10 **はだかっててふのを遣《つか》ふ材木や**　かぞへこそすれ〱（２ウ）

削《けず》りそこねると向う脛《ずね》にぐさりと打ち込むことにもなるので、思いきり両足をひろげて手斧《ちょうな》を使っている材木屋、少しは大工の心得もあるが、本当の大工なら両足を揃えてでも手斧を使う。その違いを細かく観察した句である。

○てふの＝手斧の訛り。大工道具の一つ。

11 **気斗《ばかり》さなど丶御隠居酌へさし** いつ見てもよし〳〵

「いろごとに全く興味がないわけじゃないが、この年では体が利かないよ」などと冗談をいいながら、お酌をしてくれた女に、返杯の酒を強いている御隠居。女を酔わせておいて自由にしようとするつもりなど全くないことをいって、女を安心させているのであろう。

12 **事かけになぶつた婆《ばば》ゝアすりみがき** かくしこそすれ〳〵

適当にちょっかいを出す女がいないので、間に合わせのつもりで婆さんに冗談をいったところ、すっかり色気づき、化粧に余念がないとは笑止なことだ。

○事欠け＝間に合わせの意の江戸語。

13 **馬喰町きうじの手でもにぎらせず** かくしこそすれ〳〵

馬喰町旅籠《はたご》屋の客は、いずれも田舎客で無作法な手合が多く、給仕女の尻をつねる不届者もいたが、給仕の下女は相手を田舎者と馬鹿にし、手を握ることさえ許さないのだ。

○馬喰町＝旅籠屋の多い町で、訴訟のため江戸へ来て泊るところから公事宿《くじやど》の名もあった。

14 **増上寺生酔《なまえい》の出る所《とこ》でなし** たくさんなこと〳〵

上野寛永寺との対比の句。芝の増上寺は浄土宗鎮西派《ちんぜいは》の本山で、寛永寺同様将軍家の菩提所だが、ただ上野と違うところは桜が植えてないこと、したがって酔っぱらいは増上寺ではまったく見当らないというのである。

○生酔《なまえい》＝ぐでんぐでんに酔った者。

15 **かけ取りの泊り迄来る手のわるさ** かぞへこそすれ〳〵

米・味噌・醤油など一切の生活必需品は、年に二度の支払いで済まされた時代、盆前の支払い期は多少ゆるやかだが、年末の掛取りは必死で、支払い側もこの期に皆済しないと、世間への義理が立たないのである。しかしなかには、平然と支払わぬ者もあった。そうなると、掛取りも泊り込みの居催促という手を用いなければならない。そうまでされるのは、支払い側が悪質だからで、こんな目に逢うのである。

○手が悪い＝やり方が悪い。質《たち》が悪い。

16 **うたれたる訳は女房がかたやなり**　かぞへこそすれ〳〵

足利尊氏の臣、塩冶判官《えんやはんがん》高貞は、尊氏の執事高師直《こうのもろなお》に攻め滅ぼされてしまった。塩冶が師直に敵対《てきたい》したわけでもないのに、どうして討たれたかといえば、つまりは、塩冶の妻が師直に言い寄られて拒絶したからなのだ（『太平記』巻二一「塩冶判官讒死事」）。それにしても、塩冶の妻があまりに堅物《かたぶつ》過ぎるという評なのだが……。

○かたや＝堅物のこと。

17 **その沙汰を聞いて宿下《やどお》り廻り道**　かぞへこそすれ〳〵

御屋敷奉公をしている間に、自分の結婚話がすすめられていることを知って、宿下りの途中、お聟さんになる男の家の様子をひそかにうかがうため、わざわざ廻り道をするというのである。

○その沙汰＝ここでは結婚話。○宿下り＝奉公先から休暇をもらって実家へ帰ること。

18 **天井を男の見るはふがいなし**　かくしこそすれ〳〵

バレ句。女性上位の体位を強要されるのは入聟《いりむこ》と相場がきまっている。男としては、まことにいくじのない話である、の意。

○天井を見る＝降参する意の江戸語。ここでは茶臼形の意に用いている。

19 **妹は母よりはぐに骨がおれ**　かくしこそすれ〳〵（3オ）

遊興資金を、子に甘い母からせびり取ることは比較的容易で、またそれを常習としてきたが、利口な妹からはぐのは骨が折れるという、どら息子の述懐。

20 **遣り手の子あの女郎衆がなどと泣《なき》**　かくしこそすれ〳〵

遣り手（4参照）の子供は、女郎たちがちょっとからかっても、「あの女郎衆が、あたいをいじめた」などと泣いて母親に訴える。さすがに遣り手の子供だけあって、すぐ告げ口をするその性格も母親そっくりとは、女郎たちの評である。

21 **太神楽《だいかぐら》たばさんだのが上手也**　いつ見てもよし〳〵

太神楽（1参照）は数人で一行を組み、さまざまの芸を披露してみせるが、そのなかに脇差しを一本腰にたばさんでいる男がおり、この男が一行のなかではもっとも芸に練達の太夫であり、親方なのである。

22 **まだ来なんせんかとゑんへこしを懸《かけ》**　おちつきにけり〳〵

遊里句である。約束または船宿からの通報によって客の登楼する時刻が分ると、馴染みの傾城《けいせい》は新造《しんぞう》（年若い妹女郎）・禿《かむろ》（身辺の雑務を処理する小間使いの少女）を引きつれて仲の町の茶屋まで出張って客の到来を待つという慣例があり、これを「仲の町張《ば》り」という（687頁参照）。主題句はまさにその場面で、傾城は茶屋の縁へ浅く腰を掛け、一服つけながら、「主さんはまだ来なんせんか」と、茶屋のお内儀に聞いているところ。

23 **あくた川鍋取りめがとおつかける**　かくしこそすれ〳〵

『伊勢物語』の、在原業平が二条の后をおびき出し、摂州三島郡にある芥川《あくたがわ》まで逃げたとする一節を詠んだもの。追手《おって》の者たちが、「いたずら者の鍋取《なべとり》め、どうしてくりょう」と歯がみをして二人の跡を追いかけたろうというのである。

○鍋取＝鍋取公家《くげ》の略称。武官の公家のことで、身分の低い者をさげすんでいう。昔武官は皆冠に追懸《おいかけ》を掛けたが、その追懸が鍋を火からおろす時に用いる鍋取（今なら鍋挾み）という道具に似ているところからこの名が出た。

6　舳の松（『艶容歌妓結』）

22　仲の町張り（『北廓鶏卵方』）

24

柳原樽をちよこ〳〵すてゝにげ　かくしこそすれ〳〵

酒屋の小僧が夕闇の中をすたすた帰って行く。と突然、柳の木陰から菰《こも》をかかえた白首の姉さんが現われ、「そこの兄さん、素通りはなりませぬぞえ」などと、小僧の袖を捉えようとするので、びっくり仰天した小僧が集めてきた酒樽をそっちこっちへ放り出して逃げるという光景。どうやら夜鷹にからかわれたらしい。

○柳原＝浅草橋から筋違《すじかい》橋に至る神田川南岸の土手をいう。古着・古道具の店が多く、夕方からは夜鷹といわれる街娼が出没した（693頁参照）。

25

かゞみとぎ手前ばなをの下駄をさげ　おちつきにけり〳〵

旅人がスペアの草鞋《わらじ》を腰に下げているように、鏡磨《かがみとぎ》は余分の下駄を腰にぶら下げてくる。その下駄の鼻緒は手前鼻緒、つまり自家製だというのであり、そこに何ごとにもつつましい貧しい鏡磨の生活がにじみ出ているのである。

○鏡磨＝加賀者が多いとされる。はるばる江戸へ仕事に来る鏡磨は、しょぼくれた親父で、つんつるてんの短い着物に、道具箱を担いで歩いた。

26

きつい目が出たと口から壱分出し　かくしこそすれ〳〵

これは博奕《ばくち》句。「きびしい目が出やがった」と、通り者（博奕打。280参照）のつぶやき。口に一分金などを含んでいるのは、当時のやくざ風俗で、主題句の場合は博奕に負け、次の勝負の資金を口から出して、銭に代えてもらうのである。

27

銭の無い奴は窓から首を出し　いつ見てもよし〳〵

大名屋敷表長屋の下級武士などの場合。今日は非番で天気もよい、当然町へ遊びに出たいところだが、生憎《あいにく》とすっからかんで蕎麦一杯食べる銭もない。そこで長屋の武者窓から町を通る人人、特に若い女の姿でも眺めて目の保養でもしようという連中もいる。

28

六あみだ土蔵作りが仕廻いなり　おちつきにけり〳〵（3ウ）

六阿弥陀詣《もうで》は、多くは一番近くにある常楽院を最終に廻すことになるが、この寺だけは土蔵造りの御堂に阿弥陀様が祀られていたのである。

○六阿弥陀＝行基菩薩が一本《いちぼく》六体の阿弥陀像を刻み、江戸及びその近郊に配置したとされるもの。一番豊島の西福寺、二番沼田の延命院、三番西ケ原の無量寺、四番田端の与楽寺、五番下谷の常楽院、六番亀戸の常光寺で、春秋二季の彼岸に、後生《ごしょう》を願ってこれらの寺を廻る習俗があり、これを六阿弥陀詣という。

29 **座敷牢腰縄で出る十三日**　かくしこそすれ〳〵

十二月十三日は、煤掃《すすは》きの日である。座敷牢の中も当然大掃除されるわけであるが、道楽が過ぎて座敷牢に入れられている息子も、掃除の終るまでここから出されることになる。ただ、逃亡するおそれもあるので、縄でしばられ庭木などにくくられるというのも止むを得ない仕儀であろう。

30 **たいこ持べんにまかせてかりたをし**　おちつきにげり〳〵

遊廓では客の腰巾着《こしぎんちゃく》のごとく振舞い、遊びを面白くするのを己《おのれ》の職業とする太鼓持《たいこもち》は、当意即妙の弁舌を振うのを得意とする。つまり口がうまくなくては勤まらない。鍛えに鍛えたその弁舌で、金を借り倒して廻るというのもありそうである。

31 **根津へでも遣《や》りたいといふあぶれ駕《かご》**　かくしこそすれ〳〵

客を吉原へ運ぶのがいちばん稼《かせ》ぎになる駕籠《かご》屋、どうしたことか今日に限ってお客がない。「こうなったら、根津へ行く客でも我慢しよう」という愚痴《ぐち》。

○根津＝不忍《しのばず》池の西方にあった岡場所（非公認遊所）で、大工などを常客としている遊里であるから、チップをはずむ客などは乗らないのである。

32 **旅あんまはちにさゝれるやうな針**　おちつきにけり〳〵

旅行に出て、ちょっと疲れがひどい。そこで宿場を渡り歩く按摩《あんま》を呼び、鍼《はり》を打ってもらったが、その痛いこと、まるで蜂にでも刺されたようだ。これに比べると、さすがに腕のいい江戸の按摩は、鍼を打たせても、蚊にさされるほどの痛みも感じさせない程なのに……。

33 **若いものしつけとり〳〵江戸へ出る**　かくしこそすれ〳〵

若い者というのは、吉原の妓楼で働く男衆のこと。廓内から町《まち》へ行くことを「江戸へ出る」という。廓内生活者にとって、町は別世界であり、たまに江戸へ出る時は一張羅《ちょうら》を着て出かける。「しつけとりとり」とは、新調してまだ手を通さない着物を着て出かけることを意味する。

34 **うらやんでぢゞいを起すしうとばゞ**　いつ見てもよし〳〵

息子に嫁を迎えた。若夫婦の夜の行事が、隠居部屋にも伝わってくる。そこで姑婆さんが羨ましがって、寝こんでいるお爺さんを揺り起こしてせがむという意。

35 **おらがのは年季《ねんき》を待《まつ》と薬とり**　おちつきにけり〳〵

「年季」は『柳多留拾遺』の方では「年忌」となっている。年忌は毎年めぐってくる祥月命日のこと、「おれが家の病人さまは、今日明日が危なく、来年の今頃は年忌を待つ状態さ」と薬取りが、別の薬取りに話をしているところ。薬取りは多くはその家の使用人の役目で、病人に対して余り同情のないあたりに、使用人根性が出ているであろう。＊

36 **初かつほあつかましくも百につけ**　おちつきにけり〳〵

高価な初鰹を値踏みして、「百文でどうだ」とは、ずいぶん厚かましい値のつけようだの意。出盛りには百文という鰹もあるだろうが、初鰹は安くとも一分《いちぶ》（千文）以上というのが当時の常識、肴《さかな》屋が呆《あき》れるのも無理がないのである。

37 **棒鼻でかつぎぐゞりをおし明ける**　ちらりちらりと〳〵（4オ）

「かつぎ」は蕎麦屋の出前持ち（693頁参照）。けんどん箱を棒の後ろにぶら下げて担ぐ。棒鼻とは棒の先のこと、その棒の先で潜り戸を押し開けて入る出前持ち。商売柄の特徴を描写した句である。

38 **船頭も跡のばゝあは義理で抱き**　いつ見てもよし〳〵

渡し舟が向う岸につき、纜《ともづな》をくるると同時に乗客は次々と桟橋へ飛び移る。足許が危ないから女子供に対しては、船頭が抱きかかえて桟橋へ渡す。若い娘などに対しては、真実心をこめて抱き上げてやるが、その後の歯抜けのお婆さんはお義理で抱くというのである。人間心理の機微をうがった句だ。

39 **春まけはいしやの手ぎわにいけぬなり**　かくしこそすれ〳〵

「春負」けとは、思春期のぶらぶら病い、つまり恋患《わずら》いのことである。「お医者様でも草津の湯でも、恋の病いは治りゃせぬ」と草津節にいう通りである。

○手際＝手練《しゅれん》に同じ。

40 **ぢん笠でつみ草に出る浅ぎうら**　ちらりちらりと〳〵

浅黄裏《あさぎうら》は、田舎侍の代名詞。普通の摘み草なら笊《ざる》などを持って出るが、陣笠をかぶって摘み草に行くとはずいぶん武張った摘み草で、風流味はさらさらない。その陣笠が笊の代用をするところに、句の面白さがあろう。

41 **はへぬのを十六七はくろうがり**　かくしこそすれ〳〵

江戸時代に「十三ぱつかり毛十六」という野卑な俚言《りげん》があった。十三の破瓜《はか》（初潮を見ること）、池塘《ちとう》の春草は十五、六歳に生えるという意。これはその娘の成育状況によってかなりの個人差のあることは現在も同じ、年頃になってもまだ人並みでないのが、なんとなく気苦労なのだ。それが娘の心理というものであろう。

42 **地紙うり芝のやしきでくどかれる**　いつ見てもよし〳〵

地紙売は扇の地紙を売り歩く行商（693頁参照）。歌舞伎の色子（歌舞伎の若衆で男色を売る者）上りが多かった関係で、中年を過ぎたお内儀たちに人気があったが、荒くれ男たちからも性的対象としてねらわれたのである。それで、武家屋敷の仲間《ちゆうげん》部屋などへ行くと、口説かれたり挑まれたりするわけだ。

○芝の屋敷＝芝新銭座にあった薩摩藩の上屋敷、薩摩武士は獣肉を食べ、精力絶倫、男色を好んだとされる。

43 **高砂は今もついでに行くところ**　さいわゐな事〳〵

謡曲「高砂《たかさご》」によって作られた句。九州肥後国阿蘇の宮の神主友成《ともなり》という者が、京見物のため都へ上る。「又よき次《ついで》なれば、播州高砂の浦をも一見《いつけん》せばやと存じ候ふ」とある文句を捉えて、今も江戸から上方見物に出掛ける連中は、大坂へ来たついでに、話の種にもと、有名な高砂の浦まで足をのばす、というのである。

44 **じようだんをしい〳〵捨る鳥のはね**　おどけこそすれ〳〵

むだ口をたたきながら鴨の毛を引き、それを捨てるという年末風景。鴨は雑煮に用いるが、これを食べられるのはかなり裕福な家に限られる。掛取り（15参照）との折衝で青息吐息の連中には思い及ばぬことで、年末にむだ口をたたいていられるのも、とどこおりなく支払いを済ませた証拠なのだ。

○冗談＝ここではむだ口の意。

45 **すがゞきの中を手代は出て帰り**　たくさんなこと〳〵

商家の奉公人は商用に出たついでに時間を都合して吉原で遊ぶ。当然昼遊びとなる。吉原は暮六つ（午後六時）になると、各妓楼でいっせいに三味線をかき鳴らし、夜の見世となり、ここから吉原の本当の世界が展開するが、奉公人の身の悲しさ、吉原の昼しか知らないのだ。

○すががき＝暮六つになると、張見世の新造たちが、格別曲譜のない三味線をいっせいにかき鳴らして景気を添える。これをすががきという。

46 **留守ねらうやつはあいつとあいつなり**　たくさんなこと〳〵（4ウ）

亭主が旅に出ることになる。その留守をねらって女房にちょっかいを出す野郎は、まず彼奴と彼奴くらいだろ

24　夜鷹（『江戸職人歌合』）

42　地紙売（奥村利信筆）

37　蕎麦屋のかつぎ（『江戸職人歌合』下）

51　京のかつぎ風俗
（『絵本鏡百首』）

う。女郎を買う金もなく、そのくせ女好きな、けちな野郎に限って旅の留守をねらうのである。

47 **仲人も少しくどいた男なり**　さいわゐな事〱

後家《ごけ》さんの再婚。仲人も口説いたことのある女だが、私情を捨てて仲人をするのも、仲介料がほしいからだろうと、その打算的な内情を素破《すっぱ》抜いた句。

48 **うそをつく事がきらいです顔也**　さいわゐな事〱

女が化粧をするのは化《ば》けると書くように、人の目を欺くに等しい。嘘をつくのが嫌だから素顔のままというのは、実は自信たっぷりな器量自慢なのだ。

49 **ぞう兵《ひょう》は又来ましたと後三年**　たくさんなこと〱

天喜二年（一〇五四）、安倍一族が朝廷に叛《そむ》き、陸奥守兼鎮守府将軍源頼義がこれを追討、康平五年（一〇六二）に平定した。後、清原家衡《いえひら》がまた叛乱を起こし、今度は源義家が総大将となって、寛治元年（一〇八七）に平定した。歴史の上では先のを前九年の役といい、後者を後三年の役という。総大将は変ったものの、一般の兵卒は同じだから「また来ました」とユーモラスに表現したのである。

50 **けいせいはかたきが知れて捨られる**　さいわゐな事〱

傾城《けいせい》は格の高い遊女の総称。多くは幾人かの馴染客を持ち、巧みにあやなして金を使わせる。客は皆、自分一人がこの傾城の色客と思いこんでいるが、ふとしたことから別に恋仇（色客）のいることが分り、以後ふっつりと登楼しなくなった。つまり、客の方が傾城に愛想をつかしたのである。

51 **らく中は女を丸で見せぬ所《とこ》**　かぞへこそすれ〱

洛は都のこと。京都では良家の女子の外出には被衣《かつぎ》というものをかぶって歩くので、髪形や首筋など明らかさまには見えない（693頁参照）。つまり、女性の全容を見せようとしない。そんなに出し惜しむこともあるまいとは、東男《あずまおとこ》の評である。

52
大名の着く日もだしを売て来る　さいわゐな事〳〵

諸国大名が参勤交代で江戸へ入府するのは旧暦の四月、江戸では山王祭（六月十五日）が近づき、前景気に湧き立っている時分、各町内から出す山車《だし》（祭り屋台）も、そろそろ準備に取りかからなければならない。その時期をねらって新作の山車を売りに来るのである。「鐘一つ売れぬ日はなし江戸の春」という其角の句があるが、供揃いの行列で江戸の町筋が混雑しているなかを、山車を売って歩くという大江戸の豪勢さを詠んだもの。＊

53
入王《いりおう》に成ると見物碁へたかり　たくさんなこと〳〵

町の碁・将棋会所は、碁盤・将棋盤をそれぞれ設備して、庶民の娯楽に供する商売。見物人も多く、一種の社交場でもあった。将棋を見物していた連中が、入王になって、勝負の決着が長引くと見て、今度は碁を打ってる方へ移動したという句。

○入王＝将棋で、敵陣の中に王将が入りこんだ形をいう。

54
おしそうに姿を崩す雨やどり　かぞへこそすれ〳〵

途中俄《にわか》雨にあって雨やどりをしている若い女がいる。雨は一向に止みそうもなく、このままでは小止みを待って走るほかはない。着物の裾も少しははしょらなければならぬし、今までしゃなりしゃなりと歩いて来た自分の姿を、がらり崩してしまうのはまことに惜しい。そうした若い女性の心理がありありとよみとれる句である。

55
五六度《たび》覗いて嫁の夕すゞみ　たくさんなこと〳〵（5オ）

日が落ちてもなおむんむんするような暑さ。町内の連中も家の前に縁台を出して夕涼みをしている。嫁も夕涼みに出たいが、人前でなぶられるのが嫌で、なかなか戸外に出られない。五、六度覗いて見て、口の悪そうなのが居ないのを確かめて、やっと夕涼みに出る。

56
三会め国府《こくぶ》の下へ弐両置《おき》　かぞへこそすれ〳〵

遊里句。最初の登楼を初会《しょかい》といい、二度目を裏《うら》という。三会目《さんかいめ》にしてはじめて馴染みとなり、遊女は心を許して帯を解くというのがこの廓の習わしである。客はこの三会目に、床花《とこばな》（寝床でやるチップ）をやらなければならない。それも直接に金を渡すなどのぶしつけなことは避け、国府煙草の下に目立たぬように床花の二両を置くという状況を詠んだもの。いわゆる吉原における傾城買《けいせいかい》の所分け（機微《きび》）の一つである。

57
知行から来る内寺で五俵かり　かぞへこそすれ〳〵

幕臣は知行取りと蔵前取りとに分れ、知行取りは知行地を持ち、そこから年貢米が来ることになる。これが幕臣の俸禄なのであるが、いずれも貧しいため次の年貢米の納期までやりくりしなければならず、比較的裕福な旦那寺から米を借りて一時《いちじ》をしのぐという状況、幕臣の窮乏は目に余るものがあったのである。

58
何事ぞおこつたように千鳥立つ　たくさんなこと〳〵

浜千鳥は何十羽が一度にぱっと飛び立つ習性がある。突然一大異変がもちあがったように、という川柳的表現。

59
吉日が遠くて柱壱本《いっぽ》たて　さいわゐな事〳〵

「吉日が遠い」は縁遠いことの諷意。愛娘に縁談がまったく無いことを心配した両親が、金精様を縁起棚に祀って娘が男運にありつくようにと、朝々燈明をあげて祈願しているということらしい。

○柱＝神様を数える単位、柱一本は金精大明神一柱の意。

60
針売のいらざる後家を立て通し　かぞへこそすれ〳〵

縫い針の行商をして細々《ほそぼそ》と生活《たつき》を立てている後家。財産でもあるのならともかく、針売りの分際で後家を立てとおす心情が理解できない、というのである。

61
おとゝいはむごくしたなと十五日　おどけこそすれ〳〵

十二月十三日は煤掃《すすは》き（29参照）の日、当日仕事の終った祝いに誰彼をつかまえて胴上げにし、笑いころげたのである。下女などを胴上げする時は、特に乱暴に扱うので、遺恨《いこん》を含む場合もあった。この句はそれ程でもないが、「一昨日はずいぶんひどい目にあわせたね。覚えておきな」という軽い怨《うら》みごとをいう場合である。

62　**信長へお国ものだと申上げ**　さいわゐな事〳〵

藤吉郎（後の豊臣秀吉）が、はじめて織田信長に仕官し、草履《ぞうり》取りになった時の奏上者の口上。「お国者」は同郷の意で格別の親しみを含む。

63　**ぼたもちとぬかしたと下女いきどおり**　かぞへこそすれ〳〵

牡丹餅とは醜女《しこめ》をいう悪口。いかに下女だとて冗談にしろ、「牡丹餅」といわれては、腹の虫がおさまるまい。

64　**六月のしちやは見世へ柵をふり**　たくさんなこと〳〵（5ウ）

「柵を振る」は柵を設けるの意。六月の虫干しに質屋では見世に柵をしつらえ、数多くの入質ものを一面に掛け干すのである。

65　**どこでどふ習ふて来たか後家の拳**　かぞへこそすれ〳〵

拳戯には当時、長崎拳や狐拳などがあって、多くは花柳界で行なわれたのである。何かの拍子に、後家が拳のできることがわかった。さてどこで習ったのだろうという意。もちろん後家と結びつくのは陰間《かげま》茶屋で、そこの男娼から拳を習ったに違いないことを風刺している。

66　**草履取《ぞうりとり》よろけるなりに供をする**　おどけこそすれ〳〵

草履取は従者、下男のこと。主人は酔っぱらってあちらへふらふら、こちらへふらふら、草履取もその後に付くから、主人同様よろけているように見えるという、マンガチックな図である。

67　**合《あわせ》びんおもつた程はちへがなし**　おどけこそすれ〳〵

合《あわ》せ鬢《びん》というのは男の髪型の一つで、年配者の結うものとされた。享保にはやり、明和頃には吉原遊びをする連中も真似たようだが、後には廃《すた》れた。髪型を見れば分別盛りの男のように思われるが、さて何か相談を持ちかけても、期待する知恵は案外に出してくれないというのだ。

○合せ鬢＝左右の鬢を髻《もとどり》の下で合わせ、太い元結で束ねた髪型。

68

旅むかいすやをした日の面白さ　さいわゐな事〳〵

遠路の旅帰りを、品川とか板橋など、各街道の江戸の入口まで迎えに出るという慣例があって、これを旅迎いといった。送る場合もあり、これは旅送りである。いずれにしても宿場へ行くのであるから、妓楼にあがり飯盛女（宿場女郎）を買って遊ぶというのが、旅迎い・旅送りの目的の一半でもあった。ひどい場合は、この句のように、旅迎いをすっぽかして、飯盛宿へしけこむという手合もいたのである。

○素矢《すや》をする＝すっぽかす意の江戸語。

69

切れ小口 名代《みようだい》出すがさいご也　さいわゐな事〳〵

名代《みようだい》を押しつけられた客は、名代には手を出せず、しかも揚代金は支払わねばならぬというのであるから、傾《けい》城《せい》の仕打ちに腹を立てて、これをきっかけに、馴染みの傾城と手を切る客もあった。名代を出されたことが、縁の切れるきっかけを作ったのだ。

○切れ小口＝縁の切れる糸口。○名代＝傾城に馴染み客がかち合った場合、一人には自分の代りに妹分の新造《しんぞう》を出すというのが吉原の慣例で、これを名代という。

70

あたりますなどとよしずへけさをかけ　かぞへこそすれ〳〵

上野山下の楊弓場（矢場。701頁参照）。葭簀《よしず》で囲った小屋は、外に水茶屋や見世物などがあった。山下は所柄で坊主客が多く、美人の矢取り娘が、「うちの的は当り易いですよ」などとお世辞を言いながら、葭簀に坊さんの脱いだ袈裟《けさ》をかけているところ。矢を射るのに、袈裟が邪魔になるからである。

いらざる僧のうでたては土弓なり　（柳一八）
（僧侶の武技は棒術くらいがふさわしい。土弓は楊弓に同じ）

71
かこいものぢつとしているたちでなし　たくさんなこと〳〵

川柳で「囲い者」とあれば僧侶の妾《めかけ》のことである。多くは別宅にかこわれるが、貧家の出が多いところから、小まめに働く習性を身につけており、小商《こあきな》いなどをやりたがる。それがまたカムフラージュにもなる。

72
白酒屋などは戸をさす手負猪《ておいじし》　たくさんなこと〳〵

源頼朝の富士の巻狩りを詠んだ句。仁田四郎が手負猪にまたがって仕止めたのも、曽我兄弟が工藤祐経の陣屋に押入って親の仇《かたき》を討ったのもこの時で、江戸時代の人たちはこの富士の巻狩りは、身近な出来事のように感じられていたのである。この巻狩りで、手負いになった猪が近郷へ逃げ出し、山麓の沼津辺の名物白酒屋では、あわてて戸を閉め、家へ飛びこむのを防いだろうとの想像句。

○白酒＝山川白酒は、東海道沼津・吉原・元市場の名物（『駿国雑誌』『伊賀越道中双六』等）。

73
あま酒へみやげをすぐにおろし込《こみ》　さいわゐな事〳〵（6オ）

甘酒に生《しよう》姜《が》をおろし込んで頂くことは当時の一般的飲み方で、今もしばしば行なわれている。飯倉神明の祭礼（九月十一日から二十一日。701頁参照）には、生姜を土産として売る慣例で、その生姜を帰宅後すぐに、甘酒にすりおろしたという句。時あたかも甘酒造りの季節で、氏子の家では、行路の人にも甘酒を振舞ったという。

74
人形と同じ嶋着るくわいらいし　たくさんなこと〳〵

傀儡師《かいらいし》は人形遣いの大道芸人。首に人形箱をつるし、単純な物語に節付けし、その箱の上で人形を遣った。自分の着ている青梅縞《おうめじま》などの余り布で人形の衣裳を作ってあり、そこでお対《つい》の着物となるわけだ。

75 **病人のみんな見て置くいしやのくせ**　かぞへこそすれ〱

病人は他に用がなく退屈なので、医者の一挙手一投足を丹念に観察し、その癖《くせ》までも承知しているというのである。無くて七癖という、どの医者にもそれなりの癖があるものだ。

76 **おつかけて行くとしんぞうちゞこまり**　おどけこそすれ〱

ふざけて追いかけると、若い娘はひと通りは逃げるが、逃げおおせないことがわかると、身を守るように、ちぢこまる習性があるようだ。主題句は、新造《しんぞう》に、そうした娘心の機微《きび》を見つけた句。

○新造＝自室を持たない十六、七の若い遊女。多くは姉女郎に付随し、振袖を着ているところから振袖新造ともいわれる。

77 **ぶん〴〵に寝るが夫婦のすがれ也**　さいわゐな事〱

夫婦も盛りが過ぎて老いを迎えるようになると、別々に寝床を敷き、めいめい勝手に寝るようになる。

○分々に＝めいめい勝手に。○すがれ＝盛りの過ぎること。

78 **七《しち》乞食などとからこふ奥家老**　おどけこそすれ〱

鉄漿《かね》（お歯黒）をつけるのは既婚者のみとは限らず、ある年齢に達すると鉄漿をつける習俗があり、奥女中のなかには、はじめて鉄漿をつける者もいたのだ。初鉄漿には、近隣七カ所から鉄漿を貰うというのが当時の慣例であるから、局《つぼね》（奥女中の部屋）で、すでに鉄漿を用いている七人の老女から鉄漿を貰うこととなる。それを奥家老が、七乞食《しちこじき》などといってからかってみせたのである。

○七乞食＝「七転八起」の意の俚言《りげん》だが七カ所から物を貰うことにからめた洒落。○奥家老＝大名屋敷の大奥を取り締まる役職。多くはよぼよぼの老人が選ばれる。

79 **駕《かご》の者おろして願ふむし薬**　さいわゐな事〱

駕籠《かご》の者とは、駕籠舁《かき》人足のこと。駕籠を目的地まで

70　楊弓場（『間合俗物譬問答』）

84　首っ引き（『滑稽道化遊』）

73　千木箱と生姜（勝川春潮筆、部分）

運ばぬうちに、地べたへ下ろし（一種のサボタージュ）、客に酒手《さかて》をねだるという、いわゆる雲助根性の句。

○虫薬＝子供の虫薬のことだが、酒が飲みたくなることを「虫が起こった」などといい、ここでは酒の代名詞として用いている。

80 **万歳は雑煮半ばの春の興**　おどけこそすれ〳〵

三河万歳は、暮に国を出て元日より松の内いっぱい、江戸の檀家を廻って面白おかしい掛合を演じ、江戸市民を笑わせたのである。つまり雑煮半ばの春興《しゅんきょう》（春の楽しみ）だという洒落。

○雑煮半ば＝雑煮を食べている途中。

81 **鼻紙をつかんで遣り手のんで居る**　さいわゐな事〳〵

吉原の客は、三度目の登楼ではじめて馴染みとなり、この折敵娼《あいかた》に床花《とこばな》を与えるが、遣り手にも一分の花（チップ）を出す慣例である。主題句はこの場面で、一分の花と同時に、一献《いっこん》振舞われる。

○鼻紙＝小菊という懐紙のこと。客は現金を妓楼に持ち込まずに、小菊を金の代りに用いる慣習があり、これを紙花といい、一枚が一分に通用する。紙花は茶屋の引当てがないと、単なる鼻紙に過ぎないのである。

82 **初鰹めしのさいにはあぢきなし**　たくさんなこと〳〵（6ウ）

出初めには一本一両以上もするという初鰹（36参照）、仮りに一本一分のものでも御飯の菜にはもったいない、どうしても辛子味噌で一杯いこうというところ。初鰹を御飯の菜にしか食べない下戸の野暮さ加減を嘲笑しているのである。

　やみ〳〵と下戸に喰れる初鰹　（柳一二七）

83 **上下で上るり余程ひどく酔《よい》**　おどけこそすれ〳〵

婚礼の披露宴に連なった招待客、着馴れぬ上下でかしこまっているが、酒の酔いが廻るにつれて、やがて席が乱れ、勝手にうたう者も出てくる。めでたい謡ならふさわしいが、なかには頭を振り振り、「半七さん、今頃は」などとやり出す。風呂屋でうなるのを湯浄瑠璃というが、これなどは酒浄瑠璃とでもいいたいところ。

84 **首《くび》つ引《びき》帆柱たてるようにまけ**　おどけこそすれ〱

二人が対座し、首と首に輪紐をわたして引き合う遊戯（701頁参照）。弱い方の首が、前の方へ次第に傾き立ってゆくさまを、舟の帆柱を立てる様子に見立てたもの。

負て立ち勝て倒れる首つ引　（柳五〇）

85 **蚊や一と重《え》でも夜ばいにはきつい邪魔**　かぞへこそすれ〱

夜這《よば》いは、他人に知られては困るし、相手に事前に悟られて騒がれても成功しない。蚊帳が吊ってあるだけでも、這う男にとってはかなりの障害になるというものだ。

86 **顔へ筋出るととうめうせんといひ**　おどけこそすれ〱

大道芸人が、大勢の見物人にかこまれて芸を見せている。一番難しい芸を必死に行なう時、力が入るため顔に青筋が立つ。「さあ、お立合い、ここが芸のふん張りどころ、御見物衆、さあ燈明銭《とうみょうせん》〱」と、口上係が笊《ざる》を持ち、銭を乞うて歩くという光景。

○燈明銭＝燈籠銭ともいい、神社や寺院の境内で、大道芸人が芸を演じてもらう銭のこと。

87 **みゝづでも掘るやうに見る払蔵《はらいぐら》**　さいわゐな事〱

売りに出された土蔵（払蔵）を、買手が根太《ねだ》の部分を掘って痛み工合を調べている。ちょうど蚯蚓《みみず》を掘っているように見えるのである。払蔵は解体し、使える材料を転用するので、瓦や柱や垂木《たるき》、根太などの破損状況を見定める必要があるからだ。

88 **傘《からかさ》でいつて紺屋にいひまける**　かぞへこそすれ〱

「紺屋のあさって」という俚言《りげん》があるように、紺屋は約束の期日にできたためしがないのである。雨の日に行って、「染め上っていないとは怪しからぬ」とわめいても、雨は紺屋の言訳けのもっとも有力な材料なので、結句いい負かされてしまう、というお笑い。

89 **ごぜの供知つたのが来《く》りや舌を出し**　おどけこそすれ〳〵

瞽女《ごぜ》は目のわるい女芸人のこと、供は女芸人の手引き（案内人）である。瞽女の手引きが歩いていると、向うから知った奴が来た。ちょっと体裁が悪いので、照れ隠しにぺろりと舌を出したという光景、主人の目が見えないから、それを見咎められる心配はないのだ。

90 **針打をおつたて跡へござをしき**　さいわゐな事〳〵

針打をしている子供たちを座敷から追い立てて、その跡へ盆茣蓙《ぼんござ》を敷いて丁半賭博をはじめるという正月の風景。川柳には松の内博奕《ばくち》というテーマを詠んだ句が多く、御法度《ごはっと》の賭博も、正月だけは、一種の遊戯としてお目こぼしされるという実情もあったのである。

○針打＝縫針に糸をつけ、糸の端を指でつまみ、針を前歯にくわえて、重ねおいた紙に吹きつけ、針先に紙がついて上った分を取るという子供の遊び。

91 **お妾《めかけ》の親元《おやもと》薬とりも来ず**　さいわゐな事〳〵（7オ）

当時、医者でありながら医業に専念せず、結婚の仲人やら奉公人の斡旋のみをこととし、世過ぎをしている者を幇間《ほうかん》医者などと称した。主題句もそうした医者を詠んだもので、自分が親元となってお歴々のところへ妾の世話をし、莫大な謝礼金を入手する。医者とはいうものの、薬取りなどは一人も来ない、とその内実をすっぱ抜いた句。

92 **下女が髪にしめのにへる内に出来**　おどけこそすれ〳〵

お勝手の仕事をしながら、その僅かな隙を見計らって髪を結う下女。煮しめものをしているが、煮え上がる頃には結《ゆ》い上るという寸法、その手際が奉公人たちの知恵である。

93 **ふぐ汁もくわざらにやあとしうといヽ**　さいわゐな事〳〵

老先きが短いのだから、鰒汁《ふぐじる》くらいは食べておきたいものだ、と姑がいっている。底意地の悪い姑のこと、鰒にあたって死ねば嫁は幸せだろうが、逆に鰒の方があてられそうなのである。

94 **ぬき足でかへるていしゆはじやすい也**　さいわゐな事〳〵

女房が間男でもしていはしまいかと、外出から抜き足で帰る亭主。疑りぶかい焼餅やきの亭主ではある。

95 **又寄って来なと出しなに一つやき**　おどけこそすれ〳〵

「お付合で寄って来るのであれば、しょうがありませんね。今日もどうぞ寄っていらっしゃいな」と、亭主が家を出る時にいう、女房のせいいっぱいの皮肉である。寄るところは、もちろん吉原遊廓、吉原は当時、一種の社交場でもあったのだ。

96 **口ばたをたいこやり手につめられる**　おどけこそすれ〳〵

太鼓持《たいこもち》（30参照）はむだ口をたたいて人を笑わせるのが一つの特技であり、遣り手がその対象となることが多い。悪口が過ぎて、遣り手から口端をつめられるのも、また座興なのだ。

97 **はらがけに成ると子共はあたまがち**　たくさんなこと〳〵

「あたまがち」は頭でっかちのこと。幼児の体型の特徴がはだかになると、はっきり現われるのである。

98 **行水《ぎょうずい》のわく内うらで二ばん取**　さいわゐな事〳〵

夕涼みのたわむれで、腕くらべをしたり、相撲を取ったりする。行水をつかって汗を洗い流すのなら、その前に相撲を二番ほど取ってからにしよう、というのである。

99 **まだほへて居ますかと聞くしうとばゞ**　たくさんなこと〳〵

こっぴどく姑《しゅうとめ》に叱られて、ついに泣いてしまった嫁、自身で泣かせておきながら、「まだ吠《ほ》えていますかい」と、家人に聞いている姑のにくにくしさが滲み出ている。

○吠える＝泣くことを卑しめていう言葉。

100 **おやたちの前から取ると茶屋はいい**　かぞへこそすれ〳〵（7ウ）

吉原で遊興常習の息子、馴染みの茶屋に未払分がかなり溜まってしまった。「いくら本人に督促してもらちがあかねえから、親たちに話して下《さが》り（遊興費の支払い）を取るほかない」と、引手茶屋の主人の最終決断。茶屋を通す遊客は、遊興の費用一切は、茶屋の責任において支払われる慣例であった。

101
近所には居るなと母は弐両かし　さいわゐな事〳〵

親から勘当された息子、心細《ほそ》いのか家の近所にうろうろしていて、様子を見ては甘い母にねだる。「世間体が悪いから、家の近くにはいないでおくれ」とはいうものの、ついつい息子に同情して、金を二両ほどやってしまった。

102
ふくみ状ひゞあかぎれは書きおとし　さいわゐな事〳〵

義経は、兄頼朝の追討を受け、その冤罪《えんざい》をはらそうと、腰越鎌倉へ下って頼朝に面接を申し入れたがきかれず、腰越から引返さねばならぬこととなった。ここで義経が認《したた》めたのが腰越状といわれるもので、その文章中に、「……義経、身体髪膚を父母に受け、いくばく時節を経ずして、故頭殿、御他界の間、孤子となって母の懐中に抱かれて（中略）身を在々所々にかくし、辺土遠国をすみかとし、土民百姓等に服仕せらる云々」（『義経記《ぎけいき》』所収）とあり、その幼少年時代の苦難を綴っている。さしずめ、江戸時代なら丁稚《でっち》・小僧のような境涯にあって、忍従に耐えてきたのを、「ひび・あかぎれ」のことまでは書かなかったが、その辛惨のさまは文面に滲み出ているというのである。

○含み状＝心の中を訴えるため、思うところを認めた書状。多くは書状を口に含んで自害するところからいう（715頁参照）。幸若舞曲の「含み状」は、衣川で義経が書状をくわえて自刃し、それが鎌倉にまで届けられたことになっている。含み状の内容は腰越状と同じものであり、主題句を衣川の時のものとしてもよかろう。

103
瀬戸物屋あたり近所へそんが知れ　たくさんなこと〳〵

瀬戸物屋は、ちょっとした粗相でも商品をこわしてしまう。しかも、こわれる時には、ガチャガチャと大きな音を立てるので、あたり近所へ損害を知られてしまうことになる。

そん金《きん》の世間へ知れるせと物屋　（柳三232）

104
青空に直《なお》して帰るひの衣　ほめられにけり〳〵

太宰府に流された、菅原道真の霊魂が雷電となって都に荒れ狂い、紫宸殿に落下する。そこでかつて道真の師だった比叡山の法性坊《ほっしょうぼう》へ勅使が立ち、道真の霊を鎮《しず》めてくれるようとの依頼がある。三度目の使いで法性坊は山を下り、緋《ひ》の衣をひるがえして宮中に参内《さんだい》し、道真の霊と問答の果て、ついに雷電を祈り伏せ、もとの晴天にかえしたという、謡曲「雷電」による句。

〇緋の衣＝高位の僧の着る緋色の僧衣。

105
紫に成る程つめる江戸のはり　はんじやうなこと〳〵

皮膚が内出血して紫色になるほど、吉原の傾城《けいせい》は客を強くつねるものだ、の意。紫は江戸の名産、つねるのは愛情の表現であり、吉原の傾城の張りの強さを証明するものとされた。

江戸丁でもてむらさきのあざが出来　（天明五）

106
市帰り大戸上げろとしよつて居る　ほめられにけり〳〵

歳の市へ正月用品を買いに行き、大荷物を背負って帰宅した。夜もおそいので店の戸は締められ、この大荷物ではくぐり戸からは入れない。「おーい、今帰ったぞ。大戸を上げてくれ」という情景。

107
なまかべへ御使者を通す御立身　ほめられにけり〳〵

何らかの功績によって立身した旗本は、それにふさわしい邸宅を賜わるのが一般、地所は広いが建物は古いので、その家を新改築して、おのれの格式を示す必要があった。そこへ出世祝いの使者が到着、まだ壁の生乾きの玄関へとお使者をみちびき入れる。

御立身なまかべへ馬のりかける　（拾一〇）
（お使者の馬。これは祝いの品を式台にのせ、玄関で口上を述べて帰る）

108 **千両は壱分かけても気にかゝり**　よくばりにけり〱

千両の金がたまれば、千両箱に収められ厳重に保管される。千両箱というのは、金持の一つのめどになるものであり、たとえ一分欠けても千両箱にはならない。たった一分ばかりと他人は思うだろうが、その一分のために商人は心血を注ぐのである。気にかかるのも当然であろう。

109 **御夜詰《およづめ》に御次ぎへ座頭おして出る**　釣り合にけり〱（8オ）

旗本屋敷へ貸金の取り立てに来た座頭は、何度来てもらちが明かないので、御夜詰（夜の宿直）よろしく、殿様の次の間（お次ぎ）に夜を徹しての居催促と出た。ずいぶんと強引なやり方だが、相手も相手だから、こういう仕打ちも受けるのである。

110 **御めかけのいふ程の事是《ぜ》となされ**　よくばりにけり〱

お妾《めかけ》の容色におぼれている鼻下長の殿様。どんな無理をいっても、お妾のいうことならすべてもっともなことだと思っている。これでは一家の中は治まらない。

111 **鳥追いのしかられて行店《たな》おろし**　よくばりにけり〱

鳥追いが商家の前へ門付けに来る。たまたま店の中では店《たな》おろしの最中、「この忙しいさまが見えないのか、お通り〱」といって叱られる。

○鳥追い＝正月に来る女の門付け芸人。求めによっては、短い唄浄瑠璃などを語って聞かせた。○店卸《たなおろ》し＝商品の現在高を調べ、昨年中の収支決算をすること。正月中の吉日に行なわれる慣習である。

112 **能い後家が出来ると咄《はな》すいしや仲間**　よくばりにけり〱

女房が美人で亭主は腎虚（9参照）とは、川柳的趣向の世界である。「あすこの美しい女房が、近いうちに後家になるぞ」と医者仲間の噂《うわさ》話。医者だけに亭主の病状を知っているのだ。

113
枕絵は添てもしち屋直《ね》にふまず　よくばりにけり〳〵

枕絵は男女の秘戯図で、これを勝絵といって縁起をかつぎ、その巻物を鎧櫃などの中に入れておく習俗があった。鎧を質に入れるのに、この秘画の巻物を添えたが、質屋の方ではまったく一文の値にも踏んでくれず、鎧だけの価値しか見てくれなかった。

114
料理人首でも行《ゆく》とふいて居る　釣り合にけり〳〵

料理人が自分の使う包丁を磨《と》ぎ上げ、刃先をかざし、布で拭きながら、「この切れ味なら、人間の首でもすぱっと行けそうだ」などと、物騒な独り言をいっている。

○料理人＝冠婚葬祭や寄り合いのある家に頼まれて出張し、料理をつくる職人。

115
しんこんにてつして聟は出る気也　よくばりにけり〳〵

「心魂に徹して」とは、今まで隠忍自重してきたが、どうにも我慢できなくなって、の意。入り聟がいかに軽く扱われたか、奉公人同様、女房からも養父母からも馬鹿にされることも稀ではなかった。特に義母から挑《いど》まれることもあるので、飛び出す気になるのも無理からぬことなのだ。

116
す壱歩はあだやおろかに遊ばぬ気　はんじやうなこと〳〵

素一分というのは、一分ぽっきりしか持っていない遊客のこと。吉原へ遊びに来たが、さてこの大切な一分の金を、無駄にしないようにと苦心している。登楼したのに敵娼《あいかた》に振られたのではどうにもならない。つまり、大事にしてくれそうな女郎を見立てることがもっとも肝要なのである。

117
すけつねは今朝の御礼がいとま乞　釣り合にけり〳〵

工藤祐経は、建久四年（一一九三）五月二十八日夜、富士の巻狩りの折の仮屋で、曽我兄弟に討たれたが、その朝、主君頼朝公の陣屋へ挨拶に伺候したのが、永の暇乞いになってしまった、というのである。

118 **名代《みようだい》のたらぬ所でなわをとき**　はんじやうなこと〳〵（8ウ）

傾城《けいせい》に馴染み客がかち合った場合、一人や二人の名代（69参照）では間に合わぬこともある。それで、折檻《せつかん》を受けてしばられていた新造《しんぞう》を解放して、名代にあてることもあった。商売のためにはまことに貪欲なのである。

119 **御しんぷははちばらいだと弐両出し**　よくばりにけり〳〵

「勘当したうちのどら息子に、家のまわりをうろうろされては体面にかかわる。銚子かどこか遠方へ追いやる最後の捨て銭だ」といいながら、親父どの（御親父《ごしんぷ》）が二両の金を奮発した、と解されている。

○蜂払い＝近くに飛んで来た蜂を手で払いのけることから、他へ追いやる意に使われる。

120 **水茶屋を弐けんふさげて見つ見せつ**　はんじやうなこと〳〵

水茶屋を二軒借り切っての見合風景。「見つ見せつ」という表現がそれを暗示しているのである。

○水茶屋＝行路の人に茶を供する腰掛け茶屋のこと。妙齢の美人を置いて客を呼んだ風俗営業の一つで、寺社の境内、盛り場などにあり、特に浅草の二十軒茶屋が有名。

121 **しんめうのながしへかかる人ずくな**　ほめられにけり〳〵

針妙《しんみよう》は一般家庭に雇われる裁縫女のこと。雇われて行った先の家では奉公人が極めて少なく、下女もいない始末で、針妙自身が流し元へ立たなくてはならないこともある。

122 **供部屋《ともべや》の外から乳母は乳で呼び**　ほめられにけり〳〵

旗本屋敷などの供部屋（来客の場合、供の者の控えている部屋）へ、乳母の預かっているお子がちょっと油断をしたすきに入りこんでしまった。部外者であり、しかもあまり柄のよくない連中の多い供部屋へ乳母も入りかねて、何とか中のお子を呼び出そうとして、「お乳を差し上げますよ」などと呼んでいる。

123
生酔《なまえい》の枕あてがい次第なり　釣り合にけり〳〵

座敷にひっくりかえっている酔《よ》っぱらいに枕をあてがってやる。位置がどうであれ、高さがどうであれ、当人はなされるままで、枕の具合など、どうでもよいのである。

124
新そばのきうじらう下でつき当り　ほめられにけり〳〵

蕎麦振舞いということが当時一般に行なわれた。その年はじめてとれた蕎麦粉で打った蕎麦を親しい人々を招待して馳走するのである。蕎麦は、客が食べ終ると同時に間髪を入れず椀の中に次の蕎麦を投げ込んでやるのが馳走の極意、それだけに給仕係りの気の配りようは大変なもので、蕎麦を切らさぬように、お勝手と座敷の間を走って歩くことになる。給仕同士が廊下で突き当るのも珍しいことではなかった。

125
旅立ははでなが早くくたびれる　ほめられにけり〳〵

旅立とあれば短くても数日、長ければ数十日ということになる。当時の旅には持久力が要求されたわけで、最初から派手にはしゃいだり、口数の多い奴にかぎって、いちばん早く顎《あご》を出してしまうというわけ。

126
あどけないやうで無心にぬけめなし　よくばりにけり〳〵

部屋持になり立ての傾城《けいせい》は、まだ十七、八で見たところ娘の面影の残るあどけなさを感じさせるが、さすがに廓の水で鍛えられているから、客に対する無心《むしん》ともなると、ちゃんと急所を押えて油断がならない。

127
おやゆずりだと盃をしやぶらせる　ほめられにけり〳〵（9オ）

赤子に盃をあずけると、まだ二、三本しか歯のない口で盃をしゃぶっている。「おや、こいつは親譲りの酒好きになるぞ」などと大笑いしている情景。

128
おしいかなひそうの娘むごん也　よくばりにけり〳〵

蝶よ花よと大事に育てられた娘、日に日に美しくなっていったが、惜しいことに無言、つまり言葉がしゃべれない、まことに惜しいことだの意。唖《おし》の娘とする説が有力である。

129
あきの守時分は至極しんじや也　ほめられにけり〱

久安二年（一一四六）、平清盛は安芸守に任ぜられ、ある時高野山で夢のお告げを受け、奏聞して任を延べ、安芸の宮島社、百八間の廻廊を修復したのである。後年のあの横暴ぶりを考えると、その時分は想像もできないほど敬虔な厳島信者であったのだ。

130
ます花になどとは文のよわみ也　釣り合にけり〱

「増花《ますばな》」とは、前の女にまさる好きな人の意。「今までずいぶんとご贔屓《ひいき》にして頂きましたが、増花の方へお心をお移しになられましたか、このところさっぱりお見えがありませんね」などと傾城《けいせい》から文が来た。その傾城は、名代《みようだい》を出したり、客扱いに誠意が見られなかったことを自ら悟っているだけに、そうした弱味が文面に出ているのである。

131
くさらせて置くが端午の名残也　はんじやうなこと〱

五月五日の端午の節句には、軒に菖蒲を葺く習俗があるが、この菖蒲は節句が過ぎても取り外《はず》さず、そのまま軒に腐らせてしまう。これは端午の節句の名残りといえるものだ。

隣へも梯子《はしご》の礼に菖蒲葺き　（柳初188）

132
御不勝手《おふがつて》質屋の大戸上げさせる　はんじやうなこと〱

下級武士はいうに及ばず、旗本などのお歴々でも、表向きとはうらはらに内情は極端に苦しかったのである。これを川柳的表現で、「御不勝手《おふがつて》」という。勝手元不如意の意である。夜陰に乗じて鎧櫃などを質屋に持ちこみ、何しろ大荷物なので、店の大戸を上げさせることになる。武士の魂ともいうべき、刀剣や鎧を入質するほど窮乏していたのであった。

133 **きやうこつなお子だと遣り手蜘《くも》をすて**　よくばりにけり〳〵

傾城《けいせい》のそばへ大きな蛛蜘《くも》が這《は》ってくる。これを見て「きゃあっ、誰か来て」などと大声を出して逃げまどっている。何事が起こったかと遣り手が飛んできて、蛛蜘を紙につまんで捨て、「なんとまあ、軽忽《きょうこつ》なお子だよ、蛛蜘の一匹くらいで」と苦笑い。

○お子＝遣り手が傾城を尊敬していう言葉。花魁《おいらん》とか、お子などという。○軽忽《きょうこつ》＝軽骨とも。大声を出してびっくりするさま。

134 **御ふくろに知れてむすめはふとく成《なり》**　よくばりにけり〳〵

娘に好きな相手ができて、逢引きしているところを母に見とがめられてしまった。父親なら恐ろしいが、母親なら大丈夫と、娘はず太《ぶと》く開き直るというのである。

135 **御ゐんきよは杖のあたまへ手をかさね**　釣り合にけり〳〵

御隠居さんが杖をついてそのあたりを歩いている。ふと知った人に出会い、杖の頭に両手を重ねてのせ、立ち話をしている姿、御隠居の癖を巧みに捉えた写生句である。

136 **是切りのあやめさげ行はなれ蔵**　はんじやうなこと〳〵　（9ウ）

端午の節句に、まず家の軒へ菖蒲を葺《ふ》き、最後の一束を提げて離れ蔵（住居と別棟の土蔵）の軒へも葺きに行くのである。

137 **雨舎《やど》り煙管《きせる》を出して叱られる**　よくばりにけり〳〵

俄《にわか》雨であわてて人の家の軒下にかけこむ。それはそれで相身互いで、家の人も文句をいわない。ところが、煙管を出して煙草を喫《す》おうという様子を見て、「店先の煙草はなりませぬ」と、叱られたのである。江戸の市中では街頭での喫煙は、不時の火災をおそれる当局にとって厳重に禁止されていたのだ（715頁参照）。

138 **いそがしい見世につき袖ていしゆなり**　はんじゃうなこと〳〵

忙しい見世先にいて、奉公人たちが右往左往しているのに、のんびりと突袖《つきそで》したまま立っている男がいる。これはこの家の亭主に違いない、というがち。
○突袖＝「突袖は握りこぶしのおき所」（童の的）とあるように、袂の中に手首を突っこんで、袖先を前の方へ突き出す形、気取ったり、思い入れのある感じをいう。またのんびりした感じのしぐさ。

139 **町風《まちふう》かなどと御針に見てもらい**　ほめられにけり〱

珍しく、花見か草摘みか廓からの外出を許されて、いそいそと外出着を着ている遊女たち、「町娘に見えんすかえ」などとお針（妓楼の裁縫師）に聞いている風情《ふぜい》。廓内にいると、時に町風というのが魅力なのである。

140 **よさは能いがとは女のそねみなり**　ほめられにけり〱

「顔立ちは確かに美しいが……」などというのは、つづいてその美人のわずかな欠点をあげつらう口吻《こうふん》がうかがえるわけで、これは同性を評する女性に共通する嫉妬の現われなのである。

よい女どこそか女房きずをつけ　（拾二）

141 **どくをいふのへ御きうじはもり付ける**　よくばりにけり〱

夷講《えびす》（322参照）に招かれた客の一人が、かなり酔った勢いで給仕の下女などに悪態をつく。それでその下女が、御飯をてんこ盛りにしてさし出す、これも一種の意趣返しなのだ。どんなに満腹していても、盛りつけられた御飯は全部平らげなければ失礼にあたる。客は苦しがりながら食べているのが滑稽なのであろう。

142 **ごふく屋へ来て迄すねるひそうむす**　よくばりにけり〱

ひそうむすは「秘蔵娘」、裕福な家庭で大事に大事に育てられている娘をいう。母がその娘をつれて呉服屋へ上る。いうまでもなく娘の着物の柄を見立てにである。ひと通り、呉服を出させておいて、母のすすめる柄は気に入らず、「ここの店には良い柄がないから、越後屋に行こう」などという。母が呉服屋に悪いと思い、あれこれなだめても、すねていて頸をたてに振らない。秘蔵娘

137　路上禁煙の札（『絵本江戸紫』）見せ先たばこ無用

102　含み状（『手拭合』）

145　台の物（『通人三極志』）

174　髷節（『浪華獅子』）

はわがままなのである。

143 **女房は何さ〳〵と三つへし**　よくばりにけり〳〵

人に物を遣る場合など、亭主は気前を見せたがるが、女房は、「何さ、そんなに沢山差上げる必要はないじゃないか」と、三つばかり減らして（へし）風呂敷などに包んでいる。女は何かにつけて細かいのである。

144 **手を取て子になでさせる鴨のはら**　ほめられにけり〳〵

正月料理用の鴨の毛を引いている年末風景。子供は気味悪い半面好奇心も強い。その手を無理やりに取って、「ほらこんなにふわ〳〵と柔らかいだろう」と、鴨の腹の柔毛をなでさせている場面。

145 **台のものとなりへ出たであんどする**　はんじやうなこと〳〵（10オ）

遊里のしきたりには、客にとって甚だ不都合なものがいくつかある。この句の台の物もそうだ。客の意志とは関係なく、女郎また遣り手の采配によって座敷に持ちこまれることがある。その価は一分と相場がきまっているから、客にとってはかなりの散財となる。廊下の様子から、台の物が運ばれてきたことが分るので、懐のさびしい客はびくびくしていると、それは隣の客の座敷へ持ちこまれたのだった。それでやっと安堵の胸をなでおろしているというお笑い。

○台の物＝蓬莱台に食べものをあしらったもの（715頁参照）。

146 **かけ乞も二三丁ほど春をふみ**　よくばりにけり〳〵

掛乞は掛取り（15参照）と同義。大晦日から元日の朝の八つ半（午前三時）頃まで集金にかけ廻っているのを「二三丁ほど春を踏み」と表現した。

147 **持参金うにこうる迄のんだつら**　よくばりにけり〳〵

持参金付きの嫁というのは、どこかに欠陥のある女で、主題句は大あばたのある嫁、うにこうるまで飲んだ面《つら》だという雑言。

○うにこうる＝イルカに似た海獣で、門歯一本が長い角《つの》になっている。この角を粉末にしたものは解《げ》毒《どく》・解熱《げねつ》等に効くとされ、痘瘡《とうそう》の特効薬として珍重された。ポルトガル語という。

148
正月を嫁もそろ〲かなしがり　釣り合にけり〲

年末の支払いの苦労、お正月料理の準備やら年始客の接待の心配まで、身心ともに磨り減る思い、年も一つずつ取って、世間ではもう年増だなどとの陰口も聞かれる。嫁に来た当座は希望に胸がふくらみ、何やら夢中で過ぎたが、昨今はむしろ、正月の来るのが悲しくなるくらいである。

149
大びきはきんぜんとして崩す也　よくばりにけり〲

めくりかるた斗技の句。斗技者は一座三名、最初に打つのを親といい、二番目を胴二といい、最後の者を大引《おおび》き、または単に引《び》きという。現在の花札の場合も同様だが、大引きは一番有利で、次は親が有利とされる。「崩す」は相手に出来そうな役を潰すこと。潰された役札は最終的には大引きの手に入る運命にあるので、大引きの欣然《きんぜん》たる気持がよく分るのである。

150
懸取のとぼして来るで春でなし　釣り合にけり〲

外はもう元日の朝が白んでいるのに、掛取り（15参照）が提灯《ちょうちん》をともして来る。掛取りに支払いを済ませぬうちはまだ大晦日《おおみそか》のうちで、春がきたというわけにはいかないのだ。

151
どらにあひたいがまつごの願也　ほめられにけり〲

病床にあった父親が臨終を迎え、その間際に、「一目息子に逢いたい」と本音を吐いた。父の死際の願いは切実であるが、どら息子は勘当を受けて遠く銚子あたりに預けられており、急飛脚《きゅうびきゃく》を立てたものの、どうにも父の死に目には間に合いそうにない。

くちびるをどらがしめすと息がたへ　（安永四）
（呼び寄せられて辛うじて臨終に間に合う）

152 **むこに行事《ゆく》を茶やからそにんする**　よくばりにけり〱

吉原の引手茶屋で、常連客の一人が聟に行くという情報をキャッチした。茶屋にとっても、深馴染みの傾城《けいせい》にとっても有力な客を一人失うことであるから、きわめて重大なことである。茶屋の内儀は忠義立てに、間夫《まぶ》のような関係にある傾城に密告して、善後策を講じさせようという魂胆が見える。

○訴人《そにん》＝犯人を官に密告すること。ここではそのことばを使って大げさに表現。

153 **死水を取つたは今井壱人也**　ほめられにけり〱

木曽義仲は、寿永三年（一一八四）正月二十一日、源範頼・同義経の軍勢に討たれ、主従二騎となって落ちゆく途中、近江粟津が原で氷の張った泥田にはまり、射られて落命した。その時、家来の今井は近くで残りの矢で敵を防いでいた。朝日将軍といわれ鬼神にも恐れられた義仲ではあったが、臨終に立ち合ったのは今井ただ一人だけだったと、その最期の淋しさを詠んだもの。

○今井＝義仲の四天王の一人、今井四郎兼平のこと。義仲の妾巴御前の兄に当る。

154 **そだ〱とこま下駄をぬぐすばらしさ**　はんじやうなこと〱（10ウ）

「あそこへ来る男がそうだよ、間違いないよ」などと、大門《おおもん》口で性悪《しょうわる》な客（浮気な客）を捕えようとする新造《しんぞう》・禿《かむろ》たちが耳打ちしながら駒下駄を脱ぎ、裸足《はだし》になって待伏せている。いや大変な物々しさだの意。この趣向の句には類型があって、「大門待伏せ」という。

155 **江の島はつつついてさへ行く所**　はんじやうなこと〱

座頭が、江戸から十三里の道中を不自由な目にもかかわらず、杖で土を突っつき突っつきとぼとぼと歩いて来ても、一向に苦にしない、江の島詣りはそれほど座頭のあこがれの的だったのだ。

○江の島＝相州江の島弁財天。技芸並びに理財の神として、特に座頭や芸人などの信仰が篤かった。

156
ありんすを通ひ御針もちつといひ　釣り合にけり〳〵

御針（139参照）は、廓住《くるわず》みもあり、廓外から通って来るものもあり、この句の御針は後者で、傾城《けいせい》のありんす言葉をいつの間にか少しは使うようになる、というのである。

○ありんす＝吉原独特の傾城言葉。語尾をありんすで結ぶところからいう。

157
ひとりでに釣るべの下《さが》る物すごさ　釣り合にけり〳〵

井戸の釣瓶《つるべ》がひとりでに下りて行く。人の力を借りずにそうしたことが起こるのも、物の怪《け》がついているようで気味が悪い、というのも、怪談『番町皿屋敷』のお菊の幽霊などへの連想があるからであろう。

○釣るべ＝井戸の釣瓶。

158
文づかい袖口を買ふひつらこさ　ほめられにけり〳〵

文使いが、遊女からの手紙を呉服店の番頭か手代にこっそり渡すため、店の中に入ってわずかな袖口などの小《こ》切《ぎれ》を買う。その職業意識の徹底さ加減は呆れるばかりである。

○文使い＝遊女からの手紙を馴染み客の手に渡す役の男衆のこと。妓楼から出ることもあるが、多くは茶屋・船宿から出る場合が多い。○ひつらこさ＝しつっこい意の江戸語。

159
でんがくのとちうから止《や》むおもしろさ　はんじやうなこと〳〵

隅田川西岸にある真崎稲荷（現在白鬚橋畔にあり）の境内には、有名な田楽見世が何軒かあり、田楽で一杯やるためにここへ来たのだが、吉原に近いこともあり、このまま帰るのも残念、「まあこの辺で田楽は切り上げよう」と衆議一決、吉原へ繰り込むことになった。

160
しち屋から出ると駕かき見ちがへる　ほめられにけり〳〵

吉原へ行く時は、衣服も羽二重でなければ軽く見られる。だから駕籠《かご》を雇ってまず質屋へ行き、入質していた一張羅の羽二重を請《う》け出し、その場で着換えて悠然と出て来た。表で待っていた駕籠舁《かごかき》が、どこの旦那かと見違えるほど立派になって現われたのである。

161
有り合いの顔にてしがみ火鉢化け 釣り合にけりく

化物尽しによる句。破れ傘のお化け、釜や鍋の化物、このような化物尽しの絵が古くから赤本（赤表紙の子供絵本）にもあり、その中でしがみ火鉢は、火鉢の表面に、グロテスクな獅子頭や鬼面などが鋳付《いっ》けてあるので、新たにメーキャップを施す必要がなく、そのままの顔（有り合いの顔）で化物になっても間に合うというのである。

162
師匠さま色めくと見て諷《うたい》にし はんじやうなことく

寺子屋のお師匠さんは、課外とかお花見の折などに、何らかの余興を演じて子供たちを喜ばせたのである。時には浄瑠璃などを聞かせるが、内容が心中ものなので、子供たちも色めき立つ様子が見え、これでは教育上よろしくないと判断し、途中から格調のある諷《うたい》（謡に同じ）に代えたのである。＊

163
大そうな道さとあんまもんで居る ほめられにけりく（11オ）

旅先の旅籠《はたご》で按摩を呼び、揉んでもらいながら、「翌日はこれこれのところへ行きたいが、道中の様子はどうか」などと聞いている客。土地の按摩は体験もあり、耳学問もあるから、「旦那、それは止した方がようがしょう。あの道はひどい山道で、谷川には満足な橋一つありませんや」などと話している旅籠屋の風景。＊

このしゆくの太夫おしゑるあんま取（柳三447）

（この宿場の最高の女郎は何屋の誰だなどと客に教えてやる）

164
あす仕廻う迄もりっぱな呉服店《ごふくだな》 よくばりにけりく

呉服屋というのは、まことに華やかな商売で、倒産寸前であっても、見世は立派で投げ売りの反物も豊富だし、奉公人たちの声も活気があり、内情の極端な苦しさなど、外見からは全く想像もできないほどで、それが呉服屋の特徴なのであろう。

165
酔つたごぜ人さへ見るとからみつき　釣り合にけり〳〵

瞽女《ごぜ》（5参照）は、目が見えぬため、常日頃、おのれの勘で行動できる経験を積んでいるが、酒に酔って勘を失い、身の処し方ができなくなり、接触する誰にでもしがみついて離れない。それが第三者からは、いかにもくだを巻いているように見えるわけだ。

166
はつめいで局《つぼね》大かたかしなくし　よくばりにけり〳〵

奥は男子禁制、しかも一生奉公が原則であるから、川柳では、奥女中たちは張形《はりかた》（淫具）を常用するものとされている。こうした設定の上に作られた句で、奥女中の一人は、多くの張形を所持し、なまじ発明（賢いこと）で、幾らかの損料を取って同輩に貸すことを考えたが、大方は貸しなくして、結局は大損をしてしまったということのようだ。

○局＝将軍家や大名家の奥女中の住むところ。またそこに住む高級女中のこと。

若後家のこすいでみんな貸なくし　（柳初639）

167
合羽箱《かつぱばこ》おつつく内のやかましさ　釣り合にけり〳〵

大名行列の最後尾《さいこうび》に、雨具を入れた合羽箱（籠とも）をかつぐ下士がつく。行列の行進の都合で、後尾の方が遅れることがあり、そうした場合、駆け足で追付くことになるが、合羽箱の中の合羽ががさがさと、うるさい音を立てるのである。

御立触《おたちぶれ》尻からさわぐ合羽籠　（柳一一三）

（御立触とは行列出発の号令）

168
戸《た》を立ては入《い》れば娘きやつといひ　釣り合にけり〳〵

男が若い娘の部屋に入って来て、戸障子をぴたりと閉める。襲われるような不安を感じてとっさに悲鳴をあげる娘、男の狼狽ぶりが目に見えるようである。

169
田楽を持つて馬方しかりに出　よくばりにけり〳〵

田楽見世の前に馬をつなぎ、馬方が一杯やっていると、近所の子供たちが集まり、馬に「腹太鼓を打て打て」とはやし立てているのを聞いて、「いいかげんにせんか」と、馬方が出て来て子供たちを叱りつけている図。腹太鼓とは、馬が身体を振るたびに長いペニスが腹に当って太鼓を打つ形に見えることをいう。太鼓は馬皮をつかうので、この見立てはなかなか面白い。

　馬方がいぬと子供が芸をさせ　（柳初60）

　（「いぬと」は居ないとの意）

170
座頭《ざと》の坊どこにほれたか文をつけ　よくばりにけり〳〵

座頭（2参照）が女に恋文をつけた。さて目が見えぬのに、一体どこに惚れたのだろうという揶揄《やゆ》。もちろん、恋文は誰かに書いてもらったのである。

171
物いまいだけに月見を二度くらい　ほめられにけり〳〵

吉原の紋日（遊里の祝い日）は、月見（八月十五日）と後の月見（九月十三日）というのがある。紋日を仕舞う（当日遊女を買い切ること）のは染馴み客の義理とされ、かなりの散財を強いられる。月見の紋日を仕舞ってやったが、片月見は忌まれたので、後の月見も仕舞わねばならなくなり、大紋日を二度も食らってしまったという客の述懐。

○物いまい＝物忌《ものいみ》に同じ。ここでは縁起の悪いとされること。

172
たんぜんは何もないのにむすぶやう　釣り合にけり〳〵（11ウ）

歌舞伎でいう丹前六法というのは、舞台から花道を引っこむ時などの歩き方として今も残っているが、その歩き方は、両の手を胸の前で大きく交差して振り、一足ずつ進む姿勢で、他から見ていると、何もないのに紐でも結んでいるように見えるというのである。

○丹前＝江戸初期、江戸神田の堀丹後守の邸前にあった湯女《ゆな》のいる風呂屋（丹前風呂）に巣くう旗本奴の風俗を丹前風、歩き方を丹前六法などと称した。

173
小町ほどあってにぞろを歌によみ　ほめられにけり〳〵

小野小町の歌「花の色は移りにけりないたづらにわが身世にふるながめせしまに」は、「に」の字が四つもあり、これを賭博用語の二揃《にぞろ》に通わせ、小町の歌人としての才能を、妙な角度から讃めたたえた趣向句。

○二揃＝賭博用語で、二つ、また三つの賽《さい》をころがした時、全部二の目が出るのをいい、また読《よみ》かるたにも二揃の役があり、この場合は二の札が三枚ある場合をいう。

174
まげぶしのひよめきに有るかがみとぎ　釣り合にけり〳〵

鏡磨《かがみとぎ》（25参照）は、しょぼくれた老人というのが川柳的約束で、白髪のまじった髷節《まげぶし》がちょこんと頭のてっぺんにのっている侘《わび》しい感じが、鏡磨にはふさわしいのである。

○髷節＝ちょん髷の元結《もとい》で束ねたところ（715頁参照）。

○ひよめき＝赤ん坊の時、ぴくぴくと動いている頭の頂上あたりの称。

175
川留《かわどめ》に宿の小僧が跡を追い　ほめられにけり〳〵

増水で川留《かわどめ》にあい、対岸の宿屋に逗留している間に、旅籠《はたご》の子供（小僧）と仲良しになった。川が開いて旅立つことになったが、子供がその旅人の後を追って泣いている。

○川留＝例えば大井川は橋がなく、川越《かわごし》人足が客を背負って対岸に渡す。しかし増水期には徒歩《かち》渡しが危険となって、渡しを中止することとなる。これを川留といい、水位が減って渡しが再開されることを川明《かわあ》きという。

176
うたゝねの顔へ一冊やねにふき　釣り合にけり〳〵

うたた寝の顔へ、読みかけた本を開いたままのせてあるのは、今も見る風景であるが、その本の形を屋根に見立てたところが川柳的である。

うたゝ寝の枕四五冊引ぬかれ　（柳二490）

177
梅若は戸塚で喰つたままといふ　よくばりにけり〳〵

梅若丸は、人買いの惣太に連れられて東へ下るが、東海道戸塚の宿で食事をとったきり、隅田堤へたどり着くまで、何も食べさせてもらえなかったと、梅若が人に訴えたであろうという想像句。

〔**梅若丸説話**〕謡曲「隅田川」でも知られているが、『梅若権現縁起』により、その概略をいうと次の通りである。十二歳の梅若丸は、近江大津の浦で人買信夫《しのぶ》惣太というのにかどわかされ、はるばる奥州へ下る途中、隅田川のほとりで病気にかかり、ここの土手で落命する。貞元元年（九七六）三月十五日のことであった。村人たちがこの不幸な稚児《ちご》を哀れんで塚を築き、一本の柳を植えたのが、木母寺に今も残る梅若塚であるとされている。

178 **米つきはまつかなやつを二つくひ**　よくばりにけり〳〵

米搗《こめつき》は玄米を精白する手間賃とりの労働者で、越後や信濃からの出稼ぎが多かった。重労働であるから大飯は食うが、元来粗食に馴れている。唐辛子（まつかなやつ）のような辛いものを好んで食べたのであり、その下卑《げび》ばったところを川柳的に描いてみせた。

とうがらしつきやの貰ふすばらしさ（柳一〇）

（「すばらしさ」は、ここでは物事の程度の甚だしいさまをいい、あきれたものだの意）

179 **御気《おき》が能《よい》などとりつぱにばかにする**　ほめられにけり〳〵

「あなたは人が良いですね」などというのは、時と場合によっては、まぎれもなく相手を小馬鹿にした言葉になるのだ。

180 **御座《ござ》つたかぐらいでは出ぬこんにやくや**　よくばりにけり〳〵

蒟蒻屋《こんにやくや》（蒟蒻製造の職人）は、蒟蒻玉を踏んでいる最中に来客があったら、「よく来たね」程度の軽い客だったら、仕事半ばで桶から出ることはしない。蒟蒻踏みは足が蒟蒻だらけで、桶から出たり入ったりするのが面倒だからだ。

181 **ゐいかんに作れと乳母へだいて来る**　はんじやうなこと〳〵（12オ）

乳母が外出することがあって、身仕度をしている間、主人が乳児を預かっている。乳児はさかんにむずかって、男の手に負えないでいるのに、乳母はいつまで経っても出て来ない。「身を飾るのもいい加減にせんか」と、乳児を乳母のところに連れてくる主人。

○ゑいかん＝いい加減の江戸訛り。

182 **らんかんにもたれてどふだにへきりやれ**　はんじやうなこと〳〵

今戸橋の欄干《らんかん》（一説に浅草寺本堂の欄干とも）にもたれて話し合っている友だち同士、「ここまで来て、煮え切れねえでどうするもんだ、はっきり決心しろ」と、吉原行きの同意を求めているところ。

○煮へ切りゃれ＝ふんぎりをつけろの意。

183 **まく引はへんてつもなく見知られる**　はんじやうなこと〳〵

劇場の幕引きは、芝居者としてはごく軽い身分の者であるが、それにもかかわらず、年中観客に顔を晒《さ》らしている。役者ならともかく、幕引きでは客に見知られても、格別人気とはならないのである。

○変哲もなく＝取り立てていう程もないさま。

184 **禿《かむろ》来てたんすへ深く手を入《いれ》る**　釣り合にけり〳〵

禿は、傾城《けいせい》の身辺のこまかい用事を担当する少女の称。何か物を出す用を頼まれて傾城の簞笥をあけ、身体をのめり込ませるように手を深く入れて、奥の方を探している状況の句。実は傾城の簞笥は調度としては豪勢なものだが、中味の衣料はほとんど入質して空っぽ、何か入れると奥の方へ移動してしまうというのが実情で、傾城の内緒の苦しさ加減を、それとなくうがっているのである。

無一物たんすに座禅豆ばかり　（柳六〇）

（衣類なく、唐納豆などが入っている）

185 **二つ三つおきやと古着と和尚打ち**　よくばりにけり〳〵

「そなたは、二つ三つ置き石をしなさい」と和尚がいいながら、古着屋と碁を打ちはじめるところ。和尚の方が、碁が強いのである。なお、旦那寺には故人の供養のため、衣類や調度品などの遺品を納めることが当時の風習で、若い娘の振袖などは幡《はた》に仕立てて本堂に飾ったりした。余分の衣類を払われる古着屋にとってお寺は上顧《とく》客《い》だったのである。

古着買庫裡《くり》に引導《いんどう》聞いている　（柳六）

（本堂で葬儀のまっ最中）

186
いせの御師《おし》扨《さて》銭の無いさかりに来　はんじやうなこと〳〵

伊勢の御師は、伊勢大神宮の下級神職のことで、年末江戸へ出て檀家廻りをし、お祓い箱（神札や薬種、伊勢暦などを入れた箱）とか、ひじき・さらし鯨等を添えて出し、お初穂《はつほ》料（神仏に奉納する金銭）を受け取るのである。年末の支払いの多い時期、つまり金のないまっ最中に来るのは、甚だ迷惑なことだ、という愚痴《ぐち》（735頁参照）。

187
乳母が親油のやうな酒といひ　よくばりにけり〳〵

乳母は田舎者で、江戸へ出て乳母奉公をしているというのが、川柳的発想である。その母がはるばる娘の主家を訪ね、もてなしを受けた。高級な上方酒も出された母が、「とろりと油のようにこくのあるお酒だね。田舎じゃこんな酒は飲んだことがねえ」と、感心している。

188
高倉の宮だと馬場でなぶられる　はんじやうなこと〳〵

馬場へ来て乗馬の稽古をしている妾《しょう》の兄《あに》（町人の出だが妹が殿様の愛妾となったことから武士に取立てられたという設定）が、何度も馬から落ちるので、「貴殿は高倉の宮でござるか」と同輩からからかわれている。

○高倉の宮＝後白河天皇の皇子。源三位頼政に味方したため、平家方に滅ぼされた。『平家物語』巻四「橋合戦」の章に、「宮は宇治と寺とのあひだにて、六度まで御落馬ありけり」とある。

妾《しょう》が兄《あに》高倉流の乗り人《て》なり　（安永七）

（馬術には大坪流とか斎藤流などがあり、よく落馬するので高倉流と洒落た）

189
どか銭をつかいなんなと根津でいひ　よくばりにけり〳〵

「無茶なお金をつかいなさるな。細く長く私のところへ通《かよ》ってきておくれ」と、根津（31参照）の女郎が、相思相愛の客に忠告している。金を使わせるのが手柄とされる女郎が、金を無駄に使うなという、その実意のあるところを汲むべきであろう。

190 **うすいもはかわいらしいの内へ入れ**　ほめられにけり〳〵（12ウ）

疱瘡《ほうそう》の後、顔に痘痕《とうこん》といわれる穴ぼこが出来るのが普通で、これをあばたともいもともいう。薄《うす》いもは、軽くすみ、痘痕が白くて、あまり目立たぬ程度のもの。そばかす美人という言葉があるが、この薄いもも、一応かわいらしいの部に入るというのである。

191 **違ってもよしときうじへ汁をかへ**　はんじやうなこと〳〵

寄合いがあって、やがて食事が出された。客は大勢、給仕役の女は目の廻る忙しさ、鯉こくか鯨汁か、よほど美味《おいし》かったと見えて、お汁のお代りをする者が続出、誰の椀か分らなくなる。「他人の椀と取り違えてもいいさ」と、客は寛容を示しながら、笑って汁のお代りを所望する。

192 **あつ湯好きうぬばつかりがじやうをはり**　よくばりにけり〳〵

江戸っ子は一般にあつ湯好きといわれるが、世間にはぬる湯好きも、その中間派もおり、銭湯で水をうめるかどうかで口争いが起こることもある。あつ湯好きの親父は強情で、「ひとつも熱くねえじゃねえか」と、自己主張ばかりするというのである。

○うぬ＝相手をののしっていう場合の言葉で、てめえ自身。

町内のにくまれものがあつ湯ずき（柳二一）

193 **薬種屋のやつと聞きとる山帰来《さんきらい》**　よくばりにけり〳〵

梅毒患者が薬種屋へ薬を買いに来た。鼻の障子（鼻中隔）が破れて、ふがふがの鼻声でいうので何をいっているのかよく分らないが、よくよく聞いて見ると、「山帰来」を買いに来たのだった。

○山帰来＝薬草土茯苓《どぶくりょう》の俗称。ユリ科のつる性低木で地下の塊根を煎じて服用すれば瘡毒に卓効ありといわれる。

194 **おしそうにこし帯を解く御延引《ごえんいん》**　だてなことかな〱

お花見の朝、女中一同お化粧を済まし、盛装して出かけようとする頃、無情にも雨が降り出し、一向に止みそうな気配もなくついに中止に決定、行楽行事などめったにない女中衆にとってはまことに無念残念、腰帯を解きながらくやしがる。

○おしそうに＝口惜しそうに。○御延引＝大名屋敷などで女中衆の花見遊山が雨のためにわかに延期になること。

腰帯を〆《しめ》つゆるめつ花ぐもり　（安永五）

（雨が降るのか降らないのか不安定）

195 **羽二重を着るは紺屋のぶてうほう**　ねがひこそすれ〱

紺屋風情《ふぜい》が、黒羽二重を着るなどということは、ほとんど有り得ないことだから、世間では驚いているが、理由を聞いてみるとなるほど。この紺屋は、客から白の羽二重地を預かって、手際の悪いことに、注文とは別の色に染めてしまって買い取らなければならなくなり、仕方なく自分用の外出着に仕立てたという次第なのだ。

196 **すつこんで居やれとていしゆ牛《うし》を見せ**　なじみこそすれ〱

牛買いが来て、亭主が応対に出て交渉しているところへ、女房がしゃしゃり出て、どうのこうのといいはじめた。そこで亭主が一喝、「お前はすっこんでいろ」と追いやって、牛小屋から牛を引き出して買人《かいて》に見せるという状況。「女賢《さか》しうして牛売り損う」という諺を踏まえた趣向句である。

197 **しんぞうをすく内むすこ人がよし**　なじみこそすれ〱

新造《しんぞう》（76参照）は、まだ娘気の抜けぬ素人くさい遊女であるから、遊び巧者などら息子などが相手とするには物足りない。そのような新造を揚げて喜んでいるうちは、息子もまだうぶで、可愛いところがあるというものだ、の意。

198 **しんぞうのくぜつかた〱古い声**　なじみこそすれ〱
老人客というのは、老練な女郎を敬遠し、孫娘のような初心《うぶ》な新造《しんぞう》を買うというのが、川柳上の約束であり、類句が多い。口舌《くぜつ》は痴話喧嘩のこと、新造の声はきんきん声だが、その一方の声はしわがれ声だというだけの句。

　新ざうは入歯はづして見なという　（拾六）
（新造にとっては入歯が珍しい）

199 **さつ〱とくばれと渡すかがみ餅**　てうど能《よい》こと〱（13オ）
年末に餅を搗《つ》いた後、出来立ての餅を親戚やお得意先、近隣知友へ贈答するという習俗があり、のし餅や鏡餅を配る。忙しい最中であり、丁稚《でっち》小僧などを叱りつけながら、「ぐずぐずせずに早く配ってこい」と、家長の指図である。

　壱軒の口上で済《すむ》くばり餅　（柳初491）

200 **きり〴〵す禿《かむろ》にいぢりころされる**　なじみこそすれ〱
禿（184参照）はまだ子供であり、虫籠《むしかご》の虫の声を楽しむという風流心はあまりなく、きりぎりすも要するに遊び相手に過ぎない。羽をつまんだり、無理に餌を食べさせようとしたり、ついついいじり殺す結果となる。

201 **金つばは余程こうじた山師也**　ねがひこそすれ〱
脇差の鍔《つば》に金を用いるなどというのは、かなり贅沢なことで、見栄をかざるのもここまで来ると、程度のひどい山師の部類に入る。
○山師＝他人を欺いて金もうけをたくらむ人。伊達な身なりをして、金持らしく見せる習性を身につけている。

202 **こし帯を雛の幕とは嫁の作**　てうど能《よい》こと〱
腰帯は今は廃《すた》れたが、七五三の女児がしめるしごきにその名残りを止めている。この腰帯は綸子《りんず》や紗織などの一巾《ひとはば》帯で、この帯を雛壇の垂幕代りに用いるというのは、いかにも嫁らしい創意工夫だ。

203
こも僧はもらわいでもの姿なり　だてなことかな〳〵

虚無僧《こむそう》は他目《はため》にはまことに際《きわ》立ったりっぱな身なりで、奉謝などもらわなくても結構といいそうな鷹揚な姿をしている。

○薦僧《こもそう》＝虚無僧と同じ。普化《ふけ》宗の有髪の僧をいい、絹布の小袖に丸ぐけの帯をしめ、袈裟を懸け、刀を帯び、足駄《あしだ》をはき、深編笠をかぶり尺八を吹いて門付けをして廻る。仇討《あだうち》のため諸国を行脚《あんぎや》する者もおり、なかには単なる道楽でなる者もいた。○もらわいでも＝お金や米などのお布施をもらわなくても結構、の意。

204
店ちんでいひこめられるろんごよみ　だてなことかな〳〵

長屋の住人はさまざまだが、学問のある点では町儒者に及ぶ者がいない。素読《そどく》（漢文を読むこと）を子供たちに教えて生計を立てているが、収入が少なく店賃《たなちん》（家賃）もとどこおりがちで、長屋の差配をしている大屋の催促には言い負けてしまう。

○論語読み＝町儒者を軽蔑していう言葉。

205
やせた子をはだにおぶつてさしをなげ　ねがひこそすれ〳〵

寒い季節、病気がちの痩せた幼児を、母親は直接素肌におぶって、その上から着物を着たり、ねんねこでくるんだりすることが、貧しい人々の間では普通であった。自分の体温で虚弱な幼児を守るためであるが、何とか丈夫に育つようにとの願いから、神社の境内でお百度を踏んでいる母親。

○さしを投げ＝さしは緡《さし》と書き、藁《わら》しべを縒《よ》ったもの。百度参りの数取りにこれを投げるのである。

206
かみゆいに一くし望むかゆい所《とこ》　ねがひこそすれ〳〵

髪結に結ってもらっている最中、ある箇所が無性にかゆくなることがある。「それ、そのあたりを強く一櫛掻《か》いておくれ」と頼む。

207 **居つづけのすだれへ帰る不届きさ**　なじみこそすれ〳〵

吉原で居つづけ（幾日もつづけての遊興）をして家へ帰ったところ、家には簾《すだれ》がさがり、それに忌中札が貼ってあったという場面。親不孝もここまで来れば、不運というより言語道断、親戚一同からも手きびしく糾明《きゅうめい》されて当然であろう。

朝帰りすだれへ戻るばちあたり　（柳六）

208 **さかさまなだいもく講を八百やとり**　ねがひこそすれ〳〵（13ウ）

日蓮宗を一名題目宗ともいい、これら信者で構成される無尽《むじん》を題目講という。終身保険のようなもので、死ななければ取れないのである。八百屋とあるのは、例の八百屋お七の家を暗示しており、順序からいえば、親が死んだあと、題目講の弔慰金は娘のお七がとることになるが、お七が放火の罪で刑死したことから、親が金を受け取る仕儀となってしまった。これを「さかさまな題目講」と表現。

209 **里の母髪を切るなとそつといひ**　ねがひこそすれ〳〵

亭主に死なれた若後家、一時的な興奮から他家に嫁する意志のないことを示すために、髪を短めに切り、茶筌《ちゃせん》髪《がみ》となる場合がある。嫁の里の母は、「お前はまだ若いのだし、何もそう亭主に義理立てするにも及ぶまい。良縁があれば、もう一度花を咲かせても罪にはなるまい。ここのところを冷静に考えて」といい含めて、髪を切ることを思い止《とど》まらせようとしている。

210 **ひらり乗る猪牙《ちょき》は元手の入《いっ》たやつ**　だてなことかな〳〵

猪牙舟のような安定度の乏しい舟に物怖《ものお》じもせず、ひらりと飛び乗る芸当のできるのは、かなり月謝を払ったやつに違いない、というのである。

○猪牙舟＝遊里通いの快速艇で、吃水《きっすい》が浅く細身の上、舳先《へさき》が猪の牙のように突き出ており、他の舟に比べると安定度が乏しい。

ちょきで小便千両も捨てたやつ　（柳一三）

211
薺《なずな》うり村でも至極かせぐやつ　てうど能《よい》こと〳〵

薺は春の七草の一つで、正月の七草粥にはなくてかなわぬ野菜。前日の六日に江戸の町々を呼び歩く薺売は、現金収入のほとんどない農民にとっては、零細な収入とはいえ、田舎では稼《かせ》ぎがよいという部類に入るのである。

七けんで七文が売るなづな売り　（柳一六）

（一束売って一文という細商《ほそあきな》い）

212
岡崎を八《や》つ乳《ち》でひいてしかられる　ねがひこそすれ〳〵

習いたての娘が自分の稽古三味線をほっぽらかして、母か姉の大事にしている八つ乳の三味線で岡崎を弾き、母からきびしいお小言をいただいている図。

〇岡崎＝三味線曲の一つで、「岡崎女郎衆はよい女郎衆」という歌詞をくりかえしながら弾く初心者向きのもの。〇八つ乳＝三味線の胴に張る猫の皮に、八つの乳房の跡のあるもの、上等品で高価でもあった。

古近江で岡崎をひく御姫さま　（柳一一）

（古近江は、バイオリンでいえばストラディバリィというに同じく名器とされるもの。そんな名器を初心者のくせに弾くのは、お姫様だから許されるのである）

213
悪筆が寄ってつくしへ遣《や》る工面《くめん》　ねがひこそすれ〳〵

左大臣藤原時平一派の大納言源光・藤原定国・藤原管根・三善清行等が、醍醐天皇に讒言《ざんげん》して、菅原道真を筑紫の太宰府に流した史実を句にしたもの。川柳では道真は名筆の一人とされており、奸策《かんさく》した連中はいずれも悪筆（文字の下手なこと）ということになる。

214
鉄砲の間《あい》へ一と声ほととぎす　てうど能《よい》こと〳〵

江戸時代、武家の年中行事として、「鉄砲稽古始」というのがあり、これは四月中に、都合の良い日を選んで行なわれたとある。時あたかも初夏で、江戸の空をほととぎすが鳴きながら飛ぶ季節、この二つの景物《けいぶつ》を取り合わせて構成した句である。

つり合はぬものてつぽうと時鳥　（拾初）

215
姉女郎まんぢう一つわざと喰い　なじみこそすれ〳〵

新造《しんぞう》出しの表の主役は新造であるが、陰の主役は姉女郎であるから、彼女が饅頭《まんじゆう》を食べぬうちは、妹女郎の新造は手を出すわけにはいかない。ゆえに姉女郎が食べたくなくても、まず饅頭を一つ食べて見せる。ここに妹女郎に対する思いやりが覗えるわけだ。

○まんぢう＝傾城《けいせい》の召使っていた禿《かむろ》を、やがて新造（76参照）として一本立ちさせる、これを「新造出し」と称し、その折の費用一切を姉女郎が負担するのであるが、この新造出しの折、蒸籠《せいろ》に饅頭を入れて祝う慣例があった。饅頭は儀式の後、座敷に運ばれて一同に振舞われる。

216
間男のふんどしをとく旅の留守　てうど能《よい》こと〳〵

亭主が長旅に出ている間、留守の女房が別の男を引き入れるという句。ふんどしを解くとは、女が男に身を任せる意だが、それを間男に転用したところにこの句の趣向がある。

○間男＝夫のある女に通ずる男。

217
どの幕へ行《ゆき》とげい子をつけて行　だてなことかな〳〵（14オ）

花見の宴にお座敷のかかった芸子（女芸者）が、三味線箱の供をつれていそいそと行く。「お花見のどの幕に呼ばれたのかい」と、花見客の男が、その後をつけて行くという場面。涼み舟と同様、花見の宴の演芸も、一般の観覧に供するのを見栄としたので、そのあたりの花見客も押しかけ、幕の隙間からのぞき見して楽しんだのである。

218
いとびんの旦那はものがいひ安し　なじみこそすれ〳〵

頭を糸鬢《いとびん》に結う旦那というのは、余り堅物にはいない。気っぷがよくざっくばらんで、奉公人にしても、出入りの職人にしても、その糸鬢を見ただけで気軽に物言いが出来そうに思えるのである。

○糸鬢＝月代《さかやき》を広く、鬢の幅を狭く結いあげる髪形。俠勇を好む者や、一部の芸人などが好んで結った（735頁参照）。

219
あと押へ通るときねをふり上《あげ》る　てうど能《よい》こと〳〵

大名行列が通る。今まで大道で米搗《こめつ》きをしていた男が、仕事を中止してかしこまっている（江戸市中では土下座をしなくともよかった）。やっと後押《あとおさ》えが通り過ぎたので、米搗き杵を振り上げ、ふたたび作業を継続するという場面。

○後押え＝大名などの行列の警固をする役で、最後尾にいる者をいう。中ほどを受け持つのが中押えである。

はて長い供だとつきや汗をふき　（明和四）

（供揃いがえんえんと長くつづく）

220
だといって今百両は出されまい　ねがひこそすれ〳〵

持参金付きの嫁をもらったが、人《にん》三化《ばけ》七の不器量な上に、持参金を鼻にかけての我儘いっぱい、これじゃたまらぬ、離縁したいと仲人のところへ尻を持ちこんだところ、「……だといって、今となっては、耳を揃えて百両、お前さんの方で出せますかえ」と、釘をさされてすごすごと退散、持参金の百両はとうの昔に、借金に当ててしまって残っていないのだ。なお、離縁の場合は持参金を全部返却しなければならぬのである。

○百両＝持参金百両の暗示。ひどい不器量とか、身体に大きな欠陥のある場合、持参金をつけて埋め合わせた当時の慣例。貰う方も財政窮乏で、多くは息子に因果を含めて、この持参金付きの嫁を迎えたのである。

221
金平《きんぴら》の夢を見て居る枕蚊や　てうど能《よい》こと〳〵

剛勇無双の働きをする金平は、まさに子供たちの偶像となった。今、すやすや眠っているこの幼児は、枕蚊帳《かや》の中で金平の夢を見ていることだろうというのである。

○金平＝源頼光四天王の一人、坂田金時の子に金平という人物を創作し、江戸初期、この金平を活躍さ

186　御師（『聞上手』）

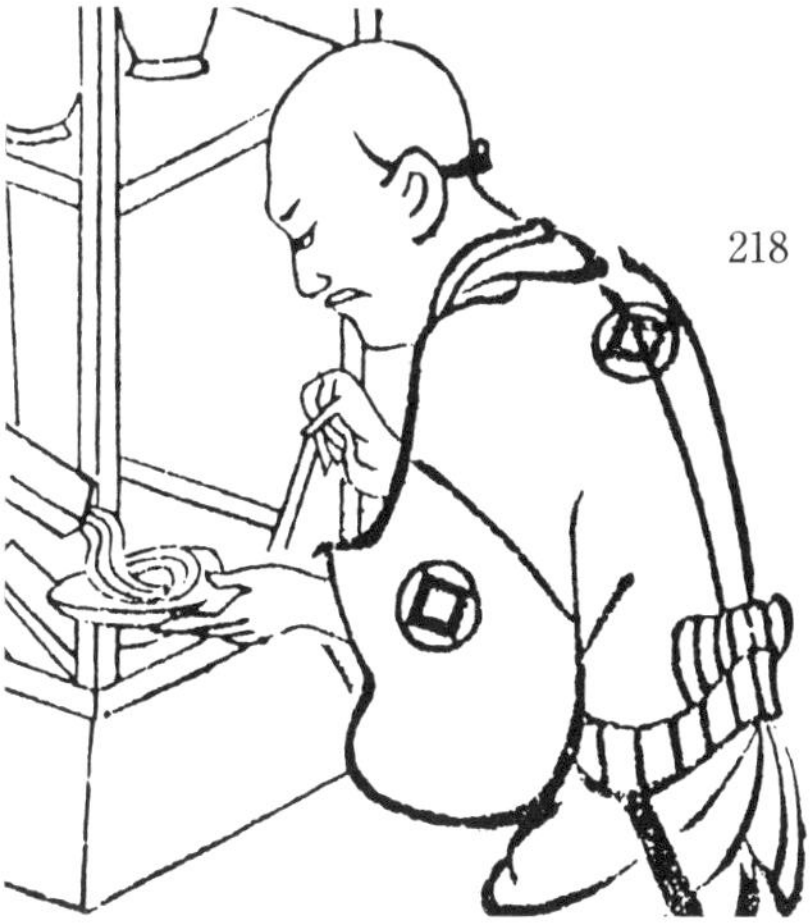

218　糸鬢（『和国諸職絵尽』）

224　浮気客の笑止な姿
（『青楼年中行事』）

せた浄瑠璃が流行《はや》った。この金平浄瑠璃は後に廃《すた》れたが、やがて赤本とか黒本といわれる子供絵本の主人公として取り上げられる。○枕蚊帳＝子供用の小さなほろ蚊帳。

222
まな板へあられで疵《きず》を付けはじめ　てうど能《よい》こと〳〵

年の市で買った俎板《まないた》は、正月になってまだ一度も使ってないが、餅あられを作るとき、初めて庖丁で疵をつけることとなった。

○あられ＝餅をこまかく切って炒り焼きし、醤油や砂糖などをまぶしたもの。

223
飛鳥山ばたら三みせん百《ひやく》でかり　てうど能《よい》こと〳〵

飛鳥山ではでな花見をやろうという連中、鳴物がなくちゃ景気がつかねえと、安三味線を百文で借りた。

○ばたら三味線＝音色の悪い粗末な三味線のこと。

224
入れがみをして品川をやたらほめ　なじみこそすれ〳〵

吉原では、大門《おおもん》の待伏せ（154参照）で捕えた浮気な客を、傾城《けいせい》の部屋へ連れて帰り、着物を脱がせて新造《しんぞう》の振袖を着せ、髷《まげ》の髻《もとどり》を鋏《はさみ》などで切るというリンチが行なわれた（735頁参照）。客は、当分吉原へは顔出しもできぬので、入れ髪（現在のアデランスのごときもの）をして、品川宿へ女郎買に行き、遊び仲間に、品川の屈託のない遊びをほめちぎることしきり、これも、一種の腹癒《はらい》せであろう。

入れ髪をして深川へ初会也　（柳六）

225
口に戸をたてぬと御菜《ごさい》つとまらず　なじみこそすれ〳〵

御殿女中のなかには、外出時に役者買いをしたり、男と密会したりする御乱行が多いとされるから、口留め料はいただくものの、よほど口が固くないと、御菜の役は勤まらないのである。

○御菜＝御宰とも書き、御殿女中の買物を代行したり、外出の折にお供をする役の男の奉公人。

226
かけ取の跡《あと》へ廻すは丈夫なり　なじみこそすれ〳〵（14ウ）

掛取り（15参照）は、何としても、元日にならぬうちに売掛金を回収する必要から、作戦を練り、支払いをしぶる家を先にして責め立てるわけで、一番後に廻すところは、まず確実に支払ってくれる家、ということになる。

○丈夫＝大丈夫、つまり確かなさま。

227
政宗をくつたと質屋そつといひ　なじみこそすれ〳〵

政（正）宗の名刀だと偽《いつわ》って入質に来たのを、目利きが届かずうまうまと一ぱいはめられて、かなりの金額をせしめられた質屋の愚痴《ぐち》。恥になることだから、質屋もごく懇意の者だけにそっと失敗談を聞かせたのだ。

○正宗＝鎌倉末期の刀匠。相模の生まれで、岡崎五郎入道正宗と称した。

政宗をぬいてしちやは風を引　（安永元）

（これは本物の正宗。その白刃を見てぞくぞくっと寒気がし、風邪を引いてしまった）

228
立つて居て座頭のぬれる俄《にわか》雨　だてなことかな〳〵

座頭は目が見えないので、俄雨が降り出しても逃げることができない。そのまま道の真中に立ったままで、誰かの助けを受けるか、雨の上がるのを待つしかない様子は哀れでもある。

花の雨座頭つつかけものにされ　（柳九）

（つっかけ者は邪魔者）

229
着かへずに芝居帰りの夜をふかし　だてなことかな〳〵

外出着も脱《ぬ》がずに、芝居の筋や、贔屓《ひいき》役者の口跡などを興奮しながら夜遅くまでしゃべり合っている女たち。芝居見物の興奮の余韻がなかなか消えないのである。

230
てんがいをぶる〳〵として吹きはじめ　なじみこそすれ〳〵

天蓋《てんがい》は、虚無僧《こむそう》（203参照）のかぶる深編笠のこと。瀏《りゅう》朗《ろう》たる尺八の音とともに、虚無僧の深編笠がぶるぶると揺れる。虚無僧が力をこめて息を吹く時に、どうしても頸を振るからだが、さながら尺八の音が、笠を顫《ふる》わせているように見えるのである。

231 **ふつて来たなんとどこぞへこぞろうか**　てうど能《よい》こと〱

「おや雪が降って来たぜ。折角の雪だ、無《む》にするのは勿体ねえ、どこぞへ皆で集まろうじゃねえか」と、どら仲間の相談。行く先は言わずもがな、吉原と決まっている。雪の吉原は紋日と同じで、客は大いに歓迎されたのだ。

○こぞる＝挙《こぞ》る。残らず集まるの意。

232 **二人り目は女房の傘《かさ》をかして遣り**　なじみこそすれ〱

俄雨《にわか》にあって、知り合いのところへ、傘を借りに寄るという句は意外に多い。これもその一つで、借りに来られた家では、親しい友だちであれば無下《むげ》に断わるわけにも行かず、自分の傘を貸してやった。ところが後からまた一人、飛びこんで来た。残るは女房の傘、致し方なくそれも貸してやったというわけ。「買物にも出られやしない」と愚痴《ぐち》る女房の声が聞こえて来そうだが、男同士の義理とはそんなものなのである。

233 **国ざかい美濃の方ではゆだんせず**　なじみこそすれ〱

木曽街道の今須と柏原の中間に、「寝物語の里」というところがあり、里の中央に美濃と近江の国境《くにざかい》があった。その国境の近くに住んでいる美濃の人々は、常日頃近江の人に対して油断をしないという意。これも、当時の俗《ぞく》諺《げん》「近江泥棒・伊勢乞食」を踏んでいるのである。

234 **こう当の不足はたつた壱弐寸**　ねがひこそすれ〱

検校と勾当《こうとう》との杖の違いをいったもので、撞木《しゅもく》と片撞木では、わずか一、二寸の長さの違いだけだが、その一、二寸は、実は五百両もの距りがあり、身分の上でも検校と勾当では、その権威に非常な差があることを匂わせているのである。

○勾当＝当時の盲人社会の地位では検校に次いで第二位。○一、二寸＝検校の撞木杖と勾当の片撞木杖の長さの違い。

〔**盲人社会の身分**〕都《ず》・市名《いちな》・紫分《しぶん》・座頭《ざとう》・勾当《こうとう》・検《けん》校《ぎよう》とあり、これらを統轄するのが総録《そうろく》で、本所一つ目に屋敷を賜わり、世に総録屋敷といわれた。盲人が官位を取得するには相応の金を必要としたため、盲人の多くが利殖を図る目的で、座頭金《ざとうがね》といわれる高利貸し業に専念したのであった。当時勾当になるためには五百両、検校になるためには千両を京都の公卿久我家へ納めねばならなかったが、それらの事務一切を本所の総録屋敷において代行したのである。それで、官位を得る盲人はわざ〳〵上京する必要はなかったが、川柳では京都へ上るという、趣向を構えて作句されている場合が多い。最高位は検校で、礼服は天台宗の紫衣、帽子は燕尾《えんび》帽、杖は鳩目黒塗りでT字形(撞木《しゆもく》杖)、勾当の礼服は直綴《じきとじ》、帽子はゴトウ帽、杖は片四目《かたよつめ》黒塗りで┐形(片撞木《かたしゆもく》)であった。

235 **つけ登せつゝいつぱいのろぎん也**　てうど能《よい》こと〳〵(15オ)

郷里へ送り返される江戸店の奉公人は、大方は遊興にうつつを抜かして店の金に穴をあけた手代などであるから、途中の宿場で女遊びなど出来ぬよう、帰りの路銀(旅費)も、ぎりぎり最低の額しか渡されないのである。
○つけ登せ＝江戸の大店《おおだな》は、本店は上方にあり、江戸は出店というものが多く、この江戸店の奉公人が、使いこみなどの不始末をやらかした場合、付人《つけにん》をつけて上方の郷里へ送り返すということが行なわれた。これを「付け登せ」というが、単独で帰させる場合も付け登せといった。○つついっぱい＝筒一杯、ぎりぎり一杯、精一杯の意。
　つけのぼせまだ褌《ふんどし》は緋《ひ》ぢりめん　(柳四633)

236 **女きやく物申《ものもう》などゝ笑ひこみ**　なじみこそすれ〳〵
その家の内儀へ、親しい女客が訪ねてくる。最初から一趣向かまえて来るところに、年配の女客の冗談好きの余裕が見える。「物申《ものもう》」と男の作り声で案内を乞い、びっくりして出て見ると親しい女客、「おっほっほ〳〵」

と主客ともども笑いこけながら、座敷へ上りこむ情景。

立ちそうにして又咄《はな》す女客　（柳二九）

237
下向《げこう》にはあばたで戻るぬけ参り　なじみこそすれ〳〵

伊勢参りは一ヵ月程の日程がかかるので、抜参りの紅顔の美少年も、にきびだらけの顔になって帰って来ることもあり得たであろう。

○抜参り＝商家の丁稚《でっち》・小僧などの少年が、父母または主人の許しもなく家を抜け出し、伊勢参りすること。○あばた＝厳密には痘痕《とうこん》のことだが、にきびの見立てである。

ちんぽうで通つた関をひげでこへ　（拾二）

238
居つゞけをもふ一日で願ふ所《とこ》　なじみこそすれ〳〵

謡曲「通小町」の句。深草の少将は小野小町の許へ九十九夜通い、雪のため凍死してしまう。百夜通えば小町は肌を許すと約束しておいたから、もう一日通うことができれば、少将は小町と一夜を共にできた筈で、そうなれば、少将は小町の許に居続けということになったであろうと、江戸吉原の遊びの実情を「通小町」の世界に持ちこんで詠んだ句。

もふ一夜通ふと穴をさがす所《とこ》　（柳三二）

（穴無し小町の説話）

239
芝居をばやめて内裏の願ひ也　だてなことかな〳〵

娘を連れて、日本橋通りを歩いていると、十軒店の雛市の最中、雛店を覗いたのがいけなかった。娘は、「あの内裏雛が欲しい」といって一歩も動かない。「いいでしょう、その代り約束の芝居見物はあきらめるから」。

雛店で花見に行かぬはづにする　（柳四275）

240
是はまあよんだやうだと膳を出し　てうど能《よい》こと〳〵

たとえば蕎麦振舞いの最中に、招かざる客の到来、「おや、ちょうどよいところへお見えになった。招待状を差し上げたみたいだ。さあお上りお上り」と座敷へ招じ入れて、早速客の前へ膳を据える、という状況。

241
いつなりと染《そめ》てよこせはすねたやつ　だてなことかな〳〵

紺屋へ染物を頼むと、一日でも早く染め上げてほしいと願うのは人情、ところが、期日に出来上らぬばかりか、先へ先へとのばされるというのが一般で、あてにならぬのである。「こうなったら、期日は何時でもよい、染め上ったら持ってこい」などというのは、紺屋の明後日《あさって》に腹を立ててよほど拗《す》ねた奴の言草に違いない、というのである。

242
手おいかけながら小遣くだせんし　ねがひこそすれ〳〵

秩父順礼に出る姑が、旅装束をして最後に手覆い（手甲）をかけながら、「路銀は用意したつもりだが、小遣いを少し下さらぬか、何しろ、三十四カ所もの札所を廻るのだから、お賽銭《さいせん》だけでも馬鹿にならないのだよ」と、嫁に頼んでいる。嫁にとって姑の旅はうれしい。鬼の居ぬ間の洗濯ができるからである。

○くだせんし＝下《くだ》さんせの転。

やくざめにちゝぶのろぎんみなにされ　（柳一九）

（道楽息子に貯めておいた秩父順礼の旅費まで使われてしまった）

243
せがれめがしかりましやうと土手でいひ　だてなことかな〳〵

葬礼帰りの途中、仲間づきあいで三谷の土手から吉原へ登楼することになった親父どのが、仲間の一人にいう。「息子の道楽に忠告を与える立場の私が、自ら登楼するのであるから、それを知った真面目な息子は、さぞ私を叱ることでしょう」。

○土手＝三谷の土手、日本堤のこと。

244
逃《にげ》なんすところと禿《かむろ》いつつける　なじみこそすれ〳〵　（15ウ）

154参照。不実の客を、裏切られた傾城《けいせい》側は常に看視し、大門《おおもん》を出る前に捕えねばならない。禿に見つかったその客が逃げようとしているとの禿の報告、傾城側が大門際に動員をかけたことはいうまでもない。

にげてみなんしと禿の高まんさ　（柳九）

（禿が客の羽織の袖などに取りついて放さず）

245
大門《おおもん》に内義はだしで待つている　　てうど能《よい》こと〳〵

亭主が吉原へ行ったのを知った女房の句。大門の外で、亭主の帰りを待伏せしている女房、裸足《はだし》で待つというところに女房の必死の形相《ぎょうそう》がうかがえるのである。669参照。

246
ふうこうはこふだとあごを二つふり　　てうど能《よい》こと〳〵

ふうこうは富士田楓江、宝暦・明和時代に活躍した長唄の名手である。顎を振るのは、声をしぼって小節《こぶし》を利かせるためで、楓江のくせだったといわれる。楓江のひいき筋が、第三者に彼のその癖を真似て見せるのである。

247
ばけそうなのでもよしかと傘をかし　　なじみこそすれ〳〵

傘借り（232参照）の句。それほど親しくない者には、あまり貸したがらず、貸す場合も破れ傘などで間に合わせる。化けそうな傘とは、破れ傘のたとえであり、当時流行した化物尽しには、必ずといってよい程に、この破れ傘の化物が出てくる。

248
どふいつておがんだと聞くゑんま堂　　ねがひこそすれ〳〵

閻魔《えんま》詣りは、正月・七月の十六日で、これは藪入りの日に当るところから、丁稚《でっち》・小僧などの参詣が多かった。古参の奉公人が「お前はどういって拝んだだい」などとからかうのである。子供のことゆえ、真面目な願いごとなどを訴えることもなかったのであろう。

しつかりと頼むでもなし南無ゑんま　（柳二〇）

249
何が喰いますと楽天そばへより　　てうど能《よい》こと〳〵

謡曲「白楽天」による句。楽天が最初この漁夫（住吉明神）を見かけたとき、舟で釣糸を垂れていたので、「どんな魚が釣れますか」といいながら舟を近づけたであろうという想像句。

〔**謡曲白楽天**〕唐の詩人白楽天が、日本の知恵を計れという唐の天子の宣旨を受け、舟にて筑紫松浦潟まで来たところ、一人の老漁夫に遇い、詩歌の問答をする。楽天は「青苔衣《ころも》を帯びて巌の肩に懸り、白雲帯に似て山の腰をめぐる」と眼前の景を詩に賦すると、漁夫は、「苔衣着たる巌はさもなくて、衣着ぬ山の帯をするかな」と歌に詠じ、ついにいい負かして一足も日本の土を踏ませることなく追いかえした。この老漁夫は、じつは住吉明神であったという内容。

250
さんごじゆはだんごのはらで取りに遣り　てうど能《よい》こと〳〵

明月の夜に供える団子で腹ごしらえをして、機を逸せず珊瑚珠《さんごじゅ》を取りにやらせた、というだけの句。「団子の腹で」の表現が趣向のあるところだ。

○珊瑚樹＝明月の夜に珊瑚樹を採るという風習があったようだが、十五夜を三五《さんご》の月という縁語結びの言語遊戯なのかも知れない。いずれにしても「明月清く冴ぬる日には珊瑚珠を取る」（『譬喩尽《たとえずくし》』）という俚言《りげん》によって作られた句。

251
百人首絵の出来たのははるか後　だてなことかな〳〵

百人一首のかるた札に入っている絵は貧乏公卿が内職として書いたとする説が江戸時代にあり、それを詠んでいる。貧乏公卿は室町末から江戸時代に多いところから、歌かるたの絵は、当然のことながら公卿の地位の高かった定家の時代にはなかった筈だ、という単なる洒落である。

252
とむらいに行くも嬉しい一《ひと》さかり　てうど能《よい》こと〳〵

人の葬式に行くのを喜ぶというのは、甚だ不謹慎のようだが、当時葬礼帰りには吉原へ登楼して精進落ちをするという仲間付き合いの不文律があったから、それで遊び盛りの息子は葬礼に出たがるというわけである。

○一盛り＝若い遊び盛り。

とむらいをよろしい筋とむすこいひ　（柳八）

253
しつぱりと頼むとさゆをくんで遣り　ねがひこそすれ〳〵（16オ）

町内のノド自慢大会、当時は多く義太夫とか、豊後節などを語った。出演者に喉を潤させるための白湯《さゆ》を汲んでやりながら、「そのいい声で、たっぷりと一段聞かせておくんなせえ」などとお世辞をいっているところ。
○しっぱり＝十分手落ちのないように行なうさま。しっかり。

254 **口まめなやつかん病をはぶかれる**　てうど能《よい》こと〳〵

病人の看病は物静かな人が向き、産婦のお相手は、にぎやかでおしゃべりなタイプの人の方が向くのである。つまりは口まめな人は、病人を疲れさせることにもなるので、看病人から除外されることになるというのだ。

255 **重箱をむすんで一つさげて見る**　てうど能《よい》こと〳〵

重箱に食べものを詰めて人に贈る風習は今もあるが、少し離れた所へ持って行くには風呂敷に包んで行く。風呂敷を結んで、持ち加減を確かめて見るというのは、一般的な庶民の風俗で、何でもないことのようだが、こうした句を示されるとなるほどと思う。

256 **呉服屋の手代畳にはへたやう**　なじみこそすれ〳〵

一般に呉服屋の手代は、名札の下に座してほとんど動かず、品物の出し入れなどすべて小僧に命じてさせる。越後屋など大店《おおだな》の店内風景である。

257 **すつぱぬきみんな逃《にげ》たで持つたもの**　てうど能《よい》こと〳〵

花の山での寸景。花見酒に酔っぱらった武士がにわかに刀を抜いてあばれ出した。下手をすれば、死人や怪我人も出て、この武士もただではすまされぬところだが、周囲の人が皆逃げてしまったおかげで、事件にならずにすんだのだ。
○もったもの＝無事であること。

258 **死水のそばで母おや碁のいけん**　ねがひこそすれ〳〵

「碁打ち、将棋差しは親の死に目にあえぬ」という俚《り》言《げん》があり、これを踏まえた句。碁狂いの息子がついに親父の死に目にあえず、末期《まつご》の水をとることができなかった。仏の枕辺で、母親からこんこんと碁の意見をされ、うなだれて聞いている息子。

259 **腕つ切《きり》まくつてかけるにわか雨**　だてなことかな〳〵

途中で俄《にわか》雨にあい、雨やどりをする人もいるが、一目散に走って帰る人もいる。この句は後者の場合で、着物の袖を腕っ切りまくって、恐らくは裾もからげて、走りよいように準備した上で駆け出すという一般庶民の姿を写生している。

俄《にわか》あめ手足よつぽど長くなり　（玉）

260 **あごのひげもつとぬらそとのどでいひ**　ねがひこそすれ〳〵

髪結床《どこ》での寸描。顔を当ってもらっている客が、顎髭《あごひげ》を剃《そ》ってもらうのに、痛すぎるからもう少し濡らして剃って欲しいと、床屋に哀訴している情景である。大きく口が開けられないので、のど声でいっている、というおかしさ。

261 **心中が化けると禿《かむろ》おどされる**　なじみこそすれ〳〵

吉原では、遊女と客の心中事件もしばしばあったのである。「幽霊が出る」などの噂《うわさ》が立つこともあり、これはただ禿を怖がらせて面白がる太鼓持《たいこもち》などの冗談。

心中の座敷をかぶろかけぬける　（柳一七）

262 **壱人者《ひとりもの》内から〆てとん死する**　てうど能《よい》こと〳〵　（16ウ）

一人暮らしの人が、内から戸を締めて頓死する。誰にも迷惑をかけずに急死してしまったが、何日か経たないと分らないということは今でもしばしばニュースに出る。ちょっと哀れを誘う句ではあるが、前句が前句だけに、いかにも現実肯定の川柳的冷酷さも感じざるを得ない。

263 **十念のしまひ一声《ひとこえ》のつかゝり**　だてなことかな〳〵

九へんまでは同じ調子で「南無阿弥陀仏」の名号《みょうごう》を唱え、最後の一声だけは一段と声を張りあげて強い調子になる。それを「一声《ひとこえ》のっかかり（のしかかる）」と面白く表現した。

○十念＝仏語で十種の心念の総称とあるが、浄土宗では十ぺん、念仏を唱えることをいう。

264 **町人で役所をうめる大三十日《おおみそか》**　ねがひこそすれ〳〵

大晦日《おおみそか》は、町人にとっては一年の決済の最終日で、商人は必死になって掛取りに歩き廻る。当然、多くのトラブルも起きたことであろうし、話合いで決着がつかなければ奉行所へ訴え出ることにもなる。大晦日は、そうした町人で、奉行所は一杯になるという意味に考えられている。

○役所＝ここでは奉行所。

265 **とぼしかけくれろにしちや聞あきる**　なじみこそすれ〳〵

質屋へ入質して資金を調達し、これから吉原などの遊所へ出かける手合い。遠道をするので、スペアの蠟燭《ろうそく》がほしい。「使いかけの蠟燭でもよいからくれたまえ」は、無心する側の慣用語で、新しい蠟燭を一本くれろという意味である。

○とぼしかけ＝火を燈して一旦消した、使いかけのもの。ここでは蠟燭《ろうそく》。

266 **今五年おそいとだるま首斗《ばかり》**　てうど能《よい》こと〳〵

達磨大師の面壁九年の仏説を踏まえた句。達磨大師は六世紀のはじめ、天竺（インド）から中国に渡り、魏の嵩山少林寺で修業し、面壁九年の果て、ついに悟りを開いたが、その間足が腐れ落ちてしまったという説話から、もしあと五年悟りを開くのがおくれたら、彼の胴体まで腐れて、首ばかりになっていたろうとの想像句。

267 **夜盗《よとう》ども見ろと両手でざらを寄せ**　だてなことかな〳〵

博奕《ばくち》句。運がついて大勝した男が、両手で賭金のばら銭をかき集めながら、「夜盗どももよく見ておけ。欲しくば取りに来てみよ、どうだ、この大金を」と大見栄を切っているところ。

○夜盗＝夜にまぎれて盗みに入る者。夜盗博奕の語あり、いかさま賽《さい》を使って客の金をまき上げる博奕のことであるが、主題句とは直接の関係はないようである。○ざら＝銭を通す道具（緡《さし》や馬鹿《ばか》など）を用いず、ばらばらになっている銭のこと。

268 **油屋のかいで出すのは直《ね》が高し**　だてなことかな〳〵

髪油を売る店、匂いをかいで商品を確かめて出す油は、伽羅油などの高級品で、値段も高いのである。

269 **元結紙《もといがみ》首をふるのでしまる也**　てうど能《よい》こと〳〵

髪結職人は、元結をむすぶとき、片方の紐を口にくわえて首を振りながら締める、その首を振るところにコツがあるというのである。

○元結紙＝結髪のおり、髪を束ねる際に使用する紙製の紐。

元結紙目をむき出して下女は〆《しめ》（柳四484）

270 **かいどりで五十まけろと柳はら**　てうど能《よい》こと〳〵

柳原（24参照）は、古着屋、古道具の床見世《とこみせ》が軒を連ねていたので知られていた。丹前《どてら》姿のやくざな御家人などがここへ来て、「この刀の鍔《つば》はいくらだ」などといって、果ては五十文まけろなどと値引きの交渉をしている。いい値のまま買う手合は一人もいない、柳原とはそういう場所なのである。

○掻取＝ここではどてら、の異称、つまり丹前のこと。

271 **関守りがわらつたといふぬけ参り**　ねがひこそすれ〳〵（17オ）

抜参り（237参照）の少年は関所の通行手形がなくとも通過できたようである。ただ、「入り鉄砲に出女《でおんな》」の鉄則は厳重に守られ、関所で男であることの証明として、男の象徴を出して見せるという定めがあった。関守りが、それを見て笑ったのは、少年のものとは思えぬほど、図抜けて大きかったからである。

272 **根津の駕《かご》四百目程はおもいはづ**　なじみこそすれ〳〵

駕籠《かご》をやとって根津へ急ぐ客が、四百匁ほど、余分に重いというのは、銭貨を持参するの諷意で、揚代金を一文銭で支払うあたりに根津の妓情がうかがえるわけだ。

○根津＝（31参照）。大体が四六見世で、昼六百文、夜四百文が相場であった。大工客などが多く、仕事が終ってからの遊びであるから四百文の揚代ということになろう。

273 **神楽堂《かぐらどう》ふらずに鈴をしやくる也**　だてなことかな〳〵

神楽巫子《みこ》は振袖の上に千早《ちはや》というのを着、神楽囃《ばやし》に乗って鈴を振って舞い、また剣の舞いを披露した。主題句は、鈴を振る動作を、振るのではなく、鈴をしゃくるのであるとしている。そこに巫子の媚態が見えるのである（753頁参照）。

274 **請《う》けに来て新酒の礼をいつて行《ゆき》**　なじみこそすれ〳〵

質屋兼業の酒問屋、質を請けに来た客が、「先日は新酒をいただいてすまなかったね」と礼を述べて出て行ったという意のようである。質の出し入れは季節の変り目が多く、初冬に冬物の質請けをする。あたかも新酒の出来る頃で、酒屋は新酒が出ると、お顧客《とくい》先に新酒をサービスとして配る風習があり、これを「新酒配り」というのである。

275 **よし町は損《そん》だと和尚気がそれる**　なじみこそすれ〳〵

日本橋芳町は陰間《かげま》茶屋のあった遊里、男娼が女装して枕席に侍る特殊地帯である。客は女犯を禁じられていた僧侶とか、御殿女中や後家などが多い。揚げ代は吉原などより高くつくところから、芳町通いの和尚が、「芳町は損だ」と悟り、遊女のいる遊里へと気が外《そ》れたということ。

芳町で年増の分は二役し　（柳二408）

276 **こいとろに大屋子守りをあつらへる**　なじみこそすれ〳〵

きまった百姓に長屋の肥《こえ》を売ったので、長い付き合いとなり、大屋は下女や子守りの必要が生じると、肥取りに頼んで、田舎の娘や小娘を周旋してもらうことも多かったのである。

○こいとろ＝肥取り。当時、肥は貴重な肥料であり、江戸郊外の百姓は、大屋と契約して、長屋の便所を汲みに来たのである。

277
壱人者《ひとりもの》客にしばらく留守をさせ　てうど能《よい》こと〳〵

一人者は外出するにもいちいち鍵をかけないと安心できない。客があれば、しばらくの間留守を頼んで、用を足しに出る。今日でも見られる情景である。

278
かんしやくのやうに目をする色娘　だてなことかな〳〵

男たちからからかわれて、ちょっと癇癪《かんしやく》でも起こしたように柳眉《りゆうび》を逆立てる、それもどうやら本心からではなく一種の演技で「覚えておいで」などとにらみつけ、しばらく置いてにこっと笑う。男の心理をよく読んでいての擬態、そこに色娘の色娘たる理由がある。

○色娘＝自分が女であることの意識を持ちはじめた娘。色気付いた娘。

279
せんごりをひろつてはさす舟ばくち　てうど能《よい》こと〳〵

川垢離《せんごり》をとっている下流にもやっている屋根舟で博奕《ばくち》が行なわれているという状況の句。博奕の時は銭が移動するので、ばらばらにならぬよう緡《さし》に束ねるが、タイミングよく流れてくる川垢離の緡を拾って用いるというのである。

○川垢離＝神仏へ祈願のため川水に浸って身を清めることで、江戸では大山信仰に結んだ習俗、両国橋の東畔下にその垢離場《こりば》があった。垢離をとる者は緡（藁《わら》しべをよった紐）を流し、吉凶を占う慣例である（753頁参照）。

280
ふんどしを帯にしている通りもの　てうど能《よい》こと〳〵（17ウ）

通り者が博奕《ばくち》に負けて、帯まで入質してしまい、褌《ふんどし》を帯の代りに締めているというような場合であろう。

○通り者＝川柳では一風変った遊び人、特に一匹狼の博徒をいうようである。

281
はやるやつ戸の明け立てのやかましさ　なじみこそすれ〳〵

流行《はや》る奴とは、よく売れる遊女のこと。客が幾人もかちあって、その客の座敷から座敷へと埓《らち》をあけながら廻る、これを廻しを取るという。多忙なので、座敷の出入口の襖戸《ふすまど》の明け立ても乱暴になり、うるさい音を立てるというのであろう。＊

282
辻番の奥の手は戸をたてる也　だてなことかな〳〵

辻番へは夜遅くなって、酔っぱらいが入りこんだり、暴れこんだりすることもあった。時には六尺棒をふるって追い返したりするが、手に負《お》えぬと見ると、辻番は急いで戸を閉めて、全く取り合わない、それが身を守る奥の手だというのである。

○辻番＝江戸の大名屋敷の辻々に置いた番所、また警備の番人の称であり、多くは老人などが雇われたようである。

283
中ぬきでまねきやおつ付く小侍　てうど能《よい》こと〳〵

主人は中抜草履《ぞうり》をはいて一目散に吉原へ向う。お供の小侍はどうしても後れがちになる。主人が立ち止まって招くと、小侍は大急ぎで追いついて来るという状況の句らしい。

○中抜＝中抜草履のこと、鼻緒に白紙を巻き、藁《わら》の芯《しん》で造った草履。吉原通いにこれをはいたのである。

○小侍＝武家屋敷に奉公している少年の称で、侍とはいうものの厳密には武士ではない。

284
そうしが谷ののどのかわくは平《ひら》のせい　ねがひこそすれ〳〵

雑司ケ谷は江戸の郊外ではあったが、有名な蕎麦屋が二軒、料理茶屋は茗荷屋《みようが》・橘屋・耕向亭《こうこうてい》などがあり江戸風を売りものにした。が江戸風といっても、所詮場所柄で田舎料理だから、平皿は味が塩からく、喉《のど》のかわくのもそのせいなのだ。

○雑司ケ谷＝江戸における日蓮宗の霊場の一つで、法明寺のお会式は盛大をきわめた。また子育ての神鬼子母神も多くの信者を集めた。○平＝平皿、また平椀のことだが、その器に盛った料理のことをいう。

285
かげま客尻のしまいのつかぬもの　なじみこそすれ〱

仕舞をつける、というのは遊里語で、女郎または男娼《かげま》を一日買い切ることをいう。前述したように（275参照）、陰間《かげま》の揚代金は、吉原の高妓よりも高く、仕舞（一日買切り）三両、片仕舞壱両二分、一般には昼六つ切、夜六つ切。以上は二丁町（堺町・葺屋町、当時の芝居町）の陰間で、芳町の方はやや値段が安く、それでも仕舞二両、片仕舞一両、昼四つ切、夜四つ切。この切遊びは最低一分はかかる。尻の仕舞いなどなんでもないようだが、飛んでもない、陰間客にとって、一日買切るなどというのは容易なことではないのである。

286
もくねんとして肩の灸かきこわし　ねがひこそすれ〱

灸をすえたあと、かさぶたができ、うじうじと痒《かゆ》くなる。じっとしていればいるほど、その痒みが増してくる。我慢ができず、かさぶたをいじっているうちに、つい力を入れすぎて掻きこわしてしまった。

287
大三十日《おおみそか》女房がいふとだまりおれ　てうど能《よい》こと〱

大晦日には日常生活の一切の掛けを支払わなければならないが、平常の心掛けが悪く、この期《ご》に及んで金がない。女房は、それ見たことかとばかり、亭主の素行をいい立てる。まさにその通りに違いがないが、そこは亭主、「だまりおれ」の一言で威圧しようとする。それは当時の庶民の一般的情景でもあった。

此くれのかほが見たいと女房いひ　（拾七）

288
かやぶきへはいる夜盗ははけ次手《ついで》　だてなことかな〱

夜盗《よとう》（267参照）は、田舎なら庄屋の家とか豪農の蔵などに押しこむのが常で、貧しい茅葺屋根の百姓家に入ったのは、たんなる刷毛序《はけついで》の仕業であるの意。

○刷毛序＝あることのついでに、他のこともしてしまうこと。

289
御局の女いしやとはすまぬ事　なじみこそすれ〱（18オ）

一生奉公の誓紙を書いて、男子禁制の大奥に勤めている御局が妊《はら》んでしまった。それで中条流の堕胎医の手を借りなければならないとは、甚だ都合の悪い事態となったものである。

○女医者＝婦人科医、主に中条流堕胎医をいう。

290 **中の町さくらに人をつなぐ所《とこ》**　だてなことかな〳〵

中の町（吉原の大門《おおもん》通り）には引手茶屋が軒を連ねていた。この通りの中央に、毎年二月頃に桜を植え、三月頃にいっせいに咲き出すと、花見の客がどっと押し寄せたのである。これが有名な中の町の桜であるが、葉桜になると引き抜いてしまう。花時、多くの客を吉原に吸引するわけだから中の町の桜は、まさに人を繋ぐものだといってよいだろう。「咲いた桜になぜ駒つなぐ、駒が勇めば花が散る」の俚謡《りよう》があり、本句はこれを踏まえて作られた趣向句である。

291 **虫持にしたのは逃《にげ》た乳母のせい**　だてなことかな〳〵

ここのお子さんが虫持《むしもち》になったのは、その子の乳母がさる男と不義な仲となり駆落ちしてしまったのが原因だ、というのである。最も信頼していた乳母が逃げて行ってしまったので、子供に計り知れぬほどのショックを与えた。虫持になるのももっともだというのである。

○虫持＝子供が疳症《かんしょう》を持病とすること。

292 **柳原よるもばくものうる所**　なじみこそすれ〳〵

柳原（270参照）は、古着・古道具などのばくものを売る小見世が軒を並べていたが、夜は夜鷹という女のばくものを売っているところだ、というのである。柳原は夜鷹の出没するところとして知られていた。

○ばくもの＝正体の分らぬもの、怪しげなものをいう語。

古着屋と二十四文と入りかわり　（明和八）

（夜鷹の揚代二十四文）

293 **わるいくせばかできせるをほぢりやるな**　てうど能《よい》こと〳〵

ばかというのは賭場で使用する銭をさす串のことで、

273 神楽巫子（『操草紙』）

279 川垢離（『当世坐持咄』）

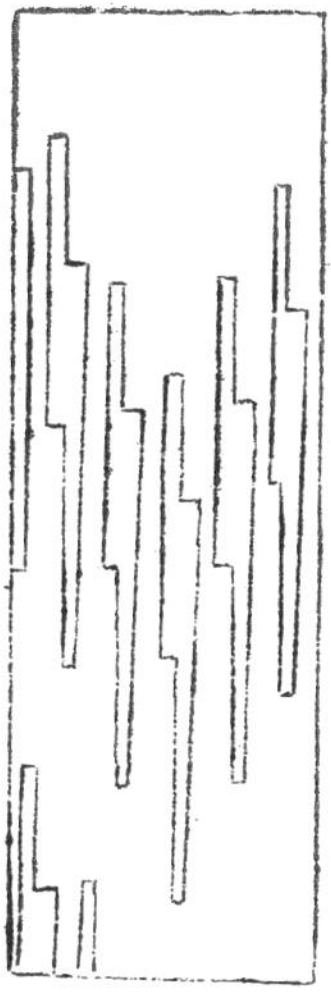

293 目串（『小紋雅話』）

目串ともいう（753頁参照）。五十文ざしと百文ざしとがあり、五十ばか、百ばかという。賭博の最中に、その目串で煙管《きせる》をほじくる奴がいる。「悪い癖だ、よしやれ、どうもこっちはけちがついていかぬ」と負けのこんだやつは、ちょっとしたことに気を嵩《たか》ぶらせる、そうした博奕《ばくち》場《ば》の光景である。

294 **鈴鹿山外《ほか》のくわんおんではいけず**　　てうど能《よい》こと〳〵

謡曲「田村」による句。伊勢の鈴鹿山に悪鬼が棲み、勅命により、坂上田村麿が、清水寺の千手観音の霊力を借りて退治したとする説話。鬼神が数千騎に身を変じ襲いかかるのを、千手の御手ごとに矢を放てば、鬼神もついに討たれたとある。主題句は、千手観音だから千の矢を放つことができたわけで、他の観音では役に立たなかったろうというのである。

295 **根津のぎうしやうゆの樽へこしを懸《かけ》**　　てうど能《よい》こと〳〵

根津（31参照）の岡場所は、大工などの職人衆を常客とする妓格の低い遊所で、客引きの妓夫《ぎう》も醤油樽に腰かけているのがふさわしい土地柄である。

○妓夫＝妓楼において、客引きや雑務にたずさわる男衆のこと。

根津のぎうさく料などとしやれて言《いい》　（柳三152）

296 **にわたずみよけ〳〵兜持て来る**　　だてなことかな〳〵

端午の節句には、その年、男子の誕生した家へ、親戚、知友などから祝いの贈物がある。主題句は、贈物の兜人形を持って、水溜りをよけよけ訪ねてくるというところ。時あたかも梅雨期にあたるところから、季節の特徴を組み合わせて表現したところに趣向が見える。

○にはたずみ＝潦と書き、雨後の水溜り。○兜＝兜人形の下略。

297 **しうとめを久しい鳴りで故人にし**　　ねがひこそすれ〳〵

「久しい鳴り」は、前々から何回も同じことを繰り返しいうこと。二、三年前あたりから、「うちの姑は、頭が痛い、腰が痛いといっているから、そう長くはもたないだろう」と、嫁が里へ行った折、母親たちに話して聞かせたが、命には別条なく、いよいよ寝込んでしまって、「この一と月があぶない」といっているうちに、またけろりと良くなる、といったことを繰り返し、とうとう本当に成仏してしまったというような場合。それを嫁の執念が、姑を故人にした、と表現したもの。

298
でかいがと藪入の供茶をしたみ　てうど能《よい》こと〳〵（18ウ）

御殿女中が、藪入りに供を連れて田舎の実家へ帰った。まず供の者には茶を出し、次に酒肴を振舞う段になって、供は、「酒をいただくには大きすぎるが」などといいながら、飲み残しの茶をしたんで、酒を注いでもらうという句のようである。

○したむ＝しずくを垂らす。

藪入の供へは母がのんでさし　（柳初465）

299
薬代《やくだい》に一つひつぱぐ他人宿《たにんやど》　てうど能《よい》こと〳〵

田舎から出て来て、奉公口がきまるまで、請宿の世話になっているというのが当時の実情で、その間に病気でもすると、請宿は医者に支払う薬代だといって、着ている着物をむりやり一枚脱がせることになる。請宿などというものは、なかなか冷酷なのである。

○他人宿＝下男、下女などの奉公人の勤め口の世話をし、仮親として身元保証人にもなってやる周旋屋のことで、請宿ともいう。

300
百両を嫁に預けてこわがらせ　けつこふな事〳〵

百両といえば、今の金にして七百万円くらいの大金、それをしばらく預かっておいてくれなどと嫁に渡せば、当然嫁は怖《こわ》がるという意。嫁をからかっている気味もあろうか。

百両をほどけば人をしさらせる　（柳初13）

301
よろつかあつい大門《おおもん》に着《つき》にけり　だましこそすれ〳〵

「よろつかあ」はよろよろとしての意。駕籠舁《かごかき》は酒手をはずむと一目散に走るが、酒手をやらぬと、疲れたの、息が苦しいのと、勝手なことをいってのろのろと歩く。それでもだましだまし吉原の大門まで着けさせたというのである。この客もかなりケチな客なのであろう。

302 **待女郎聟《まちじょろうむこ》を座敷へおして出る**　だましこそすれ〳〵

待女郎というのは、婚礼の折に、花嫁に付き添って諸事万端の世話をする役目の女性のこと。主題句は、気おくれのしている花聟を、すでに花嫁の待っている、床入りの奥座敷へと、むりやりに押し入れるという場面。

303 **仲人が来るとかくれるふとくしん**　だましこそすれ〳〵

娘に結婚話があり、仲人がしばしば娘の家を訪ねてくるが、そのたび、娘は隠れて出て来ない。どうやら娘は、この縁談には不承知のようである。

○ふとくしん＝不得心で、不承知の意。

304 **ぬしなどは目出たいかぶと土手で言ひ**　ねがひこそすれ〳〵

友だち同士で吉原へ登楼し、朝帰りの土手での会話。「お前などは、まあ目出度い部類に入るさ。夜中に女郎がいなくなったといっても、夜明けにはちゃんとお前のところへ戻って来たというじゃないか。おれの女郎ときたら、宵の口に顔を出しただけで、とうとう朝になっても戻って来なかった」などと、女郎に振られた愚痴《ぐち》をこぼし合っている。

○かぶ＝その人の持ち前。

305 **知れて居るものをかぞへるせんがく寺**　いとしかりけり〳〵

泉岳寺へお詣りに行って、大石良雄以下四十六基の墓のあることは分っているのに、また改めて墓の数をかぞえてなるほどと納得する。これは参拝者に共通する心理なのだ。

306 **気上りがするとぴい〳〵ひつたくり**　だましこそすれ〳〵

子供が笛をぴいぴい鳴らしている。その音を聞いていると、頭に血が上りそうだ、といって、母親が子供の笛を取り上げてしまった。
　○気上りがする＝のぼせる、また頭に血が上ること。

307
旅帰り大きなはらのまゝで去り　いとしかりけり〳〵（19オ）

　小一年もかかった長旅から帰ってみると、女房は大きな腹をかかえていた。これは亭主の旅の留守に、不義密通をした歴然たる証拠であるから、ただちに三下り半を書いて女房を離縁してしまった。川柳では旅の留守の密通というのは、一つのテーマになっているのである。
　○去る＝離縁すること。離縁状を去り状ともいう。

308
村政を和尚一とこしもちにつき　いとしかりけり〳〵

　一振りの刀が故人の遺品として菩提寺に納められたが、和尚がよく調べてみたら、これが村正の妖刀であった。刀剣商に払い下げようとしても、村正では買手がつくまい。さりとてこのまま寺に置いておくと、どのような災いを招くか知れず、和尚もこの刀の処置に困ってしまった、と解しておく。
　○村正＝刀工の名、伊勢千住村住、その打った刀は村正の名刀として珍重されたが、徳川氏に仇《あだ》をなしたところから、以後妖刀として敬遠された。○一こし＝一腰、刀一本の意。○もちにつき＝持てあます。処置に困ること。

309
蛤《はまぐり》であげるがむすめ気に入らず　だましこそすれ〳〵

　三月三日の雛祭りのお祝いとして、蛤も用いられたのである。「初節句はとうの昔だし、何もかも揃っているようだから、蛤で祝ってあげようね」と、叔母さんなどの言葉、新しい雛人形を予定していた娘は、当てが外れて面白くない。娘はつねに新作の雛人形をほしがるものなのである。

　あて違ひ蛤二升桃のはな　（傍四）

310
喰いつみにふじをいたゞくおそい礼　けつこふな事〳〵

　松もとれた後に来る年礼客、恐らくは女礼者であろう。おそい礼者なので、喰積《くいつ》みにはほとんど何もなく、富士の形に盛られた糯《はぜ》（糯《もちごめ》を炒ったもの）しか残っていない。それを頂くというのを、川柳的に富士を頂くと表現した。

○喰いつみ＝蓬莱台のごときもので、三方の上に、糯《はぜ》、のし、勝栗、昆布、野老《ところ》、海老、干柿などをのせたもの。

松過の礼者米斗《ばか》つつつける　（柳一三）

311 **門礼《かどれい》にしたのが伯父のふそく也**　だましこそすれ〳〵

門礼というのは、座敷に上らず、門口だけで年賀をのべること。この句は、本家の息子が年礼に来たが、門口で挨拶をして、座敷へも上らずそそくさと帰ってしまったことが、叔父さんにとっては不満なのであるの意。息子にしてみれば、とかく意見がましいことばかりいう叔父と酒を汲み交わしても堅苦しいばかりで面白くないからである。

○伯父＝川柳では、息子を中心にして句が作られる場合が多く、伯父とあっても叔父とみなければならない。息子は本家の息子であり、これに対して、つまりは、分家の叔父なのである。

門礼に追人《おって》のかゝる中のよさ　（柳一五）

312 **かとく公事《くじ》元のおこりはそつ中風《ちゅうぶ》**　いとしかりけり〳〵

あの家では父親が死んだ後、家督相続や遺産相続などで訴訟問題がおき、もめかえっている。親父が突然卒中風で倒れ、何の遺言も残さずに死んでしまったためだ。当時は、当主の遺言というのが、法的にも世間的にも非常な重みを持っていたのである。

313 **四五両のおこわをむす子夕《ゆう》べくい**　だましこそすれ〳〵

どら息子が昨夜、素人の女に手を出してしまい、首尾は上々と思ったら、女の亭主なる者が現われて四、五両の金をゆすり取られてしまった。いやどうも高いものについたの意。四、五両とあるのは間男の首代五両の利《き》かせ。

○おこわ＝強飯《こわめし》のことだが、別に「おお恐《こわ》」の意味から転じて美人局《つつもたせ》の異称となった。

314 **よく聞けば砂利場の伯父も他人也**　だましこそすれ〳〵

遊女と馴染みとなり、よくよく話を聞いて見ると、砂利場に住んでいる伯父というのもまったく他人だということだ。実は砂利場の伯父さんというのは、彼女を吉原へ連れてきた女衒《ぜげん》（女の売買をする男）だったのだ。

○砂利場＝浅草田町一丁目東端付近の俗称。吉原に近いこともあって、遣り手や女衒《ぜげん》などの住居があった。

315 **きゝほして見れば禿《かむろ》の智ゑでなし**　だましこそすれ〳〵

禿にうまい事だまされてしまった。子供にしては知恵が廻りすぎると思って、よくよく追及して見たら、知恵をつけた奴が他にいて、あの子の才覚ではなかった。

○聞きほす＝根掘り葉掘り聞く、底の底までたずねること。

316 **したく金取って行のはふくろもち**　けつこふな事〳〵（19ウ）

身体に欠陥があり、また醜い娘を嫁入りさせようとすれば、莫大な持参金をつけなければ貰い人《て》がないが、一方には、男の方から嫁入り費用の一切を支度金としてもらい、裸で嫁入りする小町娘もいるのである。

○ふくろ持＝成年になるまで疱瘡《ほうそう》にかからぬ娘のことで、美人の代名詞としても遣われた。

317 **壱軒で呼べばすだれがみなうごき**　うつりこそすれ〳〵

江戸の夏である。家々は戸・障子を取りはずしてみな簾《すだれ》を下げている。蚊帳《かや》売が「萌黄《もえぎ》の蚊帳ア」と、細く長く、美しい声で町々を流し、一軒の女房が蚊帳売を呼びとめると、「あの美しい声の主はどんな男か」とばかり、そこら一帯の家々の簾の陰から女たちがいっせいに顔をのぞかせる。＊

蚊屋売の声のいゝのを女房よび　（傍三）

318 **僧正もいぜんはけんの上手也**　けつこふな事〳〵

今は僧正の位を得て、人々の尊崇を受けている和尚さんだが、若い頃はなかなかの道楽者で、せっせと陰間《かげま》通いをしたものである。当時芳町一帯では、拳の名人として聞こえた程だ、と昔の素行をすっぱ抜いた句。

○拳＝狐拳は今に残るが、他に長崎拳などがあり、遊里などで盛んに行なわれた。

319 **しこなしで袴をたゝむいひなづけ**　けつこふな事〳〵

許婚《いいなづけ》とは、親同士の約束で幼い時から将来結婚すると定められた仲の男女。娘は時折り男の家を訪ねては家事の手伝いなどをする。男の袴をたたむ場合など、さながら恋女房といった物馴れたしこなし（しぐさ）でたたんでいて、ちょっと半畳でも入れたいようなそぶりなのである。

320 **人がらへ傘壱本《いっぽ》かしなくし**　だましこそすれ〳〵

俄雨《にわか》の折、傘を借りに来た人物、人柄の律義な人と思いこんで、買ったばかりの新しい傘を貸してやったのだが、とうとう返しにも来ず、そのままになってしまった。人は見かけによらぬものである。

321 **なんにせい向ふへ越せと角田川**　うつりこそすれ〳〵

友だち同士、向島方面へ遊びに行った。ここまで来て、吉原へ立ち寄らぬ手はなかろう。登楼したくない者は帰っても苦しくない。ともかく、渡し舟に乗って向う岸へ渡ってから委細相談することにしよう、といった場合。

322 **ゑびす講おどり子を呼ぶむす子の代**　うつりこそすれ〳〵

夷講《えびす》は一月二十日と十月二十日の二回行なわれ、商人が利益貨殖を祈る祭日で、恵比須・大黒の二神を祀る。初代は勤倹を守り、一代にして成り上ったが、二代目の息子は、宴席に踊子を招いて騒ぐ不心得者で、先が案じられるというものである。

二代目は牽頭《たいこ》迄よぶゑびすかう　（筥四）

323 **皆翌日《あす》へ廻して仲人《なこど》おつぴらき**　うつりこそすれ〳〵

婚礼当夜、新郎新婦を寝所へおさめて、新枕の首尾を見とどければ、それで仲人の大役は終ったも同然、夜も明けかかっているので、残っている用事は、すべて翌日のことにしてお開きとした。

324
金屏風たゝむとつねの見世に成　けつこふな事〳〵

天下祭りには、町内の主だった人々を招いて酒肴を供し、親戚知友打ち寄って渡御の行列を拝観したのだ。祭礼が終ると同時に、金屏風も取り外され、また元の店にかえるのである。

◯金屏風＝天下祭り（山王・神田両神社の祭礼）には、神輿《みこし》、山車《だし》、付祭等の行列が江戸城吹上の御庭にて将軍家の台覧に供したが、その行列通過の町々は掃き清められ、表通りの商家の見世先は取片づけられて緋毛氈《ひもうせん》を敷き、燦然たる金屏風が引き廻された。

325
なんで間違ったか出合あけらこん　うつりこそすれ〳〵（20オ）

お互いに約束をして出合茶屋で待ち合わせることになり、先に来ていたが、時間になっても相手が現われない。すっぽかされる筈はないと思っているだけに、どこでどう約束に齟齬《そご》をきたしたのかとぽかんとして待ちくたびれている。

◯出合＝男女の逢引きのこと。そのために部屋を提供するのを出合茶屋といい、不忍池畔に多くあった（503参照）。◯あけらこん＝あけらかんに同じ。ぽかんとしたさま。

326
神楽堂《かぐらどう》小ゆびをはねてへいを持　うつりこそすれ〳〵

神楽堂で舞う巫子《みこ》（273参照）は、色気を発散するように演出するので、一挙手一投足に気取ったそぶりを見せるのである。御幣《ごへい》を持つ手の小指をはねあげるような動作も、そうしたそぶりの一つで、そこを細かに観察しているところに、この句の面白さがあるだろう。

327
下げ髪《がみ》手《で》弐《に》歩《ぶ》おちますと質屋いひ　うつりこそすれ〳〵

下げ髪手の茶入れを質屋へ持って行ったところ、この茶入れは今あまり流行《はや》っていないので、ご期待の評価より二分ほど落ちますよといわれた。質屋というのは、持ちこんだ品のどこかにけちをつけ、少しでも安く見立てようとするのである。

○下げ髪手＝瀬戸焼の茶入れで、濃い黒なだれ釉《ぐすり》が、女の下げ髪のように、釉止《くすりどま》りのあたりまで下がっているもののこと。

328 **木薬屋ぜげんのそばで五両取り**　けっこふな事〱

一家の働き手の父親が長患《わずら》いで、にっちもさっちも行かず、娘を売らねばならなくなり、女衒《ぜげん》に頼んで、一応の金額を手に入れたが、支払いのとどこおっている薬屋は、この機をのがさず未払分の五両を、取り立てに来たという状況。娘を売った金も、医者や薬屋への支払いに、やがてなくなることであろう。

329 **はき溜《だめ》へ鶴のおりたは小松どの**　いとしかりけり〱

小松殿は平重盛、その人格識見とも衆にすぐれ、当代随一の賢人であった。平家一族は先の見通しの利かぬ凡人ばかりであるから、小松殿の存在は、掃き溜へ鶴が降りたようだとのたとえがぴったりする。

330 **おろうがいかと天がい屋ほしをさし**　いとしかりけり〱

天蓋《てんがい》の製作をする職人が、持ちこまれた振袖を見て、「この振袖の娘さんは労咳《ろうがい》で亡くなったのでしょう」と、図星を突いたというのである。

○おろうがい＝労咳（今日の結核、当時は恋患いの一種と見られた）に御をつけてていねいに表現した言葉。

○天蓋屋＝天蓋は寺院の什器の一つで、死んだ娘の遺品の振袖などで造り、菩提寺に奉納する宗教的習俗があった。

331 **縫紋のことで桟敷を二日のべ**　うつりこそすれ〱

当時、大家《たいけ》の娘御や金持の後家などが芝居見物に行き、幕間を見てしばしば着換えなどし、芝居を見物するのか、自分を見せるのか分らぬ、女客もいたのである。注文の縫紋が出来上らぬため、是非なく桟敷の予約を明後日《あさって》まで日延べする、まさに、衣裳を見せるための芝居見物。

○縫紋＝着物の布地にじかに刺繡する紋のこと、糊で貼りつける張紋よりははるかに手間がかかり、値段も高かった。

332
初鰹ばゞあぐらいはおつこちる　うつりこそすれ〳〵

初鰹（36参照）に対する江戸っ子の憧れは大変なもので、女房を質に置いてもというのが当時の心意気だった。されば初鰹を御馳走して口説けば、年増の女あたりならころりと落ちる、そのくらいの魅力はあったのだ。

333
うごかずに居ろと去り状書いて遣る　けつこふな事〳〵

女房が間男している現場を押えた亭主が、その場で離縁状の三下り半を書いて渡す。

334
渡し守一《ひと》さほ戻す知つた人　うつりこそすれ〳〵（20ウ）

船頭が舟を出した直後に、渡し場に駆けこんで来た客があり、ふと見ると船頭の顔馴染み、そこで一棹、二棹戻して、その客を乗せてやるのも人情の常である。

渡し守一さほもどす薬箱　（柳一三）
（薬を待っている病人への思いやり）

335
手をわけて酒屋尋る野がけ道　うつりこそすれ〳〵

野《の》駆《が》け（今日のピクニック）は、春の行楽の一つで、江戸郊外の春色を尋ねて田園地帯を歩くこと。酒があれば興趣は一きわ深い。このあたりに酒屋はないかと、手分けして近くの村落へ酒をさがしに行く。

此村になんと酒屋はござらぬか　（柳三207）

336
つけざしの礼にせなかをなでゝ遣り　うつりこそすれ〳〵

無理強《じ》いされて酒を注がれ、一口つけたものの、それ以上飲めずに進退窮まっている時、傍らの女郎がその盃を貰い受けて飲み干し、急場をしのいでやった。それがきっかけでその女郎は、岡焼き連中から盃の総攻撃を受けてダウン、吐いたり戻したりの苦しみよう、その介抱役が付差しの客で、お礼のつもりで、女の背中を撫でてやっているというので、なかなかお安くないのである。

○付差し＝自分が口につけた盃、また煙管《きせる》を相手に与えることで、情けの深さを表現するしぐさとされた。

手ばなしでつけざしを呑《のむ》なれたもの　（柳一〇）

（平然と惚気《のろけ》をいうに同じ。いずれにしても、女郎か芸者などの商売女）

337
女房はせうじの内で直《ね》をこたへ　だましこそすれ〳〵

小商売の店の女房、子供に乳を飲ませている最中とか、針仕事をしているときに、店先に客が来て、「何々はいくらだね」などと聞いているが、すぐに手を離せないので、障子の向うから答えている情景、庶民生活の一断面をさらりと描いている。

338
あら世帯《せたい》何を寄進にしやうといひ　うつりこそすれ〳〵

新世帯《あらせたい》は、野合の新婚夫婦が新しく作った家庭のこと、何から何まで世帯道具は調達しなければならない。友だちが寄って、「さて何をお祝いにやろうかの」と相談している。寄進はここでは、洒落ていったもの。

あら世帯何をやっても嬉しがり　（柳初224）

339
死顔を他人で拝む不幸もの　うつりこそすれ〳〵

不幸は不孝の当字、勘当を受けた息子が、勘当を許されぬうちに父の死目にあった場合。勘当は、法律的にも、慣習的にも親子の関係を断つことであるから、他人なのである。

かんどうを呼ぶで弔い三日伸び　（柳一三）

340
鈴なしに出来たは肩がすばる也　うつりこそすれ〳〵

将軍の出来心からお手がついた御湯殿（湯殿の力役《りきやく》の女中）や腰元の出産したお子は一段下に見られ勝ちで、成長後も肩身の狭い思いをするだろうというのである。諸大名の場合もまた、これに同じ。

○鈴＝江戸城大奥にある御鈴口の略。その夜御伽《おとぎ》に出る女性には、予め知らせがあって、鈴が鳴って将軍御成りの知らせがあると、定まった部屋に伺候して将軍をお迎えし、寝所へ入られる。この手続きによって懐妊した場合は、将軍の正式のお子として認知され、生まれ落ちれば大奥で大切に育てられる。
○窄《すぼ》る＝肩身の狭いこと。

341
御中入《おなかいり》四百四町はあら手なり　けつこふな事〳〵

町入り能（将軍家の慶事または大法事の際、江戸城において催される式能。町人《ちょうにん》能）の第一日には江戸八百八町（実は三百八十五町）の名主、家主等、その数五千余人を城内に召して陪観させた。日本橋より北の町は午前中、大手門より以南の町は午後に桔梗《ききょう》門より入れたもので、場所は本丸大広間の南庭の舞台であった。この午前と午後の入れ替え時を、中入りと表現したわけで、新手《あらて》の語も戦記ものなどの城攻めに見える新手の軍勢に見立てているのである。

342
御祐筆人を遣ふも筆のさき　けつこふな事〳〵

祐筆は、文書・記録の執筆・作製にあたる常置の職で、常に筆を持っているので、人を遣うのも筆の先で指図する、というわけ。

くちびるのとび色になる御祐筆　（柳四五）

（筆をなめるので）

343
しなの者江戸と国とは雪と炭　けつこふな事〳〵（21オ）

信州から江戸へ出稼ぎに来る者を信濃者と称した。農閑期の冬になると、雪国の信濃を後にし、江戸へ出て炭売りをする男、雪と炭は二者を比較してその差の甚だしいことの譬《たと》えにつかわれる俚言《りげん》だが、それを転用して江戸で計炭《はかりずみ》を売って、営みとしていた実情を暗示しているのである。

女房を雪に埋めて炭を売り　（柳初662）

344
悪所《あくしょ》とはばちの当つた言葉也　いとしかりけり〳〵

新吉原遊廓を世間では悪所といい、親父どのや女房も悪所呼ばわりをするが、普賢菩薩（遊女）の多くおられる廓《くるわ》を悪所とは言葉が過ぎる。まさしく極楽浄土とでもいうべきであろうとは、どら息子たちの見解である。

そろそろと花嫁悪所よばりする　（柳一〇）

345
あてこともないと舂《つき》やにおこされる　うつりこそすれ〱

「また寝てござるか、もう日の出ているというのに途方もない」と米搗屋《こめつきや》からどんどんと戸を叩かれる。米搗屋は勤勉で、朝が早いのである。

○あてこともない＝途方もない。

346
髪結所《かみいとこ》どふだむす子といふ所《ところ》　（前句不明）

髪結所、つまり床屋はどら息子たちの溜り場になるところで、先輩格に、「どうだ息子、これから廓《なか》へ繰りこもうじゃないか」などと誘われるというのであろう。

○息子＝息子株といい、良家の息子というのが川柳的約束である。

夕べあれからいつてのと髪結床　（柳一二）

347
爰《ここ》をよく聞けとおふくろ糸をこき　だましこそすれ〱

娘をそばに置いて、着物の縫い方の指導。「よくお聞き、襟付けの剣先はこう、特に難しいのが裾廻しの褄先合わせで、ここは苦心の要るところよ」などと、糸をこきながら実際に縫って見せている母親。

348
朝帰り旦那がまけてしづか也　だましこそすれ〱

亭主は吉原からの朝帰り、怒り心頭に発している女房は、むしゃぶりつかんばかりの勢いで亭主をなじるが、亭主はひたすら低姿勢、これでは喧嘩にもならず、女房もついには黙ってしまった。

349
七兵衛《しちびようえ》壱本《いつぽ》遣いに成る男　いとしかりけり〱

悪七兵衛平景清は、屋島の合戦の折、三保谷《みほのや》四郎を手捕りにしようとして、その兜をつかみ引き寄せると、三保谷も名だたる剛力、ぐっと首を立てると錣《しころ》が引っ切れて取り逃がしてしまった。景清の臂力、三保谷の首の力は互角だったのである。もし、三保谷の首の力の方が強く、錣も千切れなかったら、景清の右腕は抜けていたか

も知れず、そうすると彼は一本遣いになっていたことになろうという意のようである。＊

○一本遣い＝ひとかどの技量のあること。景清の侍大将として衆にすぐれた器量のあることと片腕になったかも知れぬことを表現している。

350 **市の供しなのひたすら願ふ也** だましこそすれ〳〵

歳の市の供に、是非連れて行ってほしいと信濃者（343参照）の下男が願い出た。市で買う品々を運ぶ役にはよいが、田舎者で気が利かず、却って足手まといになるかと、主人はあまり連れて行きたがらない。しかし、この下男は、有名な浅草の観音様にも参拝したいし、歳の市の繁盛も見たい。それで懸命にお供役をお願いしているのである。

連れないにや劣りとしなの供に連れ（柳一八）

351 **なぜ置いて来たと酒つぎ一つぶち** だましこそすれ〳〵

遊里などでの光景。前回は何人かで遊びに来て、今回は自分一人だけでの登楼、敵娼《あいかた》の朋輩女郎が酒注ぎ役に呼ばれて酒のお相手をしながら、客に「この前一緒に来た誰さんを、どうして置いて来たんですよ。私の岡惚れの男だったのに」などといいながら、背中を一つどやしつけている場面、と解しておく。

つれて来てくれなと一つどうつかれ（柳二416）

352 **箸おくかおかぬにむす子ついと出る** だましこそすれ〳〵（21ウ）

遊びざかりの息子、夕食の箸を置くか置かぬうちに、もうそわそわとしながら、親の目を盗んでさっと表へ出て行く。行く先はもちろん吉原遊廓。

七《なな》つ打ちかれ是いたしむす子出る（柳一六）

353 **品川の衣桁《いこう》もゝ引などもかけ** うつりこそすれ〳〵

品川は江戸四宿の首座を占める繁盛の土地ではあるが、吉原と違って股引穿きの旅人も登楼する遊里で、女郎がいかに綺羅を飾って見たところで、飯盛宿の本性は争われないのである。

○衣桁＝着物などを掛けておく家具。

も丶引の泊りもとるでげびるなり　（柳一〇）

354 **ゑびすさま人たがへにて盗まれる**　いとしかりけり〳〵

歳の市では、大黒天と恵比須様の像も売られていた。この二像のうち大黒天を盗んで持ち帰ると、幸運が得られるという俗信があり、歳の市へ買出しに行く連中のなかには、店番の目をかすめて、大黒様をこっそり持ち逃げする奴もあったのである。盗む方もあわてているから、大黒さまをうまくせしめた気で、恵比須さまの方と取り違える場合もあった。「人違い」という表現が川柳的なのである。

355 **乳母が荷のすだれを這入《はい》る気の毒さ**　いとしかりけり〳〵

「忌中札」の貼ってある簾の下《さ》がっている家へ、乳母の荷物が届いた、という句。どうやら産後の肥立ちが悪く授乳ができないので、至急乳母を雇うことになったが、乳母の荷物が着いた時には、ここの家の主婦が亡くなり葬式の準備中だったという状況が推測される。

356 **口とりに身にしみおれと源三位**　いとしかりけり〳〵

高倉宮以仁王は、奈良から平等院へ逃れる途中、六度落馬した（188参照）。もとより乗り手の高倉宮の未熟によることだが、源三位頼政は宮を叱るわけにもいかないので馬の口取りの従者に、「心魂に徹して、気をつけおれ。二度と御落馬なきようにお守り申し上げよ」と叱ったであろうというのである。

頼政に口取り六度しかられる　（柳六五）

357 **見世迄も顔出して行里の母**　だましこそすれ〳〵

嫁の里の母が婚家先を訪ね、見世にまで顔を出し、そこの奉公人たちにも土産物などを配り挨拶をして帰るというので、婚家に於ける娘の立場を考えての母の気配りなのである。

358 **買い出すとぜげんへちまでおつこすり**　いとしかりけり〳〵

女衒《ぜげん》（328参照）が田舎の貧乏な家から娘を買って来ると、女郎屋へ売りつける前に、湯に入れ糸瓜《へちま》で磨き、少しでも田舎の泥くささを取り除こうとする。これは、いくらかでも高い値段で娘を売ろうとする魂胆なのだ。

359
板の間へ菜をぶんまける事納《ことおさめ》　うつりこそすれ〳〵

事納の日には竿の先に笊《ざる》を結び、軒先高くかかげる習俗があった。笊は常には野菜などを入れておくので、その野菜類を土間にぶちまけて、笊だけを使うのである。

○事納＝江戸年中行事の一つで、毎年十二月八日に、その年の雑事を仕舞う行事。一説に二月八日とする。

360
こんにやくのぎざ〳〵きついじまん也　うつりこそすれ〳〵

日本料理で、蒟蒻《こんにやく》を短冊風に切った上、波形のぎざ〳〵を入れる。現在ではチーズ切りなどの道具があるが、当時は庖丁一つでこうした細工をしたので、その腕の良さがたいへんな自慢だったのであろう。このぎざぎざの入った蒟蒻は、三月の節句料理に用いたということである。

361
あいさつにこまりかんざし差直《さしなお》し　まねきこそすれ〳〵（22オ）

女性が、何といってよいか挨拶に窮した時、やたらに帯をなでさすったり、簪《かんざし》をしきりに差し直したりする。そうした日常の動作を的確に描くことによって、女性心理の機微を摘出して見せる、主題句もそうした句の一つである。

あいさつに女はむだな笑ひあり　（柳二63）

362
後のシテしごきでばたり〳〵来る　たのしみな事〳〵

遊里句、傾城《けいせい》が初対面の時は、悠然と構えて見識ぶった風情を見せるが、床入りの時には、がらりと衣装も一変し、紅絹《もみ》の長襦袢にしごきを締め、上草履《うわぞうり》をばたりばたりとさせながら御光来なさるというのである。この後段を後のシテと表現した趣向。

○後のシテ＝能楽に前ジテ、後ジテということとあり、一般に前ジテは「静」で一定の見識を保ち、後ジテは衣裳も変り「動」で本性をあらわすという。

後ジテのやうに傾城床へ来る　（柳九八）

363
座《ざ》頭金《とうがね》のあたまをはつてかし　まねきこそすれ〳〵

座頭金とは、座頭の貸す高利の金のことで、利子は天引きで残りの金を貸すのである。たとえば、十両借りれば、二両の利子を天引いて八両を受取り、十両の借用証文を書くといった工合。『守貞漫稿』によれば、座頭金の利息は、元金三両に月一分というのが一般であったとある。

○金のあたまをはる＝本来の貸金の頭にさらに利子をつけること。

364
二か三か知れぬとごぜにさぐらせる　まねきこそすれ〳〵

瞽女《ごぜ》（5参照）の弾いていた三味線の糸がピーンと鳴って切れた。「そこの小箱の中に三の糸が入っているから取って下さい」と瞽女はいうが、素人目には二の糸か三の糸か見分けがつかない。それで小箱ごと持って行って、三の糸をさぐらせる場面と解す。

365
水くみをひさくで舂屋《つきや》おつかける　おしわけにけり〳〵

舂屋《つきや》（345参照）の仕事は重労働、汗も人一倍かくからのどもかわく。水汲みが手桶に水を汲んで運ぶのを見てはたまらない。柄杓《ひしやく》を持って駆け出し、ひと柄杓所望する。

○ひさく＝柄杓《ひしやく》の江戸なまり。

366
立ち附でたどんをいぢる呉服店《だな》　おしわけにけり〳〵

越後屋などの大きな呉服店の店先には、大火鉢の上に茶釜が据えられ、いつでも湯がたぎっている。ここを担当する丁稚《でつち》を茶番といい、立っ付けをはいて、茶釜の下の炭団《たどん》を火箸でつっつき、火力の衰えるのを防いでいる。当時よく見かけた店頭の風景だったのだろう。

○立ち附＝裁付《たつつけ》袴の一種、膝から下を脚絆のようにしたもの。脛の背面を小はぜで留めるようになっていた。

367
素壱歩で女房《にようぼ》はゐちご屋へ上《あが》り　たのしみな事〳〵

一分ぽっきりの金を持って、高級呉服の大店《おおだな》越後屋へ行き、畳の上にあがりこんだ。まことに大胆な女房の振舞いであるの意。川柳で素一分といえば、一分だけの金を持って吉原遊廓へ乗りこむ客のことをいい、その語を転用したところが面白いのである。

368
御内義をなぐさんで出る旅むかひ　まねきこそすれ〳〵

御亭主が今日長旅から帰って来る。友だちの一人が、「奥さん、これから旅迎いに行ってきますが、長いお留守でさぞお淋しかったでござんしょう。今晩は、まあせいぜいおめかしして、しっぽりとお濡れになっておくんなさいよ」などと、ひやかして（なぐさんで）出かける。

369
よし町の文物申《ものもう》でもつて来る　たのしみな事〳〵

芳町（275参照）からの文使いは、客の家へ「物申《ものもう》（頼もう）」と言って持ってくる。という意。「物申」というのはやはり玄関先で案内を乞う言葉であるから、文使いが訪ねた家の格式が分るのである。一般の家には玄関がないので、芳町の顧客《とくい》先といえばまず寺院ということになろうか。

370
雛祭り旦那どこぞへ行きなさい　たのしみな事〳〵（22ウ）

三月三日の桃の節句は女たちの祭りである。客もすべて女性であり、旦那がいたのでは皆気兼ねして話もはずまない。「今日はどこへでも行っていらっしゃい」とは、ずいぶん勝手な言い分である。

371
あまでらに行つて我身にして帰り　たのしみな事〳〵

離縁を望んでいる人妻が東慶寺へ逃げこんで、やっと自由の身になることが出来たという意である。

○あまでら＝鎌倉松ケ岡の東慶寺のこと。駆込み寺として知られ、離縁を望んでも離縁状を貰えぬ女性が最後に駆け込むのがこの尼寺で、三年入院《じゅいん》すれば離縁が成立するという寺法があり、幕府もこれを認知していた。

372
よし原に居たと知らせる御こしかけ　まねきこそすれ〳〵

「御腰掛」は、ここでは町奉行所の待合所をいう。失跡者の捜索願いを奉行所へ届けに来て、御腰掛で同席した他の町人から、「確かその娘なら、吉原遊廓の何楼に居るのを見たよ」と教えられたというのである。家人の知らぬうちに、遊里に売り飛ばされていた、といった場合であろうか。

373
四つを打迄うなぎにてのんでいる　たのしみな事〳〵

深川遊里はすべて切り遊びで、四つ明きというのは夜の十時から明朝六つ（六時）までを一切《ひときり》とし、この時間帯がもっとも有利な遊びとされる。よって、深川名物の鰻《うなぎ》で一杯やりながら四つの鐘の鳴るまで待っているという句であろう。一説に吉原句とすれば、揚代を払わず女郎に横番を切らせる魂胆の客ということになる。横番を切るとは、他の客に買われた女郎が、こっそり色男を自分の部屋などに隠しておいて、四つ過ぎに客の目を盗んで逢瀬を楽しむことをいう。

374
女房に土手であつたは百年め　まねきこそすれ〳〵

吉原土手でばったり女房に会ってしまった。言いのがれの出来ぬ場所であるだけに、亭主にとってはまさに百年目ということになる。亭主の胸倉をむずと取る女房のすさまじい形相《ぎょうそう》が見えるようである。

375
御はらいでわびごとをする樽ひろい　たのしみな事〳〵

酒屋の小僧（樽ひろい）の抜参り（237参照）の句。皆に、奉賀を求めたり、心配をかけたお詫びのしるしに、伊勢神宮で求めてきたお祓《はら》いの札（厄よけのお札）を、土産として配るという意。

376
あいそうに聞く三みせんのやかましさ　まねきこそすれ〳〵

上手な三味線ならうっとりと聞き惚れることもあろうが、下手な習い立ての三味線はうるさいだけで、お愛想に聞いてやるにしても大儀なことだ、というのだ。前句からすれば、町内で行なわれる素人演芸会の句らしい。

377
銭だけにつきやしらげをいとふ也　りつぱ成りけり〳〵

「しらげ」は精の字を当て、玄米をついて精白すること。その精白の程度によって、上白・中白・下白とあった。春屋《つきや》（345参照）の賃銀はきわめて安かったらしく、それにも高下あり、安い春賃ならそれだけの精白しか行なわず、労力を惜しむというのであろう。

○いとふ＝厭うの意。

378
福引にすりこ木取つて縁近《えんちか》し　たのしみな事〳〵

店開きや年末・年始の売出しに福引を催し、賞品を与える習俗は今日もある。賞品は鍋釜の類からたわし、摺《すり》子木《こぎ》など、台所用品が多かったようで、江戸時代は、多くの綱に種々のものをつけ、引手にはそれを隠して引かせる遊びで、宝引《ほうび》きと同じ。この娘は福引に摺子木を引き当てた。形の類似から嫁入り話のある前兆に違いないというバレ的洒落。

379
のし餅もよく〳〵見れば裏表　うつりこそすれ〳〵（23オ）

裏表の分らぬものは蒟蒻《こんにゃく》と、一般にはいわれているが、のし餅もまた同様である。しかしよく注意して見ればかすかに筵《むしろ》目のついている方が裏ということが分る。のし餅は筵の上に置くのが当時の風習だった。

のし餅はござ目のついた方が裏　（柳五二）

380
虎のいを五種香うりもちつとかり　だましこそすれ〳〵

五種香は、五種類の香を細かく刻んで一つに合わせたもの、仏前に供える。両国横山町の虎屋のものが有名で、行商の五種香売りがいかにもこの虎屋製のもののごとく触れ歩くことを詠んだもの、虎の威を借りるという俚言《りげん》をたくみに転用している。

381
めりやすをはめるとつかむまねをする　けつこふな事〳〵

めりやすの手袋をはめて、はめ具合を見るために物をつかむまねをする。誰でもする動作だが、その観察の細かさが手柄である。

382 **女客内義が留守でてれたもの**　うつりこそすれ〳〵

内儀が帰宅するまで亭主がお相手に出る。堅気の女は、特に男との交際などに不馴れであるから、何ともばつが悪く、てれっぱなしということになる。

383 **気をつけてしんぜられまし元《もと》だらう**　いとしかりけり〳〵

検校の妻が、検校の外出の折、その手引き（従者）に向い、「道々くれぐれも気をつけてあげて下さりませ」といっている。その言葉は丁寧な武家言葉である。「元《もと》だろう」は第三者の評で、「どうもあの言葉遣いから推察するに、その出身は旗元（本）ではなかろうか」という推測。主題句は、お歴々の娘御が、座頭金の犠牲となってむざむざ目の見えぬ検校の妻になっていることを詠んだものと思う。＊

384 **人は武士なぜ町人に成て来る**　うつりこそすれ〳〵

「花は桜木人は武士」という諺があるが、その誉れ高い武士が吉原へ登楼する時、なぜわざわざ町人になって来るのだろうというのである。吉原では両刀を帯して二階に上ることを禁じられているから、武士は刀を茶屋に預けたり、妓楼の帳場で預かってもらったりするわけだが、句の真意は、吉原では武士はあまりもてないので、それで町人に化けて来るのだと皮肉っているのである。

人は武士なぜ傾城《けいせい》にいやがられ　（東月評　宝一二）

385 **物思ひあげくのはては死《しぬ》くめん**　いとしかりけり〳〵

思いの届かぬ恋に悩みぬいた果て、どうして死のうかと、その方法を考えている思いつめた初心《うぶ》な娘の心情。

386 **あがるなといわぬ斗《ばかり》の年始帳**　うつりこそすれ〳〵

年始帳が置かれているのを見ると、座敷に上ってはいけないといわぬばかりの感じを受ける、というのである。実際は、年始帳が置かれていても、ごく親しい年賀客は座敷に招じ入れられたのである。

○年始帳＝正月の賀詞交換を省略するため、家の入口に置き署名させる帳面のこと。

年始帳留守を遣うのはじめ也　（柳四459）

387 **根津のきやく能書《のうしよ》と見へて竹で書**　うつりこそすれ〳〵

根津（31参照）の客は、大工などの職人衆を上客としたことは既に述べた通りで、その客のなかに書の達者なのがいて、女郎への文を竹で書いて来たという意。墨壺と竹篦《たけべら》は大工道具の一つで、文を竹で書いたというのが面白いのである。

388 **あなどつて座頭の女房おさへられ**　だましこそすれ〳〵（23ウ）

亭主が目の見えぬことをいいことに、間男を引き入れて不埒《ふらち》を働いていた座頭の妻が、天罰てきめん、勘の鋭い座頭のためにとうとう現場を押えられてしまった。

座頭の女房無いもせぬ眼を盗《ぬすみ》　（柳一四二）

389 **どぶつ下女目をなくなしておかしがり**　だましこそすれ〳〵

土仏《どぶつ》のように、ころころに太った下女は、おかめさんさながら、おかしがって笑うと細い目が一層細くなって、目の所在が分らなくなってしまうほどなのだ。

○土仏＝土製の仏像のことだが、布袋《ほてい》像を代表とするところから、肥大している人の異名となった。

390 **樽ひろいよこねはちつと早すぎる**　いとしかりけり〳〵

樽拾い（酒屋の小僧）は、まだ十三、四歳の少年で、横根が出たという噂だが、それは安女郎を買った証拠で、ちょっとませ過ぎているというのである。

○横根＝淋病や梅毒などにかかった時のリンパ節腫脹をさしていう。

391 **鳥追に出る頃は早疵《きず》もいゐ**　いとしかりけり〳〵

心中未遂事件を起こした者は、日本橋に三日間晒《さら》された上、日本橋より北の場合は車善七に、南の場合は松右衛門に下げ渡される。門付けの鳥追いに出る女は、これらの配下の娘たちで、心中未遂の折の喉の突き疵も癒えた時分に、鳥追いに出されることになるのだ。

鳥追の笠紐太き咽の疵　（柳一一三）

392
弐歩《にぶ》出たは紙くず買の親の代　けつこふな事〱

二束三文で買い集めた紙屑の中から、思いがけずまぎれ込んでいた二分もの金を見つけ出したのは、親の代の話で今日まで二度とそのようなことはなかったが、将来ともにないとは断言出来ない。世間には思いがけぬことがままあるからである。

393
なぜくぼく見たと天秤《てんびん》ぎわへ寄り　だましこそすれ〱

天秤は、銭の目方を量るために両替屋に備えつけの器具。この両替屋へは、大名屋敷の大部屋に巣食っている仲間《ちゆうげん》などの手合が、脅《おど》し半分で緡《さし》を売りつけにきたのである。手代などが一向に取合ってくれないので、「人を馬鹿にしてただで済むと思うか。これでもちったあ人に知られた阿兄《おにい》さまだ」などと、銭の目方を量っている手代などに、詰め寄っている状況である。

○窪く見る＝安く見る。見くだす。

394
木戸番のあたまでむすぶほうかぶり　だましこそすれ〱

木戸番の頰かぶりの手拭いは六、七尺の長さがあり、二重に廻して頭の上に結ぶのがその風俗であった（781頁参照）。

○木戸番＝芝居小屋の木戸番、木戸口を守る番人のことだが、時に客引をするのが例である。

木戸番は二重廻りのほうかむり　（柳三359）

395
牛若は千拾四人きり給ふ　いとしかりけり〱

牛若丸の千人斬の俗説を踏まえた句。例の弁慶と戦ったのは、ちょうど千人目の時だったという。後に牛若は、美濃国青墓というところで、大盗熊坂長範をはじめ手下の十三人を切り捨てたから、合計千十四人を切ったことになるというのである。しかし、俗説では、千人目が弁慶だから、実際に切ったのは九百九十九人ということになり、「青墓を入《いれ》ると千拾三人（傍三）」という句もある。

396
吸つける内に流れるわたし守　うつりこそすれ〱

渡し舟の船頭が、川の途中で一服煙草を吸いつけている。その間は棹《さお》がお留守になるので、舟は流れに従ってしばらくの間流されて行く。いかにものどかな風景である。

397
みす紙に国府《こくぶ》銭ぎりくんなんし　うつりこそすれ〳〵（24オ）

青楼の句。傾城《けいせい》は美々しき衣裳を身にまとっていかにも豪勢に見えるが、内情は火の車で、煙草《たばこ》も少しずつ買い求める。ただ、煙草の種類は国府などの最高級品を選び、自らの品位を落とさぬ苦心をしているのである。召使っている禿《かむろ》が煙草を買いに行くわけで、「御簾紙《みすがみ》に銭ぎりの国府をくんなんし」と煙草見世での口上。銭ぎりの言葉が、何とも佗《わび》しい。

398
わたし場を上《あが》ると六部三つ打《うち》　うつりこそすれ〳〵

六部に対しては僧侶同様、信心深い船頭は渡し銭を取らぬ者もいた。船賃を取らぬ御礼に、この六部は船から上ると、前帯にぶらさげた鉦を三つほど叩いて拝む。

○六部＝六十六部の略で、仏像を入れた厨子《ずし》を背負い、鈴や鉦をならして物乞いしつつ諸国をめぐる巡礼の称。

399
すつぱりと盗人にあふ一人者　いとしかりけり〳〵

一人者は空巣《あきす》に入られてはお手上げ、世帯道具一切合切、きれいに持って行かれてしまった。

400
掛取《かけとり》が帰つた跡でふといやつ　だましこそすれ〳〵

大晦日の掛取り（15参照）は、有無をいわせず取って行く。帰った後でここの亭主が「ふてえ野郎だ」などと罵倒《ばとう》する。払うまいとする方がよほど太い奴なのだが……。

401
またぐらをぱつかり明けて是が勝　けつこふな事〳〵

丁半賭博の円座の中に、女が一人混じっていて、あろうことか立て膝をして裾の隙間からぱっかりと見せられたのでは、男の勘は狂ってしまう。案の定、この女が場銭をみなさらってしまった。

居ずまいのわるい内義に皆かたれ　（宝暦十三）

402
芝居見の留守は旦那とじやもつ面《つら》　うつりこそすれ〳〵

お内儀をはじめ一家の者は皆芝居見物に。留守居に残されたのはじゃもっ面（あばた）の年増の下女と旦那の二人、お内儀の浮気封じの手立てはあざやかというべきだろう。

403
番つゞらしよつてこのしろさげて来る　うつりこそすれ〳〵

漁村出の下女の兄が、はるばる主家へ訪ねて来た。番葛籠《つづら》を背負い、手土産に鰶《このしろ》を下げて、という句であろう。鰶はこはだの成長したもので、焼くと死人の臭いがするところから、江戸では下魚《げぎょ》とされ、初午のお稲荷さまに供えられる以外にはあまり賞味されなかった。それを大変なお土産のつもりで持ってくるというのである。

○番葛籠＝粗末な葛籠。番は接頭語という。

404
辻番は棒をつかぬところぶたち　いとしかりけり〳〵

辻番（282参照）は、よぼよぼの老人が多く、棒を常に携行しているのは体を支えるためで、棒がないとすっころぶほど老いぼれているのが一般である。

405
松右衛門いらざる道でかゞみごと　だましこそすれ〳〵

向うから、裕福そうな商人が来る。それを見た松右衛門が丁寧に身をかがめて挨拶している。相手は、挨拶を受ける理由はないので、さては後日、何かねだられはしまいか、との危惧を懐くのである。

○松右衛門＝新橋より品川までを縄張りとした非人頭で、凶事、慶事のある家に押しかけては金品をゆすり、または酒をねだった。○屈言《かがみごと》＝腰をかがめていう言葉の意で、道の途中など、立っている時の挨拶。

406
喰いぬいてこよふと信濃国を立ち　けつこふな事〳〵（24ウ）

「信濃者の大飯食い」という川柳上の約束があり、それを句にしたもの。江戸へ出て徹底的に飯を食って来ようと、それが目的で、江戸へ来るというのである。

暴食をしにぞろ〱と江戸へ出る　（柳一八）

407
年礼は門違ひでもてれぬなり　りっぱ成りけり〱

間違って隣の家へ年礼に来てしまった場合、家人が出てきてそれと気付いても、失礼に当ることではないので、照れる必要はなく、一応の年始を述べて退散すればそれでよい。年礼以外の場合はそういうわけには行かないだろう。

408
僧正の七尺わきへ壱《ひと》つ落ち　りっぱ成りけり〱

菅公の雷電はかつての師法性《ほうしょう》坊の身辺に落ちたが、「六尺離れて師の影を踏まず」の教え通り、七尺程離れたあたりに落ちたであろうとの想像句。104参照。

僧正の七尺跡へおつこちる　（柳三四）

409
おさへればすゝきはなせばきり〱す　おしわけにけり〱

秋の虫狩りの句。薄《すすき》にとまっているきりぎりすをとろうとして薄を押さえて見たら、きりぎりすはいなかった。ああ逃げられたかと薄を離したら、その中にきりぎりすがいたらしく、跳ねて逃げてしまったといった情況の句。

410
呉服屋はおちつく迄のやかましさ　まねきこそすれ〱

呉服屋の店先へ入ると、小僧や手代たちがいっせいに「なでエなでエ（何でございますの略）」と呼び立てる。畳に敷いた座布団の上に落着くまで、そのやかましい呼び声はつづくのである。

411
さあなんぞ出しなとしやれる女客　まねきこそすれ〱

女の訪問客、内儀の親しい友だちなのであろう。座敷へ入るやいなや、「珍客の御光来よ、何ぞおいしいものを出しなさいよ」などと食べものの催促、もちろん冗談めいた言葉で、現在なら「何を御馳走してくれるのよ」というところ。

412
二た樽の酒屋も見へる十五日　まねきこそすれ〱

三月十五日の梅若忌（177参照）の土手の光景。梅若塚は隅田堤の木母寺にあり、当日には大念仏供養が行なわれ、参道の土手の両側には酒屋や茶屋の出見世が並び、江戸から押し寄せる参詣客を目当てにしたのである。このなかには、四斗樽を二個並べただけのちゃちな居酒屋も見えるというのである。

413
ふんばつてそう来なさいと火縄うり　おしわけにけり〳〵

劇場の火縄売りは、煙草《たばこ》を喫《す》う客に火縄を売るのが本来の仕事だが、客を土間に案内したりする雑務も担当した。主題句は、客の案内の情景で、「人混みの中を、踏んばってこういらっしゃい」と、席の中に無理矢理割りこませているところ。

火なわうり人をつつぺしこんで行き（明和五）

414
茶のみづれはいとうの来た気の毒さ　おしわけにけり〳〵

茶飲み友だちなのに、これを結婚と見なされて、配当座頭にゆすられたとは、まことにお気の毒の至りである。

○はいとう＝配当座頭のことで、検校の指図で、座頭金の取り立てや、祝儀不祝儀の家を廻ってねだった金を集めては仲間へ分配するところから、この名があったという。○茶飲み連れ＝茶飲み友だちのこと、やもめ同士の男女の年寄りが、家人の容認を得て便宜的に夫婦生活をしている者をいう。

415
一と箱はぬけるが山師口につき　だましこそすれ〳〵（25オ）

「山師」は投機的事業家、詐欺師また香具師《やし》のこと。「千両箱一箱は儲かる筈だ」などと大きな口を利くのが口癖になっている、という意。現在でも同じであろう。

○抜ける＝ここでは儲かるの意。

416
うれぬやつ素人《しろうと》よりは遠ざかり　けつこふな事〳〵

青楼の句で、売れぬ奴とは売れぬ女郎のこと。客がつかずしたがって房事の回数も極端に少ない。素人の妻女よりも、男に遠ざかっているというのである。

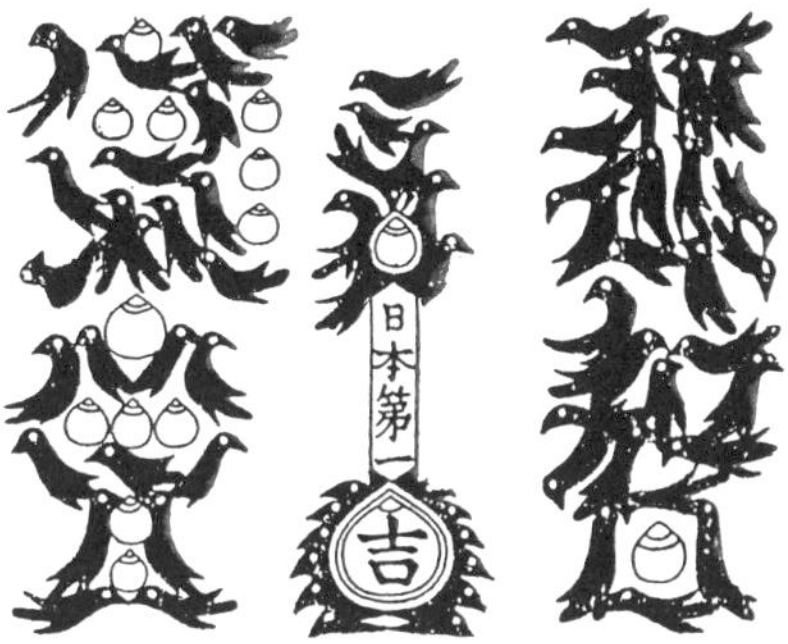

421　熊野牛王宝印

394　木戸番の風俗（『さかえ草』）

417　談義場（『絵本池の蛙』）

457　上草履（『川柳語彙』）

417 **そうばんが鳴りやすと嫁舌を出し** だましこそすれ〳〵

近くの談義場から双盤《そうばん》を打ち鳴らす音が聞こえて来る時刻だが、実際にはまだ鳴らしていないのであろう。談義場には欠かさず出席する姑に向って、「双盤が鳴っていますよ」と嘘をいって、ぺろりと舌を出す嫁、一刻も早く姑を追い出そうとする嫁の心理を巧みにえがいている（781頁参照）。

○双盤＝寺院で用いる鉦《かね》の一種で金属製の盤、これを打ち鳴らして念仏を唱えたりするが、談義場の開始の折にもこれを叩く。

418 **よしともは年《とし》を取つたといふばかり** いとしかりけり〳〵

頼朝や義経の父である源義朝は、平治の乱に敗れて東国へ落ちる途中、尾張の長田忠致《おさだただむね》の家に身を寄せたが、恩賞目当ての忠致のため入浴中に殺された。時に永暦元年（一一六〇）正月四日、義朝は三十八歳になったばかりのことであった。つまり、正月を迎えて一つ年を取ったというだけで、新年早々義朝は無残な最期を遂げてしまったわけである。

ふとどきな初湯を長田たてるなり（安永七）

419 **女房に髪をゆわせる気のよわり** いとしかりけり〳〵

気力が充実し、そして遊び盛りの頃は、床屋に注文をつけて流行の髪形に結わせたりしたが、昨今は、髪形などうでもよく、髪を結えば気が晴れるというだけのことだから、女房に髪を結ってもらっている。世間を達観したというか、気力が衰えたというか、われながらちょっと淋しい気がしないでもない。

420 **今だくよ〳〵と帯へたくしこみ** だましこそすれ〳〵

亭主に抱かせておいた乳児がおしっこをしてしまって手に負えない。「おい何とかしてくれないか」と持て余している亭主に向って、「今抱くよ、今抱いてあげるからさ」といいながら、着物の裾を帯の間にたくしこんでいる女房、家庭のありふれた一風景だ。

421 **きしようなど貰ってむすこのりが来る**　だましこそすれ〱

相思相愛を誓う起請文《きしょうもん》を女郎から貰った息子株（346参照）は、のぼせ上ってせっせと女の許へ通うようになった。起請もまた、女郎の手管の一つである。

○起請＝起請誓紙の略で、熊野牛王という護符《ごふ》の裏面に、遊女と客の名を書いて取り交わす誓紙。表には烏がたくさん印刷されており、起請を取り交わすたびに熊野の烏が一羽ずつ死ぬといわれ、また、誓紙が反古《ほご》とされれば、烏が二羽死ぬとされた（781頁参照）。○乗りがくる＝調子づく。熱を上げる。

422 **さね盛の切つ手で通す仏が荷**　うつりこそすれ〱

斎藤別当実盛は加賀の産で、平家の侍大将の一人、所領は武蔵国にあったが、生国加賀の地頭（地方長官）に見立てて作句されている。仏御前が都に上る際の荷物は実盛の与えた通行切手（通行証）によって運ばれたであろうとする想像句。仏御前の生国も加賀だからである。関所などで荷物の見分《けんぶん》を受ける際、この通行切手が物をいったので、「通す」の表現となった。

423 **よし町は文《ふみ》と手紙の間《あ》いを書き**　うつりこそすれ〱

文といえばこれは女郎の手紙、単に手紙といえばこれは一般の所用の手紙のことで、芳町は陰間《かげま》のいるところであり、男娼であるから、文というにも当らず、手紙といえばやや堅苦しい。芳町で書くのは、ちょうどその中間のものだろうという洒落。しかし、川柳では普通「芳町の文」と表現している。

424 **わるずいでむかいをとんだ所《とこ》へ遣り**　いとしかりけり〱（25ウ）

亭主の帰りが馬鹿に遅い。女房が、これはてっきり吉原へ行っているのだろうと邪推して、行きつけの茶屋へ迎いの者を差し向けた。実はその日は、他に所用があって、吉原には行っていなかったという場合らしい。

○わるずい＝悪推と書き、悪推量の略語。いわゆる邪推のことをいう。

425
あす来たらぶてと桜の皮をなめ　だましこそすれ〱

肴《さかな》屋にだまされ、「今河岸に上ったばかりのぴちぴちした鰹だよ」との言葉を信じて買ったところ、とんでもない古脊《ふるせ》（古い魚）で、鰹の魚毒に当って寝こんでしまった。鰹の中毒に卓効ありとされる桜の木の皮をなめながら、「太え肴屋だ、明日もし来たらぶちのめせ」と下男などに命令している主人。

426
座敷牢《ろう》目黒のばちと母はいひ　いとしかりけり〱

目黒不動の縁日にかこつけて、品川遊里へしけこみ、居つづけをして帰ったため、親父どのの逆鱗《げきりん》に触れ、座敷牢へ入れられてしまった。母は、「目黒不動様の罰が当ったんですよ」と息子に訓戒している。

427
文使あるいはいさめまたしやくり　だましこそすれ〱

文使い（158参照）は、巧みに相手を呼び出して物陰で遊女の手紙を渡す時、諌《いさ》めたり、すかしたり、それなりの手練手管を使うのである。

○しゃくる＝そそのかす。おだてる。

文使そらつとぼけが上手なり　（柳一二）

428
気違ひのふんどししたといふ斗《ばかり》　いとしかりけり〱

家人の気づかいで褌《ふんどし》はしているとはいうものの、気が触れているのだから恥も外聞もなく、前はだけのゆる褌《ふん》になって、ぶらぶら揺れているのを衆目にさらしていて、一向に平気なのだ。それがかえって、哀れといえば哀れでもある。

気ちがいのひざをそばからかけて遣り　（柳二379）

429
待顔へさくら折〱ちりかゝり　うつりこそすれ〱

青楼の句とされている。仲の町の桜（290参照）の咲く時分は、約束で来る馴染み客が多く、傾城《けいせい》は仲の町の茶屋の縁側に腰をかけて客の到来を待つ。その美しい顔に桜の花がちらり〱と降りかかる光景。これは浮世絵の世界である。

430 **三年の恋とはきつい日まし也**　だましこそすれ〳〵

「三年の恋も冷《さ》める」という言葉があるが、三年も蓄積された恋心が冷めるというのであるから、その冷め方の急激さは呆れるばかりである。

○日増し＝日がたつにつれて度合の増すこと。

三年の恋もさめるは松ケ岡　（柳五四）

431 **寝しな迄合羽着て居る在郷客**　うつりこそすれ〳〵

田舎から出て来た泊り客。家の中でも合羽を着ている田舎の習俗を、江戸にまで持ちこんでいるところが、田舎客の田舎客たる所以であろうか。

432 **御定《さだめ》の通りを涼む京の町**　うつりこそすれ〳〵

京の四条河原の夕涼みは、「六月七日より同十八日まで」の十二日間というお定めの通りの期間である。江戸墨田川の夕涼みは、「五月二十八日より八月二十八日までの三カ月間」涼舟遊山を許される掟であったから、江戸の夕涼みの方がはるかに豪勢なのだ、という江戸自慢。

433 **御持仏にこがらしのするひとりもの**　まねきこそすれ〳〵（26オ）

持仏を安置した仏壇に、めったに供え物もせず、掃除も行き届かないので、さながら木枯しの吹くようなさびしさが漂っている。一人者だから、生活自体も侘《わび》しいのである。

434 **狐つり思ひがけない鳶《とび》をつり**　まねきこそすれ〳〵

罠《わな》をかけて狐をとる猟師のことを狐釣りといった。その狐罠《わな》に、思いがけずも鳶がかかった、という句。罠の餌は油揚だったのであろう。「鳶に油揚を攫《さら》われる」という俚言《りげん》を踏まえているようである。

435 **書出しをせつつきに遣る能い工面《くめん》**　りつぱ成りけり〳〵

暮の大晦日《おおみそか》は、掛取りの来るのをびくびくしているのが一般だが、「書出し（勘定書）を早く持っておいで、支払いを済ませて、ゆっくりしたいから」と、使いを出して催促する家もある。よほど金廻りのよい家なのであろう。まことに羨ましいかぎりだ。

寝たがつて懸取を待つ能い工面　（柳一二）

436 **女湯へ抱いて来るのは久しぶり**　おしわけにけり〳〵

出産の句。産褥《さんじよく》中でしばらくの間風呂屋へ行けなかったが、やっと赤ん坊の育ちもよく、抱いて行けるようになった。

真赤《まつか》なをだいて湯へ来る久しぶり　（明和五）

437 **懸取りは理づめで切れをさずけられ**　りつぱ成りけり〳〵

懸取り（15参照）が来て支払いをする時に、切れ小判を出して、「これしきゃあ無い」の、「これで嫌なら、支払いは来年にする」のと理屈をこねて、無理矢理懸取りに、受取らせるという場面。引っかけられるよりはましと、懸取りも止むを得ず貰って帰る。

○切れ＝切れ小判、つまり大きく瑕《きず》のついた小判のことで、一般には一両は一両として通用せず、両替屋で割引きしてそれに見合う金額に替えた。

438 **大一座黒とそら色はわけなり**　おしわけにけり〳〵

葬式帰りの大一座と見えて、黒紋付と水色の紋服を着た客が入り交じって吉原の妓楼になだれこんで来た。

○大一座＝大勢が一座を組み、主として吉原へ登楼した客たちのこと。○そら色＝江戸庶民が葬儀に参列する時に着た水色の紋服。○はわけ＝勝ち負けの勝負がつかぬこと、また入り交じることをいう江戸語。

そら色で行く吉原は久しぶり　（柳一五）

439 **あづきやれと女房の金はなでこまれ**　たのしみな事〳〵

女房がかなりのへそくりを持っていることが分り、亭主に「おれに預けたら二倍にも三倍にもして返すがどうだ」などと、持ちかけられて取られてしまった。博才《ばくさい》のない亭主はすってんてんに負けて、元も子もなくして帰る。

○なでこむ＝うまくまるめこむこと。

弐分にしてかへせと女房壱分かし　（天明五）

440 **五右衛門は素手で帰つた事はなし**　おしわけにけり〱

大盗石川五右衛門の盗賊としての天才ぶりを詠んだもの。これと見定めたところへは、どんなに用心堅固、警戒厳重でも入りこみ、それなりの収穫を得て帰り、手ぶらで帰ることなど一度もなかったというのである。

441 **是斗《ばかり》着て来やるのと里の母**　りつぱ成りけり〱

「里帰りの時は、何時もこの着物ばかり着て来やるの」と、実家の母が心配顔にいう。嫁入りの時は、大分持たせてやったのに、という疑念が母にはあるのだろう。嫁ぎ先が不如意で、嫁の着物をほとんど入質してしまっている実情が、この句から窺えるのである。

442 **勝ち公事《くじ》の戻りむすめをつんにがし**　たのしみな事〱（26ウ）

離縁したい一心から松ヶ岡東慶寺へ逃げこんだ嫁は、公事（訴訟）の結果、正式に離婚が認められ（勝ち公事となり）、実家へ連れて帰ろうとした父親を置いてけぼりにして、実は松ヶ岡行きの原因となった好きな男のところへ逃げて行ってしまった、というような場合らしい。

○つんにがす＝逃がすを強めていう語。

443 **美しひ顔で取込み勝負なり**　たのしみな事〱

美人であることをネタに、多額の仕度金を取り、妾《めかけ》奉公をし、短期日のうちに寝小便などをしばしばして相手を興醒めさせ追い出されると、またその手をつかって妾奉公をする悪質な女もいたのである。これを小便組と称した。主題句は、美人局《つつもたせ》とも解されるが、一応この小便組としておく。

○取込み勝負＝相手の弱点につけこんで、勝負を挑《いど》むこと。

444 **朝長《ともなが》はよしや生きてもびつこなり**　たのしみな事〱

朝長は源義朝の二男、中宮大夫進《ちゅうぐうのたいぶのしん》源朝長。『平治物語』「義朝青墓に落著く事」に、膝部を矢で射られて重傷を受け、雑兵の手にかかることを恐れた父義朝が、美濃国青墓で涙を呑んで朝長を射殺したとあるが、謡曲「朝長」

では、朝長自ら自刃して果てたことに脚色されている。いずれにしても、膝に重傷を受けた朝長は、仮りに命永らえたとしても、片足は利かなくなっていたに違いないというのだ。

445 **うけ出した後《のち》は五町の車留**　たのしみな事〳〵

寛延年間、播州姫路の城主榊原政岑《まさみね》が、吉原京町三浦屋のお職（首位の傾城《けいせい》）十代高尾太夫に執心の末落籍したことを詠んだもので、榊原の家紋源氏車に付会し、高尾を請出《うけだ》した後は、吉原通いがなくなったことを「五町（吉原のこと）の車留」と洒落て表現したもの。

○車留＝道路工事その他の場合、車類の通行を禁止すること。

446 **信玄に生れて来ても不孝也**　おしわけにけり〳〵

武田信玄は曽我五郎の生まれ変りとする俗説が江戸時代にあり、それによって作られた句。五郎時致《ときむね》は幼年時代から乱暴者で母満江から勘当を受けるような不孝者であったが、信玄もまた、理由はどうあれ、父信虎を駿州に追放し隠退させたのであるから、これまた不孝者といってよいだろう。信玄も五郎も共に親不孝という点で、その行状は一致しているのだ。

　富士の前で死んで後ろへ生れ　（筥二）

（富士の前は曽我の地、後ろは甲斐の国）

447 **薺《なずな》でも売れがいけんの聞《きき》はじめ**　たのしみな事〳〵

吉原で初買《はつかい》（正月二日）からの居つづけをやらかして帰宅したどら息子でもあろうか。帰宅と同時に父親に呼びつけられての強意見《こわいけん》。「お前は金の有難味というのを全く知らない。一文、二文の稼ぎがいかに大変か、薺でも売って歩け」というのが、今年の小言はじめ、息子にいわせれば聞きはじめということになる。時あたかも、七草粥の薺売りが来る季節。

448 **茶屋の石こうが出来るとたらぬ也**　たのしみな事〳〵

却《こう》争いでお互い一日の取り合いをしているうちに、石が足らなくなってしまった。茶屋備えつけの碁石は、紛失したまま、誰も石の補充などしないので、それでこういうことが起こるのである。

○こうが出来る＝「却が出来る」で、囲碁用語。

449
琴よりも豊後《ぶんご》の弟子はさいはじけ　まねきこそすれ〱

琴を習っている娘と、豊後節を習っている娘の性格の対比。琴の方はおとなしいお嬢さんが多く、豊後の方は、小才の利く娘が多いという評である。豊後節は、琴曲と違って、男女間の変愛や心中事件などが内容であるから、これを習っている娘が自《おの》ずからませてくるのは当然であろう。

450
飛込んでこよふがすゝの仕廻《しまい》也　おしわけにけり〱

十二月十三日に行なわれる煤掃《すすは》きには、誰も彼も真黒に汚れてしまう。「どうやら一段落着いたようだから、湯《ゆ》う屋の湯へ飛び込んで来よう」などといいながら銭湯へ行く。

451
かゝしうをのけて一つぱいあてに買《かい》　たのしみな事〱（27オ）

「かゝしう」は嚊衆《かかしゅう》で、おかみさん連中のこと。長屋の寄合いがあり、酒でも出そうということになり、「野郎共は全部で十五人か、一人分をちろり（酒を温める器）に一杯ずつとして、三升もあれば足りるだろう」などという場面。＊

452
藪入りの跡気の知れた人が来ず　たのしみな事〱

娘の藪入りに、その娘に気のある人と推察できる若者がしょっ中顔を見せていたが、屋敷に帰ってしまうと、さっぱり来なくなってしまった、というのである。どうも娘に振られたらしい気配があるのだ。

453
しんめうはきぬたがいつちあら仕事　りつぱ成りけり〱

針妙《しんみょう》（121参照）は重労働とはまったく関係のない職業だが、砧《きぬた》を打つという作業が一番（いっち）の荒仕事といえようか。

○砧＝木槌《きづち》などで布を打って柔らかくし、艶を出すために用いる木や石の台のこと。

454 **のりかけでよぶをむす子はいやといふ**　おしわけにけり〳〵

乗り掛けとは、宿駅の荷馬に二十貫目の荷をつけ、さらに一人乗ることをいい、乗り掛けで来る嫁というのは、田舎嫁の諷意、実家が裕福な百姓だといっても、泥臭い女を息子は喜ばない。

455 **しかられて急度《きつと》出て居る茶の給仕**　まねきこそすれ〳〵

若い娘に縁談があり、やがて見合いということで、相手方の両親、花聟となる男、仲人などが見えた。その席へ当の娘が茶の給仕に出るという手筈になっているが、娘は恥ずかしがって尻ごみしているのを親に叱られ、心身を極度に緊張させながら茶を持って挨拶に出る。

○急度《きつと》＝動作や心にゆるみのないさま。つまり心身を緊張させての意。

456 **馬鹿をしなさいと紙《し》そくをひつたくる**　たのしみな事〳〵

紙燭《しそく》で蚊帳《かや》に入った蚊を焼くついでに、女房のあられもない寝乱れ姿をのぞきこみ、眼を覚ました女房に「馬鹿なことをしなさんな」と、紙燭をひったくられてしまった、という場面。

○紙燭＝紙や布を細く巻いてよった上に蠟を塗った照明具で、時に芯に細い松の割木を入れた。照明ばかりでなく、蚊帳の中にまぎれこんだ蚊を焼くのに用いた。

457 **上ぞうりぬきちらかしてむぐりこみ**　たのしみな事〳〵

上草履《うわぞうり》は、遊女が廊下を歩く時に用いる底の厚い草履（781頁参照）。廻しを取る（幾人かの客を掛持ちすること）遊女は、次から次へと客の寝床を廻って埒《らち》を明けてやるので、心が急ぐのであろう。無雑作に上草履を脱ぎ散らかしたまま、客の寝床へもぐりこむ、という実情をうがったもの。＊

458 **気がへると小遣帳をやめにする**　おしわけにけり〳〵

小遺帳をつけはじめたが、次から次と出費があるので、記帳しているとかえって気疲れがして（気が減る）かなわないと、以後小遺帳をつけることを止めてしまった。

459
めりやすは女のぐちにふしをつけ　たのしみな事〳〵

めりやすは、長唄の一種で、抒情的な短曲の称。しっとりと沈んだ曲調が多いところから、愚痴《ぐち》、つまり女の愁嘆に似ているとの評。

460
手習ひ子めつぱりこふな火にあたり　たのしみな事〳〵（27ウ）

目っ張りこうは、衆人環視のもとで事を行なうこと。寺子屋では厳冬に火鉢を置いていて、筆を持つ手がかじかんだりした場合、お師匠さんの許しをいただいて火に当る。図々しい子でないと、なかなかそれを申し出ることが出来ず、火に当っている子は、他の遠慮深い手習い子から羨ましそうに、じろじろと見つめられるわけである。それが「目つ張りこふな火に当り」という表現になる。

461
かみ結は元結《もといい》まくとこしをのし　りつぱ成りけり〳〵

髪結職人は、一人の髪を結うのにかなりの時間を要し、しかも立ったままの作業なので、腰に相応の負担がかかる。元結を固く巻き結べば一丁上りということになり、髪結が腰を伸ばして、一息入れている光景。

462
手のひらへ銭をつかせる夜《よ》蛤《はまぐり》　まねきこそすれ〳〵

蛤売りは、夕闇の頃から売りに出るのが一般で、夜蛤の季語のあるゆえんである。暗い戸外での商いであるので、銭を払うのに掌《てのひら》へ一文、二文と突くように渡す。小蛤の値段は大体二十文くらいと『守貞漫稿』にある（520参照）。

463
俄雨《にわか》うらみをいつてかして遣り　まねきこそすれ〳〵

途中で俄雨にあい、近くに知り合いのいることを思い出し、その家へ飛びこんで、「傘を貸してほしい」と頼んだところ、「ずいぶんお見限りでしたねえ。こんなことでもないと、お出でにならないと見える」などと恨み言をいわれながら貸してもらったという次第。

464 **よし原の咄《はなし》をさせる小屋がしら**　たのしみな事〳〵

吉原女郎が心中未遂で生き残り、小屋頭に下げ渡された場合。391参照。小屋頭が、吉原の中の咄をさせて楽しんでいるというのである。

465 **どふだなと戸へ寄りかゝる日なしかし**　まねきこそすれ〳〵

日済貸《ひなしかし》は、貸した金銭の元利を日割りにして毎日取り立てる金貸しのこと。借りる立場の方は多くは細民で、なかなか順調に支払いが出来ない。「今日は払えるかね、どうだね」などといいながら、金の取り立てに来た日済貸の動作を描いた句で、「戸へ寄りかゝる」で、借りた貧しい家の構造が分る。

466 **朝かへり女房がいふと御もつとも**　りつぱ成りけり〳〵

吉原遊廓からの朝帰り。女房が何をいおうと、もっぱら低姿勢に徹し、当座の嵐をやり過ごそうと苦心している。

朝がへり命に別義無いばかり　（柳四536）

467 **自身番まつ風などのくづを買**　たのしみな事〳〵

自身番は当番制で交代に勤務したので、自分が当番に当ると、くず菓子などを買って来て、同役と茶菓子に食べたのである。落語「二番煎じ」で自身番勤務のあらましがわかる。

○自身番＝江戸時代、町の四つ辻などに置かれた町内持ちの番所で、町役人が詰めて、町内の警備に当った。○松風＝干菓子の名。

468 **歌がるたとう〳〵下女はどぶをくい**　たのしみな事〳〵

歌がるた競技は、嫁は名人、姑は嫌い、下女は下手《へた》ということになっているから、この下女も札が全くとれず、やけを起こしたか、ペナルティを食わされたのか、「どぶをくい」の語意が、今のところ不明なためはっきりしない。

469
いやらしい下女前だれをふみしだき　まねきこそすれ〳〵（28オ）

男から突然声がかかり、逢引きに出ようとする下女が、わくわくしながら立ち上る拍子に、長前垂れの端を踏んづけ、裾前が乱れてあられもない風情を見せている。何とも色気満々なのがかえって嫌らしい感じがするのだ。

470
こも僧の親しゆら道へ落て居る　りつぱ成りけり〳〵

この虚無僧《こもそう》は、親の仇討に出ている虚無僧であるから、見事本懐を遂げるまでは、殺された親はまだ浮かばれず、修羅道に堕《お》ちたままでいる、ということらしい。

○修羅道＝仏語、阿修羅が住み、戦いのみに没頭する世界。

471
先き行《ゆき》はせまいとていしゆ乳《ち》を貰ひ　おしわけにけり〳〵

こんな乳児をかかえて女房に死なれては、この先どうなることやら心細い限りだ、とぼやきながらせっせと乳貰いに歩く亭主。

○先き行は狭い＝前途の見通しは楽ではない。

472
初のひな心当りが二三げん　たのしみな事〳〵

女の子が産まれて初の雛祭りが近い。雛人形を祝ってくれる親戚知友は二、三軒あると心当てにしているのである。どんな雛が届けられるか、実際来てみるまで、雛人形を買うのはもう少し待って見ようと話し合っている。

　雛の蓋あけて伯母御を悪く云ひ　（筥二）

（あまり高級な雛人形ではなかった）

473
わらわれて来やしやうと出るかねの礼　まねきこそすれ〳〵

婚約が成立して結納がすむと、式の前にお歯黒をつける習俗があった。そして、初鉄漿《かね》（はじめてお歯黒をつけること）には、鉄漿汁を近隣の七カ所から貰い受けて、これで歯を染める。染め上ると、初々しい女房ぶりを見せるために、先の七軒に礼に行くわけだが、本人にとっては、白歯の時と違って相が変ったことが気になり、恥ずかしくてならないのである。「笑われて来やしょう」と、それでも勇気を出して、礼に出掛ける。

　どこのかみさんだとなぶるかねの礼　（柳一一）

474
又一度酒屋のおぢる中なをり おしわけにけり〳〵

居酒屋で飲んでいた二人が何かのことで喧嘩をはじめ、見世の中は大荒れとなる。どうにか仲裁人が入って仲直りが成立、改めて和解の酒盛りとなったが、酒屋の主人は、前のことがあるので、まだびくびくしながら酒の支度をしている、という図。

○おぢる＝こわがる。びくびくする。

475
呼出しは晴天八日きやくがふへ たのしみな事〳〵

深川八幡境内の奉納大相撲興行期間の八日間は、相撲崩れの客がどっと押し寄せ、深川遊里の書入れ時となり、呼出しの女郎は大忙しである。

○呼出し＝深川における私娼の一種、子供検番《けんばん》（深川では女郎のことを子供という）を通し、料理茶屋へ呼び出して遊ぶところからこの名があった。○晴天八日＝当時の大相撲興行の日数。安永八年以後は晴天十日となる。

476
妹の三みせんかりて蔵ば入り たのしみな事〳〵

ごく初心の下手三味線、人に聞かれるのが恥ずかしく、妹の三味線を借りた兄のどら息子が、こっそり蔵の中に入ってペンツンとやっている。「ば入り」は這入《はい》りの語が、前の名詞を受け、語呂の上から濁ったもの、蔵へ入るの意である。

477
飛鳥山座頭おどけて一つなげ おしわけにけり〳〵

当時花の名所として聞こえた飛鳥山では、土器《かわらけ》投げが出来たのである。その土器は休み茶屋などでも売っており、目の見えぬ座頭が、座興のつもりで土器を一つ投げて見せたという句。どこへ飛ぼうとも、観客は拍手喝采。

瓦器《かわらけ》がそれて桜の花が散り　（柳四四）

478
妹の先きへかたづく気のどくさ りつぱ成りけり〳〵（28ウ）

妹は器量良し、姉は不器量というのが川柳の約束の一つ。妹の方が姉より先に嫁に行ってしまった、後に残された姉はまことに気の毒としかいいようがあるまい。

妹を先きへ気づよく仲人し　（柳六）

479
おやの気は大師河原のつもり也　たのしみな事〳〵

厄年の息子はもちろん二十五歳、厄除けのためといって川崎大師へ行った筈と、親は信じていたが、あに計らんや、息子は川崎大師を売って品川に居つづけをしているというのである。

○大師河原＝厄除けとして今も有名な川崎大師、平《へい》間《けん》寺の所在地。

480
鈴とへい引つさくやうな神楽堂　たのしみな事〳〵

神楽巫子《かぐらみこ》（273参照）の句である。鈴と幣《へい》を左右の手に持って、ばさりばさりと振りながら舞う、その小気味よい振りざまを「引裂くような」と表現しているのであろう。

481
両がへ屋次ぎへ見せるはむづかしい　まねきこそすれ〳〵

両替屋で、換金に持ちこまれた小判を、手代がためつすがめつ見て、さらに噛んで見たり舐めて見たりした挙句、次の手代に廻す。どうやら贋金《にせがね》の疑いがあり、それで別の手代の調査に委ねるということであるから、これはかなりむずかしいケースなのである。

こんな金よく見ておけと番頭《ばんと》いい　（柳一六）

（「これが贋金というものだ」と番頭）

482
下女が荷もゆたんをかけて数に入《いれ》　りっぱ成りけり〳〵

縁談ととのい、嫁入り当日となった。駕籠《かご》で行く花嫁の前後につづく嫁入り道具の列は、長ければ長いほど豪勢に見えるわけで、里から一緒について行く下女の荷物も、花嫁道具の中に組みこまれている、とすっぱ抜いた句。

○油単《ゆたん》＝長持、挟箱、釣台等にかける防水布のこと。

483
はし近い湯殿ゑんやが越度《おちど》也　まねきこそすれ〳〵

塩冶判官の妻（16参照）に懸想《けそう》した高師直《こうのもろなお》は、その湯上り姿を見て、いよいよ恋慕の心をつのらせたというが、塩治が、湯殿を造る時、外から垣間見ることの出来る端近なところに建てたのは、何としても大きな失敗だった、というのである。

ゆかたにてふくを師直よつく見る　（柳一〇）

生へぎわを見たで師直気が違ひ　（柳五〇）

484 **にげこんで嫁の着がへるいそがしさ**　まねきこそすれ〳〵

来て間もない花嫁が、まだ普段着で居るところへ、予定の来客が時間より早く到着してしまった。大急ぎで自分の部屋へ逃げこみ、衣裳を吟味して着替える、いかにも花嫁らしい初々しい気遣いの見える句である。

485 **死水をもゝ引でとる本望さ**　まねきこそすれ〳〵

道楽息子を勘当して銚子あたりに追放したが、その父親が病気になり危篤状態、急飛脚を立て息子を呼び寄せ、辛うじて間に合い、息子は父親の死水を取ることができた。親も子もともどもさぞ本望なことであったろう。

○もも引＝股引ばきのままの意で、旅装束の暗示。

辞世の側に勘当はうづくまり　（柳二九）

486 **あたらしい通《かよ》いにきざな引き残り**　おしわけにけり〳〵

通いは通い帳のこと。売掛の品目や金額を記入しておき、支払いが完了すれば棒を引くのである。今まで、大方は支払い済みの筈だが、新しい通い帳に残高の記入がある。僅かな未払額をことごとしく新しい帳面の最初に記さなくてもよさそうなものだのに、何と気障《きざわ》りなことよ、とは、いささか一方的な言い草ではある。

487 **辻飄《つじうたい》扇で笠をあげて見る**　おしわけにけり〳〵（29オ）

深編笠で面《おもて》を隠し、片手に持った扇子で拍子をとって辻謡が謡う。謡い終った後、時々扇子で編笠を持ち上げてあたりを見廻わしている。

○辻飄《つじうたい》＝辻謡に同じ。辻に蓆《むしろ》を敷き、端座して小謡をうたい袖乞いをする門付けの一種。多くは尾羽打ち枯らした浪人の世過ぎの業であった。

488
三めぐりの雨は豊《ゆた》かの折句なり　せいを出しけり〱

芭蕉の高弟宝井其角が、隅田堤の三囲《みめぐり》稲荷で詠んだ雨乞の句は「夕立や田をみめぐりの神ならば」で、其角の『五元集』で見ると元禄六年（一六九三）夏のことのようだ。この句は、ゆたかの折句だと勝手に決めこんだもので、夕立のゆ、田をみめぐりのた、神ならばのかを合わせると、ゆたか（豊）になるというもの。折句という雑俳の流行していた時代の作者のこじつけなのである。

○折句＝和歌なら五文字、俳句なら三文字の題を出して、その節々の頭に与えられた文字を一つずつ置く遊戯的文芸。

489
御吉例みんな昔の御かんなん　はこびこそすれ〱

将軍家の年中行事のなかには、天下掌握に至るさまざまな艱難辛苦を忘れず、子々孫々に伝えるという意図のものがいくつかある。その一つは、元旦に兎の吸物を召上るという嘉例で、これは家康の祖父清康が流浪して信州林の郷の領主林光政の許に世を忍んでいた時、たまたま元旦に際し、狩して獲たる兎を料理し、羹《あつもの》として饗応されたところ、その時から徳川家はとんとん拍子に幸運に見舞われ、今日の盛運の基礎を固めることができた、という例のごときものである。

490
奥さまの十九めかけのひがとまり　そんなことかな〱

十九は女の厄年、奥方が十九歳の厄年に、愛妾の方は見事懐妊した。奥方にとってはまさに厄年なることが的中したのである。

○火がとまり＝月経が止まること、つまり妊娠したことをいう俗語。

491
風ふせぐ外に役あり金屏風　せいを出しけり〱

屏風の本来の用途は、装飾をかねて風を防ぎ、室内の仕切りをするにある。ところで、神田・山王の天下祭りの際は、神輿通過の道筋の店々は、紫の幔幕《まんまく》を張り、金屏風を立て、その前の三方には御神酒などを供えたのであり、江戸の大祭には、金屏風は無くてかなわぬ必需品であった。これが金屏風の第二義的効用なのだ、というのである。

492 **さりとては又とのぼりを引こませ**　はこびこそすれ〳〵

端午の節句時分は、梅雨期にかかるので、鯉幟《のぼり》を立てると雨が降り出し、引っ込めると晴れるということの繰り返し、それにしても何と天気の変り易いことかと嘆く。それを小野小町の雨乞の歌と伝えられる「ことわりや日のもとならば照りもせめ、さりとては又あめが下とは」の文句を取って句趣を深めた。

493 **蚊のくつた迄を恨の数に入れ**　そんなことかな〳〵

夏の夜、女が約束の男の来るのを待っていたが、約束の時刻に来てくれなかった。「さんざん蚊に食われながら待っていたわたしの気持も知らないで」と、次に逢った時、蚊に食われたことも怨み言の一つに入れる。

494 **仲条《ちゆうじよう》へ供には過ぎた男なり**　ふらりふらりと〳〵

外出の折は、常に供の者を連れて行く御殿女中が、夜ひそかに仲条流婦人科医の門をくぐった。この時もお供らしい者を連れていたが、お供としては人品骨柄が立派な男で、どうやらこの男が不義の相手だったのであろう、というほどの意。

○仲条＝中条。婦人科医中条帯刀の流れを汲む堕胎専門医の俗称。

495 **琴箱をよい〳〵で出す十三日《じゆうさにち》**　ふらりふらりと〳〵

十三日（29参照）は江戸の煤掃《すすは》きの日。琴箱は荷が大きいというばかりでなく、大事に扱わなければならないので、その移動は大変、二人がかりでよいしょよいしょと掛け声をかけながら庭に運び出す。

496 **ぬけた翌《あす》旦那に樽をひろわせる**　ふらりふらりと〳〵（29ウ）

酒屋の小僧の抜参り（237参照）の句。抜参りは予告なしに突然出るのが当時の風習であるから、小僧の補充もできず、その翌日は旦那自ら空樽集めに出かけなければならぬはめとなる。

497
身もちにて紅《もみ》を着て居るむつかしさ　はこびこそすれ〱

商売がらで妊娠している（身もち）にもかかわらず、紅絹裏《もみうら》のはでな振り袖を着ている踊子、このまま無事ですむ筈もなく、どの道、中条流の御世話にならなければならないだろう、というのである。

498
手打そば下女前だれをかりられる　ふらりふらりと〱

自家製の手打蕎麦、蕎麦を打つのはこの家の主人ででもあろうか。粉で着物が汚れるので、近くにいる下女の前垂れを借りて打つ。

499
音羽とも出やうと御さいけなるがり　ふらりふらりと〱

御殿女中のお供をして、日蓮宗の聖地の一つ雑司ヶ谷詣りに来た御菜《ごさい》（225参照）、主人の奥女中は、参詣を口実に予め打ち合わせて置いた男と茶屋で密会している。それを羨《うらや》ましがって、「おれも音羽と洒落て来よう」と出かけて行った。

○音羽＝護国寺門前音羽町にあった私娼窟。○けなるがり＝羨《うらや》ましがるの意の江戸語。

500
小松殿已後《いご》一門は海のもの　ふらりふらりと〱

小松殿平重盛が亡くなられて以後、平家一門は衰運の一途をたどり、ついに壇の浦の海中に入って滅亡したのである（329参）。小松殿生存中は、まだ平家の運命は山のものとも海のものとも知れなかったのだが……という含みを持たせた表現。

汐風にもまれぬ先きに小松枯れ　（柳一〇）

501
銀ぎせるふられてきずをつけはじめ　そんなことかな〱

銀煙管《ぎんぎせる》は遊冶郎《ゆうやろう》がおしゃれに持ち歩いたもので、高価ではあるが傷がつき易いので、吸殻を出す時など、手の平に叩いて傷をつけぬよう気をつけている。しかし、女郎に振られ、そうした分別もなくなり、腹立ちまぎれに吐月峯《はいふき》に叩きつけ、あたら新品の銀煙管に傷をつけてしまった。

502 **琴一つごぜおつこうに廻るなり**　ふらりふらりと〳〵

自分の弾じていた琴を踏まぬように、座をはずす瞽女《ごぜ》、注意深く歩くさまが、第三者の目にはいかにもおっこうに（憶却《おっくう》そうに）歩いているように見える。

503 **すつぽんがいやすと顔を二つ出《だし》**　せいを出しけり〳〵

上野不忍池池畔の出合茶屋（325参照）の景。座敷の障子を開けて、池をのぞく男女の顔、やはり艶なる風情ではある（801頁参照）。

504 **物もうといふはぞうにの出るの也**　そんなことかな〳〵

年始客は、一般には玄関先で礼帳に記載だけして帰る。それを「物申《ものもう》」と案内を乞うのは、この家の主に直接会って年賀の挨拶をするため。当然主人は客を座敷に招じるから、やがては雑煮を振舞うことになるわけだ。

505 **口に袖あてゝ万歳のぞかれる**　せいを出しけり〳〵（30オ）

正月に来る万歳は、才歳とコンビを組んでめでたい祝言を唄い、鼓を打ちながら舞う。当時、滑稽卑猥な文句をならべて、皆を笑わせるのを一芸とする。娘や花嫁は、万歳の近くに寄って見物するのを避け、襖《ふすま》を細目に開けて覗いている。口に袖を当てているのは、笑う時の女のたしなみである。

506 **敷初《しきぞめ》にとなり座敷はしやくをおし**　そんなことかな〳〵

敷初とは、花魁《おいらん》の馴染み客から贈られた三つ重ねの布団をはじめて敷く儀式のことで、この夜客は最高の待遇を受けるのであるが、そうしたあつあつの座敷の隣では、敵娼《あいかた》が癪《しやく》を起こし、客がけんめいにその癪を押しているという、明暗の対照を詠んだもの。

○癪を押し＝癪は胃痙攣《いけいれん》とも、胆石ともいわれるが、その痛む場所をぐいと押せば、時に痛みがおさまることもある。傾城《けいせい》が客を振る口実に使う病気で、主題句もどうやらこちらの方。

503 不忍池池畔の出合茶屋（『誹風末摘花』初篇）

582 楊枝見世（『売飴土平伝』）

507

井戸がへは深さを横へ見せる也 せいを出しけり〳〵

年に一度、長屋の者総出で井戸の総浚《そうざら》いを行なう。深い井戸ほど、つるべの綱も長いわけで、水をかい出す時、大勢で綱を引く。つまり、横に引っぱられる綱の長さによって、井戸の深さが分るというわけだ。

508

大根だね有りは村での能《よ》い手也 せいを出しけり〳〵

「大根種有り」と農家の一軒の戸口に貼り出してある。もちろん、現金収入の手段であるが、その書かれた文字は、村では能筆の手になるものだの意。当時の農村では文盲が多かったのである。

509

品川はしでほろぼしのところなり はこびこそすれ〳〵

垂《しで》は玉串などにつけてある紙のことで、「皆人の志天《しで》は栄ゆる大直毘《なおび》」という神楽歌《かぐらうた》があり、その逆の語、吉事変じて凶事となるの意か。荏原郡矢口にある新田大明神への参詣を口実に品川で遊び、帰宅後それがばれて親父からこっぴどく叱られたといったような場合。新田明神では、魔除けの矢を土産に売っているが、この矢についている垂に付会しているのであろう。

510

朝帰り母のかぶりで横へきれ はこびこそすれ〳〵

吉原から朝帰りの息子が、家の入口まで来たところ、母親がかぶりを振っているので、今帰っては親父の怒りにふれる、もう少し時間を置いてから来いという合図と承知して、横道へそれたというわけ。母はあくまで息子に甘いのである。

511

大三十日《おおみそか》きもにこたへる頼みましよ はこびこそすれ〳〵

大晦日《おおみそか》の掛取り（15参照）が次から次と来る。「お頼み申します」の声を聞くたびに、肝がつぶれそうだというのだ。支払いの準備をまったくしてないのでは、無理もなかろう。

512

しんぞうのしやくとはこいつふといやつ せいを出しけり〳〵

新造《しんぞう》（76参照）はまだ十六、七の遊女で、癪《しゃく》を患うほど年季をつんでいない。そのくせに客を振る方便として、「勘忍しておくんなんし。癪が痛うおす」などとぬかす。随分と人を食った太え女だ。

513 **御宗旨にかたりの出来る雨やどり**　はこびこそすれ〳〵

俄《にわか》雨にあって、近くの家の軒下に飛びこんだ。門口にはいろいろの札が貼ってあり、その家の宗旨が分る。家人への世辞に、「私も法華の方で」などという。実は浄土真宗の信者のくせに。これは一種の宗旨騙《かた》りといえるだろう。

514 **元日はおきそうにして礼をうけ**　ふらりふらりと〳〵（30ウ）

元日早々から年賀の客が来た。主人はまだ寝床の中、急いで着替えて年礼を受け、そのまま起きるのかと思うと、また寝巻に着替えて寝床にもぐりこむ。昨夜の疲れもあって、元日は大体一日寝ているのである。

元日の礼眠くない人が出る　（柳二七）

515 **遣り手をばばらしはぐつた治郎左ヱ門**　そんなことかな〳〵

野州の百姓佐野次郎左衛門は、吉原江戸町二丁目大兵庫屋の遊女八つ橋に迷い、足繁く通ったが、八つ橋には別に男がいて、騙《だま》されていたと知り、ついに八つ橋を殺し、吉原中の大騒動となった。これは享保年中の出来事であるが、芝居や講釈に作られ、「吉原百人斬り」などの名で後世に伝えられた。次郎左衛門は、八つ橋やその他を手にかけたが、いいように自分を操《あやつ》った肝心要《かなめ》の遣り手をばらしそこなったのは、何とも心残りであったろう。

516 **品川の客牛町に気がつかず**　はこびこそすれ〳〵

牛町は高輪大木戸近くにあった町で、車牛の宿があったのでこの名がある。常時牛小屋があり、牛もいるので、ちょっと気をつけて見れば牛町であることが分るはずだが、品川遊里へ行く客は、高輪十八町を急ぎに急いで、心は飯盛女郎のところへ飛んでいるから、まったく気付かずに過ごしてしまう。つまり、心ここに非ざれば見れども見えずという状態なのだ。

517 **さあ小判ほしかやろうに下女は逃《にげ》**　はこびこそすれ〳〵

いかに人間に欲はつきものといっても、法外なものをやろうなどといわれると、かえって気味悪くなって尻ごみをする。当時一両小判などというもの、下女風情ではお目にかかることもめったにない大金、「欲しいならやってもいいぞ」などと冗談にしろ投げてよこされ、動転して逃げ出した下女、悪ふざけにも程があろう。

518 **一人《ひとり》者となりの娘うなされる**　せいを出しけり〳〵

一人者などというのは、大体金もなく、女性にも御縁のない男である。そのくせ、欲求不満は募るばかりで、娘の一挙手一投足に興味を示し、遠くからじっと顔を見つめたり、娘が共同便所へ入れば聞き耳を立てたりする。薄気味の悪い思いを常日頃させられているので、ある夜娘は夢の中で襲われ、それでうなされるわけだろう。

519 **あかるみへ引ずつて出る仕立もの**　せいを出しけり〳〵

針仕事をしているうちに、日がかげって何時《いつ》の間にか室内が薄暗くなる。それで、軒先に近い明るい場所に移動することになるが、縫いもの途中の着物を、そのままずるずると引きずって座を変える、という写生句。

520 **二つ三つあかるみへ出す夜はまぐり**　ふらりふらりと〳〵

夜《よ》蛤《はまぐり》（462参照）売りは、蛤の大きさや品質の新鮮さなどを買手に確かめさせるため、二つ三つの蛤をつかんで灯《あかり》のさすあたりへ出して見せる。

十《と》ヲ斗《ばかり》あかるみへ出す夜蛤　（柳三479）

521 **間男を知つて旅立《たびだち》にへきらず**　そんなことかな〳〵

女房に間男のいるらしいことが分って、旅に出るのを迷っている亭主。旅の留守というのは、とかく問題が起きやすいのである。

522 **わきを見て女太夫はざるをふり**　せいを出しけり〳〵

女太夫は二人一組で町を流すのが一般、この句は、道路上の光景。脇を見て銭を投げそうな見物人がいると、一人の女太夫が、さっと笊《ざる》を差し出すのである。
○女太夫＝編笠をかぶり水色の手甲をし、三味線を抱え、短い浄瑠璃などを語り、銭を乞う女の門付けのこと。正月に出るのを鳥追いという。

523
糸ざくらきへいるやうに御くわんじん　ふらりふらりと〳〵（31オ）

上野寛永寺の座主一品法親王《いっぽんほうしんのう》は、毎年百日の間、山内及び近傍の神社仏閣を廻られるのを御修行の一つとされた。慈眼大師の御行《おぎょう》（根岸御行の松の由来）にならわれたということで、これを御加行《ごかぎょう》というのである。両大師堂の前に有名な糸桜（枝垂れ桜）があり、まずここにて親王さまの御勧進の第一声が放たれるが、そのお静かな音声は糸桜に似て消え入るような趣きがある。
○勧進＝人々を勧めて仏道に導き、善に向わせること。仏像の建立、修理のための寄付を募ることにもいう。

524
母おやはひいきの役者知つて居る　はこびこそすれ〳〵

娘は何もいわないが、母親は、娘のあこがれの対象としている役者が誰かを、よく承知している、というのである。娘の簪《かんざし》の紋からか、母親の観察は意外に鋭いのだ。

525
首くゝり富の札など持つて居る　そんなことかな〳〵

座頭金などに追い詰められて、にっちもさっちも行かなくなって首を吊って死んだ。検死をしたところ、懐中に富《とみ》の空くじなどを持っており、最後のあがきぶりが知れて哀れでもあった。

526
元《げん》ぷくの甚だおそい根津のきやく　はこびこそすれ〳〵

根津の客（31参照）とは大方大工などで、年季の関係もあり、また一人前の腕になるまでは元服させて貰えないので、女郎買いには来るものの、一般より元服はかなり遅いのである。
○元服＝男子は武家町家とも、十六歳を通例とし、前髪を剃《そ》り落とし幼名を改める。

527 **御内義がにらめつけたと連れはいひ**　はこびこそすれ〳〵

亭主の悪友、何かと誘いに来ては吉原へ行く。「さきほどお前の御内儀が、おれのことを睨《にら》みつけていたよ。さながら悪者扱いだ」と連れがこぼしている。自分の亭主の遊び好きはそっちに置いて、友だちを怨《うら》む。世間の奥さん方に共通する感情である。

528 **こい口をならせば御用置いて行**　そんなことかな〳〵

酒屋の御用聞き（小僧）が、注文の酒樽を届けて、主人の命令通り、「支払いがたまっているので、酒代を少しでも頂かなければ、このまま持って帰ります」と口上すると、刀の鯉口（刀剣の鞘の口）をぱちんと鳴らして脅《おど》かしたので、小僧は樽を置いたまま逃げ帰ってしまった。大名屋敷の大部屋か、質《たち》の悪い浪人者の家などの場合であろう。

529 **今の目はたれを見やるとしうとばゞ**　ふらりふらりと〳〵

さんざんお小言を食った嫁が、うらめしそうに姑を見たとたん、「今の目は誰を見て睨《にら》んだのだ」と因縁をつける。嫁いびりの典型的な口吻《こうふん》である。

530 **樽ひろい匂ひをかいで是が酢さ**　はこびこそすれ〳〵

樽あつめに来て、まだ少し樽底に酒が残っているのを出され、小僧が匂いを嗅ぎ、「これが酢というものさ」と知ったかぶりに教えているところ。酒の残りが醋酸発酵したのである。

531 **素《す》壱《いち》歩《ぶ》もぜんたい我れが金でなし**　はこびこそすれ〳〵

素一分（116参照）の客は、吉原では最低の遊客であるが、その懐中している一分も、友だちから借りて来た金で、自分の金じゃない、そんなにまでして、遊びに来たいものか。

○ぜんたい＝大方《おおかた》。

532 **ふぐりより余程向ふで牛はたれ**　ふらりふらりと〳〵（31ウ）

牛の陰茎はかなり長く、陰嚢《ふぐり》とは無縁のように、向うの方へ小便を垂れている、というので、その観察の奇抜さが川柳的なのである。

533
深川へ落ちたと綿の師匠いひ　そんなことかな〳〵

弟子の一人が、深川の場末の卑娼に転落して行ったと師匠はいうが、綿摘み自身とて、それより格が上だとはいえまい。

○綿の師匠＝塗桶という道具を使って綿をのばし、小袖の中入れ綿や綿帽子を作る作業を綿摘みといい、娘たちを雇ってそれらの技術を教え、作業の監督をする女主人を綿の師匠というのだが、実はこれらの綿摘み娘たちを、密かに売淫させていたのだ。

534
通り者ひざが光るで安く見え　ふらりふらりと〳〵

通り者（280参照）は、普段一張羅を着ているのを見栄とし、なかなかの洒落者《しゃれ》なのだが、その一張羅も膝のあたりが光ってくるようになると、うらぶれた男振りに見えて来るから不思議である。

535
出合茶屋しのぶが岡はもつともな　はこびこそすれ〳〵

相思相愛の男女がひそかに逢引する出合茶屋（325参照）のある場所が忍が岡（上野の山一帯の名）とは、まことにふさわしい地名だ。

536
なぶらせはせぬと花嫁湯へさそひ　まれなことかな〳〵

近所の内儀《かみ》さんの一人が、新婚間もない花嫁さんを銭湯へ誘いに来た。「誰にもなぶらせなどさせないから、安心してついてお出で」銭湯へは口さがない内儀《かみ》さん連中も来るので、花嫁は気おくれがして、たった一人では湯にも入れないのである。

537
間男をつれて相模へにげて行　ふらりふらりと〳〵

江戸で世帯を持っていた相模女、案の定、間男をつくって生国相模へ駆落ちしてしまったという意。相模女は好色という当時の川柳的約束によって詠まれた単なる趣向句である。

538
ばくゑきの事はそうめいゑいち也　せいを出しけり〳〵

まともなことは何一つ満足に出来ないくせに、ただ一つ博奕《ばくち》に関してだけは、途端に聡明叡智となり、すばらしい才能ぶりを発揮するという特殊人間。

539
勘当は雪か雨かのあげくなり　にげて行けり〳〵

遊里に通うどら息子は、雪が降れば居つづけ、雨だといっては居つづけの口実に使い、そのあげくの果てが勘当を食うことになる。つまりは、雪と雨が息子を勘当へ追いやったことになるだろう。

雨でも雪でも居つゞけさ〳〵　（柳一一）

540
朝帰りだんごといもをつきつける　このみこそすれ〳〵

吉原の月見の紋日に登楼しての朝帰り、女房は腹立ちまぎれに、「食べるものなんか何もありませんよ」と、朝食の代りに、月見団子と芋を亭主の前に突き出して知らぬ顔。

山の神団子をなげる朝帰り　（末三）

541
相ぼれの仲人実はまわしもの　このみこそすれ〳〵（32オ）

好き合った同士、つまり恋愛関係にある男女が結婚しようとする場合、二人の合意で理解のある人物に依頼して仲人役になってもらい、親たちを説得させる。つまり仲人は、二人共謀の廻し者ということになろう。

542
おみかぎりなどと舟宿ろをおろし　まれなことかな〳〵

「おや、若旦那ずいぶんとお見限りでしたね」などといいながら、舟宿の女房が、船頭に命じて櫓《ろ》を下ろして猪牙舟《ちょきぶね》の用意をする。行く先はもちろん山谷堀である。

543
雛わけに嫁は一日里へ行き　このみこそすれ〳〵

娘が結婚してしばらくすると、姉妹で雛人形を分配するという行事がある。これを雛分けといい、そのために嫁は一日暇をいただいて実家へ帰ることとなる。そして、嫁入り後の三月節句には、初節句の時のように、盛大な雛祭りをするのが当時の風習だった。

544
真《まつ》さきのむかい箱てうちんで来る　まれなことかな〳〵

真崎稲荷は隅田川の西岸、橋場にあり、ここの茶店の田楽《でんがく》料理が有名だった。吉原に近いこともあり、真崎から吉原へ繰り込む客も多かったのである。主題句は、真先の茶屋で田楽を食べている馴染み客を迎えに、箱提《ちょう》燈《ちん》をさげた引手茶屋の男衆がやって来るという図。

○箱提燈＝小田原提燈の太いもので、それに短い柄をつけた。吉原において遊客の送迎用にされた提燈。

545
こう持つて弾きなと留守居笑《わらわ》れる　まれなことかな〳〵

宴会の座敷での光景、御留守居のなかには、芸達者なのもいたが、三味線の持ち方も知らぬ新参のお留守居もいた。踊子《おどりこ》が笑いながら三味線の弾き方の手ほどきをしている。

○留守居＝互いに連絡を取りあって情報の交換を行なう各藩邸の江戸における外交官。彼らの寄合いには茶屋が用いられ、座敷には橋町（中央区日本橋）あたりの踊子（町芸者の一種）が呼ばれるのが慣例である。

546
帰りには人買に成る角田川　まれなことかな〳〵

梅若（177参照）説話を踏まえた句。木母寺を参詣しての帰り、角田川に来かかると同時に、信夫《しのぶ》の惣太よろしく人買い（女郎買の洒落）になって、新吉原へと繰り込むことになる。

547
寝た内におひえを一つつい丸め　せいを出しけり〳〵

赤子の寝た隙に、お冷えを一枚縫い上げ、綿を入れて完了させることができた。

○お冷え＝布子の夜着をいう女房詞《ことば》。○丸め＝綿を入れた後、丸めて綿を伸《の》すこと。

548
先《まず》是で御免《ごめん》とげいしや三を下げ　このみこそすれ〳〵

武家屋敷に呼ばれた女芸者、約束の時間を勤め、最後の演奏が終って、「まず是で御免」の侍言葉でおどけて辞去の挨拶を述べ、三味線の三の糸をゆるめて、三味線箱に仕舞う準備をする。

549
駕かきの声斗《ばかり》して真つ白し　せいを出しけり〳〵

雪の日の吉原駕籠《かご》は、たんまり酒手《さかて》をはずんで貰えるので、駕籠かきは一きわ張り切って大きな掛声を出す。雪の降る中を飛ぶように走る吉原土手の光景。

550
女房の顔見てごほり〳〵せき　このみこそすれ〳〵（32ウ）

女房はすこぶるつきの美人、つい房事過度となり亭主は腎虚（精力消耗による病気）となり、力なくごほりごほりと咳をしている。それでも、女房の顔を見ると、性欲はなお昂進するのである。

い、女房利かぬ薬を煎じてる　（柳二一）

（房事を節制すれば腎虚は軽快するのに）

551
落花するそばにやつこの高いびき　まれなことかな〳〵

花の山に来て、花の散るそばで武家の仲間《ちゆうげん》などが、大の字になって寝ている。花見酒に酔ったのであろうが、せっかくの花の散る風情を台なしにしているのはまことに残念。

台無しに散るはと奴おこされる　（柳六）

552
銀ぎせるひろつたしなのいもで持《もち》　まれなことかな〳〵

銀煙管《ぎせる》を拾ったとかで、信濃者（343参照）がそれを持っている。猫に小判とはこのことで、廉価で粗悪な煙草を吸ったのでは、銀煙管が泣くというものだ。

○いも＝無知な人を罵《ののし》っていう語。

553
よし町でうつはくすんだ手代也　にげて行《ゆき》けり〳〵

芳町（275参照）の陰間《かげま》相手にどらを打つなどというのは、女に持てそうな派手さのない手代だからである。気の利いた手代なら、吉原か深川で遊ぶはずだ。

○手代＝江戸時代、商家で番頭と丁稚《でっち》の中間に位置する使用人。

554
よし原はふり袖に目のつかぬ所《とこ》　このみこそすれ〳〵

吉原の素見《すけん》（張見世を見て歩くだけ）の客は、振り袖姿の新造《しんぞう》（76参照）などに目をくれず、お目当ては中央に座している三分女郎あたりだ、というのであろう。見事な打掛けを羽織った高妓が目を楽しませてくれるので、振り袖姿の新造など霞んでしまっているわけだ。

555 **さがし出す度《たび》のび上るさるぐつわ**　にげて行《ゆき》けり〳〵

押込み強盗に入られ、猿轡《さるぐつわ》をかまされ柱にくくりつけられてしまった。盗賊が押入れを開けたり、箪笥を開けたりして金子や貴重品を探し出すたびに、声が出せないので、はらはらしながら伸び上って見ているだけで何もできない。

　さるぐつわまじり〳〵とぬすまれる　（柳三404）

556 **ぐちなやつ扨《さて》元日のむつかしさ**　このみこそすれ〳〵

暮れの払いをしなかった奴に対しても、元日になってしまえば追及しないというのが当時の慣例だが、愚痴《ぐち》な奴（支払いをしなかった側からの評）は、元日になっても怒りが収まらず、相手が年礼にでも来たら、唯ではおかぬと待ち構えているから、いずれ一悶着《もんちゃく》が起こるに違いない、というのである。

557 **丙午《ひのえうま》遠ひ所《とこ》から結納《ゆいの》が来**　まれなことかな〳〵

丙午の女は男を食い殺すとする俗信があって、丙午の娘は縁遠いものだった。近隣では皆知っているから、遠い所に住む一家と縁組することになる。結納品が、遠くから来たとはこの意である。

558 **甲州は針やあんまに事をかき**　まれなことかな〳〵

甲斐の武田信玄は、敵の間者なりとして、領内の座頭をことごとく生埋めにしたとする伝説がある。この句は、この伝説によって作られたもので、以後、甲斐の領民は針療治や按摩にかかることが出来なくなっただろうというのである。

559 **みんな荷にしろと笏《しゃく》にて御《おん》さし図**　せいを出しけり〳〵（33オ）

平家一門の都落ちを詠んだもので、堂上人の多い平氏であることを笏《しゃく》（公卿が束帯の時、右手に持つ細長い薄板）で表現、その笏を振りながら、荷物をまとめる指図をしただろうという想像句。

じだらくにどや〳〵にげる都落　（柳二四）

560 **里の母遣《つか》い残りを置いて行き**　そんなことかな〳〵

里の母が久しぶりで娘の婚家へ訪ねて来た。何かと遠慮し、不自由もあろうかと、使い残りのへそくりをそっと娘に渡して帰る。

561 **雪隠《せっちん》を過分《かぶん》〳〵と奥家老**　はこびこそすれ〳〵

監督役の奥家老（78参照）を先頭に、奥女中たちの野駆け（ピクニック）風景。はるばると田園地帯へ来たが、奥女中たちの用便は野原でというわけには行かない。それで奥家老は近くの農家の厠《かわや》を借りたのである。女中たちが一通り用を済ませたあと、「便所を有難う」と丁重に礼を述べて帰って行く。

○過分＝身に余って有難いの意。

562 **惣門の内ではのきく杢《もく》のかみ**　はこびこそすれ〳〵

惣門とあれば根津（31参照）の遊里のことで、藍染川に架かる手取橋のたもとにあり、朱塗りであった。つまり、根津の遊里でいちばん勢力のある（はのきく）のは、大工の棟梁なのだ。

○杢頭《もくのかみ》＝大工寮の長の官名。大工の棟梁にきかせた洒落。

563 **いろは茶や金より銀のきく所**　はこびこそすれ〳〵

いろは茶屋は、谷中感応寺（現在天王寺）門前にあった坊主客を顧客《とくい》とした私娼窟で、揚代は昼六百文、夜四百文のいわゆる四六見世である。したがって金（吉原は二分とか三分の揚代だから主として金貨が通用）よりも銀、つまり丁銀や豆板銀（いずれも量目不定の銀貨）や五匁銀（明和二年新鋳）などの銀貨が支払いには都合がよく、羽《は》を利かせているというのである。

564 **琴の柱《じ》をひんもぐやうに仕廻ふ也**　はこびこそすれ〳〵

琴の演奏を終えて、琴を琴箱に仕舞う前、琴柱《ことじ》（琴の糸十三本を支える木製のこま）を外すわけだが、糸が張ってあるので、ぐいと引っぱるさまを、ひんもぐようにと形容、しとやかな花嫁などの動作としては、やや乱暴に見えるところに焦点を合わせて詠んだもの。

565
さめざやもぬけぬはづなりやくだゝり　そんなことかな〱

厄年に当るので、川崎大師詣りにと出かけた。その途中、六郷の渡し舟の中で、どうしたはずみか脇差の鮫鞘《さめざや》から刀身がするりと抜けて、川の中に落ちてしまった。厄年にはいろいろの災難がふりかかるものとされ、これを厄祟《やくだた》りというが、参詣途中で、まだ完全に厄が落ちていなかったせいなのか。

566
小便をいめばきりやうがどつとせず　そんなことかな〱

小便組の妾《めかけ》は、とびきりの器量を売りものとする。したがって、小便組を忌《い》むと、余り感心しない器量の女ばかりということになろう。

○小便＝小便組の意。443参照。支度金を貰って妾となり、わざと寝小便をして解雇され、まんまと支度金をせしめる悪質の女をいう。

567
まんぢうをいしやに持《もた》せて追廻し　はこびこそすれ〱

小児科医者の句。逃げまわる子供を饅頭《まんじゅう》でだましてつかまえ、何とか診察しようとするお医者様。

小児医者脈をおつかけおんまはし（明和二）

568
べつ甲屋表の御用初にきゝ　せいを出しけり〱（33ウ）

鼈甲《べっこう》屋の顧客《とくい》先は主として大奥の女中衆で、櫛《くし》・笄《こうがい》や時には張形《はりかた》の注文もあり、表（政庁）の御用はめったにない。それでもはじめて表から注文をいただいたという句で、恐らく眼鏡の縁あたりであろうか。

569
ひまらしい見せにおうばが二三人　ふらりふらりと〱

この家の乳母と、近所の乳母が幼児を抱いて見世先に寄り合ってしゃべっている。忙しいうちでは、邪魔がられるはずで、それを許しているのは客がなく暇だからだろう。

570
母おやは羽二重だとて加賀を着せ　そんなことかな〳〵

加賀絹は羽二重に似ているが廉価。息子は吉原へ出掛けるには、羽二重でなければ羽《は》が利かない。羽二重の着物を母親にねだったところ、母親は加賀絹で仕立て、布地に無智な息子を適当にあやなしている。

571
くわいらいし思ひ出してはどんと打《うち》　ふらりふらりと〳〵

傀儡師《かいらいし》（74参照）は、人形を廻しつつ浄瑠璃を語りながら、思い出したように、時々腰鼓をどんと叩く。これが合の手なのである。

傀儡師箱をたゝくがのり地也　（柳四201）

572
帰るまで笑ひつゞける女中きやく　はこびこそすれ〳〵

女中客も女客（236参照）も同じ。来てから帰るまで笑いつづける、何とも賑やかなのが女客の特徴なのである。

573
坊主きやくあだやおろかの銭でなし　はこびこそすれ〳〵

僧侶の持っているお金というのは、仏事のお布施やら、善男善女の寄進になるもの、あだや疎《おろそ》かには使えぬ金であるはずだが、遊里の客となって散財する。まことに怪《け》しからぬことだというのである。

574
両替屋ぞんじの外に肩がきゝ　はこびこそすれ〳〵

貨幣は、金額が多ければかなりの目方となる。特に銭は五十貫、六十貫は常に取扱うわけで、それらの持ち運びには、肩に大変な力がかかる。両替屋の使用人は、力役の人夫などと違って人品骨柄がはるかに良いので、見た目には力がなさそうだが、実際は想像以上に肩に力がなければ勤まらぬ職業なのである。

575
二の足で師走の土手をふんで行《ゆき》　ふらりふらりと〳〵

川柳には「暮の文」という季語があって、吉原の遊女は正月を控えてかなりの出費があり、その資金の調達に必死となり、馴染み客の誰彼すべてに無心文を書いて出すのである。したがって師走に登楼する客は、法外な無心を覚悟しなければならず、吉原土手を行くのに、ためらいを感じないではいられないのだ。

576
女房のとつつくしまは直《ね》が高し　そんなことかな〱

女房の気に入った縞柄の反物は値段が高い、というだけだが、「とりつく島」（頼りにしてとりすがる所の意）の俚《り》言《げん》を踏んで作句されているのである。

577
四つ切りを破りはじめは若旦那　このみこそすれ〱（34オ）

四つ（午後十時）の門限までに店へ帰るという掟《おきて》を、一番最初に破ったのは若旦那だった。これでは他の奉公人に対し、示しがつくまい。困ったどら息子ではある。

　おぬしゆへ見世も惰弱《だじゃく》と母はいひ　（柳六）

578
鶯に出て谷汲《たにぐみ》のほとゝぎす　このみこそすれ〱

西国三十三カ所順礼は、一番紀伊国那智山を鶯の鳴く二月に出発し、最終の三十三番美濃国谷汲へ着くのは、ほととぎすの啼く四月になるというのである。

　山ではじめて谷で打おわるなり　（安永八）

　　（那智山、谷汲）

579
車井戸むりじやいかぬと汲んで見せ　まれなことかな〱

「車井戸は綱を引くのに要領があって、無理をすると、綱が滑車《かっしゃ》から外れてしまい動かなくなる。こうやって汲むんだよ」と、車井戸を取りつけた井戸屋が、長屋の人を集めて模範的な汲み方を教えているところ。

580
のきなさい付木《つけぎ》ばつかりくべなさる　まれなことかな〱

勝手仕事にまだ不馴れな花嫁が、竈《かまど》の下を焚きつけようとしているがなかなか火がつかない。姑が見かねて、「そこをどきなさい。付木ばかりむだにしたものだ」と嫌味をいいながら焚きつけている状況。

○付木＝檜・松などのうすい木片の端に硫黄を塗り、火をつけ移すのに使うもの。

581
みつだんに母のはいるはたけがしれ　このみこそすれ〳〵

密談というと、なんとなく重大な意味がありそうだが、密談の中に母が入っているということになると、どら息子に対する処置にしてもせいぜい叔父の許に預けるなどの話で決着し、その程度も知れたものなのだ。

582
てまへまあ内《うち》はどこだとやうじ見せ　このみこそすれ〳〵

浅草奥山の楊枝《ようじ》見世《みせ》では、水茶屋同様美人の看板娘を置いて客を引きつけたのである。娘をはりに来る若者も多く、「お前の家はどこなのだ、教えてくれてもいいだろう」などと押してくる手合もいた。楊枝見世も水茶屋も、すべて出見世で住居は別にあったのだ（801頁参照）。

583
三の糸こき〳〵それは知りやせん　まれなことかな〳〵

踊子《おどりこ》（322参照）を、猥雑《わいざつ》な言葉で口説いている客に対し、何もかも承知しているくせに、踊子は、悠々と三味線の三の糸を扱《こ》きながら、「おや、それはどんな意味、私にはちっともわからないけど」などと空《そら》っ恍《とぼ》けている場面。

584
名物の内だと御油《ごゆ》すゝめこみ　ねだりこそすれ〳〵

御油を通る旅人に、留女《とめおんな》（客引き女）が、「阿部川餅や桑名の焼蛤と同じく、ここの姉《あね》さまたちも名物のうちだよ。食わずに行き過ぎる手はないでしょう」などと勧めている。

〇御油＝東海道の一駅で、三河国にあり、隣駅の赤坂同様、ここの飯盛女郎が有名であった。

585
めし喰つて大あせかくもげびたもの　このみこそすれ〳〵

炊《た》き立ての御飯と熱い汁を、がつがつと何杯もお代りをして汗びっしょり、顎から汗を垂らしている手合もいるが、なんとも下卑て見える。食うことばかりに熱中している、さもしい心底《しんてい》が見え透くようなのだ。

586
十三日氷りもものの置《おき》どころ　いわゐこそすれ〳〵（34ウ）

十二月十三日の煤掃《すすは》き（29参照）の句。家財道具をどんどん庭などに運び出す。なにしろがらくたも多いので、置きどころを吟味しないとたちまちいっぱいになってしまう。天水桶にも厚い氷がはっているが、この上も物の置きどころとしては格好《かっこう》の場所なのである。

587 **ふところはでんがく切りのしたく也**　はづかしいこと〳〵

「真先稲荷（159参照）の田楽《でんがく》を食べて、それから廓《なか》へ繰りこもう」などと、景気のいいことをいって仲間と誘い合わせて出たものの、懐中には田楽を食べるだけの金しか持っていない。女郎買いの方は、ちゃっかりと、友だちの懐を当てにしているのである。

588 **夕すゞみなげるなどゝ角力取《すもうとり》**　にぎやかな事〳〵

家の前に縁台など出して、若者たちが夕涼みをしている。こうした折、よく力位《ちからくら》べに大きな石を持ち上げたり、角力を取ったりするもので、「投げるのだけは止そうぜ」などといいながら揉み合っている寸景。

589 **品川の橋を越すのはしわいやつ**　はづかしいこと〳〵

品川駅は、高輪の大木戸に近い方から、徒歩《かち》新宿・北品川・南品川とあり、本陣は北品川にあった。北と南の間にあるのが行合橋で、南品川を橋向うという。南品川は四六見世（昼六百文・夜四百文の銭見世）ばかりで、橋向うといえば安物買いを意味したのである。つまりけちな客（吝《しわ》いやつ）が、せっせと橋を越えて行くわけだ。

　橋一つ越《こえ》てつとめの直《ね》がさがり（明和三）

（つとめとは揚代金をいう遊里語）

590 **馬で来るのでよめん女とはねるなり**　はづかしいこと〳〵

乗掛馬《のりかけうま》（454参照）で嫁入って来るのは、田舎嫁である。それで嫁女《よめじょ》というべきところを、田舎では嫁《よめ》ん女と跳ねて発音するのだの洒落。馬、跳ねるが縁語である。

591 **六夜待一《ひ》と宿《しゅく》つゞく鬼すだれ**　にぎやかな事〳〵

六夜待の当夜は、高輪の茶屋から品川宿全部が鬼簾《おにすだれ》（細い篠竹で編んだ簾）をかかげて、ぞくぞくとやって来る遊客を歓迎したのだ。

○六夜待＝二十六夜待の略。正月と七月の二十六日の夜半、月が出る時に弥陀三尊の御姿が現われるとして、これを拝する人々が眺望のよい高台や海浜に群集した。高輪から品川にかけてがその主なる場所で、品川ではこれを紋日のうちに数えた（819頁参照）。

592 **待かねて子は寝て仕廻ふ送り膳**　いわゐこそすれ〱

今晩は送り膳の来ることを承知している家では、特に幼児がそれを楽しみに待っていたが、なかなか届けて来ないうちに眠くなって、とうとう寝てしまった。眠気に勝てないところが、いかにも子供らしい。

○送り膳＝人を饗応する際、都合で来られぬ客の家へ送り届ける膳部。

593 **三夕《さんせき》の外の夕ぐれ中の町**　にぎやかな事〱

吉原遊廓の夕暮れ時の情趣を讃美した句。三夕とは、秋の夕暮の趣きを詠んだ名歌三首のことで、「心なき身にもあはれは知られけり鴫立つ沢の秋の夕暮（西行法師）」「見渡せば花も紅葉もなかりけり浦の苫屋の秋の夕暮（定家卿）」「村雨の露もまだひぬ槙の葉に霧立ちのぼる秋の夕暮（寂蓮法師）」をいう。これらの三夕にくらべても、中の町（22参照）の夕暮れはおさおさ劣らぬほどの趣きがあるの意。

594 **つき出して岸に見て居る草履取《ぞうりとり》**　にぎやかな事〱

船宿の密集している柳橋あたりまで吉原行きのお供をしてきた草履取りが、猪牙舟《ちょきぶね》に乗りこんだ主人の舟を、ぐいと突き出して一礼。吉原までついて行けず、岸に取り残された草履取りにしてみれば、やはり残念であろう。「岸に見て居る」の表現に、そうした心境を窺《うかが》わせる。

595 **神楽堂《かぐらどう》帰るを見れば夫婦也**　はづかしいこと〱（35オ）

神楽巫子《みこ》（273参照）が神楽舞いを終えて帰って行くのを見ると、傍《かたわら》で太鼓を打っていた男とは夫婦であるらしいことがわかった。神楽巫子のなかには、亭主持ちもいたのである。

ともかせぎ女房舞へばふゑをふき　（柳二二）

633　諫鼓の鶏
（『東都歳時記』）

591　六夜侍（『江戸名所図会』）

596　屋根舟（『絵本物見岡』）

596
屋ね舟へよべばおどり子身にしみず　はじめこそすれ〳〵

屋根舟に呼ばれた踊子《おどりこ》（322参照）は、三味線は持参するものの、専門の芸事について、余り身を入れてしようとしない。それは、屋根舟が障子をしめるとか簾《すだれ》を下げるとかすれば外部から見えぬ構造にできており、しかも小さい舟で多くは低唱浅酌《ていしょうせんしゃく》（爪弾《つまび》きさせて客が唄い、酒を汲み交わすこと）向きで、究極は客は情事を目的としていることを知っているからだ（819頁参照）。

597
見くびってやりてつらをも持《もつ》てこず　はづかしいこと〳〵

登楼した客が余り懐《ふところ》工合がよくないと見てとると、遣り手（4参照）は、馬鹿にして顔出しもしない。チップを貰える当てがないからだが、為になる客とけちな客とを見分ける勘は、なかなかに鋭いのである。

598
いくらいりますとしち屋はずらりぬき　はづかしいこと〳〵

質屋の番頭が、侍客が質代《しちしろ》に持ちこんだ刀をずらりと抜いて鑑定しながら、「おいくら御所望ですか」と聞く。自分の方から値踏みしないのが、質商売のこつなのである。

599
出合茶屋小便におりしゝにおり　はづかしいこと〳〵

「しし」は小用をいう女房詞《ことば》。密会の男女がかわるがわる階下の厠《かわや》に下りるさまを、小便とししで使い分けた趣向句。出合茶屋（325参照）の構造が、二階建であることが、この句でわかる。ただし、絵で見る限り、一般には平家《ひらや》であったらしいのだ。

600
石尊《せきそん》は土場からすぐに思ひ立《たち》　にぎやかなこと〳〵

土場（賭場＝博奕《ばくち》場）で負けがこんで、借金のがれのため、その場で思い立って大山詣《もうで》にでかける。同じような理由で、石尊へ詣でる者も多かったのである。

○石尊＝相模の大山石尊大権現。普通は大山詣とか石尊詣といい、石尊信仰は当時の中流以下の階層の人たちの間に隆盛をきわめた。

601
貝ひろふ右と左は千代《ちよ》万《よろず》　しづかなりけり〱

江の島海岸での貝拾い。海を背にして右には鎌倉鶴ケ岡八幡宮が鎮座し、左手には江の島金亀山が見える。鶴は千年、亀は万年というところから作られた謎句である。

602
丸わたをうつとしがるはきついこと　いとひこそすれ〱

花嫁は丸綿（綿帽子）をかぶって顔をかくし、羞恥心を救い、時には不器量をカムフラージュする役目も果たす。その丸綿がうっとうしくて取りたいという嫁、まことに大したことだ、よほど器量に自信があるのであろうというのである。

○きついこと＝大したことだの意。

603
真黒な手でつむじ風追《おい》かける　そそう也けり〱

真黒な手とは、遠くから見ると、紺染めで手が黒光りしているように見える紺屋の手。染めものを乾しておいたところ、にわかにつむじ風が吹いて、染めた布地が飛ばされてしまった。あわてて、それを追いかけている紺屋の職人。

604
しどの無いげい子黄色なばちでひき　そそう也けり〱（35ウ）

無精でだらしない（しどの無い）芸者は、商売道具の手入れなど、まったくしていないと見えて、黄色くなった象牙の撥《ばち》で三味線を弾いている、というのだが、実は象牙の撥は古くなると黄色くなるのが普通で、使いこんだ黄色の撥は、かえって珍重されるのである。

605
あかぬ戸を外《そと》で手伝ふ寒念仏《かんねぶつ》　かたひことかな〱

寒中の修行として、夜仏名を唱え叩鉦《たたきがね》を打ち鳴らして寺詣りをし、また家々に奉謝を乞い歩く寒念仏の行者が、ある家の前に立ったところ、奉謝をするため内から戸を開けようとしているが、凍りついているのか、建てつけが悪いためかなかなか開かない。それを外から手伝っている行者。

606
大切な金瓦《かねかわら》ほどぬすまれる　そそう也けり〱

親父が爪に灯をともして溜めた大切な金、蔵の中の千両箱からどら息子が少しずつ盗み出して遊興費に使って仕舞う。これは屋根瓦を一枚ずつ盗まれると同じで、屋根が漏《も》る（家屋が傾くのたとえ）結果になるだろう。

一箱をむすこ十度《とたび》に盗み出し　（柳八）

（千両箱一箱を一度に百両ずつ盗み出す）

607 **隠居所で孫のちそうにりんが鳴り**　しづかなりけり〳〵

隠居所へ孫が遊びにきた。何かご馳走して喜ばせてやろうとして、ふと到来物を仏壇に供えておいたことを思い出し、ちんと鉦《かね》を叩いて仏壇から下ろした。

608 **御てんやくちんぴも安く見へぬ也**　しづかなりけり〳〵

御典薬とは、将軍家御抱えの医師の称。権威とは、たいしたもので、御典薬が取り扱うと陳皮《ちんぴ》（蜜柑《みかん》の皮）のようなものでも、すばらしい高貴な薬草のように見えるのである。

609 **かんびやうにおしい姿を捨て置《おき》**　しづかなりけり〳〵

腎虚で病床にある亭主を、甲斐甲斐しく看病している別嬪《べつぴん》女房、賞味する亭主が寝込んでしまったのでは、せっかくの美貌も捨てものだというのである。

610 **つまづいてにつこり笑ふ神楽《かぐら》堂**　そそう也けり〳〵

神楽巫子《みこ》（273参照）が舞っている途中で何かにつまずいて、ちょっと舞いが乱れた。その時に、にっこりと笑う。そのコケティッシュな笑いが、ささいな失敗を埋めて余りある魅力となっているのだ。

611 **鏡《かがみ》立《だ》て先づしまつたと杖につき**　そそう也けり〳〵

鏡に向って化粧を終えたお局《つぼね》（老女）が、輩下の女中に向って「まず鏡を片付けておくれ」といいながら、鏡立を杖代りにしてやっとこさと立ち上った。

○鏡立＝鏡を使用する時に、それを立てかける木製の台のこと。

612
あやめふき人にだかれる年《とし》でなし　そそう也けり〱

五月五日の端午の節句の前に、家々の軒に菖蒲《あやめ》を葺く習俗がある。子供なら大人が抱いてやれば軒先に届くが、菖蒲葺は抱いてもらって、という年齢ではないので、梯《はし》子《ご》をかけて菖蒲を葺くのである。

613
ふいに出るひなはむすめの吉事也　しづかなりけり〱（36オ）

桃の節句でもないのに、突然お雛様を取り出すのは、いわずと知れた娘の嫁入りが決まったからだ、の意。雛分け（543参照）をしなければならないからである。

614
めづらしい内はきふりも皿へもり　いとひこそすれ〱

たとえ胡瓜《きゆうり》のような野菜でも、出初めの珍しい頃は、初鰹の比ではないが、それでも、はしりといって珍重し、大事に皿へ盛っておくのだ。

615
きのじ屋の枯野に禿《かむろ》寄たがり　しづかなりけり〱

吉原では客席に出される台の物（145参照）を喜の字屋と称した。さんざん食べ荒らされた状況を枯野と表現したもので、廊下の隅に出された台の物には残肴《ざんこう》（残りのたべもの）、水肴《みずざかな》の金柑や鬼燈《ほおずき》などのほか、飾りものの小道具、たとえば鶴とか亀とかもあるので、食い気と好奇心から、これに寄りたがるのも無理はないのだ。

616
今くへばよしと肴《さかな》屋置てゆき　いとひこそすれ〱

鰹売りに来て、「今日のうちに食べるならまだ大丈夫だ。廉《やす》く負けるから買っておきな」と、売れ残りの鰹を置いていった。「煮て食うにゃあ勿体ねえし、ええい、辛子味噌で一杯やろう。その代り当ったら唯じゃおかねえぞ」。

617
ごふく店《だな》きせるを廻すふけいきさ　しづかなりけり〱

客がまったく来ない、不景気な店先で、手持不沙汰な手代たちが、煙管《きせる》の廻しのみをしている光景。＊

618
楊枝《ようじ》見せ乳《ち》をのむ内は買に来ず　しづかなりけり〱

楊枝見世（582参照）の看板娘のなかには、娘じゃなく亭主持もおり、赤子のいるものもいた。ただ、見世の方へは連れて来ないのが一般で、授乳時間になると娘の母親が抱いて来るのである。赤子に乳を飲ませている間は、客は興覚めして寄りつかない。

619 **手紙には狸台には鯉をのせ**　そそう也けり〳〵

祝意をこめて鯛や鰹を台に乗せて贈る風習は今もある。主題句は使いの者に手紙と台に乗せた鯉を届けさせたのであるが、早速手紙を開いて見たところ、「狸一匹進上」と書いてあったというお笑い。魚偏と犭《けもの》偏とを間違えて書いたのであった。

620 **折ふしは車でも出るむじやう門**　しづかなりけり〳〵

大名屋敷の無常門は、平常は締め切りになっていて葬礼の時だけに通行する門。屋敷内で死んだ者は、丁重に棺に収められ、担いでこの門を出るが、殿の成敗にあった死骸や、心中の屍体は桶に詰められ、車に積まれて無常門を出る？

621 **万歳はみなけいはくにふしをつけ**　かたひことかな〳〵

猥雑《わいざつ》な文句を連ねて皆を笑わせる万歳ではあるが、謡いはじめは真面目な祝詞を述べる。一例をあげると、「常若《とこわか》の御万歳とは、御家も栄えてましんます」からはじめて、その家の繁盛やら、娘がいれば娘を褒めたたえたりする祝い言葉がつづくのである。これらは一種の軽《けい》薄《はく》（お世辞）で、それに節をつけたものなのだ。

622 **是《これ》万里《まて》の小路《こうじ》とごそら剃《そら》れたり**　いとひこそすれ〳〵（36ウ）

万里小路資通の孫に藤房あり、後醍醐天皇に仕えて参議中納言となったが、後、帝《みかど》に疎《うと》んぜられて頭を丸めて出家した。この出家したことを踏まえて、帝から頭をごそり（ごそら）と剃られたというように、面白く表現したもの。「これ待て」というのを懸け言葉にしたもので、正しくは「までのこうじ」である。＊

○万里《まで》の小路＝万里小路家は藤原氏、勧修寺家の流れをくむ甘露寺資経《かんろじすけつね》の三男右京大夫資通《すけみち》を祖とする。

623
らうがいの願《ねがい》は鼠小紋なり　しづかなりけり〳〵

労咳《ろうがい》（330参照）は、一種の恋患《わずら》いであり、心のうちで一緒になりたいと願っているのは鼠小紋を着ている店の手代、それを口に出していえぬところが昔の娘なのだ。思いがかなえば病気は治るのである。

○鼠小紋＝地色が鼠色の小紋染の着物。

624
しやきばつたやつを留場《とめば》へかつぎ込み　いとひこそすれ〳〵

観劇中に癲癇《てんかん》を起こした客を、芝居小屋の木戸内にある見張番の部屋（留場）へ担ぎこむ。

○しゃきばったやつ＝体の硬直した奴の意で癲癇を起こした者をいう。

てんかんを二三人出す大当り　（筥一）

（大当りは芝居が大当りの意）

625
家督公事《かとくくじ》はながつくと座頭が来　かたひことかな〳〵

家督公事（家督相続についての訴訟）は、また財産相続の争いであり、その訴訟費用を座頭から借りたのであろう。勝訴の目鼻がついたところで、座頭金《ざとうがね》（高利の金）の返済を迫って座頭がやってきたということらしい。

626
女房ほど母のむかいはこわくなし　しづかなりけり〳〵

吉原で居つづけをしている男、家から迎いが来る場合、女房の来るのは、悋気《りんき》半分で糺明《きゅうめい》がきびしく恐ろしいが、母親なら息子に甘いから、何とかいいのがれができるので怖くはないという感想。

627
声をたてやすとこし元いけぬなり　かたひことかな〳〵

殿様が、身辺の世話をしてくれている若い腰元にちょっかいを出す。あわや落花狼藉という段になって、「そんな御無体《ごむたい》をなさいますと大声を立てますよ」と腰元がいう。これは峻拒の意志表示なのである。

逃げのびた腰元前をよく合せ　（柳七）

（裾の乱れを直す）

628 **引《ひっ》こぬくやうにかみゆいゆびをふき**　そそう也けり〳〵

お客の髪に鬢付油《びんつけ》を塗りつけたあと、指についた油を、反古紙でぐいと扱《しご》いて拭きとる。その様子が、大根か午《ご》蒡《ぼう》を引っこ抜くように見えるというのだ。

629 **角田川今でも母に苦をかける**　かたひことかな〳〵

梅若塚へ行くの、秋葉権現詣《もうで》だのといって、角田川近辺へ出掛ける息子は、帰りは必ず吉原で遊んで帰る。母の気苦労の絶えないことを、謡曲「隅田川」に見える子を思う母の心情に引っかけて「今でも」と表現。

角田川とかくに親のまよふ所《とこ》（柳四401）

630 **ゆり上を聞いて吸物もりはじめ**　いとひこそすれ〳〵

披露宴の席で、主賓の謡曲がはじまっている。あの一曲が終ればいっせいに料理を出すことになっており、聞き耳を立てていると、やがて最終章のゆり上げのところへ来た。終るのは間がないと、料理方《かた》は急いで吸物を盛りはじめた。

○ゆり上げ＝謡曲などの節付けの名称。一音をゆらしながら音階を上げて謡うことで、最終章の詠い方がこれに当る。

631 **五尺ほど有る書出しへ壱歩やり**　そそう也けり〳〵（37オ）

大晦日の掛取り（15参照）に、全額支払うだけのお金は用意してないので、小額のものは来年に廻し、大口のものは内金で急場を凌《しの》ごうという算段。五尺ほどもある書出し（請求書）へは、取敢えず一分の内金を打って退散させたのである。

632 **にげ尻でかいばくわせる寺おとこ**　いとひこそすれ〳〵

神社や寺に馬を献納する風習があって、神社へ納められた馬を「納め馬」といい、寺へのは、「上《あが》り馬」という。主題句はいわゆる上り馬の句で、寺男が別当役（馬の係）を引き受けているが、馴れていないので、飼い葉（秣《まぐさ》）を食わせるにも、恐《こわ》がって逃げ腰になっている。

633
いつちよい町はどん〳〵かゝかなり　かたひことかな〳〵

山王・神田の二大祭礼には、江戸で一番裕福な大伝馬町から「諫鼓《かんこ》の鶏《とり》」というのが出るしきたりだ。これは、鶏の作りものを載せた大太鼓で、どんどんかゝかと打ちならしながら行列の先頭を進むのである（819頁参照）。

634
まだ死《しに》もせぬのに泣いて呵《しか》れる　しづかなりけり〳〵

臨終の席に集まった親戚一同、そうした緊張の中で、娘などが突然大声あげて泣き出したりする。「まだ息を引きとったわけでもないのに、静かにおし」などと母親から叱られている。

635
ちつとべいいもはあるがと村仲人《なこど》　かたひことかな〳〵

「少しばかりあばたはあるが目立つほどではないし、気立てはよいし、なかなかの働き手で」などと、村の仲人はいう。田舎言葉を取りこんだおかしみをねらった句だが、「芋がある」が田舎の生活に照応して一層おかしいのである。

636
梅若は旅かげまにはいやといふ　いとひこそすれ〳〵

梅若（177参照）は、十二歳の貴公子であるから、陰間《かげま》（65参照）にはふさわしかろう。人買い信夫の惣太もそこに目をつけて、東国へ下る道中で客をとらせようとしたが、「それだけは勘弁して下さい」と梅若に断《こと》わられたであろうという想像句。

637
やれでかいたくみをしたと田舎公事《いなかくじ》　そそう也けり〳〵

「やあやあ、ずいぶんと図太い企《たく》みをしやがったぞ」と、田舎の訴訟騒ぎ。山林の所有権とか田畠の地境いの争いであろうが、これも田舎言葉をとりこんだ面白さが手柄。

638
八百屋から売るとはぞくのしらぬ事　かたひことかな〳〵

僧侶の間では、酒を般若湯、鰻《うなぎ》を山の芋などの隠語で呼ぶ。そうすると鰻は八百屋で売り出すことになり、これは俗世間の人には通じないことだ、というのである。

639
もちつとの事で日蓮片月見《かたづきみ》　いとひこそすれ〳〵

日蓮上人、竜の口の法難を詠んだもの。上人が捕えられたのは文永八年（一二七一）九月十二日のことで、即日斬刑に処せられることになっていたが、雷鳴に救われた。もしこの時殺されていたら、翌日十三日の月見は出来ず、片月見ということになったろう。

640 **五十ぞう留守のやうなは客があり**　しづかなりけり〳〵（37ウ）

五十蔵《ぞう》（雑《ぞう》・嫂《ぞう》なども書く）は、揚代一切り五十文の卑娼をいう。いわゆる切《きり》見世で、表間口四尺五寸、ここに二尺の戸があり、客があれば内から戸を締める。外からは、外出しているように見えるのである。

641 **あしたでも剃《そつ》てくれろと飛車が成り**　いとひこそすれ〳〵

江戸の床屋は、庶民の溜り場で、碁・将棋盤などが置いてあり、順番を待っている連中は、盤を挟んで勝負を楽しんでいる。主題句は将棋をさしているうちに番が廻ってきたが、飛車が敵陣になりこんで戦況はすこぶる有利、整髪・顔剃《そ》りの方はどうでもよくなって、「剃るのは明日でもよいさ」と、将棋をさしつづけている。

642 **まあうんといへと無尽のゆびをおり**　そそう也けり〳〵

無尽の落ちた人に対して、「俺は今、どうしても金の要《い》ることができたので、金を借りる権利を俺に譲ってくれないか。俺とお前の仲だ、まあうんといってくれ」と嘆願しているところ。「四月後《よつきご》には俺に落ちる番のはずだ」などと指を折って順番を数えている。＊

○無尽＝籤《くじ》によって金を借りる権利を取得する。これを落ちるという。

643 **すいりやうでむこふさじきのもらい泣**　そそう也けり〳〵

向桟敷《むこうさじき》の客は舞台から遠いので、役者の口跡がよく聞きとれないが、場面はどうやら愁嘆場らしい。前の方の客が皆泣いているので、引きずられてつい悲しくなり泣いてしまった、これも貰い泣きのうちだろう。

○向桟敷＝劇場の舞台に対して正面の一番高いところ。

644 **またぐらへ手をつつこんで下女はぎみ**　しづかなりけり〳〵

「ぎみ」は力《りき》む意。歌がるたの場で、取った札を股倉へさらいこむ下女と解しておく。

645 **ゐぼし親祖父のかたきもうてといふ**　めつたやたらに〳〵

曽我五郎時致《ときむね》の烏帽子親は北条時政で、曽我兄弟を庇護する立場にあり、「親の仇工藤祐経を討ち取ったら、ついでに祖父伊東祐親の仇源頼朝も討て」といってけしかけたろうというのだ。

○烏帽子親＝男子元服の時、烏帽子を被せる役をする人をいう。

646 **御《おん》の字《じ》に成つたと花見したくする**　めつたやたらに〳〵

夜来《やらい》の雨もあがり、花見にはもってこいの良い天気になったと、にわかに花見の仕度をはじめる御殿女中たち。

○御の字＝非常に結構なこと。きわめて満足なこと。

647 **行水《ぎょうずい》に寝る程嫁はかこわせる**　きみのわるさよ〳〵

庭で行水をつかう嫁は、誰かに覗き見されてはいまいかと、まわりを戸板などで厳重に囲わせている。

行水に御たいそうなと姑《しゅうと》云い　（安永八）

（囲わせ方が大仰《おおぎょう》過ぎるとの評）

648 **どふしても泊て来たがていしゆまけ**　そねみこそすれ〳〵

亭主の朝帰り、どのような言訳けをしたところで、吉原へ泊って来たという現実があるので、女房にはいい負けてしまうのである。

649 **へぼ瓜のやうにうけとる一人《ひとり》ぶち**　まねきこそすれ〳〵（38オ）

武士の一人扶持とは、一日玄米五合の扶持を貰うことで、一カ月わずか一斗五升、四斗俵に詰めて半分にも満たないから、俵がくびれて、出来そこないの瓜の形のように見える。

二人扶持ひやうたん形《な》りの俵也　（柳三八）

650 **後添《のちぞい》の内義いち子といぢり合い**　まねきこそすれ〳〵

市子《いちこ》を呼んで、先妻の霊を呼び寄せたところ、巫子《みこ》の口を通して、後添い（後妻）の悪口をいい出した。それで後妻は腹を立てて反論をはじめたが、ちょうど市子と口論している（いぢり合い）ようにみえるのだ。
○市子＝梓巫子《あずさみこ》とも。梓弓《あずさゆみ》の絃《つる》を叩きながら口寄せをする巫子のこと。

市つ子にしかられて居る後の妻　（安永四）

651 **よみうりは二人《ふたり》揃ってせきをせき**　まねきこそすれ〱

読売は二人一組で売りに来るので、咳をするのも二人一しょ、そのくらい調子が合っているのである。
○読売＝後世の瓦版売りと同じ、世上の事件を絵入りの一枚摺り、また冊子にして箸ようの棒で指しながら節《ふし》面白く読んだり、唄ったりして売り歩いた者（837頁参照）。

652 **顔を見てわけもいわずにおかしがり**　まねきこそすれ〱

箸が転《ころが》ってもおかしがる年頃の娘、人の顔を見ただけで口を押えて笑っている。理由をいわないのでよくわからないが、鼻毛が伸びているとか、耳が大きいとか、たいしたことではないのにおかしがっているのである。

念仏をひよつとむすめがおかしがり　（柳一〇）

653 **まああれも入れろとゆびを一つ折《おり》**　たのしみな事〱

吉原へ行こうという連中、誰と誰と誰とというように仲間を集め、「まああれも仲間に入れてやろう」と指を折って、「どうやらちょうど十人になるな。大一座としてはりっぱなものだ」などと相談しているところ。

654 **さし引いてくれと口から壱歩《いちぶ》出し**　まねきこそすれ〱

博奕場《ばくち》の句。前回、負けて貸元にいくらかの借銭がある。通り者（280参照）が、口に含んでいた一分金を出して、「前の借金を差し引いてくれ」といっているところ。残金が今日の博奕の元手になるのであろう。小粒金などを口に入れておくのは、通り者などの常習とするところであった。

655 **くせつ文《ぶみ》半分頃でちくしやうめ**　　たのしみな事〳〵

口舌文《くぜつぶみ》は、相手の情の薄いのを非難する文で、相手の男にとっては嬉しい内容なのであるが、第三者が読まされるとなると、やっかみ心が起きるから、「畜生め、うまくやっていやがる」ということになる。

656 **かし本屋是はおよしと下へ入れ**　　まねきこそすれ〳〵

貸本屋が、「この本はおよしなさいよ」といって下の方へ隠したのはもちろん春本で、そのことがかえって相手の気を引くこととなる。これも商策の一つなのである。

657 **よしきりに地をうたわせてほとゝぎす**　　りつぱ成りけり〳〵

河原の葭切《よしきり》が、地謡《じうたい》よろしくしきりに啼いているところへ、シテ役の杜鵑《ほととぎす》が、「てっぺんかけたか」と一直線に啼いて飛んで行くという、夏の景物を詠んだもの。

○地を謡う＝能楽で謡《うたい》の地の文の部分を大勢でうたうこと。

658 **大あぢに成つて御茶の間縁に付き**　　まねきこそすれ〳〵（38ウ）

御茶の間は職名で、御殿女中の身の回りの雑事を担当する腰元のこと。御殿勤めはどうしても婚期がおくれ、女としての風味が失われた年頃になってから縁付くこととなる。

659 **かきたてる度《たび》に袂《たもと》をがらつかせ**　　まねきこそすれ〳〵

青楼の句。「かぎの音するが禿《かむろ》のひざ直し（明和二）」とあるように、花魁《おいらん》の部屋の調度の鍵を禿が預かっており、禿が行燈《あんどん》の燈芯をかきたてる度に袂の鍵ががらがらと鳴る。

660 **雪隠《せっちん》へ二度来たかげまなぐさまれ**　　まねきこそすれ〳〵

陰間《かげま》（65参照）が、客を取って、その後始末に二度も便所に来たということは、二度もサービスしたことを意味し、帳場の内義などに「今晩はお精が出ますね」などと、からかわれている。

○なぐさむ＝からかって楽しむ意。

661 **わっぱしに切られましたと手下共《てしたども》**　めったやたらに〳〵

わっぱしは童《わっぱ》を強めた語で、ここでは牛若丸を指す。濃州不破郡の青墓（一説には三州赤坂）で、熊坂長範とその一党が、金売り吉次の一行を襲い、逆に同行の牛若丸に退治された場面の句。「あの小童《こわっぱ》に切られました」と手下どもが、長範に戦況を注進しているところである。

662 **そりや来たと乳母またぐらへ逃込ませ**　おしわけにけり〳〵

主家の幼児が、他家の子供とふざけ合っていて追われ、乳母のところへ逃げかえってきた。乳母は「さあ、ここに隠れていれば安全ですよ」といって、自分の股の中に入れてやった。

663 **どふしやうと思つてごぜを連れてにげ**　まねきこそすれ〳〵

瞽女《ごぜ》（5参照）と駆落ちした男がいるが、瞽女じゃ売り飛ばすというわけにも行くまいし、これから先の処置をどうするつもりだったのか。ずいぶん酔狂な男もいるものだ。

664 **坪皿へ紙をはるのは人がよし**　たのしみな事〳〵

松の内の素人賭博、茶碗などを壺皿の代りに使っての丁半博奕《ばくち》。壺を振る度に音がするので、茶碗に紙を貼って音のしないよう工夫したのだ。

　坪皿へ紙とはよほど学《がく》がたけ　（柳初686）

665 **きぬ川にかさねこのかた鯰《なまず》出来**　おしわけにけり〳〵

累《かさね》というのは、下総国羽生村の名主与右衛門の妻。醜悪なご面相の上、邪慳《じゃけん》な女で、夫のため鬼怒川に突き落とされて死ぬ。それが死霊となって祟《たた》り、祐天上人の功《く》徳《どく》によって救われるというのが原話で、芝居や講談はさらに脚色されて今日に伝えられている。累には痣《あざ》があったとされるから、累が死んでから、鬼怒川に、あの醜い顔の鯰が生まれたのだろうというのだ。

666 **家とく公事《くじ》じんきよさせたが相手也**　おしわけにけり〳〵

家督公事（625参照）の相手は、亭主を腎虚（609参照）によって死に至らしめた妾《めかけ》だという句。その遺産が、故人の遺志によって愛妾だった女のところに行くことになり、周囲の親族が承服しかねているのであろう。

667
古寺にこいつと思ふ猫ひとつ　きみのわるさよ〳〵（39オ）

古寺には、とかく狐狸《こり》が住みついているとされるが、この寺にも化けそうな古猫が一疋飼われている。何とも気味の悪いことだ。

668
暑気見舞たつてはだかにされる也　わづか成りけり〳〵

「今、新しい井戸水を汲んであげますから裸になって、体を拭き、一休みして行きなされ。この暑い日中を歩きなさるのは大変ですね」などと、暑気見舞の客が強引に裸にされる。これも心のこもったサービスの一つなのである。

669
女房は土手のあたりで髪がとけ　そねみこそすれ〳〵

居つづけの亭主を迎いに来た女房、日高川の清姫よろしく、日本堤あたりで髪が解けてしどろになったであろうという句。遊女を呪い殺すほどのすさまじい嫉妬の形《ぎょう》相《そう》が目に見えるようである。

670
御新造《ごしんぞ》と内義と噺《はな》す敷居ごし　わづか成りけり〳〵

本店《ほんだな》の御新造と出店の内儀とが、静かに世間話を話し合っている。出店の女房はやや遠慮気味に敷居越しの廊下に坐っているのが、何となく床《ゆか》しい。町人の世界にも、それなりに身分の差があったのである。

671
縁遠ひむすめからだに作りあき　めつたやたらに〳〵

良家のお嬢さんだが、どうしたわけか縁遠い。やたらに着物や帯を新調するやら、髪形を変えて見たり、やりたい放題にお洒落をしているが、親は不愍《ふびん》に思って娘のやるままに任せている。娘もいらいらしているのであろうが、親はそれにもまして辛《つら》いのである。

○からだに作りあき＝おめかしをするのに飽き飽きする。

672
つくねんとごぜはあばたをかぞへられ　わづか成りけり〳〵

目の見えぬ者の常として、所在なくつくねんと坐って身じろぎもしない。この瞽女《ごぜ》も同様で、演奏の前であろうか、いたずらな奴が、瞽女のあばたの数をかぞえているのも知らないで、静かに端座している。

673
越後屋の前迄傘へ入れてやり　わづか成りけり〳〵

越後屋呉服店（今の三越の前身）では、俄《にわか》雨の折は番傘を用意し、常得意の客には傘を貸し与えるというサービスをした。したがって、ここまで傘で送ってやれば、越後屋の傘を借りられるわけで、客は濡れずに家へ帰れるのである。じつは越後屋の傘を借りて町を歩くのを見栄にした連中もいたという。

674
黒がもと旦那とならぶ能いきげん　めつたやたらに〳〵

黒鴨は主人の二、三歩後からついて行くのが、当然の礼儀であるが、主人が酔っぱらって足許が覚束《おぼつか》ないので、横から主人を支えるようにして歩いて行く。一列に並ぶのはこの場合非礼に当るどころか、主人思いのなせるわざなのだ。

○黒鴨＝下僕、供男《ともおとこ》の俗称。上着、股引とも紺無地仕立てのものを着ていたところからこの名があった。

675
立《たつ》つ居つしてぬひ仕廻ふとそ袋　わづか成りけり〳〵

屠蘇《とそ》袋は暮のもっとも多忙な時期に縫うので、何回も立ちかけて、やっと縫いおわることができた。

○屠蘇袋＝正月を祝う屠蘇散を入れる袋で、酒に浸すためのもの、紅絹《もみ》で三角形につくる。

676
花ぐもり二人《ふたり》壱本あてにしよい　わづか成りけり〳〵（39ウ）

宵のうちからお花見の準備万端整えて、さて夜が明けて見ると花曇りの度《ど》がやや過ぎて今にも泣き出しそうな空模様、降った時の用意にと、二人一本宛の傘を持参することと相なった。これも奥女中総出のお花見らしい。

677
ころぶからそれではやるとげい子いひ　そねみこそすれ〳〵

女芸者が仲間同士の批評。「あの子は流行《はや》るはずさ。だって転ぶのが得意だもの」とはいうものの、転ぶのはお互いさま、転んでも流行らぬ芸者もいるのである。
○転ぶ＝売色することをいう陰語。

678
板ばしと聞いてむかひは二人へり　わづか成りけり〱

旅迎い（68参照）に出る連中は、ついでに宿場女郎を買って遊ぶのが目的の一半で、よい女郎の多い品川へは行きたがるが、中仙道の板橋宿はかなり田舎風で妓品も低く、江戸っ子の口に合わぬのである。つまり遊びの魅力がまったくないので、急に、行かぬという者が続出するのも止むを得ない。

679
十三日覚《おぼえ》て居なはそれつきり　わづか成りけり〱

師走十三日の煤掃《すすは》き（29参照）の日、仕事が一応片付くと、恒例の胴上げが行なわれる。つかまえられて胴上げされた下女、「覚えていな」と腹を立てた様子だが、こういう小さな恨みは、その時限りのもので、後へ尾をひかぬのが一般である（837頁参照）。

680
手に持って行斗《ゆくばかり》だと羽おりかり　わづか成りけり〱

吉原へ行くのに羽織なしでは面目ない。それで友人から黒羽二重の羽織を借りたいのだが、大事な羽織の傷《いた》むのを心配して貸してくれない。「体裁に、手に持って行くだけさ。汚さないように気をつけるから」と懇願してやっと借りることが出来た。

681
座でひくといつてやう〱幕の内　わづか成りけり〱

芝居小屋で三味線を弾いている、と自慢しているが、出語りに出る腕ではなく、いわゆる蔭弾《かげび》きをしているに過ぎないという意らしいが、実は蔭弾き（下座演奏）は高い技術を要するので、軽蔑出来ないものだとの小池章太郎氏の説がある。当時、旗本や御家人の芸達者な連中（これをちりから組という）が、こっそりとノーギャラの下座出演をしていたことを素破抜いているのかも知れない。
○幕の内＝ここでは芝居の引幕の内部の意。

682 **見世の衆こらへなさいと仲人いひ**　わづか成りけり〱

若旦那のところへ花嫁がきた。見世で働いている独身者の奉公人たちにとっては、刺激が強すぎるであろう。仲人もそれを承知しているから、わざわざ見世先へまで顔を出し、「こらえて下さいよ。こらえかねて、悪遊びに出かけるんじゃないよ」などと、なぐさめ半分に忠告しているところ。

683 **巳待《みまち》へも来る鎌倉の二ばんばへ**　めつたやたらに〱

江の島弁天社に、巳待の信者たちが群集しているが、そのなかには鎌倉松ヶ岡東慶寺へ駆込み、やっと離縁をかち取って、思う男と再婚するはずの女も混じっている、という意らしい。鎌倉から江戸へ帰る途中、江の島へ参詣することは当時の常識でもあるので、こうした句構となるのである。

○巳待＝己巳《つちのとみ》の日の巳《み》の刻（午前十時ごろ）に行なう弁財天の祭り。○二番生え＝ここでは再婚者をいう。

684 **はしばしは今に毛請《けうけ》を巻《まき》つける**　きみのわるさよ〱

下々《しもじも》の者たちの間では、今も死者および葬列につらなる近親者が、毛請に似た三角の紙を額に巻きつける慣習を持っている。幽霊はかならず、あれをつけて出るので、何とも気味の悪いことだ、というのである。

○毛請＝毛髪や眉毛を剃《そ》る時、剃った毛を受けるための扇形の板（837頁参照）。

685 **あのお子はお気がかるいと茶屋はいひ**　めつたやたらに〱（40オ）

「あのお子は、気さくでさっぱりした御気性ですよ」と引手茶屋の内儀が、しきりに褒めている。馴染み客と知っているので、客の前で傾城《けいせい》を褒めるのは商売上のお世辞なのだが、客はすこぶる上機嫌なのである。

686 **夜つぴとい地主の餅でねつかれず**　そねみこそすれ〱

暮の餅搗きがはじまった。さすがに地主だけあって、幾臼も幾臼も徹夜で餅を搗いている。その音のおかげで長屋の住人たちは、夜中眠れずさんざんな目にあわされ

684　毛請（『敵討蓮若葉』）

651　読売（『人倫訓蒙図彙』）

679　煤掃き（『東都歳時記』）

たが、その代償としては、小さなお供え餅を三つ、四つ配られるだけなのだ。

687 **雛なればこそ間に合ふと買に出る**　めつたやたらに〳〵

お雛さまなら、一夜飾りという禁忌もないから、急いで調えて来ようと、三月二日に雛人形を買いに出かけたのであろう。

688 **御つゞきが有るかと聞いてわるくいひ**　めつたやたらに〳〵

「あの方とは、縁つづきになっているんですか」と聞いたら、まったくないという。それを聞いた上で、彼の人物の悪口をたてつづけにいいはじめた。なかなか用意周到な配慮というべきだろう。

689 **間男をせぬを女房は恩にかけ**　そねみこそすれ〳〵

よほどでれすけな亭主なのか、それともどら者の亭主なのか。「間男（216参照）しないのを有難いと思いなさい」と、極《き》めつけられても一言もない。女房にかなりの負目を感じているからだろう。

690 **おかるれば能いに遣り手の朝参り**　めつたやたらに〳〵

冷酷無情な遣り手（4参照）の信仰心というのはどういうものか。この遣り手、浅草観音へ毎日朝詣りに出かけて行く。そんなことをしたところで、御利益《ごりやく》もないだろうし、極楽へ行けるはずもなし、いっそ止めとけばよいのにという女郎などの陰口。

○置《おか》る＝しないで置くこと。

691 **女房迄見へぼうをいふそのにくさ**　わづか成りけり〳〵

亭主は名代の見栄っぱりだが、女房がまたそれに輪をかけたような見栄坊で、「着物は越後屋でしか仕立てない」の、「晩酌は剣菱にかぎる」のなどといって、長屋の連中を煙に巻いているが、それだけ、人に憎まれるというのももっともの話。

692 **ぬけ参り土場で片はな持つ気也**　めつたやたらに〳〵

酒屋の丁稚《でっち》が抜参り（271参照）に行くという。土場へよく酒を配達に来てくれている小僧なので、奉賀帳の半分は突いてやろうというわけ。御禁制の博奕《ばくち》場なので、口止め料に奮発するのである。抜参りに奉賀帳を廻すのは、往復の旅費や小遣い銭の調達のためなのだ。

○はな＝二つ三つのものが、いっしょになっているものを数えるに用いる。組。群れ。二はな、幾はなどという。

693 **ごふくやのはんじやうを知る俄雨《にわか》**　是は〳〵と〳〵

越後屋など大きな呉服店の貸傘（673参照）を詠んだもの。傘を借りに来る常得意の客がどっとばかり押し寄せるというのである。

694 **見世に居てくれろと土手できねんする**　たまりこそすれ〳〵（40ウ）

朝帰りの息子が日本堤まで来て、急に家の様子が心配になってきた。「親父が見世に居てくれるように」と念じているというのだ。裏口から家に入って知らぬ顔ができるからである。

695 **おやぢまだ西より北へ行《ゆく》気也**　いらぬものなり〳〵

家《うち》の親父は、信心して西方浄土へ行こうなどの菩提心はさらさらなく、まだ北方浄土の吉原へ行って、新造《しんぞう》を買おうとしている。

○北＝吉原は江戸の北方にあるので、北といえば吉原を意味する。

696 **このしろの鏡にうつるにぎやかさ**　たまりこそすれ〳〵

二月の初午は、お稲荷さまの祭りの最大なもので、王子や下谷などの大きな稲荷社から路地裏の小さな稲荷祠に至るまで、参詣客でごった返した。神前には三方に飾られた鯯《このしろ》（403参照）を供える慣例で、それが神鏡に写っている。

697 **こうの鳥びんぼう寺はきらい也**　是は〳〵と〳〵

鸛《こうのとり》は鶴に似て嘴《くちばし》が長く、青竹を割る音のようにがらがらと鳴く性質があり、大廈高楼《たいがこうろう》の屋根の棟に好んで巣を作るが、貧弱な貧乏寺の棟には寄りつかないのである。

698 **下女がふみ内義の下書《げしよ》で国へ遣《や》り**　めんどうなこと〱

無筆な下女が国の親許へ手紙を出したいという。それでその家の内儀が下書きを書き、それをなぞらせて国への便りとした。面倒なことを喜んでやって下さるお内儀の心根はやさしいのである。

699 **下戸の礼かたつぱしからたゝきつけ**　めんどうなこと〱

酒好きの年礼客は、そっちこっちに引っかかって酒を強いられ、予定の年始廻りをこなせないが、酒の飲めない下戸なら、一杯飲みたいという野心がないから、戸口で年玉を置いて、次から次へと急いで廻る。慌《あわただ》しく年玉の貝杓子などを置いていくさまを「叩きつけ」と表現。

700 **身一つでお乳母のかける急な用**　是は〱と〱

乳母は大事な主家のお子さまを放っておくようなことはしない。それが身一つで駆けて行く、よほど急な重要な用事なのだろうという推量。

701 **今朝かけた土手を麻上下で行き**　是は〱と〱

いい気になって吉原へ一泊しているところへ、昨夜、友人の死んだことを知らせて来た。しかも今日のうちに葬式を済ますという。これは大変と起き抜けに土手を走って帰ったが、ふたたびその同じ土手を麻上下で葬列に加わって通る。日本堤をよく葬列が行くのは、焼場が吉原の北、千住中村町にあったからである。

702 **中の町ごうぎにつまをつかむ所《とこ》**　めんどうなこと〱

中の町を行き来する傾城《けいせい》は、着物の褄《つま》を取って歩く。下の赤い蹴出しがひらひらするばかりでなく、真白な脛《すね》までがちらちら見える、このように男の目を楽しませてくれる程、豪儀《ごうぎ》に（思い切って）褄をつかんで歩くというのである。

703 **結ふ内はたらいのふちにぬかぶくろ**　めんどうなこと〳〵（41オ）

女の行水《ぎょうずい》（647参照）風景。行水を済ませた後、髪を結う段になって、手拭いや糠袋（糠を詰めた袋で、洗剤として用いた）は盥《たらい》の縁に置いておく。

704 **きぬ張をにぎつて嫁は壱つそり**　めんどうなこと〳〵

絹張は伸子《しんし》張りのこと。伸子張りは中腰でする作業なので、腰が疲れる。時々、伸子張りにつかまるようにして、嫁は体を反らせて腰を伸《の》す。

705 **かつがれはせぬとむすめのねだる市**　めんどうなこと〳〵

「歳の市（106参照）へ行ってもよいでしょう。決して誘拐されるようなへまはしないからさ。ねえいいでしょう、おっ母《か》さん」と娘がしきりにおねだりをしている。歳の市のような雑踏の中では、家人と一緒に行っても、はぐれてしまうことが多い。年頃の娘が一人でふらふらしていると、不良どもに誘拐される恐れがあり、それが親には心配なのである。

○かつぐ＝女子を誘拐すること。

706 **口をすくして気のかたを連れて出る**　めんどうなこと〳〵

気《き》の固《かた》とは気鬱症のことで、これが昂《こう》じると労咳《ろうがい》になると信じられていた。部屋にばかり籠りっきりの気の固の息子を、口を酸っぱくして、何とか戸外に連れ出した。少しは気が晴れるだろうという老婆心からである。

　気のかたのむす子は土手でいやといふ　（柳四604）
　（吉原へ連れて行こうとしたが肯《がえ》んぜず）

707 **はなし鳥そばでほしがる後生楽《ごしょうらく》**　是は〳〵と〳〵

生きものを放して仏の供養をすることは、春秋の彼岸や葬式の際などにも行なわれるが、川柳では八月十五日八幡祭《はちまんまつ》りの放生会《ほうじょうえ》の句としてよいのである。放生会の目的は、仏の供養や、後生《ごしょう》を願ってのためで、当日、八幡社の境内には、小鳥や亀を売る店が出ていた。雀などを放すのを見ていた男が、「あの鳥は串し焼にすれば一杯飲めるのに、ほしいこった」などといっている。

いや恐れ入った後生楽の男もあるものだ。

○後生楽＝来世は安楽であると一人ぎめしているのんき者のこと。

708 **ぬいた時やつぺしたゝく神楽堂《かぐらどう》**　たまりこそすれ〳〵

神楽巫子《みこ》が、神楽堂で巫子舞を披露していたが、やがて剣をすらりと抜いて剣の舞に移る。ここは見せどころでもあるので、案の定、やたらと太鼓を叩いて雰囲気を盛りあげることにつとめている。

○やっぺし＝しきりに、たびたびなどの意の江戸語。

709 **月ちがいどれもぬいたは十五日**　是は〳〵と〳〵

江戸城内で起きた刃傷事件二つを詠んだもので、一つは浅野長矩《ながのり》が松の廊下で吉良上野介に切りつけたのが元禄十四年（一七〇一）三月十五日（実際は十四日だが、俗説では十五日とする）、もう一つは、板倉修理が紋の見違いから細川越中守を殺害《せつがい》した事件で、これは延享四年（一七四七）八月十五日のことであった。月違いではあるが、いずれも十五日だったという意だが、こうした句を詠むことは筆禍《ひっか》にかかる恐れがあり、謎句のように仕立ててあるのだ。

710 **跡を見ぬ人の乗るゆえ猪牙《ちょき》といふ**　是は〳〵と〳〵

猪牙舟《ちょきぶね》（210参照）は、吉原通いに主として用いられた小舟で、これに乗る男は、遊興の果てに自分の身が、どうなるかなどを考えぬので、猪突猛進の語があるように、そうした手合の乗る舟もまた猪牙というのだ、というのである。

711 **ぶんさんの済む内夫婦木綿もの**　めんどうなこと〳〵

分散《ぶんさん》は破産のこと。破産の後始末が済むまでは、世間の目を気にして夫婦とも木綿ものの衣類を着て謹慎の意を表している、というのであるが、どうも計画倒産の匂いがする。

712 **どつからか出して女房は帯をかい**　是は〳〵と〳〵（41ウ）

いつの間にか臍繰りをつくるのは、女房の特技であろう。その臍繰りを亭主の目の届かないところに隠しておいて、呉服屋から帯などを買って知らぬ顔、亭主もそれと気付いているが黙っている。

713
大一座禿《かむろ》てんでにつれて行《ゆき》　めんどうなこと〳〵

吉原へ登楼した大一座の客（438参照）。酒が出て、料理が出て、客と同数の女郎たちも集まり、床入りの時刻になる頃には、敵娼《あいかた》もみな決定した。床入りには、禿（184参照）がそれぞれの部屋へと案内するのである。

714
かつぱらいなんすとこさとおして来る　是は〳〵

大門《おおもん》待伏せ（154参照）の句。新造《しんぞう》や禿《かむろ》たちが、やっと目的の客を掴まえたが、「私の向う脛《ずね》をかっぱらって、ひるんだところを逃げようとしていたのよ」などと、客の背中を押し立てながら、意気揚々と引きあげてくるところ。

715
せんごりのおよぐと岡でかんをする　是は〳〵

川垢離《せんごり》（279参照）の連中が、一通り祈願が終ったのち、ついでとばかり泳いでいる間に、脱衣番をしている陸地《おか》の男が、酒の燗《かん》をして上って来るのを待っている。

716
行かば行なさいと女房よわく出る　いらぬものなり〳〵

「そんなに吉原へ行きたいのなら、どうぞお行きなさいよ」と、女房が下手《したて》に出ていう。亭主にとっては、かえって気味悪く、遊びに行く気勢を殺《そ》がれることにもなる。

717
内談《ないだん》と見へて火鉢に顔をくべ　めんどうなこと〳〵

火鉢を挟んでのひそひそ話。火鉢に顔をくべるようにして、話合っているところを見ると、他聞をはばかる密談なのであろう。

○内談＝密談に同じ。

718
六度めは茶の木のうへゐおつこちる　是は〳〵

高倉の宮（188参照）は、平家の軍勢に追われて、宇治へ逃げるまでに六度まで落馬したとあるが、六度目は宇治名産の茶の木の上に落ちたに違いないという想像句。

719
つくだ嶋汁のみ迄もわたりもの　めんどうなこと〳〵

佃島は、今の日本橋佃町で、昔は漁民だけの島であった。島には田も畠もなく、魚類以外はすべて江戸から渡し舟で運ばれて来たわけで、汁の実までよそ者なのである。佃島には、摂州佃の漁民の子孫と、紀州加太の漁民の子孫のみで、すべて西本願寺の信者、よそ者は居ないところから、この句の表現となった。

720
呉服屋も能くはやるのは二人つけ　めんどうなこと〳〵

越後屋などの大見世では、手代がずらりと並んで坐り、名を書いた紙が下っていて、それぞれお得意の客を持っていた。女客の多い呉服店では、美男の手代のところへ客が殺到したのである。そうした流行《はや》る手代のところでは客をさばききれないので、助手の小僧を二人つける。

句は吉原の高妓に、二人《ふたり》禿《かむろ》のつくことに比した句案。

721
長局《ながつぼね》屋ねや一日きぬを〆《しめ》　せいを出しけり〳〵（42オ）

江戸城や大名屋敷の奥女中たちの住む一廓を長局といい、ここは女ばかりの世界。そこへ屋根葺《ふき》が仕事に行く。美人たちに下から覗かれるので、屋根屋も見栄をはって絹の褌《ふんどし》を奮発して締めて行くのだ。

屋ねふきの出したでさわぐ長つぼね　（末一）

（褌がゆるんで、ぶらりと出した）

722
おどり子にもたれて居るがやぼなやつ　そんなことかな〳〵

御留守居（545参照）の寄合いに、踊子《おどりこ》（322参照）が呼ばれるのが当時の一般的慣習で、主題句もそうした寄合いの御座敷の光景である。踊子に寄りかかっている奴は、女好きではあるが芸無し猿で、一座のうちでは野暮な奴なのだ。

723
初かつほ煮て喰ふ気では直《ね》がならず　そんなことかな〳〵

初鰹を煮て食べようというような手合いには、思い切った値がつけられまい。肴《さかな》屋だって、そんな値段で首をふるわけがないからだ。

724
こし元ですますはしわいやかた船　　ふらりふらりと〳〵

屋形舟を傭っての舟遊山《ふなゆさん》では、踊子《おどりこ》を呼んで騒ぐのが遊びの醍醐味だが、自分の屋敷の腰元たちを踊子代りにするとは、ずいぶんけちくさい舟遊山ではある。

725
朝帰り取あげばゞにしかられる　　はこびこそすれ〳〵

女房が産気づいて産婆を呼び、てんやわんやの最中に、吉原から朝帰りして来た亭主、産婆に叱られるのも当り前で、こういう亭主を後生楽《ごしょうらく》というのである。

726
目釘迄ぬくは壱両からの質　　はこびこそすれ〳〵

刀剣の質入れ。番頭が刀身を見ただけで、これは一両以上の代《しろ》ものと見抜いたが、そうなるとどうしても銘を知りたくなる。銘は柄《つか》の中に隠れているので目釘を抜いて刀工の名を確かめるわけである。

727
一きりやうある使者の来る一月寺《いちがつじ》　　ふらりふらりと〳〵

一月寺のような厳粛な寺へ来る使者は、へなへな武士では役に立たず、一器量ある使者が選ばれるのである。

○一月寺＝普化僧《ふけそう》（虚無僧《こむそう》）を管理した寺。一月寺番所が、浅草東仲町に設けられたのは享保年間のことで、本山の金竜山一月寺は、下総国東葛飾郡小金宿にあった。父兄弟の敵討《かたきうち》志願者が入寺し、尺八を学んで虚無僧となったのである。

728
おやゆびへ袖口かけてひいて居る　　ふらりふらりと〳〵

三味線を弾く時、かんどころを押える指を移動させるのに滑りがよいように、左の手に指掛けというのをかけるが、この指掛けを忘れた時、親指を袖口にひっかけて弾く。ちょっと不体裁だが、臨時の措置として、芸者などよくこの手を使うのである。

729 **代みやくは何をこいつの気で見せる**　ふらりふらりと〳〵

代脈は、師匠に代って患者の脈を見る医者の弟子。診《み》てもらう患者は、「何をこ奴、未熟なくせに俺の脈を見ようというのか」と無愛想に腕をつき出す。代脈は患者にあまり信用されていないのである。

730 **片眉毛おとすと嫁は手でふさぎ**　せいを出しけり〳〵（42ウ）

当時の女性は、婚礼が整うと歯を染め（半元服）、結婚して妊娠すると眉毛を落とす（本元服）という社会的慣習があった。この句は本元服の句で、片方の眉毛を剃《そ》り落とされると、がたりと相《そう》が変るので、それを人に見られるのが恥ずかしく、眉毛のあたりを手で隠すという、女性のデリケートな心理を描写したもの。

731 **船頭は男ばかりを八日こぎ**　はこびこそすれ〳〵

この句の詠まれた明和四年頃は、勧進大相撲が深川八幡境内において行なわれていた。興業期間は、いわゆる晴天八日（安永八年以後は晴天十日となる）で、女の観覧は一切許されなかった。江戸の好角家たちは、舟で深川へ渡るわけで、興業期間の八日間は、船頭は男ばかりを乗せて漕ぐこととなる（475参照）。

732 **勘当の羽二重で居るぶはたらき**　ふらりふらりと〳〵

勘当されたどら息子、全く仕送りを断たれたわけであるから、自ら働かなければ三度の飯も食べられぬ筈であるのに、羽二重の着物を着てのほほんとしている。働く意欲などみじんもないようである。

○不《ぶ》働《はたらき》＝働きのないこと。役に立つ行動ができないこと。

733 **御てんやく逃ると跡は浪の音**　はこびこそすれ〳〵

殿《との》の病気を診《み》ていた御典薬（608参照）が、とうとう匙《さじ》を投げてしまった。容易ならざる事態に、一家中は、つぎつぎと波が押し寄せるように、次第に騒ぎ立って行ったのである。

734 **てうしへの路ぎんに払ふ銀ぎせる**　そんなことかな〳〵

勘当息子が、遠く下総の銚子へ追いやられるというのは、川柳的趣向であるが、この句もその一つ。銚子までの路銀（旅費）は、息子が平常愛用していた銀煙管《ぎせる》を売って当てたのである。

735 **らうがいの元は行義をよくそだち**　そんなことかな〳〵

娘が労咳《ろうがい》（330参照）になってしまったのは、しつけの厳格な家庭に育てられたのが原因なのだ、という皮肉。

736 **一生の顔を目出たくあかめ合《あい》**　はこびこそすれ〳〵

婚礼の句。新郎新婦並んでの三々九度、嬉しいやら恥ずかしいやらで、二人とも顔を赤らめ合っている、という図。

737 **知る人に斗《ばかり》子供がすへるぜん**　はこびこそすれ〳〵

家に何かの寄合いがあって、大勢の客が見えた。猫の手も借りたいほどの忙しさなので、子供にも膳を運ばせたところ、子供は並べる順序などお構いなしに、知った人の前にばかり膳を据えている。子供は人見知りが強いので、知らぬ人の前に膳を運ぶのが恥ずかしいのであろう。

あとがき

『柳多留』五篇の輪講は、八木敬一氏の企画によって、港区医師会古川柳研究会の諸氏が参加し、礎稿は鈴木黄・逢坂知之・百渓三郎の三氏が交代で執筆、共述者は前半・後半に二分し、のべ十四名に達した。コーチ役は八木敬一氏と佐藤要人が担当し、昭和五十七年一月より始まり、昭和五十九年五月に完了したのである。『柳多留』五篇の輪講は初めてのもので、諸氏の二年半にわたる研鑽努力は多としなければならない。本稿はこの輪講を本とし、その後の研究による新説も若干加えて成ったもので、八木敬一氏をはじめ、この輪講に参加された諸氏の学問的業績に敬服すると共に、その研究成果を本稿に投影できたことを深く感謝する次第である。

昭和六十年四月十五日

佐藤　要人

補考

江戸川柳研究会

初篇

4 **古郷へ廻る六部ハ気のよわり**

一説に、巡回順の関係でふるさとの方へ廻ることになった六部は、いっそこのまま家へ帰って仕舞おうかという気に襲われる。

96 **禅寺ハひがんの銭にふりむかず**

川柳では、禅僧は道心堅固で清貧ということが建前となっている。お彼岸という寺のかき入れ時、他宗の寺ではその実入りの多少に一喜一憂するのだが、禅寺はそんな俗事には関心を示さずひとり超然としている。

よんだから来たと禅僧いつたやう　(拾三31)

さすが禅僧肴やにかけハなし　(傍二34)

146 **護国寺を素通にする風車**

鬼子母神詣でから戻りの熱烈な法華宗信者たちが、雑司ヶ谷みやげの風車を手に手に、近道になる護国寺の境内を寺には見向きもせず通り抜けて行く。護国寺は他宗の真言宗なのである。次句も、そうした堅法華の違った一様態。

ごゝくじをぬけまいといふいぢつぱり　(二一28)

164 **乳貰ひの袖につつはる鰹節**

子を抱いて乳貰いに行く袖をつっぱってらせているのは御礼に提供する鰹節。乳貰いのお礼は干肴が定番だったようだ。(『西鶴織留』四)

175 **げんぞくをしても半分しゆしやう也**

『柳多留拾遺』では釈教部(恋部ではなく)に採られている句でもあり、たとえ還俗しても、言動や雰囲気からなかなか僧ッ気が抜けきらないものだというのである。

げん俗ハついあたまから湯をあひる　(宝一三信4)

げんぞくの当坐愚僧がちよつ〱と出　(拾二23)

334 **寐たふりて一度は埒を明て遣り**

女郎に二人以上の客が重なった時、一方の客には代理として妹女郎の新造（これを名代と称す）を出すことになっていた。客は名代へは手を出さないというのが廓のルールなのだが、客を憐れんだ名代は、熟睡の体を装って一度は客へ肌を許してやった。新造は眠たがり屋と相場が決まっていたのである。

　あまりむごさに名代ハさせるなり　（安九智5）
　ねるとされるで名代はおきている　（末二38）

515
見世さきへきつかけの有るうたが来る

「きっかけの有る」は、行動の原因となるといった意味で、この場合は誘いの合図であろう。息子の悪友が見世先へ唄を口ずさみながらやって来た。これが吉原へ行こうという誘いの合図なのである。

　さとられぬやうにうたひであいづ也　（二二16）

715
病い犬ちつと追ッてハたんと逃

「病い犬」は、狂犬病にかかっている犬であろう。やせ衰え、涎を流し、動作は緩慢だが獰猛で、何にでも噛みつく。この犬に噛まれると各種の神経症状を呈し身体は麻痺し、ついには死に至る。この病い犬は追ったくらいでは遠くまで逃げない、近寄せないためにはこっちが懸命に犬から離れるに越したことはない。

　病ひ犬ころしてかつぎ尊トまれ　（明四仁7）

二篇

179
つり台の中へはな紙ほうり込

一説に、花嫁道具を運んだ釣り台の人夫たちへ配られたご祝儀の銭は財布へ、包んであった白紙は釣り台へ放り込んだ。

　釣台へしろい祝儀ハほうりこみ　（明二礼3）
　つりだいへがうはらそうにほうり込　（寛元天2）

227
ふみ使引つさく迄を見てかへり

賄唐人（『一蝶画譜』中）

遊女からの無心の文であろう。一目見て捨てたのは、どうせ内容は金銭援助の懇願であり、客はそれに応える気はまるで無いからで、もはやその遊女とは手を切ろうと考えているのかも知れない。文使いは、あの客に望みはありませんと、遊女へ報告するだけであろう。

248
山入の笈に尊きものはなし

山入りする山伏の笈には、斧や綱など山歩きに必要な道具が入っていて、仏像や経典などは入れてない。回国巡礼の笈仏などとの対比。一説に、源頼光らの大江山酒呑童子退治。

256
どんじりに乗る唐人は算がたけ

朝鮮通信使の行列の最後尾は糧食や被服を運ぶ一団だが、それにはその調達や会計を司る役人が付いており、それを詠んだものか。その姿は『一蝶画譜』（中）に「賄唐人」としてその馬上姿が戯画化されている。朝鮮通信使は将軍の代替わりの時などに来朝した文化使節団で、祭礼の唐人行列はその行列を模したもの。

263
小判にてのめば居酒も物すごし

高い酒でも一合精々二十四文、たらふく食って飲んだとしても居酒屋での支払いは一人前精々百文で、二百文を越えることはあるまい。たとえ大人数だといっても居酒屋の規模を考えればたかが知れている。その支払いに小判（一両＝約五千文）が出されたら居酒屋はただ事ではないと仰天することだろう。それだけの句と思う。

279
ほうづきは禿へはさむ水ざかな

「水肴」は、あらいなどを水鉢に盛った料理。『花柳古鑑』下・五に「月見の夜、茶屋茶屋よりの送り物には必ず水鉢などを調じて、是に鬼灯を添えたるなり。此余台の作り物髭籠水肴それこれともに酸漿をちらしたるなり。こは禿などにとらせんとての為なり」とある。

344
女房は先荷がつくと明けたがり

節句の折の贈り物などであろう。まず明けて見たがるのが、家事一般を取り仕切る女房のはやる女心というもの。

622
尺八にむねのおどろくあら世帯

川柳での「あら世帯」は、正規に親の許しを得ていない新婚夫婦を指すのが通常。この場合は夫ある女性との駆け落ち夫婦。女房に逃げられた夫は姦夫姦婦を手打ち（女敵討ち）にしようと、虚無僧に扮してその行方を尋ね歩くのも川柳での定まりで、駆け落ち夫婦にとっては虚無僧は要警戒なのである。

こも僧に成ても女房さる気なし　（明五桜2）

（岩田秀行）

三篇

37
針明の折〳〵くらいすそ廻し

今日中にどうしても縫い上げねばならぬ場合、最後の

「裾廻し」の部分を縫う時には、手暗がりになるようなことも度々ある。日が傾いて手暗がりになるとも考えられるが、行灯の明かりが届きかねるとする鞍馬説が妥当か。ご主人の急な要望に従わねばならぬことも折々あるとの意であろう。

うつり気な事と針明壱人ごと　（四15）

57
す丶はきに玄関で肴直が出来る

煤掃きの後、鯨汁を食する習慣があった。鯨肉を玄関先で買う様を言ったものか。

煤掃や大魚に続く小とのバら　（菊丈明和三7 15）

91
仲直り疵の有るのがのんでさし

一説に、古疵のある親分格の方が、まず一口呑んで、相手に杯をさす。

123
なり下りこし高抔へしやうゆのみ

落魄の身で酒の肴はそぐわない。「醤油の実」は、ご飯（落ちぶれているので麦飯でもあろうか）の菜にするのである。通解の山椒説で問題なし。

164
綿の弟子帰ると母につま丶れる

「男に摘まれる」とまでは考えすぎで、「師の家に居る時は自分が摘み、家に帰れば、お袋に屑の着いて居るのを摘まれる」という三面子説が妥当か。

165
守りをばゆこうへ懸るにさい客

「二才の律儀ぶりを可笑味に詠んだ」（鞍馬説）が好いか。守り袋を持つのは別に無粋でも何でもないようである。遊廓の枕屏風に守り袋の掛かった絵もあり、また、次の句もある。

もてたばん守リぶくろをかくされる　（安九天1）

166
けいせいの枕一つははぢの内

「枕一つ」は、客が付かず独り寝をするの意。

203
裏茶屋はかの人計来るところ

「かの人」は、謡曲「三輪」を利かせて、密会を暗示。「かの人答へいふやう……」（謡曲「三輪」）

223
乳母が宿一針ぬきのそばぶくろ

ここの「乳母が宿」は、乳母の在所の意とすべきか。粗野木訥な田舎者の体の表現。

245
はなしやれと四五冊かくすかし本屋

「はなしゃれ」を「離しゃれ」と解する説もあるが、出典の万句合「明元鶴2」は、「咄ナしやれ」となっている。そもそも「離しゃれ」は、どうしても何かを離そうとしない者に対し、無理矢理にそれを離させるときの表現である。貸本屋が客から無理矢理読んでいる本を奪い取るというのは穏やかではない。仮にそうだとしても、その場合は「一冊隠す」となるべきであろう。「四五冊隠す」だと、四五人から次々に奪い取ることになってしまう。「話しゃれ」の用例を挙げておく。「ト又行かふとするを、〔片岡〕ハテ扨、座敷には芸子共、仲居もおればよいサ、お身は是に話しやれ、ハテマア下に居やれ」（歌舞伎「五大力恋緘」第一幕、寛政六年）

260
どつしりと置てからいふ臼の礼

「臼の礼」の「臼」は、従来「搗臼」と解されているが、類句には、「石臼（挽臼）」を抱えたり、肩に載せたりして返しに来て礼を述べる様が詠まれている。石臼であろう。

272
ならへ行人にくれ〴〵石の事

「石」は、「石子詰め」を言ったものか。「十三鐘」の伝説に基づくもので、浄瑠璃「妹背山婦女庭訓」にも取り入れられて著名。

323
こま犬にかぶせて拝む三度笠

鳥居の外の狛犬ではなく、拝殿前、階下に位置する狛犬を言うのであろう。

狛犬へ笠をかぶせてがあんがん　（五六37）

330 **一寝入ねせて夕べのいけんをし**

逆効果と言うよりも、泥酔して帰宅したものに意見をしても所詮無駄なことだからであろう。

351 **寒念仏首じつけんの時もあり**

心中ものを発見するようなこともあるということか。

しん中の口かきにのる寒ねぶつ　（露丸明四8 28）

454 **かんざしでかき〳〵嫁はしちをかし**

結婚間もない亭主へ、であろうか。慇懃に頼まれ、まだ嫌と言えるだけの慣れもない頃、不承不承に質草を見繕う。

459 **男湯を女ののぞくきうな用**

例句に挙げた「男ゆへ行ク内女用だゝず」（安八松4）は、「父親に連れられて男湯へ行くような幼少のうちは、まだ女として一人前には用に立たない」の意で、例句としては不適切であった。

463 **はたし状廻状で出す春の雨**

碁であろうか。見物衆も併せて誘い、衆目立ち会いの上の碁敵の決闘。

春雨の鬱碁敵へ果し状　（新初14）

490 **油揚の使は泣を見てかへり**

鳶に油揚を浚われて泣いている子供の使いを見て帰ってくる油揚買い。

538 **かみさまは有るか〳〵と小間ものや**

女性客相手の小間物屋は、縁談の取り持ちなどもしたに違いない。

小間物屋娘を下タに取りたかり　（三五13）

585 **尺八はいしやうの能いがいつち下手**

どら息子が粋狂で虚無僧に扮し町を流す様。『守貞謾稿』巻之七雑業に、虚無僧の体を叙し、衣服や襦袢を美しくする者は、「市民の富者あるひは武家の蕩郎等なり」とある。

尺八の本ン音をふくが木めんもの　（明三礼2）

616
こん屋の子どれもてつこにおへぬ也

山田長政も、駿府の紺屋の子に生まれたという。

631
さしをなげあくびしい〱寝まんしやう

正月ばくちに負けた内儀か（浜田説）。

682
お内義に灸をたのめば笑つて居

恋の下心から冗談めかして灸を頼んで気を引いてみる様子か。内儀も肯定も出来ず、さりとて強く否定もせず、色気を含んで軽くあしらう。

灸すへてくれなハ出来た奴ツと見へ　（明二義）

四篇

90
義さだの勢は念仏ふみよごし

建武三年正月、奥州の北畠軍を加えた新田義貞の勢は園城寺（三井寺）に立て篭もる足利尊氏軍を攻めるのだが、足利側は城の木戸を下ろし、二丈ばかりある堀の橋を引いて守りを固めていた。そこで、義貞四天王の篠塚重広と栗生忠景の二人は、傍らに建っていた面三尺ばかり、長さ五六丈もあろうかという卒塔婆を二本引き抜き堀へ架けて橋となし、新田勢はこれを渡り攻め入り、尊氏は敗れて西奔することになる。（『太平記』十五）この卒塔婆を踏み渡ったことを「念仏踏み汚し」としたもの。

しのつかハ念仏のあるはしをかけ　（宝十三宮3）

念仏をみし〱とふむ新田勢　（明四礼7）

153
いせ講へ其後こりておやぢが出

伊勢講は、講の会員が平生一定の金を醵出してたくわえておき、毎年伊勢へ順繰りに会員中から選んだ代表者を参詣のために送り、時には総員で参るという伊勢神宮信者の団体。毎月、日を定めて頭人または順に会員の所に集り、酒食して親睦し、会費を集めた。親父に代わって伊勢講へ出ると言って家を出た息子が、その月掛け会費もろとも吉原へ遊びに行ってしまったのである。

301 **おらがやつなんといつたとつれに聞き**

大一座で割り当てられた遊女の名前を忘れてしまい、「俺の敵娼の名は何といったっけ」と仲間に聞いている光景とも。（112句参照）

五篇

五篇前半の原典となっている川柳評明和四年については、平成一六年以降、古川柳研究会で論議検討の進行中なので、その研究会での結果なども踏まえて紹介する。

35 **おらがのは年季を待と薬とり**

「年季」を「年忌」とする説に加え、「年季」を自分の年季奉公の期限とする説、「年季を待つ」は単に病気が長期間に亘ることをいうとの説、「年季」は人の寿命のことで、それが尽きるのを待つという説などが出されたが結論に至らなかった。

52 **大名の着く日もだしを売て来る**

ここで「だし」は「目出度くかしく」などと書かれた小さな万度のような玩具（『筠庭雑考』巻之四）で、本来、祭礼の日に出る「だし売り」が、大名行列見物の人出目当てに商売するとの説が出た。また、「出売り」すなわち露店とする説も出、要研究となった。

　げせぬ事めでたくかしくだしに書キ　（一三25）

　榊かと又だし売にのびあがり　（三三3）

　（祭の先頭の榊と見間違った）

162 **師匠さま色めくと見て諷にし**

手習い師匠の中には読み書きの課外に謡いを教える師匠もいるが、他の音曲（浄瑠璃など）は色恋が主題のものが多く、教育上好ましくないという配慮からの謡曲なのだろう。

　謡をばおまけになさる師匠様　（藐追7）
　手習ひ子寐酒の時にうたわせる　（明三満1）

163
大そうな道さとあんまもんで居る

「おやおや、大部こっていなさる。そうですか、あの道をおいでですか。それなら無理もありません。大変な難路ですからな」などと言いながら揉んでいる。

281
はやるやつ戸の明け立てのやかましさ

一説に、切見世（『川柳吉原志』）。一切り百文の切見世では、客のある時は戸を閉め、客の無い時は戸を開けておく。頻繁な戸の開け閉てでやかましいくらいなのは客が多い証拠なのである。

　閉門のない切見せハ不首尾なり　（七二26）

317
壱軒で呼べばすだれがみなうごき

先人の説として、①蚊帳売りを呼び止めた説。（『教養文庫』）②仲の町説。（『川柳江戸砂子』）③いろは茶屋説。（『川柳吉原志』）などがあるが、研究会では、いろは茶屋説に落ち着いた。いろは茶屋は店頭に簾を掛けてあるのが特徴的で、いろは茶屋の簾を詠んだ句は多い。

　れんをかゝげてそ引キ込ムいろは茶や　（天五智1）
　すたれから衣のすそをつかまへる　（安元智2）

349
七兵衛壱本遣ひに成る男

研究会では、景清と三保谷の錣引き説の他に、「一本使い」は盲人の杖のことで、景清が両眼をくりぬいて日向勾当になったことをいうという説も出され、両説ありとなった。

383
きをつけてしんぜられまし元だらう

研究会では、「気を付けてしんぜられませ」は、主人が外出する際に内儀がお供に言うことばで、その丁寧さから内儀が良い家柄の出だと推測できるというだけで、主人が検校とまで限定できなかろうという意見が多かった。

451 **か丶しうをのけて一つぱいあてに買**

研究会では、「壱杯」は、河豚のこととし、女房たちを除いて男ども一人一杯あてで河豚を買って宴会をしようとしている様という説も出た。

457 **上ぞうりぬきちらかしてむぐりこみ**

研究会では、単なる廻し床ではなく、この相手は間夫が相応しいとなった。

617 **ごふく店きせるを廻すふけいきさ**

所在なさに指先できせるを廻している光景。

名の下てきせるを廻すひまな事　（一九22）

（呉服屋の自分の名札）

けせぬ句たわへときせるを廻シてる（一七29）

（考え事）

622 **是万里の小路とごそら剃れたり**

万里小路《までのこうじ》藤原藤房は後醍醐天皇にしばしば諷諫したが聞き入れられず、もはや是までと宮を出て剃髪し行方知れずとなった。「是まで」に万里小路を引っかけた趣向。

642 **まあうんといへと無尽のゆびをおり**

一説に、無尽の講親が新たに始める無尽講へ渋る相手を説得し参加させたさま。

江戸生活の参考資料

【年号】

元禄	14	1701
宝永	元	1704
正徳	〃	1711
享保	〃	1716
元文	〃	1736
寛保	〃	1741
延享	〃	1744
寛延	〃	1748
宝暦	〃	1751
明和	〃	1764
安永	〃	1772
天明	〃	1781
寛政	〃	1789
享和	〃	1801
文化	〃	1804
文政	〃	1818
天保	〃	1830
……		
明治	〃	1868

【貨幣】

金　一両（小判）＝四歩《ぶ》（分《ぶ》）。一歩金＝四朱。一朱＝現在の約四〇〇〇円。

銀　六〇匁《もんめ》＝金一両。銀十五匁＝一歩。以下十進法　匁《もんめ》・分《ふん》・厘《りん》・毛《もう》。

銭　一両＝銭四〇〇〇文《もん》（四貫文）。一歩＝一貫文。一朱＝二五〇文。

＊金・銀・銭貨の相場は常に変動する。

【方角・時刻】

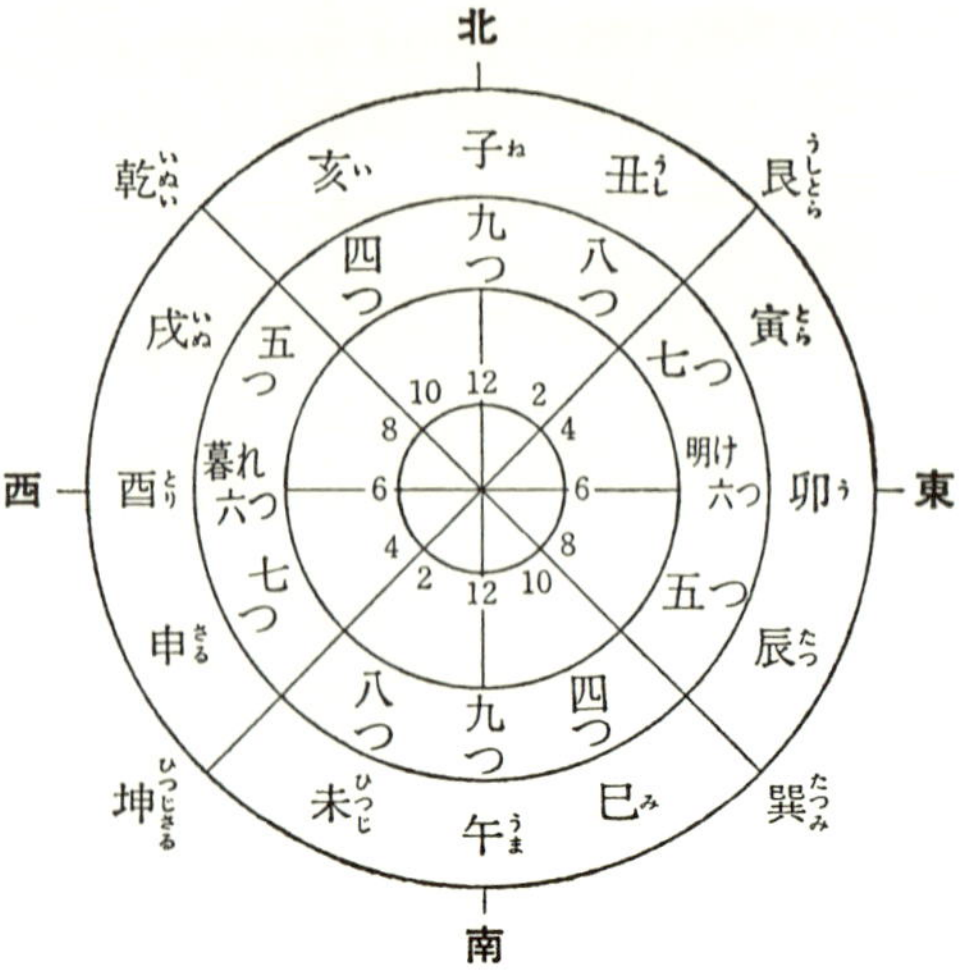

【度量衡】

一里（約四キロメートル）＝三六丁《ちょう》。一丁＝六〇間《けん》。一間＝六尺。一尺（約三〇センチ）＝一〇寸。以下十進法　寸・分《ぶ》・厘。

一〇尺＝一丈《じょう》。

一石＝一〇斗。以下十進法　斗・升・合《ごう》・勺。

一升＝約一・八リットル。

一貫（約三・七五キログラム）＝一〇〇〇匁。

一匁＝一〇分《ふん》。以下十進法　分・厘・毛。

一坪（約三・三平方メートル）＝六尺平方＝一〇合《ごう》。

誹風柳多留全廿四篇全釈　第一巻
〈初篇～五篇〉〈全四巻の内〉

二〇一四年五月二九日　第一刷発行

著　者　浜田義一郎・鈴木倉之助・岩田秀行・
八木敬一・佐藤要人

編　者　江戸川柳研究会

発行者　岸本健治

発行所　株式会社　藝華書院
〒一一三―〇〇三三
東京都文京区本郷一―三五―二七
電　話　03・5842・3815
FAX　03・5842・3816
URL：http://www.geika.co.jp
E-mail：info@geika.co.jp

組版／修学舍　印刷・製本／八洲

ISBN 978-4-904706-01-5 C3392

〈著者略歴〉

初篇（1985年３月30日発行）
浜田義一郎（はまだ　ぎいちろう）
1907年　東京に生まる　（1986年歿）
1932年　東京帝国大学国文学科卒業
《現　在》 大妻女子大学名誉教授
《著　書》「大田南畝」「川柳狂歌」「川柳狂歌集（共著）」「江戸川柳辞典」「江戸文学地名辞典（共編）」「柳多留拾遺輪講（共編）」「江戸たべもの歳時記」他多数。

二篇（1985年５月30日発行）
鈴木倉之助（すずき　くらのすけ）
1911年　東京に生まる　（1995年歿）
1934年　早稲田大学国文学科卒業
《現　在》 古川柳研究会会員
《著　書》「江戸文学地名辞典（共編）」「誹風柳多留全集12巻」「同全集索引篇（校訂）」「古川柳難句解」「江戸古川柳小辞典」など。

三篇（1985年11月30日発行）
岩田秀行（いわた　ひでゆき）
1949年　香川県に生まる
1982年　早稲田大学大学院博士課程修了
《現　在》 跡見学園女子大学専任講師・古川柳研究会会員
《主論文》「川柳の類型性」（鑑賞 日本古典文学『川柳・狂歌』）「『青楼年中行事』の本文について」（『青楼絵本年中行事』）「吉原仮宅変遷史」（『川柳吉原風俗絵図』）など。

四篇（1985年12月30日発行）
八木敬一（やぎ　けいいち）
1927年　山梨県に生まる　（2001年歿）
1949年　東京慈恵会医科大学医学部卒業
《現　在》 八木医院開設
《著　書》「誹風柳多留全集12巻（校訂協力）」「同索引編（校訂協力）」「江戸学事典（８項目）」「ゑ入なり平たはふれ草」「宝暦期吉原遊女評判記・細見四種」「色道禁秘抄」「好色諸国ものがたり　付，諸国遊里資料集」など。

五篇（1986年１月30日発行）
佐藤要人（さとう　ようじん）
1918年　水戸に生まる。本名佐藤要　（2007年歿）
1941年　早稲田大学専門政経卒
1947年　　　同　　高等師範部国漢科中退
《現　在》 著述業。武蔵野美術大学講師
《著　書》『絵本水茶屋風俗考』『新造図彙註解』『江戸深川遊里志』『川柳江戸四宿考』他多数。